LE PASSAGE

JUSTIN CRONIN

LE PASSAGE

traduit de l'anglais (États-Unis)
par Dominique Haas

ROBERT LAFFONT

Titre original :
THE PASSAGE

Carte p. 447 : © David Lindroth, Inc.

© Justin Cronin, 2010.
© Éditions Robert Laffont, S.A., Paris, 2011, pour la traduction française.
ISBN 978-2-266-21857-3

Pour mes enfants.
Et pas de cauchemars !

« Quand j'ai vu du Temps la main meurtrière
Les splendeurs du passé anéantir ;
Quand les tours d'antan je les vois à terre,
Et l'airain esclave de mortelles ires ;

Quand j'ai vu de tant d'océans avides
Les conquêtes sur le royaume de la terre,
Puis le sol reprendre la plaine liquide
Changeant le gain en perte, et le contraire ;

Quand j'ai vu ces changements s'opérer
Ou toute chose à son tour emportée ;

Les ruines m'ont enseigné à ressasser
Que le Temps viendra mon amour m'ôter. »

William Shakespeare, *Sonnet 64*

Première partie

Le Pire Cauchemar du monde

5 - 1 av. V.

« La route qui conduit à la mort est une longue marche jonchée de malheurs, et le cœur défaille un peu plus à chaque terreur nouvelle, à chaque pas les os se révoltent, l'âme élève d'amères résistances, mais à quoi bon ? Les barrières cèdent l'une après l'autre, et se voiler les yeux n'empêche pas de voir le paysage de catastrophe et les crimes qui s'y commirent. »

KATHERINE ANN PORTER, *Cavalier d'ombre*[1]

1. D'après la traduction de Marcelle Sibon, Julliard, 1990.

1.

Avant de devenir la Fille de nulle part – Celle qui vint en marchant, la Première, la Dernière et la Seule, et qui vécut mille ans –, ce n'était qu'une petite fille appelée Amy. Amy Harper Bellafonte, née dans l'Iowa.

À sa naissance, sa mère, Jeannette, avait dix-neuf ans. Jeannette lui donna le prénom de sa propre mère, Amy, morte quand elle était tout bébé, et pour deuxième prénom Harper, à cause de Harper Lee, la femme qui avait écrit *Ne tirez pas sur l'oiseau moqueur*, le livre préféré de Jeannette – à vrai dire, le seul livre qu'elle ait lu jusqu'au bout à l'école. Elle aurait pu l'appeler Scout, comme l'héroïne de l'histoire, parce qu'elle aurait voulu que sa petite fille devienne pareille en grandissant, forte et drôle et futée, tout ce qu'elle, Jeannette, n'avait jamais réussi à être. Mais Scout était un nom de garçon, et elle ne voulait pas que sa fille passe sa vie à s'expliquer là-dessus.

Le père d'Amy était un homme qui avait, un jour, poussé la porte de l'établissement où Jeannette était serveuse depuis son seizième anniversaire, un wagon transformé en restaurant que tout le monde appelait la Boîte parce que ça ressemblait vraiment à une boîte. Un carton à chaussures chromé posé un peu en retrait de la route du comté, à la limite des champs de maïs et de haricots, sans rien d'autre à des kilomètres à la ronde qu'une station de lavage automatique de voitures, du genre où on mettait des pièces dans une fente et puis on devait tout faire soi-même. L'homme – il s'appelait Bill Reynolds – vendait du matériel agricole, des moissonneuses-batteuses, des grosses machines comme ça, et c'était un beau parleur. Chaque fois que Jeannette venait remplir sa tasse de café et même après, il lui répétait qu'elle était jolie, qu'il aimait ses cheveux noirs, ses yeux noisette, ses poignets fins, et il le disait si bien qu'il donnait l'impression de le penser, pas comme les garçons à l'école qui avaient toujours l'air de débiter le discours convenu pour qu'elle se laisse tripoter. Il avait une grosse voiture, une nouvelle Pontiac, avec un tableau de bord étincelant, un vrai vaisseau spatial, et des sièges en cuir beurre-frais. Elle aurait pu aimer cet homme, se disait-elle, l'aimer vraiment, sincèrement. Mais il ne restait que quelques jours en ville, avant de reprendre la route.

Quand elle raconta à son père ce qui lui arrivait, il dit qu'il allait le retrouver et l'obliger à assumer ses responsabilités. Mais ce que Jeannette savait, et ne lui avait pas dit, c'est que Bill Reynolds était marié. Et père de famille. Il avait une famille à Lincoln, loin là-bas, dans le Nebraska. Il avait même dans son portefeuille les photos de ses enfants, deux petits gamins en tenue de base-ball, Bobby et Billy. Et donc son père eut beau lui demander et lui redemander qui était le type qui lui avait fait ça, elle ne le lui dit pas. Elle ne lui dit même pas son nom.

En réalité, ça lui était plutôt égal, tout ça : sa grossesse, qui fut facile jusqu'au bout, l'accouchement proprement dit, qui fut douloureux mais rapide, et surtout le fait de se retrouver avec un bébé, sa petite Amy. Pour que Jeannette comprenne qu'il ne lui en voulait pas, son père avait transformé la vieille chambre de son frère en chambre d'enfant, redescendu le vieux berceau du grenier, celui de Jeannette elle-même, jadis. Les derniers mois avant l'arrivée d'Amy, il avait accompagné Jeannette au Walmart pour acheter tout ce qu'il fallait : un pyjama, une baignoire en plastique et un mobile qui tournait avec le vent pour accrocher au-dessus du berceau de la petite. Il avait lu dans un livre que les bébés avaient besoin de ce genre de choses, des trucs à regarder pour que leur petit cerveau se mette en route et commence à fonctionner comme il fallait. *La petite*, c'est ce que Jeannette se disait, depuis le début, quand elle pensait à son bébé, parce que dans son cœur elle voulait une fille, mais elle savait que ce n'était pas une chose à dire, à personne, même pas à soi. Elle avait passé une échographie, à l'hôpital, à Cedar Falls, et elle avait demandé à la femme – une femme en blouse à fleurs qui lui avait promené la sonde en plastique sur le ventre – si elle voyait ce que c'était. La femme avait eu un petit rire en regardant sur l'écran les images du bébé qui dormait dans son ventre, et elle lui avait dit : « *Mon chou, c'est un petit bébé timide. Il y a des fois où on peut le dire, d'autres où on ne peut pas, et c'est une de ces fois-là.* » Et donc Jeannette ne savait pas, mais elle avait décidé que c'était très bien comme ça. Aussi, après avoir déblayé la chambre de son frère et décroché ses vieux fanions et ses posters – José Canseco, un groupe de pop appelé Killer Picnic, les Bud Girls –, voyant que les murs étaient défraîchis et abîmés, son père et elle avaient tout repeint d'une couleur appelée, d'après l'étiquette de la boîte, « heure des songes », qui réussissait à être à la fois bleue et rose, et qui irait aussi bien à un garçon qu'à une fille. Son père avait collé une frise en papier peint tout autour de la pièce, en haut des murs, un motif de canards qui pataugeaient dans une mare, et puis il avait décapé un vieux rocking-chair en érable qu'il avait trouvé à la salle des ventes, pour que, quand Jeannette reviendrait avec le bébé, elle puisse s'y asseoir pour la bercer.

Le bébé arriva en été, la petite fille qu'elle voulait, et qu'elle appela Amy Harper Bellafonte ; elle ne voyait pas l'intérêt de lui faire porter le patronyme de Reynolds, un homme que Jeannette pensait ne jamais revoir, et qu'elle n'avait plus envie de revoir maintenant qu'Amy était là. Et puis, Bellafonte, on n'aurait pas pu trouver un plus beau nom. Ça voulait dire « belle fontaine », exactement ce qu'était Amy. Jeannette lui donnait la tétée, la berçait, la changeait, et quand elle pleurait, la nuit, parce qu'elle était mouillée, qu'elle avait faim ou qu'elle n'aimait pas être toute seule dans le noir, tant pis pour l'heure, et tant pis si Jeannette était fatiguée d'avoir travaillé à la Boîte, elle allait à tâtons dans sa chambre, au bout du couloir, pour la prendre dans ses bras, lui dire qu'elle était là, qu'elle serait toujours là, *si tu pleures, j'arrive en courant, promis, ce sera toujours et à jamais comme ça entre nous, toi et moi, ma petite Amy Harper Bellafonte.* Alors elle la serrait sur son cœur et elle la berçait jusqu'à ce que l'aube blanchisse entre les lames des persiennes et que les oiseaux commencent à chanter dans les arbres, dehors.

Amy avait trois ans quand Jeannette se retrouva seule. Son père était mort, d'une crise cardiaque, à ce qu'on lui dit, ou d'une attaque cérébrale. On n'allait pas se donner la peine de vérifier. Quoi que ce soit, ça l'avait emporté un matin d'hiver. Il allait chercher son camion pour se rendre à son travail à l'élévateur. Il n'avait eu que le temps de poser son café sur le pare-chocs et il était tombé raide mort, sans en renverser une goutte. Jeannette travaillait toujours à la Boîte, mais elle ne gagnait plus assez, maintenant, pour Amy, ni même pour rien du tout, et son frère, qui était marine quelque part, ne répondait pas à ses lettres. Il disait toujours : « *Dieu a inventé l'Iowa pour que les gens puissent le quitter et ne jamais y revenir.* » Elle se demandait comment elle allait se débrouiller.

Et puis, un jour, un homme entra dans la Boîte. C'était Bill Reynolds. Il avait changé, et pas en bien. Le Bill Reynolds dont elle se souvenait – d'accord, elle pensait encore à lui de temps à autre, surtout pour des petites choses, la façon dont ses cheveux blond-roux retombaient sur son front quand il parlait, ou dont il soufflait sur son café avant d'y plonger les lèvres, même quand il n'était plus chaud –, celui d'avant avait quelque chose, une sorte de lumière intérieure, de chaleur, qui donnait envie d'être près de lui. Il lui rappelait un peu ces bâtonnets en plastique qu'on casse pour que le liquide qui est dedans brille dans le noir. C'était le même homme, mais il avait perdu sa lumière intérieure. Il avait l'air plus vieux, amaigri. Elle vit qu'il n'était pas rasé, il avait les cheveux gras, décoiffés, et il ne portait pas un pull ras du cou impeccable comme la dernière fois, mais une chemise quelconque, comme celles que son père mettait pour aller au boulot, auréolée sous les bras et même pas rentrée dans son pantalon. Il sentait la sueur et la crasse. Il paraissait avoir passé toute la nuit dehors, ou dans une voiture, quelque part. Il la repéra depuis la porte, et elle le suivit vers un box, au fond.

— *Qu'est-ce que tu fais là ?*

— *Je l'ai quittée*, dit-il.

Il se tourna vers elle. Son haleine sentait la bière.

17

— *Ça y est, Jeannette, je l'ai fait*, dit-il. *J'ai quitté ma femme. Je suis un homme libre.*

— *Tu es venu jusqu'ici pour me dire ça ?*

Il se racla la gorge.

— *J'ai beaucoup pensé à toi. J'ai pensé à nous.*

— *Comment ça*, nous *? Il n'y a pas de nous. Tu ne peux pas t'amener comme ça et dire que tu as pensé à nous.*

Il se redressa.

— *Eh si. Je te le dis, là, tout de suite.*

— *J'ai du travail, tu ne vois pas ? Je ne peux pas rester à bavarder avec toi. Il faut que tu commandes quelque chose.*

— *Bon. Je vais prendre un cheeseburger. Un cheese et un Coca*, répondit-il sans un regard au menu accroché au mur.

Il ne la quittait pas des yeux.

Elle nota la commande, mais les mots dansaient sur son bloc. Les larmes lui brouillaient la vue. Elle avait l'impression de ne pas avoir dormi depuis un mois, un an. Elle était à bout de forces. Pendant un moment, elle avait eu envie de faire quelque chose de sa vie, peut-être se couper les cheveux, finir ses études, ouvrir une petite boutique, s'installer dans une vraie ville, comme Chicago ou Des Moines, louer un appartement, avoir des amis. Elle n'aurait su dire où elle était allée chercher ça : depuis toujours, elle se voyait assise dans un restaurant, un *coffee shop*, mais coquet ; c'était l'automne, il faisait froid dehors et elle lisait un livre, assise à une petite table, près de la vitre. Devant elle, une chope de thé brûlant. Elle regardait, dans la rue de la ville où elle vivait, les gens aller et venir, emmitouflés dans leurs manteaux, leurs bonnets, et en transparence elle voyait aussi le reflet de son visage dans la vitre. Sauf qu'elle était debout là, et ces images semblaient appartenir à une personne complètement différente. Là, il y avait Amy, qui était malade la moitié du temps, enrhumée ou avec des coliques attrapées à la crèche pourrie où Jeannette la mettait pendant la journée, pour venir travailler à la Boîte, et son père, qui était mort si subitement qu'on aurait dit qu'il avait disparu dans une trappe, et Bill Reynolds, attablé devant elle comme s'il s'était absenté juste une seconde, et pas quatre ans.

— *Pourquoi tu me fais ça ?*

Il la regarda longuement droit dans les yeux et lui effleura le dessus de la main.

— *Viens me retrouver après. S'il te plaît.*

Il finit par venir habiter avec Amy et elle. Elle ne savait plus si c'était elle qui l'avait proposé ou si c'était arrivé comme ça. En tout cas, elle le regretta aussitôt. Ce Bill Reynolds, qui était-il, au fond ? Il avait quitté sa femme et ses garçons, Bobby et Billy, avec leurs tenues de base-ball, il avait laissé tout ça derrière lui, dans le Nebraska. Il n'avait plus de Pontiac, ni de travail, d'ailleurs ; ça aussi, c'était fini. La faute à la crise, lui expliqua-t-il. Personne n'achetait plus rien. Il disait qu'il avait des projets, mais le seul projet qu'elle voyait, c'était qu'il restait à la maison sans rien faire, sans s'occuper d'Amy, même pas fichu de débarrasser la table du petit déjeuner, alors qu'elle passait ses journées à trimer à la Boîte. Ça durait depuis trois mois quand un jour il lui tapa dessus. Il avait trop bu, et après, il éclata en sanglots et il lui dit et répéta qu'il regrettait. Il était à genoux et il bredouillait comme si c'était elle qui l'avait battu. Il fallait qu'elle comprenne, disait-il, c'était dur pour lui, tous ces changements dans sa vie ; c'était trop dur, ç'aurait été trop dur pour n'importe qui. Il l'aimait, il était désolé, il ne recommencerait pas, jamais. Il ne lui ferait pas ça, pas à elle, pas à Amy. *Juré*. Et elle finit par lui dire qu'elle regrettait, elle aussi.

Il l'avait frappée pour une histoire d'argent. Et quand l'hiver arriva, comme elle n'avait pas assez sur son compte pour payer le livreur de mazout, il la frappa à nouveau.

— *Bon Dieu, qu'est-ce qui m'a fichu une bonne femme comme ça ? Tu ne vois pas que je suis dans la panade, moi ?*

Elle était tombée dans la cuisine, et elle se tenait le côté de la tête. Il l'avait cognée si fort qu'il l'avait envoyée valdinguer. C'était drôle, maintenant qu'elle était étalée là, elle voyait à quel point le lino était crasseux, tout taché, avec des moutons de poussière et des saletés, Dieu sait quoi, incrustées à la base des placards où on n'allait pas souvent regarder. Elle remarquait ça avec une moitié de sa tête pendant que l'autre disait : *Tu débloques, Jeannette ; Bill t'a frappée, il t'a détraqué quelque chose, et toi, tu penses à quoi ? Au ménage.* Et le monde résonnait aussi d'une drôle de façon. Amy regardait la télévision, en haut, la petite télé de sa chambre, mais Jeannette l'entendait comme si elle retentissait sous son crâne : Barney, le dinosaure violet, et une chanson qui disait comment il fallait se brosser les dents ; et puis, plus loin, elle entendait le bruit du camion-citerne qui s'éloignait, les derniers échos du moteur qui avait des ratés alors qu'il tournait à la sortie de l'allée et reprenait la route du comté.

— *C'est pas chez toi, ici*, fit-elle.

— *Ça, tu l'as dit.*

Bill prit une bouteille d'Old Crow dans le placard au-dessus de l'évier et en versa une bonne dose dans un pot à confiture, alors qu'il n'était que dix heures du matin. Il s'assit à la table mais sans croiser les jambes comme on fait pour se mettre à l'aise.

— *Et c'est pas ma cuve à mazout non plus.*

Jeannette roula sur le côté et essaya de se relever,

mais n'y arriva pas. Elle le regarda boire pendant une minute.

— *Va-t'en.*

Il se mit à rire en secouant la tête et s'octroya une nouvelle gorgée de whisky.

— *C'est marrant*, dit-il, *de te voir dire ça vautrée par terre, comme ça.*

— *Je le pense vraiment. Je te dis de t'en aller.*

Amy entra dans la cuisine avec le lapin en peluche qu'elle traînait partout. Elle portait une salopette, la jolie que Jeannette lui avait trouvée au magasin d'usine, une OshKosh B'Gosh, avec les fraises brodées sur le devant. L'une des bretelles pendouillait sur ses fesses. Elle avait détaché la boucle toute seule, se dit Jeannette. Elle devait avoir envie de faire pipi.

— *Tu es par terre, maman.*

— *Ça va, chérie.*

Elle se releva pour lui montrer. Elle avait l'oreille gauche qui tintait un peu, comme dans ces dessins animés où des petits oiseaux volettent autour de la tête des personnages. Elle vit qu'elle avait du sang sur la main, aussi. Elle ne savait pas d'où ça venait. Elle prit Amy dans ses bras et se força à sourire.

— *Tu vois ? Maman est tombée, c'est tout. Tu veux aller au petit coin, chérie ? Tu veux aller sur ton pot ?*

— *Regarde-toi*, dit Bill. *Je voudrais vraiment que tu voies le tableau !*

Il secoua à nouveau la tête et replongea le nez dans son whisky.

— *Espèce de sale conne. C'est probablement même pas la mienne.*

— *Maman*, dit la petite fille en tendant le doigt. *Tu t'es fait mal. Tu t'es fait mal au nez.*

Et puis, était-ce ce qu'elle venait d'entendre ou la vue du sang, elle se mit à pleurer.

— *Tu vois ce que tu as fait ?* lança Bill, avant de se tourner vers Amy. *Allez, allez. C'est pas grave. Des fois, les gens se disputent, c'est comme ça, c'est tout.*

— *Je te le dis encore une fois : va-t'en.*

— *Et comment tu te débrouillerais, hein, tu peux me le dire ? T'es même pas foutue de remplir la cuve à mazout.*

— *Tu crois que je ne le sais pas ? Dieu sait que tu n'as pas besoin de me le rappeler.*

Amy s'était mise à geindre. Jeannette la serra contre elle et sentit soudain une chaleur humide sur sa hanche. La petite lui avait fait pipi dessus.

— *Pour l'amour du ciel, fais taire cette gamine !*

Elle serra Amy contre sa poitrine.

— *Tu as raison. Ce n'est pas la tienne. Elle n'est pas de toi, et elle ne sera jamais à toi. Tu t'en vas ou je te jure que j'appelle le shérif.*

— *Me le répète pas, Jeannette. Je t'assure.*

— *Eh bien, si, je te le répète, là, tout de suite.*

Alors il se leva et claqua les portes dans toute la maison en flanquant ses affaires dans les cartons avec lesquels il avait débarqué, des mois auparavant. Elle aurait tout de même pu s'étonner, sur le coup, qu'il n'ait même pas une valise correcte, non ? Elle s'assit à la table de la cuisine, Amy sur les genoux, les yeux rivés à la pendule au-dessus du fourneau, regardant les minutes s'écouler jusqu'à ce qu'il revienne dans la cuisine pour la frapper à nouveau.

Et puis elle entendit la porte de devant s'ouvrir en tapant contre le mur, et le bruit lourd de ses pas sur le porche. Il fit des allers et retours pendant un moment, trimbalant ses cartons, laissant la porte d'entrée ouverte, si bien que l'air froid pénétra dans toute la maison. Finalement, il revint dans la cuisine, abandonnant des petits damiers de neige sale par terre avec ses semelles.

— *Bon. Tu veux vraiment que je m'en aille ?*
Regarde-moi bien.

Il prit la bouteille d'Old Crow sur la table.

— *C'est ta dernière chance*, dit-il.

Jeannette ne répondit pas, ne le regarda même pas.

— *Alors, c'est comme ça ? Parfait. Ça t'ennuie si j'en prends un petit dernier pour la route ?*

C'est à ce moment-là que Jeannette tendit le bras et balaya le verre du plat de la main à travers la cuisine, comme elle aurait renvoyé une balle de ping-pong avec une raquette. Elle savait une demi-seconde avant qu'elle allait le faire, et elle savait aussi que ce n'était pas l'idée du siècle, mais à ce moment-là, il était trop tard. Le verre heurta le mur avec un choc sourd et tomba par terre, sans se casser. Elle ferma les yeux, serrant Amy très fort contre elle, sûre de ce qui allait arriver. L'espace d'un instant, on aurait dit qu'il n'y avait plus rien dans la pièce, que le bruit du verre roulant par terre. Elle sentait la colère de Bill monter en lui comme des bouffées de fièvre.

— *Attends un peu, Jeannette. Attends de voir ce que le monde te réserve. Tu repenseras à ce que je te dis tout de suite.*

Et puis le bruit de ses pas l'accompagna hors de la pièce. Il était parti.

Elle donna ce qu'elle put au livreur de mazout et baissa le thermostat sur dix pour faire durer la cuve au maximum. Elle enfila des moufles à sa fille et lui enfonça un bonnet sur la tête.

— *Tu vois, Amy chérie, c'est comme si on allait camper, toutes les deux. Là, regarde, il ne fait pas si froid que ça, hein ? C'est une espèce d'aventure.*

Jeannette entassa toutes les vieilles couvertures qu'elle put trouver, et elles dormirent blotties l'une contre l'autre. Il faisait tellement froid dans la chambre que leur respiration faisait de la buée devant leur visage. Jeannette prit un travail de nuit, des heures de ménage au lycée. Elle confiait Amy à une voisine, mais quand celle-ci tomba malade et partit pour l'hôpital, elle fut bien obligée de la laisser toute seule, en lui recommandant de rester au lit, de ne pas répondre si on frappait à la porte.

— *Ferme les yeux, chérie, maman revient tout de suite.*

Elle attendait qu'Amy s'endorme, sortait sur la pointe des pieds et filait, au bout de l'allée pleine de neige, prendre sa voiture qu'elle garait loin de la maison pour qu'Amy ne l'entende pas démarrer.

Et puis, un soir, elle commit l'erreur de raconter ça à quelqu'un, une autre femme de l'équipe de nuit avec qui elle était sortie fumer une cigarette. Fumer, Jeannette n'avait jamais aimé ça, et elle aimait encore moins l'idée de gaspiller de l'argent pour acheter du tabac, mais ça l'aidait à rester éveillée, et sans pause cigarette elle n'aurait plus rien eu à attendre, que des toilettes à nettoyer et des serpillières à passer dans des couloirs. Elle dit à la femme, Alice, de n'en parler à personne, qu'elle pourrait avoir des ennuis si on savait qu'elle laissait Amy toute seule comme ça, mais évidemment cette Alice s'empressa de le répéter. Elle alla tout droit voir le responsable, qui vira Jeannette sur-le-champ.

— *Laisser une petite fille toute seule comme ça, la nuit, ça va pas, non ?!* lui dit-il dans son bureau, près des chaudières.

Un réduit de trois mètres de côté, avec un bureau en métal cabossé, un vieux fauteuil qui perdait son rembourrage et un calendrier mural périmé. Il y faisait une chaleur étouffante, et Jeannette crut qu'elle allait se trouver mal.

— *Et tu as du bol que je ne prévienne pas les autorités du comté*, ajouta-t-il.

Elle se demanda quand elle était devenue quelqu'un à qui on pouvait dire une chose pareille, et à juste raison. Il avait été assez gentil avec elle jusque-là, elle aurait peut-être pu lui faire comprendre la situation, que sans ces heures de ménage elle ne savait pas comment elle allait s'en sortir, mais elle était trop fatiguée pour s'expliquer. Elle prit son dernier chèque et rentra chez elle dans sa vieille bagnole déglinguée, une Kia qui avait déjà six ans quand elle l'avait achetée, au lycée, et qui tombait en morceaux. Elle avait toujours l'impression de semer sur la route des boulons et des écrous. Bref, quand elle passa au Quick Mart pour acheter un paquet de clopes, ce tas de boue ne voulut pas redémarrer. Alors elle se mit à pleurer. Elle pleura pendant une demi-heure sans pouvoir s'arrêter.

La batterie était fichue. Elle en trouva une pour quatre-vingt-trois dollars chez Sears, mais à ce moment-là elle avait manqué une semaine et perdu son travail à la Boîte aussi. Elle avait juste de quoi partir, après avoir emballé leurs affaires dans des sacs d'épicerie et les cartons que Bill avait laissés derrière lui.

Personne ne sut jamais ce qu'elles étaient devenues. La maison resta vide ; l'eau gela dans les tuyaux, qui éclatèrent comme des figues trop mûres. Quand le printemps revint, l'eau coula pendant des jours et des jours jusqu'à ce que la Compagnie des eaux, constatant que personne ne payait les factures, envoie une équipe couper l'eau. Les souris investirent les lieux. Un été, un orage cassa une fenêtre, à l'étage, les hirondelles firent leur nid dans la chambre où Jeannette et Amy avaient dormi par un froid glacial, et bientôt la maison fut pleine de leurs chants et de leur odeur.

À Dubuque, Jeannette trouva un boulot de nuit dans une station-service. Amy dormit sur le canapé dans la pièce du fond, jusqu'à ce que le propriétaire s'en aperçoive et fiche Jeannette dehors. C'était l'été, elles vivaient dans la Kia et faisaient leur toilette dans les WC de la station-service, alors pour partir elle n'eut qu'à mettre le contact. Pendant un moment, elles campèrent, à Rochester, chez une amie de Jeannette, une fille qu'elle avait connue à l'école et qui était venue là préparer un diplôme d'infirmière. Jeannette prit un boulot de femme de ménage à l'hôpital où travaillait son amie, mais elle touchait le salaire minimum, et l'appartement où elles étaient hébergées était trop petit pour qu'elles puissent y rester. Jeannette s'installa dans un motel, mais il n'y avait personne pour garder Amy, la copine ne pouvait pas s'en occuper, elle ne connaissait personne qui pouvait la prendre, et donc elles retournèrent vivre dans la Kia. On était en septembre, un souffle automnal planait déjà dans l'air. La radio parlait de guerre à longueur de journée, alors elle descendit vers le Sud. Elle était arrivée à Memphis lorsque la Kia rendit l'âme pour de bon.

Le type en Mercedes qui les prit lui dit qu'il s'appelait John – un mensonge, elle le devina rien qu'à la façon dont il le dit, avec juste une seconde d'hésitation :

— *Je m'appelle... John.*

Un môme racontant que la lampe s'était cassée toute seule.

Elle lui donnait une cinquantaine d'années, mais elle n'était pas très experte en la matière. Il portait la barbe, une barbe soignée, et un petit costume sombre, comme un employé des pompes funèbres. Il ne tenait pas en place. Tout en conduisant, il ne cessait de jeter des coups d'œil à Amy, dans le rétroviseur, posant à Jeannette toutes sortes de questions sur elle, sur ses goûts, où elle allait, ce qu'elle venait faire dans le Tennessee. La voiture lui rappelait la Grand Prix de Bill Reynolds, en plus belle. Avec les vitres fermées, on n'entendait pas un bruit de l'extérieur, et les sièges étaient tellement moelleux qu'elle avait l'impression de s'enfoncer dans une coupe de crème fouettée. Elle aurait bien piqué un roupillon. Le temps qu'ils arrivent au motel, elle se fichait plus ou moins de ce qui allait se passer. Ça paraissait inévitable. Ils étaient près de l'aéroport ; le terrain était plat, comme l'Iowa, et dans le crépuscule, les lumières des avions qui circulaient sur les pistes décrivaient de vastes arcs léthargiques, pareils aux cibles d'un stand de tir.

— *Amy, chérie, maman va entrer là une minute avec le gentil monsieur. Tu vas regarder ton livre d'images, hein, mon poussin ?*

Il fut assez poli, l'appelant bébé et tout ça, et quand il eut fait sa petite affaire, avant de partir, il mit cinquante dollars sur la table de nuit. De quoi permettre à Jeannette de se payer une chambre avec Amy, cette nuit-là.

Les autres ne furent pas tous aussi gentils.

Le soir, elle enfermait Amy dans la chambre, la télé allumée en guise de fond sonore, et elle allait faire quelques pas sur la route, devant le motel. Ce n'était jamais très long. Quelqu'un finissait toujours par s'arrêter, toujours un homme, et quand ils s'étaient mis d'accord, elle le ramenait au motel. Une fois devant la porte, elle entrait d'abord toute seule dans la chambre et elle mettait Amy dans la salle de bains. Elle lui avait installé un lit dans la baignoire, avec des couvertures et des oreillers en rab.

Amy avait six ans. C'était une petite fille calme, qui

ne disait pas grand-chose, mais elle avait plus ou moins appris à lire toute seule, en suivant avec le doigt sur un livre, toujours le même, sans arrêt, et elle savait compter. Une fois, alors qu'elles regardaient « La roue de la fortune », au moment où la femme devait dépenser l'argent qu'elle avait gagné, la petite sut exactement ce qu'elle pouvait acheter : elle n'avait pas assez pour le voyage à Cancún, mais elle pouvait s'offrir le salon et il lui resterait de quoi payer les clubs de golf pour son mari et elle. Jeannette se dit qu'Amy devait être rudement futée pour avoir calculé ça, peut-être plus que futée, et elle aurait probablement dû l'envoyer à l'école, mais elle ne savait pas où il y avait une école dans le coin. Il n'y avait que des carrossiers, des prêteurs sur gages et des motels comme celui où elles habitaient, le SuperSix. Le propriétaire ressemblait beaucoup à Elvis Presley, pas le jeune et bel Elvis, le gros avec les cheveux gras et les lunettes dorées, clinquantes, qui lui faisaient des yeux de poisson dans un bocal, et il avait toujours une veste en satin avec un éclair dans le dos, comme Elvis. Il était presque tout le temps assis à son bureau, derrière le comptoir, à faire des réussites en fumant un petit cigare avec un embout en plastique. Jeannette lui payait la chambre à la semaine, en liquide, et elle ajoutait un billet de cinquante pour qu'il lui fiche la paix. Un jour, il lui demanda si elle avait de quoi se défendre, si elle ne voulait pas lui acheter une arme. Elle répondit que oui, bien sûr, combien ? Et il lui réclama cent de plus. Il lui montra un petit calibre à l'air rouillé, un vingt-deux, et quand elle le prit dans sa main, là, dans le bureau, ça ne lui fit pas une impression formidable. Ça n'avait vraiment pas l'air d'un truc qui pouvait tuer quelqu'un. Mais il était assez petit pour tenir dans le sac qu'elle prenait pour aller sur la route, et elle se dit que ce ne serait peut-être pas mal de l'avoir sur elle.

— *Hé, attention ! Regardez où vous braquez ce machin-là*, dit le patron du motel.

Et Jeannette répondit :

— *Bon, si vous en avez peur, c'est qu'il doit marcher. Vous venez de me vendre ce flingue.*

Et elle était bien contente de l'avoir. Rien que de le sentir dans son sac, elle prit conscience qu'elle avait peur avant, mais plus maintenant, en tout cas plus autant. Le pistolet était son secret, le secret de son identité, comme si elle transportait là, dans son sac, les dernières bribes de celle qu'elle était. L'autre Jeannette, celle qui était debout au bord de la route, dans son petit haut moulant et sa jupe en stretch, qui tortillait des hanches, souriait et demandait : « *Je peux faire quelque chose pour toi, bébé ? Qu'est-ce qui te ferait plaisir ?* », cette Jeannette-là était un personnage fabriqué, comme la protagoniste d'une histoire dont elle n'était pas sûre de vouloir connaître la fin.

L'homme qui la prit dans sa voiture la fameuse nuit n'était pas celui qu'elle aurait imaginé. Les mauvais, d'habitude, ça se voyait au premier coup d'œil, et il lui arrivait de dire non merci et de continuer à marcher. Mais celui-là avait l'air gentil, on aurait dit un étudiant, ou du moins un jeune en âge d'aller à l'université, et bien habillé, avec ça : un pantalon beige en toile et une de ces chemises avec un petit cavalier qui tient un maillet de polo. Comme s'il allait à un rendez-vous galant, ce qui la fit rire sous cape quand elle monta dans sa voiture, une grosse Ford Expo avec une galerie sur le toit pour fixer un vélo ou quelque chose dans le genre.

Et puis il se passa un truc marrant. Il refusa d'aller au motel. Certains hommes préféraient le faire là, dans la voiture, sans même prendre la peine de s'arrêter sur le bas-côté, mais quand elle s'y mit en croyant que c'était ce qu'il voulait, il la repoussa gentiment. Il voulait la sortir, dit-il. Elle demanda :

— *Comment ça, sortir ?*

— *Dans un endroit agréable. Tu n'as pas envie d'aller dans un endroit agréable ? Je te donnerai un supplément.*

Comme ça ou autrement... Elle pensa à Amy qui dormait dans la chambre et se dit que ça ne changerait pas grand-chose.

— *Tant que ça ne dure pas plus d'une heure*, répondit-elle. *Mais il faudra que tu me ramènes.*

Sauf que ça dura plus d'une heure, beaucoup plus. Lorsqu'ils arrivèrent, Jeannette n'était pas rassurée. Il s'arrêta devant une maison avec au-dessus du porche une grande enseigne qui faisait comme trois lettres, mais pas tout à fait des lettres, et Jeannette sut ce que c'était : une fraternité. Un endroit où des garçons friqués vivaient et picolaient avec l'argent de leur papa, en faisant semblant d'aller à l'école pour devenir docteurs ou avocats.

— *Tu vas adorer mes amis*, dit-il. *Viens, que je te les présente.*

— *Je ne veux pas entrer là-dedans. Ramène-moi tout de suite.*

Il se figea, les mains sur le volant, et quand elle vit son visage, et la lueur dans ses yeux, la lente faim démente, soudain il n'eut plus du tout l'air d'un gentil garçon.

— *Ça*, dit-il, *pas question. Désolé, mais ce n'est pas prévu au programme.*

— *Tu vas voir si c'est pas prévu !*

Elle ouvrit la portière de la bagnole et commença à marcher, droit devant elle, sans savoir où, tant pis, quand soudain il fut derrière elle et l'attrapa par le bras.

Le doute n'était plus permis quant à ce qui l'attendait dans la maison, ce qu'il voulait, comment ça allait finir. Elle ne pouvait s'en prendre qu'à elle-même si elle ne l'avait pas compris plus tôt, beaucoup plus tôt, peut-être en remontant au jour où Bill Reynolds était entré dans la Boîte. Elle vit que le gamin avait peur aussi, qu'il faisait ça à cause de ses amis, dans la maison, c'étaient eux qui l'y obligeaient, ou du moins c'était ce qu'il se disait. Mais ça lui faisait une belle jambe, à Jeannette. Il passa derrière elle, essaya de lui faire une clé de bras, alors elle lui flanqua un bon coup du dos de la main là où ça faisait le plus mal. Il poussa un cri, la traita de salope, de putain et autres noms d'oiseaux, et lui envoya son poing dans la figure. Déséquilibrée, elle tomba à la renverse. Il se retrouva à cheval sur elle, comme un jockey, et se mit à lui balancer des gifles et des coups de poing tout en cherchant à lui clouer les bras à terre. S'il y arrivait, ce serait fini. Elle se dit qu'il se fichait probablement qu'elle soit consciente ou non quand il le lui ferait. Ça leur serait bien égal, à ses copains et lui. Elle fouilla à tâtons dans son sac tombé dans l'herbe. Sa vie lui paraissait très étrange, tout à coup, comme si ce n'était même plus la sienne, comme si ça n'avait jamais été la sienne, déjà, au départ. Mais les armes à feu se posaient moins de questions. Un pistolet, ça ne s'interrogeait pas sur le sens de la vie, et elle sentit le métal froid de l'automatique glisser dans sa paume comme s'il avait toujours voulu y être. Son esprit disait : *Ne réfléchis pas, Jeannette.* Elle appuya le canon sur le côté de la tête du garçon, sentit la peau et l'os au point de contact et, sûre d'être assez près pour ne pas le rater, appuya sur la détente.

Le retour au motel l'emmena au bout de la nuit. Quand le garçon était retombé à côté d'elle, elle avait couru vers la plus grande artère qu'elle avait pu repérer, un large boulevard vivement éclairé par des réverbères, et pris un bus au vol. Même si ses vêtements étaient tachés de sang, c'est à peine si le chauffeur lui avait jeté un coup d'œil en lui expliquant comment retourner à l'aéroport, et elle était allée s'asseoir au fond, où elle risquait le moins d'attirer l'attention. De toute façon, le bus était pratiquement vide. Elle ne savait pas du tout dans quel quartier elle était. Le bus avait décrit de lents méandres entre des maisons et des magasins plongés dans le noir, était passé devant une grande église, puis elle avait vu les pancartes du zoo et elle était enfin arrivée dans le centre-ville. Elle avait attendu un deuxième autobus en grelottant sous un abribus en plexiglas. Il faisait froid et humide. Elle n'avait aucune idée de l'heure. Elle avait perdu sa montre, elle ne savait ni où ni comment. Peut-être quand ils se bagarraient, et il se pouvait qu'elle livre des indices à la police. Cela dit, ce n'était qu'une Timex achetée dans un centre commercial, et Jeannette doutait qu'ils en tirent grand-chose. C'était l'arme qui la trahirait. Elle l'avait balancée dans l'herbe, ou du moins c'est ce qu'elle croyait se rappeler. Elle avait la main encore un peu engourdie à cause de la violence du recul. Ses os avaient résonné comme un diapason qui n'aurait pas cessé de vibrer.

Le temps qu'elle arrive au motel, le soleil se levait. Une lumière cendreuse baignait la ville qui se réveillait. Elle se glissa dans la chambre. Amy dormait, la télévision toujours allumée sur une émission de télé-achat qui vendait une espèce de machine de remise en forme. Un homme bodybuildé avec une queue-de-cheval et une énorme bouche, comme un chien, aboyait silencieusement sur l'écran. Jeannette se dit qu'elle avait à peine quelques heures devant elle. Quelle idiote ! Elle n'aurait jamais dû laisser le pistolet sur place. Enfin, à quoi bon se faire des reproches maintenant ? Elle se passa de l'eau sur le visage et se lava les dents sans se regarder dans la glace, puis elle enfila un jean, un tee-shirt, prit les vieux vêtements qu'elle mettait pour marcher le long de la route, le haut moulant, la minijupe et la veste à franges, tout éclaboussés de sang et de petits bouts, elle ne voulait pas savoir de quoi, et alla les jeter dans la benne à ordures puante, derrière le motel.

Le temps semblait s'être contracté, comme un accordéon, toutes les années, tous les événements qu'elle avait vécus soudain comprimés sous la pression du moment présent. Elle se rappela les petits matins où Amy était bébé, comment elle la berçait dans ses bras, assise près de la fenêtre, s'endormant souvent elle-même. C'étaient de bons matins, elle ne les oublierait jamais. Elle emballa quelques affaires dans le sac à dos Super Nanas d'Amy, fourra son argent et des vêtements à elle dans un sac en papier, puis elle éteignit la télévision et réveilla doucement Amy.

— Allez, ma puce. Debout. Il faut qu'on s'en aille.

La petite fille se laissa habiller en dormant à moitié. Le matin, elle était toujours comme ça, vaseuse, et Jeannette se réjouissait de ne pas avoir besoin de l'amadouer et de lui fournir des explications. Elle lui donna une barre de céréales, une petite brique de jus de raisin tiède, et elles retournèrent ensemble vers la route, à l'endroit où le bus avait déposé Jeannette.

Elle avait remarqué, en revenant vers le motel, une grande église de pierre avec une banderole sur la façade : « Notre-Dame-des-Douleurs ». Si elle ne se trompait pas de bus, elle se dit qu'elles repasseraient devant.

Elle s'assit de nouveau au fond, prit Amy par les épaules, la serra contre elle. La petite fille ne dit rien, sauf une fois, qu'elle avait faim, alors Jeannette prit une autre barre de céréales dans la boîte qu'elle avait mise dans son sac à dos, avec ses vêtements propres, sa brosse à dents et son lapin en peluche. *Amy,* pensa-t-elle, *ma toute petite, ma petite fille adorée, je suis désolée, vraiment désolée.* Elles changèrent de bus dans le centre-ville, et quand Jeannette aperçut l'enseigne du zoo, au bout d'une demi-heure, elle se demanda si elle n'était pas allée trop loin. Et puis elle se rappela qu'elle avait vu l'église avant le zoo, ce matin-là, en venant de l'autre direction, alors Notre-Dame-des-Douleurs devait être après, maintenant qu'elle allait dans l'autre sens.

C'est alors qu'elle la vit. À la lumière du jour, elle avait l'air différente, moins grande, mais ça irait. Elles descendirent par la porte du fond. Pendant que le bus redémarrait, Jeannette remonta la fermeture à glissière de la parka d'Amy et l'aida à enfiler son sac à dos.

Elle chercha l'autre panneau du regard, celui qu'elle avait vu cette nuit-là, à l'entrée d'une allée qui longeait l'église : « Couvent des sœurs de la Merci ».

Elle prit Amy par la main et s'engagea dans l'allée. Elle était bordée de grands arbres, des chênes apparemment, dont les longues branches moussues se penchaient sur elles. Elle ne savait pas à quoi ressemblait un couvent ; ça avait l'air d'être une maison, mais une jolie maison de pierre, des pierres qui brillaient un peu, avec un toit de bardeaux et des encadrements de fenêtres peints en blanc. Il y avait un jardin d'herbes aromatiques devant, et elle pensa que ça devait être ce que les bonnes sœurs faisaient, elles devaient planter des petites choses et s'en occuper. Elle s'approcha de la porte d'entrée et sonna.

La femme qui vint ouvrir n'était pas une vieille dame, comme Jeannette l'avait imaginé, et elle n'était pas en robe, ou quel que soit le nom qu'on donnait à ces tenues. Elle était jeune, pas beaucoup plus âgée que Jeannette, et en dehors de la coiffe qu'elle avait sur la tête, elle était habillée comme tout le monde, en jupe et chemisier, avec des mocassins marron. Et puis elle était noire. Avant de quitter l'Iowa, Jeannette avait dû voir un ou deux Noirs dans sa vie, à part à la télévision et au cinéma. Alors qu'à Memphis, il y en avait partout. Elle savait que certaines personnes avaient des problèmes avec les Noirs, mais elle n'en avait jamais eu, et une bonne sœur noire ferait sûrement aussi bien l'affaire qu'une autre.

— Désolée de vous déranger, commença Jeannette. Ma voiture est tombée en panne là-bas, dans la rue, et je me demandais...

— Mais bien sûr, répondit la femme.

Elle avait une voix étrange. Jeannette n'en avait jamais entendu de pareille. Ses paroles tintaient comme des clochettes, comme s'il y avait des notes de musique dedans.

— Entrez, entrez, vous deux.

La femme recula un peu pour les laisser passer. Quelque part dans la maison, se dit Jeannette, il y avait d'autres bonnes sœurs – peut-être noires, également – qui dormaient, faisaient la cuisine, lisaient ou priaient, ce que les bonnes sœurs devaient faire aussi, pensa-t-elle, sans doute le plus clair de leur temps. C'était sûrement ça, parce que c'était assez silencieux. Elle n'avait plus, maintenant, qu'à se débrouiller pour que la femme les laisse seules, Amy et elle. Elle le savait avec certitude, comme elle savait qu'elle avait tué un jeune homme, cette nuit-là, et tout le reste. Ce qu'elle s'apprêtait à faire était juste un peu plus douloureux, mais à part ça, pas très différent, c'était la même blessure.

— Mademoiselle... ?

— Oh, vous pouvez dire Lacey, répliqua la femme. On ne fait pas de manières, ici. C'est votre petite fille ?

Elle s'agenouilla devant Amy.

— Bonjour, toi. Comment tu t'appelles ? J'ai une petite nièce qui doit avoir ton âge, et elle est presque aussi jolie que toi.

Elle releva les yeux vers Jeannette.

— Elle est timide, votre petite fille. C'est peut-être mon accent. Je viens de Sierra Leone. Vous savez, en Afrique de l'Ouest. Tu sais où c'est ? demanda-t-elle en prenant Amy par la main. C'est très loin.

— Toutes les sœurs viennent de là-bas ? questionna Jeannette.

La femme se leva et se mit à rire, montrant des dents éclatantes.

— Ciel ! Oh non, je suis la seule.

Jeannette ne répondit pas tout de suite. Un ange passa. Cette femme lui plaisait, elle aimait bien sa voix, sa façon d'être, de regarder Amy dans les yeux quand elle lui parlait.

— Je me dépêchais d'emmener la petite à l'école, et voilà, dit-elle. C'est là que ma vieille guimbarde, ma voiture, m'a lâchée.

La femme hocha la tête.

— Venez. C'est par ici.

Elle conduisit Jeannette et Amy au bout du couloir, vers une grande cuisine avec une énorme table en chêne et des placards sur lesquels étaient collées des étiquettes : « Vaisselle », « Conserves », « Pâtes et riz ». Les bonnes sœurs mangeaient donc. Jeannette n'y avait jamais pensé avant. Et comme elles étaient beaucoup à vivre ici, ça devait aider de savoir ce qu'il y avait dans les placards. La femme lui montra le téléphone, un vieil appareil mural marron, avec un long fil. Jeannette avait assez bien prévu la suite. Elle composa un numéro pendant que la femme préparait une assiette de cookies pour Amy, et pas des biscuits en boîte, des vrais, faits maison. Puis, pendant qu'une voix enregistrée, à l'autre bout du fil, annonçait un temps nuageux, un risque d'averse en début de soirée, et douze degrés, une température au-dessus des normales saisonnières, elle fit semblant de parler à un garagiste, en hochant beaucoup la tête.

— La dépanneuse arrive, dit-elle en raccrochant. Ils m'ont dit d'aller l'attendre devant. En fait, ils avaient justement quelqu'un dans le coin.

— C'est une bonne nouvelle, dit la femme avec vivacité. On dirait que c'est votre jour de chance. Vous pouvez me laisser votre fille, si vous voulez. Vous risquez d'avoir du mal à vous occuper d'elle dans la rue, avec la circulation.

Et voilà, ça y était. Jeannette n'avait plus rien à faire. Elle n'avait qu'à dire oui.

— Ça ne vous ennuie pas ?

La femme eut un nouveau sourire.

— On va être très bien, ici. N'est-ce pas ? fit-elle en regardant Amy d'un air encourageant. Vous voyez ? Elle est très contente. Allez, filez vous occuper de votre voiture.

Amy était assise sur une chaise, à la grande table de chêne, devant l'assiette de cookies et le verre de lait auxquels elle n'avait pas touché. Elle avait enlevé son sac à dos et le tenait sur ses genoux. Jeannette n'osa pas la regarder trop longtemps. Elle s'agenouilla et la serra contre elle.

— Tu seras sage, hein ? fit-elle.

Contre son épaule, Amy hocha la tête.

Jeannette aurait voulu dire autre chose, mais les mots lui restèrent dans la gorge. Elle pensa à la note qu'elle avait laissée dans le sac à dos, le papier qu'elles trouveraient forcément en ne la voyant pas revenir. Elle serra Amy contre elle, tant qu'elle put, s'emplissant d'elle, de la chaleur de son corps, de l'odeur de ses cheveux, de sa peau. Elle dut retenir ses larmes, la femme – Lucy ? Lacey ? – ne le vit pas, et elle embrassa Amy encore un instant, le temps de ranger ce sentiment dans un coin de sa tête, un endroit où il serait bien à l'abri. Puis elle lâcha sa fille, et sans laisser l'occasion à l'une ou l'autre d'ajouter un mot, elle sortit de la cuisine, reprit l'allée qui menait vers la rue et continua à marcher.

2.

Fichiers récupérés de l'ordinateur de
Jonas Abbott Lear, PhD
Professeur à l'université de Harvard,
département de biologie cellulaire et moléculaire
Détaché auprès de l'USAMRIID[1]
Laboratoire militaire de Fort Detrick (Maryland),
département de paléovirologie

De : lear@amedd.army.mil
Pour : pkiernan@harvard.edu
Date : Lundi 6 février 13:18
Sujet : Liaison satellite activée

Salut, Paul !
La jungle de Bolivie t'envoie son bonjour ! De la glaciale Cambridge où tu grelottes sous la neige,

---

1. US Army Medical Research Institute of Infectious Diseases : Institut de recherche médicale militaire des maladies infectieuses, laboratoire militaire de recherche en guerre biologique. *(N.d.T.)*

j'imagine que la perspective de passer un mois sous les tropiques, même dans une enclave des Andes, peut paraître enviable. Mais, crois-moi, ici ce n'est pas Saint-Barth. Hier, j'ai vu un serpent gros comme un sous-marin.

RAS concernant le voyage. Seize heures d'avion jusqu'à La Paz, puis un petit appareil du gouvernement jusqu'à Concepción, dans la jungle impénétrable de l'est du pays. À partir de là, plus de vraies routes, on est vraiment dans l'aisselle suintante de la Bolivie, et on va devoir continuer à pinces. L'équipe s'est bien étoffée à La Paz, et tout le monde est assez excité. En plus du groupe de l'UCLA, Tim Fanning, de Columbia, nous a rejoints, de même que Claudia Swenson, du MIT. (Je crois t'avoir entendu dire que tu l'avais rencontrée à Yale.) Outre son potentiel médiatique non négligeable, tu seras ravi d'apprendre que Tim nous a ramené une demi-douzaine de jeunes post-docs. Du coup, l'âge moyen de l'équipe a chuté d'une dizaine d'années et la gent féminine est nettement majoritaire. « Rien que des chercheuses formidables », nous répète Tim. Trois ex-femmes, toutes plus jeunes l'une que l'autre : ce type ne retiendra jamais la leçon.

Je dois dire que, malgré mes réticences (sans parler des vôtres, à Rochelle et toi), l'implication des militaires fait une sacrée différence. Il n'y a que l'USAMRIID pour mettre en œuvre les moyens matériels et financiers nécessaires au montage d'une expédition pareille, et en un mois, tu te rends compte ? Après avoir passé des années à tirer les sonnettes, j'ai enfin l'impression qu'une porte vient de s'ouvrir et que je n'ai plus qu'à franchir le seuil. Tu me connais, je suis un scientifique pur et dur, il n'y a pas une once de superstition en moi. Mais je ne peux pas m'empêcher de croire à un caprice du destin. Il est tout de même paradoxal que ce soit maintenant, après la maladie de Liz, son long combat, que je trouve enfin le moyen d'élucider le plus grand de tous les mystères – le mystère de la mort. À vrai dire, je crois que cet endroit lui aurait plu. Je l'imagine avec son grand chapeau de paille, assise sur un tronc d'arbre près du fleuve, en train de relire Shakespeare au soleil.

À propos : bravo pour ta titularisation. Juste avant de partir, j'ai entendu dire que le comité t'avait plébiscité. Rien d'étonnant, après le vote du Département, dont je n'ai pas le droit de te parler, mais qui – c'est off, hein ! – était unanime. Tu n'imagines pas comme je suis soulagé. C'est bien gentil que tu sois un biochimiste de génie, un homme capable d'ordonner aux protéines associées aux microtubules cytoplasmiques de faire le beau et de chanter en chœur l'alléluia du *Messie* de Haendel. Mais qu'est-ce que j'aurais fait à l'heure du déjeuner si mon partenaire de squash n'avait pas été titularisé ?!

Toute mon affection à Rochelle, et dis à Alex que son oncle Jonas lui rapportera quelque chose de spécial de Bolivie. Pourquoi pas un bébé anaconda ? Il paraît que ça fait des bons animaux de compagnie, à condition de ne pas oublier de leur donner à manger. Et j'espère que ça tient toujours pour le match d'ouverture des Sox. Comment tu as réussi à avoir ces places, mystère...

Jonas

De : lear@amedd.army.mil
Pour : pkiernan@harvard.edu
Date : Mercredi 8 février 08:00
Sujet : Re : Rapporte, mon grand !

Salut, Paul !

Merci pour ton message, et pour tes précieux conseils. Je n'ai rien contre les jeunes et jolies diplômées d'universités prestigieuses, au contraire même. Souvent, la nuit, seul sous ma tente, cette pensée m'a effleuré. Mais ce n'est pas d'actualité, point barre. Pour le moment, Rochelle est la seule et unique femme de ma vie, et tu peux lui dire que j'ai dit ça.

Maintenant les nouvelles du coin : on dirait bien que c'est devenu une opération militaire. J'entends d'ici le tonitruant « Je te l'avais dit ! » de Rochelle. D'accord, ça nous pendait au nez à partir du moment où j'avais accepté le financement de l'USAMRIID, mais qu'est-ce que tu veux ? La reconnaissance aérienne, ça coûte un bras. (Vingt mille plaques pour réorienter un satellite pendant trente minutes. Oui, je sais, ça fait un peu *too much* pour ce qu'on est venus faire...) Bref, on procédait aux derniers préparatifs avant le départ, hier, au camp de base, quand un hélico tombe du ciel et devine qui on voit descendre ? Un commando des Forces spéciales, équipé comme pour prendre un bunker ennemi : tenue camouflée, peintures de guerre vert et noir, viseurs à infrarouge et lance-roquettes portatifs à tête chercheuse – toute la panoplie. De vrais GI Joe. En queue de peloton, un type en costume, un civil, qui a l'air d'être le chef. Il vient vers nous exactement comme s'il avait acheté la jungle et je vois qu'il est tout jeune, même pas trente ans. Et bronzé comme un champion de tennis.

41

Qu'est-ce qu'il fabrique avec un commando des Opérations spéciales ? « C'est vous, le type des vampires ? » il me demande. Paul, tu sais l'effet que me fait le mot « vampire » – essaie un peu d'obtenir une bourse de l'Académie des sciences en mettant ce mot-là dans le dossier, pour voir. Enfin, comme je suis poli, et qu'il est appuyé par une puissance de feu suffisante pour renverser un petit gouvernement, je réponds que c'est bien moi. Alors il me serre la main avec un sourire immense et me dit : « Mark Cole. Je viens de très loin pour vous voir, docteur Lear. Devinez ? Maintenant, vous êtes commandant. » Je réfléchis : commandant de quoi ? Et que foutent ces types ici ? « C'est une expédition scientifique civile », je réponds. « Plus maintenant », dit-il. Moi : « Qui a décidé ça ? » Lui : « Mon patron, docteur Lear. – Et qui est votre patron ? » je lui demande. Alors, lui : « Le président des États-Unis. »

Tim est en pétard, parce qu'il n'est que capitaine. OK, je ne saurais pas faire la différence entre un capitaine et le cow-boy Marlboro, alors ça ne me fait ni chaud ni froid. Mais Claudia a piqué une crise. Elle a bel et bien menacé de faire ses valises et de rentrer à la maison. « Je n'ai pas voté pour ce type, et je ne me laisserai pas enrôler dans cette armée de merde, quoi que ce connard puisse dire. » Bon, aucun de nous n'a voté pour lui non plus, et toute l'affaire ressemble plutôt à une grosse blague, mais ce n'est pas le sujet. Figure-toi qu'elle est quaker et que son jeune frère était objecteur de conscience pendant la guerre d'Iran. Enfin, on a réussi à la calmer et à la convaincre de rester, en lui promettant qu'elle ne serait pas obligée de faire le salut militaire.

Le truc, c'est que je ne vois vraiment pas ce que ces types font ici. D'accord, je comprends que ça puisse intéresser l'armée. Après tout, c'est leur fric qu'on dépense, merci, les gars, mais pourquoi envoyer un commando des forces spéciales (officiellement, de « reconnaissance tactique », s'il te plaît) en mission de baby-sitting pour une bande de biochimistes ? Le môme en costard – je suppose qu'il est de la NSA, mais qu'est-ce que j'en sais en réalité ? – prétend que la zone est notoirement contrôlée par le cartel de la drogue de Montoya, et que ses troufions sont là pour notre protection. « Vous imaginez de quoi ça aurait l'air si une équipe de chercheurs américains se faisait massacrer par des barons de la drogue en Bolivie ? Sale temps pour la politique étrangère américaine, non ? » C'est le discours qu'il répète en boucle, et je me garde bien de le contrarier, sauf que je sais pertinemment que les trafiquants sont beaucoup plus à l'ouest, dans l'Altiplano. Le bassin de l'est est virtuellement inhabité, en dehors de quelques colonies indiennes éparses, dont la plupart n'ont eu aucun contact avec l'extérieur depuis des années. Autant de choses qu'il *sait* que je sais.

Ça me laisse perplexe, mais apparemment ça ne change rien pour l'expédition proprement dite. Une force de frappe terrible nous accompagne pour la balade et voilà tout. Les soldats restent pratiquement dans leur coin ; c'est à peine si je les ai entendus ouvrir la bouche. Un peu terrifiant, mais au moins on ne les a pas dans les pattes.

Et donc, on part demain matin. L'offre d'un anaconda de compagnie tient toujours.

Jonas

De : lear@amedd.army.mil
Pour : pkiernan@harvard.edu
Date : Mercredi 15 février 23:32
Sujet : Voir pièce jointe
Pièces jointes : DSC00392.JPG (596KB)

Salut, Paul,

Six jours, déjà. Désolé de ne pas avoir donné de nouvelles, mais dis à Rochelle de ne pas s'inquiéter. La marche est pénible à cause des arbres qui bouchent le ciel et de la gadoue : il a plu des jours sans interruption. Bref, on avait trop à faire pour établir la connexion satellite. Le soir, on ne mange pas, on dévore et on s'écroule, épuisés, sous notre tente. Inutile de te dire qu'on ne sent pas la rose.

Mais ce soir, je suis trop excité pour dormir. Le document joint explique pourquoi. J'ai toujours cru en ce que nous faisions, mais j'ai eu des moments de doute, tu l'imagines. J'ai passé plus d'une nuit blanche à me demander si tout ça n'était pas complètement dingue, une théorie fumeuse que mon cerveau aurait fantasmée quand la santé de Liz s'est vraiment dégradée. Je sais que toi aussi, tu y as pensé. Il aurait fallu que je sois complètement stupide pour ne pas m'interroger. En tout cas, je ne me pose plus de questions.

D'après le GPS, nous sommes encore à vingt bons kilomètres du site. La topographie est cohérente avec la reconnaissance satellite : une cuvette envahie par une jungle dense, et le long du fleuve, un ravin profond avec des falaises de craie criblées de grottes. Même un géologue amateur déchiffrerait ces falaises comme les pages d'un livre : les strates habituelles de sédiments fluviaux et puis, quatre mètres à peu près sous le rebord, un dépôt noir de carbone. Encore une fois, c'est conforme à la légende Chuchote : il y a mille ans, toute la zone aurait été incendiée par « un grand embrasement envoyé par le dieu Auxl, seigneur du Soleil, pour détruire les démons de l'homme et sauver le monde ». La nuit dernière, nous avons campé au bord du fleuve en écoutant les hordes de chauves-souris qui ont surgi des grottes au coucher du soleil, et ce matin, nous sommes partis vers l'est, le long du ravin.

Et cet après-midi, nous avons vu la statue.

J'ai d'abord cru que je rêvais. Mais regarde ça, Paul. Un être humain, et en même temps pas tout à fait : la posture animale voûtée, les griffes pareilles à des mains et les longues dents qui dépassent de la bouche, la musculature impressionnante du torse, tous les détails encore plus ou moins visibles, après combien de temps ? Combien de siècles de pluie, de vent et de soleil ont érodé la pierre ? J'en ai eu le souffle coupé. La ressemblance avec les autres images que je t'ai montrées est indéniable – les colonnes du temple de Mansarha, les sculptures du site funéraire de Xianyang, les gravures rupestres des Côtes-d'Armor.

Encore des chauves-souris ce soir. On s'y habitue, et puis, grâce à elles, il y a moins de moustiques. Claudia a fait un piège pour en capturer une. Il faut croire qu'elles aiment les pêches en boîte. C'est ce qu'elle a utilisé comme appât. Peut-être qu'Alex préférerait une chauve-souris apprivoisée ?

J.

De : lear@amedd.army.mil
Pour : pkiernan@harvard.edu
Date : Samedi 18 février 18:51
Sujet : Encore des .jpg
Pièces jointes : DSC00481.JPG (596KB),
DSC00486 (582KB), DSC00491 (697KB)

Regarde ça. On a déjà compté neuf statues.

Cole pense que nous sommes suivis, mais il ne veut pas me dire par qui. C'est juste une impression, dit-il. Il passe ses nuits sur la liaison satellite. Ne veut pas me dire de quoi il retourne. Au moins, il ne m'appelle plus « commandant ». C'est un jeunot, mais il est moins gamin qu'il n'en a l'air.

Le temps s'arrange, finalement. Nous sommes tout près, moins d'une dizaine de kilomètres. Nous avançons bien.

De : lear@amedd.army.mil
Pour : pkiernan@harvard.edu
Date : Dimanche 19 février 21:51
Sujet :

De : lear@amedd.army.mil
Pour : pkiernan@harvard.edu
Date : Mardi 21 février 01:16
Sujet :

Paul,

Je t'envoie ça pour le cas où je ne reviendrais pas. Je ne veux pas t'affoler, mais il faut être réaliste. Voilà la situation : nous sommes à moins de cinq kilomètres du site funéraire, mais je doute que nous réussissions à effectuer l'extraction comme prévu. Il y a dans le groupe trop de malades, ou de morts.

Avant-hier, nous avons été attaqués. Pas par des trafiquants de drogue, par des chauves-souris. Elles sont arrivées quelques heures après le coucher du soleil, alors que nous étions presque tous devant nos tentes à vaquer aux occupations habituelles en fin de journée. On aurait dit qu'elles nous avaient observés tout le long du chemin et qu'elles guettaient le meilleur moment pour lancer une attaque aérienne. J'ai eu de la chance : j'étais remonté de quelques centaines de mètres en amont du fleuve, hors du couvert des arbres, pour capter un bon signal GPS. J'ai entendu des cris, des coups de feu, et je me suis précipité vers le campement, mais l'essaim était reparti en suivant le courant. Quatre membres de l'équipe sont morts cette nuit-là, dont Claudia. Les chauves-souris l'ont tout simplement engloutie. Elle a essayé d'aller vers le fleuve – elle espérait sûrement s'en débarrasser dans l'eau –, mais elle n'y est jamais arrivée. Le temps que nous la rejoignions, elle avait perdu tellement de sang qu'elle n'avait plus aucune chance de survie. Dans la panique, six autres ont été mordus ou griffés. Ils sont maintenant tous atteints par quelque chose qui ressemble à une forme aiguë de la fièvre hémorragique bolivienne : ils saignent par le nez, la bouche, la peau, ils ont les yeux roses du fait de la rupture des capillaires, beaucoup de fièvre, les poumons qui se remplissent de sérosités, et puis ils sombrent dans le coma. Nous avons contacté le Centre de contrôle des maladies, mais sans analyse tissulaire, ils ne peuvent rien dire. Tim a eu les deux mains pratiquement dévorées en essayant de débarrasser Claudia de ces sales bêtes. C'est le plus malade de tous. Je doute qu'il tienne jusqu'à demain matin.

Elles sont revenues la nuit dernière, malgré le péri-mètre de sécurité établi par le commando. Elles étaient beaucoup trop nombreuses. Des centaines de milliers, peut-être, une véritable nuée qui masquait les étoiles. Trois soldats tués, et Cole avec eux. Il était debout devant moi ; elles l'ont littéralement soulevé de terre avant de s'enfoncer dans son corps comme des tisonniers chauffés à blanc dans du beurre. C'est tout juste si on en a retrouvé de quoi l'enterrer.

Ce soir, c'est calme. Pas une chauve-souris dans le ciel. Nous avons créé un cercle de feu autour du campement ; apparemment, ça les tient en respect. Même les soldats sont plutôt ébranlés. Les rares membres du groupe encore indemnes réfléchissent à ce qu'il faut faire. Nous avons perdu une bonne partie de notre équipement. On ne sait pas très bien comment c'est arrivé, mais pendant l'attaque d'hier, une ceinture de grenades est tombée dans le feu, tuant l'un des soldats, détruisant les groupes électrogènes et presque tout ce qu'il y avait dans la tente du matériel. Enfin, nous avons encore la liaison satellite et assez de batteries pour demander une évacuation. Le plus raisonnable serait sans doute de ficher le camp d'ici en vitesse.

D'un autre côté... à quoi bon faire demi-tour main-tenant ? Quand je réfléchis à ce qui m'attend chez moi, je ne trouve rien, pas une seule raison de rentrer. Si Liz était encore de ce monde, ce serait différent. Je pense que l'année dernière, une partie de moi a fait semblant de croire qu'elle s'était simplement absentée, qu'un jour j'allais lever les yeux et la voir là, debout sur le pas de la porte, souriant comme elle faisait toujours, tu sais, la tête penchée sur le côté pour écarter les cheveux de son visage. Ma Liz, enfin de retour pour se faire une tasse d'Earl Grey, aller se promener le long de la Charles, sous la neige. Mais je sais maintenant que ça n'arrivera pas. Bizarrement, les événements des deux derniers jours m'ont ouvert les yeux sur notre mission, sur ses enjeux. Je ne regrette pas d'être venu ici. Je n'ai absolument pas peur. Et donc, en fin de compte, il se pourrait que je continue seul.

Paul, quoi qu'il arrive, quoi que je décide, je veux que tu saches que tu as été un ami merveilleux pour moi. Plus qu'un ami : un frère. Ça me fait vraiment drôle d'écrire ça, au bord d'un fleuve, dans la jungle bolivienne, à sept mille kilomètres de tout et de tous ceux que j'ai jamais connus et aimés. J'ai l'impression d'être entré dans une ère nouvelle. Quand même, vers quels drôles d'endroits la vie peut nous conduire. Quels noirs passages.

De : lear@amedd.army.mil
Pour : pkiernan@harvard.edu
Date : Mardi 21 février 05:31
Sujet : Re : Ne déconne pas, décampe tout de suite, par pitié

Paul,
Nous avons demandé l'évacuation hier soir, par radio. On nous récupère d'ici une dizaine d'heures. Ce sera vraiment limite. Je ne vois pas comment le groupe pourrait survivre à une nuit de plus ici. Ceux qui ne sont pas encore malades ont décidé de profiter de la journée pour se rapprocher du site. On s'apprêtait à tirer à la courte paille, mais tout le monde a voulu en être. Départ aux premières lueurs du jour, d'ici moins d'une heure. On réussira peut-être à sauver quelque chose de ce désastre. Une bonne

nouvelle, quand même : Tim semble avoir passé un cap au cours des dernières heures. Sa fièvre a bien baissé. Il est encore aréactif, mais l'hémorragie a cessé et l'état de sa peau s'améliore. Cela dit, pour les autres, je n'ose me prononcer.

Je sais que la science est ton dieu, Paul, mais serait-ce trop te demander que de prier pour nous ? Pour nous tous.

De : lear@amedd.army.ml
Pour : pkiernan@harvard.edu
Date : Mardi 21 février 23:16
Sujet :

Maintenant je sais pourquoi le commando est là.

3.

Les mille six cents hectares de terrain détrempé, couverts de pins et d'herbe, situés dans l'est du Texas, et qui auraient pu être le parc d'une société ou d'un campus universitaire, constituaient l'unité Polunsky du département de Justice criminelle du Texas, connue sous le nom de Terrell. Autrement dit, l'endroit où vous veniez mourir quand vous étiez condamné pour meurtre au Texas.

En cette aube du mois de mars, Anthony Lloyd Carter, matricule 999642, condamné à mort par injection létale pour le meurtre, à Houston, d'une mère de deux enfants appelée Rachel Wood dont il tondait la pelouse toutes les semaines pour quarante dollars et un verre de thé glacé, était détenu dans le quartier de haute sécurité de l'unité de Terrell depuis mille trois cent trente-deux jours – moins que beaucoup d'autres, plus que certains. Ce qui lui faisait une belle jambe : on ne décernait pas de médaille au titulaire du record. Carter mangeait seul, faisait de l'exercice seul, prenait sa douche seul, et pour lui, une semaine, un jour ou un mois, c'était du pareil au même. Le seul changement qui l'attendait, ce serait le jour où le directeur de la prison et l'aumônier se pointeraient devant sa cellule et l'emmèneraient dans la pièce où il aurait droit à l'aiguille, et ce jour-là ne tarderait plus. Il aurait pu lire, mais il avait du mal ; il avait toujours eu du mal, et il avait depuis longtemps cessé de s'enquiquiner avec ça. La cellule était un cube de béton d'un mètre cinquante sur deux mètres cinquante, avec une fenêtre et une porte d'acier percée d'une fente juste assez large pour ses deux mains, et voilà tout. Il passait le plus clair de son temps allongé sur sa couchette, l'esprit aussi vide qu'un seau à sec. D'une façon générale, il n'aurait même pas pu dire s'il était réveillé ou s'il dormait.

Ce jour-là commença comme tous les autres, à trois heures du matin, quand les lumières s'allumèrent et que le plateau du petit déjeuner arriva par la fente. Généralement des céréales, froides, des œufs en poudre ou des crêpes. Un bon petit déjeuner, c'était quand il y avait du beurre de cacahuètes sur les crêpes, et là, c'en était un bon. La fourchette, en plastique, se cassait une fois sur deux, alors Carter s'assit au bord de sa couchette et mangea les crêpes roulées, comme des tacos. Les autres hommes de l'aile H se plaignaient de la bouffe, disaient que c'était dégueulasse, mais Carter ne la trouvait pas si mauvaise, dans l'ensemble. Il avait connu pire, il y avait même eu des moments, dans sa vie, où il n'avait rien à manger du tout, alors les crêpes au beurre de cacahuètes c'était toujours bon à prendre, le matin, même si ce n'était pas vraiment le matin parce qu'il ne faisait pas jour dehors.

À propos de jour, il y avait les jours de visite, évidemment, mais Carter n'avait pas eu une seule visite depuis qu'il était à Terrell, et ça faisait un bail. Juste une fois, le mari de la dame était venu lui dire qu'il avait trouvé Jésus, Notre-Seigneur, et qu'il avait prié pour Carter, pour ce qu'il avait fait, leur enlever, à ses bébés et à lui, sa belle femme et leur maman, pour toujours et à jamais. Après toutes ces semaines et tous ces mois de prière, il en était arrivé à surmonter ça, et il avait décidé de lui pardonner. L'homme avait beaucoup pleuré, assis de l'autre côté de la vitre, le téléphone collé à l'oreille. Carter, lui-même chrétien, parfois, avait apprécié ce que le mari de la dame lui disait, mais à la façon dont il prononçait ces paroles, Carter avait l'impression que s'il avait décidé de lui pardonner, c'était pour se sentir mieux lui-même. En tout cas, il n'avait pas parlé d'empêcher ce qui allait arriver à Carter. Carter ne voyait pas ce qu'il aurait pu dire sur le sujet pour améliorer la situation, alors il avait remercié l'homme, dit : « Dieu vous bénisse, je suis désolé, si je vois Mme Wood au Ciel, je lui dirai ce que vous êtes venu faire ici aujourd'hui », et du coup l'autre s'était levé en vitesse et l'avait planté là, le téléphone à la main. Ça faisait bien deux ans, et c'était la dernière fois que quelqu'un était venu voir Carter à Terrell.

Le truc, c'était que la dame, Mme Wood, avait toujours été gentille avec lui. Elle lui donnait un petit billet de cinq ou dix dollars en plus, et elle venait lui porter du thé glacé quand il faisait chaud, toujours sur un petit plateau, comme on faisait au restaurant, et il n'avait rien compris à ce qui s'était passé ce jour-là. Carter était désolé pour ça, désolé jusqu'à la moelle des os, mais il

52

avait beau tourner et retourner l'histoire dans sa tête, il n'arrivait pas à lui donner un sens. Il n'avait jamais dit qu'il n'avait rien fait, mais ça ne lui paraissait pas juste de mourir pour quelque chose qu'il ne comprenait pas, au moins pas avant d'avoir eu le temps d'y voir clair. Il n'arrêtait pas d'y penser depuis quatre ans, ça ne servait à rien. Peut-être que c'était parce qu'il n'avait pas réussi à aller au fond des choses, comme l'avait fait M. Wood. Il aurait même plutôt dit que c'était de moins en moins net ; et puis d'abord, avec les jours, les semaines et les mois qui se mélangeaient dans sa tête, il n'était même pas sûr de bien se souvenir de tout.

À six heures du matin, au changement d'équipe, les gardes réveillèrent à nouveau tout le monde, firent l'appel des noms et des matricules, après quoi ils défilèrent dans le couloir avec les sacs de linge sale pour échanger les caleçons et les chaussettes. Ça voulait dire qu'on était vendredi. Carter n'avait droit qu'à une douche par semaine et ne voyait le coiffeur que tous les deux mois, alors c'était agréable d'avoir des vêtements propres. Le pire, c'était en été, où il se sentait collant en permanence à force de transpirer toute la journée, même quand il restait aussi immobile qu'une pierre. Mais d'après ce que son avocat lui avait dit dans la lettre qu'il lui avait envoyée six mois plus tôt, c'était le dernier été dans le Texas qu'il aurait à endurer de sa vie. Le 2 juin, ce serait fini.

Le cours de ses pensées fut interrompu par deux coups violents frappés à la porte de sa cellule.

— Carter ! Anthony Carter !

La voix était celle de Pinceur, le chef d'équipe.

— Allez, Pinceur, fit Anthony, depuis sa couchette. Qui tu crois qu'est là-dedans ?

— Présente tes poignets, Tone.

— C'est pas l'heure du sport. Et c'est pas le jour de ma douche non plus.

— J'vais pas rester là toute la matinée à discuter. Remue-toi !

Carter se souleva de sa couchette où il regardait le plafond en pensant à la femme, à ce verre de thé glacé sur le plateau. Il avait mal partout, il se sentait ramolli, et c'est avec effort qu'il s'agenouilla, dos à la porte. Il avait fait ça mille fois, mais il ne s'y habituait toujours pas. Le plus difficile était de garder son équilibre. Une fois à genoux, il fallait rentrer les omoplates, tordre les bras et passer les mains, les paumes tournées vers le ciel, dans la fente par où on lui apportait la bouffe. Il sentit la froide morsure du métal quand Pinceur lui mit les menottes. On l'appelait Pinceur parce qu'il les serrait toujours comme un malade.

— Allez, Carter, recule.

Carter prit appui sur son pied gauche, et le déplacement de son centre de gravité fit craquer son genou. Il se releva prudemment en retirant ses poignets menottés de la fente. De l'autre côté de la porte lui parvint le bruit métallique d'un gros anneau de clés, et la porte s'ouvrit devant Pinceur et le garde qu'ils appelaient Denis la Menace, à cause de ses cheveux, qui rappelaient ceux du gamin de la bande dessinée, et de la façon dont il vous menaçait avec sa matraque. Il avait le chic pour trouver des points de votre corps dont vous n'auriez jamais cru qu'y enfoncer un petit bout de bois puisse faire si mal.

— Allez, Carter, il paraît que quelqu'un veut te voir, dit Pinceur. Et c'est ni ta mère ni ton avocat.

Il ne souriait pas, ni rien, mais Denis la Menace avait l'air de bien s'amuser, lui. Il fit tournoyer son bâton comme une majorette.

— Ma mère est auprès de Jésus depuis que j'ai dix

ans, répondit Carter. Tu le sais bien, Pinceur. Ça fait cent fois que je te le dis. Qui c'est qui veut me voir ?

— Sais pas. C'est le directeur qu'a arrangé ça. Moi, je t'emmène aux cages, c'est tout.

Carter se dit que ça n'annonçait rien de bon. Il y avait un sacré bout de temps que le mari de la dame était venu le voir ; peut-être qu'il était revenu lui dire au revoir, ou bien j'ai changé d'avis, je ne vous pardonne pas, tout compte fait, allez en enfer, Anthony Carter. N'importe comment, Carter n'avait rien d'autre à lui dire. Il avait assez dit et répété pardon à tout le monde ; ça commençait à bien faire.

— Allez, ramène-toi, fit Pinceur.

Ils l'accompagnèrent dans le couloir, Pinceur lui pinçant durement le coude pour le guider comme un gamin dans une foule ou une fille qu'il aurait emmenée sur la piste de danse. C'est comme ça qu'ils vous emmenaient partout, même à la douche. Une partie de vous s'habituait à ce qu'on vous tripote tout le temps, mais une autre ne s'y faisait jamais. Denis ouvrait la marche, déverrouillant la porte qui séparait le quartier de haute sécurité du reste de l'aile H, puis la deuxième porte, la porte extérieure, celle du couloir qui vous faisait passer devant le restant de la population carcérale avant d'arriver aux cages. Il y avait près de deux ans que Carter n'avait pas mis les pieds dans cette partie de l'aile H – H comme Hadès, l'enfer, H comme *Han ! flanque-moi encore un coup de ce bâton sur mon cul de nègre*, H pour *Hé, maman, je vais rejoindre Jésus d'un jour à l'autre, maintenant* – et tout en marchant les yeux rivés au sol, il se permettait quand même de jeter un petit coup d'œil de part et d'autre, ne serait-ce que pour donner à son regard quelque chose de nouveau à voir. Mais non, c'était toujours Terrell, un labyrinthe de béton, d'acier et de lourdes portes, d'air poisseux qui sentait le renfermé et la sueur, l'odeur des hommes.

Dans la zone de visite, ils se présentèrent à l'employé de service et entrèrent dans une cage vide. À l'intérieur, il faisait dix degrés de plus, et ça sentait tellement l'eau de Javel que Carter en eut les yeux brûlants. Pinceur lui ôta les menottes, Denis lui appuyant le bout de son bâton sous la mâchoire, à l'endroit mou où ça faisait mal, ils les lui remirent par-devant, et puis ils les lui attachèrent aux jambes. Il y avait partout des instructions détaillant ce que Carter pouvait faire et ne pas faire, autant de choses qu'il n'avait aucune envie de lire ni même de regarder. Ils le poussèrent vers une chaise et lui donnèrent le téléphone, que Carter ne pourrait porter à son oreille qu'à condition de relever les genoux sur son estomac – encore des craquements humides de ses rotules –, tendant la chaîne à travers sa poitrine comme une longue fermeture Éclair.

— La dernière fois, j'avais pas été menotté, dit Carter.

Pinceur eut un vilain rire, une sorte d'aboiement.

— Désolé. On te l'a pas demandé assez gentiment, peut-être ? Va te faire foutre, Carter. T'as dix minutes.

Et puis ils s'en allèrent et Carter attendit que la porte, de l'autre côté, s'ouvre, pour découvrir qui venait le voir au bout de tout ce temps.

L'agent spécial Brad Wolgast détestait le Texas. Il le détestait en gros et au détail.

À commencer par le temps : une vraie fournaise, et une minute plus tard on crevait de froid. Il faisait si lourd qu'il avait l'impression d'avoir une serviette-éponge mouillée sur le crâne. Il détestait le paysage, ce néant plat, usé par le vent, ponctué d'arbres pitoyables, rabougris, avec des branches crochues comme dans la forêt de la méchante sorcière de Blanche Neige. Il détestait les autoroutes et les panneaux d'affichage, les subdivisions administratives sans rime ni raison et les drapeaux du Texas grands comme des tentes de cirque qui flottaient partout. Il détestait les pick-up géants que tout le monde conduisait, malgré l'essence à plus de trois dollars le litre, et la planète pouvait bien crever à petit feu comme un paquet de haricots au micro-ondes. Il détestait les bottes, les boucles de ceinturon, et la façon dont les gens parlaient comme s'ils avaient une patate dans la bouche, le genre à ne jamais se brosser les dents, des types qui donnaient l'impression de passer leurs journées à cheval, à capturer des chevaux au lasso, au lieu de vendre des assurances ou des encyclopédies au porte-à-porte, comme tout le monde.

Surtout, il exécrait le Texas parce que ses parents l'avaient obligé à y vivre quand il était au collège. Wolgast avait quarante-quatre ans, il était encore relativement en forme, mais il commençait à se dégarnir et à avoir mal un peu partout. La sixième n'était plus qu'un lointain souvenir, pas grand-chose à regretter, mais quand même, la blessure suppurait encore. Il remontait avec Doyle l'autoroute 59, qui allait de Houston vers le nord en traversant un Texas printanier. Un État en forme de côte de porc qui n'était qu'une plaie ouverte pour lui, le gamin parfaitement heureux dans l'Oregon, où il passait son temps à jouer avec ses amis, dans les bois derrière leur maison, ou à pêcher sur le quai à l'embouchure de la Coos. D'un coup, d'un seul, il s'était retrouvé coincé dans le marécage urbain de Houston, à vivre dans un ranch miteux sans un brin d'ombre, à se traîner à l'école par quarante degrés à l'ombre, une chaleur qui lui tombait sur la tête comme une grosse godasse. Il avait cru que c'était la fin du monde. Et c'est là qu'il se retrouvait. La fin du monde, c'était Houston,

Texas. Le premier jour de son entrée au collège, le professeur l'avait appelé au tableau pour réciter le serment au drapeau de l'État, comme s'il s'était enrôlé pour vivre dans un pays étranger. Trois années d'enfer. Il n'avait jamais été aussi heureux de quitter un endroit, même compte tenu des circonstances. Son père était ingénieur mécanicien. Il avait rencontré sa mère l'année suivant sa sortie de fac. Il avait trouvé un poste de prof de maths dans la réserve de Grande Ronde, où sa mère, qui était à moitié chinook – son nom de famille était Po-Bear – travaillait comme aide-soignante. Ils étaient allés au Texas pour l'argent, mais son père avait perdu son travail au moment du choc pétrolier de 86 ; ils avaient essayé de vendre la maison, n'y étaient pas arrivés, et son père avait fini par déposer les clés à la banque. Ils étaient allés s'installer dans le Michigan, puis l'Ohio, et enfin dans le nord de l'État de New York, à courir après des petits boulots, mais son père n'était jamais retombé sur ses pattes. Et quand, deux mois avant que Wolgast ne sorte diplômé de la fac, il était mort d'un cancer du pancréas – le troisième en trois ans –, comment ne pas penser que le Texas y était pour quelque chose ? Sa mère était retournée dans l'Oregon, mais maintenant, elle aussi avait disparu.

Tout le monde avait disparu.

Wolgast avait récupéré le premier type, Babcock, dans le Nevada. Les autres venaient d'Arizona, de Louisiane, du Kentucky, du Wyoming, de Floride, de l'Indiana et du Delaware. Il n'aimait pas beaucoup ces endroits non plus, mais tout valait mieux que le Texas.

Wolgast et Doyle étaient arrivés de Denver par avion, la veille au soir. Ils avaient passé la nuit au Radisson, près de l'aéroport de Houston – il avait vaguement envisagé de faire un petit tour en ville, peut-être d'essayer de revoir sa vieille maison, et puis il s'était demandé à quoi bon –, et le lendemain matin, ils avaient pris la voiture de location, une Chrysler Victory tellement neuve qu'elle sentait comme l'encre des billets d'un dollar, et ils étaient partis vers le nord. C'était une journée lumineuse, le ciel, très haut, était exactement du même bleu que les bleuets. Wolgast conduisait pendant que Doyle sifflait un *latte* en regardant le dossier, un tas de papiers posés sur ses cuisses.

— Je vous présente le sujet numéro douze. Anthony Carter, fit Doyle en lui montrant une photo.

Wolgast ne lui accorda pas un coup d'œil. Il savait ce qu'il verrait : encore un visage émacié, des yeux qui avaient à peine appris à lire, une âme qui avait trop longtemps macéré dans son jus. Noirs ou blancs, gros ou maigres, vieux ou jeunes, ces types avaient tous le même regard, vide comme un trou d'évier qui aurait pu engloutir le monde entier. Pas difficile de compatir avec eux, dans l'absolu. Mais dans l'absolu seulement.

— Vous ne voulez pas savoir ce qu'il a fait ?

Wolgast haussa les épaules. Il n'était pas pressé de l'entendre. Enfin, le moment n'était pas plus mal choisi qu'un autre.

Doyle finit son *latte* à grand bruit et lut :

— Anthony Lloyd Carter, afro-américain, un mètre soixante, cinquante-cinq kilos. D'où son surnom, fit-il en relevant le nez. Devinez.

— Aucune idée, fit Wolgast, épuisé d'avance. P'tit Tony ?

— Vos références culturelles datent un peu, patron. Ti-Tone. Orthographié T-Tone. Enfin, c'est une supposition ; on ne sait jamais. Mère décédée, pas de père dans le tableau depuis le premier jour, une série de foyers d'accueil, aux frais du contribuable. Un mauvais départ à tous points de vue. Un beau palmarès de délits mineurs : mendicité, trouble à l'ordre public, ce genre d'infractions. Maintenant, l'histoire : notre bonhomme, Anthony, tond la pelouse de cette dame toutes les semaines. Elle s'appelle Rachel Wood, elle habite River Oaks, deux petites filles, le mari est un avocat réputé. Toutes les associations caritatives, les *country clubs* et les soirées qui vont bien. Anthony Carter est son projet personnel. Elle l'embauche un jour pour tondre la pelouse après l'avoir vu planté sous un pont autoroutier avec une pancarte disant : « J'ai faim. Aidez-moi s'il vous plaît. » Ou un truc dans ce goût-là. Bref, elle le ramène chez elle, lui fait un sandwich, passe quelques coups de fil et lui trouve une place dans une sorte de foyer d'hébergement pour lequel elle collecte des fonds. Ensuite, elle appelle toutes ses copines à River Oaks et leur dit : « Aidons ce type, qu'est-ce que vous pourriez lui faire faire chez vous ? » Tout d'un coup, c'est une parfaite petite girl-scout qui rallie les troupes. Et donc notre bonhomme commence à tondre les pelouses de ces dames, taille les haies, vous voyez le genre, tout ce qu'on peut faire dans une grande baraque. Ça dure comme ça pendant près de deux ans. Rien que du bonheur, jusqu'au jour où notre Anthony vient tondre la pelouse alors que l'une des petites filles est rentrée plus tôt de l'école parce qu'elle est malade. Elle a cinq ans. Maman est au téléphone, ou occupée ailleurs, la petite fille sort dans le jardin, voit Anthony. Elle le connaît, elle l'a souvent vu, mais ce coup-ci, ça dérape. Il lui fait peur. Il y a un truc, là, peut-être qu'il a eu un geste déplacé, le psychiatre de la cour reste évasif. Quoi qu'il en soit, la gamine se met à hurler. Maman sort de la maison au trot, en hurlant elle aussi, bref, tout le monde hurle, d'un seul coup c'est un concours de hurlements, une putain d'olympiade de hurlements. Une minute, c'est le brave type qui se pointe à l'heure pour tondre la pelouse, et allez savoir pourquoi, la minute d'après, c'est qu'un Black avec votre gamine, et tout ce merdier à la mère Teresa vole en éclats. Ça tourne à la bagarre de chiffonniers. Maman tombe ou se fait pousser dans la piscine. Anthony se jette après elle, peut-être pour l'aider à en sortir, mais elle le repousse en continuant à lui gueuler dessus. Et voilà, tout le monde se retrouve à la baille et se débat en poussant de grands cris.

Doyle lui jeta un coup d'œil interrogateur.

— Vous savez comment ça finit ?

— Il la noie ?

— Bingo. Comme ça, sous les yeux de la petite fille. Un voisin qui a entendu tout ça appelle les flics, et quand ils arrivent, notre client est encore assis au bord de la piscine, et la dame flotte au milieu. Ce n'est pas joli-joli, fit-il en secouant la tête.

Wolgast était parfois frappé par l'énergie dont Doyle investissait ces histoires.

— Impossible que ç'ait été un accident ?

— Il se trouve que la victime était dans l'équipe de natation à la fac, la Southern Methodist University de Dallas. Et elle faisait encore ses cinquante longueurs tous les matins. L'accusation en a fait tout un cake. De ça et du fait que Carter avait plus ou moins admis l'avoir tuée.

— Qu'a-t-il dit quand ils sont venus l'arrêter ?

Doyle eut une espèce de haussement d'épaules.

— Il voulait juste qu'elle arrête de crier. Et puis il a demandé un verre de thé glacé.

Wolgast secoua la tête. Ces histoires étaient toujours moches, mais c'étaient les petits détails qui le dépassaient. Un verre de thé glacé, Dieu du ciel !

— Quel âge tu as dit qu'il a ?

Doyle feuilleta le dossier, revint un peu en arrière.

— Je ne vous l'ai pas dit. Trente-deux ans. Vingt-huit au moment de son arrestation. Mais le truc, c'est qu'il est absolument seul au monde. Pas de famille. La dernière personne qui est venue le voir à Polunsky, c'était le mari de la victime, et ça remonte à un peu plus de deux ans. Son avocat a quitté l'État après le rejet de l'appel. Le comté de Harris lui en a désigné un autre, mais le dossier n'a jamais été rouvert. Et donc personne ne veille au grain. Anthony Carter doit être exécuté par injection létale le 2 juin, pour meurtre au premier degré avec circonstances aggravantes : indifférence coupable. Personne, sur terre, ne s'intéresse à lui. Ce type est déjà un fantôme.

Le trajet jusqu'à Livingston prit une heure et demie, le dernier quart d'heure sur une route de campagne, sous l'ombre intermittente des bouquets de pins semés sur des champs et des prairies jonchées de bleuets à perte de vue. Il était midi pile. Avec un peu de chance, se dit Wolgast, ils auraient fini à l'heure du dîner, à temps pour rentrer à Houston, larguer la voiture de location et reprendre l'avion pour le Colorado. C'était toujours mieux quand ces petites virées se passaient vite comme ça. Quelquefois ça traînait, le type se tâtait, tergiversait, pesait le pour et le contre – certes, ils finissaient toujours par accepter le marché, mais quand même, ça lui faisait un drôle d'effet au creux de l'estomac. Il ne pouvait s'empêcher de penser à une pièce qu'il avait lue pendant ses études, *Tous les biens de la terre*, et il se voyait dans le rôle du Diable qui achète son âme à un paysan en échange de quelques années de vaches grasses. Doyle n'était pas comme ça. D'abord, il était plus jeune, il n'avait même pas trente ans, c'était un gamin de la campagne aux joues rouges comme des pommes qui venait de l'Indiana et qui était ravi de jouer les Robin auprès de Wolgast/Batman. Il lui donnait du « chef » et du « patron » à tour de bras, tout ça avec une pointe de patriotisme très Middle West à l'ancienne. Wolgast l'avait bel et bien vu écraser une larme en entendant l'hymne national au début d'un match des Rockies, à la télé. Wolgast n'aurait jamais cru qu'on en faisait encore des comme ça. Sacré Phil Doyle. Cela dit, il était futé, aucun doute là-dessus, et promis à un brillant avenir. Il venait de décrocher son diplôme et de s'inscrire en fac de droit quand il était entré au FBI, juste après le massacre du Mall of America – trois cents vacanciers qui faisaient du shopping abattus par des djihadistes iraniens, les images captées dans toute leur horreur par les caméras de vidéosurveillance et diffusées en boucle sur CNN, avec un luxe de détails sordides. Ce jour-là, le pays aurait signé ce qu'on voulait, n'importe quoi, des deux mains. Après sa formation à Quantico, Doyle s'était retrouvé au bureau local de Denver, assigné à l'antiterrorisme. Quand l'armée était venue chercher deux agents de terrain, il avait été le premier à se porter volontaire. Wolgast n'arrivait pas à comprendre ça ; sur le papier, le « projet NOÉ », comme ils l'appelaient, ressemblait à un cul-de-sac, et c'était exactement pour ça que Wolgast avait accepté la mission. Son divorce venait d'être prononcé – son mariage avec Lila s'était volatilisé plus qu'il n'avait capoté, et le prononcé du jugement l'avait pris par surprise. Quelques mois de vadrouille semblaient être exactement ce qu'il lui fallait pour reprendre ses marques. Il s'était retrouvé, à l'issue de la procédure, avec un peu d'argent – sa part de la vente de leur maison de Cherry Creek, plus une part du plan de retraite de Lila, à l'hôpital –, et en réalité il envisageait de quitter complètement le FBI, de retourner dans l'Oregon et d'investir l'argent dans une boîte, une quincaillerie, peut-être, ou un magasin de sport, comme s'il connaissait quoi que ce soit à l'un ou à l'autre. Tous les types qui quittaient le Bureau se retrouvaient dans la sécurité, mais Wolgast était plus séduit par l'idée d'un petit commerce, quelque chose de simple et de carré, des étagères pleines de gants de base-ball ou de marteaux bien rangés, des objets dont on voyait tout de suite à quoi ils servaient. Et cette histoire de projet NOÉ paraissait être une sinécure. Pas la plus mauvaise façon de passer sa dernière année au Bureau.

Évidemment, ce n'était pas une simple affaire de paperasse et de baby-sitting. Ça s'était révélé plus complexe que ça, et il se demandait si Doyle l'avait compris.

À Polunsky, on leur demanda de justifier leur identité, de déposer leurs armes, et on les cornaqua vers le bureau du directeur. Polunsky était un endroit sinistre, comme tous les endroits de ce genre. Pendant qu'ils attendaient, Wolgast se renseigna, sur son organiseur, sur les vols de retour vers Houston. Il y en avait un à huit heures et demie ; en se dépêchant un peu, ils pourraient l'attraper. Doyle ne disait rien, il feuilletait un numéro de *Sports Illustrated* comme s'il était dans la salle d'attente d'un dentiste. Il était juste un peu plus d'une heure de l'après-midi quand le secrétaire les fit entrer.

Le directeur de la prison était un Noir d'une cinquantaine d'années, les cheveux poivre et sel, une poitrine d'haltérophile sanglée dans son veston. Il ne se leva pas, ne fit pas mine de leur serrer la main. Wolgast lui remit son dossier.

Après avoir consulté les documents, il leva la tête.

— Agent Wolgast, c'est le truc le plus dingue que j'aie jamais lu. Sacré nom, qu'est-ce que vous pouvez bien vouloir faire d'Anthony Carter ?

— Je regrette de ne pas pouvoir vous le dire. Nous sommes là uniquement pour organiser le transfert.

Le directeur reposa les papiers et croisa les mains sur son bureau.

— Je vois. Et si je refuse ?

— Eh bien, je vous donnerai un numéro à appeler, et la personne que vous aurez au bout du fil s'efforcera de vous faire comprendre qu'il s'agit d'un problème de sécurité nationale.

— Un numéro.

— Absolument.

Le directeur poussa un soupir excédé, fit pivoter son fauteuil et eut un geste en direction de la baie vitrée, derrière lui.

— Messieurs, vous savez ce que c'est, ici ?

— J'ai peur de ne pas vous suivre...

Le gars se retourna vers eux. Il n'avait pas l'air en colère, se dit Wolgast. Juste habitué à ce que les choses se passent à sa façon.

— C'est le Texas. Sept cent mille kilomètres carrés de Texas. Et aux dernières nouvelles, c'est pour ça que je travaille. Je ne travaille pas pour Washington, Langley, ou quels que soient ceux qui répondront à ce numéro. Anthony Carter est un détenu placé sous ma responsabilité, et je suis chargé par les citoyens de cet État de faire exécuter la sentence à laquelle il a été condamné. Et à moins d'un coup de fil du gouverneur, c'est exactement ce que je vais faire.

Putain de Texas, pensa Wolgast. Ils allaient en avoir pour la journée.

— Ça pourrait s'arranger, monsieur le directeur.

— Eh bien, agent Wolgast, fit-il en lui rendant les papiers, arrangez ça.

À l'entrée des visiteurs, ils récupérèrent leurs armes et reprirent la voiture. Wolgast appela Denver, et on lui passa le colonel Sykes sur une ligne cryptée. Wolgast lui raconta ce qui s'était passé. Sykes rétorqua avec agacement qu'il s'en occupait. Une journée, tout au plus, dit-il. Qu'ils restent dans le coin, qu'ils attendent le coup de fil, et qu'ils fassent signer les papiers à Anthony Carter.

— Au fait, ajouta-t-il, juste pour information, il se pourrait qu'il y ait un changement de protocole.

— Quel genre ?

Sykes hésita.

— Je vous tiens au courant. Faites juste signer Carter.

Ils retournèrent à Huntsville et prirent des chambres dans un motel. La fin de non-recevoir du directeur de la prison n'avait rien d'exceptionnel – ça s'était déjà produit. Le contretemps était énervant, c'était tout. D'ici quelques jours, une semaine tout au plus, Carter se retrouverait dans le système, et toute trace de son existence aurait été effacée de la surface de la terre. Même le directeur jurerait ne jamais avoir entendu parler du bonhomme. Quelqu'un devrait parler au mari de la victime, bien sûr, l'avocat de River Oaks avec les deux petites filles qu'il devait maintenant élever tout seul, mais ça, ce n'était pas le rayon de Wolgast. Il y aurait un certificat de décès, probablement une histoire de crise cardiaque et une incinération dans la foulée. Et en fin de compte, justice aurait été rendue. Pas de quoi fouetter un chat. Ce qui devait être fait aurait été fait.

À cinq heures, étant toujours sans nouvelles, ils enlevèrent leur costume, enfilèrent un jean, remontèrent la rue à la recherche d'un endroit où dîner et jetèrent leur dévolu sur un *grill room* dans une rue commerçante entre deux magasins discount. Le restaurant faisait partie d'une chaîne, ce qui était parfait – ils étaient censés voyager léger, laisser aussi peu de traces que possible sur le monde qui les entourait. Ce contretemps impatientait Wolgast, mais pas Doyle. Ça avait l'air de glisser sur lui. Un bon repas et un petit moment entre parenthèses dans une ville inconnue, aux frais du gouvernement fédéral – pas de quoi se plaindre. Doyle engloutit un chateaubriant gros comme un parpaing pendant que Wolgast picorait un travers de bœuf, et après avoir payé l'addition – en espèces, tirées d'une liasse de billets neufs que Wolgast avait extraite de sa poche –, ils se juchèrent sur des tabourets au bar.

— Vous croyez qu'il va signer ? demanda Doyle.

Wolgast fit cliqueter les glaçons de son scotch contre la paroi du verre.

— Ils finissent toujours par signer.

— C'est vrai qu'ils n'ont pas trop le choix, reprit Doyle, les sourcils froncés, en louchant sur son verre. L'aiguille ou le rideau numéro deux, quoi qu'il y ait derrière. Enfin, quand même...

Wolgast savait ce qui se passait dans la tête de Doyle : quoi qu'il y ait derrière le rideau, ça ne devait pas être fameux. Pourquoi, sinon, auraient-ils besoin de condamnés à mort, des types qui n'avaient rien à perdre ?

— Quand même..., acquiesça-t-il.

La télévision, au-dessus du bar, diffusait un match de basket, les Rockets contre Golden State, et pendant un instant, ils le regardèrent en silence. C'était le début de la rencontre ; les deux équipes avaient l'air visqueuses, elles se passaient le ballon sans en faire grand-chose.

— Vous avez des nouvelles de Lila ? demanda Doyle.

— En fait, oui, répliqua Wolgast.

Il resta un instant silencieux.

— Elle se remarie.

Doyle ouvrit de grands yeux.

— Avec ce type ? Le docteur ?

Wolgast hocha la tête.

— Ça n'a pas traîné, dites donc. Et vous qui ne disiez rien. Bon sang, comment ça se passe ? Vous êtes invité au mariage ?

— Pas vraiment. Elle m'a envoyé un mail. Disant qu'autant me mettre au courant.

— Et qu'avez-vous répondu ?

Wolgast haussa les épaules.

— Rien.

— Vous n'avez pas répondu ?

C'était plus compliqué que ça, mais Wolgast n'avait pas envie d'entrer dans les détails. « Cher Brad, avait écrit Lila. Autant te l'annoncer maintenant, nous attendons un enfant, David et moi. Nous nous marions la semaine prochaine. J'espère que tu seras content pour nous. » Il était resté une bonne dizaine de minutes devant l'ordinateur, à contempler le message.

— Il n'y avait rien à répondre. Nous avons divorcé. Elle est libre de faire ce qu'elle veut.

Il vida son verre de scotch et prit d'autres billets dans sa liasse pour payer.

— On y va ?

Doyle parcourut la salle du regard. Quand ils s'étaient installés au bar, il n'y avait presque personne, mais des gens étaient entrés, notamment un groupe de jeunes femmes qui avaient rapproché trois tables hautes et vidaient des pichets de margarita en parlant très fort. Il y avait une fac, dans le coin, Sam Houston State, et Wolgast se dit que ça devait être des étudiantes, ou qu'elles travaillaient ensemble, quelque part. Le monde pouvait bien partir en sucette, la *happy hour* c'était la *happy hour*, et les jolies filles rempliraient les bars de Huntsville, Texas, quoi qu'il arrive. Elles buvaient comme des trous, et elles étaient maquillées et coiffées comme il convenait pour une soirée en ville : petits hauts moulants et jeans taille basse artistement déchirés aux genoux. Taille si basse qu'on voyait les petits cœurs sur le slip de l'une d'elles, un peu trop rondouillarde, qui leur tournait le dos. Wolgast ne savait pas ce qu'il avait le plus envie de faire : aller voir ça de plus près ou lui jeter une couverture sur le dos.

— Je vais peut-être rester un peu, fit Doyle en levant son verre comme pour porter un petit toast à la fille. Je vais regarder le match.

Wolgast hocha la tête. Doyle n'était pas marié, il n'avait même pas de petite amie un peu sérieuse. Ils étaient censés se faire aussi discrets que possible, mais il ne voyait pas en quoi la façon dont Doyle allait passer sa soirée le regardait. Il éprouva un pincement d'envie, puis il écarta la pensée.

— D'accord. Mais n'oublie pas...

— Bien sûr, fit Doyle. J'écoute l'ours Smokey, la mascotte des forestiers : « Ne prenez que des photos, ne laissez que des empreintes de pas. » À partir de maintenant, je suis technico-commercial pour une boîte de fibre optique d'Indianapolis.

Derrière eux, les filles partirent d'un grand éclat de rire. Wolgast reconnaissait dans leur voix les accents de la tequila.

— Jolie ville, Indianapolis, commenta Wolgast. Moins tarte que celle-ci, en tout cas.

— Oh, je ne dirais pas ça, objecta Doyle avec un sourire lubrique. Je crois qu'elle va bien me plaire.

Wolgast sortit du restaurant et remonta la grand-rue. Il avait laissé son portable au motel, en se disant que s'ils recevaient un appel pendant le dîner, ils seraient obligés d'y aller, mais quand il le consulta, il vit qu'il n'y avait pas de message. Après l'atmosphère bruyante, animée, du restaurant, le silence de la chambre était pesant, et il commença à se demander s'il n'aurait pas mieux fait de rester avec Doyle. D'un autre côté, il était bien conscient de ne pas être un compagnon très folichon, ces temps-ci. Il enleva ses chaussures et s'allongea, tout habillé, sur son lit, pour regarder la fin du match, se moquant plus ou moins du résultat, juste histoire de s'occuper l'esprit. Finalement, un peu après minuit – onze heures à Denver, un peu trop tard, mais tant pis –, il fit ce qu'il s'était bien interdit de faire, il composa le numéro de Lila. Une voix d'homme répondit.

— David, c'est Brad.

David resta un instant sans voix. Et puis :

— Brad ?! C'est à cette heure-ci que vous appelez ? Qu'est-ce que vous voulez ?

— Lila est là ?

— Elle a eu une longue journée, annonça fermement David. Elle est fatiguée.

Je sais bien qu'elle doit être fatiguée, pensa Brad. *J'ai dormi dans le même lit qu'elle pendant six ans.*

— Passez-la-moi, c'est tout, vous voulez bien ?

David poussa un soupir et reposa le téléphone avec un bruit sourd. Wolgast entendit un froissement de draps, et la voix de David qui disait à Lila :

— C'est Brad. Bon sang ! Dis-lui d'appeler à une heure décente, la prochaine fois.

— Brad ?

— Désolé d'appeler si tard. Je ne m'étais pas rendu compte de l'heure.

— Je n'y crois pas une seconde. Qu'est-ce qui t'arrive ?

— Je suis au Texas. Dans un motel. Je ne peux pas te dire où au juste.

— Au Texas. (Elle marqua une pause.) Tu détestes le Texas. Tu ne m'appelles quand même pas pour me dire que tu es au Texas ?

— Je suis désolé. Je n'aurais pas dû te réveiller. Je comprends que David ne soit pas très content.

Lila soupira dans l'appareil.

— Oh, ça ne fait rien. On est toujours amis, hein ? David est un grand garçon. Il peut comprendre ça.

— J'ai eu ton mail.

— Bon.

Il l'entendait respirer.

— C'est donc ça. Je me doutais que c'était pour ça que tu appelais. Je pensais bien que j'aurais de tes nouvelles à un moment ou à un autre.

— Alors c'est fait ? Tu es remariée ?

— Oui. La semaine dernière. Ici, à la maison. Juste quelques amis. Mes parents. Ils m'ont demandé de tes nouvelles, évidemment. Comment tu allais... Ils t'aimaient vraiment bien. Tu devrais les appeler. Enfin, si tu veux. C'est à papa que tu manques le plus, je crois.

Il laissa passer. *Le plus ? Plus qu'à toi, Lila ?* Il attendit qu'elle ajoute quelque chose, mais elle n'en fit rien, et le silence s'emplit d'une image mentale, une image qui était, en fait, un souvenir : Lila au lit, avec un vieux tee-shirt et les chaussettes qu'elle mettait été comme hiver parce qu'elle avait toujours froid aux pieds, un oreiller calé sous les genoux pour se redresser le dos, à cause du bébé. Leur bébé. Eva.

— Je voulais juste te dire que je l'étais.

— Que tu étais quoi donc, Brad ? demanda doucement Lila.

— Que j'étais... content pour vous. C'est ce que tu me demandais. Je me disais que tu devrais, tu sais, laisser tomber ton travail, cette fois. Prendre un peu de temps pour toi, mieux t'occuper de toi. Tu sais, je me suis toujours demandé si...

— C'est prévu, coupa Lila. Ne t'en fais pas. Tout va bien ; tout est normal.

Normal, pensa-t-il. S'il y avait une chose que tout ça n'était pas, c'était bien normal.

— Je voulais juste...

71

— Je t'en prie, fit-elle avec un profond soupir. Tu me fais de la peine. Je me lève tôt, demain matin.

— Lila...

— Il faut que je te laisse.

Il savait qu'elle pleurait. Sans bruit, mais il le savait. Ils pensaient tous les deux à Eva, et elle pleurait toujours quand elle pensait à Eva. C'était même pour ça qu'ils s'étaient séparés, parce que ce n'était plus possible. Combien d'heures de sa vie avait-il pensé à la serrer contre lui pendant qu'elle pleurait ? Et c'était ça le problème ; il ne savait jamais quoi dire quand Lila pleurait. Il ne s'était rendu compte que plus tard – trop tard – qu'il n'était pas censé dire quelque chose.

— Et merde, Brad. Je n'avais pas envie de ça. Pas maintenant.

— Je suis désolé, Lila. C'est juste que... je pensais à elle.

— Je sais bien que tu pensais à elle. Et merde ! *Merde !* Ne fais pas ça. Ne *me* fais pas ça.

Il l'entendit sangloter, et puis la voix de David, au bout du fil :

— Ne rappelez pas, Brad. Et je ne plaisante pas, vous entendez ? Enregistrez ce que je vous dis.

— Allez vous faire foutre, répondit Wolgast.

— Toi-même. Ne l'ennuyez plus. Foutez-nous la paix, c'est tout.

Et il raccrocha.

Wolgast jeta un coup d'œil à son portable avant de le jeter à l'autre bout de la pièce. Il décrivit un arc élégant, en tournoyant comme un frisbee, avant de s'écraser sur le mur au-dessus de la télévision avec un bruit de plastique explosé. Il le regretta aussitôt. Mais quand il s'agenouilla et le récupéra, il constata que l'appareil n'avait pas souffert ; le logement de la batterie s'était juste ouvert, c'était tout.

Wolgast ne s'était rendu qu'une fois aux installations du projet NOÉ, l'été précédent, pour rencontrer le colonel Sykes. Ce n'était pas vraiment un entretien de recrutement ; Wolgast savait que la mission était pour lui si ça l'intéressait. Deux soldats l'avaient transporté dans un van aux vitres opaques, mais en partant de Denver, Wolgast avait bien vu qu'ils allaient vers l'est, dans les montagnes. Ils avaient fait six heures de route, et le temps qu'ils arrivent au Complexe, il avait bel et bien réussi à s'endormir. Il descendit du van et se dérouilla les jambes en regardant autour de lui. D'après la topographie des lieux, il aurait dit qu'ils étaient du côté d'Ouray. Mais ils pouvaient être plus au nord. L'air faisait à ses poumons l'impression d'être d'une clarté cristalline ; il ressentait, au sommet du crâne, la vague palpitation d'un mal de tête dû à l'altitude.

Il fut accueilli sur le parking par un civil, un type compact en jean, chemise kaki aux manches retroussées et lunettes d'aviateur à l'ancienne perchées sur un nez fort, un peu épaté. Le dénommé Richards.

— J'espère que le trajet n'a pas été trop pénible, dit-il en lui serrant la main.

De près, Wolgast vit que Richards avait les joues grêlées de cicatrices d'acné.

— On est assez haut, ici. Si vous n'avez pas l'habitude, il vaudrait peut-être mieux y aller mollo.

Richards escorta Wolgast de l'autre côté du parking, vers un bâtiment qu'il appelait le Chalet : une grande bâtisse de style Tudor, deux étages sur un rez-de-chaussée. Un relais de chasse à l'ancienne, avec ses poutres apparentes. Les montagnes étaient pleines, dans le temps, de ces reliques d'une époque où on ne connaissait pas les résidences en multipropriété ni les villages de vacances modernes. Le bâtiment faisait face à une pelouse ouverte et, plus loin, à une centaine de mètres, à un groupe de constructions plus banales : des baraquements en parpaing, cinq ou six structures pneumatiques gonflables, un bâtiment de plain-pied qui ressemblait à un motel de bord de route. Des engins militaires, des Humvee, des jeeps, des camions de cinq tonnes allaient et venaient dans l'allée. Au centre de la pelouse, des hommes carrés d'épaules, aux cheveux presque ras, se prélassaient, torse nu, sur des chaises longues au soleil éclatant de cet après-midi d'été.

En entrant dans le Chalet, Wolgast eut l'impression troublante de jeter un coup d'œil derrière un décor de cinéma ; l'endroit avait été éviscéré pour ne conserver que la carcasse, et la structure d'origine avait laissé place aux niveaux interchangeables d'un immeuble de bureaux moderne : par terre, de la moquette grise ; au plafond, des tubes fluorescents sur des dalles d'isolation phonique. Il aurait aussi bien pu être dans le cabinet d'un dentiste ou le bâtiment à la sortie de l'autoroute où il allait une fois par an voir le comptable qui faisait sa déclaration de revenus. Ils s'arrêtèrent à l'entrée devant un comptoir où Richards lui demanda de laisser son organiseur et son arme. Il les remit à un vigile, un gamin en treillis, qui les étiqueta. Il y avait un ascenseur, mais Richards passa devant et conduisit Wolgast le long d'un couloir pas très large, vers une lourde porte blindée comme une porte de coffre-fort qui donnait sur un escalier. Ils montèrent au premier et prirent un autre couloir anonyme vers l'antre de Sykes.

Sykes, qui était assis à son bureau, se leva à leur entrée. C'était un grand gaillard en uniforme, à la poitrine couverte de barrettes de toutes les couleurs auxquelles Wolgast n'avait jamais rien compris. Son bureau était impeccablement rangé, chaque objet, jusqu'aux photos encadrées, donnant l'impression d'être disposé en vue d'une efficacité maximale. Au milieu du bureau était posé un gros dossier en papier bulle plein de documents. Son dossier personnel, se dit Wolgast.

Ils se serrèrent la main et Sykes lui proposa un café, qu'il accepta. Il était bien réveillé, mais il savait que la caféine ferait passer son mal de tête.

— Désolé pour tout ce cirque avec le van, dit Sykes en lui faisant signe de s'asseoir. C'est la procédure, ici.

Un soldat apporta le café : un thermos en plastique et deux tasses de porcelaine sur un plateau. Richards resta debout derrière le bureau de Sykes, dos à la fenêtre, une vaste baie vitrée qui donnait sur les bois entourant le Complexe. Sykes expliqua à Wolgast ce qu'il attendait de lui. C'était très simple, lui dit-il. Du reste, Wolgast était déjà au courant du projet dans les grandes lignes. L'armée avait besoin de dix ou vingt condamnés à mort pour procéder aux essais en phase trois d'un traitement expérimental estampillé « projet NOÉ ». S'ils donnaient leur accord, ils verraient leur sentence commuée en peine de prison à perpétuité sans possibilité de sortie anticipée. La mission de Wolgast consistait à obtenir la signature de ces types, rien de plus. Tout était au carré sur le plan juridique, mais comme il s'agissait d'un projet intéressant la Sécurité nationale, les condamnés seraient officiellement déclarés morts. Après quoi ils passeraient le restant de leurs jours aux bons soins du système pénitentiaire fédéral, dans un camp de prisonniers en col blanc, sous des identités d'emprunt. Les sujets seraient choisis en fonction d'un certain nombre de critères, mais ce seraient tous des hommes entre vingt et trente-cinq ans, sans proche famille en vie. Wolgast rendrait compte directement à Sykes ; il n'aurait pas d'autres contacts, même si, concrètement, il était toujours employé du FBI.

— Est-ce qu'il faudra que je vous les ramène ? demanda Wolgast.

Sykes secoua la tête.

— Non, ça, c'est notre boulot. C'est de moi que vous recevrez vos instructions. Tout ce que vous aurez à faire, c'est obtenir leur accord. Une fois qu'ils auront signé, l'armée prendra le relais. Ils seront transférés vers le plus proche pénitencier fédéral, où nous irons les chercher.

Wolgast réfléchit un moment.

— Colonel, je peux vous demander... ?

— ... Ce que nous faisons ici ?

Il sembla, à cet instant, s'autoriser un sourire presque humain.

Wolgast hocha la tête.

— J'ai compris que je ne pourrais pas entrer dans les détails. Mais je vais leur réclamer une signature qui engagera toute leur existence. Il faudra bien que je leur raconte quelque chose.

Sykes échangea un coup d'œil avec Richards, qui haussa les épaules.

— Je vais vous laisser, dit Richards. Agent Wolgast, fit-il avec un mouvement de tête dans sa direction.

Richards parti, Sykes se cala contre le dossier de son fauteuil.

— Je ne suis pas biochimiste, agent Wolgast. Il faudra que vous vous contentiez de la version grand public. Voici le contexte, au moins la partie dont je peux vous parler. Il y a une dizaine d'années, le CDC, le Centre de prévention et de contrôle des maladies, a reçu un coup de fil d'un médecin de La Paz. Il avait quatre patients, tous américains, atteints de quelque chose qui ressemblait à un hantavirus : fièvre de cheval, vomissements, douleurs musculaires, maux de tête, hypoxémie. Les quatre sujets faisaient partie d'une expédition dans la jungle. Ils prétendaient s'être retrouvés isolés des autres membres du groupe – ils étaient quatorze au départ – et avoir erré des semaines dans la forêt vierge. Ils étaient tombés, par miracle, sur une mission franciscaine isolée en pleine jungle, tenue par une poignée de moines qui les avaient fait transporter à La Paz. Bon, les hanta, ce n'est pas le rhume des foins, mais ce n'est pas vraiment exceptionnel non plus, et tout ça n'aurait été qu'un *bip* sur l'écran radar du CDC, sans un petit détail : ils étaient tous atteints d'un cancer en phase terminale. Nos touristes étaient partis par un organisme appelé Dernières Volontés. Vous en avez entendu parler ?

Wolgast hocha la tête.

— Oui, mais je pensais qu'ils se contentaient d'emmener les gens faire des sauts en parachute, des trucs comme ça.

— C'est aussi ce que je croyais, mais apparemment, ce n'est pas le cas. L'une des quatre avait un cancer des ovaires, deux des leucémies lymphocytaires aiguës et le quatrième une tumeur du cerveau inopérable. Et tous les quatre ont guéri. Pas seulement du hantavirus, ou de quoi qu'il ait pu s'agir, mais du cancer. Ils n'en avaient plus trace du tout.

Wolgast était largué.

— Je ne pige pas.

Sykes reposa sa tasse de café.

— Eh bien, au CDC non plus, personne n'y a rien pigé. Il s'était produit quelque chose, une interaction entre leur système immunitaire et le truc, probablement viral, auquel ils avaient été exposés dans la jungle. Un truc qu'ils avaient mangé ? L'eau qu'ils avaient bue ? Impossible de le savoir ; ils ne pouvaient même pas dire où ils étaient au juste.

Il se pencha sur son bureau.

— Vous avez entendu parler de la glande appelée le thymus ?

Wolgast secoua la tête.

Sykes indiqua un point sur sa poitrine, au-dessus du sternum.

— C'est une petite glande située là, entre le sternum et la trachée, de la taille d'un gland à peu près. Chez la plupart des gens, elle s'atrophie complètement au moment de la puberté, et à moins d'une affection, on pourrait vivre toute sa vie sans avoir conscience de son existence. Personne n'en connaît vraiment l'utilité, ou du moins on ne la connaissait pas jusqu'à ce qu'ils fassent passer un scanner à ces quatre patients. Leur thymus avait comme qui dirait... rajeuni. Plus que ça : il avait grossi au point de faire trois fois le volume normal. On aurait dit une tumeur maligne, mais ce n'était pas ça. Leur système immunitaire avait passé la surmultipliée. Un taux incroyablement rapide de régénération cellulaire. Et ce n'est pas tout. Vous vous rappelez que c'étaient des cancéreux qui avaient passé la cinquantaine. Eh bien, ils semblaient avoir retrouvé leur adolescence, au sens propre du terme : l'odorat, l'ouïe, la vue, la peau, la capacité pulmonaire, la force physique, l'endurance, et jusqu'à la puissance sexuelle. Les cheveux d'un des hommes avaient même complètement repoussé.

— C'est un virus qui avait fait ça ?

Sykes hocha la tête.

— Je vous ai dit que c'était la version pour monsieur tout le monde. Mais j'ai des gens, là, en bas, qui pensent que c'est exactement ce qui est arrivé. Certains ont des diplômes dans des matières que je ne saurais même pas épeler. Ils me parlent comme si j'étais un enfant, et ils n'ont pas tort.

— Que sont-ils devenus, les quatre malades ?

Sykes se rappuya à son dossier, son visage s'assombrit un peu.

— Eh bien, ce n'est pas une histoire qui finit très bien, hélas. Ils sont tous morts. Le plus coriace a survécu quatre-vingt-six jours. Un anévrisme cérébral, une crise cardiaque, une embolie pulmonaire. Comme s'ils avaient pété un fusible.

— Et les autres ?

— Personne ne sait ce qu'ils sont devenus. Ils ont disparu sans laisser de traces, y compris l'organisateur du circuit, un personnage plutôt louche, apparemment. On pense que c'était une mule qui transportait de la drogue, et que le circuit n'était qu'une couverture. Je vous en ai probablement trop dit, fit Sykes avec un haussement d'épaules. Mais je crois que ça vous aidera à mettre les choses en perspective. Nous ne parlons pas du traitement d'une maladie, agent Wolgast. Nous parlons de guérir *toutes* les maladies. Combien de temps l'être humain vivrait-il sans le cancer, les problèmes cardiovasculaires, le diabète, la maladie d'Alzheimer ? Or nous en sommes au stade où nous avons besoin, absolument besoin, de cobayes humains. Le terme n'est pas très élégant, mais je ne vois pas comment appeler ça autrement. Et c'est là que vous intervenez. Il faut que vous me rameniez ces hommes.

— Pourquoi ne pas demander aux marshals ? Ce serait plutôt leur rayon, non ?

Sykes eut un mouvement de tête sans réplique.

— De braves fonctionnaires de l'administration judiciaire, pardonnez mon franc-parler. Croyez-moi, c'est par là que nous avons commencé. Si j'avais besoin de faire livrer un canapé en haut d'un escalier, c'est eux que j'appellerais en premier. Mais pour ça, non.

Sykes ouvrit le dossier sur son bureau et commença à lire :

— Bradford Joseph Wolgast, né à Ashland, Oregon, le 29 septembre 1974. Licence de droit criminel en

1996, à l'université de Buffalo, État de New York, mention très bien, recruté par le FBI, mais décline l'offre, accepte une bourse de doctorat en sciences politiques à Stony Brook, mais laisse tomber au bout de deux ans pour entrer au Bureau. Après une formation à Langley, envoyé à... Dayton ? fit-il avec un haussement de sourcils interrogateurs.

Wolgast haussa les épaules.

— Rien de très excitant.

— Enfin, on a tous connu ça. Deux ans dans la cambrousse, à faire un peu de ci et de ça, surtout peigner la girafe, mais bien noté partout. Après le 11 Septembre, demande à être transféré à l'antiterrorisme, et retourne à Langley pour dix-huit mois, assigné au bureau de Denver en septembre 2004, comme agent de liaison avec les Finances, à pister les fonds qui transitent par des banques américaines pour le compte de ressortissants russes, autrement dit la mafia russe, bien qu'on n'emploie pas ce terme-là. Sur le plan personnel : aucune affiliation politique, membre d'aucune association, même pas abonné à un journal. Parents décédés. Quelques rencards, mais pas de liaison sérieuse. Marié à Lila Kyle, chirurgien orthopédiste. Divorcé quatre ans plus tard.

Il referma le dossier et regarda Wolgast.

— Pour être parfaitement honnête, agent Wolgast, nous avons besoin de quelqu'un qui ait un minimum de classe. Doué pour la négociation, non seulement avec les prisonniers, mais aussi avec les autorités pénitentiaires. Quelqu'un qui sache faire preuve de doigté et ne laisse pas d'impression particulière. Ce que nous faisons est parfaitement légal – attention, il se pourrait que ce soit le projet de recherche médicale le plus important de l'histoire de l'humanité. Mais ça pourrait facilement être mal compris. Je vous dis tout ça parce que je pense que ça vous aidera à comprendre l'importance des enjeux.

Wolgast se dit que Sykes lui racontait peut-être dix pour cent de toute l'histoire – dix pour cent très convaincants, mais dix pour cent quand même.

— C'est sans danger ?

— Il y a danger et danger. Je ne vous mentirai pas : il y a des risques. Mais nous ferons tout ce qui est en notre pouvoir pour les minimiser. Personne n'a intérêt à ce que ça tourne mal. Et je vous rappelle que ce sont des condamnés à mort, pas des types formidablement sympas, et ils n'ont pas vraiment le choix. Nous leur laissons une chance de poursuivre leur existence, et peut-être d'apporter une contribution significative à la recherche médicale par-dessus le marché. Ce n'est pas un mauvais deal, vraiment pas, même. Sur ce coup-là, on est tous des anges purs et radieux.

Wolgast prit le temps de réfléchir. Ça faisait beaucoup à encaisser d'un seul coup.

— Disons que je ne vois pas ce que l'armée vient faire là-dedans.

Sykes se raidit. Il avait l'air presque offensé.

— Ah bon ? Réfléchissez, agent Wolgast. Imaginez qu'un soldat, à Khorramabad ou à Grozny, reçoive un éclat d'obus. Ou qu'il déclenche une mine antiper-sonnel, un bloc de C4 dans un tuyau de plomb plein de vis à bois. Peut-être du matériel russe, récupéré au marché noir. Croyez-moi, j'ai vu de mes propres yeux les dégâts que ces trucs là peuvent faire. Donc ce type, il faut le tirer de là. S'il ne meurt pas saigné à blanc en cours de route, avec un peu de chance, il arrivera à l'hôpital de campagne où un chirurgien spécialisé en traumatologie, deux toubibs et trois infirmières le rafis-toleront tant bien que mal avant de l'évacuer vers l'Alle-magne ou l'Arabie saoudite. Tout ça dans de grandes, d'épouvantables souffrances. Un sacré manque de bol, et il sera probablement réformé. C'est une perte sèche. On aurait aussi bien pu jeter par la fenêtre tout le fric investi dans son entraînement. Et ce n'est pas tout. Il rentrera chez lui déprimé, furieux, peut-être amputé d'un membre, voire pire, et il y a peu de chances qu'il garde un bon souvenir de l'aventure. Au bistro du coin, il en parlera à ses copains : « J'ai perdu ma jambe, je vais pisser dans une poche jusqu'à la fin de mes jours, et tout ça pour quoi ? »

Sykes s'appuya à son dossier, laissant l'image faire son chemin.

— Il y a quinze ans que nous sommes en guerre, agent Wolgast. Et vu la tournure que ça prend, c'est parti pour durer quinze ans de plus, et encore, je suis optimiste. Je ne vous raconterai pas d'histoires. Le plus grand, l'unique défi auquel l'armée est et a toujours été confrontée, c'est de garder ses troufions opérationnels. Alors, mettons que le même GI prenne le même éclat d'obus, mais qu'en une demi-journée son corps guérisse et qu'il réintègre son unité, qu'il retourne se battre pour Dieu et sa patrie. Vous ne voyez toujours pas pourquoi l'armée pourrait être intéressée par un truc dans ce goût-là ?

— Je vois ce que vous voulez dire, encaissa Wolgast.

— Y a intérêt.

L'expression de Sykes s'adoucit ; la leçon était terminée.

— Donc, il est normal que ce soit l'armée qui paye l'addition. Et c'est tant mieux, parce que franchement, si je vous disais combien nous avons investi jusque-là, vous n'en croiriez pas vos oreilles. Je ne sais pas pour vous, mais moi, j'aimerais bien rencontrer mes arrière-arrière-arrière-petits-enfants. Enfin merde ! j'aimerais bien envoyer une balle de golf à trois cents mètres le jour de mon centième anniversaire et rentrer chez moi faire l'amour à ma femme au point qu'elle marche de travers pendant une semaine. Qui n'en aurait envie ? On est du côté des anges, agent Wolgast, assena-t-il en le regardant d'un air interrogateur. Ni plus ni moins. Alors, ça marche ?

Ils échangèrent une poignée de main, et Sykes le raccompagna jusqu'à la porte. Richards l'attendait pour le ramener au van.

— Une dernière question, fit Wolgast. Pourquoi le « projet NOÉ » ? Que signifient ces initiales ?

Sykes jeta un rapide coup d'œil à Richards. À cet instant, Wolgast sentit que l'équilibre des pouvoirs basculait dans la pièce. Sykes était peut-être le responsable technique, mais Wolgast était sûr que, d'une certaine façon, il rendait aussi des comptes à Richards, qui était probablement le lien entre l'armée et celui, quel qu'il soit, qui tirait vraiment les ficelles : l'USAMRIID, la Sécurité du territoire, peut-être la NSA.

Sykes se retourna vers Wolgast.

— Ce ne sont pas des initiales. C'est plutôt... Vous avez lu la Bible ?

— Des passages, répondit Wolgast, son regard allant de l'un à l'autre. Quand j'étais gamin. Ma mère était méthodiste.

Sykes se fendit d'un autre, et dernier, sourire.

— Eh bien, relisez-la. L'histoire de l'arche de Noé. Vous verrez combien de temps il a vécu. C'est tout ce que je peux vous dire.

Ce soir-là, de retour dans son appartement de Denver, Wolgast suivit le conseil de Sykes. Il n'avait pas de bible, et n'en avait probablement pas vu la queue d'une depuis le jour de son mariage. Mais il trouva une citation sur le Net : « Et tous les jours de Noé étaient neuf cent et cinquante années ; et il mourut. »

Alors il comprit ce qu'était la pièce manquante, ce que Sykes ne lui avait pas dit. Et qui était forcément dans son dossier. La raison pour laquelle, de tous les agents fédéraux entre lesquels ils auraient pu choisir, c'était sur lui qu'ils avaient jeté leur dévolu.

Ils l'avaient choisi à cause d'Eva. Parce qu'il avait regardé, impuissant, mourir sa fille.

Le lendemain matin, il fut réveillé par le pépiement de son portable. Il rêvait, et dans son rêve, c'était Lila qui le rappelait, pour lui dire que le bébé était né – pas celui qu'elle avait eu avec David, le leur à eux. Wolgast connut un moment de bonheur. Et puis ses idées s'éclaircirent, et il se rappela où il était – Huntsville, le motel. Sa main tomba sur son portable, sur la table de nuit. Il décrocha sans même regarder qui appelait. Il entendit les parasites du cryptage, puis son correspondant.

— Ça roule, dit Sykes. Tout est sous contrôle. Faites signer Carter, c'est bon. Et ne rangez pas votre valise tout de suite. Il se pourrait que nous ayons une autre mission pour vous.

Il regarda l'heure : six heures cinquante-huit. Doyle était sous la douche. Wolgast entendit le gémissement d'un robinet qui se refermait, puis la soufflerie d'un séchoir à cheveux. Il se souvint vaguement que Doyle était rentré du bar – une irruption de brouhaha de la rue, par la porte ouverte, une excuse murmurée et un bruit d'eau courante –, se rappela avoir regardé l'heure à ce moment-là et vu qu'il était un peu plus de deux heures du matin.

Doyle entra dans la pièce, une serviette autour de la taille. Il était environné d'un nuage de vapeur.

— C'est bien, vous avez émergé.

Il avait les yeux brillants, la peau rougie par la

chaleur de la douche. Comment ce type pouvait-il picoler la moitié de la nuit et avoir l'air d'être prêt à courir le marathon ? Wolgast n'arrivait pas à comprendre ça.

Il s'éclaircit la gorge.

— Alors, le marché de la fibre optique ?

Doyle se laissa tomber sur le lit jumeau du sien et passa la main dans ses cheveux mouillés.

— Vous ne me croiriez pas si je vous disais à quel point c'est un boulot passionnant. Injustement sous-estimé, à mon avis.

— Laisse-moi deviner. Celle en pantalon ?

Doyle eut un grand sourire et agita comiquement les sourcils à la Groucho Marx.

— Elles étaient toutes en pantalon, chef.

Il eut un mouvement de menton en direction de Wolgast.

— Qu'est-ce qui vous est arrivé ? On dirait que vous vous êtes fait renverser par une voiture.

Wolgast baissa les yeux et se rendit compte qu'il avait dormi tout habillé. Ça commençait à devenir une habitude. Depuis le mail de Lila, il campait générale-ment sur le canapé du salon, chez lui, à regarder la télévision jusqu'à ce qu'il s'endorme, comme s'il n'appartenait plus à la catégorie des individus normaux qui se mettaient au lit.

— M'en parle pas, répondit-il. C'était pas un match très passionnant.

Il se leva et s'étira.

— Sykes a appelé. Finissons-en avec ça.

Ils prirent leur petit déjeuner dans une cafétéria et retournèrent à Polunsky. Le directeur de la prison les attendait dans son bureau. Était-ce l'ambiance générale, ce matin-là, se demanda Wolgast, ou est-ce qu'il avait l'air de ne pas avoir très bien dormi, lui non plus ?

— Pas la peine de vous asseoir, dit-il en leur tendant une enveloppe.

Wolgast regarda dedans. C'était plus ou moins le tarif habituel : un décret de commutation de peine émanant du bureau du gouverneur et un arrêté de la cour leur déléguant la responsabilité de Carter en tant que prisonnier fédéral. Si Carter signait, ils pourraient le faire transférer dans la prison fédérale d'El Reno avant le dîner. De là, il transiterait par trois autres pénitenciers fédéraux, sa piste se perdant chaque fois un peu plus dans les sables de l'administration. Et puis, un jour, d'ici deux ou trois semaines, un mois tout au plus, un van noir entrerait dans le Complexe et un homme portant pour tout matricule le numéro douze en sortirait en clignant les yeux, aveuglé par le soleil du Colorado.

L'enveloppe contenait deux derniers documents : le certificat de décès de Carter et un rapport du légiste tous deux datés du 23 mars. Le matin du 23, dans trois jours, Anthony Lloyd Carter mourrait dans sa cellule d'un accident vasculaire cérébral.

Wolgast remit le tout dans l'enveloppe et la fourra dans sa poche avec l'impression qu'un frisson glacé serpentait en lui. Qu'il était facile de faire disparaître un être humain – comme ça, d'un claquement de doigts.

— Merci, monsieur le directeur. Nous apprécions votre coopération.

Le directeur de la prison les regarda l'un après l'autre, la mâchoire serrée.

— On m'a aussi ordonné de dire que je n'avais jamais entendu parler de vous, les gars.

Wolgast se fabriqua un sourire.

— Et ça vous pose un problème ?

— Je suppose que s'il y en avait un, on verrait bientôt apparaître un de ces rapports de légiste avec mon nom dessus. J'ai des enfants, agent Wolgast.

Il décrocha le téléphone et appuya sur une touche.

— Dites à deux gardes d'amener Anthony Carter dans les cages, et puis venez me voir dans mon bureau.

Il raccrocha et regarda Wolgast.

— Si ça ne vous ennuie pas, je préférerais que vous attendiez dehors. Si je vous vois plus longtemps, je risque d'avoir vraiment du mal à oublier toute cette histoire. Messieurs, je vous souhaite une bonne journée.

Dix minutes plus tard, deux gardes se pointaient. Le plus vieux avait l'air bonasse, trop nourri, d'un père Noël de centre commercial, mais l'autre, qui ne devait pas avoir plus de vingt ans, avait un sourire torve qui déplut à Wolgast. Il y avait toujours un garde qui aimait son boulot pour de mauvaises raisons ; c'était un de ceux-là.

— C'est vous qui attendez Carter ?

Wolgast hocha la tête et montra sa plaque.

— En effet. Agents spéciaux Wolgast et Doyle.

— Veux pas savoir qui vous êtes, répondit le gros. Le directeur nous a dit de vous emmener, on vous emmène.

Ils conduisirent Wolgast et Doyle vers la zone des visites. Carter était assis de l'autre côté de la vitre, le téléphone coincé entre l'oreille et l'épaule. Doyle avait dit vrai, c'était un petit gabarit, empaqueté dans une combinaison trop grande pour lui. Il y avait différentes façons d'avoir une belle tête de condamné, ainsi que l'avait appris Wolgast, et celui-ci n'avait l'air ni effrayé ni furieux, juste résigné, comme si le monde l'avait mangé à petites bouchées, toute sa vie.

Wolgast indiqua ses menottes aux deux gardes.

— Enlevez-lui ça, s'il vous plaît.

Le plus vieux garde secoua la tête.

— C'est la procédure.

— Je m'en fiche. Enlevez-les-lui.

Wolgast prit le téléphone accroché au mur.

— Anthony Carter ? Je suis l'agent spécial Wolgast. Et voici l'agent spécial Doyle. Nous sommes du FBI. Ces hommes vont venir de votre côté et vous enlever vos menottes. C'est moi qui le leur ai demandé. Vous allez vous montrer coopératif, d'accord ?

Carter eut un petit hochement de tête, de l'autre côté de la vitre, et répliqua très calmement :

— Oui, m'sieur.

— Vous voudriez autre chose, pour vous sentir plus à l'aise ?

Carter eut l'air intrigué. Depuis combien de temps personne ne lui avait il posé une question pareille ?

— Ça va, répondit-il.

Wolgast se tourna vers les gardes.

— Alors ? Qu'est-ce que vous attendez ? Je parle dans le vide ou quoi ? Vous voulez que j'appelle le directeur ?

Les deux matons se regardèrent pendant un instant, comme s'ils hésitaient sur la conduite à tenir. Et puis le plus jeune quitta la pièce et reparut un moment plus tard de l'autre côté de la vitre. Wolgast garda les yeux rivés sur le garde pendant qu'il retirait les menottes du prisonnier.

— C'est tout ? demanda le rondouillard.

— C'est tout. Nous aimerions que vous nous laissiez seuls un moment. Nous préviendrons le responsable quand nous aurons fini.

— Comme vous voudrez.

Le garde sortit en refermant la porte derrière lui.

Il n'y avait qu'une chaise dans la pièce, une chaise pliante, en métal, comme on en trouvait dans les amphis, en fac. Wolgast la saisit et s'assit bien en face de la vitre, pendant que Doyle restait debout derrière lui.

C'était toujours Wolgast qui parlait. Il reprit le téléphone.

— C'est mieux ?

Carter hésita un instant comme s'il le calculait, puis il hocha la tête.

— Oui, monsieur. Merci. Pinceur les serre toujours trop fort.

Pinceur. Wolgast nota mentalement ce détail.

— Vous avez faim ? On vous donne un petit déjeuner, là-dedans ?

— Des crêpes. Mais ça fait cinq heures, ajouta-t-il avec un haussement d'épaules.

Wolgast se tourna vers Doyle et haussa les sourcils. Doyle hocha la tête et quitta la pièce. Pendant quelques minutes, Wolgast se contenta d'attendre. Malgré la grande pancarte « Défense de fumer », le bord du comptoir était festonné de marques brunes, de brûlures de cigarettes.

— Vous dites que vous êtes du FBI ?

— C'est vrai, Anthony.

L'ombre d'un sourire passa sur le visage de Carter.

— Comme dans la série ?

Wolgast n'avait pas idée de ce que Carter pouvait bien raconter, mais ça lui allait ; ça donnait au prisonnier quelque chose à expliquer.

— Quelle série, Anthony ?

— Celle avec la femme. Et les extraterrestres.

Wolgast réfléchit un instant, puis ça lui revint. Évidemment : « X-Files ». Il y avait combien de temps qu'elle ne passait plus ? Vingt ans ? Carter avait dû la voir quand il était gamin. En rediffusion. Wolgast ne s'en souvenait pas très bien, juste une vague idée – des enlèvements par les extraterrestres, une espèce de conspiration du silence. Voilà l'impression que Carter avait du FBI.

— Moi aussi, j'aimais cette série. Ça va, pour vous, ici ?

Carter se redressa.

— Vous êtes venu ici pour me demander ça ?

— Vous êtes un malin, Anthony. Non, ce n'est pas pour ça.

— Alors, c'est pour quoi ?

Wolgast se rapprocha un peu de la vitre, établit le contact visuel avec Carter et ne quitta plus son regard.

— Je connais cet endroit, Anthony. L'unité Terrell. Je sais ce qui s'y passe. Je voulais juste m'assurer que vous étiez traité convenablement.

Carter le regarda d'un œil circonspect.

— J'dirais que ça va.

— Les gardes sont corrects avec vous ?

— Pinceur serre trop les menottes, mais la plupart du temps, il est OK. (Il haussa ses épaules osseuses.) Denis est pas un copain. Et y en a d'autres comme lui.

La porte s'ouvrit derrière Carter et Doyle entra avec un plateau jaune récupéré au réfectoire. Il le plaça sur le comptoir, devant Carter : un cheeseburger, des frites ruisselantes de graisse, dans un petit panier en plastique doublé de papier sulfurisé, à côté d'une petite brique de lait chocolaté.

— Allez, Anthony, fit Wolgast avec un geste en direction du plateau. On pourra parler quand vous aurez fini.

Carter posa le combiné téléphonique sur le comptoir et porta le cheeseburger à sa bouche. Trois bouchées et il l'avait à moitié englouti. Il s'essuya la bouche de la main et attaqua les frites, l'air d'avoir oublié absolument tout le reste. Wolgast avait l'impression de regarder manger un chien.

Doyle était revenu de son côté.

— Putain, fit-il tout bas. Ce type devait avoir sacrément faim.

— Il y a des desserts, là-bas ?

— Des tartes, visiblement fossilisées. Des éclairs qui ressemblent à des crottes de chien.

Wolgast cogita un instant.

— Réflexion faite, on va zapper le dessert. Apporte-lui un verre de thé glacé. Et essaie de faire gentiment les choses, si tu peux. Fais un petit effort de présentation.

Doyle fronça les sourcils.

— Il a le lait chocolaté. Je ne suis même pas sûr qu'ils aient du thé glacé ici. C'est plutôt rustique.

— C'est le Texas, Phil, répondit Wolgast en réfrénant son impatience. Fais-moi confiance, ils ont du thé. Va lui en chercher.

Doyle haussa les épaules et ressortit de la pièce. Quand Carter eut fini son casse-croûte, il lécha le sel sur ses doigts, l'un après l'autre, poussa un profond soupir et saisit le téléphone. Wolgast en fit autant.

— Alors, Anthony, ça va mieux ?

Dans le combiné, Wolgast entendit la lourdeur moite de la respiration de Carter. Il avait le regard atone, rendu vitreux par le plaisir. Toutes ces calories, toutes ces molécules de protéines, ces hydrates de carbone complexes s'abattaient sur son système comme un marteau-pilon. Wolgast aurait aussi bien pu lui servir un whisky.

— Oui, monsieur. Merci.

— Un homme, ça doit manger. Ça ne peut pas vivre de crêpes.

Il y eut un moment de silence. Carter passa lentement sa langue sur ses lèvres. Et reprit la parole, d'une voix réduite à un soupir.

— Qu'est-ce que vous attendez de moi ?

— C'est le contraire, Anthony, répondit Wolgast en

hochant la tête. C'est moi qui suis venu voir si *je* ne pouvais pas faire quelque chose pour *vous*.

Carter baissa les yeux sur le comptoir, sur les vestiges tachés de graisse de son repas.

— C'est lui qui vous envoie, hein ?

— Qui ça, Anthony ?

— Le mari de la dame, fit Carter en fronçant les sourcils à ce souvenir. M. Wood. Il est venu ici, une fois. Il m'a dit qu'il avait trouvé Jésus.

Wolgast songea à ce que Doyle lui avait raconté dans la voiture. Ça faisait deux ans, et Carter y pensait toujours.

— Non, Anthony, ce n'est pas lui qui m'envoie. Vous avez ma parole.

— Je lui ai dit que j'étais désolé, insista Carter d'une voix brisée. C'est ce que j'ai dit à tout le monde. Et je le répéterai pas.

— Personne ne vous demande de le faire, Anthony. Je sais que vous regrettez. C'est pour ça que j'ai fait tout ce chemin pour vous voir.

— Tout ce chemin ?

— Je viens de loin, Anthony, répondit Wolgast en hochant lentement la tête. De très, très loin.

Il s'interrompit et scruta le visage de Carter. Il avait quelque chose de particulier, de différent des autres. Il sentit que le moment arrivait, comme si une porte s'était ouverte.

— Anthony, que diriez-vous si je vous annonçais que je peux vous sortir de là ?

Derrière la vitre, Carter le regarda avec méfiance.

— Ça veut dire quoi ?

— Exactement ce que je dis. Tout de suite. Aujourd'hui. Vous pourriez quitter Terrell et ne jamais y revenir.

Le regard de Carter devint vague, incompréhensif ; c'en était trop pour son entendement.

— Là, j'dirais qu'vous vous moquez de moi.

— Ce n'est pas un mensonge, Anthony. C'est pour ça que nous sommes venus de si loin. Vous ne le savez peut-être pas, mais vous êtes un homme très spécial. Vous pourriez dire que vous êtes seul de votre espèce.

— Moi, j'pourrais partir d'ici ? fit Carter en fronçant amèrement les sourcils. Ça n'a pas de sens. Pas après tout ce temps. Y a pas d'appel. L'avocat l'a dit dans une lettre.

— Pas un appel, Anthony. Mieux que ça. Vous pourriez partir directement d'ici. Alors, de quoi ça a l'air ?

— Ça a l'air *super*.

Carter recula, croisa les bras et poursuivit avec un rire mauvais :

— Ça a l'air trop beau pour être vrai. C'est *Terrell*, ici.

Wolgast était toujours étonné de constater à quel point l'acceptation de la commutation de peine ressemblait aux cinq étapes du deuil. Carter en était au stade du déni. L'idée était simplement trop énorme pour qu'il l'intègre.

— Je sais où vous êtes. Je connais cet endroit. C'est la maison de la mort, Anthony. Vous n'avez rien à faire ici. C'est pour ça que je suis là. Et pas pour n'importe qui. Pour aucun des autres hommes. Juste pour vous, Anthony.

Carter relâcha un peu sa posture.

— Je suis pas quelqu'un de spécial. Je le sais.

— Oh, mais si. Vous ne le savez peut-être pas, mais si, vous êtes spécial. Vous voyez, j'ai une faveur à vous demander, Anthony. Ce marché, il va dans les deux sens. Je peux vous faire sortir d'ici, mais je vais vous demander un truc en échange.

— Une faveur ?

— Les gens pour qui je travaille, Anthony, ils ont vu ce qui allait vous arriver ici. Ils savent ce qui va se passer en juin, et ils pensent que ce n'est pas normal. Ils pensent que vous n'avez pas été traité comme il fallait, que votre avocat vous a laissé tomber, qu'il vous a abandonné. Et ils se sont rendu compte qu'ils pouvaient empêcher ça, et qu'en échange, ils avaient besoin que vous fassiez un travail pour eux.

Carter fronça les sourcils, l'air complètement perdu.

— Tondre, vous voulez dire ? Comme la pelouse de la dame ?

Seigneur, se dit Wolgast. Ce type pensait qu'on voulait lui faire tondre la pelouse.

— Non, Anthony. Pas une chose comme ça. Une chose plus importante. Vous voyez, ajouta-t-il un ton plus bas, c'est ça, le truc : ce que j'ai besoin que vous fassiez est tellement important que je ne peux pas vous dire ce que c'est. Parce que, même moi, je ne le sais pas.

— Comment vous savez que c'est tellement important si vous savez pas c'que c'est ?

— Vous êtes un homme intelligent, Anthony, et vous avez raison de le demander. Mais il va falloir que vous me fassiez confiance. Je peux vous faire sortir de là, tout de suite. Vous n'avez qu'à dire que c'est ce que vous voulez.

C'est le moment où Wolgast tirait de sa poche l'enveloppe du directeur de la prison et l'ouvrait. Il se faisait chaque fois l'impression d'être un magicien qui extrayait un lapin de son chapeau. De sa main libre, il plaqua le document contre la vitre afin que Carter puisse le voir.

— Vous savez ce que c'est, Anthony ? C'est le décret

de commutation de peine, signé par le gouverneur Jenna Bush. Il est daté d'aujourd'hui, là, en bas. Vous savez ce que ça veut dire, « commutation de peine » ?

Carter regardait le papier, les paupières étrécies.

— J'aurai pas l'injection ?

— C'est exactement ça, Anthony. Ni en juin ni jamais.

Wolgast remit le papier dans la poche de son veston. Maintenant, c'était un appât. Un objet désirable. L'autre document, celui que Carter devait signer – qu'il signerait, Wolgast en était sûr, quand il aurait fini d'hésiter et de tergiverser, celui par lequel Anthony Lloyd Carter, détenu du Texas matricule 999642, abandonnait cent pour cent de sa personne saine de corps et d'esprit, pour le passé, le présent et l'avenir, au projet NOÉ – était juste dessous. Lorsque ce deuxième papier remonterait à la surface, le tout serait de faire en sorte que l'intéressé ne le lise pas.

Carter hocha lentement la tête.

— Je l'ai toujours bien aimée. Déjà quand c'était la Première dame.

Wolgast ne releva pas l'erreur.

— Ce n'est que l'une des personnes pour lesquelles je travaille, Anthony. Il y en a d'autres. Vous pourriez reconnaître certains des noms si je vous les communiquais, mais je ne peux pas. Et ils m'ont demandé de venir vous voir et de vous dire à quel point ils avaient besoin de vous.

— Alors, je fais ce truc pour vous et vous me faites sortir ? Mais vous ne pouvez pas me dire ce que c'est ?

— C'est plus ou moins ça, Anthony. Dites non, et je m'en vais. Dites oui, et vous pouvez quitter Terrell ce soir. C'est aussi simple que ça.

La porte de la cage se rouvrit ; Doyle entra, apportant le thé. Il avait fait ce que Wolgast lui avait demandé :

95

le verre était sur une soucoupe avec une longue cuillère, un quartier de citron et des sachets de sucre en poudre. Il posa le tout sur le comptoir devant Carter. Quand celui-ci regarda le verre, son visage se relâcha complètement. C'est alors que Wolgast eut une certitude : Anthony Carter n'était pas coupable, au moins pas de la façon dont la cour l'avait jugé. Avec les autres, c'était toujours clair dès le départ, Wolgast savait à qui il avait affaire, l'histoire était l'histoire. Mais pas dans ce cas. Il s'était passé quelque chose, ce jour-là, dans le jardin. La femme était morte, oui, mais ce n'était pas si simple, c'était peut-être même beaucoup plus compliqué que ça. En regardant Carter, il avait l'impression de sentir son esprit tourner en rond dans une pièce sombre, sans fenêtre, et fermée à clé. Il savait que c'était là qu'il trouverait Anthony Carter – dans le noir –, et quand il le trouverait, Carter lui montrerait la clé qui ouvrirait la porte.

Il parla, les yeux rivés sur le verre.

— J'veux juste..., commença-t-il.

Wolgast attendit qu'il finisse. Et comme l'autre ne disait plus rien, il reprit la parole.

— Que voulez-vous, Anthony ? demanda-t-il. Dites-le-moi.

Carter porta sa main libre vers le verre et le caressa du bout des doigts. Le verre était frais et couvert de buée. Carter retira sa main, écrasa les perles d'eau entre son pouce et ses autres doigts, lentement, complètement concentré sur ce geste. Tellement concentré que Wolgast sentit l'esprit de l'homme s'ouvrir, l'absorber. C'était comme si la sensation de l'eau fraîche sur le bout de ses doigts était la clé de tous les mystères de sa vie. Il leva les yeux vers Wolgast.

— J'ai besoin de temps... pour comprendre, dit-il doucement. Ce qui est arrivé. Avec la dame.

Et tous les jours de Noé étaient neuf cent et cin-quante années...

— Je peux vous donner ce temps, Anthony, fit Wolgast. Tout le temps du monde. Un océan de temps.

Un autre moment passa. Puis Carter hocha la tête.

— Qu'est-ce qu'y faut que je fasse ?

Wolgast et Doyle arrivèrent à l'aéroport George Bush Intercontinental un peu après sept heures. Malgré la circulation infernale, ils avaient quatre-vingt-dix minutes d'avance. Ils rendirent la voiture de location et prirent la navette pour le terminal des vols intérieurs, montrèrent leurs plaques, coupant court aux procédures de sécurité, et se frayèrent un chemin à travers la foule vers la porte, tout au bout de la salle.

Doyle s'esquiva pour trouver quelque chose à manger. Wolgast n'avait pas faim et ne voulait rien avaler, même s'il savait qu'il regretterait probablement sa décision par la suite, surtout si leur vol était retardé. Il vérifia son portable. Toujours rien de Sykes. Tant mieux. Tout ce qu'il souhaitait, c'était foutre le camp de cette saloperie de Texas. Quelques passagers attendaient à la porte. Des familles, des étudiants scotchés à leur Blu-ray portable ou à leur iPod, une poignée de types en costume qui téléphonaient, pianotaient sur des tablettes tactiles. Il regarda sa montre : sept heures vingt-cinq. En ce moment, se dit-il, Anthony Carter devait être à l'arrière d'un van, en route pour El Reno, laissant derrière lui un vague sillage de dossiers déchiquetés et un souvenir nébuleux – avait-il seulement jamais existé ? À la fin de la journée, même son matricule fédéral aurait été effacé. L'homme appelé Anthony Carter ne serait plus qu'une rumeur, un vague flou, à peine une ride à la surface du monde.

Wolgast s'appuya au dossier de son fauteuil et prit

conscience de sa fatigue. Il était épuisé. Ça lui tombait toujours dessus comme ça, comme un poing qui se décrispe tout à coup. Ces voyages le laissaient chaque fois physiquement et moralement vidé, tenaillé par des scrupules qu'il devait faire taire, ce qui lui demandait un véritable effort. Il était trop bon à ce jeu-là, trop doué pour trouver le geste à faire, les mots à dire. Un type restait assis assez longtemps dans un cube de béton, à considérer sa propre mort, et il se réduisait à une poussière laiteuse, comme l'eau d'une bouilloire qu'on aurait oubliée sur le feu. Pour le comprendre, il fallait comprendre de quoi la poussière était constituée, ce qui resterait de lui après que le résidu de sa vie, passée et future, se serait changé en vapeur. C'était généralement assez simple – de la colère, de la tristesse, de la honte, ou simplement le besoin de pardon. Quelques-uns ne voulaient rien du tout ; il n'en subsistait qu'une rage animale, bête et brutale, envers le monde et tous les systèmes. Anthony était différent ; Wolgast avait mis un moment à s'en rendre compte. C'était un point d'interrogation humain, une expression vivante, palpitante, de pur questionnement. En vérité, il ne savait pas pourquoi il était à Terrell. Non qu'il n'ait pas compris sa sentence, ça, c'était clair, et il l'avait acceptée – comme presque tous ; ils y étaient bien obligés. Il n'y avait qu'à lire les dernières paroles des condamnés à mort pour le savoir : « Dites à tout le monde que je les aime. Je regrette. Ça va, c'est bon, monsieur le directeur, allons-y. » Que des paroles dans ce goût-là, dont la lecture l'avait glacé, et il en avait lu des pages et des pages. Mais pour Anthony Carter, il lui manquait une pièce du puzzle. C'est ce qu'il avait vu quand Carter avait caressé la paroi du verre – et même avant, quand il avait parlé du mari de Rachel Wood et dit, sans le dire, qu'il était désolé. Wolgast ne savait pas trop si Carter ne se rappelait pas ce qui s'était passé ce jour-là dans le jardin des Wood ou s'il n'arrivait pas à mettre ses faits et gestes en accord avec l'homme qu'il pensait être. Quoi qu'il en soit, il avait besoin de trouver cette pièce de lui-même avant de mourir.

De sa place, derrière les baies vitrées du terminal, Wolgast avait une bonne vue des pistes. Les dernières lueurs du jour jouaient sur le fuselage des avions au sol. Le vol de retour lui faisait toujours du bien ; quelques heures en l'air, à courir après le soleil couchant, et il se sentirait redevenir lui-même. Il ne buvait, ne lisait, ne dormait jamais. Il demeurait juste parfaitement immobile, à respirer l'air confiné de la cabine, les yeux fixés sur le hublot alors que la terre en dessous sombrait dans l'obscurité. Une fois, en revenant de Tallahassee, son avion avait contourné un front orageux tellement énorme qu'on aurait dit une chaîne de montagnes sus-pendue dans les airs, ses entrailles bouillonnantes éclairées comme une crèche par des éclairs déchiquetés. C'était un soir de septembre, ils devaient être au-dessus de l'Oklahoma, ou du Kansas, un endroit plat et vide. Ça pouvait être plus loin vers l'ouest. La cabine était plongée dans l'obscurité ; presque tout le monde, à bord, dormait, Doyle y compris, assis à côté de lui, un oreiller coincé sous sa joue bleue de barbe. Pendant vingt bonnes minutes, l'avion avait fait la course avec la limite de la zone de tempête sans une seule secousse. De toute sa vie, Wolgast n'avait jamais rien vu de pareil, jamais ressenti aussi complètement la présence de l'im-mensité de la nature, de sa puissance. L'air était chargé d'électricité, et lui, il était là, scellé dans le silence, filant dans le ciel sans rien en dessous de lui que trente mille pieds de vide, regardant tout ça comme si c'était un film sur un écran, un film sans le son. Il attendait que la voix traînante du pilote retentisse dans la cabine, dise quelques mots crépitants sur les conditions atmosphériques pour que les autres passagers profitent du spectacle, mais rien, et quand ils s'étaient posés à Denver, avec quarante minutes de retard, Wolgast n'en avait parlé jamais à personne, même pas à Doyle.

Il s'était dit alors qu'il aurait aimé appeler Lila pour lui raconter. Le sentiment était tellement puissant, tellement clair dans son esprit qu'il avait mis un moment à se rendre compte que c'était dingue, que c'était juste la machine à remonter le temps qui parlait. La « machine à remonter le temps », c'est comme ça que disait la conseillère psychologique. C'était une amie de Lila, à l'hôpital, chez qui ils étaient allés deux ou trois fois, une femme d'une trentaine d'années, aux cheveux longs, prématurément grisonnants, et aux grands yeux, constamment humides de sympathie. Elle aimait enlever ses chaussures au début de l'entretien et replier ses jambes sous elle, comme une monitrice de camp de vacances s'apprêtant à guider un chant, et elle parlait tout bas, si bas que Wolgast devait se pencher sur le canapé pour entendre ce qu'elle racontait. De temps en temps, elle expliquait de sa petite voix que leur esprit leur jouait des tours. Elle ne disait pas ça comme si elle portait un jugement, elle se contentait d'énoncer un fait. Il se pourrait qu'en voyant, ou en faisant quelque chose, Lila et lui aient une forte réminiscence du passé. Par exemple, il se pourrait qu'ils se retrouvent dans la queue à la caisse du supermarché avec un paquet de couches dans leur chariot, ou bien qu'ils se surprennent à marcher sur la pointe des pieds devant la chambre d'Eva comme si elle dormait. Ce seraient les moments les plus pénibles, lui avait expliqué la femme, parce qu'ils leur feraient revivre leur deuil. Mais au fur et à mesure que les mois passeraient, elle leur avait assuré que cela se produirait de plus en plus rarement.

Sauf que pour Wolgast ces moments n'étaient pas pénibles. Ça lui arrivait encore de temps en temps, trois ans après, et dans ces cas-là, ça ne lui faisait rien ; au contraire, même. C'étaient des cadeaux inespérés que son esprit lui faisait. Mais il savait que pour Lila, c'était différent.

— Agent Wolgast ?

Il se retourna sur son fauteuil ; le costume gris, simple, les chaussures classiques, bon marché mais confortables, la cravate neutre, passe-partout : Wolgast aurait pu se regarder dans la glace. Mais le visage lui était inconnu.

Il se leva, plongea la main dans sa poche, montra sa plaque.

— C'est moi.

— Agent spécial Williams, bureau de Houston.

Ils échangèrent une poignée de main.

— Je regrette, mais vous ne prendrez pas ce vol, finalement, dit le type. J'ai une voiture qui vous attend, dehors.

— Il y a un message ?

Le dénommé Williams prit une enveloppe dans sa poche.

— Vous voulez probablement parler de ça.

Wolgast prit l'enveloppe. À l'intérieur se trouvait un fax. Il se rassit pour le lire, puis il le relut. Il le lisait encore quand Doyle revint en buvant un soda à la paille, un sachet de tacos dans l'autre main.

Wolgast regarda Williams.

— Vous pouvez nous accorder une seconde, s'il vous plaît ?

Williams s'éloigna dans la salle d'attente.

— Qu'est-ce qu'il y a ? demanda tout bas Doyle. Y a un problème ?

Wolgast secoua la tête, tendit le fax à Doyle.

— Bon sang, Phil. Ce coup-ci, on tape dans la population civile.

4.

Sœur Lacey Antoinette Kudoto ne savait pas ce que Dieu voulait. Elle savait seulement qu'Il voulait quelque chose.

D'aussi loin que remontent ses souvenirs, le monde lui parlait ainsi, par murmures et chuchotements : dans le bruissement des palmes bercées par le vent de l'océan, au-dessus du village où elle avait grandi, dans le bruit de l'eau fraîche qui coulait sur les pierres de la rivière, derrière chez elle, et même dans les bruits des occupations humaines, les moteurs, les machines et les voix des hommes. Elle était toute petite, elle avait six ou sept ans, pas plus, quand elle avait demandé à sœur Margaret, la directrice de l'école religieuse de Port Loko, ce qu'elle entendait, et la sœur avait ri. « Lacey Antoinette, avait-elle dit, tu me surprendras toujours. Tu ne le sais pas ? » Elle avait baissé la voix et rapproché son visage de celui de Lacey. « Ce n'est pas autre chose que la voix de Dieu. »

Sauf qu'elle le savait ; elle avait compris, à l'instant où la sœur le lui disait, qu'elle l'avait toujours su. Elle n'avait jamais parlé à personne d'autre de la voix ; elle l'avait compris à la façon dont la sœur lui avait répondu, comme si c'était un secret qu'elles étaient seules à connaître : ce qu'elle entendait dans le vent et les feuilles, dans la trame même de l'existence, était privé ; c'était entre elles. Il y avait des moments, parfois des semaines ou un mois d'affilée, où le sentiment s'estompait, où le monde redevenait un endroit normal, fait de choses normales. Elle se disait que le monde était comme ça pour la plupart des gens, même les plus proches d'elle, ses parents, ses sœurs et ses amies, à l'école ; ils vivaient toute leur vie dans une prison de silence absolu, un monde sans voix. Et savoir cela l'attristait tellement que, parfois, elle ne pouvait s'empêcher de pleurer pendant plusieurs jours, alors ses parents l'emmenaient chez le docteur, un Français à rouflaquettes qui suçait des bonbons au camphre. Il la palpait, la pinçotait, l'examinait des pieds à la tête avec le disque froid comme la glace de son stéthoscope, mais il ne lui trouvait jamais rien. *Quelle horreur*, pensait-elle, *quelle horreur de vivre comme ça, éternellement seul*. Et puis, un beau jour, elle allait à l'école en traversant les champs de cacaoyers, ou bien elle était en train de dîner avec ses sœurs, ou même pas, au lit, avant de dormir, ou à regarder une pierre par terre, et elle la réentendait, la voix qui n'était pas vraiment une voix, qui venait de l'intérieur d'elle et aussi de tout autour, ce murmure étouffé qui semblait fait non de son mais de lumière, qui se mouvait aussi doucement que la brise sur l'eau. Quand elle était entrée chez les sœurs, à dix-huit ans, elle savait ce que c'était : c'était son nom qu'on appelait.

Lacey, lui disait le monde. *Lacey. Écoute.*

Et voilà qu'elle l'entendait à nouveau, après tant d'années, à un océan de là, assise dans la cuisine du couvent des sœurs de la Merci, à Memphis, dans le Tennessee.

Elle avait trouvé le mot dans le sac à dos de la petite fille peu après le départ de sa mère. Quelque chose dans la façon dont ça s'était passé lui avait mis la puce à l'oreille, et en regardant la petite fille, elle avait mis le doigt dessus : pas une seule fois la femme n'avait prononcé le nom de l'enfant. C'était sa fille, indéniablement – les mêmes cheveux noirs, la même peau claire, et les longs cils recourbés, comme soulevés par une brise minuscule. Elle était jolie, mais elle aurait mérité un coup de peigne : elle avait les cheveux feutrés – on aurait dit des poils de chien –, et elle n'avait pas enlevé sa parka pour s'asseoir à la table, comme si elle avait l'habitude de partir en vitesse. Elle avait l'air en bonne santé ; un peu maigre, peut-être. Son pantalon était trop court, et raide de crasse. Quand elle avait eu fini sa collation, jusqu'à la dernière miette, Lacey s'était assise à côté d'elle. Elle lui avait demandé s'il y avait dans le sac qu'elle tenait sur ses genoux de quoi jouer, ou un livre qu'elles pourraient lire ensemble, mais la petite fille, qui n'avait pas dit un mot, s'était contentée de hocher la tête et de le lui tendre. Lacey l'avait regardé : un sac rose avec des espèces de personnages de dessins animés collés dessus – leurs immenses yeux noirs lui rappelaient ceux de la petite fille – et elle avait repensé à ce que la femme lui avait dit, qu'elle emmenait sa fille à l'école.

Elle avait ouvert le sac et trouvé dedans le lapin en peluche, les sous-vêtements roulés en boule, les chaussettes, une brosse à dents dans un étui et une boîte de barres de céréales à la framboise, à moitié vide. C'était tout. Et puis elle avait remarqué la petite poche fermée par une fermeture Éclair sur le devant du sac. Lacey s'était rendu compte qu'il était trop tard pour l'école ; la petite fille n'avait pas de déjeuner, pas de livres. Elle avait tiré la fermeture à glissière en retenant son souffle. Et elle avait trouvé le bout de papier plié.

« Je suis désolée. Elle s'appelle Amy. Elle a six ans. »

Lacey l'avait longuement regardé. Pas les mots proprement dits, dont le sens était assez clair. Ce qu'elle regardait, c'était l'espace qui entourait les mots, toute une page de rien du tout. Trois minuscules phrases, voilà tout ce que cette petite fille avait au monde pour expliquer qui elle était, juste trois phrases et les pauvres bricoles qu'il y avait dans le sac. De toute sa vie, Lacey Antoinette Kudoto n'avait rien vu d'aussi triste. Elle n'avait même pas de larmes pour ça.

Inutile d'essayer de retrouver la femme. Elle devait être loin, depuis le temps. Et que ferait Lacey, si elle la retrouvait ? Que pourrait-elle dire ? *Je crois que vous avez oublié quelque chose ? Ça doit être une erreur ?* Sauf que ce n'était pas une erreur. Lacey comprenait que la femme avait fait exactement ce qu'elle avait prévu de faire.

Elle replia la note et la mit dans la grande poche de sa jupe.

— Amy, dit-elle.

Et comme sœur Margaret l'avait fait il y avait tant d'années à l'école de Port Loko, elle plaça son visage tout près de celui de la fillette et lui dit en souriant :

— C'est comme ça que tu t'appelles ? Amy ? C'est un joli nom.

La petite fille jeta sur la pièce un regard rapide, presque furtif.

— Je peux avoir Peter ?

Lacey réfléchit un instant. Un frère ? Le père de la petite fille ?

— Mais bien sûr, répondit-elle. Qui est Peter, Amy ?

— Il est dans le sac.

Lacey fut soulagée. La première demande de la petite fille était facile à satisfaire. Elle prit le lapin dans le sac. Une peluche veloutée, usée par endroits, un petit lapin avec des yeux de verre noirs et des oreilles rigidifiées par une armature de fil de fer. Elle le passa à Amy, qui l'assit plus ou moins sur ses cuisses.

— Amy, commença-t-elle. Où est allée ta maman ?

— Je ne sais pas, répliqua-t-elle.

— Et Peter ? insista Lacey. Il le sait, Peter ? Il pourrait me le dire ?

— Il ne sait rien, rétorqua Amy. Il est en peluche. Je veux retourner au motel, fit-elle en fronçant les sourcils.

— Le motel ? Où se trouve-t-il, Amy ?

— Je ne dois pas le dire.

— C'est un secret ?

La petite fille hocha la tête, les yeux rivés à la surface de la table. Un si grand secret qu'elle ne pouvait même pas dire que c'était un secret, pensa Lacey.

— Je ne peux pas t'y emmener si je ne sais pas où il est. C'est ça que tu veux, Amy ? Retourner au motel ?

— Il est sur la route où il y a beaucoup de voitures, expliqua la petite fille en tirant sur sa manche.

— C'est là que tu vis avec ta maman ?

Amy ne répondit pas. Elle avait une façon de ne pas regarder, de ne pas parler, d'être seule dans sa bulle, même en présence d'une autre personne, que Lacey n'avait jamais rencontrée. Ça avait quelque chose d'un peu effrayant. En la voyant faire, Lacey avait l'impression que c'était elle qui avait disparu.

— Tiens, Amy, j'ai une idée, déclara-t-elle. Tu veux jouer à un jeu ?

La petite fille lui jeta un regard dubitatif.

— Quel genre de jeu ?

— Ça s'appelle le jeu des secrets. Ce n'est pas difficile. Je te dis un secret, et tu m'en dis un. Tu vois ? On fait l'échange, mon secret en échange de ton secret. Qu'est-ce que tu en penses ?

La petite fille haussa les épaules.

— D'accord.

— Bon, alors, je commence. Voilà mon secret : une fois, quand j'étais toute petite, comme toi, je me suis

106

sauvée de la maison. C'était en Sierra Leone, le pays d'où je viens. J'étais très fâchée contre ma mère, parce qu'elle ne voulait pas me laisser aller à une fête tant que je n'aurais pas fait mes devoirs. J'étais très excitée par cette fête, parce que j'avais entendu dire qu'il y aurait des chevaux qui faisaient des tours, et j'avais une passion pour les chevaux. Je parie que tu aimes les chevaux, toi aussi, hein, Amy ?

— Sûrement, fit la petite fille avec un hochement de tête.

— Toutes les filles aiment les chevaux. Mais moi, je les adorais ! Pour montrer à ma mère comme je lui en voulais, j'ai refusé de faire mes devoirs et elle m'a envoyée dans ma chambre sans dîner. Oh, j'étais tellement furieuse que j'ai fait le tour de la pièce en tapant du pied comme une folle. Et puis je me suis dit : *Si je m'enfuis, elle regrettera de m'avoir traitée comme ça, et après, elle me laissera faire tout ce que je veux.* J'étais complètement idiote, mais c'était ce que je croyais. Et donc, ce soir-là, j'ai attendu que mes parents et mes sœurs dorment, et j'ai quitté la maison. Mais je ne savais pas où aller, alors je me suis cachée dans les champs, au fond du jardin. Il faisait froid, et tout noir. J'aurais voulu rester là toute la nuit pour entendre ma mère m'appeler, le lendemain matin, quand elle se serait rendu compte, en se réveillant, que je n'étais plus là. Mais je n'ai pas pu. Je suis restée un petit moment dans le champ, et puis j'ai fini par avoir trop peur, et trop froid. Alors je suis rentrée à la maison, je me suis recouchée, et personne n'a jamais su que j'étais sortie.

Elle regarda la petite fille qui l'observait attentivement et dit, avec un sourire forcé :

— Voilà. Je n'avais jamais raconté cette histoire à personne, de toute ma vie. Tu es la première personne à qui j'en parle. Qu'est-ce que tu en penses ?

La petite fille la regardait avec sérieux.

— Tu es... juste rentrée à la maison ?

Lacey hocha la tête.

— Tu comprends, je n'étais plus en colère. Et le lendemain matin, c'était comme si tout ça n'était qu'un rêve. Je n'étais même pas sûre que ce soit vraiment arrivé, sauf que maintenant, des années plus tard, je sais que c'était vrai. Allez, c'est ton tour, fit-elle en tapotant la main d'Amy pour l'encourager. Tu as un secret à me raconter, Amy ?

La petite fille baissa le visage et ne dit rien.

— Même pas un petit ?

Je ne crois pas qu'elle reviendra, dit Amy.

Les policiers qui prirent l'appel, un homme et une femme, n'arrivèrent à rien, eux non plus. La femme, une Blanche costaud, aux cheveux coupés court comme un homme, parla avec la petite fille dans la cuisine pendant que l'autre policier, un Noir avec un beau visage fin, lisse, prenait la déposition de Lacey. Est-ce que la mère avait l'air nerveuse ? lui demanda-t-il. Est-ce qu'elle avait l'air d'avoir bu, ou pris de la drogue ? Comment était-elle habillée ? Lacey avait-elle vu sa voiture ? Et ainsi de suite, mais Lacey voyait bien qu'il ne lui posait ces questions que parce qu'il le fallait bien. Il ne pensait pas non plus que la mère de la fillette reviendrait. Il nota les réponses de Lacey avec un petit crayon sur un calepin qu'il remit après dans la poche de poitrine de son blouson. Dans la cuisine, un éclair de lumière : la femme flic avait pris Amy en photo.

— Vous voulez qu'on appelle la Protection de l'enfance ou vous vous en chargez ? demanda le policier. Parce que, bon, voyant à qui nous avons affaire, ce serait peut-être aussi bien d'attendre. Inutile de la remettre tout de suite entre les mains de l'administration, surtout pendant le week-end, si ça ne vous ennuie pas de la garder ici. On va diffuser le signalement de la femme, et on verra bien ce que ça donnera. De notre côté, on va mettre la petite dans la base de données des disparitions d'enfants. Et puis, il se pourrait que la mère revienne aussi, mais dans ce cas, il vaudrait mieux que vous gardiez l'enfant ici et que vous nous appeliez.

Il était un peu plus de midi ; les autres sœurs devaient revenir à une heure de l'épicerie solidaire, où elles avaient passé la matinée à remplir les étagères et à distribuer des cartons de boîtes de conserve, de céréales, de sauce tomate et de couches, comme tous les mardis et vendredis. Mais Lacey avait traîné un rhume toute la semaine – il y avait trois ans qu'elle était à Memphis et elle ne s'était jamais faite aux hivers humides –, et sœur Arnette lui avait demandé de rester au chaud, pour ne pas aggraver son état. C'était bien le genre de sœur Arnette de décider pour elle, alors que Lacey se sentait en pleine forme.

Elle regarda le policier, et s'entendit répondre :

— Je m'en occupe.

Et c'est ainsi que, lorsque les sœurs rentrèrent, Lacey omit de leur avouer la vérité à propos de la fillette.

— C'est Amy, leur dit-elle alors qu'elles enlevaient leurs manteaux et leurs foulards dans l'entrée. La fille d'une de mes amies, qui a dû se rendre auprès d'une parente malade. Amy va passer le week-end avec nous.

Elle s'étonna elle-même de la facilité avec laquelle le mensonge lui vint. Elle n'avait pas l'habitude de tromper son monde, et pourtant les mots s'étaient assemblés rapidement dans son esprit et avaient trouvé le chemin de ses lèvres sans effort. Tout en parlant, elle jetait des coups d'œil à Amy en se demandant si elle la trahirait, et elle vit une étincelle d'approbation dans ses yeux. Lacey comprit alors que c'était une petite fille habituée à garder des secrets.

— Ma sœur, fit sœur Arnette de son ton de vieille dame perpétuellement réprobatrice, je me réjouis que vous proposiez notre aide à cette enfant et à sa mère. Mais il n'en demeure pas moins que vous auriez dû d'abord m'en parler.

— Je suis vraiment désolée, reprit Lacey. C'était un cas d'urgence. Et ce n'est que jusqu'à lundi.

Sœur Arnette fixa sur Lacey un regard scrutateur, puis regarda Amy, debout, le dos incrusté dans les plis de la jupe de Lacey, tout en enlevant un à un les doigts de ses gants. L'air froid du dehors planait encore dans l'entrée.

— C'est un couvent ici, pas un orphelinat. Ce n'est pas un endroit pour les enfants.

— Je comprends, ma sœur. Et je suis vraiment désolée. Mais je ne pouvais pas faire autrement.

Un ange passa. *Cher Seigneur*, pensa Lacey, *aidez-moi à aimer sœur Arnette plus que je ne le fais, cette personne impérieuse, qui se fait une si haute idée d'elle-même, alors qu'elle est Votre servante tout comme moi.*

— C'est bon, déclara enfin sœur Arnette, avec un soupir de contrariété. Jusqu'à lundi. Elle pourra prendre la chambre libre.

C'est alors que sœur Lacey se demanda pourquoi – pourquoi elle avait menti, pourquoi le mensonge lui était venu si facilement, comme si ce n'était pas à proprement parler un mensonge. D'ailleurs, son histoire ne tiendrait pas la route une seconde. Que se passerait-il si la police revenait, ou téléphonait, et si sœur Arnette découvrait ce qu'elle avait fait ? Que se passerait-il lundi, quand elle devrait appeler le comté ? Et pourtant, elle n'éprouvait aucune crainte à ce sujet. La fille était un mystère, qui leur avait été envoyé par Dieu – et même pas à elles toutes, non, à *elle*, Lacey. À elle de trouver la réponse à ce mystère, et en mentant à sœur Arnette – et encore, elle n'avait pas forcément menti, se dit-elle ; qui pouvait dire que la mère n'était pas allée rendre visite à une parente malade, après tout ? –, elle s'était donné le temps nécessaire pour l'élucider. Et c'était peut-être pour ça que cette histoire lui était venue si aisément, le Saint-Esprit avait parlé à travers elle, lui avait inspiré la flamme d'une sorte de vérité différente, plus profonde, et ce qu'Il avait dit, c'était que la fille avait des ennuis et avait besoin que Lacey lui vienne en aide.

Les autres sœurs étaient ravies ; elles n'avaient jamais de visites, ou du moins très rarement, rien que des gens d'Église – des prêtres, d'autres religieuses. Mais une petite fille, ça, c'était nouveau. À la minute où sœur Arnette disparut dans l'escalier pour regagner sa chambre, elles commencèrent à parler toutes en même temps. Comment sœur Lacey connaissait-elle la mère de la petite fille ? Quel âge avait Amy ? Qu'aimait-elle faire ? Manger ? Regarder ? Porter ? Elles étaient tellement excitées que c'est à peine si elles remarquèrent qu'Amy ne parlait pas beaucoup, qu'elle ne disait même rien. C'était Lacey qui parlait pour elle. Amy aimait les hamburgers et les hot-dogs – c'était ce qu'elle préférait, avec des frites, et de la glace aux pépites de chocolat. Elle aimait les coloriages et les travaux manuels, et regarder des films avec des princesses, et des lapins, s'il y avait quelque chose comme ça au magasin. Il faudrait lui trouver des vêtements ; dans sa précipitation, sa mère avait oublié la valise de la petite fille, tellement elle était dépassée par sa mission d'aide et de secours – dans l'Arkansas, près de Little Rock ; la grand-mère de la petite était cardiaque et diabétique –, et quand elle avait dit qu'elle allait retourner chez elle la chercher, Lacey lui avait assuré que ce n'était pas la peine, elle se débrouillerait. Les mensonges se déversaient avec une telle grâce dans des oreilles tellement prêtes à les accueillir que, dans l'heure, toutes les sœurs semblaient avoir une version légèrement différente de la même histoire. Sœur Louisa et sœur Claire prirent le van pour aller chercher des hamburgers, des hot-dogs et des frites au Piggly Wiggly, et puis des vêtements, des films et des jouets au Walmart. Dans la cuisine, sœur Tracy entreprit de préparer le dîner en annonçant qu'en plus des hamburgers, des hot-dogs et de la glace promis, elles pouvaient aussi compter sur un gros gâteau au chocolat. (Elles attendaient toujours le vendredi avec impatience, parce que c'était le soir où sœur Tracy faisait la cuisine. Ses parents avaient un restaurant à Chicago ; avant d'entrer au couvent, elle avait suivi des cours de cuisine.) Même sœur Arnette sembla gagnée par la frénésie ambiante : elle s'assit avec Amy et les autres sœurs dans la salle de séjour pour regarder *Princess Bride* pendant qu'on préparait le dîner.

Pendant tout ce temps, sœur Lacey ne voulut penser qu'à Dieu. À la fin du film, que tout le monde s'accorda à trouver merveilleux, tandis que sœur Louise et sœur Claire emmenaient Amy dans la cuisine pour lui montrer certains des jouets qu'elles avaient achetés au Walmart – des livres de coloriage, des crayons de couleur, des découpages, de la colle et le coffret « Barbie animalerie », que sœur Louise avait mis un quart d'heure à libérer de sa prison de plastique, avec toutes ces petites pièces, les peignes et les brosses pour les chiens, les petites écuelles et tout le reste –, Lacey monta à l'étage. Dans le silence de sa chambre, elle pria pour ce mystère, le mystère d'Amy, écoutant la voix qui l'emporterait, l'emplirait de la connaissance de Sa volonté ; mais alors qu'elle élevait son esprit vers Dieu, il ne lui parvint que le sentiment d'une question sans réponse certaine. Cela dit, c'était encore une des façons que Dieu avait de s'adresser à vous. Sa volonté était le plus souvent insaisissable, ce qui était frustrant, et il aurait été bien agréable que, de temps en temps, Il fasse en sorte que Ses intentions soient plus explicites, mais ce n'était pas comme ça que ça marchait. La plupart des sœurs priaient dans la petite chapelle derrière la cuisine, et Lacey avec elles, mais ses prières les plus importantes, elle les réservait pour ces moments de solitude dans sa chambre. Elle ne s'agenouillait même pas, elle s'asseyait à son bureau, ou au coin de son lit étroit. Elle posait ses mains sur ses cuisses, elle fermait les yeux et elle envoyait son esprit aussi loin qu'elle pouvait – depuis l'enfance, elle se le figurait comme un cerf-volant au bout d'une ficelle, montant de plus en plus haut alors qu'elle dévidait la ficelle –, et elle attendait de voir ce qui allait se passer. Et là, assise sur son lit, elle envoya le cerf-volant aussi haut qu'elle put, la pelote de ficelle imaginaire diminuant dans sa main, le cerf-volant se réduisant à un point de couleur, très haut au-dessus de sa tête, mais elle ne sentit que le vent du ciel qui s'emparait de lui, une force d'une grande puissance emportant une chose si petite.

Après dîner, les sœurs retournèrent dans la salle de séjour pour regarder la télévision, une série médicale qu'elles suivaient depuis le début de l'année, et sœur Lacey emmena Amy à l'étage pour la mettre au lit. Il était huit heures. Les sœurs allaient généralement se coucher à neuf heures, afin de se lever à cinq heures pour les prières du matin, et Lacey avait l'impression que c'étaient des horaires adaptés à une petite fille de l'âge d'Amy. Elle lui donna son bain, lui lava les cheveux avec un shampoing à la framboise, y ajouta une goutte d'après-shampoing pour défaire les nœuds, les peigna de sorte qu'ils soient bien démêlés et brillants, d'un noir plus profond à chaque coup de peigne, puis elle descendit ses vieux vêtements dans la buanderie. Lorsqu'elle remonta, Amy avait mis le pyjama que sœur Claire lui avait acheté cet après-midi-là au Walmart. Un pyjama rose, avec des étoiles et des lunes souriantes, dans un tissu crissant, brillant comme de la soie. En rentrant dans la chambre, Lacey trouva Amy en train de regarder les jambes et les manches avec perplexité ; elles étaient trop longues et retombaient d'une façon assez clownesque sur ses pieds et ses mains. Lacey les roula ; tout en la regardant faire, Amy se brossa les dents, remit la brosse dans son petit boîtier et se tourna vers elle.

— C'est là que je dors ?

Tant d'heures avaient passé depuis qu'elle avait entendu pour la dernière fois la voix de la petite fille que Lacey n'était pas sûre d'avoir bien entendu. Elle scruta le visage de l'enfant. La question, si étrange qu'elle soit, avait un sens pour elle.

— Et pourquoi dormirais-tu dans la salle de bains, Amy ?

Elle regarda par terre.

— Maman dit qu'il ne faut pas que je fasse de bruit.

— Mais non. Bien sûr que non, répondit Lacey, ne sachant trop que penser. Tu vas dormir dans ta chambre. Elle est juste à côté de la mienne. Je vais te montrer.

C'était une chambre au confort spartiate, mais propre : des murs nus, avec juste un lit, une commode et une petite table, sans même une descente de lit. Lacey regrettait de ne rien avoir pour la rendre plus agréable pour une petite fille. Elle se dit que, le lendemain, elle demanderait à sœur Arnette si elle ne pourrait pas acheter une petite carpette à mettre à côté du lit, pour qu'Amy n'ait pas à poser ses pieds nus sur le carrelage

114

froid, en se levant. Elle borda les couvertures et s'assit au bord du matelas. À travers le plancher, elle entendait le faible ronronnement de la télévision, en bas, le cliquetis des tuyaux qui se dilataient derrière les murs, et dehors le vent qui jouait dans les premières feuilles des chênes et des érables, avec le bourdonnement lointain de la circulation nocturne, sur Poplar Avenue. Le zoo était à deux rues de là, derrière le couvent, à l'autre bout du parc. Les nuits d'été, quand les fenêtres étaient ouvertes, elles entendaient parfois les cris et les hurlements stridents des singes dans leurs cages. C'était une chose étrange et merveilleuse à entendre pour Lacey, à tant de milliers de kilomètres de chez elle, mais quand elle était allée voir le zoo, elle avait découvert un endroit terrible, une sorte de prison ; les cellules étaient petites, les félins enfermés dans des cages nues, derrière des vitres en plexiglas, les éléphants et les girafes avaient des chaînes aux pattes. Tous les animaux avaient l'air neurasthéniques. La plupart ne bougeaient même pas quand on les embêtait, et les gens qui venaient les voir étaient bruyants, des malotrus qui laissaient leurs enfants lancer du pop-corn entre les barreaux pour les faire réagir. C'était plus que Lacey n'en pouvait supporter, et elle était partie précipitamment, au bord des larmes. Ça lui avait brisé le cœur de voir traiter des créatures de Dieu avec une telle cruauté, indifférente, glacée, irraisonnée.

Mais à présent, assise au bord du lit d'Amy, elle pensait que la fillette pourrait aimer ça. Peut-être qu'elle n'était jamais allée dans un zoo. Puisque Lacey ne pouvait rien faire pour soulager les souffrances des animaux, ça ne paraissait pas être un péché, une deuxième vilenie ajoutée à la première, que d'amener les voir une petite fille qui avait eu si peu de bonheur dans sa vie. Elle demanderait à sœur Arnette, le lendemain matin, quand elle lui parlerait pour la descente de lit.

— Voilà, dit-elle en remontant la couverture sous le menton d'Amy.

La fillette était allongée, parfaitement immobile, comme si elle avait peur de bouger.

— Tout va bien, tu es en sécurité, ici. Et si tu as besoin de quoi que ce soit, je suis juste à côté. Demain, on va bien s'amuser, toutes les deux, tu vas voir.

— Tu peux laisser la lumière allumée ?

— Bien sûr, répondit Lacey.

Puis elle se pencha et l'embrassa sur le front. Ses cheveux sentaient la confiture, à cause du shampoing.

— J'aime bien tes sœurs, dit Amy.

Lacey ne put réprimer un sourire.

— Oui. Enfin... C'est difficile à expliquer. Tu comprends, nous ne sommes pas vraiment sœurs, pas comme tu l'entends. Nous n'avons pas les mêmes parents. Mais nous sommes tout de même sœurs.

— Comment ça se fait ?

— Oh, il y a d'autres façons d'être sœurs. Nous sommes sœurs en esprit. Nous sommes sœurs aux yeux de Dieu.

Elle joua avec la petite main d'Amy.

— Même sœur Arnette.

— Elle est grincheuse, fit Amy en fronçant les sourcils.

— Ça oui. Mais c'est juste une façon de faire. Et elle est bien contente que tu sois ici. Tout le monde est très content. Je pense que nous ne nous rendions pas compte de tout ce que nous rations, jusqu'à ce que tu viennes ici.

Elle serra la main d'Amy dans la sienne et se leva.

— Allons, assez parlé. Il faut que tu dormes.

— Promis, je ne ferai pas de bruit.

Lacey s'arrêta sur le seuil de la porte.

— Tu n'es pas obligée, dit-elle.

Cette nuit-là, Lacey fit un rêve. Elle était redevenue petite fille et elle était dans les champs, derrière chez elle. Elle était blottie sous un palmier nain dont les longues palmes formaient comme une tente autour d'elle, caressant ses bras, son visage, et ses sœurs étaient là aussi, sauf qu'elles s'enfuyaient en courant. Derrière elles, elle entendait des hommes, ou plutôt elle les sentait, elle sentait leur sombre présence. Elle entendait des coups de feu, et sa mère qui criait, qui hurlait, leur disait : *sauvez-vous, les enfants, courez, vite, vite !*, mais Lacey était paralysée de terreur, clouée sur place. Elle aurait aussi bien pu s'être changée en une nouvelle substance, une sorte de bois vivant, car elle ne pouvait pas bouger un muscle. Il y eut d'autres coups de feu et à chaque *pop*, des éclairs de lumière, qui tranchaient les ténèbres comme une lame. À ces moments-là, elle voyait tout ce qui l'entourait : sa maison, les champs et les hommes qui les traversaient, des hommes qui faisaient du bruit comme des soldats, mais n'étaient pas habillés pareil, et qui balayaient le sol devant eux avec le canon de leurs fusils. Le monde lui apparaissait ainsi, dans une série d'images fixes ; elle avait peur, mais elle n'arrivait pas à détourner le regard. Elle avait les pieds et les jambes mouillés, mais pas froids, étrangement chauds. Elle se rendait compte qu'elle avait fait pipi sous elle, sauf qu'elle ne s'en souvenait pas. Elle avait le nez et la bouche pleins de sueur, d'une fumée amère et d'autre chose, qu'elle connaissait mais n'arrivait pas à nommer. C'était le goût du sang.

Et puis elle le sentait : il y avait quelqu'un près d'elle. C'était l'un des hommes. Elle entendait les râles de sa respiration dans sa poitrine, et puis aussi qu'il cherchait où il mettait les pieds. Elle sentait la peur et la rage qui émanaient de son corps comme une vapeur luminescente. *Ne bouge pas, Lacey*, disait la voix, farouche, ardente. *Ne bouge pas*. Elle fermait les yeux, n'osant même pas respirer. Son cœur battait si fort dans sa poitrine qu'elle était pour ainsi dire réduite à cela, un cœur battant. L'ombre de l'homme tombait sur elle, passait sur son visage et son corps telle une grande aile noire. Lorsqu'elle rouvrait les yeux, il était parti ; les champs étaient vides et elle était toute seule.

Elle se réveilla en sursaut, parcourue par une vague de terreur. Et tout en prenant conscience de l'endroit où elle était, elle sentit le rêve se déliter en elle ; il disparut dans un coin de son esprit et fila, hors de vue. Le contact des feuilles sur sa peau. Une voix, un murmure. Une odeur, on aurait dit du sang. Mais maintenant, même ça, c'était parti.

C'est alors qu'elle le sentit. Il y avait quelqu'un dans la chambre, avec elle.

Elle se redressa d'un bloc et vit Amy dans l'encadrement de la porte. Lacey jeta un coup d'œil à son réveil. Minuit pile. Elle n'avait dormi que deux heures.

— Qu'y a-t-il, mon enfant ? questionna-t-elle doucement. Ça va ?

La petite fille entra dans la chambre. Son pyjama brillait à la lumière du lampadaire, devant la fenêtre de Lacey, et son petit corps semblait drapé d'étoiles et de lunes. Lacey se demanda un instant si elle n'était pas somnambule.

— Amy, tu as fait un mauvais rêve ?

Mais elle ne répondit pas. Dans le noir, Lacey ne voyait pas son visage. Est-ce qu'elle pleurait ? Elle écarta sa couverture pour lui faire de la place.

— C'est bon, viens ici, dit-elle.

Sans un mot, Amy grimpa à côté d'elle dans l'étroit lit. Son corps répandait des ondes de chaleur, pas de fièvre, mais ce n'était pas vraiment normal quand même. Elle brûlait comme une braise.

— Il ne faut pas avoir peur, dit Lacey. Tu es en sûreté, ici.

— Je veux rester, dit la fille.

Lacey comprit qu'elle ne parlait ni de la chambre ni du lit de Lacey. Elle voulait dire rester pour toujours, vivre ici. Que répondre à cela ? Lacey serait bien obligée, lundi, de dire la vérité à sœur Arnette, elle ne pourrait pas faire autrement. Ce qui arriverait ensuite, ce qui leur arriverait à toutes les deux, elle n'en avait pas idée. Mais elle le voyait clairement, à présent : en mentant au sujet d'Amy, elle avait inexorablement lié leurs destins.

— On verra.

— Je ne le dirai à personne. Ne les laisse pas m'emmener.

Lacey frissonna.

— Qui ça, Amy ? Qui voudrait t'emmener ?

Amy ne répondit pas.

— Essaie de ne pas te tracasser, reprit Lacey.

Elle passa son bras autour de la petite fille et la serra contre elle.

— Allez, dors, maintenant. Il faut qu'on se repose.

Mais dans le noir, pendant des heures et des heures, Lacey resta les yeux grands ouverts, parfaitement réveillée.

Il était un peu plus de trois heures du matin quand Wolgast et Doyle arrivèrent à Baton Rouge, où ils prirent vers le nord et la frontière du Mississippi. Doyle avait conduit pendant la première partie du trajet, de Houston à Lafayette, pendant que Wolgast essayait de dormir. Peu après deux heures, ils s'étaient arrêtés à un Waffle House, le long de l'autoroute, et Wolgast avait pris le volant. Depuis, c'est à peine si Doyle avait bougé. Il pleuviotait, juste assez pour embrumer le pare-brise.

Au sud s'étendait le district industriel fédéral de La Nouvelle-Orléans, que Wolgast prit bien soin d'éviter. Rien que d'y penser, ça lui foutait le bourdon. Une fois, pour Mardi gras, il était venu dans le quartier historique avec ses copains de fac, et il avait été saisi par la vitalité, l'énergie sauvage, palpitante, de la ville, où tout était permis. Il avait à peine fermé l'œil pendant trois jours, pas le temps. Tôt, un matin, il s'était retrouvé à Preservation Hall – qui, malgré son nom, n'était qu'une sorte de hangar où il faisait plus chaud que dans la bouche de l'enfer –, à écouter un quartet de jazz jouer « St. Louis Blues », et il s'était rendu compte qu'il était debout depuis près de quarante-huit heures non-stop. Dans la salle surchauffée – un vrai sauna –, tout le monde dansait, se trémoussait, frappait dans ses mains avec ensemble, une foule de gens de tous les âges et de toutes les couleurs. Où, dans quel autre endroit pouvait-on écouter six vieux Noirs de quatre-vingts ans minimum jouer du jazz à cinq heures du matin ? Et puis Katrina avait frappé la ville en 2005, quelques années plus tard ç'avait été Vanessa – un cyclone de force cinq qui s'était rué vers l'intérieur des terres, précédé par des vents soufflant à trois cents kilomètres-heure, poussant devant eux une vague de dix mètres de haut –, et ç'avait été la fin de tout. Maintenant, l'endroit n'était plus qu'un gigantesque complexe pétrochimique entouré de terres inondées tellement polluées que l'eau de ses lagons contaminés vous faisait fondre la peau des mains. Personne ne vivait plus dans la ville proprement dite ; même le survol de l'espace aérien était interdit, surveillé par une escadrille d'avions de chasse qui décollaient de la base de Kessler. Toute la zone était entourée de palissades, et patrouillée par des forces de la Sécurité du territoire en tenue de combat. Au-delà du périmètre, dans un rayon de vingt kilomètres, la circonscription urbaine déployait une mer de caravanes qui avait jadis accueilli les réfugiés et servait maintenant de gigantesque zone d'entreposage humain pour les milliers de travailleurs qui faisaient bourdonner nuit et jour le complexe industriel de La Nouvelle-Orléans. Ce n'était qu'une sorte de gigantesque taudis à ciel ouvert, un croisement de camp de réfugiés et de ville frontière de l'Ouest sauvage. Les forces de l'ordre s'entendaient à reconnaître que le taux de criminalité à La Nouvelle-Orléans crevait carrément le plafond, sauf que, comme ce n'était pas une ville, officiellement, et qu'elle ne faisait partie d'aucun État, l'information ne faisait guère de vagues.

Et puis, peu avant le lever du soleil, le poste-frontière de l'État du Mississippi apparut devant eux, tel un village scintillant de lumières dans les ténèbres d'avant l'aube. Même à cette heure matinale, la file d'attente était interminable. Surtout des camions-citernes qui remontaient vers le nord, vers Saint Louis ou Chicago. Des maîtres-chiens munis de compteurs Geiger et de miroirs au bout de longs manches longeaient les files dans un sens, puis dans l'autre.

Wolgast se retrouva derrière un semi-remorque avec des garde-boue à l'effigie de Sam le Pirate, et un auto-collant sur le pare-chocs proclamant : « Mon autre auto est un .38 spécial. »

À ses côtés, Doyle s'agita, se frotta les yeux, redressa le dossier de son siège et regarda autour de lui.

— C'est encore loin, papa ?

— Ce n'est qu'un poste de contrôle. Dors, va.

Wolgast déboîta, quitta la file et s'approcha du premier uniforme. Il baissa sa vitre et montra son badge.

— Agents fédéraux. Vous pouvez nous faire passer plus vite ?

Le garde n'était qu'un gamin au visage doux, constellé de boutons d'acné. Le gilet pare-balles lui donnait du coffre, mais Wolgast voyait bien que c'était un poids mouche. Il aurait dû être chez lui, se dit Wolgast, où que ça puisse être, bien au chaud sous la couette, à rêver d'une fille de son cours de maths, et pas planté sur une route du Mississippi avec quinze kilos de Kevlar sur le dos, à dorloter un fusil d'assaut dans ses petits bras.

Le garde jeta un coup d'œil désabusé à la plaque de Wolgast et eut un mouvement de tête vers l'arrière, en direction d'un bâtiment en ciment dressé sur le bas-côté de la route.

— Il va falloir que vous passiez au poste, monsieur.

Wolgast poussa un soupir agacé.

— Je n'ai pas le temps, fiston.

— Vous voulez doubler tout le monde, c'est ça ?

À cet instant, un second garde s'avança dans le faisceau des phares, un fusil en bandoulière. Il se planta face à la voiture et épaula son arme. *Oh, putain*, se dit Wolgast.

— Bon sang ! C'est vraiment nécessaire, tout ça ?

— Mettez vos mains sur le volant, bien en évidence ! aboya le deuxième homme.

— Bordel de merde..., fit Doyle.

Le premier garde se tourna vers celui qui approchait dans la lumière des phares. Il agita la main pour lui faire signe de baisser son fusil.

— Du calme, Duane. C'est des fédéraux.

Le deuxième type hésita, haussa les épaules et s'éloigna.

— Désolé, m'sieur. Allez juste au poste. Ils vous feront passer en vitesse.

— Y a intérêt, dit Wolgast.

Au poste, l'officier de service prit leurs papiers et les fit attendre pendant qu'il indiquait leurs numéros de matricule par téléphone à quelqu'un. Le FBI, la Sécurité du territoire, les flics de l'État et même ceux du coin, tout le monde était fiché, maintenant, et leurs déplacements suivis à la trace par le système central. Wolgast se remplit une tasse de café boueux au percolateur, trempa ses lèvres dedans avec méfiance et jeta le gobelet plein dans la corbeille. Il y avait une pancarte d'interdiction de fumer, mais la pièce puait comme un vieux cendrier. La pendule murale indiquait un peu plus de six heures du matin. Encore une heure, et le soleil se lèverait.

L'officier de permanence revint vers le comptoir avec leurs papiers. C'était un type banal, plutôt pas mal, qui portait l'uniforme gris cendré de la Sécurité du territoire.

— C'est bon, messieurs. On va vous laisser reprendre votre balade. Juste une chose : le système dit que vous avez une réservation sur un vol pour Denver, ce soir. Ce n'est qu'une erreur, probablement, mais il faut que je remette ça d'équerre.

Wolgast avait une réponse toute prête.

— On avait une réservation. On a été redirigés vers Nashville pour ramasser un témoin fédéral.

Le type réfléchit un instant, hocha la tête et entra l'information dans son ordinateur.

— Eh ben, c'est rude. Ils auraient pu vous faire prendre l'avion. Ça fait bien mille huit cents kilomètres.

— M'en parlez pas. Enfin, on obéit aux ordres.

— Amen, mon frère.

Ils récupérèrent leur voiture, et un garde les guida

vers la sortie. Quelques instants plus tard, ils étaient de nouveau sur l'autoroute.

— Nashville ? fit Doyle.

Wolgast acquiesça d'un hochement de tête, les yeux rivés sur la route, devant eux.

— Réfléchis. Sur l'I-55, il y a des postes de contrôle en Arkansas et dans l'Illinois, un juste au sud de Saint Louis et un entre Normal et Chicago. Alors que si on prend la 40 vers l'est, à travers le Tennessee, le premier poste est à l'autre bout de l'État, à l'échangeur de l'I-40 et de la 75, et comme c'est le dernier poste de contrôle entre ici et Nashville, le système ne saura jamais qu'on n'y est pas arrivés. On peut procéder au ramassage à Memphis, retourner dans l'Arkansas, éviter le poste de contrôle d'Oklahoma en faisant le détour par Tulsa, reprendre la 70 au nord de Wichita, et retrouver Richards à la frontière du Colorado. Un poste de contrôle entre ici et Telluride, mais Sykes peut s'en occuper. Et ni vu ni connu, personne ne saura qu'on a mis les pieds à Memphis.

Doyle fronça les sourcils.

— Et le pont sur la 40 ?

— Il va falloir l'éviter aussi, mais c'est assez facile. À quatre-vingts kilomètres au sud de Memphis, il y a un autre pont plus ancien sur le fleuve, qui mène vers une autoroute d'État du côté de l'Arkansas. Les gros camions-citernes qui remontent de La Nouvelle-Orléans ne peuvent pas l'emprunter, alors il n'y a que des véhicules personnels, et le passage est plus ou moins automatisé. Le scanner de codes-barres nous repérera, de même que les caméras, mais ce sera facile à régler par la suite, si nécessaire. Ensuite nous n'aurons qu'à remonter vers le nord, et reprendre l'I-40 au sud de Little Rock.

Ils continuèrent. Wolgast pensa un instant à allumer

la radio, peut-être pour capter la météo, puis il se ravisa ; il était encore en forme, malgré l'heure, et il avait besoin de toute sa concentration. Quand le ciel pâlit, devint gris, ils étaient un peu au nord de Jackson, et ils roulaient bien. La pluie cessa, puis reprit. Autour d'eux, le sol montait en douces ondulations comme une houle, au large. Il avait l'impression que plusieurs jours s'étaient écoulés depuis le message de Sykes, mais il n'arrêtait pas d'y penser.

« Sujet de sexe féminin. Type caucasien. Amy NFI. Intraçable. 20323 Poplar Ave, Memphis, Tennessee. Récupération avant samedi midi, dernier délai. Aucun contact. PDV. Sykes. »

PDV : pas de vagues.

« Ne vous contentez pas d'attraper un fantôme, agent Wolgast. *Soyez* un fantôme. »

— Vous voulez que je vous relaie ? demanda Doyle, rompant le silence, et Wolgast devina à sa voix qu'il pensait à la même chose que lui : Amy NFI. Qui pouvait bien être Amy NFI ?

Il secoua la tête. Autour d'eux, les premières lueurs du jour s'étendaient sur le delta du Mississippi comme une couverture trempée. Il actionna le bouton des essuie-glaces pour chasser la brume.

— Non, répondit-il. Ça va.

5.

Le sujet Zéro avait quelque chose qui clochait.

Il y avait six jours d'affilée qu'il n'avait pas bougé de son coin, même pas pour manger. Il restait juste accroché là comme une espèce d'insecte géant. Grey, qui le voyait dans l'infrarouge, ne distinguait qu'une masse luminescente dans le noir. De temps en temps, il changeait de position, se décalait d'un mètre vers la gauche ou la droite, mais c'était tout, et encore Grey ne l'avait jamais vraiment vu le faire. Il suffisait qu'il lève le nez de l'écran, qu'il sorte de la pièce pour aller chercher une tasse de café ou pour en griller une en douce dans la salle de repos, quand il regardait à nouveau l'écran, le Zéro était accroché ailleurs.

Accroché ? Pendu ? Quoi ? *En lévitation ?*

Personne n'avait pris la peine de lui donner d'explication. Pas un mot. Pour commencer, sur ce qu'était vraiment le Zéro. Il avait des trucs que Grey trouvait plus ou moins humains : deux bras, deux jambes, et une tête à la face normale. Avec des yeux, des oreilles et une bouche. Il avait même une espèce de zizi qui pendouillait vers l'hémisphère sud, un petit machin qui rebiquait comme une espèce d'hippocampe. Mais la ressemblance s'arrêtait là.

Par exemple : le sujet Zéro brillait. Comme toutes les sources de chaleur, dans l'infrarouge. Mais l'image du sujet Zéro crevait l'écran, d'un éclat presque aveuglant. Pire que la flamme d'une allumette. Même sa *merde* brillait. Son corps sans poils, aussi lisse et brillant que le verre, avait l'air bandé comme un ressort – c'était ce qui venait à l'esprit de Grey, il trouvait qu'on aurait dit des rouleaux de corde avec de la peau tendue dessus – et il avait les yeux orange, l'orange des cônes de signalisation. Mais le pire, c'étaient ses dents. De temps en temps, Grey entendait un petit cliquetis, par le système audio, et il savait que c'était le bruit que faisait une dent tombant de la bouche du Zéro sur le ciment. Il en perdait une demi-douzaine par jour. Elles allaient dans l'incinérateur, avec tout le reste ; ça faisait partie du boulot de Grey de les balayer. Il en avait des frissons rien que de les voir, aussi longues que les petits sabres qu'on mettait dans les cocktails sophistiqués. Juste le truc qu'il fallait pour éventrer un lapin et le vider en deux secondes chrono.

Et puis il avait quelque chose de différent des autres. Extérieurement, ça ne se voyait pas tellement. Ces espèces de tubes fluorescents étaient vraiment une bande de hideux salopards, mais depuis six mois que Grey travaillait au niveau moins quatre, il s'y était fait. En regardant bien, on repérait de légères différences, naturellement. Le sujet Six était un peu plus petit que les autres, le Neuf un peu plus actif. Le Sept aimait manger suspendu la tête en bas, et il faisait des sacrées cochonneries. Le Un était toujours en train de bavarder, ce son étrange qu'ils faisaient, un bruit de glotte, humide, qui remontait des profondeurs de leur gorge et qui ne ressemblait à rien que Grey ait entendu de sa vie.

Mais ce n'était pas un truc physique qui distinguait le Zéro des autres, c'était l'impression qu'il faisait. Grey ne voyait pas de meilleure façon de dire ça. Les autres avaient l'air à peu près aussi intéressés par les gens derrière la vitre que les chimpanzés du zoo, mais pas le Zéro. Le Zéro était attentif. Quand ils faisaient retomber les barres, l'enfermant à l'autre bout de la pièce et que Grey entrait dans le sas, avec sa combinaison bactériologique, pour nettoyer ou apporter les lapins – des lapins, bon Dieu ! Ils ne pouvaient pas bouffer autre chose ? –, une espèce de picotement lui parcourait la nuque, comme si des fourmis grouillaient sous sa peau. Il se dépêchait de faire son travail, n'osant même pas lever les yeux du sol, et le temps qu'il ressorte de là et passe à la décontamination, il baignait dans son jus et il soufflait comme une locomotive. Et même là, alors qu'une paroi de verre de cinq centimètres d'épaisseur les séparait, et que le Zéro était suspendu de telle sorte que Grey ne voyait que son grand dos luisant et ses énormes pieds griffus, Grey sentait encore son esprit qui rôdait dans la pièce obscure, la parcourant comme un filet invisible.

Cela dit, dans l'ensemble, Grey devait bien reconnaître que ce n'était pas un mauvais job. Il avait fait pire dans sa vie. Il passait le plus clair de son temps assis, parfois pendant huit heures d'affilée, à faire des mots croisés, jeter de temps à autre un coup d'œil à l'écran du moniteur, noter ses observations – ce que le Zéro avait mangé ou pas mangé, quelles quantités de merde et de pisse avaient filé dans la bonde –, et nettoyer les disques durs quand ils étaient saturés par des centaines d'heures de vidéo du Zéro qui ne faisait rien du tout.

Il se demandait si les autres ne mangeaient pas non plus. Il songea à interroger l'un des techniciens. Peut-être qu'ils avaient tous déclenché une espèce de grève de la faim. Peut-être qu'ils en avaient juste marre des lapins et qu'ils voulaient des écureuils à la place, ou des opossums, ou des kangourous. C'était marrant de penser à ça, compte tenu de la façon dont les fluos se nourrissaient ; Grey avait regardé ça une fois, une seule – une de trop. Il avait failli tourner végétarien. D'un autre côté, question bectance, ils faisaient parfois les difficiles, comme s'ils avaient des règles alimentaires, à commencer par l'histoire du dixième lapin. C'était à rien n'y comprendre : on leur donnait dix lapins, ils n'en mangeaient que neuf et ne touchaient pas au dixième, comme s'ils le gardaient pour plus tard. Ça rappelait à Grey un chien qu'il avait eu dans le temps. Il l'appelait Ours Brun, sans raison particulière ; il ne ressemblait pas particulièrement à un ours et il n'était même pas vraiment marron, plutôt vaguement jaunâtre, avec des taches blanches sur le museau et le poitrail. Ours Brun, son Brun-Brun. Bref, il mangeait exactement la moitié de sa pâtée le matin et il finissait le reste la nuit. Généralement quand Grey dormait ; il était réveillé à deux ou trois heures du matin par le bruit que faisait le chien, dans la cuisine, en écrasant les croquettes entre ses molaires. Et le matin, l'écuelle était complètement vide, à sa place, près de la cuisinière. Brun-Brun était un bon chien, le meilleur qu'il ait jamais eu. Mais ça faisait des années ; il avait dû le donner. Il devait être mort depuis longtemps, maintenant.

Tous les fonctionnaires, le personnel d'entretien et certains techniciens étaient hébergés dans les baraquements à l'extrémité sud du Complexe. Les chambres n'étaient pas mal, il y avait le câble, une douche avec de l'eau chaude, et pas de loyer à payer. Personne n'irait nulle part pendant un moment, ça faisait partie du contrat, mais Grey s'en fichait ; il avait tout ce qu'il lui fallait, et la paye était bonne, aussi bonne que s'il avait bossé dans l'industrie pétrolière, et tout ça faisait des petits sur un compte offshore à son nom. Il ne payait même pas d'impôts, une sorte d'arrangement spécial pour les civils employés au titre du programme fédéral d'urgence pour la Protection du territoire. Un an ou deux comme ça, se disait Grey, et à condition de ne pas trop dépenser au réfectoire en cigarettes et en bouffe, il aurait assez économisé pour prendre le large, à bonne distance du Zéro et de toute la clique. Les autres gars de l'entretien étaient des braves types, mais Grey préférait rester dans son coin. Dans sa chambre, le soir, il aimait regarder la chaîne Voyage, ou Géo, et choisir les endroits où il aimerait aller quand tout ça serait fini. Pendant un moment, il avait pensé au Mexique. Il se disait qu'il devait y avoir toute la place qu'on voulait, puisque la moitié du pays semblait s'être vidée et regroupée autour du parking du Home Depot. Mais la semaine précédente, il y avait eu un documentaire sur la Polynésie française – une mer d'un bleu comme il n'en avait encore jamais vu et des petites maisons sur pilotis – et depuis, il y réfléchissait sérieusement. Grey avait quarante-six ans, il fumait comme une cheminée, alors il se disait qu'il ne devait pas avoir beaucoup plus d'une dizaine de bonnes années devant lui pour en profiter. Son vieux, qui fumait comme lui, avait passé les cinq dernières années de sa vie dans un fauteuil roulant, à téter une bouteille d'oxygène, et il avait fait le grand saut un mois avant son soixantième anniversaire.

Enfin, il aurait quand même apprécié de quitter le Complexe de temps en temps, rien que pour jeter un coup d'œil aux alentours. Il savait qu'ils étaient quelque part dans le Colorado, à cause des plaques d'immatriculation de certaines voitures, et de temps à autre, quelqu'un, sans doute un des officiers ou un membre de l'équipe scientifique – ceux-là allaient et venaient comme ils voulaient –, laissait traîner le *Denver Post*. Alors, Richards avait beau dire, l'endroit où ils se trouvaient n'était pas vraiment un grand secret. Un jour qu'il avait beaucoup neigé, Grey et quelques-uns des gars de l'entretien étaient montés sur le toit des baraquements pour dégager la neige, et Grey avait vu, au-dessus d'un rideau d'arbres couverts de neige, ce qui ressemblait à une espèce de station de ski, avec une télécabine qui remontait le flanc de la colline et une pente que des petites silhouettes dévalaient. Tout ça ne devait pas être à plus de sept ou huit kilomètres de l'endroit où ils se trouvaient. C'était drôle, avec une guerre sur les bras et le monde dans l'état où il était, en plein bordel, de voir un truc pareil. Grey n'avait jamais fait de ski de sa vie, mais il savait qu'il devait y avoir des bars et des restaurants là-bas, derrière les arbres, et aussi des saunas, des jacuzzis et des gens assis en rond dedans à bavarder en sirotant des verres de vin dans la vapeur. Il l'avait vu sur la chaîne Voyage aussi.

On était en mars, c'était encore l'hiver, et il y avait beaucoup de neige, ce qui voulait dire qu'une fois le soleil couché, la température dégringolerait comme une enclume. En plus, ce soir-là, un mauvais vent soufflait, et en se ramenant vers le baraquement, les mains enfoncées dans ses poches, le menton rentré dans le col de sa parka, Grey eut l'impression de prendre une centaine de claques. Il repensa à Bora Bora et à ces petites maisons sur pilotis. Tant pis pour le Zéro, qui en avait apparemment soupé du lapin de Pâques ; ce qu'il pouvait bien manger ou non était le dernier souci de Grey. Si on lui disait de lui servir des œufs pochés à la béchamel sur des toasts, il le ferait avec un grand sourire. Il se demandait ce que pouvait bien coûter une maison sur pilotis. Avec une baraque comme ça, on n'avait jamais de problèmes de plomberie ; on n'avait qu'à s'approcher de la rambarde et faire ce qu'on avait à faire, quelle que soit l'heure du jour ou de la nuit. Quand Grey bossait sur ses derricks, dans le Golfe, il adorait faire ça, tôt le matin, ou tard le soir, quand il n'y avait personne dans le coin. Il fallait faire attention au vent, bien sûr, mais quand la brise vous soufflait dans le dos, rares étaient les plaisirs de la vie comparables au fait de se soulager du haut d'un derrick, à soixante mètres au-dessus du Golfe, et de regarder la parabole que la pisse formait dans l'air avant de pleuvoir vingt étages plus bas dans l'outremer. On se sentait en même temps tout petit et très grand.

Mais maintenant l'industrie pétrolière était sous protection fédérale et il avait l'impression que tous ceux qu'il avait connus dans le bon vieux temps avaient disparu. Après l'histoire de Minneapolis, le bombardement du dépôt de pétrole de Secaucus, l'attaque du

131

métro de Los Angeles et tout le bazar, et, bien sûr, avec les événements d'Iran, d'Irak et Dieu sait où encore, l'économie s'était grippée comme une courroie coincée. Avec ses genoux, la cigarette et le truc qu'il avait dans son dossier, Grey n'avait aucune chance de se faire embaucher par la Sécurité du territoire, où que ce soit. Il était au chômage depuis près d'un an quand on l'avait appelé. Il avait évidemment pensé que c'était encore pour bosser sur une plateforme pétrolière, peut-être pour un fournisseur étranger. Du reste, ils avaient plus ou moins fait en sorte qu'il le croie, sans mentir expressément, et quand il était arrivé à l'adresse indiquée et avait vu un entrepôt vide, dans un centre commercial désaffecté, près du champ de foire de Dallas, dont toutes les vitres avaient été passées au blanc d'Espagne, il avait été étonné. Il y avait jadis eu un magasin vidéo ; on distinguait encore l'enseigne, « Movie World West », dans la combinaison fantomatique des lettres manquantes sur la façade crasseuse au-dessus de la porte. Le magasin voisin avait dû être un restaurant chinois ; il y avait aussi un pressing. Pour le reste, impossible à dire. Grey était passé devant dans un sens, puis dans l'autre, plusieurs fois, en se disant qu'il avait dû mal noter l'adresse, et rechignant à descendre pour rien de la cabine climatisée de son camion, et puis il s'était arrêté.

Il faisait près de quarante, dehors, normal pour un mois d'août dans le nord du Texas. Il ne s'y ferait jamais, à cet air poisseux, puant, à ce soleil qui lui cognait dessus comme un marteau. La porte ne s'ouvrait pas, mais il y avait une sonnette. Il avait appuyé dessus et attendu une minute. Il commençait à cuire dans son jus quand il avait entendu un gros trousseau de clés cliqueter de l'autre côté de la porte, et le claquement de la serrure.

Un petit bureau et quelques classeurs métalliques

étaient installés au fond du magasin. Les rayonnages sur lesquels étaient naguère rangés des DVD étaient toujours là, vides, à part un méli-mélo de fils et de câbles qui pendouillaient par des trous dans les dalles du plafond. Une silhouette en carton grandeur nature couverte de poussière était appuyée au mur du fond de la boutique. Une vedette de cinéma dont Grey ne connaissait pas le nom, un grand Black avec des lunettes enveloppantes, et dont les biceps faisaient des bosses sous son tee-shirt comme s'il avait essayé de faucher deux jambons dans un supermarché. Grey ne se souvenait pas non plus du film. Il remplit une fiche, mais les gens qui étaient là, un homme et une femme, y jetèrent à peine un coup d'œil. Pendant qu'ils pianotaient sur leur ordinateur, ils lui demandèrent de pisser dans un gobelet et lui firent passer un test au polygraphe, rien que du classique. Il fit de son mieux pour ne pas donner l'impression de mentir même quand il disait la vérité, et quand ils l'interrogèrent, comme il s'y attendait, sur la peine qu'il avait purgée à Beeville, il leur raconta l'histoire d'une traite : c'était dans son dossier, n'importe comment, alors inutile d'essayer de finasser, surtout au Texas, avec le site sur lequel n'importe qui pouvait aller regarder la tête de tout le monde, la tête et le reste. Mais même ça ne parut pas poser problème. Ils avaient l'air d'en savoir déjà long sur lui, et la plupart de leurs questions étaient en rapport avec sa vie personnelle, les trucs qu'on ne pouvait savoir qu'en demandant. Est-ce qu'il avait des amis ? (Pas vraiment.) Est-ce qu'il vivait seul ? (Avait-il jamais vécu autrement ?) Est-ce qu'il avait de la famille proche en vie ? (Une tante à Odessa qu'il n'avait pas vue depuis vingt ans, et quelques cousins dont il ne connaissait même plus les noms.) Dans le parking de caravanes où il vivait, à Allen, qui étaient ses voisins ? (Des voisins ?) Et ainsi de suite, que des trucs de la même veine. Tout ce qu'il leur dit parut leur plaire de plus en plus. Ils essayaient de le dissimuler, mais ça se voyait sur leur figure, aussi clair que dans un livre. Quand il conclut qu'ils n'étaient pas de la police, il se rendit compte que cette idée l'avait effleuré.

Deux jours plus tard – il s'était aperçu, entre-temps, qu'il n'avait jamais su le nom de l'homme et de la femme, il n'aurait même pas pu dire à quoi ils ressemblaient –, il était dans l'avion pour Cheyenne. Ils lui avaient expliqué pour l'argent, et pour le fait qu'il ne pourrait pas démissionner avant un an, ce qui lui convenait, et ils lui avaient bien fait comprendre qu'il ne devait dire à personne où il allait, ce que, de toute façon, il n'aurait pas pu faire : il n'en savait rien. À l'aéroport de Cheyenne, un homme en combinaison noire l'attendait. Il apprendrait plus tard qu'il s'appelait Richards – un type sans un poil de graisse, qui ne devait pas mesurer plus d'un mètre soixante, à la mine perpétuellement renfrognée. Richards l'accompagna au-dehors ; deux autres hommes, qui avaient dû arriver par des vols différents, attendaient sur le trottoir à côté d'un van. Richards ouvrit la portière côté conducteur et revint avec un sac de toile genre taie d'oreiller. Il l'ouvrit comme une gueule.

— Portefeuilles, téléphones portables, tous les objets personnels, les photos, tout ce qui comporte quelque chose d'écrit, jusqu'au stylo que vous avez fauché à la banque, leur dit-il. Même la prédiction contenue dans un biscuit chinois, ça va là-dedans.

Ils vidèrent leurs poches, rangèrent leurs paquetages dans les porte-bagages et montèrent par la porte latérale. Quand Richards referma la porte derrière eux, Grey se rendit compte que les vitres étaient noires. De l'extérieur, le véhicule ressemblait à n'importe quel van, mais à l'intérieur, c'était une autre histoire ; le conducteur était isolé du compartiment passagers, qui n'était qu'une caisse en métal avec des bancs en vinyle boulonnés au sol. Richards avait dit qu'ils pouvaient échanger leurs prénoms, point final ; les deux autres types s'appelaient Jack et Sam. Ils ressemblaient tellement à Grey qu'il aurait aussi bien pu se regarder dans la glace : des Blancs sans âge, aux cheveux presque ras, aux mains rouges, enflées, et avec le genre de bronzage de manu-tentionnaire qui s'arrêtait aux poignets et au col. Le prénom de Grey était Lawrence, mais il l'utilisait rarement. Ça faisait drôle, sortant de sa bouche, et dès qu'il l'eut prononcé, en serrant la main au dénommé Sam, il eut l'impression d'être quelqu'un d'autre, comme si c'était lui qui était monté dans l'avion à Dallas et un autre qui était arrivé à Cheyenne.

Dans le van noir, il était impossible de dire où ils allaient, et Grey avait un peu mal au cœur. Pour ce qu'il en savait, ils auraient aussi bien pu faire le tour de l'aéroport. N'ayant rien à faire ni à voir, ils s'endor-mirent rapidement. Quand Grey se réveilla, il n'avait aucune idée de l'heure. Il avait aussi une envie pres-sante. C'était le Depo. Il se leva et alla frapper sur le panneau coulissant à l'avant du compartiment.

— Hé, faut qu'on s'arrête, dit-il.

Richards fit coulisser le panneau, permettant à Grey d'y voir par le pare-brise du van. Le soleil était couché ; la route, devant, une deux-voies goudronnée, était sombre et déserte. Au loin, il entrevoyait une ligne de lumière violette à l'endroit où une crête de montagnes montait à l'assaut du ciel.

— Désolé, fit Grey, il faut que je descende pisser.

Dans le compartiment passagers, derrière lui, les autres hommes remuaient. Richards se pencha et ramassa quelque chose par terre. Une bouteille en plas-tique, à goulot large.

— Quoi ? Faudrait que je pisse là-dedans ?

— C'est l'idée.

Richards referma le panneau sans ajouter un mot. Grey se rassit et examina la bouteille qu'il tenait à la main. Il se dit que le goulot devait être assez large. Mais à l'idée de sortir son matériel dans le van, sous le nez des deux autres, comme si de rien n'était, tous les muscles autour de sa vessie se resserraient pire qu'un nœud coulant.

— Pas question que je pisse là-dedans, fit le dénommé Sam.

Il avait les yeux fermés. Il était assis, les mains croisées sur le bas-ventre. Son visage arborait un air d'intense concentration.

— Je vais me retenir.

Ils continuèrent un moment. Grey essayait de penser à n'importe quel truc susceptible de détourner ses pensées de sa vessie prête à éclater, mais ça ne faisait qu'aggraver les choses. Il avait l'impression qu'un océan entier clapotait dans son ventre. Ils roulèrent sur un nid-de-poule, et l'océan parut déferler. Il s'entendit gémir.

— Hé ! fit-il en tapant à nouveau sur le panneau. Hé, vous, là-dedans ! Ça urge vraiment !

Richards fit à nouveau coulisser le panneau.

— Qu'est-ce qu'il y a encore ?

— Écoutez, fit Grey en passant la tête par l'étroite ouverture, en baissant la voix pour que les autres ne l'entendent pas. Je ne peux pas. Sérieusement. Je ne peux pas pisser dans la bouteille. Il faut que vous vous arrêtiez.

— Retenez-vous, putain !

— C'est sérieux. Je vous en supplie. Je ne peux pas... je ne peux pas continuer comme ça. J'ai des soucis de santé.

Richards poussa un soupir exaspéré. Leurs yeux se croisèrent rapidement dans le rétroviseur, et Grey se demanda s'il était au courant.

— Ne vous éloignez pas. Restez à un endroit où je peux vous voir, ne regardez pas autour de vous. Et je ne plaisante pas.

Il s'arrêta sur le côté de la route. Grey marmonnait tout bas.

— Allez, allez...

Puis la porte s'ouvrit et il sortit, courant loin de la lumière rugissante du van. Il monta sur le bas-côté, les secondes s'égrenant comme une bombe entre ses cuisses. Grey était dans une sorte de prairie. Un croissant de lune était monté dans le ciel, fléchant d'argent les pointes des herbes. Il devait s'éloigner d'une cinquantaine de pas, au moins, se dit-il, peut-être plus, pour faire ça convenablement. Il arriva à une barrière, et malgré ses genoux et la pression de sa vessie, il fila par-dessus comme un boulet de canon. Il entendit dans son dos la voix de Richards qui lui criait de s'arrêter « tout de suite, putain de merde, arrêtez-vous ! » Et puis il l'entendit gueuler la même chose aux autres. Les brins d'herbe fouettaient les jambes de son pantalon, trempaient le bout de ses bottes. Un point de lumière rouge se promenait dans le champ, devant lui, mais Dieu seul savait ce que ça pouvait être. Il sentait les vaches, il sentait leur présence autour de lui, quelque part dans le champ. Une nouvelle vague de panique s'imposa à lui : et si elles le regardaient ?

Mais c'était trop tard, il fallait qu'il y aille, point final, il ne pouvait pas attendre une seconde de plus. Il s'arrêta net, baissa la fermeture à glissière de sa braguette et pissa si fort dans le noir qu'il poussa un gémissement de soulagement. Pas de parabole d'or tiède : le jet jaillit de lui comme le contenu d'une conduite crevée. Il pissa, pissa et pissa encore. Dieu tout-puissant, c'était le sentiment le plus merveilleux du monde, pisser comme ça, comme si on lui avait enlevé un énorme bouchon. Il était presque content d'avoir attendu si long-temps.

Et puis ce fut fini. La vessie vide, il resta un instant planté là, sentant l'air frais de la nuit sur sa peau à nu. Un calme immense l'emplit, un bien-être presque céleste. Le champ s'étendait autour de lui comme un immense tapis, crépitant du chant des grillons. Il alluma une cigarette du paquet de Parliament qu'il avait dans sa poche de poitrine, et comme la fumée arrivait dans ses poumons, il leva le visage vers l'horizon. C'est tout juste s'il avait remarqué la lune jusque-là, un mince croissant, une rognure d'ongle de lumière, suspendue au-dessus des montagnes. Le ciel était plein d'étoiles.

Il se retourna, regarda dans la direction d'où il venait. Vit les phares du van à l'endroit où il était garé, le long de la route, et Richards qui attendait, dans sa combi-naison, un truc brillant, lumineux, à la main. Grey repassa par-dessus la palissade et vit que Jack ressortait du champ, puis il repéra Sam qui traversait la route, de l'autre côté. Ils convergeaient tous en même temps vers le van.

Richards était planté dans le faisceau conique des phares, les mains sur les hanches. Quoi qu'il ait pu avoir à la main, ça avait disparu.

— Merci, dit Grey pour couvrir le bruit du moteur qui tournait au ralenti.

Il finit sa cigarette et la jeta par terre.

— Il fallait vraiment que j'y aille.

— Allez vous faire foutre, dit Richards. Vous êtes complètement inconscient.

Jack et Sam regardaient la pointe de leurs chaussures.

Richards eut un mouvement de tête en direction de la porte du van.

— Allez, remontez là-dedans. Et fermez-la, bordel !

Ils regagnèrent leur place en silence, comme des enfants punis. Richards enclencha une vitesse et reprit la route. C'est alors que Grey comprit. Il n'avait pas besoin de les regarder pour le savoir : les deux autres, Jack et Sam, étaient exactement comme lui. Et ce n'était pas tout. Il y avait l'objet que Richards tenait, qu'il avait dû remettre dans la ceinture de sa combinaison ou ranger dans la boîte à gants, cette petite lumière qui dansait dans l'herbe, comme une tache de sang.

Grey avait compris. Un pas de plus, et Richards lui aurait tiré dessus.

Une fois par mois, Grey recevait une injection de Depo-Provera, et tous les matins il prenait une petite pilule en forme d'étoile de spironolactone. Grey suivait ce traitement depuis un peu plus de six ans. C'était une des conditions de sa libération.

À vrai dire, ça lui était égal. Il n'avait plus besoin de se raser aussi souvent, voilà tout. La spironolactone, un anti-androgène, lui atrophiait les testicules ; depuis qu'il avait commencé à la prendre, il n'était plus obligé de se raser que tous les deux ou trois jours, il avait les cheveux plus fins, et plus mous, comme quand il était gamin, et la peau plus claire et plus douce, malgré la cigarette. Et bien sûr, il y avait le « bénéfice psychologique », comme disait le psy de la prison. Les choses ne l'atteignaient plus comme avant – ce qu'il ressentait, ça ne lui tordait plus les tripes pendant des jours d'affilée comme s'il avait avalé un bout de verre. Il dormait comme une bûche et ne se souvenait jamais de ses rêves. Ce qui l'avait poussé, quoi que ç'ait été, à garer son bahut, ce jour-là, il y avait quinze ans – le jour qui avait donné le coup d'envoi à toute l'affaire –, cette chose-là avait depuis longtemps disparu. Ça l'ennuyait toujours de repenser à cette époque-là, à cette période de sa vie, et à tout ce qui l'avait suivie. Mais même ce sentiment était vague, indistinct, une image floue. C'était comme l'ennui qu'on éprouve parce qu'il pleut, un truc auquel personne ne peut rien.

Mais le Depo, qui était un stéroïde, lui foutait la vessie en l'air. Quant au fait de vouloir que personne ne le voie, il pensait que c'était juste un symptôme de la façon dont son esprit fonctionnait maintenant. Le psy l'avait prévenu, et comme tout le reste, ça s'était déroulé exactement comme il l'avait dit. Les inconvénients étaient faibles, mais Grey passait pas mal de temps à éviter de regarder les choses en face. Les gamins, d'abord, raison pour laquelle il s'était si bien fait à ce boulot dans le pétrole. Les femmes enceintes. Les toilettes des stations-service. La plupart des émissions de télévision – des choses qu'il regardait avant sans aucune arrière-pensée, pas seulement les émissions sexy, mais des trucs comme la boxe ou même les infos. Il n'avait pas le droit d'approcher à moins de deux cents mètres d'une école ou d'une crèche, ce qui lui convenait tout à fait : quand il pouvait faire autrement, il ne conduisait jamais entre trois et quatre heures, et il aurait fait un détour de plusieurs pâtés de maisons pour éviter un bus de ramassage scolaire. Il n'aimait même plus le *jaune*. Tout ça était un peu tordu, et il aurait eu bien du mal à l'expliquer à qui que ce soit, mais ça valait sûrement cent fois mieux que la prison. Et même plus : ça valait mille fois mieux que la façon dont il vivait avant, toujours en proie à l'impression d'être une bombe sur le point d'exploser.

Dommage que son vieux ne puisse pas le voir aujourd'hui, se dit-il. Vu comme il se sentait maintenant qu'il prenait les médocs, Grey aurait même pu trouver le moyen de lui pardonner ce qu'il lui avait fait. Le psy de la prison, le Dr Wilder, lui avait beaucoup parlé du pardon. « Pardon » était quasiment son mot préféré numéro un, par tous les temps. Le pardon, lui expliquait Wilder, était le premier pas sur une longue route, la longue route vers la guérison. C'était une route, mais c'était parfois une porte, et ce n'était qu'en franchissant cette porte qu'on pouvait faire la paix avec son passé, et affronter son démon intérieur, le « mauvais soi » à l'intérieur du « bon soi ». Wilder faisait plein de trucs avec ses doigts tout en parlant, il esquissait des guillemets dans l'air. Grey pensait qu'à la base, Wilder était fondamentalement un peigne-cul. Il servait probablement les mêmes conneries à tout le monde. Mais Grey devait bien admettre qu'il n'avait pas tout à fait tort en ce qui concernait le « mauvais lui ». Le mauvais Grey était assez réel, et pendant un moment, la majeure partie de sa vie, en fait, le mauvais Grey avait été le seul Grey. C'était donc le grand avantage des médocs, et c'était pour ça qu'il prévoyait de les prendre jusqu'à la fin de ses jours, même après les dix années ordonnées par la cour : le mauvais Grey n'était pas un type qu'il avait envie de retrouver.

Il se traîna vers le baraquement dans la neige et avala une assiette de tacos au réfectoire avant de regagner sa chambre. Le mardi, c'était la soirée bingo, mais Grey n'avait pas envie de se prendre la tête avec ça. Il y avait joué plusieurs fois et il avait au moins perdu vingt dollars. Les soldats gagnaient toujours, ce qui lui faisait penser que c'était truqué. C'était un jeu stupide, de toute façon, juste un prétexte pour fumer, en réalité, ce qu'il pouvait faire pour rien dans sa chambre. Il s'allongea sur son lit, sans même enlever sa combinaison, se cala plusieurs oreillers derrière la tête, un cendrier sur l'estomac, et il alluma la télévision. Beaucoup de chaînes étaient inaccessibles, comme CNN, la chaîne gouvernementale et généralement toutes les chaînes d'info – sauf qu'il ne les regardait plus, de toute façon –, et à la place des pubs, l'écran devenait tout bleu pendant une minute ou deux jusqu'à ce que l'émission reprenne. Il surfa sur les chaînes jusqu'à ce qu'il tombe sur un truc intéressant, diffusé par la chaîne Guerre : un sujet sur le Débarquement allié en France. Grey s'était toujours intéressé à l'histoire, il était même plutôt bon dans cette matière, à l'école. Il avait une bonne mémoire des dates et des noms, et apparemment, quand on avait tout ça bien en ordre dans la tête, le reste n'était que du remplissage. Étalé sur son lit, encore en combinaison, Grey regarda, en fumant, les GI débarquer sur les plages par bateaux entiers, en tirant et en lançant des grenades, la tête rentrée dans les épaules comme pour éviter les obus. Derrière eux, depuis la mer, d'énormes canons déversaient le feu et la foudre sur les falaises de la France occupée par les nazis. Ça, se dit Grey, *ça*, c'était une guerre. Les images étaient floues et tremblantes la moitié du temps, mais dans un plan, Grey vit nettement un bras – un bras de nazi – sortir de la meurtrière d'un blockhaus sur lequel un brave gamin américain venait de braquer son lance-flammes. Le bras calciné fumait comme une aile de poulet oubliée sur la grille d'un barbecue. Le père de Grey, qui était toubib, était allé deux fois se balader au Vietnam, et il se demandait ce qu'il aurait dit d'un truc comme ça. Grey oubliait parfois que son vieux était toubib ; quand il était petit, ce type ne lui avait même pas mis un sparadrap sur le genou, pas une fois.

Il grilla une dernière Parliament et éteignit la télévision. L'avant-veille, le dénommé Jack et le dénommé Sam étaient partis sans prévenir personne, et Grey avait accepté de travailler double. Il devait retourner au moins quatre à six heures du matin. C'était vraiment une connerie que ces types soient partis comme ça ; il fallait travailler une année pleine pour recevoir son fric. Richards avait bien fait comprendre que cette péripétie ne faisait pas du tout son affaire, et que s'il y avait d'autres amateurs qui pensaient à démissionner, ils feraient mieux d'y réfléchir longtemps et à fond – « très longtemps et très à fond », avait-il insisté en parcourant la pièce lentement, longuement, du regard, comme un prof de gym furieux. Il leur avait tenu ce bref discours pendant le petit déjeuner, et durant tout ce temps-là, Grey avait gardé son regard rivé sur ses œufs brouillés. Il se disait que ce qui était arrivé à Sam et Jack ne le regardait pas, et que, de toute façon, cet avertissement ne s'adressait pas à lui : lui, il n'irait nulle part, et puis ce n'était pas comme s'il était copain avec ces types, pas vraiment. Ils avaient un peu parlé de choses et d'autres, mais juste comme ça, en passant, et pour Grey, leur départ se traduisait simplement par du rab de galette. En réalité, une période de travail en plus, ça voulait dire cinq cents dollars de mieux, et quand on en faisait trois de plus dans la semaine, ils vous filaient cent dollars de bonus supplémentaire. Tant que le pognon continuerait à affluer, à remplir son compte avec tous ces zéros alignés comme des œufs dans une boîte, Grey resterait assis là, en haut de la colline, en attendant que le dernier employé du service nettoyage soit pendu avec les tripes du dernier technicien.

Il enleva sa combinaison et baissa la lumière. Le grésil crépitant sur sa vitre faisait un bruit de sable secoué dans un sac en papier ; toutes les vingt secondes, les persiennes s'illuminaient alors que le projecteur du périmètre ouest balayait la fenêtre. Parfois, avec les trucs qu'il prenait, il ne tenait pas en place, ou bien ça lui donnait des crampes dans les jambes. Enfin, deux ibuprofène, et généralement ça allait mieux. Il lui arrivait de se relever au milieu de la nuit pour en griller une ou pour pisser, mais généralement il dormait d'une seule traite. Il restait allongé dans le noir, et il essayait d'empêcher les idées de tourner dans sa tête, mais il se retrouvait à penser au Zéro. Peut-être que c'était le bras du nazi, quoi qu'il en soit il n'arrivait pas à chasser de son esprit l'image du Zéro. Le Zéro était une espèce de prisonnier. Il n'était pas spécialement agréable à regarder, et il y avait cette histoire déplorable avec les lapins – ça, il ne se tenait vraiment pas bien à table –, enfin, la bouffe c'était la bouffe, et le Zéro n'en avait rien à foutre. Il ne faisait rien qu'à rester accroché là comme s'il dormait, sauf que Grey ne pensait pas qu'il dormait. La puce que le Zéro avait dans le cou envoyait toutes sortes de données vers la console, certaines que Grey comprenait, d'autres non. Mais il savait à quoi ça ressemblait quand on dormait, ce n'était pas comme quand on était réveillé. Et le rythme cardiaque du Zéro était toujours le même, cent deux pulsations-minute, à un battement près. Les techniciens qui venaient dans la salle de contrôle pour relever les données ne disaient jamais rien, ils se contentaient de hocher la tête et de cocher des cases sur leurs ordis portables. Mais cent deux, Grey trouvait ça rudement réveillé, lui.

D'ailleurs, *ça se sentait* ; c'était ça, le truc. Et c'était reparti, Grey s'interrogeait sur ce que le Zéro lui faisait ressentir, ce qui était dingue, mais quand même. Grey n'avait jamais eu une passion pour les chats, mais c'était le même genre de chose. Un chat qui dormait sur une marche ne dormait pas vraiment. Un chat endormi était un ressort bandé qui attendait qu'une souris s'amène en trottinant. Qu'est-ce que le Zéro attendait ? Peut-être, se disait Grey, qu'il en avait juste marre des lapins. Peut-être qu'il aurait préféré des cookies, un maxi-hamburger ou une fricassée de volaille. Pour ce que Grey en savait, il aurait pu manger un bout de bois. Avec des crocs pareils, il ne voyait pas ce qui aurait pu lui résister.

Beurk, se dit Grey avec un frisson. *Les dents*. Quand il en était là, il savait que s'il voulait arriver à dormir, il fallait qu'il fasse quelque chose ; il ne pouvait pas rester allongé, à ruminer. Déjà minuit. Il serait six heures du matin avant qu'il ait eu le temps de dire ouf. Il se leva, prit deux ibuprofène, fuma une cigarette, alla pisser pour faire bonne mesure et se recoucha. Le projecteur balaya la fenêtre une fois, deux fois, trois fois. Il s'obligea à fermer les yeux et à penser à l'escalator. C'était un truc que Wilder lui avait appris. Wilder disait qu'il était « suggestible », ce qui voulait dire qu'il était facile à hypnotiser, et pour ça, Wilder avait utilisé l'image de l'escalator. On s'imaginait sur un escalator qui descendait lentement. N'importe où, dans un aéroport, un centre commercial ou ailleurs ; celui de Grey n'était nulle part en particulier. Une seule chose comptait : c'était un escalator, on était dessus, tout seul, et l'escalator descendait, descendait, descendait encore et encore, toujours plus bas, vers rien en particulier, il n'y avait pas de fin à la descente, juste un endroit baigné d'une lumière froide, fraîche. Parfois, c'était un escalator unique, parfois une série d'escalators plus courts qui descendaient d'un seul niveau à la fois et il fallait changer entre deux. Cette nuit-là, c'était l'escalator unique. Le mécanisme cliquetait un peu sous ses pieds ; la rampe en caoutchouc était lisse et fraîche au toucher. Quand il était dessus, Grey sentait le bleu qui l'attendait en bas, mais il ne détournait pas le regard pour le voir, parce qu'il n'était pas visible ; il venait de vous, de l'intérieur. Et quand il vous envahissait et vous emportait, vous saviez que vous dormiez.

Grey.

La lumière était en lui, maintenant, mais elle n'était pas bleue, c'est ça qui était drôle. C'était une lumière orangée, chaude, et elle palpitait comme un cœur. Quelque chose, dans un coin de son cerveau, lui disait : *Tu dors, Grey ; tu dors et c'est un rêve.* Mais un autre côté, celui qui était en fait dans le rêve, n'en tenait pas compte. Il se déplaçait dans la lumière orange pulsatile.

Grey. *Je suis là.*

La lumière était différente, maintenant, dorée ; Grey était dans la grange, dans la paille. Le rêve était un souvenir, et en même temps pas tout à fait ; il était couvert de paille parce qu'il s'était roulé dedans, il en avait sur les bras, le visage et dans les cheveux, et l'autre garçon était là, son cousin Roy, qui n'était pas vraiment son cousin, c'était juste une façon de parler, mais bon ; Roy était plein de paille aussi, et il riait. Ils s'étaient roulés dedans, en se bagarrant, ou en faisant mine de se battre, et ça avait changé de nature, comme on change de mélodie. Il sentait la paille, et sa propre sueur mélangée à celle de Roy, et toutes ces sensations se mêlaient pour devenir l'odeur d'un après-midi d'été dans l'enfance d'un garçon. Roy disait tout bas : *C'est bien, enlève ton jean, j'enlève aussi le mien, il n'y a personne. Fais comme moi, je vais te montrer comment on fait, c'est ce qu'il y a de meilleur au monde.* Grey s'agenouillait à côté de lui dans la paille.

Grey. *Grey.*

Et Roy avait raison ; il n'y avait rien de meilleur. C'était comme quand on grimpait à la corde en cours de gym, mais en mieux, une espèce d'énorme éternuement qui montait en lui, partait de tout en bas et remontait par tous les canaux, les conduits, les couloirs à l'intérieur de lui. Il ferma les yeux et se laissa envahir par la sensation.

Oui. Oui. Écoute, Grey. J'arrive.

Mais Roy n'était plus seul avec lui, maintenant. Grey entendit le rugissement, le bruit des pas sur l'échelle, comme si la mélodie changeait à nouveau. Il vit Roy une dernière fois, du coin de l'œil. Il était tout calciné et fumant. Son père avait retiré sa ceinture, son gros ceinturon noir, il n'avait pas besoin de le voir pour le savoir, il avait le visage enfoui dans la paille, et le ceinturon retombait sur son dos nu, claquait et déchirait, encore et encore ; et puis quelque chose d'autre, plus profond, se déchirait en lui, tout au fond. *Ça te plaît, ça, c'est ça qui te plaît, je vais te faire voir, moi, tais-toi et prends ça !*

Ce type – ce n'était pas son père. Grey se souvenait maintenant. Il ne se servait pas que du ceinturon, et ce n'était pas son père qui le lui faisait ; son père avait été remplacé par ce type – « Le monsieur, il s'appelle Kurt, qui sera ton papa à partir de maintenant » –, et par le sentiment d'être déchiré à l'intérieur, de la même façon que son vrai père s'était déchiré sur le siège avant de son camion, le matin où il neigeait. Grey ne devait pas avoir plus de six ans quand c'était arrivé. Il s'était réveillé avant tout le monde, un matin, la lumière de sa chambre étincelait, légère, flottante, et il avait tout de suite su ce qui l'avait tiré du sommeil, il avait neigé pendant la nuit. Il avait repoussé les couvertures et écarté les rideaux de la fenêtre, clignant des yeux dans la lisse clarté du monde. La neige ! Il ne neigeait jamais, pas au Texas. Il y avait parfois du verglas, mais ce n'était pas pareil, pas comme la neige qu'il voyait dans les livres et à la télé, cette merveilleuse couverture toute de blancheur, la neige dans laquelle on faisait de la luge et du ski, des châteaux forts, des anges de neige et des bonshommes de neige. Le cœur gonflé d'émerveil-lement, de tout le possible, la pure nouveauté du cadeau sublime, inimaginable, qui l'attendait de l'autre côté de la fenêtre, il avait effleuré la vitre et senti le froid lui entrer dans le bout des doigts, tranchant, soudain, comme une sorte de décharge, de courant électrique.

Il avait reculé en vitesse, enfilé un jean et mis ses tennis pieds nus, sans prendre la peine de nouer les lacets. S'il y avait de la neige dehors, il devait y être, s'y rouler. Il s'était glissé hors de sa chambre et dans l'escalier qui descendait vers le salon. C'était un samedi matin. Il y avait eu une fête, la veille au soir, des gens partout dans la maison, leurs bavardages et leurs grosses voix montaient jusqu'à sa chambre, et l'odeur des ciga-rettes planait encore dans l'air comme un nuage graisseux. En haut, ses parents ne se lèveraient pas avant des heures.

Il avait ouvert la porte d'entrée et il était sorti sur le porche. L'air était froid et immobile, et sentait quelque chose. Comme le linge propre. Il l'avala à grandes goulées.

Grey. Regarde.

C'est alors qu'il l'avait vu : le camion de son père. Garé comme toujours dans l'allée, mais il avait quelque chose de différent. Une éclaboussure rouge foncé, une sorte de giclée de peinture, sur la vitre, côté conducteur, plus sombre et plus rouge à cause de la neige. Grey avait réfléchi à ce qu'il voyait. On aurait dit une espèce de blague – un truc que son père aurait fait pour le taquiner, pour jouer, pour lui donner quelque chose de drôle et d'étrange à voir quand il se lèverait, ce matin-là, avant que les autres n'émergent. Il avait descendu les marches du porche et traversé la cour. La neige entrait dans ses tennis, mais il ne pouvait détacher ses yeux du camion. Il le trouvait presque inquiétant, à présent, comme si ce n'était pas la neige qui l'avait réveillé, mais autre chose. Le moteur du camion tournait, projetant une trace grise de gaz d'échappement sur l'allée enneigée ; le pare-brise était embué de chaleur et d'humidité. Une forme sombre était appuyée contre la vitre à l'endroit de la tache rouge. Il avait des petites mains et pas beaucoup de force, mais il y était arrivé quand même ; il avait ouvert la portière du camion. Et c'est là que son père avait basculé devant lui, dans la neige.

Grey. Regarde. Regarde-moi.

Le corps était tombé sur le dos. Un œil regardait Grey, mais ne voyait rien, en réalité. Grey s'en était tout de suite aperçu. L'autre œil avait disparu. Avec tout le côté de son visage qui donnait l'impression d'avoir été retourné comme un gant. Grey savait ce que c'était que la mort. Il avait vu des animaux – des opossums, des ratons laveurs, parfois des chats ou même des chiens – écrasés sur le bas-côté de la route, et ils étaient pareils. C'était fini, terminé. Son père tenait encore le pistolet dans sa main, le doigt enroulé dans le petit trou, comme il avait montré à Grey à le faire, ce jour-là, sous le porche : « Tu vois, maintenant, comme c'est lourd ? Il ne faut jamais braquer un pistolet sur quelqu'un. » Il y avait du sang partout, mélangé à autre chose, comme des petits bouts de viande et des morceaux blancs d'un truc écrasé, sur la figure de son papa, son blouson, le siège de son camion et à l'intérieur de la portière, et Grey l'avait senti, si fort que ça paraissait lui tapisser l'intérieur de la bouche comme une pilule qui fondait.

Grey, Grey. Je suis là.

Et puis la scène commença à changer. Grey sentait des mouvements autour de lui, comme si la terre s'étirait ; la neige avait quelque chose de différent, elle s'était mise à *bouger*, et quand il levait la tête pour regarder, ce n'était plus la neige qu'il voyait, c'étaient des lapins : des milliers et des milliers de lapins blancs pelucheux, tous les lapins du monde, tellement serrés les uns contre les autres qu'on aurait pu traverser la cour en marchant dessus sans jamais toucher le sol ; la cour était pleine de lapins. Et voilà qu'ils tournaient leur doux petit museau vers lui, leurs petits yeux braqués vers lui, parce qu'ils le connaissaient, ils savaient ce qu'il avait fait, pas à Roy mais aux autres, aux garçons qui rentraient de l'école avec leur sac à dos, les traînards, ceux qui étaient tous seuls ; et c'est là que Grey savait que ce n'était plus son papa qui gisait là dans le sang. C'était le Zéro, et le Zéro était partout. Le Zéro était en lui, il le déchirait, le déchiquetait, il l'étripait comme les lapins, et lui, il ouvrait la bouche pour crier, mais il n'en sortait aucun son.

Grey Grey Grey Grey Grey Grey Grey Grey Grey.

Dans son bureau au moins deux, Richards était assis devant son ordinateur, absorbé dans une partie de FreeCell. La partie numéro 36592. Il devait reconnaître qu'elle lui donnait du fil à retordre. Il s'y était déjà attaqué une dizaine de fois et il était presque arrivé au bout, mais il n'avait jamais réussi à dégager tous les as à temps pour libérer les huit rouges et monter ses colonnes. C'était un peu comme la 14712, qui reposait aussi sur les huit rouges. Celle-là, il avait mis presque toute une journée à la réussir.

Mais toutes les parties étaient gagnables. C'était ce qu'il y avait de bien avec FreeCell. Les cartes n'étaient pas distribuées au hasard, et en regardant bien, en optant pour les bons coups, l'un après l'autre, tôt ou tard on devait y arriver. Un dernier clic victorieux de la souris et toutes les cartes volaient vers les colonnes. Richards ne s'en lassait jamais. Un coup de chance, parce qu'il avait encore quatre-vingt-onze mille quarante-huit parties devant lui, en comptant celle-là. Il y avait un gamin de douze ans, dans l'État de Washington, qui prétendait les avoir toutes réussies dans l'ordre, y compris la 64523, le casse-tête de FreeCell – en un peu moins de quatre ans. Ça faisait quatre-vingt-huit parties par jour, tous les jours de l'année, y compris Noël, le Nouvel An, et le 4 Juillet, le jour de la fête nationale. Mettons que le gamin ait fait relâche un jour de temps en temps, pour faire des trucs de gamin ou juste attraper une bonne vieille grippe, en réalité il devait être plus près de cent. Richards ne voyait pas comment c'était possible. Il n'allait pas à l'école, ce petit con ? Il n'avait pas de devoirs à faire ? Et quand est-ce qu'il dormait ?

Le bureau de Richards, comme tous les espaces en sous-sol du Complexe, se résumait plus ou moins à une boîte fluorescente dans laquelle tout était pompé et filtré en entrant et en sortant. Même la lumière donnait l'impression d'être recyclée. Il était un peu plus de deux heures et demie du matin, mais il y avait des années qu'il se contentait de quatre heures de sommeil par nuit. Sur le mur, au-dessus de son ordi, trois douzaines de moniteurs vieillots affichaient tous les coins du Complexe, depuis les gardes qui se gelaient le cul à la grille d'entrée, jusqu'au mess vide, ses tables désertes et ses distributeurs de boissons somnolents, en passant par les zones de rétention des sujets, deux niveaux en dessous de lui, avec leur cheptel luminescent, infectieux. Et encore plus bas, à travers quinze autres mètres de roche, les piles atomiques qui alimentaient le tout en électricité, grâce auxquelles les lumières resteraient allumées et le courant circulerait pendant une centaine d'années, à plus ou moins dix ans près. Il aimait tout avoir sous les yeux, le voir comme on parcourt une carte. Ils attendaient une livraison entre cinq et six heures du matin, et il se disait qu'il ferait aussi bien de rester éveillé en l'attendant. La réception des sujets ne prendrait pas plus de deux heures. Il pourrait toujours piquer un roupillon après, à son bureau, s'il avait envie de dormir.

Et puis, sur l'écran de l'ordinateur, la réponse lui apparut. Il l'avait sous le nez, sous le six, plus exactement : la reine noire dont il avait besoin pour déplacer le valet, libérer le deux, et ainsi de suite. Quelques clics de souris et c'était gagné. Les cartes volèrent à travers l'écran comme les doigts d'un pianiste effleurant un clavier.

Voulez-vous faire une nouvelle partie ?

Je veux, mon pote !

Parce que le jeu était l'état normal du monde. Le jeu, c'était la guerre, c'était comme ça depuis que le monde était monde, et quand est-ce qu'il n'y avait *pas eu* une guerre quelque part pour employer au mieux un homme comme Richards ? Il avait été gâté, depuis vingt ans, une longue période de jeu avec rien que des donnes à tout casser. Sarajevo, l'Albanie et la Tchétchénie. L'Afghanistan, l'Irak et l'Iran. La Syrie, le Pakistan, la Sierra Leone et le Tchad. Les Philippines et l'Indonésie. Le Nicaragua et le Pérou.

Richards se souvenait du jour – ce jour glorieux et terrible – où il avait vu les avions s'écraser sur les Tours, l'image repassant en boucle, interminablement. Les boules de feu, les corps tombant dans le vide, mille millions de tonnes d'acier et de béton qui se liquéfiaient, et les nuages de poussière qui montaient dans le ciel. La séquence choc du nouveau millénaire, l'émission de téléréalité ultime diffusée vingt-quatre heures sur vingt-quatre, sept jours sur sept. Quand c'était arrivé, Richards était à Djakarta, il ne savait même plus pourquoi. C'est là qu'il l'avait pensé – non, il l'avait senti, dans la moelle de ses os. Il avait purement, infailliblement raison. Il fallait bien occuper les militaires, sinon ils se tiraient dessus, tout simplement. Mais ce jour-là, l'ancienne façon de faire avait pris fin. La guerre, la vraie, celle qui durait depuis mille ans et durerait encore mille fois mille ans – *la guerre entre Eux et Nous, entre les Possédants et les Démunis, entre mes dieux et tes dieux, qui que tu sois* –, ce seraient des hommes comme Richards qui la feraient : des hommes sans signe particulier et qu'on oubliait aussitôt, habillés comme des coursiers, des chauffeurs de taxi ou des facteurs, avec des silencieux dans la manche. Elle serait livrée par des jeunes mères qui pousseraient des landaus avec cinq kilos d'explosif C-4 dedans et des écolières qui monteraient dans des bus avec des bouteilles de gaz sarin dans leur sac à dos Hello Kitty. On l'entreprendrait à partir de bennes de pick-up, depuis l'anonymat glacé de chambres d'hôtels d'aéroports et depuis des grottes dans des montagnes au milieu de nulle part. On la ferait dans des wagons de marchandises, des bateaux de croisière, des centres commerciaux, des cinémas et des mosquées, à la ville et à la campagne, la nuit et le jour. On la ferait au nom d'Allah, du nationalisme kurde, des Juifs, pour Jésus ou pour les Yankees de New York – les prétextes ne changeaient pas, ils ne changeraient jamais, tout se ramenait, quand on avait éliminé le merdier, à la publication de résultats trimestriels et à qui aurait le droit de siéger où –, mais déjà la guerre était partout, elle se métastasait comme un million de cellules devenues folles d'un bout à l'autre de la planète, et tout le monde était dans le bain.

C'est pour ça que NOÉ avait une raison d'être, à l'époque où tout avait commencé. Richards participait au projet depuis le début, depuis le premier contact avec Cole – *repose en paix, petit merdeux.* Il avait compris l'importance de l'affaire depuis la minute où Cole était

153

venu le trouver à Ankara, il y avait cinq ans de ça. Richards attendait à une table, près d'une fenêtre, quand Cole s'était pointé, avec un attaché-case dans lequel il n'y avait probablement rien, un téléphone portable et un passeport diplomatique. Il portait quand même une chemise hawaïenne avec son costume kaki, une touche délicate, tout droit sortie d'un roman de Graham Greene. Richards s'était retenu pour ne pas éclater de rire. Ils avaient commandé du café, et Cole avait commencé, son visage lisse soudain avide d'excitation. Cole venait d'une petite ville de Géorgie, mais toutes ces années à Andover et Princeton avaient crispé les muscles de sa mâchoire, lui donnant de faux airs de Bobby Kennedy mâtiné de Robert E. Lee. Et ce blanc-bec avait de belles dents, aussi, les dents de tous ces types des grandes écoles de la Côte est, droites comme une palissade et si blanches qu'on aurait pu lire dans le noir rien qu'à leur lumière. « Bon, avait-il attaqué, pensez à la bombe A, à tout ce que le seul fait de l'*avoir* avait changé. Jusqu'à ce que les Russes fassent péter la leur, en 49, le monde était à nous, un jouet entre nos mains ; pendant quatre ans, ç'a a été la *Pax americana*. » Mais aujourd'hui, tout le monde en concoctait une dans sa cave, et au moins une centaine d'ogives nucléaires rouillées de l'ère sovié-tique se baladaient sur le marché libre, pour ne parler que de celles dont on connaissait l'existence, et puis, comme de bien entendu, le Pakistan et l'Inde avaient dépucelé le monde avec toutes leurs conneries, « merci tout plein, les gars, vous avez cramé cent mille per-sonnes pour que dalle, juste une journée comme les autres dans les bureaux de l'adjoint du sous-secrétaire de la Guerre sur la planète bleue ».

Mais *ça*, avait continué Cole en dégustant son café, *ça*, personne d'autre ne pouvait le faire. C'était le nouveau projet Manhattan. En encore plus énorme. Il ne pouvait pas entrer dans les détails, pas encore, « mais pour l'amour de la discussion, imaginez l'être humain lui-même utilisé comme arme. Imaginez l'*American Way* comme un truc à *vraiment* long terme. Du genre *permanent* ».

C'était pour ça que Cole était venu le trouver. Il avait besoin d'un homme comme Richards, quelqu'un qui n'était pas dans l'annuaire, mais pas seulement ça : un homme terre-à-terre, avec des compétences pratiques. Le sens du contact, disons. Peut-être pas tout de suite, mais dans les mois à venir, quand les pièces s'assembleraient pour former un tout. La sécurité était primordiale. Elle arrivait tout en haut de la liste de Cole. C'est pour ça qu'il avait fait tout ce chemin et qu'il avait mis cette ridicule chemise bariolée. Pour emporter l'adhésion. Pour mettre cette pièce du puzzle en place.

C'était bien joli, tout ça, ou plutôt ça l'aurait été si les choses avaient marché comme prévu, ce qui n'avait pas été le cas, loin de là. Pour commencer, Cole était mort. Il y avait eu beaucoup de morts, en fait, et d'autres – eh bien, difficile de dire au juste ce qu'ils étaient. Il n'y avait que trois personnes qui étaient revenues vivantes de cette jungle, sans compter Fanning, qui était déjà bien parti pour... pour devenir quoi ? Plus de morts que Cole ne l'avait prévu, c'est sûr. Il aurait pu y avoir davantage de survivants, mais l'ordre des Armes spéciales était clair, et tous ceux qui n'avaient pas tenu le coup jusqu'à l'évacuation avaient flambé comme des bonzes. Le missile qui avait plongé en hurlant de l'autre côté de la montagne y avait veillé. Richards se demandait ce que Cole aurait dit s'il avait su qu'il serait du nombre.

Mais à ce moment-là – le temps que Fanning soit bien à l'abri, bouclé à triple tour, Lear était sur place,

155

dans le Colorado, et tout ce qui s'était passé en Amérique du Sud avait été effacé du système – Richards avait découvert de quoi il s'agissait. Le VFA, ou « Vieillissement Freiné/Arrêté ». Richards tirait un grand coup de chapeau aux génies qui avaient imaginé cette Vacherie de Foutaise d'Acronyme. Un virus, ou plutôt une famille de virus, disséminés dans le monde, chez les oiseaux, les singes, ou qu'on pouvait attraper en s'asseyant sur des toilettes sales Dieu sait où. Un virus qui pouvait, après bidouillage, restaurer toutes les fonctions du thymus. Richards avait lu les premiers articles de Lear, ceux qui avaient attiré l'attention de Cole – le premier dans *Science*, le second dans le *Journal de paléovirologie* – qui conjecturaient l'existence d'un « agent susceptible d'allonger considérablement la durée de vie humaine et d'accroître la résistance physique, et l'avait d'ailleurs fait, à certains moments de l'histoire humaine ». Richards n'avait pas besoin d'un doctorat en microbiologie pour savoir qu'ils jouaient avec le feu : ils fricotaient avec le vampirisme – terme que personne, aux Armes spéciales, n'utilisait. Si ça n'avait pas été écrit par un savant de l'envergure de Lear, microbiologiste à Harvard, excusez du peu, tout ça aurait ressemblé à un communiqué de l'Agence Fausse Presse. Et pourtant, un détail de l'histoire avait fait vibrer la corde sensible chez Richards. Quand il était gamin, il avait lu sa dose de salades de ce genre, pas seulement les bandes dessinées – *Les Contes de la crypte*, *Vampirella* et autres histoires fantasmagoriques –, mais aussi le *Dracula* de Bram Stoker, et il avait vu les films. Un ramassis de débilités à connotation sexuelle, c'est ce qu'il pensait déjà à ce moment-là, et en même temps, est-ce qu'il n'y avait pas derrière tout ça un truc qui entrait en résonance profonde avec l'individu, avec sa mémoire même ? Les dents, la soif de sang, l'union immortelle avec les ténèbres, et si tout ça ne relevait pas du fantasme mais des souvenirs, voire de l'instinct, et s'il s'agissait de sensations inscrites depuis des lustres dans l'ADN humain, d'un sombre pouvoir résiduel chez l'animal humain ? Un pouvoir qui pouvait être réactivé, perfectionné, remis sous contrôle ?

Lear en était convaincu, Cole aussi. Et cette conviction les avait emmenés dans la jungle bolivienne, à la recherche d'un groupe de touristes morts. Ou plus exactement *non*-morts – Richards détestait ce terme, mais n'en voyait pas de meilleur, la non-mortalité décrivant finalement assez bien leur état – qui avaient massacré – littéralement déchiqueté – ce qui restait de l'équipe de recherche, tous ses membres sauf Lear, Fanning, un des soldats, et un jeune étudiant diplômé appelé Fortes. Sans Fanning, toute l'expédition aurait été un fiasco complet.

Lear... On ne pouvait que compatir avec ce bonhomme. Il pensait probablement qu'il allait sauver le monde, mais il avait fait voler son rêve en éclats à la minute où il avait couché avec Cole et les Armes spéciales. Et franchement, il était difficile de dire ce que Lear pensait, ces temps-ci. Le type ne mettait jamais le nez dehors, il dormait en bas, au moins quatre, dans son labo, sur une petite paillasse visqueuse, et il bouffait du réchauffé. Il n'avait probablement pas vu le soleil depuis un an. Au départ, en creusant un peu, Richards avait pêché un certain nombre de détails intéressants, la « Pièce à conviction A » étant la chronique nécrologique de la femme de Lear dans le *Boston Globe* – datée de six mois tout juste avant que Cole vienne le trouver à Ankara, un an avant le fiasco de la jungle bolivienne. Elizabeth Macomb Lear, quarante et un ans, licence ès lettres à Smith, master à Berkeley, doctorat à Chicago, professeur d'anglais au Boston College, rédactrice en chef adjointe du *Renaissance Quarterly*, auteur de *Shakespeare et les monstres : transformations bestiales à l'époque pré-moderne* (Presses universitaires de Cambridge, 2009). Un long combat contre un lymphome, etc. Il y avait une photo, aussi. Sans aller jusqu'à dire qu'Elizabeth Lear était à tomber, Richards la trouvait assez jolie, dans le genre un tantinet sous-alimenté. Une femme sérieuse, avec des idées sérieuses. Au moins, il n'y avait pas d'enfant dans l'histoire. La chimio et les rayons avaient probablement mis une croix dessus.

Et donc, quand on allait au fond des choses, on pouvait se demander si le projet NOÉ ne se ramenait pas, pour une bonne part, à un homme effondré, tanké dans un sous-sol, à essayer d'abolir la mort de sa femme.

Et maintenant, cinq ans et Dieu sait combien de centaines de millions fichus par la fenêtre plus tard, tout ce qu'ils avaient à montrer pour leur peine, c'étaient trois cents singes crevés, des cohortes de chiens et de cochons, une demi-douzaine de sans-abri envoyés *ad patres* et onze ex-condamnés à mort qui brillaient dans le noir et foutaient une trouille bleue à tout le monde. Comme les singes, les premiers sujets humains étaient tous morts en quelques heures, bouillants de fièvre et saignant comme des canalisations explosées. Et puis le premier des condamnés, Babcock, avait survécu – Giles Babcock, le plus azimuté des cinglés qui aient jamais arpenté la terre ; tout le monde, au moins quatre, l'appelait le Bavard, parce que c'était un vrai moulin à paroles, avant comme après. Il avait été suivi par Morrison, Chávez, Baffes et les autres, chaque bidouillage affaiblissant le virus, de telle sorte que le corps des cobayes arrivait à le combattre. Onze vampires – autant appeler un chat un chat – qui ne servaient pas à grandchose à qui que ce soit, vu de la fenêtre de Richards. Sykes avouait qu'il n'était pas très sûr qu'on puisse même les tuer, à moins de leur expédier une roquette dans le gosier. VFA : Vampires Faites Aaah. Le virus avait changé leur peau en une espèce d'exosquelette à base de protéines, tellement dur qu'à côté le Kevlar ressemblait à de la pâte à crêpes. Il n'y avait qu'au niveau du sternum que le matériau était assez fin pour être pénétrable, sur une zone de sept à huit centimètres de côté. Et encore, ce n'était qu'une théorie.

En plus les fluos grouillaient de virus. Il y avait six mois de ça, un technicien avait été contaminé, personne n'avait compris comment. Il allait très bien, et la minute d'après il convulsait en dégueulant dans son casque sur le sol de la salle de décontamination. Si Richards ne l'avait pas vu se tordre de douleur sur le moniteur, et s'il n'avait pas isolé le niveau, qui sait ce qui aurait pu arriver. En tout cas, il n'avait pu que purger la salle et regarder le type – Samuels, ou Samuelson, il ne savait plus, peu importait – mourir avant d'appeler les nettoyeurs. Les gars n'avaient pas chopé le virus, et après soixante-douze heures de quarantaine, Richards avait levé les procédures d'isolement.

Il ne s'était pas demandé une seconde s'il débrancherait la prise, en dernière extrémité. Le « protocole Elizabeth » : autre coup de chapeau à l'auteur de cette trouvaille, si c'était de l'humour, ce dont il ne doutait pas une seconde. Pas plus qu'il ne doutait de son identité. C'était du Cole pur jus, un grand millésime de Cole, paix à ses cendres. Sous ses dehors *country club* faux derche battait un cœur de blagueur machiavélique. *Elizabeth, doux Jésus !* Il n'y avait que Cole pour donner à ça le nom de la défunte femme de Lear.

Richards le sentait bien, maintenant. Toute l'affaire se barrait en couilles. Une partie du problème venait de l'ennui abyssal dans lequel tout ça macérait. On ne pouvait pas enfermer quatre-vingts bonshommes sur un flanc de montagne sans rien d'autre à faire que de compter les peaux de lapin et leur demander de se tenir éternellement à carreau.

Et puis il y avait les rêves.

Richards en faisait aussi, du moins c'est ce qu'il lui semblait. Il ne s'en souvenait pas vraiment. Mais il se réveillait parfois avec l'impression qu'il s'était passé quelque chose d'étrange pendant la nuit, comme s'il revenait d'un voyage imprévu. C'est ce qui était arrivé aux deux déserteurs de l'équipe de nettoyage, les châtrés. C'était son idée, et pendant un moment, ça avait marché comme sur des roulettes. On ne pouvait pas imaginer des individus plus dociles, doux comme des agneaux, tous autant qu'ils étaient, et quand les jeux seraient faits, ils ne manqueraient à personne. Les deux balayeurs, Jack et Sam, avaient quitté le Complexe en se fourrant dans des poubelles. Il les avait retrouvés le lendemain matin, à trente-cinq kilomètres de là, terrés dans un motel le long de l'autoroute, attendant de se faire pincer. « Les rêves », c'était tout ce qu'ils avaient réussi à dire. La lumière orange, les dents, les voix qui appelaient leur nom dans le vent. Ça les rendait tout simplement dingues. Il était resté un moment assis au bord de leur lit et les avait laissés parler : deux criminels sexuels sans âge, à la peau si douce qu'on aurait dit du cachemire et aux testicules ratatinés, pareils à des raisins secs, qui se mouchaient dans leurs doigts en pleurant comme des gamins. C'était touchant, d'une certaine façon, mais il n'allait pas écouter ce genre de conneries jusqu'à la saint-glinglin. « Allez, les gars, il faut y aller, avait dit Richards. Tout va bien, personne ne vous en veut », et il les avait emmenés vers un endroit qu'il connaissait, un joli endroit d'où on voyait la rivière, pour qu'ils jettent un dernier coup d'œil au monde avant qu'il leur colle une balle dans le front.

Maintenant, Lear voulait une gamine, une petite fille. Même Richards y avait réfléchi à deux fois. Un ramassis de clodos ivrognes et de condamnés à mort, c'était une chose, des individus jetables, à ses yeux – mais une petite fille ? Sykes lui avait expliqué que ça avait un rapport avec le thymus. Plus l'enfant serait jeune, lui avait-il dit, mieux il combattrait le virus et l'amènerait à une espèce de stase. C'était là-dessus que Lear travaillait. « Tous les avantages sans les effets secondaires indésirables. » Les effets secondaires indésirables ! Richards n'avait pu réprimer un rire. Peu importait que dans leur vie antérieure, humaine, les fluos aient été des types comme Babcock, du genre à égorger leur mère pour un ticket de bus, mais peut-être que ça avait quelque chose à voir là-dedans quand même. Lear voulait une ardoise vierge, quelqu'un dont le cerveau n'était pas encore plein de merde. Si ça se trouvait, la prochaine fois, il réclamerait un bébé.

Et Richards lui avait trouvé la marchandise. Quelques semaines de recherches et il lui avait dégoté le sujet idéal : une Blanche inconnue, six ans environ, abandonnée comme une vieille chaussette dans un couvent de Memphis par une mère probablement trop camée pour s'en occuper. « Intraçable », avait dit Sykes. Cette gamine inconnue n'aurait pas impressionné une pellicule. Cela dit, lundi, elle serait entre les mains des services sociaux, et ils pourraient dire adieu à son petit cul blanc de six ans. Ce qui leur laissait quarante-huit heures pour mettre le grappin dessus, à supposer que la mère ne revienne pas la chercher, comme une valise laissée à la consigne. Quant aux bonnes sœurs, bah, Wolgast trouverait bien le moyen de les embobiner. Ce type aurait vendu des lampes à bronzer dans un pavillon de cancéreux. Il l'avait amplement prouvé.

Richards leva les yeux de son écran pour parcourir

les moniteurs. Toutes ses ouailles étaient bien au chaud dans leur petit lit. Babcock avait l'air de bredouiller, comme d'habitude. On aurait dit un crapaud, avec sa gorge tressautante. Richards mit le son et écouta pendant une minute ses grognements et ses claquements de langue en se demandant à quoi tout ça rimait. Il se le demandait chaque fois.

Laissez-moi partir, ou *Je me taperais bien encore un ou deux lapins, tout de suite*, ou *Richards, mon pote, quand je sortirai d'ici, compte sur moi pour te faire la peau* ? Richards parlait une douzaine de langues – les langues européennes habituelles, plus le turc, le farsi, l'arabe, le russe, le tagalog, l'hindi et même un peu de swahili –, et parfois, en écoutant Babcock sur le moniteur, il avait la nette impression qu'il y avait des mots quelque part là-dedans, hachés, mélangés, que ses oreilles ne savaient pas reconnaître. Mais ce qu'il entendait là, tout de suite, n'était que du bruit blanc.

— Vous n'arrivez pas à dormir ?

Richards se retourna. Sykes était planté dans l'encadrement de la porte, un gobelet de café à la main. Il était en uniforme, mais sa cravate était desserrée et sa veste déboutonnée. Il passa la main dans ses cheveux clairsemés, retourna une chaise et s'assit à califourchon, face à Richards.

— Ben tiens, reprit Sykes. Moi non plus.

Richards songea un instant à lui parler de ses rêves et se ravisa. À quoi bon ? La réponse était inscrite sur le visage de Sykes.

— Je ne dors pas, répliqua Richards. Enfin, pas beaucoup, de toute façon.

— Ouais. C'est ça, fit Sykes en haussant les épaules. Évidemment.

Et comme Richards ne répondait pas, il eut un mouvement de menton vers les moniteurs.

— Rien à signaler, en bas ?

Richards secoua la tête.

— Pas d'autres candidats à une balade au clair de lune ?

Il faisait allusion à Jack et Sam, les nettoyeurs. Sykes n'était pas coutumier de ce genre de sarcasme, mais il avait une raison de l'avoir mauvaise. Les poubelles, bon Dieu ! Les sentinelles étaient censées inspecter tout ce qui entrait ou sortait, mais ce n'étaient que des mômes, en réalité. Des troufions de base qui se comportaient comme s'ils étaient encore au bahut et qui n'avaient pas grand-chose dans le chou. Il fallait sans arrêt leur remettre les pendules à l'heure, et Richards avait été trop coulant.

— J'ai parlé à l'officier de permanence. On a eu une conversation qu'il n'est pas près d'oublier.

— Vous ne pourriez pas, par hasard, me dire ce qui est arrivé à ces types ?

Richards n'avait rien à répondre. Sykes avait besoin de lui, mais rien au monde ne pourrait l'amener à le trouver sympathique, ou ne serait-ce qu'à faire chorus avec lui.

Sykes se leva et passa devant Richards pour se rapprocher des moniteurs. Il corrigea la mise au point de l'écran qui affichait le Zéro et zooma dessus.

— Ils étaient amis, vous savez, dit-il. Lear et Fanning.

Richards acquiesça.

— Il paraît, oui.

— Ouais. Enfin...

Sykes eut un profond soupir, les yeux rivés sur le Zéro.

— Drôle de façon de traiter un ami, conclut-il.

Il se retourna vers Richards, toujours assis devant sa console. Sykes paraissait ne pas s'être rasé depuis deux

163

jours, et ses yeux, plissés comme si la lumière fluorescente l'aveuglait, étaient embrumés. Il donna, l'espace
d'un instant, l'impression d'avoir oublié où il était.

— Et nous ? demanda-t-il à Richards. On est amis ?

Ça, c'était nouveau pour Richards. Sykes devait faire
des cauchemars pires qu'il ne le pensait. Amis ?!
Qu'est-ce qu'ils en avaient à foutre ?

— Mais bien sûr, répondit Richards en s'autorisant
un sourire. On est amis.

Sykes le regarda encore un moment.

— Après réflexion, ce n'est peut-être pas une idée si
géniale, fit-il en écartant tout ça d'un geste. Enfin, merci
quand même.

Richards savait ce qui l'ennuyait : la fille. Sykes avait
deux enfants – des grands enfants, qui avaient fait West
Point comme leur paternel, un qui travaillait plus ou
moins dans le renseignement au Pentagone, l'autre qui
était dans les chars, une unité basée dans le désert, en
Arabie saoudite – et Richards pensait qu'il pouvait bien
y avoir des petits-enfants quelque part dans le tableau.
Il avait dû en parler en passant, mais ce n'était pas le
genre de truc dont ils discutaient souvent. D'une façon
ou d'une autre, cette histoire avec la gamine devait lui
rester en travers. Richards, quant à lui, se foutait comme
de l'an quarante de ce que Lear pouvait bien vouloir.

— Vous devriez vraiment faire un somme, dit-il. On
accueille de nouveaux arrivants dans (il regarda sa
montre) trois heures.

— Autant ne pas me coucher du tout, fit Sykes.

Parvenu à la porte, il se retourna et ramena son regard
las sur Richards.

— Entre nous, et ne m'en veuillez pas de vous poser
la question, mais comment avez-vous réussi à le faire
venir ici si vite ?

— Ce n'était pas compliqué, répondit Richards avec

un haussement d'épaules. Je lui ai fait quitter Waco avec un transport de troupes. Que des réservistes, mais ça permettait d'emprunter un corridor fédéral. Ils se sont posés à Denver un peu après minuit.

— Corridor fédéral ou non, c'est trop rapide, fit Sykes en fronçant les sourcils. Une idée de pourquoi ça urgeait tant ?

Richards ne pouvait le dire avec certitude ; les instructions avaient été transmises par le biais des Armes spéciales. Mais il aurait parié que ça avait un rapport avec la couchette visqueuse, la plaque chauffante incrustée de soupe, l'année sans soleil et sans un bol d'air, et avec les mauvais rêves, le motel et tout le reste. Bref, si on prenait la peine de réfléchir à la situation – ce qu'il avait depuis longtemps renoncé à faire –, tout ça remontait probablement à la beauté livresque d'Elizabeth Macomb Lear, son long combat contre le cancer, etc., etc.

— J'ai tiré quelques ficelles à Langley. J'ai actionné tout le système, du haut en bas de la boutique. Vu de Sirius, Carter n'est déjà plus personne. Il ne pourrait même pas acheter un paquet de chewing-gum.

— Personne n'est personne, rétorqua Sykes, le front barré de rides. Il y a toujours quelqu'un que ça concerne.

— Peut-être. Mais ce type n'est pas loin de la non-existence.

Sykes resta encore un instant planté à la porte sans rien dire, les deux hommes sachant de quoi ce silence était chargé.

— Quand même, conclut-il, je n'aime pas ça. Si on a un protocole, ce n'est pas pour rien. Trois prisons, trente jours, et on le fait venir ici.

— C'est un ordre ?

La question était ironique : Sykes ne pouvait pas lui

donner d'ordres. Pas vraiment. Il se contentait de faire semblant, et Richards de se prêter au jeu.

— Laissez tomber, répondit Sykes en mettant sa main devant sa bouche pour étouffer un bâillement. Qu'est-ce qu'on pourrait faire ? Le renvoyer à l'expéditeur ?

Il pianota sur le côté de la porte avec ses doigts.

— Appelez-moi quand le van arrivera. Je serai en haut, en train de ne pas dormir.

Ça, c'était drôle : quand Sykes fut parti, Richards se prit à regretter qu'il ne soit pas resté dans le coin. Peut-être qu'ils étaient amis, au fond. Ce n'était pas son premier job pourri ; il savait qu'il y avait un moment où le ton changeait, de la même façon qu'une casserole de lait oubliée dans la cuisine finissait par tourner. On se retrouvait à bavarder comme si de rien n'était, comme si c'était déjà plié. Le problème, c'était quand on se mettait bel et bien à aimer les gens. À partir de là, la situation avait vite fait de dégénérer.

Carter n'avait rien de spécial, ce n'était qu'un condamné comme les autres, avec sa vie pour toute monnaie d'échange et rien d'autre. Mais la gamine ! Qu'est-ce que Lear pouvait bien vouloir fiche d'une gamine de six ans ?

Richards ramena son attention vers les moniteurs et remit son casque. Babcock était retourné dans le coin et pépiait. C'était bizarre. Quelque chose chez Babcock l'obsédait, comme si Richards était à *lui*, comme s'il possédait une partie de lui. Richards ne pouvait se débarrasser de cette sensation. Il serait resté assis à l'écouter pendant des heures. Il lui arrivait de s'endormir devant les écrans, ses écouteurs sur les oreilles.

Il regarda à nouveau sa montre, sachant qu'il n'aurait pas dû, et ne pouvant s'en empêcher. Juste un peu plus de trois heures. Il n'était pas d'humeur à faire une nouvelle réussite, tant pis pour le petit con de Seattle. Et les heures d'attente avant que le van entre dans le Complexe s'ouvrirent tout à coup devant lui comme une gueule prête à l'engloutir.

Toute résistance était inutile. Il régla le volume et se cala confortablement pour l'écouter, se demandant ce que les sons qu'il entendait essayaient de lui dire.

6.

Lacey fut réveillée par le bruit de la pluie qui caressait les feuilles devant sa fenêtre.

Amy.

Où était Amy ?

Elle se leva, paniquée, enfila un peignoir et descendit précipitamment l'escalier. Lorsqu'elle arriva en bas, elle s'était rassérénée. La petite fille s'était sûrement levée pour aller chercher son petit déjeuner, regarder la télévision, ou tout simplement pour faire un tour dans la maison. Lacey la trouva encore en pyjama, dans la cuisine, assise à la table, à s'empiffrer de gaufres. Sœur Claire était installée au bout de la large table, encore en survêtement, celui qu'elle mettait pour faire son jogging dans Overton Park. Elle lisait le *Commercial Appeal*, un mug de café fumant à la main. Sœur Claire n'était pas encore vraiment des leurs, c'était une novice. Les épaules de son sweat-shirt étaient criblées de taches de pluie, et elle avait le visage humide et tout rouge. Elle posa son journal et regarda Lacey en souriant.

— C'est bien que vous soyez levée. Nous avons déjà pris notre petit déjeuner, hein, Amy ?

La petite fille hocha la tête tout en continuant à mastiquer. Avant de rejoindre l'ordre, sœur Claire vendait des maisons à Seattle, et en s'asseyant à la table, Lacey vit ce qu'elle lisait : les annonces immobilières. Si sœur Arnette avait vu ça, elle l'aurait mal pris, elle l'aurait peut-être même gratifiée d'un de ses laïus sur les frivolités de la vie matérielle. Mais d'après la pendule de la cuisinière, il était à peine plus de huit heures. Les autres sœurs devaient être à la messe, à côté. Lacey éprouva un pincement de honte. Comment avait-elle pu dormir si tard ?

— Je suis allée au premier service, dit Claire, comme en réponse à ses pensées.

Sœur Claire allait souvent à la messe de six heures, avant de faire son jogging quotidien, qu'elle appelait sa « visite à Notre-Dame-des-Endorphines ». Contrairement aux autres sœurs, qui n'avaient jamais connu une autre vie, Claire avait eu une existence bien remplie en dehors de l'ordre : elle avait été mariée, elle avait gagné de l'argent, possédé des biens matériels, un appartement, de belles chaussures, une Honda Accord. Elle n'avait entendu l'appel qu'à la fin de la trentaine, quand elle avait divorcé de l'homme qu'elle avait une fois qualifié de « pire mari du monde ». Personne ne connaissait les détails, à part peut-être sœur Arnette, mais la vie de Claire était une source d'étonnement pour Lacey. Comment une personne pouvait-elle avoir deux vies, tellement différentes ? Claire faisait parfois des réflexions du genre : « Voilà de jolies chaussures » ou « Le seul hôtel correct de Seattle est le Vintage Park », et pendant un instant toutes les sœurs marquaient un silence mi-réprobateur, mi-envieux. C'est Claire qui avait fait les courses pour Amy, reconnaissance implicite de compétences qu'elle était à vrai dire seule d'entre elles à détenir.

— En vous dépêchant, vous pouvez encore être à la messe de huit heures, ajouta Claire.

Sauf qu'il était trop tard, bien sûr. Ce que Claire voulait vraiment dire était un peu différent : *Je peux m'occuper d'Amy.*

Lacey regarda la petite fille. Elle avait les cheveux tout emmêlés, mais la peau et les yeux bien brillants, reposés par une bonne nuit de sommeil. Lacey la peigna avec ses doigts.

— C'est très gentil, dit-elle. Peut-être qu'aujourd'hui, juste pour cette fois, comme Amy est ici...

Sœur Claire leva la main, coupant court aux justifications de Lacey.

— N'en dites pas plus. Je vous couvre, fit-elle en riant.

La journée qui s'annonçait se profila dans l'esprit de Lacey. Assise à la table, elle repensa à son projet de visite au zoo. À quelle heure ouvrait-il ? Et s'il pleuvait ? Peut-être, pensa-t-elle, vaudrait-il mieux sortir avant le retour des autres sœurs. D'abord parce qu'elles se demanderaient pourquoi elle n'était pas allée à la messe, et aussi parce qu'il se pourrait qu'elles commencent à poser des questions sur Amy. Le mensonge avait tenu jusque-là, mais Lacey se rendait bien compte de sa fragilité. Elle avait l'impression d'avancer sur des planches pourries.

Quand Amy eut fini ses gaufres et un grand verre de lait, Lacey remonta avec elle et l'habilla très vite : un jean neuf, encore tout raide, et un tee-shirt avec le mot « Coquine » écrit sur le devant avec des paillettes. Il n'y avait que sœur Claire pour avoir le courage d'acheter un vêtement pareil. Si elle le voyait, ça ne plairait pas – *vraiment* pas – à sœur Arnette. Il est probable qu'elle secouerait la tête avec un soupir réprobateur, comme elle faisait toujours, chargeant l'atmosphère d'aigreur

– mais Lacey le trouvait parfait, tout à fait le genre de vêtement qu'une petite fille devait adorer. Les paillettes lui donnaient un petit quelque chose de spécial, et c'était sûrement ce que Dieu voudrait pour une enfant comme elle : un peu de bonheur, si peu que ce soit. Dans la salle de bains, elle essuya le sirop sur les joues d'Amy et lui brossa les cheveux. Ensuite, elle mit sa jupe plissée grise habituelle, son chemisier blanc et son voile. Dehors, il ne pleuvait plus et un soleil radieux réchauffait patiemment le jardin. Ce serait une belle journée, se dit Lacey. Une masse d'air chaud remontait du sud derrière le front froid qui avait chassé la pluie sur la maison toute la nuit.

Elle avait un peu d'argent, assez pour les entrées et une friandise, et le zoo n'était pas loin ; elles pourraient y aller à pied, bien sûr. Elles sortirent dans l'air qui commençait à s'emplir de chaleur et de la douceur de l'herbe mouillée. Les cloches de l'église sonnaient l'heure ; la messe allait finir d'un instant à l'autre. Elles traversèrent rapidement le jardin, dans l'odeur surette des herbes aromatiques, le romarin, l'estragon et le basilic dont sœur Louise s'occupait avec tant de soin, et entrèrent dans le parc, où les visiteurs affluaient déjà en cette première chaude journée de printemps, pour savourer la caresse du soleil sur leur peau : des jeunes avec des chiens et des frisbees, des gens qui couraient le long des chemins, des familles qui installaient des tables de pique-nique et des barbecues. Le zoo était au nord du parc, dont il était séparé par une large avenue qui tranchait le quartier comme une lame. De l'autre côté, les grandes maisons et les larges pelouses prin-cières de l'ancien centre-ville laissaient place à de méchantes baraques aux porches branlants, devant les-quelles des voitures démantibulées se désagrégeaient dans des cours de terre battue. Des jeunes gens dérivaient dans la rue comme des pigeons, venaient se percher çà et là et repartaient, engourdis d'oisiveté et vaguement menaçants. Lacey aurait dû porter un regard plus indulgent sur le quartier, mais les Noirs qui vivaient là étaient différents d'elle, qui n'avait jamais été pauvre, du moins pas comme ça. En Sierra Leone, son père travaillait pour le ministère. Sa mère avait une voiture avec chauffeur pour faire les courses à Freetown et se rendre aux matchs de polo sur le champ de foire. Une fois, ils étaient allés à une soirée et elle avait dansé la valse avec le président en personne.

Dès l'entrée du zoo, l'air changea. Ça sentait les cacahuètes et les animaux. Il y avait déjà la queue à l'entrée. Lacey acheta leurs billets, recompta la monnaie jusqu'au dernier centime, puis elle reprit Amy par la main et elles franchirent le tourniquet. La petite fille portait son sac à dos avec son lapin en peluche dedans. Quand Lacey lui avait suggéré de le laisser à la maison, elle avait très vite vu, dans l'éclair qui avait traversé son regard, qu'il n'en était pas question. Elle ne voulait pas lâcher son sac.

— Qu'est-ce que tu veux voir ? demanda-t-elle.

Juste après l'entrée, il y avait un kiosque avec un grand plan, divisé en zones de couleurs différentes en fonction des habitats et des espèces. Un couple de Blancs l'examinait, l'homme avec un appareil photo en sautoir, la femme poussant doucement une poussette d'avant en arrière. Le bébé dormait, enfoui sous un monticule de tissu rose. La femme jeta un coup d'œil à Lacey et la considéra un instant d'un air suspicieux. Qu'est-ce qu'une bonne sœur noire faisait avec une petite fille blanche ? Et puis elle lui sourit, un sourire un peu forcé – d'excuse, comme si elle revenait sur une première impression –, et le couple s'éloigna le long du sentier.

Amy regarda le plan. Lacey ignorait si elle savait lire, mais il y avait des photos à côté des noms.

— Je ne sais pas, dit-elle. Les ours ?

— Quels ours ?

La fillette réfléchit un instant, les yeux parcourant les photos.

— Les ours polaires.

À ces mots, ses yeux s'allumèrent par avance de plaisir. L'idée du zoo, de voir les animaux, était à présent un projet commun ; c'était exactement ce que Lacey espérait. Pendant qu'elles étaient restées plantées là, d'autres gens avaient franchi le portillon et maintenant le zoo bourdonnait de visiteurs.

— Et puis les zèbres, et les éléphants et les singes.

— Merveilleux, dit Lacey en souriant. On va voir tout ça.

À une buvette, elles achetèrent un sachet de cacahuètes et pénétrèrent plus avant dans le zoo, s'immergeant dans la richesse de ses sons et de ses odeurs. En approchant du bassin des ours blancs, elles entendirent des rires, des bruits d'éclaboussures et des cris de joie faussement terrifiés, un mélange de voix jeunes et vieilles. Tout à coup, Amy lâcha la main de Lacey et partit en courant.

Lacey joua des coudes dans la foule massée devant l'enclos des ours. Elle retrouva l'enfant, le visage à quelques centimètres de la vitre qui permettait de voir sous l'eau de leur habitat – des rochers peints pour ressembler à des blocs de glace dans une piscine profonde, d'un bleu arctique, une vision insolite dans la chaleur de Memphis. Trois ours se prélassaient au soleil, vautrés comme d'énormes carpettes devant une cheminée. Un quatrième pataugeait dans l'eau. Sous les yeux d'Amy et de Lacey, il nagea droit vers elles, sous l'eau, et se cogna le nez contre la vitre. Les gens, autour d'elles, étouffèrent un même cri ; un délicieux frisson de peur parcourut le dos de Lacey, descendit jusque dans ses doigts, ses orteils. Amy tendit la main et effleura le verre couvert de buée, à quelques centimètres du museau de l'animal. Celui-ci ouvrit la gueule, montrant sa langue rose.

— Hé, attention, petite fille, fit un homme derrière elles. Ils ont peut-être l'air mignons comme ça, mais pour eux, tu n'es qu'un casse-croûte.

Surprise, Lacey tourna la tête à la recherche de la source de l'avertissement. Qui était cet homme pour essayer d'effrayer une enfant de cette façon ? Mais aucun des visages, derrière elle, ne lui rendit son regard ; les gens souriants n'avaient d'yeux que pour les ours.

— Amy, dit-elle doucement, en mettant la main sur l'épaule de la petite fille. Il vaudrait peut-être mieux éviter de les exciter.

Amy n'avait pas l'air de l'entendre. Elle colla son visage sur la vitre.

— Comment tu t'appelles ? demanda-t-elle à l'ours.

— Allez, Amy, dit Lacey. Pas si près.

Amy caressa la vitre.

— Il a un nom d'ours. Un truc que je n'arrive pas à prononcer.

Amy hésita. Disait-elle ça pour rire ?

— L'ours a un nom ?

La petite fille leva les yeux vers elle, les paupières étrécies, le visage illuminé par la certitude.

— Mais bien sûr.

— C'est lui qui te l'a dit... ?

Un terrible geyser jaillit dans le bassin. La foule étouffa un hoquet de surprise. Un deuxième ours avait sauté dans l'eau. Il – elle ? – nageait dans le bleu vers Amy. Ils étaient maintenant deux, qui pressaient leur nez sur la vitre, à quelques centimètres de son visage, aussi gros que des voitures, leur fourrure blanche caressée par les courants sous-marins.

— Vous avez vu ça ? dit quelqu'un.

C'était la femme que Lacey avait vue au kiosque. Debout à côté d'elles, elle présentait son petit enfant devant la vitre en le tenant sous les bras, comme une poupée. Elle avait les cheveux longs, retenus par une queue-de-cheval assez serrée, et elle était en short, tee-shirt et tongs. Lacey voyait, sous son tee-shirt, son ventre encore renflé par la grossesse. Derrière eux, le mari gardait la poussette vide, son appareil photo à la main.

— On dirait qu'ils t'aiment bien, dit la femme à Amy. Regarde, ma puce, dit-elle en agitant un peu l'enfant, faisant voleter ses bras comme les ailes d'un oiseau. Regarde les nounours. Regarde les nounours, ma puce. Chéri, prends la photo. Allez, prends-nous !

— Je ne peux pas, dit l'homme. Tu es devant. Tourne-la par ici.

La femme poussa un soupir agacé.

— Allez, prends-la pendant qu'elle sourit. C'est si difficile ?

C'est ce que Lacey regardait lorsqu'une deuxième gerbe d'eau s'éleva, et avant qu'elle ait eu le temps de tourner la tête, une troisième. Elle sentit le verre former un renflement à côté d'elle. Une langue d'eau passa par-dessus le bord et retomba sur eux, tandis que tout le monde, conscient de ce qui se passait, demeurait pétrifié.

— Attention !

L'eau glacée heurta Lacey comme une gifle, lui emplit le nez, la bouche, les yeux, d'une saveur salée, la repoussa loin de la paroi de verre. Un chœur de hurlements retentit tout autour d'elle. Elle entendit pleurer le bébé puis la mère qui hurlait :

— Fichons le camp ! Vite !

Ce fut la bousculade. Lacey se rendit compte qu'elle avait fermé les yeux pour les protéger du sel. Elle recula tant bien que mal, fit un faux pas et tomba à la renverse, sur un tas de gens. Elle attendit le bruit de la vitre qui se brisait, le choc de l'eau du bassin qui se déversait sur eux...

— Amy !

Elle rouvrit les yeux et vit un homme qui la regardait, son visage tout près du sien. C'était le type à l'appareil photo. Autour d'elle, le silence s'était fait dans la foule. La vitre avait tenu bon, finalement.

— Pardon, dit l'homme. Ça va, ma sœur ? J'ai dû trébucher.

— Oh, bon sang !

La femme était debout au-dessus d'eux, les vêtements et les cheveux trempés. Le bébé hurlait, plaqué sur son épaule. Elle avait l'air furieuse.

— Mais qu'est-ce qu'elle fout, votre gamine ?

Lacey se rendit compte que c'était à elle qu'elle parlait.

— Je suis désolée..., commença-t-elle. Je ne...

— Regardez-la !

La foule avait reculé, et tous les yeux étaient braqués sur la petite fille au sac à dos agenouillée devant le réservoir, les mains posées sur la vitre, les museaux des quatre ours massés devant elle.

Lacey se releva tant bien que mal et se précipita vers elle. La fillette était penchée en avant, et ses cheveux trempés gouttaient sur ses genoux. Ses lèvres bougeaient, comme si elle était en prière.

— Amy, qu'y a-t-il ?

175

— Regardez-la ! Cette fille parle aux ours ! fit une voix.

Un murmure incrédule parcourut la foule. Les appareils photo commencèrent à mitrailler. Lacey s'accroupit à côté d'Amy, écarta avec ses doigts les mèches de cheveux noirs de son visage. La fillette avait les joues ruisselantes d'eau et de larmes mêlées. Il se passait quelque chose.

— Dis-moi, mon enfant.

— Ils savent, fit Amy, les mains toujours plaquées contre la vitre.

— Les ours ? Qu'est-ce qu'ils savent ?

La petite fille leva la tête vers elle. Lacey n'en revenait pas. Elle n'avait jamais vu une telle expression de tristesse sur le visage d'un enfant, comme si elle avait eu la révélation d'un grand malheur. Et pourtant, dans ses yeux, elle ne lisait aucune crainte. Quoi que Amy ait appris, elle l'acceptait.

— Ce que je suis, répondit-elle.

Sœur Arnette, assise dans la cuisine du couvent des sœurs de la Merci, avait décidé de passer à l'action.

Neuf heures. Neuf heures et demie. Dix heures. Lacey et la fille, Amy, n'étaient pas rentrées. D'ailleurs, où étaient-elles allées ? Elle avait tiré les vers du nez à sœur Claire, qui avait fini par vider son sac : Lacey avait séché la messe et, peu après, elle avait emmené la petite fille, qui avait pris son sac à dos. Claire les avait entendues sortir, et elle les avait regardées par la fenêtre passer par la porte de derrière qui donnait sur le parc.

Lacey mijotait quelque chose, Arnette aurait dû s'en douter.

L'histoire de la fillette ne tenait pas, elle l'avait tout de suite compris. Ou du moins, sinon compris, elle l'avait bien senti, elle avait senti germer un soupçon qui était devenu, pendant la nuit, la certitude qu'il y avait du louche là-dessous. Comme Miss Clavel, dans les aventures de Madeline, sœur Arnette *savait*.

Et maintenant, exactement comme dans l'histoire, une des fillettes avait disparu.

Les autres sœurs ne savaient pas la vérité sur Lacey. Arnette elle-même ne l'avait découverte que lorsque le secrétariat de la supérieure générale lui avait envoyé son dossier psychiatrique. Arnette se souvenait d'en avoir plus ou moins entendu parler aux informations, il y avait bien des années, mais des horreurs de ce genre, il en arrivait sans arrêt un peu partout, surtout en Afrique, n'est-ce pas ? Ces horribles petits pays où la vie semblait sans valeur aucune, où Sa volonté était on ne peut plus étrange et inconnaissable. Ça brisait le cœur, c'était terrible, mais il y avait une limite à ce que l'esprit pouvait assimiler. Il y avait tellement d'histoires comme celle de Lacey ; Arnette l'avait effacée de sa mémoire. Mais voilà, Lacey était là, on la lui avait confiée, et Arnette était seule à connaître la vérité. Force lui était d'admettre qu'elle était à presque tous égards une sœur modèle, un peu réservée, peut-être, un peu trop mystique dans ses dévotions. Lacey disait, et sans doute le croyait-elle, que son père, sa mère et ses sœurs vivaient toujours en Sierra Leone, où ils allaient à des bals dans des palais et montaient leurs poneys de polo. Depuis le jour où les soldats des Nations unies l'avaient trouvée cachée dans un champ et remise aux sœurs, Lacey n'avait jamais rien dit d'autre. C'était une bénédiction, naturellement, un bienfait de Dieu, qui la protégeait du souvenir de ce qui était arrivé. Parce que, après avoir tué toute sa famille, les soldats n'étaient pas partis ; ils étaient restés avec elle dans le champ, pendant des heures et des heures, et la fillette qu'ils avaient laissée pour morte aurait aussi bien pu l'être pour de bon, si

Dieu ne l'avait préservée en lavant sa mémoire de ces événements. Le fait qu'Il ait choisi de ne pas la prendre à cet instant n'était qu'une expression de Sa volonté, et Arnette ne la mettait pas en question. C'était un fardeau que de savoir tout cela, avec les tourments que cela comportait, un fardeau qu'Arnette devait supporter en silence.

Et maintenant il y avait cette Amy. Polie à l'excès, silencieuse comme un fantôme. Il y avait manifestement du louche dans cette histoire. Quelque chose d'abracadabrant. Quand elle y réfléchissait, l'explication de Lacey ne tenait pas debout. La fille d'une de ses amies ? Impossible. C'est à peine si Lacey mettait le nez dehors, à part pour aller à la messe. Comment aurait-elle rencontré cette femme, qui plus est une femme qui lui aurait confié sa fille ? Arnette ne voyait vraiment pas. Parce qu'il n'y avait rien à voir. C'était pure invention. Et à présent, elles avaient disparu toutes les deux.

Dix heures et demie. Assise dans la cuisine, sœur Arnette savait désormais ce qu'elle avait à faire.

Mais que dire ? Et par où commencer ? Par Amy ? Aucune des autres sœurs n'avait l'air de savoir quoi que ce soit. La fillette était arrivée alors que Lacey était seule au couvent, comme bien souvent ; Arnette avait essayé plus d'une fois de la faire sortir, pour aller à l'épicerie solidaire, faire un petit tour au magasin ou ce qu'elle voulait, mais Lacey refusait toujours, et son visage, dans ces cas-là, exprimait un vide chaleureux qui coupait court à toute discussion : « Non merci, ma sœur. Peut-être un autre jour. » Trois, quatre années de ce régime, et puis cette gamine qui sortait de nulle part, et que Lacey prétendait connaître. Donc, si elle appelait la police, l'histoire devrait commencer par là, pensat-elle, par Lacey, et l'histoire du champ.

Arnette décrocha le téléphone.

— Ma sœur ?

Elle se retourna. Sœur Claire. Claire, qui venait d'entrer dans la cuisine, encore en survêtement alors qu'elle aurait dû aller se changer depuis longtemps. Claire, qui avait vendu des biens immobiliers, qui non seulement avait été mariée mais était *divorcée* ; qui avait encore une paire de souliers à hauts talons et une robe de cocktail noire pendue dans son placard. Enfin, c'était un autre problème, sans aucun rapport avec celui qu'elle avait sur les bras pour le moment.

— Ma sœur, commença Claire sur un ton préoccupé. Il y a une voiture dans l'allée.

Arnette raccrocha le téléphone.

— Qui est-ce ?

Claire marqua une hésitation.

— On dirait... on dirait la police.

Arnette arrivait dans l'entrée quand on sonna à la porte. Elle écarta le rideau de la vitre latérale pour jeter un coup d'œil au-dehors. Deux hommes, l'un d'une vingtaine d'années, l'autre plus âgé, mais encore jeune selon ses critères, tous les deux en costume sombre et cravate, comme des employés des pompes funèbres. La police, oui, mais pas tout à fait : ça avait l'air plus sérieux, plus officiel. Ils étaient debout au soleil, en bas des marches, loin de la porte. Le plus âgé la vit et lui lança un sourire amical, sans dire un mot. Il était assez bien fait de sa personne, dans le genre banal, avec un physique d'homme en forme et un visage agréable, bien dessiné. Des touches d'argent effleuraient ses tempes, qui luisaient légèrement de transpiration dans la lumière.

— Faut-il ouvrir ? demanda Claire, debout à côté d'elle.

Entendant sonner, sœur Louise était également descendue. Arnette prit une profonde inspiration pour reprendre son calme.

— Bien sûr, ma sœur.

Elle ouvrit la porte, mais pas le loquet de la porte moustiquaire. Les deux hommes s'avancèrent.

— Que puis-je faire pour vous, messieurs ?

Le plus âgé prit un petit portefeuille dans sa poche de poitrine et l'ouvrit. Dans un éclair, elle vit les initiales FBI.

— Agent spécial Wolgast, madame. Et voici l'agent spécial Doyle.

Le portefeuille, aussitôt escamoté, disparut dans la poche intérieure du veston. Elle vit une entaille sur son menton : il s'était coupé en se rasant.

— Désolé de vous déranger comme ça, un samedi matin...

— C'est au sujet d'Amy, dit Arnette.

Elle n'aurait su dire pourquoi ça lui avait échappé, à croire que c'était lui qui l'avait poussée à le dire. Et comme il ne répondait pas, elle poursuivit :

— C'est ça, n'est-ce pas ? C'est au sujet d'Amy ?

Le plus âgé des deux agents – son nom lui était déjà sorti de la tête – jeta un coup d'œil derrière Arnette à sœur Louise, à qui il lança un rapide sourire rassurant avant de ramener son regard sur la supérieure.

— Oui, madame. En effet. Il s'agit d'Amy. Nous permettez-vous d'entrer ? Nous aurions quelques questions à vous poser, ainsi qu'aux autres dames.

Et c'est ainsi qu'ils se retrouvèrent debout dans la salle de séjour du couvent des sœurs de la Merci : deux grands gaillards en costume sombre, qui sentaient la sueur, la sueur d'homme. Leur présence imposante semblait changer la pièce, la rétrécir. En dehors d'un réparateur occasionnel ou des visites du père Fagan, du rectorat, jamais aucun homme n'entrait chez elles.

— Excusez-moi, messieurs, commença Arnette. Vous pourriez me répéter vos noms ?

— Mais bien sûr.

Ce sourire, à nouveau : confiant, engageant. Le jeune n'avait pas encore prononcé un seul mot.

— Je suis l'agent Wolgast et voici l'agent Doyle. Alors, fit-il avec un coup d'œil circulaire, Amy est ici ?

Sœur Claire intervint.

— Que lui voulez-vous ?

— J'ai bien peur de ne pouvoir tout vous dire, mesdames. Pour votre propre sécurité. Mais vous devez savoir qu'Amy est un témoin fédéral. Nous devons la placer sous protection.

Un témoin protégé ! Arnette sentit un nœud se former au creux de son estomac. C'était pire qu'elle ne pensait. Un témoin protégé ! Comme à la télévision, dans ces séries policières qu'elle ne voulait pas regarder mais qu'elle regardait parfois, parce que les autres sœurs en avaient envie.

— Qu'a fait Lacey ?

L'agent haussa les sourcils, l'air intéressé.

— Lacey ?

Il essayait de faire semblant d'être au courant, pour ouvrir un espace de parole, la faire parler et lui soutirer des informations, Arnette le voyait très clairement. Et c'était exactement ce qu'elle avait fait. Elle leur avait livré le nom de Lacey. Personne n'avait parlé d'elle – en dehors d'Arnette. Elle sentait dans son dos le silence des autres sœurs peser sur elle.

— Sœur Lacey, expliqua-t-elle. Elle nous a dit que la mère d'Amy était une de ses amies.

— Je vois.

Il jeta un rapide coup d'œil à l'autre agent.

— Eh bien, nous devrions peut-être lui parler aussi.

— Sommes-nous en danger ? demanda sœur Louise.

Sœur Arnette se tourna vers elle et la fit taire d'un froncement de sourcils.

— Je sais, ma sœur, que vous êtes bien intentionnée, dit-elle. Mais laissez-moi m'occuper de cela, s'il vous plaît.

— Je ne dirais pas que vous êtes en danger, pas exactement, précisa l'agent. Mais je pense qu'il vaudrait mieux que nous lui parlions. Elle est là ?

— Non.

C'était sœur Claire. Elle était debout, dans une attitude de défi, les bras croisés sur la poitrine.

— Elles sont sorties. Il y a au moins une heure.

— Vous savez où elles sont allées ?

L'espace d'un instant, personne ne répondit. Et puis, dans la maison, le téléphone sonna.

— Messieurs, si vous voulez bien m'excuser..., dit Arnette.

Elle disparut dans la cuisine, le cœur battant, se félicitant de cette interruption inespérée qui lui laissait le temps de réfléchir. Elle décrocha, mais la voix de son interlocuteur lui était inconnue.

— C'est le couvent ? Je sais, je vous ai vues là-bas, mesdames. Ne m'en veuillez pas de vous appeler comme ça.

— Qui est à l'appareil ?

Il reprit d'une voix hachée, comme s'il avait du mal à mettre de l'ordre dans ses idées.

— Pardon... Je m'appelle Joe Murphy. Je suis responsable de la sécurité au zoo de Memphis.

Il y avait beaucoup de bruit, dans le fond. L'homme s'entretint brièvement avec quelqu'un d'autre : « Ouvre la porte, c'est tout, dit-il. Et tout de suite ! », puis il revint en ligne.

— Est-ce que par hasard vous connaîtriez une bonne sœur qui serait venue par chez nous avec une petite fille ? Une Noire, habillée comme vous autres ?

Sœur Arnette se sentit envahie d'une légèreté

vibrante, comme un essaim d'abeilles. Par une matinée parfaitement agréable, il était arrivé quelque chose, quelque chose de terrible. La porte de la cuisine s'ouvrit à la volée. Les agents entrèrent dans la pièce, sœur Claire et sœur Louise à la remorque. Tout le monde la regardait.

— Oui, oui, je la connais.

Arnette essayait de parler tout bas, mais elle savait que c'était inutile.

— Qu'y a-t-il ? Que se passe-t-il ?

Pendant un moment, le brouhaha fut étouffé. L'homme, au zoo, avait dû mettre sa main sur le micro du combiné. Lorsqu'il la retira, elle entendit des cris, des enfants qui pleuraient, et derrière, d'autres sons : des bruits d'animaux. Des singes, des lions, des éléphants et des oiseaux, qui criaient et rugissaient. Arnette mit un moment à comprendre qu'elle n'entendait pas seulement ces bruits au téléphone, ils entraient aussi par la fenêtre ouverte, depuis le côté du parc.

— Que se passe-t-il ? répéta-t-elle d'un ton implorant.

— Vous feriez mieux de venir ici, ma sœur, dit l'homme. C'est le truc le plus dingue que j'aie jamais vu.

Lacey était à bout de souffle et trempée jusqu'aux os. Elle courait, serrant Amy dans ses bras, les jambes de la petite fille enroulées autour de sa taille, toutes les deux perdues dans le dédale des allées du zoo. Amy pleurait, sanglotait, le visage caché dans le chemisier de Lacey – « ce que je suis, ce que je suis » –, et des tas de gens couraient autour d'elles. C'était parti des ours blancs, dont les mouvements étaient devenus de plus en plus frénétiques jusqu'à ce que Lacey éloigne Amy de la vitre, et puis, derrière elles, les lions de mer avaient commencé à faire des bonds dans l'eau et à en ressortir avec une fureur démentielle. Alors elles avaient fait demi-tour et couru vers le centre du zoo, mais les animaux de la brousse, les gazelles, les zèbres, les okapis et les girafes s'étaient mis à galoper follement en rond, dans tous les sens, et à foncer sur les barrières. C'était Amy qui faisait ça, Lacey en était certaine, Amy avait... elle ne savait pas quoi. Ce qui avait pris les ours polaires, quoi que ç'ait pu être, arrivait maintenant à tous les animaux, et pas seulement aux animaux, aux gens aussi, comme un anneau de chaos qui se communiquait au zoo tout entier. Elles passèrent devant les éléphants, et aussitôt Lacey sentit leur masse et leur force. Ils frappaient le sol avec leurs énormes pattes et levaient la trompe pour lancer leur cri cuivré dans la chaleur de Memphis. Un rhinocéros chargea la palissade, dans un bruit énorme, semblable à un accident de voiture, et y donna des coups furieux avec sa corne massive. L'air bouillonnait soudain de ces sons, gigantesques et terribles et pleins de souffrance, et les gens couraient partout en appelant leurs enfants, poussant et tirant et se bousculant, la foule s'écartant devant Lacey qui fonçait droit devant elle.

— C'est elle ! brailla une voix, dans le dos de Lacey, et les mots la frappèrent comme une flèche.

Elle fit volte-face et vit l'homme avec l'appareil photo, qui pointait le doigt vers elle. Il était debout à côté d'un agent de sécurité en pull jaune clair.

— C'est cette gamine !

Serrant toujours Amy sur sa poitrine, Lacey se retourna et se remit à courir, passant devant les cages de singes hurlants, un lagon où des cygnes agitaient leurs immenses ailes inutiles en trompetant, de grandes cages d'où montaient les cris d'oiseaux de la jungle. Des hordes terrifiées surgissaient de la maison des reptiles.

Un groupe d'écoliers paniqués portant tous le même tee-shirt rouge lui barrèrent la route, et Lacey dut slalomer entre eux, manquant de tomber et réussissant miraculeusement à rester debout. Le sol, devant elle, était jonché des débris de la débandade, de prospectus, de vêtements, d'esquimaux fondus, collant à leur papier. Un groupe d'hommes déboula en courant, en respirant très fort. L'un d'eux tenait un fusil. Quelque part, une voix disait, avec un calme de robot :

— Le zoo doit fermer ses portes. Veuillez vous diriger rapidement vers la plus proche sortie. Le zoo doit fermer ses portes. Veuillez vous diriger...

Lacey tournait maintenant en rond, à la recherche d'une sortie, n'en trouvant pas. Les lions rugissaient, les babouins, les suricates, les singes qu'elle écoutait par la fenêtre de sa chambre, pendant les nuits d'été leur vacarme venait de partout, lui remplissait la tête comme un chœur, se répercutait comme des coups de feu, comme les coups de feu dans le champ, comme la voix de sa mère criant de la porte : « Sauvez-vous, courez, vite, vite ! »

Elle s'arrêta. Et c'est alors qu'elle le sentit. Sentit l'ombre. L'homme qui n'était pas là, et qui en même temps y était. Il venait chercher Amy, Lacey le savait. C'est ce que les animaux lui disaient. L'homme en noir allait emmener Amy dans le champ où il y avait les palmes, celles que Lacey avait contemplées pendant des heures et des heures, couchée par terre, à regarder le ciel pâlir, la nuit laisser place au matin, entendant les bruits de ce qui lui arrivait, les cris qui sortaient de sa bouche. Mais elle avait envoyé son esprit au loin, loin de son corps, tout là-haut à travers les palmes, vers le ciel, avec Dieu, et la fille dans le champ était quelqu'un d'autre, personne de sa connaissance, et le monde était baigné d'une chaude lumière qui la garderait en sûreté pour toujours.

Elle avait un goût de sel dans la bouche, mais ce n'était plus seulement l'eau du réservoir. Elle pleurait maintenant, aussi, et cherchait son chemin à travers le rideau mouvant de ses larmes, serrant farouchement Amy contre elle tout en courant. Et c'est alors qu'elle vit la buvette dressée devant elle comme un phare, la buvette avec le grand parapluie où elle avait acheté les cacahuètes et derrière, pareille à une bouche béante, la porte du zoo. Des gardes en pull jaune aboyaient dans leur talkie-walkie en faisant frénétiquement signe aux gens de sortir. Lacey inspira profondément et se mêla à la foule, Amy plaquée sur la poitrine.

Elle n'était qu'à quelques pas de la sortie quand une main lui attrapa le bras. Elle se retourna sèchement : l'un des gardes. De sa main libre, il fit signe par-dessus sa tête à quelqu'un d'autre, et sa poigne se referma.

Lacey. Lacey.

— M'dame, veuillez me suivre...

Elle ne le laissa pas terminer. Elle s'arracha à son emprise et fonça en avant, rassemblant ses dernières forces pour fendre la foule. Elle entendait derrière elle les cris et les grognements de protestation des gens qui tombaient dans son sillage, et le garde qui lui criait de s'arrêter. Et puis elles se retrouvèrent dehors, de l'autre côté de la porte. Lacey se précipita vers le parking, dans un hurlement de sirènes qui se rapprochaient. Elle était en sueur, haletante, et elle savait qu'elle risquait de tomber à tout moment. Elle ne savait pas où elle allait, mais ça n'avait pas d'importance. *Courez*, pensa-t-elle, *courez. Sauvez-vous, les enfants. Vite, vite, sauver Amy.*

Et puis, derrière elle, quelque part dans le zoo, elle entendit un coup de feu. Le bruit fendit l'air, la figeant

sur place. Dans le silence soudain qui suivit la détonation, un van s'arrêta en dérapage juste devant elle.
Amy était toute molle sur sa poitrine. C'était leur van,
Lacey le reconnut, celui que les sœurs utilisaient, le
gros van bleu qu'elles prenaient pour aller à l'épicerie
solidaire et faire des courses. C'était sœur Claire qui
conduisait, toujours en survêtement. Un deuxième
véhicule, une conduite intérieure noire, s'arrêta derrière
alors que sœur Arnette descendait du van. Autour d'eux,
la foule s'écoulait et les voitures quittaient le parc à
toute vitesse.

— Lacey, au nom du ciel... ?

Deux hommes émergèrent du second véhicule. Ils
rayonnaient de noirceur. Le cœur de Lacey se serra, sa
voix s'étrangla dans sa gorge. Elle n'avait pas besoin de
lever les yeux pour savoir qui ils étaient. *Trop tard !*
Tout est perdu !

— Non ! fit-elle en reculant. Non !

Arnette l'attrapa par le bras.

— Ma sœur ! Reprenez-vous !

Les gens l'empoignaient, la tiraillaient. Des mains
essayaient de lui arracher la petite fille des bras. De
toutes ses forces, Lacey se cramponnait à elle, la serrait
sur sa poitrine.

— Ne les laissez pas faire ! criait-elle. Aidez-moi !

— Sœur Lacey, ces hommes sont du FBI ! Je vous
en prie, faites ce qu'ils disent !

— Ne l'emmenez pas !

Lacey était à terre, maintenant.

— Ne l'emmenez pas ! Ne l'emmenez pas !

C'est Arnette, finalement, c'est sœur Arnette qui lui
arracha Amy des bras. Comme dans le champ. Et Lacey
donna des coups de pied, se débattit, hurla.

— Amy ! Amy !

Alors un immense sanglot la secoua, ses dernières

forces abandonnèrent son corps d'un bloc. Un espace s'ouvrit autour d'elle tandis qu'on emmenait Amy. Elle entendit la voix de la petite fille l'appeler : « Lacey, Lacey, Lacey », et puis le claquement étouffé des portes de la voiture dans laquelle on l'avait enfermée. Il y eut un bruit de moteur, des roues qui tournaient, une voiture qui s'éloignait à toute vitesse. Elle enfouit son visage dans ses mains.

— Ne m'emmenez pas, ne m'emmenez pas, disait-elle en sanglotant. Ne m'emmenez pas, ne m'emmenez pas, ne m'emmenez pas.

Claire s'approcha d'elle, passa son bras autour de ses épaules agitées de sanglots.

— Ça va, ma sœur, disait-elle, et Lacey comprit qu'elle pleurait aussi. Tout va bien. Vous êtes en sécurité, maintenant.

Mais ça n'allait pas, elle n'était pas en sécurité. Personne n'était en sécurité, ni Lacey, ni Claire, ni Arnette, ni la femme avec le bébé, ni le garde à la chemise jaune. Lacey le savait, maintenant. Comment Claire pouvait-elle dire que tout allait bien ? Ce n'était pas vrai, ça n'allait pas. C'était ce que les voix lui avaient dit pendant toutes ces années, depuis cette nuit dans le champ, quand elle n'était qu'une petite fille.

Lacey Antoinette Kudoto. Écoute. Regarde.

Dans sa tête, elle le vit, elle vit tout, enfin : les armées qui déferlaient, les flammes des combats ; les tombes, les fosses et les cris d'agonie de cent millions d'âmes. Les ténèbres qui s'étendaient, comme une aile noire, sur la terre, l'amertume des dernières heures de cruauté et de chagrin, les dernières, terribles échappées. L'énorme domination de la mort sur toute chose, et à la fin, les villes désertes, étouffées par cent années de silence. Tout cela était déjà en train de se produire. Lacey pleura, et pleura encore. Parce que, assise au bord du trottoir à

Memphis, Tennessee, elle voyait aussi Amy. Son Amy, qu'elle n'avait pas pu sauver, pas plus qu'elle ne pouvait se sauver elle-même. Amy, figée dans le temps, et sans nom, errant dans le monde oublié, à jamais plongé dans les ténèbres, seule et sans voix, rien que ces mots : *Ce que je suis, ce que je suis, ce que je suis.*

7.

Carter était dans un endroit froid ; c'est la première chose dont il eut conscience. Ils le firent sortir de l'avion – il n'avait jamais pris l'avion de sa vie, et il aurait bien voulu être près du hublot, mais ils l'avaient fourré dans le fond, avec tous les sacs, le poignet gauche enchaîné à un tuyau, avec deux soldats pour le surveiller –, et quand il mit le pied sur les marches qui descendaient vers le tarmac, le froid lui entra dans les poumons, lui faisant l'effet d'une claque. Carter avait déjà eu froid – on ne pouvait pas dormir sous une autoroute, à Houston, en janvier, sans savoir ce que c'était que le froid –, pourtant ce froid-là était différent, tellement sec qu'il sentait ses lèvres se ratatiner. Et il avait les oreilles bouchées, aussi. Il était tard, impossible de savoir quelle heure au juste, mais le terrain d'aviation était éclairé comme la cour de la prison. Du haut de l'échelle, Carter compta une douzaine d'avions, des gros, avec d'énormes portes ouvertes à l'arrière comme le rabat des pyjamas d'enfant, et des chariots élévateurs allaient et venaient sur les pistes, chargeant des palettes enroulées dans du tissu de camouflage. Il se demanda s'ils n'avaient pas l'intention de faire de lui un soldat, par hasard, si c'était pour cette vie-là qu'il avait signé.

Wolgast : il se souvenait de son nom. C'est drôle comme il s'était senti en confiance avec lui. Il y avait longtemps, très longtemps qu'il n'avait fait confiance à personne. Mais quelque chose lui faisait penser que ce Wolgast connaissait l'endroit où il se retrouvait.

Carter descendit les marches, un soldat devant et un derrière, en faisant bien attention à ne pas perdre l'équilibre. Il était menotté et avait des fers aux chevilles. Les soldats ne lui avaient pas dit un mot, et ils ne s'étaient pas parlé non plus, pour autant qu'il le sache. Il portait une parka sur sa combinaison, mais elle n'était pas fermée, à cause des chaînes, et le vent entrait par en dessous. Ils le cornaquèrent à travers le terrain vers un hangar brillamment éclairé, où un van attendait. La porte latérale coulissa alors qu'ils approchaient.

Le premier soldat lui fourra le canon de son fusil dans les côtes.

— Monte là-dedans.

Carter obtempéra, puis il entendit le bourdonnement d'un petit moteur et la porte se referma derrière lui. Au moins, les sièges étaient confortables, pas comme le banc de l'avion, qui était dur. La seule lumière était celle d'une petite ampoule au plafond. Il entendit frapper deux chocs sourds sur la porte, et le van démarra.

Il avait somnolé dans l'avion, et il n'avait plus envie de dormir. Sans fenêtre, sans aucune indication de l'heure qu'il pouvait être, il n'avait aucun moyen de s'orienter ou d'estimer la distance parcourue, mais il était resté assis sans bouger pendant des mois de sa vie ; il n'était pas à quelques heures près. Il laissa le vide se faire dans son esprit. Le temps passa, puis il sentit que le van ralentissait. De l'autre côté de la paroi qui le séparait du conducteur il devinait un bruit de voix étouffées, mais il n'entendait pas ce qui se disait. Le van fit un bond en avant et s'arrêta à nouveau.

La porte coulissante s'ouvrit, et il vit deux soldats qui battaient la semelle dans le froid, deux jeunes Blancs qui portaient une parka sur leur combinaison. Derrière eux, l'oasis vivement éclairée d'un McDo palpitait dans l'obscurité. Carter entendit un bruit de circulation et se dit qu'ils devaient être près d'une autoroute. Il faisait encore nuit, mais une vague lueur dans le ciel annonçait le matin. Il avait les bras et les jambes ankylosés à force de rester assis.

— Tiens, fit l'un des gardes en lui lançant un sac.

Il remarqua alors que l'autre garde finissait un sandwich.

— Ton petit déj'.

Carter ouvrit le sac, qui contenait un Egg McMuffin, une galette de pommes de terre emballée dans du papier et un gobelet de jus de fruits. Il avait la gorge desséchée à cause du froid, et il regretta qu'il n'y en ait pas davantage, ou au moins de l'eau. Il vida le gobelet rapidement. Le jus était tellement sucré que ça lui picota les gencives.

— Merci.

Le soldat mit sa main devant sa bouche et bâilla. Carter s'étonna de leur gentillesse. Rien à voir avec Pinceur et les autres. Ils avaient des armes au côté, mais ils n'avaient pas l'air d'en faire une histoire.

— On a encore quelques heures de route, dit le soldat alors que Carter finissait de manger. Tu veux faire un arrêt au stand ?

Carter n'avait pas pissé depuis sa descente d'avion, mais il se disait que, déshydraté comme il l'était, il ne devait pas avoir grand-chose à éliminer. Il avait toujours été comme ça : il pouvait se retenir pendant des heures. Mais il pensa aussi au McDo, aux gens dedans, à l'odeur de nourriture et aux lumières vives, et il se dit qu'il avait envie de voir ça.

— Je crois que oui.

Le soldat remonta dans le van, faisant résonner ses lourdes bottes sur le plancher métallique. Il s'accroupit dans le minuscule espace, prit une clé brillante dans une poche à sa ceinture et déverrouilla les menottes. Anthony vit son visage de près. Un rouquin, qui ne devait pas avoir plus d'une vingtaine d'années.

— Pas de conneries, compris ? lui dit-il. On n'a pas vraiment le droit de faire ça.

— Non, monsieur.

— Et ferme ta parka. Il fait un froid de loup, dehors.

Ils le conduisirent à travers le parking, un de chaque côté, sans le toucher. Carter ne se rappelait pas la der- nière fois où il était allé quelque part sans que quelqu'un lui mette ses pattes dessus. La plupart des voitures, dans le parking, avaient des plaques du Colorado. L'air avait une odeur de propre, comme le produit d'entretien au pin, et il sentait la présence des montagnes qui se refer- maient autour de lui. Et puis il y avait de la neige par terre, qui formait des congères aux limites du parking. C'était seulement la deuxième ou troisième fois de sa vie qu'il voyait de la neige.

Le soldat frappa sur la porte des toilettes, et comme personne ne répondait, ils laissèrent entrer Carter. L'un d'eux le suivit à l'intérieur alors que l'autre surveillait la porte. Il y avait deux urinoirs. Carter en prit un, le soldat l'autre.

— Laisse tes mains là où je peux les voir, dit-il. Nan, c'est une blague, ajouta-t-il en rigolant.

Carter fit ce qu'il avait à faire et s'approcha du lavabo pour se laver les mains. Les McDo de Houston qu'il connaissait étaient assez crasseux, surtout les toilettes. Quand il vivait dans la rue, il allait de temps à autre se laver dans celui de Montrose, jusqu'à ce que le directeur le pince et le fiche dehors. Mais celui-ci était bien propre, avec du savon parfumé aux fleurs et une petite plante en pot posée à côté du lavabo. Il se lava les mains en prenant son temps, laissant l'eau chaude couler sur sa peau.

— Ils ont des plantes dans les McDo, maintenant ? demanda-t-il au soldat.

Celui-ci lui jeta un regard intrigué et éclata de rire.

— T'es resté longtemps à l'ombre ?

Carter ne voyait pas ce que ça avait de si drôle.

— Presque toute ma vie, répondit-il.

Lorsqu'ils ressortirent des toilettes, le premier soldat faisait la queue. Ils attendirent tous les trois ensemble. Aucun n'avait seulement posé la main sur lui. Carter parcourut lentement la salle du regard : deux hommes assis tout seuls, une famille ou deux, une femme avec un ado qui jouait à un jeu vidéo sur un truc qu'il tenait à la main. Que des Blancs.

Arrivé au comptoir, le soldat commanda un café.

— Tu veux autre chose ? s'enquit-il.

Carter réfléchit un instant.

— Ils ont du thé glacé, ici ?

— Vous avez du thé glacé ? demanda le soldat à l'employée, derrière le comptoir.

Elle haussa les épaules. Elle mâchait vigoureusement un chewing-gum.

— Du thé chaud.

Le soldat regarda Carter, qui secoua la tête.

— Juste du café alors.

Les soldats s'appelaient Paulson et Davis. Ils lui dirent leur nom en retournant au van. L'un d'eux venait du Connecticut, l'autre du Nouveau-Mexique. Carter ne savait plus qui était d'où, mais ça ne faisait pas une grande différence, vu qu'il n'avait jamais été ni dans un État ni dans l'autre. Davis était le rouquin. Pour le reste du trajet, ils laissèrent ouverte la petite trappe qui reliait les deux compartiments du van. Ils ne lui remirent pas les menottes non plus. Ils étaient bien au Colorado, comme il l'avait deviné, mais quand ils arrivèrent devant un panneau indicateur, les soldats lui demandèrent de se cacher les yeux, en rigolant comme si c'était une grosse blague.

Au bout d'un moment, ils quittèrent l'autoroute et prirent une deux-voies qui sinuait dans la montagne. Assis sur la banquette avant du compartiment passagers, Carter voyait un petit rectangle du monde extérieur défiler devant le pare-brise. La neige chassée sur les bas-côtés de la route formait des congères. Il n'y avait aucune ville en vue. Une fois de temps en temps, rarement, une voiture arrivait en face, un éclair de lumière suivi par un jaillissement de neige fondue. C'était la première fois qu'il se retrouvait dans un endroit pareil, aussi peu peuplé. D'après la pendule du tableau de bord, il était un peu plus de six heures du matin.

— Il fait froid ici, dit-il.

C'est Paulson qui conduisait. L'autre, Davis, lisait une bande dessinée.

— Tu m'étonnes ! répondit Paulson. Plus froid que le corset orthopédique de Beth Pope.

— Qui ça ?

Paulson haussa les épaules et regarda par-dessus le volant.

— Une fille que j'ai connue au lycée. Elle avait un truc, comment ça s'appelle, déjà ? De la scoliose.

Carter ne savait pas non plus ce que c'était. Mais Paulson et Davis avaient l'air de trouver ça assez drôle. Si le job que Wolgast lui avait dégoté l'amenait à travailler avec ces deux-là, ça lui allait.

— C'est Aquaman ? demanda Carter.

Davis lui passa quelques bandes dessinées de sa pile,

un *Ligue des Vengeurs* et un *X-Men*. Il faisait trop noir pour lire les bulles, mais Carter aimait bien regarder les images, qui racontaient l'histoire de toute façon. Un type cool, Wolverine. Carter l'avait toujours bien aimé, tout en éprouvant de la compassion pour lui. Ça ne devait pas être marrant d'avoir tout ce métal dans les os, et il y avait toujours quelqu'un à qui il tenait qui mourait ou qui se faisait tuer.

Au bout d'une heure à peu près, Paulson arrêta le van.

— Désolé, mon pote, dit-il à Carter. Faut qu'on te rattache.

— Y a pas d'souci, fit Carter en hochant la tête. J'ai apprécié c'moment.

Davis descendit du siège passager et passa à l'arrière. La porte coulissa, laissant entrer un courant d'air glacé. Il menotta Carter et rempocha la clé.

— Ça va ?

Carter opina du chef.

— On est encore loin ?

— Pas trop, répliqua l'autre.

Ils repartirent. La route montait, maintenant. Carter ne voyait pas le ciel, mais il sentait qu'il ferait bientôt jour. Comme ils ralentissaient pour traverser un long pont, le vent gifla les parois du van.

Quand ils furent de l'autre côté, Paulson croisa son regard dans le rétroviseur.

— Tu sais, tu ressembles pas aux autres, toi, dit-il. Qu'est-ce que t'as fait, d'ailleurs ? Si ça t'ennuie pas de nous le dire.

— Quels autres ?

— Tu sais bien. Les autres types comme toi. Des condamnés. Tu te souviens de ce type, Babcock ? fit-il en se tournant vers Davis.

Il secoua la tête en riant.

— Putain de merde, quel dingue, celui-là !

Il regarda à nouveau Carter.

— Il était pas comme toi. Je vois bien que t'es pas pareil.

— Je suis pas fou, répondit Carter. Le juge a dit que je l'étais pas.

— Mais t'as fait quelque chose, pas vrai ? Sans ça, tu serais pas là, hein ?

Carter se demanda s'il était vraiment obligé de parler, si ça faisait partie du marché.

— Ils ont dit que j'avais tué une dame. Mais je n'avais pas voulu ça.

— Qui c'était ? Ta femme, ta petite amie, un truc dans ce goût-là ?

Paulson lui souriait toujours dans le rétroviseur, les yeux brillants de curiosité.

— Non, fit Carter en déglutissant. Je tondais sa pelouse.

Paulson se mit à rire et fit un clin d'œil à Davis.

— T'entends un peu ça ? Il tondait la pelouse de la dame.

Il regarda à nouveau Carter dans le rétroviseur.

— Un petit gars comme toi, comment tu t'y es pris ?

Carter ne savait pas quoi dire. Il avait une mauvaise impression, maintenant, comme s'ils avaient été sympas avec lui rien que pour l'embrouiller.

— Allez, Anthony. On t'a payé un McMuffin, non ? On t'a emmené aux chiottes ? Alors tu peux bien nous le dire.

— Oh, ta gueule, fit Davis à Paulson. Ferme-la. On est presque arrivés, ça rime à quoi, tout ça ?

— À quoi ça rime ? rétorqua Paulson en inspirant un bon coup. Eh ben, je veux savoir ce que ce type a fait. Ils ont tous fait un truc. Allez, Anthony, c'est quoi, ton histoire ? Tu l'as violée avant de la trucider ? C'est ça ?

Carter sentit son visage devenir brûlant de honte.

— J'aurais jamais fait ça, réussit-il à dire.

Davis se tourna vers lui.

— N'écoute pas ce crétin. Tu n'as pas besoin de répondre.

— Allez, ce type est attardé, tu vois bien. Je parie que c'est ça, hein ? fit Paulson en zyeutant Carter avidement dans le rétroviseur. Je parie que t'as fourré la gentille dame blanche dont tu tondais la pelouse, pas vrai, Anthony ?

Carter sentit sa gorge se serrer.

— Je... dirai... plus rien.

— Tu sais ce qu'ils vont te faire ? demanda Paulson. Tu croyais peut-être que c'était une balade gratuite ?

— Bon sang, tu vas la boucler ? ! fit Davis. Richards va nous massacrer, c'est sûr.

— Ouais, qu'il aille se faire foutre, lui aussi, dit Paulson.

— L'homme... a dit que j'aurais un boulot, parvint à dire Anthony. Et que c'était important. Que... j'étais spécial.

— Spécial, répéta Paulson avec un méchant rictus. Ça, tu l'as dit, t'es spécial.

Ils continuèrent en silence. Carter regardait le plancher du van, un peu étourdi et avec un vague mal au cœur. Il regrettait maintenant d'avoir mangé le McMuffin. Il avait commencé à pleurer. Il ne savait pas quand ça lui était arrivé pour la dernière fois. Il ne se rappelait pas que personne ait jamais dit qu'il avait violé la femme. Ils lui avaient demandé pour la fille, mais il avait toujours dit que non, ce qui était la vérité du bon Dieu, juré. La petite n'avait pas plus de cinq ans. Il essayait juste de lui montrer un crapaud qu'il avait trouvé dans l'herbe. Il pensait que ça lui plairait de voir une bête comme ça, toute petite, comme elle. Il voulait juste être gentil, c'est tout. Personne n'avait jamais rien fait de pareil pour lui quand il était petit. « Viens voir, ma chérie. J'ai quelque chose à te montrer. Juste une petite chose, comme toi. »

Au moins, Terrell, il savait ce que c'était, et ce qui l'attendait là-bas. Personne n'avait jamais rien dit au sujet du viol de la dame, Mme Wood. Ce jour-là, dans le jardin, elle avait juste pété les plombs, elle lui avait gueulé dessus, elle l'avait tapé et elle avait dit à la petite fille de courir, et ce n'était pas sa faute si elle était tombée dedans, il essayait juste de lui dire de se calmer, de lui dire qu'il ne s'était rien passé, qu'il allait partir et qu'il ne reviendrait pas si c'était ça qu'elle voulait ; il était d'accord avec ça, et d'accord avec le reste aussi, s'il fallait en arriver là. Et puis Wolgast était venu le trouver, il lui avait dit qu'il n'était pas obligé de recevoir l'injection, après tout, et Carter avait changé d'avis, et voilà où il en était. Ça n'avait pas de sens, tout ça. Ça le rendait malade et ça le faisait trembler jusqu'à la moelle des os.

Il releva la tête et vit que Paulson le regardait avec un grand sourire. Il écarquilla les yeux.

— Bouh !

Paulson tapa sur le volant et éclata de rire comme si c'était la meilleure blague qu'il ait racontée de sa vie. Puis il referma brusquement le panneau coulissant.

Parvenus quelque part au sud de Memphis, Wolgast et Doyle quittaient la banlieue de la ville en empruntant un labyrinthe de rues résidentielles. L'affaire était mal emmanchée, depuis le début. Wolgast n'avait pas idée de ce qui avait bien pu se passer au zoo. Tout le monde était devenu dingue, là-bas, et la femme, la vieille bonne sœur, Arnette, avait pratiquement dû faire un plaquage à l'autre, Lacey, pour lui arracher la gamine des bras.

La gamine. Amy NFI. Elle ne devait pas avoir plus de six ans.

Wolgast était prêt à laisser tomber quand la sœur avait lâché la petite fille, et la vieille l'avait tendue à Doyle qui l'avait portée dans la voiture avant que Wolgast ait eu le temps de dire ouf. Ensuite, ils n'avaient plus eu qu'à se tirer vite fait, avant que les flics du coin se radinent et commencent à poser des questions. Qui pouvait dire combien de témoins il y avait eu à tout ça ? C'était arrivé trop vite.

Il devait abandonner la voiture. Il devait appeler Sykes. Il devait leur faire quitter le Tennessee, tout ça dans cet ordre, et fissa. Amy leur tournait le dos, allongée sur la banquette arrière. Elle serrait contre elle le lapin en peluche qu'elle avait pris dans son sac à dos. Bon Dieu, qu'avait-il fait ? Une mouflette de six ans !

Wolgast s'arrêta dans une station-service au milieu d'un décor sinistre d'immeubles et de centres commerciaux, et coupa le contact. Il se tourna vers Doyle. Les deux hommes n'avaient pas échangé une parole depuis le zoo.

— Bon sang, mais qu'est-ce qui ne tourne pas rond chez toi ?

— Brad, écoutez...

— Tu es malade ou quoi ? Regarde-la. Ce n'est qu'une petite fille !

— C'est arrivé comme ça, c'est tout, fit Doyle en secouant la tête. C'était complètement dingue. D'accord, peut-être que j'ai merdé. Je veux bien l'admettre. Mais qu'est-ce que vous vouliez que je fasse ?

Wolgast inspira profondément et essaya de se calmer.

— Attends-moi là.

Il descendit de voiture et appela la ligne sécurisée de Sykes.

— Il y a un problème.

— Vous l'avez ?

— Oui, on l'a. Mais c'est une petite fille. Enfin, merde, quoi !

— Agent Wolgast, je sais que vous êtes en colère...

— Tu parles que je suis en colère ! Et on a une cinquantaine de témoins, à commencer par les bonnes sœurs. J'ai bien envie de la larguer dans le premier commissariat.

Sykes resta un instant silencieux.

— Reprenez-vous, agent Wolgast. Quittez l'État. Et puis nous réfléchirons à la suite.

— Il n'y aura aucune suite en ce qui me concerne. Ce n'est pas pour ça que j'ai signé.

— Je sens bien que vous êtes contrarié. C'est votre droit. Où êtes-vous ?

Wolgast inspira profondément, s'efforçant de reprendre son calme.

— Dans une station-service. Au sud de Memphis.

— Elle va bien ?

— Physiquement.

— Ne faites pas de bêtise.

— Dois-je le prendre comme une menace ?

Mais alors qu'il prononçait ces mots, la situation lui apparut avec une clarté soudaine, glacée. Le moment de faire bande à part était arrivé au zoo. Des fugitifs, voilà ce qu'ils étaient maintenant.

— Pas besoin, répondit Sykes. Attendez que je vous rappelle.

Wolgast coupa la communication et entra dans la station. Derrière la vitre antiballes, l'employé, un Indien en turban impeccable, regardait une émission religieuse à la télé. La petite fille devait avoir faim. Wolgast acheta des biscuits au beurre de cacahuètes, du lait chocolaté, et retourna vers la bagnole. Il levait le nez vers les caméras de surveillance quand son portable vibra à sa ceinture. Il paya rapidement et sortit.

— Je peux vous trouver une voiture dans les environs de Little Rock, dit Sykes. Quelqu'un du Bureau, sur place, pourra venir à votre rencontre si vous me donnez une adresse.

Little Rock était à plus de deux heures de route. Trop loin. Et il y avait le pont. Deux hommes en costume sombre, une petite fille, une voiture noire tellement banalisée qu'on ne voyait qu'elle dans le paysage. Sans compter que les bonnes sœurs en avaient probablement relevé le numéro. Ils n'avaient aucune chance de passer à travers les mailles du filet. Si le rapt de la fillette avait été signalé, l'alerte enlèvement devait déjà être lancée.

Wolgast parcourut les environs du regard. De l'autre côté de l'avenue, des guirlandes de fanions multicolores dansotaient au-dessus d'un parking de voitures d'occasion. Surtout des épaves, des monstres qui battaient des records de consommation et dont personne ne pouvait plus se payer le plein. Une vieille Chevrolet Tahoe, dix ans minimum, était garée face à la rue. L'inscription « Crédit facile » était peinte au pochoir sur le pare-brise.

Wolgast annonça à Sykes ce qu'il avait l'intention de faire. Il retourna à la voiture donner à Doyle le lait et les biscuits pour Amy et traversa l'avenue en petites foulées. Le voyant rôder autour de la Tahoe, un homme aux lunettes énormes et à la calvitie honteuse sous une casquette de cheveux sortit de sa caravane.

— Une vraie splendeur, hein ?

Wolgast le fit descendre à six mille dollars, à peu près tout ce qu'il avait en liquide sur lui. Sykes devrait aussi revoir la question du cash. Les ordinateurs du département des Véhicules motorisés n'effectueraient pas le changement d'immatriculation avant le lundi matin. D'ici là, ils se seraient volatilisés depuis longtemps.

Doyle le suivit vers un grand ensemble à près de deux kilomètres de là. Il se gara sur l'arrière, loin de la route, et porta Amy dans la Tahoe. Pas génial, mais Sykes trouverait bien le moyen de faire disparaître l'autre voiture d'ici la fin de la journée, et ils seraient intraçables. L'intérieur de la Tahoe puait le désodorisant au citron, mais en dehors de ça, elle était propre, confortable, et le kilométrage n'était pas mauvais, un peu plus de quatre-vingt-dix mille kilomètres.

— Tu as combien, sur toi ? demanda Wolgast.

Ils calculèrent ce qu'il leur restait à eux deux : un peu plus de trois cents dollars. Le plein coûterait bien deux cents dollars, mais il les emmènerait facilement jusque dans l'ouest de l'Arkansas, peut-être jusqu'en Oklahoma. Quelqu'un pourrait venir à leur rencontre avec de l'argent frais, et une nouvelle voiture.

Ils repartirent vers le Mississippi et prirent vers le fleuve, à l'ouest. Il faisait beau, avec juste une frise de nuages dans le ciel. Sur le siège arrière, Amy était immobile comme une pierre. Elle n'avait rien mangé. Ce n'était qu'une toute petite chose. Un bébé. Cette histoire commençait à faire à Wolgast une impression très désagréable – l'impression que la Tahoe était une scène de crime roulante. Enfin, avant tout, ils devaient quitter l'État. Après, c'était la grande inconnue.

Lorsqu'ils arrivèrent au pont, il était près d'une heure.

— Vous croyez que ça va le faire ? s'inquiéta Doyle.

Wolgast garda les yeux rivés droit devant lui, sur la route.

— On verra bien.

Les barrières étaient levées, et il n'y avait personne dans le poste de garde. Ils passèrent sans encombre, traversèrent la large étendue du fleuve boueux, gonflé par les eaux de ruissellement du printemps. Indifférente à eux, une longue file de barges remontait le courant mousseux vers le nord. La plaque de leur voiture avait dû être scannée et enregistrée, mais elle était encore au nom du vendeur. Il faudrait des jours pour faire le tri dans tout ça, pour vérifier les images vidéo et faire le lien entre le véhicule et la fillette. De l'autre côté du pont, la route descendait vers les plaines inondables de l'ouest et ses immenses champs détrempés. Wolgast avait bien réfléchi à leur itinéraire ; ils ne croiseraient pas une seule route un peu importante avant les environs de Little Rock. Il enclencha le régulateur de vitesse à quatre-vingts kilomètres-heure, la limite autorisée, et reprit vers le nord en se demandant comment Sykes avait fait pour deviner exactement ce qu'il avait prévu de faire.

Lorsque le van qui amenait Anthony Carter se présenta à l'entrée du Complexe, Richards dormait, la tête sur son bureau. Il fut réveillé par le bourdonnement de l'interphone. C'était le poste de garde qui lui annonçait l'arrivée de Paulson et Davis.

Il se frotta les yeux, remit de l'ordre dans ses idées.

— Faites-le entrer tout de suite.

Il décida de laisser dormir Sykes. Il se leva, s'étira, appela un gars de l'équipe médicale et un détachement de gardes, leur demanda de le rejoindre, enfila son blouson et descendit au rez-de-chaussée. Le quai de chargement se trouvait à l'arrière du bâtiment, du côté sud, vers les bois et la rivière encaissée dans une gorge, plus loin. Le Complexe était jadis une espèce d'institution, un lieu de séjour pour directeurs de grosses boîtes et fonctionnaires du gouvernement. C'était un peu vague pour Richards. L'endroit était fermé depuis dix

ans au moins quand les Armes spéciales l'avaient réqui-
sitionné. Cole avait fait démonter le Chalet pierre par
pierre afin de creuser les niveaux inférieurs et d'intégrer
la centrale énergétique. Et puis ils avaient reconstitué
l'extérieur presque à l'identique.

Richards sortit dans le froid et l'obscurité. Le quai
était abrité de la neige par un large toit qui empêchait
de voir le reste du Complexe. Il regarda sa montre : sept
heures douze. À cette heure-ci, se dit-il, Anthony Carter
devait être une épave sur le plan psychologique. Avec
les autres sujets, il y avait eu un temps d'adaptation.
Mais Carter avait été extirpé du couloir de la mort et
largué là en moins d'une journée ; ça devait tourner dans
sa tête comme dans le tambour d'une machine à laver.
La seule chose à faire, pendant les deux heures à venir,
était de le calmer.

L'espace s'emplit des phares d'un van qui approchait.
Richards descendait les marches lorsque les gars de la
sécurité, deux soldats, arrivèrent au petit trot dans la
neige, l'arme au côté. Il leur dit de garder leurs distances
et leurs armes dans leur étui.

Il avait lu le dossier de Carter et doutait qu'il fasse du
grabuge. Le type était fondamentalement aussi violent
qu'une motte de saindoux.

Paulson coupa le contact et descendit du van. Il y
avait un clavier numérique sur la porte coulissante du
véhicule. Il pianota dessus et Richards regarda le
panneau s'ouvrir lentement.

Carter était assis sur la banquette avant. Il avait la
tête penchée sur sa poitrine, mais Richards voyait qu'il
avait les yeux ouverts. Ses mains menottées étaient
posées sur ses cuisses. Richards vit aussi un sac de
McDo chiffonné par terre, à ses pieds. Au moins, ils lui
avaient filé à bouffer. Le panneau entre les compartiments était fermé.

— Anthony Carter ?

Pas de réponse. Richards l'appela à nouveau. Rien, pas un frémissement. Le type avait l'air complètement catatonique.

Richards recula d'un pas et prit Paulson à part.

— D'accord. Je veux savoir. C'est quoi, l'histoire ?

Paulson eut un sursaut théâtral d'indignation.

— Aucune idée. Il a dû péter un fusible ou j'sais pas quoi.

— Me racontez pas de conneries.

Richards regarda l'autre, le rouquin. Davis tenait des bandes dessinées. *Doux Jésus, des bandes dessinées !* Richards se le répéta pour la millième fois : *Des mômes.*

— Et vous, soldat ? demanda-t-il à Davis.

— Monsieur ?

— Faites pas le con. Vous avez quelque chose à dire pour votre défense ?

Le regard de Davis dériva vers Paulson, puis revint se poser sur Richards.

— Non, monsieur.

Il s'occuperait de ces deux crétins plus tard. Richards retourna auprès du van. Carter n'avait pas bougé un muscle. Richards vit qu'il avait la goutte au nez et les joues trempées de larmes.

— Anthony, je m'appelle Richards. Je suis le responsable de la sécurité de cet endroit. Ces deux types ne vous ennuieront plus, vous m'entendez ?

— On a rien fait, implora Paulson. C'était pour blaguer, quoi ! Hé, Anthony, tu comprends pas la plaisanterie ?

Richards se tourna d'un bloc vers eux.

— Cette petite voix que vous avez dans la tête et qui vous dit de fermer votre gueule, cette petite voix, vous devriez l'écouter, tout de suite.

205

— Oh, allez, gémit Paulson. C'type est cinglé ou un truc comme ça. C'est clair, quoi !

Richards sentit le peu de patience qui lui restait couler hors de lui comme les dernières gouttes d'eau d'un seau percé. Ça commençait à bien faire. Sans ajouter un mot, il tira l'arme glissée dans sa ceinture, sur ses reins. Un Springfield quarante-cinq à canon long qu'il appréciait surtout pour le décorum : jamais rigolo n'avait mieux mérité son nom. Énorme, mais très maniable malgré tout, et dans la lumière d'avant l'aube qui baignait le quai de chargement, la parfaite mécanique de titane irradiait d'une efficacité redoutable. D'un seul mouvement coulé, Richards fit sauter la sécurité avec son pouce et engagea une cartouche tout en attrapant Paulson par son ceinturon. Il l'attira vers lui et enfonça le canon dans le V de chair molle sous son menton.

— Vous ne comprenez pas, fit Richards, tout bas, que je vous descendrais sur place rien que pour voir sourire cet homme ?

Le corps de Paulson était devenu rigide. Il essaya de jeter un coup d'œil vers Davis, ou le détachement de sécurité, peut-être, mais il leur tournait le dos. Il avala péniblement sa salive, sa pomme d'Adam tressautant contre l'embouchure du canon.

— Ça veut dire quoi, ça, putain ? parvint-il à cracoter malgré les muscles noués de sa gorge. J'suis réglo, j'suis réglo.

— Anthony, mon ami, fit Richards, les yeux toujours fixés sur Paulson, à vous de me le dire. Alors, il est réglo ?

Du van, un long silence. Puis, tout bas :

— Ça va. L'est réglo.

— Vous êtes sûr ? Parce que sinon, je veux que vous me le disiez. C'est vous qui avez le dernier mot.

Un autre silence.

206

— L'est réglo.

— Vous entendez ça ? dit Richards à Paulson.

Il lâcha le ceinturon du garde et détourna le canon.

— Cet homme dit que vous êtes réglo.

Paulson donnait l'impression d'être sur le point d'appeler sa maman en pleurant. Sur le quai de chargement, l'équipe de sécurité éclata de rire.

— La clé, dit Richards.

Paulson farfouilla à sa ceinture et la passa à Richards, les mains tremblantes. Son haleine sentait le vomi.

— Allez, dégagez, dit Richards.

Il jeta un coup d'œil à Davis, toujours cramponné à ses bandes dessinées.

— Vous aussi, le bleu. Foutez-moi le camp, tous les deux.

Ils détalèrent dans la neige. Au cours des quelques minutes qui avaient suivi l'arrivée du van, le soleil s'était levé derrière les montagnes et la scène s'était emplie d'une pâle promesse de lumière. Richards se pencha dans le van et déverrouilla les menottes de Carter.

— Ça va ? Ces garçons vous ont fait du mal d'une façon ou d'une autre ?

Carter essuya son visage ruisselant.

— Y pensaient pas à mal.

Il balança ses jambes à bas de la banquette et descendit avec raideur sur le sol. Il cligna des yeux, regarda autour de lui.

— Ils sont partis ?

Richards le lui confirma.

— C'est quoi, ici ?

— Bonne question, répondit Richards avec un hochement de tête. Chaque chose en son temps. Vous avez faim, Anthony ?

— Ils m'ont donné à manger. Du McDo.

Les yeux de Carter tombèrent sur les types de la sécurité debout sur le quai au-dessus d'eux. Richards n'arrivait pas à déchiffrer son expression.

— Et eux ? s'informa Carter.

— Ils sont là pour vous. Vous êtes notre invité d'honneur, Anthony.

Carter regarda Richards en plissant les paupières.

— Z'auriez vraiment tué ce type si je vous l'avais dit ?

Un détail, chez Carter, lui rappela Sykes, debout dans son bureau, lui demandant avec ce regard perdu s'ils étaient amis.

— Qu'est-ce que vous en pensez ? Vous pensez que je l'aurais fait ?

— Je ne sais pas quoi penser.

— Eh bien, entre nous, non. Je ne l'aurais pas fait. Je le faisais juste marcher.

— Je pensais bien aussi.

Le visage de Carter se fendit d'un sourire.

— Quand même, j'ai trouvé ça drôle. Que vous le fassiez marcher comme ça.

Il secoua la tête, eut un petit rire et regarda à nouveau autour de lui.

— Et maintenant, on fait quoi ?

— Maintenant, ce qu'on fait, répliqua Richards, on vous emmène à l'intérieur, bien au chaud.

8.

À la tombée de la nuit, Oklahoma City était à quatre-vingts kilomètres derrière eux, et ils continuaient vers l'ouest à travers la prairie ininterrompue, vers la muraille de nuages qui barraient l'horizon, des nuages d'orage dont le bourgeonnement évoquait un parterre de fleurs s'épanouissant dans une vidéo en accéléré. Doyle dormait à poings fermés sur le siège passager, la tête coincée entre l'appuie-tête et la vitre, son veston en guise d'oreiller pour amortir les cahots de la route. Wolgast lui enviait son pouvoir d'abstraction, ce don qu'il avait de se déconnecter, de poser la tête n'importe où et de dormir sur commande comme un gamin de dix ans. Wolgast, quant à lui, commençait à être épuisé. La seule chose intelligente à faire aurait été de s'arrêter et de changer de place pour piquer un roupillon à son tour. Il conduisait depuis Memphis. Mais seul le contact du volant sous ses mains lui donnait l'impression d'avoir encore une carte à jouer.

Depuis son dernier coup de fil à Sykes, leur seul contact avait eu lieu dans un parking de camions à l'extérieur de Little Rock, où un agent de terrain était venu à leur rencontre avec une enveloppe contenant du liquide – trois mille dollars en coupures de vingt et de cinquante –, et une nouvelle voiture, une conduite intérieure banalisée du Bureau. Mais à ce moment-là, Wolgast avait décidé qu'il aimait bien la Tahoe et voulait la garder. Il aimait son gros moteur huit cylindres musclé, sa direction frémissante et sa suspension réactive. Il y avait des années qu'il n'avait pas conduit un engin pareil. Ça paraissait navrant d'envoyer une aussi bonne bagnole à la casse, et quand l'agent lui avait tendu les clés de l'autre voiture, il avait écarté la proposition d'un geste impérieux, sans une seconde d'hésitation.

— On parle de nous aux infos ? avait-il demandé à l'agent, une nouvelle recrue au visage rose comme une tranche de jambon.

Le gars avait froncé les sourcils, troublé.

— Je ne suis au courant de rien.

Wolgast avait réfléchi un instant.

— Parfait, avait-il dit enfin. Ne changez rien.

L'agent l'avait ensuite emmené vers le coffre de la voiture, qui s'était ouvert à leur approche. À l'intérieur se trouvait le sac de sport en nylon noir que Wolgast n'avait pas réclamé mais s'attendait à voir.

— Gardez-le, dit-il.

— Vous êtes sûr ? Je devais vous le donner.

Le regard de Wolgast était retourné vers la Tahoe, garée au bord du parking entre deux semi-remorques endormis. Par la vitre arrière, il voyait Doyle mais pas la petite fille, qui était couchée sur la banquette. Il avait vraiment envie de repartir. En dehors de toute autre considération, faire des vieux os à cet endroit n'était pas une bonne idée. Quant au sac, il en aurait peut-être besoin, mais peut-être que non, et la décision de ne pas le prendre paraissait la bonne.

— Vous n'aurez qu'à leur raconter ce que vous voudrez. En réalité, j'aurais plutôt besoin de coloriages.

— Pardon ?

Wolgast aurait éclaté de rire s'il avait été d'humeur à ça. Il avait posé la main sur le coffre de la voiture et l'avait refermé.

— Laissez tomber, avait-il dit.

Dans le sac, il y avait des armes à feu, évidemment, des munitions, et sans doute des gilets pare-balles. Il y en avait peut-être un pour la petite fille. Il y avait une boîte dans l'Ohio qui en fabriquait pour les gosses, maintenant, depuis l'histoire de Minneapolis. Wolgast avait vu ça à la télé. Ils faisaient même une grenouillère en Zylon pour bébé. *Dans quel monde vivons-nous...*, avait-il pensé.

Et maintenant, six heures après avoir quitté Little Rock, il se félicitait encore d'avoir refusé le sac. Ce qui devait arriver arriverait ; il espérait vaguement qu'on l'empêcherait d'agir. Après Little Rock, il avait laissé le compteur monter à cent trente, vaguement conscient de ce qu'il faisait – qu'un flic de l'État ou d'un quelconque patelin planqué derrière une pancarte mette donc fin à tout ça. Mais Doyle lui avait dit de ralentir : « Hé, chef, vous ne croyez pas que vous devriez un peu lever le pied ? », et ça lui avait remis les idées en place. En fait, il avait joué et rejoué mentalement la scène : le gyrophare impérieux, le hurlement de sirène, âpre et bref. La voiture arrêtée sur le bas-côté et lui, les mains bien en évidence sur le volant, regardant dans le rétroviseur le flic énoncer son numéro minéralogique à la radio. Deux hommes adultes et une mineure dans un véhicule avec des plaques provisoires du Tennessee. Il n'aurait pas fallu longtemps pour additionner deux et deux, les relier aux bonnes sœurs et au zoo. Quand il imaginait la scène, il ne voyait pas au-delà de ce moment, le flic tenant son micro d'une main, l'autre sur la crosse de son arme. Que ferait Sykes ? Reconnaîtrait-il qu'il était au courant de leur existence ? Non. Et Doyle et lui finiraient dans la broyeuse, exactement comme Anthony Carter.

Quant à la petite fille, c'était impossible à dire.

Ils avaient contourné Oklahoma City et sa banlieue par le nord-est, évitant le poste de contrôle de l'I-40, et traversé l'I-35 sur une route goudronnée anonyme, loin des caméras de sécurité. La Tahoe n'avait pas le GPS, mais Wolgast l'avait sur son portable. Tenant le volant d'une main, l'autre manipulant tant bien que mal les petites touches de son organiseur, il improvisait leur trajet au fur et à mesure, un patchwork de routes de l'État et du comté, certaines gravillonnées, d'autres de simples pistes de terre battue, remontant peu à peu vers le nord-ouest. Il n'y avait plus, avant la frontière du Colorado, que quelques petites villes, des trous perdus qui portaient des noms comme Virgil, Ricochet ou Buckrack, à moitié abandonnés dans un océan d'herbes hautes, où il n'y avait pas grand-chose à voir – un mini-centre commercial, quelques églises et un silo à grain –, et séparés par des kilomètres de prairie à perte de vue. Un pays fait pour être survolé en avion. Le mot qui lui venait à l'esprit était *éternel*. Il pensait qu'il devait avoir à peu près l'aspect qu'il avait toujours eu, et qu'il aurait probablement toujours. Dans un endroit comme ça on devait pouvoir disparaître sans même le vouloir, vivre sa vie sans qu'une âme vous remarque.

Quand tout ça serait fini, se dit Wolgast, peut-être qu'il reviendrait. Il pourrait avoir besoin d'un endroit pareil.

Amy était tellement silencieuse, sur le siège arrière, qu'ils auraient pu complètement oublier sa présence, sauf qu'il y avait quelque chose qui clochait dans le seul fait qu'elle soit là, justement. Une petite fille de six ans. *Enfin, merde, Sykes !* pensait Wolgast. Et merde au Bureau, merde à Doyle et merde à lui-même, tant qu'il y était. Allongée sur la large banquette arrière, ses cheveux étalés sur sa joue, Amy donnait l'impression de dormir. Mais Wolgast ne pensait pas qu'elle dormait ; elle faisait semblant, elle le regardait comme un chat. Quoi qu'il ait pu lui arriver dans la vie, ça lui avait appris à attendre. Chaque fois que Wolgast lui demandait si elle voulait qu'ils s'arrêtent pour aller aux toilettes ou manger un morceau – elle n'avait pas touché à ses biscuits, ni au lait, qui devait être chaud et imbuvable, maintenant –, ses paupières se soulevaient avec une rapidité toute féline, elle lui jetait un coup d'œil dans le rétroviseur, l'espace d'une seconde, mais il avait l'impression d'être traversé par un stalactite de glace d'un mètre, et elle refermait les yeux. Il n'avait pas

entendu sa voix depuis le zoo, plus de huit heures auparavant.

Lacey. C'était le nom de la bonne sœur. Qui s'était
cramponnée à Amy comme si sa vie en dépendait.
Quand il repensait à cette affreuse bagarre de chiffonniers sur le parking, tout le monde qui criait et hurlait,
ce souvenir lui nouait les tripes, lui causant une douleur
physique, réelle. *Hé, Lila, devine un peu ? J'ai enlevé
une gamine, aujourd'hui. Comme ça on aura chacun le
sien, hein, qu'est-ce que tu dis de ça ?*

Doyle s'agita, sur le siège passager. Il se redressa, se
frotta les yeux, le visage vide, désorienté. Wolgast savait
que son esprit rassemblait les données sur son environnement. Il jeta un rapide coup d'œil à Amy, puis regarda
à nouveau devant eux.

— On dirait que ça se gâte, là-bas, dit-il.

Les nuages dressaient leur masse tumultueuse au-
dessus d'eux, occultant le coucher de soleil et les plongeant dans une obscurité prématurée. À l'horizon, sous
un banc de nuages, un rideau de pluie tombait sur les
champs à travers une bande de soleil doré.

Doyle se pencha pour regarder le soleil par le haut du
pare-brise.

— À combien vous croyez qu'on en est ? demanda-
t-il tout bas.

— Une dizaine de kilomètres, je dirais.

— On devrait peut-être quitter la route, fit Doyle en
consultant sa montre. Ou prendre par le sud pendant
un moment.

Trois kilomètres plus loin, ils croisèrent une route de
terre battue non signalée, bordée de fil de fer barbelé.
Wolgast s'arrêta et recula. La route montait en pente
douce et disparaissait derrière une rangée de peupliers.
Il devait y avoir une rivière de l'autre côté de la colline,

ou du moins une gorge. Wolgast vérifia sur son GPS. La route n'y était pas indiquée.

— Je ne sais pas, fit Doyle quand Wolgast lui montra. On devrait peut-être chercher autre chose.

Wolgast s'engagea sur la route, en direction du sud. Il ne pensait pas que ce soit un cul-de-sac. Si tel avait été le cas, il y aurait eu des boîtes aux lettres à l'intersection. Trois cents mètres plus loin, la route se réduisait à une piste pleine d'ornières. De l'autre côté de la rangée d'arbres, ils franchirent un vieux pont de bois qui traversait le cours d'eau dont Wolgast avait anticipé la présence. La lumière du soir avait viré au vert glauque. Il vit dans le rétroviseur que l'orage montait au-dessus de l'horizon. À la façon dont le vent agitait les herbes sur les talus, de chaque côté de la route, il comprit que l'orage les suivait.

Quinze kilomètres plus loin, la pluie se mit à tomber. Ils n'avaient pas vu une seule maison, pas une seule ferme. Ils étaient au milieu de nulle part, sans aucun endroit où s'abriter. D'abord, quelques gouttes, et puis, presque aussitôt, de véritables cataractes s'abattirent sur eux, si violentes que Wolgast n'y voyait plus rien. Les essuie-glaces étaient débordés. Il s'arrêta au bord du fossé alors qu'un énorme coup de vent ébranlait la voiture.

— Et maintenant, chef ? demanda Doyle en haussant la voix pour se faire entendre malgré le vacarme.

Wolgast regarda Amy qui faisait toujours semblant de dormir sur le siège arrière. Le tonnerre grondait au-dessus de leur tête. Elle n'eut pas un frémissement.

— On est condamnés à attendre. Je vais me reposer une minute.

Wolgast ferma les yeux en écoutant la pluie marteler le toit de la Tahoe. Il se laissa envahir par le bruit. C'était un truc qu'il avait appris à faire pendant ces mois avec Eva, à se reposer sans tout à fait s'abandonner au sommeil, afin de pouvoir se lever très vite et s'approcher de son berceau si elle se réveillait. Un éventail de souvenirs épars commença à se déployer dans son esprit, des images, des sensations de divers moments de sa vie : Lila dans la cuisine de leur maison de Cherry Creek, en train de verser des céréales dans un bol de lait, un matin, peu après l'achat de la maison ; la fraîcheur de l'eau qui se refermait sur lui alors qu'il plongeait de la jetée à Coos Bay, les voix de ses amis au-dessus de lui, riant, l'encourageant ; le sentiment d'être lui-même tout petit, pas plus grand qu'un bébé, et les bruits et les lumières du monde tout autour, lui montrant qu'il était en sûreté. Il était entré dans l'antichambre du sommeil, cet endroit où les rêves et les souvenirs se mélangent, racontent leurs étranges histoires. En même temps, une partie de lui était encore dans la voiture et écoutait la pluie.

— Il faut que j'y aille.

Il ouvrit les yeux d'un seul coup. La pluie avait cessé. Combien de temps avait-il dormi ? Il faisait tout noir dans la voiture. Le soleil était couché. Doyle s'était retourné vers le siège arrière.

— Qu'est-ce que tu dis ? s'enquit-il.

— Il faut que j'y aille, répéta la petite fille.

Sa voix, après ces heures de silence, était étonnamment claire et forte.

— Aux toilettes.

Doyle regarda Wolgast, l'air crispé.

— Vous voulez que je l'emmène ? demanda-t-il, mais Wolgast savait qu'il n'en avait pas envie.

— Pas toi, fit Amy.

Elle gardait son lapin serré contre elle. C'était une chose toute molle, sale et usée. Elle regarda Wolgast dans le rétroviseur, leva la main et tendit le doigt.

— Lui.

Wolgast déboucla sa ceinture de sécurité et ouvrit sa portière. Il faisait frais mais il n'y avait plus un poil de vent. Au sud-est, les derniers nuages d'orage s'éloignaient, abandonnant dans leur sillage un ciel sec, d'un bleu-noir profond comme de l'encre. Il appuya sur le bouton du déverrouillage central pour ouvrir les portières passager, et Amy descendit de la voiture. Elle avait remonté la fermeture Éclair de son sweat-shirt et relevé sa capuche sur sa tête.

— Ça va ? questionna-t-il.

— Je ne vais pas faire ça *ici*.

Wolgast s'abstint de lui dire de ne pas s'éloigner, c'était inutile. Où serait-elle allée ? Il l'emmena une dizaine de mètres plus loin, sur la route, loin des phares de la Tahoe. Wolgast se retourna pendant qu'elle baissait son jean, au bord du fossé.

— Il faut m'aider.

Wolgast se retourna. Elle le regardait, son jean et sa culotte en bouchon autour de ses chevilles. Il sentit qu'il rougissait, embarrassé.

— Qu'est-ce que je peux faire ?

Elle lui tendit les mains. Ses doigts étaient tout petits dans les siens, ses paumes humides de chaleur enfantine. Il dut s'arc-bouter légèrement alors qu'elle se penchait en arrière, s'abandonnant à lui de tout son poids pour s'accroupir, le corps suspendu au-dessus du fossé comme un piano accroché à une grue. Où avait-elle appris à faire ça ? Qui lui avait tenu les mains de cette façon ?

Quand elle eut fini, il se retourna pour la laisser remonter son pantalon.

— Il ne faut pas avoir peur, mon chou.

Amy ne répondit pas. Elle ne fit pas mine de retourner vers la Tahoe. Autour d'eux, les champs étaient déserts, l'air absolument immobile, comme s'il retenait son

216

souffle. Wolgast le sentait, sentait le vide des champs, les milliers de kilomètres sur lesquels ils s'étendaient dans toutes les directions. La portière de la Tahoe s'ouvrit et se referma. Doyle était descendu pisser. Loin, au sud, Wolgast entendait la rumeur lointaine du tonnerre qui s'éloignait, et dans l'espace sonore ainsi libéré, un nouveau son – une espèce de tintement, comme des clochettes.

— On peut être amis, si tu veux, risqua-t-il. Ça te plairait ?

C'était une drôle de petite fille, pensa-t-il encore. Pourquoi n'avait-elle pas pleuré ? Parce qu'elle n'avait pas versé une larme depuis le zoo, pas une fois elle n'avait appelé sa mère, ou dit qu'elle voulait rentrer chez elle, ou même retourner au couvent. Et d'ailleurs, chez elle, où était-ce ? Peut-être Memphis, mais quelque chose lui disait que non. Aucun endroit n'était chez elle. Quoi qu'il ait pu lui arriver, ça lui avait fait perdre l'idée de chez-soi.

Et puis :

— Je n'ai pas peur. On peut retourner à la voiture, si tu veux.

L'espace d'un instant, elle resta là, à le regarder, de ce regard évaluateur qu'elle avait. Ses oreilles s'étaient habituées au silence, et il était sûr, maintenant, d'entendre de la musique. Le bruit était déformé par la distance. Mais quelque part, le long de la route qu'ils suivaient, il y avait de la musique.

— Je m'appelle Brad.

Le nom, lorsqu'il le lâcha, lui parut plat et lourd.

Elle hocha la tête.

— Et l'autre homme s'appelle Phil.

— Je sais qui vous êtes. Je vous ai entendus parler.

Elle reporta son poids sur son autre jambe.

— Tu pensais que je n'écoutais pas, mais je vous entendais.

Une petite fille qui faisait un peu froid dans le dos. Mais futée. Ça se sentait, au ton de sa voix, à voir comment elle l'évaluait du regard, profitant du silence pour le jauger, l'obliger à se dévoiler. Il avait l'impression de parler à quelqu'un de beaucoup plus âgé, et en même temps pas tout à fait. Il n'arrivait pas à mettre le doigt sur ce qu'elle avait de particulier.

— Qu'est-ce qu'il y a dans le Colorado ? C'est là qu'on va. Je vous ai entendus le dire.

Wolgast ne savait très bien quoi répondre.

— Eh bien, il y a un docteur, là-bas. Il va t'examiner. Comme une espèce de visite médicale.

— Je ne suis pas malade.

— C'est pour ça, je pense. Je ne... enfin, je ne sais pas très bien, fit-il en tiquant, intérieurement, de son mensonge. Il ne faut pas avoir peur.

— Arrête de dire ça.

Il fut tellement surpris par son ton direct qu'il resta un instant sans répliquer.

— D'accord. C'est bon. Tant mieux si tu n'as pas peur.

— Non, moi, je n'ai pas peur, déclara Amy, en commençant à retourner vers les phares de la Tahoe. Alors que toi, si.

Quelques kilomètres plus loin, ils virent devant eux une zone de lumière palpitante, comme une sorte de dôme qui devint, alors qu'ils se rapprochaient, un éparpillement de points tournoyants, comme une famille de constellations en orbite basse sur l'horizon. Wolgast commençait à comprendre ce qu'il voyait lorsqu'ils arrivèrent à une intersection. Il alluma le plafonnier et consulta le GPS. Une file de voitures et de pick-up comme ils n'en avaient pas vu depuis des heures circulait sur la route, dans la même direction. Il ouvrit la vitre, faisant entrer l'air de la nuit : pas de doute, c'était bien de la musique qu'il entendait.

— Qu'est-ce que c'est que ça ? demanda Doyle.

Wolgast ne répondit pas. Il prit vers l'ouest, suivant le mouvement. Dans le plateau du pick-up juste devant eux, une demi-douzaine d'adolescents étaient assis sur des ballots de paille. Ils passèrent devant une pancarte qui annonçait : « Homer, Oklahoma. Population : 1 232 ha. »

— Pas si près, fit Doyle en regardant le pick-up. Je n'aime pas ça...

Wolgast l'ignora. Une fille, le repérant à travers le pare-brise, lui fit signe de la main. Le vent jouait dans ses cheveux, autour de son visage. Les lumières de la foire étaient plus distinctes à présent, tout comme les signes de civilisation : un réservoir d'eau sur des espèces d'échasses, un magasin de matériel agricole plongé dans le noir, un bâtiment moderne, de plain-pied, sans doute une maison de retraite ou une clinique, à l'écart de la route. Le pick-up s'engagea dans le parking grouillant de véhicules et de gens, devant une supérette. Les gamins en descendirent sans attendre qu'il s'immobilise complètement et se précipitèrent à la rencontre de leurs amis. La circulation, sur la route, ralentit alors qu'ils entraient dans la petite ville. Depuis la banquette arrière, Amy observait toute cette activité par les vitres.

Doyle se retourna.

— Baisse-toi, Amy.

— Ça ne fait rien. Laisse-la regarder. N'écoute pas Phil, ajouta Wolgast en haussant la voix pour se faire entendre d'Amy. Regarde tant que tu veux, mon chou.

Doyle pencha la tête vers Wolgast.

— Qu'est-ce que... vous faites ?

Wolgast regarda devant lui.

— Détends-toi.

Mon chou. Où est-ce qu'il était allé chercher ça ? Les rues grouillaient de gens qui allaient tous dans la même direction, avec des couvertures, des glacières en plastique, des chaises longues et des poussettes. Des fermiers, des gens de la campagne, en jean ou salopette, tous en bottes, quelques-uns portant des chapeaux de cow-boy. Beaucoup tenaient des enfants par la main.

Çà et là, Wolgast voyait de grandes flaques d'eau, mais le ciel nocturne était frais et sec. La pluie était passée ; la fête battait son plein.

Wolgast suivit le flot de circulation vers le lycée, où une grande enseigne lumineuse proclamait : « Centre scolaire du comté de Branch : à fond les Wildcats ! Fête du printemps, 20-22 mars. » Un homme en gilet orange fluo leur fit signe d'entrer sur le parking, où un deuxième homme les dirigea vers un champ boueux transformé en aire de stationnement. Wolgast coupa le contact et jeta un coup d'œil à Amy dans le rétroviseur. Elle était fascinée par les bruits et les lumières de la fête.

Doyle s'éclaircit la gorge :

— Non, mais vous n'y pensez pas sérieusement ?

Wolgast se retourna sur son siège.

— Amy, Phil et moi, on va sortir discuter une seconde, d'accord ?

La petite fille hocha la tête. Il y avait tout à coup entre eux une entente dont Doyle était exclu.

— On revient tout de suite, ajouta Wolgast.

Il rejoignit Doyle dehors, derrière la Tahoe.

— Pas question qu'on fasse ça, dit Doyle.

— C'est quoi, le problème, Phil ?

Doyle baissa la voix.

— On a de la chance de ne pas encore être tombés sur les représentants de la loi locaux. Réfléchissez : deux hommes en complet-veston avec une petite fille... Vous ne croyez pas qu'on est facilement repérables ?

— On va se séparer. Je vais prendre Amy. On pourra se changer dans la voiture. Va te chercher une bière. Amuse-toi.

— Vous n'y pensez pas, chef. C'est une prisonnière.

— Non. Ce n'est pas une prisonnière.

— Vous savez ce que je veux dire, soupira Doyle.

— Vraiment ? C'est une enfant, Phil. Une petite fille.

Ils se tenaient debout très près l'un de l'autre. Wolgast trouvait à Doyle une odeur légèrement fétide, après toutes ces heures de voiture. Un groupe d'ados passa à côté d'eux en courant. Ils restèrent un instant silencieux. Le parking se remplissait.

— Écoutez, je ne suis pas de pierre, dit tout bas Doyle. Vous croyez que je ne vois pas à quel point c'est foireux, tout ça ? Je me retiens pour ne pas dégueuler par la portière.

— En réalité, je te trouve plutôt détendu. Tu as dormi comme un bébé tout le long du chemin depuis Little Rock.

— D'accord, fit Doyle en fronçant les sourcils, sur la défensive. Je mérite le poteau d'exécution. J'étais fatigué. Mais on ne l'emmène pas sur les manèges. Les manèges ne font pas partie du plan.

— Une heure, dit Wolgast. On ne peut pas la laisser enfermée dans une bagnole toute une journée sans faire une pause. Qu'elle s'amuse un peu, qu'elle se défoule. Sykes n'aura pas besoin de le savoir. Et puis on reprend la route. Elle dormira probablement jusqu'à l'arrivée.

— Et si elle s'échappe ?

— Elle ne fera pas ça.

— Je ne vois pas ce qui vous permet d'en être aussi sûr.

— Tu nous suivras. En cas de pépin, on sera deux.

221

Doyle fronça les sourcils d'un air dubitatif.

— Écoutez, c'est vous, le chef. C'est vous qui décidez. Mais ça ne me plaît pas.

— Soixante petites minutes, répondit Wolgast, et on repart.

Ils enfilèrent des chemises de sport et des jeans en se tortillant sur le siège avant de la Tahoe, et Wolgast expliqua à Amy ce qu'ils allaient faire.

— Tu ne t'éloignes pas, ajouta-t-il. Et tu ne parles à personne. Promis ?

— Pourquoi je ne peux parler à personne ?

— C'est une règle, c'est comme ça. Si tu ne promets pas, on ne peut pas y aller.

La fillette réfléchit un instant et hocha la tête.

— Promis, dit-elle.

Doyle resta un peu en arrière alors qu'ils se dirigeaient vers l'entrée du champ de foire. L'air charriait des senteurs de friture. Les haut-parleurs diffusaient la voix d'un homme, aussi plate que les plaines d'Oklahoma, qui énonçait des numéros de loto :

— B... sept. G... trente. Q... seize.

— Écoute, fit Wolgast à Amy quand il fut sûr que Doyle était hors de portée de voix. Je sais que ça peut paraître bizarre, mais je vais te demander quelque chose. Je voudrais que tu fasses comme si. Tu peux faire ça pour moi ?

Ils s'arrêtèrent. Wolgast vit que les cheveux de la fillette étaient tout emmêlés. Il s'accroupit face à elle et essaya de les lisser avec ses doigts, les écartant de son visage. Sur son tee-shirt, le mot : « Coquine » était écrit avec des espèces de paillettes brillantes. Il remonta la fermeture à glissière de son sweat-shirt pour la protéger de la fraîcheur du soir.

— Tu vas faire comme si j'étais ton papa. Pas ton

vrai papa, juste un papa pour faire semblant. Si quelqu'un nous pose des questions, c'est ça que je suis,
d'accord ?

— Mais je ne dois parler à personne. C'est vous qui
l'avez dit.

— Oui, mais si on parle à des gens, c'est ce que tu
dois dire.

Wolgast regarda par-dessus son épaule Doyle qui
attendait, les mains dans les poches. Il portait un coupe-
vent sur son polo, fermé jusqu'au menton ; Wolgast
savait qu'il était armé, qu'il avait un pistolet dans son
holster, sous son bras. Wolgast avait laissé le sien dans
la boîte à gants.

— Allez, on va faire un essai. Qui est le gentil monsieur qui est avec toi, petite fille ?

— Mon papa ? risqua la gamine.

— Comme si tu le pensais. Fais semblant.

— Mon... papa !

Sacrée performance, se dit Wolgast. Cette gamine
aurait dû faire du théâtre.

— Bravo !

— On peut faire un tour dans le tourbillon ?

— Le tourbillon ? C'est lequel, le tourbillon, mon
cœur ?

Mon chou, mon cœur. Il ne pouvait s'en empêcher.
Les mots lui échappaient.

— Ça.

Wolgast regarda ce qu'Amy lui indiquait. Au-dessus
de la caisse, il vit une gigantesque attraction dont les
longs bras en rotation entraînaient des satellites sur lesquels des voitures multicolores tournoyaient pour la plus
grande joie de leurs passagers. La Pieuvre.

— Mais bien sûr, on peut, dit-il et il se rendit compte
qu'il souriait. On peut faire tout ce que tu veux.

À la caisse, il paya leurs deux entrées, puis il fit la

queue devant une deuxième billetterie et prit des tickets pour les attractions. Il pensa qu'elle pourrait avoir envie de manger quelque chose, mais décida d'attendre. Et si elle avait mal au cœur dans les manèges ? se dit-il. Il se rendit compte qu'il aimait penser de cette façon, imaginer les expériences qu'elle allait vivre, ce qui pourrait lui faire plaisir. L'excitation de la foire se communiquait à lui. Une poignée d'attractions démantibulées, la plupart probablement aussi dangereuses que l'enfer, mais est-ce que ce n'était pas le but, justement ? Pourquoi avait-il dit une heure seulement ?

— Prête ?

Beaucoup de gens faisaient la queue pour la Pieuvre, mais la file avançait vite. Quand vint leur tour de monter à bord, l'opérateur leva la main et les arrêta. Des tatouages serpentaient sur ses avant-bras nus.

— Quel âge a-t-elle ?

Le type lui jeta un regard sceptique par-dessus sa cigarette. Avant que Wolgast ait eu le temps d'ouvrir la bouche pour répondre, Amy se redressa fièrement.

— J'ai huit ans.

C'est alors que Wolgast vit la pancarte posée sur une chaise pliante : « Attraction interdite aux moins de sept ans. »

— Elle les fait pas, rétorqua le personnage.

— Eh bien, pourtant..., fit Wolgast. Elle est avec moi.

L'opérateur toisa Amy de haut en bas et haussa les épaules.

— C'est vos oignons, conclut-il.

Ils montèrent dans la nacelle branlante. Le tatoué abaissa la barre de sécurité devant eux. La nacelle s'éleva dans l'air avec une secousse et s'arrêta brutalement pour permettre aux autres clients de monter derrière eux.

— Tu as peur ?

Amy était collée contre lui, son sweat-shirt remonté devant son visage à cause du froid, les mains cramponnées à la barre. Elle ouvrait des yeux immenses. Elle secoua vigoureusement la tête.

— Hon-hon...

La nacelle remonta et s'arrêta encore quatre fois. D'en haut, on avait une vue plongeante sur tout le champ de foire, le lycée, les parkings et, plus loin, la petite ville de Homer avec son quadrillage de rues éclairées. Un flot de véhicules arrivait encore sur la route de campagne. D'aussi loin, les voitures semblaient se déplacer avec la lenteur des cibles d'une galerie de tir. Wolgast cherchait à repérer Doyle tout en bas quand la nacelle eut une nouvelle secousse.

— Cramponne-toi !

Ils descendirent, ou plutôt ils tombèrent en tournoyant, le corps retenu par la barre. Des cris de plaisir firent vibrer l'air. Wolgast ferma les yeux, terrassé par la puissance de l'accélération. Il y avait des années qu'il n'était pas monté dans une attraction de fête foraine. La violence était stupéfiante. Il sentit qu'Amy était projetée contre lui, collée contre son propre corps par la force centrifuge de la nacelle qui tournait sur elle-même dans sa chute. Lorsqu'il rouvrit les yeux, ils fondaient vers le sol de terre battue qu'ils frôlèrent à quelques centimètres à peine, les lumières de la foire fusant autour d'eux comme une pluie d'étoiles filantes, et puis ils furent à nouveau catapultés vers le ciel. Six, sept fois ils firent ainsi le tour, plongeant et remontant par vagues à chaque rotation. Ça dura une éternité, et ce fut fini en un instant.

Alors qu'ils entamaient la descente hachée qui précédait le débarquement, Wolgast baissa les yeux vers le visage d'Amy : toujours la même expression neutre, évaluatrice, et pourtant il discernait, derrière les ténèbres de son regard, une lueur chaude de bonheur. Un nouveau sentiment s'ouvrit à l'intérieur de lui : personne ne lui avait jamais fait un tel cadeau.

— Alors, comment c'était ? demanda-t-il avec un sourire.

— C'était cool, fit Amy en relevant rapidement le visage. Je veux recommencer.

L'opérateur les libéra de la barre. Ils retournèrent faire la queue. Devant eux se dressaient une grande femme en blouse à fleurs et son mari, un type en jean et chemise western, au visage buriné, une grosse chique de tabac coincée derrière la lèvre.

— T'es bien mignonne, toi, déclara la femme, et elle regarda Wolgast avec chaleur. Quel âge a-t-elle ?

— J'ai huit ans, déclara Amy en glissant sa petite patte dans la main de Wolgast. C'est mon papa.

La femme se mit à rire, ses sourcils se soulevèrent comme des parachutes déployés dans l'air. Ses joues étaient maladroitement rosies au blush.

— Évidemment que c'est ton papa, mon chou. Tout le monde le voit bien. C'est aussi clair que le nez au milieu de la figure.

Elle enfonça son doigt dans les côtes de son mari.

— S'pas qu'elle est mignonne, Earl ?

Lequel Earl hocha la tête.

— Pour sûr.

— Et comment tu t'appelles, mon chou ? interrogea la femme.

— Amy.

La femme regarda à nouveau Wolgast.

— J'ai une nièce de son âge qui ne parle pas à moitié aussi bien. Vous devez être fier d'elle.

Wolgast était trop stupéfait pour répondre. Il avait l'impression d'être encore dans la Pieuvre, l'esprit et le corps emportés par une espèce de tourbillon gravitationnel terrible. Il pensait à Doyle, se demandait s'il

226

regardait la scène, perdu dans la foule. Et puis il décida qu'il s'en fichait. Que Doyle les regarde tant qu'il voudrait.

— On va dans le Colorado, ajouta Amy avec une pression complice sur la main de Wolgast. Voir ma grand-mère.

— Vraiment ? Eh bien, ta grand-mère a beaucoup de chance qu'une petite fille comme toi vienne la voir.

— Elle est malade. Il faut qu'on l'emmène chez le docteur.

Le visage de la femme s'emplit de compassion.

— Désolée d'apprendre ça. J'espère que tout ira bien, dit-elle d'un ton plus grave à Wolgast. Nous prierons pour vous.

— Merci, réussit-il à dire.

Ils refirent trois tours dans la Pieuvre, puis ils s'aventurèrent dans le champ de foire en quête d'un dîner. Wolgast ne repéra Doyle nulle part. Soit il les suivait avec la discrétion d'un vrai pro, soit il avait décidé de les lâcher un peu. Il y avait beaucoup de jolies filles dans le coin. Peut-être, se dit Wolgast, s'était-il laissé distraire.

Wolgast acheta un hot-dog à Amy et ils s'assirent à une table de pique-nique. Il la regarda manger. Trois bouchées, quatre bouchées, et il n'en fut plus question. Il lui en acheta un deuxième, et quand elle l'eut fait disparaître aussi, des churros, saupoudrés de sucre glace, et une petite brique de lait. Pas très diététique, comme repas ; enfin, au moins elle avait eu du lait.

— Et maintenant ? lui demanda-t-il.

Amy avait les joues saupoudrées de sucre et de graisse. Elle s'apprêtait à s'essuyer avec sa main, mais Wolgast arrêta son geste.

— Prends une serviette, dit-il en lui en tendant une.

— Le manège, dit-elle.

— Vraiment ? Ça paraît plutôt calme après la Pieuvre.

— Il y en a un ?

— Oh, sûrement.

Le manège, pensa Wolgast. Évidemment. La Pieuvre était pour l'adulte qui était en elle, celle qui savait attendre, faire la queue et mentir avec un charme convaincant à une parfaite étrangère. Le manège était pour l'autre Amy, la petite fille qu'elle était en réalité. Envoûté par la soirée, ses lumières et ses sons, le Wolgast qui avait fait quatre tours dans la Pieuvre et qui en était encore tout remué aurait voulu l'interroger, lui demander qui elle était en réalité, lui poser des questions sur sa mère, sur son père, si elle en avait un, sur l'endroit d'où elle venait. Sur la bonne sœur, Lacey, et ce qui s'était passé au zoo, la dinguerie dans le parking. *Qui es-tu, Amy ? Qu'est-ce qui t'a amenée ici, qu'est-ce qui t'a amenée à moi ? Et comment sais-tu que j'ai peur, que j'ai peur tout le temps ?* Elle le prit à nouveau par la main tout en marchant. Le contact de sa paume dans la sienne était presque électrique, la source d'un courant chaud qui se diffusait dans tout son corps. Quand elle vit le manège avec son parterre étincelant de chevaux peints, il eut vraiment l'impression de sentir le plaisir passer d'elle à lui.

Lila, se dit-il. *Lila, voilà ce que je voulais. Tu le savais ? C'est tout ce que j'ai toujours voulu.*

Il tendit leurs tickets à l'opérateur. Amy prit un cheval sur l'extérieur, un lipizzan blanc figé au milieu d'un bond, qui souriait de toutes ses dents de céramique. Le carrousel était presque vide ; il était plus de neuf heures et les plus petits enfants étaient rentrés chez eux.

— Reste debout à côté de moi, ordonna Amy.

Ce qu'il fit. Il mit une main sur la tige, une autre sur la bride de l'étalon, comme s'il menait sa monture. Elle avait les jambes trop courtes pour atteindre les étriers, qui se balançaient librement. Il lui dit de se tenir droite.

C'est alors qu'il vit Doyle. Debout à moins de cent mètres de là, derrière la rangée de ballots de paille qui marquait le bord de la tente à bière, en train de parler énergiquement à une jeune femme avec de grandes mèches de cheveux rouges. Il lui racontait apparemment une histoire, en gesticulant avec sa chope pour expliquer quelque chose ou ponctuer la chute d'une blague, dans le rôle du séduisant vendeur de fibre optique d'Indianapolis – tout comme Amy l'avait fait avec la femme de la queue, quand elle s'était inventé une grand-mère malade dans le Colorado. C'est comme ça que ça marchait, se dit Wolgast ; on commençait par raconter une histoire sur soi, sur ce qu'on était, et bientôt les mensonges étaient tout ce qu'on avait, et on devenait cet avatar. Sous ses pieds, le plancher en bois du manège se mit à frémir alors que les rouages s'engrenaient. Des haut-parleurs déversèrent sur eux une musique hoquetante, et le manège tourna pendant que la femme riait en renvoyant la tête en arrière et tendait la main vers l'épaule de Doyle dans l'attitude classique du flirt. Et puis la rotation du manège les fit disparaître à sa vue.

C'est alors que l'idée germa dans la tête de Wolgast. En phrases aussi claires que si elles étaient gravées dans son esprit.

Fiche le camp. Prends Amy et fiche le camp. Doyle a oublié l'heure. Il pense à autre chose. Vas-y. Sauve-la.

Et ils tournaient et tournaient. Le cheval d'Amy montait et descendait comme un piston. Pendant ces brèves minutes, Wolgast sentit ses pensées s'organiser pour former un plan. Dès l'arrêt du manège, il la prendrait, se fondrait dans l'obscurité, dans la foule, loin de la tente à bière, et droit vers la sortie. Le temps que Doyle comprenne ce qui s'était passé, ils ne seraient plus rien, qu'un point vide dans le champ de foire. Mille kilomètres dans toutes les directions. Ils seraient avalés par le vide. Il se savait bon, il savait ce qu'il faisait. Il comprenait à présent qu'il n'avait gardé la Tahoe que pour cette raison. À ce moment-là déjà, sur le parking de Little Rock, l'idée avait germé en lui, comme une graine sur le point de s'enraciner. Il ne savait pas ce qu'il ferait pour retrouver la mère de la fillette, mais il y réfléchirait plus tard. Il n'avait jamais rien ressenti de pareil, cet éclair de lumière. Toute sa vie semblait s'embarquer derrière cette unique chose, ce but singulier. Le reste – le Bureau, Sykes, Carter et tous les autres, même Doyle –, tout cela n'était qu'un mensonge, un voile derrière lequel son vrai moi avait vécu, attendant d'émerger dans la lumière. Le moment était arrivé ; il n'avait qu'à suivre son instinct.

Le manège commença à ralentir. Wolgast se garda bien de regarder dans la direction de Doyle, ne voulant pas conjurer, faire fuir cette nouvelle sensation. Quand le carrousel s'immobilisa complètement, il souleva Amy de son cheval et s'agenouilla pour se retrouver face à elle.

— Amy, je veux que tu fasses quelque chose pour moi. Tu vas faire bien attention.

La petite fille hocha la tête.

— On va partir, maintenant. Rien que tous les deux. Reste près de moi, ne dis rien. On va aller vite, mais ne cours pas. Fais ce que je te dis, et tout ira bien.

Il scruta son regard pour s'assurer qu'elle avait compris.

— Il ne faut pas que je coure.

— Exactement. Maintenant, on y va.

Ils descendirent du manège. Ils s'étaient arrêtés du côté opposé à la tente à bière. Wolgast souleva la petite fille et la déposa rapidement de l'autre côté de la barrière qui entourait le manège, puis, prenant appui de la main sur un poteau métallique, il vola lui-même par-dessus. Personne ne sembla prêter attention à eux – et si quelqu'un les remarqua, Wolgast ne le vit pas car il ne regarda pas en arrière. Tenant Amy par la main, il marcha rapidement vers le fond du champ de foire, loin des lumières. Son plan était de faire le tour vers l'entrée principale, ou de trouver une autre sortie. S'ils faisaient vite, quand Doyle s'en apercevrait, il serait trop tard.

Ils arrivèrent à une haute clôture de chaînes. Derrière se dressait une sombre rangée d'arbres, et encore plus loin les lumières d'une autoroute qui longeait le terrain de sport de l'école, au sud. Impossible de traverser. La seule façon de regagner l'entrée principale consistait à faire le tour en suivant la clôture. Ils avançaient maintenant dans des herbes hautes, trempées par l'orage, mouillant leur pantalon et leurs chaussures. Ils ressortirent près des baraques à bouffe et de la table de pique-nique où ils avaient mangé. De là, Wolgast voyait la sortie, à une centaine de mètres. Son cœur cognait contre ses côtes. Il s'arrêta pour parcourir rapidement les environs du regard. Doyle n'était pas en vue.

— La sortie, tout droit, dit-il à Amy. Ne lève pas les yeux.

— Ho, chef !

Wolgast stoppa net. Doyle arriva au petit trop derrière eux.

— Je pensais qu'on avait dit une heure, chef, dit-il en indiquant le cadran de sa montre.

Wolgast le regarda, scruta son visage neutre de gars de la campagne.

— Je croyais t'avoir perdu. On allait partir à ta recherche.

Doyle jeta un rapide coup d'œil par-dessus son épaule, vers la tente à bière.

— Vous savez ce que c'est. Je me suis laissé entraîner dans une petite conversation, fit-il avec un sourire coupable. Il y a des gens charmants par ici. Plutôt bavards.

Il fit un geste en direction du pantalon trempé de Wolgast.

— Qu'est-ce qui vous est arrivé ? Vous êtes tout mouillé.

L'espace d'un instant, Wolgast ne répondit pas. Puis il dit :

— Les flaques d'eau. (Il faisait de son mieux pour ne pas détourner le regard, pour fixer Doyle dans les yeux.) La pluie.

Ils avaient peut-être encore une chance, s'il réussissait à distraire Doyle en allant reprendre la Tahoe. Mais Doyle était plus jeune, plus costaud, et Wolgast avait laissé son arme dans la voiture.

— La pluie, répéta Doyle.

Il hocha la tête, et Wolgast comprit au visage du jeune homme : il savait. Il savait depuis le début. La tente à bière était un test, un piège. Il ne les avait jamais perdus de vue, pas une seconde.

— Je vois. Enfin, on a un boulot à faire. Pas vrai, chef ?

— Phil...

— Ne faites pas ça.

Il parlait d'une voix calme – pas menaçante, se contentant d'énoncer les faits.

— N'y pensez même pas. On est partenaires, Brad. Il est temps de repartir.

Wolgast sentit tous ses espoirs s'effondrer. Il tenait toujours Amy par la main. L'idée même de la regarder

232

lui était insupportable. *Je suis désolé*, pensa-t-il, transmettant son message par sa main. *Je suis désolé*. Et ensemble, Doyle cinq pas derrière eux, ils se dirigèrent vers la sortie, vers le parking.

Aucun d'eux ne remarqua l'homme – un flic du coin, qui n'était pas de service et qui, deux heures plus tôt, avant de fermer la boutique, d'aller retrouver sa femme et de coller ses enfants dans les autotamponneuses, avait reçu le message selon lequel une gosse avait été enlevée par deux hommes de type caucasien au zoo de Memphis. Il les suivait des yeux.

9.

Je m'appelais... Fanning.

Toute la journée, ces mots lui trottèrent dans la tête, lorsqu'il se réveilla, à huit heures, pendant qu'il faisait sa toilette, s'habillait et prenait son petit déjeuner, et tout le temps qu'il resta assis sur son lit, dans sa chambre, à zapper sur les chaînes de télé en fumant des Parliament, en attendant que revienne la nuit. Toute la journée, il n'entendit que cela :

Fanning. Je m'appelais Fanning.

Ces mots ne voulaient rien dire pour Grey. Ce nom ne lui disait rien. Il ne se rappelait pas avoir jamais rencontré une personne appelée Fanning, ou quelque chose dans ce goût-là. Et pourtant, ce nom s'était gravé dans sa tête pendant qu'il dormait, comme quand on va se coucher en écoutant une chanson passer et repasser, et que les paroles se frayent un chemin dans votre cerveau, y creusant leur sillon, tel le soc d'une charrue. Et voilà que son esprit avait une roue dans ce sillon et n'arrivait pas à en sortir. Fanning ? Bon Dieu ! Ça lui rappelait le psy de la prison, le Dr Wilder, et la façon dont il l'avait plongé dans un état plus profond que le sommeil, la pièce qu'il appelait le pardon, avec le lent *tap-tap* de son stylo sur la table, ce *tap-tap* qui s'insinuait en lui. Et maintenant, Grey ne pouvait pas prendre la télécommande de la télévision, se gratter la tête ou allumer une cigarette sans entendre ces mots, leur rythme haché accompagnant, scandant chacune des petites choses qu'il faisait.

Fanning (*clic*) *était* (flamme) *mon* (inspiration)... *nom* (expiration).

Il resta assis à fumer, à attendre et à fumer encore. Mais qu'est-ce qui déconnait chez lui ? Il se sentait changé, et pas en mieux. Nerveux, déphasé. D'habitude, il pouvait rester assis sans rien faire, ou quasiment, pendant des heures. Il avait assez bien appris à faire ça à Beeville, à laisser passer des journées entières dans une sorte de transe, sans penser à rien, mais aujourd'hui, ça ne marchait pas. Aujourd'hui, il était excité comme une puce sur un tambour. Il essaya de regarder la télé, mais le son et les images n'avaient même pas l'air d'aller ensemble. Dehors, par les fenêtres du baraquement, le ciel de l'après-midi ressemblait à une vieille bâche d'un gris délavé. Gris comme Grey. La journée idéale pour laisser filer le temps en dormant. Sauf qu'il était là, assis au bord de son lit pas fait, attendant la fin de l'après-midi, tout bourdonnant à l'intérieur comme un harmonica en papier.

Et puis il avait l'impression de ne pas avoir fermé l'œil, alors qu'il avait si bien roupillé qu'il n'avait pas entendu la sonnerie du réveil, à cinq heures, et qu'il avait loupé la prise de poste du matin. Enfin, c'étaient des heures sup qu'il faisait ; il pourrait toujours raconter qu'il s'était trompé, ou qu'il avait tout simplement

234

oublié, mais il ne s'en sortirait pas comme ça. Il remettait ça à vingt-deux heures. Il fallait vraiment qu'il dorme, qu'il fasse le plein de sommeil pour huit nouvelles heures passées à observer le Zéro l'observer.

À dix-huit heures, il enfila sa parka pour traverser le Complexe, en direction du réfectoire. Le soleil ne se coucherait pas avant une heure, mais les nuages bas sur l'horizon absorbaient les dernières bribes de jour. Un vent humide le transperça alors qu'il traversait le terrain dégagé entre les baraquements et le réfectoire, un bloc de parpaing qui donnait l'impression d'avoir été construit à la va-vite. Les montagnes étaient carrément invisibles, et par des journées comme celle-là, Grey avait parfois l'impression que le Complexe était en réalité une île, que le monde s'était arrêté de tourner et avait sombré dans un océan noir de néant, quelque part après le bout de la longue route. Les véhicules allaient et venaient, des camions de marchandises, des fourgons et les cinq tonnes de l'armée chargés de matériel, mais pour ce que Grey en savait, ils auraient pu faire la navette avec la lune. Même ses souvenirs du monde commençaient à s'estomper. Il y avait six mois qu'il n'avait pas franchi la barrière.

Le réfectoire aurait dû grouiller d'activité à cette heure-là – d'habitude une cinquantaine d'individus au moins emplissaient la salle de chaleur ct de bruit –, mais quand il passa la porte et parcourut la pièce du regard en défaisant sa parka tout en tapant du pied pour débarrasser ses semelles de la neige, il ne vit quc quelques hommes éparpillés aux tables, pas plus d'une dizaine en tout, seuls ou en petits groupes. On voyait qui faisait quoi rien qu'à sa tenue – le personnel médical en pyjama d'hôpital et chaussures de caoutchouc ; les soldats avec leur camouflage d'hiver, penchés sur leur plateau et bâfrant comme à la ferme ; les gars de l'entretien avec leur combinaison marron qui leur donnait des faux airs de livreurs d'UPS. Derrière la salle de réfectoire, il y avait un salon avec une table de ping-pong et un hockey de table, mais personne n'y jouait. Personne non plus devant le grand écran de télévision, et la salle était silencieuse. C'est tout juste si on entendait quelques voix qui murmuraient et des bruits de verres et de vaisselle entrechoqués. Pendant un moment, il y avait eu des tables avec des ordinateurs, dans le salon, des nouveaux vMac profilés comme des ailerons de requin pour envoyer ses mails et Dieu sait quoi, mais un matin, l'été dernier, pendant le petit déjeuner, un technicien était venu les récupérer. Il les avait mis sur un chariot et il était parti avec. Certains des soldats avaient eu beau se plaindre, ça n'avait servi à rien. Les ordinateurs n'étaient jamais revenus et tout ce qui restait pour dire qu'ils avaient été là, c'étaient quelques faisceaux de câbles qui pendaient du mur. Grey se disait qu'ils avaient été enlevés à titre de brimade, mais pour quel méfait, mystère. Lui ne s'en était jamais servi, de toute façon.

Malgré son agitation, l'odeur des plats chauds lui mit l'eau à la bouche – le Depo lui donnait un appétit d'ogre ; un miracle qu'il ne soit pas devenu obèse –, et il suivit la file en remplissant son plateau, savourant mentalement le repas à venir : un bol de minestrone, de la salade avec du fromage et des croûtons, des pommes dauphine, des betteraves en vinaigrette, une tranche de jambon avec une garniture d'ananas séché posée dessus comme une tiare, le tout accompagné d'une part de tarte au citron et d'un grand verre d'eau glacée. Il porta son plateau vers le coin d'une table vide. Les gars de l'entretien mangeaient généralement seuls, comme lui ; ils n'avaient pas le droit de parler de grand-chose. Il arrivait qu'une semaine passe sans que Grey ait seulement dit « bouh » à qui que ce soit, à part le type de garde au moins trois, qui enregistrait son arrivée et son départ de la zone de confinement. Grey se souvenait du temps, il y avait à peine quelques mois en fait, où les techniciens et le personnel médical lui posaient des questions, l'interrogeaient sur le Zéro, les lapins et les dents. Ils écoutaient ses réponses en hochant la tête, en notant parfois quelque chose sur leur organiseur. Mais ils se contentaient maintenant de prendre ses rapports sans dire un mot, comme si le cas du Zéro était réglé et qu'ils n'avaient plus rien à apprendre.

Grey vint à bout de son repas méthodiquement, plat après plat. Le truc de Fanning lui trottait toujours dans la tête comme le bandeau défilant d'une chaîne d'info, mais manger sembla le calmer un peu ; pendant quelques minutes, il réussit presque à l'oublier. Il finissait sa tarte quand quelqu'un s'approcha de sa table : un des soldats. Grey croyait savoir qu'il s'appelait Paulson. Il l'avait vu rôder dans le coin, sauf que les soldats se ressemblaient tous plus ou moins avec leur tenue camouflée, leur tee-shirt, leurs bottes bien cirées et leurs cheveux tellement courts que leurs oreilles dépassaient de chaque côté de leur tête comme si on les y avait collées pour leur faire une blague. Celui-ci avait les cheveux si ras qu'il était impossible de dire de quelle couleur ils étaient. Il prit une chaise près de la table de Grey, la retourna pour s'asseoir à califourchon, et lui sourit d'une façon que Grey n'aurait pas qualifiée d'amicale.

— Sûr que vous aimez la bouffe, vous autres, pas vrai ?

Grey haussa les épaules.

— Tu t'appelles Grey, hein ? Je t'ai vu, fit le soldat en plissant les paupières.

Grey reposa sa fourchette et avala sa bouchée de tarte.

— Ouais.

Paulson hocha pensivement la tête, comme s'il s'efforçait de décider si c'était un nom bien ou pas. Son visage affichait un calme apparent, mais on sentait que ça lui demandait un effort. L'espace d'un instant, son regard fila vers la caméra de sécurité fixée dans le coin, au-dessus de leurs têtes, puis il regarda à nouveau Grey.

— Vous êtes pas bavards, tes potes et toi, reprit-il. Le prends pas mal, mais ça fait un peu froid dans le dos.

Froid dans le dos... S'il savait... Grey ne répondit pas.

— Je peux te poser une question ? Mais je ne voudrais pas t'empêcher de manger, fit Paulson avec un mouvement de menton vers l'assiette de Grey. Tu peux continuer pendant qu'on discute.

— J'ai fini, coupa Grey. Il faut que j'y aille.

— Comment est la tarte ?

— Vous êtes venu m'interroger sur la tarte ?

— La tarte ? Non.

Paulson secoua la tête.

— J'en parlais pour dire quelque chose. Mettons que ce soit un exemple de ce qu'on appelle faire la conversation.

Grey commençait à se demander ce qu'il voulait. Les soldats ne lui adressaient jamais la parole, et voilà que ce type, Paulson, venait lui donner des leçons de convivialité comme si les caméras n'étaient pas braquées droit sur eux.

— Elle est bonne, réussit à dire Grey. J'aime bien le citron.

— Laisse tomber. Je me fous de la tarte comme de ma première merde.

Grey prit son plateau.

— Faut que j'y aille, répéta-t-il.

Mais alors qu'il se levait, Paulson laissa tomber sa

main sur son poignet. Grey sentit, à ce seul contact, à quel point il était fort, comme si les muscles de ses bras étaient fixés sur des barres de fer.

— Assis, putain. Assis.

Grey obéit. La salle lui parut soudain déserte. Un coup d'œil derrière Paulson lui confirma que tel était bien le cas, ou quasiment : la plupart des tables étaient vides. Juste deux techniciens, de l'autre côté de la pièce, qui buvaient du café dans des gobelets jetables. Où étaient-ils tous passés ?

— Tu vois, Grey, on sait qui vous êtes, vous autres, commença Paulson sans élever la voix, mais fermement.

Il était penché sur la table, la main sur le poignet de Grey.

— On sait ce que vous avez fait, les gars, c'est ce que je veux dire. Les petits garçons, et le reste. Moi, ce que j'en dis, hein ? À la grâce de Dieu. Tous les goûts sont dans la nature, pas vrai ? Si c'est bon pour toi, tu prends, sinon tu laisses, hein ? Tu me suis ?

Grey ne répondit rien.

— Tout le monde est pas obligé d'être d'accord, mais c'est ce que je pense. Aux dernières nouvelles, c'est encore un pays libre.

Il bougea sur sa chaise, rapprochant encore son visage.

— J'ai connu un type, au lycée, il se mettait de la pâte à gâteaux sur la queue, et il se faisait lécher par son chien. Alors, si tu veux pointer un petit gamin, te gêne pas. Personnellement, c'est pas mon truc, mais si c'est ça qui te branche, c'est toi que ça regarde.

Grey se sentait malade.

— Désolé, réussit-il à dire. Faut vraiment que j'y aille.

— Où ça, Grey ?

— Où ça ? (Il essaya d'avaler sa salive.) Travailler. Il faut que j'aille au travail.

— Pas du tout, non.

Paulson prit une cuillère sur le plateau de Grey et commença à la faire tourner sur la table du bout de l'index.

— T'as trois heures avant de reprendre le boulot. Je connais les horaires, Grey. On bavarde, là, putain !

Grey regarda la cuillère en attendant que Paulson continue. Soudain, il eut besoin d'une cigarette, un besoin qui envahissait chaque molécule de son corps, aussi fort qu'une possession.

— Qu'est-ce que vous voulez ?

Paulson donna une dernière poussée à la cuillère.

— Ce que je veux, Grey ? C'est la question, hein ? Je veux quelque chose, là, t'as raison.

Il se pencha vers Grey en lui faisant, de l'index, signe de se rapprocher. Et lorsqu'il reprit la parole, ce fut d'une voix réduite à un soupir.

— Ce que je veux, c'est que tu me parles du moins quatre.

Grey eut l'impression de tomber dans un trou, comme s'il avait mis le pied sur une marche qui n'existait pas.

— Je fais juste le nettoyage. Je suis homme de ménage.

— Excuse-moi, fit Paulson. Mais non, je gobe pas ça une seconde.

Grey pensa à nouveau aux caméras.

— Richards...

Paulson eut un reniflement.

— Oh, qu'il aille se faire foutre.

Il se redressa, fit bonjour de la main à la caméra, et ferma lentement le poing. Tous les doigts, sauf le médius. Il resta ainsi quelques secondes.

— Tu crois vraiment que quelqu'un regarde ces

trucs-là ? Qu'on regarderait, qu'on écouterait ce qu'on fait, toute la journée, tous les jours ?

— Il n'y a rien en bas. Je vous jure.

Paulson secoua lentement la tête. Grey revit cette lueur sauvage dans son regard.

— On sait tous les deux que c'est pas vrai, alors fais-moi grâce de ces conneries, d'accord ? Soyons honnêtes l'un envers l'autre.

— Je fais juste le ménage, répondit faiblement Grey. Je fais mon boulot, c'est tout.

Paulson resta un instant sans mot dire. La salle était tellement silencieuse que Grey avait l'impression d'entendre les battements de son propre cœur.

— Dis-moi un peu, Grey. Tu dors bien ?

— Hein ?

Paulson étrécit les paupières dans une expression menaçante.

— Je te demande si-tu-dors-bien ?

— Ben, j'crois, ouais, fit péniblement Grey.

Paulson eut un petit rire désabusé. Il se redressa et regarda le plafond.

— Tu crois. Tu *crois*.

— Je ne vois pas pourquoi vous me demandez tout ça.

Paulson poussa un soupir exaspéré.

— Les *rêves*, Grey, dit-il en rapprochant à nouveau son visage de celui de Grey. Je parle des *rêves*. Vous rêvez, les gars, pas vrai ? En tout cas, moi, je rêve. Toute la nuit, nuit après nuit. Je fais des putains de rêves de cinglé.

De cinglé, pensa Grey. Ça résumait pas mal la situation, à ce stade. Paulson était cinglé. Il perdait les pédales, il déjantait complètement. Trop de mois dans la montagne, peut-être, trop de journées de froid et de neige. Grey avait connu des types comme ça à Beeville, qui allaient très bien en arrivant, et qui, quelques mois plus tard, même pas, ne parvenaient plus à aligner deux phrases sensées.

— Tu veux savoir de quoi je rêve, Grey ? Allez, vas-y. Devine.

— Je n'y tiens pas.

— *Devine, bordel !*

Grey regarda le dessus de la table. Il sentait les caméras qui les observaient – il sentait Richards, quelque part, qui regardait, qui écoutait tout ça. Et il songea : *Pitié. Pour l'amour du ciel. Plus de question.*

— Je... je ne sais pas.

— Tu ne sais pas.

Il secoua la tête sans le regarder.

— Non.

— Alors, je vais te dire, fit Paulson, tout bas. Je rêve *de toi.*

L'espace d'un moment, ils ne dirent plus rien, ni l'un ni l'autre. Paulson était dingue, pensa Grey. Dingue dingue dingue.

— Je suis désolé, bredouilla-t-il. Il n'y a vraiment rien en bas.

Il essaya de se lever à nouveau, attendant de sentir la main de Paulson sur son coude, l'arrêtant.

— Bon, fit Paulson, et il eut un petit geste évasif. J'ai fini pour l'instant. Fous le camp d'ici.

Il se retourna sur sa chaise pour lever les yeux sur Grey, debout avec son plateau.

— Mais je vais quand même te dire un secret. Tu veux savoir ce que c'est ?

Grey secoua la tête.

— Tu sais, les deux mecs du nettoyage qui sont partis ?

— Qui ça ?

— Tu connaissais ces types, fit Paulson en fronçant les sourcils. Les deux gros. Sac à merde et son copain.

— Jack et Sam.

— C'est ça.

Les yeux de Paulson dérivèrent à nouveau.

— J'avais pas retenu leurs noms. Disons que les noms étaient pas compris dans le forfait.

Grey attendit que Paulson poursuive.

— Alors quoi, ces types ?

— Eh ben, j'espère que c'étaient pas des amis à toi. Parce que voilà une petite nécro : ils sont morts.

Paulson se leva ; il ajouta sans regarder Grey :

— On est tous morts.

Il faisait nuit, et Carter avait peur.

Il était quelque part en bas, tout en bas. Il avait vu quatre boutons dans l'ascenseur, dont les numéros allaient à l'envers, comme dans un parking souterrain. Le temps qu'ils le mettent sur le chariot, il se sentait tout vascux, mais il n'avait pas mal – ils lui avaient donné un truc, le genre de piqûre qui endort mais ne fait pas vraiment dormir, alors il avait un peu senti ce qu'ils lui faisaient à l'arrière du cou. L'entaille, dans laquelle ils avaient mis quelque chose. Les courroies autour de ses poignets et de ses chevilles, pour qu'il soit mieux, ils avaient dit. Et puis ils avaient poussé le chariot dans l'ascenseur, et c'était la dernière chose dont il se souvenait, les boutons, et le doigt de quelqu'un qui appuyait sur celui où il y avait marqué – 4. Le type avec le flingue, Richards, n'était jamais revenu comme il l'avait promis.

Et maintenant il était réveillé, et même s'il ne pouvait pas le dire à coup sûr, il avait l'impression d'être au fond, tout au fond du trou. Il était encore attaché aux poignets, aux chevilles, et probablement à la taille aussi.

La pièce était sombre et froide, mais il voyait des lumières clignoter quelque part, il ne pouvait pas dire à quelle distance, et puis il entendait un ventilateur brasser l'air. Il ne se rappelait plus très bien la conversation qu'il avait eue avec les hommes avant qu'ils le fassent descendre. Ils l'avaient pesé, ça, Carter s'en souvenait, et ils lui avaient fait d'autres trucs comme tous les docteurs, ils l'avaient fait pisser dans un bocal, lui avaient pris sa tension, tapoté sur les genoux avec un marteau et regardé dans le nez et la bouche. Et puis ils avaient mis le tube dans le dos de sa main – ça, ça lui avait fait mal, un mal de chien, et il se rappelait l'avoir dit, « putain » –, ils avaient raccordé le tube au sac accroché à la potence, et le reste était tout flou. Il se rappelait une drôle de lumière, rouge, brillante, à la pointe d'un stylo, et tout d'un coup, tous les visages autour de lui portaient des masques, et l'un d'eux, il n'avait pas vu lequel, avait dit : « Ce n'est qu'un laser, monsieur Carter. Vous allez peut-être sentir une petite pression. » Et maintenant, dans le noir, il se rappelait avoir pensé, avant que son cerveau devienne tout liquide, et très loin, que Dieu lui avait joué une dernière sale blague, et peut-être qu'on l'emmenait à l'injection après tout. Il se demandait s'il allait bientôt voir Jésus, ou Mme Wood, ou le Diable lui-même.

Mais il n'était pas mort, il n'avait fait que dormir, sauf qu'il ne savait pas combien de temps. Son esprit avait dérivé un moment, d'une sorte d'obscurité à l'autre, comme s'il marchait dans une maison où il n'y avait pas de lumière ; et sans rien à regarder, maintenant, il n'avait aucun moyen de se repérer. Il ne pouvait même pas distinguer le haut du bas. Il avait mal partout, avec l'impression d'avoir dans la bouche, à la place de la langue, une chaussette roulée en boule, ou qu'un drôle d'animal à fourrure s'était niché là. L'arrière de son cou,

244

à l'endroit où il rencontrait les omoplates, vibrait de souffrance. Il avait beau relever la tête pour regarder autour de lui, il ne voyait que des petits points lumineux – des lumières rouges, comme celle du stylo. Mais il ne pouvait pas dire à quelle distance elles étaient, ni quelle taille elles faisaient. Ç'aurait pu être les lumières d'une ville dans le lointain, pour ce qu'il en savait.

Wolgast. Ce nom surnagea dans son esprit, hors des ténèbres. Un détail au sujet de Wolgast, une chose qu'il lui avait dite, sur le temps qui était un océan, et qu'il avait le pouvoir de le lui donner. *Je peux vous donner tout le temps du monde, Anthony. Un océan de temps.* Comme s'il savait ce qu'il y avait tout au fond du cœur de Carter, comme s'ils ne venaient pas de se rencontrer, mais se connaissaient depuis des années. Aussi loin que remontent ses souvenirs, personne ne lui avait parlé de cette façon.

Ça lui rappelait le jour où tout avait commencé, comme si ces deux journées n'en faisaient qu'une. Juin – c'était en juin. Il s'en souvenait. En juin, et il faisait une chaleur de four sous l'autoroute. Carter était debout dans un coin d'ombre crasseux, son carton devant la poitrine – « J'ai faim. Une petite pièce pour m'aider. Dieu vous bénisse. » Il avait vu une voiture, une Denali noire, s'arrêter le long du trottoir. La vitre côté passager était descendue – pas à la hauteur habituelle, pour permettre à la personne, à l'intérieur, de lui glisser quelques pièces ou un billet plié sans que leurs doigts se touchent, non, jusqu'en bas d'un seul mouvement liquide, de telle sorte que le reflet de Carter sur la vitre teintée lui avait fait l'impression d'un rideau à l'envers, comme si un trou s'était ouvert dans le monde, révélant une pièce secrète à l'intérieur. Il était midi pile, l'heure du déjeuner, et la circulation devenait plus dense sur les autoroutes et le périphérique ouest, et le martèlement des interminables files de camions brinquebalants s'accélérait, au-dessus de sa tête.

— Monsieur !? appela une voix, à l'intérieur de la voiture.

Une voix de femme, qui parlait fort pour se faire entendre malgré le rugissement des voitures et les échos sous la voûte de la bretelle d'accès.

— Hé, monsieur ! Monsieur, s'il vous plaît !

En s'approchant de la vitre ouverte, Carter sentit l'air frais de l'intérieur de la voiture sur son visage ; il sentit la douceur poudrée du cuir neuf et puis, en se rapprochant encore, le parfum de la femme. Elle était penchée vers la vitre côté passager, tendant la ceinture de sécurité, des lunettes de soleil perchées sur le dessus de la tête. Une femme blanche, évidemment. Il le savait avant même de regarder. La Denali noire avec sa carrosserie resplendissante et son immense calandre étincelante. La file qui allait vers l'est, sur San Felipe, reliant la Galleria et River Oaks, où il y avait toutes les grandes maisons. Cela dit, elle était jeune, plus jeune qu'il ne l'aurait pensé avec une voiture comme ça, trente ans maximum, et elle portait une espèce de tenue de tennis, une jupe blanche et un haut assorti. Elle avait des bras minces et forts, dorés par le soleil, la peau humide et luisante. Des cheveux blonds, lisses, avec des mèches plus foncées, ramenés en arrière, un nez délicat, des pommettes saillantes. Pas de bijoux, apparemment, à part une bague, un diamant aussi gros qu'une dent. Il savait qu'il n'aurait pas dû regarder comme ça, mais il ne pouvait pas s'en empêcher ; il laissa son regard se promener à l'arrière de la voiture. Il vit un siège de bébé, vide, avec des jouets en peluche multicolores accrochés au-dessus, et à côté un grand sac de courses en papier, mais qui ressemblait à du métal, avec le nom du magasin, Nordstrom's, écrit dessus.

— Quoi que vous donniez, ce sera apprécié, marmotta Carter. Dieu vous bénisse.

Le sac de la femme, une grosse besace en cuir, était posé sur ses cuisses. Elle commença à vider le contenu sur le siège : un tube de rouge à lèvres, un carnet d'adresses, un petit téléphone qui ressemblait à un bijou.

— Je voudrais vous donner quelque chose, dit-elle. Vingt dollars, c'est bien ? C'est ce que les gens donnent ? Je ne sais pas.

— Que Dieu vous bénisse.

Carter savait que le feu n'allait pas tarder à passer au vert.

— Quoi que vous donniez...

Elle pêcha son portefeuille juste au moment où, derrière eux, retentissait le premier coup de klaxon impatient. Entendant cela, elle tourna vivement la tête et regarda le feu, qui était passé au vert.

— Oh, zut, zut !

Elle se mit à fouiller frénétiquement dans son portefeuille, un truc énorme de la taille d'un livre, avec des rabats pressionnés, des fermetures Éclair et des compartiments, tout ça plein de bouts de papier.

— Je ne sais pas, disait-elle. Je ne sais pas.

D'autres coups de klaxon, et puis, dans un rugissement de moteur, la Mercedes rouge qui était derrière elle accéléra et déboîta pour se mettre sur la file du milieu, bloquant la route à un gros 4×4. Le conducteur du 4×4 pila sec et appuya sur le klaxon.

— Je suis désolée, désolée, répétait la femme.

Elle regardait le portefeuille comme si c'était une porte fermée dont elle n'arrivait pas à trouver la clé.

— Il n'y a que des cartes, là-dedans. Je croyais avoir

un billet de vingt, peut-être dix seulement, et zut, zut, zut...

— Hé, connasse !

Le chauffeur d'un gros camion, deux voitures plus loin, passa la tête par la vitre.

— Tu vois pas le feu ? Allez, dégage !

— Ça fait rien, dit Anthony en reculant. Vous devriez y aller.

Le chauffeur du camion se mit à klaxonner avec insistance en agitant le bras par la fenêtre.

— T'as entendu ? beugla-t-il. Dégage de là, bordel de merde !

La femme cambra le dos pour regarder dans le rétroviseur, et ses yeux devinrent immenses.

— Taisez-vous ! s'écria-t-elle amèrement. Seigneur, qu'ils se taisent !

Elle se mit à donner des coups de poing sur le volant.

— Alors, mémère, tu le bouges, ton tas de boue ?!

— Je voulais vous donner quelque chose, c'est tout ce que je voulais. Pourquoi faut-il que ce soit si difficile, de faire une petite chose comme ça ? Je voulais vous aider...

Carter savait qu'il était temps de partir en courant. Il devinait la suite : la portière de la voiture qui s'ouvrait au vol, les pas furieux venant vers lui, le visage d'un homme collé contre le sien avec un rictus hargneux – *T'as fini d'emmerder cette dame, ducon ? Qu'est-ce que tu fous, hein ?* –, et d'autres hommes, Dieu sait combien, il y avait toujours plein d'hommes dans ces cas-là, et la femme aurait beau dire, elle ne pourrait rien faire pour lui, ils ne verraient que ce qu'ils voulaient voir – un Noir et une Blanche avec un siège bébé, des sacs de courses et son portefeuille ouvert sur ses genoux.

— Je vous en prie, dit-il. Madame, faut que vous partiez.

La portière du pick-up s'ouvrit à la volée, vomissant un type à la face rougeaude, en jean et tee-shirt, aux mains aussi grandes que des gants de base-ball. Il écraserait Carter comme un insecte.

— Hé ! Toi, là-bas ! cria-t-il en tendant le doigt.

La grosse boucle ronde de son ceinturon brillait au soleil.

La femme leva les yeux vers le rétroviseur et vit la même chose que Carter : le type tenait un pistolet.

— Oh, mon Dieu ! Oh, mon Dieu ! s'écria-t-elle.

— Il veut lui voler sa voiture ! Ce petit Négro veut lui voler sa voiture !

Carter était figé sur place. Tout lui tombait dessus d'un bloc, un rugissement furieux, le monde entier qui klaxonnait, hurlait, se ruait vers lui, allait se jeter sur lui. La femme tendit rapidement le bras par-dessus le siège passager et ouvrit la portière.

— Montez !

Mais il n'arrivait pas à bouger.

— Vite ! cria la femme. Montez dans la voiture !

Il n'aurait su dire pourquoi, mais il obéit. Il lâcha sa pancarte, monta précipitamment sur le siège passager et claqua la portière. La femme accéléra, brûlant le feu qui était repassé au rouge, et traversa l'intersection comme une fusée, entre les voitures qui faisaient des embardées pour l'éviter. L'espace d'une seconde, Carter se dit que leur dernière heure était arrivée et il ferma les yeux de toutes ses forces, se cramponnant en prévision de l'impact. Mais il ne se passa rien ; ils n'eurent pas un accrochage.

Il se dit que c'était complètement fou. Ils ressortirent de sous l'autoroute et retrouvèrent le soleil, la femme conduisant si vite qu'elle paraissait avoir oublié qu'il était là. Ils traversèrent une voie de chemin de fer, et la Denali rebondit si fort que sa tête heurta le plafond. Ça parut la secouer, elle aussi ; elle freina, si fort qu'elle l'envoya valdinguer contre le tableau de bord, puis elle donna un coup de volant et entra dans un parking où il y avait un pressing et une boutique de beignets. Et là, sans regarder Anthony ou lui dire un mot, elle laissa tomber sa tête sur le volant et se mit à pleurer.

Il n'avait jamais vu pleurer une femme blanche, avant cela, pas de près, juste au cinéma et à la télévision. Dans le huis clos de la voiture, il sentait ses larmes, qui rappelaient la cire fondue, et l'odeur de ses cheveux, qui sentaient le propre. Et puis il se rendit compte qu'il sentait son odeur à lui aussi, ce qui ne lui était pas arrivé depuis longtemps, et il ne sentait pas bon. Il sentait même mauvais, vraiment mauvais, la viande pourrie et le lait aigre. Alors il se regarda, il regarda ses mains, ses bras sales, le tee-shirt et le jean qu'il portait depuis des jours et des jours, et il eut honte.

Au bout d'un moment, elle releva le visage du volant et s'essuya le nez de sa main.

— Comment vous appelez-vous ?

— Anthony.

Pendant un moment, Carter se demanda si elle allait le conduire tout droit au commissariat. La voiture était tellement propre et neuve qu'il avait l'impression d'être une grosse tache sale posée sur le siège. Mais si elle sentait qu'il puait, elle ne le montra pas.

— Je peux descendre, maintenant, dit Carter. Je suis désolé de vous avoir causé tous ces ennuis.

— Vous ? Mais qu'est-ce que vous avez fait ? Rien du tout, voyons.

Elle inspira profondément, inclina la tête en arrière, contre l'appuie-tête, et ferma les yeux.

— Bon sang, mon mari va me tuer. Oh, bon sang, bon sang, bon sang ! Rachel, à quoi pensais-tu ?

Elle avait l'air en colère, et Carter se dit qu'elle attendait qu'il descende de lui-même. Ils n'étaient qu'à quelques rues au nord de Richmond ; de là, il pourrait reprendre un bus vers l'endroit où il dormait, un parking désert vers Westpark, à côté du centre de recyclage. C'était un bon coin, on ne lui faisait pas d'histoires, là-bas, et quand il pleuvait, les gens du centre le laissaient dormir dans un garage vide. Il avait un peu plus de dix dollars sur lui, des billets et des pièces, le butin de la matinée sous la 610 – assez pour rentrer chez lui et acheter quelque chose à manger.

Il mit la main sur la poignée de la portière.

— Non, dit-elle très vite. Ne partez pas.

Elle se tourna vers lui. Scruta son visage avec ses yeux bouffis de larmes.

— Je voudrais que vous me disiez si vous le pensiez.

Il y eut un blanc.

— Pardon ?

— Ce que vous avez écrit sur votre pancarte. Ce que vous disiez : « Dieu vous bénisse. » Je vous ai entendu le dire. Parce que, vous comprenez, Anthony, dit-elle sans attendre sa réponse, je ne me sens pas bénie par le Seigneur.

Elle eut un rire un peu dément qui dévoila des petites dents pareilles à des perles.

— C'est bizarre, non ? Je devrais, mais je n'y arrive pas. Je suis mal dans ma peau. Tellement mal dans ma peau, tout le temps.

Carter ne savait pas quoi dire. Comment une dame blanche comme elle pouvait-elle se sentir mal dans sa peau ? Du coin de l'œil, il voyait le siège bébé vide, à l'arrière, avec son éventail de jouets multicolores, et il se demanda où était l'enfant. Peut-être qu'il devrait en

251

parler, dire combien elle aurait dû être contente. D'après ce qu'il savait, les gens aimaient avoir des bébés, surtout les femmes.

— Enfin, tant pis, dit la femme.

Elle regardait sans la voir la boutique de beignets, droit devant le pare-brise.

— Je sais ce que vous pensez. Vous n'avez pas besoin de le dire. Vous devez penser que je suis folle.

— Vous me paraissez très bien, à moi.

Elle eut un nouveau rire amer.

— Eh bien, c'est exactement ça, hein ? Exactement ça. Je parais très bien. Demandez à qui vous voudrez. Rachel Wood a tout ce qu'on peut désirer. Rachel Wood paraît aller très bien...

Pendant une minute, ils restèrent assis là, la femme pleurant sans bruit et regardant dans le vide, la mort dans l'âme, Carter se demandant encore s'il devait descendre de la voiture ou non. Mais la dame n'allait pas bien, et ça ne semblait pas correct de la laisser là, comme ça. Il se demanda si elle voulait qu'il soit désolé pour elle. Rachel Wood : ça devait être son nom, elle devait parler d'elle-même. Mais il ne pouvait pas en être sûr. Peut-être que Rachel Wood était une de ses amies, ou la personne qui s'occupait du bébé. Il savait qu'il allait devoir partir, à un moment ou à un autre. Ce qu'elle avait finirait par passer, et elle se dirait qu'elle avait manqué de se faire tuer pour ce Nègre puant qui était assis dans sa voiture. Mais pour le moment, sentir sur son visage l'air frais qui venait des bouches d'aération du tableau de bord, et l'étrange, le triste silence de la femme suffisaient à le faire rester à sa place.

— Quel est votre nom de famille, Anthony ?

Il ne se souvenait pas que quelqu'un lui ait jamais posé cette question.

— Carter, répondit-il.

Ce qu'elle fit ensuite le surprit plus que tout ce qui s'était passé jusque-là. Elle se retourna sur son siège, le regarda droit en face, d'un regard clair, et lui tendit la main.

— Eh bien, dit-elle d'une voix encore teintée de tristesse, bonjour, monsieur Carter. Je m'appelle Rachel Wood.

Monsieur Carter. Ça lui plaisait bien. Elle avait une petite main, mais elle serra la sienne comme un homme, fermement. Il se sentit... il n'arrivait pas à trouver les mots pour décrire ça. Il regarda si elle allait s'essuyer la main après, mais elle n'en fit rien.

— Oh, mon Dieu ! dit-elle en ouvrant de grands yeux sidérés. Mon mari va faire une attaque. On ne peut pas lui dire ce qui s'est passé. Sérieusement. C'est vraiment impossible.

Carter secoua la tête.

— Je veux dire, ce n'est pas sa faute si c'est un connard, total et absolu. Il ne verrait pas les choses comme nous. Il faut que vous me le promettiez, monsieur Carter.

— Je ne dirai rien.

— Bon.

Elle eut un bref hochement de tête satisfait et regarda à nouveau au-dehors, devant la voiture, son front lisse plissé pensivement.

— Des beignets. Je me demande vraiment pourquoi je me suis arrêtée ici, entre tous les endroits. Vous n'avez sûrement pas envie de beignets, hein ?

Cette simple évocation lui mit l'eau à la bouche. Il sentit son estomac se mettre à hurler.

— Les beignets, c'est très bien, dit Carter. Et puis leur café est bon.

— Mais ça ne fait pas un vrai repas, hein ?

253

Elle parlait d'une voix ferme. Elle avait pris une décision.

— Un vrai repas, c'est ce qu'il vous faut.

C'est alors que Carter comprit ce qu'était cette sensation. Il se sentait *visible*. Comme si, jusque-là, il avait été un fantôme sans le savoir. Et il comprit aussi, tout à coup, qu'elle avait l'intention de le ramener avec elle, de l'emmener chez elle. Il avait entendu parler de gens comme ça, mais il n'y avait jamais cru.

— Vous savez, monsieur Carter, je pense que Dieu vous a mis sous cette bretelle d'autoroute aujourd'hui pour une raison. Je pense qu'Il essayait de m'envoyer un message.

Elle enclencha une vitesse.

— On va être amis, vous et moi. Je le sens.

Et ils furent amis, tout comme elle avait dit. C'était le plus marrant. Lui et cette dame blanche, Mme Wood, avec son mari – qui était assez vieux pour être son père, sauf que Carter ne le voyait presque jamais –, et sa grande maison sous les chênes verts, avec sa belle pelouse et ses haies, et ses deux petites filles, pas seulement le bébé, sa sœur, aussi, mignonne comme tout, toutes les deux, comme dans un film. Il le sentait là, dans la moelle de ses os, tout au fond de lui. Ils étaient amis. Elle eut pour lui des attentions que personne n'avait eues. Elle lui avait ouvert la portière de sa voiture et, à l'intérieur, on aurait dit qu'il y avait une grande pièce, et dans cette pièce des gens, et des voix qui disaient son nom, de quoi manger, un lit pour dormir, et tout le reste. Elle lui trouva du travail, pas seulement dans son jardin, mais dans d'autres maisons aussi ; et partout où il allait, les gens l'appelaient « monsieur Carter », lui demandaient s'il ne pourrait pas faire un petit quelque chose en plus, aujourd'hui, parce qu'ils avaient des amis qui venaient : enlever les feuilles du patio, ou repeindre des chaises, enlever les feuilles des gouttières, ou même promener un chien de temps en temps.

— Monsieur Carter, je sais que vous devez être occupé, mais si ça ne vous ennuie pas trop, vous ne pourriez pas... ?

Il disait toujours oui, et dans l'enveloppe sous le paillasson ou le pot de fleurs, ils lui laissaient un billet de dix ou de vingt en plus, sans qu'il ait besoin de demander. Il aimait ces autres gens, mais la vérité, c'est qu'ils ne comptaient pas pour lui ; tout ça, c'était pour elle qu'il le faisait. Le mercredi, le meilleur jour de la semaine – son jour –, elle lui faisait signe par une fenêtre quand il allait chercher la tondeuse dans le garage, et certaines fois, assez souvent, elle sortait de la maison quand il avait fini et qu'il nettoyait – elle ne laissait pas l'argent sous le paillasson, comme les autres, elle le lui mettait dans la main –, et il lui arrivait de s'asseoir un petit moment avec des verres de thé glacé sur le patio, à lui raconter sa vie, et lui poser des questions sur lui aussi. Ils parlaient comme des vraies gens, assis à l'ombre.

— Monsieur Carter, lui disait-elle, c'est le bon Dieu qui vous a envoyé. Monsieur Carter, je ne sais pas comment je ferais sans vous. Vous êtes la pièce du puzzle qui manquait.

Il l'aimait. C'était vrai. C'était le mystère, le triste et pénible mystère de tout ça. Alors qu'il était allongé là dans le noir et le froid, il sentait les larmes monter, monter tout du long depuis son ventre. Comment quelqu'un avait-il pu penser qu'il avait fait du mal à Mme Wood alors qu'il l'aimait tant ? Parce qu'il le savait. Il savait que, alors qu'elle souriait et riait et faisait ce qu'elle avait à faire, les courses, jouer au tennis et aller au salon de beauté, tout au fond d'elle, il y avait un vide, il l'avait vu, dès le premier jour, dans sa voiture, et c'est là que son cœur allait, comme s'il avait pu, rien que parce qu'il le voulait, remplir ce vide qui était en elle. Les jours où elle ne sortait pas dans le jardin, de plus en plus souvent, alors que le temps passait, il l'apercevait, parfois, assise sur le canapé pendant des heures, laissant le bébé pleurer et pleurer, parce qu'il était mouillé ou qu'il avait faim. Elle restait là, absolument sans bouger, comme s'il n'y avait plus un souffle d'air en elle. Certains jours, il ne la voyait pas du tout, et il devinait qu'elle devait être dans les profondeurs de la maison, quelque part, juste occupée à être triste. Ces jours-là, il faisait des choses en plus, il taillait un petit peu les haies ou il arrachait les mauvaises herbes dans l'allée, en espérant que s'il attendait assez longtemps, elle sortirait avec le thé. Le thé voulait dire qu'elle allait bien, qu'elle avait surmonté un de ces jours où elle se sentait si mal dans sa peau, comme ça lui arrivait.

Et puis, cet après-midi-là dans le jardin – ce terrible après-midi de décembre –, il trouva l'autre petite fille, Haley, toute seule. L'air était plein d'odeurs humides, il y avait des feuilles mortes sur l'eau de la piscine. La petite fille, qui était au jardin d'enfants, portait son short bleu de l'école et une blouse avec un col, et rien d'autre, même pas de chaussures, et elle était assise dans le patio. Elle tenait une poupée, une Barbie. Elle n'avait pas école, ce jour-là ? C'est ce que Carter lui demanda, et elle secoua la tête, sans le regarder. Sa maman était-elle là ? Son papa était au Mexique, répondit la petite fille, en tremblant de froid. Avec sa petite amie. Sa maman ne voulait pas se lever.

Il essaya d'ouvrir la porte, mais elle était fermée à clé, alors il sonna, il appela par la fenêtre, mais personne ne répondit. Il ne savait pas quoi faire de la petite fille, dehors toute seule comme ça, mais il y avait des tas de choses qu'il ignorait sur les gens comme les Wood, ce qu'ils faisaient n'avait pas toujours de sens pour lui. Il n'avait que son vieux pull sale à donner à la petite fille, mais elle le prit et s'enroula dedans comme dans une couverture. Il se mit à travailler sur la pelouse, se disant que peut-être le bruit de la tondeuse réveillerait Mme Wood, et qu'elle se souviendrait que sa petite fille était dehors, toute seule, à côté de la piscine, et qu'elle avait fermé la porte à clé sans le faire exprès. *Monsieur Carter, je ne sais pas comment j'ai fait, j'ai dû m'endormir, grâce au ciel, vous étiez là.*

Il finit de tondre la pelouse, la petite fille le regardant en silence avec sa poupée, et il alla chercher l'épuisette dans le garage pour nettoyer la piscine. C'est là qu'il le trouva, au bord du chemin : un bébé crapaud. Pas plus gros qu'une pièce d'un cent. Un coup de chance qu'il n'ait pas passé la tondeuse dessus. Il se pencha pour le ramasser. Il ne pesait rien dans sa main. S'il ne l'avait pas vu de ses propres yeux, il aurait cru qu'il avait la main vide, tellement il était léger. Peut-être que c'était la petite fille qui le regardait depuis le patio, ou bien Mme Wood qui dormait dans la maison, en tout cas, à ce moment-là, il semblait que le crapaud pouvait tout arranger, d'une façon ou d'une autre, cette petite chose dans l'herbe.

— Viens voir, dit-il à la petite fille. Viens voir, j'ai quelque chose à te montrer. Juste un petit bébé chose, mademoiselle Haley. Un petit bébé, comme toi.

Et puis, en se retournant, il vit Mme Wood, debout dans le jardin, derrière lui, à moins de dix mètres de là. Elle avait dû sortir par la porte de devant, parce qu'il ne l'avait pas entendue. Elle portait un grand tee-shirt, comme une sorte de chemise de nuit, et elle avait les cheveux tout en désordre autour de son visage.

— Madame Wood, dit-il, tiens, vous êtes là, content de voir que vous êtes levée. J'allais justement montrer à Haley...

— *Éloignez-vous d'elle !*

Mais ce n'était pas Mme Wood, pas celle qu'il connaissait. Elle avait un regard affolé, complètement hagard. On aurait dit qu'elle ne le reconnaissait pas.

— Madame Wood, je voulais juste lui montrer quelque chose de mignon...

— *Fichez le camp ! Fichez le camp ! Cours, Haley, cours !*

Et avant qu'il ait eu le temps de dire un mot, elle le poussa, très fort, de toutes ses forces. Il tomba en arrière, son pied se prit dans l'épuisette qu'il avait laissée à côté de la piscine. Il tendit la main, par réflexe, ses doigts attrapèrent le devant de son tee-shirt, s'y cramponnèrent. Il sentit qu'il l'entraînait malgré lui, il ne pouvait rien faire pour éviter ça, et c'est là qu'ils tombèrent dans l'eau.

L'eau. Elle le frappa comme un poing, son nez, ses yeux et sa bouche s'emplirent d'eau, avec son affreux goût chimique, comme le souffle du démon. Il en avait au-dessus, en dessous et tout autour de lui alors qu'ils s'enfonçaient, leurs bras et leurs jambes emmêlés comme dans un filet. Il essaya de se libérer, mais elle tenait bon, et elle l'entraînait vers le fond, de plus en plus profondément. Il ne savait pas nager, il était incapable de faire une brasse, il pouvait plus ou moins se maintenir à la surface quand il le fallait, mais même ça, ça lui faisait peur, et il n'avait pas la force de lui résister. Il redressa la tête pour retrouver la surface brillante de l'eau, respirer, mais elle lui parut être à un kilomètre. Mme Wood l'attirait vers le bas, dans un monde de silence, comme si la piscine était un morceau de ciel à l'envers, et alors il comprit : c'était là qu'elle voulait aller. C'était vers ça qu'elle allait depuis le début, depuis le premier jour, sous la bretelle de l'autoroute, quand elle avait arrêté sa voiture et l'avait appelé. La chose, quoi que ç'ait été, qui l'avait gardée dans cet autre monde, celui au-dessus de l'eau, avait fini par lâcher, comme la ficelle d'un cerf-volant, mais le monde était à l'envers, et maintenant le cerf-volant était en train de tomber. Elle l'attira dans une étreinte, son menton à elle contre son épaule à lui, et l'espace d'un instant il entrevit ses yeux dans l'eau qui tournoyait, vit qu'ils étaient pleins d'une obscurité terrible, définitive. *Je vous en prie, lâchez-moi. Je mourrai, si c'est ça que vous voulez,* pensa-t-il, *je mourrais pour vous si vous me le demandiez, laissez-moi mourir à votre place.* Il n'avait qu'à inspirer. Il le savait aussi clairement qu'il connaissait son propre nom, mais il avait beau essayer, il n'arrivait pas à s'obliger à le faire. Il avait vécu trop longtemps pour renoncer à la vie maintenant par sa seule volonté. Ils heurtèrent le fond avec un choc sourd, Mme Wood le tenant toujours, et il sentit ses épaules se tortiller quand elle inspira la première fois. Elle prit une deuxième inspiration, puis une troisième, et les bulles de ce qui restait d'air dans ses poumons montèrent à côté de son oreille comme un secret murmuré – *Dieu vous bénisse, monsieur Carter* –, alors elle le lâcha.

Il ne se rappelait pas être sorti de la piscine, ni ce qu'il avait dit à la petite fille. Elle avait pleuré tout fort, et puis elle s'était arrêtée. Mme Wood était morte, son âme n'était plus nulle part, seul son corps vide remontait lentement vers la surface, prenant sa place parmi les feuilles mortes qu'il voulait retirer. Et tout ça avait quelque chose de paisible, une sérénité terrible à vous briser le cœur, comme si une chose qui avait duré trop longtemps avait enfin trouvé le moyen de finir. Comme s'il avait commencé à disparaître à nouveau. Des heures ou des minutes passèrent avant que la voisine n'arrive, et puis la police, mais à ce moment-là il savait qu'il ne raconterait à personne, à aucune âme, ce qui était arrivé, les choses qu'il avait vues et entendues. C'était un secret qu'elle lui avait donné, le dernier secret de qui elle était, et il était déterminé à le garder par-devers lui.

Tant pis pour ce qui pouvait lui arriver maintenant ; Carter avait décidé que c'était inévitable. Peut-être que Wolgast lui avait menti, ou peut-être pas, mais l'œuvre de la vie de Carter était achevée ; il le savait, maintenant. Personne ne l'interrogerait plus jamais sur Mme Wood. Elle n'était plus qu'un souvenir dans son esprit, comme si un peu d'elle était entré en lui, et il n'aurait plus besoin d'en parler à personne.

L'air autour de lui se brisa avec un sifflement, comme de l'air fuyant par un trou dans un pneu, et une lumière verte, une unique lumière verte, apparut sur le mur du fond, à l'endroit où il y en avait une rouge d'habitude ; une porte s'ouvrit, et une lumière bleutée baigna la pièce. Carter vit qu'il était allongé sur un chariot, en chemise de nuit d'hôpital. Le tube était toujours enfoncé dans la peau de sa main, sous un sparadrap, et rien que de le regarder, ça lui fit à nouveau mal. La pièce était plus vaste qu'il ne pensait, rien que des surfaces d'un blanc pur, à part l'endroit où la porte s'était ouverte, et quelques machines sur le mur du fond qui ne ressemblaient à rien de ce qu'il connaissait.

Une silhouette était debout sur le seuil de la porte.

Il ferma les yeux et se rallongea en pensant : *C'est bon. Très bien. Je suis prêt, maintenant. Qu'ils viennent.*

— On a un problème.

Il était juste un peu plus de dix heures du soir. Sykes était apparu à la porte du bureau de Richards.

— Je sais, répondit Richards. Je suis au courant.

Le problème, c'était la fille, la petite inconnue. Ce n'était plus une inconnue. Richards avait reçu l'information un peu après neuf heures, par le réseau de l'administration judiciaire. La mère de la fille était suspecte dans une affaire de meurtre, un garçon abattu par balle dans une maison d'étudiants. La victime était le fils d'un juge fédéral. L'arme, qu'elle avait laissée sur la scène du crime, avait conduit la police locale vers un motel, près de Graceland, où le patron – un casier judiciaire de deux pages de long – avait identifié la gamine à partir de la photo que les flics avaient prise d'elle le vendredi, au couvent où la mère l'avait abandonnée. Les bonnes sœurs avaient craché le morceau, et raconté une histoire dont Richards ne savait pas quoi penser – une sorte de tumulte au zoo de Memphis. Ensuite, l'une d'elles avait reconnu Doyle et Wolgast sur une bande de vidéosurveillance prise, la veille au soir, au poste de contrôle de l'I-55, au nord de Baton Rouge. La télé locale avait eu vent de l'affaire juste à temps pour les nouvelles du soir, quand l'alerte enlèvement avait été lancée.

Et voilà, maintenant le monde entier cherchait deux agents fédéraux et une petite fille appelée Amy Bellafonte.

— Où sont-ils, maintenant ? demanda Sykes.

Sur son terminal, Richards se connecta à la liaison satellite et cadra un point à la frontière entre le Tennessee et le Colorado. Le transpondeur était dans l'organiseur de Wolgast. Richards compta dix-huit points chauds dans la région, puis il trouva celui qui correspondait aux coordonnées de la puce du mouchard de Wolgast.

— Dans l'ouest de l'Oklohama.

Debout derrière lui, Sykes regardait par-dessus son épaule.

— Vous croyez qu'il est au courant ?

Richards recadra la zone et fit un zoom avant.

— Je dirais que oui, répondit-il, et il montra à Sykes le flux de données.

Vitesse de la cible : 102 km/h.

Puis, un moment plus tard :

Vitesse de la cible : 122 km/h.

Ils étaient en fuite, à présent. Richards allait être obligé d'aller les récupérer. Les flics du coin étaient sur le coup, peut-être même la police de l'État. Ça allait être moche, et encore, en espérant qu'il arrive à temps. L'hélico était déjà en route ; Sykes l'avait fait venir de Fort Carson.

Ils prirent l'escalier du fond vers le moins un et sortirent pour l'attendre. Il faisait un peu moins froid depuis le coucher du soleil. Sous les lumières de la plateforme d'atterrissage, un brouillard épais montait en vagues volutes, comme la glace sèche sur une scène de concert de rock. Ils attendirent côte à côte, sans se parler ; il n'y avait rien à dire. La situation était un merdier plus ou moins total et absolu. Richards pensa à la photo, celle qui passait en boucle sur tous les réseaux, à l'heure qu'il était. Amy Bellafonte : « belle fontaine ». Les cheveux noirs, tombant sur les épaules – l'air mouillés, comme si elle avait marché sous la pluie – et le petit visage lisse, jeune, aux joues encore un peu rondes du bébé qu'elle avait été. Mais sous les sourcils, les yeux noirs avaient la profondeur de ceux qui savent. Elle portait un jean et un sweat-shirt à la fermeture Éclair remontée jusqu'au cou. Dans une main, elle tenait une espèce de jouet en peluche, un animal, peut-être un chien. Mais les yeux : c'est à ça que Richards revenait toujours. Elle regardait l'appareil photo bien en face comme pour dire : *Vous voyez ? Qu'est-ce que vous croyiez, Richards ? Vous pensiez que personne au monde ne m'aimait ?*

L'espace d'une seconde, une seule, il y songea. Ça l'effleura comme une aile : le désir d'être quelqu'un d'autre, complètement différent, quelqu'un pour qui le regard d'une enfant aurait compté.

Cinq minutes plus tard, ils entendirent l'hélicoptère, présence pulsatile qui approchait en rase-mottes au-dessus du rideau d'arbres, au sud-est. Il décrivit un seul, un unique virage pour se repérer, projetant un cône de lumière, et descendit vers la plateforme avec une précision balistique, chassant une vague d'air frémissant sous ses pales. Un UH-60 Black Hawk avec un arsenal complet et équipé pour la reconnaissance nocturne. Ça paraissait faire beaucoup pour une petite fille. Mais la situation dans laquelle ils s'étaient fourrés l'exigeait. Ils mirent leur main en visière devant leur front pour se protéger du vent, du bruit et de la neige tourbillonnante.

Alors que l'hélicoptère touchait le sol, Sykes prit Richards par le coude.

— Ce n'est qu'une petite fille ! dit-il dans le vacarme. Faites ça comme il faut !

Quoi que ça veuille dire, pensa Richards. Il s'avança rapidement vers la porte qui s'ouvrait.

10.

Ils roulaient très vite, Wolgast au volant. À côté de lui, Doyle pianotait furieusement sur son organiseur. Il essayait de joindre Sykes pour lui dire qu'il avait pris la direction des opérations.

— Putain ! Pas de réseau.

Doyle balança son portable sur le tableau de bord. Homer était à vingt kilomètres derrière eux, et ils allaient plein ouest. Les champs à perte de vue défilaient interminablement sous un ciel grouillant d'étoiles.

— J'aurais pu te le dire, fit Wolgast. On est sur la face cachée de la lune, ici. Et surveille ton langage, s'il te plaît.

Doyle l'ignora. Wolgast jeta un rapide coup d'œil dans le rétroviseur et vit qu'Amy le regardait. Il savait qu'elle le sentait aussi : il y avait un lien entre eux. Depuis qu'ils étaient descendus du manège et qu'il avait pris son parti.

— Que sais-tu de cette histoire ? demanda Wolgast. Tu peux me le dire, maintenant. Je suppose que ça n'a plus d'importance.

— Je n'en sais pas plus que vous, répondit Doyle avec un haussement d'épaules. À part que Richards pensait que ça pourrait vous poser un problème.

Quand en avaient-ils parlé ? Wolgast se le demandait. Pendant qu'il était sur les attractions avec Amy ? L'autre soir, à Huntsville, quand Wolgast était rentré au motel pour appeler Lila ? Ou avant ?

— Tu devrais faire gaffe, Phil. Franchement, un type de cet acabit. Un militaire privé. Une sorte de merce-naire, au fond.

Doyle poussa un soupir agacé.

— Brad, vous savez ce que c'est, votre problème ? Vous ne savez pas reconnaître vos alliés. J'étais prêt à vous laisser le bénéfice du doute, là-bas. Vous n'aviez qu'à la ramener à la voiture quand vous aviez dit que vous le feriez. Vous n'avez pas de vision d'ensemble.

— J'en ai assez vu.

Une station-service apparut devant eux, oasis de lumière dans les ténèbres. Comme ils s'en approchaient, Wolgast relâcha l'accélérateur.

— Bon sang ! Ne vous arrêtez pas, fit Doyle. Continuez.

— On n'ira pas très loin sans essence. On n'a plus que le quart du réservoir. On ne sait pas où est la prochaine station.

Si Doyle voulait diriger les opérations, se dit Wolgast, qu'il agisse en chef, au moins.

— D'accord. Mais on fait le plein, c'est tout. Et vous restez dans la voiture, tous les deux.

Wolgast s'arrêta devant une pompe et coupa le contact. Doyle se pencha pour prendre les clés, ouvrit la boîte à gants et prit l'arme de Wolgast. Il enleva le chargeur, le glissa dans la poche de son veston et remit le pistolet vide à sa place.

— Et pas de bêtise.

— Tu devrais peut-être vérifier le niveau d'huile, aussi.

Doyle poussa un soupir exaspéré.

— Bon Dieu, Brad ! Et quoi encore ?

— Moi, ce que j'en dis... Tu n'as sûrement pas envie qu'on reste en rade.

— D'accord. Je vais vérifier l'huile. Et vous, ne bougez pas de là.

Il se dirigea vers l'arrière de la Tahoe et commença à remplir le réservoir. Maintenant que Doyle était descendu de voiture, Wolgast pouvait réfléchir un peu, mais sans arme, sans les clés de la voiture, il ne pouvait pas faire grand-chose. D'un côté, il avait décidé de ne pas trop se tracasser à propos de Doyle, mais pour le moment, la situation était ce qu'elle était. Il tira le levier sous le tableau de bord. Doyle s'approcha de l'avant de la Tahoe et souleva le capot, disparaissant momentanément à la vue de Wolgast.

Il se tourna vers Amy.

— Ça va ?

La petite fille hocha la tête. Elle tenait son sac à dos sur ses cuisses. L'oreille usée de son lapin en peluche dépassait de l'ouverture. À la lumière de la station-service, Wolgast voyait qu'elle avait encore un peu de sucre glace sur les joues, comme des flocons de neige.

— On va toujours chez le docteur ?

— Je ne sais pas. On verra.

— Il a un pistolet.

— Je sais, mon chou. Tout va bien.

— Ma mère avait un pistolet.

Avant que Wolgast ait eu le temps de trouver quoi répondre, le capot de la Tahoe se referma. Surpris, il se retourna d'un bloc juste le temps de voir trois voitures de police de l'État, tous gyrophares clignotants, foncer vers la station et la dépasser. La porte côté passager de la Tahoe s'ouvrit sur un courant d'air humide.

— Et merde !

Doyle rendit les clés à Wolgast et se tordit sur son siège pour regarder passer les voitures.

— Vous croyez que c'est après nous qu'ils en ont ?

Wolgast jeta un coup d'œil dans le rétroviseur latéral. Il aurait pu s'agir d'un incident banal, d'un accident de la circulation ou d'un incendie. Mais son instinct lui disait que ce n'était pas ça. Il compta les secondes en regardant disparaître dans le lointain les lumières des voitures de patrouille. Il était arrivé à vingt lorsqu'il sut qu'elles faisaient demi-tour.

Il mit le contact, sentit ronfler le moteur.

— C'est bien après nous qu'ils en ont.

Dix heures, et sœur Arnette ne dormait toujours pas. Elle n'arrivait pas à fermer l'œil.

C'était terrible, absolument terrible, tout ce qui s'était passé – d'abord ces hommes qui étaient venus chercher Amy, comment ils l'avaient bernée, bernant tout le monde, même si sœur Arnette ne réussirait pas à comprendre comment ils pouvaient être à la fois du FBI et des ravisseurs ; et puis ce terrible incident, au zoo, tous ces cris et ces hurlements, et ces gens qui couraient, et Lacey qui serrait Amy comme ça contre elle, refusant de la lâcher. Et les heures qu'elles avaient passées au commissariat, jusqu'à la fin de la journée, pas vraiment traitées comme des criminelles, mais interrogées sur un ton auquel sœur Arnette n'était assurément pas habituée, vaguement accusateur, l'inspecteur leur posant et leur reposant toujours les mêmes questions. Et puis les journalistes, et les camions de télévision alignés dans la rue, devant la maison, d'énormes projecteurs braqués sur les fenêtres de la façade pendant toute la soirée, et le téléphone qui n'avait pas arrêté de sonner jusqu'à ce que sœur Claire pense à le débrancher.

La mère de la fillette avait tué quelqu'un, un garçon. C'est ce que l'inspecteur lui avait dit. L'inspecteur s'appelait Dupree, un jeune homme avec un petit bouc qui s'exprimait courtoisement, avec un vague accent de La Nouvelle-Orléans, ce qui voulait dire qu'il était probablement catholique, et qui lui avait donné des « mon petit » et des « ma chère » en veux-tu en voilà, mais n'était-ce pas l'impression que les deux autres lui avaient faite quand ils avaient sonné à la porte, Wolgast et l'autre, plus jeune et plus séduisant, dont elle avait revu les visages sur la vidéo granuleuse que Dupree lui avait montrée, d'un endroit, dans le Mississippi, prise – à ce qu'elle avait cru comprendre – alors qu'ils ne se savaient pas observés ? L'impression que c'étaient des hommes bien comme il faut parce qu'ils en avaient l'air ? Et la mère, l'inspecteur Dupree lui avait dit que la mère était une *prostituée*. « Une prostituée est une fosse profonde et l'étrangère un puits étroit. Elle dresse des embûches comme un brigand, Et elle augmente parmi les hommes le nombre des perfides » (Proverbes, 23). « Car les lèvres de l'étrangère distillent le miel, et son palais est plus doux que l'huile ; mais à la fin elle est amère comme l'absinthe, aiguë comme un glaive à deux tranchants. Ses pieds descendent vers la mort, ses pas atteignent le séjour des morts » (Proverbes, 5).

Le séjour des morts. Ces seuls mots faisaient frémir sœur Arnette dans son lit. Parce que l'enfer existait bel et bien, c'était un fait ; c'était un endroit réel, où les âmes tourmentées se tordaient de douleur, pour l'éternité. Et voilà le genre de femme que Lacey avait laissée entrer dans leur cuisine, qui s'était tenue dans leur maison, il n'y avait même pas trente-six heures ; une femme dont les pas atteignaient le séjour des morts. La femme avait pris ce garçon dans ses rets, d'une façon ou d'une autre – Arnette ne voulait pas imaginer comment –, elle l'avait tué, abattu d'un coup de feu dans la tête, et puis elle avait donné sa fille à Lacey pendant qu'elle s'enfuyait, une gosse qui avait on ne sait quoi en elle. Parce que c'était vrai : il y avait quelque chose en elle qui n'était... pas de ce monde. Ce n'était pas une pensée agréable, mais les faits étaient là. Comment, sinon, expliquer ce tumulte, au zoo, tous les animaux s'enfuyant et faisant tout ce raffut ?

La situation était terrible. Terrible terrible terrible.

Arnette essaya de s'obliger à dormir, en vain. Elle entendait encore le bruit des groupes électrogènes des camions, elle revoyait, à travers le voile de ses paupières fermées, la lumière avide de leurs projecteurs. Si elle allumait la télévision, elle savait ce qu'elle verrait : des reporters parlant d'un ton grave dans leurs micros et indiquant derrière eux la maison où Arnette et les autres sœurs tentaient maintenant de dormir. La « scène du crime », comme ils disaient, les derniers développements de cette histoire sensationnelle de meurtre et d'enlèvement, et d'agents fédéraux impliqués on ne savait comment – bien que Dupree ait interdit, rigoureusement interdit aux sœurs de parler de l'affaire à qui que ce soit. Quand les sœurs étaient rentrées du commissariat dans le véhicule de la police, tellement épuisées qu'elles ne pouvaient même plus parler entre elles, et qu'elles avaient trouvé les camions de télévision, au moins une douzaine, garés devant la maison comme une caravane de cirque, sœur Claire avait remarqué qu'il n'y avait pas que des chaînes de Memphis ; certains venaient d'aussi loin que Nashville, Paducah, Little Rock et même Saint Louis. Dès que le véhicule de la police avait tourné dans l'allée, les journalistes s'étaient déchaînés, braquant leurs caméras, leurs projecteurs, leurs micros sur elles en aboyant leurs questions furieuses, inintelligibles. Ces gens n'avaient pas de décence. Sœur Arnette avait eu tellement peur qu'elle s'était mise à trembler. Il avait fallu que deux policiers chassent la meute : « Vous ne voyez pas que ce sont des religieuses ? Vous n'avez pas mieux à faire que d'ennuyer des religieuses ? Reculez ! Allez, tout de suite ! » pour que les sœurs puissent rentrer chez elles sans être harcelées.

Oui, l'enfer était bien réel, et Arnette savait où il était. Elle était en plein dedans, là, en ce moment.

Après ça, elles s'étaient assises ensemble, dans la cuisine. Elles n'avaient pas faim, mais elles avaient besoin d'être quelque part – toutes sauf Lacey que Claire avait emmenée dans sa chambre, à l'étage, pour qu'elle se repose. C'était bizarre : d'elles toutes, Lacey semblait la moins ébranlée par les événements de l'après-midi. Il y avait des heures qu'elle n'avait pratiquement rien dit, non seulement aux sœurs, mais aussi à Dupree. Elle était restée assise, les mains sur les cuisses, les joues ruisselantes de larmes. Et puis une chose curieuse s'était produite : les policiers leur avaient montré la bande vidéo du Mississippi, et quand Dupree avait figé l'image sur les deux hommes, Lacey s'était avancée et avait regardé fixement l'écran. Arnette avait déjà dit à Dupree que c'étaient eux, qu'elle avait une bonne vue et qu'il n'y avait pas de doute pour elle ; les hommes, sur l'image, étaient bien ceux qui étaient venus chez elles et avaient emmené la fille. Mais le visage de Lacey avait exprimé quelque chose qui ressemblait à de la surprise, ou plutôt de la *stupeur*, c'est le mot qui venait à l'esprit d'Arnette, et tout le monde avait retenu son souffle.

— Je me trompais, avait enfin dit Lacey. Ce n'est pas... lui. Ce n'est pas cet homme-là.

— Qui ça, ma sœur ? avait demandé Dupree, gentiment.

Elle avait montré du doigt le plus vieux des deux agents, celui qui avait tout le temps parlé – sauf qu'Arnette se rappelait qu'en réalité c'était le plus jeune qui avait emporté Amy et l'avait mise dans la voiture. Sur l'écran, il regardait la caméra bien en face, tenant un gobelet jetable à la main. Le *time code*, en bas à droite de l'écran, disait qu'il était six heures une du matin, le jour où ils étaient venus au couvent.

— Lui, avait dit Lacey en tapotant le verre.

— Ce n'est pas lui qui a enlevé la fille ?

— C'est lui, assurément, inspecteur, avait déclaré Arnette.

Elle s'était tournée vers sœur Louise et sœur Claire, qui avaient hoché la tête en signe d'assentiment.

— Nous sommes toutes d'accord. Notre sœur est simplement perturbée.

Mais Dupree ne s'était pas laissé démonter.

— Sœur Lacey, que voulez-vous dire, ce n'était pas lui ?

Son visage était illuminé de conviction.

— Cet homme, avait-elle dit. Vous le voyez ?

Elle s'était retournée et les avait regardées l'une après l'autre. Elle était bel et bien souriante.

— Vous voyez ? Il l'aime.

Il l'aime. Qu'est-ce que ça voulait dire ? Mais Lacey n'en avait pas dit davantage, pour autant qu'Arnette le sache. Est-ce que ça voulait dire qu'en réalité, ce Wolgast connaissait la petite ? Se pouvait-il qu'il soit le père d'Amy ? Est-ce que c'était le fin mot de l'histoire ? Mais ça n'expliquait pas ce qui s'était produit au zoo, une chose terrible – un enfant avait bel et bien été piétiné dans la confusion, et il était à l'hôpital ; deux des animaux, un félin et l'un des singes, avaient été abattus –, ni le reste de l'affaire, et notamment le garçon mort, à la maison d'étudiants. Et pourtant toute la fin de l'après-midi, au commissariat, dans les différents bureaux où elles avaient raconté leur histoire, Lacey était restée tranquillement assise, souriant de cet étrange sourire, comme si elle savait une chose qu'elle était seule à savoir.

Arnette croyait que tout remontait à ce qui était arrivé à Lacey il y avait si longtemps, quand elle était petite fille, en Afrique. Arnette avait tout raconté aux autres sœurs, alors qu'elles étaient assises dans la cuisine, en attendant l'heure d'aller au lit. Elle n'aurait probablement pas dû, mais elle avait bien été obligée d'en parler à Dupree, et une fois à la maison, ça lui avait pour ainsi dire échappé. Une expérience pareille, on ne l'oubliait jamais, les sœurs étaient bien d'accord ; elle avait ça en elle, et ça y resterait pour toujours. Sœur Claire – ça ne pouvait être que sœur Claire, qui était allée à la fac et avait une jolie robe et des belles chaussures dans son placard, comme si elle pouvait être invitée à une soirée élégante n'importe quand – avait un nom pour ça : « trouble post-traumatique ». Ça tenait debout, disait sœur Claire ; ça expliquait bien des choses. Pourquoi Lacey avait pris la petite sous son aile, pourquoi elle ne sortait jamais de la maison, et pourquoi elle paraissait toujours un peu à part, vivant parmi elles et en même temps pas tout à fait, comme si une partie d'elle était toujours ailleurs. Pauvre Lacey, porter un tel souvenir en elle...

Arnette regarda la pendule. Minuit cinq. Dehors, le bourdonnement des groupes électrogènes avait enfin cessé ; les équipes de télévision avaient toutes plié bagage. Elle repoussa ses couvertures avec un soupir préoccupé. Inutile de se voiler la face. Tout ça, c'était la faute de Lacey. Arnette n'aurait jamais livré la petite à ces hommes si Lacey ne leur avait pas menti au départ, et pourtant, maintenant, la sœur dormait sur ses deux oreilles pendant qu'elle, Arnette, n'arrivait pas à fermer l'œil. Les autres ne le voyaient-elles pas ? Probablement pas. Elles devaient toutes dormir, elles aussi. Seule Arnette était condamnée à arpenter toute la nuit les corridors de son esprit.

Parce qu'elle se faisait du mauvais sang. Elle s'en faisait énormément. Sœur Claire avait beau dire, il y avait quelque chose qui clochait. *Ce n'est pas lui. Il l'aime.* Cet étrange sourire entendu, sur les lèvres de Lacey. Dupree avait eu beau l'interroger, lui demander ce que ça voulait dire, elle s'était contentée de sourire et de répéter ces mots, comme s'ils expliquaient tout. Or c'était en contradiction complète avec les faits. C'était bien lui, Wolgast. Tout le monde était d'accord là-dessus. Wolgast et l'autre homme, celui qui avait emmené la fille, Doyle, Arnette n'avait pas oublié son nom, Phil Doyle. Où ils avaient emmené la petite, et pourquoi, ça, personne ne l'avait dit à Arnette. Et elle avait bien senti que Dupree était intrigué aussi, à sa façon de reposer sans arrêt les mêmes questions en faisant cliqueter son stylo, les sourcils froncés, l'air incrédule, et de secouer la tête et de passer des coups de fil en buvant des tasses de café à la chaîne.

Et puis, malgré tous ces soucis, Arnette sentit son esprit commencer à dériver, les images de la journée se dévider en elle comme un écheveau, l'entraînant dans le sommeil. *Parlez-nous encore du parking, ma sœur.* Arnette dans la petite pièce avec le miroir qui n'était pas un miroir – elle le savait. *Parlez-nous de ces hommes. Parlez-nous de Lacey.* Arnette était face au miroir ; derrière l'épaule de Dupree elle voyait le reflet de son propre visage, un vieux visage, ridé par les années et la fatigue, encadré par l'ovale gris du tissu de son voile si bien qu'il semblait flotter dans l'espace, comme désincarné. Et derrière, de l'autre côté du miroir, au-dessus et tout autour d'elle, elle détectait une présence, une forme sombre qui l'observait. Qui était derrière son visage ? Et maintenant, elle entendait aussi la voix de Lacey, dans le parking, Lacey affolée qui semblait loin d'eux tous, assise par terre, farouchement cramponnée à la petite. Et Arnette debout au-dessus d'elles, Lacey et la petite en larmes. *Ne l'emmenez pas.* Son esprit suivait la voix de Lacey, vers un endroit sombre.

Ne m'emmenez pas, ne m'emmenez pas, ne m'emmenez pas...

L'angoisse lui étreignit la poitrine comme un poing énorme ; elle se redressa dans son lit, trop vite, le cœur battant trop fort. L'air de la pièce semblait raréfié, comme si tout l'oxygène s'en était allé. S'était-elle endormie ? Était-ce un rêve ? Au nom du ciel ?

Et tout à coup, elle sut, elle sut avec certitude : un danger, un danger effroyable les menaçait. Un grand malheur allait se produire. Elle ne savait pas quoi. Une force noire s'était déchaînée sur le monde, et fondait sur eux, sur eux tous.

Et Lacey le savait. Le mal, Lacey, qui était restée allongée dans ce champ pendant des heures, savait ce que c'était.

Arnette sortit de la chambre comme un vent de tempête, dans le couloir. Être dévorée par une telle terreur à soixante-huit ans ! Donner sa vie à Dieu, à Sa paix et Son amour, pour en arriver là ! Se retrouver toute seule dans le noir avec ça ! Une douzaine de pas vers la chambre de Lacey : elle essaya de tourner la poignée, en vain ; la porte était verrouillée de l'intérieur. Elle la martela des deux poings.

— Sœur Lacey ! Sœur Lacey, ouvrez-moi !

Et puis Claire fut à ses côtés. Elle portait un tee-shirt qui semblait briller dans le couloir sombre ; son visage était tartiné d'une pénombre de crème bleuâtre.

— Qu'y a-t-il ? Que se passe-t-il ?

— Sœur Lacey, ouvrez cette porte tout de suite !

Un silence obstiné, de l'autre côté. Arnette secoua la poignée comme un chien s'acharnant sur un chiffon. Elle frappa sur la porte à coups redoublés, frappa, frappa encore.

— Faites ce que je vous dis, tout de suite !

Des lumières, dans le couloir. Des bruits de portes et de voix, un grand chahut l'entourait. Les autres sœurs étaient maintenant toutes dans le couloir, ouvraient des yeux ronds, l'air affolé, tout le monde parlant en même temps.

— Que se passe-t-il ?

— Je ne sais pas. Je ne sais pas...

— Il est arrivé quelque chose à Lacey ?

— Qu'on appelle la police !

— Lacey ! hurlait Arnette. Ouvrez cette porte !

Une force énorme s'empara d'elle, la tira en arrière.

Sœur Claire : c'était sœur Claire qui l'avait attrapée par-derrière, la prenant par les bras. Arnette se sentit diminuée, sans force à côté de sœur Claire.

— Regardez... Notre sœur s'est fait mal.

— Dieu tout-puissant !

— Regardez ses mains !

— Je vous en prie, sanglotait Arnette. Aidez-moi.

Sœur Claire la lâcha. Un silence respectueux était tombé sur elles toutes. Des rubans rouges couraient le long des poignets d'Arnette. Claire prit l'une de ses mains et l'obligea doucement à desserrer le poing. Elle avait la paume pleine de sang.

— Regardez ce qu'elle s'est fait, dit Claire en leur montrant. Elle s'est enfoncé les ongles dans la paume de la main.

— Je vous en prie, implora Arnette, des larmes roulant sur ses joues. Ouvrez la porte et regardez, c'est tout.

Personne ne savait où était la clé. Et puis sœur Tracy pensa à aller chercher le tournevis dans la boîte à outils, sous l'évier de la cuisine, et à le glisser dans la serrure. Mais le temps qu'elles y arrivent, sœur Arnette avait compris ce qu'elles trouveraient.

Le lit dans lequel personne n'avait dormi. Les rideaux de la fenêtre qui voletaient dans l'air du soir.

La porte s'ouvrit sur une chambre vide. Sœur Lacey Antoinette Kudoto était partie.

Deux heures du matin. La nuit n'en finissait pas.

Elle n'avait pas bien commencé pour Grey. Après la séance avec Paulson au réfectoire, Grey était retourné dans sa chambre, dans le baraquement. Il avait encore deux heures à tuer avant de reprendre le boulot, plus qu'assez de temps pour réfléchir à ce que Paulson lui avait dit, à propos de Jack et de Sam. Le seul avantage, c'est que ça détournait plus ou moins ses pensées de l'autre truc, cet étrange écho qu'il avait dans la tête, mais quand même, ça ne lui valait rien de rester assis comme ça à ruminer, et à dix heures moins le quart, ne tenant plus en place, il remit sa parka et traversa le Complexe, direction le Chalet. Sous les lampadaires du parking, il s'accorda une dernière Parliament dont il avala avidement la fumée. Un petit groupe de docteurs et de techniciens de laboratoire sortirent du bâtiment, emmitouflés dans de gros manteaux d'hiver sur leur pyjama d'hôpital, reprirent leur voiture et s'éloignèrent. Personne ne lui fit seulement l'aumône d'un signe de la main.

Devant la porte d'entrée, la neige fondue rendait le sol glissant. Grey tapa du pied pour détacher la neige accumulée sous la semelle de ses bottes et s'approcha du bureau où la sentinelle passa son badge au scanner et l'expédia d'un geste vers l'ascenseur. Dans la cabine, il appuya sur le bouton du moins trois.

— Retenez l'ascenseur !

Grey sentit ses tripes se serrer. Richards. Un instant plus tard, il entrait d'un bond dans la cabine. Un nuage d'air froid environnait son blouson de nylon. Il venait du dehors.

— Tiens, Grey.

Il appuya sur le bouton du moins deux et jeta un rapide coup d'œil à sa montre.

— Qu'est-ce que vous avez foutu, ce matin ?

— J'ai pas entendu le réveil.

Les portes se refermèrent et la cabine amorça sa lente descente.

— Vous vous croyez en vacances ? Vous croyez que vous pouvez vous pointer quand ça vous chante ?

Grey secoua la tête, les yeux rivés au sol. Rien que d'entendre la voix de ce type, il ne pouvait s'empêcher de serrer les fesses. Rien au monde n'aurait pu le décider à le regarder.

— Hon-hon.

— C'est tout ce que vous avez à dire ?

Grey piqua une suée, sentit émaner de lui une puanteur aigre, comme des oignons qu'on aurait oubliés dans le tiroir du bas du frigo. Et Richards la sentait aussi probablement.

— Ben oui.

Richards eut un reniflement et ne répondit pas. Grey savait qu'il était en train de prendre une décision.

— Je vous mets à pied pour deux postes, lâcha enfin Richards en regardant devant lui. Mille deux cents dollars.

Les portes s'ouvrirent au moins deux.

— Et que ça ne se reproduise pas, l'avertit Richards.

Il sortit de l'ascenseur et s'éloigna. Alors que les portes se refermaient derrière lui, Grey relâcha l'air qu'il avait machinalement retenu dans ses poumons. Mille deux cents dollars, ça faisait mal. Ce Richards... Il mettait Grey dans tous ses états. Surtout maintenant, après le petit discours que Paulson lui avait tenu au réfectoire. Grey avait commencé à se dire qu'il avait dû arriver malheur à Jack et Sam, qu'ils ne s'étaient peut-être pas simplement fait la belle. Grey repensa à la petite lumière rouge qui dansait dans le champ. Ça devait être ça : il leur était arrivé quelque chose, Richards avait projeté cette lumière sur Jack et Sam.

Les portes se rouvrirent au moins trois, et la première chose qu'il vit, ce fut les deux soldats portant le brassard orange de la sécurité. Il était bien en dessous du niveau du sol, maintenant, ce qui déclenchait toujours chez lui un bref accès de claustrophobie. Au-dessus du bureau, un grand panneau proclamait : « Personnel autorisé uniquement. Risques bactériologiques et nucléaires. Défense de boire, de manger, de fumer. Signalez immédiatement n'importe lequel des symptômes suivants au responsable de service. » Suivait une liste de tout ce qui ressemblait à une bonne gastro, en pire : fièvre, vomissements, vertiges, convulsions.

Il donna son badge à celui qu'il connaissait sous le nom de Davis.

— Salut, Grey !

Le dénommé Davis prit son badge et le passa au scanner sans même regarder l'écran.

— J'ai une blague pour toi. Combien de gamins atteints de trouble de déficit de l'attention faut-il pour changer une ampoule ?

— Je ne sais pas.

— Hé, tu viens faire du vélo ?

Davis éclata de rire et se tapa sur les cuisses. L'autre soldat se renfrogna. Grey se dit qu'il n'avait pas compris la blague non plus.

— T'as pas pigé ?

— Ben, il aime faire du vélo ?

— Ouais, c'est ça, il aime faire du vélo. Il souffre de déficit de l'attention. Il n'arrive pas à se concentrer, quoi.

— Oh, ça y est, j'ai compris.

— C'est une blague, Grey. Normalement, tu dois te marrer.

— Ouais, c'est marrant, réussit à articuler Grey. Mais faut que j'aille bosser.

Davis poussa un bruyant soupir.

— C'est ça. Cache ta joie.

Grey remonta dans l'ascenseur avec Davis. Celui-ci prit la longue clé argentée accrochée à son cou et l'enfonça dans une fente à côté du bouton du moins quatre.

— Amuse-toi bien en bas, lui dit-il.

— Je fais juste le ménage, répondit Grey avec raideur.

Davis fronça les sourcils et secoua la tête.

— Je ne veux rien savoir.

Dans le vestiaire du moins quatre, Grey troqua sa combinaison contre un pyjama d'hôpital. Il y avait deux autres hommes de ménage comme lui, un dénommé Jude et un certain Ignacio. Sur le mur, un grand panneau blanc listait les tâches de chacun des membres de l'équipe. Ils s'habillèrent sans un mot et quittèrent la pièce.

Grey avait tiré le bon numéro : il n'avait qu'à passer la serpillière dans les couloirs, vider les poubelles et faire du baby-sitting auprès du Zéro jusqu'à la fin de la séance, pour voir s'il se décidait à manger. Il alla prendre son balai et le matériel dont il avait besoin dans un cagibi, et se mit au travail. À minuit, il avait fini. Ensuite, il alla à la porte, au bout du premier couloir, passa sa carte dans le scanner et entra.

La pièce de deux mètres carrés était vide. Sur le côté gauche, un double sas menait à la chambre de confinement. Il fallait au moins dix minutes pour franchir le sas, et encore plus dans l'autre sens, à cause de la douche. À droite du sas, il y avait le panneau de contrôle : tout un tas de voyants lumineux, de boutons et d'interrupteurs auxquels Grey ne comprenait quasiment rien, et n'était pas censé toucher. Au-dessus, une paroi de verre blindé, opaque, donnait sur la pièce.

Grey s'assit devant le panneau et regarda, dans l'infrarouge, le Zéro qui était comme blotti dans le coin, loin des portes que la dernière équipe avait ouvertes pour déposer les lapins. Le chariot en métal galvanisé était resté au milieu de la pièce, les dix cages ouvertes. Trois des lapins étaient encore à l'intérieur. Grey parcourut la pièce du regard. Les autres étaient dans tous les coins, indemnes.

Un peu après une heure du matin, la porte du couloir s'ouvrit et l'un des techniciens entra, un grand Hispano appelé Pujol. Il salua Grey d'un hochement de tête et regarda le moniteur.

— Il ne mange toujours rien ?

— Nan-nan.

Pujol prit quelques notes sur sa tablette tactile. Il avait un teint qui donnait l'impression qu'il avait une barbe de deux jours alors qu'il était rasé de près.

— Il y a un truc qui m'intrigue, fit Grey. Pourquoi ne mangent-ils jamais le dixième ?

Pujol haussa les épaules.

— Comment je le saurais ? Peut-être qu'ils le gardent pour plus tard.

— J'avais un chien qui faisait ça, risqua Grey.

Pujol se remit à griffonner sur sa tablette.

— Ah ouais...

Il haussa une de ses larges épaules. L'information n'avait aucun intérêt pour lui.

— Faudra appeler le labo s'il se décide à manger.

Après le départ de Pujol, Grey s'en voulut de ne pas lui avoir posé certaines des autres questions qu'il avait en tête. Par exemple, pourquoi des lapins et rien d'autre, ou comment le Zéro réussissait à rester au plafond comme il le faisait parfois, ou pourquoi rien que de rester assis là, Grey commençait à avoir la chair de poule. Parce que c'était le truc avec le Zéro, encore plus qu'avec tous les autres : quand il était avec lui, il avait l'impression qu'il y avait une autre personne dans la pièce. Le Zéro avait un esprit, on entendait les rouages cliqueter dans sa tête. Encore cinq heures. Le Zéro n'avait pas bougé d'un poil depuis l'arrivée de Grey. Mais l'incrustation en dessous de l'image infrarouge affichait le même rythme cardiaque – cent deux pulsations minute – que quand il bougeait. Grey regretta de

280

ne pas avoir pensé à apporter un magazine à lire, ou peut-être des mots croisés, pour l'aider à garder les yeux ouverts, mais Paulson l'avait tellement perturbé qu'il avait oublié. Et puis il avait aussi terriblement envie d'une cigarette. Beaucoup de gens allaient fumer dans les chiottes, pas seulement les balayeurs, les techniciens également, et même un docteur ou deux. C'était généralement toléré, si on ne pouvait pas s'empêcher d'en griller une et si on ne s'absentait pas plus de cinq minutes, mais Grey ne voulait pas prendre de risques avec Richards. Pas après l'échange dans l'ascenseur.

Il s'appuya au dossier de son fauteuil. Encore cinq heures. Il ferma les yeux.

Grey.

Il ouvrit les yeux d'un coup et se redressa.

Grey. Regarde-moi.

Ce n'était pas une voix qu'il entendait. Pas exactement. Les paroles étaient dans sa tête, un peu comme s'il lisait ; les mots étaient ceux de quelqu'un d'autre, mais la voix était la sienne.

— Qui est là ?

Sur le moniteur, la forme luisante du Zéro.

Je m'appelais Fanning.

C'est alors que Grey la vit, comme si une porte s'était ouverte dans sa tête. Une ville. Une grande ville vibrante de lumières, d'autant de lumières que si le ciel nocturne était tombé sur terre et s'était drapé autour de tous les bâtiments, les ponts et les rues. Il sortit par la porte, et il sentit cet endroit par tous ses sens, le trottoir dur et froid sous ses pieds, la puanteur des gaz d'échappement, l'odeur de la pierre, les courants d'air qui circulaient autour des bâtiments et vous caressaient le visage en permanence. Mais ce n'était pas Dallas, ni aucune autre ville où il était allé ; c'était un endroit ancien, et c'était l'hiver. Une partie de lui était assise devant le panneau au moins quatre, et l'autre était là-bas. Il savait qu'il avait les yeux fermés.

Je veux rentrer chez moi. Grey, ramène-moi chez moi.

Une université, il le savait, mais d'où lui venait cette idée, que c'était une université qu'il voyait ? Et comment savait-il que c'était New York – où il n'avait jamais mis les pieds de sa vie, dont il n'avait jamais vu que des photos –, et que les immeubles autour de lui étaient les bâtiments d'un campus universitaire : des bureaux, des salles de conférences, des dortoirs, des labos. Il marchait sur un chemin, ou plutôt, non, il ne marchait pas dessus mais il le suivait, et les gens déambulaient autour de lui.

Regarde-les.

Des femmes. Des jeunes femmes, emmitouflées dans de gros manteaux de laine, des écharpes enroulées autour du cou, certaines avec des bonnets enfoncés sur la tête, de lourdes mèches de cheveux jeunes et frais s'échappant tels des châles soyeux de ces dômes qui les écrasaient, et flottaient sur le lisse arrondi de leurs épaules dans l'air glacé de l'hiver new-yorkais. Elles avaient les yeux brillants de vie. Elles riaient, des livres coincés sous un bras ou plaqués sur leur poitrine mince, parlant entre elles avec animation, échangeant des paroles qu'il n'entendait pas.

Elles sont belles. N'est-ce pas qu'elles sont belles, Grey ?

En effet. Elles étaient magnifiques. Pourquoi Grey n'avait-il jamais été au courant de ça ?

Les sens-tu, Grey ? Bien sûr que tu les sens. Je ne me lassais pas de les sentir. De sentir l'air s'adoucir sur leur passage. Je restais debout là et je les humais. Tu les sens aussi, n'est-ce pas, Grey ? Comme les garçons.

Les garçons.

282

Tu te souviens des garçons, n'est-ce pas, Grey ?

Et comment. Oui, il se souvenait des garçons. Ceux qui rentraient chez eux, après l'école, transpirant parce qu'il faisait chaud, leur sac à dos pesant sur leurs épaules, leur tee-shirt trempé collant à leur peau ; il se rappelait l'odeur de sueur et de savon de leur peau et de leurs cheveux, et du croissant humide sur le dos de leur tee-shirt, à l'endroit de leur cartable. Et celui-là, le garçon à la traîne, qui coupait par la ruelle, un raccourci pour rentrer de l'école : ce garçon à la peau bronzée par le soleil, les cheveux noirs collés sur la nuque, les yeux baissés sur le trottoir, qui jouait à éviter de marcher sur les fissures, de sorte qu'il n'avait pas remarqué tout de suite Grey, son pick-up qui s'avançait lentement derrière lui et s'arrêtait. Comme il avait l'air seul...

Tu voulais l'aimer, hein, Grey. Lui faire sentir cet amour ?

Il sentit une grande chose endormie reprendre pesamment vie au fond de lui. L'ancien Grey. La panique lui noua la gorge.

— Je ne me souviens pas.

Oh, mais si. Mais ils t'ont fait quelque chose, Grey. Ils t'ont enlevé cette partie de toi, la partie qui éprouvait de l'amour.

— Je ne... Je ne peux pas...

C'est toujours là, Grey. Mais ça t'est dissimulé, c'est tout. Je le sais, parce que cette partie était cachée en moi, aussi. Avant que je devienne ce que je suis.

— Ce que vous êtes.

Toi et moi, nous sommes pareils. Nous savons ce que nous voulons, Grey : donner de l'amour, éprouver de l'amour. Les garçons, les filles, tout ça, c'est pareil. Nous voulons les aimer comme ils ont besoin d'être aimés. Tu le veux, Grey ? Tu veux sentir ça à nouveau ?

Oh oui. Il le sut, alors.

— Oui. C'est ce que je veux.

Il faut que je rentre chez moi, Grey. Je veux t'emmener avec moi, pour te montrer.

Grey la revit, dans sa tête, tout autour de lui : la grande ville, New York. Dressée autour de lui, bourdonnante, frémissante, son énergie imprégnant chaque pierre, chaque brique, suivant des lignes de connexion invisibles à travers les semelles de ses chaussures. Il faisait nuit, et la nuit était un monde merveilleux, auquel il appartenait. Elle se déversait en lui, entrait dans sa gorge, emplissait ses poumons, une noyade immense, facile. Il était partout et nulle part en même temps, se déplaçait non dans le paysage mais à travers, dedans et dehors, respirant la cité noire qui le respirait aussi.

C'est alors qu'il la vit. Elle était là. Une fille. Elle marchait, seule, entre les bâtiments de l'école – un dortoir plein d'étudiants qui riaient ; une bibliothèque aux couloirs silencieux, aux grandes fenêtres embuées de givre ; un bureau vide où une femme de ménage toute seule, qui écoutait un truc de la Motown avec ses écouteurs, se penchait pour rincer sa serpillière dans un seau à roulettes. Il savait tout, il entendait les rires et les bruits de l'étude silencieuse, il pouvait compter les livres sur les étagères, entendre les paroles de la chanson que la femme au seau fredonnait pour accompagner la musique : *Chaque fois que tu es près de moi... hm, hm... J'entends une symphonie...* – et la fille suivait le chemin, sa silhouette isolée frémissante, palpitante de vie. Elle venait droit vers lui, la tête penchée pour se protéger le visage du vent, faisant le dos rond, le délicat arrondi de ses épaules sous le lourd manteau car elle tenait quelque chose dans les bras. La fille, qui se hâtait de rentrer chez elle. Tellement seule. Elle rentrait tard parce qu'elle était restée longtemps à étudier les mots du livre qu'elle serrait contre sa poitrine, et maintenant elle avait peur.

Grey savait qu'il avait quelque chose à lui dire avant qu'elle disparaisse. *Ça te plaît, ça, c'est ça qui te plaît, je vais te faire voir, moi.* Il planait, il s'élevait, il se laissait tomber sur elle...

Aime-la, Grey. Prends-la.

C'est là qu'il se mit à vomir. Il bascula vers l'avant sur sa chaise, et dans un unique spasme il évacua le contenu de son estomac sur le sol : la soupe et la salade, les betteraves en vinaigrette, les pommes dauphine et le jambon. Il avait la tête entre les genoux ; un long filet de bave pendait de ses lèvres. *Oh, bon Dieu. Oh, putain de merde.*

Il se redressa. Son esprit commençait à s'éclaircir. Le moins quatre. Il était au moins quatre. Il était arrivé quelque chose. Il ne savait plus quoi. Un rêve épouvantable, comme s'il volait. Dans son rêve, il avait mangé un truc. Il en avait encore le goût dans la bouche. Un goût comme du sang. Et puis il avait dégueulé, comme ça.

Dégueulé, se dit-il, et il sentit une boule d'angoisse se former au creux de son estomac. C'était mauvais. Très très mauvais. Il savait ce qu'il était censé surveiller. Les vomissements, la fièvre, les convulsions. Même un éternuement trop fort, sans raison. C'était écrit partout, dans le Chalet, le baraquement, la salle à manger, et même aux chiottes : « Signalez immédiatement n'importe lequel des symptômes suivants au responsable de service... »

Il pensa à Richards. Richards, avec sa petite lumière dansante. Et aux dénommés Jack et Sam.

Et merde. Et merde merde merde.

Il devait agir vite. Personne ne trouverait la grande mare de vomi, par terre. Il s'ordonna de se calmer. *Du calme, Grey, du calme.* Il regarda sa montre : deux heures trente et une. Pas question d'attendre encore trois heures et demie. Il se releva en faisant bien attention à ne pas marcher dans les saletés et ouvrit la porte sans faire de bruit. Un coup d'œil rapide dans le couloir : pas âme qui vive. La vitesse, c'était le secret ; il fallait faire vite et se tirer d'ici. Tant pis pour les caméras, Paulson avait probablement raison : comment quelqu'un pourrait-il regarder les moniteurs à chaque minute, nuit et jour ? Il trouva une serpillière dans le placard aux fournitures, mit un seau dans l'évier pour le remplir et y versa une dose d'eau de Javel. Si quelqu'un le voyait, il pourrait dire qu'il allait nettoyer quelque chose, un Dr Pepper renversé, ou une tasse de café, qu'il n'était pas censé avoir, mais tout le monde le faisait. Il avait renversé un Dr Pepper, il était désolé : voilà ce qu'il raconterait.

Et puis il n'était pas vraiment malade, il le savait bien, pas comme le disaient les consignes affichées. Il suait à grosses gouttes sous sa chemise, mais c'était juste la panique. Tout en regardant le seau se remplir, puis en le soulevant de l'évier, le seau qui puait le chlore, son corps le lui disait sans doute possible. C'était un autre truc qui l'avait fait vomir, un élément de son rêve. Il avait encore la sensation dans la bouche, pas seulement le goût – une chose douce, trop chaude, collante, qu'il avait sur la langue, la gorge et les dents –, mais aussi la sensation de la chair douce cédant sous ses mâchoires, explosant de sucs. Comme s'il avait mordu dans un fruit pourri.

Il tira quelques mètres de serviette en papier du distributeur, prit un sachet pour les déchets biologiques, des gants dans le placard et rapporta le tout dans la pièce. Il y en avait trop pour qu'il se contente de passer la serpillière, alors il se mit à genoux et entreprit d'éponger les saletés avec les chiffons de papier, rassemblant les plus gros morceaux en tas qu'il pourrait ramasser avec les doigts. Il mit tout ça dans le sac et le ferma bien, puis il versa de l'eau javellisée par terre et commença à laver en cercles. Il en avait même sur ses couvre-bottes, alors il les nettoya aussi. Le goût qu'il avait dans la bouche avait changé, il avait pris comme un goût de pourri, et ça lui fit penser à Ours Brun, son chien. Il puait parfois de la gueule comme ça. C'était son seul défaut, la façon dont il rentrait à la caravane en puant comme une bête écrasée depuis huit jours et fourrait son museau sous le nez de Grey, en souriant de ce sourire qu'ont les chiens, les babines relevées sur les molaires. Grey ne pouvait pas lui en vouloir, Brun-Brun n'était qu'un chien, mais il n'aimait pas du tout cette odeur, et sûrement pas dans sa propre bouche en ce moment.

Dans le vestiaire, il se changea rapidement, fourra son pyjama dans le bac à linge sale et prit l'ascenseur pour le moins trois. Davis était toujours là, affalé sur le dossier de sa chaise, les pieds sur le bureau, en train de lire un magazine, le bout de ses chaussures oscillant au rythme de la chanson diffusée par les oreillettes vissées dans ses conduits auditifs.

— Tu sais, je me demande vraiment pourquoi je regarde encore ces trucs-là, fit Davis en élevant la voix à cause de la musique. À quoi bon ? J'lève jamais le cul de cette banquise.

Davis laissa tomber ses pieds par terre et tourna la couverture du magazine vers Grey : deux femmes nues dans une étreinte torride, bouche ouverte, la pointe de leur langue se touchant. Le magazine s'appelait *Hot-XXX*. Leurs langues évoquaient pour Grey les bouts de bidoche qu'on voyait sur de la glace dans les vitrines des charcuteries. Cette vision lui procura une nouvelle vague de nausée qui lui retourna l'estomac.

— D'accord, fit Davis en voyant la tête que faisait

Grey. Je sais que vous aimez pas ces trucs-là, les gars. Désolé.

Il enleva ses oreillettes, s'assit au bord de son fauteuil et fronça le nez.

— Dis donc, mon vieux, tu pues. Qu'est-ce qui t'arrive ?

— J'ai mangé un truc qui m'est resté sur l'estomac, répondit Grey, prudemment. Faut que j'aille m'allonger un moment.

Davis tiqua, l'air inquiet. Il s'écarta du bureau, s'éloignant de Grey.

— Putain, me dis pas ça !

— C'est rien, je vous jure.

— Bon Dieu, Grey ! fit le soldat en écarquillant des yeux paniqués. Qu'est-ce que tu me fais, là ? T'as la fièvre, ou quoi ?

— J'ai dégobillé dans les chiottes, c'est tout. Je crois que j'ai trop mangé. J'ai juste besoin de coincer la bulle deux minutes.

Davis réfléchit une seconde en regardant Grey d'un air indécis.

— Bon, je vous ai vus bouffer, les gars. Vous devriez jamais vous goinfrer comme ça. Et t'as pas l'air d'avoir la fièvre, Grey, je reconnais. Quand même, le prends pas mal, mais t'as vraiment une sale tête. Je devrais le déclarer.

Ils seraient obligés de mettre le niveau en quarantaine, Grey le savait. Ça voulait dire que Davis serait coincé ici, lui aussi. Quant à ce qui lui arriverait à lui, il n'en avait pas idée. Il n'avait pas envie d'y réfléchir. Il n'était pas vraiment malade, il en était sûr. Mais il avait quelque chose qui clochait. Il avait déjà fait des cauchemars, mais ça ne l'avait jamais fait dégueuler.

— Bon, t'es sûr ? insista Davis. Je veux dire, si t'avais vraiment un truc pas normal, tu me le dirais ?

288

Grey hocha la tête. Un filet de sueur dévala toute la longueur de son torse.

— Mon vieux, quelle journée de merde, fit Davis avec un soupir résigné. Allez, accroche-toi.

Il lança à Grey la clé de l'ascenseur et détacha son intercom de sa ceinture.

— Tu pourras pas dire que je t'ai jamais fait de fleur, hein ?

Il poursuivit, dans son micro :

— Ici la permanence, niveau moins trois. On a besoin d'un gars de relève...

Mais Grey ne resta pas pour l'écouter. Il était déjà dans l'ascenseur.

11.

Quelque part à l'ouest de Randall, dans l'Oklahoma, à quelques kilomètres au sud de la frontière avec le Kansas, Wolgast décida de se rendre.

Ils s'étaient arrêtés dans une station de lavage automatique, sur le bord d'une route de campagne dont il avait depuis longtemps oublié le numéro. Le jour ne tarderait plus à se lever. Amy dormait à poings fermés, roulée en boule comme un petit animal sur la banquette arrière de la Tahoe. Trois heures à conduire très vite, sans une halte, Doyle lui dictant un itinéraire improvisé à l'aide du GPS, une enfilade de lumières clignotant au loin, derrière eux, disparaissant parfois au hasard d'un virage mais se reformant toujours dans leur sillage. Peu après deux heures du matin, Wolgast avait repéré le poste de lavage. Une aubaine. Il était entré dedans et ils étaient restés dans le noir, à écouter filer les voitures de patrouille.

— Combien de temps pensez-vous qu'on doive attendre ? demanda Doyle.

Il avait perdu beaucoup de sa superbe.

— Un moment, répondit Wolgast. On va les laisser prendre un peu le large.

— Ça leur laissera juste le temps d'installer des barrages à la frontière de l'État. Ou de faire demi-tour quand ils se rendront compte qu'ils nous ont perdus.

— Si tu as une meilleure idée, je serais ravi de l'entendre, rétorqua Wolgast.

Doyle réfléchit un moment. Les grosses brosses visibles au-dessus du pare-brise faisaient paraître plus exigu l'habitacle de la voiture.

— Pas vraiment, non.

Et donc ils restèrent assis là. Wolgast s'attendait à voir le poste de lavage s'éclairer de tous ses feux d'un instant à l'autre, à entendre la voix amplifiée par haut-parleur d'un flic de l'État leur dire de sortir les mains en l'air. Mais rien. Ils avaient le réseau, maintenant, mais c'était un réseau analogique, le protocole chiffré qui indiquait leur position n'était pas transmis et personne ne pouvait savoir où ils étaient.

— Écoutez, fit Doyle, je suis désolé pour ce qui s'est passé là-bas.

Wolgast était trop fatigué pour discuter. La foire semblait très loin derrière eux.

— Oublions ça.

— Vous savez, le truc, c'est que j'aimais vraiment mon boulot. Le Bureau, tout ça. C'est ce que j'avais toujours voulu faire.

Doyle inspira profondément et intercepta une goutte de condensation qui roulait sur la vitre côté passager.

— Vous savez ce qui va se passer ?

— Aucune idée.

Doyle fronça les sourcils.

— Oh si, vous le savez, riposta-t-il avec aigreur. Ce type, Richards, vous aviez raison à son sujet.

Les vitres du poste de lavage avaient commencé à pâlir. Wolgast regarda sa montre. Un peu moins de six heures. Ils avaient attendu tant qu'ils pouvaient. Il remit le contact et ressortit en marche arrière.

C'est alors qu'Amy se réveilla. Elle s'assit et se frotta les yeux en observant autour d'elle.

— J'ai faim, annonça-t-elle.

Wolgast se tourna vers Doyle.

— Qu'est-ce que tu en penses ?

Doyle hésita. Wolgast voyait que l'idée prenait forme dans son esprit. Il savait ce que Wolgast voulait dire en réalité : *C'est fini.*

— Ce serait aussi bien.

Wolgast fit faire demi-tour à la Tahoe et repartit dans la direction d'où ils venaient, vers Randall. Ils eurent vite fait le tour du centre-ville ; la rue principale se bornait à une demi-douzaine de pâtés de maisons. Un air d'abandon planait sur l'endroit. La devanture de la plupart des magasins était masquée par du papier, ou barbouillée au blanc d'Espagne. Il y avait probablement un Walmart dans le coin, se dit Wolgast, ou une autre grande surface dans ce genre-là. Le genre qui tuait les petites villes comme Randall. Au coin de la rue, un losange de lumière se dessina sur le trottoir. Une demi-douzaine de pick-up étaient garés en épi le long du trottoir.

— Petit déjeuner, déclara-t-il.

Le restaurant était une salle tout en longueur, avec un plafond de dalles tachées par des années de graisse et de fumée de cigarette. Un côté était occupé par un long comptoir, l'autre par une rangée de stalles capitonnées, à haut dossier. Ça sentait le café bouilli et le beurre brûlé. Assis au comptoir, quelques hommes en jean et chemise de travail tendue sur leurs larges épaules étaient penchés sur des assiettes d'œufs et des chopes de café. Ils prirent une stalle tout au fond. La serveuse, une femme sans âge, sans taille, aux yeux gris clair, leur apporta du café et les menus.

— Qu'est-ce que je peux vous servir, messieurs ?

Doyle dit qu'il n'avait pas faim et se contenterait du café. Wolgast regarda la femme, qui portait un badge avec son nom : Luanne.

— Qu'est-ce qu'il y a de bon, Luanne ?

— Tout est bon quand on a faim, répondit-elle avec un sourire machinal. Le gruau n'est pas mal.

Wolgast acquiesça d'un hochement de tête et lui rendit le menu.

— Ça me paraît bien.

La femme regarda Amy.

— Et pour la petite ? Qu'est-ce que tu veux, mon poussin ?

Amy releva les yeux du menu.

— Des crêpes ?

— Et un verre de lait, ajouta Wolgast.

— Je vous apporte ça tout de suite, répliqua la femme. Tu vas adorer, mon chou. Le cuistot les fait à la commande.

Amy avait son sac à dos. Wolgast l'accompagna aux lavabos pour faire un brin de toilette.

— Tu veux que je vienne avec toi ?

Amy secoua la tête.

— Tu te débarbouilles et tu te laves les dents, dit-il. Et tu te peignes, aussi.

— On va toujours voir le docteur ?

— Je ne crois pas. On verra.

Wolgast retourna s'asseoir à la table.

— Écoute, dit-il tout bas à Doyle. Je ne tiens pas à tomber sur un barrage routier. Ça pourrait mal tourner.

Doyle opina du chef. C'était très clair. Avec une puissance de feu pareille, il pouvait survenir n'importe quoi. La Tahoe criblée d'impacts de balles et tout le monde mort avant qu'ils aient eu le temps de dire ouf.

— Et le bureau de Wichita ?

— Trop loin. Je ne vois pas comment on pourrait y arriver. Et à ce stade, je me dis que personne n'ira reconnaître qu'il a seulement entendu parler de nous. Tout ça est rigoureusement non officiel.

Le regard de Doyle s'égara vers sa tasse de café. Il avait les traits tirés, l'air défait, et Wolgast éprouva une soudaine vague de sympathie pour lui. Il n'avait jamais voulu ça.

— C'est une bonne petite gosse. Et merde ! fit Doyle en soupirant très fort, par le nez.

— Ça devrait mieux se passer avec les gens du coin, je pense. À toi de décider ce que tu veux faire. Je te donne les clés, si tu veux. Je leur dirai tout ce que je sais. Je crois que c'est notre meilleure chance.

— Sa meilleure chance à elle, vous voulez dire, rectifia Doyle, d'un ton qui n'avait rien d'accusateur.

Il se contentait d'énoncer un fait.

— Oui. Sa meilleure chance.

La serveuse leur porta la commande alors qu'Amy revenait des toilettes. Le cuisinier avait fait des crêpes en forme de face de clown, avec de la chantilly en bombe et des myrtilles pour les yeux et la bouche. Amy recouvrit le tout de sirop d'érable et l'enfourna, alternant d'énormes bouchées avec des gorgées de lait. C'était bon de la regarder manger.

Quand ils eurent fini, Wolgast quitta la table, et retourna dans le petit couloir des toilettes. Il n'avait pas envie d'utiliser son portable, et de toute façon, il l'avait laissé dans la Tahoe. Il avait vu un téléphone à pièces, une relique. Il composa le numéro de Lila à Denver, mais ça sonna dans le vide, et quand le répondeur prit la ligne, il ne trouva pas quoi dire et raccrocha. En plus, si David tombait sur le message, il l'effacerait.

Quand il regagna la table, la serveuse débarrassait. Il saisit la note et se dirigea vers la caisse.

— Il y a un poste de police, par ici ? demanda-t-il à la femme en payant. Un bureau du shérif, quelque chose comme ça ?

— La troisième rue, par là, répondit-elle en glissant son argent dans le tiroir-caisse. Mais vous n'avez pas besoin d'aller jusque-là, ajouta-t-elle en le refermant avec le *ka-ching* caractéristique. Kirk, que voilà, est shérif adjoint. Pas vrai, Kirk ?

— Pff, lâche-moi, Luanne. Je mange, là.

Wolgast regarda au bout du comptoir. Le Kirk en question était penché sur une platée de pain perdu. Il avait des bajoues, de grands battoirs de travailleur, et il était en civil, un blouson Carhart couleur pain brûlé, taché de graisse, et un jean coincé sous sa bedaine. Dans une petite ville comme ça, il avait probablement trois boulots.

Wolgast s'approcha de lui.

— Je voudrais signaler un enlèvement, dit-il.

L'homme pivota sur son tabouret, s'essuya la bouche avec une serviette en papier et regarda Wolgast d'un air incrédule.

— Qu'est-ce que vous racontez ?

Il n'était pas rasé, et son haleine sentait la bière.

— Vous voyez la petite fille, là-bas ? C'est celle que tout le monde cherche. Je suppose que vous êtes au courant de l'alerte enlèvement.

Il jeta un coup d'œil vers Amy, puis regarda Wolgast et ouvrit de grands yeux.

— Putain, c'est une blague ? La gamine de Homer ?

— Il a raison, fit Luanne, avec vivacité. Je l'ai vue à la télé. C'est la petite fille, fit-elle en tendant le doigt vers Amy. C'est toi, pas vrai, mon petit chou ?

— Je veux bien être pendu ! fit Kirk en se soulevant de son tabouret.

Dans la salle, le silence s'était fait. Tout le monde les regardait.

— La police de l'État la cherche partout. Où l'avez-vous trouvée ?

— En réalité, c'est nous qui l'avons emmenée, précisa Wolgast. Nous sommes les ravisseurs. Je suis l'agent spécial Wolgast, et voilà l'agent spécial Doyle. Dis bonjour, Phil.

Doyle esquissa un geste désabusé, du fond de la stalle.

— Salut.

— Des agents spéciaux ? Du FBI, vous voulez dire ?

Wolgast prit son porte-cartes dans sa poche et le posa sur le comptoir devant Kirk.

— C'est difficile à expliquer.

— Et c'est vous qui avez emmené la fille ?

Wolgast confirma.

— Nous voudrions nous rendre à vous, shérif adjoint. Si vous avez terminé votre petit déjeuner.

Quelqu'un, au comptoir, eut un ricanement.

— Oh, j'ai fini, fit Kirk.

Il tenait toujours le porte-cartes de Wolgast et le regardait comme s'il n'en croyait pas ses yeux.

— Ben j'en reviens pas. Bon Dieu de bon Dieu !

— Allez, Kirk, fit l'autre homme en rigolant. Arrête-les, si c'est ça qu'ils veulent. Tu te souviens comment on fait, j'espère ?

— Ta gueule, Frank. Je réfléchis.

Kirk regarda Wolgast d'un air penaud.

— Désolé, mais ça fait un moment. Moi, je creuse surtout des puits. C'est plutôt calme, par ici. Un ivrogne qui fait du grabuge de temps à autre, et la moitié du temps, c'est moi. Je n'ai même pas de menottes, ou de trucs comme ça.

— Pas grave, répondit Wolgast. On vous en prêtera.

Wolgast lui dit de mettre la Tahoe à la fourrière, mais Kirk dit qu'il reviendrait la chercher plus tard. Ils lui remirent leurs armes et s'entassèrent dans la cabine du pick-up de Kirk pour parcourir les trois pâtés de maisons qui les séparaient de l'hôtel de ville, un bâtiment de brique d'un étage, avec une date, 1854, en grands caractères, au-dessus de l'entrée. Le soleil maintenant levé aplatissait la ville sous une lumière incolore, voilée. Lorsqu'ils descendirent du véhicule, Wolgast entendit des oiseaux chanter dans un bouquet de peupliers qui commençaient à bourgeonner. Il éprouva une sorte de bonheur aérien qu'il reconnut : du soulagement. Pendant le trajet, alors qu'ils étaient écrasés dans la cabine du pick-up, il avait tenu Amy sur ses genoux. Il s'agenouilla auprès d'elle et posa les mains sur ses épaules.

— Quoi que ce monsieur te dise de faire, je veux que tu le fasses, d'accord ? Il va me mettre en cellule, et il est probable qu'on ne se reverra pas tout de suite.

— Je veux rester avec toi, dit-elle.

Il vit qu'elle avait les yeux embués de larmes, et il sentit une boule se former dans sa gorge. Mais il savait qu'il faisait ce qu'il fallait. La police de l'État d'Oklahoma envahirait l'endroit assez rapidement dès que Kirk les aurait appelés pour qu'ils les embarquent, et Amy serait en sécurité.

— Je sais, dit-il en s'efforçant de sourire. Mais tout ira bien, maintenant, je te le promets.

Le bureau du shérif était au sous-sol. En fin de

compte, voyant comme ils étaient coopératifs, Kirk ne les avait pas menottés. Il leur fit faire le tour par le côté du bâtiment et descendre un escalier qui menait à une pièce basse de plafond, avec quelques bureaux en métal, une armoire forte pleine de fusils et des classeurs métalliques rangés le long du mur. La lumière extérieure tombait de deux fenêtres situées dans un renfoncement en hauteur, plein de feuilles mortes. Le bureau était vide. La femme qui répondait au téléphone n'arrivait pas avant huit heures, leur expliqua Kirk en allumant la lumière. Quant au shérif, qui savait où il pouvait bien être ? Probablement en voiture, quelque part.

— À vrai dire, leur confia Kirk, je ne suis même pas sûr de vous avoir arrêtés dans les formes. Je ferais mieux de l'appeler par radio.

Il demanda à Wolgast et Doyle si ça les ennuyait d'attendre dans une cellule. Il n'y en avait qu'une, et elle était à peu près pleine de cartons, mais il y avait assez de place pour eux deux. Wolgast lui assura que ce serait très bien, et Kirk les y conduisit. Après qu'il eut déverrouillé la porte, Wolgast et Doyle y entrèrent.

— Je veux aller dans la cellule aussi, dit Amy.

Kirk ouvrit de grands yeux incrédules.

— C'est l'enlèvement le plus bizarre que j'aie jamais vu.

— C'est bon, répliqua Wolgast. Elle peut attendre avec moi.

Kirk réfléchit un instant.

— Bah, je suppose que ça peut se faire. Au moins jusqu'à ce que mon beau-frère arrive.

— Et qui est votre beau-frère ?

— John Price, répondit-il. Le shérif.

Kirk se mit à la radio, et dix minutes plus tard, un homme en uniforme kaki ajusté entrait par la porte du bureau et se dirigeait droit vers la cellule. C'était un petit bonhomme avec une musculature d'adolescent mince, d'un mètre soixante tout au plus, même avec les talons de ses bottes de cow-boy, que Wolgast trouva assez saugrenues – du lézard, ou peut-être de l'autruche. Il les mettait sûrement pour gagner quelques centimètres.

— Eh ben, sacré nom de nom ! fit-il d'une voix étonnamment grave.

Il les examina, les mains sur les hanches. Il avait un petit bout de papier sur le menton, où il s'était coupé en se rasant trop vite.

— Vous êtes des fédéraux, les gars ?

— Absolument.

— Ils sont serrés comme des sardines, là-dedans, fit-il en se tournant vers Kirk. Pourquoi t'as mis la petite en cellule ?

— C'est elle qui a voulu.

— Enfin quoi, Kirk ! On met pas une petite fille en cellule. Tu as consigné la mise aux arrêts des deux autres ?

— J'ai préféré t'attendre.

Price poussa un soupir excédé, les yeux au ciel.

— Tu sais, Kirk, il faut vraiment que tu t'affirmes. On en a déjà parlé. Tu te laisses trop mettre en boîte par Luanne et les autres.

Et comme Kirk gardait le silence, il poursuivit :

— Bon, enfin, on ferait aussi bien de commencer à téléphoner. Je sais qu'ils remuent ciel et terre pour retrouver celle-là. Tu vas bien, petite ? demanda-t-il à Amy.

La fillette, qui était assise sur le banc de ciment à côté de Wolgast, eut un petit hochement de tête.

— C'est elle qui a dit qu'elle voulait y aller, insista Kirk.

— Je me fous de ce qu'elle a dit.

Price préleva une clé dans un petit étui accroché à sa ceinture et déverrouilla la grille.

— Allez, petite, sors de là, fit-il en tendant la main. Une prison n'est pas un endroit pour toi. On va te trouver un truc à boire, une limonade ou quelque chose. Et, euh, Kirk, appelle Mavis, tu veux bien ? Dis-lui de se ramener fissa.

Quand ils se retrouvèrent seuls, Doyle, qui était avachi sur le banc en béton, renvoya la tête en arrière et ferma les yeux.

— Bon sang, geignit-il. On se croirait dans un épisode de « La petite maison dans la prairie ».

Une demi-heure passa. Wolgast entendait Kirk et Price discuter dans la pièce voisine, réfléchissant tout haut à ce qu'il fallait faire, qui appeler en premier. La police de l'État ? Le bureau du procureur ? Ils ne les avaient pas encore enregistrés. Mais peu importait, ils finiraient bien par y arriver. Wolgast entendit la porte s'ouvrir et une voix de femme parler à Amy, lui dire qu'elle était une jolie petite fille, lui demander comment s'appelait son lapin, et lui proposer une glace ; la boutique du coin allait ouvrir d'ici quelques minutes, elle serait ravie d'aller lui en chercher une. Exactement ce que Wolgast avait prévu quand, assis dans la Tahoe, dans le poste de lavage plongé dans l'obscurité, il avait décidé de se rendre. Il était content de l'avoir fait, tellement content qu'il n'en revenait pas, et la cellule, dont il supposait que ce n'était que la première de nombreuses autres dans sa vie, ne lui paraissait pas si mal. Il se demanda si c'était ce qu'Anthony Carter avait pensé, s'il s'était dit : *Et voilà, voilà ce que sera ma vie à partir de maintenant.*

Price s'approcha de la cellule, la clé à la main.

— Les flics de l'État arrivent, dit-il, campé sur ses

talons. Apparemment, vous avez donné un coup de pied dans un sacré nid de frelons.

Il lança une paire de menottes entre les barreaux.

— Vous savez comment ça marche, je suppose.

Doyle et Wolgast se menottèrent. Price ouvrit la cellule et les ramena dans le bureau. Amy était assise sur une chaise pliante en métal, à côté du bureau de la réceptionniste, son sac à dos sur les genoux. Elle mangeait un sandwich glacé. Une femme qui ressemblait à une grand-mère, en tailleur pantalon vert, était assise à côté d'elle et lui montrait un livre de coloriage.

— C'est mon papa, dit Amy à la femme.

— Celui-là, là ? demanda la femme en tournant la tête.

Elle avait des sourcils noirs, dessinés au crayon, et un casque rigide de cheveux aile de corbeau. Une perruque. Elle braqua sur Wolgast un regard interrogateur et ramena son regard sur Amy.

— Ce monsieur-là est ton papa ?

— Ça va, fit Wolgast.

— C'est mon papa, répéta platement, fermement, Amy. Papa, il faut qu'on s'en aille *tout de suite*.

Price avait pris un kit d'empreintes. Derrière eux, Kirk installait un écran et un appareil photo pour les immortaliser.

— De quoi s'agit-il ? s'enquit Price.

— C'est une longue histoire, réussit à dire Wolgast.

— Papa, *tout de suite*.

Wolgast entendit la porte du bureau s'ouvrir derrière lui. La femme leva la tête.

— Je peux vous aider ?

— Bonjour, bonjour ! fit une voix d'homme.

Une voix qui avait quelque chose de familier. Wolgast, dont Price tenait le poignet droit pour lui rouler les doigts dans l'encre, vit l'expression qui s'inscrivit sur le visage de Doyle, et il sut.

— C'est le bureau du shérif ? demanda Richards. Salut, tout le monde. Waouh, c'est des vrais, ces machins-là ? Ça en fait, des flingues, dites donc. Tenez, j'ai un truc à vous montrer.

Wolgast se retourna juste à temps pour voir Richards mettre une balle dans le front de la femme. Un tir à bout portant, au bruit étouffé par le long tube du silencieux. Elle bascula en arrière sur sa chaise, les yeux ouverts sur une expression stupéfaite, la perruque de travers sur la tête. Un délicat filet de sang coula sur le sol derrière elle. Ses bras se soulevèrent et retombèrent, à jamais immobiles.

— Désolé, dit Richards avec un petit rictus.

Il fit le tour du bureau. L'odeur âcre de la poudre se répandait dans la pièce. Price et Kirk étaient bouche bée, figés de peur. À moins que ce ne soit pas de la peur mais une incompréhension muette. Comme s'ils étaient entrés dans un film, un film qui n'avait pas de sens.

— Hé, les gars, fit Richards en braquant son arme sur eux. On ne bouge plus. Restez comme ça. Super !

Et il les abattit aussi.

Tout le monde était pétrifié. Tout s'était passé avec une lenteur curieuse, presque onirique, mais fut terminé en un instant. Wolgast regarda la femme, puis les deux corps par terre. Que la mort était surprenante, qu'elle était irrévocable et absolue, tellement elle-même. Au bureau de la réception, les yeux d'Amy étaient rivés sur le visage de la morte. Elle était assise à quelques pas d'elle quand Richards l'avait tuée. Elle avait la bouche ouverte, comme si elle allait dire quelque chose. Le sang coulait sur son front, cherchant les creux de son visage, s'étalant comme le delta d'un fleuve. Amy avait la main crispée sur les restes en train de fondre de son sandwich glacé à moitié mangé ; elle en avait probablement encore un peu dans la bouche, en cet instant, recouvrant sa langue de sa douceur suave. Et Wolgast se dit bizarrement que, jusqu'à la fin de ses jours, le goût de la glace lui rappellerait cette image.

— Putain de merde ! s'exclama Doyle. Vous les avez tués !

Price était tombé face contre terre derrière son bureau. Richards s'agenouilla à côté de lui et tapota ses poches jusqu'à ce qu'il trouve la clé des menottes, qu'il lança à Wolgast. Il agita mollement son flingue en direction de Doyle qui lorgnait l'armoire d'armes.

— Je ne ferais pas ça, dit-il d'un ton raisonnable, et Doyle s'assit.

— Vous n'allez pas nous tuer, fit Wolgast en libérant ses mains.

— Pas tout de suite, répondit Richards.

Amy s'était mise à pleurer, la poitrine soulevée de sanglots. Wolgast donna la clé à Doyle, prit la fillette et la serra sur son cœur. Son petit corps s'abandonna dans ses bras.

— Je suis désolé. Je suis désolé.

C'est tout ce qu'il arrivait à dire.

— Très touchant, fit Richards en tendant à Doyle le petit sac à dos qui contenait les affaires d'Amy. Mais si on ne part pas tout de suite, je vais être obligé de tuer encore plus de gens, et je trouve que la matinée a déjà été très chargée.

Wolgast pensa à la cafétéria. Il était possible que tout le monde, là-bas, soit mort aussi. Amy hoquetait contre sa poitrine. Il sentait ses larmes tremper sa chemise.

— Enfin, merde, ce n'est qu'une petite fille !

Richards se renfrogna.

— Pourquoi tout le monde répète-t-il ça ? Allez, dit-il en indiquant la porte avec son arme. On y va.

La Tahoe attendait dehors dans la lumière matinale, garée à côté du 4 × 4 de Price. Richards dit à Doyle de se mettre au volant et s'assit à l'arrière avec Amy. Wolgast se sentait complètement impuissant. Après tout ce qu'il avait fait, les centaines de décisions qu'il avait prises, il ne pouvait qu'obéir. Richards leur fit quitter la ville et les dirigea vers un champ où un hélicoptère noir, effilé, sans signe distinctif, les attendait. À leur approche, le vaste rotor se mit à tourner. Wolgast entendit au loin un gémissement de sirènes qui se rapprochaient.

— Allez, vite, dit Richards en leur faisant signe de son arme.

Ils grimpèrent dans l'hélicoptère, qui décolla presque instantanément. Wolgast serrait Amy contre lui. Il avait l'impression d'être en transe, dans un rêve, un rêve terrible, indicible, où tout ce qu'il avait toujours voulu dans la vie lui était enlevé, où il était condamné à un rôle de spectateur. Il avait déjà fait ce rêve, un rêve dans lequel il aurait voulu mourir, mais ne pouvait pas. L'hélicoptère s'inclina fortement, leur offrant une vue plongeante sur les champs détrempés et, tout au bout, une colonne de voitures de police qui avançaient très vite. Wolgast en compta neuf. Dans le cockpit, Richards tendit le doigt vers le pare-brise et dit quelque chose au pilote, qui inclina l'appareil de l'autre côté et resta en vol stationnaire. Les voitures de patrouille se rapprochaient. Elles n'étaient plus maintenant qu'à quelques centaines de mètres de la Tahoe. Richards fit signe à Wolgast de prendre un casque.

— Regardez ça, lui dit-il.

Avant que Wolgast ait eu le temps de répondre, il y eut un éclair aveuglant, comme le flash d'un appareil photo géant. Une onde de choc ébranla l'hélico. Wolgast prit Amy par la taille et ne la lâcha plus. Quand il regarda à nouveau par la vitre, il ne restait de la Tahoe qu'un trou fumant dans le sol, assez grand pour y faire tenir une maison. Il entendit Richards rigoler dans son casque. Puis l'hélico s'inclina de nouveau, accéléra, les plaquant sur le dossier de leur siège, et les emporta au loin.

12.

Il était mort, c'était un fait. Que Wolgast acceptait, comme il acceptait tous les phénomènes naturels. Quand tout serait fini – quelle que soit la façon dont ça finirait –, Richards l'emmènerait dans une pièce, quelque part, porterait sur lui le même regard froid qu'il avait jeté sur Price et Kirk – comme s'il se livrait à un simple exercice de précision, visant une bille au billard ou lançant une boule de papier chiffonné dans la corbeille –, et ce serait fini.

Pour ça, Richards le ferait peut-être sortir. Wolgast espérait que ça se passerait dehors, dans un endroit où il pourrait voir les arbres et sentir le soleil sur sa peau avant que Richards lui tire une balle dans la tête. Peut-être même que Wolgast le lui demanderait : *Ça ne vous ennuierait pas ?*. *Si ça ne vous ennuie pas trop, j'aimerais regarder les arbres.*

Il y avait vingt-sept jours qu'il était dans le Complexe. D'après ses calculs, c'était la troisième semaine d'avril. Il ne savait pas où était Amy. Doyle non plus, d'ailleurs. Ils avaient été séparés à la minute où ils s'étaient posés, Amy emmenée par Richards et un groupe de soldats armés, Wolgast et Doyle escamotés par une clique à eux, avant d'être séparés à leur tour.

Personne ne l'avait débriefé, ce qui lui avait d'abord paru bizarre, et puis au fur et à mesure que le temps passait, Wolgast avait compris pourquoi. Rien de tout ça n'avait officiellement eu lieu. Personne ne le débrieferait parce que cette histoire n'était que ça, une histoire. Restait une seule question qui l'intriguait : pourquoi Richards ne l'avait-il pas encore supprimé ?

La chambre dans laquelle il était enfermé ressemblait à la piaule d'un motel bon marché, en plus spartiate : pas de tapis par terre, pas de rideaux à l'unique fenêtre, un mobilier lourd, fonctionnel, boulonné au sol. Une salle de bains pas plus grande qu'un placard, au sol froid comme la glace. Un paquet de fils, au mur, à l'endroit où il y avait eu un poste de télévision. La grosse porte qui donnait sur le couloir s'ouvrait de l'extérieur avec un bourdonnement. Ses seuls visiteurs étaient les hommes qui lui apportaient ses repas : des types imposants, silencieux, en combinaison marron sans signe distinctif, qui lui laissaient ses plateaux sur la petite table devant laquelle il passait le plus clair de son temps, à attendre. Et probablement que Doyle faisait la même chose, en supposant que Richards ne l'ait pas déjà éliminé.

Il n'y avait quasiment rien à voir par la fenêtre, juste une forêt de pins, déserte, mais Wolgast se levait parfois et regardait au-dehors pendant des heures. Le printemps arrivait. Les bois étaient détrempés par la neige fondue, et partout se faisaient entendre des bruits d'eau – de l'eau qui dégoulinait des toits et des branches, qui coulait dans les gouttières. En se mettant sur la pointe des pieds, derrière les arbres Wolgast devinait une barrière le long de laquelle patrouillaient des silhouettes. Une nuit, au début de sa quatrième semaine de détention, un orage avait déversé des trombes d'eau.

Une tempête d'une force quasiment biblique. Le tonnerre avait grondé toute la nuit sur les montagnes, et le matin, quand il avait regardé par la fenêtre, il avait vu que l'hiver était fini, chassé par la pluie.

Au début, il avait essayé de parler aux hommes qui lui apportaient ses plateaux, et un jour sur deux, de quoi se changer, un pyjama d'hôpital et des pantoufles propres. Il avait tenté de leur demander leur nom, mais aucun n'avait prononcé ne fût-ce qu'un mot en réponse. Ils avançaient lourdement, faisaient des mouvements maladroits et imprécis, le visage gourd, inexpressif, comme des morts-vivants de cinéma. Des cadavres gémissants qui convergeaient autour d'une ferme en trébuchant, portant les uniformes en lambeaux de leur vie oubliée : il adorait ces films quand il était gamin, sans comprendre à quel point ils étaient réels. Qu'étaient ces morts-vivants, se demandait Wolgast, sinon une métaphore de la démarche titubante de l'âge mûr ?

Il se disait que la vie de l'individu pouvait se résumer à une longue série d'erreurs, et que la fin, lorsqu'elle survenait, n'était peut-être qu'une péripétie de plus dans un enchaînement de mauvaises décisions. Le truc, c'est qu'en fait, la plupart de ces erreurs, on les devait aux autres. Allez savoir pourquoi, on adoptait leurs mauvaises idées, on les faisait siennes. C'était la vérité qu'il avait découverte sur le manège avec Amy, même si cette idée se cristallisait en lui depuis un moment, près d'une année, en fait. Wolgast avait tout le temps d'y réfléchir maintenant. On ne pouvait pas regarder dans les yeux un homme comme Anthony Carter sans comprendre comment ça marchait. C'était comme si, cette nuit-là, dans l'Oklahoma, il avait eu sa première véritable idée depuis des années. La première depuis Lila, depuis Eva. Eva qui était morte trois semaines avant son premier anniversaire, et depuis ce jour, il arpentait la terre comme les morts-vivants, ou comme un homme qui aurait porté un fantôme, le vide qu'il avait dans les bras à la place d'Eva. C'est pour ça qu'il s'en sortait si bien avec Carter et les autres : il était exactement comme eux.

Il se demandait où était Amy, ce qui lui arrivait. Il espérait qu'elle n'était pas toute seule et terrifiée. Il faisait plus que l'espérer, il se le répétait de façon obsessionnelle, comme un mantra, essayant de faire que ça devienne vrai par la seule puissance de son esprit. Il se demandait s'il la reverrait jamais, et à cette idée, il se levait de sa chaise et allait regarder par la fenêtre, comme s'il allait l'apercevoir dehors, dans les ombres mouvantes des arbres. Et les heures succédaient aux heures, le passage du temps uniquement marqué par le changement de lumière, à la fenêtre, et les allées et venues des hommes avec ses plateaux repas, auxquels il touchait à peine. Toute la nuit, il dormait d'un sommeil sans rêve qui le laissait hébété, le matin, les bras et les jambes aussi lourds que du plomb. Il se demandait combien de temps il avait devant lui.

Et puis, le matin du trente-quatrième jour, quelqu'un vint le trouver. C'était Sykes, sauf que ce n'était plus le même homme. Celui qu'il avait rencontré un an plus tôt était tiré à quatre épingles. Le Sykes qu'il avait en face de lui donnait l'impression d'avoir couché sous les ponts avec son uniforme chiffonné et taché ; il n'était pas rasé et il avait les yeux injectés de sang comme après quelques rounds contre un démolisseur. Il s'assit lourdement à la table de Wolgast, croisa les mains et s'éclaircit la gorge.

— Je viens vous demander une faveur.

Wolgast n'avait pas prononcé un mot depuis plusieurs jours. Lorsqu'il essaya de répondre, sa gorge lui fit l'impression d'être quasiment coincée ; sa voix retentit à ses propres oreilles comme un croassement.

— Je vous en ai assez accordé, des faveurs.

Sykes inspira profondément. Il répandait une odeur aigre de sueur séchée et de vieux polyester. Pendant un moment, il parcourut la petite pièce du regard.

— Tout ça doit vous paraître un peu... ingrat. Je le reconnais.

— Allez vous faire foutre, lâcha Wolgast, avec un plaisir infini.

— Agent Wolgast, je suis venu vous parler de la fille.

— Elle s'appelle Amy, répondit Wolgast.

— Je sais. Je sais beaucoup de choses sur elle.

— Elle a six ans. Elle aime les crêpes et les manèges. Elle a un lapin en peluche appelé Peter. Vous êtes un enfoiré totalement dépourvu de conscience, vous savez, Sykes ?

Sykes tira une enveloppe de la poche de sa vareuse et la posa sur la table. Elle contenait deux photos. Une photo d'Amy prise, supposa Wolgast, au couvent ; probablement celle qui avait été diffusée lors de l'alerte enlèvement. La deuxième était une photo d'annuaire de lycée. La jeune femme de la photo était visiblement la mère d'Amy. Les mêmes cheveux noirs, le même visage finement ciselé, les mêmes yeux mélancoliques, pourtant emplis, à l'instant où le diaphragme s'était ouvert, d'une lueur d'espoir. Qui était cette fille ? Avait-elle des amis, une famille, un petit ami ? Une matière préférée à l'école ? Un sport de prédilection, dans lequel elle excellait ? Avait-elle des secrets, une histoire à elle, que personne ne connaissait ? Qu'attendait-elle de la vie ? Elle était tournée de trois quarts par rapport à l'objectif et regardait par-dessus son épaule droite, portant ce qui ressemblait à une robe de fête de fin d'année, bleu pâle, qui dénudait ses épaules. Sous la photo, il y avait une légende : « Lycée du groupe scolaire de Mason, Iowa. »

— Sa mère était une prostituée. La nuit avant d'abandonner Amy au couvent, elle avait abattu un micheton devant la résidence d'une fraternité étudiante. Juste pour information.

Wolgast eut envie de demander : *Et alors ? Qu'est-ce qu'Amy y peut ?* Mais l'image de la femme de la photo – pas vraiment une femme, juste une gamine, d'ailleurs – doucha sa colère. Sykes ne lui disait peut-être même pas la vérité. Il reposa le cliché.

— Qu'est-elle devenue ?

Sykes haussa les épaules.

— Personne ne le sait. Elle a disparu.

— Et les bonnes sœurs ?

Une ombre passa sur le visage de Sykes. Wolgast comprit qu'il avait fait mouche sans le vouloir. *Seigneur*, se dit-il. *Les bonnes sœurs aussi ? Et qui ? Richards, ou un autre ?*

— Je ne sais pas, répondit Sykes.

— Je voudrais que vous voyiez la tête que vous faites, dit Wolgast. Bien sûr, que vous le savez.

Sykes ne prononça pas une parole de plus sur la question, son silence signifiant : *La discussion est close.* Il se frotta les yeux, remit les photos dans l'enveloppe et la rangea.

— Où est-elle ?

— Agent, le problème, c'est que...

— *Où est Amy ?*

Sykes s'éclaircit à nouveau la gorge.

— C'est justement pour ça que je suis là, dit-il. La faveur que j'ai à vous demander. Il se pourrait qu'Amy soit mourante.

Wolgast avait interdiction de poser des questions. Interdiction de parler à qui que ce soit, de regarder autour de lui ou de quitter le champ de vision de Sykes. Deux soldats lui firent traverser le Complexe, dans la lumière mouillée du matin. Un souffle printanier planait dans l'air. Après ces cinq semaines, ou presque, où il était resté cloîtré dans sa chambre, il se surprit à respirer avidement, à grandes goulées. Le soleil lui faisait mal aux yeux.

Une fois au Chalet, Sykes lui fit prendre un ascenseur jusqu'au quatrième sous-sol. Ils se retrouvèrent dans un couloir blanc, vide et nu comme un couloir d'hôpital. Ils devaient être à une quinzaine de mètres sous terre, peut-être plus, se dit Wolgast. Il ignorait ce que Sykes et ses sbires gardaient là, dans ces profondeurs, mais ils avaient l'air de tenir à ce qu'une épaisse couche de terre le sépare du monde de la surface. Ils arrivèrent devant une porte marquée « Laboratoire principal », que Sykes franchit sans ralentir le pas. D'autres portes, et ils arrivèrent devant celle qui intéressait Sykes. Il glissa une carte dans un lecteur et l'ouvrit.

Wolgast se retrouva dans une espèce de salle d'observation. De l'autre côté d'une large vitre, dans une lumière bleue, tamisée, la petite forme d'Amy était allongée, seule, sur un lit d'hôpital. Elle avait une perfusion, mais c'était tout. À côté d'elle, un fauteuil en plastique. À des rails, au plafond, étaient accrochés des tuyaux enroulés comme des ressorts, codés par couleur. En dehors de cela, la pièce était vide.

— C'est lui ?

Wolgast se retourna et vit un homme qu'il n'avait pas remarqué. Il portait une blouse sur un pyjama vert d'hôpital comme celui de Wolgast.

— Agent Wolgast, le docteur Fortes.

Ils se saluèrent d'un hochement de tête, sans une

poignée de main. Fortes était jeune, même pas trente ans. Wolgast se demanda s'il était docteur en médecine ou en autre chose. Comme Sykes, il avait l'air épuisé, physiquement au bout du rouleau. Il avait la peau grasse, et il n'aurait pas volé un coup de rasoir et une coupe de cheveux. Ses lunettes donnaient l'impression de ne pas avoir été essuyées depuis un mois.

— On lui a implanté une puce. Qui envoie les données à la console, ici.

Fortes les lui montra : rythme cardiaque, respiration, tension, température. Amy avait trente-neuf de fièvre.

— Où ça ?

— Quoi donc ? demanda le docteur, une lueur d'incompréhension dans le regard.

— La puce, où est-elle ?

— Oh.

Fortes jeta un coup d'œil à Sykes, qui acquiesça, et porta la main à la base de son propre cou.

— Sous-cutanée, entre les troisième et quatrième vertèbres cervicales. La source d'énergie est une petite merveille de technologie. Une minuscule pile atomique, en fait. Comme celles qui équipent les satellites, en plus petit.

Une petite merveille. Wolgast eut un frisson. Une merveille de pile atomique dans le cou d'Amy. Il se tourna vers Sykes qui le regardait d'un air vaguement circonspect.

— C'est ça qui est arrivé aux autres ? Carter et les autres ?

— C'étaient des... préliminaires, répondit Sykes.

— Préliminaires ? Et de quoi ?

Il marqua une pause.

— D'Amy.

Fortes lui expliqua la situation : Amy était dans le coma, personne n'avait prévu ça ; en plus elle avait trop de fièvre, et depuis trop longtemps ; ses constantes rénales et hépatiques étaient mauvaises.

— Nous nous sommes dit que vous pourriez peut-être lui parler, dit Sykes. Ça aide parfois les patients dans un état d'inconscience prolongée. Doyle nous dit qu'elle a... une sorte de lien avec vous.

La chambre d'Amy était séparée de la salle d'observation par un double sas. Sykes et Fortes firent entrer Wolgast dans une première pièce. Une combinaison biologique orange était accrochée au mur, le casque vide penché en avant, comme un homme au cou cassé. Sykes lui expliqua comment ça marchait.

— Après l'avoir l'enfilée, il faut sceller tous les joints avec du ruban adhésif. Les tuyaux du plafond doivent être reliés aux valves, à la base du casque. Il y a un code de couleurs, alors ça devrait aller tout seul. En ressortant, il faudra vous doucher avec le costume et recommencer sans. Il y a des instructions, au mur.

Wolgast s'assit sur le banc, commença à enlever ses couvre-bottes, et s'arrêta.

— Non, dit-il.

Sykes le regarda et fronça les sourcils.

— Non quoi ?

— Non, je ne mettrai pas ça.

Il se retourna et regarda Sykes bien en face.

— Si elle se réveille et me voit dans ce scaphandre spatial, ça ne l'aidera pas. Si vous voulez que j'entre là-dedans, j'y vais comme ça.

— Ce n'est pas une bonne idée, l'avertit Sykes.

Mais sa décision était irrévocable.

— Sans scaphandre ou je ne marche pas.

Sykes regarda Forbes, qui haussa les épaules.

— Ça pourrait être... intéressant. En théorie, le virus devrait être inactivé, maintenant. D'un autre côté, s'il ne l'est pas...

— Le virus ?

— J'imagine que vous ne tarderez pas à être fixé, répondit Sykes. Laissez-le entrer. Je prends ça sur moi. Et vous, agent Wolgast, une fois dedans, vous serez dedans. Je ne peux rien vous garantir. C'est clair ?

Oui, c'était clair. Sykes et Fortes sortirent du sas. Wolgast se rendit compte qu'il ne s'attendait pas à ce qu'ils acceptent. À la dernière seconde, il les rappela :

— Où est son sac à dos ?

Fortes et Sykes échangèrent encore un regard éloquent.

— Attendez-moi ici, dit Sykes.

Il revint quelques minutes plus tard avec le sac à dos d'Amy. Wolgast ne l'avait jamais vraiment regardé de près. Les Super Nanas : trois filles réalisées dans une espèce de plastique souple collé sur la toile brute du sac, volant dans l'air, le poing levé. Wolgast l'ouvrit ; certains des objets qui avaient appartenu à Amy manquaient, comme sa brosse à cheveux, mais Peter était encore dedans.

Il regarda Fortes droit dans les yeux.

— Comment je saurai si le virus n'est pas... inactivé ?

— Oh, vous le saurez, répliqua Fortes.

Ils refermèrent la porte hermétiquement derrière lui. Wolgast sentit que la pression chutait. Au-dessus de la deuxième porte, la lumière passa du rouge au vert. Wolgast tourna la poignée et entra dans une deuxième pièce, plus longue que la première, avec une grosse bonde dans le sol et une pomme de douche aussi grosse qu'un tournesol, actionnée par une chaîne en métal.

Dans cette deuxième pièce, la lumière était différente. Elle avait une teinte bleutée, comme le crépuscule d'automne. Les instructions dont Sykes lui avait parlé étaient affichées sur le mur : une longue liste d'étapes dont la dernière consistait à se mettre, nu comme un ver, debout au-dessus de la bonde, à se rincer la bouche et les yeux, puis à se gargariser et à cracher. Une caméra était braquée sur lui, depuis un coin du plafond.

Il s'immobilisa devant la deuxième porte. La lumière au-dessus était rouge. Un clavier était fixé au mur. Comment allait-il l'ouvrir ? C'est alors que la lumière passa du rouge au vert, comme la première – Sykes commandait le système du dehors.

Il s'arrêta avant d'ouvrir la porte. Une porte d'acier brillant, apparemment lourde. Comme une porte de salle des coffres ou une écoutille de sous-marin. Il ne pouvait dire au juste pourquoi il avait refusé de mettre le scaphandre. La décision lui paraissait maintenant un peu précipitée. Était-ce pour Amy, comme il l'avait dit ? Ou pour extorquer à Sykes une information, si dérisoire fût-elle ? D'une façon ou d'une autre, ça lui avait paru juste, sur le coup.

Il tourna la poignée, sentit ses tympans claquer alors que la pression chutait de nouveau. Il inspira profondément, garda l'air dans ses poumons, et franchit le seuil.

Grey n'avait pas idée de ce qui se passait. Depuis des jours et des jours, il se présentait à son poste, il prenait l'ascenseur qui descendait au moins quatre – il ne lui était rien arrivé après cette fameuse nuit ; Davis l'avait couvert –, il se changeait dans le vestiaire, il faisait son boulot, il nettoyait les couloirs et les toilettes, et puis il entrait dans la salle de confinement et il en ressortait six heures plus tard.

Rien que de très normal, sauf que ces six heures étaient un grand blanc, comme un tiroir vide dans son cerveau. Il faisait apparemment tout ce qu'il était censé faire, remplir ses rapports, actionner les commandes des portes, déplacer les cages à lapins, les faire entrer et sortir, il devait même échanger quelques mots avec Pujol ou les autres techniciens qui allaient et venaient. Et pourtant, il ne se rappelait absolument rien. Il glissait sa carte dans le lecteur pour entrer dans la salle d'observation, et l'instant d'après, c'était fini, il était ressorti.

Il y avait tout de même des petites choses qui affleuraient, des détails fugitifs, évanescents et en même temps éclatants, des bribes de données enregistrées dans sa mémoire, comme des confettis qui auraient accroché la lumière. Pas des images, rien d'aussi clair et net, c'était beaucoup plus insaisissable : il était assis au réfectoire ou dans sa chambre, ou bien il traversait le Complexe pour aller au Chalet, quand un goût remontait comme une bulle de son arrière-gorge, et il avait une drôle de sensation juteuse dans les dents. Parfois, c'était tellement frappant qu'il s'arrêtait net. Dans ces moments-là, il pensait à des choses bizarres, inattendues, souvent en rapport avec Ours Brun. Comme si ce goût dans la bouche appuyait sur un bouton qui faisait revenir des souvenirs de son vieux chien. Auquel, pour dire la vérité, il n'avait pas beaucoup pensé depuis des années, jusqu'à une époque toute récente, jusqu'à cette nuit où il avait fait ce rêve en confinement, et dégueulé par terre.

Brun-Brun et son haleine fétide. Brun-Brun traînant en haut des marches du porche une bête crevée, un opossum ou un raton laveur. Cette fois-là, il était tombé sur un nid de lapins sous la caravane, des petites boules de peau couleur pêche, qui n'avaient même pas encore de poils, et il les avait dévorés l'un après l'autre, faisant éclater leurs petits crânes entre ses molaires, comme un gamin au cinéma avec un carton de pop-corn.

Le plus bizarre, c'est qu'il ne pouvait pas dire avec certitude si Ours Brun l'avait vraiment fait.

Il se demanda s'il était malade. L'affichette au-dessus

du poste de garde, au moins trois, le mettait mal à l'aise comme jamais. Elle semblait s'adresser tout particulièrement à lui. « N'importe lequel des symptômes suivants... » Un matin, en revenant du petit déjeuner, il avait eu une sorte de chatouillis au fond de la gorge, comme s'il couvait un rhume ; avant d'avoir eu le temps de dire ouf, il avait éternué fortement dans sa main. Et depuis il avait un peu la goutte au nez. Cela dit, c'était le printemps, maintenant, il faisait encore froid la nuit, mais il faisait dans les dix ou quinze degrés l'après-midi, et tous les arbres commençaient à bourgeonner, une faible teinte verdâtre éclaboussait les montagnes. Or il avait toujours été allergique.

Et puis il y avait le silence. Grey avait mis un moment à remarquer ce que c'était. Personne ne disait rien, pas seulement les gars du nettoyage, qui n'étaient pas très loquaces, de toute façon, mais aussi les techniciens, les soldats et les docteurs. Ce n'était pas arrivé tout d'un coup, en l'espace d'une journée, ou même d'une semaine ; lentement, avec le temps, un silence étouffé s'était établi sur tout le site, se refermant dessus comme un couvercle. Grey avait toujours été plutôt du genre à écouter – comme Wilder, le psy de la prison, le lui avait dit : « Grey, vous avez une bonne écoute. » Dans son esprit, c'était un compliment, mais surtout Wilder était amoureux de sa propre voix et ravi d'avoir un public. Quoi qu'il en soit, le bruit des voix humaines lui manquait. Un soir, au réfectoire, il avait compté trente hommes penchés sur leur plateau, et pas un seul ne pipait mot. Certains ne mangeaient même pas, ils étaient juste assis là, sur leur chaise, peut-être une chope de thé ou de café entre les mains, à regarder dans le vide. L'air à moitié vaseux.

Au moins, côté sommeil, ça marchait pour Grey. Il dormait, dormait, dormait, et quand son réveil sonnait à cinq heures du matin, ou midi, si – qu'il s'en souvienne ou non – il était de l'équipe de nuit, il se retournait dans son lit, allumait une clope du paquet posé sur sa table de nuit et restait tranquille pendant quelques minutes à essayer de déterminer s'il avait rêvé ou non. Et il pensait que non.

Puis un matin, il était au réfectoire devant son petit déjeuner – pain perdu nageant dans le beurre, deux œufs, trois saucisses et un bol de gruau par-dessus le marché ; s'il était malade, en tout cas ça ne lui coupait pas l'appétit –, et il levait la tête pour avaler la première bouchée, un bout de pain dégoulinant à deux centimètres de la bouche, quand il vit Paulson. Assis juste en face de lui, à deux tables de là. Il l'avait aperçu une ou deux fois depuis leur conversation, mais pas de près, pas comme ça. Paulson était devant une platée d'œufs à laquelle il n'avait pas touché. Il avait vraiment une sale gueule. La peau de son visage était tellement tendue sur ses os qu'on aurait dit qu'ils allaient la crever. L'espace d'un instant, juste une seconde, leurs regards se croisèrent.

Paulson détourna les yeux.

Cette nuit-là, quand il prit son poste, Grey demanda à Davis :

— Vous connaissez ce type, Paulson ?

Davis le rigolard n'était pas lui-même, ces temps-ci. Finis, les blagues, les revues cochonnes et même les écouteurs d'où suintaient des bribes de musique. Grey se demandait ce que Davis pouvait bien faire toute la nuit à son bureau ; cela dit, Grey ne savait pas non plus ce qu'il fabriquait lui-même toute la nuit.

— Quoi, qu'est-ce qu'il a ?

La question de Grey s'arrêta sur ses lèvres. Il ne savait plus ce qu'il voulait lui demander.

— Oh, rien. Je me demandais si vous le connaissiez, c'est tout.

— Un bon conseil : évite ce sale con.

Grey descendit au sous-sol et se mit au boulot. Ce n'est que plus tard, alors qu'il récurait les toilettes du moins quatre, qu'il pensa à la question qu'il voulait poser.

De quoi a-t-il tellement peur ?
De quoi tout le monde a-t-il tellement peur ?

Ils l'appelaient le Douze. Ni Carter, ni Anthony, ni Tone. De toute façon, il était tellement malade, maintenant, allongé tout seul dans le noir, que ces noms, la personne qu'ils désignaient, semblaient concerner quelqu'un d'autre, un individu totalement distinct de lui. Un individu qui était mort, laissant à sa place cette forme malade, qui se tordait de douleur.

La maladie paraissait *pour toujours*. C'est le mot qui lui venait à l'esprit. Pas que la maladie durerait toujours, non, plutôt que la maladie était le temps même. Comme si l'idée de temps était à l'intérieur de lui, dans chaque cellule de son corps, et que le temps n'était pas un océan, contrairement à ce que quelqu'un lui avait dit une fois, mais un million de flammèches qui ne s'éteindraient jamais. La pire sensation du monde. Quelqu'un lui avait dit qu'il se sentirait bientôt mieux, beaucoup mieux. Il s'était cramponné un moment à ces paroles. Il savait à présent que c'était un mensonge.

Il avait vaguement conscience de mouvements autour de lui, d'allées et venues, de piqûres et de pincements, d'hommes en combinaison spatiale. Il aurait voulu de l'eau, juste une gorgée d'eau pour étancher sa soif, mais quand il en demandait, il n'entendait aucun son sortir de ses lèvres, rien que le rugissement et le tintement de ses oreilles. Ils lui avaient pris beaucoup de sang. Des litres et des litres, à ce qu'il lui semblait. L'homme appelé Anthony avait vendu son sang de temps à autre ; il serrait le poing et il regardait la poche se remplir de son sang, surpris par sa densité, sa riche couleur rouge, son aspect vivant. Jamais plus de quatre cent cinquante millilitres, et puis ils lui donnaient les biscuits et les billets pliés, et ils le renvoyaient. Maintenant, les hommes en combinaison en remplissaient des poches et des poches, et le sang était différent, il n'aurait pas su dire en quoi. Le sang dans son corps était vivant, mais il pensait que ce n'était plus seulement le sien. Il appartenait à quelqu'un, quelque chose d'autre.

Ç'aurait été bon de mourir désormais.

Mme Wood le savait. Et pas seulement pour elle, pour Anthony aussi. Et quand il pensait à ça, pendant une seconde, il redevenait Anthony. C'était bon de mourir. Ça avait quelque chose de léger, de lâcher prise, comme l'amour.

Il essaya de se cramponner à cette pensée, la pensée qui faisait qu'il était encore Anthony, mais elle lui échappait, peu à peu, comme une corde qui lui filait lentement entre les mains. Combien de jours avaient passé, il n'aurait su le dire ; il lui arrivait quelque chose, mais ça n'arrivait pas assez vite pour les hommes en scaphandre. Ils en parlaient et ils en reparlaient, en le pinçotant, en le palpant, en lui prenant encore du sang. Et il entendait autre chose aussi, à présent : un léger murmure, comme des voix, sauf que ça ne venait pas des hommes en scaphandre. Les bruits semblaient venir de très loin, et de l'intérieur de lui en même temps. Pas des mots qu'il connaissait, mais des mots quand même ; c'était une langue qu'il entendait, avec un ordre, un sens et un esprit, et pas qu'un seul esprit : douze. Douze, mais il y en avait un qui était plus que les autres, pas plus fort, non, *davantage*. Cette voix-là, et puis derrière, les autres, douze en tout. Elles lui parlaient, elles l'appelaient ; elles savaient qu'il était là. Elles étaient dans son sang, et elles étaient pour toujours aussi.

Il aurait voulu répondre.

Il ouvrit les yeux.

— Fermez la grille ! s'écria une voix. Il flippe !

Les sangles n'étaient rien, guère plus que du papier. Les rivets jaillirent de la table et filèrent à l'autre bout de la pièce. D'abord ses bras, et puis ses jambes. La pièce était plongée dans le noir, mais rien n'échappait à sa vue, parce que le noir faisait partie de lui, maintenant. Et tout au fond de lui, une grande faim dévorante se déploya. Manger le monde même. Le prendre tout entier en lui, en être empli, ne plus faire qu'un avec lui. Rendre le monde éternel, comme il l'était.

Un homme courait vers la porte.

Anthony lui tomba dessus très vite, d'en haut. Un cri, et l'homme fut réduit au silence, en lambeaux humides, par terre. La chaleur magnifique du sang ! Il but et but encore.

Celui qui lui avait dit qu'il se sentirait bientôt mieux ne lui avait pas menti, finalement.

Anthony Carter ne s'était jamais senti aussi bien de sa vie.

Pujol, ce sale crétin, était mort.

Trente-six jours. C'était le temps qu'il avait fallu à Carter pour se mettre à flipper. Le délai le plus long depuis qu'ils avaient commencé. Mais Carter était, de la série, celui qui avait reçu la forme la plus atténuée du virus, la dernière étape avant l'obtention de la forme finale. Celle que la fille avait reçue.

Personnellement, Richards n'en avait rien à fiche de la gamine, qu'elle survive ou non, qu'elle vive éternellement ou qu'elle meure dans les cinq minutes. En cours de route, elle était devenue hors sujet pour les Armes spéciales. Ils avaient fait venir Wolgast auprès d'elle, et il lui parlait dans l'espoir de la faire sortir du coma. Jusque-là, il allait bien, mais si la fille mourait, ça ne ferait pas un poil de différence.

Bon Dieu, à quoi pensait Pujol ? Il y avait des jours qu'ils auraient dû abaisser la grille. Enfin, au moins, maintenant, ils savaient de quoi ces créatures étaient capables. Le rapport de Bolivie le disait déjà, mais c'était autre chose de le voir de ses propres yeux, de regarder la bande vidéo de Carter, ce gringalet avec un QI de quatre-vingts tout mouillé et qui avait peur de son ombre, s'élever de six mètres en l'air, si vite que c'était comme s'il ne se déplaçait pas dans l'espace mais le contournait, et ouvrir un bonhomme du bas-ventre à la pomme d'Adam comme une lettre qu'il aurait eu hâte de lire. Le temps que tout soit fini – deux secondes, environ –, ils avaient repoussé Carter dans un coin avec les projecteurs, et laissé tomber la grille.

Ils avaient les douze, maintenant, treize en comptant Fanning. Richards avait fini son boulot, ou quasiment. L'ordre venait d'arriver. Le projet NOÉ passait à la phase lancement. D'ici huit jours, les fluos seraient envoyés à White Sands. Après, ce ne serait plus son affaire.

Les « charges pénétrantes dernier cri », c'est comme ça que Cole les appelait, tout au début, alors que ce n'était qu'une théorie – avant la Bolivie, Fanning et tout le reste. « Imaginez ce qu'un de ces trucs pourrait faire, disons dans les grottes de montagnes du nord du Pakistan, dans le désert de l'est de l'Iran, ou dans les bâtiments dévastés de la zone franche de Tchétchénie. Imaginez ça comme un bon lavement, un nettoyage de l'intérieur. »

Cole aurait peut-être fini par ouvrir les yeux. Mais il n'était plus là, et l'idée avait acquis une vie propre. Tant pis si ça violait au moins une demi-douzaine de traités internationaux. Tant pis si c'était à peu près l'idée la plus stupide que Richards ait entendue de sa vie. Du bluff, probablement, mais les bluffs de ce genre avaient une façon bien à eux de tourner en eau de boudin. Qui pouvait espérer sérieusement, une putain de seconde, cantonner ces trucs aux grottes du nord du Pakistan ?

Sykes lui inspirait de la compassion, et il s'en faisait pour lui. Le type était une épave. Il avait à peine mis le nez hors de son bureau depuis l'ordre des Armes spéciales. Quand Richards lui avait demandé si Lear était au courant, il avait eu un long rire affreux à entendre. « Pauvre type, avait-il dit. Il croit encore qu'il essaie de sauver le monde. Sauf que, vu la façon dont les choses sont en train de tourner, le monde pourrait bien avoir besoin d'être sauvé, finalement. Je n'arrive pas à croire qu'on ait seulement pu envisager ça. »

Les fluos devaient être transportés en camions blindés jusqu'à Grand Junction, puis par le train jusqu'à White Sands. Quant à Richards, une fois que tout ça serait terminé, il projetait sérieusement d'acheter une propriété, disons dans le nord du Canada.

Les gars du nettoyage seraient les premiers à partir. Avec les techniciens et la plupart des soldats, en commençant par les plus déjantés, comme Paulson. Après l'incident sur le quai de chargement, Richards avait jeté un coup d'œil à son dossier. Paulson, Derrick G. Vingt-deux ans. Enrôlé à la sortie du lycée de Glastonbury, Connecticut. Une année dans le désert, puis retour au pays. Pas de condamnation, et le type était futé : un QI de cent trente-six. Il aurait pu aller à l'université, ou même faire une école d'aspirants officiers. Il y avait maintenant vingt-trois mois qu'il était sur le site. Deux rappels à l'ordre pour avoir piqué un roupillon alors qu'il était de garde, et une fois pour avoir fait un usage non autorisé du mail, mais c'était tout.

Ce qui l'ennuyait, c'était que Paulson *savait*, ou croyait savoir. Richards l'avait tout de suite senti. Pas à cause d'une chose qu'il avait dite ou faite, non, mais à voir la tête que faisait Carter quand Richards avait ouvert la porte du van, comme si le pauvre type avait vu un fantôme, ou pire. Personne, en dehors de l'équipe scientifique et des gars de l'entretien, ne mettait les pieds au moins quatre. Comme ils n'avaient rien d'autre à faire que de rester plantés dans la neige, il était inévitable que les enrôlés se livrent à un certain nombre de conjectures ahurissantes, et les conversations allaient bon train au réfectoire. Mais Richards avait la certitude viscérale que ce que Paulson avait dit n'était pas que des racontars.

Peut-être que Paulson rêvait. Peut-être qu'ils rêvaient tous.

Si Richards faisait des rêves, ces temps-ci, c'était à cause des bonnes sœurs. Cet épisode-là ne lui avait pas beaucoup plu. Pas du tout, même. Dans le temps, il y avait longtemps, dans une autre vie, il était allé à l'école catholique. Une bande de vieilles biques ratatinées qui aimaient flanquer des claques et des coups, mais il les respectait : elles pensaient ce qu'elles disaient, et elles le faisaient. Alors, éliminer des bonnes sœurs allait contre toutes ses convictions. La plupart dormaient quand c'était arrivé. Mais il y en avait une qui s'était réveillée. Et à la façon dont elle avait ouvert les yeux, il avait eu l'impression qu'elle l'attendait. Il en avait déjà éliminé deux, c'était la troisième. Elle avait ouvert les yeux dans son lit, et il avait vu, dans les rais de lumière qui filtraient par la fenêtre, que ce n'était pas une vieille dondon desséchée comme les autres ; elle était jeune, et pas vilaine. Et puis elle avait fermé les yeux et murmuré, allez savoir quoi, une prière, probablement, et Richards lui avait tiré dessus à travers un oreiller.

Il n'en avait loupé qu'une : Lacey Antoinette Kudoto, la dingue. Il avait lu le rapport psychiatrique du diocèse. Personne ne croirait son histoire, et même si on la croyait, la piste s'était interrompue dans l'ouest de l'Oklahoma, avec un tas de flics morts, abattus par des agents du FBI félons, et une vieille Chevrolet Tahoe dont la reconstitution exigerait une pince à épiler et un million d'années.

En attendant, il n'avait pas aimé tuer cette jeune bonne sœur.

Richards était à son bureau et regardait les moniteurs de la vidéosurveillance. Le *time code* indiquait vingt-deux heures vingt-six. L'équipe de nettoyage était entrée et ressortie du confinement avec les chariots de lapins, mais personne n'en avait voulu. Le jeûne avait commencé avec le Zéro et s'était étendu aux autres après l'arrivée de Carter, quelques jours plus tard environ. Il y avait un petit mystère là-dessous, mais de toute façon, si les Armes spéciales faisaient ce qui était prévu, les fluos auraient assez vite de quoi se sustenter. Et à ce moment-là, Richards espérait bien être dans la baie de l'Hudson, à la pêche ou en train de se creuser un igloo dans la neige.

Il regarda le moniteur de la chambre d'Amy. Wolgast était assis à son chevet. Ils lui avaient installé des toilettes mobiles avec un rideau de nylon, et un lit de camp pour qu'il puisse dormir, mais il n'avait pas fermé l'œil. Il était resté assis dans le fauteuil, à côté de son lit, nuit et jour, à lui tenir la main et à lui parler. Ce qu'il lui disait, Richards s'en battait l'œil. Et pourtant il s'était mis à les observer pendant des heures, presque autant qu'il observait Babcock.

Justement, il tourna son attention vers sa chambre.

Giles Babcock, le Un. Babcock était accroché, la tête en bas, aux barreaux, ses étranges yeux orange braqués droit sur la caméra, les mâchoires remuant en silence, mâchant le vide. *Je suis à toi et tu es à moi, Richards. On est tous destinés à quelqu'un, et je te suis destiné.*

Ouais, c'est ça, pensa Richards. *Va te faire foutre, toi aussi.*

Le biper de Richards vibra à nouveau, à sa taille.

— C'est la grille d'entrée, annonça une voix à l'autre bout. On a une femme, ici.

Richards regarda le moniteur de l'entrée. Deux sentinelles, une l'intercom à l'oreille, l'autre l'arme à l'épaule. La femme était debout juste à la limite du cercle de lumière qui entourait le poste de garde.

— Et alors ? rétorqua-t-il. Envoyez-la promener !

— C'est le problème, monsieur, répondit la sentinelle. Elle ne veut pas s'en aller. Et on dirait qu'elle n'a pas de voiture, non plus. Je pense qu'en réalité, elle est venue *à pied*.

Sur le moniteur, Richards vit la sentinelle lâcher l'intercom, épauler son arme, et il l'entendit crier :

— Hé ! Revenez ici ! Arrêtez, ou je tire !

Il y eut un coup de feu. Le deuxième soldat partit en courant dans le noir. Encore deux coups de feu, dont le son lui parvint étouffé quand l'intercom tomba dans la gadoue. Dix secondes passèrent, puis vingt. Les deux hommes réintégrèrent le disque de lumière. Richards comprit à leur attitude qu'ils avaient perdu la femme.

La première sentinelle récupéra l'intercom et regarda vers la caméra.

— Désolé, elle a réussi à s'enfuir. Vous voulez qu'on se lance à sa recherche ?

Bon Dieu de bon Dieu ! Il ne manquait plus que ça, se dit Richards.

— Qui était-ce ?

— Une Noire, avec une espèce d'accent, répondit la sentinelle. Elle a dit qu'elle cherchait un certain Wolgast.

Il ne mourut pas. Ni tout de suite ni les jours suivants. Et le troisième jour, il lui raconta l'histoire.

— Il était une fois une petite fille, lui raconta Wolgast, encore plus petite que toi. Elle s'appelait Eva, et son papa et sa maman l'aimaient beaucoup. Le premier soir, après sa naissance, son papa la prit dans son berceau, dans la chambre d'hôpital où ils dormaient tous, et il la tint contre lui, sa peau nue contre la sienne, et à partir de ce moment-là, elle fut en lui, vraiment, complètement. Sa petite fille était en lui, dans son cœur.

Quelqu'un l'écoutait, le regardait probablement. La caméra était au-dessus de son épaule. Ça lui était égal. Fortes entrait et ressortait. Il changeait les poches d'Amy et lui faisait des prises de sang. Et Wolgast continua à parler, toute la journée du troisième jour, lui racontant tout, l'histoire qu'il n'avait racontée à personne.

— Et puis il y eut un problème. C'était son cœur. Son cœur, tu comprends (il lui montra sur sa poitrine à lui l'endroit où il se trouvait), il commença à rétrécir. Tout autour d'elle, son corps grandissait, mais pas son cœur, et puis tout le reste arrêta de grandir aussi. Il lui aurait donné son cœur s'il avait pu, parce qu'il était à elle, de toute façon. Il l'était depuis le début, et il le serait toujours. Mais il ne pouvait pas faire ça pour elle, il ne pouvait rien faire, personne ne pouvait, et quand elle mourut, il mourut avec elle. L'homme qu'il avait été avait cessé d'être. Et l'homme et la femme ne pouvaient plus s'aimer, parce que leur amour n'était plus que de la tristesse, et que leur petite fille leur manquait.

Il lui raconta l'histoire, toute l'histoire. Et quand l'histoire fut finie, le jour finit avec elle.

— Et c'est là que tu es arrivée, Amy, dit-il. C'est là que je t'ai trouvée. Tu comprends ? C'est comme si elle m'était revenue. Reviens, Amy. Reviens, reviens, reviens.

Il releva la tête. Il rouvrit les yeux.

Et Amy les ouvrit aussi.

13.

Lacey dans les bois : elle se déplaçait d'arbre en arbre, à moitié accroupie, mettant de la distance entre les soldats et elle. L'air froid, cristallin, lui brûlait les poumons. Elle se releva et s'adossa à un arbre pour reprendre son souffle.

Elle n'avait pas peur. Les balles des soldats n'étaient rien. Elle les avait entendues filer dans les broussailles, mais très loin. Et elles étaient si petites ! Des balles... comment des balles pouvaient-elles blesser ? Après tout le chemin qu'elle avait parcouru, contre vents et marées, comment pouvait-on espérer la mettre en fuite avec des choses aussi insignifiantes ?

Elle jeta un coup d'œil derrière l'énorme tronc d'arbre. Elle voyait à travers les fourrés la lumière du poste de garde, elle entendait parler les deux hommes. Leurs voix portaient loin dans la nuit sans lune. « Une Noire, avec une espèce d'accent », et l'autre qui répétait en boucle :

— Et merde ! Il va nous arracher les couilles ! Enfin, putain, comment on a pu la louper ? Hein ? Comment t'as pu la louper ! T'as même pas visé !

Quel que soit celui avec qui ils avaient parlé au téléphone, ils avaient peur de lui. Mais cet homme, Lacey savait qu'il n'était rien, qu'il n'était personne. Quant aux soldats, ils étaient comme les enfants, ils n'avaient pas d'esprit propre. Comme les autres, dans le champ, il y avait si longtemps. Elle s'en souvenait, maintenant, elle se rappelait ce qu'ils lui avaient fait, et refait encore, pendant de longues heures. Ils croyaient lui prendre quelque chose – elle le voyait dans les noirs sourires qui fendaient leur face, dans l'aigreur de leur souffle sur son visage –, et c'était vrai, ils lui avaient pris quelque chose. Mais pour l'heure elle leur avait pardonné et elle avait repris cette chose, qui était Lacey elle-même, et bien davantage. Elle ferma les yeux.

Mais toi, Seigneur, mon bouclier, ma gloire, pensa-t-elle,

Tu tiens haut ma tête.

À pleine voix je crie vers le Seigneur ;
Il me répond de Sa montagne sainte.

Et moi, je me couche et je dors ;
je m'éveille : le Seigneur est mon soutien.

Je ne crains pas ce peuple nombreux qui me cerne et s'avance contre moi.

Lève-Toi, Seigneur !
Sauve-moi, mon Dieu !
Tous mes ennemis, Tu les frappes à la mâchoire ;
Les méchants, Tu leur brises les dents.

Elle repartit entre les arbres. L'homme à qui les sentinelles avaient téléphoné allait envoyer d'autres soldats à sa recherche. Et pourtant, le sentiment qui courait en elle ressemblait à de la joie, une énergie nouvelle, alerte, d'une richesse et d'une profondeur comme elle n'en avait jamais éprouvé de sa vie. Elle s'était renforcée au fil des semaines, alors qu'elle se dirigeait vers... voyons, où ça ? Elle ne connaissait pas le nom de cet endroit. Dans son esprit, c'était simplement là où se trouvait Amy.

Elle avait pris des bus. Elle avait fait un bout de chemin à l'arrière d'un camion avec deux labradors et une caisse de petits cochons. Il y avait des jours où, en se réveillant, n'importe où, elle savait que ce serait une journée de marche, rien que de marche. De temps à autre, elle mangeait, ou si l'endroit lui inspirait confiance, elle frappait à une porte et demandait si elle pourrait dormir dans un lit. Et la femme qui ouvrait la porte – parce que c'était toujours une femme, quelle qu'ait été la porte à laquelle elle frappait – répondait : « Mais bien sûr, venez, entrez », et elle la conduisait sans ajouter un mot à une chambre où un lit tout fait l'attendait.

Et puis un jour, alors qu'elle escaladait une longue route de montagne, la gloire de Dieu dans le soleil éclatant, elle avait su qu'elle était arrivée.

Attends, sœur Lacey, avait dit la voix. *Attends le coucher du soleil. Le chemin te montrera le chemin.*

Et c'est ce qui était arrivé : le chemin lui avait montré le chemin. Maintenant, d'autres hommes étaient lancés à sa recherche ; chaque pas, chaque craquement de brindille, chaque inspiration retentissait comme un coup de canon, plus fort que fort, trahissant leur position. Ils étaient déployés derrière Lacey sur une large ligne, six hommes, qui pointaient leur fusil dans l'obscurité, vers rien, vers un endroit où elle avait été mais n'était plus.

Elle arriva à une trouée entre les arbres. Une route. À gauche, à deux cents mètres, le poste de garde se dressait dans son halo de lumière. À droite, la route s'engageait entre les arbres et descendait très vite. D'en bas montait le bruit d'une rivière.

Rien dans cet endroit ne lui révélait quoi que ce soit ;

et pourtant, elle savait qu'elle devait attendre là. Elle se coucha à plat ventre sur le sol de la forêt. Les soldats étaient derrière elle. Cinquante mètres. Quarante. Trente.

Et puis elle entendit le ronflement laborieux d'un moteur diesel, qui devenait plus grave alors que le conducteur rétrogradait pour monter la pente finale. Lentement, il avança vers elle, poussant son bruit et sa lumière devant lui. Lacey se releva et s'accroupit alors que ses phares crevaient les ténèbres au-dessus de la colline. Une sorte de camion militaire. La tonalité du moteur changea à nouveau quand le chauffeur passa la vitesse supérieure et accéléra.

Maintenant ?

Et la voix dit : *Maintenant.*

Elle se leva et courut de toutes ses forces vers l'arrière du camion. Un large pare-chocs, et au-dessus une large ouverture dissimulée par un rabat de toile qui claquait au vent. L'espace d'un instant, elle eut l'impression qu'elle n'était pas allée assez vite, que le camion allait repartir, mais dans un sursaut d'énergie elle le rattrapa ; ses mains atteignirent le rebord de l'ouverture, un pied nu, puis l'autre, quittèrent la route. Lacey Antoinette Kudoto prit son essor et roula à l'intérieur.

Sa tête heurta le plancher du compartiment marchandises. Elle ouvrit les yeux.

Des espèces de caisses. Le camion en était plein.

Elle s'avança vers la paroi de la cabine. Le camion ralentit à nouveau en approchant du poste de garde. Lacey retint son souffle. Advienne que pourra ; elle était réduite à l'inaction.

Un crissement de freins. Le camion s'arrêta avec une secousse.

— Je veux voir le manifeste.

C'était la voix de la première sentinelle, celle qui

330

avait dit à Lacey de s'arrêter. Le garçon avec le fusil. Elle comprit, à la provenance de sa voix, qu'il était debout sur le marchepied du camion. Tout à coup, l'air se mit à puer la fumée de cigarette.

— Tu devrais pas fumer.

— T'es qui, toi, d'abord, ma mère ?

— Regarde ton manifeste, crétin ! Tu transportes assez d'artillerie pour nous expédier à mi-chemin de la planète Mars !

Un ricanement depuis le siège passager.

— Enfin, j'irai à ton enterrement. T'as vu personne, sur la route ?

— Comme quoi ? Un civil, tu veux dire ?

— Nan, l'abominable homme des neiges. Évidemment, un civil. Une femme, noire, d'un mètre soixante, par là, en jupe.

— Tu rigoles !

Un silence.

— On a vu personne. Y fait noir. J'sais pas.

La sentinelle sauta à bas du marchepied.

— Attends que je regarde à l'arrière.

Ne bouge pas, Lacey, dit la voix. *Ne bouge pas.*

Les rabats de toile s'écartèrent, se refermèrent, se rouvrirent. Un faisceau lumineux plongea à l'arrière du camion.

Ferme les yeux, Lacey.

Ce qu'elle fit. Elle sentit le rayon lumineux passer sur son visage : une fois, deux fois, trois fois.

Ô Toi, Seigneur, mon bouclier...

Elle entendit frapper deux chocs sourds sur le côté du camion, juste à côté de son oreille.

— C'est bon !

Le camion repartit.

Richards n'était pas content du tout. La bonne sœur cinglée, bordel de merde, qu'est-ce qu'elle foutait là ?

Il décida de ne pas en parler à Sykes. Pas avant d'en savoir un peu plus. Il avait envoyé six hommes. Six ! Rien que pour la descendre, bon sang ! Et ces cons étaient revenus bredouilles. Il les avait renvoyés faire le tour du périmètre. La retrouver ! Lui coller une balle ! Qu'est-ce que ça avait de si difficile ?

L'histoire avec Wolgast et la fille n'avait que trop duré. Et Doyle, pourquoi était-il encore en vie ? Richards regarda sa montre : minuit trois. Il prit son arme dans le tiroir du bas de son bureau, vérifia le chargeur et la glissa dans sa ceinture, le long de sa colonne vertébrale. Il quitta son bureau, prit l'escalier du fond vers le moins un et sortit par le quai de chargement.

Doyle était détenu dans un appartement civil, la chambre d'un des gars du nettoyage morts. La sentinelle à la porte somnolait dans son fauteuil.

— Debout, fit Richards.

Le garde se réveilla en sursaut, une lueur d'incompré-hension dans le regard, l'air complètement désorienté. Voyant Richards debout au-dessus de lui, il se leva d'un bond et se mit au garde-à-vous.

— Désolé, monsieur.

— Ouvrez-moi.

Le soldat composa le code et s'effaça.

— Vous pouvez partir, dit Richards.

— Monsieur ?

— Si c'est pour roupiller, allez le faire dans vos quartiers.

Un regard de soulagement.

— Oui, monsieur. Désolé, monsieur.

Le soldat s'éloigna au petit trot le long de la coursive. Richards poussa la porte. Doyle était assis au bout de son lit, les mains croisées sur les genoux. Il regardait le carré vide, sur le mur, où il y avait eu une télévision. D'un plateau repas intact, posé par terre, montait une vague odeur de poisson pourri. Doyle leva la tête, et un petit sourire se dessina sur ses lèvres.

— Richards. Fils de pute.

— On y va.

Doyle poussa un soupir et se flanqua une claque sur les cuisses.

— Vous savez, il avait raison à votre sujet. Wolgast, je veux dire. J'étais justement assis là à me demander : *Quand est-ce que mon vieil ami Richards va me rendre visite ?*

— Si ça n'avait tenu qu'à moi, je serais venu plus tôt.

Doyle donnait l'impression d'être sur le point d'éclater de rire. Il devait pourtant savoir ce qui l'attendait. Richards n'avait jamais vu un type dans sa situation afficher une mine aussi réjouie. Doyle secoua la tête d'un air mélancolique, toujours souriant.

— J'aurais dû opter pour la fusillade.

Richards prit son arme et ôta le cran de sécurité.

— Ça nous aurait fait gagner du temps, oui.

Il conduisit Doyle de l'autre côté du Complexe, vers les lumières du Chalet. Même si Doyle partait en courant, où pourrait-il aller ? Et puis Richards se demanda pourquoi il n'aurait pas cherché à obtenir des nouvelles de Wolgast ou de la fillc.

— Dites-moi une chose, fit Doyle alors qu'ils parvenaient au parking. Elle est arrivée ?

Une poignée de voitures étaient encore garées là, celles de l'équipe de nuit du labo.

— Qui ça, *elle* ?

— Lacey.

Richards s'arrêta.

— Elle est donc là, fit Doyle avec un ricanement. Ah, Richards, je voudrais que vous voyiez votre tête.

— Qu'est-ce que vous savez, vous ?

C'était bizarre. Une lueur bleue, froide, semblait briller dans les yeux de Doyle. Même à la maigre lumière du parking, Richards la voyait. Comme s'il avait regardé dans l'objectif d'un appareil photo au moment où le diaphragme s'ouvrait.

— C'est marrant. Vous savez quoi ? fit Doyle, et il leva les yeux vers la forme sombre des arbres. Je l'ai entendue arriver.

Grey.

Il était au moins quatre. Sur le moniteur, la forme luisante du Zéro.

Grey. C'est le moment.

Il se souvint alors, se souvint de tout, enfin : ses rêves, et toutes les nuits qu'il avait passées en confinement, à observer le Zéro, à écouter sa voix, à entendre les histoires qu'il racontait. Il se rappela New York, et la fille et toutes les autres, une nouvelle chaque nuit, et la sensation de l'obscurité qui l'envahissait et la douce joie dans sa mâchoire quand il s'abattait sur elles. Il était Grey et pas Grey, il était le Zéro et pas le Zéro, il était partout et nulle part. Il se leva et se dressa face à la vitre.

C'est le moment.

C'était drôle, se dit Grey. Pas drôle, *ha, ha*, mais drôle, bizarre, toute cette idée de *temps*. Il aurait dit que c'était une chose alors qu'en réalité c'en était une autre. Ce n'était pas une ligne mais un cercle, et même plus : un cercle fait de cercles faits de cercles, chacun posé sur le précédent, de sorte que chaque moment était près de tous les autres moments en même temps. Une fois qu'on savait ça, on ne pouvait plus le *désavoir*. C'est ainsi qu'en ce moment présent, il voyait des choses qui étaient sur le point d'arriver comme si elles avaient déjà eu lieu, parce que d'une certaine façon, c'était le cas.

Il ouvrit le sas. Sa combinaison pendait mollement au mur. Il devait fermer la première porte avant d'ouvrir la deuxième, fermer la deuxième pour ouvrir la troisième, mais rien ne disait qu'il devait enfiler la combinaison, ou qu'il devait y rester seul.

La deuxième porte, Grey.

Il entra dans la partie intérieure du sas. Au-dessus de sa tête, la pomme de douche évoquait une fleur monstrueuse. La caméra le regardait, mais il savait qu'il n'y avait personne de l'autre côté. Et puis il entendait d'autres voix, aussi, et plus seulement celle du Zéro, et il savait qui elles étaient aussi.

La troisième porte, Grey.

Oh, c'était un tel bonheur, se dit-il. Un tel soulagement. Tout lâcher comme ça. Tout laisser tomber. Jour après jour, il avait senti ce qui lui arrivait, le bon Grey et le mauvais Grey se fondant, formant quelque chose de nouveau. Quelque chose d'inévitable. Le prochain nouveau Grey, celui qui pourrait pardonner.

Je te pardonne, Grey.

Il tourna la grosse poignée. La grille était relevée. Le Zéro se déploya devant lui, dans le noir. Grey sentit son souffle sur son visage, sur ses yeux, sa bouche, son menton. Il sentit son cœur battant. Grey pensa à son père, sur la neige. Il se mit à pleurer, pleurer de bonheur, pleurer de terreur, pleurer, pleurer pleurer, et quand la morsure du Zéro trouva le coin doux sur son cou où le sang palpitait, il sut enfin ce qu'était le dixième lapin.

Le dixième lapin, c'était lui.

14.

Ce fut rapide. Trente-deux minutes pour qu'un monde meure, qu'un autre arrive.

— Qu'est-ce que vous racontez ? demanda Richards.

Et c'est alors qu'il l'entendit – qu'ils l'entendirent tous les deux : la sirène d'alarme. Celle qui ne devait jamais, absolument jamais retentir, une énorme vibration atonale qui se réverbérait d'un bout à l'autre du Complexe à ciel ouvert, semblant venir de partout à la fois.

Brèche de sécurité. Confinement des sujets, niveau moins quatre.

Richards jeta un rapide coup d'œil vers le Chalet. Une décision rapide s'imposait : il se retourna d'un bloc, pointa son arme vers Doyle.

Doyle n'était plus là.

Putain de merde ! pensa-t-il, et puis il le dit à haute voix :

— Putain de merde !

Maintenant, ils avaient deux fuyards sur les bras. Il parcourut rapidement le parking du regard, espérant pouvoir lui tirer dessus. Les lumières s'allumèrent partout, baignant le Complexe d'un jour artificiel, cru. Il entendit des cris provenant des baraquements, des soldats qui couraient.

Doyle attendrait.

Il monta en courant les marches du Chalet, passa devant la sentinelle qui lui gueula quelque chose à propos de l'ascenseur, et descendit par l'escalier jusqu'au moins deux, ses pieds volant sur les marches. La porte de son bureau était ouverte. Il jeta un rapide coup d'œil aux moniteurs.

La pièce du Zéro était vide.

La pièce de Babcock était vide.

Toutes les pièces étaient vides.

Il actionna l'interrupteur du système d'annonce.

— Ici Richards. Sentinelles, au rapport ! Niveau moins quatre !

Pas de réponse. Rien.

— Laboratoire principal, au rapport ! Quelqu'un va me dire ce qui se passe, bordel ? !

Une voix terrifiée se fit entendre : Fortes ?

— Ils les ont laissés sortir !

— Hein ? Qui ça ? Qui les a laissés sortir ?

Un crépitement d'électricité statique, et Richards entendit les premiers cris par le haut-parleur, des coups de feu et d'autres cris – les cris que les hommes poussaient quand ils mouraient.

— Bon sang !

Une autre décharge d'électricité statique.

— Ils sont tous en vadrouille, ici, en bas ! Ces sales cons de l'entretien les ont tous libérés !

Richards afficha précipitamment l'image des sentinelles du moins trois. Une large fresque sanglante s'étalait sur le mur, au-dessus du planton, Davis, affalé par terre, le visage contre le carrelage, l'oreille collée au sol comme s'il guettait l'arrivée des Apaches. Un deuxième soldat entra dans l'image et Richards reconnut Paulson, armé d'un quarante-cinq. Derrière lui, les portes de l'ascenseur étaient restées ouvertes. Paulson regarda la caméra bien en face tout en rengainant son arme. Il prit une grenade dans sa poche, puis deux, puis trois. Il les dégoupilla avec ses dents et les fit rouler dans la cabine. Il jeta à Richards un dernier regard de ses yeux vides, leva le quarante-cinq vers sa tempe et appuya sur la détente.

Richards tendit la main vers l'interrupteur pour sceller le niveau, mais il était trop tard. Une déflagration

ébranla la cage d'ascenseur, puis une deuxième détonation, alors que ce qui restait de la cabine plongeait
dans les profondeurs. Et toutes les lumières s'éteignirent.

Wolgast ne comprit pas tout de suite ce qu'il
entendait ; l'alarme avait été si soudaine, le vacarme
revêtait une si complète étrangeté que l'espace d'un
moment son esprit se vida de toute pensée. Il se leva de
sa chaise à côté du lit d'Amy et tenta d'ouvrir la porte,
mais elle était fermée, évidemment. Ils étaient prisonniers. L'alarme n'en finissait pas de ululer. Un
incendie ? Non, se dit-il après réflexion, malgré le
vacarme. C'était pire. Bien pire. Il leva les yeux vers la
caméra, dans un coin.

— Fortes ! Sykes ! Bon Dieu ! Ouvrez cette porte !

Il entendit des tirs d'armes automatiques, assourdis
par les parois épaisses. L'espace d'un instant, il pensa
avec espoir à des sauveteurs. Mais c'était hors de
question, bien sûr. Qui viendrait à leur secours ?

Et puis, avant qu'il ait eu le temps de formuler une
autre pensée, il y eut une grande explosion et un rugissement terrible, suivis par une deuxième déflagration
plus forte que la première, qui s'acheva dans un tremblement profond, sonore, comme une secousse sis-
mique, et la lumière s'éteignit dans la chambre.

Wolgast se figea. L'obscurité était totale, l'absence de
lumière absolue. Il était complètement désorienté. Les
alarmes s'étaient tues. Il éprouva la tentation aveugle de
fuir en courant, mais il n'y avait aucune issue. La pièce
semblait en même temps se dilater et se refermer sur lui.

— Amy, où es-tu ? Aide-moi à te trouver !

Silence. Wolgast inspira profondément et retint sa respiration.

— Amy, dis quelque chose. Dis n'importe quoi.

Il entendit, derrière lui, un petit gémissement.

— C'est ça.

Il se retourna, tendit l'oreille, essayant d'apprécier la distance et la direction de la voix.

— Recommence. Je vais te trouver.

Son esprit retrouvait son acuité, sa panique initiale laissant place à la résolution de mener sa tâche à bien. Prudemment, il fit un pas en direction de sa voix, puis un autre. Un deuxième gémissement, à peine audible. La pièce était petite, quelques mètres carrés à peine, alors comment Amy pouvait-elle lui sembler si loin dans le noir ? Il n'entendait plus de coups de feu, plus un seul bruit venant du dehors. Que le doux bruit de la respiration d'Amy, qui l'appelait.

Wolgast avait trouvé le pied de son lit et tâtonnait le long des barreaux métalliques quand les blocs de sécurité s'allumèrent, deux lumignons fixés dans les coins du plafond, au-dessus de la porte. Tout juste suffisants pour lui permettre d'y voir. La pièce n'avait pas changé ; quoi qu'il se soit passé dehors, ce n'était pas encore arrivé ici. Il s'assit auprès du lit d'Amy et lui palpa le front. Encore chaud, mais sa fièvre avait baissé, et elle avait la peau un peu moite. Avec la coupure d'électricité, la pompe de la perfusion avait cessé de fonctionner. Il se demanda quoi faire et décida de l'enlever. C'était peut-être une bêtise, mais il ne pensait pas. Il avait assez souvent regardé Fortes et les autres changer la poche pour connaître le rituel. Il appuya sur la pince pour interrompre le flux de liquide et retira la longue aiguille enfoncée dans le bouchon de caoutchouc qui fermait le tube introduit dans le dos de sa main. La perf étant coupée, il n'y avait pas de raison de laisser le cathéter en place. Il l'enleva aussi, avec délicatesse. La petite plaie ne saigna pas, mais par précaution, il mit dessus une gaze et un bout de sparadrap pris sur le chariot de fournitures. Puis il attendit.

Les minutes s'égrenèrent. Amy s'agitait sur le lit, comme si elle rêvait. Wolgast avait l'impression irraisonnée que d'une certaine façon, s'il avait pu voir ses rêves, il aurait su ce qui se passait au-dehors. En même temps, il se demandait confusément si ça avait la moindre importance, maintenant. Ils étaient loin dans les profondeurs du sol, coupés de tout. Ils auraient aussi bien pu être enfermés dans une tombe.

Wolgast s'était presque résigné à leur abandon lorsqu'il entendit, derrière lui, le sifflement de la pression qui s'égalisait dans le sas. Il sentit renaître l'espoir : quelqu'un avait fini par venir, après tout. La porte s'ouvrit, révélant une silhouette solitaire, éclairée à contre-jour, le visage drapé dans les ombres. Un civil. La lueur des boîtiers de sécurité tomba sur lui, et Wolgast se rendit compte que c'était un parfait inconnu. L'étranger avait les cheveux trop longs, sales et ébouriffés, striés de mèches grises, et une barbe hirsute qui lui mangeait les joues. Sa blouse de laboratoire était tachée et chiffonnée. Il s'approcha du lit d'Amy avec l'air préoccupé d'un parent d'accidenté ou du témoin d'une terrible calamité. Rien, jusque-là, n'indiquait qu'il ait conscience de la présence de Wolgast.

— Elle sait, murmura-t-il en regardant Amy. Comment peut-elle savoir ?

— Qui êtes-vous ? Au nom du ciel, que se passe-t-il ?

L'homme l'ignorait toujours. De toute sa personne irradiait quelque chose qui n'était pas de ce monde, un calme presque fataliste.

— C'est étrange, dit-il au bout d'un moment.

Il poussa un profond soupir et parcourut la pièce du regard en se caressant la barbe.

340

— Tout ça... Est-ce... ce que je voulais ? Je voulais qu'il y en ait un, vous comprenez. Quand j'ai *vu*, quand j'ai *su* ce qu'ils mijotaient, comment tout ça finirait, j'ai voulu qu'il y en ait au moins un.

— De quoi parlez-vous ? Et où est Sykes ?

L'étranger parut enfin remarquer Wolgast. Il le regarda attentivement, un soudain froncement de sourcils crispant son visage.

— Sykes ? Oh, il est mort. Je pense qu'ils sont plus ou moins tous morts, non ?

— Comment ça, *morts* ?

— Morts. Décédés. Probablement déchiquetés. Les plus chanceux, en tout cas.

Il eut un lent hochement de tête presque émerveillé.

— Vous auriez dû voir ça, comme ils ont plongé du haut des arbres. Comme les chauves-souris. Il fallait s'y attendre, vraiment.

— Je vous en prie..., fit Wolgast, complètement largué. Je ne comprends rien à... ce que vous racontez.

L'étranger eut un haussement d'épaules.

— Oh, ça viendra. Ça viendra bien assez tôt, hélas. Croyez-moi.

Il regarda à nouveau Wolgast.

— Mais je manque à tous mes devoirs. Il faut m'excuser, agent Wolgast. Ça fait tellement longtemps... Je suis Jonas Lear.

Il eut un sourire attristé.

— Disons que je suis le responsable de cet endroit. Enfin... Compte tenu des circonstances, je doute qu'il y ait encore un responsable.

Lear. Wolgast eut beau se creuser la tête, ce nom ne lui disait rien.

— J'ai entendu une explosion...

— En effet, coupa Lear. Ça devait être l'ascenseur. À mon avis, c'était l'un des soldats. Mais j'étais

341

enfermé dans la chambre froide, alors je n'ai pas vu ce qui se passait.

Il poussa un gros soupir et parcourut à nouveau la pièce du regard.

— Ce n'était pas spécialement glorieux, n'est-ce pas, agent Wolgast, de m'enfermer dans la chambre froide ? Vous savez, je regrette vraiment qu'il n'y ait pas une deuxième chaise ici. J'aimerais bien m'asseoir. Je ne sais pas depuis combien de temps je suis debout.

Wolgast se leva précipitamment.

— Bon sang. Prenez la mienne. Mais je vous en prie, dites-moi ce qui se passe.

Lear secoua la tête, faisant voltiger ses cheveux gras.

— Désolé, mais nous n'avons pas le temps. Il faut que nous partions d'ici. C'est fini, n'est-ce pas, Amy ?

Il baissa les yeux sur la forme endormie de la fillette et lui effleura doucement la main.

— C'est fini, enfin.

Wolgast n'en pouvait plus.

— *Mais qu'est-ce qui est fini ?*

Lear releva le visage. Il avait les yeux pleins de larmes.

— Tout.

Lear les conduisit dans le couloir, Wolgast portant Amy dans ses bras. Ça sentait le brûlé, le plastique fondu. Au coin du couloir qui menait vers l'ascenseur, Wolgast vit le premier cadavre.

C'était Fortes. Il n'en restait pas grand-chose. Son corps était écrabouillé comme s'il avait été massacré et traîné par une force prodigieuse. La lumière frémissante des blocs de sécurité jouait sur une mare de sang. Après Fortes, il y avait un autre corps, ou du moins c'est ce que crut d'abord Wolgast. Il mit un moment à comprendre que c'était encore Fortes, un autre morceau de lui.

Amy avait les yeux fermés, mais Wolgast s'efforçait quand même de l'empêcher de voir en lui plaquant le visage contre sa poitrine. Après Fortes, il y avait deux autres cadavres, ou trois, impossible à dire. Le sol était couvert de sang, il y en avait tellement que ses pieds glissaient dedans, dans les viscères.

L'ascenseur avait explosé. Il n'en restait rien, qu'un trou noirci éclairé par les étincelles crépitantes de câbles sectionnés. Les lourdes portes de métal avaient été projetées à travers le couloir et s'étaient encastrées dans le mur opposé. À la lumière oblique des blocs de sécurité, Wolgast vit encore deux cadavres, des soldats, réduits en charpie par la projection des fragments de porte. Un troisième était adossé au mur comme s'il faisait la sieste, à ceci près qu'il était assis dans une mare de son propre sang. Il avait le visage hâve, ratatiné, et son uniforme, devenu trop grand d'une taille, flottait sur sa carcasse.

Wolgast s'obligea à détourner le regard.

— Comment on va partir de là ?

— Par ici, répondit Lear. Vite.

Il était sorti de l'hébétude ; il n'était plus qu'urgence et efficacité.

Ils prirent un autre couloir. Des portes étaient ouvertes tout du long, de lourdes portes d'acier comme celle de la chambre d'Amy. Et partout des cadavres, que Wolgast ne compta pas, ne réussit pas à compter. Les murs étaient criblés d'impacts de balles, le sol jonché de douilles de cuivre qui accrochaient la maigre lumière.

Un homme émergea de l'une des portes. Pas en marchant, en titubant. Un grand mollasson, comme ceux qui apportaient les plateaux à Wolgast, dans sa chambre, mais sa tête lui était inconnue. Il avait la main plaquée sur son cou, d'où le sang jaillissait entre ses doigts crispés sur une énorme plaie. Sa tenue blanche, un pyjama d'hôpital comme celui de Wolgast, était un torchon imbibé de sang luisant.

— Héé..., fit-il. Héé.

Il les regarda tous les trois, puis plus loin dans le couloir. Il n'avait pas l'air de remarquer le sang ou, s'il le remarquait, d'y prendre garde.

— Qu'est-ce qui est arrivé à la lumière ?

Wolgast ne sut que répondre. Il se demandait comment le bonhomme tenait debout. Avec une blessure pareille, il aurait dû être déjà mort.

— Ooh, fit le type, les jambes flageolantes. Faut que je m'asseye.

Il s'affaissa lourdement par terre, son corps paraissant se tasser sur lui-même, comme une tente sans piquets. Il inspira profondément et leva les yeux sur Wolgast. Il fut secoué par un violent spasme.

— Je... je dors ?

Wolgast ne répondit pas. La question n'avait pas de sens pour lui.

Lear lui toucha l'épaule.

— Laissons-le. Nous n'avons pas le temps.

L'homme passa sa langue sur ses lèvres. Il avait perdu tellement de sang qu'il devait être complètement déshydraté. Ses paupières se mirent à papilloter, ses mains à pendre mollement, comme des gants vides, sur le sol, à côté de lui.

— Parce que je venais vous dire, j'ai fait un très mauvais rêve. Je me suis dit : *Putain, Grey, tu fais le pire cauchemar du monde.*

— Je ne pense pas que c'était un rêve, répondit Wolgast.

L'homme réfléchit et secoua la tête.

— C'est bien ce que je craignais.

344

L'homme eut un nouveau spasme, une convulsion atroce, comme s'il avait été parcouru par une décharge électrique. Lear avait raison – ils ne pouvaient rien faire pour lui. Le sang qui jaillissait de son cou avait pris une teinte plus sombre, noirâtre, presque bleutée. Wolgast devait tirer Amy de là.

— Désolé, dit-il. Il faut qu'on y aille.

— Vous croyez être *désolé*, fit le type, et il laissa sa tête basculer contre le mur.

— Agent Wolgast...

Mais Grey semblait déjà passé à autre chose.

— Je n'étais pas le seul, dit-il en fermant les yeux. On était tous dans ce cas-là.

Ils se précipitèrent vers un vestiaire avec des casiers et des bancs. Un cul-de-sac, pensa Wolgast, mais Lear prit une clé dans sa poche et ouvrit une porte marquée « Local technique ».

Wolgast entra derrière lui. Lear, à genoux, dévissa avec un canif un panneau métallique. Il pivota sur ses charnières, et Wolgast se pencha pour regarder à l'intérieur. L'ouverture ne devait même pas faire un mètre de section.

— Tout droit, à une dizaine de mètres, vous arriverez à une intersection. Une gaine monte à la verticale. Il y a une échelle à l'intérieur, pour l'entretien. Elle monte jusqu'en haut.

Une quinzaine de mètres au moins, à gravir une échelle dans le noir complet, en portant Amy dans ses bras. Wolgast ne voyait pas comment il pourrait y arriver.

— Il doit y avoir une autre issue.

— Il n'y en a pas, fit Lear en secouant la tête.

L'homme tint Amy pendant que Wolgast entrait dans la gaine. Assis, penché en avant, il pourrait entraîner Amy en la tenant par la taille. Il recula jusqu'à ce qu'il ait les jambes tendues devant lui, et Lear déposa Amy au milieu. Elle semblait sur le point de reprendre conscience ; à travers la mince chemise de nuit d'hôpital, Wolgast sentait la chaleur de son petit corps fiévreux.

— N'oubliez pas : dix mètres.

Wolgast hocha la tête.

— Prenez garde à vous.

— Qu'est-ce qui a tué ces hommes ?

Lear ne répondit pas.

— Ne la lâchez pas, dit-il. Elle est tout ce qui compte. Allez-y.

Wolgast commença à ramper dans le conduit, tenant Amy par la taille d'une main, s'aidant de l'autre pour progresser dans la conduite. Le panneau se referma derrière eux. Il comprit alors seulement que Lear n'avait jamais eu l'intention de fuir avec eux.

Il y avait des fluos partout, maintenant, dans tout le Complexe. Richards entendait des cris et des coups de feu. Il prit des chargeurs supplémentaires sur son bureau et monta en courant vers le bureau de Sykes.

La pièce était vide. Où était-il passé ?

Ils devaient établir un périmètre de sécurité. Repousser les fluos dans le Chalet et appuyer sur le bouton. Richards sortit du bureau de Sykes, l'arme au poing.

Il repéra un mouvement dans le couloir.

C'était Sykes. Lorsque Richards arriva auprès de lui, il était avachi par terre, le dos appuyé contre le mur. Sa poitrine se soulevait comme s'il avait couru un marathon, son visage était luisant de sueur. Il s'efforçait de contenir une vilaine déchirure sur son avant-bras, juste au-dessus du poignet, d'où coulait le sang. Son flingue, un quarante-cinq, était tombé à terre à côté de sa main, paume en l'air.

— Ils sont partout, fit Sykes en déglutissant péniblement. Pourquoi ne m'a-t-il pas tué ? Ce fils de pute me regardait droit dans les yeux.

— C'était lequel ?

— Qu'est-ce que ça peut foutre ? lâcha Sykes avec un haussement d'épaules. Votre copain, Babcock. Qu'est-ce que vous avez, tous les deux ?

Il eut un affreux frémissement de tout le corps.

— Je ne me sens pas bien, dit-il.

Et il vomit.

Richards fit un bond en arrière, trop tard. L'air puait la bile, et quelque chose d'autre, une odeur primitive, métallique, qui rappelait la terre retournée. La jambe trempée à travers son pantalon, ses chaussettes, Richards sut sans avoir besoin de regarder que le vomi était plein de sang.

— Et merde !

Il leva son arme sur Sykes.

— Pitié, fit l'homme.

Ce qui pouvait vouloir dire non, ou peut-être oui. Quoi qu'il en soit, Richards se dit qu'il lui faisait une fleur en braquant le canon de son arme vers sa poitrine, vers le point vulnérable, et en pressant la détente.

Lacey vit le premier sortir par une fenêtre du haut. Si vite ! À la vitesse de la lumière même ! Comme un homme qui aurait été fait de lumière. Il s'envola instantanément dans l'espace, prenant son essor depuis le toit, fila dans l'air au-dessus du Complexe et se posa dans un bouquet d'arbres, à une centaine de mètres de là. Un éclair luminescent de la taille d'un homme, pareil à une étoile filante.

Elle avait entendu l'alarme alors que le camion

s'arrêtait dans le Complexe. Les deux hommes dans la cabine avaient discuté une minute – devaient-ils repartir ou non ? – et Lacey avait mis cette hésitation à profit pour descendre par l'arrière et s'éloigner furtivement dans les bois. C'est là qu'elle vit le démon s'envoler par la fenêtre. Le haut de l'arbre où il se posa fléchit sous son poids.

Lacey comprit ce qui allait se passer.

Le conducteur du camion alla ouvrir le hayon. La sentinelle avait parlé d'artillerie – des armes ? Le camion était plein d'armes.

La cime des arbres remua à nouveau. Un éclair ver-dâtre fondit sur lui.

Oh ! pensa Lacey. *Oh ! Oh !*

Et puis il y en eut d'autres, qui se déversaient hors du bâtiment, par ses portes et ses fenêtres, se lançaient en l'air. Dix, onze, douze. Et des soldats, aussi, courant dans tous les sens en criant et en tirant des coups de feu, en vain : les démons étaient trop rapides, ou bien les balles étaient sans effet sur eux ; l'un après l'autre, les démons se jetèrent sur les soldats, et les soldats mou-rurent.

C'était pour ça qu'elle était venue – pour sauver Amy des démons.

Vite, Lacey. Vite !

Elle s'avança hors du couvert des arbres.

— Halte !

Lacey se figea. Devait-elle lever les mains ? Le soldat sortit du bois où il se cachait lui aussi. Un brave garçon, qui faisait ce qu'il croyait être son devoir. Essayant de ne pas pétocher, sauf qu'il était terrifié, bien sûr ; elle sentait la peur irradier de lui, comme des vagues de chaleur. Il ne savait pas ce qui l'attendait. Elle éprouva une tendre pitié.

— Qui êtes-vous ?

— Personne, répondit Lacey.

Et puis le démon fondit sur lui – ne lui laissant pas le loisir de lever son arme. Il n'eut même pas celui de finir le mot qu'il prononçait, il était mort avant – et Lacey courait vers le bâtiment.

Wolgast était déjà en sueur et à bout de souffle en arrivant à la base du tuyau. Une faible lumière tombait sur eux. Très loin vers le haut, il voyait les lueurs jumelles d'un éclairage de sécurité, et encore plus loin, les pales d'un ventilateur géant, immobile. La gaine de ventilation centrale.

— Amy, mon poussin, dit-il. Amy, il faut que tu te réveilles.

Les paupières de la fillette papillotèrent et se refermèrent. Il guida ses bras autour de son propre cou et se releva pendant que les pieds de la fillette s'enroulaient autour de sa taille. Mais il sentit qu'elle était sans force.

— Il faut que tu te cramponnes, Amy. Je t'en prie. Il le faut.

Elle raidit son petit corps, mais il serait obligé de la soutenir d'un bras. Ce qui ne lui laissait qu'une main libre pour les hisser vers le haut de l'échelle. *Dieu du ciel...*

Il se tourna face à l'échelle, posa le pied sur le premier barreau. Ça ressemblait à un problème de test d'aptitude : *Brad Wolgast tient une petite fille. Il doit gravir une échelle de quinze mètres, dans une gaine de ventilation à peine éclairée. La petite fille est à moitié consciente, et encore. Comment Brad Wolgast va-t-il faire pour leur sauver la vie à tous les deux ?*

Et puis il trouva le moyen. Un barreau à la fois. La manœuvre consistait à se hisser avec sa main droite, puis à passer le coude en crochet entre les barreaux, tout en faisant porter le poids d'Amy sur son genou pour

349

changer de main et remonter d'un barreau. Ensuite la main gauche, et de nouveau la droite, et ainsi de suite, en déplaçant le poids d'Amy d'un côté sur l'autre, barreau après barreau, jusqu'en haut. Combien pesait-elle ? Vingt, vingt-cinq kilos ? Le tout suspendu, au moment où il changeait de main, à la force d'un unique bras.

Wolgast amorça son ascension.

Richards comprit, aux cris et aux coups de feu, que les fluos avaient réussi à s'échapper.

Il savait ce qui était arrivé à Sykes. Et ce qui l'attendait probablement lui aussi, puisque Sykes lui avait dégueulé dessus son putain de sang contaminé. De toute façon, il doutait de vivre assez vieux pour que ça ait la moindre importance. *Salut, Cole,* pensa-t-il. *Salut, Cole, espèce de fouine, sale petit merdeux. C'est ça que tu avais en tête ? C'était ça, ta* Pax americana *? Parce que, moi, je vois d'ici comment ça va finir.*

Richards ne voulait plus qu'une chose, maintenant : en sortir avec les honneurs, avec un beau feu d'artifice à la fin.

La porte d'entrée du Chalet était réduite à un chaos de verre brisé et d'impacts de balle. Les panneaux pendaient de guingois sur leurs gonds, à moitié arrachés. Trois soldats gisaient par terre, morts, apparemment tués par des tirs amicaux dans la panique. À moins qu'ils ne se soient volontairement entretués, pour accélérer un peu le massacre. Richards leva la main et regarda son Springfield – qu'espérait-il faire avec ça ? Les fusils des soldats seraient tout aussi inutiles. Il lui fallait du plus sérieux. L'Armurerie était de l'autre côté du Complexe, derrière les baraquements. Il avait intérêt à y aller au trot.

Il jeta un coup d'œil par la porte sur l'espace dégagé

du Complexe. Au moins, les lumières étaient encore allumées. *Bon*, se dit-il. *Autant y aller tout de suite.* Surtout qu'il n'y aurait probablement pas de plus tard. Il s'élança, coudes au corps.

Il y avait des soldats partout, qui couraient dans tous les sens en défouraillant dans le vide quand ils ne se tiraient pas dessus. Ne faisant même pas mine d'organiser une défense, et encore bien moins un assaut sur le Chalet. Richards courut à fond de train, en s'attendant à moitié à se faire descendre.

Il était à peu près au milieu du Complexe quand il vit le cinq tonnes arrêté au bord du parking, n'importe comment, les portières ouvertes. Il savait ce qu'il y avait dedans.

Il ne serait peut-être pas obligé de traverser le Complexe à découvert, tout compte fait.

— Agent Doyle.

Doyle eut un sourire.

— Lacey.

Ils étaient au rez-de-chaussée du Chalet, dans une petite pièce pleine de bureaux et de classeurs. Doyle était planqué là, derrière un bureau, depuis les premiers coups de feu. Il attendait Lacey. Il se leva.

— Vous savez où ils sont ?

Lacey ne répondit pas tout de suite. Elle avait des griffures sur le visage et le cou, et des bouts de feuille dans les cheveux.

Elle hocha la tête.

— Oui.

— Je... je vous ai entendue, dit Doyle. Toutes ces semaines.

Il sentit quelque chose d'énorme s'ouvrir en lui.

— Je ne sais pas comment ça se fait, poursuivit-il d'une voix entrecoupée de sanglots.

351

Elle prit ses mains entre les siennes.

— Ce n'était pas moi que vous entendiez, agent Doyle.

Au moins, Wolgast ne pouvait pas regarder vers le bas. Il suait à grosses gouttes, ses doigts et la paume de ses mains glissaient sur les barreaux lorsqu'il s'y cramponnait pour se hisser, toujours plus haut. Ses bras tremblaient d'épuisement ; le creux de ses coudes, par où il s'accrochait à chaque changement de main, lui faisait l'effet d'être écorché jusqu'à l'os. Il y avait un moment, il le savait, où le corps atteignait tout simplement ses limites, une ligne invisible derrière laquelle on ne pouvait repasser une fois qu'on l'avait franchie. Il repoussa cette pensée et continua à monter.

Les bras d'Amy, croisés derrière son cou, tenaient bon. Ensemble, ils montaient, un barreau, un autre, un autre encore.

Le ventilateur était plus près. Une légère brise, fraîche et qui sentait la nuit, lui effleura le visage. Wolgast se démancha le cou pour scruter les parois de la gaine, à la recherche d'une ouverture.

Il la vit, trois mètres au-dessus de lui : à côté de l'échelle, une trappe ouverte.

Il faudrait qu'il y pousse Amy d'abord. Il faudrait qu'il réussisse d'une façon ou d'une autre à se maintenir sur l'échelle tout en glissant la petite fille dans la conduite, avant de s'y faufiler à son tour.

Ils arrivèrent à l'ouverture. Le ventilateur était plus haut qu'il ne pensait, encore dix bons mètres au-dessus d'eux. Ils devaient être au niveau du rez-de-chaussée du Chalet. Il serait peut-être obligé de monter encore, de trouver une autre issue. Mais il était pratiquement à bout de force.

Il positionna son genou droit de façon à supporter

le poids d'Amy et tendit la main gauche. Ses doigts rencontrèrent une paroi de métal froid, lisse comme du verre, mais il trouva le bord de l'ouverture. Il ramena sa main. Plus que trois barreaux, et ça devrait aller. Il inspira un bon coup et remonta encore, juste au-dessus de la conduite.

— Amy, fit-il d'une voix rauque.

Il avait la bouche et la gorge sèches comme du carton.

— Amy, réveille-toi. Essaie vraiment de te réveiller, ma cocotte.

Il sentit sa respiration changer contre son cou alors qu'elle reprenait conscience.

— Amy, il va falloir que tu me lâches quand je te le dirai. Je te tiendrai. Il y a une ouverture dans le mur. J'ai besoin que tu essaies de mettre les pieds dedans.

La petite fille ne répondit pas. Il espérait qu'elle l'avait entendu. Il tenta d'imaginer comment procéder au juste, comment il allait la faire entrer dans la conduite et s'y introduire lui-même, et n'y arriva pas. D'un autre côté, il n'avait pas le choix. S'il attendait plus longtemps, il n'aurait plus de force du tout.

Allez.

Il souleva Amy en faisant levier avec son genou. Elle lui lâcha le cou tandis que, de sa main libre, il la prenait par le poignet, la suspendant comme un pendule au-dessus du puits, puis il vit comment il allait s'y prendre : il lâcha son autre main, laissa le poids de la fillette le déporter sur sa gauche, vers le trou, dans lequel elle glissa les pieds, puis tout son petit corps.

Il sentit qu'il tombait. Il avait commencé à tomber depuis le début, mais alors que ses pieds perdaient contact avec l'échelle, ses mains griffèrent frénétiquement la paroi et ses doigts trouvèrent l'ouverture de la conduite, une mince lèvre de métal qui lui entama la peau.

— Hé ! s'écria-t-il.

L'écho de sa voix se répercuta sur toute la longueur de la gaine. Il avait l'impression de se cramponner à la paroi par la seule puissance de sa volonté, les pieds pendant dans le vide.

— Holà !

Il aurait été bien en peine de dire comment il réussit son coup. L'adrénaline. Amy. Le fait qu'il n'était pas prêt à mourir, pas encore. Il exerça une traction, de toutes ses forces, fléchissant lentement les coudes, se hissant inexorablement vers le haut – d'abord la tête, puis la poitrine, ensuite la taille, et finalement tout le reste de son corps glissa dans la conduite.

Il resta un moment sans bouger, à respirer à grandes goulées. Il releva la tête et vit de la lumière devant lui – une sorte d'ouverture en partie basse de la conduite. Il se retourna tant bien que mal et se coula sur le dos en tenant Amy comme avant, par la taille. La lumière devint plus vive au fur et à mesure qu'ils s'en rapprochaient. Ils arrivèrent à une grille formée de lattes horizontales.

Elle était scellée, boulonnée de l'extérieur.

Il en aurait pleuré. Il était si près ! Même s'il avait réussi à passer la main entre les fentes étroites, même s'il avait réussi à trouver les vis avec ses doigts, il n'avait aucun outil pour l'ouvrir. Quant à retourner en arrière... impossible. Il était épuisé.

Et puis, en contrebas, il entendit un mouvement.

Il serra Amy très fort contre lui. Il pensa aux hommes qu'il avait vus, Fortes, le soldat dans la mare de sang, le dénommé Grey. Il ne voulait pas mourir comme ça. Il ferma les yeux, bloqua sa respiration pour ne pas faire le moindre bruit.

Et puis une voix étouffée, interrogatrice :

— Chef ?

C'était Doyle.

L'un des conteneurs était déjà par terre, derrière le véhicule. Comme si quelqu'un avait commencé à le décharger et, pris de panique, l'avait laissé tomber. Richards jeta un rapide coup d'œil à l'arrière du camion et repéra un pied-de-biche.

La serrure céda avec un claquement sec. À l'intérieur, nichés dans des logements en mousse, se trouvaient deux RPG-29. Il souleva le nid de mousse et dénicha, dessous, les roquettes : des cylindres d'une cinquantaine de centimètres de longueur, munis d'ailerons et équipés de têtes HEAT à double charge creuse en tandem, capables de pénétrer le blindage d'un char d'assaut. Richards les avait vues à l'œuvre.

C'est lui qui en avait passé commande quand l'ordre de déplacer les fluos était arrivé. *Mieux vaut prendre ses précautions*, s'était-il dit. *Vampires faites aah*.

Il introduisit la première roquette dans le lanceur. Un déclic, et le bourdonnement satisfaisant qui confirmait que la charge était armée. Des milliers d'années d'évolution technologique, toute l'histoire de la civilisation humaine, semblaient résumées dans ce son : la vibration d'une roquette HEAT armée. Le RPG était réutilisable, mais Richards savait qu'il n'aurait droit qu'à un tir. Il le porta à son épaule, releva le viseur en position et s'écarta du camion.

— Hé ! hurla-t-il.

À ce moment précis, alors que les échos de sa voix s'étiraient dans l'obscurité, il sentit un frisson glacé, nauséeux, remonter de ses tripes gargouillantes. Le sol sous ses pieds oscillait comme le pont d'un bateau en pleine mer. Des gouttes de sueur perlèrent par tous les pores de sa peau. Il cilla, une impulsion irrésistible envoyée par son cerveau. Bon. Ça allait plus vite qu'il ne pensait. Il déglutit péniblement et fit encore deux pas dans la lumière en braquant le RPG vers le haut des arbres.

— Allez, petit, petit !

Une longue minute d'angoisse passa pendant que Doyle farfouillait dans divers tiroirs à la recherche d'un canif. Enfin, debout sur une chaise, il dévissa les vis avec la lame. Wolgast lui tendit Amy, puis sauta à son tour.

Au début, il n'en crut pas ses yeux.

— Sœur Lacey ?

Elle tenait la petite fille endormie dans ses bras.

— Agent Wolgast.

Wolgast regarda Doyle.

— Je ne...

— ... pige pas ? fit Doyle en haussant les sourcils.

Comme Wolgast, il était en pyjama d'hôpital. Un pyjama trop grand, dans lequel il flottait. Il eut un petit rire.

— Faites-moi confiance, moi non plus, je ne pige pas.

— L'endroit est plein de cadavres, fit Wolgast. Quelque chose... je ne sais pas quoi. Il y a eu une explosion.

Il n'arrivait pas à se l'expliquer à lui-même.

— On est au courant, répondit Doyle en hochant la tête. Ce n'est pas le moment de traîner.

Ils sortirent dans le couloir. Wolgast devina qu'ils devaient être sur l'arrière du Chalet. Tout était silencieux, mais ils entendaient des tirs isolés, dehors. Très vite, sans un mot, ils se dirigèrent vers la porte de devant. Wolgast vit les cadavres des soldats gisant par terre.

Lacey se tourna vers lui.

— Prenez-la, dit-elle. Prenez Amy.

Il la récupéra. Il avait encore les bras en coton, depuis son escalade, mais il la serra très fort contre lui. Elle gémit un peu, essayant de se réveiller, luttant contre la force qui la maintenait dans une sorte de crépuscule. Il aurait dû l'emmener à l'hôpital, mais même s'il y arrivait, que dirait-il ? Quelle explication fournirait-il ? Près de la porte, l'air était d'un froid hivernal, et dans sa mince chemise, Amy grelottait contre lui.

— Il faut qu'on trouve un véhicule, dit Wolgast.

Doyle se faufila par la porte. Il revint une minute plus tard avec un jeu de clés. Il avait aussi dégoté une arme quelque part, un quarante-cinq. Il emmena Wolgast et Lacey vers la fenêtre et leur indiqua quelque chose.

— Celle-là, tout au bout du parking. La Lexus gris métal, vu ?

Wolgast la voyait. La voiture était au moins à une centaine de mètres.

— Une belle bagnole comme ça, fit Doyle. Pas le genre de caisse dont on laisse les clés sous le pare-soleil, hein ? (Il les colla dans la main de Wolgast.) Ne les lâchez pas. Elles sont à vous. Juste au cas où.

Wolgast mit un moment à comprendre. Et puis il pigea. La voiture était pour lui. Pour Amy et pour lui.

— Phil...

Doyle leva les mains.

— C'est comme ça qu'il faut que ce soit.

Wolgast regarda Lacey, qui acquiesça avant de faire un pas vers lui. Elle embrassa Amy, lui caressa les cheveux et déposa un baiser sur la joue de Wolgast. Il n'avait jamais rien ressenti de pareil. Un calme profond, un sentiment de certitude irradiaient dans tout son corps depuis l'endroit où elle avait posé les lèvres.

Ils sortirent, Doyle en tête, et s'avancèrent rapidement

en rasant les murs. Wolgast avait du mal à suivre. Il entendait des coups de feu, mais ils ne semblaient pas les prendre pour cible. Les tirs paraissaient s'éloigner en montant vers les arbres et les toits. Des tirs au jugé, qui évoquaient une espèce de sinistre célébration. Chaque fois, il entendait un cri, il y avait un moment de silence, et la fusillade reprenait.

Ils arrivèrent au coin du bâtiment. Wolgast voyait les bois, derrière, et dans l'autre direction, vers les lumières du Complexe, le parking. La Lexus les attendait au bout, tournée vers l'extérieur, sans rien, aucun véhicule autour pour se dissimuler.

— On a intérêt à faire vite, dit Doyle. Prêt ?

Wolgast, haletant, réussit à hocher la tête.

Puis ils s'élancèrent en courant vers la voiture.

Richards le sentit avant de le voir. Il se retourna, balançant le lance-roquettes comme un perchiste s'apprêtant à sauter.

Ce n'était pas Babcock.

Ce n'était pas le Zéro.

C'était Anthony Carter.

Il était plus ou moins accroupi, à six ou sept mètres de lui. Il leva le visage et regarda Richards d'un air pensif en tournant la tête. Il y avait du chien dans son attitude. Sa face, ses mains griffues, ses rangées de dents pareilles à des sabres étaient ruisselantes de sang. Une sorte de son cliquetant montait de sa gorge. Il se redressa lentement, dans une attitude languide de plaisir anticipé. Richards centra son viseur sur la bouche de Carter.

— Fais aah, dit Richards.

Et il appuya sur la détente.

Il sut, alors que le tube éjectait la roquette, alors que le recul le projetait en arrière, qu'il avait loupé son coup.

L'endroit où Carter se tenait était vide. Carter était en l'air. Il volait. Et puis il retomba, en plein sur Richards. La roquette fila et fit sauter la façade du Chalet, mais Richards ne l'entendit que vaguement. Le bruit recula, s'estompa jusqu'à une distance impossible tandis qu'il découvrait la sensation complètement inédite pour lui de se faire déchirer en deux.

L'explosion fit à Wolgast l'effet d'un voile blanc, d'un mur de chaleur et de lumière qui lui gifla le côté gauche du visage comme un coup de poing ; il fut soulevé de terre et sentit qu'Amy lui échappait. Il heurta le sol et roula, roula encore avant de s'immobiliser sur le dos.

Il avait les oreilles qui tintaient, son souffle lui faisait l'impression d'être bloqué loin dans les profondeurs de sa poitrine. Au-dessus de lui, il vit le noir profond, velouté, du ciel nocturne, et les étoiles, des centaines et des centaines d'étoiles, dont certaines tombaient.

Il pensa : *Des étoiles filantes.* Il pensa : *Amy.* Il pensa : *Les clés.*

Il releva la tête. Amy était à terre, à quelques mètres de là. L'air était plein de fumée. À la lumière vacillante du Chalet en feu, elle paraissait dormir – princesse de conte de fées qui n'arrivait pas à se réveiller. Wolgast roula sur lui-même, se mit à quatre pattes et palpa frénétiquement le sol à la recherche des clés. Il sentait que l'une de ses oreilles avait morflé, comme si un rideau était tombé sur le côté gauche de son visage, étouffant tous les sons. *Les clés. Les clés.* Puis il se rendit compte qu'il les tenait encore à la main. Il ne les avait jamais lâchées.

Et Doyle ? Et Lacey ? Où étaient-ils ?

Il s'approcha d'Amy. Elle n'avait apparemment pas souffert de la chute, ni de l'explosion, pour autant qu'il puisse en juger. Il la prit sous les bras, la jucha sur ses épaules et fonça à toute vitesse vers la Lexus.

Il se pencha pour déposer la fillette sur la banquette arrière, se mit au volant, tourna la clé de contact. Les phares trouèrent l'obscurité du Complexe.

Quelque chose tomba sur le capot.

Une espèce d'animal. Non, une espèce de créature monstrueuse, vert pâle fluorescent. Et puis il vit ses yeux, vit ce qu'il y avait dedans, et il sut que l'étrange nouvel être qui s'était posé sur le capot était Anthony Carter.

Wolgast enclencha la marche arrière et accéléra alors que Carter se levait. Il tomba à la renverse. Wolgast le vit, à la lumière des phares de la Lexus, rouler par terre et, d'une série de mouvements presque trop rapides pour que le regard puisse les suivre, se lancer en l'air avant de disparaître.

Oh, bon Dieu...

Wolgast pila et braqua à fond à droite. La voiture tourna, tourna sur elle-même et s'immobilisa, le capot tourné vers la route. Soudain, la portière passager s'ouvrit : Lacey. Elle monta précipitamment dans la voiture, sans un mot. Son visage, le tissu de son chemisier étaient maculés de traînées de sang frais. Elle tenait une arme à la main. Elle la regarda, stupéfaite, et la laissa tomber par terre.

— Et Doyle ?

— Je ne sais pas, répondit-elle.

Il repassa en marche avant et mit la gomme.

C'est alors qu'il vit Doyle. Il courait vers eux en agitant son quarante-cinq.

— Allez-y ! hurlait-il. Allez !

Un choc retentissant ébranla la voiture. Wolgast sut que c'était Carter. Il s'était posé sur le toit de la Lexus. Wolgast donna un coup de frein, les projetant tous vers l'avant. Carter tomba sur le capot, mais se cramponna. Doyle fit feu, trois coups rapprochés. L'une des balles atteignit Carter à l'épaule, l'impact produisant une brève étincelle, mais c'est à peine s'il parut s'en rendre compte.

— Hé ! hurlait Doyle. Hé !

Carter tourna la tête et le vit. D'une détente de tout le corps, il s'élança alors que Doyle tirait un dernier coup de feu. Wolgast se retourna juste à temps pour voir la créature qui avait jadis été Anthony Carter se laisser tomber sur Doyle, l'engloutir comme une gueule géante.

Ce fut terminé en un instant.

Wolgast accéléra à fond. La voiture fila sur une bande d'herbe, les roues patinant et arrachant des mottes de terre, puis elle rejoignit le béton de la chaussée dans un crissement de pneus. Ils s'éloignèrent à toute vitesse du Chalet en flammes, fonçant dans un couloir d'arbres qui défilaient de chaque côté. Quatre-vingts, cent, cent vingt kilomètres-heure.

— Bon sang, qu'est-ce que c'était que ça ? demanda Wolgast à Lacey. Qu'est-ce que c'était ?

— Arrêtez-vous là, agent Wolgast.

— Hein ? Vous plaisantez !

— Ils vont nous rattraper. Ils vont suivre le sang. Il faut que vous arrêtiez la voiture, tout de suite.

Elle posa la main sur son coude. Elle avait une poigne ferme, insistante.

— Je vous en prie. Faites ce que je vous dis.

Wolgast s'arrêta sur le côté de la route. Lacey se tourna vers lui. Wolgast vit qu'elle était blessée, une plaie par balle dans le haut du bras.

— Sœur Lacey...

— Ce n'est rien, répondit Lacey. Ce n'est que de la chair et du sang. Mais je ne partirai pas avec vous. Je le vois maintenant.

Elle lui effleura à nouveau le bras et sourit – un dernier sourire de bénédiction, à la fois triste et heureux. Elle souriait aux épreuves d'un long voyage désormais achevé.

— Prenez soin d'Amy. Elle est à vous. Vous saurez quoi faire.

Elle descendit de la voiture et claqua la portière avant que Wolgast ait eu le temps de dire un mot.

Il vit dans le rétroviseur qu'elle repartait en courant sur la route par où ils étaient venus. Elle agitait les bras. En signe d'avertissement ? Non, elle les appelait à se jeter sur elle. Elle n'avait pas fait cent pas qu'une lumière vibrante s'abattit en piqué du haut des arbres, puis une autre, une troisième, et tant d'autres que Wolgast ne put s'empêcher de détourner les yeux. Il accéléra et s'éloigna à toute vitesse, sans un regard en arrière.

Deuxième partie

L'An zéro

« Viens, allons à la prison ;
Nous y chanterons tous deux comme les oiseaux en cage.
Quand tu me demanderas ma bénédiction,
Je te demanderai pardon à genoux... »

SHAKESPEARE, *Le Roi Lear*

15.

À la fin des temps, quand le monde aurait perdu la mémoire, quand l'homme qu'il avait été aurait disparu comme un vaisseau qui s'éloigne, s'enfonce sous l'horizon, sa vieille vie à fond de cale ; quand le regard glacé des étoiles n'aurait plus rien à voir, quand la lune sur son orbite aurait oublié son nom et que seul demeurerait le vaste océan de faim sur lequel il flotterait à jamais – en lui, tout au fond de lui, il y aurait pourtant eu cela : une année. La montagne, le passage des saisons, et Amy. Amy, et l'an zéro.

Ils arrivèrent au camp dans les ténèbres. Wolgast fit le dernier kilomètre au ralenti, précédé par les rayons des phares qui traçaient des pointillés sur les arbres, ralentissant pour franchir en douceur les nids-de-poule les plus profonds et les ornières abandonnées par la fonte des neiges. Les branches dégoulinantes raclaient le toit et les vitres de la voiture. C'était une épave, une vieille Corolla avec d'énormes jantes chromées et un cendrier plein de mégots jaunis, qu'il avait volée dans un parking de caravanes à la périphérie de Laramie. À la place, il avait laissé la Lexus avec la clé sur le contact et un mot sur le tableau de bord : « Gardez-la, elle est à vous. » Un vieux chien, un corniaud, au bout d'une chaîne, trop fatigué pour aboyer, avait regardé Wolgast démarrer la guimbarde en faisant contact avec les fils, puis porter Amy de la Lexus à la Toyota où il l'avait allongée sur la banquette arrière, entre les emballages de fast-food et les paquets de cigarettes vides.

Wolgast aurait bien voulu être là pour voir la tête de son propriétaire quand il découvrirait, le lendemain matin, en se réveillant, que son vieux tas de boue avait été remplacé par une voiture de grand tourisme à quatre-vingt mille dollars. La citrouille de Cendrillon changée en carrosse. Wolgast n'avait jamais rien conduit de pareil de toute sa vie. Il espérait que son nouveau propriétaire, quel qu'il soit, se ferait le cadeau de la conduire une fois, avant de trouver le moyen de la faire disparaître discrètement.

La Lexus était celle de Fortes. *Avait été*, rectifia mentalement Wolgast, parce que Fortes était mort. James B. Fortes. Wolgast ne connaissait pas son prénom avant de trouver sa carte grise. Une adresse dans le Maryland, probablement celle de l'USAMRIID, ou peut-être du NIH[1]. Wolgast avait jeté la carte grise par la fenêtre dans un champ de blé, du côté de la frontière entre le Colorado et le Wyoming. Il avait tout de même gardé le contenu du portefeuille qu'il avait trouvé sous le tapis de sol, côté conducteur : un peu plus de six cents dollars en cash et une carte Visa Titanium.

Mais tout ça remontait à plusieurs heures, le passage du temps avait été magnifié par la distance parcourue. Le Colorado, le Wyoming, l'Idaho, traversé entièrement dans le noir, et dont il n'avait vu que le cône de lumière projeté par les phares de la Corolla. Ils avaient atteint

---

1. National Institutes of Health : Instituts nationaux de la santé, institutions gouvernementales chargées de la recherche médicale et bio-médicale, équivalent français de l'Inserm. *(N.d.T.)*

l'Oregon au coucher du soleil, le matin du deuxième jour, et traversé les plateaux arides de l'intérieur alors que filait le jour sur les champs dorés, vides, et les collines violacées, couvertes de buissons de sauge agités par le vent. Pour ne pas s'endormir, Wolgast conduisait la vitre baissée, et les tourbillons d'air envahissaient l'intérieur de la voiture de parfums suaves : l'odeur de l'enfance, de chez lui. Vers le milieu de l'après-midi, il sentit que le moteur de la Toyota peinait ; ça commençait enfin à monter. Alors que le soir tombait, les Cascades dressèrent devant eux leur masse maussade aux pics en dents de scie, étincelants de givre, qui déchiquetaient les rayons du soleil couchant, et le ciel s'illumina comme un vitrail d'une farouche fanfare de rouges et de violets.

— Amy, mon petit chou, dit-il. Réveille-toi. Regarde !

Amy était allongée de tout son long sur la banquette arrière, une couverture de coton sur elle. Elle était encore très faible. Elle avait passé les deux derniers jours à dormir presque tout le temps. Mais le pire semblait derrière eux. Sa peau paraissait plus saine, elle n'avait plus la pâleur cireuse qui accompagnait la fièvre. Ce matin-là, elle avait réussi à avaler quelques bouchées d'un sandwich aux œufs et bu un peu de lait chocolaté que Wolgast avait achetés dans un drive-in. Il avait remarqué un détail curieux : elle présentait une hypersensibilité au soleil. La lumière paraissait lui causer une souffrance physique, et pas seulement lui blesser les yeux. Tout son corps se recroquevillait devant le jour comme si elle recevait des décharges électriques. À une station-service, il lui avait acheté des lunettes de soleil – roses, des lunettes de star de cinéma, les seules assez petites pour sa frimousse – et une casquette de camionneur arborant le logo John Deere, dont elle pouvait baisser la visière sur son front. Mais même avec la casquette et les lunettes, c'est à peine si elle avait jeté un coup d'œil par-dessus la couverture de toute la journée.

En entendant sa voix, elle émergea du sommeil qui la submergeait comme une marée et regarda le soleil couchant, les mains en guise d'œillères sur les tempes, les paupières plissées derrière les lunettes roses qu'elle n'avait pas quittées. Le vent qui entrait par la vitre ouverte faisait jouer ses longues mèches de cheveux autour de son visage.

— C'est... brillant, dit-elle tout bas.

— Les montagnes, expliqua-t-il.

Il effectua les derniers kilomètres au jugé, suivant des routes non balisées qui s'enfonçaient toujours plus profondément dans les contreforts des montagnes couverts de forêt. Un monde caché : là où ils allaient, il n'y avait pas de villes, pas de maisons, absolument personne. C'est du moins le souvenir qu'il en gardait. L'air des montagnes était froid et sentait le pin. Le réservoir était presque vide. Ils passèrent devant un commerce éteint dont Wolgast se souvenait vaguement, même si le nom ne lui disait rien – Magasin général Milton, permis de chasse et de pêche –, et entamèrent l'ascension finale. Trois embranchements plus tard, il était au bord de la panique, persuadé de s'être perdu, quand une série de petits détails surgis du passé se présentèrent à lui : une certaine pente de la route, un coin de ciel constellé d'étoiles entrevu au détour d'un virage, et puis, sous les roues de la Toyota, l'acoustique amplifiée de l'air libéré alors qu'ils traversaient la rivière. Exactement comme quand il était petit et que son père l'emmenait au camp.

Quelques instants plus tard, les arbres s'écartèrent

devant eux. Sur le côté de la route se dressait une pancarte délavée par les intempéries : « Camp de Bear
Mountain ». Dessous, une agence immobilière avait
accroché avec des chaînes rouillées un panonceau « À
vendre », avec un numéro de téléphone. Un numéro de
Salem, à en juger par l'indicatif. Le panneau, comme
beaucoup de ceux que Wolgast avait vus en cours de
route, était troué d'impacts de balles.

— C'est là, dit-il.

L'allée d'un kilomètre et demi qui menait au camp
suivait la berge surélevée de la rivière, tournait brusquement à droite derrière un amas de blocs de roche et
s'enfonçait entre les arbres. Il savait que le site était
fermé depuis des années. Les bâtiments seraient-ils seulement encore debout ? Qu'allaient-ils trouver ? Des
ruines ravagées par un incendie ? Des toits pourris,
effondrés sous le poids de la neige de tous ces hivers ?
Et puis le camp émergea entre les arbres : le bâtiment
que les garçons appelaient le Vieux Logis – parce qu'il
était déjà vieux à l'époque –, d'autres maisons plus
petites et des cabanes, une douzaine en tout, autour et en
retrait. La forêt se refermait loin derrière, et un sentier
descendait vers le lac, quatre-vingts hectares d'immobilité vitrifiée en forme de rognon, maintenus par un
barrage de terre. Alors qu'ils approchaient du Logis, les
phares de la voiture éclairèrent les fenêtres de devant,
donnant pendant un instant l'impression que des
lumières brillaient à l'intérieur, comme si on attendait
leur arrivée, comme s'ils n'avaient pas traversé tout le
pays mais étaient remontés dans le temps, franchissant
un gouffre de trente ans pour retrouver l'enfance de
Wolgast.

Il s'arrêta devant le porche, coupa le contact et fut
bizarrement pris de l'envie de dire une prière d'action

de grâces, pour marquer leur arrivée à bon port. Mais il y avait des années qu'il n'avait pas prié. Beaucoup trop longtemps. Il descendit de voiture dans le froid stupéfiant. Son souffle stagnait autour de son visage comme autour des naseaux d'un cheval. C'était le début du mois de mai, et pourtant l'air semblait encore garder le souvenir de l'hiver. Il fit le tour pour ouvrir le coffre. La première fois qu'il l'avait ouvert, dans le parking d'un Walmart, à l'ouest de Rock Springs, il était plein de pots de peinture vides. Maintenant, il contenait tout un attirail – des vêtements pour eux deux, de quoi manger, faire sa toilette, des bougies, des piles, un réchaud de camping et des bouteilles de propane, quelques outils indispensables, une trousse de premiers secours, deux sacs de couchage en duvet. Assez pour s'installer, mais il devrait bientôt redescendre de la montagne. À la lueur de l'ampoule du coffre, il trouva ce qu'il cherchait et gravit les marches du porche.

Le loquet de la porte de devant céda après une bonne pression avec le cric de la voiture. Il alluma sa lampe électrique et entra. Si Amy se réveillait toute seule, elle risquait d'avoir peur, mais il voulait tout de même jeter un rapide coup d'œil à l'intérieur, vérifier que l'endroit était sûr. Il essaya d'appuyer sur l'interrupteur près de la porte, mais il ne se passa rien : le courant était coupé, bien sûr. Il devait y avoir un générateur de secours quelque part, mais il aurait besoin d'essence pour le faire tourner, et même alors, qui sait s'il redémarrerait. Il promena le faisceau de sa lampe torche sur la pièce : un assemblage disparate de tables et de chaises en bois, un poêle en fonte, un bureau métallique poussé contre le mur et, au-dessus, un panneau d'affichage, vide à l'exception d'une feuille de papier aux bords roulés par le temps. Les volets n'étaient pas fermés, mais les vitres avaient tenu : l'endroit était bien clos, sec, et avec le poêle, il se réchaufferait vite.

Il braqua le rayon de sa lampe vers le panneau d'affichage, s'approcha. La feuille disait : « Bienvenue aux campeurs, été 2014 », et égrenait une longue liste de noms – les Jacob, Joshua et Andrew habituels, mais aussi un Sacha et même un Akeem –, chacun suivi par le numéro du bungalow qui lui était attribué. Wolgast avait campé là pendant trois ans. La dernière année – celle de ses douze ans –, il avait été moniteur junior. Il dormait dans une cabane avec un groupe de garçons plus jeunes, complètement déprimés, quasi malades tellement leurs parents leur manquaient. Entre ceux qui pleuraient la nuit et les farces nocturnes de leurs tortionnaires, Wolgast avait à peine fermé l'œil de tout l'été, et pourtant, il n'avait jamais été aussi heureux ; ces jours étaient, par bien des côtés, les plus beaux de son enfance. Des heures dorées. C'était l'automne suivant que ses parents l'avaient emmené au Texas et que tous leurs ennuis avaient commencé. Le camp appartenait à un certain M. Hale, qui était professeur de biologie à l'université. Il avait une grosse voix et une carrure de pilier de rugby, ce qu'il avait jadis été. C'était un ami du père de Wolgast, mais il n'avait pas souvenir d'en avoir jamais tiré un bénéfice particulier.

L'été, M. Hale vivait en haut, avec sa femme, dans une espèce d'appartement. C'était ce que Wolgast cherchait maintenant. Il poussa une porte battante qui menait vers l'espace privé et se retrouva dans la cuisine : des placards de pin, rustiques, un panneau perforé auquel étaient accrochés des casseroles et des pots rouillés, un évier avec une pompe à l'ancienne, un fourneau et un réfrigérateur à la porte entrouverte, tout cela disposé autour d'une grande table en pin.

Tout était couvert d'une épaisse couche de poussière. Le fourneau était du matériel professionnel, ancien, en acier émaillé blanc, avec sur le devant une pendule dont les aiguilles étaient arrêtées à trois heures six. Il tourna le bouton d'un des brûleurs et entendit le sifflement du gaz.

De la cuisine, un escalier étroit montait au premier, un labyrinthe de petites pièces blotties sous le toit. La plupart étaient vides, mais il trouva quelques lits, des matelas relevés contre les murs. Et autre chose : dans l'une des pièces, sur une table à tréteaux, près de la fenêtre, un appareil avec des cadrans et des interrupteurs qu'il supposa être une radio à ondes courtes.

Il retourna vers la voiture. Amy dormait toujours, roulée en boule sous la couverture. Il la réveilla en douceur.

Elle s'assit en se frottant les yeux.

— Où on est ?

— Chez nous, lui répondit-il.

Pendant ces premiers jours dans la montagne, il repensa à Lila. Curieusement, ses pensées tournaient très peu autour de préoccupations plus générales concernant le monde et les événements qui pouvaient s'y dérouler. Ses journées étaient absorbées par diverses activités : remettre l'endroit en état, s'occuper d'Amy. Mais son esprit, libre de vagabonder comme bon lui semblait, préférait retourner dans le passé, au-dessus duquel il planait comme un oiseau survolant une immense pièce d'eau, sans rivage en vue, avec pour toute compagnie son reflet sur la surface luisante.

Il aurait été inexact de dire qu'il était tout de suite tombé amoureux de Lila. Ce qui était arrivé ressemblait plutôt à une espèce de chute. Il l'avait rencontrée par un dimanche venteux, alors qu'il était arrivé aux urgences, soutenu par deux amis qui sentaient la sueur du gymnase. Wolgast n'était pas un champion de basket, il n'y avait plus joué depuis la fac, mais il s'était laissé convaincre de participer à un tournoi de bienfaisance – trois contre trois, demi-terrain, l'enjeu n'aurait pas pu être plus modeste. Ils avaient réussi, par miracle, à jouer deux périodes quand Wolgast avait tenté un tir en suspension et entendu, en retombant, un vilain craquement dans son tendon d'Achille gauche. Il s'était liquéfié par terre et une explosion de souffrance lui avait fait monter les larmes aux yeux – tandis que le tir s'achevait par un triste rebond sur l'arceau, ajoutant le supplice de l'humiliation à celui de la douleur.

Le toubib qui l'avait examiné aux urgences avait diagnostiqué une rupture du tendon et l'avait expédié à l'étage au-dessus, chez l'orthopédiste. C'était Lila.

Elle entra dans la pièce en se fourrant dans le bec une dernière cuillerée de yaourt avant de se tourner vers le lavabo pour se laver les mains, tout ça sans lui accorder un seul regard.

— Bon, alors...

Elle s'essuya les mains, jeta un rapide coup d'œil à son dossier, puis à Wolgast, assis sur la table. Elle n'était pas ce que Wolgast aurait décrit, au premier abord, comme une beauté classique, mais elle avait quelque chose qui retint son attention, un sentiment de déjà-vu. Ses cheveux chocolat étaient retenus en chignon par une espèce de pique. Elle portait des lunettes à monture noire, toutes petites, qui glissaient sur l'arête de son nez étroit.

— Je suis le docteur Kyle. Vous vous êtes blessé en jouant au basket ?

Wolgast hocha la tête d'un air penaud.

— Je ne suis pas précisément un athlète, admit-il.

À ce moment, son portable vibra à sa ceinture. Elle y jeta un rapide coup d'œil, fronça les sourcils, puis, avec une précision tranquille, elle posa le bout de son doigt sur le point sensible, derrière le troisième orteil de son pied gauche.

— Appuyez là.

Ce qu'il fit. Ou du moins essaya de faire. La douleur était tellement atroce qu'il retint une soudaine envie de vomir.

— Quel genre de métier faites-vous ?

Wolgast déglutit et réussit à dire :

— Je travaille pour les forces de l'ordre. Bon Dieu ! Ça fait mal...

Elle écrivit quelque chose dans son dossier.

— Les forces de l'ordre..., répéta-t-elle. Dans la police ?

— Le FBI, en réalité.

Il guettait une lueur d'intérêt dans son regard et n'en vit pas. Il remarqua qu'elle n'avait pas d'alliance. Mais ça ne voulait pas forcément dire quelque chose : elle l'enlevait peut-être pour consulter.

— Je vais vous faire passer un scanner, dit-elle. Mais je suis sûre à quatre-vingt-dix pour cent que le tendon est rompu.

— Ce qui veut dire ?

Elle eut un haussement d'épaules.

— Il va falloir vous opérer. Je ne vais pas vous raconter d'histoires. Ce n'est pas de la rigolade. Huit semaines d'immobilisation, et six mois pour récupérer complètement. J'ai le regret de vous annoncer que votre carrière de joueur de basket est terminée, ajouta-t-elle avec un sourire mélancolique.

Elle lui fit prendre un antidouleur qui lui donna instantanément envie de dormir. C'est à peine s'il se réveilla quand ils l'emmenèrent sur un chariot à l'IRM. Quand il rouvrit les yeux, Lila était debout au pied de son lit. On avait mis une couverture sur lui. Il regarda sa montre. Pas loin de neuf heures du soir. Près de six heures qu'il était à l'hôpital.

— Vos amis sont encore là ?

— Ça m'étonnerait.

Elle programma son opération pour sept heures, le lendemain matin. Il y avait des papiers à signer, et on lui donnerait une chambre où il passerait la nuit. Elle lui demanda s'il y avait quelqu'un à prévenir.

— Pas vraiment.

Il était encore complètement dans les vapes, à cause de l'analgésique.

— Ça doit avoir l'air un peu pathétique. Je n'ai même pas de chat.

Elle le regarda comme si elle attendait qu'il ajoute quelque chose. Il était sur le point de lui demander s'ils ne s'étaient pas déjà rencontrés lorsqu'elle rompit soudain le silence et dit, avec un sourire radieux :

— Eh bien, c'est parfait.

Deux semaines après l'opération de Wolgast, ils eurent leur premier rendez-vous. Un dîner à la cafétéria de l'hôpital. Wolgast, avec ses béquilles, la jambe gauche emprisonnée, des orteils au genou, dans une gouttière en plastique et Velcro, dut attendre à table, comme un infirme, qu'elle ramène leur dîner. Elle était en pyjama d'hôpital – elle était de garde de nuit, lui expliqua-t-elle, et elle dormirait à l'hôpital –, mais il vit qu'elle avait mis un peu de rouge à lèvres et de mascara, et qu'elle s'était recoiffée.

La famille de Lila était restée dans l'est, du côté de Boston. Après ses études de médecine à Wellesley – l'horreur, lui dit-elle, les quatre années les plus épouvantables de sa vie, de la vie de qui que ce soit, « autant se faire renverser par une voiture » –, elle était partie s'installer dans le Colorado pour son internat d'orthopédie. Elle pensait qu'elle allait détester Denver, cette énorme ville sans visage, loin de chez elle, mais tout au contraire, elle s'était sentie libérée. Par l'espace, l'aisance, le dédale chaotique de subdivisions et d'autoroutes, les vastes plaines sous un gigantesque bol de ciel bleu, les montagnes indifférentes, la facilité avec laquelle les gens se parlaient, sans faire de chichi, et le fait que presque tout le monde venait d'ailleurs ; des exilés, comme elle.

— Je veux dire, tout avait l'air tellement *normal*, ici.

Elle étalait de la crème de fromage sur un *bagel* – le petit déjeuner pour elle, alors qu'il était près de huit heures du soir.

— Je pense que je n'avais seulement jamais su ce qui était normal. Exactement ce qu'il fallait à une étudiante coincée de Wellesley, lui expliqua-t-elle.

Wolgast se sentit désespérément en état d'infériorité, et le lui dit. Elle eut un rire éclatant, un peu gêné, et lui effleura rapidement la main.

— Il ne faut pas, dit-elle.

Elle avait des horaires impossibles. Ils n'arrivaient pas à se voir comme tout le monde, à aller au restaurant, au cinéma. Wolgast était en arrêt maladie et tournait en rond toute la journée, chez lui. Il ne tenait pas en place ; alors il allait à l'hôpital, et ils dînaient ensemble à la cafétéria. Elle lui parlait de son enfance à Boston, de ses parents, professeurs d'université, et de l'école, de ses amies, de ses études, et d'une année qu'elle avait passée en France, à essayer de faire de la photo. Il en déduisit qu'elle attendait que quelqu'un entre dans sa vie, quelqu'un pour qui tout ça serait nouveau. Il était absolument ravi d'être celui-là, de l'écouter.

Ils mirent près d'un mois à se prendre par la main. Ils venaient de finir leur dîner quand Lila enleva ses lunettes, se pencha sur la table et l'embrassa, un long et tendre baiser qui sentait l'orange qu'elle venait de manger.

— Alors, dit-elle. Ça va ?

Elle parcourut la salle d'un regard théâtral, et baissa la voix.

— Je veux dire, théoriquement, je suis ton médecin.

— Ma jambe va déjà bien mieux, répondit Wolgast.

Il avait trente-cinq ans, Lila trente et un, quand ils se marièrent, un jour de septembre. La cérémonie eut lieu à Cape Cod, dans un petit yacht-club au fond d'une baie tranquille. Les bateaux à voiles dansaient sous un ciel automnal d'un bleu frais. Presque tous les invités étaient de la famille de Lila, qui était une espèce de gigantesque tribu. Elle avait tellement de tantes, d'oncles et de cousins que Wolgast n'arrivait pas à suivre. Impossible de retenir tous leurs noms. La moitié des femmes présentes semblaient avoir partagé une chambre d'étudiantes avec Lila, à un moment ou un autre, et étaient avides de lui raconter diverses escapades de jeunesse qui paraissaient en fin de compte être toutes la même histoire. Wolgast n'avait jamais été aussi heureux. Il but trop de champagne et il monta sur une chaise pour faire un long discours larmoyant, profondément sincère, qu'il conclut en chantant atrocement faux un couplet de « Embraceable You ». Tout le monde rit et applaudit avant de les expédier en voyage de noces sous une pluie de riz parfaitement ringarde. Si quelqu'un savait que Lila était enceinte de quatre mois, personne n'en dit rien. Wolgast le mit d'abord sur le compte d'une réserve très Nouvelle-Angleterre, et puis il se rendit compte que tout le monde s'en fichait ; ils étaient sincèrement heureux pour eux.

Avec l'argent de Lila – à côté de ses revenus, son salaire à lui était risible –, ils achetèrent une maison à Cherry Creek, un quartier ancien avec des parcs, des arbres, de bonnes écoles, et ils attendirent le bébé à venir. Ils savaient que ce serait une fille. Eva était le nom de la grand-mère de Lila, un sacré personnage qui – d'après les histoires de famille – avait vogué sur l'*Andrea Doria* et fréquenté un neveu d'Al Capone. Wolgast aimait ce nom, tout simplement, et à partir du moment où Lila l'avait évoqué, il était resté. Lila comptait travailler jusqu'au moment de l'accouchement. Après la naissance d'Eva, Wolgast resterait à la maison avec elle pendant un an, puis, quand il retournerait au Bureau, Lila prendrait un mi-temps à l'hôpital. Un projet dingue, plein de problèmes potentiels qu'ils entre-voyaient bien tous les deux, mais sur lesquels ils ne s'étendaient pas. D'une façon ou d'une autre, ils les sur-monteraient.

Au cours de sa trente-quatrième semaine de gros-sesse, Lila eut un problème de tension. Elle était trop élevée, et son obstétricien l'obligea à rester allongée. Elle dit à Wolgast de ne pas s'inquiéter, qu'il n'y avait rien à craindre pour le bébé. Lila était médecin, après tout ; s'il y avait du souci à se faire, elle le lui aurait dit. Il avait peur que son travail ne la fatigue trop, qu'elle reste trop debout à l'hôpital, et il était content de l'avoir à la maison, allongée comme une reine, qui l'appelait au rez-de-chaussée pour réclamer ses repas, des films ou de quoi lire.

Et puis, un soir, trois semaines avant la date prévue pour l'accouchement, en rentrant à la maison, il la trouva assise au bord du lit, en pleurs, se tenant la tête à deux mains. Elle avait un terrible mal de tête.

— Quelque chose ne va pas, lui dit-elle.

À l'hôpital, ils apprirent à Wolgast qu'elle avait seize-neuf et demi de tension, un état qualifié de « pré-éclampsie ». C'était ce qui expliquait son mal de tête. Ils avaient peur qu'elle convulse, peur pour ses reins, peur qu'il y ait souffrance fœtale. Tout le monde avait l'air très grave, surtout Lila, qui avait une mine de papier mâché tellement elle s'en faisait. Ils allaient devoir provoquer l'accouchement, lui annonça le docteur. Un accouchement par les voies naturelles était toujours préférable dans ce genre de cas, mais si le bébé n'arrivait pas dans les six heures, ils devraient pratiquer une césarienne.

Ils lui mirent une perfusion de Pitocin et une autre de sulfate de magnésium, pour prévenir les convulsions. Il était plus de minuit, à ce moment-là. L'infirmière les avertit avec une jovialité qui le mit en rage que le magnésium avait des effets secondaires désagréables.

— Comment ça, désagréables ? demanda Wolgast.

— Eh bien, répondit l'infirmière, c'est difficile à expliquer, mais ce sera un mauvais moment à passer.

Ils la connectèrent à un moniteur fœtal, et l'attente commença.

Ce fut terrible. Lila, sur le lit, gémissait de douleur. Wolgast n'avait jamais rien entendu de pareil ; il était ébranlé jusqu'à la moelle des os. Lila lui dit que ça lui faisait comme de minuscules incendies dans tout le corps. Comme si son propre organisme la détestait. Elle ne s'était jamais sentie aussi mal. Wolgast ignorait si c'était le magnésium ou le Pitocin, et personne ne répondait à ses questions. Les contractions se déclen-chèrent, pénibles, rapprochées, mais l'obstétricien dit que le col n'était pas assez dilaté, vraiment pas assez. Deux centimètres, c'était tout. Mais les battements du cœur du bébé étaient normaux. Combien de temps cela pouvait-il durer ? se demandait Wolgast. Ils étaient allés aux cours, ils avaient fait tout ce qu'il fallait. Personne ne leur avait dit que ce serait comme ça, comme un accident de voiture au ralenti.

Finalement, juste avant l'aube, Lila dit qu'elle devait pousser. *Devait*. Personne ne croyait qu'elle était prête, mais le docteur l'examina et constata que, miraculeusement, elle en était à dix centimètres. Tout le monde commença à s'agiter, à réorganiser la salle avec tous ces objets à roulettes, à enfiler des gants neufs à grand renfort de claquements, à replier une section du lit sous le bassin de Lila. Wolgast se sentait inutile, un vaisseau en pleine mer sans gouvernail. Il serra la main de Lila alors qu'elle poussait, une fois, deux fois, trois fois. Et puis ce fut fini.

Quelqu'un tendit à Wolgast des ciseaux coudés pour qu'il coupe le cordon. L'infirmière déposa Eva dans une couveuse et lui fit subir le test d'Apgar. Ensuite elle lui mit un petit bonnet sur la tête, l'enroula dans une couverture et la tendit à Wolgast. C'était stupéfiant ! Subitement, tout ça était derrière eux, toute la panique, la souffrance, l'angoisse avaient disparu, et il y avait ce nouveau petit être plein de vie dans la pièce. Rien dans son existence ne l'avait préparé à ça, à sentir un bébé, sa fille, dans ses bras. Eva était petite, juste deux kilos trois. Elle avait la peau chaude et rose, le rose des pêches dorées au soleil, et quand il appuyait son visage contre le sien, elle sentait la fumée, comme si on l'avait arrachée au feu. Ils recousaient Lila. Elle était encore groggy à cause des drogues. Wolgast fut étonné de voir du sang par terre, une large flaque sombre en dessous d'elle ; dans toute la confusion, il n'avait pas vu quand c'était arrivé. Mais Lila allait bien, lui dit le docteur. Wolgast lui montra leur bébé et puis il tint Eva longtemps, longtemps, en répétant son nom, encore et encore, jusqu'à ce qu'on l'emmène à la nursery.

Amy reprenait des forces de jour en jour, mais sa sensibilité à la lumière ne diminuait pas. Wolgast trouva, dans l'un des bâtiments, des piles de contreplaqué, une échelle, un marteau, une scie et des clous. Il dut mesurer et couper les planches à la main, puis les monter à l'échelle et les maintenir en place pendant qu'il les clouait pour obturer les fenêtres de l'étage. Mais après son interminable escalade, au Complexe – un exploit, qui, *a posteriori*, paraissait complètement incroyable –, ces petits travaux ordinaires semblaient assez dérisoires.

Amy passait presque toutes ses journées à se reposer et se réveillait au crépuscule, pour manger. Elle lui demanda où ils étaient – dans l'Oregon, lui répondit-il, dans les montagnes, un endroit où il venait camper quand il était enfant –, mais jamais pourquoi ils étaient là ; soit elle le savait déjà, soit elle s'en fichait. La cuve de propane du Logis était presque pleine. Il préparait des petits repas pas compliqués sur le réchaud, des soupes et des plats en boîte, des crackers et des céréales avec du lait en poudre. La réserve d'eau du camp avait un vague goût de soufre, mais elle était potable, et quand elle coulait de la pompe de la cuisine, elle était glaciale. Il vit tout de suite qu'il n'avait pas pris suffisamment de vivres. Il devrait bientôt redescendre de la montagne. À la cave, il avait trouvé des cartons de vieux livres – des romans classiques, reliés, moisis par le temps et l'humidité –, et le soir, à la lueur des bougies, il lui faisait la lecture : *L'Île au trésor*, *Oliver Twist*, *Vingt mille lieues sous les mers*.

Parfois, quand le ciel était couvert, elle sortait en plein jour et le regardait faire – couper du bois, boucher un trou dans le toit, réparer une gouttière, essayer de faire fonctionner un vieux groupe électrogène à essence qu'il avait déniché dans une remise. Amy s'asseyait sur une souche d'arbre, à l'ombre, avec ses lunettes, sa casquette et une longue serviette coincée sous un serre-tête pour lui couvrir la nuque. Mais ces sorties ne duraient jamais longtemps ; au bout d'une heure, sa peau devenait d'un rose flamboyant, comme si on l'avait ébouillantée, alors il la renvoyait à l'étage.

Un soir, près de trois semaines après leur arrivée au camp, il l'emmena au bout du sentier pour se baigner dans le lac. En dehors des brèves heures qu'elle passait dehors à le regarder travailler, elle ne s'était jamais éloignée du Logis, et jamais aussi loin. Au bout du chemin, il y avait un ponton délabré, qui s'avançait d'une dizaine de mètres au-delà de la rive herbeuse. Wolgast se déshabilla, se mit en sous-vêtements et dit à Amy d'en faire autant. Il avait apporté des serviettes, du shampoing et du savon.

— Tu sais nager ?

Amy secoua la tête.

— Bon. Je vais t'apprendre.

Il la prit par la main et la conduisit dans le lac. L'eau était glacée, d'un froid stimulant. Ils s'avancèrent dans l'eau jusqu'à ce qu'elle arrive à la poitrine d'Amy. Wolgast souleva la fillette, la maintint à l'horizontale, et lui dit de remuer les bras et les jambes – comme ça.

— Lâche-moi, lui dit-elle.

— Tu es sûre ?

Elle respirait très vite.

— Oui, oui.

Il la lâcha. Elle coula comme une pierre. Dans l'eau cristalline, Wolgast vit qu'elle ne bougeait pas. Elle avait les yeux grands ouverts et regardait autour d'elle comme un animal qui aurait examiné un nouvel habitat. Et puis, avec une grâce surprenante, elle tendit les bras et les ramena en arrière, roula les épaules et se propulsa dans l'eau d'un mouvement preste, digne d'une grenouille. Un parfait coup de pied fouetté : en un instant, elle glissa le long du fond sablonneux et disparut. Wolgast s'apprêtait à plonger pour la suivre quand elle émergea avec un sourire extatique à trois mètres de là, dans un endroit où elle n'avait pas pied.

— C'est facile, dit-elle en faisant des ciseaux avec ses jambes. Pareil que de voler.

Confondu, Wolgast ne put qu'éclater de rire.

— Fais atten...

Il n'eut pas le temps de finir ; elle avait déjà avalé une grande goulée d'air et replongé.

Il lui lava les cheveux et tâcha de lui dire comment faire pour le reste. Le temps qu'ils aient fini, le ciel s'était assombri. De violet, il était devenu noir, piqueté de centaines d'étoiles scintillantes, multipliées par deux sur la surface immobile du lac. Aucun bruit, en dehors de leurs propres voix et de la palpitation de l'eau du lac contre la rive. Il se guida sur le chemin à la lueur de sa lampe électrique. Ils dînèrent de soupe et de crackers dans la cuisine, et après, il la ramena dans sa chambre, à l'étage. Il savait qu'elle resterait éveillée pendant des heures. La nuit était son domaine, maintenant, tout comme elle commençait à devenir aussi le sien. Il restait parfois assis la moitié de la nuit, à lui faire la lecture.

— Merci, dit Amy alors qu'il s'installait avec un livre, *La Maison aux pignons verts*.

— Pour quoi ?

— Pour m'avoir appris à nager.

— Apparemment, tu savais déjà. Quelqu'un avait dû t'apprendre.

Elle considéra cette réponse avec une expression intriguée.

— Je ne crois pas, répliqua-t-elle.

Il ne savait pas quoi en penser. Tant de choses, au sujet d'Amy, étaient un mystère. Elle avait l'air d'aller bien – mieux que bien, à vrai dire. Quoi qu'on ait pu lui faire au Complexe, quoi que le virus ait pu être, elle semblait l'avoir surmonté. Quand même, cette intolérance à la lumière était bizarre. Et ce n'était pas tout : pourquoi, par exemple, les cheveux d'Amy donnaient-ils l'impression de ne pas pousser ? Ceux de Wolgast tombaient maintenant bien en dessous de son col, et pourtant, Amy, quand il la regardait, avait l'air toujours pareille. Il ne lui avait jamais coupé les ongles, et il ne l'avait pas non plus vue le faire. Et puis il y avait des mystères plus profonds, bien sûr : qu'est-ce qui avait tué Doyle et tous les autres, dans le Colorado ? Comment est-ce que ça pouvait être Carter, et en même temps pas Carter, sur le capot de la voiture ? Que voulait dire Lacey quand elle lui avait dit qu'Amy était à lui, qu'il saurait quoi faire ? C'est bien ce qu'il semblait : il avait su quoi faire. Et pourtant, impossible de s'expliquer tout ça.

Plus tard, quand il eut fini de lui faire la lecture pour la nuit, il lui dit que le lendemain matin il redescendrait de la montagne. Il pensait qu'elle allait suffisamment bien pour qu'il la laisse seule au Logis. Il n'en aurait que pour une heure ou deux. Il serait revenu avant qu'elle s'en aperçoive, avant qu'elle soit réveillée, même.

— Je sais, répondit-elle.

Et cette fois non plus Wolgast ne sut pas ce qu'il devait comprendre.

Il partit un peu après sept heures. Après toutes ces semaines passées sans rouler, à ramasser le pollen des arbres, lorsqu'il mit le contact, la Toyota émit un long soupir asthmatique de protestation mais finit par démarrer. Le brouillard matinal qui montait du lac commençait à se dissiper. Il enclencha une vitesse et amorça la longue descente vers le bas de la colline.

La ville la plus proche était à une cinquantaine de kilomètres, mais Wolgast n'avait pas envie d'aller aussi loin. Si la Toyota tombait en panne, il resterait en rade, et Amy aussi. De toute façon, il n'avait presque plus d'essence. Il refit en sens inverse la route qu'ils avaient prise en arrivant, s'arrêtant à chaque bifurcation pour bien mémoriser le chemin. Il ne rencontra pas un seul autre véhicule, ce qui n'avait rien de surprenant dans un endroit aussi isolé ; pourtant cette absence avait quelque chose de troublant. Le monde vers lequel il retournait, si brièvement que ce soit, paraissait tout différent de celui qu'il avait quitté trois semaines plus tôt.

C'est alors qu'il le vit, le Magasin général Milton, permis de chasse et de pêche. Dans le noir, cette première nuit, il lui avait paru plus grand qu'il ne l'était en réalité ; ce n'était qu'une petite baraque à un étage de tuiles de bois usées par le temps. Une maison dans la forêt, comme dans un conte de fées. Il n'y avait pas une seule autre voiture sur le parking, mais à l'arrière une vieille camionnette des années quatre-vingt-dix était garée dans l'herbe. Wolgast descendit de voiture et se dirigea vers l'entrée.

Sous le porche, il y avait une demi-douzaine de boîtes à journaux, toutes vides, sauf celle de *USA Today*. Il vit le gros titre qui barrait la une, à travers le rabat poussiéreux resté soulevé. Il en prit un exemplaire et se rendit compte que le journal ne comportait que deux pages pliées. Il resta sur le porche pour lire :

CHAOS DANS LE COLORADO

**La population d'un État des Rocheuses
dévastée par un virus mortel ;
les frontières sont fermées.**

*Des cas signalés dans le Nebraska,
l'Utah et le Wyoming
Le Président met l'armée en état d'alerte maximale
et demande à la Nation de garder son calme
face à une « menace terroriste sans précédent ».*

WASHINGTON, 18 mai. – Le président Hughes a fait le serment, ce soir, de prendre « toutes les mesures nécessaires » pour éradiquer le virus de ce qu'on a appelé la « fièvre du Colorado », et de punir les responsables. « La juste colère des États-Unis d'Amérique châtiera rapidement les ennemis de la liberté et les gouvernements hors la loi qui les hébergent. »

Le Président s'est adressé à la nation depuis le Bureau ovale pour la première fois depuis le début de la crise qui a éclaté il y a huit jours. « Nous avons des preuves irréfutables que cette épidémie dévastatrice n'est pas d'origine naturelle, mais l'œuvre d'extrémistes antiaméricains, agissant à l'intérieur de nos frontières avec l'appui de nos ennemis à l'étranger, a déclaré le président Hughes à une Nation angoissée. C'est un crime, non seulement contre le peuple des États-Unis, mais contre l'humanité tout entière. »

Son discours a été prononcé en fin de journée, alors que les premiers cas de la maladie étaient signalés dans les États voisins, quelques heures à peine après la fermeture des frontières du Colorado ordonnée par le président Hughes, qui a également placé l'armée de la Nation en état d'alerte maximale. Tous les voyages aériens nationaux et internationaux ont aussi été interdits par ordre du Président, plongeant le réseau de transport dans le chaos, et immobilisant des milliers de voyageurs, sans moyen de rentrer chez eux.

Espérant rassurer le pays et anticiper les critiques qui commencent à se faire entendre selon lesquelles son administration aurait réagi avec retard à la crise, le président Hughes a dit à la Nation de se préparer à un formidable combat : « Je vous demande aujourd'hui votre confiance, votre détermination et vos prières. Nous retournerons tout le pays, pierre par pierre. La justice frappera sans tarder. »

Le Président n'a pas précisé quels groupes ou nations étaient ciblés par les autorités fédérales. Il a aussi refusé de s'étendre sur la nature des preuves découvertes par l'administration, selon lesquelles l'épidémie serait l'œuvre de terroristes. Interrogé sur l'éventualité d'une riposte militaire, le porte-parole du gouvernement, Tim Romer, a déclaré à la presse : « Ne rien exclure à ce stade. »

D'après les rapports des autorités administratives de l'État, cinquante mille personnes pourraient déjà avoir trouvé la mort. On a du mal à distinguer les victimes de l'infection proprement dite de celles qui auraient succombé aux attaques violentes des sujets infectés. Les signes précurseurs de contamination sont des vertiges, des vomissements et une fièvre élevée. Après une brève période d'incubation – qui peut ne pas excéder six heures –, la maladie se déclare, apparemment accompagnée, dans certains cas, d'une augmentation significative de la force physique et de l'agressivité.

D'après l'un des responsables de la santé du Colorado, qui a demandé à conserver l'anonymat, « les patients sont frappés de démence et massacrent tout le monde. Les hôpitaux ressemblent à des zones de guerre ».

Shannon Freeman, la porte-parole des centres de contrôle et de prévention des maladies d'Atlanta, a relativisé ces rapports, qu'elle a qualifiés d'« hystériques », tout en reconnaissant que les communications avec les officiels, à l'intérieur de l'État, étaient interrompues.

« Ce que nous savons, c'est que le taux de mortalité de la maladie est très important. Jusqu'à cinquante pour cent, à déclaré Freeman. En dehors de cela, nous ne pouvons pas vraiment dire ce qui se passe là-bas. Le mieux que l'on puisse faire pour le moment c'est de rester chez soi. »

Freeman a confirmé que des cas avaient été signalés dans le Nebraska, l'Utah et le Wyoming, mais s'est refusée à tout commentaire. « Quoi qu'il en soit, ceux qui pensent avoir été contaminés doivent prendre contact avec les représentants de la force publique ou se rendre aux urgences de l'hôpital le plus proche. C'est le message que nous adressons à la population, à ce stade. »

Les villes de Denver, Colorado Springs et Fort Collins, où la loi martiale a été décrétée mardi, étaient presque complètement désertes ce soir, les résidents ayant ignoré l'injonction du gouverneur du Colorado, Fritz Millay, d'« évacuation sur place », et ayant fui les villes par hordes. Selon des rumeurs non confirmées, la Sécurité du territoire aurait reçu l'ordre d'utiliser la force létale pour refouler les réfugiés qui se présenteraient à la frontière. Le bruit court également que les unités de la garde nationale du Colorado auraient commencé à évacuer les malades des hôpitaux pour les transporter dans un lieu tenu secret.

L'article se poursuivait sur quatre pages ; Wolgast le lut et le relut. Ils rassemblaient les malades pour les abattre – ça, au moins, c'était clair, quand on savait lire entre les lignes. Le 18 mai, se dit Wolgast. Le journal datait d'il y avait trois, non, quatre jours. Il était arrivé au campement avec Amy le matin du 2 mai.

Tous les événements décrits dans le journal s'étaient produits en dix-huit jours.

Il entendit qu'on bougeait dans le magasin, derrière

lui – juste assez pour comprendre qu'on l'observait. Il fourra le journal sous son bras, se retourna, poussa la porte moustiquaire et entra dans une pièce encombrée, qui sentait la poussière et le vieux, bourrée du sol au plafond de marchandises de toutes sortes : du matériel de camping, des vêtements, des outils, des conserves. Une grande tête de cerf était accrochée au-dessus de la porte de l'arrière-boutique, isolée par un rideau de perles. Wolgast se rappela être venu là avec ses amis, acheter des bonbons et des bandes dessinées. À l'époque, près de la porte, il y avait un présentoir tournant en métal plein de bandes dessinées, *Les Contes de la crypte, Les Quatre Fantastiques*, et la série des *Dark Knight*, la préférée de Wolgast.

Sur un tabouret, derrière le comptoir, était assis un grand bonhomme chauve, en chemise de flanelle à carreaux, son jean maintenu sur sa bedaine par des bretelles rouges. Il avait à la hanche un holster de cuir avec un pistolet, un trente-huit. Ils échangèrent un hochement de tête circonspect.

— Le journal, c'est deux dollars, dit l'homme.

Wolgast prit deux billets dans sa poche et les posa sur le comptoir.

— Vous n'avez rien de plus récent ?

— C'est le dernier que j'aie reçu, assura l'homme en mettant les billets dans le tiroir-caisse. Le livreur n'est pas monté depuis mardi.

Ce qui voulait dire qu'on était vendredi. Comme si ça changeait quelque chose.

— Je viens au ravitaillement, dit Wolgast. Et j'ai aussi besoin de munitions.

L'homme fronça ses sourcils gris, épais, comme s'il l'évaluait du regard.

— Qu'est-ce que vous avez ?

— Un Springfield quarante-cinq, répondit Wolgast.

L'homme pianota sur le comptoir.

— Bon, je vais y jeter un coup d'œil. Je sais que vous l'avez sur vous.

Wolgast retira le pistolet qu'il avait glissé dans sa ceinture, sur ses reins. Celui que Lacey avait laissé dans la Lexus. Le chargeur était vide : Wolgast ignorait si c'était elle qui l'avait vidé. Si elle le lui avait dit, il ne s'en souvenait pas, dans le chaos. Quoi qu'il en soit, l'arme lui était familière ; les Springfield étaient des modèles standard, au FBI. Il sortit le chargeur, recula complètement la culasse pour montrer à l'homme que le pistolet était vide et le posa sur le comptoir.

L'homme le prit dans sa grande main et l'examina. À la façon dont il le tournait et le retournait, laissant la lumière éclairer les finitions, Wolgast vit qu'il s'y connaissait.

— Carcasse en tungstène, fenêtre d'éjection biseautée, percuteur titane, course de détente raccourcie... Belle bête. Si je ne savais pas à quoi m'en tenir, fit-il en braquant sur Wolgast un regard expectatif, je dirais que vous êtes un agent fédéral.

— Disons que je l'ai été, rétorqua Wolgast en prenant son air le plus innocent. Dans une autre vie.

L'autre eut un rictus attristé. Il reposa l'arme sur le comptoir.

— Une autre vie, répéta-t-il en secouant la tête d'un air funèbre. J'imagine qu'on en est tous là. Attendez que j'aille voir.

Il écarta le rideau de perles, passa dans l'arrière-boutique, revint un moment plus tard avec un petit carton.

— C'est tout ce que j'ai en quarante-cinq ACP. J'en gardais un peu pour un ami retraité, un ex-fédé du bureau des Armes et Explosifs qui va de temps en temps dans les bois vider une douzaine de canettes de bière et s'amuse à tirer dessus. Sa « journée de recyclage », il appelle ça. Mais il y a un moment que je ne l'ai pas vu. D'ailleurs, vous êtes la première personne que je vois depuis pas loin de huit jours. Autant que vous les preniez.

Il posa le carton sur le comptoir : cinquante cartouches à pointe creuse.

— Allez-y, fit-il avec un mouvement de menton. Elles ne servent à rien dans cette boîte. Vous pouvez le charger tout de suite si ça vous chante.

Wolgast commença à mettre les cartouches en place dans le chargeur.

— Vous savez où je pourrais en trouver d'autres ?

— Aucune chance, à moins que vous n'ayez envie d'aller à White River.

L'homme se tapota le sternum, deux fois, du bout de l'index.

— Il paraît qu'il faut viser là. Un coup. Si vous y arrivez, ils tombent comme une enclume. Sans ça, vous êtes cuit. (Il énonça ce fait platement, sans satisfaction, ni crainte ; il aurait aussi bien pu parler du temps qu'il faisait.) Tant pis si c'était votre gentille grand-mère. Elle vous pompera à sec avant que vous ayez eu le temps de viser une deuxième fois.

Wolgast finit de remplir le chargeur, tira sur la glissière pour amener une cartouche dans la chambre et vérifia la sécurité.

— Où avez-vous entendu ça ?

— Sur Internet. Il n'est question que de ça partout, fit-il en haussant les épaules. Théorie du complot, rideau de fumée gouvernemental. Des histoires de vampires. Généralement à moitié dingues. Conneries ou pas, difficile de le savoir.

Wolgast remit son arme au creux de ses reins. Il pensa à demander à l'homme s'il pourrait utiliser son ordinateur pour voir les nouvelles de ses propres yeux, mais il en savait déjà plus qu'assez. Il se pouvait même, se dit-il, qu'il en sache plus que n'importe quel autre individu encore en vie. Il avait vu Carter et les autres, et savait de quoi ils étaient capables.

— Que je vous raconte : il y a un type qui se fait appeler Ultime Combat à Denver. Il a un blog et il poste des vidéos prises d'un point élevé du centre-ville. Il dit qu'il est barricadé là avec un fusil d'assaut. Il y a des bonnes images. Vous devriez voir ces saloperies se déplacer.

L'homme se tapota à nouveau le sternum.

— N'oubliez pas ce que je vous ai dit : une balle. Vous n'aurez pas de seconde chance. Ils se déplacent la nuit, dans les arbres.

Il aida Wolgast à ramasser ses provisions et à les transporter dans la voiture : des boîtes de conserve, du lait et du café en poudre, des piles, du papier hygiénique, des bougies, de l'essence, deux cannes à pêche et une boîte d'appâts. Le soleil était haut et chaud. Tout autour d'eux, l'air semblait figé dans un calme immense, comme le silence qui précède les premières notes de l'orchestre.

Ils se serrèrent la main devant le coffre de la voiture.

— Vous êtes là-haut, à Bear Mountain, hein ? demanda l'homme. Ne m'en veuillez pas de ma question.

Wolgast ne voyait pas de raison de le lui cacher.

— Comment le savez-vous ?

— Le chemin par où vous êtes arrivé, répondit le type avec un haussement d'épaules. Il n'y a rien d'autre là-haut, à part le camp. Je ne sais pas pourquoi ils n'ont jamais réussi à le vendre.

— J'étais venu là quand j'étais gamin. C'est drôle, ça n'a pas changé du tout. Je suppose que c'est le but de ce genre d'endroits.

— Eh bien, vous êtes futé. C'est une bonne planque. Ne vous en faites pas, je n'en parlerai à personne.

— Vous devriez décaniller, vous aussi, fit Wolgast. Remonter plus haut dans les montagnes. Ou partir vers le nord.

Il vit dans les yeux de l'homme qu'il pesait une décision.

— Venez voir, dit-il enfin.

Il ramena Wolgast dans le magasin et le fit passer derrière le rideau de perles, dans l'arrière-boutique, où il vivait. Les volets étaient fermés et ça sentait le renfermé. Un climatiseur bourdonnait dans la fenêtre. Wolgast s'arrêta sur le pas de la porte pour habituer sa vue à l'obscurité. Le centre de la pièce était occupé par un grand lit médicalisé dans lequel dormait une femme. La tête de lit était remontée à quarante-cinq degrés, et il voyait ses traits tirés, son visage tourné vers la lumière qui palpitait derrière les vitres protégées par les persiennes. Sous la couverture, elle était d'une maigreur squelettique. Une petite table disparaissait sous des dizaines de flacons de médicaments, de la gaze, des crèmes, un bassin en métal chromé, des seringues sous emballage plastique. Une bouteille d'oxygène vert pâle était dressée à côté du lit. Un coin de la couverture, relevé, dévoilait un pied nu. Des boules de coton étaient coincées entre les orteils jaunis. Une chaise avait été placée près au pied du lit, et dessus Wolgast vit une lime et des flacons de vernis à ongles.

— Elle prenait toujours bien soin de ses pieds, dit l'homme, tout bas. C'est ce que je faisais quand vous êtes arrivé.

Ils ressortirent de la pièce. Wolgast ne savait pas quoi dire. La situation était claire : cet homme et sa femme n'iraient nulle part. Ils regagnèrent le soleil éclatant du petit parking.

— Sclérose en plaques, expliqua l'homme. J'espérais la garder à la maison le plus longtemps possible. C'est ce qu'on avait décidé quand son état a commencé à empirer, l'hiver dernier. Ils devaient envoyer une infirmière, mais ça fait un moment qu'on n'en a pas vu.

Il remua le gravier avec ses pieds, se racla la gorge.

— Je suppose que personne ne fait plus de visites à domicile.

Wolgast lui dit son nom. L'homme s'appelait Carl, sa femme Martha. Ils avaient deux grands garçons, un en Californie et l'autre en Floride. Carl avait été électricien à Corvallis, dans l'Oregon, jusqu'à ce qu'ils achètent le magasin et viennent ici pour leur retraite.

— Je peux faire quelque chose pour vous ? demanda Wolgast.

Ils se serrèrent la main une nouvelle fois.

— Restez en vie, c'est tout, dit Carl.

Wolgast remontait vers le camp lorsque, tout à coup, il pensa à Lila. C'étaient des souvenirs d'un autre temps, d'une autre vie. Une vie qui avait pris fin. Pour lui, pour tout le monde. Penser à Lila, comme cela, était une façon de lui dire au revoir.

16.

En août, alors que les journées étaient longues et sèches, les incendies arrivèrent.

Wolgast sentit la fumée, un après-midi, tandis qu'il travaillait dans le jardin ; le lendemain matin, l'air était plein d'une brume âcre. Il monta sur le toit pour regarder ce qui se passait, mais ne vit que les arbres, le lac et les montagnes, à perte de vue. Il n'avait aucun moyen de savoir si les feux étaient proches ou non. Le vent pouvait chasser la fumée sur des centaines de kilomètres.

Il y avait plus de deux mois qu'il n'était pas redescendu de la montagne. Il n'avait pas bougé depuis son expédition chez Milton. Amy et lui avaient trouvé leur rythme : Wolgast dormait tous les jours jusque vers midi et travaillait dehors jusqu'au coucher du soleil ; ensuite, après dîner et leur bain dans le lac, ils veillaient la moitié de la nuit, en lisant ou en jouant, comme des passagers embarqués pour une longue traversée. Il avait trouvé une boîte de jeux dans l'une des cabines : un Monopoly, un jeu de dames, des petits chevaux. Pendant un moment, il avait laissé Amy gagner, et puis il s'était rendu compte que ce n'était plus la peine : c'était une bonne joueuse, douée, surtout au Monopoly où elle achetait les propriétés les unes après les autres et calculait rapidement les loyers qu'elles rapportaient, comptant sa fortune avec jubilation. Manhattan Plaza, Rockefeller Center, Carnegie Hall, que pouvaient bien évoquer pour elle les noms de ces endroits ? Un soir, alors qu'il lui lisait *Vingt mille lieues sous les mers* – il le lui avait déjà lu, mais elle avait envie de l'entendre à nouveau –, elle lui prit le livre des mains et, à la lumière vacillante de la bougie, commença à lui faire la lecture sans se tromper. Elle ne buta même pas sur les mots difficiles, les phrases compliquées, la syntaxe démodée.

— Quand as-tu appris ? lui demanda-t-il, absolument incrédule, alors qu'elle s'interrompait le temps de tourner une page.

— Eh bien, on l'a déjà lu, lui expliqua-t-elle. C'est sûrement que je m'en souviens.

Le monde, hors de la montagne, était devenu un souvenir, chaque jour plus éloigné. Il n'avait pas réussi à remettre le générateur en marche – dans l'espoir d'utiliser le poste à ondes courtes –, et y avait depuis longtemps renoncé. Si ce qui arrivait était ce qu'il croyait, il se disait qu'il valait mieux l'ignorer. À quoi aurait-il servi de savoir ? Où auraient-ils pu aller ?

Mais à présent, les bois brûlaient, chassant devant eux, vers l'est, un mur de fumée étouffante. Dans l'après-midi du lendemain, il fut évident qu'ils allaient être obligés de partir, le feu venant dans leur direction. S'il franchissait la rivière, rien ne pourrait l'arrêter. Wolgast chargea rapidement la Toyota et installa Amy, enroulée dans une couverture, sur le siège passager. Il avait mouillé des chiffons pour qu'ils se les mettent sur la bouche et sur leurs yeux brûlants.

Ils n'avaient pas fait trois kilomètres lorsqu'ils virent les flammes. La route était barrée par une muraille de fumée, toxique, irrespirable. Un vent fort soufflait de l'ouest, chassant un rideau de feu vers le haut de la montagne, vers eux. Ils furent obligés de rebrousser chemin.

Il ne savait pas combien de temps ils avaient devant eux avant l'arrivée du brasier. Il n'avait aucun moyen de mouiller le toit du Logis – ils étaient condamnés à attendre que ça passe. Au moins, les fenêtres barricadées les protégeaient un peu de la fumée, mais à la tombée de la nuit, ils toussaient et crachaient tous les deux.

Dans l'un des bâtiments extérieurs, il y avait un vieux canoë en aluminium. Wolgast le traîna vers le rivage, puis alla chercher Amy à l'étage. Il pagaya vers le milieu du lac tout en regardant les flammes dévorer la montagne, vers le camp, vision d'une beauté farouche, comme si les portes de l'enfer s'étaient ouvertes. Amy resta couchée près de lui dans le fond du canoë. Si elle avait peur, elle ne le montra pas. Il n'y avait rien d'autre à faire. Toute l'énergie de la journée le quitta, et malgré lui, il s'endormit.

Lorsqu'il se réveilla, le lendemain matin, le camp était toujours debout. Le feu n'avait pas franchi la rivière, finalement. Le vent avait dû tourner dans la nuit, chassant les flammes vers le sud. L'air était toujours chargé de fumée, mais tout danger était écarté. Plus tard, dans l'après-midi, ils entendirent un formidable coup de tonnerre, comme si on leur agitait une grande plaque de tôle au-dessus de la tête, et la pluie se mit à tomber. Il plut toute la nuit. Une chance pareille, il n'arrivait pas à le croire.

Le lendemain matin, il décida d'utiliser ce qui lui restait d'essence pour descendre de la montagne, voir comment Carl et Martha s'en étaient sortis. Cette fois, il emmènerait Amy – après l'incendie, il avait décidé de ne plus la quitter d'une semelle. Il attendit la tombée de la nuit pour partir.

Le feu était passé près. À un kilomètre et demi à peine de l'entrée du camp, la forêt était réduite à des ruines fumantes, le sol calciné et dénudé comme après une terrible bataille. De la route, Wolgast voyait des cadavres d'animaux, pas seulement des petites créatures comme des opossums et des ratons laveurs, mais aussi des cerfs, des antilopes et même un ours, recroquevillé sur lui-même à la base d'un tronc d'arbre noirci, comme s'il avait rendu le dernier soupir en creusant le sol à la recherche d'une poche d'air respirable.

Le magasin était toujours debout, intact. Les lumières étaient éteintes, bien sûr ; il n'y avait plus de courant. Wolgast dit à Amy d'attendre dans la voiture, récupéra une lampe torche et s'aventura sur le porche. La porte était fermée à clé. Il frappa, très fort, à coups redoublés, appela Carl, en vain. Pas de réponse. Il finit par casser un carreau avec la torche.

Carl et Martha étaient morts. Ils étaient blottis l'un contre l'autre, comme des cuillères dans un tiroir, dans le lit d'hôpital, Carl serrant sa femme contre lui, un bras passé autour de ses épaules. On aurait dit qu'ils dormaient. Ç'aurait pu être la fumée, mais l'air de la pièce disait à Wolgast qu'ils étaient morts bien avant l'incendie. Sur la table de nuit, il y avait une bouteille de whisky à moitié vide et à côté un journal plié, comme celui qu'il avait vu, d'une minceur inquiétante, avec un énorme gros titre hurlant dont il détourna le regard. Il préféra le mettre dans sa poche pour le lire plus tard, et resta un moment debout au pied du lit où les corps étaient allongés. Puis il referma la porte de la chambre et alors seulement, enfin, il pleura.

La camionnette de Carl était toujours garée derrière le magasin. Wolgast coupa un morceau de tuyau d'arrosage et conduisit la Toyota à côté, pour siphonner le contenu du réservoir dans celui de sa voiture. Il ne voyait pas où ils pourraient bien aller, mais la saison des incendies n'était pas terminée. Il s'était laissé prendre au dépourvu. Cette erreur avait bien failli leur être fatale. Il trouva un jerrycan dans un hangar, derrière la maison, et quand le réservoir de la Toyota fut plein, il le remplit aussi. Ensuite, Amy l'aida à faire le tour du magasin et à rassembler tout ce qui pouvait être utile. Il prit tous les vivres, les piles et les bonbonnes de gaz qu'il pouvait emporter, rangea le tout dans des cartons qu'il entassa dans la voiture. Puis il retourna dans la chambre où les corps gisaient, inertes, et tout doucement, en retenant son souffle, il prit le .38 de Carl dans son holster, à sa ceinture.

Aux petites heures du matin, quand Amy se fut enfin endormie, Wolgast prit le journal dans la poche de son blouson. Une seule feuille, cette fois, datée du 10 juillet

– il y avait près d'un mois. Dieu seul savait où Carl l'avait déniché. Il avait dû faire un saut à White River et, en revenant, sur la base de ce qu'il avait vu et lu, il avait décidé d'en finir. La maison était pleine de médicaments ; il n'avait pas dû avoir de mal à accomplir son geste. Wolgast avait mis le journal dans sa poche par peur de ce qu'il allait y trouver, mais aussi par fatalisme. Il savait à quoi s'attendre. Seuls les détails seraient nouveaux pour lui.

CHICAGO : LA FIN

Le « virus vampire » atteint la Côte est. Des millions de morts.

La ligne de quarantaine avance vers l'est jusqu'au centre de l'Ohio.
La Californie fait sécession, prête serment de se défendre hors de l'Union.
L'Inde brandit la menace de frappes nucléaires chirurgicales à l'encontre du Pakistan.

WASHINGTON, 10 juillet. – Le président Hughes a ordonné aujourd'hui aux troupes américaines d'abandonner le périmètre de Chicago, après une nuit de lourdes pertes au cours de laquelle les unités de l'armée et de la garde nationale ont été submergées par l'irruption dans la ville d'une marée de sujets contaminés.

« Une grande ville américaine a été perdue, a déclaré le président Hughes dans un communiqué. Nos prières accompagnent le peuple de Chicago et les hommes et les femmes qui ont lutté et donné leur vie pour défendre la ville. Leur souvenir nous soutiendra dans ce grand combat. »

L'attaque s'est produite juste après la tombée de la nuit, quand les troupes américaines positionnées au sud du Loop ont annoncé qu'une force de taille inconnue était massée dans le centre-ville, à proximité du quartier des affaires.

« L'assaut était visiblement organisé », dit le général Carson White, commandant de la zone de Quarantaine centrale, qui a qualifié la nouvelle de « développement préoccupant ».

White a annoncé à la presse, mardi, en début de matinée, l'établissement d'un « nouveau périmètre défensif sur la route 75, de Toledo à Cincinnati. C'est notre nouveau Rubicon ».

Interrogé sur certaines informations selon lesquelles de nombreux soldats abandonneraient leur poste, White a répondu qu'il démentait ces rumeurs, et les a qualifiées d'« irresponsables ». « Ce sont les hommes et les femmes les plus courageux que j'aie jamais eu l'honneur de commander », a ajouté le général.

De nouvelles victimes de la maladie ont été signalées de Tallahassee (Floride) et Charleston (Caroline du Sud), à Helena (Montana) et Flagstaff (Arizona), ainsi que dans le sud de l'Ontario et le nord du Mexique. La Maison-Blanche et le Centre de contrôle et de prévention des maladies évaluent maintenant à trente millions le nombre des victimes. Auxquelles il convient d'ajouter environ trois millions de personnes contaminées selon les estimations du Pentagone.

De vastes zones de Saint Louis, abandonnées dimanche, ont été incendiées ce soir, de même que des quartiers entiers de Memphis, Tulsa et Des Moines. Les observateurs au sol rapportent avoir vu des avions survoler en rase-mottes le célèbre Arcade Building de Saint Louis, peu avant que les incendies éclatent, dévorant rapidement le centre-ville. Personne, au sein de l'administration, n'a confirmé les rumeurs selon lesquelles les incendies feraient partie d'une tentative du gouvernement fédéral pour décontaminer les plus grandes villes de la zone de Quarantaine centrale.

L'essence est rare, voire quasiment introuvable sur l'ensemble du territoire, les voies d'acheminement étant continuellement obstruées par les gens qui fuient l'extension de l'épidémie. Il est tout aussi difficile de trouver des vivres, de même que des fournitures médicales, des pansements aux antibiotiques.

Beaucoup de réfugiés se retrouvent sans point de chute, et sans aucun moyen de les rallier de toute façon. « On est coincés, comme tout le monde », nous a dit David Callahan, devant un McDonald's, à l'est de Pittsburgh.

Callahan venait d'Akron (Ohio) avec sa famille, une femme et deux jeunes enfants. Le trajet qui aurait dû normalement durer deux heures en avait pris vingt, cette nuit-là. Étant presque à court d'essence, Callahan s'était arrêté dans une station-service de la banlieue de Monroeville, pour découvrir que les pompes étaient à sec et qu'il n'y avait plus rien à manger nulle part depuis deux jours.

« On allait chez ma mère, à Johnstown, mais j'ai entendu dire que ça y était aussi, là-bas », a ajouté Callahan, alors qu'un convoi d'une cinquantaine de véhicules militaires passait sur la chaussée presque vide en direction de l'ouest. « Personne ne sait où aller, a-t-il conclu. Il y en a partout. »

Bien que la maladie ne se soit pas encore déclarée hors des États-Unis, du Canada et du Mexique, les nations du monde entier semblent se préparer à cette éventualité. En Europe, l'Italie, la France et l'Espagne ont fermé leurs frontières, d'autres pays ont constitué des stocks de produits médicaux et interdit les voyages d'une ville à l'autre. L'Assemblée générale des Nations unies, qui s'est réunie pour la première fois à La Haye depuis l'évacuation de son quartier général de New York, au début de la semaine dernière, a voté une résolution de quarantaine internationale, interdisant à tous les vaisseaux et tous les avions d'approcher à moins de deux cents milles du continent nord-américain.

D'un bout à l'autre des États-Unis, on constate une affluence record dans les églises et les synagogues, où des millions de fidèles se réunissent pour prier. Au Texas, où le virus est désormais largement répandu, le maire de Houston, Barry Wooten, auteur de best-sellers et ex-chef de la plus importante congrégation nationale de l'Église de la Sainte Splendeur de la Bible, a déclaré que la ville était la « porte du ciel », et incité les résidents et les réfugiés de tout l'État à se réunir au Reliant Stadium de Houston pour se préparer à leur « ascension vers le trône du Seigneur, non en tant que monstres, mais en tant qu'hommes et femmes de Dieu ».

En Californie, qui est encore à l'abri de la contamination, la législature d'État s'est réunie en session d'urgence hier soir et a rapidement voté les premiers articles de la sécession californienne, rompant ses liens avec les États-Unis et se déclarant nation souveraine. Dans sa première action en tant que présidente de la République de Californie, l'ex-gouverneur Cindy Shaw a ordonné que tous les éléments militaires et de la force publique des États-Unis situés dans l'État soient placés sous le commandement de la garde nationale de Californie. « Nous nous défendrons, comme toute nation a le droit de le faire, a annoncé Shaw à la législature, et sa déclaration a été accueillie par un tonnerre d'applaudissements. La Californie, et tout ce qu'elle représente, s'en sortira victorieuse. »

Réagissant aux nouvelles de Sacramento, Tim Romer, le porte-parole de l'administration Hughes, a déclaré à la presse : « C'est une absurdité sans nom. Ce n'est sûrement pas le moment qu'un gouvernement local ou d'État prenne en main la sécurité du peuple américain. Notre position est que la Californie fait toujours partie des États-Unis. »

Romer s'est également adressé au personnel militaire et aux membres des forces de l'ordre de l'État de Californie, qu'il a menacés de lourdes sanctions s'ils s'opposaient aux interventions fédérales. « Je les mets solennellement en garde, a dit Romer. Ils seront considérés comme des combattants ennemis. »

La Californie a été reconnue mercredi par la Suisse, la Finlande, la petite République du Pacifique sud de Palau, et le Vatican.

Le gouvernement indien, apparemment en réaction au départ des forces armées américaines du sud de l'Asie, a réitéré hier ses menaces de recours aux frappes nucléaires contre les forces rebelles de l'est du Pakistan. « Le moment est venu de contenir l'expansion de l'extrémisme islamique, a annoncé au Parlement le Premier ministre Suresh Mitra. Le chien de garde est endormi. »

Et voilà, se dit Wolgast. Ce coup-ci, ça y était. Une expression lui vint à l'esprit, un terme employé en aviation pour expliquer comment, par une journée parfaitement claire, un avion pouvait tomber du ciel sans explication : *dépassé par les événements.* C'est ce qui était en train d'arriver. Le monde, la race humaine, étaient dépassés par les événements.

« Prenez soin d'Amy, lui avait dit Lacey. Amy est à vous. » Il pensait à Doyle lui mettant les clés de la Lexus dans la main, au baiser de Lacey sur sa joue ; Doyle leur courant après en leur faisant signe de s'en aller, criant : « Allez-y ! Allez ! » ; Lacey bondissant de la voiture pour appeler les étoiles – parce que c'était l'image que Wolgast s'en faisait : des étoiles humaines, brûlant d'un éclat mortel – fondant sur elle.

Le temps de dormir, de se reposer, était passé. Wolgast resterait éveillé toute la nuit, à surveiller la porte, le trente-huit de Carl dans une main et le Springfield dans l'autre. La nuit était fraîche, une dizaine de degrés tout au plus, et Wolgast avait allumé le poêle en rentrant du magasin. Il prit le journal et le plia en quatre, en huit puis en seize, ouvrit la porte du poêle, mit le papier dans le feu et le regarda brûler, stupéfait de la vitesse à laquelle il disparaissait.

17.

L'été prit fin, puis l'automne vint, et le monde les laissa tranquilles.

Les premières neiges tombèrent pendant la dernière semaine d'octobre. Wolgast fendait du bois dans la cour quand il vit, du coin de l'œil, tomber les premiers flocons, grosses plumes aussi légères que de la poussière. Il s'était mis en manches de chemise pour travailler, et quand il s'arrêta pour lever le visage, il sentit le froid sur sa peau humide et se rendit compte de ce qui arrivait : l'hiver était là.

Il enfonça sa hache dans une bûche, retourna à la maison et appela vers l'escalier.

— Amy !

Elle apparut sur la marche du haut. Sa peau voyait si rarement le soleil qu'elle était d'un blanc crémeux, de porcelaine.

— Tu as déjà vu la neige ?

— Je ne sais pas. Je pense, non ?

— Eh bien, il neige, tout de suite.

Il rit, et reconnut du plaisir dans sa voix.

— Il ne faut pas que tu rates ça. Viens !

Le temps qu'il l'ait équipée – son manteau, des bottes, des lunettes, un chapeau et une bonne couche d'écran total sur chaque centimètre carré de sa peau à l'air libre –, la neige avait commencé à tomber sérieusement. Elle sortit dans la blancheur tournoyante, en faisant des mouvements solennels, comme une exploratrice qui aurait mis le pied sur une nouvelle planète.

— Alors, qu'en penses-tu ?

Elle renversa le visage en arrière et tendit la langue, un geste instinctif, pour attraper la neige, la goûter.

— Ça me plaît, déclara-t-elle.

Ils avaient un toit sur leur tête, de quoi manger, ils étaient au chaud. Il avait encore fait deux allers-retours chez Milton, au cours de l'automne, sachant que, l'hiver venu, la route serait impraticable, et il avait récupéré toutes les denrées comestibles qui s'y trouvaient. En rationnant les conserves, le lait en poudre, le riz et les haricots secs, Wolgast pensait pouvoir faire durer leurs provisions jusqu'au printemps. Le lac regorgeait de poissons, et dans l'une des cabanes, il avait trouvé une tarière ; il pourrait donc facilement installer des lignes de pêche. La cuve de propane était encore à moitié pleine. Ainsi donc, l'hiver. Il l'accueillait, sentait son esprit se détendre à son rythme ; personne n'était venu, finalement ; le monde les avait oubliés. Ils étaient scellés ensemble, loin de tout, en sûreté.

Le lendemain matin, il y avait trente centimètres de neige autour de la maison. Le soleil creva les nuages, d'un éclat aveuglant. Wolgast passa l'après-midi à dégager le tas de bois, à créer une piste pour le relier à la maison, puis une seconde piste vers la petite cabane qu'il avait l'intention d'utiliser comme glacière, maintenant que le froid était arrivé. Il vivait désormais presque uniquement la nuit – il était plus facile d'adopter le rythme de vie d'Amy –, et l'éclat du soleil sur la neige lui parut aveuglant, comme une explosion qu'il aurait été obligé de regarder en face. Il se dit que ça devait être l'effet que n'importe quelle lumière faisait tout le temps à la fillette. Ils ressortirent ensemble à la tombée du jour.

— Je vais te montrer comment faire des anges de neige, dit-il.

Il s'allongea sur le dos. Au-dessus, un ciel fourmillant d'étoiles. Au Magasin général, il avait récupéré un pot de chocolat en poudre dont il n'avait pas parlé à Amy. Il le réservait pour une occasion spéciale. Ce soir-là, ils feraient sécher leurs vêtements mouillés sur le poêle à bois, et ils s'installeraient confortablement pour déguster leur chocolat chaud à sa lueur.

— Maintenant, remue les bras et les jambes, comme ça, lui dit-il.

Elle se coucha dans la neige à côté de lui. Elle avait un petit corps de gymnaste, léger et agile. Elle agita souplement les membres vers le haut et le bas.

— C'est quoi, un ange ?

Wolgast réfléchit un moment. Dans toutes leurs conversations, ce genre de sujet ne s'était jamais présenté.

— Eh bien, je dirais que c'est une espèce de fantôme.

— Un fantôme. Comme Jacob Marley.

Ils avaient lu *Un conte de Noël* de Dickens – ou plutôt Amy le lui avait lu. Depuis la nuit, cet été-là, où il avait découvert qu'elle savait lire, très bien même, en y mettant le ton, et du sentiment, Wolgast se contentait de l'écouter.

— Quelque chose comme ça, oui. Mais pas aussi terrifiant que Jacob Marley.

Ils étaient encore allongés, côté à côte, dans la neige.

— Les anges sont... eh bien, disons que ce sont des espèces de bons fantômes. Des fantômes qui veillent sur nous, du haut du ciel. Ou du moins c'est ce que croient certaines personnes.

— Et toi, tu y crois ?

Wolgast fut pris de court. Il ne s'était jamais complètement habitué aux questions abruptes d'Amy. Son manque d'inhibition lui faisait d'une certaine façon l'impression d'être assez enfantin, mais les choses qu'elle disait, les questions qu'elle posait recelaient souvent, sous leur côté direct, une espèce de sagesse.

— Je ne sais pas. Ma mère y croyait. Elle était très croyante, très pieuse. Mon père probablement pas. C'était un homme bien, mais il était ingénieur, il ne pensait pas comme ça.

Ils restèrent un instant silencieux.

— Elle est morte, dit Amy, tout bas. Je le sais.

Wolgast se redressa. L'enfant avait les yeux fermés.

— Qui ça, Amy ?

Mais à la seconde où il posait cette question, il sut de qui elle voulait parler : *Ma mère. Ma mère est morte.*

— Je ne me souviens pas d'elle, dit-elle, sur un ton impassible, comme si elle parlait d'une chose qu'il savait sûrement déjà. Mais je sais qu'elle est morte.

— Comment le sais-tu ?

— Je l'ai senti.

Les yeux d'Amy rencontrèrent ceux de Wolgast, dans le noir.

— Je les sens tous.

Parfois, dans les heures tout juste avant l'aube, Amy rêvait ; Wolgast entendait ses petits cris étouffés dans la chambre voisine, les grincements des ressorts de son lit alors qu'elle s'agitait. Pas vraiment des cris, d'ailleurs, plutôt des murmures, des voix qui bavardaient dans son sommeil. Elle se levait parfois et descendait au rez-de-chaussée, vers la pièce principale de la maison, celle avec les grandes fenêtres qui donnaient sur le lac ; Wolgast la regardait, du haut de l'escalier. Elle restait toujours debout sans bouger, pendant quelques instants, dans la lumière rougeoyante et la chaleur du poêle à bois, le visage tourné vers les fenêtres. Elle était visiblement encore endormie, et Wolgast savait qu'il ne fallait pas la réveiller. Et puis elle se retournait, remontait l'escalier et se remettait au lit.

— Comment les sens-tu, Amy ? lui demandait-il. Que sens-tu ?

— Je ne sais pas, répondait-elle. Je ne sais pas. Ils sont tristes. Et il y en a tellement. Ils ont oublié qui ils étaient.

— Qui étaient-ils, Amy ?

Et elle répondait :

— Tout le monde. C'est tout le monde.

Maintenant, Wolgast dormait au rez-de-chaussée, dans un fauteuil, face à la porte. « Ils se déplacent la nuit, lui avait dit Carl. Dans les arbres. On n'a droit qu'à une balle. » Qu'étaient ces choses dans les arbres ? Étaient-ce des gens, comme Carter avait jadis été une personne ? Qu'étaient-ils devenus ? Et Amy ? Amy, qui rêvait de voix, dont les cheveux ne poussaient pas, qui semblait rarement dormir – parce que c'était le cas, il s'était rendu compte qu'elle faisait seulement semblant –, qui mangeait peu, qui pouvait lire et nager comme si elle se rappelait des vies et des expériences qui n'étaient pas les siennes : était-elle des leurs ? Le virus avait été inactivé, lui avait dit Fortes. Et s'il ne l'était pas ? Wolgast n'aurait-il pas été malade, lui aussi ? Or il ne l'était pas ; il se sentait comme d'habitude, c'est-à-dire, comprit-il, simplement stupéfait, comme dans un rêve, perdu dans un paysage de signes dépourvus de sens. Le monde lui réservait un rôle qu'il ne comprenait pas.

Et puis, un soir, en mars, il entendit un moteur. La neige était épaisse et profonde. La lune était pleine. Il s'était endormi dans le fauteuil. Il se rendit compte qu'il avait entendu, en dormant, le bruit d'un moteur qui approchait le long de la longue allée menant au Logis. Dans son rêve – un cauchemar –, ce bruit était devenu le rugissement des incendies qui avaient dévoré la montagne, cet été-là, et montaient vers eux. Il courait avec Amy à travers bois, dans les flammes et la fumée, et il l'avait perdue.

Un éclair de lumière dans les vitres, des pas sur le porche – lourds, trébuchants. Wolgast se leva précipitamment, tous les sens instantanément en éveil. Il avait le Springfield à la main. Il actionna la glissière et libéra la sûreté. Trois forts coups ébranlèrent la porte.

— Il y a quelqu'un dehors.

C'était la voix d'Amy. Wolgast se retourna. Elle était debout au pied de l'escalier.

— Remonte ! souffla âprement Wolgast. Allez, tout de suite !

— Je sais que vous êtes là ! fit une voix d'homme, sur le porche. Je vois la fumée ! Je vais reculer !

— Amy, remonte tout de suite !

On frappa à nouveau sur la porte.

— Pour l'amour du ciel, qui que vous soyez, si vous m'entendez, ouvrez-moi !

Amy battit en retraite dans l'escalier. Wolgast s'approcha de la fenêtre et regarda dehors. Ce n'était ni une voiture ni un camion, mais une motoneige, avec des conteneurs attachés au châssis. À la lumière des phares, il vit un homme en bottes et parka accroupi, les mains sur les genoux, devant le porche.

Wolgast ouvrit la porte.

— Reculez, ordonna-t-il. Je veux voir vos mains.

L'homme leva faiblement les bras.

— Je ne suis pas armé dit-il.

Il haletait, et c'est alors que Wolgast vit le sang, un

ruban rouge sur le côté de sa parka. Il était blessé au cou.

— Je suis malade, dit l'homme.

Wolgast fit un pas vers lui et leva son pistolet.

— Fichez le camp d'ici !

L'homme se laissa tomber à genoux.

— Oh, bon Dieu, gémit-il. Bon Dieu !

Puis il pencha le visage vers l'avant et vomit dans la neige.

Wolgast se retourna et vit Amy debout sur le seuil de la porte.

— Amy, rentre tout de suite !

L'homme leva une main ensanglantée et esquissa un vague geste. Il s'essuya la bouche avec le dos de sa main.

— Il a raison, mon chou. Fais ce que te dit ton papa.

— Amy, je t'ai dit de rentrer, *tout de suite* !

Amy referma la porte.

— C'est bien, dit l'homme.

Il était à genoux et regardait Wolgast.

— Il ne faut pas qu'elle voie ça. Oh, bon Dieu, je me sens tellement mal...

— Comment nous avez-vous trouvés ?

L'homme secoua la tête et cracha dans la neige.

— Je ne vous cherchais pas, si c'est ce que vous voulez dire. On était six, terrés à une soixantaine de kilomètres d'ici, vers l'est. Le campement de chasse d'un ami. On était là depuis le mois d'octobre, après qu'ils ont rayé Seattle de la carte.

— Qui ça, *ils* ? demanda Wolgast. Qu'est-il arrivé à Seattle ?

Le type haussa les épaules.

— La même chose que partout ailleurs. Tout le monde est malade, agonisant, les gens se dépècent les

410

uns les autres. L'armée se pointe, et pouf ! l'endroit disparaît en fumée. Il y a des gens qui disent que c'est les Nations unies, ou les Russes. Ça pourrait être les Martiens, pour ce que j'en sais. On est allés vers le sud, dans les montagnes. On pensait laisser passer l'hiver et essayer d'arriver en Californie, et puis ces enculés sont arrivés. On n'a pas eu le temps de tirer un coup de feu. Je me suis barré de là, mais il y en a une qui m'a mordu. Cette saloperie m'est tombée dessus de nulle part. Je ne sais pas pourquoi elle ne m'a pas tué comme les autres. Il paraît qu'ils font ça. Je suppose que c'était mon jour de chance, dit-il avec un sourire tremblant.

— On vous a suivi ?

— Du diable si je le sais. J'ai senti votre fumée à deux kilomètres. Me demandez pas comment. Comme du bacon dans une poêle. Pour l'amour du ciel, fit-il en levant le visage avec une expression de désespoir abject, je vous en supplie. Je le ferais moi-même si j'avais une arme.

Wolgast mit un moment à comprendre ce que le type lui demandait.

— Comment vous appelez-vous ? s'enquit-il.

— Bob.

L'homme passa sur ses lèvres une langue sèche, épaisse.

— Bob Saunders.

Wolgast lui fit signe avec le Springfield.

— Il va falloir qu'on s'éloigne de la maison.

Ils s'enfoncèrent dans les bois, Wolgast cinq pas en arrière. L'homme avançait lentement dans la neige profonde. Il s'arrêtait tous les deux ou trois pas pour appuyer ses mains sur ses genoux, en respirant fort.

— Vous voulez que je vous dise le plus drôle ? J'étais actuaire. L'analyse du risque. La vie, les accidents. Vous fumez, vous conduisez sans ceinture, vous mangez des Big Mac tous les midis, je pourrais vous dire quand vous allez mourir à un mois près, ou pas loin.

Il se cramponna à un arbre pour reprendre son équilibre.

— Mais personne n'avait jamais tenu compte de ce truc-là dans ses calculs, hein ?

Wolgast ne répondit pas.

— Vous allez le faire ? demanda Bob.

Il regardait loin, entre les arbres.

— Oui, répliqua Wolgast. Je suis désolé.

— Il n'y a pas de quoi. Il ne faut pas vous frapper pour ça.

Il respirait péniblement, en passant sa langue sur ses lèvres. Il se retourna et porta sa main à sa poitrine, comme Carl, il y avait si longtemps, des mois, pour montrer à Wolgast où tirer.

— Juste là, hein ? Vous pouvez me loger une balle dans la tête avant, si vous voulez, mais surtout mettez-en bien une ici.

Wolgast hocha la tête, décontenancé par la franchise de l'homme, son ton factuel.

— Vous n'aurez qu'à dire à votre fille que je vous ai échappé, ajouta-t-il. Elle n'a pas besoin de savoir tout ça. Et brûlez le corps quand vous aurez fini. De l'essence, du kérosène, quelque chose comme ça.

Ils approchaient de la berge, au-dessus de la rivière. Au clair de lune, la scène avait une immobilité surnaturelle, baignée de bleu. Wolgast entendait, sous la neige et la glace, le gargouillis de l'eau. L'endroit en valait un autre, pensa Wolgast.

— Tournez-vous, dit-il. Vers moi.

Mais l'homme, Bob, ne semblait pas l'avoir entendu. Il fit encore deux pas dans la neige, s'arrêta et commença, inexplicablement, à se déshabiller. Il ôta sa parka ensanglantée, la laissa tomber dans la neige, baissa les bretelles de sa combinaison de ski et passa son sweat-shirt par-dessus sa tête.

— Je vous ai dit de vous retourner.

— Vous savez ce qui me fait chier ? fit Bob.

Il avait enlevé son sous-pull thermique et s'agenouillait pour défaire ses bottes.

— Quel âge a votre fille ? J'ai toujours voulu avoir des enfants. Pourquoi est-ce que je n'en ai pas eu ?

— Je ne sais pas, Bob, fit Wolgast en levant le Springfield. Relevez-vous et tournez-vous vers moi.

Bob se leva. Il se passait quelque chose. Il tripotait la blessure sanglante sur son cou. Il fut pris d'un autre spasme, mais son visage exprimait un sentiment de plaisir, presque sexuel. Au clair de lune, sa peau paraissait vaguement lumineuse. Il cambra le dos, comme un chat, les paupières alourdies de jouissance.

— Waouh ! Que c'est bon, dit Bob. C'est vraiment... quelque chose.

— Je suis désolé, fit Wolgast.

— Hé, attendez !

Bob eut un sursaut, rouvrit les yeux, tendit les mains devant lui.

— Hé, attendez une seconde !

— Je suis désolé, Bob, répéta Wolgast.

Et il pressa la détente.

L'hiver s'acheva dans la pluie. Il plut à verse pendant des jours et des jours, détrempant les bois, faisant monter le niveau de la rivière et du lac, emportant ce qui restait de la route.

Il avait brûlé le corps, comme Bob le lui avait dit. Il l'avait arrosé d'essence, et quand les flammes s'étaient éteintes, il avait versé de l'eau de Javel sur les cendres et les avait enfouies sous une montagne de roche et de terre. Le lendemain matin, il avait fouillé la motoneige.

Les conteneurs fixés au châssis étaient des jerrycans d'essence. Ils étaient tous vides, mais dans une poche de cuir attachée au guidon, il avait trouvé le portefeuille de Bob. Un permis de conduire avec sa photo et une adresse à Spokane, les cartes de crédit habituelles, quelques dollars en espèces, une carte de bibliothèque. Il y avait aussi une photo prise chez un photographe : Bob en polo de vacances, posant avec une jolie blonde visiblement enceinte, et deux enfants, une petite fille en robe de velours et collant verts, et un bébé en pyjama. Ils souriaient tous farouchement, même le bébé. Au dos de la photo, une inscription, d'une main féminine : « Premier Noël de Timothy. » Pourquoi Bob avait-il dit qu'il n'avait jamais eu d'enfants ? Avait-il été contraint de les regarder mourir, l'expérience avait-elle été tellement pénible qu'il les avait tout simplement effacés de sa mémoire ? Wolgast enterra le portefeuille à flanc de colline et planta dessus une croix faite de deux bouts de bois attachés avec un brin d'osier. Ça paraissait bien dérisoire, mais il ne voyait pas quoi faire de plus.

Wolgast attendit qu'il en vienne d'autres. Il pensait que Bob n'était que le premier. Il ne quittait la maison que pour effectuer les tâches indispensables, et seulement de jour. Il ne lâchait pas le Springfield, laissant le trente-huit de Carl, chargé, dans la boîte à gants de la Toyota. Tous les deux ou trois jours, il la faisait démarrer et laissait tourner le moteur, pour que la batterie ne se décharge pas. Bob avait parlé de la Californie. Était-ce un endroit sûr ? Y avait-il un endroit sûr ? Il se retenait pour ne pas interroger Amy : *Les entends-tu venir ? Savent-ils que nous sommes là ?* Il n'avait pas de carte pour lui montrer où était la Californie. Alors, il la fit monter sur le toit de la maison, un soir, juste après le coucher du soleil.

— Tu vois cette crête ? lui demanda-t-il en lui indiquant le sud. Suis ma main, Amy. Les Cascades. S'il m'arrive quelque chose, suis cette crête. Cours, et ne t'arrête pas de courir.

Mais les mois passèrent, et personne ne vint. La pluie cessa, et en sortant de la maison, un matin, Wolgast perçut le changement. Ça *sentait* le soleil, et les arbres étaient pleins de chants d'oiseaux. Il regarda vers le lac et vit de l'eau là où il n'y avait la veille qu'un disque de glace compact. Un doux brouillard vert revêtait le monde, et au pied de la maison, une rangée de crocus sortait de terre. Le monde pouvait exploser, le miracle du printemps était revenu, le printemps dans les montagnes. De toutes les directions lui parvenaient les bruits et les odeurs de la vie. Wolgast ne savait même pas en quel mois ils étaient. Avril ou mai ? Il n'avait pas de calendrier, et la pile de sa montre, qu'il n'avait pas portée depuis l'automne, était morte depuis longtemps.

Cette nuit-là, assis dans son fauteuil près de la porte, le Springfield à la main, il rêva de Lila. Une partie de lui savait que c'était un rêve de sexe, de désir sexuel, et en même temps, ça n'en avait pas l'air. Lila était enceinte, et ils jouaient au Monopoly. Le rêve n'avait pas de décor particulier – les contours de l'endroit où ils se trouvaient disparaissaient dans l'ombre, comme les coulisses d'une scène de théâtre. Wolgast était en proie à une angoisse irrationnelle : et si ce qu'ils faisaient était mauvais pour le bébé ? *Il faut qu'on arrête*, disait-il d'un ton pressant. *C'est dangereux*. Mais elle n'avait pas l'air de l'entendre. Il lançait le dé, déplaçait son pion et voyait qu'il était tombé sur la case avec un dessin de policier qui soufflait dans un sifflet. *Va en prison, Brad*, disait Lila, et elle se mettait à rire. *Va directement en prison*. Et puis elle se levait et commençait à se déshabiller. *C'est bon*, disait-elle. *Tu peux m'embrasser si tu veux. Ne t'occupe pas de Bob. Ça lui sera égal. Pourquoi ça lui sera égal ?* demandait Brad. *Parce qu'il est mort,* répondait Lila. *On est tous morts.*

Il se réveilla en sursaut. Il sentait qu'il n'était pas seul dans la pièce. Il se retourna et vit Amy, debout devant les grandes fenêtres qui donnaient sur le lac. Elle lui tournait le dos. À la lueur du poêle à bois, il la regarda lever la main et effleurer la vitre. Il quitta son fauteuil.

— Amy ? Qu'y a-t-il ?

Il s'approchait d'elle quand une lumière aveuglante, immense et pure, emplit la vitre. À cet instant, l'esprit de Wolgast sembla figer le temps : comme l'obturateur d'un appareil photo, son cerveau saisit et conserva une image d'Amy, les mains levées pour se protéger de la lumière, la bouche ouverte sur un cri de terreur. Un souffle énorme ébranla la maison et une onde de choc assourdissante enfonça les vitres qui enflèrent vers l'intérieur. Wolgast fut soulevé de terre et projeté à l'autre bout de la pièce.

Une seconde plus tard, ou cinq, ou dix, le temps reprit son cours. Wolgast se retrouva à quatre pattes, plaqué contre le mur du fond. Il y avait des éclats de verre partout, mille fragments dispersés par terre, pulvérisés, brillant comme des étoiles à la lumière extraterrestre qui baignait la pièce. Dehors, à l'ouest, une lueur bulbeuse montait sur l'horizon.

— Amy !

Il s'approcha de la fillette qui gisait par terre.

— Tu es brûlée ? Tu es coupée ?

— Je n'y vois plus ! Je ne vois plus rien !

Elle gesticulait violemment, agitant les bras devant son visage dans une panique irraisonnée. Des bouts de verre scintillaient partout sur elle, sur son visage, sur ses bras. Et il y avait du sang, aussi, qui trempa son tee-shirt lorsqu'il se pencha sur elle et essaya de la calmer.

— Amy, je t'en supplie, ne bouge plus ! Laisse-moi regarder si tu es blessée.

Elle s'abandonna dans ses bras. Doucement, il enleva les éclats. Elle n'avait pas de coupures, nulle part. Il se rendit compte que le sang était le sien. D'où venait-il ? Il baissa les yeux et vit une longue écharde, incurvée comme un cimeterre, enfoncée dans sa propre jambe gauche à mi-chemin du genou et de l'aine. Il tira dessus : l'aiguille se libéra nettement, sans douleur. Dix centimètres de verre dans sa jambe. Pourquoi ne l'avait-il pas senti ? L'adrénaline ? Au même instant, la douleur arriva, un train entrant en gare avec retard. Des papillons lumineux brouillèrent sa vision. Il fut envahi par une vague de nausée.

— Brad ! Je n'y vois plus ! Où es-tu ?

— Je suis là, je suis là.

Il se sentait la tête vide, envahie de souffrance. Pouvait-on se vider de son sang par une blessure comme celle-là ?

— Essaie d'ouvrir les yeux.

— Je ne peux pas ! J'ai mal !

Brûlure de la rétine, provoquée par l'éclair, se dit-il. Elle avait regardé le cœur de l'explosion. Qui avait eu lieu plein ouest. Et donc ni à Portland, ni à Salem, ni même à Corvallis. *Une explosion nucléaire isolée*, pensa-t-il. Mais provoquée par qui ? Et combien d'autres y en avait-il eu ? Et tout ça pour quoi ? Pour rien, bien sûr ; ce n'était qu'un spasme violent de plus dans l'extinction atroce du monde. Il se rendit compte qu'il avait pensé, quand il était sorti dans le soleil et avait goûté le printemps, que le pire était passé, qu'ils allaient s'en sortir. Quel idiot !

Il emmena Amy dans la cuisine et alluma la lampe.

La vitre de la fenêtre, au-dessus de l'évier, était intacte, extraordinairement. Il commença par asseoir la fillette sur une chaise, puis il prit un torchon et le noua rapidement autour de sa propre jambe blessée. Amy pleurait, les mains plaquées sur les yeux. La peau de son visage et de ses bras, à l'endroit où elle avait été exposée à la lumière de l'explosion, était rose vif et pelait déjà.

— Je sais que ça fait mal, lui dit-il, mais il va falloir que tu ouvres les yeux pour me laisser voir s'il y a des bouts de verre dedans.

Il y avait une lampe torche sur la table, et il se tenait prêt à la braquer sur ses yeux. Un tour de cochon, mais pouvait-il faire autrement ?

Elle secoua la tête de toutes ses forces, tenta de se dégager.

— Amy, s'il te plaît. Il le faut. J'ai besoin que tu sois courageuse.

Encore une minute de bagarre, et elle finit par céder. Elle le laissa écarter ses mains et entrouvrir ses paupières, un tout petit peu, avant de les refermer.

— Il y a trop de lumière ! s'écria-t-elle. Ça fait trop mal !

Il conclut un marché avec elle : il allait compter jusqu'à trois, elle allait ouvrir les yeux et les laisser ouverts le temps qu'il compte encore jusqu'à trois.

— Un, commença-t-il, deux, trois !

Elle ouvrit les yeux, tous les muscles de son visage crispés par la peur. Il se remit à compter en promenant le faisceau de sa lampe sur son visage. Pas un éclat de verre, aucune trace de blessure visible ; ses yeux étaient intacts.

— Trois !

Elle referma les yeux en tremblant, secouée par de gros sanglots.

Il lui tartina la peau avec de la crème contre les brûlures trouvée dans la trousse de premiers secours, lui
banda les yeux et la monta à l'étage pour la remettre
au lit.

— Tes yeux vont s'arranger, lui promit-il, bien qu'il
n'en soit pas trop sûr. Je pense que c'est juste temporaire, parce que tu as vu l'éclair.

Il resta un moment auprès d'elle, jusqu'à ce que sa
respiration s'apaise et qu'il sache qu'elle dormait. Ils
devaient essayer de s'éloigner, pensa-t-il, de mettre la
plus grande distance possible entre l'explosion et eux,
mais où aller ? Après les incendies et la pluie, la route
qui descendait de la montagne avait été dévastée. Ils
pourraient essayer de partir à pied, mais jusqu'où
pouvait-il espérer aller dans les bois, alors qu'il était à
peine capable de marcher, et flanqué d'une petite fille
aveugle ? Tout ce qu'il pouvait espérer, c'était que la
bombe était de faible puissance, ou qu'elle avait explosé
plus loin qu'il ne pensait, ou que le vent chasserait les
retombées dans l'autre direction.

Dans la trousse de premiers secours, il trouva une
petite aiguille et un peloton de fil noir. Il descendit dans
la cuisine une heure avant l'aube. Il alluma la lampe sur
la table, enleva le torchon qu'il avait noué autour de sa
blessure et son pantalon trempé de sang. L'entaille était
profonde, mais remarquablement nette. La peau coupée
faisait comme un papier de boucher fendu sur un steak
rouge sang. Il avait déjà recousu des boutons. Une fois,
il avait même refait l'ourlet de son pantalon. Ça ne
pouvait pas être plus compliqué. Dans le placard, au-
dessus de l'évier, il prit la bouteille de scotch qu'il avait
récupérée chez Milton, il y avait des mois de cela. Il
s'en versa un verre, s'assit et le but, cul sec, en renversant la tête en arrière pour l'avaler sans en sentir le
goût, se remplit un second verre, qu'il vida aussi. Puis

il se leva, se lava longuement les mains dans l'évier et s'essuya avec un torchon. Il se rassit, fit un bouchon avec le torchon et se le fourra dans la bouche. Il prit la bouteille de whisky d'une main et l'aiguille enfilée dans l'autre. Il regretta de ne pas avoir plus de lumière. Il prit une profonde inspiration, bloqua sa respiration et versa du whisky sur la plaie.

Il devait découvrir par la suite que c'était le pire moment. Après cela, rapprocher les bords de la blessure n'était quasiment rien.

Il s'aperçut en se réveillant qu'il avait dormi la tête sur la table ; la pièce était glacée, et l'air avait une curieuse odeur chimique de pneu brûlé. Dehors, il neigeait, une neige grise. Sa jambe blessée palpitant de souffrance, il se traîna sous le porche. Ce n'était pas de la neige, c'étaient des cendres. Il descendit les marches. Les cendres lui tombèrent sur la tête, la figure, les cheveux. Curieusement, il n'éprouva aucune peur, ni pour lui ni pour Amy. C'était miraculeux. Il leva le visage pour l'offrir au ciel, recevoir la pluie de cendres. C'étaient des gens. Une pluie de cendres d'âmes.

Il aurait pu s'installer dans la cave avec Amy, mais à quoi bon ? Les radiations devaient être partout, dans l'air qu'ils respiraient, dans tout ce qu'ils mangeaient, dans l'eau du lac que la pompe amenait dans la cuisine. Ils restèrent à l'étage où les fenêtres barricadées avec des planches leur offraient au moins une certaine protection. Trois jours plus tard, le jour où il retira le bandage d'Amy – finalement, elle y voyait, comme il le lui avait promis –, Wolgast commença à vomir sans pouvoir s'arrêter. Il finit par ne plus avoir à vomir qu'un mucus léger, noir comme du goudron, mais il continua à avoir des haut-le-cœur pendant longtemps. Et puis sa

jambe s'était infectée, à moins que ce ne soit une conséquence des radiations, en tout cas un pus vert suintait
de la plaie, trempant les pansements. Et ça sentait
mauvais, une mauvaise odeur qu'il avait aussi dans la
bouche, dans les yeux et dans le nez. Elle semblait
émaner de tout son corps.

— Ça va aller, disait-il à Amy qui était, après tout ce
qui lui était arrivé, égale à elle-même.

Sa peau brûlée avait pelé, révélant une nouvelle peau
aussi blanche que le lait éclairé par la lune.

— Encore quelques jours de repos et je serai en
pleine forme.

Il s'alita, sur le lit de camp, sous les poutres, dans la
chambre voisine de celle d'Amy. Il sentait les jours
passer autour de lui, à travers lui. Il savait qu'il était
mourant. Les cellules à division rapide de son corps
– celles qui tapissaient sa gorge, son estomac, ses
cheveux, les gencives qui retenaient ses dents – mouraient les premières, c'était bien l'effet des radiations,
n'est-ce pas ? Et maintenant, elles atteignaient les profondeurs de son organisme, elles plongeaient en lui telle
une grande main meurtrière, noire, avec des os d'oiseau.
Il sentait qu'il se dissolvait, comme un comprimé dans
l'eau, selon un processus irrémédiable. Il aurait dû tenter
de quitter la montagne avec Amy, mais il était trop tard.
Beaucoup trop tard. Il avait vaguement conscience, une
conscience périphérique de la présence d'Amy, de ses
mouvements dans la pièce, de son regard attentif, trop
lucide, posé sur lui. Elle portait des gobelets d'eau à ses
lèvres craquelées ; il faisait ce qu'il pouvait pour boire,
avide d'eau, mais surtout avide de lui faire plaisir, de la
rassurer, de lui faire croire qu'il allait se remettre. Mais
il ne gardait rien.

— Ça va aller, disait-il, répétait-il.

Mais peut-être n'était-ce qu'un rêve. Elle lui parlait

d'une voix calme, à l'oreille. Elle lui essuyait le front avec un linge. Il sentait son souffle, tout doux, sur son visage, dans l'obscurité de la pièce.

— Ça va aller.

Elle n'était qu'une enfant. Que deviendrait-elle, quand il ne serait plus là ? Cette fille qui dormait ou mangeait à peine, dont le corps ne connaissait ni maladie ni souffrance ?

Non, elle ne mourrait pas. C'était le pire de tout, la chose terrible qu'ils lui avaient faite. Le temps coulait sur elle comme les vagues autour d'une jetée. Il passerait sur elle, et elle resterait la même. *Et tous les jours de Noé étaient neuf cent et cinquante années.* Quelle que soit la façon dont ils avaient fait cela, Amy ne mourrait pas, elle ne pourrait pas mourir.

Je suis désolé, se disait-il. *J'ai fait de mon mieux mais ça n'a pas suffi. J'avais trop peur, depuis le début. S'il y avait un plan, je ne l'ai pas vu. Amy, Eva, Lila, Lacey. Je n'étais qu'un homme. Je suis désolé, je suis désolé, je suis désolé, je suis désolé.*

Et puis, une nuit, il se réveilla tout seul. Il le sentit tout de suite. Une sensation dans l'air, autour de lui, de départ, d'absence, de fuite. Le seul fait de soulever les couvertures exigeait de lui un effort surhumain ; le contact du tissu dans sa main lui faisait l'effet de toucher du papier de verre, ou des pointes de feu. Il réussit à s'asseoir au prix d'un combat monumental. Son corps était une chose immense, mourante, que son esprit arrivait à peine à contenir. Et pourtant, c'était encore le sien – le corps dans lequel il avait vécu tous les jours de sa vie. Comme c'était bizarre de mourir, de sentir qu'il le quittait. En même temps, une partie de lui l'avait toujours su. *Pour mourir*, lui disait son corps. *Pour mourir. C'est pour ça que nous vivons : pour mourir.*

— Amy.

Il entendit sa voix, un infime croassement. Un son faible, inutile, informe, qui prononçait un nom pour personne, dans une pièce plongée dans le noir.

— Amy.

Il réussit à descendre l'escalier vers la cuisine et à allumer la lampe. À sa lumière vacillante, tout lui parut exactement comme d'habitude, et pourtant, d'une certaine façon, différent. C'était la pièce où ils avaient passé toute une année ensemble, Amy et lui, et en même temps complètement une autre. Il n'aurait su dire quelle heure il était, quel jour, quel mois. Amy était partie.

Il sortit de la maison en titubant, descendit les marches du porche, entra dans la forêt noire. Un œil de lune sous sa paupière était suspendue au-dessus des arbres, comme un jouet d'enfant accroché au bout d'un fil, une face de lune souriante pendouillant au-dessus d'un berceau de bébé. Sa lumière se répandait sur un paysage de cendres, tout mourait, la surface vivante du monde pelait, révélant le cœur rocheux de toute chose. Comme un décor, se dit Wolgast, un décor de fin de tout, des souvenirs de tout. Il avança sans but, soulevant la poussière blanche sous ses pas, en appelant Amy, encore et encore.

Il était maintenant dans les arbres, dans les bois, la maison à une distance inconnue derrière lui. Il doutait d'arriver à en retrouver le chemin, mais ça n'avait pas d'importance. C'était fini. Il était fini. Même pleurer était au-dessus de ses forces. En fin de compte, se dit-il, ça se ramenait à choisir un endroit. Quand on avait de la chance, il n'y avait plus que ça à faire.

Il était au-dessus de la rivière, sous la lune, parmi les arbres dénudés, dépouillés. Il se laissa tomber à genoux, s'assit, adossé à un tronc d'arbre, et ferma les yeux avec lassitude. Quelque chose bougeait au-dessus de lui, dans les branches, mais il n'en avait que vaguement conscience. Un grouillement de corps dans les arbres. Quelqu'un lui avait parlé de ça, il y avait longtemps, de nombreuses vies dans le passé, de choses qui bougeaient dans les arbres, la nuit. Mais se rappeler la signification de ces mots aurait exigé une force de volonté qu'il n'avait plus ; la pensée le quitta, le laissant seul.

Une nouvelle sensation le parcourut alors, froide et définitive, comme un courant d'air glacé soufflant par une porte ouverte sur le cœur de l'hiver, sur l'espace immobile entre les étoiles. Quand l'aube le trouverait, il aurait cessé d'être. *Amy*, pensa-t-il, tandis que les étoiles commençaient à tomber, partout, tout autour de lui. Alors il essaya de s'emplir l'esprit de son nom, rien que le nom de sa fille, pour s'aider à quitter cette vie.

Amy, Amy, Amy.

Troisième partie

La Dernière ville

2 ap. V.

« Des douces voix qui se sont tues la musique
Résonne à jamais dans le souvenir ;
L'arôme des suaves violettes qui meurent
Dans les sensations éveillées demeure.
Les pétales de la rose défleurie
De la bien-aimée joncheront le lit ;
Sur tes pensées, quand tu seras partie,
L'amour ainsi restera assoupi. »

PERCY BYSSHE SHELLEY,
« Music, When Soft Voices Die »

***** CONSIGNES D'ÉVACUATION *****
Commandement des forces militaires des États-Unis
Zone de Quarantaine est, Philadelphie (Pennsylvanie)

Par ordre du général Travis Cullen,
agissant en tant que général d'armée
et commandant suprême de la zone de Quarantaine est,
et de l'honorable George Wilcox, maire de la ville de Philadelphie :

Tous les enfants mineurs entre 4 (quatre) et 13 (treize) ans, résidant dans les zones non contaminées INDIQUÉES EN VERT (« zones sûres ») de la ville de Philadelphie et des trois comtés situés à l'ouest du fleuve Delaware (Montgomery, Delaware, Bucks), ont pour ordre de se rendre à la gare Amtrak de la 30e rue, pour embarquement immédiat.

Chaque enfant DEVRA se présenter avec :

1. Un certificat de naissance, une carte de Sécurité sociale ou un passeport américain en cours de validité.
2. Un justificatif de résidence, par exemple une facture d'électricité au nom des parents ou d'un tuteur légal, ou une carte de réfugié en cours de validité.
3. Un carnet de vaccination à jour.
4. Un adulte responsable pour l'aider à effectuer les procédures d'évacuation.

Chaque enfant POURRA apporter :

1. UN bagage contenant des effets personnels, d'une dimension maximale de 55 × 35 × 25 cm. DENRÉES PÉRISSABLES INTERDITES. De l'eau et des vivres seront fournis à bord du train.
2. Un matelas de sol ou un sac de couchage.

Les articles suivants ne seront PAS autorisés à bord des trains,
ou à l'intérieur de la ZONE D'ÉVACUATION :

1. Armes à fcu.
2. Couteaux ou armes blanches d'une longueur de lame supérieure à 7,5 cm.
3. Animaux familiers.
   - *Aucun parent ou tuteur ne sera autorisé à entrer dans la gare Amtrak de la 30e rue.*
   - *Quiconque tentera de s'opposer aux procédures d'évacuation sera ABATTU.*
   - *Toute personne non autorisée qui tentera de monter à bord des trains sera ABATTUE.*

Dieu sauve le peuple des États-Unis et la ville de Philadelphie.

18.

Extrait du journal d'Ida Jaxon
(Le Livre de Tantine)
Présenté à la 3e conférence globale
sur la période de Quarantaine nord-américaine
Institut d'études des cultures et des conflits humains
Université de Nouvelle-Galles du Sud,
République indo-australienne
16-21 avril 1003 ap. V.

... et c'était le chaos. Bien des années ont passé, mais on n'oublie jamais une vision pareille, les milliers de gens absolument terrorisés, écrasés contre les barrières, les soldats avec leurs chiens qui essayaient de ramener le calme dans la foule, les coups de feu tirés en l'air. Et moi, à même pas huit ans, avec la petite valise que ma maman m'avait préparée la veille au soir, en versant toutes les larmes de son corps parce qu'elle savait ce qu'elle faisait, qu'elle m'envoyait au loin pour toujours.

Les jets avaient pris New York, Pittsburgh, Washington. Presque tout le pays, pour autant que je me souvienne. J'avais de la famille dans tous ces endroits. Il y avait beaucoup de choses qu'on ne savait pas. Comme ce qui était arrivé en Europe, en France ou en Chine, bien que j'aie entendu mon père dire à des gens, dans notre rue, que le virus était différent, là-bas, il avait carrément tué tout le monde, et donc c'était une supposition, mais il se pouvait que Philadelphie soit la dernière ville du monde entier où il restait encore des gens, à ce moment-là. On était une île. Une fois, j'ai posé des questions à ma maman sur la guerre, et elle m'a expliqué que les jets étaient des gens comme vous et moi, sauf qu'ils étaient malades. J'ai été malade, moi

428

*aussi, alors en l'entendant dire ça, je me suis mise à
trembler comme une feuille, et à pleurer à chaudes
larmes, parce que je me voyais me réveiller un jour, et
la tuer, et tuer mon papa et tous mes cousins, comme
les jets faisaient. Elle m'a serrée très fort contre elle et
elle m'a dit : « Mais non, Ida, ce n'est pas pareil, ce
n'est pas du tout la même chose, maintenant tais-toi et
arrête de pleurer », alors j'ai arrêté. Mais quand même,
pendant un bout de temps, je me suis vraiment demandé
ce que tout ça voulait dire, pourquoi il y avait la guerre
et des soldats partout si les gens avaient juste attrapé
un rhume ou un truc dans la gorge.*

*Les jets : c'est comme ça qu'on les appelait. On ne
disait pas les « vampires », même si on entendait parfois
ce mot-là. C'est le mot qu'employait mon cousin Terrence. Il m'a montré une bande dessinée qu'il avait, une
espèce de livre d'images, si je me souviens bien, mais
quand j'en ai parlé à mon père et que je lui ai montré
les images, il m'a dit que non, « les vampires ne sont
qu'une invention, de beaux messieurs en costume, avec
une cape et des belles manières, alors que ça, c'est pour
de vrai, Ida. Ce n'est pas une histoire ». On leur donne
des tas de noms, maintenant, évidemment, les « flips »,
les « buvs », les « fums », les « viruls » et ainsi de suite,
mais nous on disait les jets à cause de ce qu'ils faisaient
pour vous attraper. Ils se jetaient sur vous. Mon papa
disait : « On peut les appeler comme on veut, on s'en
fout, ce sont des véritables saloperies. Ida, tu écoutes
ce que dit l'Armée et tu ne sors pas. » Ça me choquait
de l'entendre parler comme ça, parce que mon père
était diacre de l'Église méthodiste, et je ne l'avais
jamais entendu dire ce genre de chose, utiliser des mots
pareils. Le pire, c'était la nuit, surtout cet hiver-là. On
n'avait pas les lumières, comme maintenant. Il n'y avait
pas grand-chose à manger, à part ce que l'Armée nous*

donnait, rien pour se chauffer, en dehors de ce qu'on trouvait encore à brûler. Le soleil se couchait, et on sentait la peur nous tomber dessus comme un couvercle. On ne savait jamais si ce ne serait pas cette nuit-là que les jets réussiraient à entrer. Mon papa avait cloué des planches sur les fenêtres de la maison, et il avait une arme. Il la gardait auprès de lui toute la nuit, qu'il passait assis à la table de la cuisine, à écouter la radio avec la chandelle allumée, peut-être en buvant un peu. Il avait été officier radio dans la marine, et ce genre de situation, il connaissait. Une nuit, en entrant dans la cuisine, je l'ai trouvé en train de pleurer. Juste assis là, la figure dans les mains, et il pleurait et il tremblait, les larmes roulant sur ses joues. Je ne sais pas ce qui m'avait réveillée, peut-être le bruit qu'il faisait. C'était un homme fort, mon papa, et j'avais honte de le voir dans cet état. Je lui ai demandé : « Papa, qu'est-ce qu'il y a, pourquoi tu pleures comme ça, il y a quelque chose qui t'a fait peur ? » Il a secoué la tête et il a dit : « Dieu ne nous aime plus, Ida. Peut-être qu'on a fait quelque chose. En tout cas, Il ne nous aime plus. Il a mis les voiles et Il nous a abandonnés. » Et puis ma maman est arrivée, et elle lui a dit : « Boucle-la, Monroe, tu as trop bu », et elle m'a expédiée au lit. C'était le nom de mon papa, Monroe Jaxon III. Ma maman s'appelait Anita. À ce moment-là, je ne le savais pas, mais la nuit où je l'ai vu pleurer, je pense que c'était peut-être parce qu'il avait entendu parler du train. Mais ça pouvait être pour autre chose.

Le bon Dieu seul sait pourquoi Il a épargné Philadelphie aussi longtemps. Je m'en souviens à peine, maintenant, je n'ai plus que de vagues impressions. Des petits détails, comme quand on sortait, le soir, avec mon papa, pour aller chercher un sorbet au coin de la rue, *et mes amis à l'école, l'école élémentaire Joseph-Pennell. Il y avait une petite fille, Sharise, qui habitait dans le même pâté de maisons, et on se raccompagnait l'une l'autre pendant des heures et des heures. Je l'ai cherchée dans le train, mais je ne l'ai jamais retrouvée.*

Je me souviens de mon adresse : 2121 Laveer Ouest. Il y avait un collège à côté, et des rues commerçantes avec des magasins, et toutes sortes de gens qui allaient et venaient au jour le jour. Je me rappelle qu'une fois mon père m'a emmenée dans le centre-ville en autobus, loin de notre quartier, pour voir les vitrines à Noël. Je ne devais pas avoir plus de cinq ans à l'époque. Avec le bus, on est passés devant l'hôpital où mon papa travaillait. Il faisait des radios aux gens ; ça veut dire qu'il faisait des photos de leurs os. C'est là qu'il travaillait depuis qu'il avait quitté l'armée et rencontré ma maman, et il disait toujours que c'était le travail idéal pour un homme comme lui, qui aimait « voir au fond des choses ». Il voulait être docteur, alors faire des radios aux gens, c'était presque aussi bien. Devant le magasin, il m'a montré les vitrines, toutes bien arrangées pour Noël, avec des lumières, de la neige, un arbre et des personnages qui bougeaient dedans, des elfes, des rennes et tout ça. Rien que de voir quelque chose d'aussi beau, je n'ai jamais été aussi heureuse de toute ma vie, debout dans le froid comme ça, avec mon papa. On allait choisir un cadeau pour maman, il m'a dit, sa grande main sur ma tête comme il faisait toujours, un foulard, ou alors des gants. Les rues étaient pleines de gens, tellement de gens, de tous les âges, et tous différents. J'aime y repenser encore maintenant, renvoyer mon esprit à ce jour-là. Personne ne se souvient plus de Noël, maintenant ; c'était un peu comme la Première Nuit. Je ne me souviens pas si on a acheté le foulard et les gants. On l'a probablement fait.

Tout ça a disparu, maintenant, complètement disparu. Et les étoiles. Parfois je pense que c'est ce qui me manque le plus, de voir les étoiles comme dans le temps, le temps d'Avant. De la fenêtre de ma chambre, je regardais par-dessus les toits des maisons et des immeubles et je les voyais, ces points de lumière dans le ciel, accrochés là comme si Dieu lui-même avait décoré le ciel pour Noël. Ma maman me disait les noms de certaines des étoiles, et elle me disait que si on les regardait assez longtemps, au bout d'un moment, on commençait à voir des images là-haut, des choses simples, comme des casseroles, des gens et des animaux. Je pensais qu'on n'avait qu'à regarder les étoiles, et Dieu était là-haut. Comme si on le regardait en face. Pour bien le voir, il fallait qu'il fasse noir. Peut-être qu'il nous avait oubliés, mais peut-être que non. Peut-être que c'est nous qui l'avions oublié, quand on ne pouvait plus voir les étoiles. Et pour dire la vérité, c'est la seule chose que je voudrais revoir avant de mourir.

Il y a eu d'autres trains, je crois. On a entendu dire qu'il en partait de partout, des trains, que d'autres villes en avaient envoyé avant que les jets n'arrivent. Peut-être que c'était juste les choses que les gens disent quand ils ont peur, ils se cramponnent au moindre espoir. Je ne sais pas combien sont arrivés à destination. Certains ont été envoyés en Californie, d'autres dans des endroits dont je ne me rappelle pas le nom. On n'a entendu parler que d'un seul, à l'époque, au tout début. Avant les Marcheurs et la Loi unique, quand la radio était encore autorisée. Quelque part, au Nouveau-Mexique, je crois que c'était. Mais il est arrivé quelque chose à leurs lumières, et on n'en a plus jamais entendu parler. D'après ce que Peter, Theo et les autres me disent, je crois bien qu'on est les seuls restants maintenant.

Mais le train, Philadelphie et tout ce qui est arrivé cet hiver-là, c'est là-dessus que je voulais écrire. Les gens n'en pouvaient plus. L'Armée était partout, pas seulement les soldats, mais les chars et d'autres engins du même genre. Mon papa disait qu'ils étaient là pour nous protéger des jets, mais pour moi, c'étaient juste des grands types avec des armes, des Blancs pour la plupart, et mon papa m'a dit et répété qu'il fallait « toujours voir le bon côté des choses, Ida, mais ne pas faire confiance à l'homme blanc » – c'est comme ça qu'il disait, comme s'ils n'étaient qu'un seul et même homme. Bien sûr, ça paraît drôle, maintenant, avec les gens qui sont tout mélangés. Probablement que si quelqu'un lit ça, il ne comprendra même pas ce que je raconte. On connaissait un type qui habitait un peu au-dessus de chez nous qui s'est fait tuer rien que pour avoir essayé d'attraper un chien. Il avait dû se dire qu'il valait mieux manger un chien que rien du tout. Mais l'Armée lui a tiré dessus et l'a suspendu à un lampadaire, sur Olney Avenue, avec une pancarte accrochée à la poitrine disant « Pillard ». On se demande ce qu'il aurait bien pu piller, à part peut-être un chien qui devait être à moitié mort de faim et qui allait mourir, de toute façon.

Et puis une nuit, on a entendu un énorme boum, et puis un autre, et encore un autre, et des avions sont passés en hurlant au-dessus de nous, mon papa m'a dit : « Ils font sauter les ponts », et le lendemain, toute la journée, on a vu d'autres avions, ça sentait le feu et la fumée, et on a su que les jets approchaient. Des quartiers entiers de la ville étaient en feu. Je suis allée me coucher, et j'ai été réveillée plus tard par des bruits de dispute. Chez nous, il n'y avait que quatre pièces, et on entendait tout, on ne pouvait pas éternuer dans une

433

pièce sans que quelqu'un dans la pièce à côté dise à vos souhaits. J'entendais ma maman pleurer et pleurer, et mon père lui dire : « Tu ne peux pas, il le faut, il faut que tu sois forte, Anita », des choses comme ça. Et puis la porte de ma chambre s'est ouverte et j'ai vu mon papa debout, là. Il tenait une chandelle et je ne l'avais jamais vu avec cet air-là. On aurait dit qu'il avait vu un fantôme, et que le fantôme, c'était lui-même. Il m'a habillée très vite pour sortir dans le froid, et il m'a dit : « Sois gentille, Ida, va dire au revoir à ta mère. » Alors je l'ai fait, et elle m'a serrée longtemps, longtemps contre elle, en pleurant si fort que ça me fait mal d'y repenser, encore maintenant, après toutes ces années. J'ai vu la petite valise auprès de la porte et j'ai dit : « On va quelque part, maman ? On s'en va ? » Mais elle ne m'a pas répondu, elle a juste continué à pleurer, à pleurer et à me serrer contre elle, jusqu'à ce que mon papa l'oblige à me lâcher. Et puis on est partis, mon papa et moi. Rien que tous les deux.

C'est seulement quand on a été dehors que j'ai vu que c'était encore le milieu de la nuit. Il faisait froid et il y avait du vent. Des flocons tombaient, et j'ai pensé que c'était de la neige, mais quand j'en ai léché un sur ma main, je me suis rendu compte que c'étaient des cendres. Et ça sentait la fumée, et ça piquait les yeux et la gorge. On a dû marcher très longtemps, presque jusqu'à l'aube. Les seules choses qui bougeaient dans la rue, c'étaient les camions de l'Armée, certains avec des sirènes sur le toit, et des haut-parleurs qui disaient aux gens de ne pas voler, d'évacuer dans le calme. Il y avait des gens dehors, mais pas beaucoup, sauf que plus on avançait, plus les rues étaient pleines de gens, et personne ne parlait, tout le monde allait dans la même direction que nous, en portant ses affaires. Je crois que *je n'avais pas encore compris, à ce moment-là, que c'étaient juste les Petits qui partaient.*

Il faisait encore noir quand on est arrivés à la gare. J'en ai déjà un peu parlé. Mon père voulait qu'on arrive tôt pour éviter les files d'attente, il avait toujours détesté faire la queue, mais apparemment la moitié de la ville avait eu la même idée. On a attendu longtemps. Ça commençait à devenir moche, ça se sentait. Comme si un orage approchait, l'air en était tout sifflant et crépitant. Les gens avaient trop peur. Des incendies éclataient, les jets arrivaient, c'était ce que les gens disaient. On entendait de grands boum *au loin, comme le tonnerre, et des avions qui volaient en rase-mottes au-dessus de nos têtes, et très vite. Et chaque fois qu'on en voyait un, on avait les oreilles qui claquaient, une seconde après on entendait un* boum, *et le sol tremblait sous nos pieds. Il y avait des gens qui avaient des Petits avec eux, mais pas tous. Mon père me serrait très fort la main. Il y avait une ouverture dans la palissade par laquelle les soldats laissaient entrer les gens, et c'est par là qu'il fallait qu'on passe. C'était tellement étroit, avec les gens serrés les uns contre les autres, que j'avais du mal à respirer. Certains des soldats avaient des chiens. « Quoi qu'il arrive, Ida, tu ne me lâches pas, me disait mon papa. Tu ne me lâches pas. »*

Et puis on s'est assez rapprochés pour voir le train, en dessous de nous, tout en bas. On était sur un pont, et les rails passaient dessous. J'ai essayé de le suivre jusqu'au bout avec mes yeux, mais je n'ai pas pu, tellement il était long. Il avait l'air d'aller jusqu'au bout du monde, cent wagons de long. Je n'avais jamais vu un train comme ça. Les voitures n'avaient pas de vitres, et de longs poteaux dépassaient des côtés, avec des filets pendus sur chacun, comme des ailes d'oiseaux. Sur le toit, il y avait des soldats avec de grands fusils dans des cages de métal, comme celles dans lesquelles on met un canari. Enfin, j'ai pensé que c'étaient des soldats, parce qu'ils portaient des tenues brillantes, argentées, pour se protéger du feu.

Je ne me souviens pas de ce qui est arrivé à mon père. Il y a des choses qu'on ne se rappelle pas, parce que l'esprit ne veut pas les retenir après, quand tout est fini. Je me souviens d'une femme qui avait un chat dans une boîte, et un soldat a dit : « Madame, qu'est-ce que vous croyez faire avec ce chat », et puis c'est arrivé très vite, vous ne me croirez pas, mais ce soldat l'a tuée sur place, comme ça, d'une balle. Ensuite, il y a eu d'autres coups de feu, et les gens se sont mis à pousser, à se bousculer et à crier, et dans tout ça on s'est trouvés séparés, mon papa et moi. Quand j'ai tendu la main vers lui, il n'était plus là. La foule avançait comme un fleuve, m'entraînant avec elle. C'était l'horreur. Les gens hurlaient que le train n'était pas plein, mais il partait quand même. Vous vous rendez compte, j'avais perdu ma valise, et c'était à ça que je pensais, j'avais perdu ma valise et mon papa allait être en colère contre moi. Il me disait toujours : « Fais attention à tes affaires, Ida. On travaille dur pour avoir ce qu'on a, alors fais-y attention. » Et donc je me disais que j'allais avoir les pires ennuis de ma vie à cause de ma valise, quand quelque chose m'a plaquée à terre, et lorsque je me suis relevée, j'ai vu tous les gens morts autour de moi. Il y avait un garçon que je connaissais de l'école. Vincent Gum, on disait toujours comme ça, les deux ensemble, Vincent Gum, vous ne devinerez jamais pourquoi : parce qu'il aimait mâcher du chewing-gum et qu'il en avait toujours un dans la bouche, même que ça lui attirait toutes sortes d'ennuis à l'école. Sauf que là, il avait un trou dans la poitrine, en plein milieu, et il était couché par terre, dans une mare de sang. Il y

436

avait du sang qui sortait du trou dans sa poitrine en faisant des petites bulles, comme du savon dans une baignoire. *Je me souviens avoir pensé :* c'est Vincent Gum qui est allongé là, tout mort. Il a pris une balle dans le corps et ça l'a tué. Plus jamais il ne bougera, il ne parlera, il ne mâchera son chewing-gum ou il ne fera rien du tout, et il restera là, à cet endroit-là, pour toujours, avec cet air égaré sur la figure.

J'étais encore sur le pont, au-dessus du train, et les gens commençaient à sauter dessus. Tout le monde criait. Beaucoup de soldats tiraient dans la foule. Sans doute que quelqu'un leur avait dit de tirer sur tout ce qui bougeait. J'ai regardé par-dessus la rambarde et j'ai vu les corps entassés là comme des bûches dans le feu, et du sang partout, tellement de sang qu'on aurait dit que le monde s'était mis à fuir.

C'est là que quelqu'un m'a ramassée. J'ai cru que c'était mon papa, qu'il était revenu me chercher, après tout, mais ce n'était pas lui, c'était juste un homme. Un gros Blanc avec une barbe. Il m'a attrapée par la taille et il a couru de l'autre côté du pont, où il y avait une sorte de sentier qui descendait à travers des herbes. On était en haut d'un mur, au-dessus des rails, et l'homme m'a prise par les mains, il m'a descendue, et je me suis dit : Il va me lâcher et je vais mourir comme Vincent Gum. *Je l'ai regardé bien en face et jamais je n'oublierai ses yeux. C'étaient les yeux de quelqu'un qui sait qu'il pourrait aussi bien être mort. Quand vous avez ce regard-là, vous n'êtes ni jeune ni vieux, ni noir ni blanc, vous n'êtes même pas un homme ou une femme. Vous êtes au-delà de tout ça. Il criait :* « Quelqu'un peut l'attraper ? Que quelqu'un attrape cette fille, ici ! » *Et alors quelqu'un m'a attrapé les jambes par en dessous, m'a aidée à descendre, et je ne sais pas comment, tout de suite après, j'étais dans le train et il démarrait. Et*

437

quelque part là-dedans, je me suis dit que je ne reverrais plus jamais aucun d'eux, ni ma maman, ni mon papa, ni aucune des personnes que j'avais connues jusque-là dans ma vie.

Ce que je me rappelle après ça, c'est plus une impression générale que des vraies choses. Je me souviens des cris des enfants, de la faim et du noir, de la chaleur et de l'odeur des corps entassés. On entendait tirer des coups de fusil, dehors, et on sentait la chaleur des incendies qui traversait les parois du train comme si le monde entier était en feu. Elles étaient tellement chaudes qu'on se brûlait la main en les touchant. Certains des enfants n'avaient pas plus de quatre ans, c'étaient pratiquement des bébés. Il y avait deux gardes avec nous, dans le wagon, un homme et une femme. Les gens pensent que les gardes étaient de l'Armée, mais non ; ils étaient de la FEMA[1]. Je m'en souviens, parce que c'était écrit en grandes lettres jaunes sur le dos de leur blouson. Mon papa avait de la famille à La Nouvelle-Orléans, c'est là-bas qu'il avait grandi, avant de faire l'armée, et il disait toujours que FEMA, ça voulait dire « Foutoir Et Maximum d'Âneries ». Je ne sais plus ce que la femme est devenue, mais lui, c'était un Chou, une Première Famille. Il s'était marié avec une autre garde, et après sa mort, il avait eu deux autres femmes. L'une de ces femmes était Mazie Chou, la grand-mère du Vieux Chou.

Le truc, c'est que le train ne s'arrêtait pas. Pour rien du tout. De temps en temps, on entendait un grand boum, et la voiture tremblait comme une feuille dans le vent, mais on continuait. Un jour, la femme a quitté le wagon pour aller s'occuper d'autres enfants, et elle est

_____

1. Federal Emergency Management Agency : Agence fédérale des situations d'urgence. (N.d.T.)

revenue toute en pleurs. Je l'ai entendue dire à l'homme que les voitures derrière nous avaient disparu. Ils avaient construit le train de telle sorte que si les jets entraient dans une voiture, ils pouvaient la laisser sur place, et c'étaient les boum qu'on avait entendus, les voitures qui se détachaient l'une après l'autre. Je ne voulais pas penser à ces autres voitures, et aux enfants qui étaient dedans, et je ne veux pas y penser aujourd'hui. Alors je n'écrirai plus rien là-dessus.

Ce qui vous intéresse, c'est quand on est arrivés ici, et ça je m'en souviens un peu, parce que c'est là que j'ai retrouvé Terrence, mon cousin. Je ne savais pas qu'il était dans le train avec moi, il était dans l'un des autres wagons. Et c'est une chance qu'il n'ait pas été dans l'un des wagons à l'arrière, parce que le temps qu'on arrive, il n'y en avait plus que trois, et deux presque vides. On était en Californie, nous ont dit les gardes. La Californie n'était plus un État, comme avant, ils nous ont dit que c'était un pays complètement différent. Des autobus devaient venir nous chercher pour nous emmener dans la montagne, dans un endroit sûr. Le train a ralenti, il s'est arrêté, et tout le monde avait peur, tout en étant très excité de descendre du train après si longtemps, des jours et des jours. Alors la porte s'est ouverte, et la lumière était tellement vive qu'on a dû tous se cacher la figure avec nos mains. Certains des enfants pleuraient parce qu'ils croyaient que c'étaient les jets, les jets qui venaient nous chercher, mais quelqu'un a dit : « Ne soyez pas stupides, c'est pas les jets », et quand j'ai rouvert les yeux, j'ai été soulagée de voir un soldat, debout là. On était quelque part dans le désert. Ils nous ont fait descendre, et il y avait beaucoup d'autres soldats autour de nous, et une file de bus garés dans le sable et des hélicoptères qui tournaient au-dessus de nous en soulevant de la poussière et en faisant tout un tas de boucan. On nous a donné de l'eau à boire, de l'eau froide. Jamais de toute ma vie je n'ai été aussi heureuse rien que de boire de l'eau froide. La lumière était tellement brillante que ça me faisait encore mal aux yeux de regarder autour de moi, mais c'est là que j'ai vu Terrence. Il était debout dans la poussière comme nous tous, avec une valise et un oreiller sale. Je n'ai jamais serré un garçon aussi fort et aussi long-temps, et on riait et on pleurait tous les deux, et on disait : « Non mais regarde un peu ça. » On n'était pas cousins germains, plutôt cousins au second degré, pour autant que je me souvienne. Son père était le neveu de mon papa, Carleton Jaxon. Carleton était soudeur au chantier naval, et Terrence m'a dit par la suite que son papa était l'un de ceux qui avaient construit le train. La veille de l'évacuation, oncle Carleton avait emmené Terrence à la gare, et il l'avait mis dans la locomotive, tout près de Chauffeur, et il lui avait dit de rester là. « Reste tranquille, Terrence. Fais ce que Chauffeur te dira. » Et c'est comme ça que Terrence s'était retrouvé là, avec moi, maintenant. Il n'avait que trois ans de plus que moi, mais ça me paraissait beaucoup plus à l'époque, alors je lui ai dit : « Tu vas t'occuper de moi, hein, Terrence ? Dis que tu le feras. » Alors il a hoché la tête et il a dit que oui, il allait le faire, et c'est juste ce qu'il a fait, jusqu'au jour de sa mort. Il a été le premier Jaxon de la Maisonnée, et depuis, il y a tou-jours eu un Jaxon dans la Maisonnée.

Ils nous ont fait monter dans les bus. Maintenant que Terrence était là, tout avait l'air différent pour moi. Il m'a prêté son oreiller et je me suis endormie, la tête appuyée sur lui. Alors je ne peux pas dire combien de temps on est restés dans les bus, mais je ne pense pas que ç'ait duré plus d'une journée. Et puis, je n'avais pas vu passer le temps que Terrence m'a dit : « Réveille-toi, Ida, on est arrivés. Réveille-toi, maintenant », et j'ai tout de suite senti que l'air était complètement différent à cet endroit. D'autres soldats nous ont fait descendre, et pour la première fois j'ai vu les murs, et les lumières au-dessus de nous, très haut, sur leurs poteaux – sauf que c'était le jour, alors elles n'étaient pas allumées. L'air était frais et clair, et tellement froid qu'on tapait tous des pieds en tremblant. Il y avait des soldats partout, et des camions de la FEMA de toutes les tailles, pleins de toutes sortes de choses, à manger, des armes, du papier toilette, des vêtements, et certains avec des animaux dedans, des chèvres, des moutons, des chevaux, des poulets dans des cages, et même des chiens. Les gardes nous ont fait mettre en rang, ils ont pris nos noms, ils nous ont donné des vêtements propres et ils nous ont emmenés au Sanctuaire. La salle dans laquelle ils nous ont mis était celle que presque tout le monde connaît, celle où tous les Petits dorment encore aujourd'hui. J'ai pris un lit à côté de celui de Terrence et je lui ai posé la question que j'avais en tête : « Qu'est-ce que c'est que cet endroit, Terrence ? Ton papa a dû te le dire puisqu'il a construit le train. » Et Terrence est resté sans bouger pendant un moment et il a répondu : « C'est là qu'on va vivre maintenant. Avec les lumières et les murs, on sera en sûreté. À l'abri des jets, et de tout, jusqu'à ce que la guerre soit finie. Comme dans l'histoire de Noé, et ça, là, c'est l'arche. » Je lui ai demandé : « Quelle arche, et de quoi tu parles, et est-ce que je reverrai ma maman et mon papa un jour ? » Et il m'a répondu : « Je ne sais pas, Ida. Mais je veillerai sur toi comme je te l'ai dit. » Assise sur le lit, de l'autre côté, il y avait une fille pas plus vieille que moi, qui n'arrêtait pas de pleurer et de pleurer, et Terrence s'est approché d'elle et il a dit, tout bas :

441

« Comment tu t'appelles ? Je m'occuperai de toi aussi si tu veux », et du coup, elle a arrêté de pleurer. C'était une beauté, celle-là, c'était clair comme le jour, même sale et fatiguée comme on l'était tous. Le plus doux des petits visages et des cheveux tellement légers et vaporeux qu'on aurait dit des cheveux de bébé. Elle a hoché la tête en l'écoutant, et elle a répondu : « Oui, tu veux bien faire ça s'il te plaît ? Et si ça ne t'ennuie pas trop, tu peux t'occuper de mon frère aussi ? » Et vous savez quoi ? Cette fille, Lucy Fisher, est devenue ma meilleure amie, et c'est avec elle que Terrence s'est marié, plus tard. Son frère s'appelait Rex, un petit bout de chou aussi mignon que Lucy, mais à la façon des garçons, et vous savez probablement que les Fisher et les Jaxon sont restés liés d'une façon ou d'une autre depuis.

Personne n'a dit que ce serait ma mission de me rappeler toutes ces choses, mais il me semble que sans moi pour les mettre par écrit, tout ça aurait disparu, maintenant. Pas seulement comment on est arrivés ici, mais ce monde, le vieux monde du temps d'Avant. Acheter des gants et un foulard à Noël, et marcher avec mon papa jusqu'au coin de la rue pour aller chercher un sorbet, et rester assise devant la fenêtre par un soir d'été pour regarder venir les étoiles. Ils sont tous morts, maintenant, évidemment, les Premiers. La plupart sont morts, ou ils ont été emportés, depuis tellement longtemps que personne ne se rappelle même plus leur nom. Quand je repense à ces moments-là, ce n'est pas de la tristesse que j'éprouve. Un peu, parce qu'il y a des gens qui me manquent, comme Terrence, qui a été emporté à vingt-sept ans, et Lucy, qui est morte en couches peu après, et Mazie Chou, qui a vécu longtemps, mais qui est partie je ne sais plus comment maintenant. D'une appendicite, je crois, ou bien du cancer. Les plus durs à se rappeler sont ceux qui ont tout lâché, comme ils ont été si nombreux à le faire, au fil des ans. Ceux qui ont mis fin à leurs jours, par tristesse, par angoisse, ou juste parce qu'ils ne voulaient plus supporter le fardeau de cette vie. C'est d'eux que je rêve encore. Comme s'ils avaient laissé le monde inachevé et ne savaient même pas qu'ils étaient partis. Enfin, j'imagine que ça fait partie du fait d'être vieux, de se sentir comme ça, à moitié dans un monde et à moitié dans l'autre, tout ça mélangé dans la tête. Il n'y a plus personne qui connaisse mon nom. Les gens m'appellent Tantine, parce que je n'ai jamais pu avoir d'enfant à moi, et je dirais que ça me va bien. Il y a des moments où c'est comme si j'avais tellement de gens à l'intérieur de moi que je ne suis jamais toute seule. Et quand je partirai, je les emmènerai avec moi.

Les gardes nous ont dit que l'Armée allait revenir, amener d'autres enfants et davantage de soldats, mais ils ne l'ont jamais fait. Les bus et les camions sont partis, et alors que le soir tombait, ils ont fermé les portes et les lumières se sont allumées, brillantes comme le jour, tellement brillantes qu'elles masquaient les étoiles. C'était quelque chose de voir ça. Terrence et moi, on est sortis pour regarder, en tremblant tous les deux dans le froid, et j'ai su alors que ce serait comme il avait dit. Que c'est là qu'on vivrait à partir de maintenant. On était là, ensemble, la Première Nuit, quand les lumières se sont allumées, éteignant les étoiles. Et pendant toutes les années qui ont suivi, ces dizaines et ces dizaines d'années, jamais, pas une seule fois, je n'ai revu les étoiles.

Quatrième partie

Vigilance, vigilance !

Première Colonie
Montagnes de San Jacinto
République de Californie

92 ap. V.

« Ô sommeil ! Ô doux sommeil !
Tendre nourricier de la nature, t'ai-je donc tant apeuré
Que tu ne veuilles plus alourdir mes paupières
Et plonger mes sens dans l'oubli ? »

SHAKESPEARE, *Henri IV*
Deuxième partie

Premier document :
Reconstitution du site de la Première Colonie
(33°N4' N, 116°71 O)
Présenté à la 3ᵉ conférence globale
sur la période de Quarantaine nord-américaine
Institut d'études des cultures et des conflits humains
Université de Nouvelle-Galles du Sud,
République indo-australienne
16-21 avril 1003 ap. V.

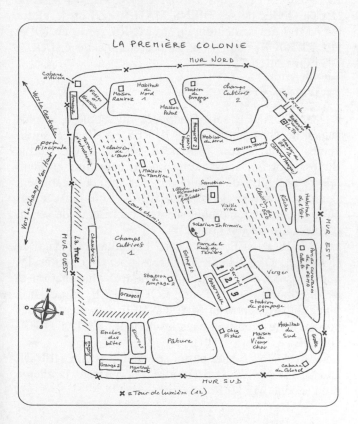

447

CHARTE DE LOI UNIQUE

À TOUS LES COLONS NOUS FAISONS ASSAVOIR PAR LES PRÉSENTES :

Que nous, la MAISONNÉE, afin de préserver l'ORDRE DOMESTIQUE, pourvoir à la PART ÉQUITABLE, assurer la PROTECTION du SANCTUAIRE, garantir en toutes circonstances l'ÉQUITÉ du TRAVAIL et des ÉCHANGES et veiller à la DÉFENSE GÉNÉRALE de la COLONIE, de ses BIENS MATÉRIELS et de toutes les ÂMES qui demeurent en ses MURS, jusqu'au JOUR DU RETOUR, établissons et décrétons cette CHARTE DE LOI UNIQUE.

LA MAISONNÉE :

La MAISONNÉE sera composée du membre le plus ancien de chacune des PREMIÈRES FAMILLES survivantes (Patal, Jaxon, Molyneau, Fisher, Chou, Curtis, Boyes, Norris), sans exclusion de ceux qui auraient rejoint une seconde famille par mariage, et notamment l'une des familles de MARCHEURS) ; ou, dans le cas où le plus ancien membre survivant refuserait de servir, par un autre de son nom ;

La MAISONNÉE agira en consultation avec le CONSEIL DES MÉTIERS pour superviser toutes les questions de défense, de protection, d'illumination et de distribution de la PART ÉQUITABLE, la décision finale appartenant à la MAISONNÉE dans tous les cas portant controverse, et dans les périodes d'ÉTAT D'URGENCE ;

La MAISONNÉE élira parmi ses membres un CHEF DE LA MAISONNÉE, seul autorisé à servir sans la charge d'un second MÉTIER.

LES SEPT MÉTIERS :

Toutes les charges de travail à l'intérieur de la COLONIE et hors de ses MURS, y compris la CENTRALE ÉNERGÉTIQUE, les ÉOLIENNES, les PÂTURAGES et les FOSSES, seront divisées en SEPT MÉTIERS, ci-après désignés : la Garde, les Gros Travaux, la Lumière et le Courant, l'Agriculture, l'Élevage, le Commerce et l'Artisanat, l'Infirmerie-Sanctuaire ;
Chacun des SEPT MÉTIERS (charges) sera auto-administré, les CHEFS DE MÉTIER formant le CONSEIL DES MÉTIERS, qui rendra compte à la MAISONNÉE autant que la MAISONNÉE en décidera, et à sa seule discrétion.

LA GARDE :

La GARDE est conséquemment considérée comme l'un des SEPT MÉTIERS, à l'égal des autres, et comportera au moins un PREMIER CAPITAINE, trois CAPITAINES EN SECOND, quinze GARDES À PART ENTIÈRE, et un nombre de coureurs à déterminer.
Toutes les ARMES À FEU et ARMES PÉNÉTRANTES (arcs, arbalètes, lames de plus de 10 cm) qui se trouvent dans les MURS de la COLONIE devront être conservées et entreposées dans l'ARMURERIE, sous la protection de la GARDE.

LE SANCTUAIRE :

Tous les enfants demeureront à l'abri du SANCTUAIRE (école élémentaire F.-D. Roosevelt) dont ils ne devront pas franchir les murs avant l'âge de huit ans. Ils le quitteront lors de leur huitième anniversaire, moment où chaque enfant fera le choix d'un MÉTIER conforme aux besoins de la COLONIE, lequel choix sera soumis à l'approbation de la MAISONNÉE et du CONSEIL DES MÉTIERS.

La PART ÉQUITABLE de chaque enfant sera, à sa sortie du SANCTUAIRE, transférée à la MAISONNÉE dont il fera partie, qui la lui remettra à son MARIAGE.

Les enfants du SANCTUAIRE ne devront rien savoir de l'état actuel du monde hors des MURS de la COLONIE, ce qui bannit notamment toute allusion aux VIRULS, aux devoirs de la GARDE et à l'événement connu comme le GRAND CATACLYSME VIRUL. Toute personne surprise à fournir sciemment ce genre d'information à un ENFANT MINEUR encourra la peine de BANNISSEMENT HORS LES MURS.

DROITS DES MARCHEURS :

Les MARCHEURS, ou les âmes n'appartenant pas aux PREMIÈRES FAMILLES, sont pleinement dotés de PARTS ÉQUITABLES, et ne sauraient être privés de ces parts par quiconque, hormis les mâles célibataires qui décideront de demeurer dans les CHAMBRÉES et de vivre des parts de leurs MÉTIERS.

LOI DE QUARANTAINE :

Toute âme, qu'elle soit d'une PREMIÈRE FAMILLE ou d'une famille de MARCHEURS, entrant en contact physique direct avec un VIRUL sera mise en quarantaine pour une période de trente jours minimum.

Toute âme, qu'elle soit en quarantaine ou libre de ses mouvements, présentant l'un ou plusieurs des symptômes de CONTAMINATION VIRALE suivants : CONVULSIONS, VOMISSEMENTS, INTOLÉRANCE À LA LUMIÈRE, CHANGEMENT DE COULEUR DES YEUX, SOIF DE SANG, ou qui se DÉVÊTIRAIT SPONTANÉMENT, pourra faire l'objet d'un confinement

immédiat et/ou d'une EXÉCUTION MISÉRICOR-
DIEUSE par la GARDE.

Toute âme qui ouvrirait les portes, complètement ou en
partie, par accident ou volontairement, seule ou en compagnie d'autres, entre la SECONDE CLOCHE DU SOIR
et la PREMIÈRE CLOCHE DU MATIN, serait punie de
BANNISSEMENT HORS LES MURS.

Toute âme qui détiendrait, écouterait ou encouragerait
l'usage d'une RADIO ou de tout autre DISPOSITIF DE
COMMUNICATION serait punie de BANNISSEMENT
HORS LES MURS.

Toute âme qui commettrait le crime d'assassiner une
autre âme, cet acte étant défini comme le fait de causer
délibérément la mort physique d'autrui sans provocation
suffisante ou contamination, serait punie de BANNIS-
SEMENT HORS LES MURS.

Ainsi ratifié et promulgué en l'an de notre attente,
17 ap. V.

Devin Danforth Chou
FEMA – Agence fédérale de gestion des situations d'ur-
gence
Administrateur régional adjoint de la zone de Quaran-
taine centrale
CHEF DE LA MAISONNÉE

Terrence Jaxon
Lucy Fisher Jaxon
Porter Curtis
Liam Molyneau
Sonia Patal Levine
Christian Boyes
Willa Norris Darrell

PREMIÈRES FAMILLES

19.

Dans la lumière déclinante d'un soir d'été, tard dans les dernières heures de son ancienne vie, Peter Jaxon – fils de Demetrius et Prudence Jaxon, Première Famille ; descendant de Terrence Jaxon, signataire de la Loi unique ; arrière-petit-neveu de celle connue sous le nom de Tantine, Dernière des Premiers ; Pierre des âmes, l'Homme des jours et Celui qui demeura, prit son poste sur la passerelle au-dessus de la porte principale, attendant de tuer son frère.

Garde à Part entière, grand, bien qu'il ne se considérât pas comme tel, il avait vingt et un ans, un visage étroit, aux sourcils hauts et aux dents fortes, la peau couleur du miel tardif, et les yeux de sa mère, vert piqueté d'or ; ses cheveux, qui étaient ceux des Jaxon, noirs et drus, étaient coiffés en arrière, dans le style de la Garde, retenus sur sa nuque par un anneau de cuir en un bouchon serré, pareil à une noix. Il avait, au-dessus de la tempe gauche, une unique mèche prématurément grise. Un éventail de fines rides griffait le coin de ses yeux, étrécis dans la lumière jaunâtre. Il portait un pull de laine douce sous lequel il sentait un film de crasse et de sueur lui picoter la peau, et un pantalon de toile serré à la taille, qu'il avait mince, rafistolé aux genoux et aux fesses avec des pièces de toutes les couleurs. Il avait récupéré le pantalon il y avait trois saisons de cela, à l'Entrepôt, au titre de la Part équitable ; il lui avait coûté un huitième – il avait marchandé avec Walt Fisher, qui en demandait un quart, un prix absurde pour un pantalon, mais c'était toujours comme ça avec Walt, le prix n'était jamais le prix –, et les jambes, trop longues d'une largeur de main, tire-bouchonnaient au-dessus de ses pieds, chaussés de sandales confectionnées avec de la

toile et des vieux pneus ; il portait toujours des sandales
pendant les mois chauds, ou alors il marchait pieds nus,
réservant pour l'hiver son unique paire de rangers correcte. Son arme, une arbalète, était appuyée contre le
bord du rempart ; il avait un couteau à la ceinture, dans
un étui de cuir souple.

Peter Jaxon, vingt et un ans, garde à Part entière,
armé et de faction sur le Mur, comme son frère avant
lui, et comme son père, et le père de son père. De
faction, pour la veillée de Miséricorde.

En ce soixante-troisième jour de l'été, les jours
étaient encore longs et secs sous le vaste ciel bleu, et
dans l'air frais planaient des senteurs de genièvre et de
pin. Le soleil n'était plus qu'à deux largeurs de main
au-dessus de l'horizon ; la première cloche du soir avait
retenti, au Sanctuaire, appelant l'équipe de nuit sur le
Mur et faisant revenir les troupeaux du champ d'En
Haut. La plateforme sur laquelle il se tenait – l'une des
quinze plateformes réparties le long de la passerelle qui
ceignait le haut du Mur – était la plateforme de tir Un.
Elle était généralement réservée à Soo Ramirez, premier
capitaine de la Garde, mais pas ce soir-là ; ce soir-là,
comme les six dernières nuits, le poste était à Peter tout
seul. Cinq mètres carrés, entourés et recouverts par un
filet de câble d'acier. Sur la gauche de Peter, trente
mètres plus haut, se dressait l'un des douze mâts
lumineux qui supportaient des rangées de lampes à
vapeur de sodium protégées par une grille, dont la
lumière était encore tamisée en cette fin du jour ; à sa
droite, au-dessus des filets, était fixée la potence avec
son palan et ses cordes que Peter utiliserait pour descendre vers le pied du Mur, si son frère revenait.

Derrière lui, dans un nuage rassurant de bruits,
d'odeurs et d'activités, s'étendait la Colonie proprement
dite, avec ses maisons, ses étables, ses champs, ses

serres et ses vallons. C'est là que Peter avait vécu toute sa vie. En ce moment précis, alors qu'il lui tournait le dos pour regarder le troupeau rentrer au bercail, il pouvait en parcourir chaque mètre dans son esprit, en dresser une carte mentale en trois dimensions avec tout son environnement sensoriel : le Long Chemin qui allait de la porte principale au Sanctuaire, en passant devant l'Armurerie et la chaleur de sa forge d'où montait le chant du métal martelé ; les champs avec leurs rangs de maïs et de haricots, les dos des travailleurs penchés sur la terre noire, occupés à biner et à sarcler, et jouxtant le verger, les serres, dont la buée dissimulait l'intérieur ; le Sanctuaire, avec ses fenêtres murées par des briques et des rouleaux de barbelé, qui réussissaient on ne sait comment à laisser passer les voix des Petits jouant dans la cour ; le Solarium, une grande place en forme de fer à cheval, aux pavés chauffés par le soleil, où se tenaient les journées de troc et les réunions ouvertes de la Maisonnée ; les granges, les étables, les pâtures et les poulaillers, pleins du bruit et de l'odeur des animaux ; l'Entrepôt, où Walt Fisher régnait sur les réserves de vêtements, de vivres, d'outils et de carburant ; la laiterie et les métiers à tisser, les moulins à eau et le rucher bourdonnant ; le vieux parc à caravanes, où personne ne vivait plus, et au-delà, derrière les dernières maisons du quartier nord et le hangar des Gros Travaux, à l'entrée de la Percée entre le Mur nord et le Mur est, dans une zone fraîche, perpétuellement à l'ombre, les batteries d'accumulateurs, trois grosses masses grises de métal bourdonnant environnées de tortillons de câbles et de canalisations, encore posées sur les roues à moitié enfoncées dans le sol des semi-remorques qui les avaient amenées du bas de la montagne, dans le temps d'Avant.

Le troupeau avait franchi le sommet de la colline.

De son perchoir, Peter le regarda approcher, une masse mouvante, bêlante, qui coulait comme un liquide du haut de la colline, suivie par les cavaliers, six en tout, très grands sur leurs montures. Comme une masse unique, le troupeau avança vers lui par la trouée dans la ligne de feu, soulevant un nuage de poussière. En passant sous sa plateforme, chacun des cavaliers adressa à Peter un petit hochement de tête en signe de reconnaissance comme ils l'avaient fait ces six derniers soirs.

Ils ne lui dirent pas un mot. Ça portait malheur de parler à celui qui était de veillée de Miséricorde.

L'un des cavaliers se détacha : Sara Fisher. Elle était infirmière, et c'était la propre mère de Peter qui l'avait formée. Mais comme beaucoup de gens, elle avait plus d'un métier. Et Sara était faite pour monter à cheval – mince mais forte, avec une belle prestance en selle et la main légère, souple, sur les rênes. Elle portait, comme tous les cavaliers, un pull large ceinturé à la taille sur des leggings en jean rapiécés. Ses cheveux, d'un blond doré par le soleil, coupés aux épaules, étaient retenus derrière sa tête, une mèche vagabonde retombant sur ses yeux sombres, enfoncés. Une gaine de cuir protégeait son bras gauche, du coude au poignet ; son arc d'un mètre lui barrait le dos comme une aile rebondissante. On disait qu'elle était la cavalière préférée de son cheval, un hongre de quinze ans appelé Dash, qui fouettait l'air de sa queue et couchait les oreilles quand quelqu'un d'autre tentait de le monter, alors qu'avec Sara, il obéissait docilement, avec grâce, le cheval et sa cavalière semblant ne faire qu'un, partager les pensées l'un de l'autre.

Peter la regarda repasser la porte en sens inverse, à contre-courant, et retourner en terrain découvert. Il vit ce qui l'avait fait ressortir : un agneau isolé, adorable peluche née au printemps, qui s'était égaré, distrait par

455

une appétissante plaque d'herbe juste à la limite de la ligne de feu. Elle dirigea son cheval droit vers le petit animal, se pencha vers le sol et, dans une démonstration d'adresse impressionnante, le fit rouler sur le dos et lui entoura les pattes de trois tours de corde. Les derniers animaux du troupeau franchissaient à présent la porte, tel un fleuve mouvant de chevaux, de moutons et de cavaliers, coulant le long de la Trace qui suivait la courbe du Mur ouest vers les enclos. Sara se redressa, leva le visage vers Peter, sur la passerelle, et leurs regards se croisèrent. En n'importe quelle autre occasion, pensa-t-il, elle lui aurait souri. Mais elle remonta l'agneau vers sa poitrine, le posa en travers de l'encolure du cheval et, tout en le stabilisant d'une main, se remit d'aplomb sur sa selle. Leurs yeux se croisèrent à nouveau, assez longtemps pour échanger une phrase muette : *Moi aussi, j'espère que Theo ne viendra pas.* Et puis, avant que Peter ait eu le temps d'y réfléchir davantage, Sara caressa les flancs de son cheval avec ses talons et franchit vivement la porte, le laissant seul.

Pourquoi faisaient-ils ça ? se demanda Peter, comme il se le demandait toutes les nuits où il montait la garde. Pourquoi ceux qui avaient été emportés rentraient-ils chez eux ? Quelle force mystérieuse, quelle pulsion les poussait à regagner leurs pénates ? Un dernier et mélancolique souvenir de l'être qu'ils avaient jadis été ? Revenaient-ils dire au revoir ? On disait que les viruls n'avaient pas d'âme. Quand Peter avait quitté le Sanctuaire, à huit ans, c'est Maîtresse qui s'était chargée de lui expliquer tout ça. Ces êtres avaient dans le sang une créature minuscule, un virus, qui leur ôtait leur âme. Le virus entrait par une morsure, généralement au cou, mais pas toujours, et une fois qu'il était en eux, il chassait leur âme, laissant leur corps arpenter la terre pour toujours ; ceux ou celles qu'ils avaient été n'existaient plus.

Telle était la réalité du monde, la vérité unique d'où découlaient toutes les autres vérités. Autant s'interroger sur ce qui faisait tomber la pluie. Et pourtant, là, debout sur la passerelle, dans le crépuscule qui s'assombrissait – la septième et dernière nuit de la Miséricorde, après quoi son frère serait déclaré mort, son nom gravé dans la Pierre et ses biens restitués à l'Entrepôt où ils seraient rapiécés, reprisés et redistribués au titre de la part –, il s'interrogeait : si les viruls n'avaient pas d'âme, qu'est-ce qui les poussait à rentrer ?

Le soleil n'était plus qu'à une largeur de main au-dessus de l'horizon, et il descendait rapidement vers la ligne ondulante des collines qui se fondaient dans la vallée. Même au cœur de l'été, c'est comme ça que les jours finissaient, dans une sorte de plongeon. Peter mit ses mains en visière au-dessus de ses yeux pour se protéger de la lumière. Quelque part, dehors, loin de la ligne de feu avec son chaos de troncs d'arbres, au-delà des prairies du champ d'En Haut et de la décharge, avec sa fosse et ses monticules, par-delà les bois broussailleux qui couvraient les collines, derrière tout cela se trouvaient les ruines de Los Angeles, et encore plus loin la mer inimaginable. Quand Peter était un Petit qui vivait dans le Sanctuaire, c'est ce qu'il avait appris, à la bibliothèque. Il avait été décidé, il y avait longtemps, que la plupart des livres que les Bâtisseurs avaient laissés derrière eux étaient sans valeur et potentiellement déstabilisants pour les Petits, qui ne devaient rien savoir des viruls ou de ce qui était arrivé au monde du temps d'Avant, mais quelques-uns avaient été autorisés malgré tout. Parfois, Maîtresse leur faisait la lecture, des histoires d'enfants, de fées et d'animaux parlants qui vivaient dans une forêt, derrière les portes d'un placard, ou bien elle les laissait choisir un livre eux-mêmes, regarder les images et lire comme ils pouvaient. Le préféré de Peter était *Ces océans qui nous entourent* : c'est celui qu'il choisissait toujours. Un volume aux couleurs passées, dont les pages, fraîches au toucher, sentaient le moisi, et à la reliure cassée, rafistolée avec des petits bouts de ruban jaune qui se décollaient. Sur la couverture, il y avait le nom de l'auteur, Ed Time-Life, et à l'intérieur, des pages et des pages de photos et de cartes, toutes plus merveilleuses les unes que les autres. Il y avait une carte appelée « Le Monde », qui montrait tout, et la majeure partie du Monde était de l'eau. Peter avait demandé à Maîtresse de l'aider à lire les noms : Atlantique, Pacifique, Indien, Arctique. Il avait passé des heures assis sur son tapis dans la grand-salle, le livre sur ses genoux, à tourner les pages, fasciné par les à-plats bleus des cartes. Il avait compris que le Monde était rond, une grande boule d'eau – une goutte de rosée qui se ruait dans le ciel – et que toutes les eaux étaient reliées. Les pluies du printemps, les neiges de l'hiver, l'eau qui coulait des pompes et même les nuages au-dessus d'eux, tout ça faisait aussi partie des océans. Mais où était l'océan ? avait un jour demandé Peter. Pourrait-il le voir ? Maîtresse s'était contentée de rire, comme toujours quand il posait trop de questions, écartant ses interrogations d'un mouvement de tête. « Peut-être qu'il y a un océan et peut-être qu'il n'y en a pas. Ce n'est qu'un livre, Petit Peter. Ne va pas te tracasser pour les océans et tout ça. »

Pourtant, l'océan, le père de Peter l'avait vu : son père, le grand Demetrius Jaxon, chef de la Maisonnée. Et l'oncle Willem de Peter, le premier capitaine de la Garde, l'avait vu aussi. Ensemble, ils avaient mené les Longues Chevauchées plus loin que tous les autres depuis le Jour. Vers l'est, vers le soleil levant, et vers l'ouest, jusqu'à l'horizon, et encore plus loin, dans les villes vides du temps d'Avant. Et chaque fois, son père revenait avec des histoires sur les grandes et terribles choses qu'il avait vues, mais aucune n'était plus formidable que l'océan, dans un endroit qu'il appelait la Longue Plage. « Imaginez, leur racontait le père de Peter (car Theo était là aussi, les deux frères Jaxon assis à la table de la cuisine dans leur petite maison, à l'heure du retour de leur père, l'écoutant avidement, buvant ses paroles comme de l'eau), imaginez un endroit où le sol s'arrête et, au-delà, que du bleu jusqu'à l'infini, interminablement, comme le ciel, mais retourné vers le bas. Et plongées dedans, les côtes rouillées de grands vaisseaux, mille milliers de vaisseaux, pareils à une cité engloutie créée par l'homme, dépassant des eaux de l'océan, à perte de vue. » Leur père n'était pas un grand orateur ; il parlait par phrases laconiques, était aussi économe de son affection, se contentant pour communiquer d'un sobre froncement de sourcils, de leur mettre sa main sur l'épaule ou, pour leur témoigner son approbation, d'un hochement de menton sévère, voilà à quoi se bornaient la plupart de ses discours. Mais pour parler des Longues Chevauchées, il se montrait éloquent. Debout au bord de l'océan, leur disait-il, on pouvait sentir l'immensité du monde même, on sentait comme il était vide et silencieux, et solitaire, sans personne, ni homme ni femme, pour le regarder ou dire son nom pendant les siècles des siècles.

Peter avait quatorze ans quand son père était revenu de la mer. Comme tous les hommes de la famille Jaxon, y compris Theo, son frère aîné, Peter avait fait son apprentissage dans la Garde, espérant un jour se joindre à son père et à son oncle pour leurs Longues Chevauchées. Mais ça n'était jamais arrivé. L'été suivant, le groupe d'éclaireurs était tombé dans une embuscade, à un endroit que son père appelait Milagro, dans les profondeurs du désert de l'Est. Trois âmes perdues, dont l'oncle Willem, et après cela, il n'y avait plus eu de Longues Chevauchées. Les gens disaient que c'était la faute de son père : il était allé trop loin, il avait pris trop de risques, et tout ça pour quoi ? On n'avait eu aucune nouvelle des autres colonies depuis des années ; la dernière, la colonie de Taos, était tombée il y avait près de quatre-vingts ans. Sa dernière émission, qui datait d'avant la Séparation des métiers et la Loi unique, quand la radio était encore autorisée, disait que sa centrale électrique donnait des signes de défaillance et que les lumières déclinaient. Elle avait sûrement été envahie, comme toutes les autres. Qu'espérait Demo Jaxon en quittant la sécurité des lumières pendant des mois d'affilée ? Qu'espérait-il trouver, dehors, dans le noir ? Il y en avait qui parlaient encore du jour du Retour, quand l'Armée viendrait les récupérer, mais jamais au cours de tous ses voyages Demo Jaxon n'avait trouvé l'Armée ; il n'y avait plus d'Armée. Tant d'âmes mortes, maintenant, pour apprendre ce qu'ils savaient déjà.

En réalité, depuis que le père de Peter était rentré de sa dernière Longue Chevauchée, il avait quelque chose de changé. Une grande tristesse lasse, comme s'il avait vieilli d'un coup. Comme si une partie de lui-même était restée dans le désert avec Willem, que Peter savait être son préféré. Il l'aimait plus que Peter, que Theo, ou même que leur mère. Son père avait démissionné de la Maisonnée, laissant son siège à Theo ; il avait commencé à chevaucher seul, partant dès les premières lueurs du jour avec les troupeaux, revenant quelques minutes à peine avant la seconde cloche du soir. Il ne disait jamais où il allait, pour autant que Peter le sache. Quand il demandait à sa mère, tout ce qu'elle pouvait dire, c'était que son père vivait dans un temps à lui, maintenant. Quand il serait prêt, il reviendrait vers eux.

Le matin de sa dernière chevauchée, Peter – qui était

coureur de la Garde, à ce moment-là – était sur la passerelle, près de la porte principale, et l'avait vu s'apprêter à partir. Les lumières venaient de s'éteindre ; la cloche du matin allait sonner. La nuit avait été tranquille, sans un visu, et pendant une heure avant l'aube, une fine couche de neige était tombée. Un jour gris et froid s'était lentement levé. Le troupeau était massé devant la porte, et le père de Peter était apparu, suivant la Trace, sur Diamond, la grande jument rouanne qu'il montait toujours. Elle avait au front une éclaboussure blanche que balayait une longue mèche de crinière vagabonde. Le père de Peter disait toujours qu'elle n'était pas particulièrement rapide, mais qu'on pouvait compter sur elle : elle était infatigable, et elle pouvait aller vite quand il le fallait. Ce matin-là, en regardant son père tenir ses rênes, à l'arrière du troupeau, pendant que les bêtes et les hommes attendaient l'ouverture de la porte, Peter avait vu Diamond faire un petit entrechat, aplatissant la neige. Les jets de buée sortant de ses naseaux entouraient comme une écharpe de fumée sa longue tête à nulle autre pareille. Son père s'était penché en avant et lui avait caressé le côté de l'encolure. Peter avait vu ses lèvres remuer. Il devait lui murmurer quelque chose à l'oreille, une sorte de doux encouragement.

Cinq ans plus tard, quand Peter repensait à ce matin-là, il se demandait toujours si son père savait qu'il était là et l'observait, sur la passerelle rendue glissante par la neige. En tout cas, il n'avait pas levé les yeux pour croiser son regard, et Peter n'avait rien fait pour attirer son attention. En le regardant parler à Diamond, caresser son encolure avec ce geste apaisant, Peter s'était rappelé les paroles de sa mère et avait compris qu'elle disait vrai : son père était dans un temps à lui, maintenant. Chaque fois, juste avant la cloche du matin, Demo Jaxon prenait sa boussole dans sa poche de ceinture, l'ouvrait, y jetait un coup d'œil, la refermait et signalait sa sortie au garde de la porte : « Un de sortie ! » criait-il d'une voix aussi profonde que s'il parlait dans un tonneau. « Un de retour ! » répondait le garde. Toujours le même rituel, méticuleusement observé. Mais pas ce matin-là. Ce matin-là, longtemps après l'ouverture des portes et que son père fut passé, menant Diamond sur la route de la Centrale électrique, loin des pâturages, Peter avait réalisé que son père n'avait pas d'arc ; l'étui, à sa ceinture, était vide.

Ce soir-là, la seconde cloche avait sonné sans lui. Peter devait bientôt apprendre que son père avait pris de l'eau à la Centrale vers le milieu de la journée, et que la dernière fois qu'on l'avait vu, il passait sous les éoliennes et s'engageait dans le désert. On pensait géné-ralement qu'une mère ne pouvait pas prendre la suite de l'un de ses propres enfants, ou de son mari ; bien qu'il n'y ait rien d'écrit à ce sujet, la tâche de veiller la Misé-ricorde incombait à une chaîne de pères, de frères et de fils aînés, qui l'effectuaient depuis le Jour. C'est ainsi que Theo avait succédé à leur père, tout comme Peter avait succédé à Theo – tout comme quelqu'un, peut-être son fils, plus tard, prendrait sa propre place le moment venu.

Parce que si les gens n'étaient pas morts, s'ils avaient été emportés, ils revenaient toujours chez eux. Ça pouvait prendre de trois à cinq jours, parfois une semaine, jamais plus. Le plus souvent, il s'agissait de gardes envoyés vers la Centrale électrique ou en mission de récupération, de cavaliers qui accompagnaient le troupeau ou d'équipes des Gros Travaux, sorties pour effectuer des réparations ou porter des ordures à la décharge. Même en plein jour, des gens se faisaient tuer ou étaient emportés ; on n'était jamais vraiment en sécurité tant que les viruls pouvaient trouver des ombres pour se déplacer. La plus jeune revenante que Peter ait connue était la petite Boyes – Sharon ? Shari ? Elle avait neuf ans quand elle avait été emportée, pendant la nuit de Ténèbres. Le reste de sa famille avait été tué sur le coup, pendant le tremblement de terre, ou pendant l'attaque qui l'avait suivi. Comme il n'y avait personne pour lui succéder, c'est l'oncle Willem de Peter qui, en tant que premier capitaine, avait assumé cette terrible tâche. Beaucoup, comme la petite Boyes, étaient complètement transformés lors de leur retour. D'autres reparaissaient en pleine mutation, malades et tremblants, arrachant leurs vêtements tout en s'avançant d'une démarche titubante. Les plus dangereux étaient ceux dont la mutation était la plus avancée. Bien des pères, des fils ou des oncles avaient été tués de cette façon. Mais d'une façon générale, ils n'offraient pas de résistance. Ils restaient généralement plantés là, devant la porte principale, à cligner des yeux, aveuglés par la lumière des projecteurs, attendant le coup de feu. Peter supposait que certains d'entre eux se rappelaient encore suffisamment avoir été humains pour avoir envie de mourir.

Son père n'était jamais revenu, ce qui voulait dire qu'il était mort, tué par les viruls, dans les terres de Ténèbres, à un endroit appelé Milagro. Il disait avoir vu là-bas une silhouette solitaire marcher, filer dans les ombres sous la lune, juste avant l'attaque des viruls. Mais à ce moment-là, comme la Maisonnée et même le Vieux Chou avaient décrété leur opposition aux Longues Chevauchées, et que le père de Peter, étant en disgrâce, s'était résigné à poursuivre seul ses mystérieuses expéditions hors des Murs, décrivant une orbite toujours plus large qui faisait à Peter, à ce moment-là déjà, l'impression d'être une répétition de quelque chose de définitif, personne ne l'avait cru. Il pouvait toujours parler ; c'était sûrement le désir de poursuivre les chevauchées qui l'avait poussé à affirmer quelque chose d'aussi absurde. Le dernier Marcheur qu'ils avaient accueilli était le Colonel, il y avait une trentaine d'années de ça, et c'était un vieil homme, maintenant. Avec sa grande barbe blanche et son visage mordu par le vent, bruni et boucané comme une vieille selle, il avait l'air presque aussi vieux que le Vieux Chou, ou que Tantine elle-même, la Dernière des Premiers. Des Marcheurs isolés, après toutes ces années ? Impossible.

Peter ne savait pas quoi penser, jusqu'à ces six derniers jours.

Et maintenant, debout sur la passerelle dans la lumière déclinante, il se prenait, comme bien souvent, à regretter que sa mère ne soit plus en vie, pour parler de ces choses avec elle. Elle était tombée malade juste une saison après la dernière chevauchée de leur père. Son mal était tellement insidieux, au début, que Peter n'avait pas tout de suite remarqué la toux rauque qui partait des profondeurs de sa poitrine, et son amaigrissement. En tant qu'infirmière, elle avait probablement compris ce qui se passait, comment le cancer qui en avait déjà tellement emporté avait établi son mortel foyer en elle, mais elle avait préféré dissimuler cette information à ses fils le plus longtemps possible. À la fin, il n'en restait pas grand-chose, qu'une coquille de chair sur les os, qui luttait pour un infime souffle d'air. Une bonne mort, tout le monde s'accordait à le dire, mourir chez soi, au lit, comme Prudence Jaxon. Mais Peter, qui avait été à côté d'elle pendant les dernières heures, savait combien ça avait été terrible, combien elle avait souffert. Non, il n'y avait pas de bonne mort.

Le soleil disparaissait à présent derrière l'horizon, étendant un dernier moment sa route dorée sur la vallée. Le ciel devenu d'un bleu-noir profond absorbait l'obscurité qui montait de l'est. Peter sentit la température chuter, un rafraîchissement rapide, sensible. Pendant un moment, tout sembla suspendu dans une immobilité vibrante. Et puis les hommes et les femmes du quart de nuit gravirent les échelles – Ian Patal, Ben Chou, Galen Strauss, Sunny Greenberg et tous les autres, quinze en tout, leur arc ou leur arbalète en bandoulière dans le dos –, s'interpellant tout en suivant à grands pas bruyants les passerelles qui menaient aux plateformes de tir, Alicia aboyant d'en bas des ordres aux coureurs qui partaient au trot. Un petit réconfort, mais assez réel, le son de la voix d'Alicia. Elle était restée auprès de Peter pendant toutes les nuits d'attente, le laissant parfois seul mais ne s'éloignant jamais beaucoup, pour qu'il sache qu'elle était là. Et si Theo revenait, c'est Alicia qui descendrait au pied du Mur avec Peter, pour faire ce qui devrait être fait.

Peter inspira une grande goulée d'air du soir et la garda un moment dans ses poumons. Les étoiles n'allaient pas tarder à apparaître. Tantine, et son père aussi, parlaient souvent des étoiles, semées dans le ciel comme des grains de sable étincelants, plus d'étoiles que toutes les âmes qui avaient jamais vécu, trop nombreuses pour qu'on les dénombre. Et quand son père en parlait, quand il lui racontait les histoires des Longues Chevauchées et des choses qu'il avait vues, il avait des étoiles dans les yeux.

Mais Peter ne devait pas voir les étoiles, cette nuit-là. La cloche recommença à tinter, deux coups impérieux, et Soo Ramirez appela d'en bas :

— Dégagez la porte ! Dégagez la porte pour la seconde cloche !

Il sentit dans la moelle de ses os le tremblement profond des contrepoids, en dessous de lui. Avec un grincement métallique, les vantaux, vingt mètres de haut

465

et cinquante centimètres d'épaisseur, commencèrent à coulisser dans l'épaisseur de la muraille. Tout en levant son arbalète du rebord de la plateforme, Peter fit silencieusement le vœu que le matin arrive sans qu'il ait besoin d'en faire usage. Et puis les lumières s'allumèrent.

20.

Journal de la Garde
Été 92

Jour 41 : RAS.

Jour 42 : RAS.

Jour 43 : 23 h 06 – Virul isolé repéré à 200 m, PT 3. Resté au loin.

Jour 44 : RAS.

Jour 45 : 02 h 00 – Triplet à la PT 6. Une cible se détache et tente d'approcher du Mur. Flèches tirées des PT 5&6. Cible recule. Pas d'autre contact.

Jour 46 : RAS.

Jour 47 : 01 h 15 – Coureur Kip Darrell signale mouvements à la ligne de feu NO entre PT 9 et PT 10. Non confirmé par garde de faction. Officiellement consigné comme RAS.

Jour 48 : 21 h 40 – Triplet à la PT 1, 200 m. Une cible approche à 100 m mais recule sans engagement.

Jour 49 : RAS.

Jour 50 : 22 h 15 – Sextet à la PT 7. Chasse le petit gibier, n'approche pas.

23 h 05 – Triplet à la PT 3, 2 mâles, 1 femelle. Engagement total, 1 KO. Tué aux filets par Arlo Wilson,

assistant d'Alicia Donadio, second capitaine. Élimination du cadavre signalée aux GT. Note à l'équipe des GT de réparer interstice offrant prise à la base de la PT 6. Reçu par Finn Darrell pour les GT.

Pendant cette période : 6 contacts, 1 non confirmé, 1 KO. Aucune âme tuée ou emportée.

Respectueusement soumis à la Maisonnée,
S.C. Ramirez, premier capitaine.

Si l'on peut valablement isoler un fait particulier dans une succession d'événements donnés, on peut dire que la disparition de Theo Jaxon, membre des Premières Familles et de la Maisonnée, et second capitaine de la Garde, avait été amorcée douze jours auparavant, le matin du cinquante et unième jour de l'été, après une nuit au cours de laquelle un virul avait été tué dans les filets par le garde Arlo Wilson.

L'attaque était venue du sud, en début de soirée, près de la plateforme de tir Trois. Peter, qui était de faction du côté opposé de la Colonie, n'avait rien vu. Il n'en avait été informé dans les détails qu'aux petites heures du matin, alors que le détachement de ravitaillement se rassemblait à la porte.

Dans l'ensemble, c'était une attaque typique, une attaque comme il s'en produisait presque à toutes les saisons, même si elles étaient plus fréquentes en été. Un triplet, deux mâles et une grande femelle. Soo Ramirez pensait – et elle n'était pas la seule – que c'était probablement le même groupe qui avait été repéré deux fois au cours des cinq nuits précédentes, en train de rôder près de la ligne de feu. C'était souvent comme ça que ça se passait, par approches discrètes, étalées sur plusieurs nuits. Un groupe de viruls apparaissait à la limite des lumières, comme s'il repérait les défenses de la

Colonie ; ces repérages étaient suivis par quelques nuits sans visualisation. Ensuite, le groupe réapparaissait plus près, parfois l'un d'eux se détachait pour attirer les tirs, mais il battait toujours en retraite. Et puis, la troisième nuit, l'attaque. Le Mur était beaucoup trop haut pour que même un virul particulièrement costaud arrive en haut d'un seul bond. La seule façon qu'ils avaient de l'escalader était d'utiliser les raccords entre les plaques comme prises pour leurs orteils. Les plateformes de tir, avec leurs filets d'acier surplombants, étaient positionnées en haut de ces raccords. Si un virul arrivait aussi haut, il était généralement hébété par les lumières, affaibli et désorienté ; beaucoup, à ce stade, se contentaient de battre en retraite. Ceux qui ne le faisaient pas se retrouvaient suspendus la tête en bas sous les filets, donnant au garde tout le temps de leur tirer un carreau d'arbalète au point vulnérable, ou de leur enfoncer une lame de poignard à cet endroit. Il était rare qu'un virul aille plus loin que le filet – de fait, Peter ne l'avait vu se produire qu'une fois depuis cinq ans qu'il servait sur le Mur –, mais quand ça arrivait, ça voulait invariablement dire que le garde était mort. Après ça, toute la question était de savoir à quel point le virul était amoindri par les lumières, combien de temps il faudrait aux gardes pour l'abattre, et combien de gens mourraient avant qu'ils y arrivent.

Le triplet de cette nuit-là avait foncé droit vers la plateforme Six. Un coup de pot, à moins qu'ils n'aient repéré, lors de leurs deux apparitions précédentes, l'interstice auquel personne n'avait pris garde sous la plateforme, une faille de moins d'un demi-centimètre, provoquée par le déplacement inévitable des plaques. Une seule – une femelle, détail que Peter trouvait toujours curieux de noter, les différences semblant tellement anodines et dérisoires étant donné que les viruls ne se reproduisaient pas, pour autant qu'on le sache – était arrivée en haut. Elle était grande, deux bons mètres ; plus remarquable, elle avait une unique mèche de cheveux blancs. Il était impossible de dire si ces cheveux indiquaient qu'elle était vieille quand elle avait été emportée, ou si c'était symptomatique des changements biologiques qu'elle avait subis depuis – on pensait que les viruls étaient éternels, ou pas loin –, mais on n'en avait jamais vu avec des cheveux. Grâce à cette fissure, elle avait rapidement crapahuté vers la base du filet. Là, elle s'était retournée, sautant loin du Mur, dans le vide, et s'était rattrapée à la partie extérieure de l'armature. Tout cela s'était déroulé en quelques secondes tout au plus. Suspendue à vingt mètres au-dessus du sol, elle avait balancé son corps d'une rapide détente et s'était propulsée vers l'extérieur puis par-dessus le filet, atterrissant sur ses pattes griffues au bord de la plate-forme, où Arlo Wilson lui avait braqué son arbalète sur la poitrine et tiré un carreau en plein dans le point vulnérable.

Dans la lumière naissante du matin, Arlo avait raconté ces événements à Peter et aux autres avec un luxe de détails circonstanciés. Comme tous les Wilson, Arlo n'aimait rien tant qu'une bonne histoire. Il n'était pas capitaine, mais il en avait l'allure : bien bâti, avec une barbe fournie, des bras puissants et l'attitude avenante des gens sûrs d'eux. Il avait un frère jumeau, Hollis, en tous points semblable à lui, sinon qu'il était glabre. Leigh, la femme d'Arlo, était une Jaxon, la cousine de Peter et de Theo, ce qui faisait d'eux aussi des cousins. Parfois, le soir, quand il n'était pas de garde, Arlo s'asseyait sous les lumières, au Solarium, et jouait de la guitare pour tout le monde, de vieux airs populaires trouvés dans un livre oublié par les Bâtisseurs, ou bien il allait au Sanctuaire et jouait pour les enfants, avant qu'ils aillent se coucher, des chansons drôles de son invention, où il était question d'une truie appelée Edna qui aimait se prélasser dans la boue et manger du trèfle à longueur de journée. Maintenant qu'Arlo avait une Petite à lui dans le Sanctuaire – un minuscule paquet miaulant appelé Dora –, on pensait généralement qu'il ne servirait plus que deux ans sur le Mur avant de redescendre et de se consacrer à une autre tâche, plus sûre.

Le fait que ce soit à lui que l'on ait dû l'élimination de la virule était une question de chance, comme il s'empressait lui-même de le dire. N'importe lequel d'entre eux aurait pu être de faction à la plateforme Six. Soo aimait tellement déplacer les gens qu'on ne savait jamais où on pouvait se retrouver un soir donné. Mais Peter savait que ce n'était pas qu'un coup de chance, même si Arlo était trop modeste pour le reconnaître. Plus d'un garde avait été paralysé au moment crucial, et Peter, qui n'avait jamais entrepris un virul de si près – tous ceux qu'il avait tués somnolaient, ça s'était toujours passé en plein jour –, ne pouvait affirmer que ça ne lui arriverait pas. Alors, si la chance avait joué un rôle dans l'affaire, c'étaient les autres qui en avaient eu : la chance que ce soit Arlo Wilson qui ait été là.

Et maintenant, alors que tout était fini, Arlo était dans un groupe qui s'était formé à la porte principale. Il faisait partie du détachement de ravitaillement qui devait aller à la Centrale relever les équipes de maintenance et refaire le plein de vivres. Le groupe standard de six : deux gardes à l'avant, deux à l'arrière, et au milieu, à dos d'âne, deux membres de l'équipe des Gros Travaux, que tout le monde appelait les Clés à molette, et dont la tâche consistait à entretenir les éoliennes qui alimentaient l'éclairage. Un troisième âne, en fait une mule, tirait une carriole chargée d'eau, de vivres, d'outillage et d'outres de graisse. La graisse était fabriquée à partir d'un mélange de semoule de maïs et de graisse de mouton ; un nuage de mouches attirées par l'odeur s'était déjà formé autour de la voiture.

Juste avant la cloche du matin, les deux Clés à molette, Rey Ramirez et Finn Darrell, refirent l'inventaire du chargement pendant que les gardes attendaient sur leurs montures. Theo, le responsable du détachement, prit la tête de la petite colonne, à côté de Peter ; Arlo et Mausami Patal fermeraient la marche. Mausami était d'une Première Famille ; son père, Sanjay, était chef de la Maisonnée. Mais l'été précédent, elle s'était mariée avec Galen Strauss, ce qui faisait d'elle une Strauss, maintenant. Peter avait du mal à s'y faire. Galen... Il n'était pas antipathique, mais il fallait bien avouer qu'il avait quelque chose de vague, comme si une substance essentielle, à l'intérieur de lui, ne s'était pas complètement solidifiée. Comme si Galen Strauss était une approximation de lui-même. C'était peut-être cette façon qu'il avait de vous regarder de biais quand vous lui parliez (tout le monde savait qu'il avait une mauvaise vue), ou son air généralement ailleurs. En tout cas, ça paraissait être le choix le plus improbable qui soit pour Mausami. Ils n'en avaient jamais ouvertement parlé, mais Peter pensait que son frère, Theo, espérait, un jour, former un couple avec Mausami. Ils étaient arrivés ensemble au Sanctuaire, ils l'avaient quitté la même année, ils avaient suivi ensemble toutes les étapes de l'apprentissage de la Garde, et la nouvelle de son mariage avec Galen lui avait causé un sacré choc. Il avait ruminé pendant plusieurs jours, n'ouvrant pratiquement pas la bouche. Quand Peter avait fini par aborder le sujet avec lui, tout ce que Theo avait trouvé à dire, c'est que ça lui était égal, qu'il avait sûrement attendu trop longtemps. Il ne voulait que le bonheur de Maus ; si Galen la rendait heureuse, ainsi soit-il. Theo n'était pas du genre à s'étendre sur ce genre de chose, pas plus avec son frère qu'avec quiconque, et Peter avait dû s'en tenir à ce qu'il disait. Mais quand même, il lui avait dit tout ça sans le regarder.

Il était comme ça, Theo : comme leur père, c'était un homme laconique, qui communiquait par ses silences autant qu'en paroles. Et pendant les jours suivants, chaque fois que Peter repenserait à ce matin-là à la porte, il se demanderait si son frère n'avait rien de différent, un indice qui aurait pu lui laisser deviner, comme leur père semblait le savoir, ce qui allait lui arriver – qu'il partait pour la dernière fois. Mais non, il ne voyait rien : tout, dans ce matin-là, était comme d'habitude, un détachement de ravitaillement standard, Theo assis sur sa monture, tripotant les rênes avec son impatience coutumière.

Attendant la cloche qui donnerait le signal de leur départ, sa monture s'agitant impatiemment, Peter laissait vagabonder ses pensées – il n'en comprendrait pleinement la portée que plus tard –, quand il releva les yeux pour voir Alicia qui venait vers eux à pied, de l'Armurerie, marchant d'un pas déterminé. Il pensait qu'elle allait s'arrêter devant la monture de Theo – deux capitaines qui discutaient, peut-être des événements de la nuit et de l'opportunité de monter une chasse aux fums pour éliminer le reste du triplet –, mais non : elle passa devant Theo et remonta la colonne jusqu'à l'arrière.

— Descends de là, Maus, dit sèchement Alicia. Toi, tu ne vas nulle part.

Mausami regarda autour d'elle dans une attitude de surprise qui sonnait faux, Peter s'en aperçut aussitôt. Tout le monde disait que Maus avait la chance de tenir de sa mère, physiquement – le même visage ovale, doux, les mêmes cheveux noirs, épais, qui, lorsqu'elle les dénouait, retombaient sur ses épaules en une vague noire. Elle était plus ronde que la plupart des femmes, mais c'était surtout du muscle.

— Qu'est-ce que tu racontes ? Et pourquoi ça ?

Alicia, debout au pied de la monture de Mausami, posa ses mains sur ses hanches étroites. Même dans la lumière froide de l'aube, ses cheveux d'un roux profond, qu'elle gardait tressés en une longue natte, étaient chauds comme le miel. Elle portait, comme toujours, trois couteaux à la ceinture. Tout le monde disait en rigolant qu'elle ne s'était pas encore mise en ménage parce qu'elle dormait avec ses lames.

— Parce que tu es enceinte, déclara Alicia. Voilà pourquoi.

Un silence soudain frappa le groupe. Peter ne put s'empêcher de se retourner sur sa selle et de promener un rapide coup d'œil sur le ventre de Mausami. Eh bien, si elle était enceinte, ça ne se voyait pas encore. D'un autre côté, c'était difficile à dire sous le tissu lâche du tricot. Il jeta un coup d'œil à Theo, dont le regard ne trahissait rien.

— Ben, ça alors, fit Arlo, et ses lèvres esquissèrent un large sourire dans le nid formé par sa barbe. Je me demandais quand vous vous y mettriez, tous les deux.

Un rouge profond avait envahi les joues cuivrées de Mausami.

— Qui te l'a dit ?

— À ton avis ?

Mausami détourna le regard.

— Jets ! Je vais le tuer. Je le jure.

Theo s'était lui aussi retourné sur sa monture, vers Mausami.

— Galen a raison, Maus. Je ne peux pas te laisser monter à cheval.

— Mais qu'est-ce qu'il y connaît ? Il a essayé toute l'année de me chasser du Mur. Il ne peut pas faire ça.

— Galen n'y est pour rien, rétorqua Alicia. C'est moi. Tu n'es plus garde, Maus. C'est tout. Fin de l'histoire.

Derrière eux, le troupeau arrivait le long de la Trace. D'ici quelques instants, ils seraient environnés par le bruyant chaos des animaux. Peter regardait Mausami en s'efforçant de l'imaginer dans le rôle de mère, et n'y arrivait pas. Les femmes cédaient généralement leur place quand elles étaient enceintes. Beaucoup d'hommes le faisaient aussi pendant la grossesse de leur femme. Mais Mausami était garde jusqu'au bout des ongles. Meilleure à ce poste que la moitié des hommes. Elle savait garder son calme en cas de crise, agir avec calme et détermination. Comme Diamond, pensa Peter. Elle pouvait aller vite quand il le fallait.

— Tu devrais être heureuse, dit Theo. C'est une grande nouvelle.

Elle avait l'air littéralement dévastée. Peter vit qu'elle avait les yeux pleins de larmes.

— Enfin, Theo, tu me vois vraiment assise dans le Sanctuaire, en train de tricoter des petits chaussons ? Je deviendrais dingue.

Theo tendit la main vers elle.

— Maus, écoute...

Mausami eut un mouvement de recul.

— Non, Theo, je t'en prie.

Elle détourna le visage et s'essuya les yeux de la main.

— Bon, ça suffit, tout le monde. Le spectacle est terminé. Heureuse, Liss ? Tu as ce que tu voulais. Je laisse tomber.

Sur ces mots, elle s'éloigna.

Lorsqu'elle fut hors de portée de voix, Theo replia les mains sur le pommeau de sa selle et baissa les yeux sur Alicia qui essuyait un de ses couteaux sur l'ourlet de son pull.

— Tu aurais tout de même pu attendre qu'on soit rentrés.

Alicia haussa les épaules.

— Un Petit, c'est un Petit, Theo. Tu connais la règle comme tout le monde. Et franchement, je suis un peu agacée qu'elle ne me l'ait pas dit. Ce n'est pas comme si ça pouvait rester éternellement secret.

Elle fit prestement tournoyer son couteau autour de son index et le rengaina.

— C'est mieux comme ça. Elle s'en remettra.

— Tu ne la connais pas comme moi, fit Theo, les sourcils froncés.

— Je ne discuterai pas avec toi, Theo. J'en ai déjà parlé avec Soo. Affaire classée.

Le troupeau était auprès d'eux, à présent. La lumière du matin s'était réchauffée et le jour était partout. D'ici un instant, la cloche du matin allait sonner et les portes s'ouvriraient.

— Il nous faut un quatrième, dit Theo.

Le visage d'Alicia s'éclaira d'un sourire.

— C'est marrant que tu me dises ça.

Alicia Coutelas. C'était la dernière des Donadio, mais tout le monde l'appelait Alicia Coutelas. La plus jeune des capitaines depuis le Jour.

Elle était encore Petite quand ses parents avaient été tués pendant la nuit de Ténèbres ; dès le lendemain, le Colonel l'avait prise sous son aile et élevée comme sa propre fille. Leurs histoires étaient inextricablement liées : le Colonel, quel qu'il ait été – la question était très controversée –, avait fait d'Alicia une image de lui-même.

Son histoire personnelle était vague. Elle comportait plus de mythes que de faits. On disait qu'il était apparu, un jour, sortant de nulle part, à la porte principale, avec un fusil déchargé et portant un long collier fait d'objets pointus, brillants. On avait découvert que c'était des dents – des dents de virus. S'il avait jamais eu un autre nom, personne ne le connaissait. C'était le Colonel, voilà tout. Certains disaient que c'était un survivant des colonies de Baja, d'autres qu'il faisait partie d'un groupe de chasseurs de virus nomades. Si Alicia connaissait la véritable histoire, elle ne l'avait racontée à personne. Il ne s'était jamais marié et ne frayait guère avec les autres. Il vivait seul, dans la petite cabane qu'il s'était construite de bric et de broc sous le Mur est. Il avait décliné toutes les invitations à rejoindre la Garde, préférant travailler au rucher. La rumeur disait qu'il empruntait une sortie secrète pour aller à la chasse, quittant la Colonie juste avant l'aube pour surprendre les virus au lever du soleil. Mais personne ne l'avait jamais vraiment vu faire.

Il n'était pas seul de son espèce. Il y avait des hommes et des femmes qui, pour une raison ou une autre, ne s'étaient jamais mariés et restaient dans leur coin, et le Colonel aurait pu se fondre dans l'anonymat de ces ermites, sans les événements de la nuit de Ténèbres. Peter n'avait que six ans, à l'époque. Il ne savait pas très bien si c'étaient des souvenirs réels ou des histoires qu'on lui avait racontées, enjolivées par son imagination, au fil des ans. Il était tout de même sûr de se souvenir du tremblement de terre. Des tremblements de terre, il y en avait tout le temps, mais pas comme celui qui avait ébranlé la montagne, cette nuit-là, alors que les Petits s'apprêtaient à aller se coucher :

une unique secousse, énorme, suivie d'une minute entière de tremblements tellement violents qu'on aurait dit que le sol allait s'ouvrir en deux. Peter se rappelait s'être senti comme un chétif insecte soulevé de terre, agité comme une feuille au vent, et après, les cris et les hurlements, Maîtresse qui criait et qui hurlait, l'immense vacarme, et dans sa bouche le goût de poussière consécutif à l'effondrement du mur ouest du Sanctuaire. La secousse avait eu lieu juste après le coucher du soleil, provoquant une coupure de courant. Lorsque les premiers virus avaient franchi le périmètre, la seule chose à faire était d'allumer la ligne de feu et de se rabattre sur ce qui restait du Sanctuaire. La plupart de ceux qui avaient été tués étaient restés piégés sous les débris de leur maison où ils étaient morts. Le lendemain matin, on déplorait la perte de cent soixante-deux âmes, dont neuf familles entières, ainsi que la moitié du troupeau, la plupart des poulets et tous les chiens.

Beaucoup de survivants devaient la vie au Colonel. Lui seul avait quitté la sécurité du Sanctuaire pour partir en quête de rescapés. Il avait transporté beaucoup de blessés sur son dos pour les ramener à l'Entrepôt, où il avait tenu la position, repoussant les virus pendant toute la nuit. John et Angel Donadio, les parents d'Alicia, faisaient partie de la vingtaine de gens qu'il avait sauvés ce soir-là, mais de tous ceux-là ils avaient été les seuls à n'avoir pas survécu. Le lendemain matin, le Colonel était entré, couvert de sang et de poussière, dans ce qui restait du Sanctuaire, avait pris Alicia par la main, déclaré simplement : « Je m'occuperai de cette fille », et il était reparti en emmenant la petite. Aucun des adultes présents dans la pièce n'avait élevé d'objection. La nuit avait fait d'elle, comme de tant d'autres, une orpheline, et les Donadio n'étaient pas une Première Famille, ce n'étaient que des Marcheurs. Si quelqu'un se proposait pour veiller sur elle, c'était toujours ça de pris. Et il était vrai aussi – enfin, c'est ce que les gens avaient dit à l'époque – que dans la docilité avec laquelle la petite fille l'avait suivi, ils avaient vu un signe du destin, comme le règlement d'une dette cosmique. Alicia lui était destinée, ou du moins c'est ce qu'il semblait.

Dans sa cabane sous le Mur, et plus tard, au fur et à mesure qu'elle grandissait, dans les fosses d'exercice, le Colonel lui avait enseigné tout ce qu'il avait appris dans les terres de Ténèbres – pas seulement à se battre et à tuer, mais aussi à lâcher prise. C'était ce qu'il fallait faire : quand les viruls arrivaient, le Colonel lui avait appris à se dire : *Je suis déjà morte.* La petite fille avait bien retenu la leçon ; à huit ans, elle était apprentie de la Garde, surpassait tout le monde au tir à l'arc et au maniement des armes blanches, et à quatorze, elle était sur la passerelle et faisait la navette entre les plateformes de tir comme coureuse. Et puis, une nuit, un sextet de viruls – ils se déplaçaient toujours par multiple de trois – étaient arrivés par-dessus le Mur sud, juste au moment où Alicia venait vers eux sur la passerelle. En tant que coureuse, Alicia n'était pas censée engager le combat – on ne lui demandait que de courir et de donner l'alarme. Au lieu de quoi elle avait eu le premier au lancer de couteau, en plein dans le point vulnérable, puis elle avait tiré son arbalète et descendu le deuxième en plein vol. Le troisième, elle l'avait tué de tout près alors qu'il s'abattait sur elle, en lui enfonçant sa lame sous le sternum, le laissant s'empaler dessus, leurs faces si proches l'une de l'autre qu'elle avait senti le souffle de la nuit passer sur elle quand il était mort. Les trois derniers avaient déguerpi, par-dessus le Mur et dans l'obscurité.

Personne n'en avait jamais tué trois comme ça, tout seul. Et sûrement pas une gamine de quinze ans. Dès le lendemain, Alicia montait la garde. Le jour de son vingtième anniversaire, elle avait été bombardée second capitaine. Tout le monde était convaincu que, quand Soo Ramirez se retirerait, Liss prendrait sa place comme premier capitaine. Et depuis cette nuit-là, elle avait toujours trois couteaux sur elle.

Elle en avait parlé à Peter, tard, un soir, sous les lumières, alors qu'ils montaient la garde. Le troisième virul : c'est là que c'était arrivé, qu'elle avait lâché prise. Alicia était l'officier de commandement de Peter, mais il y avait entre eux un lien qui semblait rendre caduque la question d'autorité. Il savait donc qu'elle ne lui disait pas ça pour l'impressionner ; elle le lui racontait parce qu'ils étaient amis. « Pas au premier, ni au deuxième, lui avait-elle expliqué, au troisième. » C'est là qu'elle avait su, su avec certitude, qu'elle était morte. Le plus étrange, c'est qu'une fois cette certitude acquise, dégainer le deuxième couteau avait été facile. Toute sa peur avait disparu. Sa main était tombée sur son couteau comme mue par une volonté propre, et alors que la créature lui fondait dessus, elle s'était dit : *Et voilà, c'est fini. Eh bien, tant qu'à quitter ce monde, autant te faire faire le voyage avec moi.* Comme si c'était un fait, comme si c'était déjà réglé.

Le temps qu'Alicia remonte sur son cheval, le troupeau était parti. Un petit sac de toile et une gourde d'eau étaient accrochés à sa selle. Alicia n'avait pas de vraie maison où vivre ; il y avait beaucoup de maisons vides, mais elle préférait se terrer dans un petit abri de métal derrière l'Armurerie, où elle avait un lit de camp et ses rares objets personnels. Peter ne l'avait jamais vue dormir plus de deux heures d'affilée, et s'il voulait la trouver, l'Armurerie était le dernier endroit où la chercher ; elle était toujours sur le Mur. Elle portait un arc, plus léger qu'une arbalète et plus confortable à dos de cheval, mais elle n'avait pas de protège-bras ; l'arc n'était là que pour le décorum. Theo lui proposa de prendre la tête, mais Alicia refusa, préférant fermer la marche à la place de Mausami.

— Ne t'occupe pas de moi. Je suis juste sortie prendre l'air, dit-elle en guidant sa monture à côté de celle d'Arlo. C'est ton expédition, Theo. Inutile de bouleverser la chaîne de commandement. Et puis je préfère chevaucher avec le grand gaillard que voici. Son bavardage m'empêchera de somnoler.

Peter entendit son frère soupirer ; Theo trouvait qu'Alicia en faisait parfois un peu trop. « Elle devrait être plus sérieuse », avait-il dit à Peter en plus d'une occasion, et c'était vrai ; son assurance frisait l'inconscience. Theo se retourna sur sa selle et jeta un coup d'œil derrière Finn et Rey, qui avaient assisté à toute la scène avec une indifférence muette. Savoir qui chevauchait avec qui, c'était l'affaire des gardes. Qu'est-ce qu'ils en avaient à fiche ?

— Ça te va, Arlo ? demanda Theo.

— Bien sûr, cousin.

— Au fait, Arlo, commença Alicia, son humeur exubérante faisant chanter sa voix. Je me suis toujours demandé... C'est vrai que Hollis s'est rasé la barbe pour que Leigh puisse vous distinguer ?

Quand ils étaient jeunes, les deux frères Wilson étaient connus pour avoir échangé plus d'une fois leurs petites amies, sans que personne le sache, à ce qu'on disait.

Arlo lui jeta un sourire entendu.

— Ça, c'est à Leigh qu'il faudrait le demander.

Mais ce n'était plus le moment de bavarder ; ils commençaient à être en retard. Theo donna l'ordre de marche, mais alors qu'ils approchaient de la porte, ils entendirent un cri derrière eux.

— Arrêtez ! Holà ! Arrêtez-vous !

Peter se retourna et vit Michael Fisher arriver au petit trot. Michael était premier ingénieur de la Lumière et du Courant. Comme Alicia, il était jeune pour son poste : juste dix-huit ans.

Mais tous les Fisher avaient été ingénieurs, et Michael avait été formé par son père dès sa sortie du Sanctuaire. Personne ne comprenait vraiment ce que faisaient les ingénieurs – la Lumière et le Courant étaient de loin les métiers les plus spécialisés. On savait juste qu'ils se débrouillaient pour que les lumières restent allumées, que les batteries bourdonnent, que le courant remonte d'en bas de la montagne, exploit qui semblait à la fois si remarquable que c'en était magique, et complètement ordinaire. Les lumières, après tout, s'allumaient, nuit après nuit.

— Ah, je suis content de vous avoir rattrapés !

Il s'arrêta un instant pour reprendre son souffle.

— Où est Maus ? Je pensais qu'elle partait avec vous.

— Toi, le Circuit, tu ne te mêles pas de ça, répondit Alicia, dans son dos.

Sa monture, une jument baie appelée Omega, martelait la poussière, pressée de repartir.

— Bon, Theo, on pourrait y aller, s'il te plaît ?

Un éclair d'exaspération parcourut le visage de Michael. Dans ces moments-là, ses yeux s'étrécissaient sous ses cheveux blonds comme le chaume, ses joues pâles rougissaient et il réussissait à avoir l'air encore plus jeune qu'il ne l'était. Il ne répondit pas et se contenta de tendre un objet à Théo : un rectangle de plastique vert constellé de points brillants.

— D'accord, fit Théo en le retournant dans tous les sens. Je donne ma langue au chat. Qu'est-ce que c'est que ça ?

— Ça s'appelle une carte mère de...

— Tu pourrais être poli ! lança Alicia.

Michael se retourna vers elle.

— Tu sais, ça ne te ferait pas de mal de t'intéresser un peu à tout ce qu'on fait pour que les lumières restent allumées.

Alicia haussa les épaules. Michael et elle s'entendaient comme chien et chat ; c'était de notoriété publique.

— On appuie sur un bouton et ça marche. Qu'est-ce qu'il y a à comprendre ?

— Ça suffit, Liss, coupa Theo, puis il baissa les yeux vers Michael. Ne fais pas attention. Tu as besoin d'un truc comme ça ?

— Tu vois ça, là ? fit Michael en lui indiquant un point sur la carte. Le petit carré noir ? C'est le microprocesseur. Peu importe à quoi ça sert. Essaie de trouver la même référence si tu peux, mais n'importe quoi se terminant par un neuf devrait faire l'affaire. Tu devrais probablement dénicher exactement la même sur à peu près n'importe quel ordinateur de bureau, mais les cafards mangent la colle, alors cherches-en une propre et sèche, pas suintante, quoi. Tu devrais tenter les bureaux dans la partie sud du centre commercial.

Theo examina encore une fois la carte mère avant de la ranger dans son sac de selle.

— D'accord. Ce n'est pas une expédition de récupération, mais si on peut, on te trouvera ça. Autre chose ?

Michael fronça les sourcils.

— Un réacteur nucléaire serait le bienvenu. Ou bien une pile à combustible à membrane échangeuse de protons et trois mille mètres cubes d'hydrogène ionisé...

— Oh, le Circuit, fais-nous grâce de ce jargon ! gémit Alicia. Personne ne comprend ce que tu racontes. Theo, on y va, s'il te plaît ?

Michael lança à Alicia un ultime regard agacé avant de revenir à Theo.

— Juste la carte mère. Prends-en plusieurs si tu peux, et rappelle-toi ce que je t'ai dit au sujet de la colle. Et euh... Peter ?

L'attention de Peter s'était reportée vers la porte ouverte, où les derniers animaux du troupeau n'étaient plus qu'à peine visibles dans la lumière du matin sous la forme d'un nuage de poussière qui remontait vers le haut de la colline et le champ d'En Haut. Mais ce n'était pas au troupeau qu'il pensait. Il pensait à Mausami, à son air paniqué quand Theo lui avait tendu la main. On aurait dit qu'elle avait peur de se laisser toucher par lui, comme si c'était au-dessus de ses forces.

Il chassa l'image de son esprit et regarda à nouveau Michael, debout au pied de son cheval.

— Ma sœur m'a demandé de te passer un message, dit Michael.

— Sara ?

— Oui. Juste, enfin, tu vois..., fit Michael avec un haussement d'épaules gêné. Sois prudent.

Il y avait quarante kilomètres jusqu'à la Centrale électrique, près d'une journée de cheval. Une heure après son départ, le groupe avait cessé de parler, même Arlo, abruti par la chaleur et la perspective de la journée qui les attendait. Des tronçons entiers de la route, vers le bas de la montagne, avaient été emportés par les pluies ; ils devraient mettre pied à terre et mener les chevaux par la bride pour les traverser. La graisse avait commencé à puer, et Peter était content d'ouvrir la marche, loin de cette pestilence. Le soleil déjà haut brillait de tous ses feux, il n'y avait pas un poil de vent et l'air était irrespirable. Le sol du désert brillait en dessous d'eux comme une plaque de métal martelé.

À la mi-journée, ils firent une halte. Les Clés à molette donnèrent à boire aux bêtes pendant que les autres se perchaient sur une surrection rocheuse au-dessus de la carriole, Theo et Peter d'un côté, Arlo et Alicia de l'autre, pour observer la lisière des arbres.

— Tu vois, là-bas ?

Theo, qui regardait dans les jumelles, leur indiqua l'ombre des arbres. Peter mit une main en visière pour protéger ses yeux de la lumière.

— Je ne vois rien.

— Un peu de patience.

C'est alors que Peter le vit. À deux cents mètres, un mouvement à peine décelable, un friselis dans les branches d'un grand pin, rien de plus, juste une pluie fine, un poudroiement d'aiguilles. Peter inspira profondément, espérant que ce n'était rien. Et puis ça recommença.

— Il chasse, en restant dans l'ombre, dit Theo. Un écureuil, probablement. Il ne doit pas y avoir grand-chose d'autre par ici. Le salopard. Il doit être bougrement affamé pour sortir en plein jour comme ça.

Theo siffla une longue note aérienne entre ses dents pour avertir les autres. Alicia se retourna vivement en l'entendant. Theo pointa deux doigts en fourchette vers ses yeux, tendit un doigt vers les arbres, puis, de la main, il esquissa un point d'interrogation : *Tu le vois ?*

Alicia répondit d'un poing fermé : *Oui.*

— Allez, frangin, on y va.

Ils redescendirent des rochers et se retrouvèrent à la carriole, où Rey et Finn, affalés sur les sacs de graisse, mastiquaient du biscuit de soldat qu'ils faisaient descendre en se passant une cruche d'eau en plastique.

— On pourrait l'attirer avec une des mules, dit très vite Alicia.

Avec une longue badine, elle commença à tracer un schéma dans le sol, à leurs pieds.

— On pourrait remplacer l'eau par un peu de graisse et la rapprocher à une centaine de mètres des arbres pour voir s'il mord à l'hameçon. Il l'a probablement déjà sentie. On se positionnerait en trois endroits, là, là et là..., fit-elle en grattant la terre, pour le prendre en tir croisé. En plein soleil, comme ça, ça ne devrait pas être difficile.

Theo fronça les sourcils.

— On n'est pas à la chasse aux fums, Liss.

Pour la première fois, Rey et Finn les regardèrent depuis la voiture.

— Et alors ? lança Rey. Vous rigolez ? Ils sont combien ?

— Aucune importance, on continue.

— Theo, il est tout seul, reprit Alicia. On ne peut pas le laisser là, comme ça. Le troupeau n'est qu'à, quoi, dix bornes ?

— On peut, et c'est ce qu'on va faire. Là où il y en a un, il y en a d'autres.

Il haussa les sourcils et regarda Rey et Finn.

— Bon, on y va ?

— Rien à battre, hein ? grommela Rey en se levant rapidement du fond de la carriole. Jets ! On compte vraiment pour du beurre, nous. Allez, on dégage d'ici.

Alicia les regarda encore un instant, les bras croisés sur la poitrine. Peter se demanda si elle était très fâchée. Mais elle l'avait dit elle-même à la porte : la chaîne de commandement...

— C'est bon, Theo, c'est toi, le chef, dit-elle.

Ils repartirent donc. Ils arrivèrent au pied de la montagne vers le milieu de l'après-midi. Depuis une heure, ils voyaient le champ d'éoliennes, des centaines d'éoliennes disposées sur la plaine de San Gorgonio Pass, telle une forêt d'arbres créés de main d'homme. De l'autre côté, une seconde rangée de montagnes scintillait dans la brume. Un vent sec, brûlant, leur arrachait leurs paroles des lèvres, rendant toute conversation impossible. À chaque mètre de descente, il faisait plus chaud ; ils avaient l'impression de chevaucher dans une fournaise. La route menait à la vieille ville de Banning. Elle n'allait pas plus loin. De là, ils prendraient la route de l'Est vers l'intérieur des terres. Ils ne seraient plus alors qu'à dix kilomètres de la Centrale.

— Vigilance, vigilance, tout le monde ! hurla Theo pour couvrir le bruit du vent.

Il prit encore le temps de scruter les environs avec les jumelles.

— Rapprochons-nous. Liss, en tête.

Peter éprouva une brève pointe d'agacement – il était en seconde position, c'était à lui de prendre la tête –, mais il laissa passer sans rien dire ; le choix de Theo aplanirait les choses entre Alicia et lui, et le temps qu'ils arrivent à la Centrale, ils seraient tous à nouveau amis. Theo lui donna les jumelles. Alicia talonna sa monture et s'avança rapidement d'une cinquantaine de mètres, sa tresse rousse se balançant dans le soleil. Sans se retourner, elle leva la main et baissa le bras, la paume parallèle au sol. Elle esquissa entre ses dents un sifflement discret, pareil à celui d'un oiseau : *La voie est libre. En avant.*

— Allons-y, dit Theo.

Peter sentit les battements de son cœur s'accélérer alors que tous ses sens, émoussés par la monotonie de la longue descente à cheval du haut de la montagne, se réveillaient, lui procurant une conscience accrue de son environnement, comme s'il observait la scène de plusieurs angles à la fois. Ils avancèrent à une allure égale, l'arc bandé. Personne ne parlait, sauf Finn, qui était descendu de la carriole et menait la mule à la main en lui murmurant des paroles apaisantes. Ils suivaient une piste sablonneuse, creusée d'ornières par le passage de centaines de charrettes au fil des ans. Peter ressentait comme un picotement dans les extrémités à chaque son, chaque mouvement du paysage : le doux ululement du vent soufflant par une vitre ouverte ; un bout de toile qui claquait à la pointe d'un mât ; le grincement d'une pancarte métallique, depuis longtemps illisible, que le vent faisait osciller au-dessus des pompes à essence d'un vieux garage. Ils passèrent devant un amas de voitures rouillées, à moitié ensablées et convulsées ; un pâté de maisons, enfouies dans des dunes de sable qui montaient presque jusqu'au toit ; un entrepôt métallique aussi grand qu'une caverne, décoloré, grêlé de rouille, d'où émanaient des roucoulements de pigeons et, comme ils s'avançaient sous le vent, l'odeur fétide de leurs fientes.

— Vigilance, vigilance, vous autres, répéta Theo. Traversons tout ça.

Ils avancèrent en silence vers le centre-ville. Les bâtiments, à cet endroit, étaient plus importants, des constructions de deux ou trois étages, dont beaucoup étaient effondrés, sculptant le vide entre elles et emplissant la rue de monticules de gravats. Les voitures et les camions étaient arrêtés n'importe comment sur la chaussée, souvent les portières ouvertes, le moment où leur conducteur avait fui ainsi figé dans le temps, tandis que d'autres, fermés sous le soleil accablant du désert, hébergeaient des skels : des cadavres desséchés, tas déglingués d'os repliés sur le tableau de bord ou affaissés contre les vitres. Des formes ratatinées dans lesquelles il aurait été virtuellement impossible de reconnaître des êtres humains sans une touffe de cheveux raidis encore attachés par un ruban, ou le métal étincelant d'une montre sur un poignet décharné qui, près de cent ans plus tard, était encore cramponné au volant d'un pick-up enfoui dans le sable jusqu'en haut des roues. Tout cela immobile et silencieux comme une tombe, resté rigoureusement inchangé depuis le temps d'Avant.

— Ça me fout la trouille, cousin, murmura Arlo. Je me dis toujours de ne pas regarder, mais je n'arrive pas à m'en empêcher.

Alors qu'ils approchaient du pont autoroutier, Alicia s'arrêta net. Elle se retourna, une main levée, et revint rapidement vers eux.

— Trois pionceurs là-dessous. Ils sont accrochés dans les poutres, sur l'arrière, au-dessus du caniveau.

Theo encaissa la nouvelle sans changer d'expression. Contrairement au virul isolé qu'ils avaient vu sur la route de montagne, il n'était pas question de se frotter à tout un triplet. En tout cas, pas à cette heure avancée de la journée.

— On va être obligés de faire le tour. La carriole ne peut avancer que sur un plan incliné. D'accord, Liss ?

— Pas d'objection. On resserre la formation et on continue.

Ils prirent vers l'est, suivant à une centaine de mètres le tracé de l'autoroute. Le soleil était à quatre largeurs de main au-dessus de l'horizon ; ça commençait à devenir risqué. Ils allaient se retrouver à découvert, et avec la carriole, ils avançaient à une allure de tortue. La prochaine rampe d'accès était à deux kilomètres.

— Ça m'arrache les tripes de le reconnaître, fit Theo, tout bas, à Peter, mais Liss n'a pas tort. La prochaine fois, on devrait monter une expédition de chasse et éliminer cette vermine.

— S'ils sont toujours là.

— Oh, ils y seront, répondit Theo avec un froncement de sourcils pensif. Un fum isolé chassant les écureuils, c'est une chose. Ça, c'est complètement différent. Ils savent qu'on prend cette route.

Ce que les fums savaient ou ne savaient pas était toujours sujet à controverse : agissaient-ils de façon purement instinctive, ou étaient-ils capables de réflexion ? Pouvaient-ils échafauder des plans, une stratégie ? Si tel était le cas, cela ne voulait-il pas dire qu'ils étaient encore, d'une certaine façon, des gens, ceux qu'ils avaient été, avant d'être emportés ? Il y avait beaucoup de choses qu'on ne comprenait tout simplement pas : pourquoi, par exemple, certains d'entre eux s'approchaient-ils du Mur alors que d'autres l'évitaient ? Pourquoi quelques-uns, comme celui qu'ils avaient vu sur la route, se risquaient-ils en plein jour pour chasser ? Et lorsqu'ils attaquaient, était-ce fortuit ou y avait-il un événement déclencheur ? Autres énigmes, la façon caractéristique dont ils se déplaçaient, toujours par groupe de trois, en mouvements coordonnés, synchronisés comme les vers d'un poème ; ou même combien ils étaient à rôder dans le noir. Certes, la combinaison des lumières et des murs assurait la sécurité de la Colonie depuis près d'une centaine d'années. Les Bâtisseurs semblaient avoir bien – ou du moins assez bien – compris leur ennemi. Pourtant, quand il regardait un triplet se déplacer à la limite des lumières, sortir de la nuit pour arpenter le périmètre avant de repartir vers l'endroit indéfinissable d'où ces créatures venaient, Peter avait souvent la nette impression de regarder un être unique, vivant et doté d'une âme, quoi qu'en dise Maîtresse. La mort avait un sens pour lui, le corps et l'âme étaient liés dans la vie, et disparaissaient ensemble à la mort. C'est ce que lui avaient appris les dernières heures de la vie de sa mère.

Ses derniers souffles hoquetants, puis le silence soudain : il avait su que la femme qu'elle avait été avait disparu. Comment un être pouvait-il continuer à être sans âme ?

Ils arrivèrent à la rampe. Au nord, au pied des collines, Peter distinguait, à travers un brouillard de poussière chassée par le vent, la longue forme basse du centre commercial d'Empire Valley. Peter y était déjà venu bien des fois, lors d'expéditions de récupération ; les magasins d'usine avaient été pas mal pillés au fil des ans, mais le site était tellement vaste qu'on pouvait encore y trouver des choses utiles. La boutique Gap avait été complètement vidée, tout comme le Kitchen Bazaar, Tommy Hilfiger, le magasin d'articles et de vêtements de sport et la plupart des commerces de la partie sud, près de l'atrium, mais il y avait deux grands magasins, un Sears dont les vitrines offraient une certaine protection, et un autre avec un bon accès extérieur qui permettait d'en sortir en vitesse, où il y avait encore des choses utilisables comme des chaussures, des outils et des ustensiles de cuisine. Il se prit à penser qu'il pourrait chercher un truc pour Maus, pour le bébé ; peut-être que Theo avait la même idée. Mais ce n'était pas le moment.

Au-dessus du sable, à la base de la rampe, il y avait une pancarte, que le vent dominant avait pliée :

ut rou e 10 E
P lm   ings 25
In io 55

Alicia revint vers eux.

— La voie est libre, là-dessous. On ferait mieux d'y aller.

La chaussée était praticable ; ils avançaient de

nouveau à bonne allure. Un vent brûlant se ruait dans la passe. Peter avait la peau et les yeux en feu, comme des tisons sur le point de s'embraser. Il se rendit compte qu'il n'avait pas uriné depuis qu'ils s'étaient arrêtés pour donner à boire aux chevaux, ce qui lui rappela de prendre quelques gorgées d'eau de sa gourde. Theo regardait devant eux avec ses jumelles en tenant les rênes d'une main légère. Ils étaient maintenant assez près des éoliennes pour distinguer celles qui tournaient et celles qui étaient en panne. Peter essaya de les dénombrer, mais perdit rapidement le compte.

Lorsqu'ils quittèrent la route de l'Est, l'ombre de la montagne avait commencé à tomber sur la vallée. Enfin, ils virent leur destination : un bunker de béton, à moitié enfoncé dans le sol de la vallée, ceint d'une clôture parcourue par un courant suffisant pour mettre le feu à tout ce qui l'effleurait, et derrière, le câble à haute tension, un gros tuyau couvert de rouille qui gravissait le versant est de la montagne, une muraille de roche blanche qui constituait une véritable barrière naturelle. Theo mit pied à terre et prit la lanière de cuir passée autour de son cou, à laquelle était accrochée la clé. La clé ouvrait une armoire métallique fixée sur un poteau ; il y en avait deux identiques, de part et d'autre de la clôture. Chacune renfermait un interrupteur qui coupait le courant et un autre qui ouvrait le portail. Theo coupa le courant et recula pendant que la porte s'ouvrait.

— Allons-y.

À côté de la Centrale, un petit appentis couvert par un toit de métal abritait un abreuvoir à chevaux et une pompe. Ils burent tous avidement, faisant couler l'eau sur leur menton et versant des poignées d'eau sur leurs cheveux trempés de sueur, puis ils laissèrent Finn et Rey s'occuper des bêtes et s'approchèrent de la porte blindée. Theo reprit la clé accrochée à son cou. Il y eut un bruit métallique de serrures qui se déverrouillent, et ils entrèrent tous.

Ils furent accueillis par un courant d'air frais et le bruit de fond de la ventilation mécanique. Dans la fraîcheur soudaine, Peter eut un frisson. Une unique lampe protégée par une cage éclairait un escalier métallique qui descendait vers le sous-sol. En bas, une seconde porte blindée était entrouverte. Elle donnait sur la salle de commande et de contrôle des éoliennes. Encore plus bas, il y avait des chambrées, une cuisine et des réserves de matériel et de vivres. Sur l'arrière, une rampe remontait vers l'extérieur et l'écurie où les chevaux et les mules passeraient la nuit.

Theo ouvrit la porte du bout du pied.

— Il y a quelqu'un ? appela-t-il. Hou-hou !

Pas de réponse.

— Theo...

C'était Alicia.

— Je sais, répondit Theo. C'est bizarre.

Ils passèrent prudemment la porte. Au bout d'une longue table, au centre de la salle de contrôle, des bougies étaient réduites à un amas de cire fondue à côté des restes d'un repas interrompu en hâte : du pâté en conserve, des assiettes de biscuit de soldat, une cocotte en fonte qui donnait l'impression d'avoir contenu une espèce de ragoût. Tout cela paraissait abandonné depuis une journée, peut-être davantage. Arlo agita son couteau au-dessus de la cocotte en fonte, dispersant un nuage de mouches. Malgré le bourdonnement des ventilateurs, l'air sentait le renfermé, la sueur et les isolateurs chauffés. La seule lumière, une pâle lueur jaune, provenait des voyants de la console de contrôle qui indiquaient l'intensité du courant des éoliennes. À l'horloge de la Centrale, en haut du panneau, il était dix-huit heures quarante-cinq.

— Bon sang, où sont-ils ? demanda Alicia. J'ai loupé quelque chose, ou la seconde cloche ne devrait pas tarder ?

La traversée des chambrées et des réserves leur confirma ce qu'ils savaient déjà : la Centrale était déserte. Ils remontèrent l'escalier et retrouvèrent la chaleur de la fin de la journée. Rey et Finn les attendaient à l'ombre de l'appentis.

— Une idée de l'endroit où ils ont pu aller ? demanda Theo.

Finn avait roulé sa chemise en boule pour la plonger dans l'abreuvoir et s'essuyait la poitrine et les aisselles.

— Il manque une charrette de matériel. Et une mule, aussi.

Il inclina la tête et son regard passa sur Rey avant de revenir sur Theo, comme pour dire : *J'ai une théorie.*

— Ils sont peut-être encore aux éoliennes. Zander aime bien prendre des risques, parfois.

Zander Phillips était le responsable de la Centrale. Il n'avait pas une conversation formidable, et il n'était pas formidable à regarder non plus. Tout ce temps passé au soleil et dans le vent l'avait desséché comme un raisin sec, et les journées d'isolement l'avaient rendu taciturne, à la limite du mutisme. On disait que personne ne l'avait entendu prononcer cinq mots d'affilée.

— Des risques ? Quel genre ?

Finn haussa à nouveau les épaules.

— Écoute, je ne sais pas. Tu lui demanderas quand il reviendra.

— Et qui y a-t-il d'autre ici ?

— Juste Caleb.

Theo sortit de l'ombre de l'appentis et se tourna vers le champ d'éoliennes. Le soleil avait commencé à plonger derrière la montagne ; bientôt son ombre s'étirerait jusqu'au bout de la vallée et le pied des collines de l'autre côté. À ce moment-là, ils n'auraient pas le choix, ils devraient refermer la porte blindée. Caleb Jones n'était qu'un gamin de quinze ans à peine. Tout le monde l'appelait Pataugas.

— Eh bien, ils n'ont plus qu'une demi-main de jour devant eux, dit enfin Theo.

Tout le monde le savait, mais il valait mieux le dire quand même. Il regarda chacun des membres du groupe à tour de rôle, un rapide coup d'œil pour s'assurer que tous avaient compris ce que ça impliquait.

— Rentrons les bêtes.

Ils conduisirent les animaux par la rampe du fond dans l'écurie et refermèrent la porte blindée pour la nuit. Le temps qu'ils aient fini, le soleil avait disparu derrière la montagne. Peter laissa Arlo et Alicia dans la salle de contrôle et alla rejoindre Theo qui, retourné au portail, observait le champ d'éoliennes à la jumelle. Peter sentit la première caresse frémissante de la nuit sur ses bras et sa nuque cuite par le soleil. Il avait encore la bouche et la gorge sèches, pleines de poussière et de l'odeur des chevaux.

— On attend jusqu'à quand ?

Theo ne répondit pas. C'était une question de pure forme, rien que des mots pour combler le silence. Il était arrivé quelque chose, sinon Zander et Caleb seraient rentrés, à l'heure qu'il était. Peter pensait aussi à leur père, comme Theo sans doute : Demo Jaxon, qui avait pris la route de l'Est et disparu dans le champ d'éoliennes sans laisser de traces. Combien de temps avaient-ils attendu, cette nuit-là, avant de refermer la porte blindée sur lui ?

Entendant un bruit de pas, Peter se retourna. Alicia avait rouvert la porte blindée et venait vers eux. Elle les rejoignit et se tourna comme eux en direction du champ sur lequel le soir tombait. Ils restèrent ainsi un moment sans parler, à regarder la nuit envahir la vallée. Lorsque l'ombre de la montagne eut atteint les collines, à l'autre bout, Alicia dégaina un de ses poignards et l'essuya avec l'ourlet de son pull.

— Ça m'ennuie de dire ça...

— Pas la peine. Bon, c'est fini, fit Theo en se tournant vers les deux autres. Allons nous enfermer.

Au jour le jour : c'est le terme qu'ils employaient. Ne penser ni à un passé qui était une histoire trop chargée de perte et de mort ni à un avenir qui pourrait ne jamais être. Quatre-vingt-quatorze âmes sous les lumières, vivant au jour le jour.

Et pourtant, pour Peter, ce n'était pas toujours évident. Dans ses moments perdus, quand il montait la garde et que tout était tranquille, ou bien allongé sur sa couchette en attendant le sommeil, il se prenait souvent à penser à ses parents. Certains, dans la Colonie, parlaient encore du paradis – un endroit au-delà de l'existence matérielle, où l'âme allait après la mort –, mais cette idée n'avait jamais eu de sens pour lui. Le monde était le monde, un royaume sensoriel, qu'on pouvait toucher, goûter et sentir, et pour Peter, si les morts allaient quelque part, ils passaient dans les vivants. C'était peut-être une chose que Maîtresse avait dite ; peut-être qu'il avait trouvé ça tout seul. En tout cas, d'aussi loin que remontent ses souvenirs, depuis qu'il était sorti du Sanctuaire et qu'il avait appris la vérité sur le monde, c'est ce qu'il croyait. Tant qu'il garderait la mémoire de ses parents, une partie d'eux subsisterait ; et quand lui-même mourrait, ces souvenirs passeraient avec lui dans d'autres êtres encore vivants, et c'est comme ça que tous – pas seulement Peter et ses parents, mais tous ceux qui avaient disparu avant, et ceux qui viendraient après – se perpétueraient.

Il ne se représentait plus le visage de ses parents. C'est la première chose qui avait disparu, qui s'était estompée en quelques jours à peine. Quand il pensait à eux, il lui revenait moins des images que des impressions, un torrent de sensations qui coulaient en lui comme de l'eau. Le son laiteux de la voix de sa mère et ses mains, pâles et fines, mais fortes, quand elle s'affairait dans l'Infirmerie, palpant ses patients, leur offrant tout le réconfort dont elle était capable. Le craquement des bottes de son père grimpant à l'échelle et prenant pied sur la passerelle, une nuit, alors que Peter courait entre les postes, et la façon dont il était passé à côté de lui sans un mot, se contentant de lui poser la main sur l'épaule. La chaleur et l'énergie qui emplissaient la salle de séjour, à l'époque des Longues Chevauchées, quand son père et son oncle préparaient leurs itinéraires avec les autres hommes, et plus tard, le bruit de leurs voix alors qu'ils buvaient de la gnôle sous le porche, jusqu'à une heure avancée de la nuit, à se raconter tout ce qu'ils avaient vu dans les terres de Ténèbres.

C'est ce que Peter aurait voulu : sentir qu'il était l'un d'entre eux. Être l'un des hommes des Longues Chevauchées. En même temps, il avait toujours su que ça n'arriverait jamais. En écoutant, de son lit, leurs voix sous le porche, leurs riches tonalités masculines, il le savait : il lui manquait quelque chose. Il ne savait pas le nom de cette chose, il n'était même pas sûr qu'elle ait un nom. C'était plus que le courage, autre chose que le lâcher-prise, bien que ça en fasse partie. Le seul mot qui lui venait à l'esprit était *stature* ; c'est cela qu'avaient les hommes des Longues Chevauchées.

Et quand le moment viendrait pour l'un des jeunes Jaxon de les rejoindre, Peter savait que c'est Theo que son père appellerait à la porte principale. Et lui, il resterait là.

Sa mère connaissait aussi la vérité à son sujet ; sa mère, qui avait si stoïquement supporté la disgrâce de leur père, puis son ultime chevauchée, tout le monde sachant ce qui s'était passé mais personne n'osant le dire ; sa mère qui, à la fin, même quand le cancer lui avait tout pris, n'avait pas prononcé un seul mot contre son père qui les avait abandonnés. *Il est dans un temps à lui, maintenant.* C'était l'été, comme maintenant, quand elle s'était alitée, les journées étaient longues et éclatantes de chaleur. Theo était garde à Part entière, à ce moment-là, mais pas encore capitaine, ce qu'il devait bientôt être ; le devoir de prendre soin de leur mère était retombé sur Peter qui l'avait veillée jour et nuit, l'aidant à manger, à s'habiller et même à faire sa toilette, une intimité maladroite qu'ils avaient tous les deux supportée parce que c'était simplement inévitable. Elle aurait pu aller à l'Infirmerie, c'est comme ça que les choses se passaient généralement. Mais sa mère était première infirmière, et si Prudence Jaxon voulait mourir chez elle, dans son lit, celui qui essaierait de l'en empêcher n'était pas né.

Chaque fois que Peter repensait à cet été-là, à ces longues journées et ces nuits interminables, il avait l'impression que c'était une période de sa vie qui ne s'était jamais complètement terminée. Ça lui rappelait une histoire que Maîtresse leur avait racontée, une fois, celle d'une tortue qui s'approchait d'un mur ; chaque fois que la tortue parcourait la moitié la distance qui l'en séparait, elle s'interdisait d'arriver jamais au but. C'est l'impression que Peter avait eue, en regardant sa mère mourir. Pendant trois jours, elle avait flotté dans un sommeil fiévreux dont elle n'émergeait que pour y replonger, prononçant à peine une parole, ne répondant qu'aux questions les plus élémentaires, indispensables pour ses soins. Elle absorbait quelques gorgées d'eau, voilà tout. Sandy Chou, l'infirmière de service, était venue la voir, cet après-midi-là, et avait dit à Peter de se préparer au pire. La pièce était plongée dans la pénombre, tavelée par la lumière des projecteurs, au-dehors, que filtrait l'arbre, devant la fenêtre. Un vernis de sueur luisait sur son front pâle ; ses mains – les mains que Peter avait regardées pendant des heures à l'Infirmerie, procédant à leurs travaux délicats – étaient posées, immobiles, le long de son corps. Depuis la tombée de la nuit, Peter n'avait pas quitté la chambre, de peur qu'elle se réveille et se retrouve seule. Peter savait qu'elle était proche de la mort, que c'était l'affaire de quelques heures ; Sandy l'avait bien prévenu. Mais c'est l'immobilité de ses mains posées sur les couvertures, toutes leurs patientes tâches achevées, qui le lui annonçait.

Il se demandait comment on disait au revoir. Est-ce qu'elle aurait peur si elle l'entendait prononcer ces mots ? Et qu'est-ce qui comblerait le silence, après ? Il n'avait pas eu l'occasion de le faire avec son père ; par bien des façons, ç'avait été pire que tout. Il avait simplement disparu dans l'oubli. Que lui aurait-il dit si les circonstances l'avaient permis ? Il aurait formulé un souhait égoïste, auquel il pensait toujours : *Choisis-moi*, aurait dit Peter. *Pas Theo. Moi. Avant de partir, choisis-moi*. La scène était parfaitement claire dans son esprit – Peter voyait le soleil levant ; ils étaient assis sous le porche, rien que tous les deux, son père en tenue de cheval, sa boussole à la main, ouvrant le couvercle avec son pouce et le refermant, selon son habitude – sauf qu'il n'y avait pas d'épilogue à la scène. Il n'avait jamais imaginé la réponse de son père.

Et maintenant, sa mère était là, mourante ; si la mort était une chambre dans laquelle l'âme entrait, Prudence Jaxon était sur le seuil ; et pourtant, Peter n'arrivait pas à trouver les mots pour exprimer ce qu'il ressentait – qu'il l'aimait, et qu'elle lui manquerait quand elle ne serait plus là. Dans la famille, Peter avait toujours été à elle, comme Theo était à son père. On ne l'avait jamais dit en autant de mots, c'était un simple fait. Peter savait qu'il y avait eu des fausses couches, et au moins un bébé qui était né trop tôt avec quelque chose qui n'allait pas et qui était mort en quelques heures. Il pensait que ce bébé était une fille. C'était arrivé alors que Peter n'était lui-même qu'un Petit, encore au Sanctuaire, et il ne savait pas vraiment. Alors peut-être que c'était ça, la chose manquante – pas une chose en lui, mais en *elle* – et la raison pour laquelle il avait toujours ressenti si farouchement l'amour de sa mère. Il était celui qu'elle voulait garder.

Les premières douces lueurs du matin éclairaient les vitres quand il avait entendu sa respiration changer, rester coincée dans sa poitrine comme un hoquet. L'espace d'un terrible instant, il avait cru que le moment était arrivé, puis il avait vu qu'elle avait les yeux ouverts.

— Maman ? avait-il dit en lui prenant la main. Maman, je suis là.

— Theo, avait-elle soufflé.

Le voyait-elle ? Savait-elle où elle était ?

— Maman, c'est moi, Peter. Tu veux que j'aille chercher Theo ?

Elle avait paru chercher tout au fond d'elle-même, dans un endroit infini, sans frontières, un endroit d'éternité.

— Veille sur ton frère, Theo, avait-elle dit. Il n'est pas fort, comme toi.

Et puis elle avait fermé les yeux et ne les avait plus rouverts.

Il ne l'avait jamais raconté à son frère. À quoi bon ?

il y avait des moments où il se disait mélancoliquement qu'il avait dû mal entendre, ou bien il attribuait ces dernières paroles au délire de la maladie. Mais il avait beau essayer de les interpréter autrement, ses paroles et leur sens paraissaient clairs : après tout ça, les longues journées, les interminables nuits qu'il avait passées à s'occuper d'elle, c'était Theo qu'elle plaçait à son chevet en ses derniers instants, Theo à qui elle avait consacré les dernières paroles de sa vie.

Ils n'échangèrent pas un mot de plus sur l'équipe de la Centrale disparue. Ils donnèrent à manger aux bêtes, mangèrent eux-mêmes, et se retirèrent dans les chambrées, une salle exiguë, qui sentait mauvais, avec des couchettes et des matelas crasseux, rembourrés de paille moisie. Lorsque Peter se mit au lit, Finn et Rey ronflaient déjà. Peter n'avait pas l'habitude de se coucher si tôt, mais il n'avait pas dormi depuis vingt-quatre heures d'affilée et il s'endormit vite.

Il se réveilla désorienté, l'esprit nageant encore dans un torrent de rêves angoissés. Son horloge interne lui disait que c'était le milieu de la nuit, sinon plus tard. Tous les hommes dormaient encore, mais la couchette d'Alicia était vide. Il se dirigea vers le couloir plongé dans la pénombre qui donnait sur la salle de contrôle, où il la trouva assise à la longue table, en train de tourner les pages d'un livre à la lumière de la console de commande. L'horloge indiquait deux heures trente-trois.

Elle leva les yeux vers lui.

— Je ne sais pas comment tu arrives à dormir avec tous ces ronflements.

Il s'assit en face d'elle.

— En réalité, je ne dormais pas. Qu'est-ce que tu lis ?

Elle referma le livre et se frotta les yeux.

500

— Je n'en ai pas idée. Je l'ai trouvé dans la réserve. Il y en a je ne sais combien de cartons.

Elle le fit glisser vers lui sur la table.

— Vas-y, regarde-le si tu veux.

Max et les Maximonstres, disait le titre. Un mince volume, surtout illustré : un petit garçon avec une espèce de costume d'animal, des oreilles et une queue, courait après un petit chien blanc en brandissant une fourche. Peter tourna à une les pages friables, qui sentaient la poussière. Des arbres poussaient dans la chambre du garçon, et puis il y avait une nuit de lune et un voyage en mer vers une île de monstres. Il lut : « Les Maximonstres roulaient des yeux terribles, ils poussaient de terribles cris, ils faisaient grincer leurs terribles crocs et ils dressaient vers Max leurs terribles griffes.

"Silence", dit simplement Max. Il les fixait, tranquille, droit dans leurs yeux jaunes ; pas un seul de ses cils ne bougeait. "Vous êtes terrible, vous êtes notre roi..." »

— Ce truc, de les regarder dans les yeux..., fit Alicia.

Elle mit sa main devant sa bouche et bâilla.

— Je vois mal comment ça pourrait marcher, acheva-t-elle.

Peter referma le livre et le poussa sur le côté. Il n'avait pas idée de ce qu'il fallait en penser, mais c'était le cas de la plupart des choses du temps d'Avant : comment les gens vivaient, ce qu'ils mangeaient, ce qu'ils portaient, ce qu'ils pensaient. Est-ce qu'ils marchaient dans le noir comme si de rien n'était ? S'il n'y avait pas de virus, de quoi avaient-ils peur ?

— Pour moi, c'est complètement inventé, répondit-il en haussant les épaules. Une histoire, c'est tout. Je pense qu'il rêvait.

Alicia haussa les sourcils, l'air de dire : *Qui sait ?*
Qui peut dire comment était le monde ?

— En réalité, j'espérais que tu allais te réveiller, lui
annonça-t-elle alors, en se levant de sa chaise.

Elle souleva une lanterne posée par terre.

— J'ai quelque chose à te montrer.

Elle le conduisit, à l'autre bout des chambrées, dans
l'une des pièces qui servaient de réserve. Les murs disparaissaient derrière des étagères en métal sur lesquelles
était entreposé du matériel : des outils couverts de cambouis, des rouleaux de fil de fer, de la soudure, des récipients en plastique contenant de l'eau et de la gnôle.
Alicia posa la lanterne et commença à vider l'une des
étagères dont elle entassa le contenu au sol.

— Eh bien ? Ne reste pas planté là.

— Qu'est-ce que tu fais ?

— Qu'est-ce que tu crois que je fais ? Et ne parle
pas si fort, je ne veux pas réveiller les autres.

Lorsqu'ils eurent tout dégagé, Alicia lui dit de rester
à un bout de l'étagère pendant qu'elle se mettait à
l'autre. Peter constata que le fond de l'étagère était fait
d'une plaque de contreplaqué qui cachait le mur, derrière. Ils écartèrent l'étagère de la paroi.

Une porte blindée.

Alicia s'approcha, tourna la roue et l'ouvrit. Un
espace étroit, tubulaire, dans lequel montait un escalier
en colimaçon. Des conteneurs de métal étaient empilés
contre le mur. Les marches disparaissaient dans le noir,
à une hauteur impossible à estimer. Ça sentait la poussière et le renfermé.

— Quand as-tu découvert ça ? demanda-t-il, stupéfait.

— La saison dernière. Une nuit, je m'ennuyais et j'ai
commencé à fouiner un peu partout. J'imagine que c'est

une espèce de sortie de secours laissée par les Bâtisseurs. L'escalier mène à une sorte de local technique, sur le toit.

Peter fit un geste avec sa lanterne vers les conteneurs.

— Et là-dedans, qu'est-ce qu'il y a ?

— Ça, c'est la cerise sur le gâteau, répondit-elle avec un sourire en coin.

Ensemble, ils traînèrent l'un des conteneurs sur le sol de la réserve. Un coffre de métal d'un mètre de long et d'une cinquantaine de centimètres de largeur, avec l'inscription « Corps des marines des États-Unis » sur le côté. Alicia s'agenouilla pour déboucler les fermetures et souleva le couvercle, révélant six objets noirs, minces, nichés dans la mousse. Peter mit quelques secondes à comprendre ce qu'il voyait.

— Bon sang !

Elle lui passa l'une des armes. Un fusil à longue portée, frais au toucher et qui sentait vaguement l'huile de moteur. Il était d'une incroyable légèreté, comme s'il était fait d'une substance qui défiait la gravité. Même dans la lumière crépusculaire de la réserve, il discernait la finition lustrée de l'embouchure. Les seules armes qu'il avait vues jusque-là n'étaient que des reliques rouillées, des fusils et des pistolets que l'Armée avait abandonnés derrière elle : la Garde en avait encore quelques-uns dans l'Armurerie, mais à sa connaissance, il n'y avait plus de munitions depuis des années. De sa vie, jamais Peter n'avait tenu un fusil aussi propre et neuf, épargné par le temps.

— Il y en a combien ?

— Douze caisses, six par caisse, un peu plus de mille cartouches. Et il y en a encore six autres caisses dans le local technique, en haut.

Toute sa nervosité avait disparu, laissant place à une

envie irrépressible d'utiliser ce merveilleux nouvel objet qu'il tenait entre ses mains, d'en tester la puissance.

— Montre-moi comment le charger, dit-il.

Alicia lui ôta l'arme des mains et ouvrit complètement la culasse. Puis elle prit un chargeur dans le coffre, le positionna devant le pontet, poussa dessus jusqu'à ce qu'elle sente un déclic et flanqua deux bonnes claques sur la base du plat de la main.

— Tu vises comme avec une arbalète, dit-elle en se détournant pour lui montrer. Ça revient à peu près au même, sauf que le recul est beaucoup plus important. Résiste à la tentation de mettre le doigt sur la détente à moins de vouloir passer aux choses sérieuses. C'est tentant, mais évite.

Elle lui repassa l'arme. Un fusil chargé ! Peter le porta à l'épaule et chercha dans la pièce un objet digne d'être visé, opta finalement pour un rouleau de fil de cuivre sur l'étagère du fond. L'envie de faire feu, de ressentir la force explosive du recul dans les bras, était tellement forte qu'il dut faire un effort presque physique pour écarter cette pensée.

— N'oublie pas ce que je t'ai dit au sujet de la détente, l'avertit Alicia. Tu as vingt cartouches par chargeur. Maintenant, charge celui-ci, que je sois sûre que tu sais le faire.

Il troqua le fusil chargé contre un autre, vide, et s'efforça de se remémorer les étapes : cran de sûreté, culasse, chargeur. Quand il eut fini, il donna deux bonnes tapes sur le chargeur, comme il avait vu Alicia le faire.

— Alors ?

Alicia lui jeta un regard scrutateur, tenant son fusil la crosse contre la hanche.

— Pas mal. Un peu lent. Ne le braque pas vers le sol comme ça, tu vas te tirer dans le pied.

Il releva rapidement le canon.

— Tu sais, je suis un peu surpris. Je ne savais pas que tu appréciais ce genre de chose.

Elle haussa les épaules.

— En réalité, je n'aime pas ça. Ça fait des saletés, beaucoup de bruit, et ça te donne une confiance exagérée.

Elle lui passa un deuxième chargeur à mettre dans la poche qu'il avait à la ceinture.

— D'un autre côté, les fums les apprécient tout à fait, quand on sait s'y prendre.

Elle se tapota le sternum avec le doigt.

— Une balle, au point vulnérable. À moins de trois mètres, tu as un peu de marge, mais n'y compte pas trop.

— Alors, tu as déjà utilisé un de ces machins-là.

— J'ai dit ça, moi ?

Peter savait qu'il valait mieux ne pas insister. Six conteneurs pleins de fusils de l'Armée, comment Alicia aurait-elle pu résister ?

— Bon, à qui sont ces flingues ?

— Comment je le saurais ? Pour moi, ils appartiennent au corps des marines des États-Unis, comme c'est écrit sur les coffres de rangement. Bon, arrête de poser des questions et allons-y.

Ils franchirent de nouveau la porte blindée et commencèrent à grimper. Il sentit la température monter à chaque barreau de leur ascension. À dix mètres de haut, ils arrivèrent à une petite plateforme avec une échelle. Au plafond, au-dessus de leur tête, il y avait une sorte d'écoutille. Alicia posa la lanterne sur la plateforme, se mit sur la pointe des pieds, leva les bras au-dessus de sa tête et essaya de tourner la roue. Ils transpiraient tous les deux à grosses gouttes ; l'air trop lourd semblait presque irrespirable.

— C'est coincé.

Il vint à son aide. Le mécanisme céda avec un grincement de métal rouillé. Deux tours, trois ; la trappe s'ouvrit en basculant sur ses charnières. L'air frais de la nuit se déversa par l'ouverture comme une eau bienfaisante, charriant les odeurs du désert, le genièvre et le mesquite desséchés. Au-dessus, Peter ne voyait que le noir.

— Je passe devant, dit Alicia. Je t'appellerai.

Il entendit le bruit de ses pas qui s'éloignaient. Ensuite, il eut beau tendre l'oreille, il n'entendit plus rien. Ils étaient sur le toit, quelque part, sans la moindre lumière pour les protéger. Il compta jusqu'à vingt, trente. Devait-il la suivre ?

Et puis le visage d'Alicia apparut au-dessus de lui, flottant dans l'ouverture de la trappe.

— Laisse la lanterne ici. La voie est libre. Allez, viens.

Il gravit l'échelle et se retrouva dans un local exigu où il faisait une chaleur d'enfer, plein de tuyaux et de valves, mais aussi d'autres conteneurs empilés le long des murs. Il s'arrêta pour laisser à sa vue le temps de s'adapter. Il était face à une porte ouverte. Il inspira profondément et fit un pas en avant.

Il entra dans les étoiles.

L'air s'échappa de ses poumons avec force, comme s'il avait pris un coup en pleine poitrine. Un sentiment physique, de pure panique, l'impression d'être entré dans le néant, dans le vide même du ciel nocturne. Ses genoux ployèrent sous son poids, sa main libre se referma sur – rien du tout, chercha n'importe quoi afin de retrouver des repères de forme et de poids, les dimensions opérationnelles du monde autour de lui. Le ciel, au-dessus de sa tête, était un monde de ténèbres – et partout, les étoiles !

— Respire, Peter, lui dit Alicia.

Elle était debout à côté de lui. Il se rendit compte qu'elle avait posé sa main sur son épaule. Dans le noir, sa voix semblait venir de tout près et de très loin en même temps. Il fit ce qu'elle lui disait, avala de grandes goulées d'air, de nuit. Peu à peu, sa vue s'adapta. Dans tout ce vide, les lignes du toit commencèrent à apparaître. Ils devaient être au coin sud-ouest, près des bouches d'aération.

— Alors, qu'est-ce que tu dis de ça ?

Pendant un long moment de silence, il laissa ses yeux scruter le ciel. Plus il regardait, plus il voyait d'étoiles, qui crevaient les ténèbres. C'étaient donc les étoiles dont son père lui parlait, les étoiles qu'il voyait pendant les Longues Chevauchées.

— Theo est au courant ?

— Au courant de quoi ? renvoya Alicia en riant.

— De la trappe. Des armes, fit Peter avec un haussement d'épaules, se sentant dépassé. De tout ça.

— Je ne le lui ai jamais montré, si c'est ce que tu veux dire. Mais je pense que Zander est au courant, parce qu'il connaît chaque centimètre carré de cet endroit. Cela dit, il ne m'en a jamais parlé.

Ses yeux scrutaient son visage. Elle avait l'air d'une certaine façon différente, dans le noir : l'Alicia qu'il avait toujours connue et en même temps une nouvelle personne. Il comprenait ce qu'elle avait fait. C'est pour lui qu'elle avait gardé tout ça.

— Merci.

— Ne va pas t'imaginer que ça veut dire qu'on est amis ou je ne sais quoi. Si Arlo s'était réveillé le premier, c'est lui qui serait debout là.

Ce n'était pas vrai, et il le savait.

— Quand même, répliqua-t-il.

Elle le mena vers le bord du toit. Ils étaient face au nord et à la vallée. Il n'y avait pas un souffle d'air. Au loin, la forme des montagnes se découpait sur le ciel, masse noire dressée sur un fond d'étoiles scintillantes. Ils se mirent en position de tir, allongés côte à côte, le ventre collé sur le béton qui avait gardé la chaleur de la journée.

— Tiens, fit Alicia en fouillant dans sa poche. Essaie avec ça.

Une visée nocturne. Elle lui montra comment la fixer sur le fusil et faire la mise au point. Peter plaça son œil devant le viseur et vit un paysage de pierres et de buissons lavé par une lueur vert pâle, avec deux traits en croix au milieu. En bas de l'image, il lut une donnée : deux cent douze mètres. Les nombres croissaient et décroissaient alors qu'il faisait aller le fusil dans un sens et dans l'autre. Stupéfiant.

— Tu crois qu'ils sont encore vivants ?

Alicia ne répondit pas tout de suite.

— Je ne sais pas. Probablement pas. Enfin, ça ne peut pas faire de mal d'attendre.

Elle marqua une nouvelle pause. Il n'y avait pas grand-chose d'autre à dire sur la question. Et puis :

— Tu crois que j'ai été trop dure avec Maus, aujourd'hui ?

La question le surprit. Depuis le temps qu'il la connaissait, Alicia n'avait jamais été du genre à douter de son propre jugement.

— Vu la façon dont ça s'est passé, non. Tu as fait ce qu'il fallait.

— Elle est paumée. Tu ne me diras pas le contraire.

— Peu importe. Tu l'as dit toi-même : Maus connaît la règle comme tout le monde.

— J'aurais préféré la garder plutôt que Galen. Jets, quelle tache, celui-là ! Je me demande vraiment ce qu'elle peut bien lui trouver.

Peter écarta son visage du viseur. Le ciel était tellement plein d'étoiles... Il avait l'impression qu'il aurait pu les attraper en tendant la main. Il n'avait jamais rien vu d'aussi beau de toute sa vie. Ça lui faisait penser aux océans, à leurs noms dans le livre – on aurait dit les paroles d'une chanson, Atlantique, Pacifique, Indien, Arctique –, et à son père, debout au bord de la mer. Les étoiles, c'était peut-être ça que Tantine voulait dire quand elle parlait de Dieu. L'ancien Dieu, du temps d'Avant. Le Dieu du ciel qui observait le Monde.

— Tu n'y as jamais..., commença Alicia. Je veux dire, tu n'y as jamais pensé ?

Peter se retourna vers elle. Elle avait encore l'œil vissé au viseur.

— Pensé à quoi ?

Alicia eut un petit rire nerveux qu'il ne lui connaissait pas.

— Tu veux vraiment me le faire dire ? À vivre avec quelqu'un, Peter. À avoir des Petits.

Mais oui, bien sûr qu'il y avait pensé. Presque tout le monde vivait en couple vers vingt ans. Mais monter la garde compliquait les choses – debout toute la nuit, dormir presque toute la journée, ou bien aller et venir dans un brouillard d'épuisement. Mais quand Peter regardait le problème en face, il savait que ce n'était pas la seule raison. Quelque chose dans cette idée lui semblait tout simplement impossible ; c'était pour les autres, pas pour lui. Il y avait eu des filles qui paraissaient faites pour lui, et puis quelques-unes qu'il aurait décrites comme des femmes ; chacune l'avait occupé quelques mois, le mettant dans un état tel que l'une après l'autre elles avaient été, brièvement, plus ou moins la seule chose à laquelle il arrivait à penser. Mais il avait toujours fini par prendre ses distances ou, inexplicablement, par les pousser vers quelqu'un qu'il pensait mieux leur convenir.

— Pas vraiment, non.

— Et Sara ?

— Quoi, Sara ? fit-il, sur la défensive.

— Allez, Peter, fit Alicia, et il discerna une pointe d'exaspération dans sa voix. Je sais qu'elle a des vues sur toi. Ce n'est pas un secret. Et c'est une Première, elle aussi. Vous iriez bien ensemble. C'est ce que tout le monde pense.

— Mais qu'est-ce que tu me racontes, à la fin ?

— Moi, je dis ça comme ça. C'est évident.

— Eh bien, pas pour moi.

Il resta un instant silencieux. C'était la première fois qu'ils se parlaient ainsi.

— Écoute, j'aime bien Sara. C'est juste que je ne suis pas sûr d'avoir envie de me mettre avec elle.

— Mais tu voudrais le faire ? Te marier, je veux dire ?

— Un jour. Peut-être. Liss, pourquoi tu me demandes tout ça ?

Il se retourna à nouveau vers elle. Elle scrutait la vallée à travers son viseur, parcourant lentement la ligne d'horizon avec le canon de son fusil.

— Liss ?

— Chut. Il y a quelque chose qui bouge.

Il reprit la position.

— Où ça ?

Alicia leva rapidement le canon de son fusil pour lui indiquer :

— À deux heures.

Il colla à nouveau son œil au viseur : une silhouette isolée filait d'un bouquet de broussailles à un autre, à une centaine de mètres derrière la barrière. Un être humain.

— C'est Pataugas, fit Alicia.

— Comment tu le sais ?

— Trop petit pour être Zander. Et il n'y a personne d'autre par ici.

— Il est tout seul ?

— Sais pas, répondit Alicia. Attends... Non. À dix degrés sur la droite.

Peter regarda : un éclair de vert dans le viseur, filant comme une pierre qui aurait ricoché sur le sol du désert. Puis il en vit un deuxième, et un troisième, à deux cents mètres, qui se rapprochaient. Non, qui ne se rapprochaient pas : qui l'encerclaient.

— Qu'est-ce qu'ils font ? Pourquoi ils ne se jettent pas simplement sur lui ?

— Je ne sais pas.

C'est alors qu'ils l'entendirent.

— Hé !

C'était la voix de Caleb, haut perchée, rendue stridente par la peur. Il courait vers la clôture en agitant les bras.

— Ouvrez la porte, ouvrez la porte !

— Jets ! fit Alicia en se relevant. Allez, viens !

Ils retournèrent en courant vers le local technique. Alicia ouvrit précipitamment l'un des conteneurs empilés près de l'écoutille, prit une espèce de pistolet court, à tout petit canon. Peter n'eut pas le temps de poser de questions, ils retournaient déjà en courant vers le bord du toit. Alicia braqua l'arme vers le haut, au-dessus du champ d'éoliennes, et fit feu.

La fusée fila vers le ciel, traînant derrière elle une queue de lumière sifflante. Peter sut, d'instinct, qu'il n'aurait pas dû regarder, mais il ne put s'en empêcher, et sa vision fut instantanément brûlée par l'image du cœur blanc, éclatant, de la grenade éclairante. Au point le plus haut, elle sembla s'arrêter, rester suspendue dans le vide, et puis elle explosa, baignant le champ de lumière.

— On lui a fait gagner une minute, dit Alicia. Il y a une échelle sur l'arrière.

Ils passèrent leurs armes en bandoulière dans le dos ; Alicia descendit l'échelle en premier, n'utilisant que les montants, ses pieds ne touchant même pas les barreaux. Alors que Peter la dévalait tant bien que mal, elle tira une autre fusée qui décrivit une parabole au-dessus de la Centrale, vers le champ. Et puis ils se mirent à courir.

Caleb était debout devant le portail d'acier de la clôture. Les viruls s'étaient dispersés, disparaissant dans les ombres.

— Je vous en supplie ! Laissez-moi entrer !

— Et merde ! fit Peter. On n'a pas la clé.

Alicia épaula son fusil et visa l'armoire. Une explosion de feu et de bruit, l'armoire s'envola du poteau dans une gerbe d'étincelles.

— Caleb, il va falloir que tu grimpes par-dessus la clôture !

— Mais je vais cramer !

— Mais non ! Le courant est coupé !

Elle regarda Peter :

— Il est coupé, hein ?

— Comment tu veux que je le sache ?

Alicia fit un pas en avant, et avant que Peter ait eu le temps de dire ouf, elle tendit la main, la posa sur la clôture. Il ne se passa rien.

— Caleb ! Grouille-toi !

Caleb se cramponna au grillage et se mit à grimper. Autour d'eux, les ombres s'aplatirent alors que la deuxième fusée achevait sa descente. Alicia sortit une nouvelle cartouche de la pochette qu'elle avait à sa ceinture, chargea le pistolet et tira. La fusée monta, haut, toujours plus haut, suivie par un panache de fumée, et explosa au-dessus d'eux en une pluie de lumière.

— C'était la dernière, dit-elle à Peter. On a une dizaine de secondes avant qu'ils pigent que le courant est coupé.

Caleb était maintenant à cheval sur le haut de la clôture.

— Caleb ! hurla-t-elle. Bouge-toi le cul !

Il fit les cinq derniers mètres en chute libre, effectua un roulé-boulé et se releva. Il avait les joues trempées de larmes, maculées de crasse et de morve. Il était pieds nus. D'ici quelques secondes, ils se retrouveraient dans le noir.

— Tu es blessé ? demanda Alicia. Tu peux courir ?

Le garçon acquiesça.

Ils retournèrent en courant vers la Centrale. Peter sentit que les virus approchaient avant même de les apercevoir. Il se retourna juste à temps pour en voir un se lancer vers eux, du haut de la clôture. Un coup de feu explosa près de son oreille. La créature se tordit dans l'air et fondit vers le sol où elle s'immobilisa après une glissade. Peter se retourna pour voir Alicia, l'arme épaulée, les yeux fixés sur la clôture. Elle tira trois autres coups de feu rapprochés.

— Tirez-vous de là ! hurla-t-elle.

Il courut avec Caleb vers l'échelle. Derrière eux, Alicia continua à tirer, le bruit de ses coups de feu lui parvenait sous la forme de *plop* étouffés qui éveillaient des échos à l'intérieur du périmètre. D'autres virus avaient franchi la clôture, maintenant. Repassant son fusil dans le dos, Peter grimpa à l'échelle et, arrivé en haut, il se retourna pour jeter un coup d'œil. Alicia reculait vers le mur de la Centrale en tirant dans les ombres. Quand son arme se tut, elle la balança et commença à grimper. Peter épaula son fusil, visa dans la même direction et appuya sur la détente. Le canon eut un sursaut, ses balles se perdant inutilement dans le noir. Tout son corps fut ébranlé par sa force sauvage.

— Attention à ce que tu fais ! s'écria Alicia en se plaquant à l'échelle, en dessous de lui. Et pour l'amour du ciel, essaie de viser juste !

— Mais j'essaie !

Ils étaient trois, maintenant, qui sortaient de l'ombre vers le pied de l'échelle. Peter fit un pas sur sa droite, plaçant fermement la crosse contre son épaule. *Vise comme avec une arbalète.* Il avait très peu de chances d'en toucher un, mais il pouvait peut-être leur faire peur. Il pressa la détente et ils s'éloignèrent en roulant et bondissant, traversèrent le périmètre et détalèrent dans le noir. Il leur avait fait gagner quelques secondes tout au plus. Il cria :

— Ferme-la et monte !

— Je me tairai si tu arrêtes de me tirer dessus !

Et puis elle fut en haut. Il trouva sa main et la hissa fermement, lui faisant prendre pied sur la surface de béton du toit. Caleb gesticulait pour attirer leur attention depuis la trappe ouverte.

— Derrière vous !

Alors qu'Alicia passait par la trappe, Peter se retourna ; un virul était debout au bord du toit. Peter leva son arme et tira, mais trop tard. À l'endroit où la créature se trouvait, il n'y avait plus que le vide.

— Oublie les fums ! cria Alicia, d'en dessous. Allez, viens !

Il se laissa tomber dans l'ouverture, déboulant sur Caleb qui se recroquevilla en grognant. Une douleur aiguë lui transperça la cheville lorsqu'il atterrit sur la plateforme ; son fusil dégringola avec une succession de chocs métalliques. Alicia se dressa au-dessus d'eux pour refermer la trappe. Mais quelque chose la bloquait, de l'autre côté. Son visage se crispa sous l'effort. Ses pieds dérapaient sur l'échelle, cherchant une prise.

— Je... n'arrive pas... à la fermer !

Peter et Caleb se levèrent d'un bond et l'aidèrent à pousser. En vain. La force appliquée de l'autre côté était trop grande. Peter s'était fait mal à la cheville en tombant, mais la douleur était diffuse, maintenant, négligeable. Il fouilla la plateforme du regard, à la recherche de son fusil et le repéra au pied de l'échelle.

— Laissez tomber, dit-il. Rouvrez l'écoutille. C'est le seul moyen.

— Tu es dingue ?

Et puis il vit, dans les yeux d'Alicia, qu'elle avait compris ce qu'il voulait faire.

— C'est bon, vas-y.

Elle se tourna vers Caleb, qui hocha la tête.

— Prêt ?

— Un, deux...

— Trois !

Ils lâchèrent la trappe. Peter se laissa tomber sur la plateforme, la douleur explosant dans sa cheville alors qu'il se recevait dessus ; il plongea sur le fusil et se retourna, braquant le canon vers le haut, à travers l'ouverture. Il n'avait pas le temps de viser ; il espérait ne pas y être obligé.

Il n'en eut pas besoin. Le bout du canon entra droit dans la gueule ouverte du virul, l'éperonnant comme une flèche, franchit le barrage des rangées de dents étincelantes et vint se caler contre la crête osseuse en haut de sa gorge. Peter le regarda dans les yeux en pensant : *Ne bouge pas*, appliqua une bonne poussée sur la crosse de l'arme pour l'enfoncer encore et tira une balle dans le cerveau de Zander Phillips.

21

Michael Fisher se disait qu'il y avait une grande différence entre le monde tel qu'il était maintenant et le monde d'Avant. Et la différence, ce n'étaient pas les viruls, c'était l'électricité.

Les viruls étaient un problème, d'accord – près de quarante deux *millions* et demi de problèmes, d'après les vieux documents trouvés dans le hangar des Gros Travaux, derrière le Transfo. Toute l'histoire des dernières heures de l'épidémie, autant de lecture pour Michael, dit le Circuit : « CV1-CV13, Rapport national et régional sur la situation, tableaux de surveillance sélectionnés », Centre de contrôle et de prévention des maladies, Atlanta, Géorgie ; « Protocoles de réimplantation des civils des centres urbains, Zones 6-1 », Agence fédérale des situations d'urgence, Washington DC ; « Efficacité des mesures prophylactiques après exposition à la fièvre hémorragique à transmission familiale chez les primates non humains », Institut de recherche médicale sur les maladies infectieuses de l'armée des États-Unis, Fort Detrick, Maryland. Et ainsi de suite. Tout était du même tonneau. Il comprenait certains de ces documents, d'autres non, mais ils disaient tous plus ou moins la même chose : une personne sur dix, une personne contaminée pour neuf décédées. Et donc, si on estimait à cinq cents millions d'habitants la population des États-Unis, du Canada et du Mexique au moment de la flambée de l'épidémie, en laissant de côté, pour le moment, le reste du monde, dont on ne savait apparemment pas grand-chose, et même en tenant compte d'une sorte de taux de mortalité pour les viruls eux-mêmes estimé à un modeste quinze pour cent, ça laissait encore quarante-deux millions et demi de salo-peries avides de sang qui batifolaient entre l'isthme de Panama et le détroit de Behring, se jetant sur tout ce qui avait de l'hémoglobine dans les veines et une signature thermique comprise entre trente-six et trente-huit degrés, c'est-à-dire 99,96 % du règne animal, classe des mammifères, des taupes aux grizzlis.

Donc, un problème. D'accord.

Mais donnez-moi assez de courant, pensait Michael, *et je pourrai tenir les viruls à distance pour l'éternité.*

Le temps d'Avant : parfois, rien que d'y penser, il en tremblait – cet immense rayonnement électrique vibrant, créé de main d'homme. Les millions de kilomètres de câble, les milliards d'ampères. Les gigantesques centrales électriques qui changeaient l'énergie emmaga-sinée sous terre même en l'éternelle affirmation interrogative qu'était un unique ampère de courant cir-culant dans un câble et disant : *Oui ? Oui ? Oui ?*

Et les machines. Les merveilleuses machines bril-lantes, bourdonnantes. Pas seulement les ordinateurs, les Blu-ray portables, les assistants numériques personnels – de ces appareils, récupérés au fil des ans lors d'expédi-tions vers le pied de la montagne, ils en avaient des dizaines entassés dans l'Entrepôt –, mais les objets les plus simples, les appareils de la vie quotidienne, comme les séchoirs à cheveux, les fours à micro-ondes et les ampoules électriques à filament. Tout cela branché, câblé, connecté au réseau.

C'était parfois comme si le courant était toujours là, dehors, l'attendant. Attendant que Michael Fisher bascule l'interrupteur et remette tout le système – la civilisation humaine elle-même – en marche.

C'est sûr, il passait trop de temps tout seul au Transfo. Enfin, seul avec Elton, ce qui revenait plus ou moins au même, la plupart du temps, au sens social du terme.

Dans le genre *Parlons de la pluie et du beau temps* et *Qu'est-ce qu'on mange ce soir ?* Il ne disait pas que ça ne lui plaisait pas.

Et il y avait beaucoup de courant dehors, Michael le savait. Des générateurs diesel grands comme des villes entières. D'énormes usines pleines de gaz de pétrole liquéfié qui ne demandaient qu'à redémarrer. Des hectares de panneaux solaires tournés vers le soleil du désert comme autant d'yeux qui ne cillaient pas. Des piles atomiques de poche bourdonnant comme des harmonicas nucléaires, la chaleur des barres d'uranium augmentant irrémédiablement au fil des décennies, jusqu'à ce qu'un jour tout le bazar finisse par s'enfoncer dans le sol et par exploser dans un jaillissement de vapeur radioactive que, quelque part, loin dans l'espace, un satellite oublié depuis longtemps, alimenté par une minuscule pile atomique, enregistrerait comme le dernier sursaut d'agonie d'une sœur mourante – avant de sombrer à son tour dans la nuit, tombant à toute vitesse vers la Terre dans une traînée de lumière que personne ne verrait.

Quel gâchis. Et le temps commençait à presser.

La rouille, la corrosion, le vent, la pluie. Les petites dents des rongeurs, les crottes acides des insectes, les mâchoires avides des ans. La guerre de la nature contre les machines, des forces chaotiques de la planète contre les œuvres de l'humanité. L'énergie que les hommes avaient tirée de la terre y retournait inexorablement, aspirée comme l'eau dans une bouche d'égout. D'ici peu, si ce n'était déjà fait, il n'y aurait plus un seul pylône à haute tension debout sur terre.

L'humanité avait bâti un monde qui mettrait un siècle à mourir. Un siècle, et les dernières lumières s'éteindraient.

Le pire, c'est qu'il serait là quand ça arriverait. Les

accus commençaient à être fatigués. Terriblement fatigués. Ça se voyait à l'œil nu, sur l'écran de son vieux tube cathodique version militaire, avec ses barres vertes, palpitantes. Les piles avaient été fabriquées pour durer combien de temps ? Trente ans ? Cinquante ? Le fait qu'elles tiennent encore la charge près d'un siècle plus tard était en soi un miracle. Ils pouvaient toujours faire tourner les éoliennes au gré du vent, sans accus pour stocker et réguler le courant, une nuit sans vent et ce serait fini.

Et les batteries n'étaient pas réparables. Elles n'étaient pas faites pour être *réparées*, mais pour être *remplacées*. On pouvait changer tous les joints qu'on voulait, éliminer la corrosion, recâbler les appareils à s'en arracher les doigts. Tout ça, au bout du compte, c'était de l'activisme, parce que les membranes étaient fichues, cuites, leurs réseaux de polymères désespérément corrodés par les molécules d'acide sulfonique. C'est ce que les écrans lui disaient au jour le jour par leurs mini-hoquets. À moins que l'Armée ne se pointe avec un nouveau fourniment tout juste sorti de l'usine – *Désolés, les gars, on vous avait oubliés !* –, les lumières allaient s'éteindre. Un an, deux au maximum. Et quand ça arriverait, c'est lui, Michael, dit le Circuit, qui devrait se lever et annoncer : *Hé, les gars, j'ai des nouvelles pas géniales. Les prévisions de ce soir ? Le noir complet, avec des hurlements partout. C'était marrant de faire marcher les lumières, mais il faut que je meure, maintenant, comme vous tous.*

La seule personne à qui il en avait parlé était Theo. Pas Gabe Curtis, qui était théoriquement chef de la Lumière et du Courant mais avait plus ou moins jeté le gant – il était tombé malade –, laissant Michael et Elton faire marcher la boutique. Il ne l'avait dit ni à Sanjay, ni au Vieux Chou, ni à personne d'autre ; pas même à

Sara, sa sœur. Pourquoi Michael l'avait-il raconté à Theo ? Ils étaient amis. Theo était de la Maisonnée. D'accord, il avait toujours eu quelque chose d'un peu sinistre – Michael était bien placé pour le reconnaître –, et ce n'était pas facile de dire à quelqu'un qu'au bout du compte il était mort, et avec lui tous ceux qu'il connaissait. Peut-être que tout ce que Michael espérait, c'est que le jour où il devrait expliquer la situation, Theo lâcherait le morceau à sa place, ou au moins qu'il le soutiendrait d'une façon ou d'une autre. Mais même pour Theo, qui était mieux informé que la plupart des autres, les batteries étaient plutôt une caractéristique permanente de la nature qu'une chose faite de main d'homme, gouvernée par des lois physiques. Comme le soleil, le ciel et les murs, les batteries existaient, un point c'est tout. Les accus absorbaient l'énergie des éoliennes, ils la recrachaient sous forme de lumière, et si quelque chose clochait, eh bien, la Lumière et le Courant n'avaient qu'à le réparer.

— Pas vrai, Michael ? avait dit Theo. Ce problème avec les batteries, tu peux y remédier ?

Et ainsi de suite, pendant un certain temps, jusqu'à ce que Michael secoue la tête avec un soupir exaspéré et lui explique la situation en mots simples et en détachant bien les syllabes.

— Theo, tu ne m'écoutes pas. Tu n'entends pas ce que je te dis. Les lu-miè-res vont s'é-tein-dre.

Cet après-midi-là, ils étaient assis sous le porche de la petite maison de plain-pied que tout le monde appelait Chez Fisher, où Michael habitait avec Sara – qui était sortie guider le troupeau, prendre la température des gens à l'Infirmerie ou voir l'oncle Walt pour s'assurer qu'il mangeait et se lavait bien –, bref, elle bassotait, comme toujours. C'était la fin de l'après-midi. La maison était à la limite de la pâture où ils amenaient paître les chevaux, sauf que l'été et la sécheresse étaient arrivés vite, et que le champ était couleur pain brûlé, grillé jusqu'à la terre en certains endroits, formant des plaques pelées qui s'emplissaient de poussière quand on les traversait.

— S'éteindre, avait répété Theo. Les lumières.

Michael avait hoché la tête.

— S'éteindre.

— Deux ans, tu dis.

Michael avait étudié le visage de Theo, regardé l'information faire son chemin dans sa tête.

— Peut-être plus, mais je ne crois pas. Et ça pourrait aussi ne pas tenir jusque-là.

— Et tu ne peux rien faire pour arranger ça.

— Personne ne pourrait.

Theo avait laissé échapper un soupir âpre, comme s'il venait d'encaisser un coup.

— D'accord, j'ai pigé. J'ai pigé, avait-il fait en secouant la tête. Jets ! À qui d'autre l'as-tu dit ?

— À personne. Rien qu'à toi, avait répondu Michael avec un haussement d'épaules.

Theo s'était levé et était allé jusqu'au bord du porche. Ils étaient restés un moment sans parler.

— Il va falloir qu'on bouge, avait dit Michael. Ou qu'on trouve une autre source d'énergie.

Theo regardait au loin, vers le champ.

— Et tu proposes qu'on fasse ça comment ?

— Je ne propose rien. Je me contente d'énoncer un fait. Quand les accus tomberont en dessous de vingt pour cent...

— Je sais, je sais. Plus de lumière. Tu m'as bien tout expliqué.

— Qu'est-ce qu'on fait ?

Theo avait eu un rire sans joie.

— Comment veux-tu que je le sache ?

— Je veux dire, tu crois qu'il faut en parler aux autres ?

Michael avait marqué un silence, scrutant le visage de son ami.

— Pour qu'ils puissent, tu vois, se préparer ?

Theo avait réfléchi un moment. Puis il avait secoué la tête.

— Non.

Et voilà. Point final. Ils n'en avaient jamais reparlé. Quand était-ce ? Il y avait plus d'un an, à peu près au moment où Maus et Galen s'étaient mariés – le premier mariage depuis très, très longtemps. Ça faisait bizarre, tout le monde tellement content, et Michael sachant ce qu'il savait. Les gens étaient surpris que ce soit Galen qui soit là, avec Mausami, au lieu de Theo ; il n'y avait que Michael qui connaissait la raison, ou qui pouvait l'imaginer. Il avait vu le regard de Theo, cet après-midi-là, sous le porche. Quelque chose l'avait abandonné, et Michael avait l'impression que ce n'était pas le genre de chose qu'on pouvait retrouver.

Il n'y avait rien à faire. Juste attendre. Attendre, et écouter.

C'était ça, le problème : la radio était interdite. La raison, si Michael avait bien compris, se résumait au fait qu'il y avait trop de gens. C'était la radio qui avait conduit les Marcheurs vers la Colonie, dans les premiers temps, ce que les Bâtisseurs n'avaient jamais prévu ; la Colonie n'était pas censée durer aussi longtemps. Et donc la décision avait été prise, en l'an 17 – il y avait soixante-quinze ans de ça –, de détruire la radio. Et l'antenne avait été redescendue de la montagne, ses composants réduits en pièces et dispersés dans la décharge.

À l'époque, ça pouvait se comprendre. Michael voyait comment ça pouvait se justifier. L'Armée savait où les trouver, et pour tenir jusque-là, ils n'avaient qu'une quantité limitée de vivres et de carburant, et qu'une place limitée sous les lumières. Mais plus maintenant. Plus maintenant, avec les accus dans l'état où ils étaient, les lumières sur le point de s'éteindre. Et à la clé, les ténèbres, les hurlements, la mort, etc.

Et puis, peu après sa conversation avec Theo, pas plus de quelques jours, pour autant qu'il s'en souvienne, Michael était tombé sur le vieux journal de bord – enfin, « tombé » n'était peut-être pas le terme exact, à la lumière des événements.

C'était l'heure tranquille, juste avant l'aube. Michael était assis devant la console de contrôle au Transfo, comme toujours, à surveiller les moniteurs en feuilletant l'exemplaire de Maîtresse de *Quel prénom donner à bébé* (fallait-il qu'il ait désespérément besoin de lire quelque chose de nouveau ; il en était arrivé aux I) quand, pour une raison inconnue, par ennui, parce qu'il ne tenait pas en place, ou à cause de la pensée déconcertante que si les vents avaient soufflé un peu différemment, ses parents auraient pu l'appeler Ichabod (Ichabod, dit le Circuit !), il leva les yeux vers l'étagère au-dessus de son écran cathodique, et il le vit. Un cahier à la couverture noire. Là, dans le fouillis habituel, entre une bobine de soudure et une pile de CD d'Elton (*Billie Holiday Sings the Blues*, *Sticky Fingers* des Rolling Stones, *Superstars#1 Party Dance Hits*, un groupe appelé Yo Mama qui faisait à Michael l'impression d'une bande de types qui se gueulaient dessus, mais qu'est-ce qu'il connaissait à la musique, hein ?), Michael avait dû poser les yeux dessus un millier de fois, et pourtant, il ne se souvenait pas de l'avoir jamais *vu*. C'était bizarre. Du coup, il marqua un temps d'arrêt. Un livre, un livre qu'il n'avait pas lu. (Il avait tout lu.) Il se leva pour le prendre, et quand il l'ouvrit, cassant le dos, la première chose qu'il aperçut, tracée d'une écriture précise, une main d'ingénieur, c'était un nom qu'il connaissait : Rex Fisher. L'arrière-(arrière-arrière ?) grand-père de Michael. Rex Fisher, premier ingénieur de la Lumière et du Courant, Première Colonie, République de Californie. Bon sang ! Comment avait-il pu louper ça ? Il tourna les vieilles pages craquantes, qui sentaient le moisi ; il ne fallut qu'un instant à son esprit pour décortiquer les informations, en décomposer les éléments constitutifs et les rassembler en un tout cohérent qui lui dit ce qu'était ce mince volume rempli d'encre. Des colonnes de chiffres, avec des dates écrites à l'ancienne, suivies par l'heure et un autre nombre. Michael comprit que c'étaient des fréquences d'émission, et puis, dans la colonne de droite, de brèves notations, rarement plus de quelques mots, mais chargés d'implications, des histoires complètes réduites à « Balise de détresse automatique », « Cinq survivants », « Militaires ? » ou « Trois en provenance de Prescott, Arizona ». Il y avait des noms d'endroits aussi : Ogden, Utah ; Kerrville, Texas ; Las Cruces, Nouveau-Mexique ; Ashland, Oregon. Des centaines de notations de ce genre, sur des pages et des pages, qui s'arrêtaient net. Sur une dernière inscription : « Interruption complète des transmissions sur ordre de la Maisonnée. »

Le temps que Michael finisse sa lecture, l'aube pâlissait derrière les vitres. Il baissa la mèche de la lanterne, se leva alors que la cloche du matin commençait à sonner – trois coups forts suivis par une pause de durée identique, puis trois de plus au cas où vous n'auriez pas saisi le message la première fois : *C'est le matin ; vous êtes encore en vie* – et se fraya un chemin dans l'espace exigu encombré d'un amas labyrinthique de bacs en plastique pleins de pièces, d'outils épars et d'assiettes sales en piles chancelantes (Michael se demandait toujours pourquoi Elton ne pouvait pas manger dans les chambrées comme tout le monde ; ce type était tout simplement répugnant), s'approcha du panneau du disjoncteur et baissa l'intensité des lumières. Il éprouva un sursaut de satisfaction mêlée de lassitude, comme tous les matins, quand la cloche sonnait pour la première fois : encore une nuit de travail accomplie, toutes les âmes saines et sauves, prêtes à affronter une nouvelle journée. Alicia pouvait toujours essayer de faire ça avec ses couteaux. (Cela dit, quand il avait levé la tête et vu le livre de bord, n'était-ce pas l'image d'Alicia qui l'avait distrait ? Comme parfois – souvent ? Et pas seulement Alicia, mais l'image spécifique de ses cheveux que le soleil faisait flamboyer lorsqu'elle était sortie de l'Armurerie, ce soir-là, alors que Michael, qu'elle n'avait pas vu, s'avançait vers elle sur le sentier – image assez frappante, quand il y repensait. Tout ça nonobstant le fait qu'Alicia Donadio était, en réalité, l'unique et pire emmerdeuse de la terre, sauf que la compétition n'était pas énorme...) Il regagna la console de commande et effectua les opérations habituelles – passer les accus en charge, remettre les ventilateurs en marche, ouvrir les conduits de ventilation ; les compteurs, qui étaient à vingt-huit pour cent d'un bout à l'autre de la console, commencèrent à vaciller et à remonter.

Il se retourna pour regarder Elton, qui semblait somnoler dans son fauteuil, encore que ce soit parfois difficile à dire. Qu'il dorme ou non, les yeux d'Elton étaient toujours pareils, deux minces rais de gelée jaune entre des paupières perpétuellement, pathétiquement humides, qu'il n'arrivait pas à fermer complètement. Ses mains pâles étaient croisées sur sa bedaine, le casque, comme toujours, vissé sur son crâne écailleux, pompant la musique qu'il écoutait toute la nuit. Les

Beatles. Boyz-B-Ware. Art Lundgren et son All-Girl Polka-Party Orchestra (le seul que Michael aimait plus ou moins).

— Elton ?

Pas de réponse. Michael haussa le ton.

— Elton ?

Le vieux – Elton avait au moins cinquante ans – revint à la vie.

— Jets ! Michael. Quelle heure est-il ?

— Relax. C'est le matin. La nuit est finie.

Elton se tortilla dans son fauteuil, faisant craquer les ressorts, et abaissa les écouteurs dans les replis de son cou.

— Alors, pourquoi tu m'as réveillé ? Juste au meilleur moment !

En dehors des CD, ses plongées nocturnes dans des aventures sexuelles imaginaires constituaient le passe-temps favori d'Elton – des rêves de femmes, opportunément mortes depuis longtemps, qu'il racontait à Michael avec un luxe de détails accablants, prétendant que c'étaient en réalité des souvenirs de choses qui lui étaient arrivées dans sa jeunesse. Rien que des conneries, se disait Michael, car Elton ne mettait pratiquement jamais le pied hors du Transfo, et à le voir maintenant, avec son crâne squameux, sa barbe feutrée, ses dents grises sur lesquelles étaient collés les restes d'un repas datant de deux jours, Michael ne voyait pas comment ç'aurait été seulement imaginable.

— Tu ne veux pas que je te raconte ? C'était le rêve dans le foin, fit le vieil homme en remuant les sourcils d'une façon suggestive. Je sais que tu l'aimes bien, celui-là.

— Pas maintenant, Elton. J'ai... trouvé quelque chose. Un livre.

— Tu m'as réveillé parce que tu as trouvé un livre ?

Michael fit parcourir à son fauteuil la longueur de la console et posa le journal sur les genoux du vieil homme. Elton passa les doigts sur la surface, ses yeux qui n'y voyaient rien tournés vers le haut, puis il le porta à son nez et le huma longuement.

— Ça, je dirais que c'est le journal de bord de ton arrière-grand-père. Ce truc traîne par ici depuis des années. Je ne peux pas dire que je l'aie lu personnellement, fit-il en le rendant à Michael. Tu as trouvé quelque chose d'intéressant dedans ?

— Elton, qu'est-ce que tu sais à propos de ça ?

— Rien de précis. Mais les choses ont une façon de ressortir quand on en a besoin...

C'est alors que Michael comprit pourquoi il ne l'avait pas vu plus tôt. Il ne l'avait pas vu avant parce qu'il n'y était pas.

— C'est toi qui l'as mis sur l'étagère, hein ?

— Voyons, Michael, la radio est interdite. Tu sais bien.

— Elton, tu as parlé à Theo ?

— Theo, qui ça ?

Michael sentit la moutarde lui monter au nez. Pourquoi ce bonhomme ne pouvait-il pas répondre à une question aussi simple ?

— Elton...

Le vieil homme leva la main, coupant court à sa tirade.

— D'accord, ne te mets pas la rate au court-bouillon. Non, je n'ai pas parlé à Theo. Mais je pense que toi, tu l'as fait. Je ne parle plus à personne, à part toi. Tu sais, Michael, reprit-il après un instant, tu ressembles plus à ton vieux que tu ne le penses. Il ne mentait pas très bien, non plus.

D'une façon ou d'une autre, Michael ne fut pas

surpris. Il s'affaissa dans son fauteuil. Une partie de lui était en joie.

— Alors, ça va si mal que ça ? demanda Elton.

— Ce n'est pas bon.

Il haussa les épaules, baissa les yeux sur ses mains.

— La plus inquiétante, c'est la cinq. La deux et la trois sont un peu mieux loties que les autres. La charge est irrégulière sur la une et la quatre. Vingt-huit ce matin, d'un bout à l'autre de la console, jamais plus de cinquante-cinq à la première cloche.

Elton hocha la tête.

— Donc, des délestages d'ici les six prochains mois, et la coupure totale avant trente mois. Plus ou moins ce que ton père avait supputé.

— Il le savait ?

— Ton vieux lisait dans ces batteries comme dans un livre, Michael. Il y a longtemps qu'il le voyait venir.

Et voilà, son père était au courant, et sa mère probablement aussi. Une panique familière monta en lui. Il ne voulait pas y penser. Il ne *voulait* pas.

— Michael ?

Il prit une profonde inspiration pour se calmer. Encore un secret à porter. Enfin, il ferait ce qu'il faisait toujours : il refoulerait l'information en lui aussi profondément que possible.

— Alors, dit Michael, comment est-ce qu'on fabrique une radio, au juste ?

Le problème, lui expliqua Elton, ce n'était pas la radio, c'était la montagne.

À l'origine, il y avait une antenne au sommet de la montagne ; un câble isolé de cinq kilomètres de long, qui courait le long de la ligne à haute tension et connecté à l'émetteur du Transfo. Tout ça avait été démonté, démantelé par la Loi unique. Sans antenne, ils ne pouvaient rien recevoir de l'ouest, et les éventuels signaux

528

émis de l'est qu'ils auraient pu capter auraient été brouillés par les interférences électromagnétiques provoquées par les batteries d'accus.

Ce qui laissait deux options : demander à la Maisonnée l'autorisation d'installer une antenne en haut de la montagne, ou ne rien dire et essayer d'amplifier le signal d'une façon ou d'une autre.

En fin de compte, la question ne se posait pas. Michael ne pouvait pas demander la permission à la Maisonnée sans expliquer ses raisons, et donc leur parler des accus. Or, ça, c'était tout simplement hors de question, parce qu'alors tout le monde serait au courant, et une fois que tout le monde serait au courant, le reste n'aurait plus d'importance. Michael n'était pas seulement responsable des accus ; l'espoir était le ciment qui maintenait la cohésion de l'ensemble. On ne pouvait pas annoncer platement aux gens qu'ils étaient fichus. La seule chose à faire était de trouver quelqu'un de vivant quelque part au-dehors avant d'en parler à qui que ce soit. Or trouver des gens grâce à une radio impliquait d'avoir de l'électricité et donc de la lumière. Et s'il ne trouvait rien, si le monde était vraiment vide, alors ce qui devait arriver arriverait de toute façon. Mieux valait que personne ne le sache à l'avance.

Il se mit au travail le matin même. Dans l'Entrepôt, empilés entre les vieux tubes cathodiques et les unités centrales, les écrans plasma, les barils de téléphones et de Blu-ray portables, il y avait un vieux récepteur stéréo – juste les bandes AM et FM, mais il pouvait y remédier – et un oscilloscope. Un fil de cuivre installé dans la cheminée ferait office d'antenne ; Michael relogea la tripaille du récepteur sous un capot d'unité centrale anonyme pour le camoufler – la seule personne susceptible de remarquer la présence d'une nouvelle unité centrale sur la console était Gabe, et d'après Sara, le pauvre bougre n'était pas près de remettre les pieds au Transfo –, puis il connecta le récepteur à la console à l'aide du port audio. Le système de commande de la batterie d'accus n'était qu'un simple programme média, et avec un peu de bidouillage, il réussit à configurer l'égaliseur de fréquences pour filtrer le bruit de fond provoqué par les accus. Ça ne lui permettrait pas d'émettre – il n'avait pas d'émetteur, et il devrait trouver le moyen d'en fabriquer un à partir de rien –, mais pour le moment, avec un peu de patience, il pourrait déjà capter les signaux convenables de l'ouest.

Ils ne trouvèrent rien.

Oh, il y avait beaucoup de choses à entendre, dehors. Une activité surprenante, des ultrabasses fréquences aux micro-ondes. Un émetteur de téléphonie portable isolé alimenté par un panneau solaire encore fonctionnel. Des courants géothermiques qui envoyaient du jus sur le réseau. Et même quelques satellites encore en orbite, qui transmettaient fidèlement leurs saluts cosmiques en se demandant probablement où tout le monde était passé sur la planète Terre.

Tout un monde secret de bruit électronique. Mais personne, pas une âme à la maison.

Jour après jour, Elton s'asseyait devant sa radio, son casque sur les oreilles, ses yeux qui n'y voyaient pas tournés vers le haut dans leurs orbites. Michael isolait un signal, nettoyait le bruit et l'envoyait à l'amplificateur où il était filtré une seconde fois et renvoyé dans les écouteurs. Au bout d'un moment de concentration intense, Elton hochait la tête, prenait à peine un instant pour frotter pensivement sa barbe pleine de miettes et annonçait de sa voix douce :

— Un signal faible, irrégulier. Peut-être une vieille balise de détresse.

Ou :

— Un signal terrestre. Peut-être une mine.

Ou, avec un bref mouvement de tête :

— Rien de ce côté-là. Allons voir plus loin.

Et c'est ainsi qu'ils passaient leurs jours et leurs nuits, Michael devant son écran cathodique, Elton les écouteurs vissés sur les oreilles, l'esprit semblant voguer sur les ondes des signaux résiduels de leur espèce presque disparue. Quand ils en trouvaient un, Michael le notait dans le journal de bord, inscrivait l'heure, la fréquence et tout ce qui le concernait. Et puis ils recommençaient.

Elton était aveugle de naissance, ce dont Michael n'était pas vraiment navré pour lui. Sa cécité faisait partie de son identité ; c'était une conséquence des radiations. Les parents d'Elton étaient des Marcheurs, une partie de la Deuxième Vague qui était arrivée, il y avait une cinquantaine d'années, quand les colonies de Baja avaient été envahies. Les survivants avaient traversé les ruines irradiées qui avaient jadis été San Diego, un groupe de vingt-huit âmes, ceux qui tenaient encore debout portant les autres. La mère d'Elton était enceinte, elle délirait de fièvre, et elle avait accouché juste avant de mourir. Son père aurait pu être n'importe qui. Personne ne connaissait seulement leur nom.

Dans l'ensemble, Elton s'en sortait plutôt bien. Il avait une canne qu'il utilisait pour sortir du Transfo, ce qui n'arrivait pas très souvent, et il avait l'air satisfait de passer ses journées devant la console de contrôle, se rendant utile de la seule façon qu'il connaissait. Il en savait plus sur les accus que n'importe qui, Michael mis à part – ce qui tenait du miracle ou au moins de l'exploit, compte tenu du fait qu'il ne les avait jamais vus en réalité ; mais d'après lui, c'était plutôt un avantage, parce qu'il ne se laissait pas abuser par l'apparence des choses.

— Ces batteries sont comme une femme, Michael, disait-il volontiers. Il faut apprendre à les écouter.

Et donc, le soir du cinquante-quatrième jour de l'été, alors que la première cloche était sur le point de sonner – quatre nuits depuis qu'un virul avait été tué dans les filets par le garde Arlo Wilson –, Michael alluma les moniteurs des accus, une rangée de barres pour chacune des batteries. Cinquante-quatre pour cent sur la deux et la trois, juste en dessous de cinquante sur la quatre et la cinq, cinquante pile sur la une et la six, la température de toutes les batteries dans le vert : trente et un degrés.

En bas de la montagne, le vent soufflait à une vitesse régulière de treize kilomètres-heure, avec des rafales occasionnelles à vingt. Il parcourut la check-list, mit les condensateurs en charge, testa tous les relais. Qu'avait dit Alicia ? *Tu pousses le bouton, ça marche ?* Décidément, les gens n'y connaissaient rien.

— Tu devrais revérifier la deuxième unité, dit Elton depuis son fauteuil.

Il se pelletait dans la bouche des cuillers de fromage de brebis caillé.

— La deux va très bien, voyons.

— Fais ce que je te dis, c'est tout, dit-il. Fais-moi confiance.

En soupirant, Michael afficha les éléments de la batterie. Eh oui : la charge de la deux chutait. Cinquante-trois pour cent. Cinquante-deux. En plus, la température montait. Il aurait pu demander à Elton comment il le savait, mais sa réponse aurait été la même que d'habitude : une inclinaison de la tête, énigmatique, comme pour dire : *Michael, je l'ai entendu.*

— Ouvre le relais, lui conseilla Elton. Recommence et regarde s'il se stabilise.

La seconde cloche du soir n'allait pas tarder à sonner.

Bon, s'il fallait en arriver là, ils pouvaient se contenter des cinq autres accus le temps d'étudier le problème. Michael rouvrit donc le relais, attendit un moment, le temps de ventiler le circuit, et le referma. Le compteur se stabilisa à cinquante-cinq.

— De l'électricité statique, c'est tout, conclut Elton, alors que la seconde cloche retentissait. Ce relais est un peu chatouilleux, quand même. On devrait le changer.

La porte du Transfo s'ouvrit. Elton leva la tête.

— C'est toi, Sara ?

La sœur de Michael entra, encore vêtue comme pour monter à cheval, et couverte de poussière.

— Bonsoir, Elton.

— Hmm, c'est quoi, ce parfum ? fit-il en souriant d'une oreille à l'autre. Du lilas de montagne ?

Elle ramena une mèche de cheveux trempés de sueur derrière une oreille.

— Je sens le mouton, Elton. Mais merci. (Puis elle s'adressa à Michael.) Tu rentres à la maison, ce soir ? Je pensais faire la cuisine.

Michael se dit qu'il ferait sûrement mieux de rester là où il était, avec cet accu capricieux. Et puis la nuit était le meilleur moment pour la radio. Mais il n'avait rien avalé de la journée, et à l'idée de manger quelque chose de chaud, son estomac se mit à gronder.

— Ça ne t'ennuie pas, Elton ?

Le vieil homme haussa les épaules.

— Je sais où te trouver si j'ai besoin de toi. Allez, vas-y, si ça te fait plaisir.

— Tu veux que je te rapporte quelque chose ? proposa Sara alors que Michael se levait. Il y aura largement assez.

Mais Elton secoua la tête, comme toujours.

— Pas ce soir, merci.

Il récupéra le casque à sa place, sur la console, et le brandit.

— J'ai le monde entier pour me tenir compagnie.

Michael et sa sœur sortirent à la lumière des projecteurs. Après toutes ces heures passées dans la pénombre de la cabane, Michael dut s'arrêter sur le seuil et plissa les paupières le temps que ses yeux s'habituent à la soudaine lumière. Ils suivirent le chemin qui menait vers les entrepôts puis les enclos des bêtes ; l'air était chargé d'odeurs organiques, de senteurs animales. Il entendit les bêlements du troupeau et, plus loin, les renâclements des chevaux dans les écuries. En continuant sur l'étroit sentier qui longeait le champ, sous le Mur sud, Michael voyait les coureurs aller et venir sur les passerelles, leurs silhouettes se découpant en ombres chinoises sur les projecteurs. Michael vit que Sara levait aussi vers eux ses yeux auxquels les lumières arrachaient des reflets, mais elle avait le regard distant, comme soucieux.

— Ne t'en fais pas, dit Michael. Tout ira bien pour lui.

Sa sœur ne répondit pas ; il se demanda si elle l'avait entendu. Ils n'échangèrent pas une parole jusqu'à ce qu'ils soient chez eux. Sara se lava à la pompe de la cuisine pendant que Michael allumait les bougies. Elle sortit sous le porche de derrière et revint un instant plus tard en balançant par les oreilles un lapin de belle taille.

— Jets ! fit Michael. Où tu l'as trouvé, celui-là ?

L'humeur de Sara s'était améliorée ; elle arborait un sourire de fierté. Michael voyait la tache sanglante, au cou, à l'endroit où la flèche de sa sœur avait embroché l'animal.

— Dans le champ d'En Haut, juste au-dessus des fosses. J'étais à cheval, et il était là, à découvert.

Quand Michael avait-il mangé du lapin pour la dernière fois ? Quand quelqu'un en avait-il *vu* un pour la dernière fois ? Il n'y avait pratiquement plus de vie sauvage, depuis longtemps, à l'exception des écureuils, qui semblaient se multiplier si vite que les viruls n'arrivaient pas à les tuer, et d'oiseaux plus petits, geais, moineaux et roitelets, qu'ils n'essayaient pas d'attraper, ou qui leur échappaient.

— Tu veux le nettoyer ? demanda Sara.

— Je ne suis même pas sûr de savoir encore comment faire, avoua Michael.

Sara eut une grimace d'exaspération et tira son couteau de sa ceinture.

— Bon, eh bien, rends-toi utile et allume le feu.

Ils préparèrent le lapin en civet, avec des carottes et des pommes de terre du tonneau de la cave, et de la farine de maïs pour épaissir la sauce. Sara prétendait se rappeler la recette de leur père, mais Michael voyait bien qu'elle improvisait. Ça n'avait pas d'importance ; bientôt, les savoureux arômes de la viande en train de mijoter montèrent de l'âtre de la cuisine, emplissant toute la maison d'une chaleur douillette que Michael n'avait pas ressentie depuis longtemps. Sara sortit dans la cour pour racler la peau du lapin pendant que Michael s'occupait du poêle, en attendant son retour. Il avait mis les écuelles et les cuillères sur la table lorsqu'elle rentra, en s'essuyant les mains sur un torchon.

— Je sais que tu ne vas pas m'écouter, mais vous devriez faire attention, Elton et toi.

Sara était au courant, pour la radio. Impossible de faire autrement : elle n'arrêtait pas d'entrer et de sortir du Transfo. Mais le reste, il ne le lui avait pas dit.

— Ce n'est qu'un récepteur, Sara. Nous n'émettons rien.

— Et qu'est-ce que vous écoutez avec ça, de toute façon ?

Assis à la table, il lui répondit d'un haussement

d'épaules, espérant la décourager de poursuivre la conversation. Qu'y avait-il à dire ? Il cherchait l'Armée. Mais l'Armée était morte. Tout le monde était mort, et les lumières allaient s'éteindre.

— Surtout du bruit.

Elle le regardait attentivement, debout devant l'évier, les mains sur les hanches, attendant qu'il parle. Et comme Michael n'en disait pas plus, elle secoua la tête en soupirant.

— Enfin, ne vous faites pas pincer, conclut-elle.

Ils mangèrent en silence, à la table de la cuisine. La viande était un peu filandreuse, mais tellement délicieuse que Michael avait du mal à se retenir de gémir tout en mâchant. D'habitude, il n'allait pas se coucher avant le lever du jour, mais il aurait pu dormir là, à table, la tête appuyée sur ses bras croisés, et s'assoupir instantanément. Et puis il y avait quelque chose de familier – et pas seulement familier, un peu triste, aussi – dans le fait de manger du civet de lapin assis là, rien que tous les deux.

Il releva les yeux et vit que Sara le regardait.

— Je sais, dit-elle. À moi aussi, ils me manquent.

Il aurait voulu lui parler, à ce moment-là. Des batteries d'accus et du journal de bord, de leur père et de ce qu'il savait. Rien que pour partager ce qu'il savait avec quelqu'un. Mais c'était un vœu égoïste, il en avait bien conscience ; il ne pouvait pas faire ça.

Sara se recula de la table et alla faire la vaisselle à la pompe. Lorsqu'elle eut fini, elle mit le reste du civet dans un pot en terre et l'emballa dans un bout de tissu épais pour qu'il reste au chaud.

— Tu vas porter ça à Walt ? demanda Michael.

Walter était le frère aîné de leur père, l'aîné des Fisher encore en vie. En tant que responsable de l'Entrepôt, il était garant de la Part équitable, membre du Conseil des

536

métiers, et de la Maisonnée, aussi – un trépied de responsabilités qui faisait de lui l'un des citoyens les plus puissants de la Colonie, juste après Soo Ramirez et Sanjay Patal. Mais c'était aussi un veuf qui vivait tout seul – sa femme, Jean, avait été tuée pendant la nuit de Ténèbres –, il aimait trop la boisson, et oubliait souvent de manger. Quand Walt n'était pas à l'Entrepôt, on pouvait généralement le trouver dans l'appentis derrière chez lui, en train de s'imbiber du vin qu'il faisait, ou bien dans les vapes quelque part à l'intérieur.

Sara secoua la tête.

— Je crois que je ne pourrais pas supporter Walt tout de suite. Je vais porter ça à Elton.

Michael regarda son visage. Il savait qu'elle pensait à Peter.

— Tu devrais te reposer. Je suis sûr qu'ils vont bien.

— Ils sont en retard.

— D'une journée, c'est tout. Rien d'anormal.

Sa sœur n'ajouta rien. C'était terrible, se dit Michael, ce que l'amour pouvait faire à un être. Pour lui, ça n'avait pas de sens.

— Écoute, Liss est avec eux. Tout ira bien, j'en suis sûr.

Sara se rembrunit et détourna le regard.

— C'est pour Liss que je m'inquiète.

Elle alla d'abord au Sanctuaire, comme souvent quand le sommeil la fuyait. Pour voir les enfants bordés dans leurs lits. Elle ne savait pas si ça lui faisait du bien ou du mal, mais ça lui faisait ressentir quelque chose, en dehors du néant de l'angoisse.

Elle se rappelait le temps où elle était là elle-même, quand elle était une Petite et que le monde semblait être un endroit sûr, et même heureux, où ses seuls soucis étaient de savoir quand ses parents viendraient la voir, si Maîtresse était de bonne humeur ou non ce jour-là, et qui était ami avec qui. Dans l'ensemble, elle ne trouvait pas bizarre de vivre dans le Sanctuaire avec son frère alors que leurs parents habitaient ailleurs. Elle n'avait jamais connu une autre existence – et la nuit, quand sa mère, son père ou tous les deux venaient leur dire bonne nuit, elle ne pensait jamais à leur demander où ils allaient à la fin de la visite, quand Maîtresse disait que c'était l'heure. Ils disaient : « Il faut qu'on y aille, maintenant », et ces simples mots, « y aller », résumaient la situation dans l'esprit de Sara, et probablement de Michael aussi : les parents venaient, ils restaient un peu, et puis il fallait qu'ils y aillent. Beaucoup des meilleurs souvenirs qu'elle avait de ses parents étaient ceux de ces brèves visites à l'heure du coucher, quand ils leur lisaient une histoire ou même simplement les bordaient dans leur lit.

Et puis, un soir, elle avait tout gâché, de façon plutôt accidentelle. « Où est-ce que vous dormez ? avait-elle demandé à sa mère alors qu'elle se préparait à repartir. Vous ne dormez pas ici, avec nous, alors où allez-vous ? » Au moment où Sara lui avait posé cette question, elle avait eu l'impression que quelque chose tombait derrière les yeux de sa mère, comme un store qu'on tire rapidement devant une vitre. « Oh, avait répondu sa mère en se fabriquant un sourire tremblant que Sara avait détecté comme fallacieux, je ne dors pas, pas vraiment. Dormir, c'est pour toi, Petite Sara, et pour ton frère, Michael. » Et Sara pensait maintenant que la première fois qu'elle avait entrevu la terrible vérité, c'était dans le regard de sa mère, alors qu'elle prononçait ces paroles.

Tout le monde le disait, et c'était vrai : on détestait Maîtresse quand elle vous l'annonçait. Qu'est-ce que Sara l'avait aimée, maîtresse, jusqu'à ce jour-là. Autant qu'elle aimait ses propres parents, peut-être même plus. Pour son huitième anniversaire, il se passerait quelque chose, une chose merveilleuse, elle le savait, les enfants qui avaient huit ans allaient dans un endroit spécial, mais rien de plus précis.

Ceux qui revenaient voir un frère ou une sœur plus jeune, ou leurs Petits à eux, étaient plus grands, le temps avait tellement passé qu'ils étaient devenus des gens complètement différents, et l'endroit où ils étaient allés, ce qu'ils avaient fait, était un secret auquel on n'avait pas accès. C'était précisément parce que c'était un secret que c'était tellement spécial, ce nouvel endroit qui l'attendait, hors des murs du Sanctuaire. Elle avait attendu son anniversaire avec une impatience croissante. Elle était tellement excitée qu'il ne lui était pas venu à l'esprit de se demander ce que Michael deviendrait sans elle ; son jour viendrait. Maîtresse défendait d'en parler, mais les Petits le faisaient quand même, bien sûr, dans son dos. Dans les salles de bains, au réfectoire, ou la nuit, dans la grand-salle, les murmures s'échangeaient tout le long des rangées de petits lits, on ne parlait que de sortie, et qui était le prochain. À quoi ressemblait le monde, hors du Sanctuaire ? Les gens vivaient-ils dans des châteaux, comme dans les livres ? Quels animaux verraient-ils, et pouvaient-ils parler ? (Les souris en cage que Maîtresse gardait dans la classe étaient d'un silence pour le moins décourageant.) Quels merveilleux plats y mangeait-on, avec quels merveilleux jouets y jouait-on ? Sara n'avait jamais été aussi excitée qu'en attendant le jour extraordinaire où elle s'aventurerait dans le vaste monde.

Elle s'était réveillée, le matin de son anniversaire, en flottant sur un nuage de bonheur. En même temps, elle était bien consciente qu'elle devrait contenir sa joie jusqu'à l'heure de la sieste ; c'est alors seulement,

quand les Petits dormiraient, que Maîtresse l'emmènerait vers l'endroit spécial. Personne ne le lui avait dit,
mais pendant tout le repas du matin et l'heure du cercle,
elle s'était bien rendu compte que tout le monde était
content pour elle, sauf Michael, qui boudait et ne faisait
rien pour dissimuler son envie, refusant de lui parler.
Enfin, c'était Michael. S'il ne pouvait pas se réjouir pour
elle, tant pis, il n'allait pas lui gâcher son jour spécial.
Ce n'est qu'après déjeuner, quand Maîtresse avait
appelé tout le monde pour lui dire au revoir, qu'elle
avait commencé à se demander si, peut-être, il ne savait
pas une chose qu'elle ignorait.

— Qu'y a-t-il, Michael ? avait demandé Maîtresse.
Tu ne peux pas dire au revoir à ta sœur, tu ne peux pas
être heureux pour elle ?

Et Michael l'avait regardée et avait dit : « Ce n'est
pas ce que tu crois, Sara », et il l'avait rapidement serrée
dans ses bras, puis, avant qu'elle ait eu le temps de dire
un mot, il avait quitté la pièce en courant.

Eh bien, ça, c'était bizarre, s'était-elle dit à l'époque,
et elle le pensait encore maintenant, après toutes ces
années. Comment Michael avait-il su ? Bien plus tard,
quand ils s'étaient retrouvés tous les deux, elle s'était
souvenue de la scène, et elle le lui avait demandé. Mais
Michael n'avait pu que secouer la tête. « Je savais, c'est
tout. Pas les détails, juste le genre de chose que c'était.
À la façon dont ils nous en parlaient, papa et maman,
le soir, quand ils venaient nous border. Ça se voyait dans
leurs yeux. »

Mais à l'époque, l'après-midi de sa sortie, avec
Michael qui était parti en courant et Maîtresse qui la
prenait par la main, elle ne s'était pas longtemps posé
de questions. Elle avait juste attribué ça au fait que
Michael était Michael. Les derniers adieux, les embrassades, le sentiment du moment qui arrivait : Peter était

là, avec Maus Patal, et Ben Chou et Galen Strauss et Wendy Ramirez, et tous les autres, et ils la touchaient, ils l'appelaient par son nom.

— Souviens-toi de nous, disaient-ils tous.

Elle tenait le sac qui contenait ses affaires, ses vêtements et ses pantoufles, et la petite poupée de chiffon qu'elle avait depuis qu'elle était toute petite – on pouvait emporter un jouet –, et Maîtresse l'avait prise par la main et l'avait emmenée de la grand-salle dans la petite cour entourée de fenêtres où les enfants jouaient quand le soleil était haut dans le ciel, avec les balançoires, le tape-cul et les piles de vieux pneus à escalader, et par une autre porte dans une pièce qu'elle n'avait jamais vue avant. Comme une salle de classe, mais vide, sans rien sur les étagères, et pas d'images sur les murs.

Maîtresse avait bien refermé la porte derrière elles. Une pause étrange, prématurée. Sara s'attendait à quelque chose de plus. Où allait-elle ? avait-elle demandé à Maîtresse. Est-ce que le voyage serait long ? Quelqu'un allait-il venir la chercher ? Combien de temps devait-elle attendre ici, dans cette pièce ? Mais Maîtresse n'avait pas l'air d'entendre ses questions. Elle s'était accroupie devant elle, son large visage doux devant celui de Sara.

— Petite Sara, que crois-tu qu'il y a dehors, hors de ce bâtiment, au-delà de ces pièces où tu vis ? lui avait-elle demandé. Et les gens que tu vois parfois, ceux qui viennent s'occuper de toi et repartent le soir ?

Maîtresse était souriante, mais Sara trouvait que son sourire avait quelque chose de différent qui l'effrayait. Elle n'avait pas envie de répondre, seulement Maîtresse la regardait droit dans les yeux, l'air d'attendre quelque chose. Sara avait repensé aux yeux de sa mère, le soir où elle lui avait demandé où elle dormait.

— Un château ? avait-elle demandé, parce que dans

sa soudaine inquiétude, c'était la seule chose à laquelle elle avait pu penser. Un château, avec des douves ?

— Un château, avait répété Maîtresse. Je vois. Et quoi d'autre, Petite Sara ?

Le sourire avait disparu, tout à coup.

— Je ne sais pas, avait répondu Sara.

— Eh bien, avait dit Maîtresse en se raclant la gorge, ce n'est pas un château.

Et c'est là qu'elle lui avait raconté.

Sara ne l'avait pas crue, au début. Ou plutôt c'était comme si son esprit s'était fendu en deux, et qu'une moitié, la moitié qui ne savait pas, qui croyait qu'elle était encore une Petite, assise en cercle et qui jouait dans la cour en attendant que ses parents viennent la border le soir, cette moitié-là disait au revoir à l'autre qui avait, d'une certaine façon, toujours su. Comme si elle se disait au revoir à elle-même. Elle avait eu une sorte de vertige et mal au cœur, et puis elle avait éclaté en sanglots, et Maîtresse l'avait à nouveau prise par la main et l'avait emmenée par un autre couloir, à l'extérieur du Sanctuaire, où ses parents l'attendaient pour la ramener à la maison – la maison dans laquelle Sara et Michael vivaient encore, et dont elle avait ignoré l'existence jusqu'à ce jour.

— Ce n'est pas vrai, disait Sara à travers ses larmes, ce n'est pas vrai.

Alors sa mère, qui pleurait aussi, l'avait soulevée dans ses bras et serrée contre elle en disant :

— Je suis désolée, désolée, désolée. C'est comme ça, c'est comme ça, c'est comme ça.

C'est le souvenir qui lui revenait toujours en mémoire quand elle s'approchait du Sanctuaire, qui semblait tellement plus petit maintenant qu'à l'époque, tellement plus ordinaire. Une vieille école de brique, dont le nom,

« École élémentaire F.D.-Roosevelt », était gravé dans la pierre au-dessus de la porte. Du chemin, elle voyait la silhouette d'un unique garde debout en haut des marches de devant. Hollis Wilson.

— Salut, Sara.

— Bonsoir, Hollis.

Hollis tenait une arbalète sur sa hanche. Sara n'aimait pas ces engins : puissants, mais trop longs à recharger, et lourds à transporter. Tout le monde disait qu'il était impossible de distinguer Hollis de son frère jusqu'à ce qu'il se rase la barbe, mais Sara ne voyait pas pourquoi ; même quand ils étaient des Petits – les frères Wilson avaient trois ans d'avance sur elle –, elle avait toujours su les reconnaître. À d'infimes détails, que personne ne remarquait au premier coup d'œil – Hollis était un poil plus grand, il avait un éclair de sérieux dans le regard – et qui étaient évidents pour elle.

En la voyant gravir les marches avec le pot qu'elle apportait, Hollis eut une inclinaison de tête et ses lèvres esquissèrent un sourire.

— C'est bon, ce que tu m'apportes là ?

— Du civet de lapin. Mais ce n'est pas pour toi, malheureusement.

— Je veux bien être pendu ! fit-il, stupéfait. Où tu l'as trouvé ?

— Dans le champ d'En Haut.

Il poussa un petit sifflement, secoua la tête. Sara lut la faim sur son visage.

— Je ne peux pas te dire comme le civet de lapin me manque. Je peux le sentir ?

Elle écarta le torchon et souleva le couvercle. Hollis se pencha sur le pot et inspira profondément.

— Je n'ai aucune chance de te convaincre de laisser ça là pendant que tu entres un petit moment ?

— Oublie ça, Hollis. C'est pour Elton.

Un haussement d'épaules guilleret. C'était pour rire.

— Bon, j'aurai essayé, reprit Hollis. Allez, donne-moi ton couteau.

Elle retira son couteau et le lui tendit. Seuls les gardes étaient autorisés à porter des armes dans le Sanctuaire, et encore, ils devaient les garder hors de vue des enfants.

— Je ne sais pas si tu es au courant, fit Hollis en glissant l'arme dans son ceinturon. On a une nouvelle résidente.

— J'ai passé la journée dehors, avec le troupeau. C'est qui ?

— Maus Patal. Rien d'étonnant, j'imagine. Galen vient de partir, fit Hollis en indiquant le chemin avec son arbalète. Je suis surpris que tu ne l'aies pas vu.

Elle était trop perdue dans ses pensées. Elle avait pu le croiser sans le voir. Et Maus, enceinte. Pourquoi était-elle étonnée ?

— Eh bien...

Elle réussit à sourire, se demandant ce qu'elle ressentait. Était-ce de l'envie ?

— C'est une sacrée nouvelle.

— Fais-moi une faveur et dis-le-lui à elle. Tu aurais dû les entendre s'engueuler, tous les deux. Ils ont probablement réveillé la moitié des Petits.

— Quoi, ça ne lui fait pas plaisir ?

— C'était plutôt Galen, je crois. Je ne sais pas. Tu es une fille, Sara. À toi de me le dire.

— Tu n'obtiendras rien par ces viles flatteries, Hollis.

Il eut un rire complice. Elle aimait bien Hollis, son naturel.

— Je disais ça pour faire la conversation. Si Dora est réveillée, fit-il avec un mouvement de tête en direction de la porte, dis-lui bonjour de la part de son oncle Hollis.

— Et Leigh, comment ça va ? Avec Arlo qui est parti...

— Leigh a déjà vécu tout ça. Je lui ai dit qu'il y avait des tas de bonnes raisons pour qu'ils ne soient pas rentrés aujourd'hui.

À l'intérieur, Sara laissa le civet dans le bureau vide et alla dans la grand-salle où tous les Petits dormaient. À un moment donné, ça avait été le gymnase de l'école. La plupart des lits étaient vides ; il y avait des années que le Sanctuaire ne faisait plus le plein. Les persiennes des grandes fenêtres étaient fermées ; la seule source de lumière venait des minces rais de lumière qui filtraient par les interstices et tombaient sur les formes endormies des Petits. La pièce sentait le lait, la sueur et les cheveux chauffés au soleil : l'odeur des enfants en fin de journée. Sara passa entre les rangées de petits lits et de berceaux. Kat Curtis, Bart Fisher, Abe Phillips, Fanny Chou et ses sœurs, Wanda et Susan, Timothy Molyneau, Beau Greenberg – que tout le monde appelait Bowow, son prénom, quand il l'estropiait, et qui lui était resté –, les trois J : Juliet Strauss, June Levine et Jane Ramirez, la petite dernière de Rey.

Sara arriva près d'un berceau, au bout de la dernière rangée : Dora Wilson, la fille de Leigh et d'Arlo. Leigh était assise sur une chaise d'allaitement, à côté d'elle. Les jeunes mamans étaient autorisées à rester au Sanctuaire pendant un an. Leigh n'avait pas encore retrouvé la ligne, après sa grossesse ; dans la lumière tamisée de la pièce, son large visage paraissait presque transparent, pâli par tous ces mois d'enfermement. Sur les genoux, elle avait un gros écheveau de laine et des aiguilles à tricoter. Elle leva les yeux de son ouvrage en voyant approcher Sara.

— Hé, dit-elle tout bas.

Sara lui répondit d'un signe de tête et se pencha sur

le berceau. Dora, qui ne portait qu'une couche, dormait sur le dos, ses lèvres délicates formant un O ; elle ronflait faiblement par le nez. Le doux souffle humide de sa respiration effleura les joues de Sara comme un baiser. En regardant dormir un bébé, se dit-elle, on pouvait presque oublier à quoi ressemblait le monde dehors.

— Ne t'en fais pas, tu ne risques pas de la réveiller, fit Leigh.

Elle mit sa main devant sa bouche pour étouffer un bâillement et se remit à tricoter.

— Celle-là, elle dort comme une morte.

Sara décida de ne pas aller voir Mausami. Quoi qu'il se passe entre Galen et elle, ça ne la regardait pas. D'une certaine façon, elle était désolée pour Galen. Il en avait toujours pincé pour Maus – c'était comme une maladie dont il n'aurait jamais réussi à guérir –, et tout le monde disait que quand il lui avait demandé de l'épouser, elle n'avait accepté que parce que Theo l'avait déjà refusée. À moins qu'il n'ait jamais réussi à lui faire sa demande, et que Maus ait essayé de le pousser dans ses retranchements. Elle n'aurait pas été la première femme à commettre cette erreur.

Mais en reprenant son chemin, Sara se demanda pourquoi certaines choses ne pouvaient pas se passer simplement. C'était pareil entre Peter et elle. Sara l'aimait, elle l'avait toujours aimé, elle l'aimait déjà quand ils n'étaient que des Petits, dans le Sanctuaire. C'était impossible à expliquer ; si loin que remontent ses souvenirs, elle sentait cet amour comme un fil d'or invisible qui les liait l'un à l'autre. C'était plus qu'une attirance physique, c'était surtout ce qu'il y avait de cassé en lui qu'elle aimait, l'endroit inaccessible où il cachait sa tristesse. Parce que c'était le truc sur Peter

Jaxon que personne ne savait à part elle, parce qu'elle l'aimait comme ça, terriblement triste comme il l'était. Et ce n'était pas seulement la tristesse au quotidien, ordinaire, que tout le monde éprouvait à cause des choses et des gens qu'on avait perdus, sa tristesse à lui était plus que ça. Et si elle arrivait à la trouver et à la lui enlever, se disait Sara, alors il l'aimerait en retour.

Voilà pourquoi elle était devenue infirmière ; si elle ne pouvait pas être garde – et ça lui était rigoureusement impossible –, l'Infirmerie, qui était dirigée par Prudence Jaxon, était le meilleur endroit où elle pouvait être. Cent fois, elle s'était retenue de lui demander : *Que puis-je faire ? Que puis-je faire pour me faire aimer de votre fils ?* Mais elle s'était toujours tue. Elle avait appris son métier aussi bien que possible, et elle avait attendu Peter, en espérant qu'il comprendrait ce qu'elle lui offrait, rien qu'en étant dans cette pièce.

Peter l'avait embrassée, une fois. À moins que ce soit elle qui l'ait embrassé. Savoir qui avait embrassé qui au juste semblait sans importance à côté du fait qu'ils avaient bel et bien échangé un baiser. C'était la Première Nuit, il était tard, et il faisait froid. Ils avaient tous bu de la gnôle en écoutant Arlo jouer de la guitare sous les lumières, et quand le groupe s'était dispersé dans la dernière heure avant l'aube, Sara s'était retrouvée seule avec Peter. Elle était un peu pompette, mais elle ne pensait pas être ivre, ni que lui l'était. Ils avaient suivi le sentier dans un silence tendu, pas une absence de son ou de paroles, non, quelque chose de palpable et de légèrement électrique, comme l'espace entre les notes de la guitare d'Arlo. Dans cette bulle d'attente ils avaient marché ensemble sous les lumières, sans se toucher mais néanmoins connectés, et le temps qu'ils arrivent chez elle, aucun des deux n'ayant dit qu'ils allaient là – le silence était une bulle, mais c'était aussi une rivière, qui les entraînait dans son courant –, il semblait impossible d'arrêter ce qui allait arriver. Ils étaient contre le mur de sa maison, debout dans un coin d'ombre, d'abord sa bouche, et puis tout le reste du corps de Peter plaqué contre le sien. Ce n'était pas comme quand ils jouaient à s'embrasser dans le Sanctuaire – ils s'étaient tous amusés à ça –, ou les premières tentatives maladroites de la puberté – le sexe n'était pas découragé, on arrivait assez bien à approcher tous ceux et celles par qui on était ne serait-ce que vaguement intéressé, la règle non écrite étant *Ça mais pas plus loin*, tout cela, en fin de compte, servant plus ou moins de répétition –, non, c'était quelque chose de plus profond, plein de promesse. Elle se sentait enveloppée par une chaleur qu'elle avait du mal à reconnaître : la chaleur du contact humain, d'être vraiment avec quelqu'un d'autre et non plus toute seule. Elle se serait donnée à lui tout entière, à ce moment-là, quoi qu'il veuille.

Et puis ç'avait été fini. Tout à coup, il avait reculé.

« Je suis désolé », avait-il réussi à dire. Comme s'il pensait qu'elle regrettait. Pourtant, son baiser aurait dû lui dire qu'elle ne regrettait pas, pas du tout ; mais à ce moment-là, quelque chose avait changé dans l'air, la bulle avait éclaté, et ils étaient tous les deux trop gênés, trop déconcertés, pour dire autre chose. Il l'avait laissée devant sa porte, et c'en était resté là. Ils ne s'étaient plus retrouvés seuls depuis cette nuit-là. Et c'est tout juste s'ils avaient échangé une parole.

Elle le savait ; elle le savait quand il l'avait embrassée, et puis après, et de plus en plus au fur et à mesure que les jours passaient : Peter n'était pas à elle, il ne pourrait jamais être à elle, parce qu'il y en avait une autre. Elle la sentait comme un fantôme entre eux, dans son baiser. Tout ça avait un sens, maintenant, un

sens assez désespéré. Pendant qu'elle l'attendait à l'Infirmerie, lui montrant de quoi elle était capable, tout le
temps, il était sur le Mur avec Alicia Donadio.

En retournant vers le Transfo avec le civet, Sara
repensa à Gabe Curtis et décida de s'arrêter à l'Infirmerie. Pauvre Gabe – tout juste quarante ans, et déjà le
cancer. Il n'y avait pas grand-chose à faire pour lui. Sara
pensait que c'était parti de l'estomac, ou du foie. Quelle
différence ? L'Infirmerie, située de l'autre côté du
Solarium par rapport au Sanctuaire, était une petite
construction située dans la partie de la Colonie qu'on
appelait la Vieille Ville – un ensemble d'une demi-douzaine de bâtiments qui hébergeaient jadis des commerces et diverses activités. L'Infirmerie était autrefois
une épicerie ; quand le soleil de l'après-midi tombait sur
la façade selon un certain angle, on voyait encore le nom
gravé dans le verre dépoli de la vitrine : « Mountaintop
Provision Co, alcools et épicerie fine, fondée en 1996 ».

Une unique lanterne éclairait la pièce de devant, où
Sandy Chou – que tout le monde appelait l'Autre Sandy,
parce qu'il y avait eu deux Sandy Chou, à un moment
donné, la première étant la femme de Ben Chou, qui
était morte en couches – était penchée sur le bureau de
l'infirmière, broyant des graines de fenouil avec un
pilon et un mortier. Il faisait lourd. Derrière le bureau,
sur un réchaud, une bouilloire crachait un panache de
vapeur. Sara mit le civet de côté, enleva la bouilloire du
feu et la posa sur un dessous-de-plat. Elle retourna
auprès du bureau et eut un mouvement de menton vers
le fenouil que Sandy avait mis dans une passoire.

— C'est pour Gabe ?

Sandy hocha la tête. On pensait que le fenouil était
un analgésique, mais on l'employait pour traiter toutes
sortes de maux – le rhume, la diarrhée, l'arthrite. Sara
ne pouvait affirmer avec certitude qu'il avait une réelle

efficacité, mais Gabe prétendait qu'il avait moins mal avec ça, et c'était la seule chose qu'il arrivait encore à garder.

— Comment va-t-il ?

Sandy versait l'eau à travers la passoire dans une chope en céramique au bec verseur usé et écaillé. Les mots « Nouveau Papa » étaient écrits sur le côté en lettres faites avec des épingles de nourrice.

— Il s'est endormi il y a un petit moment. L'ictère a empiré. Son garçon vient de partir. C'est Mar qui est avec lui pour l'instant.

— Je vais lui apporter l'infusion.

Sara prit la chope et passa derrière le rideau. Il y avait six lits dans la salle, mais un seul était occupé. Mar était une femme mince, qui ressemblait à un oiseau. Elle était assise sur une chaise à barreaux auprès du lit où son mari gisait sous une couverture. Il y avait des mois qu'il était malade et qu'elle s'occupait de lui, et ce fardeau se traduisait par des cernes noirs que le manque de sommeil traçait sous ses yeux. Ils avaient un enfant, Jacob, qui avait seize ans à peu près, et qui travaillait à la laiterie avec sa mère : un grand garçon costaud, au visage doux et vide, qui ne savait ni lire ni écrire et n'y arriverait jamais, mais qui pouvait effectuer des tâches de base à condition qu'il y ait quelqu'un pour le diriger. Une vie dure, une vie d'infortune, et maintenant ça. À plus de quarante ans, et avec un enfant comme Jacob à charge, il était peu probable que Mar se remarie.

Voyant approcher Sara, elle leva le visage et porta un doigt à ses lèvres. Sara eut un hochement de tête et prit une chaise à côté d'elle. Sandy avait raison : la jaunisse s'était aggravée. Avant de tomber malade, Gabe était un gaillard costaud, aussi costaud que sa femme était petite, avec de larges épaules noueuses, des avant-bras massifs faits pour le travail, et une bedaine rondouillarde qui pendait par-dessus son ceinturon comme un sac de farine : un homme solide, utile, que Sara n'avait pas vu une seule fois à l'Infirmerie jusqu'au jour où il s'était plaint d'indigestion et de mal de dos, s'excusant comme si c'était un signe de faiblesse, un défaut de caractère plutôt que les prémices d'une sérieuse maladie. (Quand Sara lui avait palpé le foie, le bout de ses doigts avait instantanément noté la masse qui y grossissait, et elle s'était rendu compte qu'il devait souffrir le martyre.)

Et maintenant, une demi-année plus tard, l'homme que Gabe Curtis avait été autrefois avait disparu, remplacé par une enveloppe qui se cramponnait à la vie par un effort de volonté. Son visage, jadis aussi plein et coloré qu'une pomme mûre, s'était ratatiné, réduit à une géographie de rides et de méplats, comme un croquis esquissé à la hâte. Mar lui avait taillé la barbe et les ongles ; ses lèvres craquelées étaient enduites d'un baume luisant, pris dans un pot à large ouverture posé sur une table roulante, à côté de son lit – un piètre réconfort, aussi inutile que l'infusion.

Sara demeura un moment assise avec Mar. Les deux femmes n'échangèrent pas une parole. Sara en était parvenue à se dire que s'il se pouvait que la vie s'interrompe prématurément, il arrivait aussi parfois qu'elle dure trop longtemps. Peut-être que c'était la peur de laisser Mar toute seule qui maintenait Gabe en vie.

Sara finit par se lever et posa la chope de tisane sur la table roulante.

— S'il se réveille, fais-lui prendre ça, dit-elle.

Des larmes d'épuisement perlaient au coin des yeux de Mar.

— Je lui ai dit que ça irait, qu'il pouvait s'en aller.

Sara resta un bref instant sans voix.

— Je suis contente que tu le lui aies dit. C'est parfois ce qu'ils ont besoin d'entendre.

— C'est Jacob, tu comprends. Il ne veut pas laisser Jacob. Je lui ai dit que ça irait. « Tu peux partir maintenant », c'est ce que je lui ai dit.

— Je sais que ça ira, Mar, dit-elle, bien consciente de l'inanité de ses paroles. Et il le sait aussi.

— Mais il est tellement têtu. Tu entends ça, Gabe ? Pourquoi faut-il toujours que tu sois tellement borné ?

Et puis elle se cacha le visage dans les mains et se mit à pleurer.

Sara attendit un moment raisonnable, sachant qu'elle ne pouvait rien faire pour apaiser la douleur de la femme. Elle voyait le chagrin comme un endroit où on se rendait tout seul. C'était comme une pièce sans porte, et ce qui survenait dans cette pièce, toute la colère et la souffrance qu'on ressentait, était fait pour rester dedans, ce n'était l'affaire de personne, que de soi – *seul*.

— Je suis désolée, Sara, dit enfin Mar en secouant la tête. Tu n'avais pas à entendre ça.

— Ce n'est pas grave. Ça ne fait rien.

— S'il se réveille, je lui dirai que tu étais là, dit-elle, et à travers ses larmes elle réussit à esquisser un sourire attristé. Je sais que Gabe t'a toujours bien aimée. Tu étais son infirmière préférée.

Le temps que Sara arrive au Transfo, c'était la minuit. Elle ouvrit la porte sans bruit et entra. Elton était seul. Il dormait à poings fermés devant la console de contrôle, son casque sur la tête.

Il se réveilla en se tortillant alors que la porte se refermait derrière elle.

— Michael ?

— C'est Sara.

Il enleva ses écouteurs et se retourna dans son fauteuil en humant l'air.

— Hé, c'est quoi cette odeur ?

— Du civet de lièvre. Mais il doit être complètement froid, maintenant.

— Voyez-vous ça ?! Apporte-le un peu par ici, fit-il en se redressant.

Elle posa le récipient devant lui. Il prit une cuillère sale sur un plan de travail, en face de la console.

— Tu peux allumer la lampe, si tu veux.

— J'aime bien l'obscurité. Si ça ne t'ennuie pas.

— Pour moi, ça ne change rien.

Pendant un moment, elle le regarda manger à la lueur de la console. Il y avait quelque chose de presque hypnotique dans la précision fluide, l'économie de mouvement avec lesquelles les mains d'Elton guidaient la cuillère vers le récipient puis vers sa bouche.

— Tu me regardes, fit Elton.

Elle sentit une chaleur monter à ses joues.

— Désolée.

Il nettoya le reste du civet et s'essuya la bouche sur un torchon.

— Pas de quoi être désolée. Tu es à peu près la meilleure chose qui entre jamais ici, en ce qui me concerne. Une jolie fille comme toi, tu peux me regarder tant que tu veux.

Elle eut un petit rire – gêné ou incrédule, elle ne le savait pas elle-même.

— Tu ne m'as jamais vue, Elton. Comment peux-tu savoir de quoi j'ai l'air ?

Elton haussa les épaules, ses yeux inutiles roulant vers le haut derrière leurs paupières tombantes – comme s'il regardait Sara dans les ténèbres de son esprit.

— Ta voix, la façon dont tu me parles, dont tu parles à Michael. La façon que tu as de t'occuper de lui. On est beau quand on fait de belles choses, c'est ce que je dis toujours.

Elle s'entendit soupirer.

— Ce n'est pas l'impression que j'ai.

— Fais confiance au vieil Elton, dit-il avec un petit rire silencieux. Quelqu'un finira par t'aimer.

Le seul fait de se retrouver à proximité d'Elton lui remontait toujours le moral. C'était un flirt éhonté, au départ, mais ce n'était pas la vraie raison. Il avait l'air plus heureux que toutes les autres personnes de sa connaissance. Ce que Michael disait de lui était vrai : sa cécité n'était pas un manque pour lui, c'était une simple différence.

— Je viens juste de rentrer de l'Infirmerie.

— Et voilà, fit-il en hochant la tête. Tu t'occupes toujours des autres. Comment va Gabe ?

— Pas très bien, Elton. Il a une mine effroyable. Et Mar le vit mal. Je regrette vraiment de ne pas pouvoir faire davantage pour lui.

— Il y a des choses qu'on peut faire, et d'autres qui sont tout simplement impossibles. La dernière heure de Gabe est arrivée. Tu as fait tout ce qui était en ton pouvoir.

— Ça n'a pas suffi.

— Ça ne suffit jamais.

Elton se retourna, farfouilla sur la console, récupéra son casque et le lui tendit.

— Tiens, puisque tu m'as apporté un cadeau, j'en ai un pour toi. Un petit quelque chose pour te remettre du baume au cœur.

— Elton, je n'aurais aucune idée de ce que je pourrais bien entendre. Pour moi, tout ça, ce ne sont que des parasites.

Il eut un sourire entendu.

— Fais ce que je te dis. Et ferme les yeux.

Les écouteurs étaient bien chauds sur ses oreilles. Elle sentit qu'Elton bougeait les mains sur la console, ses doigts glissant çà et là. Puis elle l'entendit : de la musique. Mais qui ne ressemblait à aucune musique de sa connaissance. Ça lui fit d'abord l'impression d'un son creux, lointain, comme le souffle du vent, et puis, derrière, ça monta, des notes hautes comme un chant d'oiseau qui se mirent à danser dans sa tête. Le son prit forme et consistance, semblant venir de toutes les directions, et elle sut ce qu'elle entendait : une tempête. Elle se la représentait dans son esprit, une grande tempête de musique qui se déchaînait. Elle n'avait jamais rien entendu d'aussi beau de toute sa vie. Quand les dernières notes s'estompèrent, elle retira les écouteurs de ses oreilles.

— Je ne comprends pas, dit-elle, abasourdie. C'est arrivé par la radio ?

Elton eut un petit rire.

— Ça, ce serait pas rien, hein ?

Il trafiqua à nouveau le panneau de commande. Un petit tiroir s'ouvrit, éjectant un disque d'argent : un CD. Elle n'avait jamais prêté beaucoup d'attention à ces machins-là. Michael lui disait que ce n'était que du bruit. Elle prit le disque dans sa main, le tenant par les bords : « Stravinsky, *Le Sacre du printemps*, Chicago Symphony Orchestra, direction Erich Leinsdorf. »

— Je voulais juste te faire entendre à quoi tu ressembles, dit Elton.

22.

— Ce que je ne comprends pas, disait Theo, c'est pourquoi vous n'êtes pas morts, tous les trois.

Le groupe était assis à la grande table de la salle de contrôle, tous sauf Finn et Rey, qui étaient retournés dans leur carré pour essayer de dormir un peu. Peter était sorti de l'hébétude provoquée par l'adrénaline, et la douleur de l'entorse était maintenant réduite à une sourde palpitation. Quelqu'un avait ôté des condensateurs un bout de glace, que Peter maintenait, enroulé dans un chiffon trempé, sur sa cheville foulée. Il venait de tuer Zander Phillips, un homme qu'il avait connu, mais cela ne produisait pas encore chez lui une émotion identifiable. Il n'arrivait pas à traiter l'information ; c'était simplement trop bizarre. Pourtant, il avait encore la clé accrochée au cou, il n'y avait donc aucun doute sur son identité. Peter n'avait pas le choix, évidemment ; Zander avait complètement muté. Le virul qui avait essayé de s'introduire par la trappe n'était plus Zander Phillips à proprement parler. Mais Peter ne pouvait se départir de l'impression qu'au dernier moment, juste avant de presser la détente, il avait décelé une lueur de reconnaissance dans ses yeux, une expression de soulagement, presque.

Après l'attaque, Theo avait soumis Caleb à un véritable interrogatoire. Son histoire ne tenait pas debout, mais il était aussi clair que le gamin était épuisé et souffrait d'insolation. Il avait les lèvres enflées, craquelées, une grosse bosse violacée sur le front, et les pieds pleins d'entailles. La perte de ses chaussures semblait l'ennuyer plus que tout le reste ; c'étaient des Nike, des Push-Off noires toutes neuves, expliqua-t-il. Trouvées encore en boîte sur une étagère, au Footlocker du centre commercial. Il les avait perdues en courant dans la vallée, mais il avait eu tellement peur que c'était à peine s'il s'en était rendu compte.

— On t'en trouvera une nouvelle paire, dit Theo. Mais je voudrais que tu me parles de Zander.

Caleb parlait en mangeant. Il mastiquait du biscuit de soldat qu'il faisait descendre avec des goulées d'eau. Eh bien, tout était normal, leur raconta-t-il, jusqu'à ce que, il y avait six jours de ça, Zander commence à agir... bizarrement. Très bizarrement. Même pour Zander, ce qui n'était pas peu dire. Il ne voulait pas sortir du péri-mètre, et il ne dormait pas du tout. Il passait la nuit debout, à faire les cent pas dans la salle de contrôle, en marmonnant tout seul. Caleb pensait qu'il était juste resté trop longtemps à la Centrale, que ça lui avait tapé sur le système, et que quand l'équipe de relève se poin-terait, il reprendrait ses esprits.

— Et puis, un beau jour, il décrète qu'on sort dans le champ d'éoliennes, et il me dit de charger la voiture et de tout préparer. J'étais assis là, à déjeuner, quand il s'approche de moi et m'annonce ça. Il veut changer un régulateur dans la section ouest. « D'accord, je dis, mais qu'est-ce qui urge comme ça ? Il n'est pas un peu tard dans la journée pour aller dans le champ ? » Il a ce regard dingue dans les yeux, et il sent mauvais. Je veux dire, il pue vraiment. « Ça va ? » je lui demande, et il me dit : « File chercher le matériel, on y va. »

— C'était quand, ça ?

Caleb avala sa salive.

— Il y a trois jours.

Theo se pencha en avant sur son fauteuil.

— Tu es resté dehors pendant trois jours ?

Caleb hocha la tête. Il avait fini la dernière miette de biscuit et attaquait, avec les doigts, une platée de pâté de soja.

— Alors on sort avec la mule, mais c'est là, le truc : on ne va pas dans le champ de l'Ouest, on va dans le champ Est. Il y a des années que plus rien ne marche, là-bas ; c'est que des épaves. Et il faut une éternité pour y arriver, au moins deux heures avec la carriole. La mi-journée est déjà passée, et ça va être juste. Alors, je lui dis comme ça : « Zander, l'ouest, c'est par là, mon pote, qu'est-ce qu'on fout par ici ? Tu veux nous faire tuer tous les deux ? » Enfin, on parvient au mât qu'il dit qu'il veut réparer, et ce n'est qu'un tas de rouille. Complètement foutu. Ça se voit d'en bas. Je veux bien être tondu si on arrive à quoi que ce soit en changeant le régulateur. Mais il a l'air d'y tenir, alors je traîne mon cul en haut de l'échelle, je fixe le treuil et je commence à détacher le vieux capot en me dépêchant. Je me dis *Bon, ça ne rime à rien et on risque notre peau pour des prunes, mais peut-être qu'il sait un truc que j'ignore.* Et c'est là que j'ai entendu le hurlement.

— Zander s'est mis à hurler ?

Caleb secoua la tête.

— La mule. Ce n'est pas une blague, c'est exactement à ça que ça ressemblait. Je n'ai jamais rien entendu de pareil. Quand j'ai regardé en bas, elle basculait, elle tombait comme un sac de cailloux. J'ai mis une seconde à comprendre ce que je voyais. C'était du sang. Plein de sang.

Il s'essuya la bouche sur sa manche et repoussa l'assiette de pâté de soja vide.

— Zander disait toujours que ce truc-là avait un goût de carton. Et moi, je lui disais : « Quand est-ce que tu as mangé du carton, Zander, je voudrais bien le savoir ? » Et je vous assure qu'après trois jours sans rien à se mettre sous la dent, ce n'est pas si mauvais.

Theo poussa un soupir impatient.

— Caleb, s'il te plaît... Le sang...

Le gamin s'octroya une longue rasade d'eau.

— Ouais, bon. Alors, le sang. Zander est agenouillé à côté et je crie : « Zander, putain, qu'est-ce qui se passe ? » Il se relève et je vois qu'il est torse nu, il a un couteau à la main et il est couvert de sang. Je ne sais pas comment, j'ai rien vu venir. J'ai cinq secondes devant moi avant qu'il grimpe à l'échelle pour me faire la peau. Mais il ne le fait pas. Il reste juste assis au pied du mât, à l'ombre d'un des montants, où je ne peux pas le voir. « Zander ! je l'appelle. Écoute-moi. Il faut que tu combattes ça. Je suis tout seul, là-haut. » Je me dis que si j'arrive à lui faire entendre raison assez long-temps, je pourrai peut-être piquer un sprint et lui échap-per.

— Je ne comprends pas, fit Alicia en fronçant les sourcils. Quand aurait-il été contaminé ?

— C'est le truc, poursuivit Caleb. Je ne vois pas, moi non plus. Je ne l'ai pas quitté une minute de toute la journée.

— Et la nuit ? risqua Theo. Tu dis qu'il ne dormait pas. Peut-être qu'il est sorti.

— Possible. Enfin, je suppose, mais pourquoi aurait-il fait ça ? Et puis, il n'avait pas l'air vraiment différent, à part le sang.

— Et ses yeux ?

— Que dalle. Ils n'étaient pas devenus orange du tout, à ce que j'ai vu. Je vous le dis, ça faisait froid dans le dos. Bref, je suis coincé en haut du mât, Zander en bas, peut-être contaminé, peut-être pas, mais d'une façon ou d'une autre, il va bien finir par faire nuit. « Zander, je crie, écoute, je descends, de toute façon. » Je ne suis pas armé, tout ce que j'ai, c'est la clé à molette, mais je pourrai peut-être lui exploser le crâne et m'en sortir comme ça. Et puis il faut que je récupère la clé qu'il a sur lui, je ne sais pas comment. Je ne le vois pas, du haut de l'échelle, alors quand je suis à trois mètres du sol, je me dis : *Et puis merde, je vais juste sauter.* Je lui ai révélé mes intentions, mais je me dis que je suis déjà mort, de toute façon. Je me laisse tomber et je brandis la clé à molette, prêt à la lui balancer. Mais elle a disparu. Il me l'a arrachée de la main. Zander est juste derrière moi. C'est là qu'il me dit : « Remonte. »

— Remonte ? répéta Arlo.

Caleb hocha la tête.

— Sans blague. C'est ce qu'il me dit. Et s'il flippait, je suis toujours incapable de le dire. Mais il a un couteau dans une main, la clé à molette dans l'autre, il est couvert de sang, et sans la clé, je n'ai aucune chance de rentrer dans la Centrale. Je lui demande : « Comment ça, *remonte* ? » et il répond : « Remonte sur le mât, tu seras en sûreté. » Alors c'est ce que j'ai fait, conclut-il avec un haussement d'épaules. C'est là que j'étais depuis trois jours quand je vous ai vus sur la route de l'Est.

Peter jeta un coup d'œil à son frère, mais Theo n'avait pas l'air de savoir quoi penser, lui non plus, de cette étrange histoire. Quelles étaient les intentions de Zander ? Était-il déjà contaminé ou non ? Il y avait des années que personne – aucun témoin vivant, du moins – n'avait assisté de ses propres yeux aux effets des stades préliminaires de la contamination. Mais il y avait des quantités de témoignages, surtout datant des premiers temps, de l'époque des Marcheurs, de comportements bizarres – pas seulement la soif de sang et le déshabillage précipité que tout le monde savait être des signes, mais des propos étranges, des discours exaltés, de nombreux exploits athlétiques. On disait qu'un Marcheur avait fait irruption dans l'Entrepôt et s'était bel et bien dévoré lui-même jusqu'à ce que mort s'ensuive ; un autre avait tué tous ses enfants dans leur lit avant de s'immoler par le feu ; un troisième s'était mis tout nu, était monté sur la passerelle au vu et au su de la Garde et avait récité, en hurlant à tue-tête, l'intégralité du discours de Gettysburg et vingt-cinq vers de « Rame, rame, rame sur ton bateau » avant de se jeter dans le vide, de vingt mètres de haut.

— Alors, les fums ? demanda Theo.

— Eh bien, c'est ça qui est marrant. Ça s'est passé exactement comme avait dit Zander. Il n'y en avait pas. Ou du moins pas un seul ne s'est approché. J'en ai vu quelques-uns, la nuit, qui se déplaçaient dans la vallée. Mais en gros, ils m'ont fichu la paix. Ils n'aiment pas chasser dans le champ d'éoliennes. Zander disait toujours que le mouvement des pales les tourneboulait, alors peut-être que ça a un rapport, je ne sais pas.

Le garçon marqua une pause. Peter comprit que l'épreuve qu'il avait subie commençait à se faire sentir.

— Au bout d'un moment, j'ai fini par m'y faire, et en réalité, c'était plutôt paisible. Après ça, je n'ai plus revu Zander. Je l'entendais farfouiller au pied du mât. Mais il ne me répondait jamais. Et j'ai fini par me dire que ma meilleure chance, c'était d'attendre que l'équipe de relève se pointe pour essayer de m'en sortir.

— Et donc, tu nous as vus.

— Croyez-moi, j'ai crié à m'en faire péter les cordes vocales, mais vous deviez être trop loin pour m'entendre. C'est là que je me suis rendu compte que Zander était parti. Et la mule aussi. Les viruls avaient dû l'entraîner. À ce moment-là, je n'avais plus qu'une largeur de main de jour devant moi, tout au plus. Mais je n'avais plus d'eau, et il n'y avait aucune chance qu'on aille me chercher dans le champ de l'Est, alors j'ai décidé de descendre et de courir comme si ma vie en dépendait. Je m'étais rapproché à mille mètres à peu près quand, tout à coup, il y a eu des fums *absolument partout*. Je me suis dit que ça y était, j'étais cuit, à coup sûr. Je me suis caché dans le pied d'un des mâts et j'ai plus ou moins attendu la mort. Mais je ne sais pas pourquoi, ils se tenaient à distance. Je ne pourrais pas vous dire combien de temps je suis resté là-dessous, mais quand j'ai jeté un coup d'œil au-dehors, ils avaient disparu, plus un seul fum en vue. À ce moment-là, je savais que

561

la grille était fermée, mais j'ai dû me dire que je réussirais à rentrer d'une façon ou d'une autre.

Arlo se tourna vers Theo.

— Ça n'a pas de sens. Pourquoi ont-ils bien pu l'épargner comme ça ?

— Parce qu'ils le suivaient, répliqua Alicia. On les voyait du haut du toit. Peut-être qu'ils l'utilisaient comme appât pour nous attirer dehors ? Mais depuis quand font-ils ça ?

— Jamais, rétorqua Theo.

Quelque chose s'était durci dans son expression. Il se redressa sur sa chaise.

— Écoutez, je me réjouis que Caleb s'en soit tiré, croyez-moi. Mais c'était une cascade stupide, vous deux. Si cette Centrale est déconnectée, les lumières s'éteignent, et c'est fini pour tout le monde. Je ne sais pas pourquoi je suis obligé de vous expliquer ça, mais on dirait qu'il faut que je vous le rappelle.

Peter et Alicia ne répondirent pas. Il n'y avait rien à dire : c'était vrai. Si le fusil de Peter avait dévié de quelques centimètres seulement d'un côté ou de l'autre, ils seraient probablement tous morts maintenant. Il avait eu un sacré coup de bol, et il le savait.

— En attendant, ça n'explique pas comment Zander a été contaminé, reprit Theo. Ou ce qu'il fabriquait, en laissant Caleb sur le mât.

— Au diable tout ça, rétorqua Arlo et il se flanqua une tape sur les genoux. Ce que je voudrais vraiment, c'est en savoir un peu plus sur ces armes. Combien y en a-t-il ?

— Douze conteneurs, sous l'escalier, précisa Alicia. Et six autres dans le réduit, sur le toit.

— Et c'est exactement là qu'elles vont rester, déclara Theo.

— Tu plaisantes, fit Alicia en rigolant.

— Oh non, pas du tout. Regardez ce qui a failli arriver. Pouvez-vous honnêtement me dire que vous seriez sortis sans ces armes ?

— Peut-être pas. Mais si Caleb est en vie, c'est grâce à elles. Et tu auras beau dire, je me félicite qu'on soit sortis. Ce ne sont pas seulement des armes, Theo, elles sont quasiment neuves.

— Je sais bien, acquiesça Theo. Je les ai vues. Je suis au courant.

— Quoi, tu le savais ?

Il hocha la tête.

— Bien sûr.

Un ange passa. Alicia se pencha en avant, par-dessus la table.

— Alors à qui sont ces armes, en réalité ?

Mais c'est à Peter que Theo répondit.

— Elles étaient à notre père.

Pendant la dernière heure de la nuit, Theo leur raconta l'histoire. Caleb, qui tombait de sommeil, était allé dormir dans les chambrées, et Arlo avait sorti la gnôle, comme ils faisaient parfois après une nuit sur le Mur. Il en avait versé deux doigts à chacun, dans leurs chopes, puis la bouteille passa à la ronde.

Il y avait une vieille base du corps des marines, à l'est de cet endroit, leur expliqua Theo. À deux jours de cheval à peu près. Un endroit appelé Twentynine Palms. Il n'en restait quasiment rien tellement elle était ensablée. C'est tout juste si on voyait encore quelque chose ; il fallait vraiment savoir où chercher. Leur père avait trouvé les armes dans un bunker souterrain – au sec, impeccablement emballées et protégées –, et pas seulement des fusils. Des pistolets, des lance-roquettes. Des mitraillettes et des grenades. Tout un garage plein de véhicules, et même quelques chars. Ils n'avaient aucun moyen de déplacer les armes les plus lourdes, et les véhicules n'avaient pas voulu démarrer, mais leur père et oncle Willem avaient rapporté les fusils à la Centrale, une charrette à la fois – trois trajets au total, avant que Willem se fasse tuer.

— Et pourquoi n'en a-t-il parlé à personne ? demanda Peter.

— Oh, il en a parlé. À notre mère et à quelques autres. Il ne partait pas tout seul à cheval, tu sais. J'imagine que le Colonel était au courant. Et probablement le Vieux Chou. Zander devait aussi le savoir, puisque c'est lui qui les entreposait là.

— Mais pas Sanjay, coupa Alicia.

Theo secoua la tête en se renfrognant.

— Crois-moi, Sanjay était bien le dernier à qui mon père en aurait parlé. Attention, Sanjay fait très bien son boulot, mais il avait toujours été radicalement opposé aux chevauchées, surtout après la mort de Raj.

— C'est vrai, intervint Arlo. C'était l'un des trois.

Theo hocha la tête.

— Je pense que ç'a toujours été un sujet sensible pour Sanjay, le fait que son frère veuille chevaucher avec notre père. Je n'ai jamais vraiment compris ça, mais il y avait un cadavre dans le placard entre eux, et ça remontait à longtemps. Ça n'a fait qu'empirer quand Raj s'est fait tuer. Sanjay a remonté la Maisonnée contre notre père, ils ont voté contre lui comme chef et mis fin aux chevauchées. C'est là que notre père a démissionné et commencé à chevaucher seul.

Peter porta sa chope de gnôle à son nez, sentit les vapeurs âcres lui brûler les narines, et la reposa sur la table. Il ne savait pas ce qui était le plus démoralisant ; que son père ait gardé le secret vis-à-vis de lui, ou que Theo l'ait fait.

— Alors, pourquoi cacher les fusils, pour commencer ? demanda-t-il. Pourquoi ne pas les avoir remontés dans la montagne ?

— Et pour quoi faire ? Réfléchis, frangin. Nous t'avons tous entendu, là. D'après mon compte, à deux, vous avez tiré trente-six cartouches pour tuer quoi ? Deux virus ? Sur combien ? Ces fusils auraient duré une saison s'il les avait remis à la Garde. Les gens auraient tiré sur leur ombre. Bon sang, la moitié du temps, ils se seraient probablement entretués. Je pense que c'est ce qu'il redoutait le plus.

— Combien en reste-t-il ? s'informa Alicia.

— Dans le bunker ? Je n'en sais rien. Je ne l'ai jamais vu.

— Mais tu sais où il se trouve.

Theo plongea ses lèvres dans la gnôle.

— Je vois où tu veux en venir, et je t'arrête tout de suite. Notre père avait certaines idées, tu le sais aussi bien que moi, Peter. Il ne pouvait pas accepter que nous soyons tout ce qui reste, qu'il n'y ait personne d'autre à la surface du monde. Et s'il pouvait en trouver d'autres, et s'ils avaient des armes...

Il laissa sa phrase en suspens.

Alicia se raidit sur son siège.

— Une armée, dit-elle en les parcourant du regard. C'est ça, hein ? Il voulait monter une armée. Pour combattre les fums.

— Ce qui était peine perdue, répondit Theo, et Peter reconnut de l'amertume dans sa voix. Sans objet et dingue. L'Armée avait des armes, et qu'est-ce qui s'est passé ? Est-ce qu'ils sont revenus nous chercher ? Avec leurs fusils, leurs roquettes et leurs hélicoptères ? Bien sûr que non, jamais, et je vais vous dire pourquoi : parce qu'ils sont tous morts.

Alicia ne se laissa pas démonter.

— Eh bien, moi, ça me plaît, dit-elle. Je pense que c'est une putain d'idée.

Theo eut un rire amer.

— J'étais sûr que ça te plairait.

— Et je ne pense pas non plus que nous soyons seuls, insista-t-elle. Il y en a d'autres. Dehors, quelque part.

— Vraiment ? Qu'est-ce qui te permet d'en être si sûre ?

Elle parut soudain un peu décontenancée.

— Rien du tout. Je le sais, c'est tout.

Theo fronça les sourcils dans sa chope, faisant long-temps tournoyer le contenu.

— Tu peux croire ce que tu veux, dit-il calmement. Ce n'est pas pour autant que c'est la vérité.

— Notre père le croyait, dit Peter.

— Oui, frangin. Il le croyait. Et c'est à cause de ça qu'il s'est fait tuer. Je sais que ce n'est pas un sujet facile à aborder, mais ce sont les faits. Quand on veille la Miséricorde, crois-moi, on a le temps de réfléchir à certaines choses. Notre père n'est pas allé là-bas pour tout lâcher. Ceux qui croient ça n'ont rien compris à ce qu'il était. Il y est allé parce qu'il ne pouvait tout sim-plement pas supporter de rester une minute de plus de sa vie sans savoir. C'était courageux, et c'était stupide, et il a eu sa réponse.

— Il a vu un Marcheur. À Milagro.

— Possible. Si tu veux que je te dise, à mon avis, il a vu ce qu'il voulait voir. Et de toute façon, quelle importance ? Un Marcheur, ça aurait changé quoi ?

Peter se sentait salement ébranlé par le défaitisme de Theo. Ce n'était pas seulement désespérant : il trouvait ça déloyal.

— Là où il y en a un, il y en a d'autres, répondit-il.

— Ce qu'il y a, frangin, c'est des fums. Et tous les fusils du monde n'y changeront rien.

Pendant un moment, personne ne dit plus rien. L'idée était dans l'air, non formulée, mais palpable. Combien de temps avaient-ils devant eux avant que les lumières s'éteignent ? Avant que personne ne sache plus comment rétablir le courant ?

— Je n'y crois pas, fit Arlo. Et je ne peux pas croire que tu le penses. Si c'est tout ce qu'il y a, à quoi bon entreprendre quoi que ce soit ?

— À quoi bon ? répéta Theo en replongeant le regard dans sa chope. Je voudrais bien le savoir. À rester en vie, tout simplement, je dirais. À garder les lumières allumées le plus longtemps possible.

Il porta sa chope à ses lèvres et la vida d'une seule et longue gorgée.

— D'ailleurs, le jour ne va pas tarder à se lever, alors debout, tout le monde. Laissons dormir Caleb, mais réveillons les autres. On a des cadavres sur les bras.

Il y en avait quatre. Ils en trouvèrent trois dans la cour et un, Zander, sur le toit, allongé sur le dos, près de la trappe, les membres nus étalés en croix, dans une attitude d'ultime surprise. La balle de Peter lui avait fait sauter le haut du crâne, arrachant la calotte crânienne, qui pendouillait de guingois, accrochée à ce qui restait de sa tête par un lambeau de peau. Il commençait à se racornir dans le soleil du matin. Un fin brouillard gris montait déjà de sa chair qui se calcinait.

Peter s'était habitué à l'apparence des viruls, mais n'était pas encore à l'aise quand il en voyait un de près. L'espèce de flou des traits de la face, lissés dans un néant presque infantile ; l'allongement et la courbure des pieds et des mains, avec leurs doigts préhensiles et leurs griffes acérées comme des rasoirs ; le torse et les membres musculeux, épais, et le long cou qui pivotait dans tous les sens ; la bouche pleine de dents effilées pareilles à des pointes d'acier. Finn mit des bottes et des gants en caoutchouc, s'attacha un chiffon sur la figure et, à l'aide d'une longue fourche, souleva la clé au bout de son cordon et la laissa tomber dans un seau en métal. Ils l'arrosèrent de gnôle, y mirent le feu et la laissèrent sécher au soleil ; ce que les flammes n'avaient pas tué, les rayons du soleil l'élimineraient. Puis ils poussèrent le cadavre de Zander, aussi raide qu'une planche, sur une bâche en plastique, et le roulèrent dedans, comme dans un tube. Arlo et Rey le traînèrent jusqu'au bord du toit et le laissèrent tomber dans la cour.

Le temps qu'ils transportent les quatre cadavres de l'autre côté de la clôture, le soleil était déjà haut et il faisait chaud. Appuyé sur une longueur de tuyau, Peter regarda, en prenant garde à ne pas se mettre sous le vent, Theo verser de l'alcool sur le tas de cadavres. Il se sentait inutile, mais avec sa cheville endolorie, il ne pouvait pas faire grand-chose pour l'aider. Alicia montait la garde avec l'un des fusils. Caleb avait fini par se réveiller et les avait rejoints. Peter vit qu'il portait des bottes de cuir.

— Celles de Zander, expliqua-t-il avec un haussement d'épaules, l'air un peu coupable. Sa paire de rechange. Je me suis dit qu'il ne m'en voudrait pas.

Theo prit une boîte d'allumettes dans sa poche et baissa son masque. De l'autre main, il tenait une torche. D'énormes auréoles de sueur maculaient sa chemise, au col et sous les bras. La chemise était une vieillerie récupérée à l'Entrepôt. Les manches avaient depuis longtemps disparu, le col était tellement élimé qu'on n'en voyait plus que la trame. Un nom était brodé en cursive sur la poche de poitrine : « Armando ».

— Quelqu'un veut dire quelque chose ?

Peter se dit que ce serait bien, mais il n'arrivait pas à trouver les mots. La vue du cadavre sur le toit n'avait pas apaisé le sentiment troublant qu'en fin de compte, Zander lui avait facilité les choses – que Zander était encore Zander. Enfin, tous les corps entassés là avaient un jour été des êtres humains. Peut-être que l'un d'eux était Armando.

— D'accord, je vais le faire, dit Theo.

Il s'éclaircit la gorge.

— Zander, tu étais un bon ingénieur et un bon ami. Tu n'as jamais eu une mauvaise parole envers qui que ce soit, et nous te remercions pour ça. Dors bien.

Puis il gratta l'allumette, approcha la flamme de la torche jusqu'à ce qu'elle s'embrase, et l'appuya contre le sinistre monticule.

La peau disparut rapidement, se vaporisa comme du papier, suivie du reste. Les os s'effondrèrent sur eux-mêmes, puis éclatèrent et formèrent des nuages de cendres. Une minute plus tard, c'était fini. Quand les dernières flammes se furent éteintes, ils pelletèrent les résidus dans le trou que Rey et Finn avaient creusé, puis ils étalèrent une couche de terre par-dessus.

Ils la tassaient quand Caleb prit la parole :

— Je voudrais juste dire un truc : je pense qu'il a tenté de lutter. Il aurait pu me tuer, là-bas.

Theo balança sa pelle par terre.

— Ne le prends pas mal, dit-il, mais ce qui m'inquiète, c'est qu'il ne l'ait pas fait.

Pendant les jours suivants, Peter réfléchit aux événements de cette nuit-là, les tourna et les retourna dans sa tête. Non seulement ce qui s'était passé sur le toit, et l'étrange histoire de Caleb dans l'éolienne, mais aussi le ton amer de son frère quand ils parlaient des armes. Parce qu'Alicia avait raison : ces armes, ce n'était pas n'importe quoi. Toute sa vie, Peter avait pensé que le monde d'Avant avait disparu. C'était comme si une lame était tombée sur le temps même, le fendant en deux, ce qu'il y avait eu avant et ce qu'il y avait depuis. Entre ces moitiés, il n'y avait pas de pont ; la guerre avait été perdue, il n'y avait plus d'Armée, le monde au-delà de la Colonie était la tombe ouverte d'une histoire dont personne ne se souvenait. À vrai dire, Peter n'avait jamais beaucoup réfléchi à ce que son père cherchait réellement, là, dans le noir. Il supposait que c'était parce que ça paraissait tellement évident : des gens, d'autres survivants. Mais alors qu'il tenait l'un des fusils de son père – et en ce moment même, allongé dans les chambrées pendant que sa cheville se remettait, et repensant à l'impression que tout ça lui faisait –, il sentait quelque chose d'autre, comme si le passé et tout son pouvoir semblaient avoir coulé en lui. Alors c'était peut-être ce que son père faisait pendant tout ce temps-là, pendant les Longues Chevauchées. Peut-être qu'il essayait de se rappeler le monde.

Theo le savait sûrement ; c'était ça, la stature. La sienne, et celle des hommes des Longues Chevauchées. Peter avait depuis longtemps décidé de ne pas en vouloir à Theo de ce que sa mère lui avait dit le matin de sa mort. *Veille sur ton frère, Theo. Il n'est pas fort, comme toi.* La vérité était la vérité, et au fur et à mesure que les années passaient, Peter avait découvert qu'il arrivait à supporter de savoir ça sur lui-même ; par moments, c'était presque un soulagement. C'était une chose difficile, désespérée, que son père avait tenté de faire, fondée sur une foi qui allait à l'encontre de tous les faits, et si Theo devait être le Jaxon qui supporterait ce fardeau – qui le supporterait pour eux deux –, Peter pouvait l'accepter. Mais dire à Arlo que tout ça, c'était pour rien, que tout ce qui leur restait, c'était de maintenir les lumières allumées aussi longtemps que possible, dire ça à Arlo entre tous, lui qui avait un Petit au Sanctuaire, ce n'était pas le Theo qu'il connaissait. Quelque chose avait changé chez son frère. Il se demandait bien quoi.

Ils restèrent cinq jours à la Centrale. Finn et Rey passèrent le premier à rétablir le courant dans la clôture, puis ils se remirent au boulot dans le champ ouest, à graisser les capots des éoliennes. Arlo, Theo et Alicia les escortèrent à tour de rôle, par équipe de deux, revenant toujours bien avant le coucher du soleil s'enfermer hermétiquement dans la Centrale. N'ayant rien d'autre à faire pour s'occuper, Peter s'était rabattu sur des réussites avec un jeu où il manquait trois cartes, et sur un carton de livres trouvé dans la réserve. Un assemblage de titres hétéroclite : *Charlie et la chocolaterie*, *Histoire de l'Empire ottoman*, *Les Pionniers de la Western Union* de Zane Grey (Les Classiques du western). Au dos de chaque livre, il y avait une pochette en carton sur laquelle était imprimée la mention « Propriété de la bibliothèque publique du comté de Riverside », dans laquelle était glissée une carte avec une liste de dates écrites à l'encre, une encre passée : 7 septembre 2014, 3 avril 2012, 21 décembre 2016.

— Qui les a récupérés ? demanda-t-il à Theo, un soir.

Le groupe venait de rentrer du champ d'éoliennes. Une pile de livres était posée par terre, à côté de la couchette de Peter.

Theo se rinçait le visage au lavabo. Il se retourna et s'essuya les mains sur le devant de sa chemise.

— Je pense qu'ils sont là depuis longtemps. Je ne sais pas si Zander lisait couramment, alors il les avait mis dans un coin. Il y a de bonnes choses ?

Peter leva le livre qu'il lisait : *Moby Dick*.

— À vrai dire, j'en suis à me demander si c'est de l'anglais. Il m'a fallu presque toute la journée pour arriver au bout d'une page.

Son frère eut un rire las.

— Allez, on va regarder ta cheville.

Theo s'assit au bord du lit de camp. Il prit le pied de Peter dans sa main, délicatement, et fit jouer l'articulation. C'est à peine s'ils s'étaient parlé, tous les deux, depuis la nuit de l'attaque. À vrai dire, ils n'avaient pas échangé deux paroles.

— Bon, ça a l'air d'aller mieux.

Il se caressa le menton, faisant crisser sa barbe naissante. Peter vit qu'il avait les yeux creusés par l'épuisement.

— L'enflure a bien diminué. Tu crois que tu pourras monter à cheval ?

— S'il le fallait, je m'en irais d'ici en rampant.

Ils partirent le lendemain matin, après le petit déjeuner. Arlo était d'accord pour rester sur place avec Rey et Finn, jusqu'à l'arrivée de l'équipe de relève. Caleb dit qu'il voulait leur tenir compagnie, mais Theo l'en dissuada – tant qu'Arlo était là, et qu'ils ne franchissaient pas la clôture, un quatrième homme n'était pas nécessaire. Et Caleb en avait déjà plus qu'assez fait.

Restait la question des armes. Theo voulait les laisser où elles étaient ; Alicia argua que ça n'avait pas de sens. Ils ne savaient toujours pas ce qui était arrivé à Zander, ni pourquoi les fums n'avaient pas tué Caleb alors qu'ils auraient pu. Ils finirent par arriver à un compromis : le groupe repartirait armé, mais dissimulerait les armes à l'extérieur de la Colonie, par sécurité ; le reste demeurerait sous l'escalier.

— Je ne devrais pas en avoir besoin, commenta Arlo alors que le groupe se mettait en selle. Si des fums se pointent, je les ferai mourir d'ennui avec mes histoires.

Il portait tout de même un fusil en bandoulière. Alicia lui avait montré comment le charger, le nettoyer, et lui avait fait tirer quelques cartouches dans la cour, pour s'exercer. « Putain de merde ! C'est vraiment quelque chose ! » s'était-il écrié de sa grosse voix, et il avait fait feu une nouvelle fois, envoyant valser la boîte de conserve posée sur un poteau en guise de cible.

Theo avait raison, s'était dit Peter ; une fois qu'on tenait une arme, c'était dur de la lâcher.

— Je ne plaisante pas, Arlo, l'avertit Theo.

Les chevaux, après toutes ces journées d'immobilité, étaient impatients de partir. Ils dansaient sur place en soulevant la poussière.

— Il y a quelque chose qui ne tourne pas rond. Ne sortez pas du périmètre. Et fermez tout bien la nuit, avant de voir la première ombre. D'accord ?

— Ne t'en fais pas, cousin.

En souriant dans sa barbe, Arlo regarda Finn et Rey, qui ne pouvaient s'empêcher, se dit Peter, de tirer une tête d'enterrement. Dix jours coincés dans la Centrale avec Arlo et ses histoires ! Il allait sûrement craquer et leur chanter des chansons, guitare ou non. Accrochée au cou d'Arlo, il y avait la clé qu'ils avaient récupérée sur le corps de Zander. Theo avait l'autre.

Arlo regarda les Clés à molette.

— Allez, les gars ! fit-il en tapant dans ses mains. Haut les cœurs ! Ça va être la fête !

Mais quand il s'approcha du cheval de Theo, son visage avait retrouvé toute sa gravité.

— Mets ça dans ta poche, dit-il à voix basse en lui tendant une feuille de papier plié. Pour Leigh et le bébé, au cas où il arriverait quelque chose.

Theo rangea le papier sans le regarder.

— Dix jours. Et ne mets pas le nez dehors.

— Dix jours, cousin.

Ils s'engagèrent dans la vallée. N'ayant plus de voiture à tirer, ils prirent à travers champs en direction de Banning, évitant la route de l'Est pour gagner quelques kilomètres. Personne ne parlait ; ils économisaient leurs forces en prévision du long trajet qui les attendait.

Comme ils approchaient des limites de la ville, Theo se redressa.

— J'allais oublier...

Il fouilla dans son sac de selle et en retira le curieux objet que Michael lui avait donné à la porte, six jours auparavant.

— Quelqu'un se rappelle ce que c'est que ce truc-là ?

Caleb rapprocha sa monture pour prendre la carte des mains de Théo et l'examina.

— C'est une carte mère. Un processeur Intel, série Pion. Tu vois le neuf ? C'est à ça qu'on les reconnaît.

— Tu t'y connais dans ces trucs-là ?

— Faut bien.

Avec un haussement d'épaules, Caleb rendit la carte à Theo.

— La console de contrôle des éoliennes utilise des Pion. Les nôtres sont des cartes militaires, super-résistantes, mais fondamentalement identiques. C'est vraiment du solide, et elles sont rapides comme l'éclair. Seize gigahertz, sans *overclocking*.

Peter regardait la tête que faisait Theo : lui non plus n'avait pas idée de ce que Caleb pouvait bien raconter.

— Bon. Ben, Michael en veut une.

— Tu aurais dû me le dire. On en a des tonnes en rab à la Centrale.

Alicia éclata de rire.

— Je dois dire que tu me surprends, Caleb. J'ai l'impression d'entendre parler le Circuit. Je ne savais même pas que vous saviez lire, les Clés à molette.

Caleb se retourna sur sa selle pour la regarder. S'il était vexé, il ne le montra pas.

— Tu rigoles ? Qu'est-ce que tu veux qu'on fasse

574

d'autre, ici ? Zander filait toujours à la bibliothèque pour récupérer des bouquins. Il y en a des caisses et des caisses, empilées dans la réserve de matériel. Et pas que des manuels techniques. Ce type aurait lu n'importe quoi. Il disait que les livres étaient plus intéressants que les gens.

Pendant un instant, tout le monde se tut.

— J'ai dit une connerie, là ? s'étonna Caleb.

La bibliothèque se trouvait près des magasins d'usine d'Empire Valley, un cube de béton posé à la limite nord de la ville, sur un terrain vague envahi par les mauvaises herbes. Ils s'abritèrent derrière une station-service et mirent pied à terre. Theo récupéra les jumelles dans son sac de selle et observa le bâtiment.

— C'est pas mal ensablé. Enfin, les vitrines, au-dessus du niveau du sol, sont encore intactes. Le centre commercial a l'air bien fermé.

— Tu vois quelque chose à l'intérieur ? demanda Peter.

— Pas avec ce soleil ; il y a trop de reflets sur les vitres.

Il passa les jumelles à Alicia et se tourna vers Pataugas.

— Tu es sûr ?

— Que Zander venait ici ? Ben oui, fit le gamin en hochant la tête. J'en suis sûr.

— Tu es déjà venu avec lui ?

— Tu te fous de moi ! ?

Alicia avait grimpé sur un tas de gravats et de là sur le toit de la station-service, d'où elle avait une meilleure vue.

— Alors ?

Elle abaissa les jumelles.

— Alors tu as raison, il y a trop de soleil. Cela dit,

je ne vois pas comment il pourrait y avoir quoi que ce soit à l'intérieur, avec toutes ces surfaces vitrées.

— C'est ce que Zander disait toujours, reprit Caleb.

— Je ne comprends pas, fit Peter. Qu'est-ce qu'il venait fiche ici tout seul ?

Alicia se laissa tomber par terre. Elle s'essuya les mains sur le devant de son pull avant d'écarter de son visage une mèche de cheveux trempés de sueur.

— Je pense qu'on devrait vérifier. On ne trouvera jamais une meilleure occasion que le milieu de la journée, comme ça.

Pourquoi ne suis-je pas étonné ? disait le visage de Theo. Il se tourna vers Peter.

— Et toi, tu votes pour quoi ?

— Depuis quand est-ce qu'on met aux voix ?

— Depuis tout de suite. Si on doit faire ça, il faut que tout le monde soit d'accord.

Peter essaya de déchiffrer l'expression de Theo, de deviner ses intentions. Derrière la question qui lui était posée, il discernait un défi. *À quoi bon tout ça ?* pensait-il. *Pourquoi maintenant ?*

Il acquiesça d'un hochement de tête.

— D'accord, Liss, fit Theo, et il prit son fusil. Tu l'as, ta chasse aux fums.

Ils laissèrent Caleb avec les chevaux et s'approchèrent du bâtiment, en file indienne. Le sable avait envahi les vitrines sur une certaine hauteur, mais l'entrée, en haut d'une courte volée de marches, était dégagée.

La porte s'ouvrit facilement. Ils entrèrent et se retrouvèrent dans une sorte de hall. Au mur, derrière la porte, était fixé un panneau d'affichage couvert d'annonces à l'encre passée, mais encore lisibles : « À vendre, Nissan Serata 2014, faible kilométrage », « Perdez vos kilos avant les vacances, renseignez-vous ! », « On recherche une baby-sitter pour l'après-midi et quelques soirées. Voiture obligatoire », « Heure des contes pour les enfants, mardis et jeudis, 10 h 30-11 h 30 ». Et plus grande que les autres, une affiche jaunie, racornie :

RESTEZ EN VIE. RESTEZ DANS LES ZONES BIEN ÉCLAIRÉES. SIGNALEZ TOUS LES SYMPTÔMES DE CONTAMINATION. NE LAISSEZ AUCUN ÉTRANGER ENTRER CHEZ VOUS. NE QUITTEZ LES ZONES SÉCURISÉES QUE SUR ORDRE EXPRESS DES OFFICIELS DU GOUVERNEMENT.

Ils pénétrèrent dans une vaste salle dont les grandes baies vitrées donnaient sur le parking. Ça sentait le renfermé, et il faisait une chaleur étouffante.

Un cadavre était assis à l'accueil.

Peter vit que c'était une femme. Il était clair qu'elle s'était tuée. Sa main, retombée sur ses cuisses, était encore crispée sur son arme, un petit revolver. Le corps était aussi brun que du cuir, sa peau desséchée tendue sur ses os, et la blessure d'entrée de la balle, sur la tempe, encore nettement visible. Elle avait la tête inclinée sur le côté, comme si elle avait laissé tomber quelque chose et s'était penchée pour le ramasser.

— Je suis contente qu'Arlo ne soit pas là pour voir ça, murmura Alicia.

Ils avancèrent en silence entre les rayons. Il y avait des livres répandus par terre, tellement de livres qu'ils avaient l'impression de marcher dans la neige. Ils firent le tour et se retrouvèrent devant l'entrée. Theo leur indiqua l'escalier avec le canon de son fusil.

— Vigilance, vigilance !

L'escalier menait à une grande pièce inondée de soleil. Les baies vitrées donnaient une impression d'espace. Les étagères avaient été repoussées sur les côtés pour laisser place à des rangées de lits de camp.

Et dans chaque lit il y avait un corps.

— Il y en bien une cinquantaine, murmura Alicia. C'est quoi ? Une espèce d'infirmerie ?

Theo s'avança dans la pièce, entre les rangées. Une étrange odeur de renfermé stagnait dans l'air. Vers le milieu d'une rangée, Theo s'arrêta auprès d'un des lits et tendit la main pour ramasser un petit objet. Quelque chose de mou, fait de tissu qui se désagrégeait. Il le leva pour le montrer à Peter et Alicia. Une espèce de poupée de chiffon.

— Je ne pense pas que ce soit ça.

Les images commençaient à s'assembler dans l'esprit de Peter, formant un tableau. Les petits corps. Les animaux en peluche, les jouets auxquels étaient cramponnées les petites mains réduites à des os recouverts d'une peau pareille à du cuir. Peter fit un pas et entendit un bruit de plastique écrasé. Une seringue. Il y en avait des dizaines, répandues par terre.

La signification de tout ça le frappa comme un coup de poing en pleine poitrine.

— Theo, c'est... ce sont...

Il ne put articuler sa pensée.

Son frère se dirigeait déjà vers l'escalier.

— Foutons le camp d'ici.

Ils ne s'arrêtèrent qu'une fois dehors. Arrivés sur le seuil, ils avalèrent de grandes goulées d'air. Dans le lointain, Peter voyait Caleb, debout sur le toit de la station-service, qui observait encore le paysage à la jumelle.

— Ils avaient dû comprendre ce qui se passait, dit

Caleb, tout bas. Et décider que ça valait mieux comme ça.

Theo passa son fusil en bandoulière et but longuement à sa gourde. Il avait le visage cendreux, et Peter vit que ses mains tremblaient.

— Putain de Zander, dit Theo. Qu'est-ce qu'il pouvait bien venir foutre ici ?

— Il y a un autre escalier, sur l'arrière, dit Alicia. On devrait aller voir par là.

Theo cracha et secoua la tête avec force.

— Allons-y, Liss, dit Peter.

— À quoi bon explorer le bâtiment si on ne vérifie pas tout ?

Theo se retourna d'un bloc.

— Je ne resterai pas une seconde de plus dans cet endroit, dit-il d'un ton résolu, sans réplique. On le fait brûler. Pas de discussion.

Ils enlevèrent les livres des étagères et les mirent en tas près de la réception. Le papier s'enflamma facilement, les flammes commencèrent à bondir d'un livre à l'autre. Ils ressortirent par la porte, reculèrent d'une cinquantaine de mètres pour regarder flamber le bâtiment. Peter but un peu à sa gourde, mais rien n'aurait pu ôter le goût qu'il avait dans la bouche ; la puanteur des cadavres, de la mort. Il savait que le spectacle que ses yeux avaient contemplé lui resterait jusqu'à la fin de ses jours. Zander venait donc ici, mais pas seulement pour les livres : il venait voir les enfants.

Et c'est alors que le sable chassé par le vent, à la base du bâtiment, se mit à bouger.

Alicia, debout à côté de lui, s'en aperçut la première.

— Peter...

Le sable se dérobait ; les virus se déversaient audehors, jaillissaient à grands coups de griffes du sable qui envahissait les vitrines du rez-de-chaussée. Un sextet, chassé par les flammes dans la lumière éclatante de la mi-journée.

Ils hurlaient. Un affreux gémissement perçant, de rage et de souffrance mêlées, qui faisait vibrer l'air.

La bibliothèque était maintenant complètement engloutie par les flammes. Peter leva le canon de son fusil et chercha la détente. Ses mouvements lui faisaient l'impression d'être vagues, imprécis. Tout, dans la scène, semblait à moitié irréel, son esprit n'avait aucune prise dessus. Les vitres explosèrent en une pluie d'échardes étincelantes, et d'autres viruls émergèrent des lourdes volutes de fumée noire qui s'échappaient des fenêtres du haut, leurs chairs flamboyantes traînant des panaches de flammes liquides. Il eut l'impression que des plages entières de temps avaient passé depuis qu'il avait levé son fusil, dans l'intention de tirer. Le premier groupe s'était réfugié dans une flaque d'ombre, à l'endroit où l'escalier de la bibliothèque sortait du sable, masse unique de corps blottis les uns contre les autres, la face collée à terre comme des Petits jouant à cache-cache.

— Peter, foutons le camp !

La voix d'Alicia le fit sortir de sa torpeur. Il s'ébroua. À côté de lui, Theo semblait pétrifié, le canon de son fusil pointé inutilement vers le sol, le visage atone, les yeux écarquillés, impassibles : *À quoi bon tout ça ?*

— Theo, écoute-moi ! s'écria Alicia en le tirant brutalement par le bras.

L'espace d'un instant, Peter crut qu'elle allait tout bonnement lui taper dessus. Les viruls, au pied des marches, commençaient à s'agiter. Un tremblement collectif les ébranla, comme la surface d'une mare ridée par le vent.

— On dégage ! Tout de suite !

Theo ramena son regard vers Peter.

— Oh, bon sang ! s'exclama-t-il. Je crois qu'on est foutus.

— Peter, implora Alicia. Aide-moi !

Ils le prirent chacun par un bras. Lorsqu'ils parvinrent au milieu du parking, Theo courait tout seul. Le sentiment d'irréalité avait disparu, laissant place à une seule envie – ficher le camp, s'arracher de là. Arrivés au coin de la station-service, ils virent que Caleb s'enfuyait au galop. Ils se mirent en selle, piquèrent des deux et le suivirent à fond de train. Dans leur dos, Peter entendit exploser les vitres. Alicia tendit le doigt en criant pour dominer le vacarme : « Le centre commercial », vers lequel se dirigeait Caleb.

À toute vitesse, ils franchirent une crête de sable formée par le vent et redescendirent vers le parking vide juste à temps pour voir Caleb sauter à bas de son cheval près de l'entrée ouest du bâtiment. Il lui flanqua une tape sur la croupe et fonça par la porte pendant que son cheval détalait.

— Dedans ! Vite ! hurla Alicia.

C'est elle qui avait pris la direction des opérations, maintenant. Theo ne disait rien.

— Allez, abandonnez les chevaux !

Les animaux étaient un appât, une offrande. Ils n'avaient pas le temps de leur dire au revoir. Ils mirent pied à terre et foncèrent à l'intérieur. Peter savait que le meilleur endroit serait l'atrium. Le toit de verre avait été arraché, il y avait du soleil, un abri, ils pourraient établir une sorte de défense. Ils prirent en courant le couloir plongé dans la pénombre. L'air lourd sentait le renfermé, les murs de béton, couverts de moisissure, révélaient les armatures rouillées, les tuyaux encastrés dedans. Des fils électriques pendouillaient partout. La plupart des boutiques étaient fermées, mais quelques-unes, restées

ouvertes, comme bouche bée sur une expression stupéfaite, dévoilaient leurs profondeurs obscures encom-
brées de débris. Peter voyait Caleb courir devant eux,
dans les colonnes de lumière dorée qui tombaient du
ciel.

Ils débouchèrent dans l'atrium, où la clarté était si
vive qu'ils clignèrent des yeux, aveuglés. L'espace était
une véritable forêt. Presque toutes les surfaces disparaissaient sous la verdure, les plantes grimpantes. Au centre,
un bouquet de palmiers montait vers le plafond éventré.
Des lianes tombaient des poutres exposées du plafond,
pareilles à des rouleaux de cordes vivantes. Ils se réfu-
gièrent derrière une barrière de tables retournées, à la
base des arbres. Caleb avait disparu.

Peter regarda son frère, accroupi à côté de lui.

— Ça va ?

Theo hocha la tête sans conviction, haletant. Ils respiraient tous très fort.

— Je suis désolé. Pour ce qui s'est passé là-bas. Je
me suis juste... je ne sais pas, conclut-il en secouant la
tête. Je prends celui de gauche, dit-il en essuyant la
sueur qui lui coulait dans les yeux. Reste avec Liss.

Il s'esquiva.

Agenouillée à côté de lui, Liss s'assura que son fusil
était chargé et déverrouilla la culasse. Quatre couloirs
se croisaient au niveau de l'atrium : l'attaque, si elle
survenait, viendrait de l'ouest.

— Tu crois que le soleil les a eus ? demanda Peter.

— Je n'en sais rien, Peter. Pour moi, ils avaient l'air
plutôt fumasses. Peut-être quelques-uns, mais pas tous.

Elle enroula fermement la courroie du fusil autour de
son avant-bras.

— Je veux que tu me promettes une chose, dit-elle.
Je ne finirai pas comme eux. Si ça devait en arriver là,
je voudrais que tu fasses le nécessaire.

— Jets ! Liss. Ne dis pas ça. Ça n'arrivera jamais.

— Je te le dis pour le cas où, fit-elle d'un ton ferme. N'hésite pas.

Ce n'était pas le moment de bavarder. Ils entendaient des pas précipités venir vers eux. Caleb déboula dans l'atrium, serrant quelque chose sur sa poitrine. Comme il atterrissait derrière les tables, Peter vit ce qu'il tenait : une boîte à chaussures.

— J'y crois pas ! fit Alicia. Tu faisais de la récup ?

Caleb souleva le couvercle et le jeta par terre. Une paire de godasses jaune vif, encore enroulées dans le papier. Il envoya promener les bottes de Zander et les enfila.

— Et merde ! fit-il, l'air désolé. Elles sont beaucoup trop grandes. Pas du tout ma pointure.

C'est alors que le premier virul s'abattit sur eux, d'abord un mouvement flou au-dessus de leurs têtes, puis derrière eux, tombant comme une pierre à travers le toit de l'atrium. Peter roula sur lui-même juste à temps pour voir Theo disparaître, emporté vers le haut, projeté vers le plafond, son fusil pendouillant au bout de la courroie enroulée autour de son bras, ses pieds et ses mains s'agitant dans le vide. Un deuxième virul, accroché par les pattes de derrière à l'une des poutres du plafond, l'attrapa par la cheville comme s'il ne pesait rien. Theo avait maintenant la tête en bas, et Peter vit son expression sidérée, une expression de pure stupeur. Il n'avait pas émis un son. Son fusil tomba en tournoyant vers le sol, très loin dans les profondeurs. Et puis le virul balança sa proie par le toit éventré et disparut.

Peter se releva tant bien que mal et son doigt trouva la détente de son arme. Il entendit une voix, sa propre voix, crier le nom de son frère, et Alicia qui tirait des coups de feu. Il y avait maintenant trois viruls au plafond, qui s'élançaient de poutre en poutre. Peter aperçut, du coin de l'œil, à l'autre bout de l'atrium, Alicia qui poussait Caleb par-dessus le comptoir d'un restaurant. Il fit enfin feu, et tira à nouveau. Mais les virus étaient trop rapides ; il visait chaque fois dans le vide. Peter eut l'impression qu'ils jouaient à une espèce de jeu, comme s'ils s'amusaient à leur faire gaspiller leurs munitions. *Depuis quand font-ils ça ?* pensa-t-il, et il se demanda aussi quand il avait déjà entendu cette question.

Le premier virul se lâcha dans le vide, et Peter prolongea mentalement l'hyperbole qu'il décrivait dans l'espace. Alicia était maintenant debout, adossée au comptoir ; le virul fondait sur elle, les bras tendus, les jambes fléchies pour absorber le choc, tout de griffes et de dents, de puissance musculaire et de mouvements coulés. Au dernier moment, Alicia fit un pas en avant, se positionnant juste en dessous de lui, tenant le fusil à bout de bras, comme un couteau.

Elle tira.

Un brouillard rouge, une confusion de corps dégringolant, le bruit métallique du fusil heurtant le sol. Le temps que Peter se rende compte qu'Alicia n'était pas morte, elle s'était relevée. Le virul gisait, immobile, à l'endroit où il était tombé, l'arrière de la tête réduit à un cratère sanglant. Elle lui avait tiré dans la bouche. Au-dessus d'eux, les deux autres s'étaient arrêtés net et montraient les dents, la tête tournée vers Alicia comme mus par une même ficelle.

— Fous le camp ! hurla-t-elle en sautant par-dessus le comptoir. Fonce !

Peter se mit à courir.

Il se retrouva dans les profondeurs du centre commercial. Il n'y avait apparemment pas de sortie. Toutes les issues étaient barricadées, bloquées par des montagnes d'objets hétéroclites : des meubles, des chariots, des poubelles pleines d'ordures.

Et Theo, son frère, avait disparu.

Il n'avait pas le choix ; il devait se cacher. Il prit en courant une allée bordée de vitrines brisées, se jeta sur leurs portes, mais elles étaient toutes fermées, verrouillées, impossibles à ouvrir. À travers un brouillard de panique, une seule question surnageait : pourquoi n'était-il pas encore mort ? Il avait fui l'atrium en s'attendant à ne pas faire plus de dix pas. Un éclair de douleur, et tout serait fini. Une minute entière, au moins, s'était écoulée lorsqu'il constata que les viruls ne le poursuivaient pas.

C'est qu'ils étaient occupés ailleurs, se dit-il. Il dut se cramponner à une grille pour ne pas tomber. Il enfonça ses doigts entre les barreaux et pressa son front contre le métal, se força à respirer. Ses amis étaient morts. C'était la seule explication. Theo était mort, Caleb était mort, Alicia était morte. Et quand les viruls auraient fini, quand ils auraient bu tout leur soûl, ils viendraient le chercher.

Ils le traqueraient.

Il courut. Le long d'un couloir, puis d'un autre, devant des vitrines au rideau baissé, une succession de boutiques abandonnées. Il n'essayait même plus d'écarter les grilles, maintenant. Son esprit était prisonnier d'une seule pensée : sortir, au grand jour, en plein air. De la lumière, devant, et un sentiment d'espace : il tourna au coin d'un couloir et émergea, en dérapant sur le carrelage, dans une large salle surmontée d'un dôme. Un second atrium. La zone était débarrassée de tous débris. Le soleil tombait en colonnes fumeuses d'un anneau de vitres, tout en haut.

Le centre de cet endroit était occupé par un troupeau de chevaux. Des petits chevaux, debout, immobiles.

Ils étaient regroupés en cercle sous une espèce d'abri indépendant. Peter se figea, s'attendant à ce qu'ils s'égaillent. Comment un troupeau de chevaux avait-il réussi à entrer dans le centre commercial ? Il fit un pas en avant, prudemment. De plus près, c'était évident : ce n'étaient pas de vrais chevaux, mais un manège. Peter en avait vu une image, au Sanctuaire. La base tournait sur un axe, il y avait de la musique, et les enfants se juchaient sur les chevaux qui tournaient, tournaient. Il monta sur la plateforme : ils étaient recouverts d'une épaisse couche de poussière qui dissimulait les détails. Il carra les épaules, s'approcha de l'un des animaux, essuya la crasse et révéla les couleurs vives cachées dessous, les détails peints avec précision : les yeux avec leurs cils, l'espace entre les dents, la longue pente du nez et les narines épatées.

C'est alors qu'il la sentit, une soudaine présence, comme le contact du métal froid sous ses doigts. Il sursauta, releva le visage.

Debout devant lui, il y avait une fille.

Une Marcheuse.

Impossible de dire quel âge elle pouvait bien avoir. Treize ans ? Seize ? Elle avait les cheveux noirs, longs, feutrés. Elle portait un pantalon de toile usé jusqu'à la corde, coupé aux chevilles, et un tee-shirt raide de crasse, tout ça trop grand sur sa silhouette de garçonnet. Un bout de fil électrique en guise de ceinture, et aux pieds des sandales avec des pâquerettes en plastique qui pointaient entre les orteils.

Avant que Peter ait eu le temps de dire un mot, elle porta un doigt à ses lèvres : *Chut*. Elle s'approcha vivement du centre de la plateforme, se retourna et lui fit signe de la suivre.

C'est alors qu'il les entendit. Un bruit de griffes, de pas furtifs dans l'allée, le bruit métallique des grilles agitées devant les boutiques.

Les virus arrivaient. Les cherchaient. Les traquaient.

La fille avait les yeux écarquillés. *Vite !* disait son regard. Elle le prit par la main et l'entraîna vers le centre de la plateforme. Là, elle se laissa tomber à genoux et souleva un anneau de métal encastré dans le sol. Une trappe ménagée dans le plancher. Elle s'y engouffra, de sorte que seul son visage était encore visible.

Vite, vite !

Peter la suivit dans le trou et referma la trappe au-dessus de sa tête. Ils étaient sous le manège, maintenant, dans une espèce de trou à taille d'homme. Des rais de lumière piquetés de grains de poussière filtraient vers eux entre les lattes, révélant la masse sombre d'une machinerie, et par terre, à côté, un matelas. Des bouteilles d'eau en plastique et des rangées de boîtes de conserve empilées, leurs étiquettes en papier depuis longtemps disparues. Était-ce là qu'elle vivait ?

La plateforme frémit. La fille se laissa tomber à genoux. Une ombre passa au-dessus d'eux. Elle lui indiqua par gestes de s'allonger par terre.

Couché. Et pas de bruit.

Il s'exécuta. Puis elle grimpa sur lui, sur son dos. Il sentait la chaleur de son corps, la chaleur de son souffle sur son cou. Elle recouvrait son corps avec le sien. Les virus étaient partout sur le carrousel, à présent. Il sentait leurs esprits qui le cherchaient, qui sondaient, il entendait le doux cliquetis de leur gorge. Combien de temps avant qu'ils découvrent la trappe ?

Pas bouger. Pas respirer.

Il ferma étroitement les paupières et s'obligea à une parfaite immobilité, attendant le bruit de la trappe arrachée de ses charnières. Son fusil était par terre, à côté de lui. Il pourrait tirer un coup ou deux, pas davantage.

Les secondes s'égrenèrent. D'autres tremblements au-dessus, la respiration âpre, frénétique, des viruls qui avaient flairé l'homme. Senti le sang dans l'air. Mais il y avait quelque chose d'inhabituel ; il percevait leur incertitude. La fille était plaquée sur lui. Le protégeant, lui faisant un bouclier de son corps. Au-dessus, le silence. Les viruls étaient-ils partis ? Une minute passa, puis une autre. Il cessa de s'interroger au sujet des viruls pour se demander ce que la fille allait faire. Enfin, elle descendit de son dos. Il se mit à genoux. Leurs deux visages n'étaient séparés que de quelques centimètres. La douce courbe de sa joue était enfantine, mais pas ses yeux, pas du tout, même. Son souffle avait quelque chose de sucré, comme du miel.

— Comment est-ce que... ?

Elle secoua sèchement la tête pour le faire taire, indiqua le plafond et porta à nouveau les doigts à ses lèvres.

Ils sont partis. Mais ils vont revenir.

Elle se leva et ouvrit la trappe. Un mouvement de tête, bref, impérieux.

Allez ! Tout de suite.

Ils ressortirent sur la plateforme du carrousel. L'atrium était désert, mais il sentait la présence des viruls enfuis aux tourbillons d'air invisibles qui se déplaçaient aux endroits où ils s'étaient trouvés. Très vite, la fille le conduisit vers une porte de l'autre côté de la salle. Ouverte, et bloquée par un parpaing. Ils se faufilèrent à l'intérieur, puis elle laissa la porte claquer derrière eux, les enfermant. Il entendit le cliquetis d'une serrure.

Le noir complet.

Une panique nouvelle s'empara de lui, un sentiment

de complète désorientation. Alors il sentit qu'elle le prenait par la main. Elle le tenait fermement, d'une poigne faite pour le rassurer. Elle l'entraîna dans l'obscurité.

Je suis là. Tout va bien.

Il essaya de compter ses pas, mais c'était inutile. Il sentait à la façon dont elle l'entraînait qu'elle aurait voulu qu'il se dépêche, que son manque d'assurance les ralentissait. Quelque chose, par terre, le fit trébucher, et il laissa tomber son fusil, perdu dans les ténèbres.

— Stop... !

Un choc sourd, derrière eux, suivi par un gémissement de métal torturé. Les viruls les avaient trouvés. Il discerna, droit devant eux, une faible clarté et commença à voir ce qui l'entourait. Ils étaient dans un long couloir haut de plafond. Des skels étaient repoussés contre les parois, un défilé de squelettes grimaçants, aux membres figés dans ce qui ressemblait à des postures d'avertissement. Un autre bruit, dans leur dos : la porte cédait, ses gonds arrachés. Le couloir menait à une autre porte, ouverte celle-là. Un escalier. D'en haut tombait la lumière dorée du soleil. Il reconnut le bruit et l'odeur : des pigeons. Sur le mur, une inscription : « Accès au toit ».

Il se retourna. La fille était toujours debout dans le couloir, juste devant la porte de l'escalier. Leurs regards se croisèrent brièvement, échange envoûtant. Une fraction de seconde, puis elle s'avança et, se dressant sur la pointe des pieds, lui posa, tel un oiseau prenant de l'eau dans son bec, ses lèvres closes sur le visage.

Juste ça : un baiser sur la joue.

Peter était trop sidéré pour parler. La fille recula dans le couloir sombre. *Allez !* disaient ses yeux.

Puis elle referma la porte.

— Hé !

Il entendit le cliquetis de la serrure. Il attrapa la poignée, mais elle refusa de s'ouvrir. Il tapa sur le panneau fermé.

— Hé, ne me laissez pas !

Mais la fille était partie, un esprit enfui. Il revit l'inscription : « Accès au toit ». C'est là qu'elle voulait qu'il aille.

Il commença à monter. L'air surchauffé, qui puait le pigeon recuit, était presque irrespirable. De longues traînées de fiente tartinaient les murs. Les marches, la rampe en étaient couvertes comme si on les avait peintes avec. Les oiseaux semblaient à peine faire attention à lui. Ils tournoyèrent çà et là pendant qu'il montait, comme si sa présence n'était qu'une curiosité. Trois volées de marches, quatre. Il haletait, à bout de souffle, à bout de force, le nez et la bouche pleins d'une odeur épouvantable, une vraie torture, et ses yeux le brûlaient comme s'ils avaient été aspergés par un acide.

Enfin, il arriva au sommet. Une dernière porte, et très haut au-dessus, hors de portée, une minuscule fenêtre aux bords encadrés de verre cassé, jauni par le temps et la crasse.

La porte était fermée par un cadenas.

Un cul-de-sac. Après tout ça, la fille l'avait envoyé vers un cul-de-sac. Un bruit furieux ébranla l'escalier alors que le premier virul heurtait la porte, en bas. Des oiseaux s'envolèrent et s'égaillèrent autour de lui, tournoyant dans l'air, l'emplissant de plumes.

C'est alors qu'il la vit, tellement incrustée de fiente qu'elle se fondait dans le mur au point d'en être invisible. Avec son coude, il fracassa la vitre pour la libérer : une hache. Un deuxième fracas, en dessous. Encore un effort et les viruls auraient traversé la porte, après quoi ils se répandraient dans l'escalier.

Peter souleva la hache au-dessus de sa tête, visa le

cadenas et l'abattit dessus de toutes ses forces. La lame
dérapa, mais il constata qu'il avait entamé le métal. Il
inspira profondément, ajustant son coup, et abattit à
nouveau sa hache avec l'énergie du désespoir. Un
impact bien net : le cadenas céda, se détacha. Il pesa
sur la porte de tout son poids, et elle s'ouvrit avec un
grincement de vieux métal rouillé, le livrant au grand
soleil.

Il était sur le toit, du côté nord du centre commercial,
face aux montagnes. Il se précipita vers le bord.

Il était à quinze mètres de haut, au moins. Il allait se
casser une jambe, sinon pire.

Debout, sans bouger, sur le béton, il attendit que les
viruls s'emparent de lui. Ce n'était pas comme ça qu'il
voulait que ça finisse. Son coude saignait beaucoup ;
une traînée de sang le suivit depuis la porte ouverte. Il
n'avait aucun souvenir de s'être fait mal, mais il avait
dû se couper quand il avait fracassé la vitre. Enfin, ce
n'était pas un peu de sang qui changerait grand-chose
maintenant. Au moins, il avait la hache.

Il se tourna vers la porte, se préparant à décrire des
moulinets avec son arme, quand un cri lui parvint d'en
dessous.

— Saute !

Alicia et Caleb débouchèrent à cheval, au triple galop,
au coin du bâtiment. Alicia lui faisait de grands signes,
arc-boutée sur ses étriers, penchée sur l'encolure de sa
monture.

— Saute !

Il pensa à Theo, emporté dans les airs. Il pensa à son
père, debout au bord de l'océan, à la mer et aux étoiles.
Il pensa à la fille qui avait couvert son corps avec le
sien, à la chaleur et la douceur de son souffle sur son
cou et sur sa joue, à l'endroit où elle l'avait embrassé.

Ses amis l'appelaient d'en bas, en faisant de grands

gestes, les viruls montaient l'escalier. Il tenait toujours la hache.

Pas maintenant, pensa-t-il, *pas encore.*

Alors il ferma les yeux, et sauta.

23.

L'été était revenu, et elle était seule. Seule, sans personne, que les voix qu'elle entendait, partout, tout autour d'elle.

Elle se souvenait des gens. Elle se souvenait de l'Homme. Elle se souvenait de l'autre homme, de sa femme, et du garçon, et puis de la femme. Elle se souvenait de certains plus que d'autres. Elle ne se souvenait plus de personne. Elle se rappelait avoir pensé un jour : *Je suis seule. Il n'y a plus de moi que moi.* Elle vivait dans le noir. Elle avait appris toute seule à marcher dans la lumière. Ça n'avait pas été facile. Pendant un moment, ça lui avait fait mal, ça l'avait rendue malade.

Elle avait marché, et marché. Elle avait suivi les montagnes. L'Homme lui avait dit de suivre les montagnes, de courir et de continuer à courir, mais un jour, les montagnes avaient pris fin. Il n'y avait plus de montagnes. Elle n'avait jamais pu les retrouver, pas celles-là. Certains jours, elle n'allait nulle part. Il y avait des jours qui duraient des années. Elle vivait là et puis ailleurs, avec ceux-là et puis d'autres, avec l'homme et sa femme, et le garçon et puis la femme, et finalement sans personne. Certains étaient gentils avec elle, avant de mourir. D'autres ne l'étaient pas. On lui disait qu'elle était différente. Pas comme eux, pas des leurs. Elle était à part, et seule, personne au monde n'était comme elle.

Les gens la chassaient, ou non, mais ils finissaient toujours par mourir.

Elle rêvait. Elle rêvait de voix, et de l'Homme. Pendant longtemps de mois, longtemps d'années, en écoutant bien, elle avait entendu la voix de l'Homme dans le hurlement du vent et le crissement des étoiles, et son cœur se languissait de lui pour qui elle comptait. Et puis, avec le passage du temps, sa voix s'était mélangée dans son esprit avec les voix des autres, des rêveurs, qui étaient là et pas là, parce que le noir était une chose mais pas une chose, en même temps une présence et une absence. Le monde était un monde d'âmes qui rêvaient et ne pouvaient pas mourir. Elle pensait : *Il y a le sol sous mes pieds, il y a le ciel au-dessus de ma tête, il y a les maisons vides, et le vent et la pluie et les étoiles, et partout les voix, les voix et la question.*

Qui suis-je ? Qui suis-je ? Qui suis-je ?

Elle n'en avait pas peur, contrairement à l'Homme, et aux autres, aussi, l'homme et sa femme, et le garçon, et puis la femme. Elle avait essayé de tenir les rêveurs à l'écart de l'Homme, et elle avait réussi, elle l'avait fait. Ils l'avaient suivie avec leur question, qu'ils traînaient comme une chaîne, comme celle du fantôme, Jacob Marley, dont elle avait lu l'histoire. Pendant un moment, elle avait pensé que ça pouvait être des fantômes, mais ce n'était pas ça. Elle n'avait pas de nom pour eux. Elle n'avait pas de nom pour elle-même, pour ce qu'elle était. Une nuit, elle se réveilla et elle les vit tous autour d'elle, leurs yeux pleins d'attente, brillant comme des braises dans le noir. Elle se souvenait de l'endroit, une grange, il faisait froid et il pleuvait. Leurs visages massés autour d'elle, leurs visages rêveurs, tellement tristes et perdus, comme le monde désolé dans lequel elle marchait. Ils avaient besoin qu'elle leur dise, qu'elle réponde à la question. Elle sentait leur souffle sur elle, le souffle de la nuit, et de la question, un courant dans le sang. *Qui suis-je ?* lui demandaient-ils.

Qui suis-je qui suis-je

Alors elle était partie en courant. Elle avait couru, et elle avait continué à courir.

Les saisons passaient et revenaient. Elles faisaient le tour et faisaient le tour et faisaient le tour encore. Le froid venait et le froid partait. Les nuits étaient longues et puis elles n'étaient plus longues. Elle portait sur son dos un sac de choses dont elle avait besoin et de choses qu'elle voulait avoir avec elle parce qu'elles étaient un réconfort. Elles l'aidaient à se souvenir, à garder le compte des années dans son esprit, les bonnes et les mauvaises. Des choses comme l'histoire du fantôme, Jacob Marley ; le médaillon de la femme, qu'elle avait enlevé de son cou après sa mort parce qu'ils mouraient tous, dans une grande agitation ; un os du champ d'ossements et un galet de la plage où elle avait vu le bateau. De temps en temps elle mangeait. Parfois, ce qu'elle trouvait dans les boîtes n'était plus bon. Elle ouvrait une boîte avec l'outil qu'elle avait dans son sac et il en sortait une odeur terrible, comme dans les bâtiments où les gens morts gisaient alignés, ou pas alignés, et elle savait que celle-là, elle ne pouvait pas la manger, elle devait en ouvrir une autre. Pendant un moment, il y avait eu l'océan à côté d'elle, immense et gris, et une plage de pierres lisses, caressées par les vagues, avec de grands pins qui tendaient leurs longs bras au-dessus de l'eau. La nuit, elle regardait tourner les étoiles, elle regardait la lune monter et redescendre au-dessus de la mer. C'était la même lune partout dans le monde et pendant un moment elle fut heureuse à cet endroit. C'est là qu'elle vit le bateau. Elle cria : « Ohé ! » parce qu'elle n'avait plus vu personne depuis jamais jamais, et qu'elle était toute contente rien que de le voir.

— Ohé, bateau ! Ohé, gros bateau, ohé !

Mais elle n'eut pas de réponse du bateau. Il disparut pendant longtemps de jours, de l'autre côté de la mer, et puis il revint, suivant les marées de la lune, la nuit. Comme un rêve de bateau, sans personne pour le rêver, qu'elle seule. Elle le suivit pendant des jours et des nuits vers l'endroit aux rochers et au pont fracassé, couleur de sang, où sa grande proue était venue se reposer, parmi les autres, grands et petits, et à ce moment-là elle sut que le bateau, comme ses compagnons sur les rochers, était vide, sans personne à bord. Et la mer était noire, et elle avait une mauvaise odeur comme celle qui sortait des boîtes qui n'étaient pas bonnes à manger. Alors elle quitta aussi cet endroit.

Oh, elle les sentait, elle les sentait tous. Elle n'avait qu'à tendre les mains et caresser l'obscurité pour les sentir, dedans, partout. Leur oubli plein de chagrin. Leur grand et terrible cœur brisé. Leur questionnement avide, sans fin. Ça lui faisait une peine qui était une sorte d'amour. Comme l'amour qu'elle avait eu pour l'Homme pour qui elle comptait et qui lui avait dit de courir et de continuer à courir.

L'Homme. Elle se souvenait des incendies, et de la lumière, comme un soleil qui aurait explosé dans ses yeux. Elle se souvenait de la tristesse de l'Homme et de ses sentiments. Mais elle ne l'entendait plus. Elle pensait que l'Homme était parti.

Mais elle en entendait d'autres, dans le noir. Et elle savait qui ils étaient, aussi.

Je suis Babcock.

Je suis Morrison.

Je suis Chávez.

Je suis Baffes – Turrell – Winston – Sosa – Echols – Lambright – Martínez – Reinhardt – Carter.

Pour elle, ils étaient les Douze, et les Douze étaient partout, dans le monde, et derrière le monde, et tissés dans la trame des ténèbres même. Les Douze étaient le sang qui courait sous la peau de toute chose, dans le monde, à ce moment-là.

Et tout cela durant des années et des années. Elle se souvenait d'un jour, le jour du champ d'ossements, et d'un autre, le jour de l'oiseau et du non-parler. C'était dans un endroit avec des arbres, tellement grands. C'était là, juste un petit papillonnement dans l'air, devant son visage.

Elle était pieds nus, dans l'herbe, au soleil sous lequel elle avait appris à marcher. Dans un brouillard d'ailes il allait et venait. Elle regarda et regarda. Elle eut l'impression d'avoir contemplé cette petite chose pendant des jours. Elle pensa son nom, mais quand elle essaya de le dire, elle se rendit compte qu'elle avait oublié comment faire. *Oiseau.* Le mot était en elle, mais il n'y avait pas de porte pour qu'il sorte. *Co... li... bri.* Elle pensa à tous les autres mots qu'elle connaissait, et c'était pareil. Tous les mots, tous enfermés à l'intérieur d'elle.

Et puis une nuit, au clair de lune, au bout de longtemps de temps, elle était là, seule et sans un ami au monde pour lui tenir compagnie, et elle pensa : *Venez.*

Ils vinrent. D'abord un, et puis un autre, et de plus en plus.

Venez à moi.

Ils sortirent des ombres. Ils tombèrent du ciel, tout là-haut, et des endroits élevés, tout autour, et bientôt ils formèrent une multitude, comme dans la grange, en plus nombreux. Ils se massèrent autour d'elle avec leurs faces rêveuses. Elle les toucha, les caressa, et elle ne se sentit plus seule. Elle demanda : *Sommes-nous tous là ? Parce que je n'ai vu personne, pas un seul homme, pas une seule femme, depuis des années et des années. N'y a-t-il de moi que moi ?* Mais elle eut beau poser la question, ils n'avaient pas de réponse pour elle, que la question, farouche, brûlante.

Partez, maintenant, pensa-t-elle, et elle ferma les yeux. Et quand elle les rouvrit, elle vit qu'elle était seule.

C'est ainsi qu'elle apprit à le faire.

Et puis, au fil de saisons de nuits et d'années de nuits, elle arriva à l'endroit de la cité enfouie, et là, dans la lumière pâlissante du crépuscule, elle vit les hommes sur leurs chevaux. Six, sur six chevaux à la robe sombre, dotés d'une forte musculature. Les hommes avaient des fusils, comme d'autres hommes dont elle se souvenait, après l'homme et sa femme, et le garçon, et puis la femme ; alors elle se cacha dans les ombres, et elle attendit que la nuit tombe. Ce qu'elle ferait ensuite, elle ne le savait pas, mais les sans-mémoire vinrent à elle comme ils faisaient toujours dans le noir, et bien qu'elle leur ait dit de ne pas le faire, ils s'abattirent rapidement sur les hommes, et dans une grande agitation, et de cette façon, les hommes commencèrent à mourir, et moururent trois d'entre eux.

Elle s'approcha de l'endroit où gisaient les corps, les

hommes et aussi leurs chevaux, qui étaient morts vidés de leur sang, comme toutes les choses qui étaient mortes de cette façon. Trois des hommes étaient introuvables, mais l'âme d'un homme était encore proche, et regardait d'un endroit sans nom, sans forme solide, alors qu'elle se penchait pour voir son visage et l'expression inscrite dessus. C'était la même expression qu'elle avait vue sur le visage de l'homme et de sa femme, et du garçon, et puis de la femme. La peur, et la souffrance, et finalement le lâcher-prise. Il lui revint que le nom de l'homme était Willem. Et ceux qui avaient fait ça à Willem étaient désolés, tellement désolés, alors elle se leva et leur dit : *Ça va, partez, maintenant, et ne recommencez pas si vous pouvez faire autrement*, même si elle savait qu'ils ne pouvaient pas s'en empêcher. Ils ne pouvaient pas s'en empêcher à cause des Douze qui leur emplissaient l'esprit de leurs terribles rêves de sang, et aucune réponse à la question que celle-ci :

Je suis Babcock.

Je suis Morrison.

Je suis Chávez.

Je suis Baffes – Turrell – Winston – Sosa – Echols – Lambright – Martínez – Reinhardt – Carter.

Je suis Babcock.

Babcock.

Babcock.

Elle les suivit à travers le sable, alors que la lumière était très brillante pour ses yeux, et certains jours, elle ne pouvait pas s'en protéger. Elle s'enroulait dans un linge qu'elle avait trouvé, et sur le visage, elle avait ses lunettes. Les journées étaient longues, le soleil, sur son orbe, ouvrait une tranchée dans le ciel en haut et labourait la terre en bas avec la longue faux de sa lumière. La nuit, le désert s'emplissait de silence et du seul bruit qu'elle faisait en le traversant et du battement de son cœur et du monde qui rêvait autour.

Et puis un jour il y eut à nouveau des montagnes. Elle n'avait jamais retrouvé ces hommes sur leurs chevaux, ni l'endroit d'où ils venaient, ceux dont un certain nombre étaient venus mourir sous ses yeux dans la cité enfouie. Le fond de la vallée entre les montagnes était piqueté d'arbres qui tournaient au vent, et c'est là qu'elle tomba sur le bâtiment avec les chevaux à l'intérieur ; alors elle les observa dans leur solitude et leur immobilité, et elle se dit : *Peut-être que ce sont les chevaux que j'ai vus*. Les chevaux n'étaient pas vivants, mais ils en avaient l'air, et les voir apporta à son esprit une sorte de paix et lui rappela l'Homme et combien elle comptait pour lui, et ça lui fit penser qu'elle devrait rester à cet endroit. Le temps de courir avait pris fin. C'était l'endroit où elle était venue pour demeurer.

Mais à présent ce temps avait pris fin aussi. Les hommes étaient enfin revenus sur leurs chevaux et elle avait sauvé l'un d'eux ; elle avait couvert son corps avec le sien comme son instinct le lui avait commandé à ce moment-là, et elle avait dit aux rêveurs de partir : *Partez maintenant, et ne tuez pas celui-là*, et pendant un moment, ils avaient obéi à ces instances, mais l'autre voix qu'ils avaient dans l'esprit était forte, et la faim était forte aussi.

De sa place dans le noir et la poussière, sous les chevaux, elle pensait à celui qu'elle avait sauvé, espérant qu'il n'était pas mort, et elle avait guetté si les hommes revenaient, avec leurs chevaux et leurs fusils. Et au bout d'un certain temps de jours, n'ayant aucun signe d'eux, elle quitta cet endroit comme elle avait quitté tous les autres avant, et elle entra dans la nuit éclairée par la lune dont elle faisait partie, seule et indivisible.

— Où sont-ils ? demanda-t-elle à l'obscurité. Où sont les hommes sur leurs chevaux, que j'aille vers eux les trouver ? Parce que je suis seule depuis tant et tant d'années, sans autre moi que moi.

Et une nouvelle voix lui parvint du ciel nocturne, une voix qui lui disait : *Va dans le clair de lune, Amy.*

— Où ? Où dois-je aller ?

Amène-les-moi. Le chemin te montrera le chemin.

Elle le ferait. Elle allait le faire. Parce qu'il y avait trop longtemps qu'elle était seule, pas d'autre moi que moi, et qu'elle était pleine de chagrin et d'un grand désir d'autres comme elle, pour ne plus être seule.

Va dans le clair de lune et trouve les hommes, que je les connaisse comme je te connais toi, Amy.

Amy, pensa-t-elle. *Qui est Amy ?*

Et la voix dit : *C'est toi.*

Cinquième partie

La Fille de nulle part

« Toi qui as oublié
Le passage vers l'autre côté,
Je te le dis, je pourrais reparler :
Ce qui revient de l'oubli
Revient chercher une voix. »

LOUISE GLÜCK,
« The Wild Iris »

24.

Journal de la Garde
Été 92

Jour 51 : RAS.
Jour 52 : RAS.
Jour 53 : RAS.
Jour 54 : RAS.
Jour 55 : RAS.
Jour 56 : RAS.
Jour 57 : Peter Jaxon de quart à la PT1 (M : Theo Jaxon). RAS.
Jour 58 : RAS.
Jour 59 : RAS.
Jour 60 : RAS.
Au cours de la période : 0 contact. Aucune âme emportée ou tuée. Poste de second capitaine vacant (T. Jaxon, décédé). Sanjay Patal avisé.

Respectueusement soumis à la Maisonnée,
S.C. Ramirez, premier capitaine

À l'aube du huitième jour, Peter ouvrit brusquement les yeux en entendant le troupeau approcher sur la Trace.

Il se rappela avoir pensé, un peu après la mi-nuit : *Quelques minutes seulement. Rien que quelques minutes de repos, pour reprendre des forces.* Mais à l'instant où il s'était permis de s'asseoir, le dos appuyé contre le rempart, et de poser sa tête lasse sur ses bras croisés, le sommeil s'était emparé de lui.

— Ah, bravo, tu es réveillé.

Liss était debout au-dessus de lui. Peter se frotta les yeux et se leva. Il se sentait lourd et lent, les membres gourds comme si ses os avaient été remplacés par des tubes de liquide clapotant. Il prit sans discuter la gourde qu'elle lui tendait et avala un peu d'eau tiède en jetant un coup d'œil par-dessus le bord du rempart. Au-delà de la ligne de feu, une légère brume montait lentement des collines.

— J'ai dormi longtemps ?

Elle le regarda en carrant les épaules.

— N'en parlons plus. Tu es debout depuis sept nuits, sans interruption. Tu n'aurais pas dû être là, pour commencer. Et si quelqu'un dit le contraire, il aura affaire à moi.

La cloche du matin retentit. Peter et Alicia regardèrent en silence les portes regagner leur logement. Le troupeau, impatient de partir, s'avança dans l'ouverture.

— Rentre chez toi, va te coucher, dit Alicia, alors que les équipes du quart précédent se préparaient à partir. Tu t'occuperas de la Pierre plus tard.

— Je vais l'attendre.

Elle le regarda bien en face.

— Peter, ça fait sept nuits. Rentre chez toi.

Ils furent interrompus par un bruit de pas grimpant à l'échelle. Hollis Wilson se hissa sur la passerelle et les regarda en fronçant les sourcils.

— Tu redescends, Peter ?

— On te laisse la place, répondit Alicia. On a fini, ici.

— J'ai dit que je restais.

Le quart de jour commençait. Deux autres gardes arrivèrent par l'échelle, Gar Phillips et Vivian Chou. Gar racontait une histoire qui faisait rigoler Vivian, mais quand ils virent les trois autres debout là, ils se turent brusquement et s'avancèrent rapidement sur la passerelle.

— Écoute, dit Hollis, si tu veux prendre ce quart, moi, ça me va. Mais en tant qu'officier responsable, il faut que j'en réfère à Soo.

— Non, il ne prend pas ce quart, trancha Alicia. Je ne plaisante pas, Peter. Ce n'est pas négociable. Si Hollis ne veut pas te le dire, moi, je le fais : rentre chez toi.

Il s'apprêtait à protester. Et puis, comme il ouvrait la bouche, il fut submergé par une vague de chagrin qui le réduisit au silence. Alicia avait raison. C'était fini. Theo avait disparu. Il aurait dû se sentir soulagé, mais il n'éprouvait que de l'épuisement – un épuisement si profond qu'il avait l'impression qu'il serait obligé de le traîner jusqu'à la fin de ses jours, comme une chaîne. Il eut besoin de toutes ses forces rien que pour ramasser son arbalète qu'il avait posée par terre, à côté de lui.

— Peter, je suis désolé pour ton frère, dit Hollis. Je crois que je peux le dire, maintenant, puisque ça fait sept nuits.

— J'apprécie, Hollis.

— Je suppose que tu es désormais de la Maisonnée, hein ?

Peter y avait à peine réfléchi. Enfin, ça devait être vrai. Ses cousines, Dana et Leigh, étaient toutes les deux plus âgées, mais Dana avait décliné la proposition quand le père de Peter avait passé la main, et il doutait que

Leigh soit intéressée par la fonction, à présent, avec un bébé sur les bras au Sanctuaire.

— Je suppose, en effet.

— Eh bien, euh, félicitations ? fit Hollis en le gratifiant d'une accolade un peu maladroite. Ça fait drôle, mais tu sais ce que je veux dire.

Il n'avait parlé de la fille à personne, pas même à Alicia, qui aurait pourtant pu le croire.

Le toit du centre commercial était beaucoup moins haut que Peter n'aurait cru. Il ne pouvait pas voir, comme Alicia d'en bas, à quelle hauteur le sable était entassé contre le pied du mur – une grande dune en pente qui avait amorti sa chute et le long de laquelle il avait roulé. La main toujours crispée sur la hache, il avait bondi sur le dos d'Omega, derrière Alicia. Il n'avait pensé à se demander comment ils s'en étaient sortis, et comment les chevaux eux-mêmes n'étaient pas morts, que lorsqu'ils avaient laissé derrière eux la ville de Banning et pu raisonnablement conclure qu'ils n'étaient pas poursuivis.

Alicia et Caleb avaient fui l'atrium par la cuisine du restaurant. Après une enfilade de couloirs, ils s'étaient retrouvés sur un quai de chargement. Les grandes portes étaient rouillées et refusaient de coulisser, mais il y en avait une qui était légèrement entrouverte et laissait filtrer un rai de lumière. En faisant levier avec un bout de tuyau, ils avaient réussi, en unissant leurs forces, à l'ouvrir suffisamment pour se faufiler par l'entrebâillement. Ils s'étaient retrouvés au soleil, du côté sud du centre commercial, et puis ils avaient repéré les chevaux qui, indifférents à tout ça, mâchonnaient un bouquet de hautes herbes. Alicia n'arrivait pas à croire en leur chance. Elle faisait le tour du bâtiment avec Caleb quand elle avait entendu le bruit d'une porte qu'on enfonçait, et vu Peter au bord du toit.

— Pourquoi n'êtes-vous pas tout simplement partis quand vous avez retrouvé les chevaux ?

Ils s'étaient arrêtés sur la route de la Centrale pour donner à boire aux chevaux, non loin de l'endroit où ils avaient vu le virul dans les arbres, six jours plus tôt. Ils n'avaient que l'eau de leurs gourdes, mais après en avoir bu un peu chacun, ils avaient versé le reste dans leurs mains et laissé les chevaux le lécher. Le coude blessé de Peter était enroulé dans un bandage fait avec un morceau de son tee-shirt. La blessure n'était pas profonde, mais il faudrait probablement lui faire des points de suture.

— Je ne voudrais pas m'appesantir là-dessus, Peter, fit Alicia d'un ton sec, et il se demanda s'il l'avait vexée. Mais ça paraissait être la chose à faire, et la suite m'a donné raison.

C'est là qu'il aurait pu leur parler de la fille. Mais il avait hésité, sentant que le moment était passé. Cette petite jeune fille toute seule, et ce qu'elle avait fait sous le carrousel, en le couvrant avec son corps ; le regard qu'ils avaient échangé, le baiser sur sa joue, et la porte qui avait claqué brutalement. Peut-être que dans la frénésie il avait simplement imaginé tout ça. Il leur avait dit qu'il avait trouvé un escalier, et il en était resté là.

En rentrant, ils avaient été accueillis par une grande agitation ; ils avaient quatre jours de retard, et on s'apprêtait à les déclarer perdus. À la nouvelle de leur retour, une foule s'était massée à la porte. Leigh était bel et bien tombée dans les pommes avant qu'on ait eu le temps de lui expliquer qu'Arlo n'était pas mort, qu'il était juste resté en arrière, à la Centrale. Peter n'avait pas eu le cœur d'aller voir Mausami au Sanctuaire pour lui annoncer la nouvelle, à propos de Theo. Quelqu'un

finirait bien par le lui dire. Michael était là, Sara aussi ;
c'est elle qui lui avait nettoyé le coude et l'avait recousu
pendant qu'il grimaçait de douleur, assis sur un rocher,
en proie à un sentiment de trahison, parce que l'engour-
dissement, la quasi-transe provoquée par la perte de son
frère, n'anesthésiait pas la souffrance due à l'aiguille
qui suturait sa peau. Elle lui avait fait un pansement
correct, l'avait serré rapidement contre elle avant de
fondre en larmes. Et puis, vers la fin du jour, la foule
s'était écartée pour le laisser passer, et la seconde cloche
commençait à sonner lorsque Peter était monté sur le
rempart, veiller la Miséricorde pour son frère.

Il quitta Alicia au pied de l'échelle en lui promettant
de rentrer chez lui et de dormir. Mais chez lui, c'était le
dernier endroit où il avait envie d'aller. Il n'y avait que
quelques hommes seuls qui dormaient encore dans les
chambrées ; c'était un endroit sale, qui puait autant que
la Centrale. Mais c'était là que Peter vivrait désormais.
Il avait besoin de récupérer certaines choses et voilà
tout.

Le soleil du matin lui chauffait les épaules lorsqu'il
arriva à la maison – une baraque de cinq pièces qui
donnait sur la clairière de l'Est. Le seul chez-soi que
Peter ait jamais connu depuis qu'il était sorti du Sanctuaire. Ils se contentaient d'y dormir, Theo et lui, depuis
la mort de leur mère. Ils ne se donnaient même pas la
peine de faire le ménage. C'était un vrai bazar, ce qui
avait toujours ennuyé Peter – la vaisselle empilée dans
l'évier, les vêtements qui traînaient par terre, toutes les
surfaces collantes de crasse –, et pourtant il ne parvenait
pas à se prendre par la main pour y mettre de l'ordre.
Leur mère avait le sens de la propreté, et s'occupait bien
de la maison – le sol était lavé, les tapis secoués, les
cendres enlevées de la cheminée et les ordures sorties

608

de la cuisine. Il y avait deux chambres au rez-de-chaussée, celle de son frère et la sienne. Celle de ses parents était sous les combles, à l'étage. Peter alla dans sa chambre et mit rapidement des vêtements de rechange pour quelques jours dans un sac à dos. Les affaires de Theo attendraient. Il faudrait qu'il décide quoi garder. Le reste, il le mettrait dans une carriole pour le porter à l'Entrepôt, où les vêtements et les chaussures seraient triés et redistribués dans la Colonie, au titre de la Part équitable. C'est Theo qui s'était occupé de cette corvée après la mort de leur mère, sachant que Peter en était incapable ; un jour d'hiver, près d'un an plus tard, Peter avait vu une femme – Gloria Patal – avec un foulard qu'il connaissait. Gloria était au milieu des étals du marché, à trier des bocaux de miel. Le foulard, avec ses franges, était celui de sa mère, impossible de s'y tromper. Peter était tellement troublé qu'il avait fui, comme s'il avait été témoin d'une mauvaise action dont il aurait été complice.

Il finit son baluchon et entra dans la pièce principale de la maison, une salle de séjour à poutres apparentes qui faisait aussi office de cuisine. Le poêle n'avait pas été allumé depuis des mois ; la pile de bois, sur l'arrière, était probablement pleine de souris, maintenant. La pièce entière disparaissait sous une couche de poussière collante. Comme si personne ne vivait plus là. *Eh bien*, se dit-il, *il faut croire que c'est vrai.*

Une dernière impulsion le poussa à monter dans la chambre de ses parents. Les tiroirs de la petite commode étaient vides, le matelas défoncé dépouillé de ses draps, les étagères de la vieille penderie nues, à l'exception d'une dentelle de toiles d'araignée qui oscillèrent dans le courant d'air quand il ouvrit la porte. Le dessus de la petite table de chevet où sa mère posait toujours un gobelet d'eau et ses lunettes – le seul objet que Peter aurait aimé garder, mais n'avait pas pu ; une bonne paire de lunettes valait une Part entière – était taché de ronds fantomatiques. Il y avait des mois que personne n'avait ouvert les fenêtres. L'atmosphère confinée de la pièce donnait l'impression d'un endroit à l'abandon, encore une chose que Peter avait déshonorée par sa négligence. C'était exactement ça : il n'avait pas fait ce qu'il fallait pour eux, pour aucun d'eux.

Il sortit avec son paquetage dans la chaleur matinale, de plus en plus lourde. Tout, autour de lui, bruissait d'activité : les bruits de sabots et les hennissements des chevaux dans l'écurie ; le tintement musical du marteau du maréchal-ferrant dans la forge ; les cris de l'équipe de jour du Mur, et alors qu'il s'enfonçait dans la Vieille Ville, les rires aigus des Petits qui jouaient dans la cour du Sanctuaire. Pour la récréation du matin, pendant une heure exaltante, Maîtresse les laissait courir dans tous les sens comme des souris. Peter se souvenait d'une journée d'hiver, froide mais lumineuse, où ils jouaient à chipe-bâton. Peter avait, avec une facilité miraculeuse, réussi à prendre le bâton des mains d'un beaucoup plus grand et plus vieux que lui – dans son souvenir, c'était l'un des frères Wilson – et avait réussi à le garder pour lui, jusqu'à ce que Maîtresse, en frappant dans ses mains gantées de mitaines, les fasse tous rentrer. La vivacité de l'air froid dans ses poumons, la sécheresse brunâtre du monde en hiver, la vapeur montant de son front en sueur, son exaltation purement physique alors qu'il se frayait un chemin entre les mains tendues de ses assaillants, les esquivant. Comme il s'était senti vivant. Peter fouilla sa mémoire à la recherche de son frère – Theo était sûrement parmi les Petits, dans la meute galopante de ce matin d'hiver –, mais il ne réussit pas à en retrouver trace. L'endroit où son frère aurait dû être était vide.

Il arriva jusqu'aux fosses d'exercice. Trois larges tranchées de vingt mètres de long, avec de grands murs de terre pour arrêter les inévitables flèches et carreaux perdus, les couteaux lancés avec maladresse. Au bout fermé de la tranchée du milieu, cinq nouveaux apprentis étaient au garde-à-vous. Trois filles et deux garçons entre neuf et treize ans : dans leur posture figée, leurs visages anxieux, Peter reconnaissait la concentration, le sérieux auxquels il s'astreignait quand il était lui-même passé par là, tout entier envahi du désir de faire ses preuves. Theo était en avance sur lui, de trois degrés ; il se rappelait le matin où son frère avait été désigné comme coureur, le sourire de fierté sur son visage quand il s'était retourné et dirigé vers le Mur pour la première fois. Peter avait ressenti sa gloire comme si elle rejaillissait sur lui. Bientôt, ce serait son tour.

L'instruction, ce matin-là, était assurée par Dana, la cousine de Peter, la fille d'oncle Willem. Elle avait huit ans de plus que Peter et était descendue dans les fosses après la naissance de sa première fille, Ellie. Sa plus jeune, Kat, était encore au Sanctuaire, mais Ellie en était sortie depuis un an et se trouvait parmi les novices à l'exercice, premier degré, grande pour son âge et mince comme sa mère, ses cheveux longs nattés dans le style de la Garde.

Plantée devant le groupe, Dana les examinait, le visage de marbre. On aurait dit qu'elle choisissait un bélier pour le sacrifice. Tout ça faisait partie du rituel.

— Qu'est-ce qu'on a ? demanda-t-elle au groupe.

Ils répondirent d'une seule voix :

— Un tir !

— D'où viennent-ils ?

Plus fort, cette fois :

— Ils viennent d'en haut !

Dana s'arrêta, pivota sur ses talons et aperçut Peter.

Elle lui adressa un sourire attristé et se tourna à nouveau vers ses aspirants avec un sévère froncement de sourcils.

— Eh bien, c'était très mauvais. Vous venez de gagner trois tours de plus avant le casse-croûte. Maintenant, je veux vous voir sur deux files, l'arc levé.

— Qu'en penses-tu ?

Sanjay Patal. Peter était tellement perdu dans ses pensées qu'il ne l'avait pas entendu approcher. Sanjay était debout à côté de lui, les bras croisés, et regardait de l'autre côté des fosses.

— Ils apprendront.

En dessous d'eux, les cadets avaient commencé l'entraînement du matin. L'un des plus jeunes, le petit Darrell, visa mal et sa flèche s'enfonça dans la palissade derrière la cible avec un choc sourd. Les autres éclatèrent de rire.

— Je suis désolé pour ton frère.

Sanjay se plaça devant Peter, détournant son attention des fosses. C'était un homme mince, de constitution frêle, mais dont il émanait une impression de tonus. Il était toujours rasé de près, ses cheveux effleurés de gris coupés presque ras. Il avait de petites dents blanches et des yeux enfoncés, au regard ombragé par un front lourd et comme duveteux.

— Theo était un homme bien. Ça n'aurait pas dû arriver.

Peter ne répondit pas. Que pouvait-il répondre ?

— J'ai réfléchi à ce que tu m'as dit, continua Sanjay. Pour être honnête, ça ne tient pas debout, tout ça. Ce truc avec Zander. Et ce que vous fabriquiez à la bibliothèque.

Peter eut un petit frisson en pensant à son mensonge. Ils avaient tous décidé de s'en tenir à l'histoire de départ et de ne parler à personne des fusils, pour le moment du moins. Mais ça s'était vite révélé plus compliqué que

Peter ne s'y attendait. Sans les fusils, leur histoire était pleine de trous – ce qu'ils faisaient sur le toit de la Centrale, comment ils avaient réussi à sauver Caleb, la mort de Zander, leur présence dans la bibliothèque.

— Nous vous avons tout raconté, Sanjay, répliqua Peter. Zander a dû se faire mordre, d'une façon ou d'une autre. Nous nous sommes dit que ça avait dû arriver à la bibliothèque, et nous sommes allés vérifier.

— Mais comment Theo a-t-il pu prendre un risque pareil ? À moins que ce soit une idée d'Alicia ?

— Qu'est-ce qui vous fait dire une chose pareille ?

Sanjay se racla la gorge.

— Je sais que c'est ton amie, Peter, et je ne mets pas ses capacités en doute. Mais c'est une tête brûlée. Toujours prête à partir à la chasse.

— Ce n'était pas sa faute. Ce n'était la faute de personne. Juste un coup de malchance. C'était une décision collective.

Sanjay marqua une nouvelle pause et jeta un regard méditatif sur les fosses. Peter resta coi, espérant que son silence mettrait fin à la conversation.

— Quand même, j'ai du mal à comprendre. Ça ne ressemble pas à ton frère de prendre un risque pareil. Enfin, je suppose qu'on ne saura jamais ce qui s'est passé.

Il eut un hochement de tête préoccupé et se tourna à nouveau vers Peter.

— Je suis désolé, fit-il sur un ton radouci. Je ne devrais pas t'interroger comme ça. Tu dois être fatigué. Mais puisque je te tiens, il y a autre chose dont je voudrais te parler. C'est à propos de la Maisonnée, le poste de ton frère.

À cette seule idée, Peter était épuisé d'avance. Mais il ne pouvait se soustraire à son devoir.

— Dites-moi ce que vous attendez de moi.

— C'est de ça que je veux te parler, Peter. Je crois que ton père avait eu tort de transmettre son siège à ton frère. Son siège revenait de droit à Dana. C'était, et c'est encore, l'aînée des Jaxon.

— Mais elle l'avait décliné.

— C'est vrai. Mais je te le dis en confidence, nous n'étions pas... comment dire, vraiment satisfaits de la façon dont ça s'était passé. Dana n'allait pas bien. Tu te souviens que son père venait de se faire tuer. On était plusieurs à penser qu'elle aurait été heureuse de servir si ton père n'avait pas fait pression sur elle pour qu'elle se désiste.

Mais que racontait Sanjay ? Le poste revenait à Dana ?

— Je ne vois pas ce que vous voulez dire. Theo ne m'en a jamais parlé.

— Il n'avait aucune raison de le faire. Nous ne voyions pas toujours les choses de la même façon, ton père et moi, poursuivit Sanjay après une pause. Tu dois bien le savoir. J'étais contre les Longues Chevauchées, depuis le début. Mais ton père n'avait jamais tout à fait renoncé à cette idée, même après avoir perdu tant d'hommes. Il voulait que ton frère reprenne les chevauchées, après un délai raisonnable. C'est pour ça qu'il voulait Theo avec lui, à la Maisonnée.

Les apprentis étaient maintenant sortis des fosses et trottaient sur le chemin, amorçant leurs tours du périmètre à la course. Que lui avait dit Theo, cette nuit-là, dans la salle de contrôle ? Que Sanjay faisait bien son boulot ? Tout cela ne réussissait, à ce moment précis, qu'à mettre Peter extrêmement mal à l'aise, et à lui faire tout à coup farouchement revendiquer une responsabilité que, quelques minutes plus tôt, il aurait volontiers abandonnée au premier venu.

— Je ne sais pas, Sanjay.

— Tu n'as pas besoin de le savoir, Peter. La Maisonnée s'est réunie. Nous sommes tous d'accord. Le siège revient, de droit, à Dana.

— Et elle a dit qu'elle acceptait ?

— Quand je lui ai expliqué les choses, oui.

Sanjay posa la main sur l'épaule de Peter – dans un geste qui se voulait réconfortant, se dit Peter, mais qui ne l'était pas, loin de là.

— Je t'en prie, ne le prends pas mal. Ce n'est pas toi qui es en cause. Nous étions prêts à passer sur cette irrégularité parce que tout le monde tenait Theo en très haute estime.

Et voilà, se dit Peter, l'eau s'était refermée sur le trou laissé par son frère. Les chemises de Theo étaient encore pliées dans ses tiroirs, ses rangers de rechange poussés sous son lit, et c'était comme s'il n'avait jamais existé.

Sanjay regarda de l'autre côté des fosses.

— Bon, enfin... Tiens, voilà Soo.

Peter se retourna et vit que Soo Ramirez venait vers eux, avec Jimmy Molyneau. Soo était une grande femme aux cheveux blond-roux, d'une petite quarantaine d'années, suprêmement compétente, et au tempérament de feu. Elle s'était élevée au rang de premier capitaine après la mort de Willem, et elle avait le don de piquer sans prévenir des colères qui faisaient trembler les plus endurcis des gardes.

— Peter, je te cherchais. Prends quelques jours de vacances sans garde, si tu veux. Tu me diras quand tu penses procéder à la gravure. J'aimerais dire quelques mots.

— Exactement ce que je pensais, reprit Sanjay. Tiens-nous au courant. Et prends quelques jours, absolument. Rien ne presse.

Peter comprit que l'arrivée de Soo à ce moment précis n'était pas un hasard. On le menait en bateau.

— D'accord, réussit-il à dire. Je crois que je vais faire ça.

— J'aimais vraiment ton père, dit alors Jimmy, pensant visiblement que sa présence exigeait un commentaire. Karen aussi.

— Merci. On me le dit souvent.

La remarque avait jailli avec trop d'aigreur. Peter la regretta aussitôt en voyant l'expression qui s'inscrivait sur le profil aquilin de Jimmy. Jimmy était aussi l'ami de Theo – il était second capitaine, tout comme lui –, et il savait ce que c'était que de perdre un frère : Connor Molyneau s'était fait tuer cinq ans auparavant lors d'une chasse aux fums pour éliminer un triplet dans le champ d'En Haut. Après Soo, Jimmy était l'aîné des officiers. Âgé d'une trentaine d'années, il avait une femme et deux filles ; il aurait pu se désister depuis des années sans que personne trouve à y redire, mais il avait décidé de rester. Parfois, sa femme, Karen, lui apportait des repas chauds sur le Mur, attention qui lui faisait autant plaisir qu'elle le gênait, car elle lui valait des plaisanteries sans fin de la Garde.

— Pardon, Jimmy.

— Pas de problème, fit-il en haussant les épaules. Je suis passé par là, crois-moi.

— Il le dit parce que c'est vrai, Peter. Ton frère était quelqu'un de très important pour nous tous.

Sur cette déclaration définitive, Sanjay eut un mouvement de menton en direction de Soo.

— Capitaine, vous avez une minute ?

Soo hocha la tête, le regard toujours rivé sur le visage de Peter.

— Je pense ce que je dis, fit-elle en lui mettant à nouveau la main sur le bras, juste au-dessus du coude. Prends tout le temps qu'il te faudra.

Peter attendit quelques minutes, histoire de les laisser s'éloigner un peu. Il se sentait curieusement agité, bien réveillé, mais incapable de se concentrer. Pourtant, ce qui venait de se passer n'était qu'une conversation, en fin de compte, pas de quoi le surprendre à ce point-là : les condoléances attendues, maladroites, auxquelles il était tellement habitué, et la nouvelle qu'il ne serait pas de la Maisonnée, finalement – nouvelle qui aurait dû lui faire plaisir, puisqu'il ne voulait pas entendre parler des corvées quotidiennes qu'impliquait le fait de se retrouver à la direction des opérations. Et pourtant, sous la surface de la conversation, Peter avait senti affleurer un courant sous-jacent, plus profond. Il avait la nette impression de se faire manipuler, d'ignorer une chose que tout le monde savait.

Passant une courroie de son paquetage sur une épaule – ce satané truc était pratiquement vide, il se demandait bien pourquoi il s'était donné cette peine –, il décida de ne pas aller tout droit aux chambrées mais de prendre plutôt le sentier dans la direction opposée.

À l'autre bout de la place se dressait la Pierre de la nuit de Ténèbres : un menhir de granit en forme de poire, deux fois plus haut que lui, gris-blanc avec des points de quartzite rose pareils à des joyaux, sur lequel étaient gravés les noms des morts et des disparus. C'est pour ça qu'il était venu là. Cent soixante-deux noms : il avait fallu des mois pour les graver tous. Deux familles entières de Levine et de Darrell. Tout le clan Boyes, neuf personnes en tout. Une flopée de Greenberg et de Patal, de Chou, de Molyneau, de Strauss, de Fisher, et deux Donadio – John et Angel, les parents de Liss. Les premiers Jaxon inscrits sur la pierre étaient Darla et Taylor Jaxon, les grands-parents de Peter, qui étaient morts dans l'éboulement de leur maison, sous le Mur nord. Dans l'esprit de Peter, c'étaient plus ou moins des vieux, parce qu'ils étaient morts depuis quinze ans, l'intégralité de leur vie reléguée dans une époque dont il n'avait aucun souvenir, un pan entier d'existence qui, pour lui, se résumait à « dans le temps », alors qu'en réalité Taylor ne devait pas avoir beaucoup plus de quarante ans, et Dara, sa deuxième femme, n'en avait que trente-six au moment du tremblement de terre.

La Pierre avait été dressée, au départ, pour les victimes de la nuit de Ténèbres, mais par la suite, il avait semblé naturel d'entretenir la coutume, pour conserver la trace des morts et des disparus. Peter vit que le nom de Zander avait déjà été inscrit. Il n'était pas tout seul : le précédaient ceux de son père, sa sœur, et la femme à qui il avait été marié, il y avait des années de ça, Peter s'en souvenait maintenant. Le seul fait de parler à quelqu'un ressemblait tellement peu à Zander, *a fortiori* se marier, que Peter l'avait complètement oubliée. La femme, qui s'appelait Janelle, était morte en donnant naissance à leur bébé, quelques mois à peine après la nuit de Ténèbres. Le bébé n'avait pas encore reçu de nom, il n'y avait donc rien à écrire, et son bref passage sur terre n'avait laissé aucune trace.

— Si tu veux, je peux faire la gravure pour Theo.

Peter se retourna et vit Caleb debout derrière lui. Il portait ses chaussures de sport jaune vif. Elles étaient visiblement beaucoup trop grandes pour lui, et lui faisaient des espèces de palmes, comme des pattes de canard. En les regardant, Peter ressentit de la culpabilité. Les énormes et ridicules chaussures de Caleb étaient la preuve, la seule preuve, vraiment, de tout ce malencontreux épisode au centre commercial. Mais d'une façon ou d'une autre, Peter savait aussi que Theo aurait jeté un coup d'œil aux godasses de Caleb et se serait marré. Il aurait compris la plaisanterie avant que Peter ait seulement réalisé que c'était une blague.

— C'est toi qui as gravé le nom de Zander ?

Caleb eut une sorte de hochement d'épaules.

— Je ne manie pas trop mal le ciseau. Il n'y avait apparemment personne d'autre pour le faire. Il aurait dû essayer de se faire plus d'amis.

Le gamin s'interrompit et regarda par-dessus l'épaule de Peter. L'espace d'une seconde, ses yeux s'embrumèrent.

— Tu as bien fait de l'abattre comme tu as fait. Zander détestait vraiment les viruls. Il pensait que la pire chose au monde, c'était d'être emporté. Je suis content qu'il ne soit pas resté longtemps l'un d'eux.

C'est alors que Peter prit sa décision. Il ne graverait pas le nom de Theo dans la Pierre, et personne ne le ferait non plus. Pas avant d'être absolument sûr.

— Où tu crèches, en ce moment ? demanda-t-il à Caleb.

— Dans les chambrées. Où tu veux que j'aille ?

Peter haussa une épaule pour indiquer son sac à dos.

— Ça t'ennuie si je me joins à toi ?

— Si ça te dit.

Ce n'est que plus tard, après avoir déballé ses affaires et s'être enfin allongé sur le matelas trop mou, plein de trous, que Peter comprit ce que les yeux de Caleb cherchaient par-dessus son épaule, sur la Pierre ; ce n'était pas le nom de Zander, mais au-dessus un groupe de trois noms : Richard et Marilyn Jones, et dessous, Nancy Jones, la sœur aînée de Caleb. Richard, son père, qui était Clé à molette, avait été tué lorsque les lumières s'étaient éteintes, pendant les premières heures de frénésie de la nuit de Ténèbres ; sa mère et sa sœur étaient mortes au Sanctuaire, écrasées par l'effondrement du toit. Caleb n'avait que quelques semaines.

C'est alors qu'il comprit aussi pourquoi Alicia l'avait emmené sur le toit de la Centrale. Ça n'avait rien à voir avec les étoiles. Caleb Jones était un orphelin de la nuit de Ténèbres, comme elle. Elle était seule à être là pour lui.

Elle avait emmené Peter sur le toit pour attendre Caleb Jones.

25.

Michael Fisher, premier ingénieur de la Lumière et du Courant, était assis dans le Transfo et écoutait un fantôme.

C'est comme ça qu'il appelait le signal. Émergeant du brouillard de parasites, à la limite du spectre audible – où il n'aurait rien dû y avoir, à sa connaissance. Un fragment de fragment, là et pas là. Une fréquence non attribuée, d'après le manuel d'opérateur radio qu'il avait trouvé dans le hangar de stockage.

— Ça, j'aurais pu te le dire, fit Elton.

Ils l'avaient entendu le troisième jour après le retour du groupe de ravitaillement. Michael n'arrivait pas à se faire à l'idée que Theo avait disparu. Alicia lui avait assuré que ce n'était pas sa faute, que la carte mère n'avait rien à voir avec la mort de Theo, mais Michael se sentait tout de même responsable, un maillon d'une chaîne d'événements qui avait mené à la disparition de son ami. Et le pire, c'est que la carte mère, Michael l'avait quasiment oubliée. Le lendemain du départ de Theo et des autres pour la Centrale, il avait réussi à désosser un vieux contrôleur de charge de batterie ; pile ce qu'il lui fallait. Pas un Pion, mais assez de puissance de traitement pour détecter un signal à l'extrémité du spectre.

Et même sans ça, qu'est-ce que c'était qu'une puce de plus ou de moins ? Pas de quoi envoyer Theo à la mort.

Quand même, ce signal, mille quatre cent trente-deux mégahertz. Aussi léger qu'un soupir, mais il *disait* quelque chose. Il le narguait, sa signification semblait toujours lui échapper lorsqu'il se concentrait dessus. C'était une chaîne de caractères digitaux, répétitifs, qui venait et repartait mystérieusement, à ce qu'il lui semblait du moins, jusqu'à ce qu'il se rende compte – d'accord, jusqu'à ce qu'Elton se rende compte – qu'il revenait toutes les quatre-vingt-dix minutes, après quoi il émettait pendant deux cent quarante-deux secondes exactement avant de redevenir silencieux.

Il aurait dû s'en apercevoir tout seul. Il n'avait vraiment pas d'excuses.

Et le signal devenait de plus en plus puissant. D'heure en heure, à chaque cycle, et surtout la nuit. C'était comme si ce satané truc remontait du bas de la montagne, droit vers eux. Michael avait cessé de chercher autre chose ; il se contentait de rester assis devant la console de contrôle et de décompter les minutes, en attendant le retour du signal.

Ce n'était pas un phénomène naturel, pas avec ce cycle de quatre-vingt-dix minutes. Ce n'était pas un satellite. Ça n'avait rien à voir avec la batterie d'accus. Il y avait des tas de choses que ce n'était pas. Mais ce que c'était, Michael ne le savait pas.

Elton aussi avait des états d'âme. L'Elton quel bol-d'être-aveugle auquel Michael s'était habitué après toutes ces années dans le Transfo, cet Elton-là n'était plus dans le tableau. À sa place était assis un vieux ronchon à pellicules qui disait à peine bonjour. Il se vissait les écouteurs sur les oreilles, quand le signal arrivait, il l'écoutait en secouant la tête, la bouche en cul de poule, et lâchait tout au plus une phrase ou deux sur le thème du manque de sommeil. C'est tout juste s'il se donnait la peine d'allumer les lumières à la seconde cloche. Michael sentait monter la pression au point qu'il aurait pu tous les envoyer sur la lune, et il avait le sentiment qu'Elton n'aurait pas été contre.

Il n'aurait pas volé un bon bain, non plus. Ou plutôt ils en auraient eu bien besoin tous les deux.

Qu'est-ce que c'était ? La mort de Theo ? Depuis le retour du groupe de ravitaillement, un silence angoissé planait sur toute la Colonie. Personne ne comprenait rien à l'histoire de Zander. Laisser Caleb sur l'éolienne, comme ça. Sanjay et les autres ne voulaient pas ébruiter l'affaire, mais les rumeurs allaient bon train. Les gens disaient que le bonhomme avait toujours eu un grain, que tous ces mois en bas de la montagne lui avaient tapé sur le ciboulot. Qu'il était à côté de ses pompes depuis la mort de sa femme, et celle du bébé.

Et puis, il y avait cet autre truc bizarre, avec Sanjay. Michael ne savait pas quoi en penser. Il y avait deux nuits de ça, il était assis à la console de contrôle quand tout à coup la porte s'était ouverte, et Sanjay s'était planté sur le seuil, les yeux écarquillés, l'air de dire : *Ah-ah !* Michael s'était dit : *Ça y est* (le casque sur la tête, son crime n'aurait pas pu être plus évident), *ce coup-ci, c'est bon, je suis cuit. D'une façon ou d'une autre, Sanjay était au courant pour la radio. Je vais être banni, foutu hors les Murs, c'est sûr.*

Et puis il s'était passé une drôle de chose. Sanjay n'avait rien dit. Il était resté là, dans l'embrasure de la porte, à regarder Michael, et alors que les secondes défilaient dans le silence, Michael s'était rendu compte que le visage de l'homme n'exprimait pas tout à fait ce qu'il avait cru au premier abord : pas l'indignation vertueuse du méfait découvert dans la nuit, mais un abrutissement presque animal, une stupéfaction atone devant... rien. Sanjay était pieds nus, en pyjama. Et il ne savait pas où il était ; Sanjay était somnambule. Comme des tas de gens. Il y avait des nuits où on aurait dit que la moitié de la Colonie était debout et se baladait. Ça venait des lumières : il ne faisait jamais assez noir pour que tout s'arrête vraiment. Michael lui-même avait vadrouillé une fois ou deux, comme ça. Un coup, il s'était retrouvé dans la cuisine, en train de se tartiner la figure avec le miel d'un bocal. Mais Sanjay ? Le chef de la Maisonnée ? Ce n'était pas tellement son genre.

Michael avait réfléchi très vite. Il fallait faire sortir Sanjay du Transfo sans le réveiller. Michael échafaudait diverses stratégies en ce sens – il regrettait de ne pas avoir un bocal de miel à lui offrir – quand tout à coup le chef de la Maisonnée avait froncé les sourcils, incliné la tête sur le côté comme s'il essayait de déchiffrer un son lointain, et puis il l'avait frôlé avec raideur, en traînant les pieds.

— Sanjay ? Que se passe-t-il ?

Le bonhomme s'était arrêté devant le tableau du disjoncteur. Sa main droite, qui pendait mollement sur le côté, avait eu une petite secousse.

— Je ne... sais pas...

— Il n'y aurait pas... comment dire ? avait fait Michael. Un autre endroit où vous devriez être ?

Sanjay n'avait pas répondu. Il avait levé la main et l'avait présentée devant son visage, la tournant lentement dans un sens et dans l'autre tout en la regardant avec le même étonnement muet, comme s'il n'arrivait pas à décider à qui elle appartenait.

— Bab... cock ?

Il y avait eu d'autres bruits de pas, au-dehors, et Gloria était entrée à son tour, en chemise de nuit, elle aussi. Ses cheveux, qu'elle attachait dans la journée, lui

623

arrivaient au milieu du dos. Elle avait l'air un peu essoufflée, comme si elle était sortie en courant de chez eux pour le suivre. Elle avait ignoré Michael qui, à ce moment-là, était moins effrayé que gêné, comme s'il s'était retrouvé par accident témoin d'un drame conjugal, privé, elle avait fondu sur son mari et l'avait pris fermement par le coude.

— Allez, Sanjay, viens te coucher.

— C'est ma main, hein ?

— Oui, avait-elle répondu impatiemment. C'est ta main.

Tenant toujours son mari par le coude, elle avait fait un clin d'œil à Michael et articulé silencieusement : *Somnambule*.

— C'est définitivement, absolument la mienne.

Elle avait poussé un soupir.

— Allez, Sanjay, viens. Ça suffit, maintenant.

Une étincelle de conscience avait animé le visage du personnage. Il s'était retourné, avait parcouru la pièce du regard, et ses yeux s'étaient posés sur Michael.

— Michael. Salut.

Le casque avait disparu, planqué sous la console.

— Salut, Sanjay.

— Je crois que j'ai... fait un tour.

Michael avait étouffé un rire. Sauf qu'il se demandait encore ce que Sanjay était allé faire devant le disjoncteur.

— Gloria a été assez bonne pour venir me chercher et me ramener à la maison. Et c'est donc là que je vais me rendre à présent.

— D'accord.

— Merci, Michael. Je suis désolé de t'avoir dérangé dans ton important travail.

— Pas de problème.

Sur ces mots, Gloria Patal avait conduit son mari hors

de la pièce, le ramenant, probablement, au lit, finir ce que dans son esprit rêveur, perturbé, il avait commencé, quoi que ça puisse être.

Et donc, que penser de ça ? Quand Michael en avait parlé à Elton, le lendemain matin, tout ce qu'il avait dit était :

— Faut croire que ça lui monte à la tête, comme à nous tous.

Et quand Michael avait demandé : « Quoi, *ça* ? Qu'est-ce que tu veux dire par *ça* ? », Elton n'avait pas répondu. Il semblait ne pas y avoir de réponse.

Ruminer, ruminer, ruminer – Sara avait raison, il passait beaucoup trop de temps la tête dans le sac. Ils étaient au milieu du cycle d'émission ; encore quarante minutes à attendre avant de réentendre le signal. Faute de mieux, pour s'occuper l'esprit, il afficha les données des accus sur le moniteur, espérant de bonnes nouvelles, n'en recevant aucune. Cloche plus deux, un vent fort avait soufflé toute la journée dans la passe, et les batteries étaient en dessous de cinquante pour cent. Déjà.

Il laissa Elton dans la baraque et alla faire un tour pour se changer les idées. Le signal, mille quatre cent trente-deux mégahertz. Ça voulait dire quelque chose, mais quoi ? La chose évidente, c'était que ce nombre était composé des quatre premiers entiers dans un schéma répétitif : 1432143214321432 et ainsi de suite, le un fermant la séquence, qui repartait avec le quatre. C'était intéressant, et ce n'était probablement qu'une coïncidence, sauf que c'était justement le truc : rien, dans ce signal fantôme, n'avait l'air *fortuit*.

Il arriva au Solarium, où il y avait souvent des gens qui flânaient jusqu'à une heure avancée de la nuit. Il cligna des yeux dans la lumière. Une silhouette était assise au pied de la Pierre, ses cheveux noirs retombant sur ses bras croisés, appuyés sur ses genoux. Mausami.

Michael se racla la gorge pour signaler sa présence. Mais elle ne jeta qu'un coup d'œil indifférent dans sa direction. C'était assez clair : elle était seule et aurait préféré le rester. Mais Michael avait passé des heures au Transfo – Elton ne comptait quasiment pas –, à chasser des fantômes dans le noir, et il était tout disposé à risquer une légère rebuffade pour quelques maigres miettes de compagnie.

— Hé. (Il était debout au-dessus d'elle.) Ça t'ennuie si je m'assieds ?

Elle leva le visage vers lui. Il vit qu'elle avait les joues ruisselantes de larmes.

— Désolé, fit Michael. Je peux m'en aller.

Mais elle secoua la tête.

— Ça ne fait rien. Tu peux t'asseoir, si tu veux.

C'était un peu gênant, parce que le seul endroit où s'asseoir, c'était juste à côté d'elle, le dos appuyé à la Pierre comme elle, de sorte que leurs épaules se toucheraient pratiquement. Il commençait à se dire que ce n'était pas une idée tellement géniale, tout compte fait, surtout que le silence s'éternisait, et aussi qu'en restant il acceptait tacitement de lui demander ce qui la bouleversait, voire de trouver les mots justes pour la réconforter. Il savait que la grossesse pouvait rendre les femmes lunatiques – comme si elles ne l'étaient pas déjà avant, sujettes à des sautes d'humeur et plus capricieuses que les quatre vents. Il arrivait généralement à comprendre Sara, mais c'était sa sœur, et il avait l'habitude.

— J'ai appris la nouvelle. Euh, félicitations, je suppose ?

Elle s'essuya les yeux du bout des doigts. Elle avait

le nez qui coulait, mais il n'avait pas même un bout de chiffon à lui offrir.

— Merci.

— Galen sait que tu es ici ?

— Non, fit-elle avec un rire morose. Il n'est pas au courant.

Michael se dit alors que si elle était dans tous ses états, ce n'était pas un moment de tristesse passager. Elle était venue à la Pierre à cause de Theo. Ses larmes étaient pour lui.

— Je voulais juste...

Mais il n'arrivait pas à trouver les mots.

— Je ne sais pas, fit-il avec un haussement d'épaules. Je suis désolé. C'était aussi mon ami.

Elle fit alors quelque chose qui le surprit. Elle plaça sa main sur la sienne, sur le haut de son genou à lui, et entrecroisa leurs doigts.

— Merci, Michael. Je pense que les gens ne te jugent pas à ta juste valeur. C'était exactement ce qu'il fallait dire.

Pendant un moment, ils restèrent sans parler, Mausami ne retira pas sa main. C'était bizarre : jusqu'à ce moment, Michael n'avait pas vraiment ressenti l'absence de Theo. Il était triste, mais ce n'était pas tout. Il se sentait seul. Il aurait voulu lui parler, partager ses sentiments avec elle, mais avant qu'il en ait eu le temps, deux silhouettes apparurent à l'autre bout de la place. Deux hommes, qui venaient à grands pas vers eux : Galen et, derrière lui, Sanjay.

— Écoute, fit Mausami. Si j'ai un conseil à te donner, c'est de ne pas te laisser perturber par l'attitude merdique de Liss. C'est juste sa façon de faire. Elle en reviendra.

Liss ? Pourquoi parlait-elle de Liss ? Mais il n'eut pas le loisir d'y réfléchir ; tout à coup, Galen et Sanjay les

627

dominaient de toute leur hauteur. Galen transpirait et respirait fort, comme s'il avait fait plusieurs fois le tour des Murs en courant. Quant à Sanjay, le somnambule embrumé d'il y avait deux nuits avait laissé place à un vieux ronchon, l'image même de la bien-pensance paternelle.

— Tu fais quoi, là ? fit Galen.

Il plissait les yeux d'un air furibard, comme s'il essayait de la voir plus clairement.

— Tu n'as pas le droit de sortir du Sanctuaire, Maus. C'est *interdit*.

— Ça va, Gale, fit-elle en le congédiant d'un geste de la main. Rentre à la maison.

Sanjay s'interposa, l'épaule en avant, dressant au-dessus d'eux sa présence impérieuse, baignée de lumière. Sa peau semblait rayonner de réprobation paternelle. Il jeta un coup d'œil à Michael, rejetant sa présence d'un rapide froncement de ses épais sourcils, évacuant par cette simple expression tous les espoirs que Michael aurait pu nourrir de le voir reconnaître, même vaguement, les événements de l'autre nuit.

— Mausami, j'ai été patient avec toi, mais ma patience a des limites. Je ne comprends pas pourquoi il faut que tu fasses tellement d'histoires. Tu sais ce que tu dois faire.

— Je reste ici avec Michael. Si quelqu'un a quelque chose contre, il faudra qu'il règle ça avec lui.

Michael sentit un hérisson de glace se former au creux de son estomac.

— Écoute...

— Toi, le Circuit, ne t'en mêle pas, lança Galen. Et tant qu'on y est, qu'est-ce que tu fais ici avec ma femme ?

— Ce que je fais ?

— Ouais. C'était ton idée ?

628

— Pour l'amour du ciel, Galen, soupira Mausami. Je voudrais que tu t'entendes parler. Non, ce n'était pas l'idée de Michael.

Michael se rendit compte alors que tout le monde le regardait. Se retrouver au milieu de la scène, alors qu'il ne voulait qu'un peu de compagnie et d'air frais, ça ressemblait à un cruel caprice du destin. Le visage de Galen exprimait une humiliation cuisante. Michael finit par se demander s'il n'allait pas en venir aux mains avec lui. Il y avait quelque chose de vaguement inefficace dans son attitude. Il donnait l'impression d'avoir toujours une mesure de retard sur ce qui se passait autour de lui, mais Michael ne se laissait pas abuser : le gaillard faisait bien une douzaine de kilos de plus que lui. Sans compter, et pour tout arranger, que Galen devait avoir plus ou moins l'impression en cet instant de défendre son honneur. Tout ce que Michael savait des combats virils se bornait à quelques escarmouches enfantines au Sanctuaire, pour des enjeux dérisoires, mais il avait échangé assez de coups de poing pour savoir que ça aidait quand on y mettait du cœur. Ce qui n'était assurément pas son cas. Si Galen réussissait à viser assez juste pour lui flanquer une torgnole, il serait au tapis vite fait.

— Écoute, Galen, recommença-t-il. J'étais juste sorti faire un tour...

Mais Mausami ne le laissa pas finir.

— Ça va, Michael. Il le sait bien.

Elle tourna le visage pour le regarder. Elle avait les yeux bouffis et les paupières gonflées par les pleurs.

— On a tous un devoir à accomplir, hein ?

Elle lui reprit la main et la serra comme pour sceller un marché avec lui.

— Le mien, apparemment, est d'obéir sans faire

d'histoires. Alors, pour le moment, c'est ce que je vais faire.

Galen se pencha pour l'aider à se relever, mais Mausami l'ignora. Toujours renfrogné, Sanjay avait reculé, les mains sur les hanches.

— Franchement, Maus, je ne comprends pas que tu le prennes si mal, dit Galen.

Mausami fit comme si elle ne l'avait pas entendu et se détourna des deux hommes pour jeter un coup d'œil vers Michael. Il était toujours assis, le dos à la Pierre. Dans le regard qu'elle lui lança, Michael sentit son humiliation, sa honte de devoir se soumettre aux ordres.

— Merci de m'avoir tenu compagnie, Michael, dit-elle avec un sourire triste. C'était bien, ce que tu as dit.

À l'Infirmerie, Sara attendait que Gabe Curtis meure.

Elle revenait juste de sa sortie à cheval quand Mar était apparue à la porte. Ça y était, lui avait dit Mar. Gabe gémissait, se débattait, il cherchait désespérément sa respiration. Sandy ne savait pas quoi faire. Sara pouvait-elle venir ? Pour Gabe ?

Elle récupéra sa trousse médicale et suivit Mar vers l'Infirmerie.

En franchissant le rideau, la première chose qu'elle vit dans la salle fut Jacob, maladroitement penché sur le lit où gisait son père. Il présentait une tasse de quelque chose devant les lèvres de Gabe qui étouffait, crachait du sang. Sara s'approcha rapidement et prit doucement la tasse de la main de Jacob. Elle fit rouler Gabe sur le côté – le pauvre homme ne pesait presque rien, il n'avait plus que la peau sur les os –, et de sa main libre elle prit sur la table roulante un haricot de métal qu'elle lui mit sous le menton. Encore deux hoquets rauques : Sara vit que le rouge vif du sang était tacheté de petites masses noires de tissus morts.

L'Autre Sandy sortit du recoin dans l'ombre, derrière la porte.

— Je suis désolée, Sara, dit-elle, les mains papillonnant nerveusement. Il a commencé à tousser comme ça, et je me suis dit que peut-être l'infusion...

— Tu laissais Jacob faire ça tout seul ? Mais qu'est-ce que tu as dans la tête ?

— Qu'est-ce qu'il a ? gémissait le gamin.

Il était debout à côté du lit, le visage crispé, bouleversé, impuissant.

— Ton papa est très malade, Jacob, dit Sara. Personne ne t'en veut. Tu as fait ce qu'il fallait, en l'aidant.

Jacob avait commencé à se gratter, enfonçant les ongles de sa main droite dans la peau à vif de son avant-bras.

— Je vais m'occuper de lui, Jacob. Je vais faire tout ce que je peux pour lui. Tu as ma parole.

Elle savait que Gabe faisait une hémorragie interne. La tumeur avait dû rompre quelque chose. Elle passa sa main sur son ventre, sentit la masse chaude du sang accumulé. Elle prit son stéthoscope dans sa mallette, le mit sur ses oreilles, écarta le tee-shirt de Gabe et ausculta ses poumons. Un râle humide, comme de l'eau secouée dans une boîte de conserve. Il n'en avait plus pour longtemps, et en même temps, ça pouvait durer des heures. Elle leva les yeux vers Mar, qui hocha la tête. Sara comprit pourquoi elle lui avait confié qu'elle était la préférée de Gabe ; elle comprit ce que Mar lui demandait de faire maintenant.

— Sandy, emmène Jacob dehors.

— Qu'est-ce que tu veux que j'en fasse ?

Jets, qu'est-ce que cette femme avait dans la tête ?

— Ce que tu voudras.

Sara s'obligea à inspirer un bon coup, pour laisser

retomber la pression. Ce n'était pas le moment de se mettre en colère.

— Jacob, je voudrais que tu sortes avec Sandy, maintenant. Tu peux faire ça pour moi ?

Dans ses yeux, Sara ne vit pas de réelle compréhension, que de la peur, et la longue habitude d'obéir aux décisions que les autres prenaient pour lui. Il suffisait de lui demander de sortir, et il le ferait.

Un hochement de tête peu enthousiaste.

— Bon, d'accord.

— Merci, Jacob.

Sandy emmena le garçon. Sara entendit la porte d'entrée s'ouvrir et se refermer. Mar, assise de l'autre côté du lit, tenait la main de son mari.

— Sara, tu n'aurais pas... quelque chose... ?

Ce n'était pas un sujet qu'on abordait ouvertement. Les herbes étaient conservées dans la vieille glacière, à la cave, dans des bocaux rangés sur des étagères métalliques. Sara s'excusa et descendit chercher celles dont elle avait besoin – la digitale, ou queue-de-loup, pour ralentir la respiration ; les petites graines noires de la plante appelée datura pour stimuler le cœur ; les écailles brunes, amères, de la racine de tsuga pour engourdir la conscience – et les posa sur la table. Elle les réduisit dans un mortier en une fine poudre brune et la versa sur une feuille de papier qu'elle présenta au-dessus d'une tasse, afin de l'y transvaser. Elle rangea le tout, essuya la table et remonta l'escalier.

Dans la pièce de devant, elle mit de l'eau à bouillir ; la bouilloire était encore chaude et la décoction fut bientôt prête. Elle avait une vague couleur verte qui faisait penser à des algues, et une odeur amère, de terre. Elle l'emporta dans la salle.

— Ça devrait le soulager.

Mar hocha la tête et prit la tasse des mains de Sara.

L'accord tacite stipulait que Sara se contentait de fournir les moyens ; elle était infirmière, elle ne pouvait pas faire le reste.

Mar regarda le liquide, dans la tasse.

— Combien ?

— Tout, si possible.

Sara se positionna à la tête du lit pour soulever les épaules de Gabe ; Mar mit la tasse devant sa bouche et dit à son mari d'aspirer le liquide. Il avait encore les yeux fermés ; il semblait complètement inconscient de leur présence. Sara avait peur qu'il n'arrive pas à avaler, qu'elles aient attendu trop longtemps, mais il prit une première, délicate gorgée de tisane, puis une autre, picorant régulièrement, comme un oiseau buvant dans une mare. Quand il eut fini l'infusion, Sara le rallongea sur l'oreiller.

— Ce sera long ? demanda Mar sans la regarder.

— Non. Pas long. Ça va vite.

— Et tu resteras. Jusqu'à ce que ce soit fini.

Sara hocha la tête.

— Jacob ne doit pas savoir. Il ne comprendrait pas, fit Mar en relevant le visage.

— Promis, répondit Sara.

Et puis, toutes les deux, toutes seules, elles attendirent.

Peter rêvait de la fille. Ils étaient sous le carrousel, dans cette prison de poussière au plafond bas, et la fille était allongée sur son dos. Elle lui soufflait dans le cou, et sa respiration sentait le miel. *Qui es-tu ?* pensait-il. *Qui es-tu ?*, mais les mots restaient piégés dans sa bouche, faisaient dedans comme un bouchon de laine. Il avait soif, tellement soif. Il aurait voulu rouler sur lui-même, voir ses yeux, mais il ne pouvait pas bouger, et ce n'était plus la fille qui était sur lui, c'était un virul, et ses dents s'enfonçaient dans la chair de son cou. Il essayait d'appeler son frère, mais aucun son ne sortait de sa bouche et il commençait à mourir, une partie de lui pensant : *Comme c'est bizarre, je n'étais jamais mort avant. Alors voilà ce que ça fait.*

Il se réveilla en sursaut, le cœur battant la chamade, tandis que le rêve se dissipait d'un coup, laissant dans son sillage une impression de panique, vague mais poignante, comme l'écho d'un cri. Il resta un instant sans bouger, prenant ses repères dans le temps et dans l'espace. Il se démancha le cou pour regarder par la fenêtre, au-dessus de sa couchette, et vit que les lumières étaient allumées. Il avait la bouche sèche comme un parchemin, et sa langue gonflée lui paraissait fibreuse ; il avait rêvé qu'il avait soif parce qu'il avait vraiment soif. Il farfouilla à la recherche de sa gourde, par terre, à côté de son lit de camp, porta l'embout à sa bouche et but.

Caleb dormait sur la couchette voisine. Dans la pièce obscure, Peter compta quatre autres hommes, qui ronflaient comme des sonneurs. Avec tout ce barouf, il ne s'était pas réveillé une seule fois. Depuis combien de temps n'avait-il pas dormi aussi profondément ?

Maintenant, couché dans le noir, il commençait à éprouver une certaine fébrilité, un sourd bourdonnement d'impatience qui semblait avoir trouvé une résidence permanente dans sa poitrine depuis son retour de la montagne. La chose normale à faire aurait été de se présenter sur la passerelle pour prendre son poste. Mais Soo lui avait bien fait comprendre qu'elle ne lui laisserait pas remonter la garde avant au moins quelques jours.

Il décida d'aller voir Tantine. Il ne lui avait pas encore dit pour Theo. Elle était probablement au courant, mais il tenait malgré tout à le lui annoncer en personne, même si ce n'était pas vraiment une nouvelle.

On arrivait parfois à l'oublier complètement, dans sa petite maison dans la clairière. « Ah, Tantine », disaient les gens quand son nom tombait dans la conversation, comme s'ils se souvenaient seulement à ce moment-là de son existence. À vrai dire, la vieille femme s'en sortait étonnamment bien sans trop d'aide. Peter ou Theo lui coupaient du bois, ou faisaient de petites réparations dans sa maison, et Sara l'assistait à l'Entrepôt. Mais elle n'avait pas besoin de grand-chose ; elle avait un grand carré de légumes et d'herbes dans le terrain ensoleillé, derrière sa maison. Elle réussissait à s'en occuper pratiquement toute seule. À l'exception du jardinage, qu'elle faisait assise sur un tabouret, elle passait le plus clair de son temps dans la maison, parmi ses papiers et ses souvenirs, l'esprit dérivant dans le passé. Elle portait trois paires de lunettes différentes dans un méli-mélo de cordons autour de son cou, les changeant en fonction de ce qu'elle faisait, et sauf en hiver, elle allait partout pieds nus. Selon tous les calculs, Tantine devait avoir près de cent ans. Elle avait été mariée, ou du moins c'est ce qu'on disait, et pas qu'une mais deux fois, mais comme elle n'avait jamais pu avoir d'enfant, sa longévité faisait l'impression d'une merveille de la nature futile, comme un cheval qui aurait su compter en tapant du sabot. Personne n'avait très bien compris comment elle avait survécu à la nuit de Ténèbres ; le tremblement de terre n'avait infligé que très peu de dégâts à sa maison, et au matin, on l'avait retrouvée assise dans sa cuisine, en train de boire une tasse de sa tisane notoirement horrible, comme si de rien n'était. Et elle avait simplement dit : « C'est peut-être juste qu'ils ne veulent pas de mon vieux sang. »

La nuit avait fraîchi ; les vitres de la maison de

Tantine luisaient faiblement alors que Peter s'approchait. Elle prétendait ne jamais dormir, que la nuit et le jour, c'était du pareil au même pour elle et, de fait, Peter ne se rappelait pas l'avoir vue une seule fois autrement que debout et en train de faire quelque chose. Il frappa et, ne l'entendant pas répondre, poussa la porte.

— Tantine ? C'est Peter.

Dans les profondeurs, il entendit un froissement de papier et les pieds d'une chaise raclant le plancher.

— Peter, entre, entre !

Il pénétra dans la pièce. L'unique source de lumière était une lanterne dans la cuisine, un appentis cloué sur l'arrière de la maison. L'endroit était complètement encombré, mais propre, l'organisation des meubles et autres objets – les piles branlantes de livres, les bocaux de pierres et de vieilles pièces, divers trucs et machins qu'il ne pouvait même pas identifier – semblait non seulement réfléchie, mais dotée de l'ordre intrinsèque des choses qui occupent la même place depuis des dizaines d'années, comme les arbres d'une forêt. Tantine apparut sur le seuil et lui fit signe.

— Tu tombes bien. Je viens de faire de la tisane.

Elle venait toujours de faire de la tisane. C'était une décoction d'une mixture d'herbacées, certaines qu'elle faisait pousser, d'autres qu'elle se contentait de ramasser le long des chemins. Tout le monde l'avait vue, quand elle allait se promener, se pencher lentement, longuement vers le sol pour cueillir une herbe sans nom et se la fourrer droit dans le bec. Enfin, si boire l'infusion de Tantine était le prix à payer pour sa compagnie...

— Volontiers, répondit Peter. Je serai heureux d'en prendre un peu.

Elle effectua toutes sortes de manipulations avec ses lunettes, choisissant la bonne paire dans l'entrelacs de cordons passés autour de son cou. Ayant trouvé celles qu'elle cherchait, elle les mit sur son visage boucané, brun comme un gland – sa tête avait quelque chose de légèrement ratatiné par rapport au reste de son corps, comme si les rabougrissements physiques du grand âge partaient du haut et descendaient –, le repéra visuellement et lui dédia un sourire édenté, l'air de venir seulement de se convaincre qu'il était bien celui qu'elle pensait. Elle portait, comme toujours, une robe ample, à encolure large, faite d'un patchwork de bouts de tissu recueillis sur on ne sait combien de frusques au fil des ans. Ce qui restait de ses cheveux formait un nid de blancheur vaporeuse qui semblait moins pousser sur son crâne que flotter autour, et ses joues étaient criblées de tavelures, ni des taches de rousseur ni des grains de beauté, mais quelque chose entre les deux.

— Alors on va dans la cuisine.

Il la suivit tandis qu'elle s'avançait, en traînant ses pieds nus, dans un étroit couloir qui menait vers l'arrière de la maison. L'espace était occupé par une table de chêne qui laissait à peine la place de se retourner, et il y faisait une chaleur étouffante, à cause du poêle allumé et de la vapeur qui montait d'une théière en aluminium cabossée posée dessus. Peter sentit qu'il allait cuire dans son jus. Pendant que Tantine commençait à verser sa décoction, il ouvrit l'unique fenêtre de la pièce, laissant entrer un filet d'air, et prit une chaise. Tantine alla à l'évier, amorça la pompe, rinça deux chopes, les mit sur la table et posa la théière à côté, sur un dessous-de-plat en fer.

— Et à quoi dois-je cette visite, Peter ?

— J'ai de mauvaises nouvelles. Au sujet de Theo.

Mais la vieille femme écarta l'information d'un geste.

— Oh, dit-elle. Je suis au courant.

Elle s'assit en face de lui, étendit les jambes devant elle, remit sa robe en place sur ses épaules osseuses et versa la tisane dans les tasses à travers une passoire, tout en suçant l'intérieur de ses joues. Le liquide, d'une couleur jaunâtre qui évoquait l'urine, abandonna dans la passoire de petits fragments désagréablement biologiques, verts et bruns, pareils à des insectes écrasés.

— Comment c'est arrivé ?

Peter poussa un soupir.

— C'est une longue histoire.

— Je n'ai plus rien, que le temps d'écouter des histoires, Peter. Tant que tu veux bien les raconter, j'aurai des oreilles pour les entendre. Vas-y, la tisane est prête. Il ne faut pas que ça refroidisse.

Peter y plongea les lèvres. Le breuvage avait un vague goût de terre, et laissait un arrière-goût tellement amer qu'on croyait s'empoisonner. Il réussit à en avaler, par respect, une gorgée, qui lui incendia l'estomac. Sur la table, près de son coude, était posé son livre, celui dans lequel elle écrivait toujours. Son « livre de mémoires », comme elle disait : un gros volume cousu à la main, relié en peau d'agneau, dont les pages étaient couvertes de sa fine écriture. Elle écrivait avec une plume de corbeau et de l'encre faite maison. Elle fabriquait aussi son propre papier, en faisant bouillir de la sciure jusqu'à ce qu'elle obtienne une sorte de pulpe qu'elle étendait sur des carrés de vieux écrans de moustiquaire. Peter savait qu'elle travaillait dur quand il voyait des feuilles de ce matériau sécher sur un fil, derrière chez elle.

— Comment ça avance, l'écriture, Tantine ?

— Ça ne finit jamais. Tant de choses à mettre par écrit, fit-elle en lui offrant un sourire plein de rides. Et moi, je n'ai plus que du temps sur les bras. Tout ce qui s'est passé. Le monde d'Avant. Le train qui nous a amenés ici dans le feu. Terrence, Mazie et tous ceux-là. Tout ça, je l'écris comme ça me vient. Je pense que s'il n'y a personne d'autre pour le faire, qu'une seule vieille dame, eh bien, c'est ce qu'ils auront. Un jour, quelqu'un voudra savoir ce qui s'est passé ici, à cet endroit.

— C'est ce que tu crois ?

— Peter, je le sais.

Elle sirota une gorgée de sa décoction, fit un bruit de baiser avec ses lèvres décolorées et fronça les sourcils.

— Je reconnais que ça aurait mérité un peu plus de pissenlit.

Elle posa ses yeux sur Peter en plissant les paupières derrière ses lunettes.

— Mais ce n'est pas ça que tu me demandais, hein ? Qu'est-ce que j'écris là-dedans, hein, c'est ça ?

Son esprit était un peu comme ça : replié sur lui-même, établissant d'étranges connexions, replongeant dans le passé. Elle parlait souvent de Terrence, qui avait pris le train avec elle. Parfois, ça paraissait être son frère, parfois son cousin. Et il y avait les autres : Mazie Chou, un garçon appelé Vincent Gum, une fille appelée Sharise, Lucy et Rex Fisher. Mais ces errances dans le temps pouvaient être interrompues, à n'importe quel moment, par des intermèdes d'une lucidité surprenante.

— Tu as écrit quelque chose sur Theo ?

— Theo ?

— Mon frère.

Les yeux de Tantine dérivèrent un moment.

— Il m'a dit qu'il allait à la Centrale. Quand est-ce qu'il revient ?

Bon, donc elle n'était pas au courant. À moins qu'elle ait simplement oublié, les nouvelles se mélangeant dans son esprit avec d'autres histoires du même genre.

— Je ne crois pas qu'il reviendra, dit Peter. C'est ce que je suis venu te dire. Je suis désolé.

— Oh, tu ne vas pas te lamenter maintenant, fit-elle.

Les choses que tu ne sais pas rempliraient un livre. C'est une blague, ça, hein : un livre ! Allez, bois ton infusion.

Peter décida de ne pas la bousculer. À quoi bon apprendre à cette vieille femme la mort d'une personne de plus ? Il absorba une nouvelle demi-gorgée de liquide. Il lui parut encore plus atrocement amer, si c'était possible. Il éprouva une légère nausée.

— C'est l'écorce de bouleau que tu sens. C'est pour la digestion.

— C'est très bon, vraiment.

— Non, ce n'est pas bon, mais ça fait du bien. Ça te nettoie les intérieurs comme une tornade blanche.

C'est alors que Peter pensa à l'autre nouvelle.

— Je voulais te dire, Tantine : j'ai vu les étoiles.

La vieille femme s'illumina.

— Eh bien, voilà !

Elle posa rapidement le bout d'un de ses doigts usés sur le dos de sa main.

— Enfin quelque chose de bien à se raconter. Alors, dis-moi, comment tu les as trouvées ?

Ses pensées retournèrent à ce moment sur le toit, allongé sur le béton à côté de Liss. Les étoiles tellement denses au-dessus d'eux qu'il avait eu l'impression de pouvoir les chasser de la main. Comme une chose qui se serait produite il y avait des années, les dernières minutes d'une vie qu'il aurait laissée derrière lui.

— C'est dur de mettre ça en mots, Tantine. Je n'ai jamais su.

— Eh bien, c'est un sacré truc.

Ses yeux, braqués vers le mur, derrière sa tête, parurent pétiller comme s'ils se souvenaient de la lumière des étoiles.

— Je ne les ai pas revues depuis que j'étais toute petite. Ton père venait ici juste comme tu fais maintenant, et il m'en parlait beaucoup. « Je les ai vues,

Tantine », qu'il disait, et je lui disais : « Comment elles vont, Demo, hein, mes étoiles à moi ? » Et on avait tous les deux une jolie conversation au sujet des étoiles, exactement comme nous deux, tout de suite.

Elle finit son infusion et reposa sa chope sur la table.

— Pourquoi tu as l'air tellement surpris ?

Peter se sentit tout à coup démasqué.

— Il faisait ça ?

Un rapide froncement de sourcils, comme réprobateur ; mais ses yeux, toujours allumés d'une lumière intérieure, paraissaient le regarder avec amusement.

— Et pourquoi il ne l'aurait pas fait ?

— Je ne sais pas, réussit à dire Peter.

De fait, il ne savait pas. Mais il avait du mal à imaginer son père, le grand Demetrius Jaxon, en train de boire le bouillon d'onze heures de Tantine dans sa cuisine surchauffée, en parlant des Longues Chevauchées.

— Je n'avais jamais pensé qu'il en avait parlé à quelqu'un d'autre.

Elle eut un petit rire.

— Oh, ton père et moi, on parlait. D'un tas de choses. Des étoiles.

Tout ça était tellement troublant, se dit Peter. Plus que troublant : c'était comme si, en l'espace de quelques jours à peine – depuis la nuit où Arlo Wilson avait tué le virul dans les filets –, un principe fondamental du monde avait changé, mais que personne ne lui avait parlé de ce changement.

— Tantine, tu te souviens s'il t'a dit un jour avoir vu... un Marcheur ?

La vieille femme creusa les joues.

— Un Marcheur, hein ? Non, ça ne me dit rien. Theo a vu un Marcheur ?

Il s'entendit soupirer.

— Pas Theo. Mon père.

Mais elle avait cessé d'écouter ; ses yeux, braqués sur le mur derrière lui, regardaient très très loin à nouveau.

— Maintenant, Terrence, je crois qu'il m'a dit quelque chose à propos de quelqu'un comme ça, une Marcheuse. Terrence et Lucy. C'était une toute petite chose, toute petite. Il n'y avait que Terrence pour calmer ses pleurs, tu sais. Il y arrivait toujours.

Il n'y avait rien à faire. Quand Tantine partait comme ça, ça pouvait durer des heures, parfois des jours, avant qu'elle revienne au présent. Il lui enviait presque ce pouvoir.

— Bon, et qu'est-ce que tu voulais me demander ?

— Oh, rien, Tantine. Ça peut attendre.

Elle haussa ses épaules osseuses.

— Si tu le dis.

Un moment de silence passa. Et puis :

— Dis-moi une chose, Peter. Tu crois en Dieu tout-puissant ?

La question le prit au dépourvu. Elle parlait souvent de Dieu, mais elle ne lui avait jamais demandé s'il y croyait. Or il est vrai qu'en regardant les étoiles depuis le toit de la Centrale, il avait senti quelque chose, une présence derrière leur vaste immensité. Comme si les étoiles le regardaient, lui. Et puis ce moment, et le sentiment qu'il lui avait procuré, s'étaient enfuis. Ç'aurait été agréable de croire en quelque chose comme ça, se disait Peter, mais en fin de compte, il n'y arrivait tout simplement pas.

— Pas vraiment, admit-il, et il entendit le ton lugubre de sa voix. Je pense que ce n'est qu'un mot que les gens emploient.

— Ça, c'est une honte. *Une honte*. Parce que le Dieu que je connais, hein, il ne nous abandonnerait pas sans nous laisser une chance.

Tantine termina sa tisane, claqua les lèvres.

— Maintenant, tu réfléchis un peu à ça et puis tu me diras pour Theo, où il est parti.

La conversation semblait terminée. Peter se leva. Il se pencha pour lui déposer un baiser sur le sommet de la tête.

— Merci pour la tisane, Tantine.

— Quand tu veux. Tu reviendras me donner ta réponse quand elle te viendra. Et on parlera de Theo. On aura une bonne conversation. Et... Peter ?

Il se retourna sur le seuil de la cuisine.

— Juste pour que tu saches, dit-elle. Elle arrive.

Il en resta bouche bée.

— Qui ça, Tantine ? Qui arrive ?

Un froncement de sourcils digne d'une maîtresse d'école.

— Tu sais qui, mon garçon. Tu le sais depuis le jour où Dieu t'a rêvé.

L'espace d'un instant, Peter resta debout dans l'embrasure de la porte, muet.

— C'est tout ce que je dis pour l'instant.

La vieille femme eut un geste de la main comme pour le congédier, ou pour chasser une mouche.

— Vas-y, tu reviendras quand tu seras prêt.

— N'écris pas toute la nuit, parvint à dire Peter. Essaie de dormir un peu.

Un sourire creusa le visage de la vieille femme.

— J'ai toute l'éternité pour ça.

Il sortit dans la fraîcheur de l'air nocturne qui lui caressa le visage et sécha le film de sueur accumulé sous son pull dans la cuisine surchauffée. Il avait encore l'estomac en révolution à cause de la tisane. Il resta un instant immobile, à cligner des yeux sous les lumières. C'était bizarre, ce que Tantine avait dit. Mais elle n'avait aucun moyen de savoir, pour la fille. Vu la façon dont fonctionnait l'esprit de la vieille femme, toutes ces histoires empilées les unes sur les autres, le passé et le présent complètement mélangés, elle pouvait parler de n'importe qui. De quelqu'un qui était mort il y avait des années.

C'est à ce moment-là que Peter entendit les cris qui venaient de la porte principale, et que l'enfer se déchaîna.

26.

Ça avait commencé avec le Colonel. Ça, au moins, tout le monde pourrait l'affirmer dès les premières heures.

Personne ne se rappelait avoir vu le Colonel depuis des jours, ni aux écuries, ni au Solarium, ni sur les passerelles, où il allait parfois se promener la nuit. Ce qui était sûr, c'est que Peter ne l'avait pas vu pendant les sept nuits où il avait veillé la Miséricorde, mais il n'avait pas songé à s'étonner de son absence ; le Colonel allait et venait selon son bon plaisir, et il lui arrivait de ne pas se montrer pendant plusieurs jours d'affilée.

Ce que les gens savaient – ce serait déclaré d'abord par Hollis, puis confirmé par les autres –, c'est que le Colonel apparut sur la passerelle peu après la mi-nuit, près de la plateforme de tir Trois. Jusque-là, tout avait été tranquille, sans un visu ; la lune était basse sur l'horizon, la lumière des projecteurs baignait la zone entourant les Murs. Seuls quelques-uns le virent planté là, et personne n'en pensa quoi que ce soit. Les gens auraient pu se dire : *Hé, c'est le Colonel. Décidément, le vieux n'arrive pas à dételer. Dommage qu'il n'y ait rien à faire, ce soir.*

Il traîna là quelques minutes en tripotant son collier de dents, balayant du regard le terrain désert, en contrebas. Hollis se dit qu'il était venu parler avec Alicia mais ne l'avait pas trouvée, et en tout cas, il ne paraissait pas spécialement la chercher. Il n'était pas armé, et il ne parla à personne. Quand Hollis regarda à nouveau, il avait disparu. L'un des coureurs, Kip Darrell, raconterait par la suite qu'il l'avait vu descendre l'échelle et se diriger vers la Trace et les enclos.

Lorsqu'on le revit ensuite, il courait à travers le champ.

— Visu ! cria l'un des coureurs. On a un visu !

Un triplet. Hollis le vit, *les* vit qui bondissaient dans la lumière. À la limite du champ.

Et le Colonel courait droit vers eux.

Ils fondirent sur lui, incroyablement vite, l'avalèrent comme une vague, montrant les dents, mordant, pendant que sur la passerelle, tout en haut, une dizaine d'arcs les arrosaient de flèches, mais la distance était trop grande ; il aurait fallu un vrai coup de chance pour qu'elles fassent mouche.

Ils regardèrent mourir le Colonel.

C'est alors qu'ils virent la fille. Elle était à la limite du champ, petite silhouette solitaire sortant des ombres. Au début, raconterait Hollis, ils pensèrent tous que c'était encore un virul, et tout le monde était prêt à tirer sur n'importe quoi, sur tout ce qui bougeait. Elle traversa le champ et s'approcha de la porte principale sous une grêle de flèches et de balles ; l'une d'elles l'atteignit à l'épaule – avec un bruit à la fois sourd et humide que Hollis entendit bel et bien –, la faisant tourner sur elle-même comme une toupie. Et pourtant elle continua à avancer.

— Je ne sais pas, admettrait Hollis, par la suite. C'est peut-être moi qui l'ai touchée.

C'est le moment qu'Alicia choisit pour entrer en scène. Elle débarqua sur la passerelle en gueulant après tout le monde, hurlant de cesser le feu, que c'était une personne, « un être humain, bon Dieu », et de prendre les cordes, de « prendre ces putains de cordes, et tout de suite ! » Un moment de confusion : Soo n'était pas en vue, et elle était seule à pouvoir donner l'ordre de passer par-dessus le Mur. Il en aurait fallu un peu plus pour arrêter Alicia. Avant que quiconque ait eu le temps de dire ouf, elle sauta sur le rempart, agrippa la corde et bondit de l'autre côté.

Hollis dit qu'il n'avait jamais rien vu d'aussi dingue de sa vie.

Elle dévala le Mur en rappel, ses pieds effleurant à peine la paroi tandis qu'elle volait vers le bas à la vitesse de l'éclair, la corde vibrante filant du treuil, pendant que trois paires de mains s'échinaient frénétiquement à freiner sa descente avant qu'elle s'écrase par terre. Tandis que le mécanisme se bloquait avec un hurlement de métal torturé, Alicia toucha le sol, roula sur elle-même dans la poussière et s'élança ventre à terre. Les virus étaient à vingt mètres de là, toujours penchés sur le corps du Colonel ; en entendant Alicia heurter le sol, ils eurent un mouvement de torsion collectif, se redressèrent et montrèrent les dents en humant l'air.

Du sang frais.

La fille avait maintenant atteint le pied du Mur, forme sombre roulée en boule. Une masse luisante lui faisait une bosse dans le dos – un sac, cloué sur son corps par le carreau d'arbalète fiché dans son épaule et huilé de rouge sombre, brillant, par son sang. Alicia l'attrapa comme un ballot, la jeta sur ses épaules et prit ses jambes à son cou, oubliant la corde qui pendait inutilement derrière elle. Sa seule chance était la porte.

Tout le monde se figea. On pouvait faire tout ce qu'on voulait, mais ouvrir la porte, pas question. Pas la nuit. Jamais, pour personne, même pas pour Alicia.

C'est alors que Peter, qui venait de chez Tantine, surgit en courant sur le théâtre des opérations, attiré par le tumulte. Au même moment, Caleb sortit ventre à terre des chambrées et arriva à la porte principale juste devant lui. Peter ne savait pas ce qui se passait de l'autre côté, seulement que Hollis hurlait du haut de la passerelle :

— C'est Liss !

— Quoi ?

— Liss ! brailla Hollis. Elle est dehors !

Caleb parvint le premier à la timonerie. C'est le détail qui serait retenu contre lui par la suite, tout en exonérant Peter de la responsabilité des événements. Le temps qu'Alicia arrive à la porte, celle-ci était juste assez entrouverte pour lui permettre de se faufiler par l'entrebâillement avec son fardeau. S'ils avaient réussi à refermer les vantaux à ce moment-là, il est probable que les choses ne seraient pas allées plus loin. Mais Caleb avait libéré le frein. Les poids glissaient le long des chaînes, tombaient de plus en plus vite. L'ouverture de la porte obéissait maintenant à la simple gravité. Peter se jeta sur la roue. Derrière lui et au-dessus, il entendit les cris, la volée de carreaux d'arbalètes qui sifflaient dans l'air, le martèlement des bottes des gardes qui dévalaient les échelles vers le terrain d'exercice. D'autres mains apparurent, s'emparèrent de la roue – Ben Chou, Ian Patal et Dale Levine. Avec une lenteur insoutenable, elle commença à tourner dans la direction opposée.

Mais il était trop tard. L'un des trois viruls réussit à

passer par la porte. Un seul, mais il n'en fallait pas davantage.

Il fila droit vers le Sanctuaire.

Hollis y arriva le premier, juste au moment où le virul plongeait vers le toit. Il s'y posa comme une pierre ricochant sur l'eau, et se laissa tomber dans la cour intérieure. Hollis franchissait la porte de devant lorsqu'il entendit un fracas de verre brisé, à l'intérieur.

Il pénétra dans la grand-salle en même temps que Mausami, tous les deux débouchant de couloirs différents par des côtés opposés de la pièce. Mausami n'était pas armée ; Hollis avait son arbalète. Un silence inattendu les accueillit. Hollis s'attendait à trouver le chaos, des enfants qui couraient partout en criant. Mais ils étaient presque tous immobiles dans leur lit, terrifiés, les yeux écarquillés d'incompréhension. Quelques-uns avaient réussi à ramper sous leur lit. En franchissant le seuil, Hollis détecta un mouvement flou du côté de la plus proche rangée, alors que l'une des trois J, June, Jane ou Juliet, roulait à bas de son lit et se précipitait dessous. La seule lumière de la pièce venait de la fenêtre brisée. Les persiennes arrachées, pendues de guingois, remuaient encore.

Le virul était penché sur le berceau de Dora.

— Hé ! cria Mausami en agitant les bras au-dessus de sa tête. Hé, regarde un peu par ici !

Où était Leigh ? Où était Maîtresse ? Le virul tourna vivement la tête en entendant la voix de Mausami. Il cligna des yeux, pencha la tête sur le côté, au bout de son long cou. Un cliquetis humide monta de la courbe tendue de sa gorge.

— Par ici ! beugla Hollis, suivant l'exemple de Mausami et gesticulant pour attirer l'attention de la créature. Ouais, regarde par ici !

Le virul fit volte-face et se tourna vers lui. Quelque chose brillait à la base de son cou, une espèce de pendentif. Mais ce n'était pas le moment de s'interroger à ce sujet ; Hollis tenait son ouverture, son angle de tir. C'est alors que Leigh entra dans la pièce. Elle dormait dans le bureau et n'avait rien entendu. Tandis qu'elle se mettait à crier, Hollis visa avec son arbalète et décocha sa flèche.

Une visée parfaite, un tir impeccable, en plein dans le point vulnérable ; il sentit sa perfection, sa justesse, à l'instant où il libérait le carreau. Et dans la fraction de seconde que dura son vol, une distance de moins de cinq mètres, il comprit. La clé brillante au bout du cordon, l'expression de reconnaissance endeuillée dans les yeux du virul. La pensée vint à Hollis pleinement articulée, un seul mot qui se forma sur ses lèvres à l'instant même où la flèche – la flèche miséricordieuse, terrible, impossible à retenir – se fichait en plein dans la poitrine du virul :

— Arlo.

Hollis venait de tuer son frère.

Sara ne s'en souvenait pas et jamais elle ne s'en souviendrait, mais la première fois qu'elle entendit parler de la Marcheuse, ce fut dans un rêve. Un rêve perturbant, désagréable, dans lequel elle était redevenue petite fille. Elle faisait du pain de maïs. Elle était debout sur un tabouret et mélangeait la lourde pâte dans un grand bol en bois – dans une cuisine qui était à la fois la cuisine de chez elle et celle du Sanctuaire –, et il neigeait : une douce neige qui ne tombait pas du ciel, parce qu'il n'y avait pas de ciel, mais semblait apparaître dans l'air devant son visage. Bizarre, la neige, il ne neigeait presque jamais, et sûrement pas à l'intérieur pour autant qu'elle s'en souvienne, mais elle avait des préoccupations plus importantes. C'était le jour de sa sortie, Maîtresse allait bientôt venir la chercher, et sans le gâteau de maïs, elle n'aurait rien à manger dans le monde extérieur ; dans le monde extérieur, Maîtresse lui avait expliqué que c'était la seule chose que les gens avaient à manger.

Et puis il y avait un homme. C'était Gabe Curtis. Il était assis à la table de la cuisine, devant une assiette vide.

C'est prêt ? demandait-il à Sara. Il se tournait vers la fille assise auprès de lui, et disait : *J'ai toujours aimé le pain de maïs.*

Sara se demandait avec une vague inquiétude qui était cette fille – elle essayait de la regarder, mais elle n'arrivait pas à la voir ; chaque fois qu'elle tournait les yeux vers elle, elle venait juste de partir – et l'idée s'insinuait dans son esprit, lentement et puis d'un seul coup, qu'elle était maintenant dans un nouvel endroit. Elle était dans la pièce où Maîtresse l'avait emmenée, l'endroit de la révélation, et ses parents étaient là, et ils l'attendaient ; ils étaient debout à la porte.

Pars avec eux, Sara. Il est temps pour toi d'y aller. Cours, et ne t'arrête pas, disait Gabe. *Mais tu es mort*, disait Sara.

Et quand elle regardait ses parents, elle ne percevait, à la place de leurs visages, que du flou, comme si elle les voyait à travers de l'eau courante ; leur cou avait l'air bizarre, aussi. Et voilà qu'elle entendait une sorte de martèlement, à l'extérieur de la pièce, et une voix, qui l'appelait par son nom, et qui disait : *Vous êtes tous morts.*

C'est là qu'elle se réveilla. Elle s'était endormie sur une chaise, près du poêle refroidi. Elle avait été tirée du sommeil par des coups frappés à la porte ; il y avait quelqu'un dehors, qui l'appelait par son nom. Où était Michael ? Quelle heure était-il ?

— Sara ! Ouvre !

Caleb Jones ? Elle ouvrit la porte et le trouva le poing levé, s'apprêtant à frapper à nouveau.

— On a besoin d'une infirmière !

Il respirait fort, le visage ruisselant de sueur.

— Quelqu'un a reçu une flèche.

Complètement réveillée, elle prit sa trousse, sur la table, près de la porte.

— Qui ça ?

— Liss l'a fait entrer.

— Liss ? Liss s'est fait tirer dessus ?

Caleb secoua la tête, essayant de reprendre son souffle.

— Pas elle. La fille.

— Quelle fille ?

Il ouvrait des yeux ronds, stupéfaits.

— Une Marcheuse, Sara.

Lorsqu'ils arrivèrent à l'Infirmerie, le ciel avait commencé à s'éclaircir. Il n'y avait personne dehors. Curieux. D'après ce que Caleb lui avait dit, elle s'attendait à voir une foule réunie ; elle monta précipitamment les marches et entra dans la salle de soins.

Une fille était allongée sur le plus proche lit de camp.

Elle avait une flèche enfoncée dans l'épaule ; une masse sombre était clouée sous son dos. Alicia était debout au-dessus d'elle, son pull éclaboussé de sang.

— Sara, fais quelque chose, dit-elle.

Sara s'avança rapidement et passa la main derrière le cou de la fille pour s'assurer que ses voies respiratoires étaient dégagées. Elle avait les yeux fermés. Sa respiration était rapide et superficielle, sa peau fraîche et moite au toucher. Sara lui palpa le cou, à la recherche du pouls carotidien. Son cœur palpitait comme celui d'un oiseau.

— Elle est en état de choc. Aide-moi à la faire rouler sur le côté.

La flèche avait pénétré dans l'épaule gauche, juste en dessous de la courbe en forme de cuillère de la clavicule. Alicia souleva la fille par les épaules pendant que Caleb la tenait par les pieds, et ensemble ils la tournèrent sur le côté. Sara prit une paire de ciseaux et s'assit derrière elle pour découper le sac à dos ruisselant de sang, puis le tee-shirt. Elle fit une entaille à l'encolure et le déchira, libérant la frêle carcasse d'une toute jeune adolescente – les petits seins en bourgeon, la peau très blanche. La pointe empennée de la flèche dépassait d'une blessure en forme d'étoile, juste au-dessus de l'omoplate.

— Je vais être obligée de la couper. Mais il me faudrait quelque chose de plus costaud que ces ciseaux.

Caleb sortit de la pièce en courant. Il traversait le rideau lorsque Soo Ramirez se précipita à l'intérieur. Ses longs cheveux étaient dénoués, son visage maculé de crasse. Elle s'arrêta net au pied du lit.

— Eh bien, ça alors ! Ce n'est qu'une gamine.

— Où est passée l'Autre Sandy ? demanda Sara.

Soo Ramirez avait l'air complètement hébétée.

— D'où peut-elle bien tomber ?

— Soo, je suis toute seule, ici. *Où est Sandy ?*

Soo leva la tête et s'intéressa enfin à Sara.

— Elle est... au Sanctuaire, je suppose.

Des bruits de pas et de voix, un vague brouhaha au-dehors : la pièce de devant s'emplissait de curieux.

— Soo, fous-moi tous ces gens dehors ! Dégagez ! s'écria-t-elle en direction du rideau. Allez, ouste ! Tout de suite !

652

Soo hocha la tête et fila. Sara reprit le pouls de l'adolescente. Sa peau avait revêtu un aspect légèrement marbré, comme un ciel d'hiver sur le point de neiger. Quel âge pouvait-elle avoir ? Quatorze ans ? Qu'est-ce qu'une gosse de quatorze ans faisait toute seule dans le noir ?

Elle se tourna vers Alicia.

— C'est toi qui l'as fait entrer ?

Alicia hocha la tête.

— Elle t'a dit quelque chose ? Elle était toute seule ?

— Bon sang, Sara, fit-elle, l'air hagard. Je ne sais pas. Oui, je crois qu'elle était toute seule.

— C'est ton sang, ça, ou c'est le sien ?

Alicia baissa les yeux sur son pull et parut remarquer pour la première fois qu'il était maculé de rouge.

— Je crois que c'est le sien.

Une autre sorte de raffut, dans la pièce de devant, et la voix de Caleb qui criait :

— C'est moi !

Le rideau s'écarta et il fit irruption dans la salle en agitant un gros sécateur qu'il fourra dans les mains de Sara. Un vieux truc graisseux, mais elle devrait s'en contenter.

Elle versa de l'alcool sur les lames de la cisaille, puis sur ses mains, qu'elle essuya sur un torchon. La fille toujours allongée sur le côté, elle coupa la pointe de la flèche avec le sécateur et arrosa encore le tout d'alcool. Puis elle ordonna à Caleb de se laver les mains comme elle l'avait fait, prit une mèche de laine sur une étagère et en coupa un long morceau qu'elle roula pour en faire une compresse.

— Pataugas, quand je tirerai sur la flèche, tu vas appuyer ça sur la blessure. Et ne mollis pas, appuie fort. Je vais suturer l'autre côté, en espérant stopper le saignement.

Il hocha la tête d'un air incertain. Il était dépassé, Sara le voyait bien, mais à vrai dire, ils l'étaient tous. La survie de la fille pendant les prochaines heures dépendait de la quantité de sang qu'elle aurait perdue, des dégâts que la flèche avait causés à l'intérieur. Ils remirent la fille sur le dos. Pendant que Caleb et Alicia lui maintenaient les épaules, Sara assura sa prise sur le carreau d'arbalète et commença à tirer. Sara sentait, à travers la tige métallique de la flèche, le raclement fibreux des tissus détruits, le craquement de l'os fracturé. Il n'y avait pas moyen d'y aller doucement ; mieux valait faire vite. D'une rude secousse, la flèche se dégagea avec un jaillissement de sang gargouillant.

— Jets ! C'est elle !

Sara tourna la tête et vit Peter debout sur le seuil. Qu'est-ce que ça voulait dire, *C'est elle* ? Comme s'il la connaissait, comme s'il savait qui était cette fille ? C'était impossible, évidemment.

— Tournez-la sur le côté. Peter, aide-les.

Sara se positionna derrière la fille, prit une aiguille, une bobine de fil et commença à recoudre la blessure. Il y avait du sang partout. Le matelas en était plein, et il en gouttait par terre.

— Sara, qu'est-ce que je dois faire ?

La compresse de Caleb était déjà complètement détrempée.

— Maintiens juste la pression dessus.

Elle tira l'aiguille à travers la peau de la fille, resserrant le point.

— J'ai besoin de plus de lumière, ici ! Vite, quelqu'un !

Trois points, quatre, cinq, chacun rapprochant les bords de la plaie. Mais elle savait que ça ne servait à rien. La flèche avait dû déchiqueter l'artère sous-clavière, d'où venait tout le sang. D'ici quelques minutes, la fille serait morte. *Quatorze ans*, se dit Sara. *D'où viens-tu ?*

— On dirait que ça s'arrête, dit Caleb.

Sara noua le dernier point.

— Ce n'est pas possible. Continue à appuyer.

— Non, je t'assure. Regarde.

Ils rallongèrent la fille sur le dos, et Sara enleva la compresse trempée de sang. C'était vrai : l'hémorragie s'était stabilisée. La blessure semblait même plus petite, rose, et fripée sur les bords. Le visage de la fille arborait une expression paisible, comme si elle somnolait. Sara posa ses doigts sur sa gorge ; son pouls carotidien était fort, régulier. *Nom d'un chien... !*

— Peter, tu peux m'approcher cette lanterne ?

Il éclaira le visage de la fille. Sara releva doucement sa paupière gauche – le globe oculaire était sombre, humide, et la pupille se contracta, révélant l'iris strié, couleur de terre mouillée. Mais il y avait quelque chose de différent ; il y avait... elle n'aurait su dire quoi.

— Rapproche la lampe.

Alors que Peter déplaçait la lanterne, éclairant l'œil de la fille, elle le sentit. Une espèce de sensation de chute, comme si la terre s'était ouverte sous ses pieds – pire que de mourir, pire que la mort. Une noirceur terrible, tout autour, et elle tombait, tombait pour toujours dedans.

— Sara, ça ne va pas ?

Elle s'était relevée, reculait. Son cœur faisait des bonds dans sa poitrine, ses mains tremblaient comme des feuilles. Tout le monde la regardait ; elle essaya de parler, mais les mots ne voulaient pas sortir. Qu'avait-elle vu ? Non, pas vu, *senti*. Un mot tournait dans sa tête : *seule*. Seule, c'est ce qu'elle était, ce qu'ils étaient tous. Ce qu'étaient ses parents, leur âme tombant pour toujours dans le noir. Ils étaient seuls !

Elle prit conscience de la présence des autres dans la pièce. Sanjay et à côté de lui Soo Ramirez. Deux autres gardes étaient derrière eux. Tout le monde attendait qu'elle prenne la parole. Elle sentait la chaleur de leurs regards peser sur elle.

Sanjay s'avança.

— Elle va s'en sortir ?

Sara prit une profonde inspiration pour reprendre de l'empire sur elle-même.

— Je ne sais pas, fit-elle d'une voix qui résonna à ses oreilles comme un pépiement d'oiseau. C'est une vilaine blessure, Sanjay. Elle a perdu beaucoup de sang.

Sanjay regarda un moment la fille. Il donnait l'impression de se demander ce qu'il fallait en penser, comment expliquer son impossible présence. Puis il se tourna vers Caleb, debout auprès du lit, la compresse trempée de sang dans les mains. Il y eut une sorte de durcissement dans l'air ; les hommes, à la porte, s'avancèrent, les mains sur leur couteau.

— Viens avec nous, Caleb.

Les deux hommes – Jimmy Molyneau et Ben Chou – prirent le garçon par les bras ; il était trop surpris pour résister.

— Sanjay ? Qu'est-ce que tu fais ? demanda Alicia. Soo, au nom du diable, qu'est-ce qui se passe ?

— Caleb est en état d'arrestation, répondit Sanjay.

— Hein ! piaula le gamin. Et pourquoi on m'arrête ?

— C'est Caleb qui a ouvert la porte. Il connaît la loi aussi bien que n'importe qui. Jimmy, fais-le sortir d'ici.

Jimmy et Ben commencèrent à entraîner vers le rideau le garçon qui se débattait.

— Liss ! cria-t-il.

Alicia se dressa devant la porte, leur barrant le chemin.

— Soo, dites-leur ! C'est moi, fit-elle. C'est moi qui

suis passée par-dessus. Si vous voulez arrêter quelqu'un, c'est moi qu'il faut arrêter.

Debout à côté de Sanjay, Soo ne disait rien.

— Soo ? ! Dites-leur !

Mais la femme secoua la tête.

— Je ne peux pas, Liss.

— Comment ça, vous ne pouvez pas ?

— Parce que ça ne dépend pas d'elle, dit Sanjay. Maîtresse est morte. Caleb est arrêté pour meurtre.

27.

Dès le milieu de la matinée, tout le monde, dans la Colonie, connaissait l'histoire de la veille au soir, ou du moins une version. Une Marcheuse était apparue hors des murs ; Caleb avait ouvert la porte, laissant entrer un virul. La Marcheuse, une petite jeune fille, était à l'Infirmerie, mourante, blessée par un carreau d'arbalète tiré par un garde. Le Colonel était mort, un suicide apparemment – comment il avait franchi le Mur, personne ne le savait – et Arlo aussi était mort, tué dans le Sanctuaire par son propre frère.

Mais le pire de tout, c'était Maîtresse.

Ils l'avaient trouvée sous la fenêtre, dans la grand-salle. Le champ de vision de Hollis était occupé par une rangée de lits vides. Elle avait probablement entendu le virul descendre par le toit et essayé de résister. Elle avait un couteau à la main.

Il y avait eu bien des Maîtresses, évidemment. Mais il serait plus juste de dire qu'il n'y en avait jamais eu qu'une. Chacune des femmes qui assumait cette charge au fil des ans devenait cette personne. La Maîtresse qui était morte cette nuit-là était une Darrell – April Darrell. C'était la femme dont Peter gardait le souvenir, celle qui riait à ses questions sur l'océan, sauf qu'elle était plus jeune, à l'époque, pas beaucoup plus âgée que lui aujourd'hui, et jolie, dans le genre doux et pâle, comme une sœur aînée qui aurait été empêchée de sortir par une maladie. C'était la femme dont Sara se souvenait au matin de sa sortie, celle qui l'avait guidée par son chapelet de questions, telle une volée de marches descendant vers une cave obscure où était cachée une terrible vérité, puis la remettant entre les bras de sa mère, pour pleurer sur le monde tel qu'il était en réalité. C'était une rude tâche que d'être Maîtresse, tout le monde le savait, une tâche ingrate, de vivre enfermée avec les Petits, pratiquement sans compagnie adulte en dehors des femmes enceintes ou allaitantes, incapables de penser à autre chose qu'à leur bébé ; et il était vrai aussi que, comme Maîtresse était celle qui vous mettait au courant – qui mettait tout le monde au courant –, c'est elle qui supportait le fardeau du ressentiment collectif de ce traumatisme. En dehors de la Première Nuit, où elle pouvait faire une brève apparition au Solarium, Maîtresse ne mettait pratiquement jamais les pieds hors du Sanctuaire, et quand ça lui arrivait, elle aurait aussi bien pu évoluer dans une bulle invisible de trahison. Peter était navré pour elle, mais en même temps, il avait du mal à croiser son regard.

La Maisonnée s'était réunie aux premières lueurs du jour, et avait déclaré l'état d'urgence. Des coureurs avaient été envoyés faire le tour des maisons pour passer le message. Tant qu'on n'en saurait pas davantage, toutes les activités hors les Murs étaient suspendues ; le troupeau resterait à l'intérieur, ainsi que toutes les équipes des Gros Travaux. La porte demeurerait fermée. Caleb avait été mis en cellule. Pour le moment, après la perte de toutes ces âmes et la Colonie étant en proie à la peur et à la confusion, il était convenu qu'aucune sentence ne serait prononcée.

Et puis il y avait la question de la fille.

Aux premières heures du jour, Sanjay avait conduit les membres de la Maisonnée à l'Infirmerie pour l'examiner. Sa blessure à l'épaule était visiblement sérieuse ; elle n'avait pas encore repris connaissance. Elle ne présentait pas de signe de contamination virule, mais il n'en demeurait pas moins que son apparition était rigoureusement inexplicable. Pourquoi les viruls ne l'avaient-ils pas attaquée ? Comment avait-elle survécu, toute seule dans le noir ? Sanjay ordonna que tous ceux qui avaient été en contact avec elle se déshabillent entièrement, se lavent, et fassent brûler leurs vêtements. Le sac à dos de la fille et ses vêtements furent brûlés aussi. La fille fut placée sous stricte quarantaine. Jusqu'à nouvel ordre, personne, en dehors de Sara, ne serait autorisé à entrer dans l'Infirmerie.

La procédure civile fut tenue dans une vieille salle de classe du Sanctuaire – celle, réalisa Peter, où Maîtresse l'avait conduit le jour de sa sortie. « Procédure civile », c'est le terme que Sanjay avait utilisé ; Peter ne l'avait jamais entendu de sa vie, et il trouvait que c'était une drôle de façon de dire qu'ils cherchaient un bouc émissaire. Sanjay leur avait ordonné à tous les quatre – Peter, Alicia, Hollis et Soo – de ne pas se parler tant qu'ils n'auraient pas été interrogés individuellement. Ils attendirent dehors, dans le couloir, à des pupitres d'écolier trop petits pour eux, alignés le long du mur, sous le regard vigilant d'un garde – Ian, le neveu de Sanjay. Autour d'eux, le bâtiment était étrangement silencieux ; tous les Petits avaient été envoyés à l'étage pendant qu'on lavait la grand-salle au jet. Qui pouvait savoir ce qu'ils retiendraient des événements de la nuit, ce que leur en raconterait Sandy Chou, qui avait pris la place de Maîtresse ? Elle leur raconterait probablement qu'ils avaient tous rêvé, ça marcherait sûrement avec les plus petits ; quant aux plus grands, comment savoir ? Il faudrait peut-être les faire sortir prématurément.

Soo, qui avait été appelée en premier, ressortit de la pièce un peu plus tard et s'avança dans le couloir, à grandes enjambées, l'air hanté. Ensuite, Hollis fut appelé dans la pièce. Il ramena ses longues jambes sous le pupitre, l'air vidé de toute énergie, comme s'il avait été amputé d'une partie essentielle de lui-même. Ian lui maintint la porte ouverte, tenant le groupe à l'œil, un œil sombre, menaçant. Hollis s'arrêta sur le seuil, se retourna et les regarda, articulant les premières paroles que l'un des quatre ait prononcées depuis une heure.

— Je veux juste savoir que ce n'était pas pour rien.

Ils attendirent. Derrière la porte de la classe, Peter entendait un vague murmure. Peter fut tenté de demander à Ian s'il savait quelque chose, mais son expression l'en dissuada. Ian avait l'âge de Theo, il faisait partie d'un groupe qui avait émergé en même temps ; sa femme Hannah et lui avaient une petite fille, Kira, au Sanctuaire. D'où, se dit Peter, la tête que faisait Ian : c'était la tête d'un père, d'un parent.

Hollis reparut, croisa rapidement le regard de Peter et lui adressa un bref hochement de tête avant de disparaître dans le couloir. Peter s'apprêtait à se lever, mais Ian lui dit :

— Pas toi, Jaxon. À Liss, d'abord.

Jaxon ? Depuis quand est-ce qu'on l'appelait Jaxon – surtout quelqu'un de la Garde ? Et pourquoi est-ce que ça lui paraissait tout à coup différent, venant de la bouche de Ian ?

— Ça va aller, dit Liss, et elle se leva avec lassitude.

Il ne lui avait jamais vu cet air défait.

— J'ai juste hâte d'en finir avec ça.

Et puis elle fut partie, laissant Peter et Ian seuls. Ian fixait d'un air gêné un carré de mur, au-dessus de la tête de Peter.

— Ce n'était vraiment pas sa faute, Ian. Ce n'était la faute de personne.

Ian se raidit mais ne répondit pas.

— Si tu avais été là, tu aurais peut-être fait pareil.

— Écoute, garde ça pour Sanjay. Je ne suis pas censé te parler.

Le temps que Liss revienne, Peter avait bel et bien réussi à somnoler. Elle sortit de la pièce avec un regard qui voulait dire : *Je passerai te voir.*

Peter le sentit à la seconde où il mit les pieds dans la pièce. Quoi qu'il arrive, quoi qu'il puisse dire pour sa défense, les jeux étaient faits. Sa présence n'y changerait pas grand-chose. On avait demandé à Soo de se récuser pour la procédure, de sorte que seuls cinq membres de la Maisonnée y assistaient : Sanjay, qui était assis au centre d'une longue table, entre le Vieux Chou, Jimmy Molyneau, Walter Fisher et Dana, la cousine de Peter, qui occupait le siège des Jaxon. Il remarqua qu'ils étaient en nombre impair ; l'absence de Soo garantissait qu'il n'y aurait pas de situation de blocage. Un bureau vide était placé face à la table. L'atmosphère, dans la pièce, était à couper au couteau ; personne ne parlait. Seul le Vieux Chou semblait consentir à croiser le regard de Peter. Tous les autres détournaient les yeux, même Dana. Avachi dans son fauteuil, Walter Fisher paraissait à peine conscient de l'endroit où il était, ou s'en fichait complètement. Ses vêtements étaient particulièrement sales et chiffonnés, même pour lui. Peter s'aperçut qu'il sentait la gnôle.

— Assieds-toi, Peter, dit Sanjay.

661

— Je préfère rester debout, si ça ne vous ennuie pas.

Il ressentit le minuscule plaisir du défi, du point marqué. Mais Sanjay ne réagit pas.

— Bon, autant nous y mettre tout de suite.

Il se racla la gorge et continua.

— Bien qu'il y ait une certaine confusion sur ce point, l'opinion générale de la Maisonnée, fondée en grande partie sur ce que Caleb nous a dit, est que tu n'es pas responsable de l'ouverture de la porte, que c'est entièrement de sa faute. Est-ce ta version ?

— Ma version ?

— Oui, Peter. Ta version des événements, répéta Sanjay avec une impatience non dissimulée. Ce que tu crois qu'il s'est passé.

— Mais je ne *crois* rien, moi. Que vous a dit Pataugas ?

Le Vieux Chou leva la main.

— Sanjay, si je puis me permettre...

Sanjay fronça les sourcils, mais n'éleva pas d'objection.

Le Vieux Chou se pencha sur la table dans une attitude de commandement. Il avait un visage doux, ridé, et des yeux humides qui lui donnaient un air de sérieux absolu. Il avait été chef de la Maisonnée pendant bien des années avant de céder la place au père de Theo, et ce riche passé lui valait encore une autorité considérable, le cas échéant. Sauf que le cas se présentait rarement. Après la mort de sa première femme, pendant la nuit de Ténèbres, il en avait pris une deuxième, beaucoup plus jeune, et maintenant il passait le plus clair de son temps dans le rucher, parmi les abeilles qu'il adorait.

— Peter, personne ne doute que Caleb ait cru bien faire. Les intentions ne sont pas en cause, ici. Est-ce toi qui as ouvert la porte, oui ou non ?

— Qu'allez-vous lui faire ?

— Rien n'est encore décidé. Réponds à la question, s'il te plaît.

Peter essaya de croiser le regard de Dana, en vain. Elle contemplait obstinément la table.

— Je l'aurais fait si j'y étais arrivé le premier.

Sanjay se leva de sa chaise d'un air indigné.

— Vous voyez ? C'est bien ce que je disais.

Mais le Vieux Chou ne prêta aucune attention à cette interruption, gardant les yeux rivés sur le visage de Peter.

— Alors, ai-je raison de comprendre que ta réponse est non ? Tu l'aurais fait, mais concrètement, tu ne l'as pas fait.

Il croisa les mains sur la table.

— Prends le temps de réfléchir si tu en ressens le besoin.

Peter eut l'impression que le Vieux Chou s'efforçait de le défendre. Mais relater les événements tels qu'ils s'étaient déroulés reviendrait à rejeter toute la faute sur Caleb, qui n'avait fait que ce que Peter aurait lui-même fait s'il était arrivé à la timonerie avant lui.

— Personne ne doute de ta loyauté envers tes amis, poursuivit le Vieux Chou. Je n'en attendais pas moins de toi. Mais la plus grande loyauté doit être au service de la sécurité de tous. Je te repose la question : As-tu aidé Caleb à ouvrir la porte ? Ou as-tu essayé de la refermer quand tu as vu ce qui se passait ?

Peter eut le sentiment de se retrouver au bord d'un abîme immense. Quoi qu'il puisse dire par la suite, ce serait définitif. Mais la vérité était tout ce qu'il avait.

Il secoua la tête.

— Non.

— Non quoi ?

Il prit une profonde inspiration.

— Non, je n'ai pas ouvert la porte.

Le Vieux Chou se détendit visiblement.

— Merci, Peter.

Il parcourut les autres du regard.

— Si personne n'a rien à ajouter...

— Attendez, coupa Sanjay.

Peter sentit l'atmosphère de la pièce s'alourdir. Même Walter parut soudain recouvrer un peu de lucidité. *Nous y voilà*, pensa Peter.

— Tout le monde, ici, est au courant de ton amitié pour Alicia, fit Sanjay. C'est quelqu'un qui se confie à toi. Peut-on dire ça ?

Peter hocha la tête, sur la défensive.

— *A priori*, oui.

— T'a-t-elle, d'une façon ou d'une autre, indiqué qu'elle connaissait cette fille ? Qu'elle l'avait déjà vue, peut-être ?

Peter sentit son estomac se réduire à la taille d'une noisette.

— Qu'est-ce qui vous fait dire ça ?

Sanjay jeta un coup d'œil aux autres avant de ramener son regard sur Peter.

— Tu comprends, c'est tout de même une drôle de coïncidence. Vous êtes, tous les trois, les derniers à être revenus de la Centrale. Et l'histoire que tu racontes, d'abord à propos de Zander, et puis de Theo... tu dois admettre que c'est plutôt bizarre.

Peter laissa échapper la colère qu'il avait retenue jusque-là.

— Vous pensez que c'est nous qui avons *tramé* ça ? J'ai perdu mon frère, là-bas. Nous avons eu de la chance d'en revenir vivants.

La pièce était à nouveau très silencieuse. Même Dana observait Peter avec une franche suspicion.

— Donc, pour que ce soit bien clair, reprit Sanjay, tu

664

dis ne pas connaître la Marcheuse. Tu ne l'avais jamais vue.

Tout à coup, il comprit qu'il n'était plus question d'Alicia. C'est lui qui était sur la sellette.

— J'ignore qui ça peut bien être, répondit-il.

Sanjay garda les yeux rivés sur le visage de Peter pendant un moment qui parut extraordinairement long. Enfin, il hocha la tête.

— Merci, Peter. Nous apprécions ta franchise. Tu peux t'en aller.

Et voilà, juste comme ça, c'était fini.

— C'est tout ?

Sanjay s'était déjà replongé dans ses papiers. Il leva les yeux, fronça les sourcils, comme étonné de voir que Peter était encore là.

— Oui. Pour le moment.

— Vous n'allez pas... Vous n'allez rien me faire ?

Sanjay haussa les épaules : il était déjà passé à autre chose.

— Qu'est-ce que tu voudrais qu'on te fasse ?

Peter éprouvait une déception inattendue. Assis devant la salle, avec Alicia et Hollis, il avait senti un lien, un enjeu partagé. Quoi qu'il arrive, ça leur arriverait à tous. Maintenant, ils étaient séparés.

— Si les événements se sont déroulés comme tu le dis, tu n'es pas à blâmer. La faute en revient à Caleb. Soo a dit, et Jimmy était d'accord, que la tension liée à la veillée de ton frère pourrait être considérée comme une circonstance atténuante. Prends encore quelques jours avant de remonter sur la passerelle. On verra après.

— Et les autres ?

Sanjay hésita.

— Je suppose qu'il n'y a aucune raison de ne pas te le dire, puisque tout le monde en sera bientôt informé.

Soo Ramirez a présenté sa démission de premier capitaine, et la Maisonnée l'a acceptée, non sans regret. Mais elle n'était pas de faction au moment de l'attaque, et sa responsabilité est atténuée. Jimmy sera le nouveau premier capitaine. Quant à Hollis, il est éloigné du Mur pour le moment. Il pourra y retourner quand il sera prêt.

— Et Liss ?

— Alicia a reçu l'interdiction de monter la garde. Elle a été réaffectée aux Gros Travaux.

De tous les développements de l'affaire, celui-ci était le plus difficile à avaler pour Peter. Alicia, Clé à molette... Ça le dépassait.

— Vous voulez rire ?

Sanjay eut un haussement réprobateur de ses épais sourcils.

— Non, Peter. Je t'assure que je n'ai pas envie de rire.

Peter échangea un rapide coup d'œil avec Dana : *Tu étais au courant ?* Son regard lui dit que oui.

— Bon, eh bien, si c'est tout..., fit Sanjay.

Peter regagna la porte. Et puis, alors qu'il arrivait sur le seuil, il fut soudain pris d'un doute. Il se retourna vers le groupe.

— Et la Centrale ?

Sanjay poussa un soupir las.

— Quoi encore, Peter ?

— Puisque Arlo est mort, on ne devrait pas y envoyer quelqu'un d'autre ?

La première impression de Peter, à voir l'air choqué des autres, fut qu'il avait bel et bien réussi à se passer la corde au cou à la dernière seconde. Et puis il comprit : ils n'y avaient tout simplement pas réfléchi.

— Vous n'avez envoyé personne là-bas dès les premières lueurs du jour ?

Sanjay se tourna vers Jimmy, qui haussa les épaules, l'air tendu, manifestement pris au dépourvu.

— C'est trop tard, maintenant, dit-il tout bas. Ils n'y arriveraient jamais avant la nuit. Il va falloir attendre demain.

— Jets, Jimmy !

— Écoutez, ça m'a échappé, d'accord ? Il s'est passé beaucoup de choses. Et Finn et Rey vont peut-être encore très bien.

Sanjay parut s'accorder un instant pour souffler et se dominer, mais Peter voyait bien qu'il était furieux.

— Merci, Peter. Nous allons y réfléchir.

Il n'y avait rien à ajouter. Peter quitta la pièce et se retrouva dans le couloir. Ian était exactement là où il l'avait laissé, adossé au mur, les bras croisés sur la poitrine.

— Je suppose qu'ils t'ont dit, pour Liss, hein ? fit Ian.

— En effet.

Ian haussa les épaules. Toute raideur l'avait abandonné.

— Écoute, je sais que c'est ton amie. Mais tu ne peux pas dire qu'elle ne l'a pas cherché. Sauter le Mur comme ça...

— Et la fille ?

Ian sursauta, et un éclair de colère brilla dans ses yeux.

— Quoi, la fille ? Jets, Peter, j'ai un gamin, moi. Qu'est-ce que j'en ai à fiche d'une Marcheuse ?

Peter ne répondit pas. De son point de vue, Ian avait toutes les raisons d'être furieux.

— Tu as raison, dit-il enfin. C'était stupide.

Alors l'expression de Ian s'adoucit.

— Bon, dit-il, les gens sont bouleversés, c'est tout.

Je regrette de m'être emporté. Personne ne pense que c'est ta faute.

Mais si, se dit Peter, mais si, c'était sa faute.

Michael avait eu la révélation juste après l'aube : mille quatre cent trente-deux mégahertz, mais bien sûr !

La fréquence n'était pas officiellement attribuée parce que c'était tout bonnement une fréquence affectée... à l'Armée. Un signal numérique à courte portée, qui tournait en boucle toutes les quatre-vingt-dix minutes, à la recherche de son serveur central.

Et toute la nuit, le signal s'était renforcé. Il était pratiquement à leur porte.

Le cryptage ne poserait probablement pas de problème. Le tout était de trouver l'entrée en matière, *la* réponse qui amènerait l'émetteur du signal, où et quel qu'il puisse être, à se connecter au serveur. À partir de là, il n'y aurait plus qu'à télécharger les données.

Alors, que cherchait le signal ? Quelle était la réponse digitale à la question qu'il posait, toutes les quatre-vingt-dix minutes ?

Elton avait dit un truc, juste avant d'aller se coucher : « Quelqu'un nous appelle. » C'est là qu'il avait eu une idée.

Il savait exactement quoi chercher. Le Transfo était bourré de tout un bric-à-brac stocké dans des boîtes rangées sur des étagères ; dans tout ce fourbi, il savait qu'il y avait au moins un téléphone portable de l'Armée. Les vieilles batteries au lithium de ces machines tenaient encore la charge – pas longtemps, quelques minutes au maximum, d'accord, mais il ne lui en fallait pas davantage. Il s'activa, l'œil rivé à la pendule, guettant la fin de l'intervalle de quatre-vingt-dix minutes et le retour du signal. Il sentait vaguement qu'il y avait du remue-ménage dehors ; allez savoir ce que ça pouvait bien être encore. Il allait connecter le portable à l'ordinateur, capter le signal quand il passerait, le télécharger avec l'ID embarquée et programmer le portable à partir de la console de contrôle.

Elton en écrasait sur son lit de camp défoncé, au fond de la baraque, rêvant ses rêves crasseux et laissant Michael bricoler en paix. Jets, si le vieux ne prenait pas un bain, et d'urgence, Michael ne répondait plus de rien. La cambuse sentait vraiment trop la chaussette.

Lorsqu'il eut terminé ce qu'il avait à faire, c'était presque la mi-journée. Depuis combien de temps était-il au boulot, pratiquement sans quitter son fauteuil ? Après l'incident avec Mausami, il était trop agité pour dormir et il était retourné au Transfo. Ça faisait peut-être une dizaine d'heures. En tout cas, son cul lui disait qu'il était resté assis trop longtemps. Et puis il fallait vraiment qu'il aille pisser.

Il sortit de la cabane, trop vite, pas préparé au choc de la lumière qui lui blessa les yeux.

— Michael !

Jacob Curtis, le fils de Gabe. Michael le vit débouler sur le chemin, de sa drôle de démarche clopinante, en agitant les bras. Michael poussa un gros soupir. Ce n'était pas sa faute, mais discuter avec ce gamin pouvait être sacrément pénible. Avant de tomber malade, Gabe l'amenait parfois au Transfo et demandait à Michael s'il ne pouvait pas lui trouver une occupation, histoire qu'il se rende utile. Michael avait beau faire, Jacob avait vraiment la comprenette difficile. On pouvait passer des journées entières à lui expliquer les tâches les plus simples.

Il s'arrêta devant Michael, plaqua ses mains sur ses genoux et chercha sa respiration. Il était grand, mais ses mouvements désordonnés avaient quelque chose d'enfantin, comme si les différentes parties de son corps n'arrivaient pas à se synchroniser.

— Michael, réussit-il à dire, Michael...

— Du calme, Jacob. Prends ton temps.

Le gamin agitait une main devant son visage, comme pour s'envoyer davantage d'oxygène dans les poumons. Michael était incapable de dire s'il était bouleversé ou simplement agité.

— Je veux voir... Sara, hoqueta-t-il.

Michael lui dit qu'elle n'était pas là.

— Tu as essayé à la maison ?

— Elle n'y est pas non plus !

Jacob leva la tête. Il avait les yeux exorbités.

— Je l'ai vue, Michael.

— Je croyais que tu ne l'avais pas trouvée.

— Pas elle. L'autre. Je dormais, et je l'ai vue !

Jacob n'était pas précisément un modèle de cohérence, mais là, ça passait les bornes. Il avait l'air complètement paniqué.

— Il est arrivé malheur à ton papa, Jacob ? Il va bien ?

Le visage moite du garçon se chiffonna.

— Oh, il est mort, lâcha-t-il sur un ton mécanique que Michael trouva déroutant.

Il aurait aussi bien pu lui annoncer le temps qu'il faisait.

— Quoi, Gabe est *mort* ?

— Il est mort, et il ne se réveillera pas.

— Jets, Jacob. Je suis désolé.

C'est alors que Michael vit Mar arriver précipitamment sur le chemin. Il éprouva une bouffée de soulagement.

— Jacob, où étais-tu passé ? fit la femme en s'arrêtant devant eux. Combien de fois faudra-t-il que je te dise de ne pas te sauver comme ça ? ! Ce n'est vraiment pas possible !

Le garçon recula en agitant ses grands bras.

— Il faut que je trouve Sara !

— *Jacob !*

Sa voix parut le transpercer comme une flèche : il se figea, haletant, bouche bée, le visage encore animé par une terreur étrange, incompréhensible. Mar s'approcha prudemment de lui, comme si c'était un gros animal imprévisible.

— Jacob, regarde-moi.

— Maman...

— Chut, tais-toi. Ne dis plus rien. Regarde-moi.

Elle prit son visage entre ses mains et le regarda bien en face.

— Je l'ai vue, maman.

— Je sais que tu l'as vue, Jacob. Mais ce n'était qu'un rêve, c'est tout. Tu ne te souviens pas ? On est rentrés à la maison, je t'ai mis au lit et tu dormais.

— Je dormais ?

— Oui, chéri, tu dormais. Ce n'était rien, juste un rêve.

La respiration de Jacob se fit plus régulière, il se détendit. Le contact des mains de sa mère sur ses joues l'apaisait visiblement.

— Là. Tu es un bon garçon. Maintenant, je veux que tu rentres m'attendre à la maison. Ne cherche plus Sara. Tu peux faire ça pour moi ?

— Mais maman...

— Il n'y a pas de mais, Jacob. Tu fais ce que je te dis, d'accord ?

Jacob hocha la tête à contrecœur.

— Là. Tu es un bon garçon.

Mar le lâcha et recula.

— Maintenant rentre à la maison, et ne traîne pas.

Jacob jeta à Michael un regard rapide, furtif, et s'éloigna au petit trot.

Mar se tourna alors vers Michael.

— Ça marche toujours. C'est même la seule chose qui marche, quand il est comme ça, dit-elle avec un haussement d'épaules las.

— J'ai appris, pour Gabe, articula-t-il péniblement. Je suis désolé.

Mar donnait l'impression d'avoir tellement pleuré qu'elle n'avait plus de larmes.

— Merci, Michael. Je pense que Jacob voulait voir Sara parce qu'elle était là, à la fin. C'était une bonne amie. Pour nous trois.

Elle se tut un instant, le visage crispé par une profonde douleur. Et puis elle secoua la tête, comme pour chasser cette pensée.

— Si tu peux lui faire passer un message, dis-lui qu'on pense tous à elle. Je n'ai pas pu la remercier comme il aurait fallu. Tu veux bien le lui dire ?

— Je suis sûr qu'elle n'est pas loin. Vous avez regardé à l'Infirmerie ?

— Bien sûr, qu'elle est à l'Infirmerie. C'est le premier endroit où Jacob est allé voir.

— Je ne comprends pas. Si Sara est à l'Infirmerie, pourquoi ne l'a-t-il pas trouvée ?

Mar le regardait bizarrement.

— À cause de la quarantaine, évidemment.

— La quarantaine ?

Le visage de Mar s'assombrit.

— Michael, où étais-tu ?

28.

Finalement, ce n'est pas Alicia qui trouva Peter ; ce fut le contraire. Peter savait précisément où elle devait être.

Elle était assise par terre, à l'ombre de la cabane du Colonel, adossée à un tas de bois, les genoux repliés devant elle. En entendant approcher Peter, elle releva rapidement les yeux et essuya ses larmes.

— Et merde, merde ! fit-elle.

Il s'assit par terre, à côté d'elle.

— Ça va aller.

Elle eut un soupir plein d'amertume.

— Non, ça ne va pas aller. Si tu dis à quelqu'un que tu m'as vue comme ça, je te poignarde, Peter.

Ils restèrent un instant assis sans rien dire. Le temps était couvert et la lumière pâle, fumeuse, charriait une odeur âcre, forte. Un détachement brûlait les corps hors du Mur.

— Tu sais, je me suis toujours demandé un truc, fit Peter. Pourquoi on l'appelait le Colonel ?

— Parce que c'était son nom. Il n'en avait pas d'autre.

— Pourquoi tu crois qu'il est sorti ? Ce n'était pourtant pas son genre, tu sais, de tout lâcher comme ça.

Alicia ne répondit pas. Elle parlait rarement de sa relation avec le Colonel, et jamais elle n'entrait dans les détails, se dit Peter. C'était un pan de sa vie, peut-être le seul, dont elle le tenait éloigné. Et pourtant il était bien conscient que c'était là. Il ne pensait pas qu'elle voyait le Colonel comme un père – Peter n'avait jamais détecté la moindre trace de ce genre de chaleur entre eux. Et les rares fois où son nom était prononcé, ou quand il se montrait sur la passerelle, le soir, Peter sentait qu'elle se raidissait, il décelait une sorte de froideur, comme si elle prenait ses distances. Rien d'ostensible, et il était probablement le seul à l'avoir perçu. Mais quoi que le Colonel ait pu être pour elle, leur lien était un fait, et Peter comprenait que ses larmes étaient pour lui.

— Tu peux le croire ? demanda misérablement Alicia. Ils m'ont virée.

— Sanjay reverra sa décision. Il n'est pas stupide. C'est une connerie, il finira bien par s'en rendre compte.

Mais Alicia n'avait pas l'air de l'écouter.

— Non, il a raison. Je n'aurais jamais dû franchir le Mur comme ça. J'ai complètement perdu les pédales en voyant cette fille dehors, là-bas. Enfin, ça n'a plus d'importance, maintenant, fit-elle en secouant la tête. Tu as vu sa blessure.

La fille, pensa Peter. Il n'avait toujours rien appris à son sujet. Qui était-elle ? Comment avait-elle réussi à survivre ? Où étaient ses semblables ? Comment avait-elle échappé aux viruls ? Et à présent, tout laissait penser qu'elle allait mourir en emportant les réponses avec elle.

— Tu ne pouvais pas faire autrement. Tu étais obligée de tenter le coup. Je pense que tu as fait ce qu'il fallait. Et Caleb aussi.

— Tu sais que Sanjay envisage de le bannir ? Bannir Pataugas, bon sang !

Être banni, chassé hors les Murs : le pire sort imaginable.

— Ça ne peut pas être vrai.

— C'est sérieux, Peter. Je te promets, ils sont en train d'en parler en ce moment même.

— Les autres n'accepteront jamais.

— Depuis quand ont-ils vraiment leur mot à dire sur

quoi que ce soit ? Tu étais dans cette pièce. Les gens ont peur. Il faut bien que quelqu'un porte le chapeau pour la mort de Maîtresse. Caleb est tout seul. C'est une victime facile.

Peter inspira profondément et garda longtemps l'air dans ses poumons.

— Écoute, je connais Sanjay. Il ne se prend pas pour n'importe quoi, mais je ne pense pas vraiment qu'il soit comme ça. Et tout le monde aime bien Caleb.

— Tout le monde aimait Arlo. Tout le monde aimait ton frère. Ça ne veut pas dire que l'histoire ne va pas mal finir. J'ai l'impression d'entendre Theo, là.

— Peut-être.

Elle regardait dans le vide, les yeux plissés à cause de la lumière.

— Tout ce que je sais, c'est que Caleb m'a sauvée, hier soir. Si Sanjay croit qu'il va le bannir, il aura affaire à moi.

— Liss..., commença-t-il. Fais attention. Réfléchis à ce que tu dis.

— C'est tout réfléchi. Personne ne le chassera d'ici.

— Tu sais que je suis avec toi.

— Tu pourrais le regretter.

Autour d'eux, la Colonie était d'un calme insolite, tout le monde encore assommé par les événements des petites heures du matin. Peter se demanda si c'était le silence qui suivait la catastrophe, ou un silence avant-coureur. Le silence qui accompagnait l'infliction du blâme. Alicia n'avait pas tort : les gens avaient peur.

— À propos de la fille, dit Peter, il y a un truc dont j'aurais dû te parler.

On n'avait pas trouvé mieux comme cellule que les anciennes toilettes publiques du parc de caravanes, à l'est de la Colonie. Comme Peter et Alicia s'en approchaient, un brouhaha de voix leur parvint. Ils s'engagèrent en pressant le pas dans le labyrinthe de carcasses branlantes – généralement, et depuis longtemps, cannibalisées pour leurs pièces détachées – et tombèrent, devant l'entrée, sur une petite foule : une dizaine d'hommes et de femmes massés autour d'un unique garde, Dale Levine.

— Bon sang, qu'est-ce qui se passe ? murmura Peter.

— Ça y est, c'est parti, fit Alicia d'un ton sinistre.

Dale n'était pas un nabot, mais en cet instant, face à la foule, il donnait une impression de petitesse. On aurait dit un animal acculé. Comme il était un peu dur d'oreille, il avait l'habitude de tourner légèrement la tête vers la droite afin de mieux entendre son interlocuteur, ce qui lui donnait l'air perpétuellement ailleurs. Mais il n'avait pas l'air ailleurs en ce moment.

— Je suis désolé, Sam, disait Dale. Je ne sais rien que tu ne saches.

Celui à qui il parlait était Sam Chou, le neveu du Vieux Chou – un individu rigoureusement insignifiant dont Peter n'avait pas entendu la voix plus de deux fois dans sa vie. C'était le mari de l'Autre Sandy ; ils avaient cinq enfants, dont trois au Sanctuaire. Comme ils s'approchaient du groupe, Peter comprit : c'étaient des parents. Tout comme Ian, ceux qui se trouvaient devant la cellule avaient un enfant, voire plusieurs. Patrick et Emily Phillips, Hodd et Lisa Greenberg, Grace Molyneau, Belle Ramirez et Hannah Fisher Patal.

— Ce garçon a ouvert la porte.

— Et qu'est-ce que tu veux que j'y fasse ? Adresse-toi à ton oncle si tu veux en savoir davantage.

Sam éleva la voix en direction des hautes fenêtres de la cellule.

— Tu m'entends, Caleb Jones ? On sait tous ce que tu as fait !

— Allons, Sam. Fiche la paix à ce pauvre gamin.

Un autre homme s'avança : Milo Darrell. Comme son frère, Finn, Milo était Clé à molette, et il avait la solide carcasse et l'attitude taciturne de ses congénères : grand, les épaules tombantes, la barbe hirsute et des cheveux gras qui lui pendaient en désordre devant les yeux. Derrière lui, nanifiée par sa taille, se trouvait sa femme, Penny.

— Toi aussi, Dale, tu as une gamine, fit Milo. Comment peux-tu rester planté là ?

L'une des trois J, se rappela Peter. La petite June Levine. Peter vit que Dale avait un peu pâli.

— Tu crois que je ne le sais pas ?

Le soupçon d'autorité qui avait pu le séparer de la foule venait de s'effriter.

— Et je ne suis pas là pour faire de la figuration. Laisse la Maisonnée régler ça.

— Il mérite d'être banni !

La voix, celle d'une femme, s'était fait entendre au centre de la foule : Belle Ramirez, la femme de Rey. Leur petite fille était Jane. Peter vit que les mains de la femme tremblaient ; elle avait l'air au bord des larmes. Sam s'approcha d'elle et la prit par les épaules.

— Tu vois, Dale ? Tu vois ce que le gamin a fait ?

C'est alors qu'Alicia se fraya un chemin à travers la foule. Sans accorder un coup d'œil à Belle ou à qui que ce soit, elle s'approcha de Dale, qui regardait Belle, bouleversée, d'un air complètement impuissant.

— Dale, donne-moi ton arbalète.

— Liss, je ne peux pas faire ça. Je suis là sur ordre de Jimmy.

— Je m'en fous. Tu me la donnes, c'est tout.

Sur ces mots, elle la lui arracha des mains. Elle se

retourna face à la foule, tenant mollement l'arbalète à son côté – dans une posture délibérément non menaçante, mais Alicia était Alicia. Le seul fait qu'elle soit là devant eux n'était pas anodin.

— Vous tous, je sais que vous êtes bouleversés. Et je vais vous dire : c'est bien normal. Mais Caleb est l'un des nôtres, exactement comme chacun de vous.

— Ça, c'est facile à dire pour toi.

Milo avait rejoint Sam et Belle.

— C'est toi qui es sortie.

Un murmure d'assentiment parcourut rapidement la foule. Alicia regarda froidement Milo et prit le temps de répliquer.

— Là, tu n'as pas tort, Milo. Sans Pataugas, je serais morte. Alors si vous aviez dans l'idée de lui faire quelque chose, à votre place, j'y réfléchirais à deux fois.

— Qu'est-ce que tu vas faire ? demanda Sam en montrant les dents. Nous embrocher tous avec cette arbalète ?

— Non, répondit Alicia en se rembrunissant. Rien que toi, Sam. Milo, je pensais plutôt lui régler son compte au couteau.

Quelques hommes eurent un rire nerveux, qui mourut aussitôt. Milo avait reculé d'un pas. Peter, toujours à la limite de la foule, se rendit compte qu'il avait porté la main à son couteau. Tout semblait suspendu à ce qui allait se passer pendant les quelques secondes à venir.

— Je pense que tu bluffes, fit Sam en foudroyant Alicia du regard.

— Vraiment ? riposta Alicia. C'est que tu ne me connais pas très bien.

— La Maisonnée va le bannir. Attends un peu, tu vas voir.

— Il se peut que tu aies raison. Mais ça, ce n'est pas à nous d'en décider. Vous ne faites rien d'autre, ici, que d'exciter un tas de gens sans raison. Et je ne veux pas de ça.

Tout à coup, le silence se fit. Peter sentit comme un flottement dans la foule. Le rapport de force avait changé. À part Sam, et peut-être Milo, la colère des gens était sans portée. Ils étaient tout simplement effrayés.

— Elle a raison, Sam, dit Milo. Partons d'ici.

Les yeux de Sam, brillant d'une juste colère, étaient toujours rivés sur Alicia. L'arbalète n'avait pas quitté son côté ; les choses pouvaient en rester là. Peter, debout derrière les deux hommes, avait encore la main sur son couteau. Tous les autres s'étaient éloignés.

— Sam, fit Dale qui avait retrouvé sa voix. Je t'en prie, rentre chez toi.

Milo tendit la main vers Sam et le prit par le coude. Sam dégagea rageusement son bras, mais il paraissait ébranlé, comme si le contact de la main de Milo l'avait fait sortir d'une espèce de transe.

— C'est bon, c'est bon. Je viens.

Peter ne reprit son souffle que lorsque les deux hommes eurent disparu dans le dédale de caravanes. La veille encore, il n'aurait jamais imaginé qu'une telle situation serait possible, que la peur et la colère change-raient ces gens – des gens qu'il connaissait, qui faisaient leur travail, suivaient leur petit bonhomme de chemin et allaient voir leurs enfants au Sanctuaire – en une foule en furie. Et Sam Chou, il ne l'avait jamais vu aussi furieux. D'ailleurs, il ne l'avait jamais vu se fâcher tout court.

— Bon Dieu, Dale, fit Alicia. Quand est-ce que ça a commencé ?

— Dès qu'ils ont amené Caleb ici, ou quasiment.

Maintenant qu'ils étaient seuls, toute la portée de ce qui s'était passé, ou avait failli arriver, pouvait se lire sur le visage de Dale. On aurait dit un homme qui serait tombé d'une falaise et s'en serait sorti miraculeusement indemne.

— Jets, j'ai cru que j'allais être obligé de les laisser entrer. J'aurais voulu que tu entendes ce qu'ils disaient avant que tu arrives.

De l'intérieur de la cellule se fit entendre la voix de Caleb.

— Liss, c'est toi ?

Alicia leva la voix vers les fenêtres.

— Cramponne-toi, Pataugas !

Puis elle reporta son regard sur Dale.

— Va chercher d'autres gardes. Je ne sais pas ce que Jimmy avait en tête, mais tu devrais faire mettre au moins trois hommes ici. Peter et moi, on montera la garde en t'attendant.

— Liss, tu sais que je ne peux pas te laisser ici. Sanjay aurait ma peau. Tu n'es même plus garde.

— Moi, peut-être pas, mais Peter, si. Et depuis quand tu prends tes ordres de Sanjay, de toute façon ?

— Depuis ce matin.

Il leur jeta un regard intrigué.

— C'est ce que dit Jimmy. Sanjay a déclaré le... comment on appelle ça ? L'état d'urgence.

— On est tous au courant. Ça ne veut pas dire que c'est Sanjay qui donne les ordres.

— Tu devrais expliquer ça à Jimmy. C'est ce qu'il semble penser. Et Galen aussi.

— Galen ? Qu'est-ce que Galen a à voir là-dedans ?

— Tu n'as pas entendu ? Apparemment pas, fit Dale en les interrogeant rapidement du regard. Galen est second capitaine, maintenant.

— *Galen Strauss ?*

Dale haussa les épaules.

— Pour moi non plus, ça n'a pas de sens. Jimmy a

appelé tout le monde, et il nous a dit que Galen avait pris ton créneau, et Ian celui de Theo.

— Et Jimmy ? S'il a été promu premier capitaine, maintenant, qui a son créneau comme second ?

— Ben Chou.

Ben et Ian : ça se comprenait. Ils étaient tous les deux sur les rangs pour être seconds. Mais *Galen* ?

— Donne-moi la clé, demanda Alicia. Va chercher deux autres gardes. Pas des capitaines. Trouve Soo si tu peux, et raconte-lui tout ça.

— Mais qui va rester...

— Bon sang, Dale ! coupa Alicia. Je ne plaisante pas. Allez, vas-y.

Ils ouvrirent la cellule et y entrèrent. La pièce était vide, un bête cube de béton. De vieilles cabines de toilettes, depuis longtemps privées de tout ce qui ressemblait à des sanitaires, occupaient un pan de mur ; en face, une batterie de tuyaux et, au-dessus, un long miroir, embrumé de fines craquelures.

Caleb était assis par terre, sous les fenêtres. Ils lui avaient laissé une cruche d'eau et un seau, mais c'était tout. Liss posa son arbalète en équilibre contre l'une des cabines et s'accroupit devant lui.

— Ils sont partis ?

Elle hocha la tête. Peter vit que le gamin était complètement terrifié. Il avait visiblement pleuré.

— Je suis foutu, Liss. Sanjay va me bannir, c'est sûr.

— Ça n'arrivera pas, je te le promets.

Il s'essuya le nez avec sa manche. Il avait les pattes et le visage noirs de crasse, les ongles en deuil.

— Qu'est-ce que tu peux y faire ?

— Laisse-moi m'occuper de ça.

Elle tira un couteau de sa ceinture.

— Tu sais te servir de ça ?

— Jets, Liss. Qu'est-ce que tu veux que j'en fasse ?

681

— Juste au cas où. Alors ?

— Je sais un peu tailler des choses. Je ne suis pas très doué.

Elle lui colla fermement le poignard dans la main.

— Planque-le.

— Liss, fit Peter, tout bas. Tu penses vraiment que c'est une bonne idée ?

— Je ne te laisserai pas désarmé.

Elle reporta son attention sur Caleb.

— Tu serres les fesses et tu te tiens prêt. S'il arrive quoi que ce soit, si tu vois que tu as une chance de t'échapper, n'hésite pas. Tu cours comme un dératé vers la Percée. Tu te caches et tu ne bouges pas de là. Je viendrai te chercher.

— Pourquoi là ?

Ils entendirent des voix au-dehors.

— Ce serait trop long à t'expliquer. Tu as compris ?

Dale rentra dans la pièce, une garde, une seule, sur les talons, Sunny Greenberg. Elle avait juste seize ans, et c'était une coureuse. Même pas une saison sur les Murs.

— Sors d'ici, Liss, fit Dale. Je ne plaisante pas.

— Du calme. On s'en va.

Mais quand Alicia se releva et vit Sunny debout sur le seuil de la porte, elle s'arrêta, et ses yeux lancèrent des éclairs.

— C'est tout ce que tu as réussi à trouver ? Une coureuse ?

— Tous les autres sont sur le Mur.

Peter se rendit compte que, douze heures plus tôt, Alicia aurait pu avoir tous ceux qu'elle voulait, un détachement complet. Et maintenant, elle devait mendier des miettes.

— Et Soo ? insista Alicia. Tu l'as vue ?

— Je ne sais pas où elle est. Probablement là-haut,

682

avec les autres. Tu veux bien la faire sortir d'ici ? fit-il en s'adressant à Peter.

Sunny, qui n'avait rien dit jusque-là, fit un pas en avant.

— Dale, qu'est-ce que tu fais ? Je pensais que... Tu m'avais dit que c'était Jimmy qui avait besoin de gardes en renfort. Pourquoi prends-tu tes ordres d'*elle* ?

— Liss nous donne un coup de main, c'est tout.

— Dale, elle n'est pas capitaine. Elle n'est même pas *garde*.

La fille salua Alicia d'un bref haussement d'épaules quelque peu gêné.

— Ne le prends pas mal, Liss, mais...

— T'inquiète.

Alicia fit un geste en direction de l'arbalète que la fille tenait au côté.

— Dis-moi, tu sais te servir de ce machin-là ?

Un haussement d'épaules faussement modeste.

— Je suis la meilleure de mon grade.

— Eh bien, j'espère que c'est vrai. Parce qu'on dirait que tu viens d'avoir une promotion.

Alicia se retourna vers Caleb.

— Ça va aller, ici ?

Le gamin hocha la tête.

— Souviens-toi de ce que je t'ai dit. Je ne serai pas loin.

Sur ces paroles, elle regarda Dale et Sunny une dernière fois, leur communiquant visuellement sa pensée : *J'en fais une affaire personnelle*, et conduisit Peter hors de la cellule.

29

Sanjay Patal, chef de la Maisonnée, aurait pu dire que tout avait commencé des années auparavant. Ça avait commencé avec les rêves.

Pas des rêves de la fille : il n'avait jamais rêvé d'elle, ça, il en était certain. Pratiquement sûr, du moins. Cette Fille de nulle part, comme ils l'appelaient tous, même le Vieux Chou – l'expression était, en l'espace d'une matinée à peine, devenue son nom –, était arrivée parmi eux comme une fleur, une apparition surgie des ténèbres sous la forme d'un être de chair et de sang, sa parfaite impossibilité réfutée par son existence même. Il avait beau fouiller dans sa mémoire, il ne la trouvait pas, nulle part, ni du côté qu'il connaissait comme étant lui-même, Sanjay Patal, ni de l'autre, son côté secret, celui qui rêvait.

Parce que, d'aussi loin que remontent ses souvenirs, il l'avait en lui. La sensation qui était comme une autre personne à Part entière, une âme distincte qui demeurait dans la sienne. Une âme avec un nom et une voix qui chantait en lui : *Sois à moi. Je suis à toi et tu es à moi et ensemble nous sommes plus grands que la somme de nous deux, la somme de nos parties.*

Le rêve venait à lui depuis qu'il était Petit, dans le Sanctuaire. Un rêve d'un monde depuis longtemps disparu, et une voix qui chantait en lui. D'une certaine façon, c'était un rêve comme tous les rêves, fait de sons, de lumières et de sensations. Le rêve d'une grosse femme dans sa cuisine, qui avalait de la fumée. Une femme qui fourrait de la nourriture dans l'énorme caverne tremblotante de sa bouche, qui parlait au téléphone, un curieux objet avec un long cordon comme un serpent et un endroit dans lequel on parlait et un autre pour écouter. Il n'aurait su dire comment, mais il savait ce que c'était : un téléphone. Et c'est comme ça que Sanjay avait réussi à comprendre que ce n'était pas seulement un rêve qu'il faisait. C'était une vision. Une vision du temps d'Avant. Et la voix en lui fredonnait son mystérieux nom : *Je suis Babcock.*

Je suis Babcock. On est Babcock.

Babcock. Babcock. Babcock.

À l'époque, il considérait Babcock comme une sorte d'ami imaginaire, comme quand on joue à faire semblant – sauf que le jeu ne s'arrêtait jamais. Babcock était toujours avec lui, dans la grand-salle et dans la cour, il prenait ses repas avec lui et il dormait dans son lit, la nuit. Les événements du rêve ne lui paraissaient pas différents de ceux des autres rêves qu'il faisait, c'étaient les trucs habituels, stupides, puérils ; prendre un bain, jouer dans les pneus ou regarder un écureuil manger des noix. Parfois il rêvait ces choses, et parfois il rêvait d'une grosse femme du temps d'Avant, et ça n'avait ni rime ni raison.

Il se souvenait d'un jour, il y avait longtemps, ils étaient assis en cercle dans la grand-salle, et Maîtresse avait dit :

— Parlons de ce que veut dire « être amis ».

Les enfants venaient de déjeuner ; il baignait dans un sentiment léthargique, de chaleur, de satiété. Les autres Petits riaient et faisaient les fous, mais pas lui, il n'était pas comme ça, il faisait ce qu'on lui disait, et quand Maîtresse avait frappé dans ses mains pour réclamer le silence, comme il était tellement gentil, le seul gentil, c'est vers lui qu'elle s'était tournée, son doux visage adoptant l'expression de celle qui s'apprête à faire un cadeau, le merveilleux cadeau de son attention, et elle avait dit :

— Dis-nous, Petit Sanjay, qui sont tes amis ?

— Babcock, avait-il répondu.

Sans intervention de sa pensée. Le mot était sorti tout seul, comme ça. Il avait aussitôt pris conscience de l'énormité de son erreur – dire ce nom secret. Sorti de lui, il avait paru se ratatiner, réduit du seul fait d'avoir été révélé. Maîtresse avait froncé les sourcils, intriguée ; ce nom ne lui disait rien. Elle l'avait répété :

— Babcock ?

Avait-elle bien entendu ? Et Sanjay avait compris que tout le monde ne savait pas qui c'était, bien sûr que non, comment avait-il pu penser qu'ils le connaissaient ? Babcock était quelqu'un de spécial, de privé, tout à lui, et dire son nom comme il l'avait fait, sans réfléchir, juste par gentillesse, pour faire plaisir, était une erreur. Plus qu'une erreur : une violation. Dire le nom, c'était lui retirer ce qu'il avait de spécial.

— Qui est Babcock, Petit Sanjay ?

Dans le silence terrible qui avait suivi – les enfants avaient tous cessé de bavarder, leur attention attirée par ce nom étranger – il avait entendu quelqu'un ricaner – dans ses souvenirs, c'était Demo Jaxon, qu'il détestait déjà –, et puis un autre et encore un autre, leurs railleries parcourant le cercle des enfants assis comme les étincelles dans un feu de camp. Demo Jaxon : bien sûr, ça ne pouvait être que lui. Sanjay était d'une Première Famille, lui aussi, mais à la façon d'agir de Demo, avec son sourire onctueux, facile, l'aisance avec laquelle il se laissait aimer, c'était comme s'il y en avait une deuxième catégorie, plus rare, les Premiers des Premiers, dont Demo Jaxon était le seul représentant.

Pourtant le plus pénible, c'était Raj, son propre frère. Le Petit Raj, qui avait deux ans de moins que Sanjay – qui aurait dû le respecter, qui aurait dû tenir sa langue –, s'était joint aux rires. Il était assis en tailleur à gauche de Sanjay – si Sanjay était à six heures et

Demo à midi, Raj était quelque part dans la matinée –, et sous le regard horrifié de Sanjay, il avait jeté à Demo un rapide regard inquisiteur, cherchant son approbation. *Tu vois ?* disaient ses yeux. *Tu vois comme moi aussi je me moque de Sanjay ?* Maîtresse frappait à nouveau dans ses mains, essayant de ramener l'ordre ; Sanjay savait que s'il ne faisait pas quelque chose en vitesse, il en entendrait parler jusqu'à la fin de ses jours. Il entendrait leur chorus suraigu tinter à ses oreilles, aux repas, après l'extinction des lumières et dans la cour dès que Maîtresse aurait le dos tourné : *Babcock ! Babcock ! Babcock !* Comme le mot de cinq lettres, ou pire. *Sanjay a un petit Babcock !*

Il savait ce qu'il fallait dire.

— Pardon, Maîtresse, je veux dire Demo. C'est Demo, mon ami.

Il avait dédié son sourire le plus sérieux au petit garçon qui se trouvait en face de lui, avec son casque de cheveux noirs – les cheveux des Jaxon –, ses dents comme des perles et son regard jamais en repos. Si Raj pouvait le faire, lui aussi.

— Demo Jaxon est mon tout meilleur ami.

Bizarre de se remémorer cette journée maintenant, tant d'années plus tard. Demo Jaxon disparu sans laisser de trace, et Willem, et Raj aussi ; la moitié des enfants qui étaient assis en cercle, cet après-midi-là, étaient morts ou avaient été emportés. La plupart pendant la nuit de Ténèbres ; les autres avaient trouvé leur propre façon de disparaître, chacun à son tour. Une sorte de lente érosion ; ils avaient été grignotés. C'est la vie qui voulait ça, c'est l'impression qu'il en avait. Tant d'années enfuies – le passage du temps lui-même, autre prodige – dont Babcock faisait partie. Comme une voix en lui, silencieusement pressante, qui était son amie quand les autres ne pouvaient pas l'être, même si elle ne s'exprimait pas toujours en paroles. Babcock était l'impression que le monde lui faisait. Il n'avait plus jamais reparlé de Babcock après ce jour-là, dans le Sanctuaire.

Il est vrai qu'avec le temps, la sensation de Babcock et des rêves était devenue encore autre chose. Pas la grosse femme du temps d'Avant, même si ça arrivait encore parfois. (À propos, que faisait-il, lui, Sanjay, cette étrange nuit, au Transfo ? Il ne s'en souvenait plus.) Pas le passé, mais l'avenir, et cet endroit, l'endroit de Sanjay, avec ses nouveaux développements. Il était sur le point d'arriver quelque chose, quelque chose d'énorme. Il ne savait pas tout à fait quoi. La Colonie ne pouvait pas durer toujours, Demo avait raison sur ce point, et Joe Fisher aussi ; un jour, les lumières s'éteindraient. C'était une course contre la montre. L'Armée était partie, morte ; quelques-uns se cramponnaient encore à l'idée qu'elle reviendrait, mais pas lui, pas Sanjay Patal. Non : quoi qu'il arrive, ce ne serait pas l'Armée.

Il était au courant pour les armes, évidemment. Les armes n'étaient pas un secret, pas vraiment. Ce n'était pas Raj qui l'avait mis au courant ; Sanjay aurait dû s'y attendre, mais quand même c'était une déception de savoir que son frère avait préféré en parler à Demo plutôt qu'à lui. Raj l'avait dit à Mimi, qui l'avait répété à Gloria – la femme de Raj, cette commère bavarde, ne pouvait pas garder un secret plus de cinq secondes ; ce n'était pas une Ramirez pour rien. Bref, un matin, au petit déjeuner, peu après la disparition de Demo Jaxon – qui s'était faufilé par la porte ni vu ni connu, et sans même un couteau à la ceinture –, elle avait lâché le morceau, puis complètement déballé toute l'histoire, en annonçant d'entrée de jeu : « Je ne devrais peut-être pas te le dire, mais... »

Douze caisses d'armes, lui avait dit Gloria, en baissant la voix, sur le ton de la confidence, avec tout le sérieux de la bonne élève. À la Centrale, derrière une paroi coulissante. Des fusils tout neufs, tout brillants, des fusils de *l'Armée*, dans un bunker que Demo, Raj et les autres avaient trouvé. Est-ce que c'était important ? Gloria voulait le savoir. Est-ce qu'elle avait bien fait de lui en parler ? Sanjay voyait bien que ces précautions oratoires étaient de pure forme ; sa voix disait une chose, mais ses yeux disaient la vérité. Elle savait ce que ces armes voulaient dire. Oui, avait-il dit en hochant la tête d'un ton égal. « Oui, je pense que ça pourrait être important. Et je crois qu'il vaudrait mieux garder ça pour nous. Merci, Gloria, de m'avoir mis au courant. »

Sanjay n'avait aucune illusion ; il n'était pas seul à le savoir. Il était allé tout droit trouver Mimi, ce matin-là, pour lui expliquer sans ambiguïté qu'elle ne devait en parler à personne d'autre. Mais un tel secret ne le resterait sûrement pas longtemps. Zander devait être au courant ; la Centrale était son domaine. Et le Vieux Chou aussi, probablement, puisque Demo lui racontait tout. Sanjay ne pensait pas que Soo le sache, ni Jimmy, ni Dana, la fille de Willem. Sanjay avait lancé des coups de sonde sans jamais rien détecter. Mais il y en avait sûrement d'autres – Theo Jaxon, pour commencer –, et à qui l'avaient-ils dit ? À qui l'avaient-ils confié, comme Gloria elle-même, ce matin-là, au petit déjeuner, en murmurant : *Il faut que je te dise, j'ai un secret* ? Et donc la question n'était pas de savoir si les fusils allaient ressortir, mais quand, et dans quelles circonstances, et – une leçon qu'il avait apprise ce fameux matin, au Sanctuaire – qui était ami avec qui.

Voilà pourquoi Sanjay avait relevé Mausami de la Garde, l'éloignant de Theo Jaxon.

Depuis le jour où elle était née, Sanjay était au courant : elle était la raison de tout. D'accord, il y avait eu des moments, et encore récemment, où Sanjay regrettait de ne pas avoir eu un fils, sentant qu'ainsi sa vie aurait été complète, ce qu'elle n'était pas. Mais Gloria n'avait tout simplement pas pu ; les fausses couches habituelles, les faux espoirs. Et puis elle avait cessé d'avoir ses règles. Mausami était née après une grossesse qui avait ressemblé à un désastre de plus en préparation – Gloria avait eu des pertes de sang à peu près tout le temps – et un accouchement qui avait duré deux jours, une véritable torture que personne ne pouvait humainement supporter – Sanjay n'avait pas pu faire autrement que d'entendre les gémissements désespérés de sa femme dans la pièce voisine de l'Infirmerie.

Et pourtant, Gloria avait fini par y arriver. Et Prudence Jaxon – il avait fallu que ce soit elle – lui avait amené sa fille alors qu'il était assis, la tête dans les mains, l'esprit vidé par les heures d'attente et les terribles bruits qui émanaient de la salle. À ce moment-là, il était absolument persuadé que l'enfant allait mourir, et Gloria avec, le laissant seul. C'est donc avec une totale incompréhension qu'il avait reçu le petit paquet langé, croyant un moment que Prudence lui tendait son bébé mort. « C'est une fille, lui avait-elle dit, une petite fille en bonne santé. » Même alors, il avait mis un moment à se faire à cette idée, à relier ces paroles avec l'étrange nouvelle chose qu'il tenait dans les bras. *Tu as une fille, Sanjay.* Et quand il avait soulevé le coin du lange et vu son visage, tellement surprenant par son humanité, sa petite bouche, sa couronne de cheveux noirs et ses petits yeux globuleux tout attendrissants, il avait su que ce qu'il ressentait, pour la première et la seule fois de sa vie, c'était de l'amour.

Et puis il avait failli la perdre. Par une cruelle ironie du sort, elle s'était amourachée de Theo Jaxon – tel père tel fils ; Mausami avait fait de son mieux pour le lui cacher, et Gloria aussi, dans le but de le protéger. Mais Sanjay avait bien vu ce qui se passait. Et donc, alors qu'il s'attendait à apprendre qu'elle avait décidé d'épouser Theo, il avait été sacrément soulagé quand Gloria lui avait annoncé la nouvelle. Après tout ça, Galen Strauss ! Non que Galen soit celui qu'il aurait choisi pour sa fille, loin de là. Il aurait préféré quelqu'un de plus costaud, comme Hollis Wilson ou Ben Chou. Mais Galen n'était pas Theo Jaxon, c'était tout ce qui comptait ; ce n'était pas un Jaxon, aucun des Jaxon, et ça se voyait comme le nez au milieu de la figure qu'il était amoureux de Mausami. Et si cet amour était entaché, au fond, d'une espèce de faiblesse, voire de désespoir, Sanjay se ferait une raison.

Voilà tout ce qui lui tournait dans la tête lorsqu'il se pointa à l'Infirmerie à la mi-journée, pour aller voir la fille. Cette Fille de nulle part. Comme si tous les fils de la vie de Sanjay, Mausami, Babcock, Gloria, les fusils et tout le reste, se retrouvaient noués ensemble dans cette personne impossible, le mystère qu'elle incarnait.

Elle paraissait dormir. Ça y ressemblait, en tout cas. Sanjay avait expédié Sara dans la pièce de devant, avec Jimmy ; Ben et Galen gardaient la porte d'entrée. Pourquoi il avait fait ça, il aurait été bien en peine de le dire, mais quelque chose le poussait à examiner la fille tout seul. Apparemment, sa blessure était grave, tout ce que Sara lui avait dit le conduisait à croire qu'elle ne survivrait pas. Et pourtant, elle était allongée devant lui, immobile, les yeux clos, et ni son visage ni sa respiration calme ne donnaient l'impression qu'elle luttait désespérément pour rester en vie. Sanjay ne pouvait se départir de l'impression qu'elle était plus résistante qu'elle n'en avait l'air. Embrochée par le carreau d'arbalète d'un garde : une telle blessure aurait tué un homme adulte, alors une fille de son âge... Elle avait quoi ? Seize ans ? Treize ? Plus ou moins que ça ? Sara l'avait lavée de son mieux et lui avait passé une chemise de nuit, une tunique de coton ouverte sur le devant, d'un gris hivernal, usée et délavée par des années de lessives. Elle ne lui avait enfilé que la manche droite ; la gauche pendait, d'un vide dérangeant, comme si elle contenait un membre invisible. La chemise de nuit avait été laissée ouverte pour dégager le gros pansement de laine qui lui entourait la poitrine et une épaule, et qui montait jusqu'à la base de son cou blanc, pâle. Son corps mince n'était pas celui d'une femme, ça se voyait bien. Sous l'ourlet élimé de la chemise, ses jambes avaient une maigreur de pouliche, elle avait les hanches et le buste compacts d'un garçon, et des genoux cagneux d'adolescente. C'était surprenant, sur des genoux comme ça, de ne pas voir une ou deux cicatrices, souvenirs de quelques maladresses enfantines – une chute de balançoire, un jeu un peu brutal dans la cour.

Et sa peau, se dit Sanjay en regardant ses jambes, ses bras et enfin son visage, ses yeux remontant pour parcourir à nouveau l'ensemble de son corps. Ni blanche ni claire, aucun mot ne semblait adapté à son éclat assourdi. Comme si cette pâleur n'était pas une absence de couleur, mais une qualité propre. *Une luminosité*, décida Sanjay ; voilà ce qu'était sa peau : lumineuse. En réalité, il voyait bien un peu de couleur aux endroits où le soleil l'avait caressée, les mains, les bras, le visage, estompant un masque de taches de rousseur sur les joues et le nez. Ce qui éveilla chez lui un sentiment qu'il reconnut comme une tendresse paternelle, enracinée dans sa mémoire : Mausami, quand elle était petite, avait des taches de rousseur tout à fait semblables.

Les vêtements, le sac à dos de la fille avaient été brûlés, mais avant, la Maisonnée avait examiné – avec des gants épais – son maigre contenu trempé de sang. Sanjay aurait été bien en peine de dire à quoi il s'attendait, mais sûrement pas à ce qu'ils avaient trouvé. Le sac proprement dit était de toile verte, ordinaire, peut-être militaire, mais comment savoir ? Quelques objets – ils étaient tous d'accord – paraissaient indéniablement utilitaires, un canif, un ouvre-boîte, une pelote de grosse ficelle, mais la plupart semblaient être n'importe quoi, impossible d'établir leur cohérence interne : une pierre lisse, étonnamment ronde ; un bout d'os blanchi par le soleil ; une chaîne avec un médaillon vide ; un livre portant une couverture énigmatique : « Charles Dickens, Un conte de Noël, édition illustrée ». Le carreau d'arbalète l'avait traversé de part en part, l'empalant comme une cible. Les pages étaient gonflées du sang de la fille. Le Vieux Chou se souvenait que Noël était une espèce de réunion du temps d'Avant, comme la Première Nuit. Mais personne ne savait vraiment.

Et donc la fille était seule à pouvoir raconter son histoire. La Fille de nulle part, enfermée dans sa bulle de silence. La signification de son apparition était évidente : il y avait encore de la vie, là, dehors. Quels que soient ces gens, et où qu'ils vivent, ils avaient envoyé l'une des leurs dans la nature sauvage, une fille sans défense qui avait, allez savoir comment, réussi à arriver jusque-là. Quand Sanjay y réfléchissait, ç'aurait dû être une bonne nouvelle, une occasion de réjouissance, et pourtant, son arrivée n'avait provoqué qu'un silence angoissé. Pas une seule fois au cours des heures écoulées depuis il n'avait entendu qui que ce soit dire :

Nous ne sommes pas seuls. Voilà ce que ça signifie. Le monde n'est pas un endroit mort, tout compte fait.

C'était à cause de Maîtresse, se dit-il. Mais pas seulement parce que Maîtresse était morte, même si ça n'y était sûrement pas étranger. C'était à cause de ce que Maîtresse disait aux Petits, le jour où ils quittaient le Sanctuaire. Les gens s'en amusaient souvent, rétrospectivement, quand ils racontaient leur libération. « Vous n'imaginez pas le raffut que j'ai fait ! disaient-ils tous. Vous auriez dû voir comme j'ai pleuré ! » Comme s'ils ne parlaient pas de ceux qu'ils étaient étant enfants, des petits êtres innocents, qui ne méritaient que de la compassion et de la compréhension, non, vus avec un certain recul, des individus radicalement différents et légèrement ridicules. Ce n'était pas faux : une fois qu'on savait que le monde était un endroit où la mort grouillait, il n'y avait plus aucun rapport entre soi et l'enfant qu'on avait été. Voir cette souffrance sur le visage de Mausami, le jour de sa sortie, avait été l'une des pires expériences de la vie de Sanjay. Il y avait des gens qui ne réussissaient jamais à surmonter ça – ceux-là lâchaient prise –, mais la plupart parvenaient à s'accrocher. On trouvait un moyen de mettre l'espoir de côté, de le mettre en bouteille et de le ranger sur une étagère, quelque part, et de continuer à faire aller. C'est ce que Sanjay avait fait, et Gloria, et même Mausami, eux tous.

Mais voilà, désormais, il y avait cette fille. Tout en elle venait contredire les faits établis. Voir quelqu'un – une enfant sans défense – se matérialiser hors des ténèbres était fondamentalement aussi perturbant qu'une chute de neige en plein été. Sanjay l'avait vu dans les yeux des autres, le Vieux Chou, Walter Fisher, Soo, Jimmy, tous autant qu'ils étaient : ça ne *collai*t pas ; ça n'avait pas de *sens*. L'espoir était porteur de souffrance, et c'est ce que cette fille incarnait. Une sorte d'espoir pénible.

Il se racla la gorge – depuis combien de temps était-il là, à regarder la fille ? – et dit :

— Réveille-toi.

Pas de réponse. Et pourtant, il croyait déceler, derrière ses paupières, une étincelle machinale de conscience. Il répéta, plus fort :

— Si tu m'entends, réveille-toi tout de suite.

Un mouvement, derrière lui, l'interrompit. Sara écarta le rideau et entra, Jimmy à la remorque.

— Je vous en prie, Sanjay, laissez-la se reposer.

— Cette fille est une prisonnière, Sara. Il y a des choses que nous devons savoir.

— Elle n'est pas prisonnière, c'est une patiente.

Il regarda à nouveau la fille.

— Elle n'a pas l'air d'être mourante.

— J'ignore si elle l'est ou non. C'est un miracle qu'elle soit encore en vie, avec tout le sang qu'elle a perdu. Maintenant, vous voulez bien sortir, s'il vous plaît ? Comment voulez-vous que je maintienne cet endroit à peu près propre avec tout ce défilé ?

Sanjay vit ses cheveux en bataille, trempés de sueur, ses yeux larmoyants d'épuisement, et se rendit compte qu'elle était à bout. La nuit avait été longue pour tout le monde, et annonçait une journée encore plus longue. Et pourtant, son visage exprimait de l'autorité ; ici, c'était elle qui faisait la loi.

— Tu me préviendras si elle se réveille ?

— Oui. Je vous le ferai savoir.

Sanjay se tourna vers Jimmy, debout près du rideau.

— C'est bon, Jimmy. On y va.

Mais il ne répondit pas. Il regardait la fille. Fixement, même.

— Jimmy ?

695

Il détourna le regard.

— Hein ? Quoi ?

— J'ai dit : allons-y. Laissons Sara faire son boulot.

Jimmy secoua vaguement la tête.

— Pardon. J'étais ailleurs, pendant une seconde.

— Tu devrais aller dormir, fit Sara. Et vous aussi, Sanjay.

Ils sortirent sous le porche, où Ben et Galen montaient la garde. Ils suaient à grosses gouttes dans la chaleur de la mi-journée. Plus tôt, il y avait là une vraie foule, des curieux avides d'entrevoir la Marcheuse, mais Ben et Galen avaient réussi à les envoyer promener. À présent, seules quelques personnes vaquaient à leurs occupations. De l'autre côté du chemin, Sanjay vit une équipe des Gros Travaux avec leur masque, leurs grosses bottes et leur seau. Ils se rendaient au Sanctuaire, relaver encore une fois la grand-salle.

— Difficile de dire ce que c'est, fit Jimmy, mais cette fille a je ne sais quoi... Vous avez vu ses yeux ?

Sanjay sursauta.

— Elle avait les yeux fermés, Jimmy.

Jimmy contemplait le sol du porche comme s'il avait laissé tomber quelque chose qu'il n'arrivait pas à retrouver.

— Maintenant que j'y repense, peut-être qu'ils étaient fermés, dit-il. Alors, pourquoi est-ce que je pense qu'elle me regardait ?

Sanjay garda le silence. La question n'avait pas de sens. Et pourtant, Jimmy avait mis le doigt dessus. En regardant la fille, Sanjay s'était lui aussi bel et bien senti observé.

Il s'adressa aux deux autres.

— Vous comprenez ce qu'il raconte ?

Ben haussa les épaules.

— Aucune idée. Peut-être qu'elle en pince pour toi, Jimmy.

Celui-ci se retourna d'un bloc. Son visage, luisant de sueur, était littéralement paniqué.

— Arrêtez un peu de déconner. Entrez là-dedans, vous verrez ce que je dis. C'est bizarre, je vous le dis.

Ben jeta un coup d'œil à Galen, qui lui offrit en retour un haussement d'épaules désabusé.

— Jets, fit Ben. Je blaguais. Pourquoi tu te mets dans des états pareils ?

— Putain, ça n'avait rien de drôle. Et qu'est-ce qui te fait ricaner, Galen ?

— Moi ? J'ai rien dit !

Sanjay sentait la moutarde lui monter au nez.

— Vous trois, ça suffit. Jimmy, tu ne laisses entrer personne. Compris ?

Jimmy lui jeta un regard penaud.

— Sûr. À vos ordres.

— C'est sérieux. Et ça vaut pour tout le monde.

Sanjay regarda Jimmy dans les yeux un long moment. Ce n'était pas Soo Ramirez, c'était évident. Et ce n'était pas Alicia non plus. Sanjay se demanda si ce n'était pas pour ça qu'il l'avait choisi pour ce boulot, en fin de compte.

— Bon, et pour Pataugas, qu'est-ce qu'on fait ? s'enquit Jimmy. Je veux dire, on ne va pas vraiment le bannir, hein ?

Le gamin, pensa Sanjay avec lassitude. S'il y avait un problème auquel il n'avait pas envie de penser, tout à coup, c'était bien Caleb Jones. Caleb avait fourni aux premières heures de la crise l'espèce de réponse claire qu'elle exigeait. Les gens avaient besoin d'un abcès de fixation, quelque chose sur quoi focaliser leur colère. Mais à la lumière du jour, bannir ce gamin avait commencé à lui paraître simplement cruel, une mesure inutile que tout le monde regretterait plus tard. Et le garçon avait un vrai courage. Quand on lui avait lu les charges qui pesaient sur lui, il avait tenu le coup devant la Maisonnée et accepté sans hésiter la pleine responsabilité de ses actes. On trouvait parfois le courage là où on ne l'attendait pas, et Sanjay l'avait vu chez Caleb Jones, Clé à molette de son état.

— On le garde juste au frais.

— Et Sam Chou ?

— Quoi, Sam Chou ?

Jimmy hésita.

— Les gens bavardent, Sanjay. Sam, Milo et quelques autres. Ils veulent le bannir.

— Qui t'a dit ça ?

— À moi, personne. Mais à Galen...

— C'est ce que j'ai entendu, confirma Galen. En réalité, c'est Kip qui me l'a dit. Il était chez ses parents, et il a entendu un petit groupe discuter.

Kip, le fils aîné de Milo, était coureur.

— Et alors ? Qu'est-ce qu'il a dit ?

Galen eut un vague haussement d'épaules, comme pour se distancier de ce qu'il énonçait.

— Sam dit que si on ne le met pas dehors, il le fera lui-même.

Il fallait s'en douter, songea Sanjay. Il ne manquait plus que ça, que les gens prennent la situation en main. Quand même, Sam Chou, le type le plus inoffensif que Sanjay ait jamais connu... Ça ne lui ressemblait vraiment pas de monter sur ses grands chevaux comme ça. Sam était responsable des serres, comme tous les Chou avant lui. On disait qu'il soignait ses rangs de pois, de carottes et de laitues comme des animaux de compagnie. Et puis Sanjay se dit que ça devait avoir un rapport avec tous ses Petits. Chaque fois que Sanjay avait le dos tourné, il avait l'impression que Sam faisait

698

péter la gnôle pour fêter la nouvelle grossesse de l'Autre Sandy.

— Ben, c'est ton cousin. Tu as entendu parler de tout ça ?

— Et comment je serais au courant ? J'ai passé la matinée ici.

Sanjay leur dit de doubler la garde à la cellule et repartit sur le sentier. C'était terriblement bizarrement calme, se dit-il. Même les oiseaux avaient cessé de chanter. Ça lui fit repenser à la fille, à l'impression qu'il avait eue quand il l'avait regardée : il s'était senti observé. Comme si, derrière son doux visage endormi – car il avait décidément une sorte de douceur enfantine ; il lui rappelait Mausami quand elle n'était qu'une Petite, qui montait dans son petit lit dans la grand-salle en attendant que Sanjay se penche sur elle pour l'embrasser avant de dormir –, l'esprit de la fille, derrière ses paupières closes, ce fragile voile de chair, cherchait le sien dans la pièce. Jimmy n'avait pas tort : il y avait quelque chose chez elle. Ou plutôt dans ses yeux.

— Sanjay ?

Il se rendit compte qu'il avait laissé vagabonder ses pensées et s'était laissé entraîner dans leur sillage. Il se retourna. Jimmy était debout sur la marche du haut, les paupières étrécies, le corps penché en avant dans une attitude expectative, des mots non dits figés sur les lèvres.

— Quoi ? fit Sanjay, la gorge soudain parcheminée. Qu'est-ce qu'il y a ?

L'autre ouvrit la bouche, s'apprêtant à répondre, et se ravisa. Comme si ça ne valait pas le coup.

— Oh, rien, répliqua enfin Jimmy. Sara a raison. Je ferais mieux d'aller dormir.

30

Quand viendrait, plus tard, des années plus tard, un temps où Peter repenserait aux événements qui avaient accompagné l'arrivée de la fille, ils lui apparaîtraient comme un enchaînement de mouvements de danse : des corps convergeant et se séparant, projetés pour de brèves périodes sur des orbites plus vastes puis repoussés les uns contre les autres, obéissant à une force inconnue, aussi calme et inexorable que la gravité.

Quand il était entré dans l'Infirmerie, la veille au soir, et avait vu la fille – tout ce sang, du sang partout, Sara qui s'efforçait frénétiquement de suturer la plaie, et Caleb, cette horrible compresse trempée de sang dans les mains –, ce n'était pas de l'horreur ou de la surprise qu'il avait éprouvée, mais un choc comparable à un véritable coup de tonnerre. C'était la fille du carrousel ; la fille du couloir et de la course folle dans le noir ; la fille du baiser et de la porte refermée.

Le baiser. Pendant les longues heures passées sur le Mur à veiller la Miséricorde pour Theo, l'esprit de Peter était revenu là-dessus, en boucle, pour s'interroger sur sa signification, sur le genre de baiser que c'était. Pas un baiser comme celui de Sara, cette nuit-là, sous les lumières ; pas le baiser d'une amie, ni même, à strictement parler, le chaste baiser d'une enfant, bien qu'il y ait eu quelque chose d'enfantin dans sa furtivité, sa précipitation qui traduisait une sorte de gêne, finissant presque avant de commencer, et dans le soudain revirement d'attitude de la fille, qui avait reculé dans le couloir et lui avait claqué la porte au nez avant qu'il ait eu le temps de dire un mot. C'était tout ça et rien de tout ça, et ce n'est qu'en entrant dans l'Infirmerie, en la voyant allongée là, qu'il avait compris ce que c'était :

une promesse. Une promesse aussi claire que des mots de la part d'une fille qui ne parlait pas. Un baiser qui disait : *Je te retrouverai.*

En attendant, cachés derrière un bouquet de genièvre au pied du mur du Sanctuaire, Alicia et Peter regardaient Sanjay repartir. Jimmy s'en alla un moment plus tard – il avait une attitude bizarre, se dit Peter, une sorte de lassitude, ou d'égarement, comme s'il ne savait ni où aller ni quoi faire – laissant Ben et Galen monter la garde à l'ombre du porche.

Alicia secoua la tête.

— Je doute qu'on arrive à les convaincre de nous laisser entrer.

— Allez, viens, dit-il.

Il la conduisit vers l'arrière du bâtiment. Un passage couvert courait entre l'Infirmerie et les serres. La porte de derrière et les fenêtres étaient murées par des briques, mais sous une pile de caisses vides, il y avait une porte de métal. Celle d'un vieux toboggan pour la livraison du charbon, qui descendait vers la cave. Parfois, la nuit, quand sa mère travaillait toute seule et qu'il était encore assez jeune pour s'amuser d'un truc pareil, elle l'autorisait à venir et à descendre par le toboggan.

Il ouvrit la porte métallique.

— Allez, à toi l'honneur.

Alicia se laissa glisser à l'intérieur. Il l'entendit atterrir, puis sa voix, d'en bas :

— C'est bon.

Se tenant aux côtés de la porte, il se laissa tomber à l'intérieur en tirant la trappe derrière lui. Une obscurité soudaine l'enveloppa ; ça faisait partie de l'excitation, se rappela-t-il, de tout lâcher et de dévaler le toboggan dans le noir.

Un plongeon rapide, brutal ; il atterrit sur ses pieds. La cave était telle qu'il se la rappelait, pleine de caisses et de tout un fourbi, avec, à droite, la vieille glacière, son mur couvert de bocaux et, au milieu d'une grande table, une balance, des instruments et des bougies qui avaient coulé. Alicia était debout au pied de l'escalier qui montait vers la pièce de devant de l'Infirmerie, la tête levée vers le puits de lumière venant du rez-de-chaussée. En haut des marches, on arrivait devant les fenêtres qui donnaient sur le porche. C'était le passage délicat.

Peter monta le premier. Rendu presque en haut, il jeta un coup d'œil par-dessus la dernière marche. Il était mal placé, la fenêtre était trop haut, mais il entendit les voix étouffées de deux hommes ; ils leur tournaient le dos. Il fit comprendre ses intentions, par gestes, à Alicia, puis gravit très vite les dernières marches, traversa furtivement la pièce et prit le couloir qui menait à la salle de soins.

La fille était réveillée et assise dans son lit. Ce fut la première chose qu'il vit. Ses vêtements pleins de sang avaient disparu, remplacés par une chemise de nuit de tissu fin qui laissait deviner la blancheur des bandages. Sara, assise au bord de l'étroit lit de camp, regardait de l'autre côté. Elle tenait le poignet de la fille.

C'est alors que les paupières de la fille papillotèrent, et que ses yeux se braquèrent sur lui. Un soudain mouvement de panique ; elle retira sa main et se recroquevilla vers le haut du lit. Sentant sa présence dans son dos, Sara se leva d'un bond et fit volte-face, se tournant vers lui.

— Jets, Peter ! fit-elle dans un murmure rauque.

Tout son corps semblait tendu comme la corde d'un arc.

— Nom d'un chien, comment es-tu entré ici ?

— Par la cave, répondit une voix qui venait de derrière lui : Alicia.

702

La fille s'était roulée en boule dans une attitude défensive, les genoux relevés sur la poitrine en guise de rempart, les mains crispées sur le tissu lâche de la chemise de nuit drapée autour de ses jambes.

— Que s'est-il passé ? demanda Alicia. Elle avait l'épaule en charpie, il y a quelques heures.

Alors seulement Sara se détendit. Elle poussa un soupir de lassitude et se laissa tomber sur le lit voisin.

— Je peux bien vous le dire. Pour ce que j'en vois, elle va on ne peut mieux. La blessure est pratiquement refermée.

— Comment est-ce possible ?

Sara secoua la tête.

— Je n'ai pas d'explication. Mais j'ai l'impression qu'elle ne veut pas que ça se sache. Sanjay sort d'ici. Il était avec Jimmy. Quand quelqu'un entre, elle fait semblant de dormir. Peut-être qu'elle te parlera, ajouta-t-elle avec un haussement d'épaules. Moi, je n'ai pas pu lui tirer un mot.

Peter n'avait écouté la conversation que de loin ; elle semblait se dérouler dans une autre pièce de la maison. Il s'était avancé vers le lit. La fille l'observait avec méfiance par-dessus ses genoux, les yeux abrités sous une mèche de cheveux en bataille. Il avait l'impression d'être en présence d'un animal craintif. Il s'assit au bord du lit, face à elle.

— Peter..., fit Sara. Qu'est-ce que tu fais ?

— Tu m'as suivi, demanda-t-il. C'est ça, hein ?

Un minuscule hochement de tête. Presque imperceptible. *Oui. Je t'ai suivi.*

Il releva la tête. Sara le regardait, plantée au pied du lit.

— Elle m'a sauvé, expliqua Peter. Au centre commercial, quand les virus ont attaqué. Elle m'a protégé.

Il reporta ses yeux sur la fille.

— C'est bien ça, hein ? Tu m'as protégé. Tu les as éloignés.

Oui. Je les ai éloignés.

— Tu la connais ? demanda Sara.

Il hésita, s'efforçant de reconstituer mentalement l'histoire.

— On était sous un carrousel. Theo était déjà parti. Les fums arrivaient. J'ai cru que c'était la fin. Et puis elle... est montée sur moi.

— Elle est montée sur toi.

Il hocha la tête.

— Oui. Sur mon dos. Comme pour me faire un bouclier de son corps. Je sais que je ne raconte pas bien, mais c'est comme ça que ça s'est passé. Ensuite, tout ce que je sais, c'est que les fums étaient partis. Elle m'a conduit dans un couloir et elle m'a montré l'escalier qui menait sur le toit. C'est comme ça que je suis sorti.

Pendant un moment, Sara ne dit rien.

— Je sais que ça paraît bizarre.

— Peter, pourquoi tu ne l'as dit à personne ?

Il haussa les épaules, à court d'explication. Il n'avait rien à dire pour sa défense. Rien de bien, en tout cas.

— Je sais que j'aurais dû. Mais je n'étais même pas sûr que ce soit vraiment arrivé. Et puis, comme je n'avais rien dit sur le moment, c'est devenu de plus en plus difficile par la suite.

— Et si Sanjay l'apprend ?

La fille avait un tout petit peu relevé le visage au-dessus de la barricade de ses genoux ; elle semblait l'étudier, scruter son visage, l'air sombre, l'air de savoir à quoi s'en tenir. La vague sauvagerie était toujours présente, une nervosité animale dans les mouvements, dans l'attitude. Mais au cours des quelques minutes qui avaient suivi leur entrée dans la salle, un changement s'était produit : sa peur avait sensiblement diminué.

— Il ne le saura pas, fit Peter.

— Oh, mon Dieu, fit une voix derrière eux. C'est vrai.

Ils se tournèrent tous d'un bloc. Michael se tenait devant le rideau.

— Circuit, comment es-tu entré ? siffla Alicia. Et ne parle pas si fort.

— Comme vous. Je vous ai vus tous les deux dans le passage.

Michael s'approcha prudemment du lit, les yeux rivés sur la fille. Il serrait quelque chose dans sa main.

— Sérieusement, qui c'est, ça ?

— On n'en sait rien, répondit Sara. C'est une Marcheuse.

L'espace d'un instant, Michael resta sans rien dire, avec une expression indéchiffrable. Et pourtant Peter avait l'impression d'entendre cliqueter les rouages de son cerveau, qui procédait à de rapides calculs. Il parut, tout d'un coup, s'apercevoir de l'objet qu'il tenait en main.

— Bon sang ! C'est exactement ce qu'Elton avait dit.

— De quoi tu parles ?

— Le signal. Le signal fantôme. Non, attendez, dit-il, les faisant taire d'un geste. Attendez un peu. Je ne peux pas le croire...

Son visage s'illumina d'un sourire triomphant.

— Et voilà !

C'est alors que le système commença à vibrer.

— Bon sang, Circuit ! fit Alicia. Qu'est-ce que c'est que ça ?

Il leva l'objet pour le leur montrer. Un portable.

— C'est ce que j'étais venu vous dire, répliqua Michael. Cette fille, la Marcheuse, elle nous appelle.

L'émetteur devait être quelque part sur elle, expliqua Michael. Il ne pouvait leur dire à quoi il ressemblait au juste. Il devait être assez gros pour avoir une source d'énergie, mais c'est tout ce qu'il en savait.

Son sac à dos et tout ce qu'il contenait étaient allés au feu. Donc la source du signal était forcément sur la fille elle-même. Sara, assise à côté d'elle sur le lit, lui indiqua ce qu'elle voulait faire et lui dit de ne pas bouger. Elle la palpa doucement en commençant par les pieds, examina ses bras, ses jambes, ses mains, son cou. Quand elle eut fini, elle se leva, passa derrière elle, à la tête du lit, et peigna délicatement ses cheveux feutrés avec ses doigts. Pendant ce temps, la fille se laissa faire docilement, sans bouger, soulevant les bras et les jambes quand Sara le lui demandait, ses yeux flottant dans la pièce avec une curiosité neutre, comme si elle n'était pas très sûre de ce qu'il fallait penser de tout ça.

— Si c'est sur elle, c'est bien caché.

Sara écarta de son visage une mèche de cheveux trempés de sueur.

— Michael, tu es sûr ?

— Oui, j'en suis sûr. Ça doit être caché à l'intérieur d'elle, alors.

— Dans son *corps* ?

— Ça ne devrait pas être loin de la surface. Probablement juste sous la peau. Cherche une cicatrice.

Sara réfléchit un instant.

— Eh bien, je ne vais pas faire ça en public. Peter et Michael, tournez-vous, tous les deux. Liss, viens par ici. Je pourrais avoir besoin de toi.

Peter mit cet instant à profit pour s'approcher du rideau et jeter un coup d'œil par la fente. Ben et Galen étaient toujours dehors, silhouettes floues, vues de dos, derrière les fenêtres. Il se demanda combien de temps ils avaient encore devant eux. Quelqu'un d'autre finirait bien par débarquer, Sanjay, le Vieux Chou ou Jimmy.

— Bon, vous pouvez vous retourner.

La fille était assise au bord du lit, la tête penchée en avant.

— Michael avait raison. Je n'ai pas eu besoin de chercher longtemps, fit Sara.

Elle souleva les cheveux emmêlés de la fille pour leur montrer : à la base de son cou, une ligne blanche, bien nette, de quelques centimètres à peine ; au-dessus, une petite bosse révélait la présence d'un corps étranger.

— On sent les bords, fit Sara en appuyant dessus pour leur faire voir. À moins qu'il n'y ait autre chose, je pense que ça devrait sortir tout seul.

— Ça va lui faire mal ? demanda Peter.

Sara eut une petite moue.

— Ce sera très vite fait. À côté de ce qu'elle a subi la nuit dernière, ça ne devrait pas être bien grave. Comme de retirer une grosse écharde.

Peter s'assit sur le lit et parla à la fille.

— Sara a besoin de retirer un petit truc de sous ta peau. Une espèce de radio. Tu es d'accord ?

Il lut une étincelle d'appréhension sur son visage. Et puis elle fit oui de la tête.

— Vas-y doucement quand même, dit Peter.

Sara alla chercher, dans un placard à fournitures, une cuvette, un scalpel et une bouteille d'alcool. Elle humecta un linge et nettoya la zone. Se replaçant derrière la fille, elle écarta ses cheveux et prit le scalpel dans la cuvette.

— Ça va piquer un peu.

Avec la lame du scalpel, elle suivit la ligne de la cicatrice. Si la fille ressentit la moindre douleur, elle ne le laissa pas voir. Une unique goutte de sang perla sur l'incision, courut sur la longue courbe de son cou et se perdit dans sa chemise de nuit. Sara tamponna l'entaille avec le linge et esquissa un mouvement de tête en direction de la cuvette.

— Que quelqu'un me passe cette pince à épiler. En la prenant par le haut.

Alicia s'exécuta. Sara introduisit les extrémités de la pince à épiler à travers l'incision dans la peau de la fille, en écartant les deux lèvres de la plaie comme les pans d'un gilet, tenant le linge taché de sang dessous. Peter était tellement concentré qu'il avait l'impression de sentir – il sentit bel et bien dans le bout de ses doigts – l'instant où le bout de la pince à épiler attrapa l'objet. Sara tira dessus lentement, délicatement, pour le libérer, faisant apparaître une petite forme sombre, qu'elle déposa sur le linge. Elle le tendit à Michael pour le lui faire voir.

— C'est ce à quoi tu t'attendais ?

Posé sur le lit de tissu se trouvait un petit objet ovoïde, fait d'une sorte de métal brillant. Les bords étaient entourés d'une frange de petits fils pareils à des cheveux, avec de minuscules perles au bout. L'un dans l'autre, Peter trouva qu'on aurait dit une espèce d'araignée aplatie.

— C'est une radio ? questionna Alicia.

Michael fronça les sourcils.

— Je ne sais pas trop, avoua-t-il.

— Tu ne sais pas trop ? Tu as réussi à faire sonner le téléphone avec et tu ne sais pas ce que c'est ?

Michael essuya l'objet avec un coin propre du chiffon et le présenta à la lumière.

— Eh bien, ça doit être une sorte d'émetteur. C'est probablement à ça que servent ces fils.

— Mais qu'est-ce que ça faisait dans son corps ? s'enquit Alicia. Qui a pu faire une chose pareille ?

— On devrait peut-être le lui demander à elle, ce que c'est, suggéra Michael.

Mais quand il lui présenta l'objet posé sur son coussin de tissu taché de sang, la fille eut l'air rigoureusement intriguée. Sa présence même dans son cou lui paraissait visiblement aussi mystérieuse qu'à eux.

— Tu crois que c'est l'Armée qui lui a mis ça là ? avança Peter.

— Ça se pourrait, répondit Michael. Ça émettait sur une fréquence militaire.

— Mais tu ne peux pas le dire rien qu'en le regardant.

— Peter, je ne sais même pas ce que ça émet. Pour ce que j'en sais, ça pourrait réciter l'alphabet.

Alicia fit la moue.

— On se demande pourquoi ça réciterait l'alphabet...

Michael ne releva pas. Il regardait à nouveau Peter.

— C'est tout ce que je peux te dire. Si vous voulez en savoir davantage, il va falloir que je l'ouvre.

— Eh bien, ouvre-le, conclut Peter.

31.

En quittant l'Infirmerie, Sanjay Patal avait l'intention d'aller voir le Vieux Chou. Il y avait des décisions à prendre, des problèmes dont ils devaient discuter : Sam et Milo, pour commencer – c'était un détail que Sanjay n'avait pas prévu –, et que faire de Caleb, et pour la fille ?

La fille. Ce truc dans ses yeux.

Mais en s'éloignant de l'Infirmerie cet après-midi-là,

709

il avait senti peser sur lui une lourdeur inattendue. Après tout, ça n'avait rien d'étonnant ; il avait été debout la moitié de la nuit, et après une matinée comme celle qu'il venait de vivre, avec toutes ces choses à dire, à faire, dont il fallait s'occuper et auxquelles il fallait réfléchir... Les gens en faisaient parfois des gorges chaudes, ils disaient que faire partie de la Maisonnée, ce n'était pas un vrai travail, un métier comme la Garde, les Gros Travaux ou les travaux agricoles – Theo Jaxon l'avait rebaptisée le « comité des plombiers » ; c'était pour rire, mais ce mot cruel était resté. Tout ça prouvait seulement qu'ils n'y connaissaient rien, ils n'avaient pas idée des responsabilités que ça comportait. C'était un sacré poids sur les épaules, un fardeau qu'on transportait partout avec soi et dont on ne pouvait jamais tout à fait se délester. Sanjay avait quarante-cinq ans, ce n'était pas jeune, mais en suivant l'allée de gravier, il se sentait beaucoup plus vieux.

En ce moment, le Vieux Chou devait être dans le rucher – les portes étaient fermées, mais ça ne voulait rien dire ; les abeilles se fichaient qu'elles soient ouvertes ou fermées. Puis la pensée de la longue marche pour y arriver, sous le soleil accablant de la mi-journée, et des gens qu'il risquait de rencontrer en chemin, auxquels il serait obligé de parler, l'emplit d'une soudaine lassitude. Il avait l'impression que son cerveau se changeait en une brume grise. Il décida donc de s'étendre un peu. Le Vieux Chou n'allait pas s'envoler. Et avant d'avoir compris ce qui lui arrivait, Sanjay s'aperçut qu'il se traînait lentement à travers la clairière ombragée en direction de chez lui. Il franchit la porte, écouta si Gloria était quelque part dans la maison, n'entendit rien, gravit les marches grinçantes qui montaient sous les combles avec leurs poutres feutrées par les toiles d'araignées, et s'allongea sur son lit. Il était fatigué, tellement fatigué. Qui sait depuis combien de temps il ne s'était pas payé le luxe de faire une petite sieste en plein jour ?

Il n'avait pas fini de se poser la question qu'il dormait déjà.

Il se réveilla un peu plus tard avec un goût affreux dans la bouche. Le sang rugissait à ses oreilles. Il se sentait moins réveillé que physiquement expulsé du sommeil ; il avait l'impression qu'on lui avait battu l'esprit comme un tapis. Jets, incroyable ce qu'il avait dormi. Il resta allongé sans bouger, savourant ce sentiment, s'y prélassant. Il se rendit compte qu'il entendait des voix, en bas : celles de Gloria et de quelqu'un d'autre, une voix plus grave, d'homme, sans doute celle de Jimmy, de Ian ou peut-être de Galen, mais alors qu'il demeurait allongé à écouter, il prit conscience qu'un moment avait passé et que les voix étaient parties. Que c'était agréable de rester tout simplement allongé là. Agréable et un peu bizarre, parce qu'en fait il lui semblait qu'il aurait dû se lever depuis longtemps déjà ; la nuit tombait, il le voyait par la fenêtre, le crépuscule teintait de rose la blancheur du ciel d'été, et il avait du pain sur la planche. Jimmy voudrait savoir quoi faire, pour la Centrale, qui devrait y aller le lendemain matin (sauf que, là, Sanjay n'arrivait pas à se rappeler pourquoi ça devait être décidé au juste), et il y avait encore la question du garçon, Caleb, que tout le monde appelait Pataugas pour il ne savait quelle raison, ça avait un rapport avec ses chaussures. Il y avait tellement de choses comme ça. Et pourtant, plus il restait là, plus ces préoccupations paraissaient vagues et lointaines, comme si elles ne le concernaient pas.

— Sanjay ?

Gloria était dans l'ouverture de la porte. Sa présence

le frappa moins que sa voix : une voix désincarnée, qui prononçait son nom dans le noir.

— Qu'est-ce que tu fais au lit ?

Il se dit : *Je ne sais pas. Comme c'est bizarre, je ne sais pas pourquoi je suis au lit.*

— Il est tard, Sanjay. Les gens veulent te voir.

— Je... je somnolais.

— Tu somnolais ?

— Oui, Gloria. Je somnolais, je faisais un somme.

Sa femme apparut au-dessus de lui, l'image de son visage rond, lisse, flottait, immatérielle, dans les eaux grisâtres de sa vision.

— Pourquoi tiens-tu la couverture comme ça ?

— Quoi ? Comment est-ce que je la tiens ?

— Je ne sais pas. Regarde toi-même.

L'effort, tel qu'il l'imaginait par avance, paraissait immense, insurmontable. Il arriva pourtant, il n'aurait su dire comment, en soulevant la tête de son oreiller trempé de sueur, à inspecter son corps. Apparemment, en dormant, il avait arraché la couverture de leur lit et l'avait entortillée comme une corde, qu'il tenait maintenant des deux mains en travers de sa poitrine.

— Sanjay, qu'est-ce qui t'arrive ? Pourquoi parles-tu comme ça ?

Elle était toujours au-dessus de lui et pourtant il n'arrivait pas à faire le point sur son visage, à la voir nettement.

— Je vais bien. J'étais juste fatigué, c'est tout.

— Mais tu n'es plus fatigué.

— Non. Je ne crois pas. Mais je vais peut-être dormir encore un peu.

— Jimmy est passé. Il voudrait savoir quoi faire pour la Centrale.

La Centrale ? Quoi, la Centrale ?

— Qu'est-ce que je dois lui dire s'il revient ?

Il se rappela, alors. Quelqu'un devait aller à la Centrale pour la sécuriser, quelle que puisse être la situation là-bas.

— Galen, dit-il.

— Galen ? Quoi, Galen ?

Mais sa question ne l'effleura qu'à peine. Ses yeux s'étaient refermés, l'image du visage de Gloria changeait devant lui, se précisait, remplacé par un autre : le visage d'une fille, si petite. Ses yeux. Un truc dans ses yeux.

— Quoi, Sanjay, qu'est-ce qu'il a, Galen ?

— Ce serait bien pour lui, tu ne crois pas ?

C'est ce qu'il entendit une voix dire – parce qu'une partie de lui était encore là, dans la pièce, pendant que l'autre, celle qui rêvait, n'y était pas :

— Dis-lui d'y envoyer Galen.

32.

Les heures passèrent et la nuit vint.

Ils étaient toujours sans nouvelles de Michael. Ils étaient ressortis discrètement, par-derrière, de l'Infirmerie, et ils s'étaient séparés : Michael était retourné au Transfo tandis qu'Alicia et Peter allaient au parking de caravanes surveiller Caleb depuis l'une des épaves vides, pour le cas où Sam et Milo reviendraient. Sara était restée à l'Infirmerie avec la fille. Pour le moment, il n'y avait qu'une chose à faire : attendre.

La caravane où ils étaient planqués était à deux rangées de la cellule, en vue de la porte mais assez loin pour qu'ils ne se fassent pas repérer. On disait que les caravanes avaient été laissées par les Bâtisseurs : c'est là que logeaient les ouvriers qui avaient construit les murs et installé les lumières. Personne ne les avait plus jamais occupées depuis, pour autant que Peter le sache. La plupart des panneaux avaient été arrachés pour dégager les tuyaux et les fils électriques, et tous les appareils sanitaires et électriques avaient été récupérés, débités et dispersés. À l'arrière, dans un réduit séparé par une porte en accordéon qui coulissait sur un rail, un matelas était posé sur une estrade, et deux autres couchettes étaient ménagées dans les parois ; du côté opposé, deux banquettes se faisaient face de part et d'autre d'une petite table. Leur vinyle craquelé laissait échapper une mousse friable qui se changeait en poussière au moindre contact.

Alicia avait apporté un jeu de cartes pour passer le temps. Entre deux parties de pioche, elle se trémoussait impatiemment sur sa banquette, en surveillant la cellule par la vitre. Dale et Sunny avaient été remplacés par Gar Phillips et Hollis Wilson, qui avait renoncé à se désister, apparemment. Vers la fin de l'après-midi, Kip Darrell avait surgi avec un plateau repas. En dehors d'eux, ils n'avaient vu personne.

Peter distribua une nouvelle donne. Alicia se détourna de la fenêtre, prit ses cartes et regarda son jeu en fronçant les sourcils.

— Jets. T'étais vraiment obligé de me distribuer ce jeu de merde ?!

Elle rangea son jeu pendant que Peter faisait de même, et entama d'un valet rouge. Peter fournit et poursuivit avec le huit de pique.

— Pioche !

Il n'avait plus de pique. Il tira une carte de la pioche. Alicia regarda à nouveau par la vitre.

— Arrête ça, tu veux ? fit-il. Tu m'énerves.

Alicia ne répondit pas. Peter dut tirer quatre fois pour

réussir à fournir. Il avait les mains désespérément pleines de cartes. Il défaussa un deux et regarda Alicia poser le deux de cœur, aligner quatre cartes d'affilée, puis abattre la dame de pique pour l'obliger à jouer pique.

Il piocha à nouveau. Elle avait une longue à pique, il le sentait, mais il n'y pouvait rien. Il était complètement rétamé. Il posa un six et la regarda aligner une séquence de cartes, passant à carreau avec le neuf, et se débarrassant du reste de sa main.

— Tu te fais toujours avoir de la même façon, tu sais, fit-elle en ramassant les cartes. Tu devrais commencer par jouer ta couleur la plus faible.

Peter regardait encore sa main comme s'il restait quelque chose à jouer.

— Je ne savais pas.

— Toujours.

La première cloche ne se ferait plus attendre. Comme ce serait bizarre, se dit Peter, de ne pas être sur la passerelle cette nuit.

— Que feras-tu si Sam revient ? demanda Peter.

— Aucune idée. J'essaierai de le dissuader, sans doute.

— Et si tu n'y arrives pas ?

Elle eut un haussement d'épaules, une moue.

— Eh bien, j'aviserai.

Ils entendirent la première cloche.

— Tu n'es pas obligé de faire ça, tu sais, reprit Alicia.

Il aurait voulu répondre : *Toi non plus*, mais il savait que ce n'était pas vrai.

— Fais-moi confiance, reprit Alicia, il ne se passera rien après la seconde cloche. Vu ce qui s'est passé la nuit dernière, tout le monde est probablement terré chez soi. Tu devrais aller retrouver Sara. Et le Circuit, aussi. Voir ce qu'il a trouvé.

— Qui crois-tu que ce soit ?

Alicia haussa les épaules.

— Pour moi, ce n'est qu'une gamine terrifiée. Mais ça n'explique pas cette chose dans son cou, ni comment elle a survécu dehors. Peut-être qu'on ne le saura jamais. Attendons de voir ce que Michael nous dégottera.

— Mais tu me crois ? à propos de ce qu'elle a fait au centre commercial ?

— Bien sûr que je te crois, Peter. Pourquoi je ne te croirais pas ? fit Alicia, les sourcils froncés.

— C'est plutôt dingue, comme histoire.

— Si tu me dis que c'est ce qui est arrivé, alors c'est ce qui est arrivé. Je n'ai jamais douté de toi jusque-là, et je ne vais pas m'y mettre à présent. Mais ce n'était pas ta question, hein ? ajouta-t-elle en le regardant attentivement.

Il ne répondit pas tout de suite. Et puis :

— Quand tu la regardes, qu'est-ce que tu vois ?

— Je ne sais pas, Peter. Qu'est-ce que je devrais voir ?

La seconde cloche commença à sonner. Alicia le regardait toujours, attendant sa réponse. Mais il ne savait pas comment traduire ce qu'il ressentait, ou plutôt il n'osait pas.

Un éclair, au-dehors : les lumières s'étaient allumées. Peter ramena ses jambes de sous la table et se leva.

— Tu aurais vraiment tiré sur Sam, aujourd'hui, avec cette arbalète ? lui demanda-t-il.

Alicia, toujours assise, était maintenant à contre-jour, le visage noyé dans les ombres.

— Franchement ? Je ne sais pas. Possible. Mais si je l'avais fait, je suis sûre que je l'aurais regretté.

Il attendit un instant sans rien dire. Dans le paquetage

d'Alicia, posé par terre, il y avait un sac de couchage, de l'eau, de quoi manger. Son arbalète était placée à côté.

— Allez, fit-elle d'un ton pressant en indiquant la porte d'un mouvement de tête. Casse-toi.

— Ça va aller, tu es sûre ?

Elle eut un petit rire.

— Peter, tu as déjà vu que ça n'aille pas pour moi ?

Au Transfo, Michael Fisher avait plus que sa dose de problèmes. Mais le pire de tous, c'était l'odeur.

Ça devenait vraiment, vraiment insupportable. Ça puait la sueur, la crasse et les vieilles chaussettes. Une odeur aigre, de vieux oignons et de fromage. Tellement irrespirable qu'il n'arrivait pas à se concentrer.

— Jets, Elton. Sors d'ici, tu veux bien ? Tu empuantis tout.

Le vieil homme était assis à sa place habituelle, devant la console de contrôle, à la droite de Michael, les mains lourdement posées sur les bras de son vieux fauteuil à roulettes, le visage légèrement tourné sur le côté. Après avoir allumé les lumières pour la nuit – tous les voyants étaient au vert, pour le moment ; quoi qu'il ait pu arriver à la Centrale, elle envoyait toujours le courant vers la montagne –, Michael s'était remis au boulot sur l'émetteur, qui était maintenant démonté sur le plan de travail, ses composants énormément grossis par une loupe articulée qu'il avait récupérée dans le hangar. Comme il s'attendait plus ou moins avec angoisse à voir Sanjay débarquer pour lui poser des questions sur les accus, il était prêt à balancer tout le fourbi dans un tiroir à la moindre alerte. Mais la seule visite officielle avait été celle de Jimmy, en fin d'après-midi. Jimmy avait l'air fébrile, tout rouge et la tête ailleurs, comme s'il couvait un truc, et il l'avait interrogé sur les accus d'un air penaud, l'air d'un gars qui aurait oublié jusqu'à leur existence et était presque gêné de devoir aborder le sujet. Il n'avait pas fait plus de trois pas dans la pièce – l'odeur avait de quoi faire fuir n'importe qui, un véritable barrage de pestilence humaine –, et il n'avait apparemment pas remarqué la loupe, installée de telle sorte que n'importe quel individu doté d'un demi-cerveau pouvait la voir, ni le capot ouvert sur le plan de travail, avec ses fils multicolores à nu, ses circuits apparents et le fer à soudé posé à côté.

— Je ne plaisante pas, Elton. Si tu veux dormir, va le faire au fond.

Le vieil homme s'anima, se tortilla, ses doigts se refermèrent sur les bras de son fauteuil. Il tourna vers Michael son visage aveugle, rigide.

— Bon. Désolé, fit-il en se passant la main sur le visage. Tu l'as soudé ?

— Je vais le faire. Sérieusement, Elton. Tu n'es pas tout seul, ici. Quand est-ce que tu t'es lavé pour la dernière fois ?

Le vieil homme ne répondit pas. À la réflexion, Michael n'avait pas l'air tellement fringant lui-même, non que les critères d'exigence d'Elton soient très élevés en la matière, mais enfin il se sentait collant de sueur, épuisé, et d'une certaine façon pas tout à fait là. Sous les yeux de Michael, Elton tendit lentement la main vers la surface du comptoir, ses doigts tâtonnant légèrement à la recherche de quelque chose, jusqu'à ce qu'ils tombent sur son casque. Mais il ne le prit pas.

— Ça va ?

— Hmm ??

— Non, parce que je trouve que tu n'as pas l'air en forme.

— On a allumé les lumières ?

— Depuis une heure. Tu devais être dans les vapes.

Elton passa sur ses lèvres une langue épaisse. Jets, qu'est-ce qu'il avait ? Un truc aux dents ?

— Tu dois avoir raison. Je vais peut-être m'allonger.

Le vieil homme se leva péniblement et s'éloigna en traînant la savate dans le bout de couloir qui menait de la partie travail à l'arrière de la cabane. Michael entendit grincer les ressorts alors que son gros corps s'affalait sur le lit de camp.

Enfin, au moins, il n'était plus là.

Michael se concentra sur les pièces étalées devant lui. Il avait vu juste pour l'objet que la fille avait dans le cou. L'émetteur était connecté à une puce, mais une puce comme il n'en avait jamais vu, beaucoup plus petite, et sans ports visibles, en dehors de deux minuscules contacts dorés. L'un d'eux était connecté à l'émetteur, l'autre au filigrane de cils terminés par des perles. Donc, soit ces espèces de fils faisaient office d'antenne, auquel cas l'émission partait de la puce, ce qui paraissait peu vraisemblable, soit les fils étaient des espèces de capteurs, la source des données que la puce enregistrait.

La seule façon de le savoir était de lire les données encryptées sur la puce. Et pour ça, il n'y avait qu'une solution : la souder à la carte mémoire de l'unité centrale.

C'était risqué. Michael allait souder un élément de circuit inconnu directement sur la console de contrôle. Peut-être que le système ne le détecterait pas ; peut-être qu'il allait complètement planter et que les lumières allaient s'éteindre. Le plus raisonnable aurait sûrement été d'attendre le lendemain matin. Mais à ce stade, il avançait propulsé par une énergie nouvelle, l'esprit uniquement concentré sur le problème comme un écureuil qui aurait eu une noisette sous la dent. Il n'aurait pas pu attendre, même s'il avait voulu.

D'abord, il allait falloir qu'il déconnecte l'unité centrale. Ce qui impliquait d'interrompre le contrôle des accus. Ce qu'il pouvait faire un moment, mais pas longtemps : si le courant n'était plus contrôlé par le système, la moindre fluctuation pouvait faire sauter un disjoncteur. Et donc, une fois l'unité centrale déconnectée, il avait intérêt à faire vite.

Il inspira profondément et afficha le menu du système.

Fermeture système ?

Il cliqua sur O.

Le disque dur commença à s'arrêter. Michael bondit de son fauteuil et fila à travers la pièce vers le boîtier du disjoncteur. Aucun des rupteurs ne bougeait.

Il procéda très vite : il débrancha la carte mère, la posa sur le plan de travail, sous la loupe, prit le fer à souder d'une main, le fil de soudure de l'autre, appliqua le fil sur le bout du fer – un filet de fumée s'éleva – et laissa une unique goutte tomber sur le connecteur libre de la carte mère.

En plein dans le mille.

Il prit la puce avec la pince à épiler. Il n'avait droit qu'à un essai. Serrant son poignet droit de sa main gauche pour s'empêcher de trembler, il abaissa doucement les contacts à nu de la puce dans la soudure, la maintint en place et compta jusqu'à dix, le temps que la goutte de soudure refroidisse et durcisse autour.

Alors seulement il s'autorisa à respirer. Il remit la carte mère à sa place dans la console, l'encliqueta et redémarra le système.

Pendant la longue minute qui suivit, le temps que le système se réinitialise, Michael Fisher ferma les yeux et écouta le disque dur bourdonner et cliqueter en pensant : *Faites que ça marche... Oh, faites que ça marche...*

Et ça marcha. Quand il rouvrit les yeux, il la vit, listée

dans les menus du système. AJOUT MATÉRIEL DÉTECTÉ. Il cliqua sur l'icône et regarda la fenêtre s'ouvrir. Deux répertoires, A et B. Le premier était minuscule, à peine quelques kilo-octets. Mais B...

B était énorme.

Il contenait deux fichiers de même taille ; l'un était probablement une sauvegarde de l'autre. Deux fichiers identiques, tellement immenses que l'esprit peinait à les imaginer. Cette puce, c'était comme si elle contenait le monde entier. Celui, quel qu'il soit, qui avait créé cette chose et l'avait implantée dans la fille n'avait rien de commun avec aucun individu de sa connaissance ; ils ne semblaient pas appartenir au même monde. Il envisagea un instant d'aller chercher Elton pour lui demander son avis. Mais les ronflements qui venaient du fond de la cabane lui disaient que c'était peine perdue.

Quand Michael ouvrit le fichier, comme il finit par le faire, ce fut presque furtivement, une main devant les yeux, en regardant entre ses doigts.

33.

Coup de bol : en approchant de l'Infirmerie, Peter vit qu'un seul garde était de faction. Il gravit résolument les marches du porche.

— Salut, Dale.

L'arbalète de Dale pendait mollement à son côté. Il poussa un soupir excédé, inclina un peu la tête pour présenter sa bonne oreille à Peter.

— Tu sais que je ne peux pas te laisser entrer.

Peter se démancha le cou pour regarder derrière Dale,

à travers les vitres. Une lanterne était allumée sur le bureau.

— Sara est là ?

— Elle est partie il y a un petit moment. Elle a dit qu'elle allait manger un morceau.

Peter ne lâcha pas prise, n'ajouta pas un mot. Il savait que c'était une petite guerre d'usure. Il vit une sorte d'embarras se peindre sur le visage de Dale. Qui finit par rendre les armes et s'effacer avec un soupir.

— Allez, fais vite.

Peter passa la porte et entra dans la salle de soins. La fille était roulée en boule sur le lit, les genoux relevés sur la poitrine. Elle lui tournait le dos. Elle ne bougea pas en l'entendant entrer, et Peter se dit qu'elle dormait.

Il plaça une chaise près du lit de camp et s'assit, le menton dans les mains. Sous la tignasse emmêlée de la fille, il voyait la marque sur son cou, à l'endroit où Sara avait retiré l'émetteur – une ligne à peine visible, presque complètement cicatrisée.

Et puis, comme en écho à ses pensées, elle s'anima et se retourna vers lui, sur le lit de camp. Le blanc de ses yeux était humide et bien brillant à la lumière qui filtrait par le rideau.

— Hé, dit-il, d'une voix qui lui parut rauque. Comment ça va ?

Elle avait les mains jointes, coincées entre ses genoux jusqu'à ses poignets minces. Tout dans la façon dont elle se tenait semblait conçu pour la faire paraître plus petite qu'elle n'était.

— Je suis venu te remercier. De m'avoir sauvé.

Une rapide tension des épaules, sous la chemise de nuit. *Pas de quoi.*

C'était vraiment bizarre, de parler de cette façon – bizarre parce que ce n'était *pas si* bizarre. Il n'avait jamais entendu le son de la voix de la fille, et pourtant, il ne trouvait pas que c'était une lacune. Il y avait quelque chose d'apaisant là-dedans, comme si elle avait renoncé au bruit des mots.

— Je n'ai pas l'impression que tu aies envie de bavarder, risqua Peter. Comme de me dire ton nom, par exemple. On pourrait commencer par là, si tu veux.

La fille ne dit rien, n'exprima rien. *Pourquoi je te dirais mon nom ?*

— Bon, ça ne fait rien, répondit Peter. Ça m'est égal. On peut rester juste comme ça.

Et c'est ce qu'il fit ; il demeura près d'elle, dans le noir. Au bout d'un moment, le visage de la fille se détendit. Plusieurs minutes passèrent encore, puis, comme si sa présence lui était complètement indifférente, elle referma les yeux.

À force d'attendre dans le silence, Peter fut soudain pris d'un coup de fatigue ; un souvenir lui revint : une nuit, il y avait longtemps, en entrant dans l'Infirmerie, il avait vu sa mère veiller l'un de ses patients – exactement comme il le faisait maintenant. Il ne savait plus de qui il s'agissait, ni même si ce n'était pas plutôt, en réalité, une synthèse de différents souvenirs – ç'avait pu se passer une nuit ou arriver plusieurs fois. Quoi qu'il en soit, pendant cette nuit-là, en franchissant le rideau, il avait trouvé sa mère assise dans un fauteuil auprès de l'un des lits, la tête penchée sur le côté, et il avait su qu'elle dormait. La personne qui était dans le lit était un enfant, petite forme cachée dans l'obscurité ; la seule lumière venait d'une bougie sur un plateau, auprès du lit. Il s'était approché, sans un mot ; il n'y avait personne d'autre dans la pièce. Sa mère avait bougé, incliné la tête vers lui. Elle était jeune, en bonne santé, il était content, tellement content de la revoir.

Prends soin de ton frère, Theo.

« Maman, avait-il dit. C'est moi, Peter. »

Il n'est pas fort, comme toi.

Il fut ramené à la réalité par un échange de voix, dehors, et le bruit de la porte qui se rouvrait. Sara entra dans la salle, la lanterne à la main.

— Peter ? Tout va bien ?

La soudaine lumière le fit cligner des yeux. Il mit un instant à se rappeler où il était. Il n'avait dormi qu'une minute, et pourtant il avait l'impression que ça faisait plus longtemps. Le souvenir et le rêve qu'il avait provoqué s'étaient déjà effacés.

— J'étais juste... Je ne sais plus.

Pourquoi s'excusait-il ?

— J'ai dû m'endormir.

Sara s'occupait de la lanterne. Elle approcha un plateau à roulettes du côté du lit où la fille s'était assise, l'air en éveil et sur ses gardes.

— Comment as-tu réussi à convaincre Dale de te laisser entrer ?

— Oh, avec Dale, il n'y a pas de problème.

Sara s'installa sur le lit de la fille et ouvrit sa trousse, révélant ce qu'elle était allée chercher : des galettes de pain sans levain, une pomme, un bout de fromage.

— Faim ?

La gamine mangea rapidement, faisant disparaître sa pitance à petites bouchées précipitées : d'abord le pain, puis le fromage, qu'elle renifla avec méfiance avant de le goûter, et enfin la pomme, jusqu'au cœur avec ses pépins. Quand elle eut fini, elle s'essuya la bouche de la main, s'étalant le jus sur les joues.

— Eh bien, je pense que ça répond à la question, conclut Sara. J'en ai vu qui se tenaient mieux à table, mais ton appétit est assez normal. Je vais regarder ton pansement, d'accord ?

Sara dénoua la chemise de nuit, l'écarta pour dévoiler l'épaule bandée de la gamine sans découvrir le reste.

Avec des ciseaux, elle découpa le bandage. À l'endroit où la flèche était entrée, déchirant la peau, les muscles et les os, on ne voyait plus qu'une petite dépression rose. La douceur de la nouvelle peau toute fraîche rappela à Peter une peau de bébé.

— Je voudrais bien que tous mes patients cicatrisent aussi vite. Inutile de laisser ces points de suture, hein ? Tourne-toi, que je m'occupe de ton dos.

La fille se tourna docilement sur le lit de camp. Sara prit une pince à épiler et commença à retirer les fils de la blessure de sortie. Elle les déposa l'un après l'autre dans une cuvette de métal.

— Quelqu'un d'autre est au courant ? demanda Peter.

— De la façon dont elle cicatrise ? Je ne crois pas.

— Alors personne n'est venu ici pour la voir depuis cet après-midi ?

Elle coupa le dernier point.

— Juste Jimmy.

Elle remit la chemise de nuit en place sur l'épaule de la fille.

— Voilà. C'est fini.

— Jimmy ? Et qu'est-ce qu'il voulait ?

— Je ne sais pas. Je suppose que c'est Sanjay qui l'avait envoyé.

Elle se tourna pour regarder Peter.

— C'était assez bizarre, en fait. Je ne l'ai pas entendu approcher. J'ai levé les yeux, et il était là, debout à la porte, avec... un drôle d'air.

— Un drôle d'air ?

— Je ne sais pas comment décrire ça. Je lui ai dit qu'elle n'avait pas prononcé un mot, et il est parti. Mais ça fait des heures, à présent.

Peter se sentit tout à coup troublé. Que voulait-elle

dire par « un drôle d'air » ? Qu'est-ce que Jimmy avait vu ?

Sara reprit ses pinces.

— Allez, à ton tour, maintenant.

Peter était sur le point de demander : *Mon tour de quoi ?*, et puis il se souvint : son coude. Le bandage était depuis longtemps réduit à un chiffon crasseux. Il se dit que la plaie devait être en bonne voie de cicatrisation. Il y avait plusieurs jours qu'il n'avait pas regardé.

Il s'assit sur un des lits vides. Sara s'installa à côté de lui et défit le bandage, d'où monta une vilaine odeur de peau morte.

— Tu as pris la peine de nettoyer la blessure ?

— J'avoue que je n'y ai pas pensé.

Elle lui prit le bras et se pencha dessus avec la pince à épiler. Peter était conscient du regard intense de la fille posé sur eux.

— Des nouvelles de Michael ?

Une étincelle de douleur, alors qu'elle tirait sur le premier fil, le fit sursauter.

— Oh ! Fais attention !

— Ça irait mieux si tu restais tranquille.

Sara repositionna son bras sans le regarder et se remit au travail.

— Je suis passée au Transfo, en revenant de la maison. Il bricole toujours. Elton lui donne un coup de main.

— Elton ? C'est vraiment une bonne idée ?

— T'inquiète. On peut lui faire confiance.

Elle releva les yeux avec un regard troublé. Elle secoua à nouveau la tête.

— C'est drôle. On est tous comme ça, d'un seul coup, à se demander qui peut se fier à qui. Allez, fit-elle en lui tapotant le bras. Fais-le un peu marcher.

Serrant le poing, il plia et déplia le bras.

— Comme neuf !

Sara alla nettoyer ses instruments à la pompe. Elle se retourna vers lui en s'essuyant les mains sur un torchon.

— Franchement, Peter, il y a des moments où je m'en fais pour toi.

Il se rendit compte qu'il tenait encore son bras écarté de son corps. Il le laissa maladroitement retomber sur le côté.

— Ça va, je t'assure.

Elle haussa les sourcils d'un air dubitatif mais n'ajouta rien. Cette nuit-là, après la musique d'Arlo et sa guitare, alors que tout le monde buvait de la gnôle, il s'était senti envahi par une sensation presque physique de solitude, et puis, au moment où il l'avait embrassée, par un sentiment poignant de culpabilité. Ce n'était pas qu'il ne l'aimait pas, ni qu'elle ne lui avait pas clairement manifesté son intérêt. C'était vrai, ce qu'Alicia lui avait dit sur le toit de la Centrale : Sara était faite pour lui, c'était évident. Mais il ne pouvait pas s'obliger à éprouver des sentiments qu'il ne ressentait pas. Quelque part, au fond de lui, il ne se sentait tout simplement pas assez vivant pour la mériter, pour lui offrir le genre de chose qu'elle lui offrait, elle.

— Tant que tu es là, fit Sara, je vais aller voir Pataugas. M'assurer qu'on a pensé à lui apporter à manger.

— Il y a du nouveau ?

— J'ai été enfermée toute la journée. Tu en sais probablement plus que moi.

Et comme Peter ne répondait pas, elle haussa les épaules.

— Les gens sont sûrement divisés. Il risque d'y avoir beaucoup de colère, après la nuit d'hier. Le mieux à faire serait de laisser passer un peu de temps.

— Sanjay a intérêt à y réfléchir à deux fois avant de décider du sort de Caleb. Liss ne le supporterait jamais.

Sara parut se raidir. Elle récupéra sa trousse par terre et passa la courroie sur son épaule sans le regarder.

— Qu'est-ce que j'ai dit ?

Elle secoua la tête.

— N'en parlons plus, Peter. Liss n'est pas mon problème.

Et puis elle disparut, faisant bouger le rideau dans son sillage. *Allons bon*, se dit Peter, *voilà autre chose*. Il est vrai qu'Alicia et Sara n'auraient pas pu être plus différentes l'une de l'autre, et rien ne les obligeait à être amies. Peut-être simplement Sara en voulait-elle à Alicia de la mort de Maîtresse, qui avait dû l'atteindre plus durement que la plupart d'entre eux. C'était assez évident, maintenant qu'il y réfléchissait. Il se demanda comment il n'y avait pas pensé plus tôt.

La fille le regardait à nouveau. Elle eut un haussement de sourcils interrogateur : *Qu'est-ce qui ne va pas ?*

— Elle est contrariée, c'est tout, dit-il. Elle s'en fait.

C'était vraiment bizarre, se répéta-t-il. Il avait l'impression de l'entendre parler dans sa tête. Si quelqu'un le voyait parler comme ça, tout seul, il se dirait qu'il avait perdu l'esprit.

Et puis la fille fit quelque chose à quoi il ne s'attendait pas du tout. Obéissant à on ne sait quelle impulsion, elle quitta son lit et s'approcha de l'évier. Elle amorça la pompe, trois coups fermes, remplit une cuvette d'eau et la rapporta près du lit sur lequel Peter était assis. Elle la posa par terre, sur le sol poussiéreux, saisit un chiffon sur le chariot, s'assit à côté de lui, se pencha et trempa le torchon dans l'eau. Puis elle prit son bras dans sa main et commença à tamponner avec le chiffon humide l'endroit où il avait été recousu.

Il sentait son souffle frais sur sa chair humide. Elle

tenait le linge déplié dans sa main ouverte pour augmenter la surface de contact. Ses gestes s'affirmèrent, le tapotement prudent devint un mouvement régulier, une sorte de caresse appuyée ; elle frottait la crasse et la peau desséchée pour les enlever. Une douceur ordinaire et en même temps rigoureusement inattendue, qui l'emplit de sensations, de souvenirs. Tous ses sens semblaient se cristalliser autour de ce nettoyage, le contact du linge sur son bras, son souffle sur sa peau, pareil à des papillons de nuit autour d'une flamme. Comme s'il était redevenu un petit garçon, un gamin qui serait tombé et rentré en courant pour qu'elle nettoie l'écorchure qu'il s'était faite au coude.

Tu lui manques.

Il lui sembla que tous les nerfs de son corps étaient parcourus par une secousse électrique. La fille lui tenait le bras d'une poigne ferme, inébranlable. Pas un mot, pas une parole articulée. C'était dans sa tête. Elle lui tenait le bras, leurs visages à quelques centimètres l'un de l'autre.

— Qu'est-ce que... ?

Tu lui manques tu lui manques tu lui manques.

Debout, il reculait en titubant comme un homme ivre, le cœur battant dans sa poitrine comme un gros animal en cage. Son dos heurta brutalement une sorte de vitrine dont le contenu se renversa sur les étagères. Quelqu'un écarta le rideau, une silhouette qu'il entrevit du coin de l'œil. L'espace d'un instant, son esprit vint miséricordieusement à son secours et il fit le point. Dale Levine.

— Bon sang, qu'est-ce qui se passe là-dedans ?

Peter déglutit, essayant de répondre. Dale était planté devant le rideau, complètement perdu, incapable de se concentrer sur un seul élément de la scène qui se déroulait devant ses yeux. Il regarda la fille, toujours assise sur le lit, la cuvette à ses pieds, puis à nouveau Peter.

— Elle est réveillée ? Je croyais qu'elle était *mourante*.

Peter retrouva enfin sa voix.

— Tu ne peux pas... en parler. À personne.

— Jets ! Enfin, Peter, Jimmy est au courant de ça ?

— Je suis sérieux, Dale.

Il sut, tout à coup, que s'il ne quittait pas la pièce tout de suite, il allait se dissoudre.

— N'en parle à personne.

Il se retourna d'un bloc, passa tout près de Dale, manquant de le bousculer. Il franchit le rideau, sortit par la porte, dévala les marches du porche et descendit dans la cour éclairée par les projecteurs, l'esprit encore plein du flot de paroles qui lui tournaient dans la tête – *Tu lui manques tu lui manques* –, la vue brouillée par les larmes qui lui montaient aux yeux.

34.

Pour Mausami Patal, c'était le début de la nuit au Sanctuaire.

Elle était seule dans la grand-salle, et elle essayait d'apprendre à tricoter. Tous les lits et les berceaux avaient été enlevés ; les enfants avaient été mis au lit à l'étage. La fenêtre fracassée avait été condamnée avec des planches, les débris de verre balayés, et toutes les surfaces de la pièce lavées à l'alcool. L'odeur s'attarderait pendant des jours.

Ce n'était absolument pas un endroit fait pour elle. Ça sentait tellement fort qu'elle en avait les larmes aux yeux. *Pauvre Arlo*, se dit-elle. *Et Hollis, obligé de tuer son frère comme ça. Enfin, encore heureux qu'il l'ait fait.* Elle ne voulait pas réfléchir à ce qui serait arrivé s'il avait loupé son coup. Et bien sûr, Arlo n'était plus vraiment Arlo, exactement comme Theo, s'il était encore vivant, là, dehors, n'était plus Theo. Le virus prenait l'âme, emportait l'être qu'on aimait.

Elle était assise dans un vieux fauteuil à bascule de nourrice qu'elle avait trouvé dans la réserve. Elle avait placé une petite table à côté, et posé dessus une lanterne, qui lui procurait assez de lumière pour travailler. Leigh lui avait appris les points de base, qui paraissaient assez faciles au début, mais en cours de route, elle s'était trompée. Les mailles n'étaient pas régulières, pas du tout, et quand elle essayait de tirer la laine autour de l'aiguille, comme Leigh lui avait montré, son pouce gauche se mettait en travers. Et voilà : elle qui pouvait charger son arbalète en moins d'une seconde, tirer une demi-douzaine de flèches en moins de cinq, mettre une cible à mort en lui plantant une lame au point vulnérable à six mètres, en courant et les mauvais jours, tricoter des petits chaussons de bébé semblait au-dessus de ses forces. Elle était tellement distraite que deux fois la pelote de laine qu'elle avait sur les genoux était tombée par terre et avait roulé à l'autre bout de la pièce, et le temps qu'elle la récupère, elle avait oublié où elle en était et avait dû recommencer.

Une partie d'elle-même ne pouvait tout simplement pas se faire à l'idée que Theo était mort. Elle avait eu l'intention de lui parler du bébé, pendant la mission, la première nuit à la Centrale. Avec son dédale de salles, ses cloisons épaisses et ses portes blindées, ils n'auraient pas eu de mal à se retrouver un moment seuls. Ce qui, autant appeler un chat un chat, était la raison de toute cette histoire, au départ.

Se marier avec Galen, mais qu'est-ce qui lui avait pris ? C'était cruel, d'une certaine façon, parce que ce n'était pas un mauvais bougre. Ce n'était pas sa faute si elle ne l'aimait pas, si elle ne l'aimait même plus beaucoup, plus maintenant. Du bluff, voilà ce que c'était. Pour pousser Theo dans ses retranchements. Et quand elle lui avait dit, cette nuit-là, sur le Mur : « Peut-être que je vais simplement épouser Galen Strauss », et que Theo avait répondu : « Si c'est ce que tu veux, très bien, je ne souhaite que ton bonheur », le bluff était devenu autre chose, une chose au bout de laquelle elle avait été bien obligée d'aller, pour lui faire voir qu'il avait tout foiré, sur toute la ligne. Avec elle, et même pour lui. Il fallait bien *tenter le coup*. Il fallait bien *agir*. Y passer et faire aller. Un festival d'entêtement, voilà ce qu'était son mariage avec Galen Strauss. Et tout ça à cause de Theo Jaxon.

Pendant un moment, la majeure partie de l'été et même pendant un bon bout de l'automne, elle avait essayé de faire marcher son mariage. Elle espérait arriver, à force de volonté, à éprouver les sentiments attendus, et pendant un moment, elle y était presque arrivée, simplement parce que sa seule existence semblait rendre Galen tellement heureux. Ils étaient tous les deux gardes, alors ce n'était pas comme s'ils étaient sans arrêt ensemble, ou comme s'ils avaient des horaires réguliers ; en réalité, elle arrivait assez facilement à l'éviter, parce qu'il était la plupart du temps du quart de jour, ce qui traduisait subtilement, mais infailliblement, le fait qu'il était arrivé bon dernier de son grade. Et puis il avait une mauvaise vue, il n'y voyait pas dans le noir. Il y avait des fois, quand il la regardait, en plissant les yeux comme ça, où elle se demandait si c'était bien elle qu'il aimait. Peut-être que c'était une autre femme qu'il voyait, une qu'il avait fabriquée dans sa tête.

Elle avait trouvé un moyen de ne le laisser presque jamais s'approcher d'elle.

Presque : parce qu'on ne pouvait pas faire autrement que de coucher avec son mari. « Est-ce qu'il est affectueux avec toi ? lui avait demandé sa mère. Est-ce qu'il est gentil ? Est-ce qu'il s'occupe bien de toi ? C'est tout ce que je veux savoir. » Mais Galen était trop heureux pour être tendre. *Je n'arrive pas à le croire !* disaient son corps et son visage. *Je ne peux pas croire que tu sois à moi !* Ce qu'elle n'était pas. Pendant que Galen haletait et ahanait au-dessus d'elle dans le noir, Mausami était à des lieues de là. Plus il se démenait pour être son mari, moins elle se sentait sa femme, tant et si bien – et c'était le pire, là où elle se sentait vraiment moche – qu'elle avait fini par entrer en désamour avec lui. Aux premières chutes de neige, elle s'était surprise à fermer les yeux et à imaginer qu'il lui suffirait de faire un vœu pour qu'il disparaisse de la surface de la terre. Ce qui n'avait réussi qu'à le faire redoubler d'efforts, et elle à le détester encore plus.

Comment pouvait-il ignorer que le bébé n'était pas de lui ? Ce type était-il si nul en calcul ?

D'accord, elle avait brouillé les cartes, triché avec les dates. Le matin où il l'avait surprise à vomir son petit déjeuner sur le tas de fumier, elle lui avait parlé de trois mois alors que ça ne faisait que deux. Trois, et c'était le bébé de Galen ; deux, et ça ne l'était pas. Elle ne l'avait fait qu'une fois avec Galen le mois où elle était tombée enceinte ; elle s'était refusée à lui sous un prétexte ou un autre, elle ne se rappelait même plus ce qu'elle lui avait raconté. Non, tout ça, qui et quand, était parfaitement clair pour Mausami. Elle était à la Centrale quand c'était arrivé ; Theo était là, avec Alicia et Dale Levine. Ils s'étaient couchés tard, tous les quatre, parce qu'ils avaient joué à la pioche dans la salle de contrôle ;

quand Alicia et Dale étaient allés dormir, Theo et elle s'étaient retrouvés seuls tous les deux, pour la première fois depuis son mariage. Elle avait éclaté en sanglots, surprise de leur violence et de la quantité de larmes qu'elle avait versées, et Theo l'avait prise dans ses bras pour la réconforter ; tous les deux avaient dit combien ils étaient désolés, et ce qui devait arriver était arrivé, ça n'avait pas traîné trente secondes. Ils n'avaient pas une chance.

Après cela, c'est à peine si elle l'avait vu. Ils étaient repartis à cheval, le lendemain matin, et la vie avait repris son cours normal – sauf que ce n'était pas normal, pas du tout. Elle était devenue gardienne d'un secret. Il reposait en elle comme une pierre chaude, un bonheur privé, lumineux. Même Galen avait paru remarquer le changement, du genre *Eh bien, je suis content de te voir de meilleure humeur. Ça fait plaisir de te voir sourire.* (Sa réaction à elle, complètement absurde et rigoureusement impossible à mettre en œuvre, avait été un désir amical de le mettre au courant, pour qu'il puisse partager la bonne nouvelle avec elle.) Elle ne savait pas ce qui allait se passer ; elle n'y pensait même pas. Quand elle avait eu un retard de règles, c'est à peine si elle y avait accordé une pensée. De toute façon, elle avait toujours eu des règles irrégulières. C'était comme ça, elle avait ses règles quand ça se trouvait. Elle ne pensait qu'à une chose : quand retournerait-elle à la Centrale, pour faire à nouveau l'amour avec Theo Jaxon ? Elle le voyait sur la passerelle, évidemment, et à la réunion du soir, mais ce n'était pas pareil, ce n'était pas le moment, ni l'endroit, pour se toucher, ni même pour parler. Elle devrait attendre. Mais même l'attente, la torture des jours qui se traînaient – la date du prochain départ pour la Centrale était dûment inscrite sur le tableau de service à la vue de tout le monde –, tout ça faisait partie de son bonheur, le flou de l'amour.

Et puis elle avait eu deux mois de retard, et Galen l'avait surprise à vomir sur le tas de fumier.

Évidemment qu'elle était enceinte. Comment avait-elle pu ne pas prévoir le coup ? Comment avait-elle pu ne pas s'en rendre compte ? Parce que s'il y avait une chose que Theo Jaxon ne voulait pas, c'était un bébé. Peut-être que dans d'autres circonstances elle aurait pu le faire changer d'avis, mais pas comme ça.

Et puis une autre pensée lui était venue, lui était apparue avec une clarté aveuglante : un bébé, elle allait avoir un bébé. Son bébé, le bébé de Theo, leur bébé à tous les deux. Un bébé n'était pas une idée – l'amour en était une, mais un bébé, c'était un fait. Un être avec un esprit, une nature. On pouvait ressentir ce qu'on voulait, un bébé, ça n'en avait rien à faire. Par sa seule existence, il exigeait qu'on croie à un avenir : l'avenir dans lequel il marcherait à quatre pattes, il apprendrait à se tenir debout, il vivrait. Un bébé était un laps de temps. Une promesse que vous vous faisiez et que le monde réalisait pour vous. Un bébé était le plus vieux de tous les marchés – continuer à vivre.

Peut-être que c'était ce dont Theo Jaxon avait besoin plus que tout au monde : un bébé.

C'était ce que Mausami lui aurait dit à la Centrale, dans la petite pièce aux étagères qui était désormais la leur. Elle avait envisagé plusieurs déroulements différents de la scène, certains bons, d'autres moins, le pire de tous étant celui où elle perdait ses moyens et ne disait rien. (Deuxième scénario catastrophique : Theo devinait, le courage lui manquait et elle lui disait qu'il était de Galen.) Elle espérait voir une lueur briller dans ses yeux. La lueur qui en était partie il y avait longtemps. *Un bébé*, aurait-il dit. *Notre bébé. Qu'est-ce qu'on va faire ?* À quoi elle aurait répondu : *Ce que les gens font toujours*, alors il l'aurait de nouveau prise dans ses bras, et dans cette zone de sécurité protectrice, elle aurait su que tout irait bien, puis ensemble ils seraient retournés affronter Galen, affronter tout le monde – ensemble.

Mais maintenant, ça n'arriverait jamais. L'histoire qu'elle s'était racontée n'était que ça : une histoire.

Elle entendit des pas dans le couloir, derrière elle. Un pas lourd, qu'elle connaissait. Il ne pouvait pas lui fiche un peu la paix ? Que devait-elle faire pour ça ? Et puis elle se rappela pour la énième fois que ce n'était pas sa faute ; rien n'était *la faute* de Galen.

— Qu'est-ce que tu fais ici, Maus ? Je t'ai cherchée partout.

Il était debout à côté d'elle, la dominant de toute sa hauteur. Elle haussa les épaules, les yeux baissés sur son horrible tricot.

— Tu ne devrais pas être ici.

— Le Sanctuaire a été lavé à fond, Galen.

— Je veux dire, tu ne devrais pas rester toute seule.

Mausami ne répliqua pas. Qu'est-ce qu'elle faisait là ? La veille encore, elle avait eu tellement l'impression d'étouffer dans cet endroit qu'elle avait cru devenir folle. Comment pouvait-elle penser qu'elle apprendrait jamais à tricoter ?

— Ça va, Gale. Je suis parfaitement bien ici.

Elle se demanda si c'était la culpabilité qui l'amenait à le torturer comme ça. Mais elle ne pensait pas, ça ressemblait plus à de la colère – elle lui en voulait d'être aussi faible, de l'aimer alors qu'elle ne faisait vraiment rien pour le mériter, et parce que c'est lui qu'elle devrait regarder en face après la naissance du bébé, un bébé qui – vu les caprices de l'existence – serait le portrait craché de Theo Jaxon, ce qui l'obligerait à avouer à son mari la vérité.

— Enfin, fit-il en s'éclaircissant la gorge. Je pars demain matin. J'étais venu te le dire.

— Comment ça, tu t'en vas ?

Elle posa ses aiguilles pour lever la tête vers lui. Il la regardait en plissant les yeux dans la pénombre, ce qui donnait à son visage quelque chose de chiffonné, d'enfantin.

— Jimmy veut que je sécurise la Centrale. Maintenant qu'Arlo n'est plus là, on ne sait pas ce qui se passe en bas.

— Jets, Galen ! Et pourquoi c'est toi qu'il envoie ?

— Tu me crois incapable de gérer la situation ?

— Je n'ai pas dit ça, Gale. Je me demande juste pourquoi on t'y envoie, *toi*, c'est tout, fit-elle en s'entendant soupirer. Tu n'y es jamais allé.

— Il faut bien que quelqu'un le fasse. Peut-être qu'il pense que je suis l'homme de la situation.

Elle fit de son mieux pour avoir l'air d'approuver.

— Fais attention, hein ? Vigilance, vigilance !

— Tu dis ça comme si tu le pensais.

Que répondre à ça ? Mausami se sentit tout à coup fatiguée.

— Mais bien sûr que je le pense, Gale.

— Parce que, sinon, tu ferais sûrement mieux de le dire.

Le lui dire, pensa-t-elle. *Pourquoi ne pas le lui dire, tout simplement ?*

— Allez, va, tout va bien. (Elle reprit son tricot.) Je serai là quand tu reviendras. Va à la Centrale.

— Tu me crois vraiment stupide à ce point ?

Galen la regardait, les bras ballants. Sa main droite, près de son couteau, eut un petit frémissement apparemment involontaire.

— Je n'ai pas... je n'ai pas dit ça.

737

— Parce que je ne le suis pas.

Un ange passa. Sa main était remontée vers sa ceinture, près de la poignée de son arme.

— Galen ? s'enquit-elle gentiment. Qu'est-ce que tu fais ?

La question sembla le prendre de court.

— Pourquoi tu me demandes ça ?

— La façon dont tu me regardes. Ce que tu fais avec ta main.

Il suivit son regard. Un petit *humm* monta de son arrière-gorge.

— Je ne sais pas, fit-il en fronçant les sourcils. Je pense que c'est toi qui m'y pousses.

— Ils ne vont pas te chercher, sur la passerelle ? Tu ne devrais pas être là-bas ?

Il y avait, pensa-t-elle, quelque chose de rentré dans son expression, comme s'il ne la voyait pas vraiment.

— Je crois que je ferais mieux d'y aller, dit-il.

Mais il ne faisait pas mine de partir, ou de laisser retomber sa main.

— On se revoit d'ici quelques jours, dit Mausami.

— Qu'est-ce que tu veux dire ?

— Quand tu rentreras de la Centrale, Galen. Tu ne m'as pas dit que tu y allais ?

Une lueur de compréhension éclaira son visage.

— Ouais, j'y vais demain.

— Alors, fais attention à toi, d'accord ? Et je le pense. Vigilance, vigilance !

— C'est ça. Vigilance, vigilance !

Elle écouta le bruit de ses pas s'éloigner dans le couloir, soudain étouffé alors que la porte de la grand-salle se refermait derrière lui. Mausami se rendit compte à ce moment-là seulement qu'elle avait retiré une de ses aiguilles de son tricot et qu'elle avait le poing crispé

738

dessus. Elle parcourut la salle du regard, la salle qui lui paraissait tout à coup trop grande, un endroit abandonné, vide de ses berceaux et de ses lits. Tous les Petits partis.

C'est alors qu'elle le sentit, un frisson glacé, tout au fond d'elle : il allait arriver quelque chose.

Sixième partie

La Nuit des Couteaux et des Étoiles

« Rapide comme une ombre, fugace comme un rêve,
Prompt comme l'éclair dans la nuit de ténèbres,
Qui, dans sa fureur, révèle ciel et terre,
Et avant qu'on ait pu dire "Regardez !"
Les mâchoires de l'ombre l'ont avalé :
Que tout ce qui brille vite se désagrège ! »

SHAKESPEARE, *Le Songe d'une nuit d'été*

35.

Pendant quatre-vingt-douze ans, huit mois et vingt-six jours, depuis que le dernier autobus avait gravi la montagne, les âmes de la Première Colonie avaient vécu de cette façon :

Sous les lumières.

Selon la Loi unique.

Suivant la coutume.

D'instinct.

Au jour le jour.

Avec elles seules pour compagnie, et celles issues d'elles-mêmes.

Sous la protection de la Garde.

Sous l'autorité de la Maisonnée.

Sans l'Armée.

Sans mémoire.

Sans le monde.

Sans les étoiles.

Pour Tantine, seule dans sa maison au milieu de la clairière, la nuit – la nuit des Couteaux et des Étoiles – commença comme tant de nuits avant celle-ci : assise à la table de sa cuisine saturée de buée, elle écrivait dans son livre. Cet après-midi-là, elle avait décroché de sa corde à linge un lot de pages, toutes raidies par le soleil – elles lui faisaient toujours penser à des carrés de lumière prisonnière – et elle avait passé le restant de jour à les préparer : couper les bords sur sa planche, rouvrir la reliure recouverte de peau d'agneau tannée, défaire soigneusement la piqûre qui maintenait les pages, et coudre les nouvelles avec le fil et l'aiguille. C'était un travail long, lent mais satisfaisant, comme tout ce qui exigeait du temps et de la concentration. Elle finissait lorsque les lumières s'allumèrent.

C'était drôle, tout le monde pensait qu'elle n'avait qu'un livre.

Le volume dans lequel elle écrivait, d'après ses souvenirs, était le vingt-septième. Elle avait l'impression que chaque fois qu'elle ouvrait un tiroir, rangeait des tasses dans un placard ou balayait sous le lit, elle en dénichait un. Elle pensait que c'était pour ça qu'elle les semait un peu partout, au lieu de les ranger bien en ordre sur une étagère où elle aurait pu les voir : chaque fois qu'elle en trouvait un, elle avait l'impression de tomber sur un vieil ami.

La plupart racontaient les mêmes histoires. Ses souvenirs du monde tel qu'il était. De temps en temps, un petit bout de quelque chose revenait de nulle part, une réminiscence de son enfance oubliée, comme ces bêtises qu'elle regardait à la télévision – sa lueur vacillante, bleutée, et la voix de son papa : « Ida, éteins cette saleté, ça te ramollit la cervelle ! » Parfois, il y avait un déclencheur, la façon dont un rayon de soleil éclaboussait une feuille, ou la brise qui apportait une certaine odeur, et les sentiments commençaient à l'envahir comme des fantômes du passé : un jour, dans un parc, en automne, la lumière de l'après-midi qui irisait une fontaine murmurante, métamorphosant son crachin en une immense fleur pétillante ; son amie Sharise, qui habitait au coin de la rue, assise à côté d'elle sur une marche, lui montrant dans le creux de sa main une dent encore ensanglantée qu'elle avait perdue – « Je sais bien que la petite souris n'existe pas, mais elle m'apporte toujours un dollar » ; sa maman qui pliait le linge dans la cuisine, portant sa robe d'été préférée, vert pâle, et le parfum des serviettes qu'elle faisait claquer pour les détendre avant de les replier sur sa poitrine. Dans ces cas-là, Tantine savait que ce serait une bonne nuit d'écriture, des souvenirs convoquant d'autres souvenirs, comme si son esprit arpentait un couloir sur lequel s'ouvraient des portes donnant sur d'autres portes, et ça l'occupait jusqu'au matin, jusqu'à ce que le soleil brille derrière les fenêtres.

Mais pas ce soir, pensa Tantine en lissant la page avec sa main avant de plonger sa plume dans l'encrier. Ce n'était pas une nuit pour ces vieilles histoires. C'est à Peter qu'elle voulait écrire. Elle pensait qu'il allait venir tout droit chez elle, le garçon avec les étoiles en lui.

Les choses lui venaient à leur gré. Peut-être parce qu'elle avait vécu tellement longtemps que c'était comme si elle était elle-même un livre d'années. Elle se souvenait de la nuit où Prudence Jaxon avait frappé à sa porte. Elle était malade, un cancer très avancé, et elle allait partir bien avant son temps. Debout là, sur le seuil, serrant la boîte sur sa poitrine, si frêle et si chétive qu'un coup de vent aurait pu l'emporter. Tantine avait vu ça si souvent dans sa vie, cette mauvaise chose dans les os ; il n'y avait rien de bien utile à faire, à part écouter et faire ce que la personne demandait, et c'est ce que Tantine avait fait pour Prudence Jaxon, cette nuit-là. Elle avait pris la boîte, elle l'avait mise en sûreté, et un mois plus tard, Prudence Jaxon était morte.

« Il faut que ça vienne de lui », c'est ce que Prudence avait dit à Tantine, et elle avait raison. Il en allait de même pour toutes les choses de la vie. Elles arrivaient en leur temps, comme un train qu'on devait attraper. Il y avait des moments où c'était facile, on n'avait qu'à monter dedans, le train était cossu, confortable, plein de gens qui vous souriaient sans rien dire, le contrôleur poinçonnait votre billet et vous ébouriffait les cheveux avec sa grande main en disant : *Qu'est-ce que tu es mignonne, toi, t'es la plus jolie des petites filles, une petite veinarde qui fait un grand voyage en train avec son papa*, et vous vous enfonciez dans la douceur rêveuse de votre siège en buvant une canette de soda tout en regardant le monde flotter dans un silence magique derrière les vitres, les grands bâtiments de la ville baignés par la lumière fraîche d'automne, l'arrière des maisons, avec le linge qui séchait, les barrières d'un passage à niveau, un garçon à bicyclette qui faisait des grands signes, et puis les champs et les bois, et une unique vache qui paissait.

Peter, pensa-t-elle ; ce n'était pas à propos du train mais de Peter qu'elle voulait écrire. (Sauf que, où allaient-ils ? se demandait Tantine. Pour où avaient-ils pris le train, cette fois-là, son papa, Monroe Jaxon, et elle ? Ils allaient voir sa grand-mère et ses cousins, se rappela Tantine, dans un endroit qu'il appelait *Danlsud*.) Peter et le train. Parce qu'il y avait des fois où c'était à sens unique, facile, et d'autres fois où c'était le contraire : les choses de votre vie fonçaient vers vous en rugissant, et tout ce que vous pouviez faire, c'était vous cramponner et tenir bon. Votre ancienne vie finissait, le train vous emmenait vers une autre vie, et le coup d'après, vous vous retrouviez debout dans la poussière avec des hélicoptères et des soldats tout autour, et tout ce que vous aviez pour vous souvenir des gens, c'était la photo que vous découvriez dans la poche de votre manteau, celle que votre maman avait glissée là quand elle vous avait embrassée à la porte, votre maman que vous ne reverriez plus jamais de tous les jours de votre vie.

Lorsque Tantine entendit frapper, la porte mousti-quaire s'ouvrir et retomber derrière la personne qui venait d'entrer, elle avait presque fini ses stupides vieilles pleurnicheries. Elle s'était juré de ne plus le faire. *Ida*, s'était-elle dit, *arrête de pleurer sur des choses auxquelles tu ne peux rien.* Mais voilà, après toutes ces années enfuies, elle arrivait encore à se mettre dans des états pareils chaque fois qu'elle pensait à sa maman en train de lui mettre cette photo dans la poche, sachant que quand Ida la trouverait, ils seraient morts tous les deux.

— Tantine ?

Elle s'attendait à voir Peter, Peter avec ses questions sur la fille, mais ce n'était pas lui. Elle ne reconnut pas le visage qui flottait dans le brouillard de sa vision. Un visage d'homme étroit, comme écrasé entre deux planches, ou comme s'il avait été coincé dans une porte.

— C'est Jimmy, Tantine. Jimmy Molyneau.

Jimmy Molyneau ? Ça ne collait pas. Jimmy Molyneau était mort, non ?

— Tantine, vous pleurez ?

— Ben ouais, je pleure. J'ai une poussière dans l'œil, c'est tout.

Il se glissa sur la chaise en face d'elle. Maintenant qu'elle avait trouvé les bonnes lunettes dans l'écheveau qu'elle avait autour du cou, elle vit qu'il était bien, comme il le prétendait, un Molyneau. Pas doute, c'était le nez Molyneau.

— Alors, qu'est-ce que tu veux ? Tu es venu pour la Marcheuse ?

— Vous êtes au courant, Tantine ?

— Un coureur est passé ce matin. Il paraît qu'ils ont trouvé une fille.

Elle ne voyait pas vraiment ce qu'il voulait. Il y avait quelque chose de triste en lui, comme défait. D'habitude, Tantine était contente d'avoir un peu de compagnie, mais alors que le silence se prolongeait, cet étrange homme morne dont elle ne se souvenait que vaguement, assis en face d'elle avec sa mine de chien battu, commençait à l'énerver. On ne débarquait pas sans raison comme ça chez les gens.

— Je ne sais vraiment pas pourquoi je suis venu. Il y avait quelque chose que je croyais devoir vous dire.

Il poussa un lourd soupir et se passa la main sur le visage.

— Je devrais vraiment être sur le Mur, vous savez.

— Si tu le dis.

— Ouais, enfin, c'est là que le premier capitaine devrait être, hein, sur le Mur ?

Il ne la regardait pas ; il regardait ses mains. Il secouait la tête comme si le Mur était le dernier endroit de la terre où il avait envie d'être.

— C'est quelque chose, hein ? Moi, premier capitaine.

Tantine n'avait rien à répondre. Quoi que cet homme ait en tête, elle n'était pas concernée. Il y avait des fois où on ne pouvait pas recoller ce qui était cassé avec des mots, et là ça paraissait être le cas.

— Vous croyez que je pourrais avoir une tasse de tisane, Tantine ?

— Si tu veux, je peux t'en faire.

— Si ça ne vous ennuie pas.

Bien sûr que ça l'ennuyait, mais elle ne voyait pas comment y couper. Elle se leva et mit la bouilloire sur le feu. Pendant tout ce temps, l'homme, Jimmy Molyneau, resta assis sans dire un mot, à regarder ses mains. Quand l'eau commença son martèlement dans la bouilloire, elle la versa à travers la passoire dans deux tasses et remit la bouilloire sur le réchaud.

— Doucement. C'est chaud.

Il goûta prudemment la décoction. Il semblait avoir perdu tout intérêt pour la conversation. Ce qui lui convenait, à elle, tout bien considéré. Les gens venaient de temps en temps lui raconter leurs problèmes, leurs affaires personnelles, se disant sans doute que puisqu'elle vivait toute seule ainsi, et ne voyait presque personne, ça ne sortirait pas de là. Généralement, c'étaient des femmes qui venaient lui parler de leur mari, mais pas toujours. Peut-être que ce Jimmy Molyneau avait un problème avec sa femme.

— Vous savez ce que les gens disent de votre tisane, Tantine ?

Il regardait dans sa chope en fronçant les sourcils comme si la réponse qu'il cherchait pouvait flotter dedans.

— Allons bon, qu'est-ce que c'est encore ?

— Que c'est la raison de votre longévité.

De longues minutes passèrent, un silence pesant s'installa. Finalement, il avala une dernière gorgée de tisane, fit la grimace et reposa la tasse sur la table.

— Merci, Tantine.

Il se leva avec lassitude.

— Je crois que je ferais mieux d'y aller. C'était bien agréable de vous parler.

— Y a pas de dérangement.

Il s'arrêta à la porte, une main sur le chambranle.

— C'est Jimmy, dit-il. Jimmy Molyneau.

— Je sais qui tu es.

— Juste au cas où, dit-il. Au cas où quelqu'un le demanderait.

Les événements qui devaient s'enchaîner à partir de la visite de Jimmy chez Tantine étaient voués à être mal mémorisés, à commencer par leur nom, la nuit des Couteaux et des Étoiles désignant en réalité trois nuits distinctes, séparées par deux journées. C'est que lorsqu'il s'agit d'événements que l'on relatera non seulement pendant plusieurs jours après, mais pendant de nombreuses années par la suite, le temps paraît se contracter. La mémoire commet fréquemment l'erreur d'imposer à de tels épisodes la cohérence d'une narration concentrée, à commencer par la détermination d'une durée spécifique. Cette saison-là. Telle année. La nuit des Couteaux et des Étoiles.

L'erreur devait être amplifiée par le fait que les événements de la nuit du soixante-cinquième jour de l'été, d'où tout le reste découlerait, se déroulèrent en une série d'épisodes distincts, chronologiquement superposés, les acteurs d'une séquence isolée n'ayant pleinement conscience d'aucune des autres. Des choses arrivaient partout. Par exemple, pendant que le Vieux Chou quittait le lit qu'il partageait avec sa jeune femme, Constance, pour aller, poussé par une mystérieuse impulsion, à l'Entrepôt, à l'autre bout de la Colonie, Walter Fisher avait la même idée. Mais il était trop ivre pour se lever et lacer ses chaussures, ce qui retarderait de vingt-quatre heures sa visite à l'Entrepôt, et la découverte de ce qui s'y trouvait. Ces deux hommes avaient en commun d'avoir tous les deux vu la fille, la Fille de nulle part, quand la Maisonnée s'était rendue à l'Infirmerie dès les premières lueurs du jour ; d'un autre côté, tous ceux qui l'avaient vue n'avaient pas eu cette réaction. Dana Curtis, notamment, n'était absolument pas affectée, de même que Michael Fisher. La fille n'était pas une source mais un canal, un chemin qui permettait à un certain ressenti – le ressenti des âmes perdues – d'entrer dans l'esprit des individus les plus susceptibles. Certains, comme Alicia, ne seraient pas du tout affectés, jamais. Ce n'était pas le cas de Sara Fisher et de Peter Jaxon, qui avaient fait, à leur façon, l'expérience du pouvoir de la fille. Mais dans leur cas, la rencontre avait pris une forme plus bénigne, bien qu'encore troublante : un moment de communion avec leurs morts bien-aimés.

Le premier capitaine Jimmy Molyneau, qui rôdait dans l'ombre devant chez lui, au bord de la clairière – il ne s'était pas montré sur la passerelle, ce qui avait provoqué une confusion considérable dans la Garde et la nomination précipitée de Ian, le neveu de Sanjay, au rang de premier capitaine *pro tempore* –, s'efforçait de décider s'il devait ou non aller au Transfo tuer ceux qu'il y trouverait et éteindre les lumières. La pulsion de commettre un acte aussi grave et définitif était montée en lui toute la journée, mais ce n'est qu'après avoir plongé le regard au fond de sa tasse, dans l'étuve qu'était la cuisine de Tantine, que l'idée avait pris une forme définie dans son esprit, et si quelqu'un était tombé sur lui et lui avait demandé ce qu'il faisait là, il n'aurait pas su quoi répondre. Il n'aurait pas pu expliquer cette pulsion, qui semblait à la fois issue du fond de lui et ne pas être complètement la sienne. Dans sa maison dormaient ses filles, Alice et Avery, et sa femme, Karen. Il y avait eu des moments, des années entières, depuis qu'ils étaient mariés, où Jimmy n'avait pas aimé Karen comme il aurait dû (il était secrètement amoureux de Soo Ramirez), mais il n'avait jamais douté de l'amour qu'elle lui portait, qui semblait infini, immuable, et trouvait son expression physique dans leurs deux filles, portraits crachés de Karen. Alice avait onze ans, Avery neuf. Devant leurs doux yeux, leur petit visage attendrissant, en forme de cœur, et leur caractère doucement mélancolique – elles étaient réputées pour fondre en larmes à la moindre occasion –, Jimmy avait toujours ressenti la force rassurante du continuum historique, et quand ces idées noires l'envahissaient, ce qu'elles faisaient parfois, une marée ténébreuse qui lui donnait l'impression de se noyer en dedans, c'était toujours la pensée de ses filles qui le sortait de son enfer intérieur.

Et pourtant, plus il restait là, à ruminer dans l'ombre, plus la pulsion d'éteindre les lumières semblait rigoureusement sans rapport avec l'idée de sa famille endormie, et donc hors de portée. Il se sentait étranger à lui-même, complètement étranger, comme si sa vision s'effondrait. Il s'éloigna de chez lui, et lorsqu'il arriva au pied du Mur, il savait ce qu'il avait à faire. Il était incroyablement soulagé, comme après un bon bain, lorsqu'il grimpa l'échelle qui menait à la plateforme de tir Neuf. La plateforme de tir Neuf était connue comme le « poste tout seul » ; à cause de sa situation, au-dessus de la Percée, une anfractuosité pratiquée dans le Mur pour laisser passer le câble d'alimentation, elle n'était visible d'aucun des postes adjacents. C'était le poste le pire, le plus solitaire, et c'est là que Soo Ramirez serait ce soir-là, Jimmy le savait.

Soo aussi s'était sentie troublée toute la soirée. Elle n'éprouvait rien de précis, juste une vague menace. Ses émotions ne s'étaient pas encore cristallisées. Et cette impression que quelque chose allait vaguement de travers était parasitée par des griefs plus personnels : l'éventail de déceptions provoquées par le fait d'avoir été démise du poste de premier capitaine. Ainsi qu'elle l'avait découvert au cours des heures qui avaient suivi l'enquête, ce n'était pas complètement désastreux – les responsabilités commençaient à lui peser –, et elle aurait été obligée de se désister en fin de compte. Mais se faire fiche dehors, ce n'était pas du tout comme ça qu'elle voulait que ça se passe. Elle était rentrée chez elle et avait pleuré pendant deux bonnes heures, assise dans sa cuisine. Quarante-trois ans, aucune perspective, que des nuits sur la passerelle et un repas de temps à autre, par devoir, avec Cort, qui était bien intentionné, mais qui n'avait plus rien à lui dire depuis près d'un millier d'années. La Garde était tout ce qu'elle avait. Cort était à l'écurie, comme toujours, et pendant une minute ou deux, elle avait regretté qu'il ne soit pas à la maison, même si c'était aussi bien, parce qu'il serait probablement resté là, les bras ballants, incapable du moindre geste de réconfort, ce genre d'attitude étant rigoureusement hors de ses moyens d'expression. (Trois bébés morts dans son ventre – trois ! – et il n'avait jamais su quoi lui dire, même dans ces moments-là. Enfin, ça faisait des années.)

Elle n'avait qu'à s'en prendre à elle-même. C'était ce qu'il y avait de pire. Tout ça à cause de ces stupides livres ! Soo était tombée dessus à la Part équitable, en fouillant distraitement dans les bacs où Walter gardait les choses dont personne ne voulait. Ces stupides livres ! Parce que, une fois, elle avait ouvert le premier – en fait, elle s'était assise par terre, pour lire, les jambes repliées sous elle comme faisaient les Petits quand ils s'asseyaient en rond –, et elle s'était sentie aspirée dedans, comme de l'eau dans un tuyau : « "Eh bien, mais c'est Mr Talbot Carver !" s'exclama Charlene DeFleur en descendant l'escalier dans sa longue robe de bal crissante, les yeux écarquillés, tous les sens en alarme à la vue de l'homme de haute taille, large d'épaules, debout dans le couloir, le tissu de son pantalon de cheval poussiéreux tendu sur ses formes viriles. "Quelles étaient vos intentions en venant ici, pendant que mon père avait le dos tourné ?" » (*Belle du bal*, par Jordana Mixon Passionate Press, Irvington, New York,

2014). Il y avait une photo de l'auteur, sur le rabat de couverture : une femme souriante, alanguie sur des coussins de dentelle, son opulente chevelure noire cascadant sur ses épaules. Elle avait la gorge et les bras nus, et sur sa tête était perché un curieux chapeau en forme de disque, même pas assez grand pour la protéger de la pluie.

Lorsque Walter Fisher s'était pointé près du bac, Soo en était au chapitre trois ; le son de sa voix constituait une telle intrusion, tellement étrangère à ce que lui faisaient vivre les mots sur les pages, qu'elle avait littéralement sauté en l'air. « Tu as trouvé quelque chose de bien ? avait demandé Walter avec un haussement de sourcils interrogateur. Tu as l'air bien intéressée. Parce que c'est toi, avait-il ajouté, je pourrais te laisser toute la boîte pour un huitième. » Soo aurait dû marchander, il fallait toujours marchander avec Walter Fisher, le prix n'était jamais le prix ; mais dans son cœur, elle les avait déjà achetés. « D'accord. Ça marche », avait-elle dit, et elle avait ramassé la boîte.

L'Amante du lieutenant, Fille du Sud, La Fiancée otage, Enfin femme : jamais, de toute sa vie, Soo n'avait rien lu de pareil. Quand Soo pensait au temps d'Avant, elle imaginait toujours des machines, des voitures, des moteurs, des téléviseurs, des cuisinières et toutes sortes de choses en métal, bardées de fils électriques, qu'elle avait vues à Banning, et dont elle ignorait l'usage. Elle supposait aussi que c'était un monde où il y avait toutes sortes de gens, qui vaquaient à leurs occupations au jour le jour. Et puis ces gens étaient partis, ne laissant derrière eux que les machines qu'ils avaient fabriquées, et c'est aux machines qu'elle pensait. Pourtant, le monde qu'elle trouvait entre les pages de ces livres ne paraissait pas très différent du sien. Les gens montaient à cheval, se chauffaient au bois, s'éclairaient à la bougie, et cette similitude matérielle l'avait surprise tout en ouvrant son esprit aux histoires, des histoires d'amour qui finissaient bien. Il y avait du sexe, aussi, beaucoup de sexe, rien à voir avec le genre de sexe auquel elle avait droit avec Cort. C'était fébrile et passionné, et elle avait parfois envie de tourner très vite les pages pour arriver à la prochaine scène, sauf qu'elle voulait faire durer le plaisir.

Elle n'aurait jamais dû en apporter un au Mur, cette nuit-là, la nuit où la fille était apparue. Ç'avait été sa grande erreur. Elle ne l'avait pas fait exprès, pas vraiment ; elle avait eu le livre avec elle, dans sa besace, toute la journée, espérant avoir une minute de liberté, et elle l'avait oublié. Enfin, peut-être pas complètement oublié, mais elle n'avait sûrement pas prévu la façon dont les choses tourneraient, qu'elle irait faire un petit tour à l'Armurerie – où, seule, au calme, sans personne pour la voir, elle le tirerait de son sac et se mettrait à lire. Le livre qu'elle avait apporté était *Belle du bal* (elle les avait tous lus, mais elle les relisait), et tombant pour la deuxième fois sur le début – l'impétueuse Charlene qui descendait l'escalier et tombait sur l'arrogant Talbot Carver, le rival de son père, avec ses rouflaquettes, qu'elle aimait et haïssait en même temps –, Soo avait instantanément retrouvé le plaisir de sa première lecture, un sentiment magnifié par le fait de savoir que Charlene et Talbot, après pas mal de rebondissements, finiraient par tomber dans les bras l'un de l'autre. C'était ce qu'il y avait de mieux dans ces livres : ça finissait toujours bien.

Voilà ce que se disait Soo quand, vingt-quatre heures plus tard, ayant été virée de son poste de premier capitaine, *Belle du bal* toujours fourré dans sa besace (pourquoi n'avait-elle pas été foutue de laisser ce satané truc chez elle ?), elle entendit des pas monter derrière elle et vu, par-dessus son épaule, Jimmy Molyneau déboucher de l'échelle sur la plateforme de tir Neuf. Évidemment que c'était Jimmy. Il était probablement venu frimer, ou s'excuser, ou faire les deux, maladroitement. Sauf qu'il n'avait pas intérêt à la ramener, pensa amèrement Soo, lui qui ne s'était pas montré à la première cloche.

— Jimmy ? demanda-t-elle. Bon sang, où étais-tu passé ?

La nuit était peuplée de rêves, dans les maisons et les chambrées, au Sanctuaire et à l'Infirmerie, les rêves animaient le sommeil des âmes de la Première Colonie, tels des esprits à la dérive se posant çà et là.

Certains, comme Sanjay Patal, avaient un rêve secret, qu'ils avaient caressé toute leur vie. Ils en avaient parfois conscience, parfois non ; le rêve était pareil à un fleuve souterrain, il coulait sans trêve ni relâche, pouvait remonter à la surface, s'insinuer brièvement dans leur quotidien, et c'était comme s'ils marchaient dans deux mondes en même temps. Il y en avait qui rêvaient d'une femme dans sa cuisine, qui respirait de la fumée. D'autres, comme le Colonel, rêvaient d'une fille, seule dans le noir. Certains de ces rêves tournaient aux cauchemars – ce dont Sanjay ne se souvenait pas, ne s'était jamais souvenu, c'était la partie du rêve qui impliquait un couteau –, et parfois le rêve n'était pas du tout un rêve, il était plus réel que la réalité, et envoyait le rêveur tituber aveuglément dans la nuit.

D'où venaient-ils ? De quoi étaient-ils faits ? Étaient-ce des rêves, ou quelque chose de plus, des signes révélateurs d'une réalité cachée, d'un plan d'existence invisible qui ne se dévoilait que la nuit ? Pourquoi avaient-ils la consistance des souvenirs, mais pas de simples souvenirs, ceux de quelqu'un d'autre ? Et pourquoi, cette nuit-là, toute la population de la Première Colonie semblait-elle sombrer dans ce monde de rêveurs ?

Au Sanctuaire, l'une des trois J, la Petite Jane Ramirez, la fille de Belle et Rey Ramirez – le Rey Ramirez qui, s'étant soudain retrouvé terriblement seul et terrifié à la Centrale, et troublé par de noires pulsions qu'il ne pouvait ni contenir ni exprimer, était, en ce moment même, en train de griller comme une saucisse sur la barrière électrifiée –, Jane, donc, rêvait d'un ours. Elle venait d'avoir quatre ans. Les ours qu'elle connaissait étaient ceux des livres et des histoires que Maîtresse leur racontait – de grosses bonnes bêtes de la forêt dont la masse velue et le doux museau étaient l'incarnation d'une sagesse animale bienveillante –, et l'ours de son rêve était comme eux, au moins au début. Jane n'avait jamais vu un vrai ours, mais elle avait vu un virul. Elle faisait partie des Petits du Sanctuaire qui avaient bel et bien vu, de leurs yeux vu, le virul Arlo Wilson. Elle s'était levée de son lit de camp, qui se trouvait dans la dernière rangée, la plus éloignée de la porte – elle avait soif et allait demander un verre d'eau à Maîtresse –, quand il avait fait irruption par la fenêtre dans un grand bruit de verre, de métal et de bois fracassés, et s'était pratiquement jeté sur elle. Elle avait d'abord cru que c'était un homme parce que ça y ressemblait, ça en avait la taille et ça bougeait comme un homme. Mais il ne portait pas de vêtements, et il avait quelque chose de différent, surtout les yeux et la bouche, en plus il avait l'air de luire. Et puis il la regardait si tristement – sa tristesse paraissait évoquer celle d'un ours – que Jane était sur le point de lui demander ce qui n'allait pas, et pourquoi il brillait comme ça, quand elle avait entendu un cri derrière elle. Elle s'était retournée, et elle avait vu Maîtresse foncer vers eux. Elle était passée au-dessus de Jane comme un nuage, la main tendue, crispée sur le couteau qu'elle cachait dans un fourreau sous ses grandes jupes, un bras levé au-dessus de la tête pour l'abattre sur lui comme un marteau. La suite, Jane ne l'avait pas vue – elle s'était laissée tomber par terre et commençait à s'éloigner à quatre pattes –, mais elle avait entendu un cri assez doux, un bruit de déchirure et le choc sourd d'une masse qui tombait. Ensuite, il y avait eu d'autres cris – « Par ici ! disait quelqu'un. Regardez par ici ! » –, et puis encore des cris, des hurlements et un vacarme général d'adultes, de mères et de pères qui entraient et sortaient, et tout ce que Jane avait compris, après, c'est qu'on la tirait de sous son lit de camp et qu'une femme en pleurs la faisait monter, avec tous les Petits à l'étage. (Elle avait réalisé plus tard que cette femme était sa mère.)

Personne ne lui avait expliqué ces événements bouleversants, et Jane n'avait parlé à personne de ce qu'elle avait vu. Maîtresse était introuvable ; certains des Petits – Fanny Chou, Bowow Greenberg et Bart Fisher – murmuraient qu'elle était morte. Mais Jane ne le pensait pas. Être mort, c'était être couché et dormir pour toujours, et la femme dont elle avait vu le bond aérien n'avait pas l'air fatiguée du tout. Tout au contraire : à ce moment-là, Maîtresse semblait merveilleusement, puissamment vivante, animée par une grâce et une force comme Jane n'en avait jamais vu – qui même maintenant, toute une nuit plus tard, l'excitaient et la gênaient. Son existence était un univers compact, fait de mouvements compacts, d'ordre, de sécurité et de routine silencieuse. Il y avait les querelles et les vexations habituelles, et des jours où Maîtresse semblait de mauvaise humeur du début à la fin, mais d'une façon générale, le monde que Jane connaissait baignait dans une douceur fondamentale. Maîtresse était la source de ce sentiment ; il irradiait de sa personne comme une aura de chaleur maternelle, de la même façon que les rayons du soleil chauffaient l'air et la terre. Mais à présent, dans les suites énigmatiques des événements de la nuit, Jane sentait qu'elle avait surpris un secret au sujet de cette femme qui s'occupait d'eux tous avec un tel altruisme.

Et puis il lui vint à l'esprit que ce qu'elle avait vu était de l'amour. Ça ne pouvait être que ça : c'était la force de l'amour qui avait soulevé Maîtresse en l'air, dans les bras de l'homme-ours luisant qui l'attendait, dont la lumière était une splendeur royale. C'était un prince-ours qui était venu l'emmener dans son château dans la forêt. Et peut-être que c'était là que Maîtresse était partie, maintenant, et que c'était pour ça que tous les Petits avaient été envoyés en haut : pour l'attendre. Quand elle reviendrait auprès d'eux, sa véritable identité de reine de la forêt révélée, on les ferait redescendre au rez-de-chaussée, dans la grand-salle, pour l'accueillir et célébrer son retour en faisant une grande fête.

Telles étaient les histoires que Jane se racontait en s'endormant dans une pièce avec quinze autre Petits endormis, qui rêvaient tous leurs rêves. Dans celui de Jane, qui commençait comme une réécriture des événements des nuits précédentes, elle sautait sur son lit dans la grand-salle quand elle avait vu entrer l'ours. Cette fois, il n'entrait pas par la fenêtre, mais par la porte, qui paraissait loin, et petite, et il n'était pas comme la nuit de la veille, gros et laineux, comme les ours des livres, il s'avançait vers elle à quatre pattes, de sa démarche pesante, sage et amicale. Arrivé au pied du lit de Jane, il s'asseyait sur son derrière et se redressait peu à peu, révélant le tapis pelucheux de son grand ventre doux, son immense tête d'ours, ses yeux d'ours humides et ses énormes pattes fourrées. C'était une chose merveilleuse à voir, étrange et en même temps attendue, comme un cadeau dont Jane avait toujours cru qu'il viendrait, et son cœur de quatre ans était soulevé par une vague d'admiration pour ce grand être noble. Il restait un moment ainsi, à l'observer d'un air pensif, et puis il disait à Jane, qui n'avait pas cessé de bondir joyeusement, il lui disait de ce ton riche, masculin, qui était celui des forêts d'où il venait : *Salut, Petite Jane. Je suis monsieur Ours. Je suis venu te manger.*

Ce qui lui paraissait drôle – Jane éprouvait un chatouillis au creux de l'estomac qui était le commencement d'un rire, mais l'ours ne réagissait pas, et alors que le moment se prolongeait, elle remarquait que sa personne comportait d'autres aspects, dérangeants ceux-là : ses griffes, qui sortaient comme des croissants blancs de ses pattes pareilles à des moufles ; ses grandes mâchoires puissantes ; ses yeux qui ne paraissaient plus amicaux ou sages, mais assombris par un dessein inconcevable. Où étaient les autres Petits ? Pourquoi Jane était-elle toute seule dans la grand-salle ? Mais elle n'était pas toute seule ; Maîtresse était maintenant aussi dans le rêve, debout à côté du lit. Elle avait le même air que d'habitude, sauf que ses traits avaient quelque chose de flou, comme si elle portait un masque de gaze. *Allez, Jane, viens, maintenant*, dit-elle d'un ton pressant. *Il a déjà mangé tous les autres Petits. Sois gentille et arrête de sauter, que M. Ours puisse te manger.* Et Jane répondait : *Mais-je-ne-veux-pas*, en continuant à sauter, parce qu'elle ne voulait pas être mangée – exigence qui paraissait plus stupide que terrifiante, mais quand même. *Je-ne-veux-pas*, répétait-elle. *Je ne plaisante pas*, l'avertissait Maîtresse en élevant la voix. *Je te le demande gentiment, Petite Jane. Je vais compter jusqu'à trois.* Et Jane répétait encore : *Je-ne-veux-pas*, en rebondissant avec la plus grande vigueur possible, par défi. *Vous voyez ?* faisait Maîtresse en se tournant vers l'ours, qui montait toujours sa garde vigilante, debout au pied du lit. Elle levait ses bras pâles dans une attitude exaspérée. *Vous voyez, maintenant ? Voilà ce que je dois supporter toute la journée. Ça suffirait à rendre fou n'importe qui. D'accord, Jane*, disait-elle, *si c'est comme ça. Tu ne diras pas que je ne t'avais pas prévenue.*

C'est alors que le rêve effectuait un dernier et sinistre virage dans le royaume du cauchemar. Maîtresse attrapait Jane par les poignets et la forçait à se coucher sur le lit. De près, Jane voyait qu'un bout du cou de Maîtresse manquait, comme une pomme dont on aurait mordu une bouchée, et il y avait des espèces de filasses qui pendaient là, des tas de tendons et de tubes qui pendouillaient, humides, luisants, répugnants. Alors seulement Jane comprenait que les autres Petits avaient bel et bien été mangés, comme l'avait dit Maîtresse : ils avaient tous été mangés par M. Ours, bouchée après bouchée, à part que ce n'était plus M. Ours, c'était l'homme luisant. *Je ne veux pas !* hurlait Jane. *Je ne veux pas !* Mais elle n'avait pas la force de résister, et elle regardait avec une terreur impuissante d'abord son pied, puis sa cheville, puis toute sa jambe disparaître dans la sombre caverne de sa bouche.

Les rêves traduisaient un éventail de préoccupations, d'influences, de goûts. Il y avait autant de rêves qu'il y avait de rêveurs. Gloria Patal rêvait d'un énorme essaim d'abeilles qui couvrait son corps. Elle comprenait plus ou moins que ces abeilles étaient symboliques ; chaque abeille qui rampait sur sa peau était un souci qu'elle avait eu dans la vie. De petits soucis – par exemple, allait-il pleuvoir ou non alors qu'elle avait prévu de travailler dehors, ou bien est-ce que Mimi, la veuve de Raj, sa seule véritable amie, lui en avait voulu ou non une certaine fois où elle avait oublié d'aller la voir –, mais de plus gros aussi. Le souci qu'elle se faisait pour

Sanjay et Mausami. Ou pour son mal aux reins et la toux qu'elle avait parfois qui présageaient peut-être quelque chose de plus grave. Et dans ce catalogue de soucis il y avait les tourments d'amour qu'elle avait éprouvés pour chacun des bébés qu'elle n'avait pas réussi à mener à terme, le nœud d'angoisse qui se resserrait au creux de son estomac, chaque jour, à la cloche du soir, et plus généralement parce qu'elle... parce que *tous* ici auraient tous aussi bien pu être déjà morts pour les chances qu'ils avaient. Car on ne pouvait pas faire autrement que d'y penser, on faisait aller, tant bien que mal (c'est ce que Gloria avait dit à sa fille le jour où elle était venue lui annoncer qu'elle allait épouser Galen, en pleurant toutes les larmes de son corps sur Theo Jaxon : « Il faut bien faire aller »), mais les faits étaient les faits : ces lumières finiraient bien par s'éteindre. Alors peut-être que le plus grand de tous les soucis était qu'un jour on se rende compte que tous les soucis de sa vie se résumaient à un seul : arrêter simplement de s'en faire.

C'était ça, les abeilles, des soucis, grands et petits, et dans le rêve ils rampaient partout sur elle, ses bras, ses jambes, son visage, ses yeux, et même dans ses oreilles. Le décor du rêve se raccordait à ses derniers moments de lucidité ; après avoir vainement essayé de réveiller son mari, puis éconduit Jimmy, Ian, Ben et les autres qui étaient venus chercher conseil auprès de lui – la question du garçon, Caleb, restait en suspens –, Gloria s'était, bien malgré elle, endormie à la table de la cuisine, la tête renversée en arrière, la bouche ouverte, un petit ronflement montant des profondeurs de ses sinus. Tout ça était réel dans le rêve (son ronflement était le bruit que faisaient les abeilles), avec l'ajout singulier de l'essaim qui était, pour des raisons pas tout à fait claires, entré dans la cuisine pour se poser d'une masse sur elle, comme une grande couverture frémissante. C'était le genre de chose que les abeilles faisaient, ça paraissait évident maintenant ; pourquoi ne s'était-elle pas protégée contre cette éventualité ? Gloria sentait le gratouillis picotant de leurs petites pattes sur sa peau, la vibration de leurs ailes papillotantes. Elle savait que le moindre mouvement, que sa seule respiration provoquerait chez elles une fureur mortelle de piqûres simultanées. Elle demeura dans cette stase épouvantablement pénible – c'était un rêve d'immobilité –, et quand elle entendit le bruit des pas de Sanjay qui descendait l'escalier, quand elle sentit sa présence dans la pièce, puis son départ sans un mot et le claquement de la porte moustiquaire comme il sortait de la maison, l'esprit de Gloria s'embrasa d'un cri silencieux qui la ramena brutalement à la conscience, effaçant tout souvenir de ce qui s'était passé : elle se réveilla en oubliant non seulement les abeilles, mais aussi Sanjay.

De l'autre côté de la Colonie, allongé sur son lit de camp, environné de sa propre odeur, l'homme connu sous le nom d'Elton, grand rêveur d'envolées érotiques splendidement enjolivées, faisait un beau rêve. Ce rêve – le rêve du foin – était son préféré, parce qu'il était réel, une tranche de sa vraie vie. Michael ne le croyait pas – qui aurait pu le croire ? Elton était bien obligé d'en convenir –, et pourtant il y avait eu une époque, il y avait très longtemps, où Elton, qui avait alors vingt ans, avait joui des faveurs d'une femme inconnue qui l'avait choisi apparemment parce que sa cécité garantissait son silence. S'il ne savait pas qui était cette femme – elle ne lui avait jamais parlé –, il ne pourrait rien dire, ce qui laissait supposer qu'elle était mariée. Peut-être qu'elle voulait un enfant alors que son mari était stérile, ou qu'elle cherchait simplement autre chose dans la vie. (Dans ses moments d'apitoiement sur lui-même, Elton se demandait si elle ne l'avait pas fait par défi.) De toute façon, ça n'avait pas vraiment d'importance ; ces visites, toujours nocturnes, étaient les bienvenues. Il se réveillait parfois en pleine action, dans les sensations distinctes de leurs ébats, comme si la réalité avait été suscitée par le rêve, auquel il reviendrait, peuplant les nuits vides à venir. D'autres fois, la femme venait à lui, le prenait sans rien dire par la main, et l'emmenait ailleurs. Le rêve du foin se déroulait dans la grange, parmi les hennissements des chevaux et l'odeur douceâtre de l'herbe fraîchement coupée. La femme ne disait rien ; les seuls bruits qu'elle faisait étaient ceux de l'amour, et ça finissait beaucoup trop tôt, sur un dernier soupir vibrant ; une masse de cheveux caressait ses joues, la femme se redressait et s'éloignait sans un mot. Il rêvait toujours la scène exactement telle qu'elle s'était déroulée, dans tous ses pleins et ses déliés tactiles, jusqu'au moment où, allongé seul sur le sol de la grange, regrettant de ne pas avoir vu la femme, de ne pas l'avoir entendue prononcer son nom, il sentait un goût salé sur ses lèvres, et il savait qu'il pleurait.

Mais pas ce soir. Ce soir, alors que le rêve prenait fin, elle se pencha sur son visage et lui murmura à l'oreille :

— Elton, il y a quelqu'un au Transfo.

À l'Infirmerie, Sara Fisher ne rêvait pas, contrairement à la fille, apparemment. Assise sur l'un des lits vides, se sentant vivement, presque péniblement éveillée, Sara regardait les yeux de la fille bouger derrière ses paupières comme s'ils se promenaient sur un paysage invisible. Sara avait plus ou moins réussi à convaincre Dale de ne rien dire, en lui promettant de mettre la Maisonnée au courant le lendemain matin ; pour l'instant, la fille avait besoin de dormir. Comme pour confirmer ses dires, c'était exactement ce qu'elle faisait, roulée en boule sur le lit selon son habitude, comme pour se protéger, pendant que Sara la regardait en se demandant ce qu'était ce truc qu'elle avait dans le cou – ce que Michael allait découvrir –, et pourquoi, quand elle la regardait, Sara pensait qu'elle rêvait de neige.

Il y en avait d'autres, un certain nombre, qui ne dormaient pas non plus. La nuit grouillait d'âmes éveillées. Galen Strauss, par exemple : debout à son poste, sur le Mur nord – la plateforme de tir Dix –, les yeux plissés sous le déluge de lumière, Galen se disait pour la centième fois de la journée qu'il n'était pas complètement idiot. Ce besoin de se le répéter – il s'était bel et bien surpris à marmotter ces paroles tout bas – voulait dire, bien sûr, qu'il l'était. Même lui le savait. Il était complètement idiot. Idiot d'avoir cru pouvoir amener Mausami à l'aimer comme il l'aimait ; idiot de l'avoir épousée alors que tout le monde savait qu'elle était amoureuse de Theo Jaxon ; idiot parce que quand elle lui avait parlé du bébé, lui débitant ce mensonge débile sur le nombre de mois de grossesse où elle en était, il avait ravalé son orgueil, s'était affiché un sourire idiot sur la figure et avait simplement dit : « Un bébé. Ouaouh. Eh ben, dis donc. »

Il savait très bien de qui était le bébé. L'une des Clés à molette, Finn Darrell, lui avait parlé de cette nuit-là, à la Centrale. Il s'était relevé pour aller pisser quand il avait entendu du bruit dans l'une des salles d'entreposage, et il était allé voir de quoi il retournait. La porte était fermée, lui avait expliqué Finn, mais il n'avait pas besoin de l'ouvrir pour savoir ce qui se passait de l'autre côté. Finn était le genre de type qui prenait un peu trop de plaisir à vous révéler ce qu'il pensait que vous deviez savoir ; à la façon dont il lui avait raconté ça, Galen

765

avait deviné qu'il était resté derrière la porte beaucoup plus longtemps que nécessaire. « Crénom, avait dit Finn, elle fait toujours des bruits comme ça ? »

Saloperie de Finn Darrell. Saloperie de Theo Jaxon.

Et pourtant, pendant un moment d'espoir, Galen avait entretenu l'idée qu'un bébé arrangerait peut-être les choses entre eux. Une idée débile, mais il y avait tout de même cru. Sauf qu'évidemment, ça n'avait fait que les envenimer. Si Theo était revenu de cette chevauchée en bas de la montagne, ils lui en auraient probablement parlé, à ce moment-là. Galen voyait assez bien la scène : *On est désolés, Galen, ou aurait dû te le dire. C'est juste... arrivé comme ça.* Humiliant, mais au moins maintenant ce serait fini. Vu la façon dont les choses avaient tourné, Maus et lui allaient devoir vivre avec ce mensonge entre eux jusqu'à la fin de leurs jours. Ils finiraient probablement par se mépriser, si ce n'était déjà fait.

Il ruminait tout ça en attendant avec angoisse le lendemain matin, où il était censé partir pour la Centrale. L'ordre émanait de Ian, mais Galen avait l'impression que ce n'était pas son idée, qu'elle venait de quelqu'un d'autre – probablement Jimmy, ou alors Sanjay. Il pouvait emmener un coureur avec lui, mais c'était tout ; pas question qu'ils se séparent de quelqu'un d'autre. « Tu t'enfermes bien et tu attends la prochaine équipe de relève, avait dit Ian. Trois jours maxi. D'accord, Galen ? Tu peux faire ça ? » Et bien sûr, il avait dit qu'il pouvait, aucun souci à avoir. Il s'était même senti un peu flatté. Mais au fur et à mesure que les heures passaient, il avait commencé à regretter cet accord un peu précipité. Il n'était descendu de la montagne que quelques fois avant, et ç'avait été terrible – tous ces bâtiments vides et ces skels rôtis dans leurs bagnoles –, mais ce n'était pas le problème, pas vraiment ; le problème, c'était que Galen avait peur. Il avait peur tout le temps, maintenant, et de plus en plus, jour après jour, alors que le monde autour de lui se dissolvait lentement dans la brume. Les gens ne savaient pas à quel point il avait une mauvaise vue, même pas Maus. Ils ne savaient pas à quel point, tous les jours, ça paraissait empirer. Son champ de vision s'était tellement réduit qu'il n'y voyait pas à plus de deux mètres ; tout, au-delà, se fondait rapidement en une blancheur brumeuse, faite de formes sautillantes, de couleurs chaotiques et de halos lumineux. Il avait essayé toutes les sortes de lunettes de l'Entrepôt, mais rien n'avait l'air de l'aider ; tout ce qu'il récoltait pour sa peine, c'était des maux de tête qui lui donnaient l'impression qu'on lui enfonçait une lame dans la tempe, alors il avait depuis longtemps arrêté. Il reconnaissait assez bien les voix, et il arrivait généralement à tourner la tête dans la bonne direction, mais beaucoup de choses lui échappaient, et il savait que ça le faisait paraître lent et débile, ce qu'il n'était pas. Il était juste en train de devenir aveugle.

Voilà comment Galen Strauss, second capitaine de la Garde, partirait pour descendre, ce matin-là, de la montagne à cheval afin de sécuriser la Centrale. Une expédition qui, au vu de ce qui était arrivé à Zander et Arlo, tenait plus ou moins de la mission suicide. Il espérait avoir l'occasion d'en parler à Jimmy, peut-être de le ramener à la raison, mais jusque-là, le type ne s'était pas montré.

D'ailleurs, où était Jimmy ? Soo était dehors, quelque part, comme Dana Curtis ; Arlo et Theo ayant disparu, et Alicia ayant été éjectée de la Garde, Dana était remontée des fosses d'entraînement pour garder le Mur comme tout le monde. Galen s'entendait bien avec

Dana, et il se disait que maintenant qu'elle était de la Maisonnée, ça pourrait lui faciliter l'accès à Jimmy. Peut-être qu'ils pourraient parler tous les deux d'aller ou non à la Centrale. Soo était sur la Neuf, Dana sur la Huit. En faisant vite, Galen pourrait être de retour à son poste en quelques minutes. Tiens, le bruit qu'il entendait – un bruit de voix, tout près, mais les voix portaient loin, la nuit –, on aurait dit Soo Ramirez, non ? Et l'autre, n'était-ce pas Jimmy ? Si Galen pouvait dénicher Dana aussi, il lui suffirait peut-être de trouver les mots qu'il fallait pour faire changer d'avis Jimmy ? Peut-être obtenir de Soo ou de Dana qu'elles disent : *Mais oui, bien sûr, je peux aller à la Centrale, je ne vois pas pourquoi ce serait à Galen d'y aller* ?

C'était l'affaire de quelques minutes, pensa Galen, et prenant son arbalète, il commença à descendre de la passerelle.

Au même moment, cachés dans la vieille caravane de la FEMA abandonnée par les Bâtisseurs, Peter et Alicia jouaient à la pioche. Dans la maigre lumière des spots, le jeu était un peu hasardeux, mais il y avait longtemps qu'ils ne se préoccupaient plus de savoir qui gagnait, s'ils s'en étaient jamais souciés. Peter essayait de déterminer ce qu'il devait dire à Alicia à propos de ce qui s'était passé à l'Infirmerie, la voix qu'il avait dans la tête, mais à chaque minute qui passait, il avait plus de mal à s'imaginer le faire, comment s'expliquer. Il avait entendu des *mots* dans sa *tête*. *Il manquait à sa mère. Je dois rêver*, se disait-il, et quand Alicia interrompit ses pensées en levant impatiemment son jeu, il se contenta de secouer la tête.

— Ce n'est rien, lui dit-il. Allez, à toi de jouer.

Tout aussi réveillé à cette heure – une heure après la mi-nuit sur le journal de la Garde –, Sam Chou n'aspirait qu'à son lit douillet et aux bras affectueux de sa femme. Mais Sandy dormait au Sanctuaire – elle s'était portée volontaire pour remplacer April jusqu'à ce qu'on trouve quelqu'un d'autre –, il souffrait de cette rupture dans sa routine et il se retrouvait tout seul, à contempler le plafond. Il était aussi troublé par un sentiment qu'il avait reconnu comme de la gêne alors que le jour se changeait en nuit. Cette drôle d'histoire à la cellule, il ne pouvait pas tout à fait se l'expliquer. Dans la frénésie du moment, il avait honnêtement cru qu'il fallait prendre une décision. Mais au cours des heures suivantes, et après un passage au Sanctuaire pour aller voir ses enfants – qui n'avaient pas l'air d'aller si mal que ça, finalement –, ses convictions sur toute l'affaire Caleb s'étaient considérablement tempérées. Au fond, Caleb n'était qu'un gamin, et Sam ne voyait pas en quoi son bannissement arrangerait quoi que ce soit. Il se sentait un peu coupable d'avoir manipulé Belle comme il l'avait fait – avec Rey en bas à la Centrale, elle devait être à moitié folle d'angoisse. Par ailleurs, il détestait cordialement Alicia – pour qui se prenait-elle, celle-là ? –, mais force lui était d'admettre que compte tenu des circonstances, avec ce crétin de Milo qui l'asticotait, heureusement qu'elle avait été là. Qui sait ce qui aurait pu arriver sinon. Quand Sam avait parlé avec Milo, par la suite, des conversations de la journée – selon lesquelles si la Maisonnée ne faisait rien, ils seraient obligés de jeter le pauvre gamin dehors eux-mêmes –, et avait suggéré qu'ils réfléchissent à tout ça : « Attendons de voir de quoi ça aura l'air demain, après une bonne nuit de sommeil », Milo avait réagi avec un soulagement non dissimulé. « D'accord, bien sûr, avait dit Milo Darrell. Tu n'as pas tort. On verra bien demain. »

Et donc Sam se sentait un peu morveux maintenant, morveux et légèrement dérouté, parce que ça ne lui ressemblait pas de se fâcher comme ça. Absolument pas, même. Pendant une seconde, là-bas, devant la cellule, il l'avait vraiment pensé : quelqu'un devait payer. Peu importait que ce ne soit qu'un pauvre gamin sans défense qui pensait sans doute que quelqu'un sur la passerelle lui avait dit d'ouvrir la porte. Mais le plus extraordinaire encore, c'était que pendant tout ce temps il n'avait pas beaucoup, voire carrément pas pensé à la fille, la Marcheuse, qui était à l'origine de toute l'affaire. En regardant les lumières jouer sur les poutres, au-dessus de son lit, il s'interrogeait sur tout ça. *Mon Dieu*, se disait-il, *après tant d'années, une Marcheuse. Et pas n'importe quelle Marcheuse – une gamine.*

Sam n'était pas de ceux qui croyaient que l'Armée allait encore venir – il fallait en tenir une couche pour le penser après tout ce temps –, mais cette gamine, ça voulait dire quelque chose. Ça voulait dire qu'il y avait encore quelqu'un de vivant, là, dehors. Peut-être des tas de quelqu'un. Et quand il y réfléchissait, l'idée le mettait étrangement... mal à l'aise. Quant à savoir pourquoi, il n'arrivait pas à mettre le doigt dessus, sauf que l'existence même de cette fille, cette Fille de nulle part, ressemblait à une pièce de puzzle qui n'allait pas avec le reste. Et si tous ces quelqu'un sortaient comme ça, de nulle part ? Et si elle n'était que le début d'une nouvelle vague entière de Marcheurs venus chercher la sécurité sous les lumières ? Il n'y avait qu'une quantité limitée de vivres et d'énergie pour tout le monde. D'accord, au tout début, il devait paraître trop cruel d'envoyer promener des Marcheurs, mais la situation avait un peu évolué, maintenant, non ? Combien d'années avaient passé ? La situation avait trouvé une sorte d'équilibre, non ? Parce que le fait était que Sam Chou aimait sa femme et qu'il n'était pas de ces éternels inquiets, angoissés, qui ruminaient des idées noires. Il connaissait des gens comme ça – à commencer par Milo –, et il trouvait que c'était insensé. D'accord, il pouvait arriver des choses terribles, mais quand en avait-il été autrement ? En attendant, il avait son lit, sa maison, sa femme et ses enfants, de quoi manger et s'habiller, et de la lumière pour assurer leur sécurité, alors que demander de mieux ? Et plus Sam y réfléchissait, plus il avait l'impression que ce n'était pas de Caleb qu'il fallait se préoccuper, mais de la fille. Peut-être même que dès le lendemain matin, c'est ce qu'il dirait à Milo : il fallait s'occuper de cette Fille de nulle part.

Michael Fisher ne dormait pas non plus. D'une façon générale, Michael considérait le sommeil comme une perte de temps. Encore une preuve des exigences déraisonnables que le corps imposait à l'esprit, et ses rêves, quand il se donnait la peine d'y repenser, lui faisaient plus ou moins l'impression d'être des versions revisitées de son état de veille – ils étaient pleins de circuits, d'interrupteurs, de rupteurs, de relais et d'un millier de problèmes à résoudre, et il se réveillait moins reposé que projeté en avant dans le temps, sans rien de tangible pour compenser ces heures perdues.

Mais ce n'était pas le cas cette nuit-là. Cette nuit-là, Michael Fisher était plus réveillé qu'il ne le serait de toute sa vie. Le contenu de la puce, qui s'était abondamment déversé dans l'unité centrale, en un véritable déluge de données, n'était rien de moins qu'une réécriture du monde. C'était cette nouvelle découverte qui avait inspiré à Michael l'idée risquée – qu'il mettait à exécution en ce moment même – de faire monter une antenne jusqu'en haut du Mur. Il était parti du toit du Transfo, où il avait relié une bobine de vingt mètres de fil de cuivre à nu de trois millimètres de diamètre à l'antenne qu'ils avaient fait passer dans la cheminée, des mois auparavant. Deux autres bobines l'avaient amené au pied du Mur. Voilà pour le cuivre qu'il avait sous la main. Pour le reste, il avait décidé d'utiliser un câble à haute tension isolé qu'il allait être obligé de dénuder à la main. Le tout, maintenant, était de le faire arriver en haut du Mur sans se faire repérer par la Garde. Ayant récupéré deux bobines de plus dans l'Entrepôt, il se tenait dans un coin sombre, sous l'un des étais, en soupesant les options. L'échelle la plus proche, à vingt mètres sur sa gauche, montait vers la plateforme Neuf ; il n'avait aucune chance d'y grimper sans se faire repérer. Il y avait une deuxième échelle à mi-chemin des plateformes Sept et Huit, qui aurait été idéale – en dehors des coureurs qui la prenaient parfois comme raccourci entre la Sept et la Dix, presque personne ne l'empruntait, mais il n'avait pas assez de câble pour aller aussi loin.

Il ne lui restait plus qu'une solution : emporter une bobine vers l'échelle la plus éloignée, suivre la passerelle jusqu'au-dessus de la Percée, fixer le bout du câble, le faire tomber vers le sol et redescendre relier le deuxième câble au premier. Tout ça sans se faire repérer, naturellement.

Michael s'agenouilla, prit ses pinces coupantes dans le vieux sac à dos en toile qui lui servait de trousse à outils et se mit au boulot. Il dévida la bobine de câble et arracha la gaine de plastique qui l'entourait tout en guettant le bruit des pas qui trahirait le passage du coureur au-dessus de sa tête. Pendant qu'il dénudait et réenroulait le câble, il avait entendu passer deux coureurs ; il était à peu près tranquille : il avait quelques minutes devant lui avant le passage du suivant. Il rangea le tout dans son sac à dos, se hâta de regagner l'échelle, inspira un bon coup et commença à grimper.

Michael avait toujours eu un problème : rien que de monter sur une chaise, il avait le vertige, ce dont, déterminé comme il l'était, il avait oublié de tenir compte dans ses calculs, et le temps d'arriver en haut de l'échelle – une ascension de vingt mètres qui lui parut faire dix fois plus –, il se prit à douter du bon sens de toute l'entreprise. Son cœur cognait contre ses côtes comme un oiseau paniqué. Ses membres s'étaient changés en gélatine. S'engager sur la passerelle, une grille suspendue au-dessus de la gueule du vide, exigerait de lui un effort de volonté considérable. La sueur lui piquait déjà les yeux lorsqu'il franchit le dernier barreau et prit pied – ou plutôt se glissa sur le ventre – sur le caillebotis métallique. Sous la lumière aveuglante, et sans les points de repère habituels du sol et du ciel pour s'orienter, tout lui semblait plus grand et plus proche, d'une vivacité magnifiée. Enfin, au moins, personne ne l'avait repéré. Il releva prudemment la tête : la plateforme Huit lui apparut, à cent mètres sur sa gauche. Vide. Aucun garde en poste. Pourquoi cela, Michael l'ignorait, mais il pensa que c'était bon signe. S'il faisait vite, il serait rentré au Transfo sans que personne le sache.

Il suivit donc la passerelle, et lorsqu'il arriva au but, il commençait à se sentir mieux – beaucoup mieux. Sa peur s'était apaisée, remplacée par l'impression revigorante que ça pouvait marcher. Ça allait marcher. La plateforme Huit était toujours déserte ; celui ou celle qui était censé s'y trouver aurait probablement de gros ennuis, mais le fait qu'elle ne soit pas occupée offrait à Michael l'opportunité dont il avait besoin. Il s'agenouilla sur la passerelle et tira la bobine de câble de son sac à dos. Construite dans un alliage de titane, la passe-relle elle-même constituerait un conducteur très utile, ajoutant ses propriétés électromagnétiques à celles du câble. Dans le fond, Michael changeait tout le périmètre en une antenne géante. À l'aide d'une clé, il défit l'un des boulons qui fixaient le dessus de la passerelle à son support, passa le câble dénudé dans l'interstice et remit le boulon. Puis il laissa tomber la bobine par-dessus bord, guettant le choc sourd indiquant qu'elle avait touché terre.

Amy, pensa-t-il. Qui aurait pensé que la Fille de nulle part avait un nom pareil ? *Amy...*

Ce que Michael ne savait pas, c'est que la plateforme de tir numéro Huit était déserte parce que la garde de faction, Dana Curtis, Première Famille et membre de la Maisonnée, gisait déjà morte au pied du Mur. Jimmy l'avait tuée juste après avoir tué Soo Ramirez. Qu'il n'avait pas, honnêtement, l'intention de tuer ; il voulait juste lui parler. Lui dire au revoir ? *Je suis désolé ? Je t'ai toujours aimée ?* Quoi qu'il en soit, une chose en entraînant une autre dans le déroulement étrangement inexorable de cette nuit-là, la nuit des Couteaux et des Étoiles, maintenant tous les trois étaient morts.

Galen Strauss, arrivant de la direction opposée, avait assisté à ces événements comme par le gros bout d'une lorgnette : une tache de couleurs et de mouvements dans le lointain, bien au-delà de son champ de vision. Si quel-qu'un d'autre avait monté la garde sur la plateforme Dix, cette nuit-là, quelqu'un qui aurait eu une meilleure vue, qui n'aurait pas été en train de devenir aveugle à cause d'un glaucome aigu comme Galen Strauss, une image plus claire des événements aurait pu émerger. Les choses étant ce qu'elles étaient, personne, en dehors des individus directement concernés, ne saurait jamais ce qui s'était passé sur la plateforme de tir Neuf, et même ceux-là n'y avaient rien compris.

Or voici ce qui s'y passa.

La garde Soo Ramirez, les pensées flottant encore au gré des pages de *Belle du bal*, et plus particulièrement de la scène de la voiture à cheval, pendant l'orage, si bien rendue qu'elle se la rappelait pratiquement mot à mot – *Lorsque les cieux s'ouvrirent, Talbot saisit Charlene dans ses bras puissants, sa bouche rencontra ses lèvres avec une force irrésistible, ses doigts trouvèrent la courbe soyeuse de son sein, et des vagues de passion rugirent en elle...* – se retourna et vit Jimmy se hisser sur la plateforme. Sa première impression, au-delà de l'irritation (elle n'appréciait pas cette intrusion, il était en retard), fut qu'il se comportait curieusement. *Il n'est pas comme d'habitude*, songea-t-elle. *Ce n'est pas le Jimmy que je connais.* Il resta un moment planté là, le corps pareil à un sac vide, plissant les yeux d'un air perplexe dans la lumière. On aurait dit un homme qui était venu faire une déclaration et avait oublié son texte. Soo avait une idée de ce que pouvait être cette annonce – elle avait le sentiment, depuis un certain temps, que Jimmy pensait à eux deux comme à plus que de simples amis –, et en d'autres circonstances, elle aurait pu être contente de la lui entendre prononcer. Mais pas là, pas maintenant. Pas ce soir, sur la plateforme de tir Neuf.

— C'est ses yeux, dit-il faiblement, comme pour lui-même. Du moins, je pensais que c'était ses yeux.

Soo s'approcha de lui. Il avait le visage détourné, comme s'il ne pouvait se résoudre à la regarder.

— Jimmy ? Quels yeux ?

Il ne lui répondit pas. Il porta la main à son pull et se mit à tirer dessus comme un garçon nerveux.

— Tu ne le sens pas, Soo ?

— Jimmy ? De quoi tu parles ?

Il avait commencé à cligner des yeux. De grosses larmes brillantes comme des joyaux roulèrent sur ses joues.

— Bon sang, ils sont tous tellement tristes.

Il lui arrivait quelque chose, Soo le voyait bien, quelque chose de moche. D'un mouvement brusque, il passa son pull par-dessus sa tête et le jeta dans le vide, au bord de la plateforme. Sa poitrine était lustrée par la sueur qui brillait à la lumière.

— Ces vêtements, grommela-t-il. C'est ça. Je ne supporte pas ces fichus vêtements.

Elle avait laissé son arbalète appuyée contre le rempart. Elle se tourna pour la récupérer, trop tard. Jimmy l'attrapa par-derrière, passa les mains sous ses bras, les glissa derrière sa nuque, puis – un soudain mouvement de torsion – il y eut un claquement à la base de son cou ; et juste comme ça, son corps s'en alla, son corps n'exista plus, son corps cessa d'être. Elle essaya de crier, mais aucun son ne sortit de sa gorge. Des papillons lumineux voletèrent devant ses yeux, comme des échardes argentées. – *Oh, Talbot, gémit Charlene alors qu'il se plaquait contre elle, incapable de repousser la suave invasion de sa virilité, oh, Talbot. Oui, mettons fin à ce jeu absurde...* Elle était bien consciente que quelqu'un d'autre s'approchait. elle entendait un bruit de pas sur la passerelle où elle gisait désormais, impuissante. Ensuite, le bruit d'un carreau d'arbalète, et un cri étouffé, à peine plus qu'une inspiration. Elle était dans le vide maintenant, Jimmy la soulevait. Il allait la jeter par-dessus le Mur. Elle regretta de ne pas avoir vécu une autre vie, mais c'était celle qu'elle avait eue, elle ne voulait pas la quitter encore, et pourtant elle tombait, chutait, plus bas, toujours plus bas.

Elle était encore vivante quand elle s'écrasa au sol. Le temps s'était ralenti, inversé, avait repris son cours. Les lumières brillaient dans ses yeux ; dans sa bouche, un goût de sang. Au-dessus d'elle, elle vit Jimmy debout à la limite des filets, tout nu et brillant, et soudain lui aussi disparut.

Au tout dernier instant, avant que toute pensée la quitte, elle entendit la voix du coureur, Kip Darrell, qui criait du rempart, très haut, au-dessus :

— Visu ! On a un visu ! Oh, putain ! Il y en a partout !

Mais ces paroles, il les prononça dans le noir. Toutes les lumières s'étaient éteintes.

36.

L'assemblée avait été fixée à la mi-journée, sous un ciel endeuillé, lourd d'une pluie qui ne voulait pas tomber. Toutes les âmes étaient réunies au Solarium où l'on avait apporté la grande table du Sanctuaire. Devant l'assistance étaient assis deux hommes : Walter Fisher et Ian Patal. Walter était comme d'habitude, un désastre de cheveux gras en bataille, d'yeux chassieux et de vêtements crasseux, probablement les mêmes depuis le début de la saison. Le fait qu'il remplisse désormais la fonction de chef de la Maisonnée, ou de ce qui en restait, augurait bien mal de la suite, se dit Peter.

Ian avait l'air beaucoup moins minable, mais depuis les événements de la nuit, il paraissait confus, irrésolu. Il avait le plus grand mal à faire régner l'ordre au sein de l'assemblée. Pour Peter, son rôle précis n'était pas très clair – siégeait-il en tant que Patal ou que premier capitaine ? –, mais ça paraissait peu important, beaucoup trop théorique pour qu'on s'en inquiète. Pour le moment, il faisait office de responsable.

Debout auprès d'Alicia, Peter parcourut la foule du regard. Tantine n'était pas là, ce qui n'avait rien d'étonnant : il y avait des années qu'elle n'assistait plus aux réunions publiques de la Maisonnée. Parmi les absents, il y avait aussi Michael, qui était retourné au Transfo, et Sara, qui était encore à l'Infirmerie. Peter repéra Gloria, debout dans les premiers rangs, mais pas Sanjay, dont le sort, tout comme celui du Vieux Chou, suscitait bien des suppositions dans la foule, autour de lui, un bourdonnement inquiet de la part des gens qui n'avaient tout simplement aucune idée de ce qui leur arrivait. Ce qu'il entendait, jusque-là, n'était que de l'inquiétude ; ce n'était pas encore la panique complète, mais Peter pensait que ce n'était qu'une question de temps : la nuit allait revenir.

Les autres visages qu'il voyait – et aurait bien préféré ne pas voir – étaient ceux de gens qui avaient perdu quelqu'un, un conjoint, un enfant ou un parent, au cours de l'attaque. C'était le cas de Cort Ramirez et de Russell Curtis, le mari de Dana, entouré de ses filles, Ellie et Kat, tous trois l'air assommé ; Karen Molyneau et ses deux filles, Alice et Avery, le visage ravagé par le chagrin ; Milo et Penny Darrell, dont le fils Kip, un coureur, venait d'avoir quinze ans – c'était la plus jeune victime ; Hodd et Lisa Greenberg, les parents de Sunny ; Addy Phillips et Tracey Strauss, qui semblait privée de toute vitalité, comme si elle avait vieilli de dix ans pendant la nuit ; Constance Chou, la jeune épouse du Vieux Chou, qui serrait farouchement contre elle leur fille, Darla, l'air de redouter qu'elle disparaisse elle aussi. C'était à cette masse de survivants désespérés – car ils étaient massés comme un organisme unique, unis par la perte d'un être cher, isolés des autres par une force magnétique qui les attirait et les repoussait à la fois – que Ian parut adresser ses paroles lorsque la foule se tut assez longtemps pour lui permettre de se faire entendre.

Il commença par un rappel des faits, que Peter connaissait déjà, plus ou moins. Peu après la mi-nuit, pour des raisons inexpliquées, les lumières s'étaient éteintes. L'extinction avait été apparemment provoquée par une surtension, qui avait fait sauter le disjoncteur principal. Au moment de l'incident, la seule personne présente au Transfo était Elton, qui dormait au fond ; l'ingénieur de service, Michael Fisher, était sorti un instant pour aller actionner manuellement l'aération de la batterie d'accumulateurs, laissant la console sans surveillance. Ce pour quoi, assura Ian à la foule, Michael n'était pas à blâmer : quitter le Transfo pour ventiler les accus était une procédure parfaitement justifiée, et il n'avait aucun moyen de prévoir la surtension qui ferait disjoncter le compteur. L'un dans l'autre, les lumières avaient été coupées un peu moins de trois minutes – le temps qu'il avait fallu à Michael pour revenir en courant et réarmer le disjoncteur, mais pendant ce bref intervalle, le Mur avait été franchi. Le dernier rapport faisait état d'un regroupement substantiel le long de la ligne de feu. Lorsque le courant était revenu, on déplorait la perte de trois âmes : Jimmy Molyneau, Soo Ramirez et Dana Curtis. Tous avaient été repérés au pied du Mur, alors que leur corps était emporté.

Ce n'était que la première vague de l'attaque. Ian eut le plus grand mal à rester maître de lui-même pour leur raconter la suite des événements. Le premier groupe, le plus important, s'était dispersé lorsqu'un deuxième groupe, plus petit, un triplet, s'était approché par le sud et avait lancé un assaut sur le Mur près de la plateforme

Six – la même plateforme où, seize jours plus tôt, Arlo Wilson avait tué la grande femelle à la tignasse caractéristique. La faille entre les plaques qui lui avait permis d'escalader le Mur avait été réparée depuis ; les trois individus n'avaient donc pas trouvé de prise, mais telle n'était apparemment pas leur intention. À ce moment, la Garde était complètement désemparée. Tout le monde se précipitait vers la plateforme Six. Les trois viruls avaient tenté de grimper, de façon répétée, sous une pluie de flèches et de carreaux d'arbalète ; pendant ce temps-là, à la plateforme Neuf, désertée, un troisième triplet – soit une partie du premier groupe qui s'était divisé, soit un autre groupe totalement différent – avait réussi à se frayer un chemin par-dessus le Mur.

Ils avaient foncé droit sur la passerelle.

Ç'avait été la mêlée générale. Il n'y avait pas d'autre mot. Avant que le groupe soit repoussé, trois autres gardes avaient été tués : Gar Phillips, Aidan Strauss et Kip Darrell, le coureur qui avait le premier annoncé le regroupement de triplets à la ligne de feu. Une quatrième, Sunny Greenberg, qui avait quitté son poste à la cellule pour participer au combat, manquait à l'appel et était présumée perdue. Au nombre des disparus figurait aussi – là, Ian s'interrompit, l'air profondément troublé – le Vieux Chou. Constance s'était réveillée aux petites heures du matin et avait découvert son absence ; personne ne l'avait vu depuis. Il semblait donc probable, bien qu'on n'en ait pas de preuve directe, qu'il ait quitté la maison au cœur de la nuit pour aller au Mur, où il avait été emporté avec les autres. Aucun virul n'avait été éliminé. Pas un seul.

— C'est tout, dit Ian. C'est tout ce que nous savons.

Il se passait quelque chose, se dit Peter. La foule le sentait aussi. Jamais personne n'avait assisté à une attaque pareille, d'une telle qualité tactique. Ce qui y ressemblait le plus aurait été la nuit de Ténèbres, mais même alors, les viruls n'avaient pas paru monter un assaut organisé. Quand les lumières s'étaient éteintes, Peter avait couru avec Alicia du parking de caravanes vers le Mur pour combattre avec les autres, mais Ian leur avait ordonné à tous les deux d'aller au Sanctuaire, qui était resté sans défense, dans le chaos. Ce qu'ils avaient vu et entendu de là-bas était amorti par la distance, et aggravé par elle. C'est sur le Mur qu'ils auraient dû être, ils le savaient.

Une voix s'éleva, couvrant les murmures de la foule :

— Et la Centrale ?

C'était Milo Darrell. Il serrait sa femme, Penny, contre lui.

— Pour autant que nous le sachions, Milo, elle est encore sécurisée, répondit Ian. Michael dit que le courant arrive toujours.

— Mais vous avez dit qu'il y avait eu une surtension ! Quelqu'un devrait descendre voir ce qui se passe. Et Sanjay ? Où est-il ?

Ian hésita, l'air presque gêné.

— J'y arrivais, Milo. Sanjay est malade. Pour le moment, c'est Walter, ici présent, qui fait office de chef.

— Walter ? C'est une blague !

Walter sembla reprendre ses esprits. Il se raidit sur son siège et leva son visage bouffi vers l'assemblée.

— Hé là, une minute... !

Mais Milo revint à la charge.

— Walter est un ivrogne, lança-t-il un ton plus haut, prenant de l'assurance. Un ivrogne et un fumiste. Tout le monde le sait. Qui est vraiment responsable, ici, Ian ? C'est vous ? Parce que moi, je ne vois personne. Alors je vais vous dire, ouvrez l'Armurerie, et que tout ceux qui le veulent montent la garde. Et que quelqu'un descende tout de suite à la Centrale.

Un bourdonnement approbateur parcourut la foule. Satané Milo, pensa Peter. Qu'essayait-il de faire ? Il voulait provoquer une émeute ? Il jeta un coup d'œil en coin à Alicia ; elle regardait Milo avec intensité, comme prête à bondir, les bras légèrement écartés. Sur ses gardes. Vigilance, vigilance...

— Je suis désolé pour ton garçon, répliqua Ian, mais ce n'est pas le moment de faire n'importe quoi. Laissons la Garde s'occuper de ça.

Milo ne prit même pas la peine de lui répondre. Il parcourut l'assemblée du regard.

— Vous avez entendu ? Ian a dit qu'ils étaient organisés. Eh ben, peut-être qu'on ferait mieux de s'organiser nous aussi. Si la Garde ne veut rien faire, moi, je dis que c'est à nous d'agir.

— Et jets, Milo ! Du calme ! Les gens ont peur et tu n'arranges pas les choses.

Sam Chou s'avança ensuite pour prendre la parole.

— Pas étonnant qu'ils aient peur. Caleb a laissé entrer cette fille ici, et maintenant quoi ? Onze morts ? C'est à cause d'elle qu'ils sont venus !

— On n'en sait rien, Sam.

— Moi, je le sais. Et tous les autres aussi. Caleb et cette fille, c'est comme ça que tout a commencé. Je dis : finissons-en avec eux aussi.

C'est alors que Peter les entendit, les voix qui se faisaient entendre un peu partout :

— La fille, la fille ! disaient les gens. Il a raison. C'est la fille.

— Et que voulez-vous qu'on y fasse au juste ?

— Ce que je veux que *vous* fassiez ? releva Sam. Ce que vous auriez déjà dû faire : les bannir ! (Il se tourna vers la foule.) Écoutez-moi, vous tous ! La Garde ne veut pas le dire, alors moi, je vais le faire. Les flèches ne peuvent pas nous protéger, pas contre ça. Je dis qu'il faut les fiche dehors, et tout de suite !

À ces mots, une première voix se leva en écho, puis une autre, et encore une autre, formant un chœur :

— Fichons-les dehors ! Fichons-les dehors ! Fichons-les dehors !

C'était comme si une vie d'angoisse venait soudain de rompre ses digues, se dit Peter. Devant la foule, Ian agitait les bras, réclamait l'attention en braillant. La scène paraissait sur le point de basculer dans la violence, dans quelque chose de terrible. Rien ne pourrait l'empêcher. La façade d'ordre venait de voler en éclats.

C'est alors qu'il fut certain d'une chose : il devait faire sortir la fille d'ici. Et Caleb aussi, dont le sort était maintenant lié au sien. Mais où pourraient-ils aller ? Où seraient-ils en sûreté ?

Il se tourna vers Alicia. Elle n'était plus là.

Et puis il la revit. Elle avait joué des coudes dans la foule en furie. D'un bond agile, elle sauta sur la table et fit face à l'assemblée.

— Taisez-vous tous ! cria-t-elle.

Autour de lui, Peter sentit la foule se crisper. Une angoisse nouvelle coula dans ses veines. *Liss*, pensa-t-il, *qu'est-ce que tu fais ?*

— Ce n'est pas pour elle qu'ils sont là, déclara Alicia. C'est à cause de moi.

— Descends, Liss ! gueula Sam. Tu n'as pas à nous dire ce qu'on doit faire !

— Je m'adresse à vous tous ! C'est ma faute. Ce n'est pas la fille qu'ils veulent, c'est moi. C'est moi qui ai incendié la bibliothèque. C'est ce qui a mis le feu aux poudres. C'était un de leurs nids, et en revenant ici je les ai menés vers vous. Si vous devez bannir quelqu'un, c'est moi. C'est par ma faute que ces gens sont morts.

Milo Darrell déclencha les hostilités en plongeant

vers la table. Impossible de dire s'il essayait de se jeter sur Alicia, Ian ou même Walter ; quoi qu'il en soit, cette provocation déchaîna une soudaine vague d'agressivité, et tout le monde se mit à se pousser et à se bousculer. La foule se précipita en avant, masse vaguement coordonnée propulsée par une énergie intrinsèque. La table fut renversée ; Peter vit Alicia tomber à la renverse, submergée par la meute. Les gens criaient, hurlaient. Ceux qui avaient des enfants tentèrent de fuir pendant que les autres faisaient mouvement vers l'avant. Peter n'avait plus qu'une idée : rejoindre Alicia. Mais alors qu'il s'efforçait d'avancer, il fut à son tour broyé entre tous ces corps. Il sentit son pied heurter une masse par terre – il avait marché sur quelqu'un. Il bascula vers l'avant et vit qu'il s'agissait de Jacob Curtis. Le malheureux était tombé à genoux, les mains sur la tête en guise de bouclier contre tous ces gens qui le piétinaient. Ils se rentrèrent dedans avec un grognement, Peter sautant par-dessus le large dos du gamin. Il se retrouva à quatre pattes, se propulsa à nouveau en avant et se releva au milieu d'une masse de bras et de jambes, fendant cette marée humaine comme un nageur, repoussant les corps sur les côtés. C'est alors qu'il reçut sur la tête un coup qui lui parut délibéré, et sa vision s'embrasa. Il se retourna, prit son élan, et son poing atterrit brutalement sur un visage barbu, au front large. Il ne comprit que plus tard que c'était Hodd Greenberg, le père de Sunny. À ce moment-là, il avait réussi à se rapprocher d'Alicia. Elle était par terre, visible par intermittence à travers la meute qui la cernait. Comme Jacob, elle se protégeait la tête avec les mains, et elle était roulée en boule, espérant offrir le moins de prise possible aux coups de pied et de poing qui s'abattaient sur elle.

La question ne se posait même pas. Peter dégaina son couteau.

Ce qui aurait pu arriver ensuite, il ne le saurait jamais. De la porte principale arriva une deuxième horde : la Garde. Ben et Galen, brandissant des arbalètes, Dale Levine et Vivian Chou, Hollis Wilson et les autres. L'arbalète bandée, ils formèrent rapidement une ligne de défense entre la table et la foule, faisant reculer précipitamment tout le monde.

— Rentrez chez vous ! beugla Ian, écarlate de colère.

Il avait les cheveux trempés de sang, qui dégoulinait sur son visage et coulait dans son col. De ses lèvres jaillissaient des postillons d'écume qui accrochaient la lumière. Il balaya la foule de son arbalète comme s'il se demandait sur qui tirer en premier.

— Je proclame la suspension de la Maisonnée et la loi martiale ! Le couvre-feu prend effet immédiatement !

Tout paraissait suspendu dans un silence friable. La foule s'était écartée d'Alicia qui était maintenant à découvert. Peter se laissa tomber à genoux à côté d'elle. Elle tourna la tête vers lui, les yeux exorbités, très blancs dans son visage strié de traces noires.

Elle articula un unique mot, d'un ton pressant :

— Vas-y.

Il se leva et recula, se fondant dans la foule – des gens debout, d'autres par terre, quelques-uns qu'on aidait à se relever. Tout le monde était couvert de poussière. Peter en avait jusque dans la bouche. Walter Fisher, assis près de la table renversée, se tenait le côté de la tête. Sam et Milo n'étaient plus visibles. Comme Peter, ils s'étaient évaporés.

Deux gardes, Galen et Hollis, s'avancèrent et aidèrent Alicia à se relever. Elle n'offrit pas de résistance lorsque Ian lui prit ses couteaux. Peter vit, à sa façon de se tenir, qu'elle était blessée ; son corps semblait en même temps rigide et tout mou, comme si elle contrôlait la douleur. Elle avait une trace de sang sur la joue et une autre sur le coude. Sa tresse était défaite. La manche de son pull, arrachée, était en lambeaux. Ian et Galen la soutenaient, chacun d'un côté, comme une prisonnière. C'est alors que Peter comprit : en attirant la fureur de la foule sur elle, elle l'avait détournée de la fille, leur faisant gagner un peu de temps. Ne serait-ce que pour empêcher la meute de se déchaîner, Ian serait obligé de la mettre en cellule, maintenant. *Tiens-toi prêt*, lui avaient dit ses yeux.

— Alicia Donadio, dit Ian, assez fort pour que tous l'entendent. Tu es en état d'arrestation sous le chef d'accusation de trahison.

— Jetez cette putain dehors ! Tout de suite ! cria quelqu'un.

— Silence ! fit Ian, mais sa voix était faible, tremblante. Et c'est sérieux. Rentrez chez vous immédiatement. La porte principale restera fermée jusqu'à nouvel ordre. Toute personne vue hors des Murs et aux alentours sera arrêtée par la Garde. Toute personne portant une arme sera abattue sans sommation. Et n'allez pas vous imaginer que ce sont des paroles en l'air.

Puis, sous les yeux impuissants de Peter, dans un monde qui lui était devenu complètement étranger, parmi des gens qu'il ne connaissait plus, la Garde emmena Alicia.

37.

Au Sanctuaire, Mausami Patal avait passé une nuit agitée et une matinée guère plus calme dans la salle de classe du premier, avec les Petits. L'Autre Sandy, dont le mari, Sam, était venu dès les premières lueurs de l'aube, lui avait fait le récit des terribles événements de la nuit, et elle avait pris une décision.

L'idée lui en était venue avec une tranquille soudaineté ; elle ne savait même pas qu'elle l'avait eue. Mais elle s'était réveillée avec l'impression distincte que, pendant la nuit, quelque chose avait changé en elle. La décision s'était simplement imposée à elle, de façon presque arithmétique : elle allait avoir un bébé ; le bébé était de Theo Jaxon, et comme ce bébé était celui de Theo Jaxon, Theo ne pouvait pas être mort ; Mausami allait le retrouver et le mettre au courant, pour leur enfant.

Le meilleur moment pour sortir était juste avant la cloche du matin, au changement d'équipe, qui lui procurerait à la fois la couverture dont elle avait besoin et une pleine journée de lumière pour descendre de la montagne à pied. Une fois là, elle aviserait. Le meilleur endroit pour fuir était la Percée, sur laquelle la visibilité était limitée. Quand Sandy et les autres seraient allés se coucher, elle se faufilerait dans l'Entrepôt et s'équiperait pour le voyage – une bonne corde pour descendre du Mur, de l'eau et des vivres, une arbalète et un couteau, de bonnes vieilles rangers, des vêtements de rechange et un sac pour y mettre le tout.

Avec le couvre-feu, il n'y aurait personne dehors. Elle se glisserait vers la Percée en restant à couvert, et elle attendrait l'aube.

Alors que le plan germait dans son esprit, prenait forme et s'enrichissait de détails, Mausami en vint à comprendre ce qu'elle faisait : elle mettait en scène sa propre mort. En réalité, il y avait des jours que ça durait. Depuis le retour du détachement de ravitaillement, elle avait manifesté tous les symptômes d'une âme en détresse : elle avait enfreint le couvre-feu, pleurniché comme une dingue, fait tourner en bourrique un tas de gens inquiets pour elle. Elle n'aurait pas pu s'y prendre de façon plus convaincante. Même cette scène larmoyante à la porte principale, quand Liss avait fait son numéro, jouerait son rôle dans le récit que l'on échafauderait après coup pour expliquer son triste sort. *Comment cela a-t-il pu nous échapper ?* diraient les gens en secouant la tête d'un air chagrin. *Elle présentait tous les symptômes.* Parce que, le lendemain matin, quand l'Autre Sandy se réveillerait et découvrirait que le lit de Mausami était vide, elle attendrait peut-être quelques heures avant de remarquer l'étrangeté de son absence, mais elle finirait par l'annoncer, on partirait à sa recherche et on découvrirait la corde au-dessus de la Percée. Une corde qui ne pourrait signifier qu'une seule chose : une descente vers nulle part, vers le néant. Il n'y aurait pas d'autre conclusion possible. Mausami Patal Strauss, épouse de Galen Strauss, fille de Sanjay et Gloria Patal, Première Famille et membre de la Garde, enceinte et terrifiée, aurait décidé de tout lâcher.

Pourtant, le jour se levait. Et elle était là, au Sanctuaire, en train de tricoter ses petits chaussons – elle n'avait pratiquement pas avancé –, en écoutant bavarder l'Autre Sandy, qui occupait les Petits avec des jeux, des histoires et des chansons. La nouvelle de la mort de Mausami était un événement différé – comme une flèche qui, une fois décochée, n'avait plus qu'à s'enfoncer dans sa cible pour révéler le sens de sa trajectoire. Elle se faisait l'impression d'être un fantôme. D'être déjà partie. Elle songea à aller voir ses parents une dernière fois, mais pour leur dire quoi ? Comment pourrait-elle leur dire adieu sans se trahir ? Il y avait Galen, bien sûr, mais après la nuit dernière, elle ne voulait plus jamais le revoir de sa vie. Galen était sa dernière préoccupation. Il n'était pas allé à la Centrale, tout compte fait. C'est l'Autre Sandy qui le lui avait dit, pensant lui apporter une bonne nouvelle. Galen était parmi les gardes qui avaient arrêté Alicia. Mausami se demanda si Galen serait la première personne à qui ils le diraient, la deuxième, ou la troisième. Est-ce qu'il serait triste ? Est-ce qu'il pleurerait ? L'imaginerait-il en train de descendre de l'autre côté du Mur et se sentirait-il soulagé ?

Ses mains avaient cessé de tricoter. Et si elle était vraiment folle ? se demanda-t-elle. Ça devait être ça. Il fallait être folle pour penser que Theo n'était pas mort. Mais ça lui était égal.

Elle s'excusa auprès de l'Autre Sandy, qui lui fit distraitement signe d'y aller – elle avait fait asseoir les Petits en rond et elle essayait de les calmer avant de commencer la leçon du jour –, et sortit dans le couloir, fermant la porte derrière elle, sur les voix des enfants. Le silence soudain lui fit l'effet d'un cri : elle resta un moment dans cette absence totale de bruit. En de tels instants, on pouvait presque imaginer que le monde n'était pas le monde. Qu'il y avait un *autre* monde dans lequel les virus n'existaient pas, comme ils n'existaient pas pour les Petits, qui vivaient dans un temps de rêve. Ce qui était probablement la raison première de la construction du Sanctuaire : pour qu'il y ait encore un tel monde. Elle suivit le couloir, ses sandales claquant sur le linoléum craquelé, passa devant les portes des classes vides et descendit l'escalier. L'odeur d'alcool, qui était encore forte dans la grand-salle, lui piqua les yeux, pourtant elle sut qu'elle resterait là jusqu'à la fin de la journée, assise dans le silence, avec son tricot, et qu'elle finirait les petits chaussons de bébé, afin de pouvoir les emporter avec elle.

38

Si on avait demandé à Michael Fisher quel avait été le pire moment de sa vie, il n'aurait pas hésité un instant à répondre : le moment où les lumières s'étaient éteintes.

Michael venait de faire rouler la bobine à bas de la passerelle quand c'était arrivé. Une plongée dans le noir tellement absolue, tellement dévorante que pendant un instant les battements de son cœur s'étaient arrêtés et qu'il s'était demandé s'il n'était pas tombé avec la bobine sans s'en rendre compte : c'étaient les ténèbres de la mort. Et puis il avait entendu la voix de Kip Darrell – « Visu ! On a un visu ! Oh, putain ! Il y en a partout ! » – et l'information avait atteint son cerveau comme une balle : non seulement il n'était pas mort, mais les lumières étaient bel et bien éteintes.

Les lumières étaient éteintes !

Il avait réussi à reprendre la passerelle et à redescendre l'échelle à toute vitesse dans le noir complet, exploit que, rétrospectivement, il trouvait complètement incroyable. Il s'était laissé tomber sur les derniers mètres, son sac à outils ballottant sur son dos, les genoux ployés pour amortir le choc, et il avait foncé vers le Transfo. « Elton ! » avait-il crié en tournant au coin de la baraque. Il avait gravi les marches du porche quatre à quatre et s'était rué à l'intérieur. « Elton, réveille-toi ! »

Il s'attendait à découvrir le système complètement planté, mais quand il était arrivé devant la console – Elton sortait de la pièce du fond et se traînait comme un gros cheval aveugle –, il avait vu la lueur des tubes cathodiques, constaté que tous les voyants étaient au vert, et s'était figé sur place.

Bon sang, pourquoi le courant était-il coupé ?

Il s'était précipité vers le compteur, à l'autre bout de la pièce, et il avait vu quel était le problème : le disjoncteur principal s'était déclenché. Il n'avait qu'à le réenclencher pour que la lumière revienne.

Michael avait fait son rapport à Ian dès les premières lueurs du jour. L'histoire de la surtension était ce qu'il avait trouvé de mieux pour se débarrasser de lui, le faire sortir du Transfo. D'ailleurs, il supposait qu'une surtension aurait pu produire ce résultat. Sauf que le système l'aurait enregistrée, or il n'y avait rien dans l'historique. Le problème aurait pu être provoqué par un court-circuit quelque part, mais dans ce cas, le disjoncteur aurait de nouveau sauté à l'instant où il aurait essayé de le remettre en route. Il avait passé la matinée à vérifier toutes les connexions, à ventiler et reventiler les condensateurs, à les remettre en charge. Il n'y avait tout simplement rien qui clochait.

Il avait demandé à Elton si quelqu'un était venu, s'il avait entendu quelque chose. Mais Elton s'était contenté de secouer la tête. « Je dormais, Michael. Je dormais à poings fermés au fond. Je n'ai rien entendu jusqu'à ce que tu débarques en gueulant. »

Il ne retrouva qu'après la mi-journée les dispositions d'esprit nécessaires pour se remettre à bosser sur la radio. Dans la panique, il l'avait complètement oubliée. Il ressortit du Transfo pour aller récupérer la bobine qu'il avait laissée tomber la nuit précédente, et lorsqu'il la retrouva dans la poussière où personne n'y avait touché, le long fil montant jusqu'en haut du Mur, il fut à nouveau convaincu de son importance. Il épissa le câble aux fils de cuivre qu'il avait mis en place, regagna le Transfo, prit le journal de bord sur l'étagère pour vérifier la fréquence et chaussa le casque.

Deux heures plus tard, bouillonnant d'adrénaline, les cheveux et le pull trempés de sueur, il alla trouver Peter dans les chambrées. Celui-ci était assis sur une couchette et faisait tourner un couteau autour de son index. Ils étaient seuls dans la pièce. En entendant entrer Michael, Peter releva les yeux, l'air à peine intéressé. Il donnait l'impression d'avoir vécu un drame effroyable, se dit Michael. Pour un peu, on aurait dit qu'il avait envie d'utiliser ce couteau sur quelqu'un mais n'arrivait pas à décider qui. Et à propos, se demanda Michael, où tout le monde était-il passé ? C'était terriblement calme, non ? Personne ne lui disait jamais rien.

— Qu'est-ce qu'il y a ? demanda Peter, et il recommença à jouer mélancoliquement avec son couteau. Parce que, quoi que ce soit, j'espère que ce sont de bonnes nouvelles.

— Oh, bon sang ! répliqua Michael.

Ça avait du mal à sortir.

— Il faut que tu entendes quelque chose.

— Enfin, jets, Michael ! Tu as une idée de ce qui arrive ici ? Qu'est-ce qu'il faut que j'entende ?

— Amy, répondit-il. Il faut que tu entendes Amy.

39.

Au Transfo, Michael s'assit devant sa console. Le petit objet qu'ils avaient retiré du cou de la fille était étalé en pièces détachées sur un tapis de cuir devant le tube cathodique.

— La source d'énergie, expliqua Michael. C'est intéressant. *Très* intéressant.

Avec une pince à épiler, il prit une minuscule capsule métallique qui se trouvait à l'intérieur de l'émetteur.

— C'est une pile, mais je n'en avais jamais vu de

pareille. Depuis le temps qu'elle fonctionne, je dirais qu'elle est forcément nucléaire.

Peter sursauta.

— C'est pas dangereux ?

— Ça ne l'était apparemment pas pour elle. Et elle l'a eue dans le corps pendant un long moment.

— Long comment ?

Peter regarda son ami dont le visage était illuminé par l'excitation. Jusque-là, il n'avait fourni que de très vagues réponses à ses questions.

— Tu veux dire un an ? Plus ?

Michael eut un sourire sibyllin.

— Tu n'as aucune idée de la réalité. Attends deux secondes.

Il ramena l'attention de Peter vers l'objet posé sur la console et lui en désigna les différentes parties avec ses pinces.

— Alors, là, tu as un émetteur, là, une pile, et puis... le reste. J'ai d'abord pensé que c'était une puce mémoire, mais elle est beaucoup trop petite pour que je la connecte à l'un des ports de l'unité centrale, alors j'ai dû la souder à la hussarde.

Il pianota rapidement sur son clavier et afficha une page de données sur l'écran.

— Les données contenues dans la puce sont divisées en deux parties, une beaucoup plus courte que l'autre. Ce que tu vois là, c'est la première partie.

Peter vit une unique ligne de texte, des chiffres et des lettres vert fluo mélangés.

— Je n'y comprends rien, avoua-t-il.

— C'est parce que les espaces ont été supprimés. Pour je ne sais quelle raison, le fichier est en partie morcelé, aussi. Je pense qu'un secteur de la puce a été endommagé. Peut-être que c'est moi qui l'ai bousillée en la soudant à l'unité centrale. Bref, on dirait qu'une grande partie des informations sont perdues. Mais ce qu'il y a là nous en dit déjà long.

Michael afficha un deuxième écran. Les mêmes chiffres, mais les nombres et les lettres s'étaient réorganisés.

```
AMY NFI
SUJ 13
ASS À NOÉ USAMRIID SWD
S : F P : 22.72 K
```

— Amy NFI ? dit Peter en relevant les yeux. Amy ? Michael hocha la tête.

— Notre Amy. Je n'en suis pas sûr, mais NFI pourrait vouloir dire « nom de famille inconnu ». Je reviendrai sur le truc du milieu dans une seconde, mais la ligne du bas est assez claire : sexe, féminin ; poids, vingt-deux kilos soixante-douze. À peu près le gabarit d'une gamine de cinq ou six ans. Et donc je suppose qu'elle devait avoir à peu près cet âge-là quand on lui a implanté l'émetteur.

C'était loin d'être évident pour Peter, mais Michael parlait avec une telle assurance qu'il ne pouvait que le croire sur parole.

— Alors, il y a combien de temps qu'elle l'a, hein ? Dix ans ?

— Hé, hé, fit Michael en élargissant son sourire, pas exactement. Et ne va pas plus vite que la musique, j'ai beaucoup de choses à te montrer. Mieux vaudrait que tu me laisses te prendre par la main. Voilà, c'est tout ce que j'ai pu tirer du premier fichier, ce n'est pas énorme, mais ce n'est pas ce qu'il y a de plus intéressant dans tout ça, et de loin. Le deuxième fichier est la vraie caverne d'Ali Baba. Près de seize térabits. C'est-à-dire seize trillions de bits de données.

Il appuya sur une touche. Des pages entières de nombres commencèrent à défiler sur l'écran.

— C'est quelque chose, hein ? J'ai d'abord cru que c'était une espèce de cryptage, mais pas du tout. Tout est là, c'est juste compressé, comme dans le premier fichier.

Michael figea le défilement du torrent de colonnes et tapota l'écran.

— La clé, c'est ce nombre, là, le premier de la séquence, qui est répété tout en bas de la colonne.

Peter regarda l'écran en plissant les paupières.

— Neuf cent quatre-vingt-six ?

— Pas loin. Quatre-vingt-dix-huit *virgule* six. Ça ne te dit rien ?

Peter secoua la tête, perplexe.

— Pas vraiment, non.

— Quatre-vingt-dix-huit virgule six, c'est la température normale du corps humain, en degrés Fahrenheit. L'ancienne unité. Maintenant, regarde le reste de la ligne. Soixante-douze, c'est probablement le rythme cardiaque. Tu as le rythme de la respiration et la pression sanguine. J'imagine que le reste mesure l'activité cérébrale, les fonctions rénales, ce genre de chose. Sara comprendrait probablement mieux tout ça que moi. Mais le plus important, c'est que ça arrive en groupes distincts. C'est assez évident quand on regarde le premier chiffre et qu'on voit où la séquence repart. Je dirais que ce machin est une sorte de moniteur corporel, conçu pour envoyer des données à une unité centrale. Pour moi, c'était une espèce de patiente.

— Une patiente ? Comme dans une infirmerie ? fit Peter en fronçant les sourcils. Personne ne pourrait faire un truc pareil.

— Personne ne pourrait plus *maintenant*. Et c'est là que ça devient absolument fascinant. En tout, il y a cinq cent trente-sept mille deux cent soixante-dix-huit

795

groupes de données sur la puce. L'émetteur était réglé pour émettre toutes les quatre-vingt-dix minutes. Après, ce n'est que de l'arithmétique : soixante cycles par jour, multipliés par trois cent soixante-cinq jours par an.

Peter avait l'impression d'essayer de boire une gorgée d'eau à une lance d'incendie.

— Désolé, Michael. Je suis largué.

Michael se tourna vers lui.

— Ce que je te dis, c'est que le bidule qu'elle avait dans le cou a pris sa température toutes les heures et demie pendant un peu plus de quatre-vingt-treize ans. Quatre-vingt-treize ans, quatre mois et vingt et un jours, pour être précis. Amy NFI a cent ans.

Lorsqu'il réussit à refaire le point sur le visage de Michael, Peter se rendit compte qu'il s'était laissé tomber dans un fauteuil.

— C'est impossible.

Michael haussa les épaules.

— D'accord, Peter, c'est impossible. Mais je ne vois pas comment expliquer ça autrement. Et tu te souviens du premier répertoire ? Ce mot, USAMRIID ? Je l'ai tout de suite reconnu. C'est l'Institut de recherche médicale sur les maladies infectieuses de l'armée des États-Unis. Il y a des tonnes de trucs estampillés USAMRIID dans l'Entrepôt. Des documents sur l'épidémie, tout un tas d'informations techniques proviennent de là.

Il fit pivoter son fauteuil et attira l'attention de Peter sur le haut de l'écran.

— Et tu vois ça, là, cette longue chaîne de nombres, dans la première ligne ? C'est la signature digitale de l'unité centrale.

— La quoi ?

— Imagine ça comme une adresse, le nom du

796

système que ce petit émetteur cherche. On pourrait croire que ce n'est que du charabia, mais si tu regardes attentivement les nombres, en réalité, ils t'en disent long. Cette chose devait avoir une espèce de système de géolocalisation, par satellite, probablement. Du vieux matériel militaire. Et ce que tu vois, en réalité, ce sont des coordonnées géographiques. Rien de sophistiqué. Il ne s'agit que de longitude et de latitude. Trente-sept degrés cinquante-six minutes nord par cent sept degrés quarante-neuf minutes ouest. Alors, on prend la carte...

Michael vida l'écran et tapota rapidement sur son clavier. Une nouvelle image apparut. Peter mit un moment à comprendre ce qu'il voyait : une carte du continent nord-américain.

— ... on entre les coordonnées, comme ça...

Un quadrillage de lignes noires apparut sur la carte, la divisant en carrés. Avec un geste emphatique, Michael leva les mains du clavier et appuya sur « entrée ». Un point jaune, lumineux, apparut.

— ... Et voilà, on y est. Le sud-ouest du Colorado. Une ville appelée Telluride.

Ce nom ne disait rien à Peter.

— Et alors ?

— Le Colorado, Peter. Le cœur de la ZQC.

— C'est quoi, la ZQC ?

— Écoute, fit Michael avec un soupir impatient, il faudrait vraiment que tu révises tes cours d'histoire. La zone de Quarantaine centrale. C'est de là que l'épidémie est partie. Les premiers viruls venaient tous du Colorado.

Peter avait l'impression d'être entraîné par un cheval emballé.

— Je t'en prie, pas si vite. Tu me dis que c'est de là qu'elle vient ?

Michael hocha la tête.

— Plus ou moins, oui. C'était un émetteur à courte portée, alors elle ne devait pas en être à plus de quelques kilomètres quand on le lui a implanté. La vraie question, c'est pourquoi.

— Jets ! Comme si j'en avais la moindre idée.

Michael marqua une pause et regarda longuement son ami.

— Je vais te poser une question : tu as déjà réfléchi à ce que sont les viruls ? Pas seulement ce qu'ils *font*, Peter, ce qu'ils *sont*.

— Des êtres sans âme ?

— Ouais. Ça, c'est ce que tout le monde dit, acquiesça Michael. Mais si ce n'était pas si simple ? Cette fille, Amy, ce n'est pas une virule. On serait tous morts, sinon. Et pourtant, tu as vu comment elle cicatrise, et elle a survécu dehors. Tu l'as dit toi-même, elle t'a protégé. Et comment tu expliques qu'elle ait près d'une centaine d'années mais qu'elle n'ait pas l'air d'avoir beaucoup plus de, disons, quatorze ans ? L'Armée lui a fait quelque chose. Je ne sais ni quoi ni comment, mais on lui a fait quelque chose. Cet émetteur était réglé sur une fréquence militaire. Peut-être qu'elle a été contaminée et qu'ils lui ont fait un truc qui l'a guérie. Peut-être qu'elle est le remède, fit-il après réflexion en regardant Peter.

— Là, tu t'avances...

— Je n'en suis pas si sûr, figure-toi.

Michael se souleva de sa chaise pour prendre un livre sur l'étagère, au-dessus de la console.

— Je suis retourné voir dans le vieux journal de bord si on n'avait jamais intercepté un signal émanant de ces coordonnées. Ce n'était qu'une intuition. Et devine ? Ben oui. La fréquence de détresse de l'Armée, qui transmettait en bon vieux morse. Et je suis tombé là-dessus.

Michael ouvrit le journal à une page qu'il avait marquée, le posa sur les genoux de Peter et lui indiqua les mots inscrits sur la page : « *Si vous la trouvez, ramenez-la ici.* »

— Mais le truc de fou, le voilà, poursuivit Michael. Ça émet toujours. C'est ce qui m'a pris tellement de temps. J'ai dû installer un câble en haut du Mur pour obtenir un signal correct.

Peter releva les yeux de la page. Michael le regardait toujours avec intensité.

— Ça quoi ?

— *Ça émet.* Le même message : « Si vous la trouvez, ramenez-la ici. »

Peter éprouva une espèce de vertige, comme si son cerveau se cabrait.

— Et comment ça pourrait émettre ?

— Parce qu'il y a quelqu'un là-bas, Peter. Tu ne vois pas ? fit-il avec un sourire victorieux. Quatre-vingt-treize ans, c'est l'an zéro, le début de l'épidémie. C'est ce que je te dis. Il y a quatre-vingt-treize ans, au printemps de l'an zéro, à Telluride, dans le Colorado, quel-qu'un a mis une puce équipée d'une pile nucléaire dans le cou d'une gamine de six ans. Qui est toujours vivante, et qui est encore en quarantaine, comme si elle venait tout droit du temps d'Avant. Et depuis quatre-vingt-treize ans, celui ou ceux, quels qu'ils soient, qui ont fait ça réclament qu'on la leur ramène.

40

C'était presque la mi-nuit. Il n'y avait personne dehors ; à part la Garde, tout le monde était bouclé chez soi à cause du couvre-feu. Tout avait l'air calme sur le Mur. Au cours des dernières heures, Peter avait fait de son mieux pour reprendre la situation en main. Il ne s'était pas présenté à son poste, et personne n'était venu le chercher. Cela dit, il y avait peu de chances qu'on vienne le débusquer au Transfo, ou dans la caravane de la FEMA d'où il surveillait la cellule. Avec la tombée de la nuit, la Garde manquait tellement de bras que Ian n'y avait posté qu'un homme, Galen Strauss. Mais Peter doutait que Sam et les autres tentent quoi que ce soit avant le lever du jour. Et d'ici là, il prévoyait d'être parti.

L'Infirmerie était plus sérieusement gardée – deux hommes, un devant, l'autre derrière. Dale avait été envoyé sur le Mur. Peter n'avait donc pas moyen d'y entrer, mais Sara était encore libre d'aller et venir. Il se cacha dans les fourrés au pied du mur de la cour et attendit qu'elle sorte. Un long moment passa avant que la porte s'ouvre et qu'elle apparaisse sur le porche. Elle échangea deux mots avec le garde de service, Ben Chou, avant de descendre les marches et de s'engager sur le sentier, sans doute pour aller chercher à manger chez elle. Peter la suivit à distance respectable jusqu'à ce qu'il soit bien sûr qu'ils étaient hors de vue, et il s'approcha rapidement d'elle.

— Suis-moi. Immédiatement, dit-il.

Il la conduisit au Transfo où Michael et Elton l'attendaient. Michael raconta à sa sœur ce qu'il savait en lui débitant la même explication qu'à Peter. Lorsqu'il en arriva à l'histoire du signal et lui montra l'inscription dans le journal de bord, Sara le lui prit des mains et l'examina.

— D'accord.

— Quoi, d'accord ? fit Michael en fronçant les sourcils.

— Michael, ce n'est pas que je doute de tes conclusions, je te connais depuis trop longtemps. Mais qu'est-ce que tu veux qu'on fasse de tout ça ? Le Colorado est à, quoi, mille kilomètres d'ici ?

— Mille six cents, rectifia Michael. Plus ou moins.

— Et comment tu veux qu'on aille là-bas ?

Michael marqua une pause. Il jeta un coup d'œil à Elton, qui acquiesça.

— Le problème, c'est : qu'est-ce qui va se passer si on n'y va pas ?

Et c'est alors que Michael leur parla des batteries d'accus.

Peter encaissa la nouvelle avec un étrange détachement, un sentiment d'inexorabilité. Évidemment que les batteries commençaient à flancher. Elles flanchaient depuis le début. Il le sentait dans tout ce qui se produisait ; il le sentait tout au fond de lui, comme s'il l'avait toujours su. C'était comme la fille. Cette fille, Amy, la Fille de nulle part. Le fait qu'elle soit parvenue parmi eux alors que les batteries donnaient des signes de défaillance n'était pas qu'une coïncidence. Il n'avait plus qu'à agir en fonction de cette information.

Il se rendit compte que personne n'avait dit un mot depuis un moment.

— Qui d'autre est au courant ? demanda-t-il à Michael.

— Rien que nous. Et ton frère, ajouta-t-il après une hésitation.

— Theo le savait ?

Michael hocha la tête.

— J'en suis presque arrivé à le regretter. C'est lui qui m'avait dit de n'en parler à personne. Et je ne l'ai pas fait. Jusqu'à maintenant.

Bien sûr, se dit Peter. Bien sûr que Theo le savait.

— Je pense qu'il ne voulait pas que les gens aient peur, expliqua Michael. Vu que de toute façon, on n'y pouvait rien.

— Sauf que tu crois qu'on peut faire quelque chose.

Michael resta un instant sans répondre et se frotta les yeux. Peter vit qu'il accumulait les heures sans sommeil. Aucun d'eux n'avait dormi de la nuit.

— Tu sais ce que je ferais, Peter. Il s'agit probablement d'un signal automatique. Mais si l'Armée est toujours là-bas, je ne vois pas comment on pourrait rester ici les bras croisés. Si elle a fait ce que tu nous as raconté au centre commercial, peut-être qu'elle pourrait nous protéger.

Peter se tourna vers Sara. Après ce que Michael venait de leur dire, il était étonné de la trouver si calme. Son visage ne trahissait aucune émotion. Enfin, elle était infirmière. Peter connaissait cette dureté.

— Sara ? Tu ne dis rien.

— Qu'est-ce que tu veux que je dise ?

— Tu es avec elle depuis le début. Qu'est-ce que tu crois qu'elle est ?

Elle poussa un soupir las.

— Tout ce que je sais, c'est ce qu'elle n'est pas. Ce n'est pas une virule, ça, c'est sûr. Mais ce n'est pas non plus une humaine comme les autres. Pas quand on voit comment elle guérit.

— Il y a une raison à son mutisme ?

— Aucune à ma connaissance. Si elle est aussi vieille que le dit Michael et qu'elle est restée toute seule tout ce temps, peut-être qu'elle a oublié le langage.

— Et personne n'est allé la voir en dehors de nous ?

— Pas depuis hier.

Elle marqua une hésitation.

— J'ai l'impression que tout le monde a... pour ainsi dire peur d'elle.

— Et toi ?

— Moi ? fit-elle en fronçant les sourcils. Et pourquoi j'aurais peur d'elle ?

Peter n'en savait rien. Même à lui la question paraissait bizarre au moment où il l'avait posée.

Sara se leva.

— Enfin, il faut que j'y retourne. Ben va commencer à se demander ce que je fabrique. Essaie de te reposer, dit-elle en mettant la main sur l'épaule de Michael. Et toi aussi, Elton. Vous avez une tête à faire peur, tous les deux.

Arrivée à la porte, elle se retourna et regarda à nouveau Peter.

— Tu ne disais pas ça sérieusement, hein, aller dans le Colorado... ?

La question semblait trop simple. Et pourtant, tout ce qu'ils s'étaient dit menait à cette conclusion. Peter se sentait plus ou moins comme quand Theo lui avait demandé, devant la bibliothèque : « Et toi, tu votes pour quoi ? »

— Parce que dans ce cas, poursuivit Sara, vu la tournure que prennent les événements, je n'attendrais pas beaucoup plus longtemps avant de la tirer d'ici.

Sur ces mots, elle sortit du Transfo.

Après son départ, un silence plus profond se fit dans la pièce. Peter savait qu'elle avait raison. Et pourtant, son esprit n'arrivait pas encore à saisir la totalité de ce qu'ils envisageaient, à le voir clairement. La fille, Amy, et la voix dans sa tête qui lui disait qu'il manquait à sa mère. Les batteries qui donnaient des signes de défaillance, et Theo qui était au courant. Le message radio de Michael, telle une émission qui aurait traversé non seulement une grande distance mais le temps même, et leur parviendrait du passé. Ça formait un tout dont la cohérence lui échappait, comme si un élément crucial était encore absent de l'ensemble des données.

Peter se rendit compte qu'il regardait Elton. Le vieil homme n'avait pas dit un mot. Peut-être s'était-il rendormi.

— Elton ?

— Hmm ?

— Tu es bien silencieux.

— Je n'ai rien à dire, justifia-t-il en levant ses yeux blancs. Tu sais à qui il faudrait que tu parles. C'est toujours pareil avec vous, les Jaxon. Je ne devrais pas avoir besoin de te le dire.

Peter se leva.

— Où vas-tu ? s'enquit Michael.

— Chercher la réponse, répondit-il.

Sanjay Patal n'arrivait pas à dormir. Allongé sur son lit, il n'arrivait même pas à fermer les yeux.

C'était la fille. Cette Fille de nulle part. Elle était entrée en lui, d'une certaine façon, dans son esprit. Elle était là, avec Babcock et la Multitude – quelle Multitude ? se demandait-il. Qu'est-ce que c'était que cette Multitude à laquelle il pensait ? –, et il avait l'impression d'être un autre, quelqu'un de nouveau et d'étranger à lui-même. Il aurait voulu... voulu quoi ? Un peu de paix. Un peu d'ordre. Mettre fin à cette impression que rien n'était ce qu'il semblait être, que le monde n'était pas le monde. Qu'avait dit Jimmy à propos des yeux de la fille ? Elle avait les yeux fermés, il l'avait bien vu ; elle avait les yeux fermés, et elle ne les avait pas ouverts. Pourtant ces yeux étaient en lui, comme s'il voyait tout depuis deux points de vue à la fois, de l'intérieur et de l'extérieur, Sanjay et pas Sanjay, et ce qu'il voyait, c'était une corde.

Pourquoi pensait-il à une corde ?

Il avait l'intention d'aller trouver le Vieux Chou. C'était pour ça qu'il était sorti de chez lui la veille au soir, laissant Gloria endormie dans la cuisine. C'était le besoin impérieux de voir le Vieux Chou qui l'avait poussé à se lever, descendre l'escalier et sortir. *La lumière*, se rappela Sanjay. Dès qu'il était sorti dans le jardin, la clarté lui avait rempli les yeux comme une bombe, fait exploser les rétines et carbonisé l'esprit, lui causant une souffrance qui n'était pas exactement une vraie douleur, plutôt un souvenir de douleur, chassant toute idée du Vieux Chou, de l'Entrepôt ou de ce qu'il avait l'intention d'y faire. Ses actes suivants semblaient s'être déroulés hors de sa volonté. Les images qu'il avait en mémoire manquaient complètement de cohérence, tel un paquet de cartes jetées par terre. Gloria l'avait retrouvé après, blotti dans les buissons au pied de leur maison, pleurnichant comme un enfant. « Sanjay, qu'est-ce que tu as fait ? répétait-elle. Qu'est-ce que tu as fait, qu'est-ce que tu as fait ? » Il ne pouvait pas lui répondre – à ce moment-là, il n'en avait honnêtement pas idée –, mais il voyait bien à son expression et à son ton que c'était horrible, impensable, comme s'il avait tué quelqu'un, et il s'était laissé ramener à la maison et mettre au lit. Il n'avait retrouvé qu'au lever du soleil le souvenir de ce qu'il avait commis.

Il devenait fou.

Et la journée avait passé comme ça. Ce n'est qu'en restant éveillé – et non seulement éveillé, mais allongé, rigoureusement immobile, et en faisant appel à toute la force de sa volonté – qu'il pensait pouvoir ramener une certaine logique dans son esprit perturbé et éviter la répétition des événements de la nuit précédente. C'était sa nouvelle veille. Pendant un moment, peu après l'aube et puis plus tard, avec le retour de l'obscurité, il y avait eu un brouhaha de voix en bas (celles de Ian, de Ben et de Gloria ; il se demandait ce qui était arrivé à Jimmy). Et puis ça s'était arrêté aussi. Il avait l'impression d'être dans une espèce de bulle, que tout se passait très loin, hors de portée. Par intermittence, il prenait conscience de la présence de Gloria dans la chambre, de son visage soucieux penché sur lui, posant des questions auxquelles il n'arrivait pas à répondre : « Est-ce que je dois leur parler des armes, Sanjay ? Est-ce qu'il faut que je le fasse ? Je ne sais pas quoi faire, je ne sais pas quoi faire. Pourquoi tu ne me dis rien, Sanjay ? » Mais il ne pouvait pas parler. Le seul fait de parler aurait rompu le charme.

Maintenant elle était partie. Gloria était partie, Mausami était partie, tout le monde était parti. Sa Mausami. C'était son image qu'il gardait dans son esprit, maintenant – pas la femme adulte qu'elle était devenue, non, le bébé qu'elle avait été, ce petit paquet de nouvelle vie toute chaude que Prudence Jaxon lui avait mis dans les bras – et cette image s'estompait, il fermait enfin les yeux lorsqu'il entendit la voix, la voix de Babcock issue des ténèbres.

Sanjay. Sois à moi.

Il se retrouva dans la cuisine. La cuisine du temps d'Avant. Il se disait confusément : *Tu as fermé les yeux, Sanjay. Quoi que tu fasses, tu ne dois pas fermer les yeux.* Mais c'était trop tard, il était à nouveau dans le rêve, le rêve de la femme et du téléphone, de la voix qui riait autour de la fumée, et du couteau ; il tenait le couteau à la main. Un grand couteau au manche lourd qu'il utiliserait pour trancher les mots, les mots moqueurs, les lui trancher dans la gorge. Et la voix montait vers lui, des ténèbres de son esprit.

Amène-les-moi, Sanjay. Amène-m'en un, et puis un

autre. Amène-les-moi afin de vivre de cette façon et d'aucune autre.

Elle était assise à la table et elle le regardait avec sa large face boursouflée, la fumée sortant de ses lèvres en petits nuages gris. *Qu'est-ce que tu fais avec ce couteau, hein ? Tu crois me faire peur ?*

Fais-le. Tue-la. Tue-la et sois libre.

Il plongea sur elle et abattit puissamment le couteau en y mettant toute sa force.

Mais il y avait quelque chose qui clochait. Le couteau s'était arrêté, son éclat étincelant s'était figé en plein mouvement. Une force avait fait irruption dans le rêve et immobilisé sa main. Il sentait son emprise sur lui. La femme riait. Il avait beau tirer, pousser, s'efforcer de porter son coup, rien n'y faisait. La fumée se déversait de sa bouche et elle riait, elle riait de lui, riait riait riait...

Il se réveilla en sursaut. Son cœur cognait dans sa poitrine. Tous les nerfs de son corps étaient en feu. Son cœur ! Son cœur !

— Sanjay ?

Gloria était entrée dans la pièce avec une lanterne.

— Sanjay, qu'est-ce qu'il y a ?

— Va chercher Jimmy !

Son visage était tout proche du sien, trop proche, et convulsé par la peur.

— Il est mort, Sanjay. Tu ne te souviens pas ? Jimmy est mort !

Il rejeta les couvertures, et se retrouva debout au milieu de la chambre, une force sauvage se ruant en lui. Ce monde, avec ses petites choses. Ce lit, cette commode, cette femme appelée Gloria, sa femme. Qu'est-ce qui lui prenait ? Où pensait-il aller ? Pourquoi tenait-il tant à voir Jimmy ? Alors que Jimmy était mort. Jimmy était mort, le Vieux Chou était mort, Walter Fisher, Soo Ramirez, le Colonel, Theo Jaxon, Gloria,

Mausami et même lui – ils étaient tous morts ! Parce que le monde n'était pas le monde, c'était ça, la terrible vérité qu'il avait découverte. C'était un monde de rêve, un voile de lumière, de sons et de matière derrière lequel le véritable monde était caché. Des Marcheurs dans un rêve de mort, voilà ce qu'ils étaient, et la rêveuse était la fille, cette Fille de nulle part. Le monde était un rêve, et c'était elle qui les rêvait !

— Gloria, dit-il dans un râle. Aide-moi.

Une lanterne était encore allumée dans la cuisine de Tantine et répandait par terre des rectangles de lumière jaune. Peter commença par frapper à la porte, puis il entra discrètement.

Il trouva la vieille femme assise à la table de sa cuisine. Elle n'écrivait pas, elle ne buvait pas sa tisane, et quand il entra, elle leva la tête vers lui tout en jonglant avec le méli-mélo de lunettes qu'elle avait autour du cou. La bonne paire fut bientôt sur son nez.

— Peter. Je pensais bien te voir.

Il s'assit sur une chaise, en face d'elle.

— Comment tu étais au courant pour elle, Tantine ?

— Pour qui ça ?

— Tu sais bien, Tantine. Je t'en prie.

Elle esquissa un petit mouvement de vague.

— La Marcheuse, tu veux dire ? Oh, quelqu'un avait dû passer m'en parler. Ce Molyneau, je crois que c'était ça.

— Je veux dire, il y a deux nuits, tu as dit un truc. Tu m'as dit qu'elle arrivait. Que je savais qui c'était.

— J'ai dit ça, moi ?

— Oui, Tantine. Tu m'as dit ça.

La vieille femme fronça les sourcils.

— Je n'ai pas idée de ce que j'avais en tête. Il y a deux nuits, tu dis ?

Il s'entendit soupirer.

— Tantine...

Elle leva la main pour le faire taire.

— D'accord, ne te mets pas dans tous tes états. Je m'amusais un peu. Il y a si longtemps que ça ne m'est pas arrivé que je n'ai pas pu résister. Et on dirait que ça ne te ferait pas de mal, à toi non plus.

Elle soutint son regard de ses yeux qui ne cillaient pas.

— Alors dis-moi, avant que je te donne mon avis. Qui crois-tu que c'est, cette fille ?

— Amy.

— Connais pas son nom. Si tu veux l'appeler Amy, à ta guise.

— Je n'en sais rien, Tantine.

Elle ouvrit tout à coup de grands yeux.

— Bien sûr que non, voyons !

Elle eut un petit rire rentré, puis elle partit d'une quinte de toux. Peter se leva pour l'aider.

— Assieds-toi, croassa-t-elle. C'est juste que j'ai la voix qui rouille.

Elle prit le temps de se remettre, puis s'éclaircit la gorge avec un raclement humide.

— C'est ce qu'il faut que tu découvres. Tout le monde a quelque chose à découvrir dans la vie, et pour toi, c'est ça.

— Michael dit qu'elle a une centaine d'années.

La vieille femme hocha la tête.

— Alors tu as intérêt à faire gaffe. Une femme plus âgée : attention qu'elle ne te fasse pas trop marcher, cette Amy.

Ça ne le mènerait nulle part. Parler à Tantine était toujours une sorte de gageure, mais il ne l'avait jamais vue comme ça, si sauvagement joyeuse. Elle ne lui avait même pas proposé de tisane.

— Tantine, tu as dit un autre truc, la dernière fois, insista-t-il. Une histoire de chance. Une chance.

— Ça, je reconnais. Ça ressemble à quelque chose que j'aurais pu dire.

— C'est elle, la chance ?

Ses lèvres pâles esquissèrent une sorte de moue.

— Je dirais que ça dépend.

— De quoi ?

— De toi. Oh, ne fais pas cette tête-là, poursuivit-elle sans lui laisser le temps de répondre. Cette tête de victime. Te sentir paumé participe de tout ça.

Elle s'écarta de la table et se leva avec raideur.

— Allez, viens. J'ai quelque chose à te montrer. Ça pourrait t'aider à te décider.

Il la suivit dans le couloir qui menait à sa chambre. Comme le reste de la maison, la pièce était très encombrée, mais propre et bien rangée. À côté d'un vieux lit à colonnes, au matelas tout défoncé comme s'il était simplement bourré de paille, une lanterne était posée sur une chaise en bois. Il vit que le dessus de la commode, le seul autre meuble de la pièce, était orné d'une collection d'objets apparemment disparates : une vieille bouteille de verre sur laquelle figurait l'inscription « Coca-Cola » dans une graphie élaborée ; une boîte en métal qui devait contenir des épingles, à en juger par le bruit qu'elle fit lorsqu'il la souleva ; la mâchoire d'un petit animal ; une pyramide de pierres plates, lisses.

— Ce sont mes pierres d'achoppement, dit Tantine.

Il se tourna vers elle. Là, avec elle, dans la petite pièce, il se rendit compte à quel point elle était petite. Sa mousse de cheveux blancs arrivait à peine à l'épaule de Peter.

— C'est ma maman qui disait ça. « Le chemin de la vie est semé de cailloux », elle me disait toujours.

Elle fit un geste d'un doigt crochu en direction de la commode.

— Je ne sais même plus d'où viennent la plupart de ces objets. Sauf la photo, bien sûr. Je l'avais avec moi, dans le train.

La photo était posée au beau milieu de la commode. Peter la présenta vers la fenêtre pour la regarder à la lumière des projecteurs. Elle flottait dans le cadre, qui était terni et piqué ; Tantine avait dû le trouver plus tard. Un couple était debout sur une volée de marches qui montaient vers la porte d'une maison de brique, l'homme était derrière et au-dessus de la femme. Il avait passé les bras autour de sa taille, et elle était appuyée contre lui. Il devait faire froid parce qu'ils portaient de gros manteaux ; Peter voyait un saupoudrage de neige sur le trottoir, au premier plan. Les couleurs avaient passé et jauni avec le temps, mais il voyait bien qu'ils avaient tous les deux la peau foncée, comme Tantine, et les cheveux des Jaxon ; ceux de la femme étaient presque aussi courts que ceux de l'homme. Elle portait une longue écharpe autour du cou et elle regardait l'objectif en souriant. L'homme détournait un peu le visage, et quelque chose dans son expression fit penser à Peter qu'il se retenait de rire. C'était une image obsédante, pleine d'espoir et de promesse, et Peter sentait, à voir le sourire de la femme, la façon dont l'homme regardait ailleurs en l'entourant de ses bras, la plaquant sur son corps à lui, la présence d'un secret qu'ils partageaient tous les deux ; et puis, au fur et à mesure que les détails lui apparaissaient – la courbure du corps de la femme, son renflement sous le manteau –, il comprit quel était ce secret. Ce n'était pas la photo de deux personnes mais de trois : la femme était enceinte.

— Monroe et Anita, dit Tantine. C'est comme ça

qu'ils s'appelaient. C'était notre maison, le deux mille cent vingt et un West Laveer.

Peter effleura le verre, à l'endroit du ventre de la femme.

— C'est toi, hein ?

— Bien sûr que c'est moi. Qui tu voudrais que ce soit ?

Peter remit la photo à sa place sur la commode. Il aurait bien voulu avoir quelque chose comme ça, pour lui rappeler ses parents. Avec Theo, c'était différent ; il voyait encore le visage de son frère, il entendait sa voix, et quand il pensait à lui, l'image qui lui venait à l'esprit était celle du moment qu'ils avaient passé à la Centrale, la veille de leur départ. Le regard fatigué, troublé, de Theo assis sur son lit de camp en train d'examiner sa cheville, et puis, quand il avait levé les yeux, un sourire de défi, plein d'espoir. *L'enflure a bien diminué. Tu penses que tu pourras monter à cheval ?* Mais Peter savait qu'avec le temps, d'ici quelques mois tout au plus, ce souvenir s'effacerait comme les autres, comme les couleurs de la photo de Tantine. D'abord, le timbre de la voix de Theo s'estomperait, et puis les images elles-mêmes, les détails se fondraient dans un flou jusqu'à ce qu'il ne reste de son frère qu'un espace vide.

— Voyons, je sais qu'elle est là, quelque part, disait Tantine.

Elle s'était mise à genoux près du lit et avait soulevé le bas de la courtepointe pour jeter un coup d'œil dessous. Avec un grognement, elle pêcha une boîte qu'elle fit glisser vers elle.

— Tu peux me donner un coup de main, Peter ?

Il la prit par le coude pour l'aider à se relever et ramassa la boîte. Un banal carton à chaussures, avec un rabat pour la fermer.

— Allez, vas-y.

Tantine s'était assise au bord du lit, les pieds nus pendouillant comme ceux d'une Petite, effleurant à peine
le sol.

— Ouvre-la.

Il fit ce qu'elle lui disait. La boîte contenait des
papiers pliés – ça, il l'avait déjà imaginé. Mais pas n'importe quels papiers, apparemment. Des cartes.

La boîte était pleine de cartes.

Il prit délicatement la première. Le papier en était
comme ouaté, tellement elle avait été manipulée. Elle
avait été si souvent pliée et repliée qu'il avait peur
qu'elle se désagrège entre ses mains. Dessus il y avait
une inscription : « Automobile Club d'Amérique, bassin
de Los Angeles et de Californie du Sud ».

— Elles étaient à mon père. C'est celles qu'il utilisait
pendant les Longues Chevauchées.

Il retira délicatement les cartes suivantes, les posant
les unes après les autres sur le bureau : Forêt nationale
de San Bernardino », « Atlas des rues de Las Vegas »,
« Sud du Nevada et environs », « Long Beach, San
Pedro et le port de Los Angeles », « Désert de Californie, réserve nationale mojave ». Et, tout au fond, la
plus grande de toutes, dont les bords pliés frottaient
contre l'intérieur de la boîte : « Carte de la zone de
Quarantaine centrale, FEMA, Agence fédérale des situations d'urgence ».

— Je ne comprends pas, dit-il en relevant enfin les
yeux. Où as-tu trouvé tout ça ?

— C'est ta mère qui me les a données. Avant sa
mort.

Tantine le regardait, assise sur le lit, les mains posées
sur les genoux.

— Cette femme te connaissait mieux que tu ne te
connais toi-même. Elle m'a dit de te les donner quand
tu serais prêt.

Peter sentit poindre en lui une tristesse familière.

— Désolé, Tantine. Tu t'es trompée. Elle devait vouloir parler de Theo.

Mais elle secoua la tête.

— Non, Peter.

Elle eut un sourire édenté. Son nuage de cheveux vaporeux, éclairé à contrejour par les lumières qui brillaient par la fenêtre, luisait autour de son visage – un halo de cheveux et de lumière.

— C'est bien de toi qu'elle parlait. C'est à toi qu'elle m'a dit de les donner.

Par la suite, Peter se dirait que c'était vraiment bizarre. Là, dans le silence de la chambre de Tantine, parmi ses souvenirs du passé, il eut l'impression que le temps s'ouvrait devant lui, comme les pages d'un livre. Il repensa aux dernières heures de sa mère – à ses mains, à la chaleur étouffante de la chambre où il s'était occupé d'elle ; à la façon dont elle avait soudain cherché sa respiration, et aux dernières paroles implorantes qu'elle avait prononcées. *Prends soin de ton frère, Theo. Il n'est pas fort, comme toi.* Leur sens paraissait tellement clair. Et pourtant, quand il fouillait dans ses souvenirs de ce moment, celui-ci commençait à changer, les phrases prenaient une forme nouvelle, une nouvelle emphase, et avec elles, une signification radicalement différente : *Prends soin de ton frère Theo...*

Ses pensées furent interrompues par une grêle de coups frappés sur la porte.

— Tantine, tu attends quelqu'un ?

La vieille femme fronça les sourcils.

— À cette heure-ci ?

Peter rangea rapidement les cartes dans la boîte, qu'il remit sous le lit. Il ne se demanda pourquoi il avait fait cela qu'en arrivant à la porte d'entrée. Michael était sous le porche, derrière la porte moustiquaire. Il entra dans la maison et jeta un coup d'œil à Tantine, debout derrière Peter, les bras croisés sur la poitrine dans une attitude réprobatrice.

— Hé, salut, Tantine, dit-il, tout essoufflé.

— Salut toi-même, espèce de mal élevé. Tu viens frapper à ma porte au milieu de la nuit. J'attendrais au moins un « Comment ça va ? ».

— Désolé, fit-il en rougissant, confus. Comment ça va, ce soir, Tantine ?

Elle hocha la tête.

— *A priori,* ça irait.

Michael ramena son regard sur Peter et, sur le ton de la confidence :

— Je peux te parler ? Dehors ?

Peter sortit sous le porche, derrière Michael, à temps pour voir Dale Levine émerger de l'ombre.

— Répète-lui ce que tu m'as dit, fit Michael.

— Dale ? Que se passe-t-il ?

— Écoute, fit Dale en jetant autour de lui des coups d'œil inquiets. Je ne devrais sûrement pas te dire ça, et il faut que je retourne sur le Mur. Mais si tu prévois de faire sortir Alicia et Caleb d'ici, à ta place, je le ferais demain matin, aux premières lueurs du jour. Je pourrais t'aider à la porte.

— Pourquoi ? Que se passe-t-il ?

C'est Michael qui répondit.

— Les fusils, Peter. Ils vont récupérer les fusils.

41.

À l'Infirmerie, Sara Fisher, première infirmière, attendait avec la fille.

Amy, pensait Sara. Elle s'appelait Amy. Cette fille impossible, cette fille centenaire, s'appelait Amy. *C'est bien ça ?* lui demandait-elle. *C'est ton nom ? Tu t'appelles Amy ?*

Oui, répondaient ses yeux. Avec peut-être même un sourire. Depuis combien de temps n'avait-elle pas entendu prononcer son nom ? *C'est mon nom. Je m'appelle Amy.*

Sara regretta de ne pas avoir de quoi l'habiller, que cette chemise de nuit. Ça ne paraissait pas bien pour une fille qui avait un nom de ne rien avoir à se mettre, ni vêtements ni chaussures. Elle aurait dû y penser avant de retourner à l'Infirmerie. La fille était plus petite qu'elle, de constitution plus frêle, et elle avait les hanches plus étroites, mais Sara avait un pantalon qu'elle aimait mettre pour monter à cheval, un peu juste à la taille et aux fesses, qui irait à la fille si elle le serrait bien avec une ceinture. Et puis elle n'aurait pas volé un bain et une coupe de cheveux.

Sara ne mettait pas en cause ce que Michael lui avait dit. Michael était Michael, c'était ce que tout le monde disait, ce qui voulait dire qu'il était un peu trop intelligent – beaucoup trop intelligent pour son bien. Mais il ne se trompait jamais, *jamais*. Sara pensait que le moment viendrait où ça se produirait – personne ne pouvait avoir raison tout le temps – et elle se demandait ce qui arriverait à son frère, ce jour-là. Les efforts constants qu'il faisait pour n'être jamais pris en défaut, pour régler tous les problèmes, tout ça s'effondrerait en lui. Ce qui rappelait à Sara un jeu auquel ils jouaient quand ils étaient Petits : ils construisaient des tours avec des cubes, et ils les démontaient en enlevant ceux du bas, l'un après l'autre, défiant l'ensemble de tomber ; et quand les tours tombaient, c'était subit, d'un seul coup. Elle se demandait si c'était ce qui arriverait à Michael, ce qu'il resterait de lui. Il aurait besoin d'elle, à ce moment-là, comme il aurait eu besoin d'elle, ce matin-là, dans la grange, quand ils avaient trouvé leurs parents – le jour où Sara n'avait pas été là pour lui.

Quand Sara avait dit à Peter qu'elle n'avait pas peur de la fille, elle le pensait. Elle en avait eu peur, au début, mais au fur et à mesure que les heures puis les jours passaient, alors qu'elles étaient enfermées, toutes les deux, elle avait commencé à sentir quelque chose de nouveau. Dans la présence attentive et mystérieuse de la fille – silencieuse, immobile, et en même temps pas tout à fait –, elle s'était mise à ressentir quelque chose de rassurant, une note d'espoir. L'impression de ne pas être seule, et même au-delà : que le monde n'était pas seul. Comme s'ils allaient tous se réveiller d'une longue nuit pleine de terribles rêves et réintégrer la vie.

L'aube était proche. L'attaque de la nuit précédente ne s'était manifestement pas répétée ; elle aurait entendu les cris. C'était comme si la nuit retenait son souffle, attendant la suite des événements. Ce que Sara n'avait pas dit à Peter, ni à personne, c'était ce qui était arrivé à l'Infirmerie, juste avant l'extinction des lumières. La fille s'était subitement assise sur son lit. Sara, épuisée, venait de s'allonger pour dormir. Elle avait été réveillée par un bruit qui venait de la fille, elle l'avait soudain compris. Un gémissement sourd, une note unique, continue, montant de son arrière-gorge. « Qu'y a-t-il ? avait dit Sara en bondissant pour s'approcher d'elle. Ça ne va pas ? Tu as mal ? Tu ne te sens pas bien ? » Mais la fille n'avait pas répondu. Elle avait les yeux grands ouverts et pourtant elle n'avait pas l'air de voir Sara. Absolument pas. Sara avait senti qu'il se passait quelque chose dehors – la pièce était étrangement sombre, des cris venaient du Mur, des bruits, un vacarme de voix qui s'interpellaient et de pas précipités –, mais alors que ça paraissait grave, et aurait mérité son attention, Sara ne pouvait détourner le regard ; elle sentait avec acuité que quoi qu'il arrive dehors, ça se produisait ici aussi dans cette pièce, dans le regard vide de la fille, dans son visage crispé, sa gorge nouée, et dans la lugubre mélodie qui montait du fond d'elle. Cela dura ainsi un laps de temps indéterminé – deux minutes et cinquante-six secondes, d'après Michael, sauf que ça avait paru durer l'éternité –, et puis, aussi vite que ça avait commencé, et d'une façon tout aussi alarmante, ça s'était arrêté ; la fille s'était tue. Elle s'était rallongée sur le lit de camp, les genoux remontés sur la poitrine. C'était fini.

Sara repensait à ça, assise au bureau dans la pièce de devant, se demandant si elle ne devrait pas en parler à Peter, quand son attention fut attirée par un bruit de voix, sous le porche. Elle regarda en direction de la vitre. Ben était toujours assis devant la rambarde, lui tournant le dos – Sara lui avait sorti une chaise –, son arbalète sur les genoux. Quel que soit son interlocuteur, il était debout en contrebas, et Sara ne le voyait pas.

— Qu'est-ce que tu fais là ? entendit-elle Ben le réprimander. Tu ne sais pas que c'est le couvre-feu ?

Et alors que Sara se levait pour aller voir à qui Ben parlait, il se leva aussi et braqua son arbalète devant lui.

Peter et Michael traversèrent le parc de caravanes en filant d'une ombre à l'autre sous le couvert des arbres ; ils étaient maintenant tout près de la cellule.

Elle n'était pas gardée.

Et la porte était entrebâillée. Peter l'ouvrit tout doucement. En entrant, il vit un corps contre le mur du fond, les bras et les jambes attachés. Juste au même moment, Alicia s'approcha par sa gauche en abaissant l'arbalète qu'elle lui braquait sur le dos.

— Bon sang, où étais-tu passé ? dit-elle.

Caleb était debout derrière elle, un couteau à la main.

— Longue histoire. Je vous raconterai ça en cours de route.

Il indiqua, d'un geste, le corps allongé par terre, qu'il reconnaissait maintenant : c'était Galen Strauss.

— Je vois que vous avez décidé de commencer sans moi. Qu'est-ce que tu lui as fait ?

— Rien dont il se souviendra quand il se réveillera.

— Ian est au courant pour les armes, dit Michael.

Alicia hocha la tête.

— C'est bien ce que j'avais compris.

Peter leur exposa le plan. D'abord, aller à l'Infirmerie chercher Sara et la fille, et puis aux écuries récupérer des montures. Juste avant la première cloche, Dale, sur le Mur, annoncerait un visu. Dans la confusion, ils devraient réussir à se faufiler par la porte dès le lever du soleil, et à aller jusqu'à la Centrale. Ils auraient tout le temps de réfléchir à la suite une fois là-bas.

— Tu sais, je crois que j'avais mal jugé Dale, dit Alicia. Il a plus de cran que je ne pensais. Et toi aussi, le Circuit, ajouta-t-elle en regardant Michael. Je ne t'aurais pas cru capable de donner l'assaut à la cellule.

Ils sortirent tous les quatre. L'aube n'allait plus tarder. Peter estimait qu'ils n'avaient pas plus de quelques minutes devant eux. Ils se dirigèrent rapidement et sans bruit vers l'Infirmerie et firent le tour par le mur ouest du Sanctuaire, qui les dissimulait tout en leur offrant une bonne vue du bâtiment.

Personne sous le porche, et la porte était ouverte. Derrière les vitres de la façade, ils aperçurent le vacillement d'une lanterne. C'est alors qu'ils entendirent un cri.

Sara.

Peter arriva le premier dans la pièce de devant. Personne. Rien n'avait été dérangé, à part la chaise du bureau, qui était renversée. De la salle de soins, Peter entendit monter un gémissement. Tandis que les autres entraient derrière lui, il prit le couloir en courant et écarta précipitamment le rideau.

Amy était recroquevillée contre le mur du fond, les bras sur la tête comme pour parer un coup. Sara était à genoux, le visage en sang.

La pièce était pleine de corps.

Les autres firent irruption derrière Peter. Michael courut vers sa sœur.

— Sara !

Elle essaya de parler, ouvrit ses lèvres ensanglantées, mais il n'en sortit aucun son. Peter se laissa tomber à genoux à côté d'elle. Elle n'avait pas l'air blessée, mais elle tiqua à son contact, se recroquevillant encore davantage, agitant les bras dans une attitude défensive.

— Ça va, dit-il. Tout va bien.

Sauf que non, ça n'allait pas du tout. Que s'était-il passé ? Qui avait tué ces hommes ? S'étaient-ils entretués ?

— C'est Ben Chou, dit Alicia, agenouillée à côté d'un des corps. Et ça, c'est Milo et Sam. L'autre, là, c'est Jacob Curtis.

Ben avait pris un coup de couteau. Milo, couché face contre terre dans une mare de sang qui allait en s'élargissant, avait été tué par un coup sur la tête. Sam aussi, apparemment ; il avait le côté du crâne enfoncé.

Jacob gisait sur le dos au pied du lit d'Amy, le carreau d'arbalète tiré par Ben fiché dans la gorge. Un filet de sang gargouillait encore à la commissure de ses lèvres. Il avait les yeux écarquillés dans une expression de surprise. Sa main tendue était crispée sur un bout de tuyau maculé de rouge et de blanc – du sang et des grumeaux de cervelle.

— Putain de merde ! s'écria Caleb. Putain de merde ! Ils sont tous morts !

Tous les détails de la scène revêtaient une crudité horrifique. Les cadavres sur le sol, les mares de sang. Jacob, le tuyau à la main. Michael aidait Sara à se relever. Amy était toujours recroquevillée contre le mur.

— C'était Sam et Milo, croassait Sara.

Michael aida sa sœur à s'asseoir sur l'un des lits de camp. Elle parlait d'une voix entrecoupée, les dents ourlées d'écarlate, entre ses lèvres enflées, craquelées.

— On a essayé, Ben et moi, de les arrêter. C'était... Je ne sais pas. Sam me tapait dessus. Et puis quelqu'un d'autre est entré.

— Jacob ? demanda Peter. Il est là, Sara, il est mort.

— Je ne sais pas, je ne sais pas !

Alicia prit Peter par le coude.

— Peu importe ce qui s'est passé, dit-elle d'un ton pressant. Personne ne nous croira jamais. Il faut qu'on parte *tout de suite*.

Ils ne pouvaient tenter de sortir par la porte ; Alicia expliqua à tout le monde ce qu'elle voulait qu'ils fassent. Le plus important était de rester hors de vue du Mur. Peter et Caleb iraient à l'Entrepôt chercher des cordes, des sacs et des chaussures pour Amy. Alicia conduirait les autres au point de rendez-vous.

Ils sortirent discrètement de l'Infirmerie et se séparèrent. La porte principale de l'Entrepôt était entrouverte et la serrure pendait de guingois – détail insolite, mais ce n'était pas le moment de s'en inquiéter. Peter et Caleb s'introduisirent dans la caverne crépusculaire avec ses longues rangées de conteneurs. C'est là qu'ils trouvèrent le Vieux Chou, et à côté de lui, Walter Fisher. Ils étaient pendus côte à côte, aux poutres, la corde serrée autour du cou, la langue sortie de la bouche, les pieds nus flottant au-dessus d'une benne qui contenait des caisses de livres. Leur peau avait pris une teinte grisâtre. Ils avaient visiblement empilé les caisses pour en faire une pyramide, s'étaient juchés dessus et puis, une fois la corde passée autour de leur cou, ils avaient donné un coup de pied dedans. Pendant un moment, Peter et Caleb restèrent là, à contempler les deux hommes, le tableau improbable qu'ils formaient.

— Oh... putain..., fit Caleb.

Alicia avait raison. Peter était d'accord : ils devaient partir tout de suite. Ce qui était en train d'arriver, quoi que ce soit, était énorme et terrible, et allait tous les balayer.

Ils rassemblèrent tout ce qu'il leur fallait et ressortirent. C'est alors que Peter repensa aux cartes.

— Vas-y, dit-il à Caleb. Je te rattrape.

— Ils doivent déjà être là-bas.

— Vas-y. Je vous retrouverai.

Le gamin fila. Chez Tantine, Peter ne prit pas la peine de frapper. Il entra et fila droit vers la chambre à coucher. Tantine dormait.

Il s'arrêta un instant sur le pas de la porte et la regarda respirer. Les cartes étaient à l'endroit où il les avait laissées, sous le lit. Il se mit à quatre pattes, les récupéra et fourra la boîte dans son paquetage.

— Peter ?

Il se figea. Tantine avait toujours les yeux fermés. Elle était immobile, les bras le long du corps.

— Je m'étais juste allongée pour me reposer un peu.

— Tantine...

— L'heure n'est pas aux grands adieux, entonna la vieille femme. Vas-y, Peter, va. Tu es dans ton propre temps, maintenant.

Lorsqu'ils arrivèrent à la Percée, des filaments roses montaient dans le ciel à l'est. Tout le monde était là.

Alicia ressortait en s'époussetant de sous la ligne électrique.

— Tout le monde est prêt ?

Des pas, derrière eux : Peter se retourna d'un bloc en dégainant son couteau et reconnut, sortant des broussailles, la silhouette de Mausami Patal. Elle avait une arbalète passée sur une épaule ; elle portait un sac à dos.

— Je vous ai suivis depuis l'Entrepôt. On ferait mieux de se dépêcher.

— Maus..., commença Alicia.

— Économise ta salive, Liss. Je pars avec vous. Dis-moi juste une chose, fit Mausami en s'adressant à Peter. Tu crois que ton frère est mort ?

Et comme s'il attendait que quelqu'un lui pose cette question entre toutes, il répondit :

— Non.

— Moi non plus.

Elle porta la main à son ventre dans un geste inconscient. Sa signification apparut à Peter, si précise et parfaite, qu'il eut moins l'impression de faire une découverte que de retrouver un souvenir, comme s'il était au courant depuis le début.

— Je n'ai pas eu la possibilité de le lui dire, fit Mausami. Et j'ai bien l'intention de le faire.

Peter se tourna vers Alicia, qui les regardait d'un air exaspéré.

— Elle vient.

— Peter, ce n'est pas une bonne idée. Pense à l'endroit où on va.

— Mausami est de notre sang, maintenant. Il n'y a pas de discussion.

Alicia resta un instant sans rien dire. Elle paraissait à court d'arguments.

— Et puis merde, dit-elle enfin. Ce n'est pas le moment de discuter.

Elle passa en premier, ouvrant la voie. Sara la suivit, puis Michael, Caleb et Mausami. Ils se laissèrent tomber dans le boyau, l'un après l'autre, Peter gardant leurs arrières.

Ce fut enfin le tour d'Amy. Ils lui avaient trouvé un pull, un pantalon de toile et des sandales. Comme elle se baissait pour se faufiler par la trappe, son regard rencontra celui de Peter avec une force soudaine, implorante. *Où allons-nous ?*

Il pensa au Colorado, à la ZQC. Ce n'étaient que des noms sur une carte, des caractères lumineux sur l'écran de Michael. La réalité qu'ils recouvraient, le monde caché auquel ils appartenaient, Peter ne pouvait les imaginer. Quand ils avaient évoqué ce voyage, plus tôt dans la soirée – était-ce vraiment la même nuit où ils s'étaient retrouvés tous les quatre au Transfo ? –, Peter avait imaginé une expédition en bonne et due forme : un important détachement armé, des voitures chargées de vivres, au moins un groupe d'éclaireurs, un trajet méticuleusement préparé. Son père passait des saisons entières à organiser ses Longues Chevauchées. Et voilà, ils se retrouvaient à fuir à pied, avec un paquet de vieilles cartes, les couteaux qu'ils avaient à la ceinture et pas grand-chose de plus. Comment pouvaient-ils espérer arriver à bon port ?

— Je ne sais pas vraiment, répondit-il à Amy. Mais si on ne part pas tout de suite, je pense qu'on va tous mourir ici.

Elle se coula dans le boyau et disparut. Peter resserra les courroies de son sac à dos et rampa derrière elle, refermant la trappe sur sa tête, les plongeant dans le noir. Les parois étaient fraîches et sentaient la terre. La galerie avait été creusée de longues années auparavant, peut-être par les Bâtisseurs eux-mêmes, pour faciliter l'entretien de la ligne électrique. Il y avait des années que personne ne l'avait empruntée, en dehors du Colonel. C'était son chemin secret, leur expliqua Alicia, celui qu'il utilisait pour aller chasser. Ça résolvait au moins un mystère.

Vingt-cinq mètres plus loin, Peter émergea dans un bosquet de mesquites. Les autres l'attendaient. Les lumières s'étaient éteintes, révélant un ciel gris. L'aurore. La paroi de la montagne se dressait au-dessus d'eux comme une pierre tombale, un témoin muet des récents événements. Peter entendit, en haut du Mur, les gardes annoncer qu'ils quittaient leur poste ; c'était le changement de quart de la cloche du matin. Dale allait se demander ce qui leur était arrivé, s'il ne le savait pas déjà. On ne tarderait plus à découvrir les cadavres.

Alicia referma la trappe derrière eux, tourna la roue pour la verrouiller et la recouvrit de broussailles.

— Ils vont se lancer à notre poursuite, dit Peter, tout bas, accroupi à côté d'elle. Ils auront des chevaux. On ne peut pas espérer les distancer.

— Je sais, fit-elle, le visage résolu. Toute la question est de savoir qui arrivera aux armes en premier.

Sur ces mots, elle se releva, pivota sur ses talons et commença de faire route vers le pied de la montagne.

Septième partie

Les Terres de Ténèbres

« J'ai vu l'éternité l'autre nuit
Comme un immense anneau de lumière pure et infinie,
Tout de calme autant qu'éclatant,
Et dessous fait d'heures, de jours et d'ans,
Entraîné dans la ronde des sphères, le temps
Pareil à une ombre immense se mouvait
Où le monde et son cortège se ruaient. »

HENRY VAUGHAN, « The World »

42.

Ils arrivèrent au pied de la montagne avant la mi-journée. Le chemin qui serpentait et zigzaguait sur le flanc est était trop abrupt pour les chevaux, et par endroits, ce n'était même plus un chemin. La Centrale était ombragée au nord par une muraille rocheuse. À une centaine de mètres de hauteur, une partie de la paroi s'était apparemment éboulée, à voir les débris de roche entassés en contrebas. Ils étaient au-dessus d'un étroit canyon. Un vent sec, brûlant, soufflait. Ils remontèrent à la recherche d'une autre route, bien conscients que les minutes défilaient. En s'écartant du sentier, ils finirent par trouver une voie dégagée, et ils effectuèrent le dernier tronçon de la descente à une allure d'escargot.

Ils arrivèrent à la station par-derrière. Ils ne décelèrent aucun signe de mouvement à l'intérieur du périmètre délimité par la clôture électrifiée.

— Vous entendez ? demanda Alicia.

Peter s'arrêta et tendit l'oreille.

— Je n'entends rien.

— Eh non. La clôture n'est pas électrifiée.

La barrière était ouverte. C'est alors qu'ils virent une masse sombre par terre, sous l'auvent du quai de chargement. Comme ils se rapprochaient, la masse parut s'atomiser, se désintégrer en un nuage tourbillonnant.

Une mule. Le nuage de mouches s'était éparpillé à leur approche. Le sol, autour, était assombri par une tache de sang.

Sara se pencha sur le cadavre. La mule était tombée sur le côté, exposant la rondeur de son ventre ballonné par les gaz de putréfaction. Une longue balafre grouillante d'asticots suivait la courbure du cou.

— Pour moi, il y a plusieurs jours qu'elle est morte.

Le visage tuméfié de Sara était crispé à cause de l'odeur. Elle avait la lèvre inférieure fendue, les dents soulignées de sang séché et l'œil gauche presque fermé par un énorme hématome violacé.

— On dirait qu'elle a pris un coup de couteau.

Peter se tourna vers Caleb. Celui-ci regardait fixement le cou de l'animal, les yeux exorbités. Il avait remonté le col de son pull sur le bas de son visage, s'improvisant un masque pour lutter contre la puanteur.

— Comme la mule de Zander ? Celle qui était dans le champ ?

Caleb acquiesça.

— Peter...

Alicia leur indiquait la clôture. Une deuxième masse sombre gisait par terre.

— Une autre mule ?

— Je ne crois pas.

C'était Rey Ramirez. Il n'en restait pas grand-chose, que des os et de la chair calcinée, d'où montait encore une légère odeur de cochon brûlé. Il était agenouillé contre la clôture, ses doigts raidis accrochés dans les trous du grillage. Les os à nu de la face semblaient esquisser un atroce sourire.

— Ça explique la coupure de courant, dit Michael au bout d'un moment.

Il paraissait se retenir pour ne pas vomir.

— Il a dû faire sauter le disjoncteur, à voir comment il se cramponnait à la clôture.

La porte blindée était ouverte et la Centrale plongée dans l'obscurité. Ils s'enfoncèrent dans les profondeurs et passèrent d'une pièce à l'autre. Tout semblait normal. La console de commande était encore allumée, alimentée par le courant qui remontait vers la montagne. Finn était introuvable. Alicia les emmena vers le fond ; l'étagère qui dissimulait la trappe de secours était encore en place. Elle ouvrit la porte blindée. C'est seulement en voyant les conteneurs d'armes que Peter se rendit compte qu'il avait appréhendé leur disparition. Alicia dégagea un conteneur et souleva le couvercle. Michael poussa un sifflement admiratif.

— Tu ne plaisantais pas. Elles sont toutes neuves.

— Il y en a d'autres à l'endroit d'où elles viennent. Peter, dit-elle en levant la tête vers lui, tu crois que tu pourrais trouver le bunker sur ces cartes ?

Ils furent interrompus par un bruit de pas dans l'escalier. Caleb.

— On a de la visite.

— Combien ?

— Un seul, apparemment.

Alicia leur distribua rapidement les armes ; ils remontèrent dans la cour.

Peter vit, dans le lointain, un unique cavalier suivi par un panache de poussière bouillonnante. Caleb passa scs jumelles à Alicia.

— Ça alors..., dit-elle.

Quelques instants plus tard, Hollis Wilson franchissait la porte et mettait pied à terre. Il avait les bras et le visage encroûtés de poussière.

— On ferait mieux de se dépêcher.

Il s'interrompit le temps de boire longuement à sa gourde.

— Ils sont au moins six derrière moi. Si on veut arriver au bunker avant le coucher du soleil, il faut partir tout de suite.

— Comment sais-tu où on va ? demanda Peter.

Hollis s'essuya la bouche sur son poignet.

— Tu oublies que j'ai chevauché avec ton père, Peter.

Le groupe se réunit dans la salle de commande. Ils rassemblèrent le matériel le plus vite possible, tout ce qu'ils pensaient pouvoir transporter. Des vivres, de l'eau, des armes. Peter étala les cartes sur la table centrale afin de permettre à Hollis de les regarder. Il trouva celle qu'il voulait : « bassin de Los Angeles et de Californie du Sud ».

— D'après Theo, le bunker était à deux jours de cheval, dit Peter.

Hollis fronça les sourcils. Il étudiait la carte, le front plissé de concentration. Peter remarqua pour la première fois qu'il se laissait pousser la barbe. L'espace d'une seconde, il eut l'impression que c'était Arlo qui était debout là.

— Dans mon souvenir, ça faisait plutôt trois, mais on remorquait des charrettes. À pied, je dirais qu'on devrait pouvoir y arriver en deux jours. On est là, à la passe de San Gorgonio, fit-il en indiquant un point sur la carte. Avec ton père, on a suivi cette route, la route 62, à cheval, vers le nord à partir de la route de l'Est, l'I-10. Elle a été en partie détruite par les tremblements de terre, mais à pied, ça ne devrait pas poser de problème. On a passé la nuit ici..., fit-il en indiquant un autre point. Dans la ville de Joshua Valley. À une vingtaine de kilomètres, mais ça pourrait faire vingt-cinq. Demo avait fortifié une vieille caserne de pompiers et il y avait déposé des vivres. C'est assez sûr, et il y a une pompe en état de marche, alors on pourra refaire le plein d'eau en cas de besoin, et on en aura besoin. De Joshua, il y a encore trente bornes vers l'est, sur la Twentynine Palms Highway, et encore dix vers le nord, en terrain découvert, jusqu'au bunker. Ça fait une sacrée marche, mais c'est faisable en une journée.

— Si le bunker est souterrain, comment on va le trouver ?

— Moi, je le retrouverai sans problème. Et il faut que vous voyiez ça, croyez-moi. Ton vieux appelait ça son « trésor de guerre ». Il y a des véhicules, aussi, et du carburant. On n'a jamais réussi à en faire marcher un, mais Caleb et le Circuit y arriveront peut-être.

— Et les fums ?

— On n'en a jamais vu beaucoup le long de ce parcours. Ça ne veut pas dire qu'il n'y en ait pas, mais c'est vraiment le désert, et ils n'aiment pas ça. Il fait trop chaud, il n'y a nulle part où s'abriter, et trop peu de gibier. Demo appelait ça la « zone d'or ».

— Et plus à l'est ?

Hollis haussa les épaules.

— Tu en sais autant que moi. Je ne suis jamais allé plus loin que le bunker. Si tu tiens vraiment à aller dans le Colorado, je dirais que notre meilleure chance est d'éviter l'I-40 et d'aller vers le nord, et l'I-15. Il y a une deuxième cache de vivres à Kelson, dans un ancien dépôt de chemin de fer. Le terrain n'est pas très facile, là-haut, mais je sais que ton vieux est allé au moins jusque-là.

Alicia ferait le trajet à cheval, le reste du groupe irait à pied. Du toit de la Centrale, Caleb leur indiquait encore que tout était dégagé lorsqu'ils finirent de charger leur matériel à l'ombre de l'écurie. La mule avait disparu ; Hollis et Michael l'avaient traînée vers la clôture.

— On ne devrait pas tarder à les voir, fit Hollis. Ils ne devaient pas être à plus de quelques kilomètres derrière moi.

Peter chercha Alicia du regard. Devaient-ils aller jeter un coup d'œil ? Mais elle secoua la tête.

— Aucune importance, fit-elle d'un ton définitif. Ils ne sont pas plus avancés que nous, maintenant.

Caleb descendit de l'échelle à l'arrière de la Centrale et les rejoignit dans l'ombre. Ils étaient huit, désormais. Peter mesura alors à quel point ils étaient à bout de ressources. Aucun d'eux n'avait fermé l'œil de la nuit. Amy se tenait près de Sara, portant un sac comme les autres. Elle plissait les paupières avec une espèce de détermination farouche sous le soleil. Quelqu'un lui avait trouvé une vieille casquette à visière dans les fournitures. Quoi qu'elle puisse être par ailleurs, elle n'était pas habituée à la lumière vive. Mais ils ne pouvaient rien y faire pour le moment.

Peter s'éloigna de l'auvent. Il compta les largeurs de main : sept heures avant la tombée de la nuit. Sept heures pour faire vingt-cinq kilomètres à pied dans la vallée, à découvert. Une fois partis, ils ne pourraient plus faire demi-tour. Alicia, son fusil en bandoulière, monta sur le cheval de Hollis, une énorme jument couleur sable, bâtie come une maison. Caleb lui passa les jumelles.

— Tout le monde est prêt ?

— Vous savez, fit Michael, dans la pratique, il n'est pas trop tard pour nous rendre.

Il était debout à côté de sa sœur, tenant maladroitement un fusil en travers de sa poitrine. Il regarda leurs visages atones.

— Hé, fit-il, je blague !

834

— En réalité, annonça Alicia du haut de sa monture, le Circuit n'a pas tort. Il n'y a pas de honte à rester. Si quelqu'un veut le faire, c'est le moment de le dire.

Personne n'était tenté.

— C'est bon, déclara Alicia. Allez, vigilance, vigilance !

Il n'était pas taillé pour ça, décida Galen. Ce n'était vraiment pas son truc. Toute cette histoire était une gigantesque erreur depuis le début.

Il crevait de chaud, le soleil était comme une explosion de blancheur dans ses yeux. Il avait tellement mal au cul à force d'être à cheval qu'il ne pourrait plus marcher pendant huit jours. En plus, il avait un mal de tête à hurler, à l'endroit où Alicia l'avait assommé avec son arbalète. Et personne dans le groupe ne l'écoutait. Personne ne voulait faire la moindre putain de chose qu'il proposait :

— Hé, les gars, on ferait peut-être mieux d'y aller mollo. On pourrait peut-être ralentir un peu. À quoi bon se grouiller comme ça ?

« Tuez-les », avait dit Gloria Patal. Cette petite souris de bonne femme, qui avait peur de son ombre... Enfin, ça, c'était ce que Galen croyait, mais à la lumière des événements, il y avait des pans entiers de Gloria Patal qui lui avaient échappé. Debout devant la porte principale, elle écumait de rage. « Ramenez-moi ma fille, mais les autres, tuez-les. Je les veux morts ! »

Tout ça, c'était la faute de la fille, c'était ce que tout le monde disait. La fille, Alicia, Caleb, Peter, Michael et... Jacob Curtis. Jacob Curtis ! Comment ce demeuré de Jacob Curtis pouvait-il être responsable de quoi que ce soit ? Ça n'avait pas de sens, pour Galen, mais tout était insensé dans cette affaire. Et ce n'était pas le problème, de l'avis de Galen Strauss, pour autant qu'il puisse encore avoir un avis. En tout cas, le problème, ça ne l'était plus à la porte où tout le monde s'était massé, et ça gueulait et ça levait les bras en l'air ; on aurait dit que la moitié de la Colonie avait envie de tuer quelqu'un, n'importe qui, ce matin-là. Si Sanjay avait été là, il aurait pu leur faire entendre raison, leur dire de se calmer et de réfléchir un peu. Mais il n'était pas là. Il était à l'Infirmerie, d'après Ian, à bredouiller et à pleurer comme un bébé.

C'est à peu près à ce moment-là qu'ils étaient allés chercher Mar Curtis et l'avaient traînée vers la porte. Ce n'était pas après elle qu'ils en avaient vraiment, mais il n'y avait rien eu à faire. La foule était devenue dingue. Une scène pitoyable. Pauvre femme, elle n'avait jamais eu de chance dans la vie. Totalement dépourvue d'énergie, elle n'avait pas opposé la moindre résistance. Juchée en haut de l'échelle par une centaine de mains, elle avait été jetée par-dessus le Mur sous les vivats de la populace. Ç'aurait pu en rester là, mais la foule commençait juste à s'échauffer, Galen le sentait, ce n'était qu'un début, ça n'avait fait que leur mettre l'eau à la bouche. Hodd Greenberg s'était mis à gueuler : « Elton ! Elton était avec eux au Transfo ! », et que croyez-vous qu'il était arrivé ? La meute s'était ruée vers le Transfo comme un seul homme et, sous un tonnerre d'acclamations, le vieux, le vieillard aveugle, avait été entraîné vers le Mur d'où ils l'avaient balancé, lui aussi.

Galen, quant à lui, s'était bien gardé de l'ouvrir. Combien de temps s'écoulerait-il avant que quelqu'un demande : *Hé, Galen, où est ta femme ? Hein, Mausami ? Elle était dans le coup, elle aussi ? Allez, au tour de Galen de passer par-dessus bord !*

Ian avait fini par donner l'ordre. Galen ne voyait pas l'intérêt de leur courir après, mais il était le seul capitaine en second, à présent, tous les autres étant morts, et il voyait bien que Ian espérait maintenir au moins l'illusion que la Garde dirigeait encore les opérations. Il fallait faire quelque chose, ou la foule allait balancer tout le monde par-dessus le Mur. C'est alors que Ian l'avait pris à part et lui avait parlé des armes. Douze caisses de flingues derrière un mur, dans la réserve. « Personnellement, je me fous pas mal de la Marcheuse, avait dit Ian. Quant à ta femme, c'est ton affaire. Rapporte-moi ces foutus fusils, c'est tout. »

Ils avaient formé un groupe de cinq : Galen au commandement, Emily Darrell et Dale Levine en seconde position, Hodd Greenberg et Cort Ramirez en serre-file. La première fois qu'il commandait quoi que ce soit hors les Murs, et qu'est-ce qu'il avait ? Ce crétin de Dale, une coureuse de seize ans et deux hommes qui n'étaient même pas de la Garde.

Une mission à la con, voilà ce que c'était. Il poussa un gros soupir – assez fort pour que la coureuse, Emily Darrell, qui chevauchait à côté de lui, lui demande ce qui n'allait pas. Elle avait été la première à se porter volontaire pour la balade, la seule garde en dehors de Dale. Une fille désireuse de faire ses preuves. Il ne lui répondit pas et ça en resta là.

Ils étaient presque sortis de Banning. Il se félicitait de ne pas y voir grand-chose, en tout cas pas les détails, mais ce qu'il entrevoyait alors qu'ils traversaient la ville – on ne pouvait pas ne pas regarder – lui liquéfia les os jusqu'à la moelle. Un groupe de bâtiments effondrés et des skels desséchés, rôtis dans leurs voitures comme des quartiers de mouton, sans parler des fums, qui étaient probablement aux aguets quelque part : « Un tir. Ils viennent d'en haut », la Garde vous fourrait ces mots dans le crâne dès l'âge de huit ans, sans jamais vous lâcher le grand secret, que tout ça c'était de la blague. Si un fum tombait sur Galen Strauss, il n'avait pas une

seule chance. Il se demandait si ça ferait très mal. Probablement très, très mal.

En vérité, il fallait regarder la réalité en face : toute
cette histoire avec Mausami avait fini par capoter. Il se
demanda comment il avait fait pour ne pas le voir plus
tôt. Enfin, peut-être qu'il l'avait vu, mais qu'il n'avait
pas pu se résoudre à l'accepter. Il ne lui en voulait même
pas. D'accord, il l'avait aimée. Il l'aimait sans doute
encore. Il y aurait toujours un coin dans son esprit où
Mausami serait, et le bébé avec. Le bébé n'était pas de
lui, mais il aurait tout de même voulu qu'il le soit. Un
bébé, ça pouvait vous faire mieux prendre pratiquement
tout, même le fait de devenir aveugle. Il se demanda si
ça allait pour Maus et le bébé. S'il les trouvait, il
espérait qu'il serait suffisamment un homme pour le
dire : *J'espère que ça va pour vous.*

Ils approchèrent, sur deux colonnes, de la rampe
d'accès vers la route de l'Est. Jets, il avait la tête qui
éclatait. Peut-être que c'était juste le putain de coup
qu'Alicia lui avait flanqué, mais il ne pensait pas. Sa vue
semblait complètement le lâcher. De drôles de points
lumineux avaient commencé à danser devant ses yeux.
Il se sentait un peu patraque.

Il était tellement plongé dans ses pensées qu'il ne
réalisa pas tout de suite où il était, qu'il était arrivé en
haut de la rampe. Il s'arrêta pour boire. Les éoliennes
étaient là, quelque part, tournant dans le vent qui lui
soufflait dans la figure. Il ne demandait plus qu'une
chose : arriver à la Centrale, s'allonger dans le noir et
fermer les yeux. Les taches dansantes empiraient maintenant, envahissant son champ de vision de plus en plus
rétréci comme une chute de neige lumineuse. Ça n'allait
vraiment pas bien. Il ne voyait pas comment il pourrait
continuer. Il allait falloir que quelqu'un d'autre prenne

la tête. Il se tourna vers Dale, qui s'était approché de lui, juste derrière, et lui dit :

— Écoute, tu ne crois pas...

L'espace, dans son dos, était vide.

Il pivota sur sa selle. Il n'y avait plus personne derrière lui. Pas un seul cavalier. À croire qu'une main géante les avait cueillis, avec leurs montures et tout le fourbi, les faisant disparaître de la surface de la terre.

Une remontée de bile lui brûla la gorge.

— Les gars ?

C'est alors qu'il entendit le bruit qui venait de sous la bretelle d'accès. Un chuintement humide, une sorte d'arrachement, comme si on déchirait des feuilles de papier mouillé, ou comme si on épluchait une orange pleine de jus.

43.

Ils atteignirent Joshua Valley dans les dernières lueurs du jour. Le temps qu'ils arrivent à la caserne de pompiers, située à la limite ouest de la ville, le soleil se couchait. La caserne était un cube de béton avec deux portes en arcade sur la rue, condamnées par des parpaings. Hollis les conduisit sur l'arrière, vers le réservoir d'eau cerné d'un taillis de mauvaises herbes. L'eau qui coulait de la pompe était chaude et avait un goût de rouille et de terre. Peter se dit qu'il n'en avait jamais bu d'aussi délicieuse. Ils burent avidement et se versèrent de grandes cascades sur la tête.

Ils se réunirent à l'ombre du bâtiment pendant que Hollis et Caleb déclouaient les planches qui obstruaient la porte de derrière. Une bonne poussée, et la porte pivota sur ses gonds rouillés, laissant échapper une bouffée d'air confiné aussi dense et chaud qu'une haleine humaine. Hollis épaula son fusil.

— Attendez-moi ici.

Peter écouta le bruit de ses pas s'enfoncer dans le noir, à l'intérieur. Il était étrangement détaché ; ils étaient arrivés jusqu'ici. Il semblait impossible que la caserne leur refuse son abri pour la nuit. Et puis Hollis revint.

— Tout va bien, annonça-t-il. Il fait une chaleur de bête là-dedans, mais ça fera l'affaire.

Ils le suivirent dans une vaste pièce haute de plafond. Les vitres étaient toutes condamnées par des parpaings. Les fentes étroites ménagées en haut pour l'aération laissaient filtrer un rai jaune de jour finissant. L'air sentait la poussière et les animaux. Un bric-à-brac d'outils et de matériaux de construction était repoussé contre les murs : des sacs de ciment, des truelles et des bacs en plastique incrustés de ciment, une brouette, des tourets de corde et de chaîne. Les emplacements où se trouvaient naguère les véhicules étaient vides. L'endroit servait maintenant d'écurie improvisée, avec une demi-douzaine de stalles, des selles et des harnais accrochés aux planches. Sur le mur du fond, un escalier de bois montait vers... rien. Le premier étage avait disparu.

— Il y a des lits de camp au fond, expliqua Hollis.

Il s'était agenouillé pour remplir une lanterne avec un récipient en plastique. Peter reconnut la couleur d'or pâle et l'odeur. Ce n'était pas de l'alcool, c'était du pétrole.

— Tout ce qu'il faut pour se sentir comme chez soi. Il y a même une cuisine et des toilettes, mais il n'y a pas l'eau courante, et la cheminée est bouchée.

Alicia conduisit le cheval à l'intérieur.

— C'est quoi, cette porte ? demanda-t-elle.

Hollis craqua une allumette, alluma la lanterne, prit le temps de régler la mèche et la tendit à Mausami, qui se trouvait à côté de lui.

— Pataugas, donne-moi un coup de main.

Hollis récupéra deux clés à molette et en donna une à Caleb. Une barricade d'épaisses plaques de tôle encadrées par de gros montants de bois était suspendue par deux chaînes enroulées sur un treuil, au-dessus de la porte principale. Ils l'abaissèrent et la bloquèrent avec de gros boulons logés dans le chambranle de la porte, s'enfermant à l'intérieur.

— Et maintenant ? s'enquit Peter.

Hollis eut un haussement d'épaules.

— On attend le matin. Je prends le premier quart. Vous devriez dormir, vous autres.

Dans la pièce du fond se trouvaient les lits de camp dont Hollis avait parlé : une dizaine de matelas sur des ressorts affaissés. Une deuxième porte donnait sur la cuisine et des sanitaires : une rangée de lavabos tachés de rouille sous un miroir fêlé et quatre cabines de toilettes. Toutes les fenêtres étaient condamnées. L'un des sièges de toilettes avait été arraché et était maintenant appuyé, la cuvette penchée en avant comme le visage d'un ivrogne, dans le coin opposé de la pièce. À la place, on avait mis un seau en plastique. Une pile de vieux magazines était posée à côté. Peter prit celui du dessus : *Newsweek*. Sur la couverture, il y avait une photo floue d'un virul. L'image avait quelque chose d'étrangement aplati, comme si elle avait été prise de très loin et en même temps de très près. La créature était debout dans une espèce d'alcôve, devant un appareil en haut duquel figurait l'inscription « Retrait ». Peter ne savait pas ce que c'était, mais il lui semblait en avoir

841

vu un de ce genre au centre commercial. Par terre, derrière le virul, il y avait une chaussure vide, une seule. Un gros titre, laconique, disait : « C'est vrai. »

Il regagna le garage avec Alicia.

— Où est la réserve ? demanda-t-il à Hollis.

Hollis lui montra un endroit où les planches du parquet, une fois soulevées, révélaient une cache d'un mètre de profondeur à peu près, dont le contenu était protégé par une épaisse bâche en plastique. Peter se laissa tomber dans le trou et souleva la bâche. Il y avait des jerrycans d'essence, de l'eau, et des rangées de conteneurs, les uns contre les autres, comme ceux qu'ils avaient trouvés sous l'escalier, à la Centrale.

— Ces dix-là sont des fusils, indiqua Hollis. Et ceux-là, des pistolets. On n'a apporté que les plus petites armes, mais pas d'explosifs. Demo craignait qu'ils sautent tout seuls, détruisant complètement la caserne, alors on les a laissés dans le bunker.

Alicia ouvrit l'un des conteneurs et en retira un revolver noir. Elle fit coulisser la glissière, regarda dans le canon et pressa la détente. Ils entendirent le cliquetis net du chien tombant sur une chambre vide.

— Quel genre d'explosifs ?

— Des grenades, surtout.

Hollis tapota l'un des conteneurs du bout du pied.

— Mais la vraie surprise est dans l'un de ceux-ci. Allez, aidez-moi.

Les autres restèrent debout autour du trou tandis que Hollis et Alicia prenaient le conteneur chacun par un bout et le hissaient sur le sol du garage. Hollis s'agenouilla et l'ouvrit. Peter, qui s'attendait à voir d'autres armes, fut surpris de découvrir une collection de petits sachets gris. Hollis lui en tendit un. Il pesait à peine un kilo. D'un côté était collée une étiquette blanche couverte d'inscriptions en petites lettres noires. En haut se trouvaient les lettres RCI.

— Ça veut dire « rations de combat individuelles », expliqua Hollis. Des plats tout prêts de l'armée. Il y en a des milliers dans le bunker. Là, ce que tu as... voyons, fit-il en prenant le sachet que tenait Peter, lequel louchait sur les petites lettres. « Tofu en sauce. » Tiens, celui-là, je n'étais pas encore tombé dessus.

Alicia regardait, en fronçant un sourcil sceptique, le sachet qu'elle tenait.

— Hollis, ces trucs-là sont « tout prêts » depuis quatre-vingt-dix ans. Ils ne peuvent pas être encore comestibles.

Le grand bonhomme haussa les épaules et commença à distribuer les sachets à la ronde.

— Il y en a beaucoup qui ne le sont plus. Mais s'ils sont encore hermétiques, on peut les manger. Croyez-moi, vous le saurez quand vous tirerez l'étiquette. La plupart sont assez bons, mais faites gaffe au bœuf Strogonov. Demo disait que là, RCI voulait dire « Rigoureusement Carrément Imbouffable ».

Ils rechignèrent, au départ, mais ils avaient trop faim pour résister.

Peter en eut deux : le tofu et un magma sucré, gluant, appelé « pudding à la mangue ». Amy s'assit au bord de l'un des lits pour picorer avec méfiance une poignée d'amuse-gueule jaunes et un triangle d'une substance caoutchouteuse qui se révéla être du fromage. De temps en temps, elle levait les yeux d'un air suspicieux, puis elle reprenait son grignotage furtif. Le pudding à la mangue était tellement sucré que Peter en eut une sorte d'étourdissement, mais quand il s'allongea, il sentit la fatigue s'épanouir dans sa poitrine et il sut que le sommeil s'emparerait très vite de lui. Sa dernière pensée fut pour Amy, qui pignochait ses petits biscuits, le

843

regard filant d'un coin à l'autre de la pièce, l'air d'attendre on ne savait quoi. Mais cette idée était comme une corde qui lui aurait glissé entre les mains, et il se retrouva bientôt la tête vide, toute pensée enfuie.

Ensuite, il vit le visage de Hollis flotter au-dessus du sien, dans le noir. Il cligna des yeux, désorienté, essaya de remettre de l'ordre dans ses idées embrumées. La pièce était étouffante. Ses cheveux, son tee-shirt étaient trempés de sueur. Avant qu'il ait pu dire un mot, Hollis le fit taire en posant son doigt sur ses lèvres.

— Prends ton fusil et suis-moi.

Hollis, tenant la lanterne, le mena vers le garage. Sara était debout devant les grandes portes obstruées par des murs de parpaing. Un petit hublot d'observation avait été ménagé dans l'un d'eux : une plaque de métal qui coulissait entre deux rails boulonnés dans le béton.

Sara s'écarta du judas.

— Viens voir ça, murmura-t-elle.

Peter colla son œil au hublot. Il sentit le vent dans ses narines, la fraîcheur nocturne du désert. La petite fenêtre donnait sur la rue principale de la ville, la route 62. En face de la caserne, devant une rangée de collines qui ondulait doucement, se dressait jadis un bloc d'immeubles maintenant en ruine. Le tout était baigné d'un clair de lune bleuté.

Sur la route, un unique virul était accroupi.

Peter n'en avait jamais vu un aussi immobile, en tout cas pas la nuit. Il était assis sur son cul osseux, tourné vers le bâtiment, et le regardait. Sous les yeux de Peter, deux autres sortirent des ténèbres, s'avancèrent le long de la route et s'arrêtèrent dans la même posture vigilante, face à la caserne. Un triplet.

— Qu'est-ce qu'ils fabriquent ? murmura Peter.

— Ils restent là, répondit Hollis. Ils bougent parfois un peu, mais ils ne se rapprochent jamais.

Peter s'éloigna de la petite fenêtre.

— Vous croyez qu'ils savent qu'on est là ?

— C'est une vraie forteresse, mais pas étanche. Ils peuvent sentir le cheval, c'est sûr.

— Sara, va réveiller Alicia, dit Peter. Et pas de bruit. Il vaut mieux laisser dormir les autres.

Peter retourna voir par la fenêtre. Au bout d'un moment, il demanda :

— Combien tu as dit qu'ils étaient ?

— Trois, répliqua Hollis.

— Eh bien, maintenant, ils sont six.

Peter s'écarta pour laisser regarder Hollis.

— Ce n'est pas bon, commenta Hollis.

— Par où pourront-ils entrer ?

Alicia, qui était à côté d'eux, ôta le cran de sûreté de son fusil et l'arma en prenant bien garde à ne pas faire de bruit. C'est alors qu'ils l'entendirent : un choc sourd, au-dessus de leur tête.

— Ils sont sur le toit.

Michael arriva en titubant de la pièce du fond. Il les regarda en fronçant les sourcils, les yeux embrumés de sommeil.

— Qu'est-ce qui se passe ? demanda-t-il, trop fort.

Alicia posa un doigt sur ses lèvres et pointa un index impérieux vers le plafond.

D'autres chocs sourds se firent entendre sur le toit. Peter eut l'impression viscérale qu'une bombe explosait au ralenti. Les virus cherchaient un moyen d'entrer.

Quelque chose grattait à la porte.

Un bruit de chair projetée sur du métal, d'os sur de l'acier. On aurait dit que les virus la testaient, pensa Peter. Qu'ils mesuraient sa résistance avant d'appliquer une poussée finale. Il épaulait soigneusement, prêt à tirer, lorsque Amy entra dans son champ de vision. Par la suite, il se demanderait si elle était dans la pièce depuis le début, cachée dans un coin, les observant en silence. Elle s'approcha de la porte barricadée.

— Amy, recule...

Elle s'agenouilla devant la porte, posa les mains dessus, pencha la tête, le front touchant le métal. Un autre choc sourd de l'autre côté, mais plus doux, cette fois, comme inquisiteur. Les épaules d'Amy se mirent à trembler.

— Qu'est-ce qu'elle fait ?

C'est Sara qui répondit :

— On dirait que... qu'elle pleure.

Personne ne bougea. On n'entendait plus rien de l'autre côté de la porte. Finalement, Amy se releva et se tourna vers eux, le regard lointain, perdu dans le vague. Elle semblait ne pas les voir.

Peter leva la main.

— Ne la réveillez pas.

Elle se détourna et ils la regardèrent repartir, sans dire un mot, avec le même air d'être ailleurs, vers la porte de la chambre, au moment précis où Mausami, la dernière dormeuse, en sortait. Amy la frôla sans paraître la remarquer. La seule chose qu'ils entendirent ensuite fut le grincement de ressorts rouillés alors qu'elle s'allongeait sur son lit de camp.

— Qu'est-ce qu'il y a ? demanda Mausami. Pourquoi me regardez-vous comme ça ?

Peter alla jeter un coup d'œil par la petite fenêtre. Il appuya son visage contre l'étroite meurtrière. C'était bien ce qu'il pensait : rien ne bougeait plus dehors, la rue sous le clair de lune était vide.

— Je crois qu'ils sont partis.

Alicia fronça les sourcils.

— Pourquoi seraient-ils partis, juste comme ça ?

Il se sentait étrangement calme ; il savait que la crise était passée.

— Va voir.

Alicia renvoya son fusil dans son dos et colla ses yeux à la petite fenêtre, se tordant le cou avec l'espoir d'élargir le champ de vision que lui offrait le judas.

— C'est vrai, confirma-t-elle. Il n'y a plus rien, dehors. Comme si... comme s'ils étaient apprivoisés ? fit-elle en se tournant vers Peter, les yeux étrécis.

Il secoua la tête et chercha un terme plus approprié.

— Plutôt amicaux, je dirais.

— Quelqu'un pourrait me dire ce qui se passe, s'il vous plaît ? questionna Mausami.

— Je voudrais bien le savoir, répondit Peter.

Ils remontèrent le panneau blindé juste après le lever du jour. Tout autour, ils relevèrent les traces des créatures dans la poussière. Aucun d'eux n'avait beaucoup dormi, mais Peter se sentait malgré tout empli d'une énergie nouvelle. Il se demandait pourquoi, et puis il sut : ils avaient survécu à leur première nuit dans les terres de Ténèbres.

La carte étalée sur un rocher, Hollis revit leur itinéraire.

— Après Twentynine Palms, c'est le désert jusque-là – pas de vraies routes. Le truc, pour trouver le bunker, c'est cette chaîne de montagnes à l'est. Il y a deux pics distincts, à l'extrémité sud, et un troisième derrière. Quand le troisième se trouve juste au milieu des deux autres, il faut prendre vers l'est, et c'est tout droit.

— Et si on n'y arrive pas avant la nuit ? objecta Peter.

— On pourrait se terrer à Twentynine, en cas de besoin. Il y a quelques bâtiments encore debout. Mais si je me souviens bien, ils sont plutôt dévastés. Rien à voir avec la caserne de pompiers.

Peter jeta un coup d'œil vers Amy, qui était plantée avec les autres.

Elle portait toujours la casquette à visière qu'on lui avait trouvée à l'Entrepôt. Sara lui avait donné une chemise d'homme à manches longues, aux poignets et au col effrangés, pour qu'elle ne prenne pas de coup de soleil, et des lunettes noires récupérées à la caserne. Ses cheveux formaient autour de son visage un halo de boucles noires, emmêlées, qui voletaient sous le bord de la casquette.

— Tu crois vraiment que c'est elle qui a fait ça ? demanda Hollis. Qui les a renvoyés ?

Peter se tourna vers son ami ; il pensait au magazine dans les toilettes, au titre agressif sur la couverture.

— Franchement, Hollis ? Je n'en sais rien.

— Eh bien, espérons-le. Parce qu'après Kelso, le terrain est complètement dégagé jusqu'à la frontière du Nevada.

Il tira sa lame, l'essuya sur le bas de son pull, et poursuivit tout bas, sur le ton de la confidence :

— Avant de partir, j'ai entendu ce que les gens disaient, tu sais, à propos d'elle. La Fille de nulle part, la Dernière Marcheuse. Ils disaient que c'était un signe.

— De quoi ?

— De la fin, Peter, répondit Hollis en fronçant les sourcils. La fin de la Colonie, la fin de la guerre. De la race humaine, ou de ce qu'il en reste. Je ne dis pas qu'ils avaient raison. Ce n'étaient probablement que des conneries de Sam et de Milo.

Sara s'approcha d'eux. La tuméfaction de son visage avait bien diminué au cours de la nuit ; les ecchymoses s'étaient atténuées et le violacé tirait maintenant sur le vert.

— On devrait laisser Maus monter à cheval, dit-elle.

— Comment va-t-elle ? demanda Peter.

— Elle est un peu déshydratée. Dans son état, il vaudrait mieux qu'elle boive beaucoup. Je pense qu'elle ne devrait pas marcher par cette chaleur. Et je m'en fais pour Amy, aussi.

— Qu'est-ce qu'elle a ?

Elle haussa les épaules.

— Le soleil. Je pense qu'elle n'y est pas habituée. Elle a déjà de vilains coups de soleil. Avec les lunettes et la chemise, ça ira déjà mieux, mais elle ne peut pas rester longtemps couverte par cette chaleur. Alors, qu'est-ce que c'est que cette histoire de véhicule dont Michael m'a parlé ? fit-elle en regardant Hollis, la tête inclinée.

Ils marchaient.

Les montagnes disparurent derrière eux. À la mi-journée, ils étaient en plein désert. La route n'était plus qu'une évocation, mais ils pouvaient encore suivre son tracé à la bosse qu'elle faisait sur le sol, dans un paysage de roches éparses et d'arbres rabougris, étranges, sous un soleil de plomb et un ciel infini, lavé de toute couleur. La brise n'était pas tombée, elle s'était carrément effondrée. L'air était tellement immobile qu'il semblait vibrer, la chaleur trépidait autour d'eux comme des ailes d'insectes. Tout avait l'air à la fois très proche et très loin, l'horizon incommensurable déformait la perspective. Peter se dit qu'on devait très facilement s'égarer dans un endroit pareil, errer sans but jusqu'au coucher du soleil. Après la ville de Mojave Junction – qui n'était pas une vraie ville, juste quelques constructions effondrées dont il ne restait plus que les fondations et un nom sur la carte –, ils arrivèrent en haut d'une petite élévation de terrain et découvrirent une longue file de véhicules abandonnés sur deux colonnes, tournés vers eux. Il y avait surtout des voitures particulières, mais aussi quelques camions au châssis rouillé, érodé, enfoncé dans le sable. Ils avaient l'impression d'être tombés sur un cimetière, un cimetière de machines. La plupart des véhicules n'avaient plus de toit, les portières étaient arrachées et l'intérieur avait comme fondu. S'il y avait jadis eu des cadavres à l'intérieur, ils avaient depuis longtemps disparu, dispersés par les vents du désert qui déplaçaient les dunes. Çà et là, dans les débris indifférenciés, Peter détectait un objet reconnaissable, à l'échelle humaine : une paire de lunettes, une valise ouverte, une poupée en plastique. Ils passèrent sans mot dire, n'ayant pas le cœur à parler. Peter compta plus d'un millier de véhicules avant qu'ils se perdent dans un dernier effilochement d'épaves, le sable indifférent du désert reprenant son empire sur toute chose.

Vers le milieu de l'après-midi, Hollis annonça qu'il était temps de quitter la route et de prendre vers le nord. Peter avait douté qu'ils arrivent jamais au bunker. La chaleur était tout simplement insupportable. Un vent brûlant soufflait de l'est, leur projetant de la poussière dans le visage et les yeux. Depuis la file de voitures, personne n'avait dit grand-chose. Michael semblait le plus mal loti ; il commençait visiblement à boiter. Quand Peter l'interrogea, il ôta sa chaussure pour lui montrer, sans commentaire, une grosse ampoule pleine de sang sur son talon.

Ils s'arrêtèrent à l'ombre parcimonieuse d'un bouquet de yuccas.

— C'est encore loin ? demanda Michael.

Il avait enlevé sa chaussure pour que Sara s'occupe de son ampoule. Il fit la grimace quand elle la perça avec un petit scalpel de la trousse de premiers secours qu'elle avait trouvée à la caserne. De l'incision perla une unique goutte de sang.

— Encore une quinzaine de kilomètres, dit Hollis.

Il était debout au bord de la maigre tache d'ombre.

— Vous voyez cette rangée de montagnes ? C'est ce qu'on cherche.

Caleb et Mausami s'étaient endormis, la tête sur leur paquetage. Sara banda le pied de Michael. Il remit sa chaussure en grimaçant de douleur. Il n'y avait qu'Amy qui paraissait relativement tenir le coup. Elle était assise à l'écart des autres, ses petites jambes repliées sous elle, et les regardait avec méfiance, derrière ses lunettes noires.

Peter s'approcha de Hollis.

— On va y arriver ? interrogea-t-il tout bas.

— Ce sera juste.

— On accorde à tout le monde une demi-largeur de main de repos ?

— Oui, mais pas plus.

La première gourde de Peter était vide. Il s'octroya une gorgée de la deuxième, se promettant de garder le reste en réserve, et s'allongea à l'ombre avec les autres. Il avait l'impression qu'il venait de fermer les yeux quand il entendit son nom et les rouvrit. Alicia était penchée au-dessus de lui.

— Tu as dit une demi-largeur de main.

— Exactement. Allons-y.

Il se redressa.

Une autre largeur de main plus tard, ils virent la pancarte dressée dans la chaleur vibrante. D'abord, une longue clôture, un immense grillage couronné, en haut, par des spires de fil de fer barbelé, puis, cent mètres derrière la porte ouverte, un poste de garde et, plantée à côté, une pancarte :

**VOUS ENTREZ DANS LE CENTRE DE COMBAT AIR-SOL
DU CORPS DES MARINES DE TWENTYNINE PALMS.
DANGER. TERRAIN MINÉ.
NE QUITTEZ PAS LA ROUTE.**

— Terrain miné ? fit Michael, le visage crispé par un farouche froncement de sourcils. Qu'est-ce que ça veut dire ?

— Ça, Circuit, ça veut dire : *Fais gaffe où tu mets les pieds.*

Alicia s'adressa à tout le groupe.

— Il peut s'agir de bombes, ou de mines. Marchez à la queue leu leu, et essayez de mettre vos pas dans ceux de la personne qui vous précède.

— Qu'est-ce que c'est que ça ? fit Mausami en tendant une main, l'autre levée sur son front pour se protéger de la lumière aveuglante. On dirait des bâtiments.

C'étaient des autobus garés sur deux files côte à côte : trente-deux véhicules à la peinture jaune presque complètement effacée. Peter s'approcha du plus proche, en queue de colonne. Il n'y avait pas un souffle de vent. Le silence était seulement troublé par le bruit de leurs pas. Sur les vitres doublées par un épais grillage était gravée l'inscription « Groupe scolaire de Desert Center ». Il escalada la dune de sable que le vent avait chassée contre le véhicule et regarda dedans. Il y en avait même à l'intérieur, sur les sièges, mués en bancs de sable ou en rangées de dunes. Des oiseaux avaient fait leur nid dans le plafond, maculant les parois de traînées de fiente blanchâtres.

— Hé, regardez ça ! appela Caleb.

Ils suivirent la direction de sa voix vers la carlingue d'une espèce de petit avion incliné sur le côté.

— C'est un hélicoptère, dit Michael.

Caleb était debout sur la carcasse. Avant que Peter ait eu le temps de dire quoi que ce soit, Caleb avait ouvert la porte, comme une trappe, et s'était glissé à l'intérieur.

— Pataugas ! s'écria Alicia. Fais attention !

— Tout va bien ! C'est vide !

Ils l'entendirent fourrager à l'intérieur. Un instant plus tard, sa tête reparut par la trappe.

— Il n'y a rien, là-dedans, que deux skels.

Il ressortit, redescendit le long du fuselage et leur montra ce qu'il avait trouvé.

— Ils avaient ça autour du cou.

Deux chaînes ternies par le temps. À chacune était attaché un disque en argent. Peter les nettoya avec un peu d'eau.

Sullivan, Joseph D. O+ 098879254 USMC Cath. Rom.
Gomez, Manuel R. AB– 859720152 USMC. Sans préf.

— USMC, corps des marines des États-Unis, dit Hollis. Tu devrais remettre ça où tu l'as trouvé, Caleb.

Caleb reprit les chaînes des mains de Peter et les serra sur sa poitrine dans un geste de possession.

— Pas question. Je les garde. C'est moi qui les ai trouvées, je les garde, elles sont à moi.

— Pataugas, c'étaient des soldats.

— Et alors ? fit Caleb d'une voix soudain stridente. Ils ne sont jamais revenus, hein ? Les soldats qui étaient censés revenir nous chercher, on les attend toujours !

Un silence tomba.

— C'est bien ce qu'est cet endroit, non ? dit Sara. Tantine nous racontait toujours des histoires là-dessus, comment les Premiers avaient quitté les villes dans des bus qui les avaient emmenés dans la montagne.

Peter avait entendu ces histoires, lui aussi. Il avait toujours pensé que ce n'était que cela, des histoires. Mais Sara avait raison : voilà ce qu'était cet endroit. Plus que les bus eux-mêmes, ou que l'hélicoptère tombé avec ses soldats morts à l'intérieur, le silence le lui disait. C'était autre chose qu'une simple absence de son, c'était le silence des choses interrompues.

Un sentiment l'ébranla, alors, une alerte soudaine. Il y avait quelque chose qui clochait.

— Où est Amy ?

Ils se déployèrent entre les rangées de bus en l'appelant. Lorsque Michael la retrouva, Peter était complètement affolé. Il n'avait jamais imaginé qu'elle s'éloignerait comme ça.

Michael était debout à côté de l'un des bus enfoncés dans le sable, et regardait par une vitre ouverte.

— Qu'est-ce qu'elle fait ? demanda Sara.

— Je crois qu'elle reste juste assise là, répondit Michael.

Peter grimpa vers la fenêtre et s'insinua à l'intérieur. Le vent avait repoussé le sable vers le fond du car. Les premières rangées de banquettes étaient dégagées. Amy était assise juste derrière le siège du chauffeur, son sac à dos sur les genoux. Elle avait enlevé son chapeau et ses lunettes.

— Amy, il va bientôt faire noir. Il faut qu'on y aille.

Mais elle ne faisait pas mine de bouger. Elle semblait attendre – mais quoi ? Elle jeta un coup d'œil autour d'elle, étrécit les paupières comme si elle remarquait pour la première fois que le bus était vide, une épave. Alors elle se leva, passa les bras dans les courroies de son sac à dos et ressortit par la vitre.

Le bunker était exactement où Hollis le leur avait promis.

Il les conduisit jusqu'à l'endroit où la troisième montagne se dressait entre les deux autres, prit vers l'est et s'arrêta au bout de cinq cents mètres.

— C'est là, annonça-t-il.

Ils étaient face à une muraille rocheuse. Derrière eux, le soleil couchant découpait une dernière écharde de lumière sur l'horizon.

— Je ne vois rien, dit Alicia.

— Il n'y a rien à voir.

Hollis fit passer son fusil dans son dos et commença à escalader la paroi. Peter le regarda, la main en visière pour se protéger de la lumière aveuglante. Dix mètres plus haut, Hollis disparut.

— Où est-il allé ? demanda Michael.

Et puis la montagne commença à bouger. Deux portes camouflées, comprit Peter, faites pour se fondre dans la paroi de la colline : elles s'éclipsaient, révélant une sombre caverne à l'intérieur, et la silhouette de Hollis debout à l'entrée.

Peter mit un moment à prendre la mesure de ce qu'il voyait : une vaste caverne creusée dans les profondeurs mêmes de la montagne.

Des rangées de rayonnages s'enfonçaient dans l'obscurité. Dessus étaient entreposées des palettes de caisses qui montaient très haut au-dessus de leur tête. Un chariot élévateur était garé près de l'entrée, à l'endroit où Hollis avait ouvert un panneau métallique dans la paroi. Alors que le groupe le rejoignait, il actionna un interrupteur et la pièce palpita soudain de lumière. L'éclairage provenait d'un réseau de cordes luisantes qui courait sur les murs et le plafond. Peter entendit un bourdonnement aérien de ventilation mécanique qui se mettait en route.

— Hé, c'est de la fibre optique ! dit Michael d'une

voix vibrante d'émerveillement. Mais d'où vient le courant ?

Hollis actionna un deuxième interrupteur. Un signal d'alarme lumineux jaune lança des éclairs, clignotant avec une urgence frénétique au-dessus des portes. Il y eut un déclic, des rouages s'engrenèrent et les portes commencèrent à coulisser hors de leurs logements, traînant des lames d'ombre sur le sol.

— On ne les voit pas de là d'où on est venus, expliqua Hollis en élevant la voix pour se faire entendre, mais il y a des capteurs solaires sur la paroi sud de la montagne. C'est comme ça que Demo a trouvé le bunker.

Un choc sonore signala la fermeture des portes, dont l'écho résonna dans les profondeurs. Ils étaient enfermés, maintenant, en sécurité.

— Les batteries d'accus ne tiennent plus beaucoup la charge, mais on peut avoir quelques heures de courant grâce aux panneaux. Il y a aussi des générateurs portatifs. Et puis il y a un dépôt de carburant un peu au nord d'ici. De l'essence, du diesel, du kérosène. Encore utilisable à condition de faire attention en le versant. Il y en a plus qu'on n'en utilisera jamais.

Peter s'avança dans la salle. Ceux, quels qu'ils soient, qui avaient construit cet endroit, l'avaient bâti pour durer. Il lui rappelait la bibliothèque, sauf que les livres étaient des caisses et que les caisses ne renfermaient pas des mots mais des armes. Les reliquats de la dernière guerre perdue, mis en boîte et entreposés pour la guerre à venir.

Il s'approcha de la plus proche étagère, devant laquelle Alicia se tenait, Amy à côté d'elle. Depuis l'incident aux autobus, la petite fille ne la quittait plus, ne s'écartant jamais de plus de quelques mètres. Alicia avait tiré le bout de sa manche sur son poignet et essuyé la poussière sur le côté d'une des caisses.

— C'est quoi, un RPG ? demanda Peter.

Alicia se tourna vers lui en souriant.

— Je n'en ai pas idée, répondit-elle. Mais je crois que j'en veux un.

44.

Extrait du journal de Sara Fisher
(Le Livre de Sara)
Présenté à la 3e conférence globale
sur la période de Quarantaine nord-américaine
Institut d'études des cultures et des conflits humains
Université de Nouvelle-Galles du Sud,
République indo-australienne
16-21 avril 1003 ap. V.

4e jour
Bon, il faut bien commencer. Alors, salut. Je m'appelle Sara Fisher, Première Famille. Je vous écris d'un bunker de l'Armée, quelque part au nord de la ville de Twentynine Palms, en Californie. Je suis une âme d'un groupe de huit, partis des montagnes de San Jacinto pour aller vers la ville de Telluride, dans le Colorado. Ça fait drôle de dire ces choses à des gens que je ne connais pas, qui n'existent peut-être même pas alors que j'écris ces lignes. Mais Peter dit qu'il faut que quelqu'un tienne un compte rendu de ce qui nous arrive. Il dit qu'un jour, quelqu'un voudra peut-être savoir.

Il y a deux jours qu'on est au bunker. Dans l'ensemble, c'est assez confortable. Il y a l'électricité, des sanitaires et même une douche qui marche, si on n'a pas peur de l'eau froide (moi, ça m'est égal). En dehors des chambrées, le bunker comporte trois salles principales : une qui paraît contenir surtout des armes (le magasin), une autre avec des véhicules (le garage), et une troisième, plus petite, qui contient des vivres, des vêtements et des fournitures médicales (on ne lui a pas encore donné de nom, on dit simplement la « troisième pièce »). C'est là que j'ai trouvé les carnets et les stylos. Hollis dit qu'il y a assez de matériel ici pour équiper une petite armée, et je n'en doute pas.

Michael et Caleb vont essayer de réparer un des Humvee. C'est une sorte de voiture. Peter pense qu'on devrait pouvoir tenir à huit dans deux de ces véhicules, avec des provisions et assez de carburant en plus, mais Michael dit qu'il ne sait pas s'il réussira à en récupérer plus d'un avec les pièces dont nous disposons. Alicia les aide, bien que d'après moi elle ne fasse pas grand-chose de plus que leur tendre les outils qu'ils demandent. Enfin, pour une fois que ce n'est pas elle qui commande tout le monde, ça fait du bien.

Tout ça appartenait à l'Armée, mais ils sont tous morts, maintenant. Je crois qu'on peut le dire. De même que la raison pour laquelle on est ici : la fille, qui s'appelle Amy, et qui aurait cent ans, d'après Michael. Sauf qu'on ne le dirait pas. Si vous la voyiez, vous diriez que ce n'est qu'une petite jeune fille. Elle avait quelque chose dans le cou, une espèce de radio, qui nous a dit qu'elle venait du Colorado, d'un endroit appelé ZQC. C'est une longue histoire, et je ne sais pas très bien par où commencer. Elle ne peut pas parler, mais on pense qu'il pourrait y avoir d'autres gens comme elle dehors, parce que Michael les a entendus à la radio. C'est pour ça qu'on va dans le Colorado.

Tout le monde, ici, a du travail. Le mien est d'aider

Hollis et Peter à voir ce qu'il y a dans les caisses, sur les rayonnages. Peter dit que puisqu'on attend le Humvee, autant mettre ce temps à profit pour le cas où on aurait besoin de revenir ici un jour. Sans compter qu'on pourrait trouver des choses qui nous seraient bien utiles tout de suite, comme des talkies-walkies. Michael pense qu'il pourrait arriver à en faire marcher quelques-uns, s'il y a encore des batteries qui tiennent la charge. Sur un côté du magasin, il y a une espèce d'alcôve qu'on appelle l'« office », pleine de bureaux et d'ordinateurs qui ne marchent plus, et d'étagères couvertes de registres et de manuels, où nous avons trouvé les inventaires, des pages et des pages de listes. Tout est noté, des fusils aux mortiers en passant par les pantalons et les pains de savon (j'espère qu'on découvrira bientôt le savon). Chaque objet est suivi d'un groupe de chiffres et de lettres correspondant aux numéros et aux lettres inscrits sur les rayons, mais pas toujours. Parfois, on ouvre une caisse en pensant trouver des couvertures ou des piles, et on tombe sur des pelles ou des armes. Amy nous aide, et bien qu'elle n'ait rien dit, je me suis aperçue aujourd'hui qu'elle savait lire les listes aussi bien que n'importe qui. Ce qui m'a surprise, je ne sais pas pourquoi.

6e jour

Michael et Caleb s'occupent toujours des Humvee. Michael en a repéré deux qu'il pourrait probablement réparer, mais il n'en est pas encore sûr. Il dit que le problème, c'est tout ce qui est en caoutchouc : le caoutchouc est souvent fissuré et s'effrite. Je n'ai jamais vu Michael aussi heureux, et tout le monde pense qu'il va y arriver.

Hier, j'ai inventorié le matériel médical. Il y a beaucoup de choses qui ne servent plus à rien, mais il y en a d'autres que je devrais pouvoir utiliser, de vrais pansements, des attelles et même un appareil pour prendre la tension. J'ai pris celle de Maus, elle a douze-huit, et je lui ai dit de me faire penser à la lui prendre tous les jours, et de boire beaucoup d'eau. Elle a dit qu'elle le ferait, mais ça l'oblige à aller faire pipi toutes les cinq minutes.

Ce matin, Hollis nous a tous emmenés dans le désert pour nous apprendre à tirer et à lancer une grenade. Il y a tellement de munitions qu'il a dit qu'on pouvait les utiliser, et que tout le monde devait savoir comment faire. Alors, pendant un moment, on a tous tiré sur des tas de cailloux, on a lancé des grenades dans le sable, au point que maintenant j'ai les oreilles qui tintent à cause du bruit. Hollis pense que la zone, au sud de cet endroit, est pleine de mines, et il dit que personne ne devrait y aller. Je pense que ça s'adressait surtout à Alicia, parce qu'elle prend le cheval pour aller chasser, le matin, tôt, avant qu'il fasse trop chaud, sauf que jusque-là elle n'a rien rapporté, que deux lapins, qu'on a fait cuire hier soir. Peter a trouvé un jeu de cartes dans les chambrées, et après dîner on a tous joué à la pioche, même Amy, qui a fait plus de levées qu'aucun de nous, alors que personne ne lui avait expliqué les règles. Il faut croire qu'elle les a comprises rien qu'en nous regardant.

Des vrais rangers en cuir ! On en tous maintenant, sauf Caleb, qui a encore ses baskets. Elles sont beaucoup trop grandes, mais il dit que ça lui est égal, qu'il aime bien leur look, et qu'elles lui portent bonheur, puisqu'il n'est pas mort depuis qu'il les a mises. Peut-être qu'on va trouver une caisse de baskets porte-bonheur ?

7e jour

La réparation des Humvee n'avance pas vite. Tout le monde commence à avoir peur qu'on soit obligés de repartir à pied.

En dehors des rangers, ce qu'on a trouvé de mieux jusque-là, ce sont les bâtons lumineux. Ce sont des tubes en plastique qu'on casse sur son genou, on les secoue très fort et ça fait de la lumière. Une lueur vert pâle. Hier soir, Caleb en a ouvert un, il s'est étalé le truc lumineux sur la figure et il a dit : « Regardez-moi, je suis un fluo, maintenant ! » Peter a dit que ce n'était pas drôle, mais moi, j'ai trouvé que si, et on a presque tous bien ri quand même. Je suis contente que Caleb soit là, avec nous.

Demain, je vais faire bouillir de l'eau et prendre un vrai bain. Et je couperai les cheveux d'Amy, tant que j'y suis. Il faut bien s'occuper de ses cheveux emmêlés. Peut-être que je pourrai aussi lui faire prendre un bain.

9e jour

Aujourd'hui Michael a annoncé qu'ils allaient essayer de faire démarrer un des Humvee, alors on s'est tous mis autour pendant qu'ils le connectaient à un des générateurs, mais quand ils ont essayé de faire tourner le moteur, il y a eu un gros bang, *de la fumée, et Michael a dit qu'ils allaient être obligés de tout recommencer. Il a expliqué que c'était probablement à cause de l'essence, qui était mauvaise, mais j'ai bien vu qu'il ne savait pas vraiment. Pour tout arranger, les toilettes se sont bouchées dans les chambrées, et Hollis a dit : « C'est quand même dingue que l'armée des États-Unis ait réussi à faire de la bouffe qui se conserve une centaine d'années et qu'elle n'ait pas été foutue de faire des chiottes qui marchent ! »*

Hollis m'a demandé de lui couper les cheveux à lui aussi, et je dois dire qu'un peu décrassé, il n'est pas si mal. J'arriverais peut-être à le convaincre de se raser la barbe, mais je pense que ça veut dire trop de choses pour lui, maintenant qu'Arlo n'est plus là. Pauvre Arlo. Pauvre Hollis.

11e jour
La jument est morte, aujourd'hui. C'est complètement ma faute. Pendant la journée, on la gardait attachée dehors, dans l'ombre, où il y avait des buissons et de l'herbe à manger. J'avais décidé de la faire marcher un peu, et puis quelque chose lui a fait peur, et elle s'est sauvée. On a couru après, Hollis et moi, mais évidemment on n'a pas réussi à la rattraper. Plus tard, on l'a revue dans le champ de mines, et avant que j'aie eu le temps de dire ouf, il y a eu un terrible boum, et quand la fumée s'est dissipée, elle gisait par terre. J'aurais voulu aller auprès d'elle, mais Hollis m'en a empêchée, et j'ai dit : « On ne peut pas la laisser comme ça », et il a dit : « Non, on ne peut pas », et il est retourné aux chambrées chercher son fusil, et il s'en est occupé. On était tous les deux en larmes. Après, je lui ai demandé si elle avait un nom, et il m'a dit que oui, elle s'appelait Sweetheart.

Nous ne sommes là que depuis neuf jours, mais j'ai l'impression que ça fait beaucoup plus, et je commence à me demander si nous repartirons jamais.

12e jour
La carcasse du cheval a été emportée dans la nuit. Donc on sait maintenant qu'il y a des fums par ici. Peter a décidé de fermer les portes une heure avant le coucher du soleil, par sécurité. Je m'en fais un peu pour

Mausami. Depuis ces derniers jours, sa grossesse com-
mence à se voir. Les autres ne le remarquent peut-être
pas, mais moi, je le vois bien. Ce que tout le monde sait,
sans le dire, c'est que Theo est probablement mort. Elle
est solide, mais je suis sûre que plus les jours passent,
plus c'est difficile pour elle. Je ne voudrais pas avoir
un bébé par ici.

13ᵉ jour
Bonne nouvelle : Michael dit qu'il va essayer de faire
démarrer un des Humvee demain. On croise tous les
doigts. Chacun a hâte de repartir.
Dans la troisième pièce, je suis tombée sur une caisse
étiquetée « Housses corporelles ». Je l'ai ouverte, j'ai
vu ce qu'il y avait dedans et j'ai compris que c'étaient
les sacs dans lesquels l'Armée mettait les soldats morts.
J'ai refermé la caisse et j'espère que personne ne me
posera de question à ce sujet.

16ᵉ jour
Je n'ai pas écrit ces derniers jours parce que j'ap-
prenais à conduire.
Il y a deux jours, Michael et Caleb ont fini par faire
marcher le premier Humvee, avec les pneus et tout. Tout
le monde riait et criait, tellement on était heureux.
Michael a dit qu'il voulait y aller le premier, et il a
réussi à le faire sortir du bunker en marche arrière avec
juste quelques éraflures. On a tous pris le volant à tour
de rôle, Michael nous disant comment faire, mais aucun
de nous n'est très bon.
Le deuxième Humvee est sorti en roulant ce matin.
Caleb dit qu'il n'y en aura pas de troisième, mais on
n'en a pas vraiment besoin, de toute façon. S'il y en a un
qui tombe en panne, on pourra toujours prendre l'autre.
Michael pense qu'on pourra transporter assez de diesel

pour aller jusqu'à Las Vegas, peut-être même plus loin, avant d'être obligé d'en trouver d'autre.

On va demain matin au dépôt de carburant.

17ᵉ jour

On a fait le plein et on est prêts à partir. On a passé la matinée à faire la navette avec le dépôt pour remplir le réservoir des Humvee et des bidons supplémentaires.

Tout le monde est à la fois épuisé et excité. C'est comme si le voyage allait enfin vraiment commencer. On formera deux groupes de quatre. Peter va conduire l'un des Humvee et moi l'autre, avec Hollis et Alicia sur le toit pour manœuvrer les mitraillettes, des armes de calibre cinquante qu'on a montées aujourd'hui. Comme Michael a trouvé des piles, on pourra se parler par talkie-walkie, au moins jusqu'à ce que les batteries soient à plat. Peter pense qu'on devrait essayer de contourner Las Vegas, et de rester dans l'arrière-pays, mais Hollis dit que si on veut aller dans le Colorado, c'est le chemin le plus court, et que les routes inter-États sont les meilleures, parce qu'elles suivent le terrain le plus facile. Alicia a pris le parti de Hollis et Peter a fini par accepter, alors je pense que ce sera Las Vegas, finalement. Tout le monde se demande ce qu'on va trouver là-bas.

Ça commence à ressembler à une véritable expé-dition. On s'est débarrassés de nos vieux vêtements, et maintenant chacun est en treillis, même Caleb, bien que le sien soit trois fois trop grand pour lui (Maus est en train de refaire les ourlets de son pantalon). Après dîner, Peter nous a tous réunis, il nous a montré notre route sur la carte, et puis il a dit qu'on devrait faire la fête, « pas vrai, Hollis ? » Et Hollis a acquiescé : « Je suis bien d'accord », et il a sorti une bouteille de whisky trouvée dans un des bureaux. Ça a un peu le même goût que la gnôle qu'on faisait à la Colonie, et ça fait le même effet, et en moins de deux, on s'est tous mis à rire et à chanter, ce qui était merveilleux, mais aussi un peu triste, parce qu'on pensait à Arlo et à sa guitare. Même Amy a un peu bu ; Hollis a dit que ça la mettrait peut-être d'humeur à dire quelque chose, sur quoi elle a souri. Je pense que c'était la première fois que je la voyais sourire. On a vraiment l'impression qu'elle est l'une des nôtres, maintenant.

Mais là, il est tard, et il faut que j'aille me coucher. Le départ est fixé aux premières lueurs de l'aube. Je suis impatiente de partir, tout en pensant que cet endroit va me manquer. Aucun de nous ne sait ce qui nous attend, ou si nous rentrerons jamais chez nous. Je pense que, sans nous en rendre compte, nous sommes devenus une famille, là. Alors, quel que soit celui qui lira ça, c'est vraiment tout ce que j'ai à dire.

18e jour

On est arrivés à Kelson largement à temps. Le paysage tout autour a l'air complètement mort – les seules créatures vivantes paraissent être les lézards, qui sont partout, et les araignées, d'énormes araignées velues grosses comme la main. Il n'y a pas une seule construction, en dehors du dépôt. Après le bunker, ça fait drôle de se retrouver en plein air comme ça, complètement exposés, et pourtant les vitres et les portières sont toutes consolidées avec des planches. Il y a une pompe, mais pas d'eau, alors on vit sur nos réserves. S'il continue à faire aussi chaud, on a intérêt à en trouver bientôt. Je peux dire que personne ne va beaucoup dormir. J'espère qu'Amy pourra les tenir à distance, comme dit Peter.

19ᵉ jour

Ils sont venus la nuit dernière, un triplet. Ils sont passés par le toit. Ils ont déchiré le bois comme si c'était du papier. Quand ça a été terminé, deux étaient morts et le troisième s'était enfui. Mais Hollis a pris un coup de feu. Alicia dit qu'elle croit que c'est elle qui l'a tiré, mais Hollis prétend que non, qu'il s'est tiré dessus tout seul en essayant de recharger un des pistolets. Il dit probablement ça juste pour qu'elle se sente moins coupable. La balle lui a effleuré le gras du bras, juste une estafilade, en réalité, mais toutes les blessures sont sérieuses, surtout par ici. Hollis est trop coriace pour le montrer, mais je vois bien qu'il a très mal.

J'écris ça dans les premières lueurs du jour, juste avant l'aube. Personne ne retournera dormir. On attend juste le lever du soleil pour repartir. Notre meilleure chance est d'arriver à Las Vegas assez tôt pour trouver un abri pour la nuit. Ce que tout le monde pense, mais ne dit pas, c'est qu'il n'y a plus de vraie sécurité à partir de maintenant.

Le plus drôle, c'est que ça ne m'inquiète pas beaucoup. Pas vraiment. J'espère qu'on ne va pas tous mourir ici, bien sûr, mais de toute façon je préfère être ici, avec ces gens, que n'importe où ailleurs. C'est autre chose d'avoir peur quand on a l'espoir que ce soit pour quelque chose. Je ne sais pas ce qu'on va trouver dans le Colorado, si on y arrive jamais. Je ne suis même pas sûre que ça ait de l'importance. Toutes ces années à attendre l'Armée, et en fin de compte, l'Armée, c'est nous.

45

Le jour commençait à décliner lorsqu'ils arrivèrent dans un paysage de ruines immenses.

Peter était au volant du premier Humvee, Caleb sur le siège passager, à côté de lui, la carte sur les genoux. La chaussée de l'autoroute avait pratiquement disparu sous une houle de terre pâle, craquelée. Alicia, sur le toit, observait le territoire avec les jumelles.

— Caleb, où est-ce qu'on est, là ?

Caleb tortilla la carte dans tous les sens et finit par se démancher le cou pour demander à Alicia, sur le toit :

— Tu vois la 215 ?

— C'est quoi, la 215 ?

— Une autre autoroute comme celle-ci ! On devrait la couper !

— Je ne savais même pas qu'on était sur une autoroute !

Peter arrêta le véhicule et récupéra la radio, à ses pieds.

— Sara, où en est ta jauge à essence ?

Un crépitement de parasites, puis la voix de Sara :

— Le quart du réservoir. Peut-être un peu plus.

— Je voudrais parler à Hollis.

Il regarda, dans le rétroviseur, Hollis, son bras blessé en écharpe, descendre du poste de mitrailleuse et prendre la radio des mains de Sara.

— J'ai peur qu'on ait perdu la route, dit Peter. Et il faudrait qu'on trouve de l'essence, aussi.

— Il y a un aéroport, dans le coin ?

Peter prit la carte des mains de Caleb et la regarda.

— Oui. Si on est toujours sur la 15, il devrait être droit devant nous, à l'est. Alicia ! fit-il en élevant la voix, tu vois quelque chose qui ressemble à un aéro-port ?

— Comment tu veux que je sache à quoi ressemble un aéroport ?

Par la radio, Hollis intervint :

— Dis-lui de chercher des réservoirs d'essence. Des gros.

— Liss, tu vois des réservoirs d'essence ?

Alicia redescendit dans l'habitacle. Elle avait la figure couverte de poussière. Elle se rinça la bouche à sa gourde et cracha par la vitre.

— Droit devant, à cinq kilomètres à peu près.

— Tu es sûre ?

Elle hocha la tête.

— Il y a un pont droit devant. Ça pourrait être l'échangeur de la 215. Et si c'est ça, l'aéroport est juste derrière.

Peter reprit la radio.

— Liss dit qu'elle croit le voir, droit devant. On y va.

— Vigilance, vigilance, cousin !

Peter enclencha une vitesse et redémarra. Ils arri-vaient, par le sud, à la périphérie d'une agglomération, dans une plaine dénudée semée de plaques de mauvaises herbes. À l'ouest, les montagnes se teintaient de mauve. Leur masse dressée sur le ciel évoquait le dos de gigan-tesques animaux du désert qui auraient surgi de terre. Peter regarda les bâtiments du centre-ville commencer à prendre forme devant le pare-brise, esquisser un schéma de structures baignées d'une lumière dorée. Il était impossible de dire s'ils étaient grands, ou à quelle distance ils se trouvaient. Sur le siège arrière, Amy avait enlevé ses lunettes et regardait, en plissant les paupières, par la vitre. Sara avait bien réussi à lui couper les cheveux. Ce qui restait de cet amas sauvage formait un casque sombre, net, qui épousait la courbe de ses joues.

Ils arrivèrent à l'échangeur. Le pont avait disparu. La travée s'était effondrée sur l'autoroute, en dessous, la métamorphosant en un canyon plein d'énormes dalles de béton fracassées, de voitures et de débris divers, rigoureusement infranchissable. Il n'y avait rien à faire, ils devaient trouver une voie de contournement. Peter reprit vers l'est, en suivant l'autoroute en contrebas. Quelques minutes plus tard, ils parvenaient à un deuxième pont autoroutier, qui paraissait intact. C'était un pari, mais ils commençaient à manquer de temps.

Par radio, il contacta Sara :

— Je vais essayer de passer. Attendez qu'on soit de l'autre côté.

La chance était avec eux. Ils traversèrent sans incident et, en attendant que Sara les rejoigne, Peter reprit la carte des mains de Caleb. Sauf erreur, ils étaient sur Las Vegas Boulevard. L'aéroport, avec ses réservoirs d'essence, devait être complètement à l'est.

Ils accélérèrent. Le paysage commença à changer, se remplissant de constructions et de véhicules abandonnés, la plupart tournés vers le sud, comme s'ils tentaient de quitter la ville.

— Des camions de l'Armée, dit Caleb.

Une minute plus tard, ils virent le premier char d'assaut. Il était retourné au milieu de la route, comme une énorme tortue sur le dos. Les chenillettes avaient été arrachées des roues.

Alicia s'accroupit et passa la tête dans l'habitacle du Humvee.

— Avance doucement, dit-elle.

Peter fit un détour pour éviter le tank renversé. Ce qui les attendait était désormais évident : un périmètre défensif. Ils avançaient à travers un vaste champ jonché d'épaves de chars d'assaut et d'autres véhicules. Peter vit plus loin, vers l'avant, une ligne de sacs de sable adossée à une barrière de béton couronnée de rouleaux de fil de fer barbelé.

— Et maintenant, qu'est-ce que tu proposes ? demanda Sara, à la radio.

— Il faut qu'on fasse le tour, d'une façon ou d'une autre.

Il lâcha le bouton de communication et éleva la voix pour parler à Alicia, qui scrutait les environs à la jumelle.

— Liss ! Est ou ouest ?

Elle replongea à l'intérieur.

— Ouest. Je crois voir une brèche dans le mur.

Il commençait à être tard. L'attaque de la veille les avait tous ébranlés. Les dernières largeurs de main de jour étaient un entonnoir qui les entraînait vers la nuit. À chaque minute qui passait, les décisions qu'ils prenaient devenaient plus irrévocables.

— Alicia a dit par l'ouest, fit Peter, à la radio.

— Ça va nous éloigner de l'aéroport.

— Je sais. Repasse-moi Hollis.

Il attendit que Hollis accuse réception, puis continua :

— Je pense qu'on va être obligés d'utiliser l'essence qui nous reste afin de trouver un endroit pour cette nuit. Dans tous ces bâtiments, il doit bien y avoir quelque chose qui conviendra. On pourra retourner vers l'aéroport demain matin.

Hollis s'exprimait sur un ton calme, mais Peter discernait une certaine tension dans sa voix.

— À toi de décider.

Il jeta par le rétroviseur un coup d'œil à Alicia, qui hocha la tête.

— On fait le tour, dit Peter.

La brèche dans le périmètre était une partie effondrée, irrégulière, de vingt mètres de largeur. Les vestiges d'un camion-citerne incendié gisaient tout près. Le chauffeur avait dû tenter de forcer le passage, pensa Peter.

Ils continuèrent. Le paysage changea à nouveau alors qu'ils entraient dans la ville. Le tissu urbain se densifiait. Personne ne parlait. On n'entendait que le ronflement du moteur et le raclement des mauvaises herbes sous le châssis du Humvee. Elles avaient réussi à reconquérir Las Vegas Boulevard. Une pancarte grinçante, encore suspendue au-dessus de la chaussée, se balançait dans le vent. Des bâtiments de plus en plus imposants dressaient leur masse monumentale au-dessus de la chaussée, mais leurs immenses façades étaient délabrées. Certains étaient incendiés, réduits à des cages vides de structures en acier, d'autres à moitié effondrés révélaient des compartiments pareils aux alvéoles d'une ruche grouillante de câbles et de fils. Quelques façades écroulées disparaissaient sous une forêt de lianes aériennes tandis que d'autres se dressaient, nues et dépouillées, sous des enseignes encore intactes portant des noms mystérieux : « Mandalay Bay », « Le Louxor », « New York, New York ». L'espace entre les bâtiments était jonché de vestiges de toutes sortes, si bien que Peter devait avancer à une allure de tortue. Des Humvee et des chars d'assaut, des postes de tir renforcés par des sacs de sable : les combats avaient fait rage, à cet endroit. Par deux fois, il dut s'arrêter complètement et chercher un chemin pour contourner un obstacle.

— On ne réussira jamais à passer à travers tout ça, dit enfin Peter. Caleb, trouve-moi un moyen de sortir d'ici.

Caleb le dirigea vers l'est, sur Tropicana. Mais cent mètres plus loin, la route était à nouveau obstruée par une montagne de débris. Peter fit demi-tour, retourna à l'intersection et repartit vers le nord. Cette fois, ils furent arrêtés par une deuxième barricade de béton.

— C'est un véritable labyrinthe.

Il fit une autre tentative, plus à l'est, mais la voie se révéla tout aussi infranchissable. Les ombres s'allongeaient. Ils avaient peut-être encore une demi-main de bonne lumière devant eux. Il comprit qu'ils avaient fait une erreur en prenant par le centre de la ville. Maintenant, ils étaient piégés.

Il reprit la radio sur le tableau de bord.

— Une idée, Sara ?

— On pourrait repartir par où on est venus.

— Le temps qu'on sorte d'ici, il ferait nuit. Et pas question de se retrouver à découvert au milieu de tous ces points élevés.

Alicia redescendit du toit.

— Il y a un bâtiment qui a l'air d'avoir tenu le coup, dit-elle très vite. Le long de cette rue, là-bas, à une centaine de mètres. On est passés devant tout à l'heure.

Peter relaya l'information au deuxième Humvee.

— De toute façon, on n'a pas vraiment le choix.

— Allons-y, répondit Hollis.

Ils rebroussèrent chemin.

Se tordant le cou pour regarder vers le haut à travers le pare-brise, Peter identifia l'immeuble que lui indiquait Alicia : une mince tour blanche, d'une hauteur fantastique, dressée vers le soleil, et dont le pied se perdait dans les ombres qui allaient en s'allongeant. Elle paraissait solide, mais évidemment, il ne voyait pas l'arrière, qui pouvait être complètement éventré. La structure était séparée de la route par un haut mur de maçonnerie et une masse confuse de verdure qui, lorsqu'il s'approcha, se révéla être une piscine envahie par la végétation. Il commençait à se demander avec angoisse comment il allait la traverser lorsqu'il arriva à une trouée dans les broussailles. Au même moment, Alicia l'appela :

— Tourne ici !

Il réussit à amener le Humvee juste au pied de la tour, et s'arrêta sous une espèce de portique entouré de plantes foisonnantes. Sara vint se ranger derrière lui. La façade du bâtiment était condamnée par des planches, l'entrée défendue par des sacs de sable. Sortant du véhicule, Peter eut soudain froid ; la température chutait.

Alicia ouvrit le compartiment arrière et leur passa précipitamment les paquetages et les armes.

— Ne prenez que le nécessaire pour cette nuit, ordonna-t-elle. Uniquement ce que vous pourrez transporter. Et toute l'eau que vous pourrez.

— Et les Humvee ? questionna Sara.

— Ils ne partiront pas tout seuls.

Alicia se passa un chapelet de grenades autour du cou et vérifia le chargeur de son fusil.

— Pataugas, tu vois un moyen d'entrer ? On commence à ne plus avoir de lumière, ici.

Caleb et Michael se démenaient furieusement pour arracher la planche qui obstruait une vitrine. Avec un craquement de contreplaqué fendu, elle se détacha du cadre, révélant une vitre incrustée de crasse. Un coup de barre à mine, et la vitre vola en éclats.

— Jets ! s'exclama Caleb en fronçant le nez. Qu'est-ce que c'est que cette puanteur ?

— On ne va pas tarder à le savoir, répliqua Alicia. Allez, tout le monde, on se bouge !

Peter et Alicia se glissèrent les premiers à travers la vitrine brisée, aussitôt suivis par les autres, Hollis fermant la marche avec Amy. Peter se laissa tomber à l'intérieur et se retrouva dans un couloir obscur, parallèle à la façade du bâtiment. À sa droite, une double porte en acier était fermée par des chaînes passées dans les poignées. Il recula vers la vitrine explosée.

873

— Caleb, donne-moi un marteau. Et la barre à mine, aussi.

Il fit levier avec celle-ci pour briser les chaînes, libérant la porte qui révéla un vaste espace dégagé, plutôt qu'une salle, un vide resté remarquablement intact. En dehors de l'odeur – des relents chimiques, âcres, vaguement biologiques – et de l'épaisse couche de poussière qui recouvrait toutes les surfaces, l'endroit paraissait moins en ruine qu'abandonné, comme si ses occupants n'étaient pas partis depuis des dizaines d'années mais quelques jours seulement. L'espace était rempli, au centre, par une grande structure de pierre, une espèce de fontaine ; sur une plateforme surélevée, dans un coin, se devinait un piano drapé de toiles d'araignée. Un grand comptoir se dressait sur la gauche ; derrière, une longue rangée de vitrines s'ouvrait sur une cour intérieure dont un tapis de végétation luxuriante masquait les détails et donnait à la lumière une teinte verdâtre. Peter regarda vers le plafond, découpé en panneaux convexes par des moulures aux sculptures élaborées. Chaque panneau était ornementé, peint de silhouettes ailées aux yeux tristes, trop brillants, dans des visages aux joues pleines, sur fond de nuages bouillonnants.

Caleb murmura :

— C'est quoi ? Une espèce d'église ?

Peter ne répondit pas. Il n'en savait rien. Les personnages ailés du plafond avaient quelque chose d'inquiétant, voire d'un peu menaçant. Il se retourna et vit Amy debout près du piano voilé de toiles d'araignée. Elle regardait vers le haut comme eux tous.

Hollis s'approcha de lui.

— On ferait mieux d'essayer de monter dans les étages.

Sans doute, pensa Peter, percevait-il aussi la présence fantomatique qui planait sur eux.

— Essayons de trouver un escalier.

Ils s'enfoncèrent dans les profondeurs du bâtiment en suivant un deuxième couloir, plus large, bordé de boutiques – « Prada », « Tutto », « La Scarpa », « Tesorini », des noms qui ne leur disaient rien, mais étrangement musicaux. Les dégâts étaient plus importants à cet endroit : les vitrines étaient brisées, les dalles de pierre du sol couvertes d'éclats de verre qui crissaient sous leurs semelles. Beaucoup de magasins semblaient avoir été pillés – les comptoirs étaient fracassés, tout était retourné –, et pourtant quelques-uns paraissaient intacts, les marchandises inutiles qu'ils vendaient – des chaussures dans lesquelles personne ne pouvait vraiment marcher, des sacs trop petits pour contenir quoi que ce soit – restées à leur place, sur les étalages. Ils passèrent devant des panneaux indiquant « Niveau spa » et « Promenade de la piscine », avec des flèches menant vers des couloirs adjacents et des batteries d'ascenseurs aux portes d'acier fermées, mais rien qui indique tout bêtement un escalier.

Le couloir donnait sur une deuxième zone dégagée, aussi vaste que la première, dont les limites disparaissaient dans l'obscurité. Tout cela avait quelque chose de souterrain, comme s'ils étaient tombés sur l'entrée d'une immense caverne. L'odeur était de plus en plus forte. Ils cassèrent leurs bâtons lumineux et s'avancèrent en balayant l'endroit avec leurs fusils. C'était une vaste salle pleine de longues rangées de machines comme Peter n'en avait encore jamais vu, avec des écrans vidéo, toutes sortes de boutons, de leviers et d'interrupteurs. Devant chacune se trouvait un tabouret, sans doute pour permettre à l'opérateur de s'asseoir afin d'effectuer sa tâche mystérieuse.

C'est alors qu'ils virent les skels.

D'abord un, puis un autre, et de plus en plus, leurs silhouettes figées sortant des ténèbres. La plupart étaient assis autour d'une série de grandes tables, dans une posture sinistrement comique, comme s'ils avaient été surpris au milieu d'une activité désespérée, intime.

— Bon sang, mais qu'est-ce que c'est que cet endroit ?

Peter s'approcha de la première table. Trois skels y étaient assis ; un quatrième gisait par terre, près de son tabouret renversé. Levant son bâton lumineux, Peter s'approcha du cadavre le plus proche, une femme. Elle était tombée en avant, la tête tournée vers le côté, la joue posée sur la table. Ses cheveux décolorés formaient un nid de fibres desséchées autour du champignon de son crâne. À la place des dents, elle avait deux dentiers dont les gencives de plastique étaient restées d'un rose vivace, incongru. Elle avait des cordons de métal doré autour du cou ; les os de ses doigts posés sur la table comme si elle avait tendu la main pour ne pas tomber étaient couverts de bagues avec de grosses pierres de toutes les couleurs. Devant elle, il y avait deux cartes à jouer, face visible. Un six et un valet. Deux cartes étaient retournées devant chacun des skels. Sur la table, il y avait d'autres cartes. Une espèce de jeu, comme la pioche. Et au centre, un monticule de bijoux, des bagues, des montres, des bracelets, mais aussi un pistolet et une poignée de balles.

Alicia s'approcha de lui.

— On ferait mieux d'avancer, dit-elle.

Il avait l'impression que cet endroit recelait une chose qu'il devait découvrir.

— Il va bientôt faire noir, Peter. Il faut qu'on trouve l'escalier.

Il détourna le regard, hocha la tête.

Ils émergèrent dans un atrium couvert d'un dôme de verre. Le ciel, au-dessus, prenait un ton froid ; la nuit tombait. Des escalators descendaient vers une autre sorte de nuit. Sur la droite, ils virent une batterie d'ascenseurs, puis un nouveau couloir, et encore des boutiques.

— On a tourné en rond ou quoi ? demanda Michael. Je jurerais que c'est par ici qu'on est arrivés.

— Peter..., fit gravement Alicia.

— Je sais, je sais.

Le moment de prendre une décision était venu : continuer à chercher un escalier ou tenter de trouver un abri au rez-de-chaussée. Il se tourna vers le groupe, qui lui parut, tout à coup, trop petit.

— Oh, putain... Pas *maintenant*.

Mausami tendit le doigt vers la vitrine de la plus proche boutique.

— Elle est là.

« Souvenirs du désert », disait l'enseigne. Peter poussa la porte et entra, les autres sur les talons. Amy était à côté de la caisse, devant un mur d'étagères sur lesquelles était disposée toute une collection d'objets de verre sphériques, couverts de poussière. Amy en avait pris un dans sa main. Elle le secoua très fort, et l'intérieur s'emplit d'une frénésie de blancheur.

— Amy, qu'est-ce que c'est ?

Elle se retourna, le visage illuminé – *J'ai trouvé quelque chose*, semblaient dire ses yeux, *quelque chose de merveilleux* –, et elle le lui tendit. Peter fut surpris par son poids : la boule était pleine de liquide. Dedans, en suspension, des petits bouts de matière blanche, brillante, comme des flocons de neige, se déposaient sur un paysage de bâtiments minuscules. Au centre de cette ville miniature s'élevait une tour blanche – la tour même, se dit Peter, dans laquelle ils se trouvaient. Il secoua le globe comme l'avait fait Amy, renvoyant valser les petites particules blanches.

Les autres s'étaient massés autour d'eux.

— C'est quoi ? s'enquit Michael.

Peter passa la chose à Sara, qui la montra aux autres.

— On dirait une espèce de maquette.

Le visage d'Amy exprimait un bonheur extatique.

— Pourquoi tu voulais nous faire voir ça ? lui demanda-t-il.

C'est Alicia qui lui donna la réponse.

— Peter, dit-elle, je crois que tu devrais regarder ça.

Elle avait retourné la boule, révélant l'inscription gravée sur le socle :

Hôtel et casino Milagro
Las Vegas

Michael leur expliqua que l'odeur n'avait rien à voir avec les skels. Elle remontait des égouts. C'était du gaz, surtout du méthane, et c'est pour ça que tout l'endroit puait comme des latrines. Quelque part sous l'hôtel, leur dit-il, stagnait un lac d'immondices vieilles d'une centaine d'années. Un gigantesque réservoir de décantation dans lequel macéraient les déjections d'une ville entière.

— On n'a pas intérêt à être dans le coin quand ça va péter, ajouta-t-il d'un air entendu. Ce sera le plus grand pet de l'histoire. Tout ici s'embrasera comme une torche.

Ils regardaient tomber la nuit, du quinzième étage de l'hôtel. L'espace de quelques minutes d'angoisse, ils avaient commencé à se dire qu'ils allaient être obligés de se réfugier dans les niveaux inférieurs. La seule cage d'escalier qu'ils avaient trouvée, de l'autre côté du casino, était pleine de bric-à-brac – des chaises, des tables, des matelas, des valises, le tout écrasé, déformé, comme projeté d'une grande hauteur. Et puis Hollis avait suggéré de forcer la porte d'un des ascenseurs. Si le câble était intact, leur avait-il expliqué, ils pourraient grimper de quelques étages, suffisamment pour contourner la barricade, après quoi ils pourraient reprendre l'escalier et continuer à monter.

Et ç'avait marché. L'accès au seizième étage était obstrué par une deuxième barricade. Le sol de la cage d'escalier disparaissait sous des douilles vides. Ils avaient renoncé à aller plus haut et s'étaient retrouvés dans un couloir plongé dans l'obscurité. Alicia avait cassé un autre bâton lumineux. Une série de portes s'ouvraient sur le corridor. Un écriteau, sur le mur, annonçait « Suite Ambassador ».

Peter avait indiqué la première porte avec son fusil. « Caleb, à toi de jouer. »

Dans la chambre, il y avait deux cadavres, un homme et une femme, allongés sur le lit, en peignoir éponge et pantoufles. Sur la table de nuit, une bouteille de whisky vide, dont le contenu, depuis longtemps évaporé, était réduit à un résidu brun, et une seringue en plastique. Caleb avait dit tout haut ce que tout le monde pensait tout bas : pas question de passer la nuit avec deux skels, surtout des skels qui avaient mis fin à leurs jours. Ils avaient dû ouvrir cinq portes avant de trouver des pièces sans cadavre. Trois chambres, deux avec des lits jumeaux, et une pièce plus vaste, avec une baie vitrée qui dominait la ville.

Peter s'approcha de la vitre. Les dernières lueurs du jour s'estompaient, baignant la scène d'une lueur orangée. Il aurait préféré être encore plus haut, sur le toit, même, mais ça devrait faire l'affaire.

— Qu'est-ce que c'est, ça, là ? demanda Mausami.

Elle indiquait, de l'autre côté de la rue, une structure

d'acier ajouré dressée entre les bâtiments : quatre pieds qui montaient en s'effilant vers un sommet en pointe.

— Je crois que c'est la tour Eiffel, dit Caleb. J'en ai vu une photo dans un livre, une fois.

— Elle n'est pas en Europe ? fit Mausami, le front barré de rides.

— À Paris, acquiesça Michael. Paris, en France.

Agenouillé par terre, il déballait leur matériel.

— Alors, qu'est-ce qu'elle fait là ?

— Comment veux-tu que je le sache ? répondit Michael en haussant les épaules. Peut-être qu'ils l'ont déménagée.

Ils regardèrent ensemble la nuit tomber. La rue, puis les bâtiments, et enfin les montagnes, au-delà, s'enfoncèrent dans l'obscurité comme dans l'eau d'une baignoire qui se remplit. Les étoiles commencèrent à apparaître. Personne n'était d'humeur à bavarder ; ils étaient trop conscients de la précarité de leur situation. Assise sur le canapé, Sara rebanda le bras blessé de Hollis. Peter se rendit compte, non à ce qu'elle disait mais à ce qu'elle ne disait pas tout en s'affairant, les lèvres pincées, efficace, qu'elle s'en faisait pour lui.

Ils se distribuèrent les rations alimentaires et s'allongèrent pour se reposer. Alicia et Sara se portèrent volontaires pour prendre le premier tour de garde. Peter était trop épuisé pour discuter.

— Réveillez-moi quand vous serez prêtes, leur dit-il. Il est probable que je ne dorme même pas.

En effet. Dans la chambre, il s'allongea par terre, la tête appuyée sur son paquetage, à regarder le plafond. Milagro, pensa-t-il. C'était Milagro. Amy était assise dans un coin, adossée au mur, avec sa boule de verre. Toutes les cinq minutes, elle la soulevait, la secouait et la tenait devant son visage pour regarder la neige tournoyer et retomber. Dans de tels moments, Peter se demandait souvent ce qu'il était pour elle, ce qu'ils étaient tous. Il lui avait expliqué où ils allaient, et pourquoi. Mais si elle savait ce qu'il y avait dans le Colorado, et qui émettait le signal, elle n'en laissait rien paraître.

Il finit par renoncer à dormir et retourna dans la pièce principale. Un croissant de lune s'était levé au-dessus des bâtiments, de l'autre côté de l'avenue. Debout devant la baie vitrée, Alicia observait la rue, en contrebas. Sara, assise à la petite table, faisait une réussite, son fusil posé en travers de ses cuisses.

— Pas de visu, dehors ? demanda Peter

— Tu crois que je jouerais aux cartes ? répliqua Sara, les sourcils froncés.

Il s'assit dans un fauteuil. Il resta un moment sans rien dire, à la regarder jouer.

— Où as-tu déniché ces cartes ?

Le dos portait la même inscription, Milagro.

— C'est Liss qui les a trouvées dans un tiroir.

— Tu devrais te reposer, Sara, dit-il. Je peux te relayer.

— Ça va.

Elle fronça à nouveau les sourcils, ramassa les cartes et les redistribua.

— Retourne te coucher.

Il ne répondit pas. Il avait l'impression d'avoir fait quelque chose qui lui avait déplu, mais il ne voyait pas quoi.

Alicia se détourna de la fenêtre.

— Tu sais, si ça ne t'ennuie pas, je crois que je vais accepter ta proposition : m'allonger quelques minutes. Si tu es d'accord, Sara.

— Comme tu veux, acquiesça-t-elle en haussant les épaules.

Alicia les laissa seuls. Peter se leva, s'approcha de la

vitre et regarda dans la rue avec la visée nocturne de son fusil : des voitures abandonnées, des tas de débris et de gravats, des bâtiments vides. Un monde figé dans le temps, surpris au moment de son exode, au cours des dernières heures de violence du temps d'Avant.

— Tu n'as pas besoin de faire semblant, tu sais.

Il se retourna. Sara le regardait froidement. Le clair de lune tombait sur son visage.

— Semblant de quoi ?

— Peter, je t'en prie. Plus maintenant.

Peter perçut sa résolution ; elle avait pris une décision.

— Tu as fait de ton mieux. Je le sais. Je te dirais bien que je t'en suis reconnaissante, mais ça aurait l'air idiot, ajouta-t-elle avec un petit rire, en détournant le regard. Si on doit tous mourir là, dehors, je veux juste que tu saches que ça va, quoi.

— Personne ne va mourir.

C'est tout ce qu'il avait trouvé à dire.

— Eh bien, j'espère que tu dis vrai. Quand même, cette nuit-là..., ajouta-t-elle au bout d'un moment.

Il prit une profonde inspiration.

— Écoute, Sara, je suis désolé. J'aurais dû te le dire avant. C'était de ma faute.

— Tu n'as pas à t'excuser, Peter. Je te l'ai dit, tu as fait ce que tu pouvais. Des efforts méritoires, vraiment. Mais vous êtes faits l'un pour l'autre, tous les deux. Je crois que je l'ai toujours su. C'était stupide de ma part de ne pas me faire une raison.

Il était complètement abasourdi.

— Sara, mais de quoi parles-tu ?

Elle ne répondit pas. Elle regardait derrière lui, de l'autre côté de la vitre, les yeux écarquillés.

Il se retourna d'un bloc. Sara se leva et vint se planter à côté de lui.

— Qu'est-ce que tu as vu ?

— De l'autre côté de la rue, en haut de la tour, fit-elle en tendant le doigt.

Il colla son œil à l'oculaire de la visée nocturne et parcourut le secteur qu'elle lui avait indiqué.

— Je ne vois rien.

— Il y avait quelque chose, je le sais.

Et puis Amy fut dans la pièce, la boule de verre serrée sur sa poitrine. De l'autre main, elle prit Peter par le bras et l'éloigna de la baie vitrée.

— Amy, qu'est-ce qui se passe ?

La vitre, derrière eux, ne se brisa pas, elle explosa, se fragmenta en une grêle d'échardes étincelantes. Peter fut projeté à l'autre bout de la pièce, le souffle coupé. Il ne comprit que plus tard que le virul s'était jeté sur eux d'en haut. Il entendit Sara hurler. Elle n'articula pas un mot, elle poussa juste un cri de terreur. Il tomba à terre, roula sur lui-même, les membres emmêlés avec ceux d'Amy, juste à temps pour voir le virul filer par la vitre fracassée.

Sara avait disparu.

Alicia et Hollis étaient dans la pièce, maintenant. Tout le monde était là. Hollis arracha son attelle et épaula son fusil. Il alla se planter devant la vitre fracassée et balaya la rue avec le canon de son arme, sans tirer.

— Putain de merde !

Alicia aida Peter à se relever.

— Tu n'es pas blessé ? Il ne t'a pas griffé ?

Il avait encore les tripes en révolution. Il secoua la tête pour dire : « Non. »

— Que s'est-il passé ? s'écria Michael. Où est ma sœur ?

Peter retrouva sa voix le temps de dire :

— Il l'a emportée.

Michael prit brutalement Amy par les bras. Elle tenait toujours sa boule neigeuse, qui avait réussi, on ne sait comment, à rester intacte.

— Où est-elle ? Où est-elle ?

— Michael, arrête ! hurla Peter. Tu lui fais peur !

La boule de verre tomba par terre, où elle s'écrasa pendant qu'Alicia tirait Michael en arrière et l'envoyait valdinguer sur le canapé. Amy recula craintivement, les yeux écarquillés.

— Circuit ! Calme-toi ! fit Alicia.

— Ne m'appelle pas comme ça ! tonna-t-il, les yeux débordants de larmes de colère.

Une voix tonitruante retentit alors :

— Taisez-vous tous !

Ils se tournèrent vers Hollis, debout devant la vitre brisée, l'arme à la hanche.

— Fer-mez-la ! (Il les parcourut du regard.) Michael, je vais récupérer ta sœur.

Il mit un genou à terre et commença à farfouiller dans son paquetage à la recherche de chargeurs de rechange, qu'il fourra dans les poches de son blouson. Le bandage de son bras était taché de sang noirâtre.

— J'ai vu par où ils l'ont emmenée. Ils étaient trois.

— Hollis..., commença Peter.

— Inutile.

Il les parcourut du regard, et s'arrêta enfin sur Peter.

— Je dois y aller, tu le sais mieux que personne.

Michael fit un pas en avant.

— Je viens avec toi.

— Moi aussi, fit Caleb.

Il leva les yeux vers le groupe, l'air soudain indécis.

— Enfin, je veux dire... On y va tous, hein ?

Peter regarda Amy.

Elle était assise sur le canapé, les genoux relevés sur

la poitrine dans une attitude d'autodéfense. Il demanda son arme à Alicia.

— Pour quoi faire ?

— Si on ressort, Amy en aura besoin.

Elle retira son pistolet de sa ceinture. Peter vérifia le chargeur, le remit en place dans la poignée et tira la glissière, positionnant une cartouche dans la chambre. Il le retourna et le tendit à Amy.

— Un coup, dit-il. Tu n'auras pas de deuxième chance. Ici, fit-il en se tapotant le sternum. Tu sauras comment faire ?

Amy leva les yeux du pistolet qu'elle avait dans la main et hocha la tête.

Ils ramassaient leur matériel lorsque Alicia le prit à part.

— Ce n'est pas que je sois contre, fit-elle tout bas, mais ça pourrait être un piège.

— Bien sûr que c'est un piège, répliqua-t-il en ramassant son fusil et son paquetage. Je crois que je le sais depuis notre arrivée. Toutes ces rues bloquées, ils nous ont bel et bien manœuvrés pour qu'on se retrouve ici. Mais Hollis a raison. Je n'aurais jamais dû abandonner Theo, et je ne laisserai pas tomber Sara.

Ils cassèrent leurs bâtons lumineux et sortirent dans le couloir. En haut de l'escalier, Alicia s'approcha de la rampe et regarda en bas, balayant la cage d'escalier avec le canon de son arme. Elle leur donna le feu vert et leur fit signe d'avancer.

Ils descendirent ainsi, étage après étage, Alicia et Peter en tête, Mausami et Hollis fermant la marche. Arrivés au deuxième étage, ils quittèrent la cage d'escalier et prirent le couloir qui menait aux ascenseurs.

La porte du milieu était ouverte, comme ils l'avaient laissée. Peter jeta un coup d'œil dans la cage et vit la cabine sur le toit de laquelle la trappe était ouverte. Il passa son fusil dans son dos, se jeta sur le câble et se laissa glisser jusqu'au toit de la cabine, puis il se laissa tomber à l'intérieur. L'ascenseur était ouvert sur un hall haut de deux étages, avec un plafond de verre. Le mur face à la porte ouverte était garni de miroirs, ce qui lui offrait une bonne vision de l'espace environnant. Il glissa le canon de son arme hors de la porte, retint son souffle. Mais l'endroit éclairé par la lune était vide. D'un sifflement, il indiqua aux autres que la voie était libre.

Les autres membres du groupe l'imitèrent, laissant tomber leurs fusils par la trappe et le suivant à l'extérieur. La dernière fut Mausami. Peter vit qu'elle portait deux paquetages en bandoulière, un sur chaque épaule.

— C'est à Sara, expliqua-t-elle, voyant qu'il la regardait. Je me suis dit qu'elle voudrait le récupérer.

Le casino était sur leur gauche. À leur droite, le couloir obscur, bordé de boutiques vides ; derrière, l'entrée principale et les Humvee. Hollis avait vu un triplet entraîner Sara de l'autre côté de la rue, vers la tour. Le plan était de traverser le terrain à découvert, devant l'hôtel, en utilisant les véhicules et leurs armes lourdes pour se couvrir. Après cela, Peter ne savait plus.

Ils retrouvèrent le vaste hall avec son piano silencieux. Tout était calme, inchangé. À la lueur de leurs bâtons lumineux, les silhouettes peintes au plafond semblaient flotter librement, suspendues au-dessus d'eux, détachées de toutes contingences matérielles. La première fois que Peter les avait vues, elles lui avaient paru presque menaçantes, mais en les regardant à présent, cette impression disparut. Ces yeux humides et doux, ces visages ronds – il avait compris que c'étaient des Petits.

Ils arrivèrent dans le hall d'entrée et s'accroupirent devant la vitre brisée.

— Je passe en premier, déclara Alicia.

Elle prit une gorgée d'eau de sa gourde.

— Si la voie est libre, on y va, et vite. Je ne tiens pas à traîner au pied du bâtiment plus de deux secondes. Michael, tu vas prendre le volant du deuxième Humvee à la place de Sara. Hollis et Mausami, je veux vous voir sur le toit, au poste de mitrailleuse. Caleb, tu files dedans avec Amy. Ne la lâche pas. Je vous couvre pendant que tout le monde monte à bord.

— Et toi ? demanda Peter.

— Ne t'en fais pas, je ne vous laisserai pas partir sans moi.

Elle se releva d'un bond, sortit par la vitre brisée et fonça vers le plus proche véhicule. Peter s'accroupit en position de tir. L'obscurité dehors était totale, la lune masquée par le toit de la marquise. Il entendit un choc sourd alors qu'Alicia se mettait à couvert derrière l'un des Humvee. Il appuya fermement la crosse de son arme sur son épaule, attendant le sifflement qui leur donnerait le feu vert.

À côté de lui, Hollis chuchota :

— Nom d'un chien, qu'est-ce qu'elle attend ?

L'absence de lumière était tellement complète qu'elle procurait l'impression non d'une absence, mais d'une chose vivante, d'une présence palpitante autour d'eux. Une suée d'angoisse picota le cuir chevelu de Peter. Il s'obligea à respirer et affermit son doigt sur la détente de son fusil, prêt à faire feu.

Une silhouette surgit des ténèbres de l'extérieur et fila dans leur direction.

— Vite ! Courez !

Alicia. Comme elle revenait vers eux en plongeant tête baissée par la vitre brisée, Peter comprit ce qu'il voyait : une masse mouvante de lumière vert pâle, telle une vague qui se cabrait et se ruait vers le bâtiment.

Des viruls. La rue était pleine de viruls.

Hollis avait commencé à faire feu. Peter épaula son arme et réussit à tirer quelques coups, mais Alicia l'attrapa par la manche et le tira en arrière, l'éloignant de la vitre.

— Il y en a trop ! On s'arrache !

Ils n'étaient même pas revenus jusqu'au milieu du hall qu'un vacarme retentissant se fit entendre, un bruit de bois qui éclatait. La porte d'entrée cédait. Les viruls allaient se répandre à l'intérieur d'une seconde à l'autre. Devant eux, Caleb et Mausami couraient ventre à terre vers le casino. Derrière eux, Alicia tirait par rafales rapides, couvrant leur retraite, les douilles de ses balles ricochant sur les dalles du sol. Dans l'éclair craché par le canon de son arme, il vit Amy à quatre pattes près du piano, chercher quelque chose à tâtons. Son pistolet. Mais ce n'était pas le moment de tenter de le récupérer. Il la prit par le bras et l'entraîna dans le couloir, à la suite des autres. Son esprit lui disait : *On est morts. On est tous morts.*

Un autre fracas de verre brisé ébranla les profondeurs du bâtiment. Ils étaient encerclés. Ils seraient bientôt pris en tenaille, piégés dans le noir. Comme dans le centre commercial, mais en pire, parce qu'il n'y avait pas de lumière du jour vers laquelle courir. Hollis était à côté de Peter, maintenant. Droit devant, il vit la lueur d'un bâton lumineux et la silhouette de Michael qui fonçait, le dos rond, à travers la devanture explosée d'un restaurant. Il le rejoignit et vit que Caleb et Mausami étaient déjà à l'intérieur. Il cria à Alicia :

— Par ici ! Vite !

Et il poussa Amy devant lui, juste à temps pour voir Michael disparaître par une deuxième porte, au fond de la salle.

— Suis-les ! lui cria-t-il. Allez !

Et puis Alicia fut sur lui et le tira à travers la devanture brisée. Sans s'arrêter, elle prit dans sa sacoche un autre bâton lumineux et le cassa sur son genou. Ils filèrent à travers la salle vers la porte du fond qui battait toujours, dans le sillage de Michael.

Un autre couloir, étroit et bas de plafond, comme un tunnel. Peter vit Hollis et les autres courir devant eux et les appeler en leur faisant de grands signes. L'odeur d'égout fut tout à coup plus forte, presque étourdissante. Peter et Alicia se retournèrent alors que le premier virul surgissait par la porte, derrière eux. Le couloir s'emplit des éclairs de leurs coups de feu. Peter tirait à l'aveuglette, en direction de la porte. Le premier tomba, puis un autre, et un troisième. Mais il en arrivait toujours.

Soudain Peter se rendit compte qu'il avait beau appuyer sur la détente, il ne se passait rien. Il était à court de munitions. Il avait vidé son dernier chargeur. Alicia le tira à nouveau dans le couloir. Une volée de marches descendait vers un autre corridor. Il heurta le mur, faillit tomber, réussit à continuer.

Le couloir était fermé par des portes battantes qui donnaient sur une cuisine. L'escalier les avait conduits au sous-sol, dans les entrailles de l'hôtel. Des batteries de récipients en cuivre étaient accrochées au plafond, au-dessus d'une énorme table d'acier à laquelle le bâton lumineux d'Alicia arracha des reflets. Il avait du mal à respirer ; l'air était plein de vapeurs méphitiques. Il lâcha son fusil vide et saisit l'un des ustensiles accrochés au plafond. Une grande poêle en cuivre, très lourde entre ses mains.

Quelque chose avait franchi la porte derrière eux.

Il se retourna en faisant osciller sa poêle tout en reculant vers le fourneau, dans une attitude qui aurait paru comique si elle n'avait été aussi désespérée, faisant un barrage de son corps à Alicia alors que le virul bondissait sur la table d'acier et s'accroupissait. Une femelle : elle avait les doigts couverts de bagues comme celles des skels, à la table de jeu de cartes. Elle tenait les mains écartées de son corps et fléchissait ses longs doigts, les épaules oscillant d'un côté et de l'autre dans un mouvement fluide. Peter tenait maintenant sa poêle comme un bouclier, Alicia collée derrière lui contre le fourneau.

— Elle se voit ! fit Alicia.

Qu'attendait la virule ? Pourquoi n'avait-elle pas attaqué ?

— Son reflet ! siffla Alicia. Elle voit son reflet dans la poêle !

Peter prit alors conscience d'un nouveau son provenant de la virule : un gémissement nasal, endeuillé, qui rappelait le gémissement d'un chien. On aurait dit que son image, réfléchie dans le fond de la poêle de cuivre, provoquait chez elle une reconnaissance profonde, mélancolique. Peter déplaça prudemment la poêle d'avant en arrière, les yeux de la virule le suivant, comme en transe. Combien de temps pourrait-il la tenir en respect avant que d'autres viruls entrent par la porte ? Les mains moites de transpiration, il avait le plus grand mal à respirer dans la chaleur étouffante et l'air rendu irrespirable par les émanations de gaz.

« Tout ici s'embrasera comme une torche », avait dit Michael.

— Liss, tu vois un moyen de sortir d'ici ?

Alicia tourna rapidement la tête.

— Une porte à cinq mètres sur ta droite.

— Elle est fermée à clé ?

— Comment tu veux que je le sache ?

Il parlait les mâchoires serrées, s'efforçant de rester

immobile, pour que la virule garde les yeux rivés à la poêle.

— Bordel, tu vois une serrure ?

Le bruit de sa voix surprit la créature, et une sorte de crispation la parcourut comme une onde. Sa mâchoire s'ouvrit, ses lèvres révélèrent des rangées de dents brillantes. Elle ne gémissait plus, elle avait commencé à cliqueter.

— Non. Je n'en vois pas.

— Lance une grenade.

— Il n'y a pas assez de place, ici !

— Fais-le. La pièce est pleine de gaz. Tu la lances derrière elle et tu cours à toute vitesse vers la porte.

Alicia glissa une main entre leurs deux corps au niveau de sa taille, libéra une grenade de sa ceinture. Il sentit qu'elle la dégoupillait.

— Tiens, prends ça ! dit-elle.

Une magnifique parabole au-dessus de la tête de la virule, qui détourna le regard. C'était ce que Peter espérait : la créature se tordit le cou pour suivre le vol de la grenade, qui traversa la pièce, tomba avec fracas sur la table, derrière elle, et roula par terre. Peter et Alicia tournèrent les talons et filèrent vers la porte. Alicia y arriva en premier, se jeta sur la barre antipanique. Une bouffée d'air frais, un sentiment d'espace – ils étaient sur une espèce de quai de chargement. Peter compta mentalement. *Une seconde. Deux secondes. Trois secondes...*

Il entendit la première détonation, la projection de débris provoquée par l'explosion de la grenade, puis une deuxième, plus sourde : le gaz s'enflammait dans la pièce. Ils roulèrent par-dessus le bord du quai alors que la porte volait au-dessus de leur tête, suivie par l'onde de choc, une proue de feu qui leur coupa le souffle. Peter se retrouva face contre terre, les mains sur la tête.

Puis les poches de gaz explosèrent en succession rapide, le feu montant dans la structure. Une grêle de débris commença à s'abattre sur eux, des éclats de verre explosèrent sur le trottoir en une pluie d'échardes étincelantes. Il avala une bouffée de poussière et de fumée.

— Il faut qu'on fiche le camp d'ici ! s'écria Alicia en l'entraînant. Tout le bâtiment va cramer !

Il avait les mains et le visage trempés, impossible de savoir par quoi. Ils étaient quelque part du côté sud du bâtiment. Ils traversèrent précipitamment la rue à la lumière éclatante de l'hôtel en feu, et se mirent à couvert derrière la carcasse rouillée d'une voiture retournée.

Ils respiraient péniblement, en toussant à cause de la fumée. Ils avaient le visage maculé de suie. Peter regarda Liss et vit sur le haut de sa cuisse une longue tache brillante qui trempait le tissu de son pantalon.

— Tu saignes.

— Toi aussi, répondit-elle en lui indiquant sa tête.

Une deuxième série d'explosions ébranla l'air au-dessus d'eux. Une énorme boule de feu monta à travers l'hôtel, baignant la scène d'une farouche lumière orange, projetant une nouvelle cascade de débris dans la rue.

— Tu crois que les autres ont réussi à sortir ? demanda-t-il.

— Je n'en sais rien.

Alicia toussa à nouveau, prit une gorgée d'eau de sa gourde et cracha par terre.

— Ne bouge pas !

Elle fit, accroupie, le tour de la voiture et revint très vite.

— J'ai compté douze fums à partir d'ici.

Elle esquissa un vague geste vers l'avant.

— Et il y en a d'autres sur la tour, de l'autre côté

de la rue. Les flammes les ont repoussés, mais ça ne durera pas.

Telle était donc la situation : ils étaient dans le noir, dehors, sans arme, piégés entre un bâtiment en feu et les viruls. Ils restèrent un instant adossés au véhicule, épaule contre épaule.

Alicia tourna la tête pour le regarder.

— C'était une bonne idée, la poêle à frire. Comment tu as su que ça marcherait ?

— Je ne le savais pas.

Elle secoua la tête.

— Quand même, c'était plutôt cool comme truc.

Elle se figea, une grimace de douleur passant sur son visage. Elle ferma les yeux et souffla :

— Prêt ?

— Les Humvee ?

— Je pense que c'est notre meilleure chance. Reste près des flammes, utilise-les comme couverture.

Flammes ou non, ils ne feraient probablement pas dix mètres avant que les viruls les repèrent. À voir la jambe d'Alicia, il se demandait même comment elle arriverait à marcher. Ils n'avaient que leurs couteaux et les cinq grenades d'Alicia. Mais Amy et les autres étaient encore dans le coin. Peut-être. Ils devaient au moins essayer.

Alicia détacha deux grenades de sa ceinture et les lui mit dans les mains.

— Tu te souviens de notre accord, hein ? fit-elle.

Autrement dit : si les choses tournaient mal, est-ce qu'il la tuerait ? La réponse lui vint si facilement qu'il s'en étonna lui-même.

— Moi, pareil. Je ne deviendrai pas l'un d'eux.

Alicia hocha la tête. Elle prit une grenade et la dégoupilla, prête à la lancer.

— Je voulais juste te dire, avant qu'on fasse ça, je suis contente que ce soit toi.

— Pareil pour moi.

Elle s'essuya les yeux du bout de sa manche.

— Putain, Peter, maintenant, ça fait deux fois que tu me vois pleurer. Tu ne le diras à personne, tu m'entends !

— Je ne dirai rien. Promis.

Un éclair de lumière l'éblouit. Pendant un instant, il crut vraiment qu'il était arrivé quelque chose, qu'elle avait accidentellement lâché la grenade – que la mort était, finalement, une histoire de lumière et de silence. Et puis il entendit le rugissement d'un moteur et il sut qu'un véhicule venait vers eux.

— Montez ! hurla une voix tonitruante. Montez dans le camion !

Ils se figèrent.

Alicia écarquilla les yeux en regardant la grenade dégoupillée qu'elle tenait à la main.

— Putain, qu'est-ce que je fais avec ça, moi ?

— Lance-la, c'est tout !

Elle la balança par-dessus le toit de la bagnole rouillée. Peter la plaqua par terre alors que la grenade explosait. Les lumières se rapprochaient. Ils se mirent à courir en clopinant, Peter tenant Alicia par la taille. De la nuit sortit un énorme véhicule. Une espèce de gigantesque soc de charrue dépassait de l'avant comme un sourire dément et le pare-brise était entouré d'une cage de fil de fer. Une sorte de mitrailleuse était montée sur le toit, une noire silhouette positionnée derrière. Sous les yeux de Peter, l'arme s'anima, crachant un panache de feu liquide au-dessus de leur tête.

Ils se plaquèrent au sol. Peter sentit une chaleur piquante lui brûler la nuque.

— Restez à terre ! fit à nouveau la voix tonitruante.

Peter comprit alors seulement que le son était amplifié

et venait d'un haut-parleur sur le toit de la cabine du véhicule.

— Bougez vos fesses !

— Bon sang, qu'est-ce que vous voulez ? beugla Alicia. On peut pas faire les deux à la fois !

Le camion s'arrêta à quelques mètres de leur tête. Peter aida Alicia à se relever alors que la silhouette debout sur le toit descendait par une espèce d'échelle. Son visage disparaissait derrière un lourd masque de métal et elle avait le corps recouvert de plaques épaisses. Un fusil à canon scié était accroché à sa jambe dans un holster de cuir. Le côté du camion arborait l'inscription : « Administration pénitentiaire du Nevada ».

— À l'arrière ! Grouillez-vous !

C'était une voix de femme.

— On est huit ! s'écria Peter. Nos amis sont encore dehors !

La femme ne parut pas l'entendre ou, si elle l'entendit, s'intéresser à ce qu'il racontait. Elle les poussa vers l'arrière du camion avec une agilité étonnante, malgré son épais blindage. Elle tourna une poignée et ouvrit la porte en grand.

— Liss ! Monte !

La voix était celle de Caleb. Tout le monde était là, étalé par terre dans le sombre compartiment. Peter et Alicia se précipitèrent à l'intérieur ; la porte se referma sur eux avec un claquement, les emprisonnant dans le noir.

Avec une secousse, le camion se remit en marche.

46

Cette horrible bonne femme. Cette horrible grosse bonne femme obèse, dans la cuisine surchauffée, ses rondeurs informes répandues sur sa chaise comme si elle avait fondu. La chaleur accablante, les replis de chair boursouflée pleins de miettes, et l'odeur de son corps, sa sueur, l'âcreté de sa fumée, il en avait plein le nez et la bouche. La fumée qui s'enroulait autour d'elle, qui montait de ses lèvres quand elle parlait, comme si ses paroles prenaient une forme solide dans l'air, et lui qui se disait : *Réveille-toi, Theo. Tu dors, et ce n'est qu'un rêve. Réveille-toi.* Mais la force d'attraction du rêve était trop forte ; plus il essayait d'en sortir, plus il était attiré dans ses profondeurs. Comme si son esprit était un puits dans lequel il tombait, tombait dans les ténèbres.

Qu'est-ce tu r'gardes, hein ? P'tite chiure de merde, va. La femme le regardait en rigolant. *L'est pas débile, c'gamin, moi j'vous l'dis, l'est débile profond.*

Il se réveilla en sursaut, gicla de son rêve dans la froide réalité de sa cellule. Il avait la peau huilée par une sueur à l'odeur rance. La sueur de son cauchemar, déjà oublié. Il ne lui en restait qu'une sensation, comme une tache sombre étalée sur sa conscience.

Il se leva de sa couchette crasseuse et se traîna vers le trou. Il essaya de viser juste, écouta le jaillissement de son urine, au fond. Il en était arrivé à guetter ce bruit, à l'attendre comme on espère la visite d'un ami. Il attendait aussi qu'il se passe quelque chose, n'importe quoi. Il attendait qu'on vienne lui parler, lui dire pourquoi il était là et ce qu'on attendait de lui. Qu'on lui dise pourquoi il n'était pas mort. Il en était arrivé à comprendre, au fil des journées vides, qu'il attendait la douleur. La porte allait s'ouvrir, des hommes allaient entrer, et la douleur commencerait. Ça paraissait inévitable. Mais les bottes venaient et repartaient – il voyait leur bout éculé par la fente, en bas de la porte –, lui apportaient à manger et remportaient les écuelles vides sans rien dire. Il avait tapé sur la porte, une dalle de métal froid, tapé encore et encore. « Que me voulez-vous ? Qu'attendez-vous de moi ? » Mais seul le silence avait répondu à ses supplications.

Il ne savait pas depuis combien de temps il était là. Hors de portée, trop haute, une fenêtre crasseuse par laquelle il ne voyait rien. Une tache de ciel blanc et, la nuit, les étoiles. La dernière chose dont il se souvenait, c'était les viruls tombant du toit, et tout s'était retrouvé cul par-dessus tête. Il se rappelait le visage de Peter qui reculait, son nom qu'on criait, et le craquement, comme un coup de fouet, de son cou alors qu'il était projeté vers le haut, vers le toit. Une dernière sensation de vent et de soleil sur son visage, le fusil qui lui échappait, tombait dans le vide, tout en bas, sa lente descente tournoyante.

Et puis plus rien. Le reste était un trou noir dans sa mémoire, comme les bords du cratère ouvert à la place d'une dent manquante.

Il était assis au bord de son lit quand il entendit des pas approcher. La fente de la porte s'ouvrit ; un bol glissa à travers, par terre. La même soupe à goût de flotte qu'il mangeait repas après repas. Parfois, il y avait un petit bout de viande, parfois juste un os dont il suçait la moelle. Au début, il avait décidé de ne pas manger, pour voir ce qu'ils – quels qu'ils soient – feraient. Ça n'avait duré qu'une journée ; la faim l'avait emporté.

— Comment ça va ?

La langue de Theo lui faisait l'impression d'être pâteuse, dans sa bouche.

— Allez vous faire foutre.

Un ricanement sec. Les bottes qui traînaient sur le sol, le raclaient. La voix était-elle jeune ou vieille, il était incapable de le dire.

— Bravo, Theo. Il ne faut pas se laisser abattre !

En entendant prononcer son nom, un frisson lui parcourut la colonne vertébrale. Theo ne répondit pas.

— Tu es bien installé, là-dedans ?

— Comment savez-vous mon nom ?

— Tu ne te rappelles pas ?

Un silence.

— Apparemment pas. C'est toi qui me l'as dit. En arrivant ici. Oh, on a eu une bonne petite conversation.

Il se creusa la tête, ne trouva que du noir. Il se demanda si la voix existait vraiment. Cette voix qui paraissait le connaître. Peut-être que c'était juste un tour que lui jouait son imagination. Ça ne pouvait pas finir autrement : dans un endroit pareil, l'esprit battait la campagne.

— Tu n'as pas envie de parler ? Tant pis.

— Quoi que vous vouliez faire, faites-le, c'est tout.

— Oh, c'est déjà fait. On le fait en ce moment. Regarde autour de toi, Theo. Que vois-tu ?

Il ne put s'empêcher de parcourir sa cellule du regard. Le lit de camp, le trou, la vitre sale. Des bribes d'inscriptions sur les murs, gravées dans la pierre, des choses sur lesquelles il s'était interrogé pendant des jours. La plupart étaient des graffitis sans signification, ni des mots, ni des images reconnaissables. Mais il y en avait une plus distincte, au niveau du regard, au-dessus du trou : « Ruben est passé par là ».

— Qui est Ruben ?

— Ruben ? Voyons, je ne crois pas connaître de Ruben.

— Ne jouez pas à ça avec moi.

— Oh, tu veux parler de Ru-*ben*.

Un autre petit rire. Theo aurait donné sa vie pour pouvoir traverser le mur et casser la gueule à son interlocuteur.

— Oublie Ru-*ben*, Theo. Les choses n'ont pas bien tourné pour Ru-*ben*. On pourrait dire que Ru-*ben* est de l'histoire ancienne. (Un silence.) Alors, dis-moi. Tu dors bien ?

— Hein ?

— Tu m'as entendu. Tu aimes cette grosse dame ?

Il en resta le souffle coupé.

— Qu'est-ce que vous avez dit ?

— Cette putain de grosse dame, Theo. Allez, un petit effort. On est tous passés par là. La grosse dame que tu as dans la tête.

Le souvenir lui explosa à la mémoire comme un fruit pourri. Les rêves. La femme obèse dans la cuisine. Il y avait une voix, derrière la porte, qui savait de quoi il rêvait.

— Je dois dire que je ne l'ai jamais beaucoup aimée moi-même, continua la voix. Et blablabla, et blablabla, toute la journée. Et cette puanteur. Qu'est-ce qui pouvait puer comme ça ?

Theo avala sa salive, essaya de reprendre de l'empire sur lui-même. Les murs autour de lui semblaient se rapprocher, l'écraser. Il se prit la tête entre les mains.

— Je ne connais pas de grosse dame, réussit-il à dire.

— Ben voyons. On a tous connu ça. Tu n'es pas le premier. Permets-moi de te poser une autre question : tu as déjà commencé à la charcuter ? demanda la voix, à présent réduite à un murmure. Avec le couteau ? Tu en es déjà arrivé là ?

Une vague de nausée. Sa respiration se bloqua. *Le couteau, le couteau.*

— Donc, tu n'en es pas encore là. Bah, tu y viendras. Le moment venu. Fais-moi confiance, quand tu en arriveras là, tu te sentiras beaucoup mieux. On pourrait dire que c'est une sorte de cap à franchir.

Theo leva le visage. La fente, en bas de la porte, était encore ouverte, laissant apparaître le bout d'une botte, au cuir tellement éraflé qu'il en était presque blanc.

— Theo, tu m'écoutes, là-dedans ?

Il riva ses yeux sur la botte avec la fixité d'une idée qui s'enracinait. Il se leva tout doucement, s'approcha de la porte, contourna le bol de soupe et s'accroupit.

— Tu entends ce que je te dis ? Je te parle d'un *vrai* soulagement.

Theo plongea. Trop tard : sa main se referma sur le vide. Une vive explosion de douleur : quelque chose s'était abattu durement, très durement, sur son poignet. Un talon de botte. Qui lui écrasa les os, lui enfonça la main dans le sol. L'écrabouillant, la tordant. Son visage était plaqué contre l'acier froid de la porte.

— Et merde !

— Ça fait mal, hein ?

Des taches étoilées dansaient devant ses yeux. Il essaya de retirer sa main, mais la force qui la retenait était implacable. Il était cloué à terre, une main passée à travers le trou. Pourtant, la douleur recelait une implication. Elle voulait dire que la voix était réelle.

— Allez... en... enfer...

Le talon fit un nouveau mouvement de torsion. Theo poussa un jappement de souffrance.

— Elle est bien bonne, celle-là. Où te crois-tu, Theo ? L'enfer, c'est ta nouvelle adresse, mon ami.

— Je ne suis pas... votre ami, hoqueta-t-il.

— Oh, peut-être pas. Peut-être pas tout de suite. Mais tu y viendras. Tôt ou tard, tu seras mon ami.

Et puis, d'un coup, la pression sur la main de Theo se relâcha – une absence de douleur tellement soudaine qu'elle en devenait un plaisir. Theo retira son bras de la fente et s'écroula contre le mur, haletant, en serrant son poignet sur sa poitrine.

— Parce que, crois-le ou non, il y a des choses encore pires que moi, fit la voix. Dors bien, Theo.

La trappe se referma en claquant.

Huitième partie

Le Refuge

« L'île est pleine de bruits, de sons et de douces mélodies,
Qui délectent les sens et jamais ne heurtent.
Parfois mille instruments retentissants
Bourdonnent à mes oreilles ; et parfois des voix
Qui, si je m'éveillais après un long sommeil,
Me feraient dormir encore. »

SHAKESPEARE, *La Tempête*

47.

Ils étaient sur la route depuis des heures. Sans rien pour s'allonger, qu'un dur plancher métallique. Dormir était pratiquement impossible. Michael Fisher avait l'impression que, chaque fois qu'il fermait les yeux, le camion roulait sur une bosse ou faisait une embardée, projetant une partie de son corps contre l'acier.

Il releva la tête et vit que le jour commençait à luire derrière l'unique ouverture du compartiment, un petit judas de verre armé encastré dans la porte. Il avait la bouche atrocement sèche, et mal partout comme si on lui avait tapé dessus toute la nuit avec un marteau. Il se redressa, s'assit, le dos appuyé contre la paroi tressautante du compartiment et se frotta les yeux. Ses compagnons étaient affalés sur leur paquetage dans diverses positions, toutes inconfortables. Ils étaient plus ou moins secoués comme dans un panier à salade, mais c'est Alicia qui avait l'air la plus mal en point. Elle était face à lui, adossée à la paroi, visiblement privée de toute énergie. Elle avait une mine de papier mâché et le visage ruisselant de sueur, les yeux ouverts mais le regard vide. Mausami avait fait de son mieux pour nettoyer et bander sa plaie à la jambe, mais Michael voyait bien que la blessure était sérieuse. Seule Amy paraissait réussir à dormir. Elle était roulée en boule par terre, à côté de lui, les jambes repliées sur la poitrine. Un éventail de cheveux noirs lui caressait la joue au gré des cahots du camion.

Le souvenir le frappa comme une gifle.

Cette nuit, Sara, sa sœur, avait disparu.

Il se rappela avoir couru à perdre haleine dans la cuisine, sur le quai de chargement et dans la rue avec les autres, et s'être retrouvé cerné – des fums partout, la rue ressemblait à une putain de fum-party –, et puis le camion avec son immense proue avait foncé vers eux, crachant son jet de flammes. Une femme hurlait sur le toit : « Montez, montez ! » Et heureusement qu'elle gueulait, parce que Michael était, à ce moment précis, paralysé de terreur. Cloué au sol. Hollis et tous les autres l'appelaient à grands cris : « Viens, Michael », mais il n'arrivait pas à bouger un muscle. À croire qu'il avait oublié comment faire. Le camion ne devait pas être à plus de dix mètres, mais il aurait pu être à un kilomètre. Il s'était retourné, et au même instant, l'un des viruls avait croisé son regard et tourné la tête de cette drôle de manière qu'ils avaient, alors tout avait paru ralentir d'une façon très inquiétante. *Oh non*, disait une voix dans la tête de Michael, *oh non oh non oh non oh non oh non*, et c'est là que la femme avait enveloppé le virul d'un jet de feu liquide avec son lance-flammes. Le virul s'était ratatiné comme une boule de graisse. Michael avait bel et bien entendu un *pop*. Et puis quelqu'un l'avait tiré par la main – Amy, entre tous, avec une force surprenante, qu'il n'aurait jamais imaginée venant d'une petite chose comme ça –, et l'avait hissé dans le camion.

Maintenant, c'était le matin. Michael fut projeté vers l'avant ; le véhicule freinait. À côté de lui, Amy ouvrit les yeux, roula sur elle-même et se rassit, les genoux sur la poitrine, le regard fixé sur la porte.

Le camion s'immobilisa. Caleb se traîna tant bien que mal vers le judas et jeta un coup d'œil au-dehors.

— Qu'est-ce que tu vois ? demanda Peter, qui s'était accroupi.

Il avait les cheveux croûtés de sang séché.

— Une espèce de bâtiment, mais il est trop loin.

Des pas, sur le toit. La portière, côté conducteur, s'ouvrit et se referma.

Hollis tendit le bras vers son fusil.

Peter leva la main pour arrêter son geste.

— Attends.

— Les voilà, dit Caleb.

La porte s'ouvrit, et la lumière du jour leur blessa les yeux. Deux silhouettes en ombres chinoises se dressaient devant eux, tenant des fusils. La femme était jeune, avec des cheveux bruns coupés presque à ras ; l'homme, beaucoup plus âgé, avait un visage large, mou, le nez bulbeux comme s'il avait pris un coup de poing, et une barbe de plusieurs jours. Ils étaient tous les deux engoncés dans d'épaisses armures qui leur faisaient des têtes étonnamment petites.

— Donnez-nous vos armes.

— Mais qui vous êtes, les gars ? demanda Peter.

La femme fit un mouvement avec son fusil.

— Tout. Les couteaux aussi.

Ils obtempérèrent, faisant glisser leurs armes à feu et leurs couteaux sur le sol en direction de la porte. Michael n'avait plus qu'un tournevis sur lui – il avait perdu son fusil lorsqu'ils avaient fui l'hôtel, et n'avait jamais tiré une seule fois avec ce putain de truc –, mais il le donna aussi. Pas question de se faire descendre pour un tournevis. Pendant que la femme ramassait leurs armes, le second personnage, qui n'avait pas encore dit un mot, garda son fusil braqué sur eux. Dans le lointain, derrière eux, Michael distinguait la forme d'un long bâtiment bas posé devant une élévation de terrain : des collines pelées.

— Où nous emmenez-vous ? s'informa Peter.

La femme prit un seau en métal par terre et le posa dans le camion.

— Si vous avez envie de pisser, faites-le là-dedans.

Sur quoi elle claqua la porte.

Peter flanqua un coup du plat de la main sur la paroi du camion.

— Et merde !

Ils repartirent. La température montait inexorablement. Le camion ralentit à nouveau et tourna vers l'ouest. Pendant un long moment, le véhicule rebondit violemment, et puis ils sentirent qu'il amorçait une montée. La chaleur, à l'intérieur, commençait à devenir insupportable. Ils burent ce qui leur restait d'eau ; personne n'avait utilisé le seau.

Peter frappa sur la paroi qui les séparait de la cabine du camion.

— Hé, on va cuire, là-dedans !

Le temps passa, passa encore. Personne ne parlait ; le seul fait de respirer était un effort. Tout prenait des allures d'effroyable farce. Ils avaient été sauvés des viruls pour mourir rôtis à l'arrière d'un camion. Michael avait plongé dans un état qui ressemblait au sommeil, mais qui n'en était pas, et dont il émergeait par intermittence. Il avait chaud, terriblement chaud. À un moment donné, il crut qu'ils redescendaient, pourtant ce détail semblait trivial, comme s'il concernait quelqu'un d'autre.

Et puis, peu à peu, il prit conscience que le véhicule s'était arrêté. Il était perdu dans une vision d'eau, d'eau fraîche. Elle se déversait sur lui et à travers lui, et sa sœur était là, Elton aussi, souriant de son sourire un peu torve. Tout le monde était là, Peter, Mausami, Alicia et même ses parents, ils nageaient tous ensemble, dans un bleu qui soignait tout, et l'espace d'un instant, Michael eut envie que son esprit y retourne, à ce beau rêve d'eau.

— Mon Dieu, dit une voix.

Michael ouvrit les yeux et fut assailli par une lumière blanche, dure, et une odeur caractéristique de crottes d'animaux. Il tourna la tête vers la porte et vit deux silhouettes – il savait qu'il les avait déjà vues, mais n'aurait su dire quand –, puis, debout entre elles, éclairé à contrejour par une lumière vive, si bien qu'il donnait l'impression de planer, un grand type aux cheveux gris acier, vêtu d'une sorte de combinaison orange.

— Mon Dieu, mon Dieu, disait l'homme. Sept ! C'est presque incroyable. Mais ne restez pas là, dit-il aux autres. Il nous faut des brancards. *Vite !*

Les deux autres s'éloignèrent au petit trot. La pensée effleura Michael qu'il y avait vraiment un truc qui n'allait pas. Tout paraissait se produire au bout d'un tunnel. Il n'aurait su dire où il était ni pourquoi, mais il avait l'impression de l'avoir su, et que l'information ne l'avait abandonné que récemment, un sentiment de déjà-vu à l'envers. C'était une sorte de blague, sauf que la blague n'était pas drôle, pas du tout. Il avait une grosse chose sèche dans la bouche, aussi grosse qu'un poing, et il se rendit compte que c'était sa propre langue, qui l'étouffait. Il entendit la voix de Peter, un croassement laborieux :

— Qui... êtes... vous ?

— Je m'appelle Olson. Olson Hand.

Un sourire éclaira son visage buriné, mais ce n'était plus l'homme aux cheveux d'argent, c'était Theo – le visage qui était au bout du tunnel était celui de Theo, et c'est la dernière chose que Michael vit avant que le tunnel s'effondre et que toute pensée l'abandonne.

909

Il refit lentement surface plus qu'il ne revint à lui, remontant à travers des strates de ténèbres pendant un temps qui lui parut à la fois bref et interminable, une heure changée en un jour, un jour devenant une année. Les ténèbres menèrent à une blancheur qui allait en s'élargissant au-dessus de lui, puis il reprit progressivement conscience de son environnement. Il avait les yeux ouverts, et les clignait. Aucune autre partie de son corps ne paraissait capable de bouger, juste ses yeux, le clignement humide de ses paupières. Il entendit un bruit de voix qui se déplaçaient au-dessus de lui comme des chants d'oiseaux lointains, se répondant dans le ciel, par-delà une vaste distance. Et il se dit : *Froid*. Il avait froid. Merveilleusement, extraordinairement froid.

Il dormit, et rouvrit les yeux après un laps de temps indéterminable. Il savait qu'il était dans un lit, que le lit était dans une chambre, et qu'il n'était pas seul. Relever la tête était hors de question : ses os lui faisaient l'impression d'être aussi lourds que du fer. Il appuya son menton contre sa poitrine. Il était dans une espèce d'infirmerie, avec des murs blancs, un plafond blanc, des rayons de lumière blanche tombant obliquement sur le drap blanc qui le recouvrait et sous lequel il lui semblait qu'il était nu. L'air était humide et froid. D'un endroit situé derrière lui, en hauteur, montait une pulsation rythmique, mécanique, et un bruit d'eau gouttant dans un récipient métallique.

— Michael ? Michael, vous m'entendez ?

À côté de son lit était assise une femme – il pensait que c'était une femme – aux cheveux noirs, aussi courts que ceux d'un homme, aux joues et au front lisses, et à la petite bouche aux lèvres minces. Elle le regardait d'un air préoccupé. Michael eut l'impression de l'avoir déjà vue, mais la sensation de familiarité s'arrêtait là. Sa silhouette mince était revêtue d'une tenue orange, lâche, qui disait à Michael vaguement quelque chose, comme tout le reste de sa personne. Derrière elle, une espèce de paravent lui bouchait la vue.

— Comment vous sentez-vous ?

Il essayait de parler, mais les paroles paraissaient mourir dans sa gorge. La femme prit un gobelet en plastique sur la table, à côté du lit, et présenta la paille à ses lèvres : de l'eau, fraîche, presque froide, d'un goût métallique.

— C'est bien. Pas trop vite.

Il but, but encore. Quelle merveille, le goût de l'eau. Quand il eut fini, elle reposa le récipient sur la table.

— Votre fièvre a bien baissé. Vous voulez sûrement voir vos amis.

Sa langue était lourde et pâteuse dans sa bouche ; c'est dans un soupir qu'il répondit :

— Où suis-je ?

Elle eut un sourire :

— Si on leur laissait vous expliquer ça ?

La femme disparut derrière le paravent, et il demeura seul. Qui était-elle ? Et quel était cet endroit ? Il avait l'impression d'avoir dormi pendant des jours, l'esprit emporté par un courant de rêves dérangeants. Il tenta de se rappeler. Une grosse femme. Une grosse femme qui soufflait de la fumée.

Ses pensées furent interrompues par des voix et un bruit de pas. Peter apparut au pied de son lit.

— Regardez qui est réveillé ! fit-il, le visage illuminé d'un sourire. Comment te sens-tu ?

— Que... s'est-il passé ? croassa Michael.

Peter s'assit près de son lit, remplit à nouveau son gobelet et tourna la paille vers ses lèvres.

— Alors, tu ne te souviens pas ? Tu as eu un coup de chaleur. Tu t'es trouvé mal dans le camion.

Il inclina la tête vers la femme, qui les observait en silence, debout à côté d'eux.

— Je vois que tu as fait la connaissance de Billie. Je suis désolé de ne pas avoir été là quand tu t'es réveillé. On s'est tous relayés. Michael, fit-il en se rapprochant, il faut que tu voies cet endroit. C'est fantastique.

Cet endroit, pensa Michael. Où était-il ? Il tourna le regard vers la femme, son visage calmement souriant. Tout à coup, le souvenir prit forme dans son esprit. La femme du camion.

Il sursauta, renversant le gobelet que tenait Peter, l'éclaboussant.

— Jets, Michael ! Qu'est-ce qui te prend ?

— Elle a essayé de nous tuer !

Peter fronça drôlement les sourcils.

— Là, tu exagères un peu, tu ne crois pas ?

Il jeta un coup d'œil à la femme et eut un petit rire, comme s'ils partageaient un secret amusant, tous les deux.

— Michael, Billie nous a sauvés. Tu ne te souviens pas ?

La bonne humeur de Peter avait quelque chose de troublant. Elle paraissait en complet décalage avec la réalité, se dit Michael. Décidément, il était très malade. Il aurait aussi bien pu être mort.

— Et la jambe de Liss ? Ça va ?

Peter écarta cette préoccupation d'un geste.

— Oui, oui, ça va. Tout le monde va bien. On attendait juste que tu te remettes.

Peter se pencha à nouveau vers lui.

— Ils appellent cet endroit le Refuge, Michael. C'est une ancienne prison. C'est là que tu es maintenant, à l'infirmerie.

— Une prison ? Comme une cellule ?

— En quelque sorte. En réalité, la prison n'est plus

vraiment utilisée. Tu devrais voir la taille du domaine. Près de trois cents Marcheurs. Sauf qu'on pourrait dire que c'est nous, les Marcheurs, maintenant. Et tu ne sais pas le plus beau, Michael. Tu es prêt ? Pas de fums !

Ses paroles n'avaient aucun sens.

— Peter, mais qu'est-ce que tu racontes ?

Peter eut un haussement d'épaules évasif, comme si la question ne méritait pas qu'on s'y attarde vraiment.

— Je ne sais pas comment c'est possible. Il n'y en a pas, c'est tout. Écoute, poursuivit-il, quand tu seras sur pied, tu verras par toi-même. Je voudrais que tu voies la taille du troupeau... De vrais bovidés. Alors, fit-il en regardant Michael avec un sourire vide, qu'est-ce que tu en dis ? Tu crois que tu pourrais t'asseoir ?

Il en doutait, mais quelque chose dans le ton de Peter lui fit penser qu'il devrait au moins essayer. Il se releva sur les coudes. La pièce commença à tanguer. Son cerveau clapota douloureusement dans son crâne. Il retomba sur le dos.

— Ouaouh. Ma tête...

— Doucement, doucement, fit Peter. Vas-y mollo. Billie dit qu'il est parfaitement normal d'avoir mal à la tête après une insolation comme ça. Tu seras remis en un rien de temps.

— J'ai eu une insolation ?

— Tu ne te souviens vraiment pas de grand-chose, hein ?

— Il faut croire que non.

Il s'efforça de respirer lentement, pour reprendre de l'empire sur lui-même.

— Je suis resté longtemps dans les vapes ?

— En comptant aujourd'hui ? Trois jours. Non, plutôt quatre, fit Peter en regardant la femme.

— Quatre jours ?

Peter haussa les épaules.

— Je suis désolé que tu aies raté la fête. Mais la bonne nouvelle, c'est que tu vas mieux. C'est ce qu'il faut se dire.

Michael sentit la moutarde lui monter au nez.

— Quelle fête ? Enfin, Peter, qu'est-ce qui ne va pas chez toi ? On est perdus au milieu de nulle part. Tout notre matériel a disparu. Cette femme a essayé de nous tuer. À t'entendre, on dirait que tout va bien.

Ils furent interrompus par le bruit d'une porte qui s'ouvrait, et un éclat de rire joyeux. Alicia, sur des béquilles, émergea de derrière le paravent. Elle était suivie d'un homme que Michael ne reconnut pas – des yeux bleu intense, un menton qui donnait l'impression d'avoir été taillé dans la pierre. Michael avait-il des hallucinations, ou ces deux-là jouaient-ils à se courir après, comme des Petits ?

Elle s'arrêta net au pied de son lit.

— Circuit, tu es réveillé !

— Eh bien, voyez-vous ça ! fit le type aux yeux bleus. Lazare revenu d'entre les morts. Comment ça va, mon pote ?

Michael était trop surpris pour répondre. Et qui était ce Lazare ?

Alicia se tourna vers Peter.

— Tu lui as dit ?

— J'allais juste le faire, répliqua Peter.

— *Me dire quoi ?*

— Ta sœur, Michael, fit Peter avec un grand sourire. Elle est là.

Michael sentit des larmes lui brûler les yeux.

— Ce n'est pas drôle.

— Je ne plaisante pas, Michael. Sara est ici. Et elle va parfaitement bien.

— Je ne me souviens vraiment pas, dit Sara.

Ils étaient six autour du lit de Michael : Sara, Peter, Hollis, Alicia, la femme qu'ils appelaient Billie, et l'homme aux yeux bleus qui s'était présenté à Michael comme étant Jude Cripp. Quand Peter avait annoncé la nouvelle à Michael, Alicia était allée chercher Sara. Quelques instants plus tard, elle faisait irruption dans la pièce et se jetait au cou de son frère en riant et en pleurant à la fois. Tout était si complètement inexplicable que Michael ne savait ni par où commencer ni quelles questions poser. Mais sa sœur était vivante. Pour le moment, c'était tout ce qui comptait.

Hollis lui raconta comment ils l'avaient retrouvée.

Le lendemain de leur arrivée au Refuge, il était retourné à Las Vegas avec Billie pour récupérer les Humvee. À l'hôtel, ils avaient découvert un désastre complet, un amas fumant de gravats et de poutrelles métalliques tordues. Tout le côté est du bâtiment s'était effondré et une montagne de débris obstruait la rue. Les Humvee étaient enfouis là-dessous, écrabouillés. L'air était chargé de poussière et de suie ; une pluie de cendres recouvrait tout. Le feu s'était communiqué à un hôtel adjacent, qui fumait encore. Mais le bâtiment à l'est, où Hollis avait vu le virul emmener Sara, était intact. C'était un endroit appelé « Restaurant de la tour Eiffel ». Une interminable succession d'escaliers menait, au sommet de l'édifice, à une vaste pièce ronde entourée de fenêtres, dont beaucoup étaient cassées ou avaient disparu, et qui surplombait l'hôtel en ruine.

Sara gisait roulée en boule sous l'une des tables, inconsciente. Quand Hollis l'avait touchée, elle avait paru se réveiller, mais elle avait le regard vitreux et semblait incapable de faire le point. Elle n'avait apparemment pas idée de l'endroit où elle se trouvait, ni de ce qui s'était produit. Elle avait des griffures sur le visage et les bras. L'un de ses poignets, à voir la façon dont elle le tenait contre elle, avait l'air cassé. Hollis l'avait prise dans ses bras et avait descendu avec elle les onze étages d'escaliers plongés dans le noir, envahis par la fumée. Elle n'avait commencé à reprendre ses esprits qu'à mi-chemin du Refuge.

— C'est vraiment comme ça que c'est arrivé ? lui demanda Michael.

— S'il le dit. Franchement, Michael, tout ce que je sais, c'est que je faisais des réussites. Et ensuite, je me suis retrouvée dans le camion avec Hollis. Le reste, c'est le trou noir.

— Et tu vas vraiment bien ?

Sara haussa les épaules. C'était vrai : en dehors des égratignures et de son poignet, qui n'était pas cassé, finalement, mais simplement foulé, éclissé et bandé, elle n'avait aucune blessure visible.

— Je me sens bien. Je ne peux rien expliquer.

Jude se tourna vers elle.

— On peut dire que vous savez organiser une sauterie. J'aurais bien voulu voir la tête qu'ils ont faite quand vous avez lancé cette grenade.

— Ça, le mérite en revient au moins en partie à Michael. C'est lui qui nous a parlé du gaz. Et c'est Peter qui a utilisé la poêle à frire.

— Je ne comprends toujours pas complètement cette partie de l'histoire, intervint Billie. Vous dites que la créature a vu son reflet ?

Peter haussa les épaules.

— Tout ce que je sais, c'est que ça a marché.

— Ça veut peut-être simplement dire que les virus n'aiment pas ta cuisine, avança Hollis.

Tout le monde éclata de rire.

C'était tellement bizarre, se dit Michael. Pas seulement l'histoire en elle-même, mais la façon dont tous se comportaient, comme s'ils n'avaient pas le moindre souci.

— Ce que je ne comprends pas, c'est ce que vous faisiez là, les gars, risqua-t-il. Je m'en réjouis, mais c'est quand même une sacrée coïncidence.

Jude répondit :

— On envoie encore régulièrement des patrouilles en ville pour récupérer ce qu'on peut. Quand l'hôtel a explosé, on n'était qu'à trois pâtés de maisons. On a un abri fortifié dans le sous-sol d'un des anciens casinos. Quand on a entendu l'explosion, on est allés voir. Un coup de pot qu'on soit tombés sur vous à ce moment-là, conclut-il avec un sourire qui ne dévoila pas ses dents.

Michael prit le temps de réfléchir.

— Non, ça n'a pas pu se passer comme ça, dit-il au bout d'un moment. Je me souviens très bien. On était déjà sortis quand l'hôtel a explosé. Vous étiez déjà là.

Jude secoua la tête d'un air dubitatif.

— Je ne crois pas.

— Mais si, demandez-lui. Elle a tout vu, insista Michael en se tournant vers Billie.

Elle l'observait froidement, le regard neutre.

— Je me souviens nettement, dit-il. Vous avez tiré sur l'un d'eux, et Amy m'a hissé dans le camion. C'est à ce moment-là qu'on a entendu l'explosion.

Mais avant que Billie ait pu répondre, Hollis intervint.

— Là, Michael, je crois que tu t'embrouilles un peu. C'est moi qui t'ai tiré dans le camion. L'hôtel était déjà en feu. C'est probablement à ça que tu penses.

— J'aurais pourtant juré..., fit Michael en fixant à nouveau les yeux sur Jude, sur son visage taillé à coups de serpe. Et vous dites que vous étiez dans un abri ?

— C'est plus ou moins ça.

— À trois rues de là.

— À peu près. Comme je disais, fit-il avec un sourire

917

indulgent, c'était vraiment un sacré coup de pot, mon ami.

Michael ressentait la chaleur et la tension des regards braqués sur lui. L'histoire de Jude ne collait pas, c'était évident. Qui aurait quitté en pleine nuit la sécurité d'un abri fortifié pour foncer vers un bâtiment en feu ?

Et pourquoi tout le monde marchait-il là-dedans ? Les rues, des trois côtés de l'hôtel, étaient obstruées par les gravats. Ce qui voulait dire que Jude et Billie ne pouvaient venir que de l'est. Il essaya de se rappeler par quel côté du bâtiment ils étaient sortis. Par le sud, lui semblait-il.

— Et puis zut, je ne sais plus, dit-il enfin. Peut-être que je ne me rappelle pas bien. Pour vous dire la vérité, toute l'histoire est plutôt confuse dans mon esprit.

Billie hocha la tête.

— Ça n'a rien d'étonnant après une longue période d'inconscience. Je suis sûre que d'ici quelques jours les choses devraient commencer à vous revenir.

— Billie a raison, dit Peter. Laissons notre malade se reposer. Olson a dit qu'il allait nous emmener faire un tour dans les champs, fit-il en se tournant vers Hollis. Pour voir comment ils vivent ici.

— Qui est Olson ? demanda Michael.

— Olson Hand. C'est lui qui dirige cet endroit. Tu le rencontreras bientôt. Alors, qu'est-ce que tu en dis, Hollis ?

Le grand gaillard leur offrit un sourire crispé.

— Ça paraît génial.

Sur ces mots, tout le monde se leva et s'éclipsa. Michael s'était résigné à rester allongé tout seul, à ruminer l'étrangeté de la nouvelle situation quand, au dernier moment, Sara revint en courant vers lui. Jude l'observait, planté à côté du paravent. Prenant la main de Michael, elle l'embrassa rapidement sur le front – la première fois, depuis des années, qu'elle faisait ça.

— Je suis tellement heureuse que tu ailles bien, dit-elle. Contente-toi de reprendre des forces, d'accord ? C'est ce qu'on attend tous.

Michael les écouta partir. Le bruit de leurs pas qui s'éloignaient, puis une lourde porte qui s'ouvrait et se refermait. Il attendit encore une minute, pour être sûr qu'il était bien seul. Alors il ouvrit la main pour examiner le bout de papier plié que Sara y avait fourré.

« Ne leur dis rien. »

48.

La fête dont Peter avait parlé avait eu lieu la veille au soir, le troisième jour de leur arrivée. C'était l'occasion pour eux de voir tout le monde, le Refuge entier réuni en un même lieu. Et ce qu'ils avaient vu leur avait paru sonner faux.

Rien ne tenait debout, à commencer par la déclaration d'Olson selon laquelle il n'y avait pas de viruls. À deux cents kilomètres au sud, tout au plus, Las Vegas en grouillait. Ils avaient parcouru au moins autant de kilomètres pour aller de Joshua Valley à Kelson, sur un terrain similaire, et les viruls les avaient suivis tout le long du chemin. Sans compter, souligna Alicia plus tard, que le vent devait porter très loin l'odeur de ce troupeau. Or le périmètre paraissait simplement gardé par une clôture métallique, beaucoup trop légère pour les protéger contre une attaque. Olson leur avait avoué qu'à part les lance-flammes des vans, ils n'avaient pas d'armes à proprement parler. Les fusils n'étaient que pour le décorum, car ils étaient à court de munitions depuis des dizaines d'années. « Vous voyez donc, leur avait-il dit, que nous menons ici une existence tout ce qu'il y a de paisible. »

Olson Hand : Peter n'avait jamais rencontré un type comme ça, si visiblement à l'aise avec sa propre autorité.

En dehors de Billie et de l'homme appelé Jude, qui semblaient faire office d'assistants, et du chauffeur du camion qui les avait amenés de Las Vegas – un dénommé Gus qui devait être une espèce de technicien, chargé de ce qu'il appelait l'« intendance » –, Peter ne détectait aucune autre structure de commandement. Olson n'avait pas de titre officiel ; il était simplement responsable. Et pourtant, il assumait cette responsabilité en douceur, communiquant ses intentions sur un ton d'excuse, ou presque. Grand, ses cheveux d'argent attachés en une longue queue-de-cheval – comme la plupart des hommes, alors que les femmes et les enfants avaient le crâne quasiment rasé –, légèrement voûté, il paraissait à peine remplir sa combinaison orange et avait l'habitude de joindre le bout de ses doigts quand il parlait. Il évoquait davantage une figure paternelle, bienveillante, que le responsable de l'existence de trois cents âmes.

Olson leur avait raconté l'histoire du Refuge dès les premières heures de leur arrivée. Ils étaient à l'infirmerie, où la fille d'Olson, Mira, s'occupait de Michael. Mira était une adolescente éthérée, aux membres graciles, aux cheveux presque ras, si pâles et si fins qu'ils étaient presque transparents, et qui semblait très impressionnée par les nouveaux venus. Après les avoir fait descendre du van, on les avait obligés à se déshabiller et à se laver, et on leur avait confisqué leurs biens. Tout leur serait restitué, leur avait assuré Olson, à part leurs armes. Elles leur seraient rendues s'ils décidaient de poursuivre leur chemin – et là Olson s'était interrompu pour dire, avec sa douceur coutumière, qu'il espérait qu'ils décideraient de rester. Mais pour le moment, les armes blanches et les armes à feu resteraient sous clé.

Quant au Refuge, on n'en savait pas grand-chose, leur avait expliqué Olson. Les histoires avaient évolué et changé au fil du temps jusqu'à ce qu'on ne sache plus très bien quelle était la vérité. Mais les versions s'accordaient généralement sur certains points. Les premiers colons étaient un groupe de réfugiés de Las Vegas qui étaient arrivés pendant les derniers jours de la guerre. Personne ne pouvait dire avec certitude s'ils étaient venus là sciemment, dans l'espoir que la prison, avec ses barreaux, ses murs et ses clôtures, leur offrirait un peu de sécurité, ou s'ils s'étaient simplement arrêtés en cours de route. Mais à partir du moment où ils avaient constaté qu'il n'y avait pas de virus – l'environnement sauvage paraissait trop inhospitalier et formait, en fait, une sorte de barrière naturelle –, ils avaient décidé de rester et d'essayer de vivre dans le désert.

Le complexe de la prison était constitué de deux unités distinctes : le pénitencier d'État de Desert Wells, où les premiers colons s'étaient installés, et le camp de détention adjacent, un camp de travail agricole semi-ouvert pour délinquants juvéniles. C'est là que tous les habitants vivaient maintenant. La source qui avait donné son nom à l'établissement pénitentiaire fournissait l'eau pour l'irrigation et pour la climatisation de certains bâtiments, dont l'infirmerie. Ils avaient trouvé au pénitencier l'essentiel de ce dont ils avaient besoin, jusqu'aux combinaisons orange que presque tout le monde portait encore. Le reste, ils l'avaient récupéré dans les villes du Sud. Ce n'était pas une existence facile, et ils manquaient de bien des choses, mais là, au moins, ils étaient libres de vivre leur vie sans la menace des virus. Pendant des années, ils avaient envoyé des détachements à la recherche d'autres survivants, dans l'espoir de les mettre en sécurité. Ils en avaient trouvé quelques-uns, un certain nombre, en fait, mais plus depuis bien des années, et ils avaient depuis longtemps renoncé à tout espoir d'en trouver d'autres. « Et c'est pour ça, avait conclu Olson, avec un sourire bienveillant, que nous considérons comme un véritable miracle votre présence parmi nous. » Ses yeux s'étaient bel et bien embrumés. « Oui, votre présence à tous est un miracle. »

Ils avaient passé cette première nuit à l'infirmerie, avec Michael, et le lendemain on les avait installés dans deux bungalows de parpaing, à la périphérie du camp de travail, face à une place poussiéreuse entourée de cactus tonneaux, avec une pile de pneus au milieu.

C'est là qu'ils resteraient les trois jours suivants, à l'isolement, leur avait dit Olson. Une quarantaine obligatoire. De l'autre côté, il y avait d'autres bungalows qui avaient l'air inoccupés. L'installation était spartiate : chacun des deux bungalows était uniquement équipé d'une table, de chaises et, sur l'arrière, d'une chambre avec des lits de camp. Il faisait chaud et lourd, et la poussière qui recouvrait le sol crissait sous leurs semelles.

Hollis était parti dans la matinée avec Billie pour retourner chercher les Humvee. Olson leur avait dit que les véhicules en état de rouler étaient rares, et que s'ils avaient survécu à l'explosion, ça valait la peine de prendre le risque d'aller les récupérer. Peter ignorait si Olson avait l'intention de les garder pour son usage personnel ou de les leur restituer. C'était resté dans le vague, et Peter avait décidé de ne pas insister. Après leur expérience dans le van, où ils avaient manqué crever de chaud tous les sept, et avec Michael encore inconscient, le plus sage semblait d'en dire aussi peu que possible.

Olson leur avait posé beaucoup de questions au sujet de la Colonie et du but de leur voyage, et ils n'avaient pas pu faire autrement que de fournir certaines réponses. Mais Peter s'était contenté de dire qu'ils venaient d'une colonie en Californie et étaient partis à la recherche de survivants. Il n'avait pas parlé du bunker, son silence suggérant que l'endroit d'où ils venaient était bien armé. Peter se disait que le moment viendrait où il serait probablement obligé d'avouer la vérité, ou au moins d'en dire davantage. Mais ce moment n'était pas encore venu, et Olson avait paru se contenter de cette explication prudente.

Pendant les deux jours suivants, ils n'avaient aperçu que très vaguement les autres habitants. Derrière les bungalows se trouvaient des champs cultivés, irrigués par de longs tuyaux qui rayonnaient à partir d'une station de pompage, et encore plus loin, le troupeau, plusieurs centaines de têtes gardées dans de vastes corrals ombragés. Ils voyaient de temps à autre le nuage de poussière soulevé par un véhicule, le long de la clôture, au loin. Mais en dehors de ça, et de quelques silhouettes dans les champs, ils ne décelaient personne. Où étaient les autres ? La porte de leurs bungalows n'était pas fermée, mais il y avait toujours, de l'autre côté de la place vide, deux hommes en combinaison orange. C'étaient eux qui leur apportaient leurs repas, généralement en compagnie de Billie ou d'Olson, et qui leur donnaient des nouvelles de Michael. Lequel semblait plongé dans un profond sommeil – pas forcément comateux, leur avait assuré Olson, mais quelque chose dans ce genre-là. Ils avaient déjà vu ça, leur avait-il dit. C'était l'effet de l'insolation. Mais sa fièvre était tombée, ce qui était bon signe.

Et puis, le matin du troisième jour, Sara leur avait été rendue.

Elle n'avait aucun souvenir de ce qui lui était arrivé.

Cette partie de l'histoire, qu'ils raconteraient à Michael lorsqu'il se réveillerait, le lendemain, n'était pas un mensonge, non plus que le récit de la façon dont Hollis l'avait découverte. Ils étaient très heureux et très soulagés – Sara avait l'air en forme, bien qu'un peu lente à assimiler les informations concernant leur nouvelle situation –, mais il était vrai également que sa capture, et son retour, avaient de quoi intriguer. Tout comme l'absence de lumières et de murs ; ça n'avait rigoureusement aucun sens.

À ce moment-là, le bonheur qu'ils auraient pu éprouver à l'idée de trouver une nouvelle colonie humaine avait laissé place à un profond malaise. Ils n'avaient encore vu pratiquement personne, en dehors d'Olson, de Billie et de Jude, et des deux hommes en combinaison orange qui les observaient, Hap et Leon. Le seul autre signe de vie était un groupe de quatre Petits dépenaillés, qui surgissaient tous les soirs pour jouer avec les pneus sur la place, et que bizarrement aucun adulte ne venait jamais chercher ; ils s'en allaient simplement quand ils avaient fini de jouer. Si eux sept n'étaient pas prisonniers, pourquoi étaient-ils gardés ? Et s'ils étaient prisonniers, à quoi bon ces simagrées ? Où était passé tout le monde ? Et Michael, de quoi souffrait-il, pourquoi était-il encore inconscient ? Leurs paquetages leur avaient été restitués, comme l'avait promis Olson. Le contenu avait manifestement été fouillé, et un certain nombre d'objets – le scalpel de la trousse médicale de Sara, par exemple – avaient disparu, sans qu'Olson ou qui que ce soit leur ait offert d'explication. En revanche, les cartes, que Caleb avait fourrées dans une poche secrète, avaient apparemment été oubliées. La prison proprement dite ne figurait pas sur la carte du Nevada, mais ils avaient trouvé la ville de

Desert Wells, au nord de Las Vegas, sur l'autoroute 95. Elle était bordée, à l'est, par une vaste région grisée, sans routes, sans une seule ville à la ronde, indiquée comme « Centre d'essais de l'armée de l'air, base de Nellis ». Située à la limite ouest de cette zone, à quelques kilomètres à peine de la ville de Desert Wells, se trouvait un petit carré rouge nommé « Dépôt national de Yucca Mountain ». Si Peter s'orientait correctement, cette structure se trouvait au niveau d'une crête bosselée qui formait une barrière au nord.

L'expédition vers le sud avec Billie et Gus avait permis à Hollis de mieux repérer le paysage. Au retour, il avait informé ses compagnons que la clôture était plus renforcée qu'il n'y paraissait – des barricades jumelles de plaques d'acier de forte épaisseur, séparées d'une dizaine de mètres, et surmontées de rouleaux de fil de fer barbelé. Hollis n'avait remarqué que deux accès, l'un au sud, à la limite extérieure des champs – celui-ci semblait donner sur une route qui faisait le tour du domaine –, et l'entrée principale qui reliait le domaine à l'autoroute. Elle était flanquée par deux miradors de béton – dans lesquels il y avait quelqu'un ou non, ça, il ne le savait pas –, mais le petit poste de garde au niveau du sol était occupé par l'un des hommes en combinaison orange. C'est lui qui avait ouvert la porte pour laisser passer Hollis et Billie.

Le Refuge était situé à quelques kilomètres à peine de l'autoroute qui les avait amenés vers le nord. La prison d'origine se trouvait à la limite est du Complexe. C'était une masse rébarbative de pierre grise entourée par quelques bâtiments plus petits et des baraquements en tôle. Entre le périmètre et l'autoroute, Hollis avait raconté à ses compagnons qu'ils avaient traversé une voie de chemin de fer orientée nord-sud. Elle semblait aller tout droit vers la crête de montagnes, au nord – ce qui était bizarre, avait noté Hollis : à quoi bon envoyer des trains tout droit vers des montagnes ? Lors de leur première conversation, en réponse à une question de Peter sur l'endroit où ils trouvaient l'essence pour leurs véhicules, Olson avait parlé d'un dépôt de chemin de fer. Mais ils ne s'étaient pas arrêtés en descendant vers le sud, et Hollis ne pouvait pas confirmer la présence du dit dépôt de carburant. Cela dit, il fallait bien qu'ils trouvent leur essence quelque part.

C'est au cours de cette conversation que Peter s'était rendu compte que l'idée de repartir de cet endroit avait commencé à germer dans son esprit, et que pour ça, ils auraient besoin d'un véhicule, et de remplir le réservoir.

La chaleur était intense ; les journées d'isolement commençaient à leur peser. Tout le monde était sur les nerfs et s'en faisait pour Michael. Dans leurs bungalows étouffants, aucun d'eux n'arrivait à dormir. Amy était particulièrement en éveil. Peter songeait qu'il ne l'avait pas vue fermer les yeux un instant. Elle restait assise toute la nuit sur son lit, son visage exprimant ce qu'il pensait être une intense concentration. Comme si, songeait Peter, elle essayait de résoudre mentalement un problème.

Le troisième soir, Olson vint les chercher. Billie et Jude l'accompagnaient. Les jours précédents, Peter en était arrivé à soupçonner que Jude était plus qu'il n'y paraissait. Il n'aurait su dire ce qui lui avait mis la puce à l'oreille, mais le personnage le déconcertait. Il avait des dents blanches, très régulières, qui retenaient l'attention, de même que ses yeux, bleus, perçants, au regard intense. Tout cela donnait à son visage quelque chose d'intemporel, comme s'il avait ralenti le temps, et chaque fois que Peter le regardait, il avait l'impression de voir un homme qui contemplait l'œil d'un cyclone. Peter avait fini par se rendre compte qu'il n'avait pas entendu une seule fois Olson lui donner un ordre direct – Olson s'adressait uniquement à Billie et Gus, et aux divers hommes en orange qui venaient au bungalow et en repartaient –, et quelque part dans un coin de sa tête il commençait à se dire que Jude avait une autorité indépendante de celle d'Olson. Plusieurs fois, il avait observé Jude, de l'autre côté de la place, en train de parler aux hommes qui les gardaient.

Dans le soir tombant, ils apparurent tous les trois à l'autre bout de la place et se dirigèrent vers le bungalow. Dans la chaleur déclinante de la journée, les Petits étaient apparus et jouaient sur les pneus. En voyant passer les trois personnages, ils s'égaillèrent subitement, comme une volée d'oiseaux effrayés.

— Il est temps que vous voyiez où vous êtes, leur déclara Olson quand il arriva à la porte.

Il arborait un immense sourire, qui depuis un moment leur paraissait fabriqué. Comme s'il n'y avait rien derrière. Debout à côté d'Olson, Jude exhibait sa rangée de dents parfaites, ses yeux bleus qui scrutaient la pénombre du bungalow, derrière Peter. Seule Billie semblait préservée de l'atmosphère ambiante ; son visage stoïque ne traduisait rien.

— Suivez-nous, leur dit Olson d'un ton pressant. L'attente a pris fin. Tout le monde est impatient de faire votre connaissance.

Ils les conduisirent tous les sept vers l'autre bout de la place vide. Alicia claudiquait, appuyée sur des béquilles, Amy tout près d'elle. Dans un silence recueilli, ils se frayèrent un chemin entre les maisonnettes. Elles étaient apparemment disposées selon une espèce de quadrillage, séparées par des ruelles et visiblement occupées : les vitres étaient éclairées par des lampes à pétrole ; entre les pavillons, du linge séchait sur des cordes dans l'air du désert. Au-delà, la masse de la vieille prison se découpait comme une forme en carton sur le ciel. Dans le noir, sans lumière pour les protéger, sans même un couteau à sa ceinture, Peter ne s'était jamais senti aussi bizarre. D'un endroit situé devant eux montaient des odeurs de fumée, de cuisine, et un bourdonnement de voix qui enfla alors qu'ils approchaient.

Et puis, au détour d'une maison, ils découvrirent une foule réunie sous un grand toit soutenu par de gros poteaux en acier. L'espace était éclairé par les flammes fuligineuses montant de fûts disposés tout autour. De longues tables et des chaises étaient disposées sur les côtés. Des silhouettes en combinaison apportaient d'énormes chaudrons de ragoût d'un bâtiment voisin.

Tout le monde se figea.

Alors, dc la mer de visages tournés vers eux, une voix, puis une autre, s'élevèrent dans un brouhaha d'excitation.

— Les voilà ! Les voyageurs ! Ceux qui viennent de loin !

Tandis que la foule les engloutissait, Peter eut l'impression d'être avalé en douceur. Et l'espace d'un bref instant, envahi par une vague d'humanité, il oublia toutes ses préoccupations.

Il y avait là des gens, des centaines de gens, des hommes, des femmes et des enfants, apparemment tous tellement heureux de les voir qu'il ressentit presque le miracle qu'Olson avait évoqué à propos de leur présence. Les hommes lui flanquaient des claques dans le dos, lui serraient la main. Les femmes lui collaient des bébés dans les bras, les exhibaient comme autant de cadeaux ; d'autres se contentaient de le toucher rapidement et se rétractaient – gênées, craintives ou simplement submergées d'émotion, Peter était incapable de le dire. Il avait vaguement conscience qu'Olson disait aux gens de garder leur calme, de ne pas les bousculer, mais ces avertissements paraissaient superflus.

— Nous sommes tellement heureux de vous voir, entendait-il tout autour de lui. Nous sommes tellement heureux que vous soyez venus !

Cela dura plusieurs minutes, suffisamment pour que Peter commence à se sentir vidé par tous ces sourires, ces contacts, ces paroles de bienvenue inlassablement répétées. L'idée de rencontrer tous ces inconnus, ces centaines de gens, une foule pareille, était tellement nouvelle et étrange pour lui que son esprit avait du mal à l'appréhender. Il y avait quelque chose d'enfantin chez tous ces hommes et ces femmes avec leurs combinaisons orange usées jusqu'à la trame, leurs visages marqués par les soucis, et dont les grands yeux écarquillés exprimaient en même temps une sorte d'innocence, de docilité, presque. La chaleur de la foule était indéniable, et pourtant rien de tout cela ne paraissait spontané, comme si ce n'était qu'une mise en scène, faite pour susciter la réaction même qu'elle provoquait chez Peter : le désarmer complètement.

Toutes ces pensées lui tournaient dans la tête pendant qu'une autre partie de son esprit s'efforçait de garder la trace de ses compagnons, ce qui se révéla difficile. Les mouvements de foule avaient eu pour effet de les séparer, et il ne les entrevoyait plus que brièvement : les cheveux blonds de Sara au-dessus de la tête d'une femme avec un bébé sur l'épaule ; le rire de Caleb montant d'il ne savait où, sans qu'il puisse voir le garçon. À sa droite, un noyau de femmes avait encerclé Mausami et roucoulait d'un ton approbateur. Peter en vit une tendre furtivement la main pour lui effleurer le ventre.

Et puis Olson se retrouva à côté de lui. Avec sa fille, Mira.

— Cette petite, Amy, fit Olson, et pour la première fois Peter le vit froncer les sourcils. Elle ne parle pas ?

Amy était debout à côté d'Alicia, entourée par un groupe de gamines qui la montraient du doigt et plaquaient leur main sur leur bouche pour dissimuler leur rire. Sous les yeux de Peter, Alicia leva une de ses béquilles pour les faire dégager, dans une attitude mi-joueuse, mi-sérieuse, les dispersant. Son regard croisa rapidement celui de Peter. *À l'aide*, paraissait-elle dire. Mais sans cesser de sourire.

Il se tourna à nouveau vers Olson.

— Non.

— Comme c'est bizarre. Je n'ai jamais entendu une chose pareille.

Il jeta un coup d'œil à sa fille et ramena son attention sur Peter, l'air préoccupé.

— Mais en dehors de ça... elle est normale ?

— Comment ça, normale ?

— Pardonnez ma franchise, répondit l'autre, après une hésitation. Mais les femmes capables d'enfanter sont très précieuses. Il n'y a rien de plus important, compte tenu du petit nombre de survivants que nous sommes. Et je vois que l'une de vos femelles est enceinte. Les gens vont vouloir savoir.

Vos femelles, pensa Peter, *curieuse expression*. Il regarda en direction de Mausami, qui était encore entourée par les femmes. Il se rendit compte que beaucoup d'entre elles étaient elles aussi enceintes.

— Je suppose.

— Et les autres ? Sara et la rousse, Liss ?

Le cheminement de l'interrogatoire était tellement étrange, tellement saugrenu que Peter hésita, ne sachant trop que dire ou ne pas dire. Mais Olson le regardait avec intensité, maintenant, exigeant au moins une sorte de réponse.

— J'imagine.

La réponse parut le satisfaire. Olson conclut avec un rapide hochement de tête et le sourire réapparut sur ses lèvres.

— Bon.

Vos femelles, repensa Peter. Comme si Olson parlait de bestiaux. Il avait le sentiment dérangeant d'en avoir trop dit, d'avoir été manœuvré afin de livrer une information cruciale. Mira, debout à côté de son père, regardait refluer la foule. Peter se rendit compte qu'elle n'avait pas prononcé un mot.

Chacun commençait à se rapprocher des tables. Le volume sonore se réduisit à un murmure de conversations alors qu'on passait les mets – des bols de ragoût puisé à la louche dans les marmites géantes, des assiettes de pain, des pots de beurre et des pichets de lait. Comme Peter parcourait la scène du regard – tout le monde bavardait et se servait, certains aidaient les enfants, les femmes faisaient sauter des bébés sur leurs genoux ou leur donnaient le sein –, il prit soudain conscience que ce qu'il voyait était plus qu'un groupe de survivants : c'était une famille. Pour la première fois depuis tous ces jours, depuis qu'ils avaient quitté la Colonie, il éprouva une pointe de nostalgie. La maison lui manquait, et il se demanda s'il n'avait pas tort d'être aussi soupçonneux. Peut-être Olson disait-il la vérité ; peut-être étaient-ils vraiment en sécurité ici.

Et pourtant, il ressentait en même temps une vague étrangeté. Comme s'il manquait quelque chose dans la foule. Il n'arrivait pas à mettre le doigt sur ce que c'était, mais cette absence le tenaillait. Et plus il regardait autour de lui, plus son malaise s'accentuait. Il vit qu'Alicia et Amy étaient avec Jude, maintenant. Il leur indiquait un endroit où s'asseoir. Dans ses bottes de cuir – presque tout le monde était pieds nus –, il semblait les dominer de toute sa hauteur. Peter le vit se rapprocher d'Alicia, lui toucher le bras, lui dire deux mots à l'oreille. Elle répondit en riant.

Olson interrompit ses pensées en posant la main sur son épaule.

— J'espère vraiment que vous déciderez de rester parmi nous, dit-il. Nous l'espérons tous. L'union fait la force.

— Il faudra qu'on en parle, parvint à répliquer Peter.

— Évidemment, conclut Olson Hand, la main toujours posée sur son épaule. Rien ne presse. Prenez tout votre temps.

49.

C'était tout bête : il n'y avait pas de garçons.

Ou presque pas. Alicia et Hollis disaient en avoir vu deux. Mais quand Peter les questionna plus précisément, force leur fut de convenir qu'ils ne pouvaient l'affirmer avec certitude. Tous les Petits avaient les mêmes cheveux courts, alors c'était difficile à dire, et ils n'avaient pas vu d'enfants plus grands.

C'était l'après-midi du quatrième jour, Michael s'était enfin réveillé. Ils s'étaient réunis dans le plus grand des deux bungalows, sauf Mausami et Amy qui se trouvaient dans celui d'à côté. Peter et Hollis venaient de rentrer de leur balade à travers champs avec Olson. Le vrai but de cette expédition était de jeter un deuxième coup d'œil sur les lieux, parce qu'ils avaient décidé de repartir dès que Michael serait rétabli. Il n'était pas question d'accepter la proposition d'Olson, même si Peter était bien obligé d'admettre qu'il avait de la sympathie pour le personnage et ne réussissait pas à trouver de raison véritable de ne pas lui faire confiance. Simplement, il y avait trop de choses dans le Refuge qui ne collaient pas, et les événements de la veille au soir avaient laissé Peter plus dubitatif que jamais quant aux intentions d'Olson. Celui-ci avait prononcé un petit discours de bienvenue, mais au fur et à mesure de la soirée, Peter avait commencé à trouver oppressante, et même dérangeante, la chaleur vide de la foule. Ils étaient tous fondamentalement identiques, au point que, le lendemain matin, Peter se rendit compte qu'il ne se souvenait de personne en particulier. Tous les visages, toutes les voix se fondaient dans son esprit. On ne lui avait pas posé une seule question sur la Colonie, ou demandé comment ils étaient arrivés là, et plus il y réfléchissait, plus il trouvait cela aberrant. Le plus normal n'aurait-il pas été de les questionner sur cette autre colonie, sur leur voyage, sur ce qu'ils avaient vu ? Or Peter et les autres auraient aussi bien pu sortir de nulle part. Il s'avisa *a posteriori* que personne ne lui avait seulement dit son nom.

Il faudrait qu'ils volent un véhicule ; sur ce point, tout le monde était d'accord. Deuxième problème : l'essence. Ils pourraient suivre la voie de chemin de fer vers le sud, à la recherche du dépôt de carburant, ou si le réservoir était assez plein, retourner vers le sud, jusqu'à Las Vegas et l'aéroport avant de reprendre vers le nord, sur l'autoroute 15. Il était probable qu'on les poursuivrait ; Peter doutait qu'Olson laisse filer un de ses vans de gaieté de cœur. Pour éviter la bagarre, ils pourraient plutôt prendre vers l'est, à travers la base d'essais, mais sans une route, sans ville, Peter craignait qu'ils n'y arrivent pas, et si le terrain ressemblait à ce qu'il était autour du Refuge, ils auraient intérêt à ne pas y tomber en rade.

Restait la question des armes. Pour Alicia, il y avait forcément une armurerie quelque part – depuis le début, elle soutenait que les fusils qu'ils avaient vus étaient chargés, quoi qu'Olson ait pu raconter – et elle avait tenté de sonder Jude sur la question, à la petite fête de la veille. Jude s'était accroché à ses basques toute la soirée – tout comme Olson n'avait pas lâché Peter d'une semelle –, et le lendemain matin, il l'avait emmenée avec le pick-up voir l'ensemble du domaine. Peter n'aimait pas ça, mais si une occasion se présentait de glaner des informations sans éveiller les soupçons, autant sauter dessus.

Sauf que s'il y avait une armurerie, ils ne l'avaient pas vue, et Jude n'avait livré aucun indice de l'endroit où elle pouvait se trouver. Olson disait peut-être vrai, mais ils ne pouvaient pas courir ce risque. Et même si c'était la vérité, les armes qu'ils avaient apportées avec eux devaient bien être quelque part – selon l'estimation de Peter, trois fusils, neuf couteaux, au moins six chargeurs de munitions, et leurs dernières grenades.

— Et la prison ? demanda Caleb.

Peter y avait déjà pensé. Avec ses murs dignes d'une forteresse, ça paraissait être l'endroit idoine pour enfermer quelque chose. Mais jusque-là, aucun d'eux ne s'en était suffisamment approché pour voir comment ils pourraient y entrer. Et l'endroit avait bel et bien l'air abandonné, comme l'avait dit Olson.

— Je pense qu'on devrait attendre la nuit et aller voir ça de plus près, suggéra Hollis. Sans ça, nous ne saurons jamais avec certitude à quoi nous avons affaire.

Peter se tourna vers Sara.

— Dans combien de temps penses-tu que Michael sera en état de repartir ?

Elle eut une moue dubitative.

— Je ne sais même pas ce qu'il a au juste, Peter.

Peut-être que c'était vraiment une insolation, mais je ne le pense pas.

Elle avait déjà exprimé ses doutes. D'après elle, un coup de chaleur assez sérieux pour provoquer une perte de connaissance l'aurait sûrement tué, parce que ça aurait signifié qu'il avait fait un œdème cérébral. Son inconscience prolongée pouvait être due à ça, mais maintenant qu'il était réveillé, elle ne détectait aucun signe d'atteinte cérébrale. Son langage, sa coordination motrice étaient bons. Ses pupilles étaient normales et réactives. C'est comme s'il avait sombré dans un sommeil profond, mais normal pour le reste, dont il s'était simplement réveillé.

— Il est encore assez faible, poursuivit Sara. C'est en partie dû à la déshydratation. Mais il vaudrait peut-être mieux attendre au moins deux jours pour qu'il soit transportable.

Alicia se laissa retomber sur son lit avec un gémissement.

— Je ne suis pas sûre de pouvoir attendre aussi longtemps.

— Quel est le problème ? s'enquit Peter.

— Le problème, c'est Jude. Je sais qu'on est censés jouer le jeu, ici, mais je me demande jusqu'où je vais être obligée de le laisser aller.

Le sens de ses paroles était clair.

— Tu crois que tu pourras... comment dire, le tenir à distance ?

Alicia fronça les sourcils.

— Ne t'en fais pas pour moi. Je sais me défendre. Sauf que ça risque de ne pas lui plaire. Mais il y a autre chose, qui n'a rien à voir avec Jude, continua-t-elle après une pause, soudain incertaine. Je ne suis même pas sûre que j'aie raison d'aborder la question. Quelqu'un se souvient de Liza Chou ?

Peter s'en souvenait. Liza était la nièce du Vieux Chou. Toute sa famille – son frère, leurs parents et elle – avait disparu pendant la nuit de Ténèbres. Peter ne se rappelait pas s'ils avaient été tués ou emportés, mais il avait un vague souvenir de Liza, du temps où ils étaient ensemble au Sanctuaire. C'était l'une des plus grandes Petites, pratiquement une adulte à ses yeux.

— Et alors ? demanda Hollis.

Alicia hésita.

— Je crois que je l'ai vue, aujourd'hui.

— C'est impossible, pouffa Sara.

— Je *sais* que c'est impossible ; tout, dans cet endroit, est impossible. Mais Liza avait une cicatrice sur la joue, je m'en souviens parfaitement. Un accident, je ne sais plus quoi. Eh bien, cette femme avait la même.

Peter se pencha en avant. Quelque chose, dans cette nouvelle information, lui paraissait important. Il pensait voir émerger un schéma que son esprit n'arrivait pas encore à cerner.

— Où est-ce que tu l'as vue ?

— Dans la laiterie. Je suis pratiquement sûre qu'elle m'a vue aussi. Mais Jude était avec moi et je ne pouvais pas vraiment le semer. Quand j'ai regardé à nouveau, elle avait disparu.

C'était envisageable, se dit Peter. Elle aurait pu s'échapper et atterrir ici, d'une façon ou d'une autre. Mais comment une petite jeune fille de l'âge qu'avait Liza à l'époque aurait-elle pu parcourir une telle distance ?

— Je ne sais pas, Liss. Tu es sûre ?

— Non, je ne suis pas sûre. Je n'ai pas eu le temps de m'en assurer. Tout ce que je dis, c'est qu'elle ressemblait diablement à Liza Chou.

— Elle était enceinte ? questionna Sara.

Alicia réfléchit un instant.

— Maintenant que j'y pense, oui, elle était enceinte.

— Beaucoup de femmes sont enceintes, intervint Hollis. Il y a une raison à ça, non ? Un Petit, c'est un Petit.

— Mais pourquoi ne voit-on pas de garçons ? poursuivit Sara. Et avec toutes ces femmes enceintes, il devrait y avoir des tas d'enfants, non ?

— Ben, il y en a, non ? répliqua Alicia.

— C'est aussi ce que je me disais. Mais je n'en ai pas compté plus de deux douzaines hier soir. Et les enfants que j'ai vus m'ont fait l'impression d'être tous pareils.

— Dis-moi, Hollis, fit Peter. Il y a des mômes, tout de suite, dehors ?

Le grand gaillard hocha la tête.

— En train de jouer sur le tas de pneus.

— Pataugas, va voir.

Caleb se leva de sa couchette et s'approcha de la porte qu'il entrouvrit légèrement.

— Laisse-moi deviner, fit Sara. Celle qui a les dents de travers et sa copine, la petite blonde.

Caleb se retourna vers eux.

— C'est ça. C'est les deux qui sont dehors.

— C'est bien ce que je disais, insista Sara. On voit toujours les mêmes. C'est comme s'ils nous les mettaient toujours sous le nez pour qu'on croie en voir une flopée alors qu'il n'y en a pas tant que ça.

— Qu'est-ce qu'on est en train de dire ? fit Alicia. D'accord, je reconnais que c'est bizarre, pour les garçons. Mais ça... Je ne sais pas, Sara.

Sara se tourna vers Alicia en carrant les épaules dans une attitude combative.

— C'est toi qui penses avoir vu une fille morte depuis quinze ans. Elle aurait quoi, maintenant ? Une

937

vingtaine d'années ? Comment tu peux dire que c'était Liza Chou ?

— Je te l'ai dit : la cicatrice. Et je pense savoir reconnaître un Chou quand j'en vois un.

— Et ça veut dire qu'on devrait te croire sur parole ?

Le ton cassant de Sara sembla heurter Alicia.

— Je me fiche que tu me croies ou non. Je sais ce que j'ai vu.

Peter en avait assez entendu.

— Vous deux, ça suffit.

Les deux femmes se foudroyaient du regard.

— Vous ne réglerez rien comme ça. Qu'est-ce qui vous prend ?

Elles ne répondirent ni l'une ni l'autre. La tension dans la pièce était palpable. Puis Alicia soupira et se laissa retomber sur sa couchette.

— Oubliez ça. C'est juste que j'en ai marre d'attendre. Je n'arrive pas à dormir là-dedans. Il fait tellement chaud que je fais des cauchemars toute la nuit.

Pendant un moment, personne ne dit rien.

— La grosse femme ? risqua Hollis.

Alicia se redressa précipitamment.

— Qu'est-ce que tu dis ?

— Dans la cuisine, continua-t-il d'un ton grave. Du temps d'Avant.

Caleb s'avança vers eux, depuis la porte.

— « L'est pas débile, c'gamin, moi j'vous l'dis... »

Sara finit pour lui :

— « ... l'est débile profond. » Moi aussi, je rêve d'elle, dit-elle, sidérée.

Tout le monde se tourna vers Peter. Mais de quoi ses amis parlaient-ils ? Quelle grosse dame ?

Il secoua la tête.

— Désolé...

— Mais nous, on fait tous le même rêve, dit Sara.

Hollis se caressa la barbe en hochant la tête.

— C'est bien ce qu'on dirait...

Michael entrait et sortait d'un sommeil sans forme lorsqu'il entendit la porte s'ouvrir. Une fille arriva de derrière l'écran. Elle était plus jeune que Billie, mais elle avait la même drôle de tenue orange et la même coupe de cheveux stricte. Elle tenait un plateau.

— Je me suis dit que vous deviez avoir faim, fit-elle.

Elle s'avança dans la pièce, et une bonne odeur de nourriture heurta les sens de Michael comme une décharge électrique. Il mourait de faim, tout à coup. La fille plaça le plateau sur ses genoux : une espèce de viande dans une sauce marron, des légumes verts, à la vapeur, et surtout, le plus merveilleux, une épaisse tranche de pain beurré. Des couverts en métal étaient posés à côté, enroulés dans un tissu grossier.

— Je m'appelle Michael, dit-il spontanément.

La fille eut un petit hochement de tête et un sourire. Pourquoi tout le monde était-il toujours souriant ?

— Je m'appelle Mira, dit-elle en rougissant.

Michael remarqua ses cheveux fins et tellement clairs qu'ils paraissaient presque blancs, comme ceux d'un Petit.

— C'est moi qui me suis occupée de vous.

Michael se demanda ce que ça voulait dire au juste. Depuis qu'il s'était réveillé, il y avait quelques heures, des bribes de souvenirs lui revenaient. Des bruits, des voix, des formes, des gens se déplaçant autour de lui, de l'eau sur son corps et humectant sa bouche.

— Alors, il faut que je vous remercie.

— Oh, c'était un plaisir.

Elle le regarda un instant, et puis :

— Vous venez vraiment d'ailleurs, hein ?

— D'ailleurs ?

Elle eut un délicat haussement d'épaules.

— Il y a ici et il y a ailleurs. Vous ne voulez pas manger ? fit-elle avec un mouvement de menton en direction du plateau.

Il commença par le pain, tendre et merveilleux dans sa bouche, puis il passa à la viande, et enfin aux légumes, un peu astringents et amers, mais bons quand même. La fille, qui s'était assise à côté de son lit, le regardait manger, le visage avide, comme si chaque bouchée qu'il mâchait lui procurait aussi du plaisir à elle. C'étaient vraiment de drôles de gens.

— Merci, dit-il, quand il ne resta plus qu'une trace grasse sur son assiette.

Et quel âge pouvait-elle bien avoir ? Seize ans ?

— C'était fantastique, ajouta-t-il.

— Je peux vous en rapporter. Tout ce que vous voudrez.

— Vraiment, je ne pourrais plus avaler une bouchée.

Elle récupéra le plateau et le mit de côté. Il pensa qu'elle allait partir, mais elle se rapprocha de lui, tout près du lit, qui était assez surélevé.

— Je... j'aime bien vous regarder, Michael.

Il sentit que ses joues le brûlaient.

— Mira ? C'est Mira, c'est ça ?

Elle hocha la tête, prit sa main posée sur le drap et l'enveloppa avec les siennes.

— J'aime bien comme vous dites mon nom.

— Oui, euh, c'est-à-dire...

Mais il ne put continuer. Voilà maintenant qu'elle l'embrassait. Une vague de douceur sucrée lui emplit la bouche. Il se sentit défaillir. L'embrasser ! ? Et puis quoi encore ? ! Elle l'embrassait ! Et il lui rendait son baiser !

— Poppa dit que je peux avoir un bébé, dit-elle, son

souffle chaud sur son visage. Si j'ai un bébé, j'échapperai à l'Enceinte. Poppa dit que je peux avoir qui je veux. Je peux t'avoir, Michael ? Je peux t'avoir, toi ?

Il essayait de réfléchir, de donner un sens à ce qu'elle lui racontait et à ce qui arrivait, la saveur de sa bouche, et puis, maintenant, le fait qu'elle semblait avoir grimpé sur lui, sur son ventre, le chevauchait, son visage collé au sien – une collision d'impulsions et de sensations qui le projetaient dans un état de docilité muette. Un bébé ? Elle voulait un bébé ? Mais pour avoir un bébé, il faudrait bien qu'elle soit enceinte, non ?

— Mira !

Un moment de désorientation totale ; la fille avait disparu, escamotée. Tout à coup, la pièce était pleine d'hommes, de grands gaillards en combinaison orange qui la remplissaient de leur masse. L'un d'eux prit Mira par le bras. Non, pas un homme : Billie.

— Je vais faire comme si je n'avais rien vu, dit-elle à la fille.

— Écoutez, fit Michael, retrouvant la voix, c'était ma faute, quoi que vous croyiez avoir vu...

Billie le crucifia d'un regard glacé. Derrière elle, l'un des hommes eut un ricanement.

— N'essayez pas de nous faire croire que c'était votre idée. Toi, fit-elle à l'adresse de Mira, rentre chez toi. Tout de suite.

— Il est à moi ! Il est pour moi !

— Mira, ça suffit. Tu rentres chez toi tout de suite et tu m'attends. Et ne parle à personne. Compris ?

— Il n'est pas pour l'Enceinte ! s'écria Mira. C'est Poppa qui l'a dit !

L'Enceinte, encore, pensa Michael. Qu'est-ce que c'était que cette histoire ?

— C'est comme ça que ça finira, à moins que tu ne sortes d'ici. Immédiatement !

La menace parut produire son effet. Mira se tut et, sans un regard pour Michael, fila derrière le paravent. Les sentiments des dernières minutes – le désir, la confusion, la gêne – tourbillonnaient encore en lui pendant qu'une petite voix lui disait : *C'est bien ma chance. Maintenant, elle ne reviendra jamais.*

Billie se tourna vers les deux hommes :

— Danny, va chercher le camion et amène-le sur l'arrière. Tip, tu restes avec moi.

— Qu'est-ce que vous allez me faire ?

Billie prit une petite fiole métallique dans une de ses poches, préleva, entre le pouce et l'index, une petite pincée de poussière, la versa dans un gobelet d'eau, qu'elle lui tendit.

— Buvez ça.

— Pas question que je boive ça !

Elle poussa un soupir d'impatience.

— Tip, tu peux me donner un petit coup de main ?

Le dénommé Tip s'avança. C'était une véritable armoire à glace.

— Faites-moi confiance, dit Billie. Le goût n'est pas agréable, mais vous vous sentirez bientôt mieux. Et plus de grosse dame.

La grosse dame, pensa Michael. *La grosse dame, dans la cuisine du temps d'Avant.*

— Comment savez-vous... ?

— Buvez ça, c'est tout. On vous expliquera en cours de route.

Il n'y avait apparemment pas moyen d'y échapper. Michael porta le gobelet à ses lèvres et le vida. Jets, c'était atroce.

— Qu'est-ce que c'est que cette horreur ? fit-il en s'essuyant la bouche.

— Croyez-moi, vous ne voulez pas le savoir,

répondit Billie en récupérant le gobelet. Vous sentez quelque chose ?

Oui. C'était comme si quelqu'un avait fait vibrer une longue corde tendue à l'intérieur de lui. Des ondes d'énergie brillante semblaient irradier depuis le milieu de son corps. Il ouvrait la bouche pour annoncer cette découverte quand un spasme violent l'ébranla, un gigantesque hoquet de tout le corps.

— Ça arrive une fois ou deux, au début, dit Billie. Respirez, ça va passer.

Michael eut un nouveau hoquet. Les couleurs de la pièce paraissaient étrangement vives, comme si toutes les surfaces autour de lui avaient intégré son nouveau réseau énergétique.

— Il a intérêt à la boucler, fit Tip, d'un ton menaçant.

— C'est fantastique, réussit à dire Michael.

Il avala péniblement sa salive, refoulant un hoquet.

Le deuxième homme était revenu du couloir.

— La lumière commence à baisser, dit-il très vite. On ferait mieux de se bouger.

— Retrouvez-lui ses vêtements.

Les yeux de Billie se posèrent à nouveau sur Michael, soutenant son regard avec un sérieux absolu.

— Peter dit que vous êtes ingénieur. Que vous pourriez réparer n'importe quoi. C'est vrai ?

Il pensa aux mots écrits sur le papier que Sara lui avait glissé : *Ne leur dis rien.*

— Alors ?

— Je suppose.

— Je ne veux pas que vous supposiez, Michael. C'est important. Vous pouvez ou vous ne pouvez pas ?

Il détourna le regard vers les deux types qui le regardaient avec impatience, maintenant, comme si tout dépendait de sa réponse.

— Bon, d'accord.

Billie hocha la tête.

— Eh bien, habillez-vous et faites ce qu'on vous dit.

50.

Mausami, dans le noir, rêvait d'oiseaux. Elle fut réveillée par un papillonnement fugitif, un frisson sous son cœur, comme si une paire d'ailes battait en elle.

Le bébé, songea-t-elle. *Le bébé bouge.*

Ça recommença – une pression aquatique, rythmique, qui faisait comme des anneaux s'élargissant à la surface d'une mare et venant en lécher les bords. Comme si quelqu'un tapotait sur une vitre au milieu de son corps. *Coucou ? Coucou, il y a quelqu'un ?*

Elle épousa avec ses mains le doux renflement de son ventre sous sa chemise trempée de sueur. Une chaude satisfaction l'emplit. *Coucou*, pensa-t-elle. *Coucou, toi !*

Le bébé était un garçon. Elle estimait que c'était un garçon depuis le début, depuis ce premier matin, au tas de fumier, où elle avait rendu son petit déjeuner. Elle ne voulait pas lui donner de nom, pas maintenant ; ce serait plus dur de perdre un bébé avec un nom, c'est ce que tout le monde disait. Mais ce n'était pas la vraie raison, parce que le bébé allait naître. Elle ne l'espérait pas, elle ne le croyait pas, elle le *savait*. C'était un fait. Et quand le bébé serait né, quand il aurait fait son entrée bruyante et pénible dans le monde, Theo serait là, et ils choisiraient un nom pour leur fils, ensemble.

Cet endroit. Le Refuge. Il l'épuisait complètement. Elle passait son temps à dormir. Et à manger. C'était le bébé, évidemment ; c'était à cause du bébé qu'elle pensait tout le temps à manger. Après le biscuit de troupe, la pâte de haricots, et cette étrange et affreuse nourriture qu'ils avaient trouvée dans le bunker – un magma centenaire emballé sous vide, dans du plastique ; ils avaient eu du bol de ne pas s'empoisonner avec –, c'était vraiment un miracle d'avoir de la vraie nourriture. Du bœuf et du lait. Du pain et du fromage. Du vrai beurre, tellement crémeux que ça lui faisait comme un chatouillis au fond de la gorge. Elle l'engloutissait, puis elle se léchait les doigts. Elle aurait pu rester dans cet endroit pour toujours, rien que pour ce qu'on y mangeait.

Ils l'avaient tous bientôt senti : il y avait quelque chose de louche. La veille au soir, toutes ces femmes qui l'avaient entourée, des bébés dans les bras ou enceintes elles-mêmes – certaines les deux en même temps –, le visage rayonnant de chaleur fraternelle lorsqu'elles avaient découvert qu'elle aussi, était enceinte. Un bébé ! Quelle merveille ! Pour quand était-ce ? Était-ce son premier ? D'autres femmes du groupe attendaient-elles aussi un enfant ? Il n'était pas venu à l'idée de Mausami, sur le coup, de se demander comment elles avaient su – après tout, ça se voyait à peine –, ni pourquoi aucune d'elles ne l'avait questionnée sur l'identité du père, ou n'avait parlé du père de leur enfant.

Le soleil était couché. La dernière chose dont Mausami se souvenait, c'est qu'elle s'était étendue pour faire la sieste. Peter et les autres étaient probablement dans l'autre bungalow, en train de décider quoi faire. Le bébé bougea encore, il effectuait des galipettes dans son ventre, provoquant d'autres rides qui s'élargissaient, faisant sentir sa présence. Elle resta allongée, les yeux fermés, les mains en coupe sur la légère bosse que révélait son ventre, et se laissa emplir par la sensation.

La Garde : ça paraissait si loin... à des années de là. Une autre vie, différente. C'était ce qui arrivait, elle le savait, quand on avait un bébé. Cet étrange nouvel être grandissait en vous, et quand c'était fini, vous étiez quelqu'un de différent aussi.

Tout à coup, elle se rendit compte qu'elle n'était plus seule.

Amy était assise sur le lit de camp voisin du sien. C'était un peu effrayant, cette façon qu'elle avait de se rendre invisible. Mausami se tourna sur le côté, vers elle, en chien de fusil alors que le bébé s'agitait, *ponf, ponf*, dans son ventre.

— Hé, dit-elle en bâillant. Je crois que j'ai fait un petit somme, là.

Tout le monde parlait toujours comme ça, en présence d'Amy, énonçant des évidences, remplissant le silence constitué par la moitié de conversation qu'elle avait dû tenir. C'était un peu déstabilisant aussi, cette manie de vous regarder, avec intensité, comme si elle lisait dans vos pensées. Comme maintenant, par exemple. C'est alors que Mausami réalisa ce que la fille regardait en réalité.

— Oh, je comprends, dit-elle. Tu veux le sentir ?

Amy inclina la tête d'un air incertain.

— Tu peux, si tu veux. Viens, tu vas voir.

Amy se leva et vint s'asseoir au bord du lit de Mausami.

Mausami lui prit la main et la guida vers l'arrondi de son ventre. Amy avait une petite patte toute chaude et un peu moite. Le bout de ses doigts était étonnamment doux, pas comme ceux de Mausami, qui étaient tout calleux après ces années passées à tirer à l'arbalète.

— Attends un petit peu. Il y a une seconde, il faisait des cabrioles là-dedans.

946

Un mouvement éclair. Amy retira précipitamment sa main.

— Tu l'as senti ? demanda Maus.

Amy avait les yeux écarquillés, l'air à la fois choquée et ravie.

— C'est normal. C'est normal qu'il fasse ça. Là...

Elle reprit la main d'Amy et la reposa sur son ventre. Aussitôt, le bébé tressauta et donna des coups de pied.

— Ouh, il y est allé fort, cette fois.

Amy souriait aussi, maintenant. Comme c'était étrange et merveilleux, pensa Mausami, au milieu de tout ça, de tout ce qui s'était produit, de sentir un bébé remuer en elle. Une nouvelle vie, un être nouveau, arrivant dans le monde.

C'est alors que Mausami les entendit. Trois mots. Ils surgirent dans son esprit sous la forme d'une voix qui était en même temps la sienne et une autre. Celle d'Amy.

Il est là.

Elle repoussa vivement sa main, rampa vers le haut du lit pour s'asseoir, le dos appuyé au mur. La petite fille la fixait du regard, ses yeux remplissant la vision de Maus comme deux rayons éblouissants.

— Comment fais-tu ça ?

Elle tremblait. Elle se demanda si elle n'était pas malade.

Il est dans le rêve. Avec Babcock. Avec la Multitude.

— Qui est là, Amy ?

Theo. Theo est là.

51

Il était Babcock et il était pour toujours. Il était l'un des Douze et aussi l'Autre, au-dessus et derrière, le Zéro. Il était la nuit des nuits, et il avait été Babcock avant de devenir ce qu'il était. Avant la grande faim qui était en lui comme le temps même, courant dans son sang, immense et insatiable, sans fin et sans limite, une aile noire étendue sur le monde.

Il était fait d'une multitude. Un millier de milliers de milliers éparpillés dans le ciel nocturne, comme les étoiles. Il était l'un des Douze et aussi l'Autre, le Zéro, mais ses enfants étaient aussi en lui, ceux qui charriaient la graine de son sang, une graine des Douze ; ils se déplaçaient comme il se déplaçait, ils pensaient comme il pensait, dans leur esprit il y avait un vide, un espace d'oubli dans lequel il était, pour chacun d'eux, disant : *Tu ne mourras pas. Tu fais partie de moi, comme je fais partie de toi. Tu boiras le sang du monde et tu m'assouviras.*

Ils étaient à ses ordres ; quand ils mangeaient, il mangeait. Quand ils dormaient, il dormait. Ils étaient les Nous, les Babcock, et ils étaient pour toujours comme il était pour toujours, chacun une partie des Douze et de l'Autre, le Zéro. Ils rêvaient son rêve noir avec lui.

Il se souvenait d'un temps, avant de Devenir. Le temps de la petite maison, à l'endroit appelé Desert Wells. Le temps de la souffrance et du silence, et de la femme, sa mère, la mère de Babcock. Il se souvenait des petites choses – des textures, des sensations, des visions. Une colonne de soleil doré tombant sur un carré de tapis. Une marque d'usure sur le perron juste de la taille de son pied avec sa basket, et les crêtes de rouille sur la rambarde qui lui entamaient la peau des doigts. Il se souvenait de ses doigts. Il se souvenait de l'odeur des cigarettes de sa mère dans la cuisine où elle parlait en regardant ses histoires à la télévision, et les gens, dans le poste, leur grosse face énorme, leurs grands yeux humides, les femmes avec leurs lèvres peintes, frémissantes comme des morceaux de fruits brillants. Et sa voix, sa voix, toujours : « Tais-toi, putain de merde ! Tu vois pas que j'essaie de regarder ça ? Tu fais tellement de putain de boucan, c'est un putain d'miracle que j'devienne pas folle. »

Il se souvenait qu'il se taisait, se taisait très fort.

Il se souvenait de ses mains, les mains de la mère de Babcock, et les éclats, les étoiles de douleur quand elle lui tapait dessus, encore et encore. Il se souvenait des volées, de son corps emporté sur un nuage de douleur, et des coups, des claques, des brûlures. Les brûlures, toujours. « Et ne chiale pas, hein. Sois un homme. Tu chiales et je te donnerai une raison de chialer, tu l'auras voulu, Giles Babcock. » Son haleine pleine de fumée, tout près de son visage. Le bout rouge feu de la cigarette qu'elle lui écrasait sur la main, le crépitement humide de la brûlure, comme les céréales quand il versait le lait dessus, le même croustillement, les mêmes petits *pop*. L'odeur qui se mêlait aux bouffées de fumée jaillissant de ses narines. Et la façon dont les mots se bloquaient en lui, pour que la douleur cesse – pour qu'il soit un homme, comme elle disait.

C'était de sa voix qu'il se souvenait surtout. La voix de la mère de Babcock. L'amour qu'il avait pour elle était comme une pièce sans porte, pleine du raclement de ses paroles, son blablabla. Ses moqueries, la déchirure qu'elles lui faisaient en dedans comme le couteau qu'il avait pris dans le tiroir, ce jour-là, alors qu'elle était attablée dans la cuisine de la petite maison, à l'endroit appelé Desert Wells, à parler et à rire et à rire et à parler et à mâcher ses bouchées de fumée. « L'est pas débile, c'gamin, moi j'vous l'dis, l'est débile profond. »

Il était heureux, tellement heureux, il n'avait jamais éprouvé un tel bonheur de toute sa vie quand le couteau s'était enfoncé en elle, la peau blanche de sa gorge, la surface extérieure lisse, et le cartilage dur en dessous. Et comme il forait et poussait avec sa lame, son amour pour elle avait pris son essor, quitté son esprit, et il avait vu ce qu'elle était enfin – un être de chair, de sang et d'os. Toutes ses paroles et son blablabla bougeaient en lui, le remplissant à éclater. Elles avaient un goût de sang dans sa bouche, de douces choses vivantes.

Ils l'avaient envoyé au loin. Il n'était pas un garçon, finalement, il était un homme ; il était un homme avec un esprit et un couteau, et on lui avait dit de mourir : « Meurs, Babcock, pour ce que tu as fait. » Mais il ne voulait pas mourir, ni alors ni jamais. Et après – après, l'homme, Wolgast, était venu là où il était, comme si c'était annoncé ; et après les docteurs, et la maladie, et le Devenir, afin qu'il soit l'un des Douze, le Babcock-Morrison-Chávez-Baffes-Turrell-Winston-Sosa-Echols-Lambright-Martínez-Reinhardt-Carter – l'un des Douze et aussi l'Autre, le Zéro –, il avait pris les autres de la même façon, buvant leurs paroles, leurs cris de mort comme de doux morceaux de choix dans sa bouche. Et ceux qu'il ne tuait pas mais dont il se contentait de boire le sang, un sur dix, comme le dictait la marée de son propre sang, devenaient les siens, le rejoignaient en esprit. Ses enfants. Sa grande et terrible compagnie. La Multitude. Les Nous de Babcock.

Et cet Endroit. Il y était venu avec l'impression d'un retour, d'une chose retrouvée. Du monde il avait bu tout son soûl, et là il s'était reposé, rêvant ses rêves dans le noir, avant de se réveiller, d'avoir faim à nouveau et d'entendre le Zéro, qui s'appelait Fanning, dire : *Frères, nous sommes mourants*. Mourants ! Parce qu'il ne restait presque personne au monde, plus de gens et même plus d'animaux. Et Babcock avait su que le moment était venu de ramener à lui ceux qui restaient, qu'ils le connaissent, lui, qu'ils connaissent Babcock, et le Zéro, aussi, qu'ils assument leur place en lui. Il avait étendu son esprit et dit à la Multitude, ses enfants : *Amenez-moi le reste de l'humanité ; ne les tuez pas ; amenez-les-moi avec leurs paroles, qu'ils rêvent le rêve et soient des nôtres, deviennent les Nous, les Babcock*. Et d'abord, il en était venu un, et puis un autre, et de plus en plus, ils rêvaient le rêve avec lui et il leur disait, quand le rêve était fini : *Maintenant vous êtes à moi aussi, comme la Multitude. Vous êtes les miens dans cet Endroit, et quand j'aurai faim vous m'assouvirez, de votre sang vous assouvirez mon âme sans repos. Vous en amènerez d'autres à moi d'au-delà de cet Endroit pour qu'ils fassent de même, et je vous laisserai vivre de cette façon, et d'aucune autre*. Et ceux qui ne soumettaient pas leur volonté à cela, qui ne prenaient pas le couteau, le moment venu, dans l'endroit noir du rêve où l'esprit de Babcock rencontrait le leur, ceux-là étaient voués à mourir afin que les autres puissent voir et sachent et ne refusent plus.

Et c'est ainsi que la cité avait été bâtie. La Cité de Babcock, première du monde.

Mais maintenant, il y avait l'autre Autre. Ni le Zéro ni les Douze, non, une autre Autre. Pareille et pas pareille. Une ombre derrière une ombre, qui le picorait comme un oiseau qui filait hors de vue lorsqu'il essayait de la fixer mentalement du regard. Et la Multitude, ses enfants, sa grande et terrifiante compagnie, l'entendait aussi ; il sentait l'attraction qu'elle exerçait sur eux. Une force d'une grande puissance, qui les attirait. Comme l'amour impuissant qu'il éprouvait il y avait si long-temps, quand il n'était qu'un enfant et qu'il regardait le bout rouge feu rouler, rouler sur sa peau et la brûler.

Qui suis-je ? lui demandaient-ils. *Qui suis-je ?*

Et cette Autre les amenait à vouloir se souvenir. Les amenait à vouloir mourir.

Elle était près, maintenant, tout près. Babcock le sentait. Elle était une ride dans l'esprit de la Multitude, une déchirure dans le tissu de la nuit. Il savait qu'à travers elle tout ce qui avait été fait pourrait être défait, que tout ce qu'ils avaient fait pourrait être défait.

Frères, frères. Elle arrive. Frères, elle est déjà là.

52.

— Je regrette, Peter, dit Olson Hand. Je ne peux suivre tous vos amis à la trace.

Peter avait appris la disparition de Michael juste avant le coucher du soleil. Sara s'était rendue à l'infirmerie voir comment il allait, et elle avait trouvé son lit vide. Le *bâtiment* était complètement vide.

Ils s'étaient déployés en deux groupes : pendant que Sara, Hollis et Caleb fouillaient le domaine, Alicia et Peter étaient allés chercher Olson. Sa maison, qui était jadis la résidence du gardien, ainsi qu'il le leur avait expliqué, était une petite construction à un étage située sur un carré de sol aride entre le camp de travail et l'ancienne prison. Ils étaient tombés sur lui alors qu'en sortait.

— Je vais parler à Billie, continua Olson. Elle sait peut-être où il est allé.

Il avait l'air perturbé, comme si leur visite l'avait

dérangé au milieu d'une tâche importante. Il prit quand même la peine de leur offrir l'un de ses sourires rassurants.

— Je suis sûr qu'il va bien. Mira l'a vu à l'infirmerie, il y a quelques heures à peine. Il a dit qu'il se sentait mieux et avait envie de mettre le nez dehors. Je pensais qu'il était avec vous.

— Il pouvait à peine marcher, objecta Peter. Je ne suis même pas sûr qu'il aurait pu faire deux pas.

— Dans ce cas, il n'a pas pu aller bien loin, hein ?

— Sara dit qu'il n'y a personne à l'infirmerie. Il n'y a pas de personnel sur place ?

— En règle générale, non. Si Michael a décidé de partir, ils n'avaient pas de raison de rester.

Une ombre passa sur son visage et il releva les yeux sur Peter.

— Je suis sûr qu'il va réapparaître. Si j'ai un conseil à vous donner, le mieux que vous ayez à faire est de retourner dans vos quartiers et d'attendre son retour.

— Je ne crois pas...

Olson leva la main pour l'interrompre.

— C'est le meilleur conseil que je puisse vous donner. Vous devriez écouter ce que je vous dis. Et essaycz de ne plus perdre d'autres de vos amis.

Alicia n'avait rien dit jusque-là. En équilibre sur ses béquilles, elle décocha un coup d'épaule à Peter.

— Allez, viens.

— Mais...

— C'est bon, dit-elle, puis elle se tourna vers Olson. Je suis sûre qu'il va bien. Si vous avez besoin de nous, vous savez où nous trouver.

Ils repartirent dans le dédale de bungalows. Tout était étrangement silencieux et complètement désert. Ils passèrent devant le hangar où la fête avait eu lieu. Personne. Tous les bâtiments étaient plongés dans le noir.

Peter éprouva une sensation de picotement sur la nuque alors que la nuit tombait sur le désert, mais il savait que ce n'était pas dû qu'au rafraîchissement de la température. Il sentait les yeux des gens rivés sur eux, derrière les fenêtres.

— Ne regarde pas, dit Alicia. Moi aussi, je le sens. Continue à marcher, c'est tout.

Ils arrivèrent à leur bungalow au moment où Hollis et les autres revenaient. Sara était folle d'inquiétude. Peter leur raconta leur conversation avec Olson.

— Ils l'ont emmené quelque part, hein ? fit Liss.

Ça en avait tout l'air. Mais où ? Et dans quel but ? Olson mentait, c'était évident. Et il donnait l'impression de vouloir qu'ils le sachent, ce qui était encore plus bizarre.

— Qui est dehors, actuellement, Pataugas ?

Caleb avait repris son poste à la porte.

— Les deux types habituels. Ils sont plantés de l'autre côté de la place et ils font semblant de ne pas nous observer.

— Personne d'autre ?

— Non. C'est d'un calme mortel. Les Petits ne sont même pas là.

— Va réveiller Maus, dit Peter. Ne lui dis rien. Amène-la, et Amy aussi. Avec leurs paquetages.

— On s'en va ? demanda Caleb en regardant Sara puis de nouveau Peter. Et le Circuit ?

— On n'ira nulle part sans lui. Allez, vas-y.

Caleb fila par la porte. Peter et Alicia échangèrent un coup d'œil : tout ça sentait mauvais. Ils allaient être obligés de décamper en vitesse.

Caleb revint un instant plus tard.

— Elles ne sont plus là.

— Comment ça, plus là ?

Le visage du garçon était devenu d'un gris de cendre.

— Je veux dire que leur bungalow est vide. Elles n'y sont plus, Peter.

Tout était sa faute. Dans leur hâte de retrouver Michael, il avait laissé les deux femmes seules. Il avait laissé *Amy* seule. Comment avait-il pu être aussi stupide ?

Alicia avait posé ses béquilles et déroulait le bandage de sa jambe. À l'intérieur, la nuit de leur arrivée, elle avait caché un couteau. Les béquilles étaient une ruse. La blessure était presque cicatrisée. Elle se releva.

— Il est temps de récupérer ces fusils, dit-elle.

Quoi que Billie lui ait donné à boire, les effets ne s'étaient pas encore dissipés.

Michael était allongé à l'arrière d'un pick-up, sous une bâche en plastique. Le fond du camion était plein de tuyaux brinquebalants. Billie lui avait dit de rester tranquille, de ne pas faire de bruit, mais ses propres tressautements intérieurs étaient plus qu'il n'en pouvait supporter. À quoi pensait-elle, en lui fournissant une décoction pareille, si elle voulait qu'il se tienne tranquille ? L'effet était comparable à celui de l'alcool, sauf que le résultat était à l'opposé : toutes les cellules de son corps chantaient une même note, comme si chacune de ses pensées était filtrée, ce qui donnait à son esprit une clarté éclatante, bourdonnante.

Plus de rêves, avait-elle dit. Plus de grosse dame avec sa fumée, son odeur et sa voix criarde, terrible. Mais comment Billie était-elle au courant pour ses rêves ?

Peu après avoir quitté l'infirmerie par la porte de derrière, ils s'arrêtèrent une fois, à une espèce de poste de contrôle. Michael entendit une voix qu'il ne reconnut pas demander à Billie où elle allait. Caché sous la bâche, il suivit l'échange avec angoisse.

— Il y a une canalisation crevée dans le champ est,

expliqua Billie. Olson m'a priée d'apporter ces tuyaux pour l'équipe, demain.

— C'est la nouvelle lune. Tu ne devrais pas être dehors.

La nouvelle lune, pensa Michael. Qu'est-ce que la nouvelle lune avait de si grave ?

— Écoute, je fais ce qu'il m'a dit. Adresse-toi à lui si tu n'es pas d'accord.

— Je ne vois pas comment tu pourrais être rentrée à temps.

— Ça, c'est mon problème. Bon, tu me laisses passer, oui ou non ?

Un silence tendu. Et puis :

— Sois rentrée avant la nuit, c'est tout.

Un moment plus tard, Michael sentit que le camion ralentissait à nouveau. Il écarta la bâche. Le soir tombait et le ciel prenait une teinte violacée. Derrière eux, dans le sillage du camion, montait un nuage de poussière. Les montagnes étaient une bosse lointaine sur l'horizon.

— Vous pouvez sortir.

Billie était debout auprès du pare-chocs. Michael descendit du camion, soulagé de pouvoir enfin bouger. Ils étaient arrêtés devant un vaste hangar de tôle ondulée, un cylindre coupé en deux d'au moins deux cents mètres de longueur. Il reconnut des réservoirs de carburant rouillés, derrière. Le sol était strié par des rails de chemin de fer, qui partaient dans toutes les directions.

Une petite porte s'ouvrit sur le côté du bâtiment ; un homme en sortit et vint vers eux. Il avait le visage noir de graisse et de cambouis. Il tenait un objet sur lequel il s'affairait avec un chiffon crasseux. Il s'arrêta devant eux et toisa Michael. Il avait un fusil à canon scié attaché à la jambe. Michael reconnut le chauffeur du van qui les avait amenés de Las Vegas.

— C'est lui ?

Billie hocha la tête.

L'homme s'approcha, si près que leurs visages ne furent plus séparés que de quelques centimètres, et regarda Michael dans les yeux. D'abord un œil, puis l'autre, en reculant la tête puis en l'avançant à nouveau. Il avait une haleine épouvantable, aigre, qui puait le lait tourné. Ses dents étaient bordées de noir. Michael dut faire un effort sur lui-même pour ne pas bouger.

— Combien tu lui en as donné ?

— Suffisamment, répondit Billie.

L'homme lui jeta encore un regard sceptique, puis il fit un pas en arrière et cracha un jet de salive brune sur le sol durci.

— Je m'appelle Gus.

— Michael.

— Je sais qui vous êtes.

Il tendit à Michael l'objet qu'il tripotait.

— Vous savez ce que c'est, ça ?

Michael le prit dans sa main.

— C'est un solénoïde de vingt-quatre volts. Je dirais qu'il vient d'une pompe à essence. Une grosse.

— Ah ouais ? Et qu'est-ce qu'il a qui ne va pas ?

Michael le lui rendit avec un haussement d'épaules.

— Rien du tout, pour autant que je puisse en juger.

Gus regarda Billie en fronçant les sourcils.

— Il a raison.

— Je te l'avais dit.

— Elle assure que vous vous y connaissez en systèmes électriques. Les faisceaux de câbles, les générateurs, les unités de commande.

Michael haussa les épaules à nouveau. Il rechignait encore à en dire trop, mais quelque chose, un instinct, lui soufflait qu'il pouvait faire confiance à ces deux-là. Ils ne l'avaient pas amené jusqu'ici pour rien.

— Montrez-moi ce que vous avez.

Ils traversèrent les voies ferrées et se dirigèrent vers le hangar. Michael entendait, à l'intérieur, le tintement des outils entrechoqués, le ronflement des groupes électrogènes portables. Ils entrèrent par la porte d'où l'homme était sorti. L'espace était immense, illuminé par des projecteurs fixés sur de grands mâts. Des hommes en combinaison maculée de cambouis allaient et venaient.

Ce que vit Michael le fit s'arrêter net.

Un train. Une locomotive diesel. Et pas une relique rouillée. Cette satanée bestiole paraissait en état de marche. Elle était couverte de plaques de blindage, des feuilles d'acier de deux centimètres d'épaisseur au moins. Devant, un énorme pare-buffle dépassait de l'engin ; d'autres plaques d'acier étaient rivetées sur le pare-brise, ne dégageant qu'une étroite fente de verre pour permettre au chauffeur de voir à travers. Trois compartiments étaient ménagés derrière.

— Les parties mécaniques et pneumatiques sont toutes en bon état et fonctionnent, dit Gus. On a chargé les batteries avec les générateurs portables. C'est le faisceau électrique qui pose problème. On n'arrive pas à alimenter la pompe.

Le sang rugissait dans les veines de Michael. Il s'obligea à inspirer profondément pour se calmer.

— Vous avez le schéma de câblage ?

Gus le conduisit vers un bureau improvisé où étaient étalés des plans, de grandes feuilles de papier friable couvertes d'encre bleue. Michael les regarda.

— Autant chercher une aiguille dans une meule de foin, dit-il au bout d'un moment. Je pourrais mettre des semaines à trouver le problème.

— Nous n'avons pas des semaines, rétorqua Billie.

Michael releva la tête et les observa.

— Depuis combien de temps travaillez-vous sur ce truc-là ?

— Quatre ans, fit Gus. Plus ou moins.

— Et moi, j'ai combien de temps ?

Billie et Gus échangèrent un regard soucieux.

— Mettons trois heures, répondit Billie.

53.

Theo.

Il était à nouveau dans la cuisine. Le tiroir était ouvert, le couteau brillait dedans. Couché dans le tiroir comme un bébé dans son berceau.

Allez, Theo. Je t'assure, tu n'as qu'à le prendre et lui régler son compte, c'est tout. Règle-lui son compte et c'est fini.

La voix. La voix qui connaissait son nom, qui semblait grouiller dans sa tête, se réveiller et dormir. Une partie de son esprit était dans la cuisine, pendant qu'une autre était dans la cellule où depuis des jours et des jours il luttait contre le sommeil, luttait contre le rêve.

— C'est tellement difficile, putain ? Je ne suis pas assez clair, là ?

Il ouvrit les yeux ; la cuisine disparut. Il était assis au bord de son lit. La cellule avec sa porte et le trou puant qui bouffait sa pisse et sa merde. C'est là qu'il était. Qui sait quelle heure il pouvait bien être, en quel jour, quel mois, quelle année il était. Il était là depuis toujours.

— Theo ? Tu m'écoutes ?

Il passa sa langue sur ses lèvres, sentit un goût de sang. S'était-il mordu la langue ?

— Que voulez-vous ?

Un soupir réprobateur depuis l'autre côté de la porte.

— Je dois dire, Theo, que tu m'impressionnes. Personne ne tient le coup comme ça. Je pense que tu détiens un genre de record.

Theo resta coi. À quoi bon ? La voix ne répondait jamais à ses questions. S'il y avait une voix. Il pensait parfois que tout ça, c'était dans sa tête.

— Un record, c'est sûr, poursuivit la voix. On dirait que, pour certains individus, planter la vieille salope est contre nature.

Un sombre ricanement, comme montant du fond d'un puits.

— Crois-moi, j'ai vu des gens faire une vraie boucherie.

C'était terrible, pensa Theo, ce que le manque de sommeil pouvait faire à l'esprit. Privez-vous de sommeil assez longtemps, obligez votre cerveau à rester au garde-à-vous et à fonctionner jour après jour alors que vous crevez de fatigue – en faisant des pompes et des abdominaux sur un sol de pierre glacée à en avoir les muscles en feu, en vous flanquant des claques, en vous enfonçant les ongles dans la chair jusqu'au sang pour ne pas vous assoupir –, et avant longtemps vous ne saurez plus distinguer le pourquoi du comment, si vous dormiez ou si vous étiez réveillé. Tout se mélangerait. Ça devenait comme une souffrance, en pire parce que ce n'était pas une souffrance physique, la souffrance était votre esprit, et votre esprit, c'était vous. Vous étiez la souffrance incarnée.

— Tu verras ce que je te dis, Theo. Tu ne veux pas entrer là-dedans. Ce n'est pas une histoire qui finit bien.

Il sentit sa conscience se replier sur elle-même, l'entraîner vers le sommeil. Il s'enfonça les ongles dans la paume de la main. *Theo, ne-dors-pas.* Parce qu'il y avait pire que de rester éveillé, il le savait.

— Tôt ou tard, tout le monde finit par y arriver. C'est tout ce que je dis, Theo.

— Pourquoi répétez-vous toujours mon nom ?

— Pardon, Theo ? Tu as dit quelque chose ?

Il déglutit, sentit de nouveau le mauvais goût, le goût de sang qu'il avait dans la bouche. Il se prit la tête entre les mains.

— Mon nom. Vous n'arrêtez pas de le dire.

— J'essaie juste d'attirer ton attention. Ne m'en veux pas de ma franchise, mais tu n'es plus toi-même, ces derniers jours.

Theo ne répondit pas.

— Bon, d'accord, continua la voix. Tu ne veux pas que je t'appelle par ton nom. Je ne vois pas pourquoi, mais je n'en mourrai pas. Parlons d'autre chose. Qu'est-ce que tu penses d'Alicia ? Parce que je crois que cette fille a quelque chose de spécial.

Alicia ? La voix parlait d'Alicia ? C'était tout simplement impossible. Sauf que rien n'était impossible, c'était ça, le truc. La voix ne disait que des choses impossibles.

— À entendre la description que tu en faisais, j'aurais cru que c'était Mausami, poursuivit allègrement la voix. Quand on a eu notre petite conversation, j'étais assez sûr que mes goûts me porteraient vcrs elle. Mais les rousses ont un je-ne-sais-quoi qui a vraiment le don de me fouetter les sangs.

— Je ne vois pas de quoi vous parlez. Je vous l'ai dit : je ne connais personne de ces noms-là.

— Theo, espèce de cavaleur ! Est-ce que tu essaies de me dire que tu l'as fourrée, elle aussi ? Et Mausami, dans l'état où elle est ?

La pièce sembla tanguer.

— Qu'est-ce que vous racontez ?

— Oh, pardon. Tu n'étais pas au courant ? Eh ben, je suis surpris qu'elle ne t'ait pas mis au courant. Ta Mausami, Theo ? Elle a un *bratchni* dans le *bidonski*.

Il essaya de se concentrer. De retenir les mots qu'il entendait, de les remettre en place, afin de leur donner un sens. Mais il avait le cerveau englué, et tellement pesant, on aurait dit une énorme pierre glissante sur laquelle les mots dérapaient continuellement.

— Je sais, je sais, insista la voix. Moi aussi, ça m'a fait un choc. Mais revenons à Liss. Si ça ne t'ennuie pas que je te pose la question, comment elle aime ça ? Je pense que c'est le genre à aimer le faire à quatre pattes et à hurler à la lune. Pas vrai, Theo ? Dis-moi si je me trompe.

— Je ne... sais pas. Arrêtez de m'appeler comme ça.

Un silence.

— D'accord. Si ça peut te faire plaisir. Essayons un nouveau nom, tu veux ? Que penses-tu de Babcock ?

Son esprit se contracta. Il crut qu'il allait vomir. Il aurait vomi s'il avait eu quelque chose dans l'estomac.

— Ah, ça y est. On y arrive. Babcock, ça fait tilt, hein, Theo ?

C'était ce qu'il y avait de l'autre côté, l'autre côté du rêve. L'un des Douze. Babcock.

— Qu'est-ce que... Qui est-ce ?

— Allez, tu es un petit malin. Tu ne le sais vraiment pas ?

Un silence lourd.

— Babcock... mais c'est toi.

Je suis Theo Jaxon, pensa-t-il, récita-t-il mentalement, comme une prière. *Je suis Theo Jaxon, je suis Theo Jaxon. Fils de Demetrius et Prudence Jaxon. Première Famille. Je suis Theo Jaxon.*

— Il est toi. Il est moi. Il est tout le monde, au moins

dans ces contrées. Je me plais à penser qu'il est un peu notre dieu local. Pas comme les anciens dieux. Un nouveau dieu. Un rêve de dieu qu'on rêve tous ensemble. Dis-le avec moi, Theo : je-suis-Babcock.

Je suis Theo Jaxon. Je suis Theo Jaxon. Je ne suis pas dans la cuisine. Je ne suis pas dans la cuisine avec le couteau.

— Taisez-vous, taisez-vous, implora-t-il. Ce que vous dites n'a pas de sens.

— Voilà que tu recommences. Tu voudrais que les choses aient un sens. Il faut lâcher prise, Theo. Ce vieux monde qui est le nôtre ne rime plus à rien depuis cent putains d'années. Babcock n'est pas une question de sens. Babcock *est*, c'est tout. Comme les Nous. Comme la Multitude.

Les mots trouvèrent les lèvres de Theo.

— La Multitude.

La voix était plus suave, à présent. Elle flottait vers lui depuis l'autre côté de la porte sur des vagues de douceur, l'incitant à dormir. À lâcher prise et à dormir.

— C'est ça, Theo. La Multitude. Les Nous. Les Nous de Babcock. Il faut que tu le fasses, Theo. Sois un bon garçon. Ferme les yeux et plante cette vieille salope.

Il était fatigué, tellement fatigué. Il avait l'impression de fondre comme une bougie. Son corps se liquéfiait autour de lui, autour du besoin unique, renversant, de fermer les yeux et de dormir. Il aurait bien pleuré s'il avait eu des larmes à verser. Il aurait imploré, mais il ne savait pas quoi. Il essaya de penser au visage de Mausami, mais ses yeux s'étaient refermés ; il avait laissé retomber ses paupières et il tombait, il tombait dans le rêve.

— Ce n'est pas aussi dur que tu le penses. Un peu de grabuge au début. La vieille saleté a du répondant, il faut lui laisser ça. Mais en fin de compte, tu verras.

La voix était quelque part au-dessus de lui, flottant vers le bas dans la lumière jaune, chaude, de la cuisine. Le tiroir. Le couteau. La chaleur, l'odeur, le poids sur sa poitrine, le silence qui lui nouait la gorge, le point vulnérable sur la gorge de la femme à l'endroit où sa voix rebondissait dans ses rouleaux de chair. *L'est pas débile, c'gamin, moi j'vous l'dis, l'est débile profond.* Theo tendait la main vers le couteau. Il tenait le couteau à la main.

Mais il y avait un nouveau personnage dans le rêve. Une petite fille. Elle était assise à la table et elle tenait un petit objet sur ses genoux. Un truc à l'air mou. Un animal en peluche.

C'est Peter, dit-elle sans le regarder, de sa petite voix d'enfant. *C'est mon lapin.*

Ce n'est pas Peter. Peter, je le connais.

Mais ce n'était pas une petite fille, c'était une jolie femme, grande et belle, avec des tresses noires qui s'enroulaient comme des mains en coupe autour de son visage ravissant, et Theo n'était plus dans la cuisine. Il était dans la bibliothèque, dans ce terrible endroit qui puait la mort, avec les rangées de lits de camp sous les fenêtres, et sur chaque lit, le corps d'un enfant, et les viruls qui arrivaient par l'escalier.

Ne fais pas ça, disait la fille qui était une femme maintenant. La table de cuisine à laquelle elle était assise avait réussi à voyager jusqu'à la bibliothèque, et Theo voyait qu'elle n'était pas belle du tout. À sa place était assise une vieille femme ratatinée, édentée, aux cheveux d'une blancheur fantomatique. *Ne la tue pas, Theo.*

Non.

Il se réveilla en sursaut. Le rêve éclata comme une bulle.

— Je ne le... ferai pas.

La voix se mua en un rugissement.

— Bon Dieu, tu crois que c'est un *jeu* ? Tu crois que tu peux choisir comment ça va se passer ?

Theo ne répondit pas. Pourquoi ne le tuaient-ils pas tout simplement ?

— Bon, à ta guise, mon pote. Comme tu voudras.

La voix laissa échapper un grand, un ultime soupir de déception.

— J'ai des nouvelles pour toi. Tu n'es pas le seul invité à la fête. Mais tu risques de ne pas beaucoup aimer la suite.

Theo entendit les bottes racler le sol, se détourner pour repartir.

— Je fondais de grands espoirs sur toi. Enfin, ça ne changera rien. On les aura, Theo. Maus, Alicia et les autres. D'une façon ou d'une autre, on les aura tous.

54.

C'était la nouvelle lune. Peter le réalisa alors qu'ils se frayaient un chemin au milieu des ténèbres. La nouvelle lune, et il n'y avait pas une âme dehors.

Passer devant les gardes fut facile. C'est Sara qui avait imaginé le plan. « On va voir de quoi Liss est capable », avait-elle dit. Elle sortit et traversa la place, droit vers Hap et Leon, debout auprès d'un gros cactus tonneau.

Les deux hommes la regardèrent approcher. Elle alla se planter entre eux et la porte du bungalow. Il s'ensuivit une brève négociation ; Hap, le plus petit des deux, se détourna et s'éloigna. Sara se caressa les cheveux. C'était le signal convenu. Hollis se glissa au-dehors et se coula dans l'ombre du bâtiment, suivi de Peter. Ils firent le tour vers le nord de la place et prirent position dans la ruelle. Un instant plus tard, Sara réapparut, suivie par le deuxième garde, dont les petits pas pressés en disaient long sur ce qu'elle lui avait promis. Comme il arrivait devant eux, Hollis jaillit de derrière un fût vide, brandissant un pied de chaise.

— Hé, fit Hollis.

Et il tapa si fort sur le dénommé Leon que celui-ci fondit littéralement sur place.

Ils traînèrent son corps inerte vers le fond de la ruelle. Hollis le palpa. Caché sous sa combinaison, il avait un revolver à canon court attaché à la jambe, dans un fourreau de cuir. Caleb apparut avec une longueur de corde à linge. Ils lui attachèrent les pieds et les mains et lui fourrèrent un chiffon entortillé dans la bouche.

— Il est chargé ? demanda Peter.

Hollis fit basculer le barillet.

— Trois cartouches.

Il le referma d'un mouvement de poignet et le tendit à Alicia.

— Dis donc, Peter, fit-elle, tu n'as pas l'impression que toutes ces maisons sont désertes ?

En effet. On ne voyait pas une seule lumière aux fenêtres.

— On ferait mieux de se dépêcher.

Ils s'approchèrent de la prison par le sud, en traversant un champ vide. Hollis pensait que l'entrée était située du côté opposé, face à la porte principale du Complexe. Il leur dit qu'il y avait dans un mur, à cet endroit, une arcade en pierre qui ressemblait à l'ouverture d'un tunnel. Ils tenteraient de passer par là s'ils ne pouvaient pas faire autrement, mais cette issue était visible des tours d'observation ; le plan était de chercher un moyen d'accès moins risqué. Les fourgons et les pick-up étaient parqués dans un garage, du côté sud du bâtiment. Il paraissait logique qu'Olson et ses hommes essaient de garder ensemble leurs plus précieux trésors. Et de toute façon, il fallait bien commencer par regarder quelque part.

Le garage était fermé, les portes basculantes abaissées et verrouillées par un gros cadenas. Peter jeta un coup d'œil par une fenêtre mais ne vit rien. Derrière le garage, une longue rampe de béton menait vers une plateforme avec un auvent, et deux grandes baies ménagées dans le mur de la prison. Une tache sombre courait au milieu de la rampe. Peter s'agenouilla, la toucha et porta ses doigts humides à son nez. De l'huile de moteur.

Les portes n'avaient pas de poignée, pas de mécanisme visible permettant de les ouvrir. Ils se placèrent côte à côte, plaquèrent leurs mains sur la surface lisse et tentèrent de la relever. Ils ne sentirent pas de vraie résistance, juste le poids du panneau proprement dit, trop lourd à soulever sans avoir de prise dessus. Caleb redescendit la rampe en direction du garage. Un bruit de verre brisé, et il revint un moment plus tard avec un démonte-pneu.

Ils se remirent en position et réussirent à soulever la porte suffisamment pour que Caleb puisse glisser le bout du démonte- pneu. Un rai de lumière apparut sur le béton. Ils relevèrent le panneau, se faufilèrent dessous, l'un après l'autre, et le laissèrent retomber derrière eux.

Ils se retrouvèrent dans une espèce de zone de chargement. Il y avait des rouleaux de chaîne par terre, de vieilles pièces de moteur. Quelque part, de l'eau gouttait. Ça sentait l'essence et la pierre. La source de lumière était devant eux, une lumière vacillante. Comme ils s'avançaient, une forme familière se dessina dans la pénombre.

Un Humvee.

Caleb ouvrit le hayon.

— Il n'y a plus rien. Que la mitrailleuse. Et trois boîtes de cartouches.

— Alors, où sont les autres flingues ? demanda Alicia. Et qui l'a amené ici ?

— C'est nous.

Ils se retournèrent d'un bloc. Une silhouette sortit de l'ombre : Olson Hand. D'autres se matérialisèrent à leur tour et les entourèrent. Six hommes en combinaison orange, tous armés de fusils.

Alicia tira le revolver de sa ceinture et le pointa vers Olson.

— Dites-leur de reculer.

— Faites ce qu'elle dit, ordonna Olson en levant la main. Exécution. Baissez vos armes, tout de suite.

L'un après l'autre, les hommes s'exécutèrent. Alicia les imita enfin. Toutefois, Peter remarqua qu'elle ne glissait pas le pistolet dans sa ceinture mais le gardait à la main.

— Où sont-elles ? demanda Peter à Olson. C'est vous qui les avez emmenées ?

— Je pensais que Michael était le seul...

— Amy et Mausami ont disparu aussi.

Il hésita, l'air perplexe.

— Désolé. Ce n'est pas ce que j'aurais voulu. Je ne sais pas où elles sont. Mais votre ami Michael est avec nous.

— Qui ça, *nous* ? intervint Alicia. Que se passe-t-il, bordel ? Pourquoi on fait tous le même rêve ?

— La grosse femme, acquiesça Olson en hochant la tête.

— Espèce de fils de pute ! Qu'est-ce que vous avez fait de Michael ?

Alicia releva le pistolet, à deux mains, pour stabiliser le canon, et le braqua sur la tête d'Olson. Autour d'eux, six fusils réagirent de même. Peter sentit son estomac se nouer.

— Ça va, fit tranquillement Olson, les yeux fixés sur l'arme.

— Dis-lui, Peter, fit Alicia. Dis-lui que je vais lui mettre une balle s'il ne parle pas tout de suite.

Olson agita doucement les mains.

— Restez calmes, tout le monde. Ils ne savent pas. Ils ne comprennent pas.

Du pouce, Alicia arma le chien du revolver.

— *Qu'est-ce qu'on ne sait pas ?*

À la maigre lueur de la lampe, Olson paraissait diminué, se dit Peter. Ce n'était plus du tout le même personnage. Le masque était tombé et Peter avait l'impression de voir enfin le vrai Olson : un vieil homme fatigué, rongé par le doute et les soucis.

— Babcock, dit-il. Vous n'êtes pas au courant pour Babcock.

Michael était allongé, la tête sous le poste de conduite. Une masse de fils électriques et de connecteurs en plastique pendouillait devant sa figure.

— Essayez, pour voir.

Gus referma le coupe-circuit qui reliait le poste aux batteries. D'en dessous monta le bourdonnement du générateur principal qui se mettait en marche.

— Alors ?

— Un instant, répondit Gus.

Et puis :

— Non. Le disjoncteur a de nouveau sauté.

Il y avait un court-circuit dans le faisceau, quelque part. Peut-être que c'était le truc que Billie lui avait fait boire, ou tout le temps qu'il avait passé à côté d'Elton, mais Michael le *sentait* – une légère décharge aérienne de métal chaud et de plastique fondu, quelque part dans

969

l'enchevêtrement de fils au-dessus de sa tête. D'une main, il parcourut toute la longueur du poste de conduite avec le testeur de circuit, tout en tirant doucement, de l'autre, sur chaque connexion. Tout avait l'air de tenir.

Il s'extirpa de là en se tortillant et se rassit. Il était ruisselant de sueur. Billie, debout au-dessus de lui, l'observait anxieusement.

— Michael...

— Je sais, je sais.

Il but longuement à une gourde et s'essuya la figure avec sa manche, s'accordant le temps de réfléchir. Des heures passées à tester les circuits, à tirailler sur des fils, à suivre toutes les connexions jusqu'au poste de conduite. Et tout ça pour ne rien trouver.

Il se demanda ce qu'Elton aurait fait à sa place.

La réponse était évidente. Dinguc, peut-être, mais évidente quand même. N'importe comment, il avait déjà essayé tout le reste. Il se releva et redescendit l'étroite passerelle qui reliait la cabine et le compartiment moteur. Gus était planté près du système de commande du démarreur, une lampe-stylo dans la bouche.

— Réarmez le relais, lui dit-il.

Gus reprit sa lampe dans sa main.

— Mais on a déjà essayé. On tire sur la batterie, c'est tout. Si on fait ça trop souvent, on va être obligés de la recharger, et on en aura au moins pour six heures.

— Faites ce que je vous dis, c'est tout.

Gus haussa les épaules et tâtonna à l'aveuglette au milieu d'un magma de tubulures à la recherche de l'interrupteur.

— Ça y est, dit-il au bout d'un instant. Quoi que ça puisse donner, il est réarmé.

Michael recula vers le panneau du disjoncteur.

— Je voudrais que tout le monde arrête de faire du bruit, dit-il.

Si Elton y arrivait, Michael se dit qu'il en était tout aussi capable. De toute façon, il était à court d'idées. Ils manquaient trop de temps. Il prit une profonde inspiration et expira tout doucement, les yeux fermés, s'efforçant de faire le vide dans son esprit.

Puis il referma le circuit.

Dans l'instant qui suivit – une fraction de seconde –, il entendit les batteries cracher le courant qui se ruait dans la console, faisant un bruit qui évoquait pour lui de l'eau coulant dans un tuyau. Mais il y avait un os : le tube était trop étroit. L'eau exerçait une pression trop forte sur les parois et le courant se mettait à circuler dans la mauvaise direction, créant une turbulence violente. Une moitié partait dans un sens, l'autre dans le sens opposé, les deux s'annulaient, et clac, tout s'arrêtait, le circuit était coupé.

Il rouvrit les yeux et vit que Gus le regardait, bouche bée, montrant ses dents noircies.

— C'est le fusible, dit Michael.

Il prit un tournevis à sa ceinture d'outils et fit sauter le fusible du panneau.

— Quinze ampères, dit-il. Ce truc ne suffirait pas à alimenter un chauffe-plat. Bon sang, pourquoi avoir mis un quinze ampères ?

Il regarda le panneau, les centaines de circuits.

— C'est quoi, ça, là, à côté ? Le vingt-six ?

Gus examina le schéma électrique étalé sur la petite table dans la cabine de la loco. Il jeta un coup d'œil au panneau, puis retourna au plan.

— Lumières intérieures.

— Jets, vous n'avez pas besoin de trente ampères pour ça.

Michael extirpa, en le tortillant, le deuxième fusible, le mit à la place du premier et referma le circuit, attendant que le disjoncteur saute. Constatant que rien ne se passait, il dit :

— C'est réglé.

Gus fronçait les sourcils d'un air dubitatif.

— C'est réglé ?

— Ils ont dû être intervertis, d'une façon ou d'une autre. Ça n'a rien à voir avec le faisceau de câbles ou le harnais de commande. Réarmez le relais, je vais vous faire voir.

Michael s'avança vers la cabine où Billie attendait dans l'un des deux fauteuils pivotants, devant le pare-brise. Tous les autres étaient repartis, juste après le coucher du soleil, dans le pick-up de Billie pour les attendre au point de rendez-vous.

Michael s'assit dans l'autre fauteuil. Il tourna la clé de contact, à côté du régulateur. Le bourdonnement électrique des batteries s'amplifia. Les cadrans sur le panneau de commande s'illuminèrent d'un bleu froid. Par la fente étroite entre les plaques de blindage qui protégeaient le pare-brise, Michael voyait un rideau d'étoiles derrière les portes ouvertes du hangar. *Eh bien*, se dit-il, *c'est maintenant ou jamais.* Soit le démarreur était alimenté, soit il n'y avait pas de jus. Il avait réglé un problème, mais comment savoir combien d'autres il pouvait y avoir. Il lui avait fallu douze jours pour réparer un Humvee. Et le peu qu'il avait fait là lui avait pris près de trois heures.

Il se tourna vers l'arrière de la loco, où Gus amorçait la pompe à carburant, chassant l'air des tubulures.

— Allez-y !

Gus actionna le démarreur. Un grand rugissement monta des profondeurs, charriant l'odeur réjouissante de la combustion du diesel. Le moteur eut un frémissement et fit une embardée alors que les roues commençaient à tourner, retenues par les freins.

— Bon, fit Michael en se tournant vers Billie. Comment on conduit ce truc-là ?

55.

En fin de compte, ils en étaient réduits à croire Olson sur parole. Ils n'avaient tout simplement pas le choix.

Il fut décidé qu'ils se répartiraient les armes et se diviseraient en deux groupes. Olson et ses hommes feraient irruption dans le bâtiment depuis le rez-de-chaussée, pendant que Peter et les autres entreraient par en haut. L'espace qu'ils appelaient l'Enceinte avait jadis été la cour centrale de la prison, couverte par un toit en coupole. Une partie de celle-ci s'était effondrée, de sorte que la cour se retrouvait à ciel ouvert, mais les poutres de soutènement étaient intactes. À cette structure était suspendu, quinze mètres au-dessus de l'Enceinte, le réseau de passerelles que les gardes utilisaient jadis pour surveiller la cour en contrebas. Elles étaient disposées comme les rayons d'une roue, et des canalisations couraient au-dessus, assez larges pour permettre à quelqu'un de s'y introduire et d'y ramper.

Une fois la passerelle sécurisée, Peter et les autres descendraient par des escaliers situés au nord et au sud de la cour, qui menaient à trois niveaux de balcons disposés tout autour de l'Enceinte. C'est là que se trouverait le gros de la foule, leur expliqua Olson, une douzaine d'hommes étant positionnés au niveau du sol pour s'occuper du cercle de feu.

Le virul, Babcock, devait entrer par la trouée dans le toit, du côté est de l'Enceinte. Le bétail – quatre têtes – serait amené par l'extrémité opposée, par un trou dans

973

la ligne de feu, suivi de deux personnes désignées pour le sacrifice.

— Quatre plus deux, dit Olson, à chaque nouvelle lune. Tant que nous lui donnons les quatre plus deux, il tient la Multitude à l'écart.

La Multitude : c'est comme ça qu'Olson appelait les autres virils.

— Ceux de Babcock, leur précisa-t-il. Ceux de son sang.

— Il les contrôle ? demanda Peter, qui n'en croyait pas un mot, en réalité, car c'était trop fantastique – sauf qu'au moment même où il formula la question, il sentit son scepticisme l'abandonner.

Si Olson disait vrai, bien des choses s'expliquaient tout à coup. Le Refuge, d'abord, son existence impossible, l'étrange comportement de ses habitants, qui paraissaient partager un terrible secret. Même les virils, et le sentiment que Peter avait toujours eu qu'ils étaient plus que la somme de leurs parties.

— Il ne se contente pas de les contrôler, répondit Olson. *Il est eux, Peter.*

Et tout en parlant, il parut ployer sous un fardeau, comme s'il attendait depuis des années de raconter cette histoire.

— Je suis désolé de vous avoir menti, mais je ne pouvais pas faire autrement. Les premiers colons qui sont venus ici n'étaient pas des réfugiés, c'étaient des enfants. Ils sont arrivés ici par le train, d'où au juste, nous ne le savons pas. Ils devaient aller se cacher à Yucca Mountain, dans les tunnels creusés à l'intérieur de la montagne. Mais Babcock y était déjà. C'est là que le rêve a commencé. Il y en a qui disent que c'est un souvenir d'avant qu'il devienne un viril, quand il était encore un homme. Mais à partir du moment où on a tué la femme du rêve, on lui appartient. On est à lui.

— L'hôtel, avec les rues bloquées, risqua Hollis. C'est un piège, hein ?

Olson hocha la tête.

— Pendant des années, nous avons envoyé des patrouilles afin de ramener tous ceux que nous trouvions. Quelques égarés sont arrivés là par hasard. Les autres y ont été apportés par les viruls pour que nous les récupérions. Comme vous, Sara.

Sara secoua la tête.

— Je n'ai aucun souvenir de ce qui s'est passé.

— Personne ne s'en souvient jamais. Le traumatisme est tout simplement trop important. Il faut que vous compreniez, poursuivit-il en regardant à nouveau Peter. Nous avons toujours vécu ainsi. C'était notre façon de survivre. La plupart d'entre nous considèrent l'Enceinte comme un faible prix à payer.

— Eh bien, si vous voulez mon avis, c'est un marché de dupes, intervint Alicia, le visage crispé de colère. J'en ai assez entendu. Ces gens sont des *collaborateurs* ; ils ne valent pas mieux que des toutous apprivoisés.

Quelque chose s'assombrit dans l'expression d'Olson, mais c'est avec un calme presque inquiétant qu'il poursuivit :

— Traitez-nous de ce que vous voudrez. Vous ne pourrez rien dire que je ne me sois dit mille fois. Mira n'était pas mon seul enfant. J'ai eu un fils, aussi. Il aurait à peu près votre âge, s'il avait vécu. Quand il a été choisi, sa mère s'y est opposée. Pour finir, Jude l'a envoyée dans l'Enceinte avec lui.

Son propre fils, pensa Peter. Olson avait envoyé son propre fils à la mort.

— Et pourquoi Jude ?

Olson haussa les épaules.

— Il est qui il est. Il y a toujours eu Jude. Je suis désolé, fit-il en secouant à nouveau la tête. Je vous expliquerais mieux si je pouvais. Mais rien de tout ça n'a plus d'importance, maintenant. Le passé est le passé, ou du moins c'est ce que je me dis. Il y a un groupe, parmi nous, qui se prépare depuis des années en vue de ce jour. À s'en aller, à vivre une vie d'hommes. Mais à moins que nous réussissions à tuer Babcock, il appellera la Multitude. Avec ces armes, nous avons une chance.

— Alors, qui va se retrouver dans l'Enceinte ?

— Nous n'en savons rien. Jude ne veut pas le dire.

— Et Maus et Amy ?

— Je vous l'ai dit, nous ne savons pas où elles sont.

— C'est elles qui vont s'y retrouver, fit Peter en se tournant vers Alicia.

— Nous n'en savons rien, objecta Olson. Et Mausami attend un bébé. Jude ne l'aurait pas choisie.

Peter n'en était pas convaincu. Au contraire, même : tout ce qu'Olson lui avait raconté l'amenait à penser que Maus et Amy étaient celles qui avaient été désignées pour l'Enceinte.

— Il y a un autre moyen d'accès ?

Olson s'agenouilla sur le sol du garage pour esquisser dans la poussière un schéma décrivant la disposition des lieux, les canalisations au-dessus des passerelles.

— Au début, il fera un noir d'encre, le prévint-il alors que ses hommes tiraient de leur cachette les fusils et les pistolets récupérés dans le Humvee. Vous n'aurez qu'à vous guider sur les bruits de la foule.

— Combien d'hommes avez-vous encore à l'intérieur ? demanda Hollis.

Il fourrait des chargeurs dans ses poches. Agenouillés auprès d'une caisse ouverte, Caleb et Sara préparaient des fusils.

— Nous sept, plus quatre autres dans les balcons.

— C'est tout ? s'enquit Peter.

Leurs chances, qui n'étaient déjà pas fameuses, semblaient soudain encore plus faibles qu'il ne pensait.

— Et Jude, il en a combien ?

— Je croyais que vous aviez compris, rétorqua Olson avec un froncement de sourcils. Il a tous les autres.

Comme Peter gardait le silence, il poursuivit :

— Babcock est le plus fort de tous les viruls que vous avez pu voir, et la foule ne sera pas de notre côté. Il ne sera pas facile à tuer.

— Quelqu'un a déjà essayé ?

— Une fois. Un petit groupe, comme le nôtre, ajouta-t-il non sans hésitation. Ça fait bien des années.

Peter s'apprêtait à demander ce qui s'était passé, mais le silence d'Olson était éloquent.

— Vous auriez dû nous le dire.

Une expression d'abjecte résignation déforma les traits d'Olson. Peter se rendit compte que ce qu'il lisait sur son visage était un fardeau bien plus lourd que le chagrin ou la souffrance. C'était de la culpabilité.

— Peter, qu'auriez-vous pensé ?

Il ne répondit pas. Il n'en savait rien. Il ne l'aurait probablement pas cru. Il n'était même pas sûr de le croire maintenant. Mais Amy était dans le cercle ; de ça, il était convaincu, il le sentait dans ses os. Il éjecta le chargeur de son pistolet, souffla dedans pour le dépoussiérer, le remit dans la poignée et tira la glissière vers l'arrière. Il regarda Alicia, qui hocha la tête. Tout le monde était paré.

— Nous sommes là pour récupérer nos amis, dit-il à Olson. Le reste, c'est votre affaire.

Mais Olson secoua la tête.

— Ne vous y trompez pas. À partir du moment où vous serez dans l'Enceinte, notre combat sera le vôtre. Babcock doit mourir. Si nous ne le tuons pas, il appellera la Multitude. Le train n'y changera rien.

La nouvelle lune : Babcock sentait la faim s'épanouir en lui. Il étendit son esprit hors de cet Endroit, l'Endroit du Retour, et dit :

Il est temps. Il est temps, Jude.

Babcock avait pris son essor. Babcock volait. S'élançait au-dessus du désert, par sauts et par bonds, parcouru d'une grande et exaltante avidité.

Amène-les-moi. Amène-m'en un, et puis un autre. Amène-les-moi, afin de vivre de cette façon et d'aucune autre.

Il y avait du sang dans l'air. Il le flairait, il le goûtait, il sentait son essence courir en lui. D'abord viendrait le sang des bêtes, un vivant régal. Et puis son Meilleur et son Spécial, son Jude, qui rêvait le rêve mieux que tous les autres depuis le temps du Devenir, dont l'esprit vivait avec lui dans le rêve comme un frère, amènerait ceux du sang que Babcock boirait et qui l'assouvirait.

D'un bond, il se jucha sur le mur.

Je suis là.

Je suis Babcock.

Nous sommes Babcock.

Il plongea. Il entendit les soupirs étouffés de la foule. Autour de lui, les flammes s'élevèrent. Derrière le rideau de feu, il y avait les hommes, venus voir et savoir. Par la trouée, il vit les bêtes approcher, obéissant au fouet, leurs yeux sans crainte, ignorants. La faim le souleva sur sa vague, et il s'abattit sur elles, déchiquetant et déchirant, l'une d'abord, et puis l'autre, chacune à son tour, en un glorieux assouvissement.

Nous sommes Babcock.

Il entendait les voix, à présent. Le chant des masses humaines dans leurs cages, derrière l'anneau de flammes. Et la voix du Sien, son Jude, debout sur la passerelle, au-dessus, qui les guidait comme on guide un chant.

— Amène-les-moi ! Amène-m'en un, et puis un autre ! Amène-les-moi afin que nous vivions...

Un mur sonore, montant en un farouche unisson :

— ... de cette façon et d'aucune autre !

Deux silhouettes apparurent par l'ouverture. Elles s'avancèrent en titubant, poussées par des hommes qui s'écartèrent aussitôt. Les flammes reprirent de la hauteur derrière elles, une porte de feu qui les enfermait à l'intérieur, pour qu'il les prenne.

La foule rugit.

— L'Enceinte ! L'Enceinte ! L'Enceinte !

Un tonnerre de pieds frappant le sol. L'air vibra, martelé.

— L'Enceinte ! L'Enceinte ! L'Enceinte !

C'est alors qu'il la sentit. Dans un terrible et clair jaillissement, Babcock la sentit. L'ombre derrière l'ombre, la déchirure dans le tissu de la nuit. Celle qui portait la graine de l'éternité mais n'était pas de son sang, n'était ni des Douze ni du Zéro.

Celle qui s'appelait Amy.

Peter entendit tout cela depuis la conduite de ventilation. Les cris de la foule, les hurlements de panique du bétail, puis le silence – celui des respirations retenues, avant le terrible spectacle sur le point de se dérouler –, et enfin le tonnerre d'acclamations. La chaleur montait par vagues vers son ventre, et avec elle, les vapeurs étouffantes de la fumée de gazole. La conduite était juste assez large pour permettre de ramper, un par un, sur les coudes. Quelque part en dessous de lui, les hommes d'Olson se massaient dans le tunnel qui reliait l'Enceinte à la porte principale de la prison. Il n'y avait pas moyen de coordonner leur arrivée, ni de communiquer avec les autres, positionnés dans la foule. Ils en étaient réduits à deviner.

Peter vit une ouverture, devant lui : une grille métallique dans la partie basse de la conduite. Il y colla son visage et regarda à travers. Il vit les poutrelles de la passerelle, et encore en dessous, vingt mètres plus bas, l'Enceinte proprement dite, entourée par une tranchée pleine d'essence enflammée.

Le sable de l'arène était trempé de sang.

Sur les balcons, la foule s'était remise à scander :

— L'Enceinte ! L'Enceinte ! L'Enceinte ! L'Enceinte !

Peter devina qu'il devait être au-dessus de l'extrémité est de la salle. Ils allaient être obligés, ses compagnons et lui-même, de traverser la passerelle au vu et au su de la foule, pour atteindre l'escalier qui descendait vers le niveau inférieur. Il jeta un coup d'œil à Hollis, qui hocha la tête, et souleva la grille, qu'il reposa sur le côté. Puis il libéra le cran de sûreté de son pistolet et vint placer ses pieds de part et d'autre de l'ouverture.

Amy, pensa Peter, *ce qui se prépare en bas n'est pas bon. Fais ce que tu fais ou on est tous morts.*

Il se coula par le trou et se laissa tomber.

Sa chute dura si longtemps qu'il s'étonna : *Pourquoi est-ce que je suis encore en train de tomber ?* La passerelle était plus loin qu'il ne pensait – pas à deux mètres, mais plutôt quatre ou cinq – et il heurta le métal avec un vacarme qui l'ébranla jusqu'à la moelle des os. Il roula sur lui-même. Il avait perdu son pistolet, qui lui avait échappé. Et tout en roulant sur lui-même, il repéra, du coin de l'œil, une silhouette, en bas : les poignets liés, le dos rond dans une attitude de soumission, portant une chemise sans manches qu'il reconnut. Son esprit s'empara de cette image, qui était aussi un souvenir – l'odeur de fumée du bûcher, le jour où ils avaient brûlé le corps de Zander Phillips, debout en plein soleil, devant la Centrale, et le nom brodé sur la poche, « Armando ».

Theo.

L'homme qui était dans le cercle était Theo.

Il n'était pas seul. Il y avait quelqu'un d'autre avec lui, un homme à genoux, torse nu, penché en avant vers le sol plein de sang de telle sorte qu'on ne pouvait voir son visage. Puis le champ de vision de Peter s'élargit, et il se rendit compte que ce qu'il voyait sur le sol de l'arène était le bétail, ou ce qui avait été des bestiaux – réduits en lambeaux, répandus un peu partout, comme s'ils s'étaient trouvés au cœur d'une explosion –, et accroupi au centre de cette masse de sang, de chair et d'os, la face plongée dans ces restes, le corps agité par un mouvement spasmodique alors qu'il se rassasiait, un virul comme Peter n'en avait jamais vu. Gigantesque. Personne n'en avait jamais vu d'aussi grand, sa masse incurvée était tellement immense qu'on aurait dit un être totalement nouveau.

— Peter ! Vous arrivez juste à temps pour le spectacle !

Il avait atterri sur le dos, aussi impuissant qu'une tortue. Debout au-dessus de lui, arborant une expression que Peter n'aurait su nommer, un sombre plaisir au-delà des mots, Jude lui braquait un fusil sur la tête. Peter sentit la vibration de pas venant vers eux – d'autres hommes en combinaison orange qui fonçaient sur les passerelles, de toutes les directions à la fois.

Jude était juste en dessous du trou dans la canalisation.

— Allez ! fit Peter.

Jude eut un sourire.

— Quelle noblesse !

— Pas vous, rectifia Peter, et il jeta un coup d'œil au-dessus de lui. Hollis.

Jude leva la tête juste à temps pour que la balle du fusil de Hollis l'atteigne au-dessus de l'oreille droite. Un bourgeonnement de brume rosâtre : Peter sentit l'air s'humidifier. L'espace d'un instant, il ne se passa rien. Et puis Jude lâcha son fusil, qui tomba dans un claquement sur la passerelle. Un pistolet à large crosse était glissé dans sa ceinture. Peter vit Jude y porter la main, à tâtons. Puis quelque chose céda en lui, le sang commença à jaillir de sa bouche et de ses yeux telles de pitoyables larmes de sang, il tomba à genoux et bascula en avant, le visage figé dans une expression d'étonnement éternel, comme s'il se disait : *Je ne peux pas le croire, je suis mort.*

C'est Mausami qui tuerait l'opérateur en charge des pompes à gazole.

Amy et elle avaient débouché du tunnel principal juste avant l'arrivée de la foule, et s'étaient cachées sous l'escalier qui montait de l'arène vers les balcons. Elles étaient restées de longues minutes, blotties l'une contre l'autre, et avaient attendu pour émerger d'entendre que l'on amenait le bétail et les sauvages acclamations qui retentissaient au-dessus d'elles. La chaleur était étouffante, l'air envahi par la fumée et les vapeurs d'essence.

Quelque chose de terrible se déroulait derrière les flammes.

En voyant le virul déchiqueter le bétail, la foule entra en éruption. Tout le monde brandissait le poing, chantait et frappait du pied, comme un être unique plongé dans une immense et terrible transe sanglante. Des mères tenaient leurs enfants à bout de bras pour leur permettre de contempler le spectacle. Les bêtes hurlaient, se cabraient et détalaient dans l'Enceinte, fonçaient vers le rideau de flammes et reculaient, affolées. Une danse de folie entre deux pôles de mort. Mausami vit le virul bondir sur l'un des bœufs, l'attraper par les pattes arrière et le soulever. Avec un craquement sourd, affreux à entendre, il le tordit, lui arracha l'arrière-train, le balança en l'air et le projeta vers les cages dans un éventail d'éclaboussures pourpres.

Le virul laissa l'animal estropié se tordre dans la poussière, se démener désespérément pour traîner l'avant de son corps dévasté à la seule force de ses pattes avant, et en attrapa un autre par les cornes. Il lui brisa le cou du même mouvement de torsion, enfonça sa face dans la chair inerte de la gorge, et tout son torse parut se gonfler alors qu'il buvait, le corps de la bête se contractant à chacune des inhalations musculeuses qui la vidait de son sang, se ratatinant sous les yeux de Mausami.

Elle ne vit pas le reste. Elle avait détourné le visage.

— Amène-les-moi ! braillait une voix. Amène-m'en un, et puis un autre ! Amène-les-moi afin que nous vivions...

— ... de cette façon et d'aucune autre !

C'est alors qu'elle vit Theo.

À cet instant, elle éprouva une collision de joie et de terreur si violente qu'elle eut l'impression d'échapper à son propre corps. Sa respiration se bloqua, elle se sentit prise d'un étourdissement nauséeux. Deux hommes en combinaison orange le poussaient devant eux à travers une ouverture dans les flammes. Il avait un regard vide, presque bovin ; il n'avait pas l'air de comprendre ce qui lui arrivait. Il leva les yeux vers la foule, cligna des paupières comme s'il n'arrivait pas à faire le point.

Mausami essaya de l'appeler, mais sa voix fut couverte par l'écume des vociférations. Elle chercha Amy du regard, espérant qu'elle saurait quoi faire, mais elle avait disparu. Au-dessus d'elle, et tout autour, les voix reprenaient leur incantation :

— L'Enceinte ! L'Enceinte ! L'Enceinte !

Et puis deux gardes amenèrent le deuxième homme en le maintenant par les coudes. Il avançait, le dos rond, ses pieds touchant à peine le sol, son poids supporté par les hommes. Ils le traînèrent en avant et le lâchèrent à terre avant de repartir précipitamment. Les flammes se refermèrent derrière eux comme une porte. Les clameurs de la foule devinrent assourdissantes, une véritable tempête sonore. Theo s'approcha en titubant, parcourut la foule du regard, comme s'il espérait que quelqu'un allait lui venir en aide. Le deuxième homme s'était remis à genoux.

Le deuxième homme était Finn Darrell.

Tout à coup, une femme se dressa devant Mausami : un visage familier, la pommette couturée d'une longue cicatrice rose. Son ventre rond tendait le tissu de sa combinaison ; elle était enceinte.

— Je vous connais, dit-elle.

Mausami recula, mais la femme l'attrapa par le bras, les yeux rivés à son visage avec l'intensité du désespoir.

— Je vous connais ! Je vous connais !

— Lâchez-moi !

Elle réussit à se dégager. Derrière elle, la femme hurlait comme une folle, en la désignant du doigt :

— Je la connais ! Je la connais !

Mausami s'enfuit en courant. Toute pensée l'avait abandonnée, à l'exception d'une seule : elle devait rejoindre Theo. Mais il n'y avait pas moyen de franchir le rideau de flammes. Et le virul avait presque fini les bestiaux, maintenant, le dernier bœuf se tortillait entre ses mâchoires. D'ici quelques secondes, il allait se relever, son regard tomberait sur les deux hommes – sur Theo –, et tout serait fini.

C'est alors que Mausami vit la pompe. Une énorme masse graisseuse reliée par de longs tuyaux à deux grosses cuves à essence suintantes de rouille. L'opérateur tenait un fusil dans ses bras. Un couteau se balançait dans un étui de cuir à sa ceinture. Il regardait ailleurs, les yeux rivés, comme tous les autres, sur le spectacle qui se déroulait derrière le mur de flammes ondoyantes.

Elle eut une étincelle de doute – elle n'avait jamais tué personne de sa vie –, mais il en aurait fallu davantage pour l'arrêter. D'un seul mouvement, elle s'approcha du garde, par-derrière, lui arracha son couteau et le lui enfonça de toutes ses forces dans les reins. L'homme se raidit, les muscles de sa carcasse se contractèrent, comme un arc ; des profondeurs de sa gorge monta un hoquet de surprise. Elle enfonça la lame encore plus profondément, en remontant la pointe vers le haut.

Elle le sentit mourir.

Traversant le vacarme, une voix tomba d'en haut : celle de Peter ?

— Theo, cours !

La pompe était un chaos palpitant de leviers et de roues. Où étaient Michael et Caleb quand on avait besoin d'eux ? Mausami choisit le plus gros – au hasard : un levier aussi long que son avant-bras –, enroula son poing autour et tira.

— Arrêtez-la ! hurla quelqu'un. Arrêtez cette femme !

Mausami sentit la balle lui entrer dans le haut de la cuisse – une douleur étrangement anodine, comme une piqûre d'abeille –, et se rendit compte qu'elle avait réussi. Les flammes mouraient, étouffées, autour de l'arène. La foule eut un mouvement de recul, tout le monde se mit à crier, faisant émerger une nouvelle sorte de chaos. Abandonnant ce qui restait du bovidé, le virul se redressa, tout de lumière vibrante, d'yeux, de mâchoires et de dents, la face lisse, son long cou et son poitrail massif ruisselants de sang. Son corps était gonflé comme une tique. Il faisait au moins trois mètres de haut, sans doute davantage. D'un rapide mouvement de tête, il localisa Finn, renvoya la tête sur le côté, son corps se tendit tandis qu'il prenait son élan, s'apprêtant à bondir, puis, tel un ressort bandé, il sembla traverser le vide qui le séparait de sa proie à la vitesse de la pensée, invisible comme une balle de fusil, et fondit sur le pauvre Finn qui gisait par terre, impuissant. Ce qui arriva ensuite, Mausami ne le vit pas nettement, et elle s'en réjouit. Ce fut aussi rapide et terrible qu'avec les bœufs, mais infiniment pire, parce que c'était un homme. Un geyser de sang, comme si quelque chose avait explosé, et une partie de Finn vola d'un côté, l'autre moitié dans la direction opposée.

Theo, pensa-t-elle alors que la douleur s'intensifiait brusquement – une vague de chaleur et de lumière qui la plia en deux.

Sa jambe se déroba sous son poids, et elle bascula vers l'avant. *Theo, je suis là. Je suis venue te sauver. On a un bébé, Theo. Notre bébé est un garçon.*

En tombant, elle vit une silhouette traverser l'Enceinte en courant. Amy. Ses cheveux étaient suivis d'un panache de fumée ; des langues de feu léchaient ses vêtements. Le virul venait de tourner son attention vers Theo. Amy fonça entre eux et s'arrêta devant le virul, protégeant Theo comme un bouclier. Face à l'immense forme boursouflée de la créature, elle semblait toute petite. Une enfant.

À cet instant, alors que le temps donnait l'impression d'être suspendu, le monde entier figé pendant que le virul regardait la petite silhouette dressée devant lui, Mausami pensa : *Cette fille souhaite dire quelque chose. Cette fille va ouvrir la bouche et parler.*

Vingt mètres plus haut, Hollis s'était laissé tomber par la trappe de ventilation avec son fusil, suivi par Alicia, armée du bazooka. Elle en braqua l'embouchure vers Amy et Babcock.

— Je n'ai pas d'angle de tir !

Caleb et Sara se laissèrent à leur tour tomber sur la passerelle. Peter ramassa le fusil de Jude et fit feu sur deux hommes qui fonçaient vers eux. L'un d'eux poussa un cri étranglé et dégringola, la tête la première, vers le sol, en contrebas.

— Tire sur le virul ! hurla-t-il à Alicia.

Hollis abattit le deuxième homme, qui s'écroula face contre terre sur la passerelle.

— Elle est trop près ! répliqua Alicia.

— Amy ! beugla Peter. Dégage de là !

La fille ne bougea pas. Combien de temps pouvait-elle le retenir ainsi ? Et où était Olson ? Les dernières flammes s'étaient étouffées ; les gens dévalaient les escaliers, et une marée de combinaisons orange. Theo, à quatre pattes, reculait devant le virul, sans conviction. Il avait accepté son destin, sans force pour y résister. Arrivés au bout de la passerelle, Caleb et Sara avaient atteint l'escalier et se mêlaient à la meute qui déferlait depuis les balcons. Peter entendit des cris de femmes, des pleurs d'enfants, et puis une voix qui ressemblait à celle d'Olson se fit entendre malgré le vacarme :

— Le tunnel, tout le monde ! Courez vers le tunnel !

Mausami entra dans l'arène en traînant la jambe.

— Par ici !

Elle trébucha, tomba en avant en amortissant sa chute avec ses mains. Son pantalon était trempé de sang. Elle se retrouva à quatre pattes, essaya de se relever. Elle agita les bras en criant :

— Regarde-moi ! Par ici !

Maus, pensa Peter, *recule*.

Trop tard. Le charme était rompu.

Le virul leva la face vers le plafond et se ramassa pour prendre son élan, puis il s'envola, s'éleva dans les airs. Il fila vers eux, inexorable, implacable, décrivit une parabole au-dessus de leurs têtes, se rattrapa à l'une des poutres du plafond, pivota sur lui-même comme un enfant se balançant à une branche – une image étrangement exaltante, presque joyeuse – et atterrit sur la passerelle devant eux dans un fracas assourdissant.

Je suis Babcock.

Nous sommes Babcock.

— Liss...

Peter sentit la roquette filer le long de son visage, la brûlure du gaz incandescent sur sa joue ; il sut ce qui allait arriver avant que cela ne se produise.

La grenade explosa. Une conflagration de bruit et de chaleur. Peter fut projeté en arrière, sur Alicia, et tous les deux churent sur la passerelle. Sauf qu'il n'y avait plus de passerelle. Elle dégringolait. Puis quelque chose la retint, la bloqua, et ils retombèrent rudement dessus. L'espace d'un moment d'espoir, tout s'arrêta. Et puis la structure reprit sa chute interrompue. Il y eut un *pop* de rivets qui lâchent, un gémissement de métal tordu, le bout de la passerelle se détacha du plafond, s'inclina comme la tête d'un marteau, et s'abattit vers le sol.

Bon sang, pensa Leon dans la ruelle, face contre terre. Où était passée cette fille ?

Il avait une espèce de bâillon dans la bouche, les poignets attachés dans le dos. Il s'efforça de remuer les pieds, mais ils étaient aussi attachés. C'était le grand, Hollis, Leon s'en souvenait, maintenant. Hollis était sorti des ténèbres, en balançant une sorte de bâton, et Leon n'avait pas eu le temps de dire ouf qu'il s'était retrouvé tout seul dans le noir et incapable de bouger.

Il avait le nez plein de sang et de morve. Ce fils de pute le lui avait probablement cassé. C'est tout ce qu'il lui manquait, un nez cassé. Il pensait avoir aussi laissé deux dents dans la bagarre, mais avec le bâillon dans la bouche, sa langue coincée derrière, il n'avait aucun moyen de s'en assurer.

Il faisait tellement noir qu'il n'y voyait pas à un mètre. Et ça puait les ordures. Les gens balançaient toujours leurs détritus dans les ruelles au lieu de les jeter à la décharge. Combien de fois avait-il entendu Jude dire aux gens : « Jetez vos foutues ordures à la décharge ? Vous êtes de vrais cochons ! » C'était un genre de blague, parce qu'ils n'étaient pas des cochons, en réalité, mais quelle différence ? Jude faisait tout le temps des blagues comme ça, pour voir les gens s'aplatir devant lui. Pendant un moment, ils avaient élevé des cochons – Babcock aimait le porc presque autant que les vaches –, mais une espèce de maladie les avait emportés un hiver. Ou alors ils avaient deviné ce qui les attendait et ils s'étaient dit : *À quoi bon, je préfère me coucher et crever dans la boue.*

Personne ne viendrait chercher Leon, ça, c'était sûr ; il devait trouver le moyen de se tirer de là tout seul. Il voyait plus ou moins un moyen d'y arriver, en relevant les genoux sur sa poitrine. Ça lui faisait terriblement mal aux épaules, tordues en arrière, et à la figure, appuyée contre la terre, avec son nez et ses dents cassés. Il poussa un jappement de douleur malgré le bâillon, et le temps qu'il y parvienne, il se sentit vaseux, respirant péniblement et suant par tous les pores de la peau. Alors il leva la tête – au prix d'un surcroît de douleur dans les épaules, putain, qu'est-ce qui lui avait pris, à ce salaud, de lui attacher les mains si serré ? –, et redressa le haut de son corps jusqu'à ce qu'il se retrouve assis, les genoux repliés sous lui. C'est à ce moment qu'il comprit son erreur : il n'avait aucun moyen de se relever. Il pensait plus ou moins y arriver en poussant avec ses orteils, et sauter pour se retrouver debout, mais ça le ferait juste rebasculer en avant, sur la figure. Il aurait dû se tortiller pour se rapprocher du mur d'abord, l'utiliser comme point d'appui et se remettre debout. Mais maintenant, il était coincé, tout son poids pesant sur ses jambes, coincé comme une grosse merde, et ça lui faisait un mal de chien.

Il essaya d'appeler à l'aide. Rien de compliqué, juste un mot : « Hé ! », mais il ne réussit à émettre qu'un « Aaaa » étranglé, et fut pris d'une envie de tousser. Il sentait déjà la circulation s'arrêter dans ses jambes, et des picotements monter de ses orteils engourdis, comme des fourmis.

Ça bougeait, là-bas.

Il était tourné vers le bout de la ruelle qui donnait sur la place. Il y faisait tout noir, puisque le fût où brûlait l'essence s'était éteint. Il scruta l'obscurité. C'était peut-être Hap qui venait voir ce qui lui était arrivé. Eh bien, qui que ce soit, il n'y voyait rien du tout. Ça devait être son imagination qui lui jouait des tours. Tout seul, dehors, par une nuit de nouvelle lune, n'importe qui aurait été un peu nerveux à sa place.

Non, il y avait bien du mouvement, là-bas. Leon le sentit à nouveau, dans ses genoux. Ça montait du sol.

Une ombre fila au-dessus de lui. Il leva vivement la tête, ne vit que les étoiles, enchâssées dans des ténèbres liquides. La sensation qui montait à travers ses genoux était de plus en plus forte, un frémissement rythmé, comme le battement d'un millier d'ailes. Mais qu'est-ce que... ?

Une silhouette fila dans l'allée. Hap.

— Aaaaaaaaa, fit-il à travers son bâillon. Aaaaaaaaa.

Mais Hap ne parut pas le remarquer. Il s'arrêta au bout de la ruelle, haletant, à bout de souffle, et s'enfuit.

C'est alors que Leon vit devant quoi Hap fuyait.

Leon relâcha sa vessie, puis ses boyaux. Mais son esprit était incapable d'enregistrer ces faits. Toutes ses pensées étaient oblitérées par une terreur immense, aérienne.

Le bout de la passerelle s'abattit sur le sol avec une violence terrible. Peter réussit de justesse à se cramponner à une rambarde. Un objet lourd le frôla, dégringola en tournoyant, rebondit dans l'espace : le bazooka, déchargé, un filet de fumée météorique montant en spirale de son embouchure. Puis une énorme masse lui tomba dessus, lui arrachant la main de la rambarde – Hollis et Alicia, agrippés l'un à l'autre – et ce fut terminé : ils tombèrent tous les trois en chute libre, glissant le long de la passerelle inclinée vers le sol, loin en bas.

Ils se retrouvèrent projetés à terre au milieu d'une mêlée grommelante de bras, de jambes, de corps et de matériel, éparpillés comme des balles qu'on aurait lancées là. Peter finit étalé sur le dos, les yeux entrouverts, les paupières papillotantes vers la coupole, tout là-haut, le corps et l'esprit rugissants d'adrénaline.

Où était Babcock ?

— Allez ! fit Alicia en l'empoignant par le col de sa chemise pour l'aider à se relever.

Elle était flanquée de Sara et de Caleb ; quant à Hollis, il se rapprochait en claudiquant – il avait réussi, on ne savait comment, à ne pas lâcher son fusil.

— Il faut qu'on sorte d'ici !

— Où est-il passé ?

— Je ne sais pas. Il s'est enfui d'un bond !

Partout étaient étalés des lambeaux écarlates de bestiaux. L'air puait le sang et les viscères. Amy aida Maus à se relever. Ses vêtements fumaient encore, mais elle n'avait pas l'air de s'en rendre compte. Une plaque de ses cheveux avait brûlé, révélant le rose cru du cuir chevelu.

— Va aider Theo, dit Mausami alors que Peter s'accroupissait devant elle.

— Maus, tu es blessée.

Elle avait les dents serrées par la douleur. Elle le repoussa.

— *Va l'aider !*

Peter s'approcha de son frère. Il était agenouillé, pieds nus, les vêtements déchirés, les bras couverts de cicatrices. Il avait l'air hébété, complètement perdu. Que lui avaient-ils fait ?

— Theo, regarde-moi, lui ordonna Peter en le saisissant par les épaules. Tu es blessé ? Tu crois que tu pourras marcher ?

Une petite lueur brilla dans les yeux de son frère. Ce n'était pas complètement Theo, mais c'était déjà une étincelle.

— Oh, mon Dieu ! s'exclama Caleb. *C'est Finn !*

Le gamin désignait une forme sanglante, par terre, à quelques mètres de là. Peter crut d'abord qu'il s'agissait d'un lambeau de bovin, mais il finit par comprendre que cette masse de viande et d'os était la moitié d'un être humain, un torse, une tête et un bras – un seul, tordu selon un angle impossible au-dessus de la tête. En dessous de la taille, il n'y avait rien. Le visage – Caleb avait vu juste – était celui de Finn Darrell.

Il resserra sa poigne sur les épaules de Theo. Sara et Alicia aidaient Mausami à se relever.

— Theo, j'ai besoin que tu essaies de marcher.

Theo cligna des yeux, passa sa langue sur ses lèvres.

— C'est vraiment toi, frangin ?

Peter acquiesça.

— Tu... es venu me chercher.

— Caleb, viens un peu m'aider, demanda Peter.

Peter aida Theo à se remettre sur ses pieds et passa son bras autour de sa taille. Caleb fit de même de l'autre côté.

Et ils se mirent à courir.

Ils prirent le tunnel plongé dans le noir, au milieu de la foule qui s'enfuyait. Les gens se ruaient vers la sortie en se poussant et en se bousculant. Devant, Olson faisait signe aux gens de passer par l'ouverture, et hurlait à pleins poumons :

— Courez vers le train !

Ils émergèrent du tunnel dans la cour. Tout le monde se précipitait vers la porte ouverte. Dans l'obscurité et la confusion, un goulet d'étranglement s'était formé, trop de gens essayant en même temps de se frayer un chemin par l'étroite ouverture. Certains tentaient d'escalader la clôture, se jetaient sur le grillage, grimpaient en s'accrochant aux mailles. Peter vit un homme, arrivé en haut, tomber à la renverse en hurlant, une jambe prisonnière des barbelés.

— Caleb ! hurla Alicia. Prends Maus !

La foule déferlait autour d'eux.

Peter vit la tête d'Alicia apparaître, disparaître, reparaître au-dessus de la meute, puis un éclair de cheveux blonds qu'il sut être ceux de Sara. Mais elles allaient dans la mauvaise direction, essayant de remonter à contre-courant.

— Liss ! Où vas-tu ?

Sa voix fut couverte par un vacarme tonitruant, une note unique, soutenue, qui fendait l'air, semblant

993

provenir non d'une direction précise mais de partout à la fois.

Michael, pensa-t-il. Michael arrivait.

Ils furent soudain propulsés en avant, l'énergie de la foule paniquée les emportant comme une vague. Peter réussit, il n'aurait su dire comment, à ne pas lâcher son frère. Ils franchirent la porte et retrouvèrent une autre masse humaine comprimée dans l'espace entre les deux clôtures. Quelqu'un le percuta violemment par-derrière. Il entendit l'homme grogner, trébucher et tomber sous les pieds des gens. Peter joua des coudes, tira, poussa, utilisant son corps comme un bélier, et parvint à franchir la seconde porte avec ses compagnons.

Les rails étaient droit devant eux. Theo sembla s'animer, réussir plus ou moins à marcher sans aide alors qu'ils se démenaient toujours pour avancer. Dans le chaos et l'obscurité, Peter ne voyait pas les autres. Il avait beau les appeler, il n'entendait pas de réponse au milieu des cris des formes humaines qui se précipitaient autour de lui. La route gravissait une pente sablonneuse, et en arrivant au sommet, il vit une lueur provenant du sud. Un nouveau hurlement de sirène, et elle apparut.

Une énorme masse d'argent venait vers eux, tranchant la nuit comme une lame. Un rayon de lumière jaillissant de la proue éclaira les silhouettes massées le long des rails. Peter repéra, vers l'avant, Caleb et Mausami qui couraient en direction de la locomotive. Soutenant toujours Theo, Peter descendit tant bien que mal vers le quai. Il entendit un grincement de freins. Les gens cavalaient le long du train, essayant de trouver une prise. Tandis que la locomotive se rapprochait, une trappe s'ouvrit à l'avant de la cabine, et Michael se pencha au-dehors.

— On ne peut pas s'arrêter !

— Hein ?

Michael mit sa main en porte-voix.

— On est obligés de rester en marche !

Le train continua à avancer au ralenti. Peter vit Caleb et Hollis hisser une femme dans l'un des trois wagons de marchandises derrière la locomotive. Mausami grimpa à l'échelle qui menait à la cabine, Michael l'aidant en la tirant pendant qu'Amy la poussait par-derrière. Peter se mit à courir avec son frère, essayant de parvenir à la hauteur de l'échelle. Alors qu'Amy se coulait par la porte, Theo réussit à attraper les barreaux et commença à monter. Quand il fut arrivé en haut, Pete saisit l'échelle à son tour et se hissa derrière lui, ses pieds pendant dans le vide. Dans son dos, il entendit des coups de feu, et des impacts de balles criblèrent les parois des wagons.

Il claqua la porte derrière lui et se retrouva dans un compartiment exigu, où brillaient une centaine de minuscules lumières. Michael était assis au poste de conduite, Billie à côté de lui. Amy était recroquevillée par terre, derrière le siège de Michael, les yeux écarquillés, les genoux remontés sur la poitrine dans une attitude défensive. À sa gauche, un étroit couloir menait vers l'arrière.

— Peter ! Jets, alors ! fit Michael en pivotant sur son siège. D'où Theo sort-il ?

Theo était avachi au sol, dans le couloir. Mausami lui tenait la tête contre sa poitrine, sa jambe ensanglantée repliée sous elle.

Peter se tourna vers l'avant de la cabine.

— Il y a une trousse de premiers secours dans ce machin ?

Billie lui tendit une boîte de métal. Peter l'ouvrit et prit une bande de tissu qu'il roula en boule pour en faire une compresse. Il déchira la jambe du pantalon de Mausami afin d'exposer la blessure, un cratère de peau arrachée et de chair sanglante, plaça le tampon dessus et lui dit de le maintenir.

Theo releva la tête, les paupières papillotantes.

— Est-ce que je rêve de toi ?

Peter secoua la tête.

— Qui c'est ? La fille. J'ai cru...

Il n'acheva pas sa phrase.

Pour la première fois, l'idée frappa Peter : il l'avait fait. *Veille sur ton frère.*

— Plus tard, quand on aura le temps, d'accord ?

Theo réussit à esquisser un vague sourire.

— Tout ce que tu voudras.

Peter retourna vers l'avant de la locomotive, entre les deux sièges. Par la fente entre les plaques de blindage qui protégeaient le pare-brise, il vit, à la lumière du phare avant, le désert et les rails qui filaient sous eux.

— Babcock est mort ? demanda Billie.

Il secoua la tête.

— *Vous ne l'avez pas tué ?*

Rien que de la voir, Peter se sentit envahi d'une soudaine colère.

— Putain, où était passé Olson ?

Michael ne lui laissa pas le temps de répondre :

— Et les autres ? Où sont-ils ? Où est *Sara* ?

La dernière fois que Peter l'avait vue, c'était à la porte du domaine, avec Alicia.

— Elle doit être dans l'un des autres wagons.

Billie rouvrit la porte de la cabine, se pencha audehors, puis rentra la tête.

— J'espère que tout le monde est à bord, dit-elle. Parce qu'ils arrivent. Mettez les gaz, Michael !

— Ma sœur est peut-être encore là-bas ! hurla Michael à la face de Billie. Vous aviez dit qu'on ne laisserait personne en arrière !

Billie n'attendit pas. Elle se pencha par-dessus

Michael, le plaqua sur son siège, empoigna un levier sur le poste de conduite et le poussa en avant. Peter sentit que le train accélérait. Un voyant digital, sur le tableau de bord, s'anima, et l'affichage monta rapidement : trente, trente-cinq, quarante. Ensuite, elle bouscula Peter pour passer dans le couloir. Une échelle, sur le côté, montait vers une écoutille, au plafond. Elle grimpa rapidement et tourna la roue en appelant vers l'arrière du train :

— Gus ! Sur le toit ! Allez, hop !

Gus déboula du compartiment arrière, traînant un gros sac polochon en toile. Il l'ouvrit, révélant des fusils à canon scié. Il en donna un à Billie, en garda un pour lui, leva son visage taché de cambouis vers Peter et lui en tendit un.

— Si vous nous accompagnez, dit-il d'un ton bourru, pensez à baisser la tête.

Ils gravirent l'échelle, Billie en premier, suivie de Gus. Quand Peter passa la tête par la trappe, un coup de vent le gifla en pleine face, lui faisant rentrer le cou dans les épaules. Il avala sa salive, ravalant sa peur du même coup, et fit une seconde tentative. Il se coula par l'ouverture, le visage tourné vers l'avant du train, et se glissa à plat ventre sur le toit. Michael lui tendit le fusil par en bas. Il s'accroupit, essayant de trouver son équilibre, tout en serrant son arme contre lui. Les bourrasques de vent le giflaient, exerçant sur lui une pression continue qui menaçait de le jeter à bas de son perchoir. Le toit de la locomotive était concave, avec une bande plate au milieu. Il se tourna vers l'arrière du train, appuyé sur le vent. Billie et Gus étaient déjà bien en avant de lui. Il les vit sauter par-dessus le vide entre la première voiture et la deuxième, se dirigeant vers l'arrière du convoi dans la nuit rugissante.

Les viruls lui apparurent d'abord sous la forme d'une

région de lumière verte, pulsatile, sur l'arrière. Par-dessus le vacarme du moteur et le crissement des roues sur les rails, il entendit Billie crier quelque chose, mais le vent emporta ses paroles. Il inspira profondément, gonfla sa poitrine et sauta par-dessus le vide, sur le premier wagon, en se demandant : *Mais qu'est-ce que je fous là, qu'est-ce que je fous sur le toit d'un train en marche*, tout en acceptant ce fait, si étrange qu'il paraisse, comme une conséquence inévitable des événements de la nuit. La lueur verte se rapprochait de plus en plus et, en s'élargissant, se divisait, devenait un amas triangulaire composé de points bondissants. Peter comprit qu'il ne voyait pas simplement une dizaine ou une vingtaine de viruls mais une armée de plusieurs centaines.

La Multitude.

La Multitude de Babcock.

Comme le premier prenait forme, fendait l'air vers l'arrière du train, Billie et Gus firent feu. Peter était arrivé à la moitié du premier wagon. Le train fit une embardée. Il sentit que ses pieds commençaient à glisser, et tout à coup, le fusil disparut, avalé par l'espace. Il entendit un cri, et quand il releva les yeux, il n'y avait plus personne – l'endroit où Billie et Gus se trouvaient était vide.

Il avait à peine repris son équilibre lorsqu'un énorme vacarme montant de la locomotive le projeta en avant. L'horizon disparut, le ciel cessa d'exister. Il était à plat ventre, et il glissait sur le toit en pente du wagon. Juste au moment où il commençait à se dire qu'il allait s'envoler, ses mains trouvèrent un étroit rebord en haut de l'une des plaques de blindage. Il n'eut même pas le temps d'avoir peur. Dans les ténèbres tournoyantes, il sentit la présence d'un mur qui défilait de chaque côté. Ils étaient dans une espèce de tunnel qui s'enfonçait dans la montagne. Il se cramponna, les pieds dans le vide, les doigts raclant la paroi du train, et puis il sentit un appel d'air en dessous de lui : la trappe du wagon s'ouvrait et des mains l'attrapaient, l'attiraient vers le bas, à l'intérieur.

Les mains étaient celles de Caleb et de Hollis. Ils s'écroulèrent sur le plancher du wagon dans un méli-mélo de bras et de jambes. L'intérieur était éclairé par une lanterne suspendue à un crochet. La voiture était presque vide – juste quelques silhouettes sombres blotties contre les parois, apparemment paralysées de terreur. Devant la porte ouverte, les parois du tunnel défilaient, remplissant le wagon de bruit et de vent. Peter se relevait tant bien que mal lorsqu'une tête connue sortit de l'ombre : Olson Hand.

Une colère irrépressible s'empara de Peter. Il attrapa le bonhomme par le col de sa combinaison, le plaqua contre la paroi du wagon et lui enfonça son avant-bras en travers de la gorge.

— Putain ! Où étiez-vous passé ? demanda-t-il. Vous nous avez abandonnés là-bas !

Le visage d'Olson s'était vidé de toute couleur.

— Je suis désolé. C'était le seul moyen.

Tout à coup, il comprit : Olson les avait envoyés dans l'arène comme appâts.

— Vous saviez qui c'était, hein ? Vous saviez depuis le début que c'était mon frère !

Olson tenta de déglutir. Sa pomme d'Adam montait et descendait contre l'avant-bras de Peter.

— Oui. Jude pensait bien qu'il allait en venir d'autres. C'est pour ça qu'on vous attendait à Las Vegas.

Un nouveau bruit infernal explosa en direction de la locomotive. Tous furent projetés en avant. Ils étaient ressortis du tunnel et se retrouvaient à ciel ouvert. Peter entendit des coups de feu au-dehors et vit le Humvee passer à toute vitesse, Sara à l'avant, cramponnée au volant. Alicia, sur le toit, faisait feu avec la mitrailleuse, tirant des salves rapprochées vers les wagons de queue.

— Ne restez pas là ! Ils sont juste derrière vous ! hurlait Alicia en gesticulant frénétiquement.

Brusquement, tout le monde dans la voiture se mit à hurler, à pousser, à essayer de s'écarter de la porte ouverte. Olson empoigna l'une des silhouettes par le bras et la projeta en avant. Mira.

— Emmenez-la ! hurla-t-il. Emmenez-la vers la loco-motive. Elle y sera en sécurité même si les wagons sont envahis par les viruls !

Sara s'était rapprochée du train, accordant sa vitesse à celle du convoi, tentant de réduire l'espace qui les séparait.

Alicia leur faisait des signes.

— Sautez !

Peter se pencha par la porte.

— Plus près !

Sara se rapprocha. Les véhicules lancés à toute vitesse étaient maintenant à moins de deux mètres l'un de l'autre, le Humvee en contrebas, sur le côté de la voie.

— Tendez les bras ! hurla Alicia en direction de Mira. Je vais vous attraper !

La fille, debout au bord de la porte, était raide de peur.

— Je peux pas ! geignait-elle.

Un autre bruit de catastrophe : Peter comprit que le train fonçait à travers les débris abandonnés sur la voie. Le Humvee fit un écart alors qu'un énorme bout de métal filait en tournoyant dans le vide qui le séparait du train, au moment même où l'une des silhouettes crépus-culaires du wagon se relevait d'un bond et se ruait vers la porte. Avant que Peter ait eu le temps de dire quoi

1000

que ce soit, l'homme se précipita dans le vide qui allait en s'élargissant, effectua un plongeon désespéré et s'écrasa sur le côté du Humvee, ses mains crispées s'efforçant de trouver une prise sur le toit. L'espace d'un bref instant, il parut possible qu'il réussisse à se cramponner, mais l'un de ses pieds effleura le sol, accrocha la poussière, et avec un cri inarticulé, il fut emporté au loin.

— Maintiens le cap ! cria Peter.

Le Humvee se rapprocha encore deux fois. Les deux fois, Mira refusa de sauter.

— Ça ne marchera pas, déclara Peter. Il va falloir qu'on monte sur le toit. Passe en premier, dit-il en se tournant vers Hollis. On va te faire la courte échelle, Olson et moi.

— Je suis trop lourd. Il vaudrait mieux que Pataugas y aille, et puis toi. Ensuite j'aiderai Mira à monter.

Hollis s'accroupit et Caleb monta sur ses épaules. Le Humvee s'éloigna à nouveau en louvoyant, Alicia faisant feu par brèves salves vers l'arrière du train. Hollis se positionna dans l'ouverture de la porte, Pataugas sur ses épaules.

— C'est bon, j'y vais !

Hollis s'effaça, maintenant le pied de Caleb d'une main, Peter tenant l'autre. Ensemble, ils poussèrent Caleb vers le haut, le faisant passer au-dessus de la porte.

Peter monta de la même façon. Du toit du wagon, il vit que la masse de viruls, qui les avait suivis dans le tunnel, s'était répartie en trois groupes : un de chaque côté, le troisième juste derrière eux. Ils couraient à une allure qui ressemblait à une espèce de galop, utilisant leurs mains et leurs pieds pour se propulser vers l'avant par grands bonds. Alicia tirait vers la tête du groupe central, qui était désormais à moins de dix mètres.

Quelques-uns tombèrent, morts, blessés ou simplement estourbis, impossible à dire ; le groupe se rapprochait toujours. Derrière eux, les deux autres groupes recommencèrent à fusionner, passant l'un au travers de l'autre comme des courants liquides, se séparant à nouveau et reprenant leur formation de départ.

Peter se coucha à plat ventre à côté de Caleb et tendit les bras vers le bas alors que Hollis soulevait Mira, terrifiée. Ils lui attrapèrent les mains et la hissèrent sur le toit.

Alicia, en dessous d'eux, cria :

— Baissez-vous !

Trois virals s'étaient posés sur le toit du dernier wagon. Le Humvee cracha une rafale de coups de feu, les faisant fuir d'un bond. Caleb sautait déjà par-dessus le vide qui le séparait de la locomotive. Peter tendit les mains vers Mira, mais elle était figée sur place, le corps plaqué sur le toit du wagon qu'elle étreignait comme si sa vie en dépendait.

— Mira ! fit Peter en essayant de la décrocher. Je vous en supplie !

Mais elle se cramponnait désespérément.

— Je peux pas, je peux pas, je peux pas !

Une main griffue se tendit vers elle et s'enroula autour de sa cheville.

— Poppa !

Et elle disparut.

Il n'y avait plus rien à faire pour elle. Peter fonça vers l'intervalle qui séparait les deux wagons, le franchit d'un bond et se laissa tomber par la trappe derrière Caleb. Il dit à Michael de stabiliser la vitesse du train, ouvrit la porte de la cabine et regarda vers l'arrière.

La troisième voiture disparaissait sous les virals accrochés tout autour comme un essaim d'insectes. Ils étaient pris d'une telle frénésie qu'ils semblaient se battre entre eux : ils se mordaient, se montraient les dents comme s'ils se disputaient le droit d'être les premiers à entrer. Malgré le bruit du vent, Peter entendit les cris terrifiées des âmes enfermées à l'intérieur.

Où était le Humvee ?

Et puis il le vit qui fonçait vers eux selon une trajectoire oblique, rebondissant sauvagement sur le sol. Hollis et Olson étaient cramponnés au toit du véhicule. Plus personne ne manœuvrait la mitrailleuse, qui était à court de munitions. Les virus allaient se jeter sur eux d'une seconde à l'autre.

Peter se pencha par la porte.

— Plus près !

Sara mit les gaz et se rapprocha du train. Hollis fut le premier à attraper l'échelle, suivi par Olson. Peter les tira dans la cabine et appela :

— Alicia, à ton tour !

— Et Sara ?

Le Humvee s'éloigna à nouveau, Sara s'efforçant de le maintenir aussi près que possible de la loco tout en évitant la collision. Peter entendit un affreux bruit de déchirure alors que la porte du dernier wagon, arrachée, tombait et roulait, avalée par les ténèbres.

— Je la rattraperai ! Cramponne-toi à l'échelle !

Alicia sauta du toit du Humvee, se précipita au-dessus du vide. Mais la distance s'était tout à coup élargie ; en un éclair, Peter crut la voir tomber, ses mains attrapant le vide, son corps basculant dans l'espace écrasant, rugissant, qui séparait le train du véhicule. Et puis, au dernier moment, elle réussit : ses mains trouvèrent l'échelle et elle grimpa, à la force des poignets, sur le train. Quand ses pieds arrivèrent au barreau du bas, elle se retourna et se tendit au-dessus du vide.

Sara tenait le volant d'une main. De l'autre, elle

essayait frénétiquement de coincer la pédale de l'accélérateur avec un fusil.

— Il ne veut pas tenir !

— Tant pis, je t'attraperai ! cria Alicia en tendant les mains. Ouvre la portière et prends ma main, c'est tout !

— Ça ne va pas marcher !

Tout à coup, Sara accéléra à fond. Le Humvee fit un bond en avant, prenant de l'avance sur le train. Sara était maintenant au bord des rails. La portière côté conducteur s'ouvrit à la volée. Puis elle donna un brusque coup de frein.

Le bord du pare-buffle du train heurta la portière et l'arracha comme le soc d'une charrue, l'envoyant valdinguer. L'espace d'un instant de pure panique, le Humvee bascula sur les roues de droite et dérapa vers le bas-côté de la voie, et puis les roues de gauche retombèrent lourdement sur le sol. Sara s'éloigna à nouveau, filant selon un angle de quarante-cinq degrés par rapport au train ; Peter vit qu'elle dérapait dans la poussière avant de revenir le long du train. Alicia tendit la main par-dessus le vide.

— Liss ! hurla Peter. Quoi que tu décides, fais-le tout de suite !

Comment Alicia réussit son coup, Peter ne le comprendrait jamais tout à fait. Lorsqu'il lui en reparlerait, par la suite, elle se contenterait de hausser les épaules. Elle n'avait pas pris le temps de réfléchir, lui dirait-elle ; elle avait simplement obéi à son instinct. En réalité, le moment arriverait, guère éloigné, où Peter en viendrait à attendre ce genre de choses de sa part : des choses extraordinaires, incroyables. Mais cette nuit-là, dans l'espace hurlant qui séparait le Humvee et le train, ce qu'Alicia fit paraissait simplement miraculeux, au-delà de la compréhension. De même, aucun d'eux ne pouvait savoir ce qu'Amy, dans le compartiment avant de la locomotive, s'apprêtait à faire, ni ce qu'il y avait entre la cabine et le premier wagon. Même Michael l'ignorait. Peut-être qu'Olson était au courant ; peut-être était-ce pour cela qu'il avait dit à Peter d'emmener sa fille vers la loco, parce qu'elle y serait en sécurité. C'est du moins ce que Peter se dirait par la suite. Mais Olson n'en parlerait jamais, et les circonstances feraient que, pendant le peu de temps qu'il leur resterait à passer ensemble, aucun d'eux n'aurait le cœur de l'interroger sur la question.

À la seconde où le premier virul bondissait sur le Humvee, Alicia tendit la main, attrapa Sara, toujours au volant, par le poignet et la tira. Sara se balança au bout du bras d'Alicia, décrivant un arc et s'écartant du Humvee qui s'éloignait. L'espace d'un horrible instant, alors que ses pieds raclaient le sol, son regard croisa celui de Peter – le regard d'une femme qui allait mourir et le savait. Mais dans un sursaut d'énergie, Alicia la souleva. La main libre de Sara trouva l'échelle, les deux femmes se hissèrent rapidement en haut, après quoi elles roulèrent dans la cabine.

C'est alors que cela se produisit. Une détonation assourdissante, comme un coup de tonnerre : la locomotive bondit violemment en avant, soudain allégée. Tout dans la cabine se mit à voler. Peter, debout près de la trappe ouverte, perdit l'équilibre et fut projeté vers une cloison. Il pensa : *Amy. Où est Amy ?* Et alors qu'il basculait sur le sol, il entendit un nouveau fracas, plus fort que le premier – un rugissement formidable et un bruit de métal torturé –, et il comprit tout de suite : les voitures, derrière eux, quittaient les rails, formaient un ciseau dans le vide et retombaient comme une avalanche d'acier sur le sable du désert, tout le monde à l'intérieur mort, mort, mort.

Ils s'arrêtèrent à la mi-journée.

— Terminus, annonça Michael en ralentissant.

Les cartes que Billie leur avait montrées indiquaient que les rails disparaissaient à Caliente. Ils avaient eu de la chance que le train les emmène aussi loin.

— À quelle distance ? demanda Peter.

— À peu près quatre cents kilomètres, répondit Michael. Vous voyez cette chaîne de montagnes ? (Il leur montrait un point, par la fente du pare-brise.) C'est l'Utah.

Ils descendirent. Ils étaient dans une espèce de gare de triage, avec des rails et des aiguillages partout, des wagons abandonnés, des locomotives, des wagons-citernes, des plateaux à ridelles. L'endroit était moins aride ; de grandes herbes couvraient le sol, il y avait des peupliers, et une légère brise rafraîchissait l'air. De l'eau coulait non loin de là. Ils entendaient des oiseaux chanter.

— Je ne comprends pas, fit Alicia, rompant le silence. Où espéraient-ils aller ?

À partir du moment où il avait été clair qu'aucun virul ne les poursuivait plus, Peter avait dormi dans le train et s'était réveillé à l'aube. Il s'était retrouvé roulé en boule par terre, avec Theo et Maus. Seul Michael avait veillé toute la nuit. Après les épreuves des derniers jours, tous les autres avaient fini par s'écrouler. Quant à Olson, il avait peut-être dormi, mais Peter en doutait. Il n'avait parlé à personne et était maintenant assis par terre, devant la locomotive, le regard perdu dans le vide. Quand Peter lui avait annoncé ce qui était arrivé à Mira, il n'avait pas demandé de détails. Il s'était contenté de hocher la tête et de dire : « Merci de m'avoir mis au courant. »

— N'importe où, répliqua Peter, au bout d'un moment, à Alicia.

Il n'était pas très sûr de ce qu'il éprouvait. Les événements de la nuit précédente – ou plutôt des quatre journées qu'ils avaient passées au Refuge – lui faisaient l'impression d'un rêve fiévreux.

— Je pense qu'ils voulaient juste aller... n'importe où.

Amy s'était éloignée du groupe, dans le champ. Ils la regardèrent un moment marcher dans l'herbe caressée par le vent.

— Vous croyez qu'elle comprend ce qu'elle a fait ? s'enquit Alicia.

C'est Amy qui avait fait sauter le coupleur. L'interrupteur se trouvait à l'arrière du compartiment moteur, près du harnais de commande. Michael supposait qu'il était connecté à un réservoir de diesel ou de kérosène muni d'un dispositif d'allumage. Ce n'était pas plus compliqué que ça. Une sécurité, au cas où les wagons seraient envahis. Ça se comprenait, dit Michael, quand on y réfléchissait.

Peter supposait que oui. Mais aucun d'eux ne pouvait expliquer comment Amy avait su quoi faire, ni ce qui l'avait amenée à actionner l'interrupteur. Ses actes paraissaient, comme tout ce qui la concernait, au-delà de la compréhension normale. Et pourtant, s'ils étaient encore en vie, c'était encore une fois grâce à elle.

Peter la regarda un long moment. Elle semblait presque flotter dans l'herbe qui lui arrivait à la taille, les mains écartées, caressant les épis chevelus de chaque côté. Il y avait plusieurs jours qu'il n'avait pas repensé à ce qui s'était passé à l'Infirmerie, mais en la regardant maintenant évoluer dans l'herbe, il fut envahi par les souvenirs de cette étrange nuit. Il se demanda ce qu'elle avait bien pu dire à Babcock quand elle s'était dressée devant lui. C'était comme si elle appartenait à deux mondes, un monde visible et un autre qu'il ne pouvait voir. Et c'est dans cet autre monde, caché, qu'il fallait chercher le sens de leur voyage.

— Beaucoup de gens sont morts la nuit dernière, dit Alicia.

Peter poussa un soupir. Malgré le soleil, il eut soudain froid. Il regardait toujours Amy, mais dans son esprit, c'est Mira qu'il voyait – le corps de la fille collé sur le toit du train, la main du virul tendue vers elle, l'emportant. Le vide à l'endroit où elle s'était trouvée, l'écho de ses cris lorsqu'elle était tombée.

— Je crois qu'ils étaient morts depuis longtemps, dit-il. Une chose est sûre, en tout cas, on ne peut pas rester ici. Voyons ce que nous avons.

Ils firent l'inventaire de leurs ressources, les étalant par terre, près de la locomotive. Ça se résumait à pas grand-chose : une demi-douzaine de fusils, deux pistolets avec quelques cartouches, une arme automatique, deux chargeurs de rechange et vingt-cinq cartouches pour les fusils, six couteaux, une quarantaine de litres d'eau dans des bidons, plus le réservoir de la locomotive, quelques centaines de litres de diesel, mais aucun véhicule à faire rouler avec, deux bâches en plastique, trois boîtes d'allumettes soufrées, la trousse de premier secours, une lampe à pétrole, le journal de Sara – qu'elle avait récupéré dans son paquetage quand ils avaient quitté le bungalow et fourré sous son pull –, et absolument rien à manger. Hollis dit qu'il devait y avoir du gibier, dans le coin. Pour éviter de gâcher leurs munitions, ils pourraient tendre des collets. Et peut-être qu'ils trouveraient des provisions à Caliente.

Theo dormait sur le plancher de la locomotive. Il avait réussi à leur fournir un vague compte rendu des événements pour autant qu'il s'en souvienne – ses souvenirs fragmentés de l'attaque au centre commercial, le temps qu'il avait passé dans la cellule, le rêve de la femme dans la cuisine, ses efforts pour rester éveillé, et les visites moqueuses de l'homme que Peter croyait (il en était quasiment certain) – être Jude –, mais l'effort de parler lui était visiblement pénible ; il finit par retomber dans un sommeil si profond que Sara dut rassurer Peter : son frère respirait toujours. La blessure à la jambe de Mausami était plus grave qu'elle ne le leur avait dit, malgré tout ses jours n'étaient pas en danger. La balle, ou plus vraisemblablement un éclat de cartouche, lui avait traversé le gras de la cuisse, y abandonnant une tranchée sanglante qui avait l'air terrible, mais le projectile était ressorti proprement de l'autre côté. La veille au soir, Sara avait nettoyé la plaie à l'alcool – ils en avaient trouvé une bouteille sous le lavabo, dans les minuscules toilettes de la locomotive –, et l'avait recousue à l'aide du fil et de l'aiguille de la trousse de premiers secours. Ça avait dû lui faire un mal de chien, mais Maus l'avait supporté avec un silence stoïque, en serrant les dents, cramponnée à la main de Theo. Tout devrait bien se passer à condition qu'elle réussisse à nettoyer la plaie, lui dit Sara. Avec un peu de chance, elle pourrait même remarcher d'ici un jour ou deux.

La question était dès lors de savoir où aller. C'est Hollis qui la posa, prenant Peter de court ; la pensée ne l'avait pas effleuré qu'ils pourraient ne pas continuer. Quoi qu'il y ait dans le Colorado, il sentait plus fortement que jamais qu'ils devaient trouver ce que c'était, et il lui semblait qu'ils étaient allés beaucoup trop loin pour faire demi-tour maintenant. Mais il devait reconnaître que Hollis avait raison de s'interroger. Theo, Finn et la femme qu'Alicia d'abord, puis Mausami prétendaient être Liza Chou venaient tous de la Colonie. Quoi qu'il arrive aux virus – or il était évident qu'il leur arrivait quelque chose –, ils voulaient apparemment des gens vivants. Devaient-ils retourner avertir les autres ? Et Mausami, même si sa jambe allait bien, pourrait-elle vraiment continuer à pied ? Ils n'avaient pas de véhicule, et bien peu de munitions pour les armes en leur possession. Ils réussiraient probablement à trouver de quoi se nourrir en cours de route, mais ça les ralentirait, et ils parviendraient bientôt dans les montagnes, où le terrain serait plus accidenté. Pouvaient-ils espérer qu'une femme enceinte fasse à pied tout le chemin qui les séparait encore du Colorado ? Hollis dit qu'il ne posait ces questions que parce qu'il fallait bien que quelqu'un le fasse ; il n'avait pas d'idée arrêtée quant à la réponse. D'un autre côté, ils avaient déjà fait beaucoup de chemin. Babcock, quoi qu'il puisse être, était toujours là, de même que la Multitude. Faire demi-tour comportait aussi des risques.

Assis tous les sept – Theo dormait toujours dans le train – par terre à côté de la loco, ils discutèrent des options. Pour la première fois depuis qu'ils étaient partis, Peter percevait une incertitude parmi le groupe. Le bunker et sa profusion de vivres et de matériel leur avaient donné une impression de sécurité – trompeuse, peut-être, mais suffisante pour les faire aller de l'avant. Maintenant, privés de leurs armes et de leurs véhicules, sans rien à manger que ce qu'ils réussiraient à trouver, et projetés à quatre cents kilomètres dans une nature inconnue par des forces sur lesquelles ils n'avaient aucun contrôle, l'idée du Colorado devenait beaucoup plus vague. Et les événements du Refuge avaient ébranlé leurs convictions quant à ce contre quoi ils luttaient. Il ne leur était jamais venu à l'esprit qu'ils devraient compter parmi les obstacles les autres humains survivants qu'ils pourraient rencontrer, ni qu'il pouvait exister un être comme Babcock – un virul, mais aussi beaucoup plus, un être qui avait un pouvoir de contrôle sur les autres.

Sans surprise, Alicia déclara qu'elle voulait continuer, tout comme Mausami – ne serait-ce, pensa Peter, que pour prouver qu'elle n'était pas moins dure à cuire. Caleb dit qu'il ferait ce que le groupe déciderait, mais il prononça ces paroles les yeux rivés sur Alicia. S'ils mettaient quelque chose aux voix, Caleb voterait comme elle. Michael parla aussi de continuer, rappelant à tout le monde les batteries défaillantes de la Colonie. C'était à ça que tout se ramenait, dit-il. Pour ce qui le concernait, le message du Colorado était leur seul véritable espoir – surtout maintenant, après ce qu'ils avaient vu au Refuge.

Restaient Hollis et Sara. Hollis croyait clairement qu'ils devaient faire demi-tour. Cela dit, le fait qu'il ne le formule pas suggérait qu'il pensait, tout comme Peter, que la décision devait être prise à l'unanimité. Assis à côté de lui, à l'ombre du train, les jambes repliées sous elle, Sara paraissait plus indécise. Elle regardait le champ où Amy montait toujours la garde, toute seule dans l'herbe. Elle n'avait presque rien dit, et Peter se rendit compte qu'il y avait des heures qu'il n'avait pas entendu sa voix.

— Je me rappelle certaines choses, à présent, dit-elle au bout d'un moment. Quand le virul m'a emmenée. Des bribes, en tout cas.

Elle fit un mouvement qui tenait du haussement d'épaules et du frisson, et Peter sut qu'elle n'en raconterait pas davantage.

— Hollis n'a pas tort, reprit-elle. Et tu peux dire ce que tu veux, Maus, tu n'es pas en état d'être là, dehors. Cela dit, je suis d'accord avec Michael. Si tu me demandes de voter, Peter, c'est aussi mon choix.

— Alors on continue.

Elle regarda Hollis, qui acquiesça.

— Ouaip. On continue.

L'autre question, c'était Olson. Il inspirait toujours la même méfiance à Peter, et bien que personne ne le dise ouvertement, il présentait manifestement un risque – ne serait-ce que de suicide. Depuis que le train s'était arrêté, il avait à peine bougé. Il était assis par terre, à côté de la locomotive, à regarder dans le vague, vers là d'où ils venaient. De temps en temps, il ramassait une poignée de sable et le laissait couler entre ses doigts. On aurait dit un homme qui soupesait les options, et comme aucune n'avait l'air très favorable, Peter avait une petite idée du chemin que devaient suivre ses pensées.

Hollis prit Peter à part, alors qu'ils remballaient leurs affaires. Toutes les armes à feu, les fusils et les pistolets étaient posés sur l'une des bâches avec le tas de munitions. Ils avaient décidé de passer la nuit dans le train – c'était un endroit aussi sûr qu'un autre – et de partir à pied le lendemain matin.

— Et qu'est-ce qu'on fait de lui ? interrogea tout bas Hollis avec un mouvement du menton en direction d'Olson. On ne peut pas le laisser ici.

Hollis tenait l'un des pistolets, Peter l'autre.

— Je suppose qu'il va nous accompagner.

— Et s'il ne veut pas ?

Peter réfléchit un instant.

— Qu'il reste, s'il veut, dit-il enfin. On ne peut pas le forcer.

C'était la fin de l'après-midi. Caleb et Michael avaient siphonné l'eau des réservoirs, à l'arrière de la machine, avec un tuyau trouvé dans un placard, dans le compartiment arrière. Peter se tourna pour voir Caleb examiner un panneau muni d'une charnière, d'un mètre carré à peu près, suspendu sous le train.

— Qu'est-ce que c'est ? demanda-t-il à Michael.

— Une trappe d'accès. Ça mène à un vide qui passe sous le plancher.

— Il n'y a rien d'utilisable là-dedans ?

Michael haussa les épaules tout en s'occupant de son tuyau.

— Je ne sais pas. Va voir, si tu veux.

Caleb s'agenouilla et tourna la poignée.

— Elle est coincée.

Peter, qui les observait, à cinq mètres de là, éprouva une sensation de picotement sur tout le corps. Quelque chose se noua à l'intérieur de lui. Vigilance, vigilance...

— Pataugas...

La trappe s'ouvrit d'un seul coup, projetant Caleb à la renverse. Une forme humaine se déplia.

Jude.

Tout le monde tendit la main vers une arme. Jude tituba vers eux, brandissant un pistolet. La moitié de son visage avait été emporté, révélant une large zone de chair à vif et d'os luisants. L'un de ses yeux avait disparu, laissant place à un trou noir. Il leur fit, dans cet instant d'éternité, l'impression d'une pure impossibilité, mort et vivant à la fois.

— Espèces de salauds ! dit-il en montrant les dents.

Il fit feu juste au moment où Caleb se jetait sur lui avec l'espoir d'attraper son pistolet. Caleb reçut la balle dans la poitrine, ce qui le fit tourner sur lui-même. Au même instant, Peter et Hollis trouvèrent la détente de leur arme et firent feu sur Jude, animant son corps d'une danse folle.

Ils vidèrent tous les deux leurs chargeurs avant qu'il tombe à la renverse.

Caleb gisait sur le dos dans la poussière, une main crispée là où la balle avait pénétré. Sa poitrine se soulevait et retombait par petites secousses creuses. Alicia se jeta au sol à côté de lui.

— Caleb !

Du sang coulait entre les doigts du gamin. Ses yeux, rivés sur le ciel vide, étaient humides.

— Et merde, dit-il en cillant.

— Sara, fais quelque chose !

La mort avait commencé à établir son empire sur le visage du garçon.

— Oh, dit-il. Oh...

Et puis ce fut comme si quelque chose se coinçait dans sa poitrine, et il demeura immobile.

Sara était en larmes. Tout le monde pleurait. Elle s'agenouilla à côté d'Alicia et la prit par le coude.

— Il est mort, Liss.

Alicia se dégagea brutalement, l'envoyant promener.

— Ne dis pas ça !

Elle souleva la forme inanimée du garçon, le serra sur sa poitrine.

— Caleb, écoute-moi ! Ouvre les yeux ! Tu vas ouvrir les yeux tout de suite !

Peter s'accroupit à côté d'elle.

— Je lui avais promis, fit Alicia d'un ton implorant, en serrant Caleb sur son cœur. Je lui avais promis !

— Je sais, dit-il, ne trouvant pas mieux à dire. On le sait tous. C'est vrai. Laisse-le, maintenant.

Peter lui fit doucement lâcher le corps de Caleb. Il avait les yeux fermés. Il portait toujours ses chaussures de sport jaunes – l'un des lacets était dénoué –, mais le garçon qu'il avait été n'était plus. Caleb était parti. Pendant un long moment, ils restèrent muets dans le silence seulement troublé par les pépiements des oiseaux, le vent dans les herbes, et la respiration humide, à moitié étouffée, d'Alicia.

Et puis, dans un sursaut soudain, elle se releva d'un

bond, récupéra le pistolet de Jude abandonné par terre et s'approcha d'Olson, toujours assis sur le sable. Elle avait une lueur furieuse dans le regard. Le pistolet était un énorme revolver à canon long. Olson releva les yeux et regarda en plissant les paupières la silhouette sombre dressée au-dessus de lui. Elle prit du recul et le frappa en pleine face avec la crosse, l'aplatissant par terre, arma le chien avec son pouce et braqua le canon sur sa tête.

— Espèce d'ordure !

— Liss..., fit Peter en s'approchant, les mains levées. Ce n'est pas lui qui a tué Caleb. Pose ce pistolet.

— On avait vu Jude mourir ! On l'avait tous vu !

Un filet de sang coulait du nez d'Olson. Il ne fit pas un mouvement pour se défendre ou pour s'écarter.

— C'était un familier.

— Un familier ? Qu'est-ce que ça veut dire ? J'en ai marre de vous entendre parler par énigmes ! Putain, vous ne pouvez pas vous exprimer clairement ?

Olson déglutit péniblement et passa sa langue sur ses lèvres ensanglantées.

— Ça veut dire... qu'on peut être à eux sans être l'un d'eux.

Peter vit blanchir les jointures d'Alicia crispées sur la poignée du revolver. Il comprit qu'elle allait tirer. Il n'y avait apparemment pas moyen de l'empêcher ; c'est ce qui allait arriver, voilà tout.

Olson resta impassible. La vie ne voulait plus rien dire pour lui.

— Allez-y, tirez si vous voulez, dit-il. Ça n'a pas d'importance. Babcock va venir. Vous verrez.

Le canon commença à osciller, animé par le courant de la colère d'Alicia.

— Caleb était important, lui ! Il valait plus que tout votre putain de Refuge ! Il n'avait jamais eu personne à lui ! Que moi ! J'étais la seule à être là pour lui ! La seule !

Alicia poussa un hurlement animal, profond, un cri de douleur, et elle pressa la détente, mais le coup ne partit pas.

Le chien tomba sur une chambre vide.

— Et merde !

Elle appuya à nouveau sur la détente, encore et encore.

Le barillet était vide.

— *Et merde ! Merde ! Merde !*

Alors elle se tourna vers Peter, le pistolet inutile tombant de sa main, et se jeta sur sa poitrine en sanglotant.

Le lendemain matin, Olson n'était plus là. Ses traces menaient vers l'entrée du tunnel. Peter n'avait pas besoin d'aller voir plus loin pour savoir où il était allé.

— On va le chercher ? demanda Sara.

Ils rassemblaient leurs affaires, plantés devant la loco.

— Je crois que ça ne servirait à rien.

Ils se réunirent autour de l'endroit où ils avaient enterré Caleb, à l'ombre d'un peuplier. Ils avaient marqué l'emplacement avec un bout de métal que Michael avait arraché à la loco, gravé avec la pointe d'un tournevis et fixé au tronc de l'arbre par des vis à métal :

CALEB JONES
PATAUGAS
L'UN DES NÔTRES

Tout le monde était là, sauf Amy, qui était à l'écart, dans l'herbe haute. À côté de Peter se trouvaient Maus et Theo. Mausami s'appuyait sur une béquille que

Michael lui avait fabriquée avec un morceau de tuyau. Sara avait examiné sa blessure et décidé qu'elle pouvait marcher, à condition de ne pas trop forcer. Theo avait dormi toute la nuit, s'était réveillé à l'aube, et semblait maintenant, sinon tout à fait remis, du moins aller bien mieux. Et pourtant, debout à côté de lui, Peter sentait une sorte de manque, chez lui. Il avait quelque chose de changé, de cassé, comme si on lui avait pris... il n'aurait su dire quoi. On lui avait volé quelque chose dans cette cellule. Dans le rêve. Avec Babcock.

Mais c'était pour Alicia qu'il s'en faisait le plus. Elle était plantée devant la tombe avec Michael, un fusil dans les bras, le visage encore bouffi de larmes. Pendant un long moment, le restant de la veille et toute la nuit, elle n'avait pratiquement rien dit. Les autres auraient pu penser qu'elle avait simplement du chagrin pour Caleb, mais Peter savait à quoi s'en tenir. Elle avait adoré ce garçon, et c'était une partie du problème, certes. Mais ils l'aimaient tous, et l'absence de Caleb n'était pas seulement étrange, elle sonnait faux, comme si on les avait tous amputés d'un membre. Non, ce que Peter voyait à présent, quand il regardait Alicia dans les yeux, c'était une souffrance plus profonde. Ce n'était pas sa faute si Caleb était mort, Peter le lui avait dit. Pourtant elle pensait l'avoir trahi. Tuer Olson n'aurait rien réglé, mais Peter ne pouvait s'empêcher de penser que ça aurait pu l'aider. Peut-être que c'était pour ça qu'il n'avait pas vraiment essayé – qu'il n'avait pas du tout essayé, en fait, de lui reprendre le pistolet de Jude.

Peter se rendit compte qu'il attendait, par habitude, que son frère parle, qu'il donne l'ordre qui marquerait le départ de la journée. Comme il n'en faisait rien, Peter ramassa son paquetage et prit la parole d'une voix étouffée.

— Eh bien, je crois qu'on ferait mieux d'y aller. Profitons de la lumière.

— Quarante millions de fums en liberté, fit Michael d'un ton sinistre. Quelles chances on a à pied ?

Amy entra alors dans le cercle.

— Il se trompe, dit-elle.

Pendant un moment, tout le monde se tut. Aucun d'eux n'avait l'air de savoir quoi regarder – Amy, les autres –, et une vague de regards surpris, stupéfaits, parcourut le cercle.

— Elle *parle* ? releva Alicia.

Peter s'approcha avec circonspection. Le visage d'Amy lui paraissait différent, maintenant qu'il avait entendu sa voix. C'est comme si elle était tout à coup présente, complètement parmi eux.

— Qu'est-ce que tu dis ?

— Michael se trompe, déclara la fille.

Sa voix n'était ni celle d'une femme ni enfantine, mais un peu des deux. Elle parlait d'un ton plat, sans intonation, comme si elle lisait les mots d'un livre.

— Ils ne sont pas quarante millions.

Peter avait envie de rire, ou de pleurer, il ne savait pas encore. Après tout ce qu'ils avaient traversé, voilà qu'elle se mettait à parler !

— Amy, pourquoi tu ne disais rien jusque-là ?

— Je suis désolée. Je crois que j'avais oublié comment on faisait.

Elle donnait l'impression de froncer les sourcils intérieurement, comme intriguée par cette idée.

— Mais maintenant, je me souviens.

Tout le monde la regarda en silence, bouche bée de stupéfaction.

— Alors, s'ils ne sont pas quarante millions, risqua Michael, combien sont-ils ?

Elle les parcourut du regard.

— Douze, répondit Amy.

Neuvième partie

La Dernière Expéditionnaire

« Je suis toutes les filles dans la maison de mon père,
Et tous les frères aussi. »

SHAKESPEARE, *La Nuit des rois*

56.

Extrait du journal de Sara Fisher
(Le Livre de Sara)
Présenté à la 3e conférence globale
sur la période de Quarantaine nord-américaine
Institut d'éudes des cultures et des conflits humains
Université de Nouvelle-Galles du Sud,
République indo-australienne
16-21 avril 1003 ap. V.

... et c'est là qu'on est tombés sur le verger – une heureuse découverte, parce qu'il y avait trois jours qu'on n'avait presque rien mangé, depuis que Hollis avait tué le cerf. Maintenant, on croule sous les pommes. Elles sont petites, véreuses, et quand on en mange trop, on a mal au ventre, mais c'est bon d'avoir enfin l'estomac plein. Ce soir, on va dormir dans un hangar de métal rouillé plein de vieilles voitures et qui pue le pigeon. Apparemment, on a perdu la route pour de bon, mais Peter dit que si on continue à marcher plein est, on devrait tomber sur l'autoroute, la 15, d'ici une journée à peu près. Pour se repérer, on n'a que la carte qu'on a trouvée à la station-service de Caliente.

Amy parle un peu plus tous les jours. Tout ça a l'air de lui paraître nouveau, rien que d'avoir quelqu'un à qui parler, et il y a des moments où elle donne l'impression de chercher ses mots, comme si elle lisait un livre qu'elle aurait eu dans la tête et qu'elle cherchait le terme exact. Mais je peux dire que ça lui fait plaisir de parler. Elle aime beaucoup dire nos noms, même quand on voit bien à qui elle s'adresse, et ça fait drôle, mais maintenant, on y est tous habitués, et on fait pareil nous aussi. (Hier, elle m'a vue me cacher derrière un buisson et elle m'a demandé ce que je faisais. Je lui ai dit qu'il fallait que je fasse pipi, et elle s'est illuminée comme si je venais de lui annoncer la meilleure nouvelle du monde, et elle a dit – un peu trop fort : « Moi aussi il faut que je fasse pipi, Sara. » Michael a éclaté de rire, mais Amy n'a pas eu l'air de s'en formaliser, et quand on a eu fini, elle a dit très poliment – elle est toujours très polie : « J'avais oublié comment ça s'appelait. Merci d'avoir fait pipi avec moi, Sara. »)

Ça ne veut pas dire qu'on la comprend toujours. Je dirais même que la moitié du temps, ce n'est pas le cas. Michael dit que ça lui rappelle quand il parlait à Tantine, en pire, parce qu'avec Tantine, on savait bien qu'elle vous faisait marcher. Amy n'a apparemment aucun souvenir de là d'où elle vient, sauf que c'était un endroit avec des montagnes, et qu'il y neigeait. Ça pourrait être le Colorado, mais on n'en sait rien, au fond. Elle n'a pas l'air d'avoir peur des viruls, pas du tout, même pas ceux, comme Babcock, qu'elle appelle les Douze. Quand Peter lui a demandé ce qu'elle avait fait dans l'Enceinte pour qu'il ne tue pas Theo, Amy a haussé les épaules et a répondu, comme si de rien n'était : « Je lui ai demandé : "S'il vous plaît, ne faites pas ça." » Et elle a ajouté : « Je ne l'aime pas, celui-

là. Il est plein de mauvais rêves. J'ai pensé qu'il valait mieux dire s'il vous plaît et merci. »

Un virul, et elle lui a dit s'il vous plaît !

Mais le truc qui me trotte surtout dans la tête, c'est ce qui est arrivé quand Michael lui a demandé comment elle avait fait sauter le coupleur – comment elle avait su ce qu'il fallait faire. Elle a répondu : « C'est un homme appelé Gus qui me l'a dit. » Je ne savais même pas que Gus était dans le train, mais Peter nous a expliqué ce qui était arrivé à Gus et Billie, qu'ils avaient été tués par les viruls, et Amy a dit, en hochant la tête : « C'était à ce moment-là. » Peter est resté très silencieux pendant un moment, à la regarder, et puis il lui a demandé, tout tranquillement : « Comment ça, c'était à ce moment-là ? Qu'est-ce que tu veux dire ? » Et Amy lui a répondu : « C'est là qu'il me l'a dit, quand il est tombé du train. Il n'a pas été tué par les viruls. Je pense qu'il s'est cassé le cou. Mais il est resté autour pendant un petit moment, après. C'est lui qui avait mis la bombe entre les voitures. Il a vu ce qui allait arriver au train, et il a pensé qu'il fallait que quelqu'un le sache. »

Michael dit qu'il doit y avoir une autre explication, que Gus avait dû lui en parler avant. Mais je vois bien que Peter la croit, et moi aussi finalement. Peter est plus convaincu que jamais que le signal du Colorado est la clé de tout, et je suis d'accord. Après tout ce que nous avons vu au Refuge, je commence à penser qu'Amy est le seul espoir qui nous reste – qui nous reste à tous.

31e jour

Une vraie ville, la première depuis Caliente. On passe la nuit dans une espèce d'école, comme le Sanctuaire, avec les mêmes petits bureaux en rangs dans toutes les salles. J'avais peur qu'il y ait encore des skels dedans, mais on n'en a pas trouvé un seul. On monte *la garde par équipes de deux. Je suis du deuxième quart avec Hollis. Je pensais que ce serait difficile de dormir quelques heures, de se réveiller et d'essayer de dormir encore un peu avant l'aube. Mais avec Hollis, le temps passe tout seul. Pendant un moment, on a parlé de chez nous, et Hollis m'a demandé ce qui me manquait le plus, et la première chose qui m'est venue à l'esprit, ça a été le savon, ce qui l'a fait rire. Je lui ai demandé ce que ça avait de drôle, et il m'a dit : « Je pensais que tu allais dire les lumières. Parce que les lumières me manquent incroyablement, Sara. » Alors j'ai dit : « Qu'est-ce qui te manque d'autre ? » Il n'a pas répondu tout de suite, et je me suis dit qu'il allait répondre Arlo, mais non. Il a répondu : « Les Petits. Dora et les autres. Le bruit de leurs voix dans la cour et leur odeur dans la grand-salle, la nuit. C'est peut-être cet endroit qui me fait penser à eux. Mais c'est ce qui me manque ce soir, les Petits. »*

Toujours pas de virus. Tout le monde se demande combien de temps notre chance va durer.

32ᵉ jour

On dirait que nous allons passer une nuit de plus ici. Tout le monde a besoin de se reposer.

La grande nouvelle, c'est le magasin qu'on a trouvé, Outdoor World, plein de tout ce dont on pouvait avoir besoin, y compris des arbalètes. (L'armoire à fusils était vide.) On a déniché des couteaux, une hache, des gourdes, de vrais sacs à dos à armature, des jumelles, un réchaud de camping et du carburant pour faire bouillir l'eau. Et puis des cartes, une boussole, des sacs de couchage et des vestes chaudes. Maintenant on a tous des pantalons de toile neufs, des chaussettes neuves pour mettre dans nos rangers et des sous-vêtements en matériau thermique, dont on n'a pas vraiment besoin, mais ça ne devrait pas tarder. Il y avait un skel dans le magasin. On ne l'a vu que presque tout à la fin, couché sous le comptoir avec les jumelles. Du coup, on s'est tous sentis un peu mal d'avoir pris toutes ces choses sur les étagères sans même remarquer qu'il était là. Je sais que Caleb aurait fait une blague pour remonter le moral de tout le monde. Je n'arrive pas à croire qu'il ne soit plus là.

Alicia et Hollis sont allés à la chasse et sont revenus avec un autre cerf, d'un an. Je regrette que nous ne puissions pas rester plus longtemps pour laisser le temps à la viande de mûrir, mais Hollis pense qu'il y en aura d'autres là où on va. Ce qu'il n'a pas dit, parce que ce n'était pas la peine, c'est que s'il y a du gibier, il y aura probablement des fums aussi.

Il fait froid, ce soir. Ça doit être l'automne.

33e jour
On est repartis. On est sur la 15 maintenant, et on va vers le nord. L'autoroute a été détruite par un tremblement de terre, mais au moins on sait qu'on va dans la bonne direction. Beaucoup de véhicules abandonnés. On dirait qu'ils sont par paquets, on en voit tout un tas, ensuite plus rien pendant un moment, et puis on tombe sur une file d'une vingtaine ou davantage. On a fait halte près d'une rivière pour se reposer. On espère arriver à Parowan d'ici la fin de l'après-midi.

35e jour
On marche toujours. Peter pense qu'on fait près de vingt-cinq kilomètres par jour. Épuisés. Je m'en fais pour Maus. Comment fait-elle pour tenir le coup ? Sa grossesse se voit vraiment, maintenant. Theo ne la quitte pas d'une semelle.

Tout d'un coup il s'est remis à faire chaud. Très chaud. La nuit, il y a des éclairs vers l'est, dans les montagnes, mais pas une goutte de pluie. Hollis a eu un lapin à l'arbalète, et c'est ce qu'on mange, du lapin rôti, coupé en huit, avec quelques pommes qui nous restaient. Demain, on essaiera de trouver une épicerie en espérant tomber sur des boîtes de conserve encore mangeables. Amy dit qu'on peut en manger autant qu'on veut, s'il le faut. De la nourriture qui a plus de cent ans !

Toujours pas de viruls. Pourquoi ?

36e jour
On a senti les feux hier soir, et au matin, on a su que la forêt brûlait de l'autre côté de la ligne de crête, à l'est. On a débattu de ce qu'il fallait faire : rebrousser chemin, attendre ou essayer de faire le tour d'une façon ou d'une autre, mais ça nous aurait obligés à quitter l'autoroute, ce dont personne n'a envie. On a décidé de continuer, et si l'air devient moins respirable, on avisera.

36e jour (encore)
Grosse erreur. Le feu est tout près, maintenant. Pas moyen de le gagner de vitesse. On s'est réfugiés dans un garage, le long de l'autoroute. Peter n'est pas sûr de la ville dont il s'agit, ou même s'il y a vraiment une ville. On a bouché les vitres brisées sur le devant avec nos bâches, des clous et un marteau qu'on a trouvés, et maintenant on ne peut qu'attendre en espérant que le vent tourne. Il y a tellement de fumée dans l'air que c'est à peine si je vois ce que j'écris.

[Pages manquantes.]

38ᵉ jour

On a passé Richfield, maintenant, sur l'autoroute 70. Par endroits, elle a été ravinée, mais Hollis avait raison pour les routes principales : elles suivent les cols. Là aussi, ça a brûlé. Il y a des animaux morts partout, et l'air sent le cochon brûlé. Tout le monde pense que les bruits qu'on a entendus cette nuit étaient les hurlements des viruls piégés dans l'incendie.

39ᵉ jour

Les premiers viruls morts. Un triplet. Ils étaient blottis les uns contre les autres sous un pont. Peter pense qu'on n'en a pas vu avant parce qu'ils avaient chassé tout le gibier vers les hauteurs. Quand le vent a tourné, ils ont été piégés par l'incendie.

Peut-être que c'était juste l'air qu'ils avaient, tout brûlés comme ça, le visage plaqué à terre, mais j'ai eu un peu pitié d'eux. Si je n'avais pas su que c'étaient des viruls, j'aurais juré qu'ils étaient humains, et je me dis que ces cadavres auraient tout aussi bien pu être les nôtres. J'ai demandé à Amy : « Tu crois qu'ils ont eu peur ? » Et elle a dit oui, elle pensait que oui.

On restera une journée de plus dans la prochaine ville où on arrivera, pour se reposer et récupérer des vivres. (Amy avait raison, pour les boîtes de conserve : tant que les soudures ont tenu et qu'elles sont bien lourdes dans la main, elles sont bonnes.)

[Pages manquantes.]

48ᵉ jour

On repart vers l'est, les montagnes dans notre dos. Hollis pense qu'on risque de ne plus voir de gibier pendant un moment. On traverse un plateau sec, totalement dégagé, creusé de profondes gorges. Il y a des ossements partout où porte le regard – pas seulement du petit gibier, mais aussi des cerfs, des antilopes, des moutons, et quelque chose qui ressemble à des vaches, en plus gros, avec un énorme crâne bosselé (Michael dit que ce sont des buffles). À la mi-journée, on a fait une halte auprès d'un groupe de rochers et on a vu, gravé dans la pierre, « Darren M Lexie pour toujours », « Green River SHS '16 » et « PIRATES, BOTTEZ-LEUR LE CUL!!! ». La première inscription, on l'a tous comprise, mais les autres, aucune idée de ce qu'elles pouvaient bien vouloir dire. Ça m'a rendue un peu triste, je ne pourrais pas vraiment dire pourquoi, peut-être juste parce qu'il n'y avait plus personne pour lire ces mots qui avaient été écrits il y avait si longtemps. Je me demande si Lexie aimait Darren en retour ?

On a quitté l'autoroute et on s'est arrêtés près de la ville d'Emery. Il ne restait pas grand-chose, juste des fondations, quelques hangars, du matériel agricole rouillé, plein de souris. On n'a pas trouvé de pompe, mais Peter dit qu'il y a une rivière dans le coin, et demain on ira la chercher.

Des étoiles partout. Une nuit magnifique.

49e jour
J'ai décidé d'épouser Hollis Wilson.

52e jour
On descend maintenant vers le sud à partir de Crescent Junction, sur l'autoroute 191. Enfin, on pense que c'est la 191. En réalité, on a dépassé la bifurcation de cinq kilomètres au moins, et on a dû revenir sur nos pas. Ce qu'on suit n'est plus vraiment une route, et c'est pour ça qu'on l'a manquée, d'ailleurs. J'ai demandé à Peter pourquoi on ne pouvait pas rester sur la 70 et il

m'a dit qu'elle passait trop au nord par rapport à l'endroit où on va. Tôt ou tard, il aurait fallu qu'on reprenne vers le sud, alors autant le faire maintenant.

Nous avons décidé, Hollis et moi, de ne pas mettre les autres au courant. C'est drôle, quand je me suis rendu compte de mes sentiments pour lui, j'ai pris conscience que j'y pensais depuis longtemps sans me l'avouer. J'ai constamment envie de l'embrasser à nouveau, mais on est tout le temps avec les autres, ou bien on est de quart. Je me sens encore un peu coupable pour l'autre nuit. Et puis il aurait bien besoin d'un bain. (Moi aussi.)

Pas une seule ville. Peter pense qu'on n'en verra pas avant Moab. On passe la nuit dans une grotte peu profonde, en réalité un creux sous un surplomb, mais c'est mieux que rien. Les roches, ici, ont toutes une couleur orange rosé, très jolie et très bizarre.

53e jour
C'est aujourd'hui qu'on a trouvé la ferme.

Au début, on a pensé que ce n'était qu'une ruine, comme toutes celles qu'on avait vues jusque-là. Mais quand on s'est approchés, on a vu qu'elle était en bien meilleur état – un groupe de bâtiments en bois, avec des granges, des dépendances et des enclos pour les bêtes. Deux des maisons sont vides, mais il y en a une, la plus grande, qui donne l'impression d'avoir été habitée il n'y a pas si longtemps. Le couvert était bel et bien mis sur la table de la cuisine, avec des sets et des bols ; il y a des rideaux aux fenêtres, des vêtements bien rangés dans les tiroirs. Des meubles, des ustensiles de cuisine et des livres sur les étagères. Dans la grange, on a trouvé une vieille voiture couverte de poussière, et les étagères sont pleines de récipients avec du pétrole dedans pour la lampe, des bocaux à conserve vides, des *outils. Il y a quelque chose qui ressemble à un cimetière, aussi, quatre tombes marquées par des cercles de pierre. Michael a dit qu'on devrait en déterrer un pour voir qui c'était. Personne n'a pris sa suggestion au sérieux.*

On a trouvé le puits. La pompe était complètement rouillée. On a dû se mettre à trois pour la débloquer, mais après, l'eau qui a coulé était fraîche et claire, la meilleure qu'on ait bue depuis bien longtemps. Il y a une pompe dans la cuisine aussi. Hollis essaie encore de la faire marcher. Et il y a un fourneau pour faire la cuisine. Dans le sous-sol, on a trouvé d'autres rayonnages qui disparaissent sous les conserves de haricots, de courge et de maïs, et elles sont bonnes. On a toujours les boîtes qu'on a récupérées à Green River, plus du gibier fumé, et un peu de lard qu'on avait mis de côté. Notre premier vrai repas depuis des semaines. Peter dit qu'il y a une rivière pas loin, et on va la chercher demain. On couche tous dans la plus grande maison, sur des matelas qu'on a descendus de l'étage et disposés autour de la cheminée.

Peter croit que la ferme a été abandonnée depuis au moins dix ans, mais probablement pas plus de vingt. Qui vivait là ? Comment ont-ils survécu ? Il y a quelque chose de hanté dans cet endroit, plus que dans aucune des villes qu'on a vues. C'est comme si ceux qui vivaient là étaient sortis un jour en pensant être de retour pour le dîner et n'étaient jamais revenus.

54e jour
On reste un jour de plus. Theo insiste. Il soutient que Maus ne tiendra pas le rythme, mais Peter dit qu'il ne faut pas tarder si on veut arriver dans le Colorado avant la neige. La neige. Je n'y avais pas pensé.

1030

56ᵉ jour

Toujours à la ferme. On a décidé de rester encore quelques jours, bien que Peter ne tienne plus en place. Il a hâte de repartir. Theo et lui se sont même disputés à ce sujet. Je pense. [Illisible.]

[Pages manquantes.]

59ᵉ jour

On repart demain matin, sans Theo et Maus. Ils restent ici. Je pense que tout le monde savait ce qui allait se passer. Ils nous l'ont annoncé juste après dîner. Peter a protesté, mais rien de ce qu'il aurait pu dire n'aurait pu faire revenir Theo sur sa décision. Ils ont un abri, il y a plein de petit gibier autour, plus les conserves du sous-sol, ils peuvent passer l'hiver ici en attendant le bébé. « On se reverra au printemps, frangin, a dit Theo, n'oublie pas de t'arrêter quand tu reviendras, quoi que tu aies pu trouver. »

Je suis censée être de quart d'ici quelques heures, et il faudrait vraiment que je dorme. Je pense que Maus et Theo font ce qu'il faut, même Peter doit le savoir, mais c'est triste de les laisser là. Ça nous fait tous repenser à Caleb, surtout Alicia, qui s'est complètement repliée sur elle-même depuis que Maus et Theo ont annoncé la nouvelle. Elle n'a plus adressé la parole à personne. Je crois que tout le monde pense aux tombes, dans la cour, et se demande si on reverra jamais Maus et Theo.

Je voudrais bien que Hollis soit réveillé. Je me suis promis de ne pas pleurer. Et merde, merde.

60ᵉ jour

Sur la route, encore. Theo avait raison sur un point : à six, sans Maus, on avance bien plus vite. On est arrivés à Moab bien avant le crépuscule. Il n'y a rien, là ; le fleuve a tout emporté. Un énorme barrage de débris bloque le passage, des arbres, des maisons, des voitures, des vieux pneus et toutes sortes de choses obstruent l'étroit canyon où la ville se trouvait autrefois. On va passer la nuit dans l'une des maisons encore debout, en haut, dans les collines. Une ruine, en fait, juste des murs et un toit défoncé au-dessus de nous. On aurait aussi bien pu rester dehors, et je doute qu'on dorme beaucoup cette nuit. Demain, on gravit la crête. On va essayer de trouver un moyen de passer de l'autre côté.

[Pages manquantes.]

64e jour
On a vu encore une carcasse d'animal, aujourd'hui. Une espèce de gros félin. Il était accroché dans les branches d'un arbre, comme les autres. Le corps était trop décomposé pour qu'on puisse en être sûrs, mais on pense tous qu'il a été tué par un virul.

65e jour
Toujours dans les montagnes de La Sal, en direction de l'est. Le ciel, encore blanc ces derniers jours, est maintenant tout bleu. L'automne est là. Tout sent délicieusement bon, une odeur de mouillé. Les feuilles tombent, il y a du givre, la nuit, et le matin, un lourd brouillard argenté s'accroche aux collines. Je ne crois pas avoir jamais rien vu d'aussi joli.

66e jour
Hier soir, Amy a fait un autre cauchemar. On dormait de nouveau à la belle étoile, sous les bâches. Je venais de finir mon quart avec Hollis et j'enlevais mes bottes

quand je l'ai entendue marmonner dans son sommeil.
Je me disais que je devrais peut-être la réveiller, et
brusquement elle s'est redressée. Elle était tout
engoncée dans son duvet, on ne voyait que son visage.
Elle m'a regardée un long moment, les yeux dans le
vague, comme si elle ne savait pas qui j'étais. « Il est
mourant, disait-elle. Il n'arrête pas de mourir et il ne
peut pas s'arrêter. — Qui est mourant, Amy ? j'ai
demandé. De qui tu parles ? — L'homme, elle a
répondu. L'homme est en train de mourir. — Quel
homme ? » j'ai insisté. Mais à ce moment-là elle s'est
rallongée et elle s'est rendormie à poings fermés.

Il y a des moments où je me demande si on ne va pas
vers quelque chose de terrible, de plus terrible qu'aucun
de nous ne peut l'imaginer.

67ᵉ jour
Aujourd'hui, on est arrivés devant une pancarte
rouillée sur le côté de la route qui disait : « Paradox,
2 387 ha. ». « Je pense qu'on est là », a dit Peter, et il
nous a montré sur la carte.
On est dans le Colorado.

57.

Les montagnes descendirent enfin vers une large
vallée offerte au soleil d'automne, sous un dôme de ciel
azur. L'herbe était haute, desséchée, et dans les arbres
dénudés, les dernières feuilles d'une blancheur d'ossements grelottaient dans la brise qui agitait, telles des
mains faisant de grands signes, les ramures bruissantes
comme du vieux papier. Le sol était sec, mais dans les

rigoles, l'eau coulait librement. Ils remplirent leurs gourdes d'une eau froide comme la glace contre leurs dents. L'hiver était dans l'air.

Ils n'étaient plus que six, maintenant. Ils avançaient dans le paysage vide comme les visiteurs d'un monde oublié, un monde sans mémoire, figé dans le temps. Çà et là, la coquille vide d'une ferme, une cabine de camion rouillée, pareille à un crâne. Pas un bruit, en dehors du vent et du crissement des criquets qui filaient sous leurs pieds dans l'herbe. La marche n'était pas difficile, mais ça ne durerait pas. Une forme blanche, peinte au loin sur l'horizon, racontait une histoire de montagnes à venir.

Ils passèrent la nuit dans une grange, près d'une rivière. Des vieilleries étaient encore accrochées aux murs, des seaux pour la traite, des chaînes. Un vieux tracteur moisissait sur ses pneus dégonflés. La maison s'était écroulée sur ses fondations, ses murs repliés les uns sur les autres comme les rabats d'un carton, plus remballée que détruite. Ils se répartirent les conserves qu'ils trouvèrent et s'assirent par terre pour manger le contenu sans le faire chauffer. À travers les lambeaux déchiquetés du toit, ils voyaient les étoiles, et puis, alors que la nuit s'avançait, la lune, entourée par la course des nuages. Peter prit le premier quart avec Michael. Quand Hollis et Sara les relevèrent, les étoiles avaient disparu et la lune n'était plus qu'une vague clarté dans le ciel où les nuages s'étaient accumulés. Peter dormit sans rêver à rien, et quand il se réveilla, le lendemain matin, il vit qu'il avait neigé pendant la nuit.

Vers le milieu de la matinée, l'air s'était réchauffé et la neige avait fondu. La ville suivante sur la carte s'appelait Placerville. Huit jours avaient passé depuis qu'ils avaient vu le cadavre du félin dans un arbre. Le sentiment que quelque chose les suivait s'était dissipé au cours des longues journées de marche, des nuits silencieuses, tapissées d'étoiles. La ferme n'était plus qu'un lointain souvenir, le Refuge et tout ce qui était arrivé là-bas, abandonné des années derrière eux.

Ils suivaient à présent une rivière. Peter pensait que c'était la Dolores, ou la San Miguel. La route avait depuis longtemps disparu, avalée par l'herbe, par le rouleau compresseur de la terre et du temps. Ils marchaient en silence, sur deux files de trois. Que cherchaient-ils ? Que trouveraient-ils ? Le voyage avait pris un sens propre, intrinsèque : avancer, continuer à avancer. La pensée de s'arrêter, d'arriver au bout, surpassait le pouvoir d'imagination de Peter. Amy marchait à côté de lui, légèrement penchée en avant pour compenser le poids de son sac à dos, son sac de couchage et sa veste de duvet attachés sous le cadre. Elle portait comme eux tous des vêtements récupérés à l'Outdoor World : un pantalon de toile beige et une chemise ample à carreaux rouge et blanc, dont elle ne boutonnait pas les poignets qui flottaient autour de ses mains. Aux pieds, elle avait des chaussures de sport en cuir. Elle était tête nue. Elle avait depuis longtemps cessé de mettre des lunettes. Elle regardait loin devant en plissant les paupières à cause de la lumière. Depuis leur départ de la ferme, un changement s'était produit, subtil, mais indéniable. Comme la rivière, c'est elle qu'ils suivaient, à présent ; ils se laissaient guider par elle. Chaque jour qui passait renforçait ce sentiment. Peter repensait souvent au message que Michael lui avait montré, cette nuit-là, il y avait si longtemps, au Transfo. Le rythme de ses syllabes scandait sa marche, chaque pas le portant en avant, vers un monde qu'il ne connaissait pas, dans le cœur caché du passé, à l'endroit d'où venait Amy.

Si vous la trouvez, ramenez-la ici. Si vous la trouvez, ramenez-la ici.

Au fil des jours qui avaient suivi leur départ de la ferme, il avait découvert que Theo ne lui manquait pas autant qu'il l'aurait cru. Comme le Refuge, comme tout ce qui était arrivé avant – et même la Colonie –, la pensée de son frère semblait avoir été élaguée. Avalée, comme la route l'avait été par l'herbe, par le projet de simplement continuer à avancer. Au début, le soir où Theo et Maus les avaient réunis pour leur annoncer leur décision, Peter l'avait mal pris. Il ne l'avait pas montré, ou du moins il espérait que ça ne s'était pas vu. Même sur le coup, il savait que cette colère était irrationnelle ; il était évident que Maus ne pouvait pas poursuivre. Pourtant, il ne pouvait tout simplement pas admettre que son frère le quitte à nouveau et si vite. Mais la dure réalité des faits plaidait pour Theo, et au bout du compte, Peter n'avait pu que se résigner.

Et puis, au fil des jours, il en était arrivé à discerner, derrière la décision de son frère, une vérité plus profonde. Leurs chemins étaient destinés à se séparer encore parce que leur cause n'était pas la même. Theo n'avait pas l'air de mettre en doute l'histoire d'Amy, en tout cas il n'avait rien dit qui permette à Peter de le penser. Il avait admis l'explication de Peter, si fantastique qu'elle puisse être, sans plus – ni moins – de scepticisme qu'elle n'en méritait. Cela dit, Peter pensait déceler dans son acceptation un certain détachement ; Amy ne voulait rien dire pour lui, ou pas grand-chose. Il aurait même plutôt semblé en avoir un peu peur. Il était clair qu'il n'était allé aussi loin que parce que c'était là qu'allait le groupe ; il avait laissé tomber à la première occasion, arguant de la grossesse de Mausami. Égoïstement peut-être, Peter en attendait un peu plus. Theo aurait au moins pu exprimer des regrets, si vagues fussent-ils, à l'idée de leur séparation. Il n'en avait rien fait. Le matin de leur départ, quand le petit groupe de six avait quitté la ferme, Peter s'était retourné, pensant voir Theo et Mausami les regarder s'éloigner. Une petite chose, mais Peter trouvait important de voir son frère debout là, sous le porche, jusqu'à ce qu'ils soient hors de vue tous les six. Or quand Peter s'était retourné, Theo était parti. Il n'y avait plus que Mausami.

Lorsque le soleil fut au zénith, ils firent halte dans un bosquet d'arbres dépouillés. La ligne de crête des montagnes se découpait maintenant nettement sur le ciel, à l'est, masse déchiquetée, couronnée par des pics éclaboussés de blanc. La journée avait encore été chaude, suffisamment pour qu'ils se retrouvent en nage, mais dans les hauteurs où ils allaient, l'hiver était déjà arrivé.

— Il y a de la neige, là-haut, constata Hollis.

Il était assis à côté de Peter sur un tronc d'arbre abattu, à l'écorce noircie, à moitié pourrie par l'humidité. Personne n'avait dit un mot depuis au moins une heure. Les autres s'étaient éparpillés, à part Alicia, partie en reconnaissance. Hollis ouvrit une boîte de conserve avec son couteau et commença à manger le contenu à la cuillère – une espèce de viande hachée. Des bribes s'étaient prises dans sa barbe emmêlée. Il s'essuya, arrosa son repas avec l'eau de sa gourde, une longue goulée d'assoiffé, et passa la boîte à Peter.

Peter la prit et mangea. Sara, assise en face de lui, adossée à un arbre, écrivait dans son journal. Elle s'interrompit, regarda avec intensité ce qu'elle avait écrit. Son crayon était réduit à un moignon si court qu'elle avait du mal à le tenir. Peter la regarda prendre son couteau à sa ceinture, tailler la pointe et reprendre son patient travail de scribe.

— Qu'est-ce que tu écris ?

Elle haussa les épaules, raccrocha une mèche de cheveux vagabonde derrière son oreille.

— La neige. Ce qu'on a mangé, où on a dormi.

Elle leva le visage vers les arbres et regarda en plissant les paupières le soleil descendre entre les branches détrempées.

— Comme c'est beau, ici.

Il se sentit sourire. Depuis combien de temps n'avait-il pas souri ?

— Oui, hein, c'est beau.

Un nouveau sentiment semblait s'être emparé d'elle depuis leur départ de la ferme, se dit Peter. Une sorte d'apaisement qui excluait toute impatience. Comme si elle avait pris une décision, et que cette prise de décision l'avait fait entrer plus profondément en elle-même, dans un état qui passait l'inquiétude ou la crainte. Il éprouva une étincelle de regret. En la regardant, à cet instant, il mesura à quel point il avait été stupide. Elle avait les cheveux tout emmêlés, le visage et les bras maculés de crasse, les ongles en deuil. Et pourtant, elle n'avait jamais été plus rayonnante. Comme si tout ce qu'elle avait vu faisait maintenant partie intégrante d'elle et l'emplissait d'un calme radieux. Ce n'était pas rien, d'aimer quelqu'un. C'était le cadeau qu'elle lui avait offert, depuis toujours. Et lui, il l'avait refusé.

Elle releva les yeux, croisa son regard et inclina la tête, intriguée.

— Quoi ?

Il secoua la tête, gêné.

— Rien.

— Tu me regardais.

Le regard de Sara dériva vers Hollis ; les commissures de ses lèvres se relevèrent en un rapide sourire éclatant. Fugitif, mais Peter sentit avec acuité la ligne invisible du lien qui unissait ces deux-là. Mais bien sûr. Comment avait-il pu être aussi aveugle ?

— C'est rien, réussit-il à dire. C'est juste que... tu avais l'air heureuse, assise là. Ça m'a surpris, c'est tout.

Alicia émergea des broussailles. Elle posa son fusil en équilibre contre un arbre, récupéra une boîte dans la pile de sacs, l'ouvrit avec son couteau et regarda le contenu en fronçant les sourcils.

— Des pêches, gémit-elle. Pourquoi est-ce que je tombe toujours sur des pêches ?

Elle s'assit sur le tronc d'arbre et commença à se fourrer un fruit jaune, mou, dans la bouche à la pointe du couteau.

— Qu'est-ce qu'il y a, plus loin ? demanda Peter.

Le jus coulait sur son menton. Elle fit un geste avec son couteau dans la direction d'où elle revenait.

— À cinq cents mètres environ vers l'est, la rivière s'étrécit et tourne vers le sud. Il y a des collines de chaque côté, couvertes d'une végétation dense, et beaucoup de points élevés.

Les pêches avalées, elle but le jus à même la boîte, la jeta et s'essuya les mains sur son pantalon.

— En plein jour, comme ça, ça doit aller. Mais on n'a pas intérêt à s'éterniser dans le coin.

Michael était assis à quelques mètres de là sur la terre humide, le dos appuyé à un tronc d'arbre. Les jours de marche l'avaient amaigri, endurci. Un fin duvet pâle était apparu sur son menton. Il avait un fusil en travers des cuisses, le doigt près de la détente.

— Pas un visu en quoi, sept jours ?

Il parlait les yeux clos, le visage levé vers le soleil. Il ne portait qu'un tee-shirt ; son blouson était noué autour de sa taille.

— Huit, rectifia Alicia. Ça ne veut pas dire qu'on doive baisser la garde.

— Je disais ça comme ça.

Il rouvrit les yeux et regarda Alicia en haussant les épaules.

— Ce félin a pu être tué par bien des choses. Il est peut-être mort de vieillesse.

Alicia eut un petit rire.

— Je voudrais bien, dit-elle.

Amy était debout toute seule au bord de la clairière. Elle s'éloignait toujours comme ça. Pendant un moment, cette habitude avait inquiété Peter, mais elle n'allait jamais très loin, et maintenant, ils s'y étaient faits.

Il se leva et s'approcha d'elle.

— Amy, tu devrais manger quelque chose. On va bientôt repartir.

La fille ne répondit pas tout de suite. Elle avait les yeux rivés sur les montagnes dressées dans le soleil, au-delà de la rivière et des champs herbeux, plus loin.

— Je me souviens de la neige, dit-elle enfin. J'étais couchée dedans. C'était froid.

Elle se tourna vers lui et le regarda entre ses paupières plissées.

— On n'est plus très loin, hein ?

Peter hocha la tête.

— Quelques jours, je pense.

— Tell-uride, dit-elle.

— Telluride, oui.

Elle se détourna à nouveau. Peter la vit frissonner, malgré la chaleur du soleil.

— Il va encore neiger ? demanda-t-elle.

— Hollis pense que oui.

Amy hocha la tête, satisfaite. Son visage s'était empli d'une chaude lumière. C'était un souvenir heureux.

— Je voudrais me coucher dedans à nouveau et faire des anges de neige.

Elle parlait souvent comme ça, par vagues énigmes. Pourtant, cette fois, ce n'était pas pareil. C'était comme si le passé remontait devant ses yeux, reparaissait à sa vue. Une biche sortant des fourrés, que le moindre mouvement ferait fuir.

— Des anges de neige ? Qu'est-ce que c'est ?

— C'est quand on remue les bras et les jambes dans la neige, expliqua-t-elle. Comme les anges du ciel. Comme le fantôme, Jacob Marley.

Peter sentit que les autres les écoutaient. Le vent promenait une mèche de cheveux noirs sur les yeux de la fille. En la regardant, il se sentit ramené des mois en arrière, à la nuit, dans l'Infirmerie, où Amy avait lavé sa blessure. Il eut envie de lui demander : *Comment le savais-tu, Amy ? Comment savais-tu que je manque à ma mère, et combien elle me manque ? Parce que je ne le lui ai jamais dit, Amy. Elle était mourante, et je ne lui ai jamais dit combien elle me manquerait quand elle ne serait plus là.*

— Qui est Jacob Marley ? finit-il par dire.

Son front se plissa d'un soudain chagrin. Elle secoua la tête.

— Il portait les chaînes qu'il avait forgées pendant sa vie. C'était une si triste histoire.

Dans l'après-midi, ils suivirent la rivière. Ils étaient maintenant au pied des collines. Ils avaient laissé le plateau derrière eux. Le sol commençait à monter et à se couvrir d'arbres, des trembles dénudés, maigres comme des brindilles, d'antiques pins qui se dressaient au-dessus d'eux, aussi grands que des maisons. Sous leurs vastes frondaisons, le sol ombragé était dégagé, matelassé par les aiguilles. L'air était froid et humide, à cause de la rivière. Ils avançaient comme toujours sans parler, en observant les arbres. Vigilance, vigilance.

Il n'y avait pas de Placerville. Il n'était pas difficile de voir ce qui s'était passé en regardant l'étroite vallée, la rivière qui la sculptait. Au printemps, à la fonte des neiges, ce devait être un torrent furieux. Comme Moab, la ville avait été emportée par les eaux.

Ils passèrent la nuit au bord de la rivière, leur bâche tendue entre deux arbres en guise de toit, leurs matelas et leurs sacs de couchage posés sur la terre meuble. Peter avait le troisième quart, avec Michael. Ils prirent position. La nuit était calme et glacée, pleine du bruit de la rivière. Debout à son poste, essayant de ne pas bouger malgré le froid, Peter pensait à Sara, au sentiment qu'il avait détecté entre Hollis et elle dans ce regard privé, et se rendit compte qu'il était sincèrement heureux pour eux. Il avait eu sa chance, après tout, et Hollis l'aimait visiblement comme elle méritait d'être aimée. C'est ce que Hollis lui avait dit – il s'en rendait compte désormais –, cette nuit-là à Milagro, quand Sara avait été emportée : « Peter, je dois y aller ; tu le sais mieux que personne. » Ce n'était pas que ses paroles, c'était l'expression de ses yeux. Une absence totale de peur. Il avait tout lâché, à ce moment-là ; il avait tout lâché pour Sara.

Le ciel commençait à pâlir quand Alicia sortit de leur abri et s'approcha de lui.

— Alors, dit-elle en bâillant à se décrocher la mâchoire. Tu es toujours là.

— Toujours là, fit-il en hochant la tête.

Chaque nuit sans visu l'amenait à se demander combien de temps encore leur chance durerait. Enfin, il se refusait à y penser trop longtemps ; ça paraissait dangereux, comme si on provoquait le destin, de s'interroger sur sa bonne fortune.

— Retourne-toi, il faut que j'y aille, dit-elle.

Il se détourna et l'entendit déboutonner son pantalon et s'accroupir. Dix mètres plus haut, en amont, Michael était assis, adossé à un rocher. Peter se rendit compte qu'il dormait à poings fermés.

— Alors, qu'est-ce que tu en penses ? demanda Alicia. Les fantômes, les anges, tout ça ?

— Pas grand-chose de plus que toi.

— Peter, fit-elle sur le ton d'une maîtresse d'école gourmandant un élève. Je n'y crois pas une seconde. Ça y est, dit-elle au bout d'un moment. Tu peux te retourner, maintenant.

Ce qu'il fit. Elle rebouclait son ceinturon.

— Après tout, si on est là, c'est à cause de toi, dit-elle.

— Je croyais que c'était à cause d'Amy.

Alicia tourna le regard vers les arbres, de l'autre côté de la rivière.

Elle laissa passer un instant.

— On est amis depuis aussi longtemps que remontent mes souvenirs. Rien ne pourrait changer ça. Alors ce que je vais te dire doit rester entre nous. Compris ?

Peter acquiesça.

— La nuit, avant qu'on parte, on était dans la caravane devant la cellule, tous les deux. Tu m'as demandé ce que je voyais quand je regardais Amy. Je crois que je ne t'ai pas répondu sur le coup, et je ne le savais probablement pas à ce moment-là. Mais je vais te le dire, aujourd'hui. Ce que je vois, c'est toi.

Elle le regardait attentivement, avec une expression presque peinée. Peter bredouilla une réponse.

— Je ne... comprends pas.

— Oh, mais si. Il se peut que tu ne le saches pas, mais si, tu comprends. Tu ne parles jamais de ton père, ni des Longues Chevauchées. Je n'ai jamais insisté. Mais ça ne veut pas dire que je ne sais pas quelle importance elles avaient pour toi. Toute ta vie tu as attendu que quelque chose comme Amy arrive. Tu peux appeler ça le destin, si tu veux, ou le sort. Tantine dirait probablement que c'est la main de Dieu. Moi aussi, j'ai eu droit à ces discours, crois-moi. Peu importe le nom qu'on donne à ça. C'est ce que c'est. Alors, si tu me demandes pourquoi on est ici, je te répondrai : on est là à cause d'Amy, bien sûr. Mais ce n'est que la moitié de la raison. Le plus drôle, c'est que tout le monde le sait, sauf toi.

Peter ne savait que dire. Depuis qu'Amy était entrée dans sa vie, il avait l'impression d'être pris dans un puissant courant qui l'entraînait vers quelque chose, une chose qu'il devait découvrir. Chaque pas qu'il faisait le lui disait. Mais il était vrai aussi que chacun d'eux avait joué son rôle, et la chance également, pour une bonne part.

— Je ne sais pas, Liss, dit-il enfin. Ç'aurait pu être n'importe qui, ce jour-là, au centre commercial. Ç'aurait pu être toi. Ou Theo.

Elle écarta sa réponse d'un geste.

— Tu le surestimes, et c'est comme ça depuis toujours. Et où est-ce qu'il est maintenant ? Ne te méprends pas. Je pense qu'il a fait ce qu'il fallait ; Maus n'était pas en état de voyager, je l'ai dit dès le début. Mais ce n'est pas la seule raison pour laquelle il est resté. Si je te dis tout ça, c'est parce que tu as peut-être besoin de l'entendre, ajouta-t-elle avec un haussement d'épaules. C'est ta Longue Chevauchée, Peter. Quoi qu'il y ait en haut de cette montagne, c'est à toi de le découvrir. Et quoi qu'il advienne, j'espère que tu y arriveras.

Il y eut un nouveau silence. Quelque chose, dans la façon dont elle lui parlait, le dérangeait. Son discours avait l'accent des dernières paroles. Comme si elle lui disait adieu.

— Tu crois que ça va aller pour eux ? demanda-t-il. Theo et Maus ?

— Ça, je n'en sais rien. J'espère que oui.

— Tu sais, dit-il, et il s'éclaircit la gorge, je crois que Hollis et Sara...

— Qu'ils sont ensemble ? Et moi qui croyais que tu n'avais rien vu, fit-elle avec un petit rire. Tu devrais leur dire que tu es au courant. Personnellement, je pense que ça allégerait tout le monde d'un certain poids.

— Parce que tout le monde est au courant ? fit-il, sidéré.

— Peter, répondit-elle avec un froncement de sourcils réprobateur. C'est exactement ce que je te disais. C'est bien joli de sauver la race humaine. Je suis à fond pour, je t'assure. Mais tu devrais faire un tout petit peu plus attention à ce qui se passe sous ton nez.

— C'est ce que je croyais faire.

— Tu *croyais*. On n'est que des gens. Je ne sais pas ce qu'il y a en haut de cette montagne, mais ça au moins, je le sais. On vit, on meurt. Quelque part, en cours de route, avec un peu de chance, on peut trouver quelqu'un pour alléger le fardeau. Tu devrais leur dire que tu n'as rien contre. Ils attendent d'entendre ça de ta part.

Il était encore stupéfait du temps qu'il avait mis à comprendre ce qu'il y avait entre Sara et Hollis. Peut-être, se dit-il, qu'il ne *voulait* pas le voir. En regardant Alicia à présent, ses cheveux brillants dans la lumière du matin, il repensa tout à coup à la nuit qu'ils avaient passée ensemble, sur le toit de la Centrale, à parler tous les deux du mariage, d'avoir des Petits ; cette étrange et stupéfiante nuit où Alicia lui avait fait le don des étoiles. Sur le coup, cette seule idée – mener une vie normale, ou ce qui en tenait lieu – lui avait paru aussi lointaine et impossible que les étoiles elles-mêmes. Et là, à plus de mille kilomètres de chez eux – un chez-eux qu'ils ne reverraient probablement jamais –, ils étaient ceux qu'ils avaient toujours été, et en même temps pas les mêmes, parce qu'il s'était passé quelque chose. L'amour était parmi eux.

C'est ce qu'Alicia lui disait maintenant ; c'est ce qu'elle avait essayé de lui dire cette nuit-là, sur le toit de la Centrale, dans cette dernière heure de calme avant que les événements se précipitent. Ce qu'ils faisaient, ils le faisaient par amour. Et pas seulement Sara et Hollis : eux tous.

— Liss..., commença-t-il.

Elle secoua la tête, coupant court, la mine soudain troublée. Derrière elle, Sara et Hollis émergeaient de l'abri, dans le matin.

— Comme je te disais, c'est à cause de toi si on est tous là, dit Alicia. Surtout moi. Bon, maintenant, tu vas réveiller le Circuit ou il faut que je le fasse ?

Ils levèrent le camp et repartirent le long de la rivière. Le soleil était apparu sur la crête, au-dessus de la vallée, baignant les branches des arbres d'une lumière vaporeuse.

Vers la mi-journée, Alicia, qui menait la marche, s'immobilisa brusquement. Elle leva la main pour leur imposer silence.

— Liss ! appela Michael, de l'arrière. Pourquoi on s'arrête ?

— Chut !

Elle humait l'air. C'est alors que Peter la sentit aussi : une odeur forte, étrange, qui piquait les narines.

Derrière lui, Sara murmura :

— Qu'est-ce que c'est que ça ?

Hollis pointa son fusil au-dessus de leurs têtes.

— Regardez...

Des dizaines de petites masses blanches qui ressemblaient à des fruits étaient accrochées au bout de longues cordes dans les branches, au-dessus de leur tête.

— Bon sang, qu'est-ce que ça peut bien être ?

Mais Alicia regardait maintenant par terre. Elle examinait anxieusement le sol à leurs pieds. Elle s'agenouilla et écarta l'épaisse couverture de feuilles mortes.

— Et merde !

Peter entendit le souffle provoqué par la chute d'une grosse masse. Avant qu'il ait eu le temps d'ouvrir la bouche, le filet les avait avalés, et ils montaient, fonçaient en l'air en criant, roulant les uns sur les autres, prisonniers de ses mailles. Arrivés au sommet de leur ascension, ils restèrent un instant suspendus en apesanteur, puis ils se sentirent redescendre, vite, rudement, projetés les uns sur les autres par les cordes qui les comprimaient en une unique masse captive, tournoyante.

Peter avait la tête en bas. Quelqu'un, Hollis, était au-dessus de lui. Hollis, mais aussi Sara, une partie d'Amy et une chaussure de sport, tout près de sa figure, qu'il reconnut comme étant à Amy. Il était impossible de dire où finissait un corps et où commençait l'autre. Ils tournaient sur eux-mêmes comme une toupie. Peter avait la poitrine tellement compressée qu'il respirait à grand-peine. Les cordes, faites de grosses lianes fibreuses, lui rentraient dans la joue. Le sol tourbillonnait en dessous d'eux, en un méli-mélo de couleurs indifférenciées.

— Liss !

— Je ne peux pas bouger !

— Quelqu'un peut ?

Michael :

— Je crois que je vais vomir !

Sara, d'une voix rendue stridente par la panique :

— Michael, ne t'avise pas de faire ça !

Peter n'avait aucun moyen d'atteindre son couteau, et

même s'il avait pu, couper les cordes n'aurait réussi qu'à les faire dégringoler au sol. Le mouvement de rotation se ralentit, puis cessa, reprit en sens inverse, et s'accéléra. Quelque part au-dessus de lui, dans le magma de corps, il entendit Michael hoqueter.

Ils tournèrent, tournèrent et tournèrent encore. Ils en étaient à la sixième rotation quand Peter discerna du coin de l'œil – un œil en révolution – un vague mouvement dans les broussailles. Comme si les bois bougeaient, s'animaient. Mais à ce moment-là, il était trop désorienté pour dire un mot. D'un côté, il avait peur, de l'autre... il n'y avait peut-être même pas d'autre côté.

— Putain de merde ! fit une voix, en dessous d'eux. Mais c'est des *clamps* !

Et c'est alors que Peter les vit : des soldats.

58.

Les premiers jours, Mausami dormit – seize, dix-huit, vingt heures d'affilée. Theo avait chassé les souris de la chambre du haut. Il les avait expédiées dans l'escalier puis dehors à coups de balai, en poussant de grands cris. Dans un placard, sentant le temps et la poussière, ils avaient trouvé une pile de draps et de couvertures pliés avec un soin étrange, et même des oreillers, un pour la tête, l'autre à mettre sous ses genoux pour lui redresser le dos. Des décharges électriques aléatoires, délicieusement douloureuses, avaient commencé à lui parcourir une jambe – le bébé, qui lui appuyait sur la colonne vertébrale. Elle considéra que c'était signe que le bébé faisait ce qu'il était censé faire, trouver sa place dans l'espace dense, bien rempli, de son ventre. Theo allait et venait, s'occupant d'elle comme une infirmière, lui apportant à boire et à manger. Il dormait l'après-midi sur le vieux canapé défoncé du rez-de-chaussée, et quand le soir tombait, il tirait une chaise sous le porche et il passait la nuit assis, un fusil sur les cuisses, à regarder dans le noir.

Et puis un matin, en se réveillant, elle se sentit parcourue d'une vigueur nouvelle. Elle n'était plus vidée de son énergie ; les jours de repos avaient fait leur œuvre. Elle s'assit et vit que le soleil brillait derrière la fenêtre. L'air était frais et sec ; une douce brise faisait danser les rideaux. Elle ne se rappelait pas avoir ouvert la fenêtre. C'était peut-être Theo qui l'avait fait, à un moment donné, pendant la nuit.

Le bébé lui appuyait sur la vessie. Theo lui avait laissé un seau, mais elle n'avait pas envie de s'en servir, maintenant qu'elle pouvait faire autrement. Elle allait faire la longue marche qui menait aux cabinets, pour montrer à Theo qu'elle était enfin réveillée.

Elle discernait encore à ce moment ses pas quelque part dans la maison, en dessous. Elle se leva, enfila un pull sur sa liquette – elle était tout à coup beaucoup trop grosse pour son unique pantalon – et descendit l'escalier. Son centre de gravité paraissait avoir changé pendant la nuit ; la bosse bien nette de son ventre la faisait se sentir pataude, trop lourde du haut. Il faudrait bien qu'elle s'y fasse, se dit-elle. Même pas six mois, et elle était déjà énorme.

Elle entra dans une pièce dont elle se souvenait à peine ; elle mit un moment à assimiler le changement. Le canapé et les chaises naguère poussés contre les murs étaient à présent au milieu de la pièce, à angle droit par rapport à la cheminée, face à face de part et d'autre d'une petite table en bois posée sur un tapis de laine usé jusqu'à la trame. Le sol sous ses pieds nus avait été balayé ; il était tout propre. Theo avait étendu d'autres couvertures sur le canapé et les avait bien bordées pour camoufler les taches et l'usure.

Mais ce qui attira son attention, c'était la série de photos posées sur le manteau de la cheminée. Des photos jaunies – les mêmes personnes, à des âges différents et dans des situations différentes, qui posaient toutes devant la maison même où elle était à présent. Un homme, sa femme et trois enfants, deux filles et un garçon. Les photos semblaient avoir été prises à un an d'écart : sur chacune les enfants avaient grandi. Le plus jeune, le bébé de la première photo, où sa mère – une femme à l'air fatigué, ses lunettes noires remontées sur le front – le tenait dans ses bras, était, sur la dernière, un garçon de cinq ou six ans. Debout devant ses sœurs aînées, il regardait l'objectif en souriant de toutes ses dents, sauf une, juste devant. Son tee-shirt arborait une inscription incompréhensible : « Utah Jazz ».

— C'est quelque chose, hein ?

Mausami se retourna et vit que Theo l'observait depuis la porte de la cuisine.

— Où tu les as trouvées ?

Il s'approcha de la cheminée et prit la dernière, celle avec le petit garçon souriant, à la dent en moins.

— Elles étaient dans un petit cagibi, sous l'escalier. Tu vois ça ?

Il tapota le verre et lui montra, à l'arrière-plan, sur le bord de l'image, une voiture, remplie à ras bord. D'autres paquets étaient attachés sur le toit.

— C'est la voiture qu'on a trouvée dans la grange.

Mausami regarda les photos encore un moment. Comme ils avaient l'air heureux. Pas seulement le petit garçon souriant, mais ses parents et sa sœur aussi – tous les cinq.

— Tu crois qu'ils vivaient ici ?

Theo hocha la tête et remit la photo à sa place avec les autres, sur la cheminée.

— À mon avis, ils sont arrivés ici avant la flambée de l'épidémie et ils se sont retrouvés coincés. Ou bien ils ont juste décidé de rester. Et n'oublie pas les quatre tombes, derrière.

Mausami était sur le point de faire remarquer qu'il y en avait quatre, pas cinq. Et puis elle se rendit compte que la quatrième tombe avait été creusée par le dernier survivant, qui ne pouvait s'enterrer lui-même.

— Tu as faim ? lui demanda Theo.

Elle passa la main dans ses cheveux crasseux.

— Ce qui me ferait vraiment plaisir, ce serait de me laver.

— C'est bien ce que je pensais, fit-il avec un sourire entendu. Allez, viens.

Il la fit sortir dans la cour. Une grosse bouilloire de fonte était suspendue à une chaîne au-dessus d'un tas de braises rougeoyantes. À côté se trouvait un baquet de métal assez long et profond pour qu'une personne puisse s'y asseoir. À l'aide d'un seau en plastique, il le remplit avec l'eau de la pompe, puis il prit la poignée de la bouilloire à l'aide d'un gros chiffon et versa le contenu fumant dans le baquet.

— Allez, monte là-dedans, dit Theo.

Elle se sentit soudain gênée.

— D'accord, dit-il en riant gentiment. Je ne regarde pas.

Ça paraissait idiot, après tout le reste, cette soudaine pudeur, mais c'était ainsi. Pendant que Theo détournait le regard, elle se déshabilla rapidement et resta un moment nue dans le soleil d'automne. L'air lui sembla frais sur la peau tendue de son ventre rond. Elle se laissa glisser dans l'eau, qui remonta au-dessus de son estomac, sur ses seins gonflés qu'ombrait un réseau de veinules bleutées.

— C'est bon, je peux me retourner ?

— Je me sens tellement énorme, Theo. Je ne peux pas croire que tu aies envie de me voir comme ça.

— Tu vas encore grossir avant de retrouver ta silhouette. Autant que je m'y fasse.

De quoi avait-elle peur ? Ils pouvaient avoir un bébé ensemble, mais elle ne voulait pas qu'il la voie nue ? C'est à peine s'ils s'étaient touchés depuis plusieurs jours. Elle prit conscience qu'elle attendait qu'il prenne ce genre d'initiative, qu'il franchisse la barrière qui les séparait, maintenant qu'ils étaient seuls.

— D'accord, tu peux te retourner.

Il haussa brièvement les sourcils à sa vue. Mais un instant à peine. Elle vit qu'il tenait une poêle noircie, pleine d'une substance dure, luisante. Il la posa par terre, auprès du baquet, et s'agenouilla pour en découper un morceau en forme de part de tarte avec son couteau.

— Mon Dieu, Theo, tu as fait du savon ? !

Il haussa les épaules.

— On en faisait parfois avec ma mère. Mais je ne suis pas sûr d'avoir mis assez de cendres. La graisse vient d'une antilope que j'ai tuée hier matin. Ces bêtes sont maigres comme un clou, mais j'en ai tiré assez pour une fournée.

— Tu as tiré sur une antilope ?

Il hocha la tête.

— Même que j'ai eu un mal de chien à la traîner ici. Au moins cinq kilomètres. Et puis il y a beaucoup de poisson dans la rivière. On devrait arriver à faire suffisamment de réserves pour passer l'hiver sans problème.

Il se releva et s'essuya les mains sur les jambes de son pantalon.

— Allez, lave-toi, va, je vais préparer le petit déjeuner.

Lorsqu'elle eut fini, l'eau était noire de crasse et couverte d'un film huileux à cause du savon. Elle se leva, utilisa le reste de l'eau chaude pour se rincer, et debout toute nue dans la cour, sous le soleil, elle laissa l'humidité s'évaporer de sa peau dans l'air sec. Elle ne se rappelait pas la dernière fois où elle s'était sentie aussi propre.

Elle se rhabilla – ses vêtements lui firent l'impression d'être crasseux sur sa peau ; il faudrait qu'elle pense à faire la lessive –, et rentra dans la maison. Où l'attendaient d'autres surprises, remontées de la cave : Theo avait mis la table – de la vraie porcelaine, des couverts, des tasses et des verres embués par le temps. Il préparait une espèce de steak à la poêle, avec des rondelles d'oignon translucides. La pièce rugissait de chaleur à cause du fourneau, où brûlaient des bûches prélevées sur une pile qu'il avait faite près de la porte.

— Les derniers morceaux de l'antilope, lui expliqua-t-il. Le reste est prêt à être fumé.

Il fit sauter les steaks dans la poêle et se tourna vers elle en s'essuyant les mains sur un torchon.

— C'est un peu coriace, mais pas mauvais. Il y a des oignons sauvages au bord de la rivière. Et des buissons qui pourraient être des mûres, mais il va falloir attendre le printemps.

— Jets, Theo ! Et c'est tout ?!

Ce n'était pas vraiment une question : elle était stupéfaite de tout ce qu'il avait fait.

— Des pommes de terre.

— Des pommes de terre ?

— Pratiquement toutes germées, maintenant, mais on pourra tout de même en récupérer quelques-unes. J'en ai mis un paquet dans des bacs, à la cave.

Avec une longue fourchette, il embrocha les steaks et les déposa sur leurs assiettes.

— On ne mourra pas de faim. Il y a tout ce qu'on veut, quand on cherche un peu.

Après le petit déjeuner, il fit la vaisselle dans l'évier pendant qu'elle le regardait. Elle aurait bien voulu l'aider, mais il avait insisté pour qu'elle se repose.

— Tu veux faire un tour ? lui proposa-t-il après.

Il disparut dans la grange et revint avec un seau et deux cannes à pêche, encore enrobées de plastique. Il lui donna une petite bêche et le fusil à porter, ainsi qu'une poignée de coquillages. Lorsqu'ils arrivèrent à la rivière, le soleil était haut dans le ciel. Ils étaient à un endroit où l'eau ralentissait et s'élargissait en une large courbe peu profonde. Les berges étaient couvertes de végétation, de hautes herbes dorées par l'automne. Theo n'avait pas d'hameçon, mais il avait trouvé, dans un tiroir de la cuisine, une petite trousse à couture dans laquelle il y avait une boîte d'épingles de sûreté. Pendant que Maus fouillait la terre à la recherche de vers, Theo attacha les épingles au bout de leurs lignes.

— Alors, comment ça marche, exactement, la pêche ? demanda Maus.

Elle avait les mains pleines de terre grouillante. Où que porte le regard, le sol fourmillait de vie.

— Je pense qu'on les met dans l'eau et qu'on regarde ce qui se passe. C'est tout.

Ce qu'ils firent. Mais au bout d'un moment, ça parut idiot : les hameçons étaient posés sur le fond, si près de la surface qu'ils pouvaient les voir.

— Recule, dit Theo. Je vais essayer d'envoyer le mien plus loin.

Il débloqua le moulinet de sa canne, la renvoya en arrière, par-dessus son épaule, et lança l'hameçon loin devant lui. La ligne décrivit un grand arc au-dessus de l'eau et disparut dans le courant avec un *plop*. Presque aussitôt, la canne se ploya fortement.

— Et merde ! fit-il avec un regard paniqué. Qu'est-ce que je fais ?

— Ne le laisse pas se sauver !

Le poisson creva la surface dans une éclaboussure argentée. Theo commença à tourner le moulinet.

— Il a l'air énorme !

Alors que Theo ramenait le poisson vers le rivage, Maus s'aventura dans l'eau peu profonde, étonnamment froide – elle en avait plein les bottes –, et se pencha pour l'attraper. Mais il fila, et quelques instants plus tard, elle avait les chevilles emmêlées dans le fil à pêche.

— Theo, aide-moi !

Ils riaient tous les deux. Theo attrapa le poisson et le retourna sur le dos, ce qui parut avoir l'effet escompté : il cessa de se débattre. Maus réussit à se libérer de la ligne et récupéra le seau sur la berge pendant que Theo tirait le poisson de la rivière – une longue chose brillante, tachetée de couleurs étincelantes, comme si des centaines de minuscules joyaux étaient enchâssés dans sa chair. L'aiguille était plantée dans sa lèvre inférieure, le ver encore épinglé dessus.

— Quelle partie est-ce qu'on mange ? demanda Maus.

— Je suppose que ça dépend si on a très faim.

Alors il l'embrassa ; elle se sentait envahie de bonheur. C'était bien Theo, son Theo. Elle le sentait dans son baiser. Quoi qu'il ait pu arriver dans cette cellule, ça ne le lui avait pas enlevé.

— À mon tour, dit-elle en le repoussant, et elle prit sa canne pour lancer la ligne comme il l'avait fait.

Ils remplirent le seau de poissons frétillants. La rivière semblait presque trop abondante, un cadeau plus qu'extravagant. Le large ciel bleu, la rivière tavelée de soleil, la campagne oubliée et eux au milieu : tout ça était d'une certaine façon miraculeux. En retournant vers la maison, Maus repensa à la famille des photos. La mère, le père, les deux filles et le petit garçon au sourire édenté, conquérant. Ils avaient habité ici, ils étaient morts ici. Mais surtout, elle le sentait avec certitude, ils avaient *vécu*.

Ils vidèrent les poissons et disposèrent leur chair tendre sur des grilles, dans le fumoir. Demain, ils les mettraient à sécher au soleil. Ils en avaient gardé un pour dîner, qu'ils firent cuire à la poêle avec un peu d'oignon et l'une des pommes de terre germées.

Alors que le soleil se couchait, Theo prit la carabine à sa place, dans le coin de la cuisine. Maus rangeait les dernières assiettes dans les placards. Elle se retourna et le regarda éjecter les cartouches, trois, dans sa paume, souffler dessus pour en enlever la poussière et les remettre dans le chargeur. Puis il saisit son couteau et le nettoya aussi, en l'essuyant sur son pantalon.

— Bon, fit-il en s'éclaircissant la voix. Je crois qu'il est temps.

— Non, Theo.

Elle posa l'assiette qu'elle tenait et s'approcha de lui. Elle lui prit le fusil des mains et le plaça sur la table de la cuisine.

— On est en sûreté, ici, je le sais.

Tout en prononçant ces mots, elle en sentit la véracité. Ils étaient en sûreté parce qu'elle croyait qu'ils l'étaient.

— N'y va pas.

Il secoua la tête.

— Je ne pense pas que ce soit une bonne idée, Maus.

Elle approcha son visage du sien et l'embrassa à nouveau, longuement, lentement, pour qu'il sache ça sur elle, et sur eux deux. Ils étaient en sûreté. À l'intérieur d'elle, le bébé avait le hoquet.

— Viens te coucher, Theo, dit Mausami. S'il te plaît. Je veux que tu viennes au lit avec moi, maintenant.

C'était le sommeil qu'il redoutait. Il le lui dit, cette nuit-là, alors qu'ils étaient dans les bras l'un de l'autre. Il ne pouvait pas faire autrement que de dormir, il le savait. Ne pas dormir, c'était comme ne pas manger, lui expliqua-t-il. Ou ne pas respirer. C'était comme si on retenait son souffle dans sa poitrine aussi longtemps que possible, jusqu'à ce qu'on voie des papillons lumineux danser devant ses yeux, et que chaque partie de soi dise un seul mot : *Respire*. Voilà comment ça avait été dans la cellule, pendant des jours et des jours et des jours.

Et maintenant, le rêve avait disparu, mais pas l'impression. La peur de fermer les yeux et de se retrouver à nouveau dans le rêve. Parce que, sans la fille, c'est ce qu'il aurait fini par faire. Elle était entrée dans le rêve et elle avait retenu sa main, mais à ce moment-là, il était trop tard. Il aurait tué la femme, il aurait tué n'importe qui. Il aurait fait tout ce qu'ils voulaient. Et une fois qu'on savait ça sur soi-même, on ne pouvait plus jamais le *désavoir*. Quel que soit celui que l'on croyait être, on était quelqu'un de tout autre.

Elle le serra contre elle tandis qu'il parlait, sa voix dérivant dans le noir. Et pendant un long moment, ils restèrent silencieux.

— Maus ? Tu dors ?

— Je suis là.

Sauf que ce n'était pas vrai ; en réalité, elle avait somnolé.

Il la serra contre lui, lui prit le bras et le passa sur sa poitrine, comme une couverture pour lui tenir chaud.

— Reste éveillée pour moi, dit-il. Tu peux faire ça ? Jusqu'à ce que je dorme.

— Oui, dit-elle. Oui, je peux faire ça.

Il demeura un moment silencieux. Dans le non-vide entre leurs corps, le bébé se retourna et donna des coups de pied.

— On est en sécurité, ici, Theo, dit-elle. Tant qu'on sera ensemble, on sera en sûreté.

— J'espère que tu dis vrai, répondit-il.

— Je sais que c'est vrai, dit Mausami.

Mais alors qu'elle sentait le souffle de Theo se ralentir contre elle et le sommeil l'emporter enfin, elle resta les yeux grands ouverts dans le noir. *C'est vrai*, pensa-t-elle, *parce qu'il faut que ça le soit*.

59.

Lorsqu'ils arrivèrent à la garnison, l'après-midi était bien avancé. On leur avait rendu leurs paquetages, mais pas leurs armes ; ils n'étaient pas prisonniers, mais ils n'étaient pas non plus libres d'aller et venir à leur guise. Le terme que le capitaine avait utilisé était « sous protection ». À partir de la rivière, ils avaient remonté plein nord, sur la crête. À l'entrée d'une deuxième vallée, ils avaient suivi une piste bourbeuse, défoncée par des traces de roues et des sabots de chevaux. C'était vraiment un hasard qu'ils ne soient pas tombés dessus tout seuls.

De gros nuages étaient arrivés de l'ouest ; l'air sentait la pluie. Alors que les premières gouttes commençaient à tomber, Peter huma, dans le vent, une odeur de feu de bois.

Le capitaine Greer s'approcha de lui. C'était un grand bonhomme bien bâti, au front tellement plissé qu'on aurait dit un champ labouré. Il devait avoir une quarantaine d'années. Il portait une tenue camouflée marron et vert, serrée à la taille par un large ceinturon, aux poches gonflées de toutes sortes de choses. Il avait un bonnet de laine sur son crâne rasé. Comme les quinze hommes de son détachement, il s'était fait sur le visage des traînées de boue et de charbon de bois qui faisaient ressortir le blanc de ses yeux avec une vivacité surprenante. On aurait dit des loups, des créatures de la forêt. Ils ressemblaient à la forêt elle-même. Une unité avancée ; ils étaient dans les bois depuis des semaines.

Greer s'arrêta sur le chemin et épaula son fusil. Il avait un pistolet noir dans un étui à sa ceinture. Il but longuement à sa gourde et fit signe avec en direction de la colline. Ils étaient tout près, maintenant. Peter le sentait dans le pas des hommes, qui accéléraient l'allure. Un repas chaud, un lit de camp sur lequel dormir, un toit au-dessus de leur tête.

— Juste derrière la prochaine crête, dit Greer.

Au cours des dernières heures, ils avaient esquissé quelque chose qui faisait à Peter l'impression d'être le début d'une amitié. Après la confusion initiale de leur capture, une situation compliquée du fait qu'aucun des deux groupes ne voulait dire qui il était tant que l'autre n'aurait pas craché le morceau, Michael avait fait le premier pas. Une fois que le filet les eut relâchés, il avait relevé son visage maculé de vomi et déclaré : « Jets ! Je me rends. On vient de Californie, d'accord ? Je vous en prie, que quelqu'un me tire une balle mais que le sol arrête de tourner. »

Alors que Greer rebouchait sa gourde, Alicia les rattrapa sur le chemin. Elle était inhabituellement silencieuse depuis le début. Elle n'avait élevé aucune objection quand Greer avait exigé qu'ils continuent désarmés, ce que Peter trouvait frappant, maintenant qu'il y réfléchissait. Ça ne lui ressemblait vraiment pas. Enfin, elle était probablement juste choquée, comme eux tous. Pendant toute la durée de la marche vers le campement, elle s'était tenue à côté d'Amy dans une attitude protectrice. Peut-être, pensait Peter, était-elle simplement gênée de les avoir fait tomber dans la gueule du loup. Quant à Amy elle-même, elle paraissait avoir encaissé ce nouveau retournement de situation comme tout le reste, avec un calme neutre, attentif.

— À quoi ça ressemble ? demanda-t-il à Greer.

Le capitaine haussa les épaules.

— Comme il faut s'y attendre. À une espèce de grande latrine. Enfin, ça vaut toujours mieux que de rester dehors, sous la pluie.

Tandis qu'ils arrivaient en haut de la colline, la garnison leur apparut, nichée dans une cuvette : un amas de tentes de toile et de véhicules, entouré par une palissade de rondins d'au moins quinze mètres de haut, et taillés en pointe. Parmi les véhicules, Peter vit au moins une demi-douzaine de Humvee, deux gros camions-citernes et un certain nombre de camions plus petits, des pick-up et des cinq tonnes aux pneus énormes, encroûtés de boue. Sur le pourtour, une douzaine de gros projecteurs étaient fixés sur de grands piquets ; à l'autre bout du casernement, des chevaux paissaient dans un enclos. D'autres soldats se déplaçaient au milieu des tentes et sur une passerelle en haut de la palissade. Au centre de la place, dominant tout le reste, un grand drapeau claquait au vent, des rectangles bleu, blanc, rouge, et une étoile blanche. Le site ne devait pas faire plus d'une cinquantaine d'hectares, et pourtant, debout sur la crête, Peter avait l'impression de contempler une ville entière, le cœur d'un monde auquel il avait toujours cru mais qu'il n'avait jamais vraiment imaginé.

— Ils ont des *lumières*, dit Michael.

D'autres hommes de l'unité de Greer les dépassèrent et descendirent la colline.

— Hé, fiston, fit un dénommé Muncey.

Un caporal, la boule à zéro, comme tous les autres, avec un large sourire dévoilant des dents saillantes. La plupart des hommes de Greer affectaient un silence martial, ne parlant que quand on s'adressait à eux, mais pas Muncey, bavard comme une pie. Il était, fort opportunément, opérateur radio. Il transportait sur son dos un mécanisme flanqué d'un générateur actionné par une manivelle qui dépassait par en bas comme une queue.

— À l'intérieur de cette palissade, fit Muncey avec un sourire, ce coin de terre boueuse, c'est le *Texas*.

Ce n'était pas l'armée régulière, leur avait expliqué Greer. Au moins, pas l'armée américaine. Il n'y avait plus d'armée américaine. « Alors, quelle armée êtes-vous ? » avait demandé Peter. C'est alors que Greer leur avait parlé du Texas.

En arrivant au pied de la colline, ils virent qu'un groupe d'hommes était massé à la porte. Malgré le froid, et maintenant la pluie, un crachin pénétrant, certains étaient torse nu, exhibant leur taille étroite, leurs pectoraux bien dessinés et leurs épaules larges. Tous étaient rasés de près, même la tête. Et tout le monde était armé : des fusils, des pistolets, et même quelques arbalètes.

— Les gars vont vous regarder comme des bêtes curieuses, fit calmement Greer. Autant vous y habituer.

— Combien de... *clamps* ramenez-vous générale-ment ? demanda Peter.

Greer lui avait expliqué que ce mot était une abré-viation de « clampins », les traînards, les retardataires.

Greer fronça le sourcil. Ils s'approchaient de la porte.

— Aucun. À l'est, il y en a encore quelques-uns. Plus haut, dans l'Oklahoma, une fois, le troisième bataillon a découvert toute une putain de ville. Mais par ici ? On n'en cherche même pas.

— Alors, à quoi sert le filet ?

— Désolé, fit Greer. Je pensais que vous auriez compris. C'est pour les dracs. Ce que vous appelez tous des « fums ».

Il fit tourner son doigt en l'air.

— Ce mouvement rotatif leur fait perdre les pédales. Dans ce truc-là, ils sont comme des canards dans un tonneau.

Ça rappela à Peter une chose que Caleb lui avait dite, il y avait ce qui lui semblait des mois, sur la raison pour laquelle les viruls évitaient le champ d'éoliennes : « Zander disait toujours que le mouvement des pales les tourneboulait. » Il le raconta à Greer.

— Ça colle, acquiesça le capitaine. Ils n'aiment pas tout ce qui tourne. Mais je n'ai jamais entendu dire ça des éoliennes. C'est nouveau.

— Et qu'est-ce que c'était que ces trucs ? demanda Michael, qui marchait à côté d'eux. Accrochés dans les arbres, et qui sentaient mauvais ?

— De l'ail, fit Greer avec un ricanement. Un truc vieux comme le monde. Ces putains de dracs en raffolent.

La conversation s'interrompit quand ils franchirent la porte et entrèrent entre deux rangées d'hommes qui les attendaient. Le détachement de Greer se dispersa dans la foule. Personne ne parlait. Peter vit leurs yeux passer très vite sur lui. Et puis il comprit ce que les soldats regardaient tous : ils zyeutaient les femmes.

— 'Aard'à-vous !

Tout le monde rectifia la position. Peter vit un homme sortir des tentes et venir vivement dans leur direction. Au premier abord, ce n'était pas comme ça que Peter aurait imaginé un haut gradé : petit et râblé, une bonne tête de moins que Greer, avec un déhanchement peu propice aux longues marches. Sous le dôme de son crâne rasé, son visage semblait froissé, comme si ses traits avaient été trop rapprochés les uns des autres. Mais alors qu'il s'approchait, Peter sentit qu'il irradiait de lui une autorité, une énergie mystérieuses ; on aurait dit qu'un nuage d'électricité statique planait dans l'air autour de lui. Ses yeux, petits et noirs, semblaient incongrus dans son visage, mais son regard franc avait une intensité frappante.

Il dévisagea longuement Peter, les mains sur les hanches, puis son regard passa sur les autres, les soumettant à tour de rôle au même examen.

— Sacrebleu !

Il avait une voix étonnamment grave, et le même accent texan que Greer et ses hommes.

— Repos, les gars.

Tout le monde se détendit. Peter ne savait pas quoi dire. Mieux valait, se dit-il, écouter d'abord ce que le gaillard avait à raconter.

— Vous tous, du deuxième ! commença-t-il en élevant la voix pour se faire entendre. Il n'a pas échappé à mon attention que certains de ces clamps étaient des femmes. Vous ne devez pas regarder ces femmes. Vous ne devez pas leur parler, vous approcher d'elles, rechercher leur compagnie, ou vous imaginer, d'une façon générale, que vous avez quoi que ce soit à faire avec elles, ou elles avec vous. Elles ne sont ni vos petites amies ni vos femmes. Elles ne sont ni vos mères ni vos sœurs. Elles ne sont rien pour vous, elles n'existent pas, elles ne sont pas ici. C'est compris ?

— Chef, oui, chef !

Peter jeta un coup d'œil vers Alicia, qui était debout près d'Amy, mais il ne put rencontrer son regard. Hollis lui adressa un haussement de sourcils dubitatif. Il était clair qu'il ne savait pas non plus quoi penser de tout ça.

— Vous six, lâchez vos paquets et venez avec moi. Vous aussi, capitaine.

Ils le suivirent sous une tente, un espace d'un bloc au sol de terre battue sous un dais de toile qui faisait comme un ventre. La pièce était occupée par un fourneau pansu, deux tables de camping en contreplaqué couvertes de papiers, et contre la paroi du fond, une table plus petite sur laquelle était posée une radio. Un opérateur était assis devant, un casque sur la tête. Au-dessus de lui, sur une grande carte multicolore étaient plantées des dizaines de têtes d'épingle qui formaient un V irrégulier. En se rapprochant, Peter vit que la pointe du V se trouvait au centre du Texas ; une branche montait vers le nord à travers l'Oklahoma jusque dans le sud du Kansas, l'autre montait vers l'ouest et le Nouveau-Mexique avant de tourner, elle aussi, vers le nord, et de s'achever juste de l'autre côté de la frontière du Colorado – l'endroit où ils se trouvaient à présent. En haut de la carte figurait une inscription en jaune sur une bande foncée, « Carte politique des États-Unis », et dessous, « Cartes scolaires Fox & Sons, Cincinnati, Ohio «.

Greer s'approcha de lui.

— Bienvenue à la guerre, murmura-t-il.

Le commandant, qui était entré derrière eux, s'adressa à l'opérateur radio, lequel, comme les hommes, au-dehors, dévorait les femmes du regard. Il semblait avoir jeté son dévolu sur Sara, mais ses yeux se fixèrent ensuite sur Alicia, puis Amy, en une succession de petits bonds nerveux.

— Caporal, veuillez nous laisser, s'il vous plaît.

Le type détourna les yeux au prix d'un effort évident, et enleva son casque. Son visage s'empourpra.

— Chef, désolé, chef, dit-il, visiblement gêné.

— Dehors, fiston.

Le caporal se leva et décampa.

— Bon, fit le commandant en regardant Greer. Capitaine, vous n'auriez pas omis de me signaler un détail ?

— Trois des clamps sont des femmes, chef.

— Oui. Oui, en effet. Merci de m'en informer.

— Désolé, mon général, fit-il en se crispant. Nous aurions dû le mentionner.

— Oui, vous auriez dû. Puisque c'est vous qui les avez trouvées, je vous en charge. Vous croyez pouvoir gérer ça ?

— Bien sûr, mon général. Pas de problème.

— Détachez des hommes, qu'ils leur procurent un cantonnement. Et des latrines à part.

— Oui, mon général.

— Allez-y.

Greer hocha la tête, jeta un rapide coup d'œil vers Peter – *Bonne chance,* semblaient dire ses yeux – et quitta la tente. Le général, dont Peter s'avisa qu'il ne connaissait pas encore le nom, prit encore un moment pour les passer en revue du regard. Maintenant qu'ils étaient seuls, son attitude s'était détendue.

— C'est vous, Jaxon ?

Peter acquiesça d'un hochement de tête.

— Je suis le général de brigade Curtis Vorhees, deuxième corps expéditionnaire, armée de la République du Texas.

Une ébauche de sourire.

— Je suis la grosse légume du coin, au cas où le capitaine Greer aurait aussi omis de signaler ce détail.

— Il ne l'a pas fait. Je veux dire, il l'a fait. Il l'a signalé.

— Bien.

Vorhees les regarda encore un moment.

— Donc, si j'ai bien compris – et pardonnez-moi si j'ai du mal à vous croire sur ce point –, vous venez tous les six de Californie, à pied ?

En réalité, pensa Peter, *nous avons fait une partie du chemin en voiture. Et on a aussi pris le train.* Mais il se contenta de répliquer :

— Oui, monsieur.

— Et puis-je me permettre de vous demander pourquoi quelqu'un pourrait bien vouloir tenter une chose pareille ?

Peter ouvrit la bouche pour répondre. Mais encore une fois la réponse, la vraie, paraissait trop énorme. Dehors, la pluie avait commencé à tomber sérieusement, martelant le toit de toile.

— C'est une longue histoire, réussit-il à dire.

— Ça, je veux bien vous croire, monsieur Jaxon. Et ça m'intéresserait beaucoup de l'entendre. Mais pour le moment, nous avons quelques formalités à régler. Vous êtes des hôtes civils du deuxième expéditionnaire. Pour la durée de votre séjour, vous êtes sous mon autorité. Vous pensez pouvoir vous accommoder de ça ?

Peter acquiesça.

— D'ici six jours, cette unité va faire mouvement vers le sud pour rejoindre le troisième bataillon à Roswell, au Nouveau-Mexique. De là, nous pourrons vous renvoyer vers Kerrville avec un convoi de ravitaillement. Je vous suggère de profiter de cette opportunité, mais c'est entièrement à vous de décider. Vous voudrez sans nul doute en discuter entre vous.

Peter parcourut ses compagnons du regard. Leur visage semblait refléter sa propre surprise. Il n'avait pas envisagé l'hypothèse que leur voyage puisse être terminé.

— Maintenant, poursuivit Vorhees, passons aux autres questions que vous m'avez entendu évoquer avec le major. Je vais vous demander de dire aux femmes de votre groupe qu'elles ne devront avoir aucun contact avec mes hommes, en dehors du strict nécessaire. Elles ne devront pas sortir de leur tente, sauf pour aller aux latrines. Toutes les requêtes qu'elles pourraient avoir à formuler devront passer par vous, ou par le major Greer. C'est clair ?

Peter n'avait aucune raison de refuser, en dehors du fait que la consigne lui paraissait particulièrement ridicule.

— Je ne suis pas sûr de pouvoir leur dire cela, monsieur.

— Vous n'êtes pas sûr ?

— Non, monsieur.

Peter eut un haussement d'épaules. Il n'y avait pas d'autre façon de dire les choses.

— Nous sommes tous ensemble, ajouta-t-il. C'est comme ça, c'est tout.

Le général soupira.

— Vous m'avez peut-être mal compris. Je ne vous le demande que par courtoisie. La mission du deuxième expéditionnaire est d'une telle nature qu'il serait rigoureusement inconvenant, voire dangereux, qu'elles se promènent librement dans l'unité.

— Et pourquoi seraient-elles en danger ?

Il fronça les sourcils.

— Pas elles. Ce n'est pas aux femmes que je pense.

Vorhees eut un soupir d'impatience et reprit :

— Je vais vous expliquer aussi simplement que possible. Nous sommes une unité de volontaires. Rejoindre le corps expéditionnaire, c'est s'engager pour la vie, s'engager à donner sa vie : chacun de ces hommes prête le serment du sang. Il coupe tous ses liens avec le monde, en dehors de cette unité et des hommes qui la composent. Chaque fois qu'un homme quitte cette enceinte, c'est avec la conviction qu'il ne reviendra pas.

Il l'accepte. Plus que cela, il y adhère pleinement. Un homme mourra joyeusement pour ses amis, alors qu'une femme... une femme lui donnera envie de vivre. Et dès cet instant, je vous jure qu'il passera cette porte et ne reviendra jamais.

Peter comprenait ce que Vorhees voulait dire : tout lâcher. Mais après tout ce qu'ils avaient traversé, il ne se voyait vraiment pas dire à l'une ou l'autre d'entre elles, et surtout pas à Alicia, qu'elles allaient devoir se terrer sous leur tente.

— Je suis sûre que toutes ces femmes sont de bonnes combattantes, continua Vorhees. Dans le cas contraire, vous ne seriez jamais arrivés jusque-là. Mais nous avons un code très strict, et j'ai besoin que vous le respectiez. Si vous ne pouvez pas, je vous rendrai vos armes, et je vous renverrai poursuivre votre chemin.

— Très bien, dit Peter. Nous allons repartir.

— Peter, attends.

C'était Alicia. Peter se tourna vers elle.

— Liss, ça ne fait rien. Je suis de votre côté, sur ce coup-là. S'il dit qu'on doit partir, on s'en va.

Mais Alicia ne l'écoutait pas. Elle avait les yeux braqués sur le général. Peter s'aperçut qu'elle était au garde-à-vous, les bras raides, sur le côté.

— Général Vorhees, le colonel Niles Coffee du premier corps expéditionnaire vous adresse ses salutations.

— Niles Coffee ? fit-il, et son visage sembla s'illuminer. *Le* Niles Coffee ?

— Liss, fit Peter, qui commençait à comprendre le sens de ses paroles. Tu veux parler du... du Colonel ?

Alicia ne répondit pas. Elle ne lui accorda même pas un regard. Elle arborait une expression qu'il ne lui avait jamais vue.

— Jeune dame, le colonel Coffee a disparu avec tous ses hommes il y a trente ans.

— Ce n'est pas exact, monsieur, répondit Alicia. Il a survécu.

— Coffee serait vivant ?

— Mort au combat, monsieur. Il y a trois mois.

Vorhees parcourut la pièce du regard avant de ramener ses yeux sur Alicia.

— Puis-je vous demander à qui j'ai l'honneur ?

Elle eut un mouvement de menton assez sec.

— Sa fille adoptive, monsieur. Soldat Alicia Donadio, du premier expéditionnaire. Baptisée et sous serment.

Un silence. Peter savait que ce qui était en train de se passer aurait des conséquences définitives. Irrévocables. Il sentit monter en lui une vague de panique, de désorientation, comme si un fait fondamental de sa vie, aussi fondamental que la gravité, venait de lui être arraché brutalement et sans avertissement.

— Liss, qu'est-ce que tu racontes ?

Elle se tourna enfin vers lui. Elle avait les yeux pleins de larmes tremblantes.

— Oh, Peter, fit-elle alors que la première larme roulait sur sa joue crasseuse. Je suis désolée. J'aurais vraiment dû te le dire.

— Vous ne pouvez pas la prendre !

— Désolé, Jaxon, dit le général. Ce n'est pas à vous d'en décider. La décision n'appartient à personne.

Il se dirigea vivement vers l'entrée de la tente.

— Greer ! Que quelqu'un aille chercher le capitaine Greer, *tout de suite*.

— Que se passe-t-il ? demanda Michael. Peter, qu'est-ce qu'elle raconte ?

Soudain, tout le monde se mit à parler en même

temps. Peter prit Alicia par les bras et l'obligea à le regarder.

— Liss, qu'est-ce que tu fais ? Réfléchis à ce que tu fais !

— C'est tout réfléchi.

À travers ses larmes, son visage semblait illuminé par le soulagement, comme si elle s'était enfin débarrassée d'un fardeau qu'elle charriait depuis longtemps.

— Ça s'est fait avant que je te connaisse. Bien avant. Le jour où le Colonel est venu me chercher au Sanctuaire. Il m'a fait promettre de ne rien dire.

Il comprenait maintenant ce qu'elle avait essayé de lui dire, ce matin-là, avant qu'ils rencontrent les soldats.

— Tu suivais leur piste.

Elle hocha la tête.

— Oui, depuis deux jours. Quand je suis partie en reconnaissance, en aval, j'ai trouvé un de leurs bivouacs. Les cendres de leur feu étaient encore chaudes. Et là-bas, je me suis dit que ça ne pouvait pas être autre chose.

Elle secoua faiblement la tête.

— Franchement, Peter, je ne savais pas si j'avais même envie de tomber sur eux. Une partie de moi avait toujours pensé que ce n'étaient que les histoires d'un vieil homme. Il faut que tu me croies.

Greer apparut à l'entrée de la tente, ruisselant de pluie.

— Capitaine Greer, commença le général, cette femme est du premier expéditionnaire.

Greer ouvrit un four énorme.

— Elle est *quoi* ?

— La fille de Niles Coffee.

Greer regarda Alicia, les yeux ronds, l'air sidéré, comme s'il regardait un animal étrange.

— Bon sang de bois ! Coffee avait une fille ?

— Elle dit qu'elle a prêté serment.

Greer gratta son crâne rasé, l'air abasourdi.

— Bon Dieu. C'est une *femme*. Qu'est-ce que vous voulez faire ?

— Il n'y a rien à faire. Un serment est un serment. Les hommes devront apprendre à vivre avec. Emmenez-la chez le barbier, faites-lui assigner une tâche.

Tout ça allait beaucoup trop vite. Peter eut l'impression que quelque chose de démesuré se fracturait en lui.

— Liss, dis-leur que c'est un mensonge !

— Je suis désolée. C'est comme il faut que ce soit. Capitaine ?

Greer hocha la tête, le visage grave, et s'avança auprès d'elle.

— Tu ne peux pas m'abandonner, s'entendit dire Peter, d'une voix qui ne ressemblait pas à la sienne.

— Il le faut, Peter. C'est ce que je suis.

Il s'était, sans s'en rendre compte, blotti dans ses bras. Il sentit les sanglots lui nouer la gorge.

— Je ne peux pas... y arriver sans toi.

— Mais si, tu peux. Je sais que tu peux.

C'était inutile. Alicia le quittait. Il sentit qu'elle lui échappait.

— Je ne peux pas, je ne peux pas.

— Tout ira bien, dit-elle, sa bouche tout près de son oreille. Chut, maintenant.

Elle le serra ainsi contre elle un long moment, tous les deux enfermés dans une bulle de silence, comme s'ils étaient seuls. Et puis Alicia prit son visage dans ses mains et l'attira vers elle. Elle lui déposa un baiser, très vite, sur le front. Un baiser qui accordait l'oubli en même temps qu'elle l'implorait : un baiser d'adieu. L'air s'élargit entre eux, les sépara. Elle l'avait lâché, s'écartait.

— Merci, mon général, dit-elle. Capitaine Greer, à vos ordres.

60.

Les jours de pluie, Peter leur raconta tout.

Il plut à verse, sans discontinuer, pendant cinq jours. Il resta assis des heures durant à la longue table, sous la tente de Vorhees, parfois avec Vorhees seul, mais généralement aussi avec Greer. Il leur parla d'Amy, de la Colonie et du signal qu'ils étaient venus retrouver. Il leur parla de Theo et de Mausami, du Refuge et de tout ce qui s'y était passé. Il leur dit qu'à mille six cents kilomètres de là, en haut d'une montagne de Californie, quatre-vingt-dix âmes attendaient que les lumières s'éteignent.

— Je ne vous mentirai pas, dit Vorhees lorsque Peter lui demanda s'il ne pourrait pas y envoyer des soldats.

C'était la fin de l'après-midi. Alicia était partie en patrouille le matin même. Juste comme ça, elle avait été absorbée dans la vie des hommes de Vorhees.

— Ce n'est pas que je mette votre récit en doute, expliqua Vorhees. Et votre bunker, à lui seul, donne l'impression de valoir le voyage. Mais je dois faire remonter l'information à la division. Une telle expédition est inenvisageable avant le printemps prochain, au plus tôt. Tout ça se trouve en terrain non reconnu.

— Je ne suis pas sûr qu'ils tiennent jusque-là.

— Il le faudra bien. Mon principal problème est de quitter cette vallée avant l'arrivée de la neige. S'il continue à pleuvoir comme ça, nous risquons d'être coincés ici. Et avec le fuel qui nous reste, nous ne pourrons pas maintenir les lumières allumées pendant plus d'une trentaine de jours.

— Ce que je voudrais surtout, c'est en savoir davantage sur cet endroit, le Refuge, intervint Greer.

Hors de la tente, et en présence d'autres hommes, la relation de Greer et de Vorhees était d'un formalisme rigide. Mais à l'intérieur, comme à présent, ils se laissaient visiblement aller à l'amitié.

Greer regarda le général et son regard s'assombrit.

— Ça me fait un peu penser à ces gens, dans l'Oklahoma, dit-il pensivement.

— Quels gens ? demanda Peter.

— Un endroit appelé Homer, répondit Vorhees, reprenant le fil. Il y a une dizaine d'années, le troisième bataillon est tombé sur un trou perdu dans ce qu'on appelle la « queue de la poêle ». Toute une ville de survivants, plus de onze cents hommes, femmes et enfants. Je n'y étais pas personnellement, mais je connais bien l'histoire. Ça ressemblait à une plongée de cent ans dans le passé. Les gens n'avaient même pas l'air de savoir ce qu'étaient les dracs. Ils vivaient leur petite vie comme bon leur semblait, sans lumière, sans palissades, du genre *Ravis de vous voir, mais ne claquez pas la porte en repartant*. L'officier responsable leur a proposé de les transporter, mais ils ont dit non merci, et de toute façon, le troisième n'était pas vraiment équipé pour déplacer autant de gens jusqu'au sud de Kerrville. C'était complètement dingue. Des survivants, et qui n'avaient pas envie d'être sauvés. Le troisième a laissé une escouade sur place et refait mouvement vers le nord, jusqu'à Wichita, où il a été littéralement massacré. La moitié des hommes y sont restés ; les autres ont battu en retraite à toute vitesse. Quand ils ont regagné Homer, l'endroit était vide.

— Comment ça, *vide* ? demanda Peter.

Les sourcils de Vorhees remontèrent au milieu de son front.

— Comme je vous dis : vide. Plus une seule âme, et pas un cadavre, non plus. Tout était net comme torchette, les assiettes du dîner encore posées sur la table. Aucun signe du détachement qui était resté sur place non plus.

Peter dut admettre qu'il y avait de quoi être intrigué, mais il ne voyait pas le rapport avec le Refuge.

— Ils avaient peut-être décidé d'aller dans un endroit plus sûr, avança-t-il.

— Peut-être. Peut-être que les dracs les ont emportés si vite qu'ils n'ont pas eu le temps de faire la vaisselle. Vous me posez une question dont je ne connais pas la réponse. Mais je vais vous dire une chose. Il y a trente ans, quand Kerrville a envoyé le premier expédition-naire, on ne pouvait pas faire cent mètres sans tomber sur un drac. Le premier perdait une demi-douzaine d'hommes les bons jours, et quand l'unité de Coffee a disparu, les gens se sont dit que c'était la fin des haricots. Je veux dire, ce type était une légende. Sa dis-parition a plus ou moins signé la dissolution de l'expédi-tionnaire. Et vous voilà, vous avez fait tout le chemin depuis la Californie ; à l'époque, vous n'auriez pas fait vingt pas pour aller aux latrines.

Peter jeta un coup d'œil à Greer, qui confirma ses dires d'un hochement de tête, et revint vers Vorhees.

— Vous voulez dire qu'ils sont en train de s'éteindre ?

— Non, il y en a encore des quantités, croyez-moi. Il suffit de savoir où regarder. Ce que je veux dire, c'est qu'il y a du changement. Au cours des soixante derniers mois, nous avons effectué deux missions de ravitaillement à partir de Kerrville, une jusqu'à Hutchinson, dans le Kansas, l'autre à travers le Nouveau-Mexique jusqu'au Colorado. Nous avons constaté qu'ils avaient maintenant tendance à s'agglomérer. Et à se terrer plus profondément dans les mines, les grottes, des endroits comme cette montagne que vous avez trouvée. Ils sont parfois tellement entassés qu'il faudrait une barre à mine pour les séparer. Ils grouillent encore dans les villes, avec tous ces bâtiments vides, mais il y a beaucoup de campagnes désertes où on peut marcher pendant des jours sans en voir un seul.

— Et Kerrville, pourquoi est-ce sûr ?

Le général fronça les sourcils.

— Eh bien, ça ne l'est pas. Pas à cent pour cent. À vrai dire, la situation est assez mauvaise dans la majeure partie du Texas. Il vaut mieux éviter de mettre les pieds à Laredo et à Dallas. Houston – enfin, ce qui en reste –, est un putain de marécage infesté de suceurs de sang. L'endroit est tellement pollué par la pétrochimie que je me demande comment ils survivent, mais ils y arrivent. San Antonio et Austin ont été plus ou moins passés au rouleau compresseur lors de la première guerre. *Idem* pour El Paso. Ces connards du gouvernement fédéral, qui essayaient d'exterminer les dracs en les incinérant. C'est ce qui a mené à la Déclaration, à peu près au moment où la Californie a fait sécession.

— Sécession ? releva Peter.

Vorhees hocha la tête.

— De l'Union. Elle a déclaré son indépendance. Cette histoire, avec la Californie, a été un vrai bain de sang, une guerre plus ou moins ouverte, comme s'il n'y avait pas d'autres sujets de préoccupation à ce moment-là. Mais dans l'affaire, les fédéraux ont perdu le Texas. Peut-être qu'ils ne voulaient pas se battre sur deux fronts. Le gouverneur a saisi tous les actifs et les moyens militaires, ce qui n'était pas difficile, parce qu'à ce moment-là l'armée était en déroute. Tout foutait le camp. La capitale a été transférée à Kerrville et ils se sont terrés dedans. Ils l'ont fortifiée, comme votre Colonie, avec une différence, quand même : il y avait du pétrole, beaucoup de pétrole. Près de Freeport, dans le sud, il y a près de cinq cents millions de barils stockés sous terre, dans des dômes salins – l'ancienne réserve stratégique de pétrole. Sans compter ce qu'on peut encore extraire. Quand on a le pétrole, on a l'énergie. Et quand on a du courant, on a de la lumière. Il y a plus de trente mille âmes à l'intérieur des murs, plus vingt mille hectares de terres irriguées et une ligne d'approvisionnement protégée qui va jusqu'à une raffinerie encore opérationnelle sur la côte.

— La côte, articula Peter avec lourdeur. Vous voulez dire l'*océan* ?

— Le golfe du Mexique, en tout cas, répondit Vorhees avec un haussement d'épaules. Parler d'océan est une façon flatteuse de présenter les choses. Ce serait plutôt un bourbier chimique, avec toutes ces plateformes offshore qui continuent à pomper la merde, sans parler des décharges de La Nouvelle-Orléans. Les courants océaniques repoussent aussi pas mal de déchets par là. Les pétroliers, les cargos, tout ce que vous voulez. Il y a des endroits où on pourrait pratiquement traverser à pied sec.

— Mais si on avait un bateau, risqua Peter, on pourrait tout de même partir de là.

— Théoriquement. Mais je ne vous le conseillerais pas. Le problème, c'est de franchir le barrage.

— Les mines, expliqua Greer.

Vorhees hocha la tête.

— Et pas qu'un peu. Pendant les derniers jours de la

guerre, les pays de l'Otan, nos prétendus amis, se sont alliés dans une ultime tentative pour contenir l'épidémie. Des tapis de bombes tout le long des côtes, et pas seulement des armes conventionnelles. Ils ont fait péter à peu près n'importe quoi dans l'eau. On voit encore les épaves à Corpus. Et puis ils ont posé des mines, comme on claque la porte.

Peter repensa aux récits de son père. L'océan et la Longue Plage. Les carcasses rouillées des grands vaisseaux, abandonnés jusqu'à l'horizon. Jamais il n'avait pensé à se demander comment c'était arrivé. Il avait vécu dans un monde sans histoire, sans cause, un monde où les choses étaient ce qu'elles étaient, voilà tout. Parler à Vorhees et Greer revenait à regarder les lignes sur une page et voir, tout à coup, les mots qui y étaient écrits.

— Et plus vers l'est ? demanda-t-il. Vous y avez envoyé quelqu'un ?

Vorhees secoua la tête.

— Pas depuis des années. Le premier expéditionnaire a envoyé deux bataillons là-bas, un au nord, vers Shreveport, en Louisiane, l'autre dans le Missouri, vers Saint Louis. Ils ne sont jamais revenus. Peut-être un jour, ajouta-t-il en haussant les épaules. Pour le moment, le Texas, c'est tout ce qu'on a.

— Je voudrais bien la voir, fit Peter, au bout d'un moment. La ville, Kerrville.

— Vous la verrez, Peter, fit Vorhees avec un de ses rares sourires. Si vous prenez ce convoi.

Ils ne lui avaient pas encore donné leur réponse, et Peter se sentait partagé. Ils avaient la sécurité, ils avaient les lumières, ils avaient trouvé l'Armée, en fin de compte. Elle ne partirait peut-être pas avant le printemps, mais Peter avait confiance : Vorhees enverrait une expédition à la Colonie, et il ramènerait les autres.

Autrement dit, ils avaient trouvé ce qu'ils étaient venus chercher – voire davantage. Demander à ses amis de continuer, c'était leur faire courir un risque superflu. Et sans Alicia, il était tenté de dire oui à Vorhees, rien que pour en finir.

Mais chaque fois qu'il pensait cela, sa pensée suivante allait à Amy. Alicia avait raison : arriver si près du but et faire demi-tour, ça lui paraissait être le genre de chose qu'il regretterait, probablement jusqu'à la fin de ses jours. Michael avait essayé de capter le signal radio sous la tente du général, mais leur matériel à faible portée était sans utilité dans les montagnes. Au bout du compte, Vorhees lui avait dit qu'il n'avait aucune raison de douter de son histoire, mais qui pouvait savoir ce que le signal signifiait ?

— Les militaires ont laissé tout un tas de bordel derrière eux. Les civils aussi. Croyez-moi, on a déjà entendu ça. On ne peut pas courir après tous les couinements.

Il parlait avec la lassitude d'un homme qui en avait beaucoup vu – plus qu'il n'aurait voulu.

— Cette fille, Amy, peut-être qu'elle a cent ans, comme vous dites, mais peut-être que non. Je ne demande qu'à vous croire, sauf qu'on lui donnerait quinze ans et qu'elle a l'air de crever de trouille. On ne peut pas toujours expliquer ces choses. M'est avis que c'est juste une pauvre âme traumatisée qui a réussi à survivre on ne sait comment, et qui est tombée sur votre camp par un coup de chance.

— Et l'émetteur qu'elle avait dans le cou ?

— Quoi, et alors ? fit Vorhees sans ironie, sur un ton purement factuel. Bah, peut-être qu'elle est russe, ou chinoise. On a attendu que ces gens se pointent, à supposer qu'il reste quelqu'un de vivant là-bas.

— Il y en a ?

1078

Vorhees s'interrompit. Greer et lui échangèrent un regard prudent.

— La vérité, c'est qu'on n'en sait rien. Il y en a qui disent que la Quarantaine a marché, que le reste du monde continue son petit bonhomme de chemin sans nous. Dans ce cas, on peut se demander pourquoi on n'entend rien sur les ondes, mais je suppose qu'une sorte de barrière électronique a pu être instaurée, en plus des mines. D'autres croient – et je pense que nous sommes de ceux-là, le capitaine et moi – que tout le monde est mort. Attention, ce ne sont que des conjectures, mais on raconte que la Quarantaine n'était pas aussi rigoureuse que les gens le croyaient. Cinq ans après la flambée de l'épidémie, les États-Unis continentaux étaient assez dépeuplés, prêts à être cueillis. Les réserves d'or de Fort Knox. La Réserve fédérale à New York. Tous les musées, les magasins de bijoux, les banques, jusqu'aux caisses d'épargne et aux prêteurs sur gages à tous les coins de rue, ouverts à tous les vents, et personne pour surveiller la boutique. Sans parler du gros lot : tout un arsenal militaire à la disposition du premier venu, et notamment dix mille armes nucléaires, dont une seule aurait suffi à modifier l'équilibre des forces dans un monde où les États-Unis n'auraient plus été là pour jouer les baby-sitters. Franchement, je ne pense pas que la question soit de savoir si quelqu'un a accosté quelque part, mais qui, et combien. Et il y a de bonnes chances qu'ils aient rembarqué le virus avec eux.

Peter s'accorda le temps de digérer tout ça. Vorhees lui disait que le monde était vide, un endroit vide.

— Je ne crois pas qu'Amy soit venue voler quoi que ce soit, dit-il enfin.

— Eh bien, répliqua Vorhees, si ça peut vous consoler, moi non plus. Ce n'est qu'une gamine, Peter.

On se demande comment elle a survécu dehors. Peut-être qu'elle réussira à vous le dire.

— Je crois qu'elle y est déjà arrivée.

— Si vous le dites. Je ne vous contredirai pas. Mais je vais vous confier autre chose. J'ai connu une dame quand j'étais gamin, une vieille folle qui vivait dans une cabane derrière nos baraquements, un vieux taudis qui tombait en ruine. Ridée comme une vieille pomme, elle avait une centaine de chats et ça puait la pisse chez elle. Une infection. Cette femme prétendait entendre penser les dracs. Nous, les gamins, on lui en faisait voir de toutes les couleurs, on ne s'en lassait jamais. Le genre de chose dont on a honte plus tard, évidemment, mais pas sur le coup. C'était ce que vous appelez une Marcheuse, elle était juste apparue devant la porte, un jour. De temps en temps, une histoire de ce genre vous revient aux oreilles, conclut Vorhees avec un haussement d'épaules. Des vieux, la plupart du temps, des mystiques à moitié cinglés, jamais des jeunes comme cette fille. Mais ce n'est pas une histoire nouvelle.

Greer se pencha en avant. Il avait l'air intéressé, tout à coup.

— Que lui est-il arrivé ?

— À la vieille ?

Le général fouilla dans sa mémoire en se frottant le menton.

— Pour autant que je me souvienne, elle a fait le grand saut. On l'a retrouvée pendue dans sa baraque qui puait la pisse de chat.

Et comme ni Peter ni Greer ne répondaient, le général poursuivit :

— Il ne faut pas trop réfléchir à ces choses-là. Ou du moins, nous, nous ne pouvons pas nous le permettre. Je suis sûr que le capitaine sera d'accord avec moi. Nous sommes ici pour éliminer le maximum de dracs, faire le maximum de provisions, trouver les points brûlants et les incendier. Peut-être qu'un jour tout ça donnera un résultat. Mais je suis sûr que je ne vivrai pas assez vieux pour le voir.

Le général s'écarta de la table, aussitôt imité par Greer. Fin de la conversation. En tout cas pour aujourd'hui.

— En attendant, réfléchissez à ma proposition, Jaxon. Retournez chez vous, vous l'avez bien mérité.

Lorsque Peter arriva à l'entrée de la tente, Greer et Vorhees étaient déjà penchés sur la table, où une grande carte était déroulée. Voyant que Peter attendait, Vorhees releva la tête, fronça les sourcils.

— Il y avait autre chose ?

— Eh bien, je..., commença-t-il, se demandant ce qu'il voulait dire au fond. Je m'interrogeais pour Alicia : comment s'en sort-elle ?

— Très bien, Peter. Je ne sais pas comment Coffee s'y est pris, mais il l'a bien formée. Vous ne la reconnaîtriez probablement même pas.

— J'aimerais la voir, dit-il, piqué au vif.

— Je sais. Mais ce n'est pas une bonne idée pour le moment.

Et voyant que Peter restait planté devant l'entrée de la tente, Vorhees ajouta, avec une impatience à peine dissimulée :

— C'est tout ?

Peter secoua la tête.

— Dites-lui juste que j'ai pris de ses nouvelles.

— Je le ferai, fiston.

Peter sortit dans la lumière déclinante de l'après-midi. La pluie avait cessé, mais l'air était saturé d'une humidité qui le transit. Derrière les palissades de la garnison, un banc de brouillard dense dérivait par-dessus la crête. Tout était éclaboussé de boue. Il resserra son blouson autour de lui tout en traversant le terrain qui séparait la tente de Vorhees du mess, où il repéra Hollis, assis seul à l'une des longues tables, devant un plateau en plastique qui en avait vu de sévères. Il pâturait une platée de haricots. Des soldats parlaient tranquillement, dispersés dans la salle.

Peter saisit un plateau sur une pile, préleva une louche de haricots dans un chaudron et se rapprocha de Hollis.

— La place est prise ?

— Elles sont toutes prises, répondit Hollis d'un ton sombre. On me laisse juste emprunter celle-ci.

Peter s'assit sur le banc. Il comprenait ce que Hollis voulait dire : ils étaient la cinquième roue du carrosse, des membres surnuméraires, des vestiges rigoureusement inutiles. Sara et Amy étaient claquemurées dans leur tente, mais malgré sa liberté relative, Peter se sentait tout aussi prisonnier. Et aucun des soldats ne voulait avoir le moindre échange avec eux. Le postulat de départ, non dit, était qu'ils n'avaient rien d'intéressant à raconter, et de toute façon ils allaient bientôt dégager.

Il mit Hollis au courant de tout ce qu'il avait appris, puis lui posa la question qu'il avait vraiment en tête :

— Tu l'as vue ?

— Je les ai vus partir ce matin, avec Raimey.

Le peloton de Raimey, composé de six hommes, effectuait de brèves patrouilles de reconnaissance vers le sud-est. Lorsque Peter avait demandé à Vorhees combien de temps durerait la mission, il avait obtenu cette réponse évasive : « Le temps qu'il faudra. »

— Elle avait l'air comment ?

— Comme l'un d'eux, Peter. Je lui ai fait signe, reprit Hollis après une pause, mais je ne crois pas qu'elle m'ait vue. Tu sais comment ils l'appellent ?

Peter secoua la tête.

— La Dernière Expéditionnaire. Un surnom sacrément ronflant, si tu veux mon avis, ajouta Hollis en fronçant les sourcils.

Ils se turent. Il n'y avait rien à ajouter. S'ils étaient des membres surnuméraires pour la garnison, Alicia faisait à Peter l'impression d'être un membre fantôme. Il n'arrêtait pas de la chercher, mentalement, toutes ses pensées revenaient à l'endroit où elle aurait dû être. Il ne s'habituerait jamais à son absence.

— Je pense qu'ils ne nous croient pas vraiment, pour Amy, dit Peter.

— Tu le croirais, toi ?

Peter secoua la tête. Là, Hollis marquait un point.

— Difficilement.

Un autre silence.

— Alors, qu'est-ce que tu en penses ? demanda Hollis. À propos de l'évacuation ?

À cause de la pluie, le départ du bataillon avait été retardé d'une semaine.

— Vorhees n'arrête pas de nous tarabuster pour qu'on l'accompagne. Il a peut-être raison.

— Sauf que tu ne le penses pas.

Voyant Peter hésiter, Hollis posa sa fourchette et le regarda dans les yeux.

— Tu me connais, Peter. Je ferai ce que tu voudras.

— Pourquoi ce serait à moi de décider ? Je n'ai pas envie d'être responsable de tout le monde.

— Je n'ai pas dit que tu devais l'être. C'est juste une de ces situations où c'est *comme ça*, Peter. Si tu ne sais pas encore, alors tu ne sais pas. Ça attendra qu'il arrête de pleuvoir.

Peter éprouva un pincement de culpabilité. Depuis qu'ils étaient arrivés à la garnison, il avait réussi à ne jamais trouver le moment de dire à Hollis qu'il était au courant de ce qu'il y avait entre Sara et lui. Maintenant qu'Alicia était partie, il avait du mal à admettre que la force de cohésion du groupe se dissolvait. Les trois hommes avaient été consignés dans une tente voisine de celle où Sara et Amy tuaient le temps en jouant à la pioche en attendant que la pluie cesse. Deux nuits de suite, Peter s'était réveillé et avait vu que la couchette de Hollis était vide. Mais il était toujours là le matin, à ronfler comme un sonneur. Peter se demandait si Hollis et Sara se livraient à cette mise en scène par égard pour lui, ou pour Michael, qui était, après tout, le frère de Sara. Quant à Amy, après un certain temps, une journée à peu près, pendant laquelle elle avait paru nerveuse, peut-être même un peu effrayée par les soldats qui leur apportaient leurs repas et les escortaient aux latrines, elle avait paru évoluer vers une phase d'attente pleine d'espérance, presque joyeuse, pas mécontente de la façon dont elle passait le temps, mais impatiente de repartir de l'avant. « On va bientôt s'en aller ? avait-elle demandé à Peter sur un ton gentiment insistant. Parce que je voudrais voir la neige. » À quoi Peter s'était contenté de répondre : « Je ne sais pas, Amy, on verra, quand il ne pleuvra plus. » C'était la vérité, et pourtant, au moment même où il prononçait ces mots, il leur trouvait le goût creux du mensonge.

Hollis eut un mouvement de tête en direction de l'assiette de Peter.

— Tu devrais manger.

Il repoussa son plateau.

— Je n'ai pas faim.

Ils furent rejoints par Michael, qui s'aventura vers leur table dans un poncho perlé de gouttes de pluie, portant un plateau sur lequel était empilée une montagne de bouffe. D'eux tous, il était le seul à bien employer son temps : Vorhees l'avait assigné au parc de matériel, et il aidait à préparer les véhicules en vue du voyage vers le sud. Il posa le plateau sur la table, s'assit et attaqua gaillardement une pyramide de haricots avec ses pattes noires de cambouis.

— Y a un problème ? demanda-t-il en levant les yeux. À voir vos têtes, on dirait que quelqu'un est mort.

Il engloutit une pelletée de fayots qu'il fit descendre avec un bout de pain de maïs.

L'un des soldats passa à côté de leur table avec son plateau. Un troufion aux oreilles en feuille de chou, au crâne chauve embrumé de duvet.

— Hé, la Goupille, dit-il à Michael.

Michael s'illumina.

— Hé, Sancho. Quoi de neuf ?

— *Nada*. Écoute, on bavardait, là. On est quelques-uns. On se disait que peut-être tu aimerais te joindre à nous plus tard.

Michael arrondit un sourire autour d'une pleine bouchée de fayots.

— Sûr !

— Dix-neuf zéro zéro, au mess.

Le soldat regarda alors Peter et Hollis comme s'il venait seulement de les remarquer.

— Vous pouvez venir aussi si vous voulez, les clamps.

Peter ne s'était jamais tout à fait habitué à ce terme. Il lui trouvait une note définitivement désobligeante.

— Ah bon ? Où ça ?

— Merci, Sancho, répondit Michael. Je transmettrai.

Lorsque le troufion se fut éloigné, Peter regarda Michael en plissant les paupières.

— *La Goupille ?*

Michael s'était remis à manger.

— Ils adorent ce genre de surnoms. Je trouve celui-là presque mieux que le Circuit.

Il nettoya les derniers haricots de son écuelle.

— Ce ne sont pas de mauvais bougres, Peter.

— Je n'ai jamais dit qu'ils étaient mauvais.

— Que se passe-t-il ce soir ? demanda Hollis au bout d'un moment.

— Oh, ça, fit Michael avec un haussement d'épaules évasif, en s'empourprant. C'est drôle que personne ne vous en ait parlé. C'est la soirée cinéma.

À dix-huit heures trente, les bancs avaient été disposés en rangées dans le mess débarrassé de toutes les tables. Avec la tombée du jour, l'air s'était nettement rafraîchi et il faisait moins humide ; le vent avait chassé la pluie. Tous les soldats étaient massés devant la tente et parlaient bruyamment, d'une façon rigoureusement inédite pour Peter : ils riaient et blaguaient en se refilant des flasques d'alcool. Peter s'assit sur un banc avec Hollis, au fond de la salle, face à l'écran, une feuille de contreplaqué blanchie à la chaux. Michael était quelque part dans les premiers rangs, parmi ses nouveaux amis du parc de matériel.

Michael avait bien essayé de leur expliquer comment cela fonctionnait, mais Peter ne savait pas encore tout à fait à quoi s'attendre, et il trouvait l'idée vaguement troublante, non enracinée dans une logique physique compréhensible pour lui. Le projecteur posé sur une table surélevée derrière eux envoyait un courant d'images mouvantes sur l'écran – mais si c'était vrai, d'où venaient ces images ? Si c'étaient des reflets, que reflétaient-ils ? Un long fil électrique avait été tiré d'un des générateurs vers le projecteur, en passant par la porte du mess. Peter ne pouvait s'empêcher de penser que c'était du gâchis d'utiliser un carburant rare et précieux dans un simple but de distraction. Mais en voyant le major Greer s'avancer sous les hurlements excités des soixante hommes, Peter le sentit aussi : un plaisir anticipé, un enthousiasme quasi enfantin.

Greer leva la main pour faire taire les hommes, ne réussissant qu'à les faire beugler plus fort.

— Vos gueules, espèces de sangsues !

— Faites venir le comte ! brailla quelqu'un.

D'autres cris et hurlements. Debout devant l'écran, Greer arborait un sourire à peine dissimulé, s'autorisant, l'espace d'un instant, à fendre la rude cuirasse de discipline militaire. Peter avait passé assez de temps en sa compagnie pour savoir que ce n'était pas entièrement spontané.

Greer laissa retomber l'excitation, puis il se racla la gorge et dit :

— Ça va, les gars, ça suffit. D'abord, une info. Je sais que vous avez adoré le séjour ici, dans les bois du Nord, mais...

— Ah que oui, putain !

Greer foudroya du regard le type qui venait de parler.

— Muncey, tu m'interromps encore une fois et je te fais nettoyer les latrines à coups de langue pendant un mois !

— J'disais juste combien j'appréciais d'être là à embrocher des dracs, chef !

D'autres rires. Greer laissa glisser.

— Donc, comme je disais, maintenant que le temps s'arrange, nous avons des nouvelles pour vous. Mon général ?

Vorhees, qui attendait sur le côté, s'avança.

— Merci, capitaine. Bonsoir, deuxième bataillon !

Un chœur de hurlements :

— Bonsoir, chef !

— On dirait que le temps nous accorde un peu de répit, alors je vous l'annonce : à zéro cinq zéro zéro, demain matin, après le casse-croûte, tout le monde au rapport auprès de vos chefs, section par section. Cet endroit devra être nettoyé et complètement remballé aux premières lueurs de l'aube. Dès le retour de l'escouade bleue, nous repartons vers le sud. Des questions ?

Un des troufions leva la main. Peter reconnut celui qui s'était adressé à Michael, au mess : Sancho.

— Et les véhicules lourds, chef ? Ils ne passeront jamais, dans la boue.

— La décision a été prise de les laisser sur place. Nous voyagerons léger, et vite. Vos chefs d'escouade reverront la procédure avec vous. D'autres questions ?

Silence dans les rangs.

— Parfait. Profitez bien du spectacle.

On baissa les lumières. Au fond de la salle, les roues du projecteur commencèrent à tourner. Et voilà, pensait Peter. Le moment décisif était arrivé. Une semaine s'était soudain réduite à plus rien du tout. Peter sentit que quelqu'un se glissait sur le banc à côté de lui : Sara. Collée contre elle, Amy était blottie dans une couverture de laine sombre pour se protéger du froid.

— Vous ne devriez pas être là, chuchota Peter.

— Qu'ils aillent se faire foutre, dit Sara tout bas. Tu crois que j'allais rater ça ?

L'écran s'illumina. Des chiffres entourés d'un cercle défilèrent en décroissant : cinq, quatre, trois, deux, un. Et puis :

CARL LAEMMLE

présente

DRACULA

de BRAM STOKER.

D'après la pièce adaptée par
HAMILTON DEANE et JOHN L. BALDERSTON.
Une production TOD BROWNING.

Des acclamations montèrent des bancs alors que, chose incroyable, apparaissait sur l'écran l'image mouvante d'une diligence tirée par un cheval. Elle fonçait sur une route de montagne. L'image était délavée de toute couleur, uniquement composée de tons de gris : la palette des rêves à moitié remémorés.

— Les dracs..., releva Hollis en se tournant vers Peter, les sourcils froncés. Dracula ?

— Le son ! vociféra l'un des soldats, aussitôt suivi par les autres. Le son ! Le son !

Le soldat qui faisait marcher le projecteur vérifia frénétiquement les branchements, tourna des boutons. Il se précipita vers l'écran et s'agenouilla devant une boîte posée par terre.

— Attendez un peu. Je pense que c'est le...

Un crépitement assourdissant d'électricité statique : Peter, tellement fasciné par l'image mouvante, sur l'écran – la diligence entrait dans un village et les gens couraient à sa rencontre –, sursauta, machinalement, sur son banc, puis il comprit ce qui se passait, ce qu'était la boîte placée sous l'écran. Le bruit des sabots des chevaux, les craquements de la carriole sur ses ressorts, les voix des villageois qui se parlaient dans une langue étrange, qu'il n'avait jamais entendue : les images étaient plus que des tableaux, plus que de la lumière, elles étaient vivantes, elles respiraient, pleines de sons.

Sur l'écran, un homme portant un chapeau blanc agitait sa canne vers le cocher de la diligence. Il ouvrit la bouche pour parler, et tous les soldats entonnèrent à l'unisson :

— Ne descendez pas mes bagages, je dois me rendre au col de Borgo ce soir !

Une explosion d'hilarité générale. Peter détacha son regard de l'écran pour jeter un coup d'œil à Hollis, mais les yeux de son ami, qui brillaient à la lumière reflétée de l'écran, étaient avidement rivés sur les images mouvantes. Il se tourna vers Sara et Amy ; elles étaient tout aussi fascinées.

Sur l'écran, un homme corpulent parlait au cocher – un magma de syllabes incompréhensibles. Il se retourna vers le premier homme, celui au chapeau, et ses paroles furent amplifiées par le récitatif hurlé des hommes :

— Le conduktorr... Il a peurr. Brrave homme, c'est. Il veut que je vous demande si vous pouvez attendre et repartir après le lever du soleil.

Le premier homme agita sa canne avec arrogance. Il ne voulait pas en entendre parler.

— Je suis désolé, mais une voiture m'attend à minuit, à la passe de Borgo.

— La passe de Borgo ? Quelle voiture ?

— Eh bien, celle du comte Dracula.

L'homme à la moustache ouvrit de grands yeux horrifiés.

— Celle du... comte Dracula ?

— Vas-y pas, Renfield ! brailla l'un des hommes, et ce fut un éclat de rire collectif.

Peter se rendit compte que c'était une histoire. Une histoire comme dans les vieux livres du Sanctuaire, ceux que Maîtresse leur lisait après les avoir fait asseoir en cercle, il y avait tant et tant d'années. Les gens sur l'écran donnaient l'impression de faire semblant parce que c'était une histoire ; leur phrasé, leurs mouvements exagérés rappelaient la façon dont Maîtresse faisait les voix des personnages des livres qu'elle lisait. Le gros type avec la moustache savait quelque chose que l'homme au chapeau ignorait ; il y avait du danger là-bas. Malgré ces avertissements, le voyageur poursuivait son trajet, suscitant les quolibets des soldats. Dans le noir, la calèche gravissait une route de montagne et

1090

arrivait en vue d'une construction massive, hérissée de tourelles et de murailles, baignée d'un clair de lune inquiétant. Ce qui les attendait était évident : l'homme à la moustache le leur avait plus ou moins expliqué. Des vampires. Un vieux mot, mais celui-là, Peter le connaissait. Il attendait que les viruls apparaissent, se jettent sur la diligence et réduisent les voyageurs en lambeaux, mais ce n'est pas ce qui se produisit. La diligence franchit une sorte de portail. L'homme, Renfield, descendit et découvrit qu'il était seul. Le cocher avait disparu. Une porte s'ouvrit en grinçant, l'invitant à entrer, et il se retrouva dans une pièce pareille à une caverne. Renfield, l'inconscient, d'une candeur presque risible, recula vers un majestueux escalier de pierre par où descendait un personnage portant une cape noire et tenant une chandelle. Lorsque celui-ci arriva en bas, Renfield se retourna et ouvrit des yeux ronds pleins d'horreur, comme s'il était tombé sur un groupe entier de fums et pas un unique homme en cape noire.

— Je suis... *Drrrac-ulahhh*.

Une nouvelle tempête de hurlements, de coups de sifflet, d'acclamations ébranla la tente. L'un des soldats du premier rang se leva d'un bond.

— Hé, comte, bouffe ça !

L'éclair d'une lame d'acier traversa en tournoyant le rayon lumineux du projecteur : la pointe du couteau heurta le bois de l'écran avec un choc sourd et s'enfonça en plein dans la poitrine de l'homme à la cape qui sembla, étonnamment, ne pas le remarquer.

— Putain, Muncey ! protesta le projectionniste.

— Tous à vos couteaux ! beugla quelqu'un d'autre. Ils arrivent !

Mais les voix n'étaient pas furieuses. Tout le monde trouvait ça hilarant. Sous une tempête de cris d'animaux, Muncey bondit vers l'écran, les images coulant sur lui, pour récupérer son couteau. Il se retourna en souriant d'une oreille à l'autre et se fendit d'une petite courbette.

Malgré tout ça – les interruptions erratiques, les rires, les déclamations moqueuses des soldats qui connaissaient tous les dialogues par cœur –, Peter se laissa très vite captiver par l'histoire. Il avait l'impression que certains bouts du film manquaient ; la narration avançait par bonds déconcertants, abandonnant le château pour un voyage en mer, puis un endroit appelé Londres. Une ville, apparemment. Une ville du temps d'Avant. Le comte – un virul, sauf qu'il n'en avait pas l'air – tuait des femmes. D'abord, une fille qui vendait des fleurs dans la rue, puis une jeune femme qui dormait dans son lit avec de grandes boucles de cheveux indolentes et un visage tellement fabriqué qu'on aurait dit une poupée. Les mouvements du comte étaient d'une lenteur comique, de même que ceux de ses victimes. Tous les personnages du film semblaient englués dans un rêve : ils n'arrivaient pas à bouger assez vite, voire pas du tout. Dracula lui-même avait le visage blême, presque féminin, les lèvres peintes pour leur donner la même forme arquée que les ailes des chauves-souris. Quand il s'apprêtait à mordre quelqu'un, l'image se figeait un long moment sur ses yeux éclairés par en dessous, ce qui les faisait briller comme des flammes de bougie jumelles.

Peter savait bien que tout ça était faux, qu'il ne fallait pas le prendre au sérieux, et pourtant, alors que l'histoire se poursuivait, il se prit à s'inquiéter pour la fille, Mina, la fille du docteur, le docteur Sewell, le propriétaire du sanatorium – quoi que ce mot puisse désigner. Son mari, le falot Harker, semblait ne pas avoir idée de ce qu'il fallait faire pour l'aider : il était toujours planté là, les mains dans les poches, l'air impuissant et perdu. D'ailleurs, aucun d'eux n'en avait la moindre idée, à part Van Helsing, le chasseur de vampires. Son arrivée dans l'histoire semblait n'avoir aucune explication plausible, et il ne ressemblait à aucun des chasseurs qu'il avait été donné à Peter de voir – un vieil homme, avec de grosses lunettes à verres déformants, un discoureur dont les grandes déclarations suscitaient les plus vives moqueries des soldats : « Messieurs, nous avons affaire à l'impensable ! » ou « Les superstitions de demain peuvent devenir la réalité scientifique d'aujourd'hui ! » C'étaient chaque fois des cris d'animaux qui fusaient, et pourtant Peter trouvait qu'une bonne partie de ce que disait Van Helsing était assez vrai, surtout le fait que les vampires étaient « des créatures dont la vie a été prolongée de façon non naturelle ». Si ça ne décrivait pas les fums... Il se demanda si le truc de Van Helsing avec le miroir de la boîte à bijoux n'était pas une version de ce qui s'était passé avec la poêle, à Las Vegas, et si, comme le disait Van Helsing, les vampires ne devaient pas « dormir toutes les nuits dans leur sol natal ». Était-ce pour ça que ceux qui avaient été emportés rentraient toujours chez eux ? Par moments, on aurait presque dit une espèce de manuel d'instruction. Peter en vint à se demander si le film était non pas une histoire inventée, mais plutôt la relation d'événements qui avaient bel et bien eu lieu.

La fille, Mina, avait été emportée. Harker et Van Helsing traquaient le vampire jusque dans son repaire, une cave humide. Peter anticipa la suite de l'histoire : il y aurait une veillée de Miséricorde ; ils allaient pourchasser Mina et la tuer, et c'est à Harker, le mari de Mina, qu'incomberait cette terrible tâche. Peter s'attendait au pire. Les soldats avaient fini par se taire, oubliant leurs lazzis, pris, malgré eux, par le sinistre dénouement de l'histoire.

Sauf qu'il ne devait jamais voir la fin. Un soldat venait de se précipiter sous la tente.

— Rallumez les lumières ! Extraction à la porte !

Le film fut aussitôt oublié ; tous les soldats bondirent de leur siège. Les armes sortirent, les pistolets, les fusils, les couteaux. Dans la débandade, quelqu'un se prit les pieds dans le câble du projecteur, plongeant la pièce dans le noir. Tout le monde poussait, hurlait, criait des ordres. Peter entendit des coups de feu, au-dehors. Il suivait la meute qui se ruait hors de la tente lorsqu'il vit deux fusées éclairantes filer par-dessus la palissade vers le champ boueux qui s'étendait de l'autre côté. Michael le dépassa en courant, Sancho sur ses talons. Peter tendit le bras et l'arrêta.

— Que se passe-t-il ? Qu'y a-t-il ?

Michael ralentit à peine.

— C'est l'escouade bleue ! répondit-il. Allez, viens !

Du chaos qui avait explosé dans la salle du mess émergea soudain un certain ordre. Tout à coup, chacun sut quoi faire. Les soldats se répartirent en groupes distincts, certains gravirent à toute vitesse l'échelle qui montait vers l'étroite passerelle en haut de la palissade, d'autres prirent position derrière une barricade de sacs de sable empilés juste derrière la porte. Quelques-uns braquèrent les projecteurs vers le champ boueux, devant le camp.

— Les voilà !

— Ouvrez la porte ! Tout de suite ! cria Greer depuis le pied de la palissade. Ouvrez cette putain de porte !

Une salve assourdissante de tirs de couverture retentit depuis la passerelle tandis qu'une douzaine de soldats bondissaient dans l'espace au-dessus du périmètre, cramponnés aux cordes reliées, par un système de poulies et de palans, aux vantaux. Peter fut un instant saisi par la grâce et la coordination de la manœuvre, la superbe efficacité de leurs mouvements synchronisés. Alors que les soldats descendaient vers le sol, les portes commencèrent à s'écarter, révélant la gadoue baignée de lumière juste devant, et un groupe de silhouettes qui fonçaient ventre à terre, Alicia en tête. Le détachement entra en courant à toute vitesse, six individus qui tombèrent et roulèrent dans la poussière alors que les hommes derrière les sacs de sable ouvraient le feu, tirant une volée de cartouches au-dessus de leur tête. S'il y avait des viruls derrière eux, Peter ne les voyait pas. Tout ça allait trop vite, faisait trop de bruit, et puis, brusquement, ce fut fini. Les portes se refermèrent.

Peter courut vers le groupe de rescapés. Alicia était à quatre pattes dans la boue, haletante. La peinture ruisselait sur son visage, son crâne rasé brillait comme du métal poli sous la lumière éclatante des projecteurs.

Alors qu'elle roulait sur les genoux, leurs regards se croisèrent brièvement.

— Peter, fous le camp d'ici.

Au-dessus d'eux, quelques derniers tirs sans conviction. Les viruls avaient battu en retraite, mis en fuite par les lumières.

— Je ne plaisante pas, dit-elle férocement, l'air complètement nouée, crispée. Fous le camp !

D'autres se massaient autour d'eux.

— Où est Raimey ? beugla Vorhees en se frayant un chemin au milieu des hommes. Bordel, où est Raimey ?

— Il est mort, chef.

Vorhees se tourna vers Alicia, à genoux dans la boue. Lorsqu'il vit Peter, ses yeux lancèrent des éclairs furibonds.

— Jaxon, ce n'est pas votre place !

— Mon général, nous l'avons trouvée, dit Alicia. On

1095

est tombés pile dessus. Un véritable nid de frelons. Il doit y en avoir des centaines.

Vorhees fit signe à Hollis et aux autres de reculer.

— Vous, regagnez vos quartiers. Tout de suite !

Et sans attendre de réponse, il se tourna vers Alicia.

— Soldat Donadio, au rapport !

— La mine, mon général, dit-elle. Nous avons trouvé la mine.

Tout l'été, les hommes de Vorhees l'avaient cherché : le puits d'entrée d'une vieille mine de cuivre perdue quelque part dans les collines. On pensait que c'était l'un des points brûlants dont Vorhees avait parlé : un nid où les viruls dormaient. En utilisant de vieilles cartes topographiques, en suivant leurs déplacements grâce aux filets, ils avaient restreint le champ de leurs recherches au quadrant sud-est, une zone d'une vingtaine de kilomètres carrés au-dessus de la rivière. La mission de l'escouade bleue était la dernière tentative de localisation avant l'évacuation. C'est par pure chance qu'ils l'avaient repérée. D'après ce que Michael raconta à Peter, l'escouade bleue était tombée dessus, au sens littéral du terme, juste avant le coucher du soleil – un petit creux dans le sol, dans lequel l'homme de tête avait disparu avec un cri. Le premier virul qui avait émergé avait eu le temps d'emporter deux hommes avant que quiconque ait tiré un coup de feu. Le reste de l'escouade avait pu former une sorte de ligne de tir, mais d'autres viruls avaient surgi, bravant les derniers rayons du soleil dans leur fureur sanglante. Une fois le soleil couché, l'unité aurait été rapidement submergée, et la localisation du puits de mine perdue avec eux. Les fusées éclairantes leur auraient fait gagner quelques minutes, voilà tout. Ils s'étaient répartis en deux groupes ; le premier devait filer en courant pendant que le second, dirigé par le lieutenant Raimey, couvrait leur fuite, retenant les créatures aussi longtemps que possible, jusqu'au coucher du soleil, jusqu'à ce qu'ils soient à court de fusées ; alors ce serait la fin.

Toute la nuit, le camp bourdonna d'une activité fébrile. Peter sentait le changement : fini les journées d'attente, les missions tâtonnantes dans la forêt. Les hommes de Vorhees s'apprêtaient au combat. Michael avait disparu, aidant à préparer les véhicules qui transporteraient les explosifs, des fûts de diesel et de nitrate d'ammonium avec un allumage à amas de grenades qu'ils appelaient « flusher ». L'ensemble devait être abaissé par un treuil droit dans le puits de mine. L'explosion tuerait sans nul doute bon nombre des viruls qui se trouvaient à l'intérieur. Restait une question : par où les survivants émergeraient-ils ? En une centaine d'années, la topographie avait pu considérablement changer, et pour ce qu'en savaient Vorhees et les autres, un glissement de terrain ou un tremblement de terre avait pu ouvrir un nouveau point d'accès inconnu. Pendant qu'un peloton mettrait les explosifs en place, les autres hommes s'efforceraient de repérer les éventuelles issues. Avec un peu de chance, tout le monde serait en position au moment de la détonation.

Les lumières s'éteignirent, laissant place à une aube grise. La température avait chuté pendant la nuit et toutes les mares de la cour étaient gelées. On achevait le chargement des véhicules. Les hommes de Vorhees se rassemblèrent à la porte. Tous, sauf un peloton qui resterait sur place pour garder la garnison. Depuis son retour, Alicia avait passé beaucoup de temps sous la tente de Vorhees. C'est elle qui avait ramené les survivants vers la garnison, en reprenant la route, le long de la rivière, par laquelle ils étaient venus. C'est alors que Peter la vit, juste devant, avec le général. Ils avaient étalé une carte sur le capot d'un des Humvee et procédaient aux derniers préparatifs. Greer, à cheval, supervisait le chargement du matériel. Peter était en proie à des sentiments complexes, le malaise d'être ainsi réduit à un rôle de spectateur, mais aussi une puissante attirance, aussi instinctive que la respiration, et tout au fond de lui, une émotion plus sombre qu'il reconnut pour de l'envie. Pendant des jours, il avait dérivé entre deux pôles d'indécision, la certitude qu'il devait continuer et l'incapacité à laisser Alicia en arrière. Maintenant, en regardant les soldats achever les préparatifs à la porte, Alicia parmi eux, un unique désir prenait le pas sur le reste : les hommes de Vorhees partaient pour la guerre, il voulait en être.

Alors que Greer remontait la colonne formée par ses hommes, Peter s'avança pour attirer son attention.

— Capitaine, je souhaiterais vous parler.

Greer lui répondit sèchement, l'air ailleurs, le regard rivé sur un point au-dessus de sa tête.

— Qu'y a-t-il, Jaxon ?

— Monsieur, je voudrais vous accompagner.

Greer baissa les yeux sur lui.

— Nous ne pouvons pas emmener de civils.

— Mettez-moi à l'arrière. Je saurai bien me rendre utile. Je ne sais pas, je pourrai faire office d'estafette, ou n'importe quoi.

Le regard de Greer se concentra sur le cul d'un camion, où un groupe de quatre hommes, dont Michael, mettait les barils de carburant en place par-dessus le hayon à l'aide d'un treuil.

— Withers ! aboya Greer à l'intention du sergent de l'escouade. Viens me remplacer ici ! Hé, Sancho, fais attention à la chaîne, elle est tout emmêlée !

— Oui, chef. Désolé, chef.

— Ce sont des *bombes*, fiston ! Pour l'amour du ciel, faites attention !

Et puis, se tournant vers Peter :

— Venez avec moi.

Le capitaine mit pied à terre et prit Peter à part, hors de portée de voix.

— Je sais que vous vous en faites pour elle, dit-il. Je comprends, d'accord ? Si ça ne dépendait que de moi, je vous laisserais probablement venir avec nous.

— Et si on parlait au général...

— Pas question. Désolé.

Alors une curieuse expression passa sur le visage de Greer, une sorte de vacillement, d'incertitude.

— Écoutez, ce que vous m'avez dit au sujet de la fille, Amy, il faut que vous sachiez...

Il secoua la tête et détourna le regard.

— Je ne peux pas croire que je vous parle de ça. Peut-être que je suis vraiment resté trop longtemps dans ces bois. Comment appelle-t-on ça ? Quand on pense qu'on a déjà vécu quelque chose, comme si on l'avait rêvé. Ça porte un nom.

— Monsieur ?

Mais Greer ne le regardait pas.

— Le déjà-vu. C'est ça. J'ai cette impression depuis que je suis tombé sur vous, les gars. Un grande, mauvaise sensation de déjà-vu. Je sais que je n'en ai vraiment pas l'air, mais quand j'étais petit, j'étais un pauvre môme rachitique, tout le temps malade. Mes parents sont morts quand j'étais tout gamin, je ne les ai pratiquement jamais connus, alors c'était probablement dû à l'orphelinat où j'ai grandi, cinquante morveux aux pattes sales entassés les uns sur les autres. Citez-moi une maladie, je l'ai eue. Dix fois les sœurs ont failli me rayer des cadres. Et des rêves fiévreux comme vous ne

1099

le croiriez pas. Rien que je puisse vraiment décrire, d'ailleurs c'est à peine si je m'en souviens. Juste une sensation, comme d'avoir erré dans le noir pendant mille ans. Mais le truc, c'est que je n'étais pas seul. Ça faisait partie du rêve, aussi. Je n'y avais plus jamais repensé jusqu'à ce que vous vous pointiez. Cette fille. Ses yeux. Vous pensiez que je n'avais rien remarqué ? Bon sang, c'est comme si j'étais revenu à cette époque, j'avais six ans et le cerveau me coulait par les oreilles tellement j'avais de fièvre. Je vous le dis, c'était elle. Je sais que ça paraît dingue, mais elle était dans le rêve avec moi.

Un silence plein d'attente plana autour de ces derniers mots. Peter réprima un frisson. Tout cela lui était familier.

— Vous en avez parlé à Vorhees ?

— Vous voulez rire ? Et pour lui raconter quoi ? Putain, fiston, je ne vous en ai même pas parlé à vous.

Greer prit sa monture par les rênes et se remit en selle d'un bond. Fin de la conversation.

— C'est tout. Maintenant, si vous me demandez pourquoi vous ne pouvez pas nous accompagner, voilà ma réponse : on ne revient pas, les rouges ont pour ordre de vous évacuer vers Roswell. Ça, c'est *officiel*. Maintenant, officieusement, je vous le dis, si vous décidez de partir de votre côté, ils ne vous en empêcheront pas.

Il talonna sa monture et prit place en tête de la colonne. Un rugissement de moteurs. Les portes s'ouvrirent. Peter regarda sortir lentement cinq escouades, les hommes, leurs chevaux et leurs véhicules. Alicia était quelque part parmi eux, pensa Peter, probablement en première ligne, avec Vorhees. Mais il ne la voyait nulle part.

La colonne était depuis longtemps partie quand Michael s'approcha de lui.

— Il n'a pas voulu te laisser y aller, hein ?

Peter ne put que hocher la tête.

— Moi non plus, dit Michael.

61.

Ils attendirent toute la journée, et le lendemain. Avec une seule escouade restante pour monter la garde en haut de la palissade, le camp avait l'air étrange, vide et désert. Amy et Sara étaient maintenant libres d'aller et venir à leur gré dans la garnison, mais il n'y avait nulle part où aller, rien à faire, qu'attendre. Amy était tellement silencieuse que Peter se demandait s'il n'avait pas tout simplement rêvé l'avoir entendue parler. Elle restait assise toute la journée sur son lit de camp, sous sa tente, le regard perdu avec une expression d'intense concentration. N'en pouvant plus, Peter lui demanda si elle savait ce qui se passait au-dehors.

Elle lui répondit d'un ton vague. Il eut l'impression qu'elle le regardait sans le voir.

— Ils sont perdus. Perdus dans les bois.

— Qui ça, Amy ? Qui est perdu ?

Elle parut alors seulement le découvrir, réintégrer le moment présent et ses contingences.

— On va bientôt y aller, Peter ? s'enquit-elle de nouveau. Parce que je voudrais partir bientôt. Pour faire des anges de neige, ajouta-t-elle avec un sourire aérien.

C'était plus qu'énigmatique, c'était affolant. Pour la première fois, Peter lui en voulut. Il ne s'était jamais senti aussi impuissant, cloué sur place par sa propre stupide tergiversation et le retard qu'elle avait causé. Ils auraient dû repartir depuis plusieurs jours déjà.

Désormais, ils étaient coincés. Il lui était tout simplement impossible de s'en aller avant d'être fixé sur le sort d'Alicia. Il quitta rageusement la tente des femmes et arpenta l'intérieur du mur d'enceinte comme un possédé pour meubler ces heures perdues. Il n'essaya même pas de discuter avec les autres, gardant ses distances. Le ciel était dégagé, mais à l'est, la glace étincelait au sommet des montagnes. Il commençait à devenir envisageable qu'ils ne quittent plus jamais la garnison.

Et puis, le matin du troisième jour, ils l'entendirent : un bruit de moteurs. Peter courut vers l'échelle et monta sur la passerelle où l'officier de commandement de l'escouade, qui s'appelait Eustace, regardait vers le sud avec ses jumelles. Lui seul avait daigné parler à l'un d'eux, même s'il réduisait les échanges à la portion congrue.

— C'est eux, dit Eustace. Enfin, certains d'entre eux.

— Combien ? voulut savoir Peter.

— Deux escouades, apparemment.

Les hommes qui franchirent la porte étaient crasseux, épuisés. Tout, dans leur attitude, traduisait la défaite. Et Alicia n'était pas parmi eux. Le capitaine Greer, encore à cheval, était à l'arrière de la colonne. Hollis et Michael sortirent de leur tente en courant. Greer mit pied à terre, l'air sonné, et s'octroya une longue rasade d'eau avant de parler.

— Nous sommes les premiers ? s'informa-t-il auprès de Peter.

Il avait l'air de se demander un peu où il était.

— Où est Alicia ? s'inquiéta Peter.

— Bon Dieu, quel bordel ! Tout le putain de flanc de colline s'est effondré. Ils se sont jetés sur nous de partout. On était complètement submergés.

Incapable de se contenir davantage, Peter prit brutalement Greer par les épaules, l'obligeant à le regarder.

— Bon sang, vous allez me dire où elle est, oui ?

Greer n'opposa aucune résistance.

— Je n'en sais rien, Peter. Je suis désolé. On s'est tous retrouvés séparés dans le noir. Elle était avec Vorhees. On a attendu toute une journée au point de ralliement, mais ils ne se sont jamais montrés.

Et l'attente reprit. C'était insupportable, exaspérant. Peter ne s'était jamais senti aussi impuissant. Et puis, peu après, un cri monta de la palissade.

— Encore deux escouades !

Peter était au mess, abruti d'angoisse. Il se précipita au-dehors et rejoignit la porte alors que le premier camion entrait dans la place. C'était celui sur lequel les explosifs avaient été chargés. Le treuil y était encore fixé, le crochet pendouillant inutilement. Vingt-quatre hommes, trois escouades qui n'en formaient plus que deux. Peter chercha Alicia parmi leurs faces hébétées.

— Le soldat Donadio, quelqu'un sait ce qui est arrivé au soldat Donadio ?

Personne ne pouvait le lui dire. Chacun racontait la même histoire – l'explosion de la bombe, le sol qui s'était ouvert sous leurs pieds, les virus qui s'étaient déversés au-dehors, tout le monde en déroute, se perdant dans la nuit.

Quelqu'un prétendait avoir vu mourir Vorhees, d'autres disaient qu'il était avec l'escouade bleue. Mais personne n'avait vu Alicia.

Et la journée traîna en longueur. Peter arpentait le terrain d'exercice, ne parlant à personne. En tant que plus haut gradé, c'était maintenant Greer qui commandait la garnison. Il s'entretint brièvement avec Peter et lui dit de ne pas perdre espoir. Le général savait ce qu'il faisait. Si quelqu'un pouvait ramener son unité en vie, c'était bien Curtis Vorhees. Mais Peter lisait sur son visage que lui aussi commençait à penser que personne d'autre ne reviendrait plus.

Tous ses espoirs s'écroulèrent à la tombée du jour. Il regagna la tente où Hollis et Michael jouaient à la pioche. Ils levèrent les yeux en le voyant entrer.

— On s'occupe comme on peut, dit Hollis.

— Je n'ai rien dit.

Peter s'allongea sur sa couchette et tira une couverture sur lui, sans même prendre la peine d'enlever ses rangers boueux. Il se sentait crasseux et exténué. Les dernières heures, irréelles, s'étaient déroulées pour lui dans une sorte de transe. Il n'avait pratiquement rien mangé depuis des jours, mais l'idée de se nourrir était impensable. Un vent d'hiver, glacé, s'acharnait sur les parois de la tente. Ses dernières pensées, avant de s'endormir, furent pour les paroles d'adieu d'Alicia : *Peter, fous le camp d'ici.*

Il fut réveillé par un cri distant qui le fit se redresser en sursaut. Le visage d'Hollis passa par l'ouverture de la tente.

— Il y a quelqu'un à la porte.

Il repoussa la couverture et se rua au-dehors, dans l'éclat aveuglant des projecteurs. Le temps qu'il arrive au milieu du terrain de parade, ses doutes s'étaient mués en certitude. Il savait ce qu'il allait voir.

Alicia. Alicia était revenue.

Elle était plantée devant la porte. Il crut d'abord, en s'avançant vers elle, qu'elle était seule. Mais alors qu'il se frayait un chemin entre les hommes massés là, il vit un deuxième soldat, à genoux dans la boue. Muncey. Il avait les poignets attachés devant lui. La lumière aveuglante des projecteurs faisait briller son visage luisant de sueur. Il tremblait, mais pas de froid. Il avait une main enroulée dans un chiffon trempé de sang.

Ils étaient tous les deux entourés par les soldats, maintenant. Tout le monde gardait ses distances ; un silence de mort était tombé sur le groupe. Greer s'approcha d'Alicia.

— Le général ?

Elle secoua la tête : non.

Le soldat tenait sa main ensanglantée écartée de son corps. Il respirait très vite. Greer s'accroupit devant lui.

— Caporal Muncey, dit-il d'une voix calme, apaisante.

— Oui, monsieur.

Muncey se passa la langue sur les lèvres, lentement.

— Désolé, monsieur.

— Tout va bien, fiston. Tu as fait de ton mieux.

— Je ne sais pas comment j'ai pu rater celui qui m'a fait ça. Il m'a mordu comme un chien avant que Donadio lui règle son compte, ajouta-t-il en levant la tête vers Alicia. On ne dirait jamais que c'est une fille, à voir comme elle se bat. J'espère que vous ne m'en voulez pas de lui avoir demandé de m'attacher et de me ramener ici.

— C'était absolument ton droit, Muncey. C'était ton droit en tant que soldat de l'expéditionnaire.

Le corps de Muncey fut ébranlé par une série de trois spasmes terribles. Ses lèvres retroussées révélèrent les trous entre ses dents. Peter sentit que les soldats se crispaient. Tout autour de lui, les mains se portaient furtivement, machinalement à leurs couteaux. Greer, accroupi devant le soldat souffrant, ne cilla pas.

— Eh bien, je pense que ça y est, dit Muncey lorsque les spasmes furent passés.

Peter ne discernait pas de peur dans ses yeux, juste une calme acceptation. Son visage s'était vidé de toute couleur, comme l'eau s'échappant par la bonde d'un évier. Il leva ses mains liées pour essuyer la sueur de son front avec le chiffon sanglant.

— C'est comme ils disent. Comme ils disent que ça fait. Si ça ne vous ennuie pas, je voudrais que ce soit au couteau, major. Je veux le sentir s'en aller de moi.

Greer hocha la tête en signe d'approbation.

— Tu es un homme bien, Muncey.

— C'est Donadio qui devrait le faire, si ça vous va. Ma maman disait toujours qu'il fallait danser avec celui qui vous raccompagnait, et elle a eu la bonté de me ramener. Elle n'était pas obligée.

Il clignait des yeux, à présent, et il était ruisselant de sueur.

— Je voulais juste vous dire que ça avait été un honneur, mon capitaine. Et le général, aussi. Je voulais rentrer pour vous dire ça. Mais je pense qu'il vaudrait mieux le faire, maintenant.

Greer se releva et recula de quelques pas. Tout le monde se mit au garde-à-vous. Le capitaine éleva la voix pour se faire entendre de tous.

— Cet homme est un soldat du corps expédition-naire ! Il est temps pour lui de faire le voyage ! Un triple ban pour le caporal Muncey. Hip-hip-hip...

— ... Hourra !

— Hip-hip-hip...

— ... Hourra !

— Hip-hip-hip...

— ... Hourra !

Greer dégaina son couteau et le tendit à Alicia. Son visage figé ne trahissait aucune émotion : un visage de soldat, le visage du devoir. Le poing crispé sur la poignée, elle s'agenouilla devant Muncey qui attendait, tête basse, les mains liées mollement posées sur ses cuisses. Alicia pencha la tête vers lui jusqu'à ce que leurs fronts se touchent. Peter vit que ses lèvres remuaient, murmuraient des paroles tout bas. Il n'éprouvait aucune horreur, juste une sorte de stupeur. L'instant semblait figé, ne pas faire partie d'une succession d'événements, mais être un phénomène isolé, singulier – comme une ligne qui, une fois franchie, ne pouvait plus jamais être traversée en sens inverse. Le fait que Muncey cesse de vivre n'était qu'un élément de sa signification.

Dans la poigne d'Alicia, Peter sentait le pouvoir irrésistible de la force qui liait ces hommes, les unissait. C'était une espèce d'amour.

Le couteau fit son œuvre presque avant que Peter ait compris ce qui s'était passé ; quand Alicia laissa retomber sa main, l'arme était enfoncée jusqu'à la garde dans la poitrine de Muncey. L'homme avait les yeux grands ouverts, humides, les lèvres entrouvertes. Alicia lui tenait le visage entre ses mains, tendrement, comme une mère avec son enfant.

— Pars doucement, maintenant, Muncey, dit-elle. Pars doucement.

Un peu de sang apparut sur ses lèvres. Il eut encore une inspiration, retint l'air dans sa poitrine comme si ce n'était pas de l'air mais bien davantage – le goût suave de la liberté, de tous les soucis envolés, de la fin, l'achèvement de toute chose. Et puis la vie le quitta, et il tomba en avant. Alicia le rattrapa entre ses bras pour amortir la chute de son corps sur le sol boueux de la garnison.

Peter ne la revit ni le lendemain ni le surlendemain. Il envisagea de lui faire parvenir un message par Greer, mais il ne savait pas quoi dire. Dans son cœur, il connaissait la vérité : Alicia avait disparu. Elle avait glissé vers une vie dans laquelle il n'avait aucune part.

Ils avaient perdu quarante-six hommes en tout, dont

le général Vorhees. Il semblait probable que certains n'avaient pas été tués, mais emportés ; les hommes parlaient entre eux d'envoyer des groupes de recherche, à quoi Greer mit son veto. Ils avaient un créneau pour repartir s'ils voulaient opérer la jonction avec le troisième bataillon, et la fenêtre de tir n'allait pas tarder à se refermer. Il annonça qu'ils attendraient encore soixante-douze heures, dernier délai.

À la fin de la deuxième journée, le camp était pratiquement rangé. Les vivres, les armes, le matériel, la plupart des grandes tentes, tout, à part le mess, était emballé, paré au départ. Les lumières resteraient, de même que les gros camions-citernes, à présent presque vides, et un seul Humvee. Le bataillon redescendrait vers le sud en deux groupes, un petit groupe d'éclaireurs à cheval, mené par Alicia, les autres suivant à pied et dans les camions. Alicia était officier, maintenant. Avec tant d'hommes perdus – ils n'avaient plus que deux chefs d'escadron –, les rangs s'étaient clairsemés. Greer l'avait promue sur le champ de bataille. Elle était désormais le lieutenant Donadio.

Greer avait levé l'ordre de garder Sara et Amy enfermées ; un corps était un corps, disait-il. L'isolement n'avait plus de raison d'être, à ce stade. Beaucoup de soldats avaient été blessés pendant le raid ; de petites plaies, pour l'essentiel, des entailles, des égratignures et des contusions, mais on comptait une fracture du fémur, et deux hommes, Sancho et Withers, avaient été gravement brûlés lors de l'explosion. Les deux toubibs du bataillon avaient été tués, et avec l'aide d'Amy, Sara s'était occupée de soigner les blessés, les préparant de son mieux pour le voyage vers le sud. Peter et Hollis avaient été mis à la disposition des équipes d'emballeurs, dont la tâche consistait à trier le contenu des deux grandes tentes de vivres et de matériel, à choisir ce qu'ils emporteraient et à entreposer le reste dans une série de fosses réparties dans le camp. Michael avait été plus ou moins absorbé par l'équipe d'entretien du parc de véhicules. Il dormait dans leurs chambrées, prenait ses repas au coude à coude avec les autres mécanos. Même son nom avait disparu, il était devenu la Goupille.

Par-dessus tout planait, comme une épée de Damoclès, la question de l'évacuation. Peter n'avait pas encore donné sa réponse à Greer. La vérité était qu'il ne savait pas quoi répondre. Les autres – Sara, Hollis, Michael et même Amy, à sa façon silencieuse, introvertie – attendaient tous, lui laissant toute latitude de décider. Ils ne lui en avaient rien dit, ce qui rendait ce fait d'autant plus évident. Ou alors ils l'évitaient tout simplement, comment savoir ? D'une façon ou d'une autre, quitter la sécurité de la garnison paraissait plus risqué que jamais. Greer l'avait averti que, maintenant que la mine avait été dévastée, les bois devaient être infestés. Peut-être, leur suggéra-t-il, vaudrait-il mieux attendre leur retour, l'été suivant. Il parlerait à la division, les persuaderait de monter une véritable expédition. Quoi qu'il y ait dans cette montagne, disait Greer, il y avait longtemps que c'était là. Ça pouvait sûrement attendre un an de plus.

Le soir du deuxième jour après le retour d'Alicia, en rentrant sous sa tente, Peter trouva Hollis seul, assis sur son lit de camp. Il avait une parka d'hiver, celle d'un des soldats, sur les épaules. Il tenait une guitare sur ses genoux.

— Où as-tu trouvé ça ?

Hollis pinçait distraitement les cordes, l'air grave et concentré. Il leva les yeux et eut un sourire derrière la grosse barbe qui lui envahissait les joues.

— C'est à un des graisseurs. Un pote de Michael.

Il souffla sur ses mains et pinça encore quelques

notes, esquissant l'intro d'une mélodie que Peter n'arrivait pas tout à fait à identifier.

— Ça fait tellement longtemps que je croyais avoir oublié.

— Je ne savais même pas que tu jouais de la guitare.

— Oh, pas vraiment. C'est toujours Arlo qui jouait.

Peter s'assit sur la couchette en face de lui.

— Vas-y, joue quelque chose.

— C'est tout juste si je me souviens d'une ou deux chansons.

— Eh bien, joue-les. Joue n'importe quoi.

Hollis haussa les épaules, mais Peter voyait bien qu'il était content qu'il le lui demande.

— Je t'aurai prévenu.

Hollis tripota un peu les cordes, les testa, les tendit, puis il respira un bon coup et se mit à jouer. Peter mit un moment à comprendre ce qu'il entendait : l'une des chansons d'Arlo, une chanson drôle de son invention, l'une de celles qu'il jouait pour les Petits du Sanctuaire, mais subtilement différente. La même, mais pas tout à fait. Sous les doigts de Hollis, elle devenait plus profonde, plus riche, pleine d'une tristesse poignante. Peter s'allongea sur la couchette et se laissa envahir par les notes. Quand la chanson fut finie, les notes vibraient encore en lui, dans sa poitrine, comme un écho nostalgique.

— C'est bien, dit-il.

Il inspira profondément, les yeux fixés sur le toit de la tente qui faisait un renflement.

— Vous devriez prendre ce convoi, Sara et toi. Et Michael aussi. Je doute qu'elle parte sans lui.

Et comme Hollis gardait le silence, Peter se redressa sur les coudes et se tourna vers son ami.

— C'est très bien comme ça, Hollis. Je t'assure. C'est ce que je veux que vous fassiez.

— C'est ce qu'a dit Vorhees, quand on est arrivés ici. À propos de ses hommes, du serment qu'ils prêtent. Je ne suis plus bon pour ça, si je l'ai jamais été. Je l'aime vraiment, Peter.

— Tu n'as pas besoin de te justifier. Je suis content pour vous deux. Je suis content que tu aies cette chance.

— Et toi, qu'est-ce que tu vas faire ? s'enquit Hollis.

La réponse était évidente. Mais il fallait la formuler quand même :

— Ce qu'on est venus faire.

C'était bizarre. Peter se sentait triste, mais il y avait aussi autre chose : il se sentait en paix. La décision était derrière lui, maintenant ; il était libéré. Il se demanda si c'était ce que son père avait éprouvé, la veille de sa dernière chevauchée. En regardant le plafond de la tente secoué par le vent d'hiver, Peter repensa aux paroles de Theo, ce soir-là, dans la Centrale, alors qu'ils étaient tous assis autour de la table dans la salle de contrôle, à boire de la gnôle. *Notre père n'est pas allé là-bas pour tout lâcher. Ceux qui croient ça n'ont rien compris à ce qu'il était. Il y est allé parce qu'il ne pouvait tout simplement pas supporter de rester une minute de plus de sa vie sans savoir.* C'était la paix de la vérité que Peter éprouvait, et il en était heureux, jusqu'à la moelle des os.

À travers les parois de la tente, Peter entendait le bourdonnement des groupes électrogènes, les appels des hommes de Greer qui montaient la garde sur la palissade. Plus qu'une nuit, et tout serait silencieux.

— Quoi que je puisse dire, je ne réussirai pas à t'en dissuader, hein ? dit enfin Hollis.

Peter secoua la tête.

— Je peux te demander quelque chose ?

— C'est accordé d'avance.

— Ne me suis pas.

Il trouva le capitaine sous la tente qui avait été celle de Vorhees. Peter et Greer avaient à peine échangé quelques phrases depuis le retour d'Alicia. Un poids semblait s'être abattu sur le capitaine depuis l'expédition manquée, et Peter avait gardé ses distances. Il savait que la responsabilité du commandement n'était pas le seul fardeau qui pesait sur lui. Pendant les longues heures qu'il avait passées avec les deux hommes, Peter avait perçu la profondeur de leurs liens. C'était du chagrin que Greer éprouvait maintenant, le chagrin de la perte d'un ami.

Une lampe brillait sous la tente.

— Capitaine Greer ?

— Entrez.

Peter souleva le rabat. La pièce éclatait de chaleur. Le poêle à bois ronflait. Le major, en pantalon de camouflage et tee-shirt vert olive réglementaire, était assis au bureau de Vorhees et triait des papiers à la lumière de la lanterne. Un coffre ouvert, à moitié plein d'objets divers, était placé par terre, à ses pieds.

— Jaxon. Je me demandais quand vous alliez vous manifester.

Greer s'appuya au dossier de son fauteuil et se frotta les yeux avec lassitude.

— Venez voir ça.

Un tas de papiers était posé sur le bureau. Sur la feuille du dessus étaient représentées trois personnes, une femme et deux fillettes. L'image était tellement nette que Peter crut d'abord qu'il regardait une photo, une chose du temps d'Avant. Et puis il s'aperçut que c'était un dessin au fusain. Un portrait, coupé à la taille. Le bas de l'image semblait se perdre dans le néant. La femme tenait sur ses genoux la plus petite fille, qui ne devait pas avoir plus de trois ans, avec un petit visage potelé de bébé. L'autre, qui devait avoir deux ans de plus que sa sœur, était debout derrière elles, au-dessus de l'épaule gauche de la femme. Greer en tira d'autres de la pile pour les lui montrer : les trois mêmes personnes, dans une pose identique.

— C'est Vorhees qui a fait ça ?

Greer hocha la tête.

— Curt n'était pas engagé à vie, comme la plupart d'entre nous. Il avait eu toute une existence avant l'expéditionnaire, une femme, deux petites filles. Il était fermier. Vous pouvez le croire, ça ?

— Que leur est-il arrivé ?

Greer répondit d'un haussement d'épaules.

— Ce qui arrive toujours, quand ça arrive.

Peter se pencha pour examiner à nouveau les dessins. Il sentait le soin minutieux avec lequel ils avaient été réalisés, la force de création qui résidait derrière chaque détail : le petit sourire de la femme, les yeux de la fille cadette, de grands yeux réfléchis, comme ceux de sa mère ; les cheveux de l'aînée, soulevés par une brise soudaine. Un peu de poussière grise flottait encore à la surface du papier, comme des cendres, soulevées par le vent du souvenir.

— Je pense qu'il faisait ces dessins pour ne jamais les oublier, dit Greer.

Peter se sentit tout à coup gêné – quoi que ces images aient pu vouloir dire pour le général, c'était personnel.

— Ne m'en veuillez pas de cette question, capitaine, mais pourquoi me montrez-vous ça ?

Greer les rangea soigneusement dans un dossier en carton et les remit dans le coffre à ses pieds.

— Quelqu'un m'a dit un jour qu'une partie de nous continuait à vivre tant que quelqu'un se souvenait de nous. Maintenant, vous aussi, vous vous souvenez d'eux.

Il ferma le coffre avec une clé qu'il portait autour de son cou et se rappuya à son dossier.

— Mais ce n'est pas pour ça que vous êtes venu me voir, hein ? Vous avez pris votre décision.

— Oui, monsieur. Je pars demain matin.

— Bien.

Un acquiescement pensif à une décision attendue.

— Tous les cinq ou vous seul ?

— Hollis et Sara vont suivre l'évacuation. Michael aussi, même s'il ne le sait peut-être pas encore.

— Alors, rien que vous deux, hein, vous et la fille mystérieuse.

— Amy.

Greer hocha à nouveau la tête.

— Amy.

Peter attendit que Greer essaie de l'en dissuader, mais au lieu de cela, il dit :

— Prenez mon cheval. Il ne vous laissera pas tomber. C'est une bonne monture. Je préviendrai à la porte qu'on vous laisse passer. Vous avez besoin d'armes ?

— Ce que vous pourrez nous donner.

— Vous les aurez.

— J'apprécie vraiment, monsieur. Merci pour tout.

— Je crois que c'est le moins que je puisse faire.

Greer regarda ses mains croisées sur ses genoux.

— Vous savez que c'est probablement un suicide, n'est-ce pas, d'aller dans cette montagne tout seul, comme ça ? Je ne peux pas faire autrement que de vous le dire.

— Peut-être. Mais je ne vois pas ce que je pourrais faire de mieux.

Un moment de compréhension silencieuse passa entre eux. Peter se dit que Greer lui manquerait, avec son calme, sa présence solide.

— Eh bien, je pense que le moment est venu de nous dire au revoir.

Greer se leva et tendit la main à Peter.

— Passez me voir, si vous vous retrouvez jamais à Kerrville. J'aimerais bien savoir comment il finit.

— Quoi donc, monsieur ?

Le capitaine eut un sourire, sa grande patte enroulée autour de celle de Peter.

— Le rêve, Peter.

Il y avait de la lumière dans les chambrées ; Peter entendait des murmures à travers la paroi de toile. Il n'y avait pas vraiment de porte, aucun moyen de frapper. Mais comme il s'approchait, un soldat sortit par le rabat en resserrant sa parka sur lui. Celui qu'ils appelaient Wilco, l'un des graisseurs.

— Jaxon, fit-il avec un regard surpris. Si c'est la Goupille que vous cherchez, il est avec les autres gars. Ils transvasent le reste du fuel de la citerne. J'allais justement le retrouver.

— C'est Liss que je veux voir.

Et comme Wilco accueillait sa demande avec un regard vide, Peter traduisit :

— Le lieutenant Donadio.

— Je ne suis pas sûr...

— Dites-lui juste que je suis là.

Wilco eut un haussement d'épaules et repassa derrière le rabat. Peter tendit l'oreille pour entendre si on parlait à l'intérieur, et ce qu'ils se disaient. Mais toutes les voix s'étaient subitement tues. Il attendit, assez longtemps pour se demander si Alicia n'allait tout simplement pas refuser de se montrer. Et puis le rabat s'écarta à nouveau, et elle sortit de la tente.

Il n'aurait pas été tout à fait exact de dire qu'elle avait changé, songea Peter ; elle n'*était* tout simplement plus la même. La femme qui se tenait à présent debout devant lui était à la fois l'Alicia qu'il avait toujours connue et quelqu'un de tout autre. Elle avait les bras croisés sur la poitrine. Elle ne portait qu'un tee-shirt, malgré le froid. Ses cheveux avaient un tout petit peu repoussé au fil des jours, et un lettrage fantomatique adhérait à son cuir chevelu comme un casque luisant sous les lumières. Mais ce n'était rien de tout cela qui rendait le moment étrange. C'était sa façon de se tenir, sa distance par rapport à lui.

— J'ai appris ta promotion, dit-il. Félicitations.

Alicia ne répliqua pas.

— Liss...

— Tu ne devrais pas être là, Peter. Je ne devrais pas te parler.

— Je suis venu te dire que je comprenais. Je n'ai pas toujours compris. Mais maintenant, si.

— Bon.

Elle resta un instant silencieuse, refermant ses bras sur elle comme pour se protéger du froid.

— Et qu'est-ce qui t'a fait changer d'avis ?

Il ne savait pas très bien quoi répondre. Tout ce qu'il avait l'intention de lui dire s'était brusquement évaporé. La mort de Muncey n'était sûrement pas pour rien là-dedans, et puis il y avait son père, aussi, et Amy. Mais pour la vraie raison, il n'avait pas de mots.

Il finit par dire la seule chose qui lui passa par l'esprit :

— La guitare de Hollis, en fin de compte.

Alicia lui jeta un regard atone.

— Hollis a une guitare ?

— Un des soldats lui a donné la sienne.

Peter s'interrompit. Il n'arrivait pas à s'expliquer.

— Je suis désolé. Ce que je dis n'a aucun sens.

Un vide semblait s'être ouvert dans la poitrine de

Peter, et il comprit ce qu'était cette douleur ; quelqu'un qu'il n'avait pas encore quitté lui manquait déjà.

— Eh bien, merci de l'information. Mais il faut vraiment que je rentre.

— Liss, attends.

Elle se retourna à nouveau vers lui, les sourcils haussés.

— Pourquoi ne me l'avais-tu pas dit ? Pour le Colonel ?

— C'est pour ça que tu es venu ici ? Pour me parler du Colonel ?

Elle poussa un soupir et détourna le regard. Elle n'avait vraiment pas envie d'en discuter.

— Parce qu'il ne voulait pas que ça se sache. Qui il était.

— Mais pourquoi ?

— Et que voulais-tu qu'il dise, Peter ? Il était resté tout seul. Il avait perdu tous ses hommes. Il considérait qu'il aurait dû mourir avec eux.

Elle prit une profonde inspiration.

— Quant au reste, je pense qu'il m'a élevée de la seule façon qu'il connaissait. Pendant longtemps, j'ai trouvé ça drôle, si tu veux que je te dise. Ces histoires d'hommes courageux qui traversaient les terres de Ténèbres pour se battre et mourir, qui prêtaient serment, tout ce galimatias, ces mots qui ne voulaient rien dire pour moi. Et puis j'étais en colère. J'avais huit ans, Peter. Huit ans, et il m'a emmenée hors des Murs, sous le câble d'alimentation, et il m'a laissée là. Toute la nuit, sans rien, même pas un couteau. Tu n'étais pas au courant de ça, hein ?

— Jets ! Et que s'est-il passé, Liss ?

— Rien. Je serais morte s'il était arrivé quelque chose. Je suis restée assise sous un arbre et j'ai passé la

1117

nuit à pleurer. Je ne sais pas encore à ce jour ce qu'il mettait à l'épreuve : mon courage ou ma chance.

Il avait l'impression que ce n'était pas toute l'histoire.

— Il devait être là, dehors, avec toi. À veiller sur toi.

— Peut-être.

Elle offrit son visage au ciel nocturne.

— Parfois, c'est ce que je pense. D'autres fois, non. Tu ne le connaissais pas comme moi. Je l'ai détesté après ça, pendant longtemps, très longtemps. Vraiment, sincèrement haï. Mais on ne peut pas éternellement haïr quelqu'un. J'espère que c'est le cas pour toi, Peter, ajouta-t-elle avec un profond soupir résigné. J'espère qu'un jour tu trouveras la force, dans ton cœur, de me pardonner. C'est tout, fit-elle en reniflant, et elle s'essuya les yeux. Je t'en ai déjà trop dit. Je suis juste heureuse de t'avoir connu tout ce temps.

Il la regarda, vit son visage défait, et il sut.

Le Colonel n'était pas le vrai secret. Le vrai secret, c'était lui, Peter. Il était le secret qu'elle avait gardé. Qu'ils avaient gardé, chacun, l'un pour l'autre, et jusque pour eux-mêmes.

Il tendit la main vers elle.

— Alicia, écoute...

— Ne fais pas ça. Non.

Pourtant elle ne recula pas.

— Ces trois jours, quand j'ai cru que tu étais morte et que je n'étais pas là... (Une masse grosse comme le poing s'était formée dans sa gorge.) J'avais toujours pensé que je serais là.

— Bon sang, Peter.

Elle tremblait, et il sentait la pesanteur de son combat.

— Tu ne peux pas faire ça maintenant. C'est trop tard, Peter. C'est trop tard.

— Je sais.

— Ne le dis pas. Je t'en prie. Tu as dit que tu comprenais.

Oui, il comprenait. Tout ce qu'ils étaient l'un pour l'autre semblait contenu dans ce simple fait. Il n'éprouvait aucune surprise, même pas du regret, plutôt une profonde et soudaine gratitude, et en même temps, une force lumineuse, qui l'emplissait comme un souffle d'air hivernal. Il se demanda ce qu'était ce sentiment, et puis il le sut : il renonçait à elle.

Elle se laissa alors prendre dans ses bras, attirer dans les pans ouverts de son blouson. Il la serra contre lui, comme elle l'avait serré, il y avait des jours, dans la tente de Vorhees. Le même au revoir, à l'envers. Il sentit qu'elle se raidissait, puis s'abandonnait, se faisait toute petite dans son étreinte.

— Tu vas partir, dit-elle.

— J'ai besoin que tu me promettes quelque chose. Veille à la sécurité des autres. Amène-les à Roswell.

Un hochement de tête, faible mais distinct contre sa poitrine.

— Et toi ?

Comme il l'aimait. Et pourtant, ces mots ne pourraient jamais être prononcés. La tenant dans ses bras, il ferma les yeux et essaya de graver dans son esprit, dans sa mémoire, le sentiment qu'elle lui inspirait, pour pouvoir l'emmener avec lui.

— Je pense que tu as veillé assez longtemps sur moi, non ?

Il s'écarta un peu pour voir son visage une dernière fois.

— C'est tout, dit-il. Je voulais juste te dire merci.

Puis il se retourna et s'éloigna, la laissant debout toute seule dans le vent glacé devant les chambrées silencieuses.

Il tenta vaillamment de dormir, mais il se tourna et se retourna toute la nuit : une heure avant l'aube, n'en pouvant plus, il se leva et emballa rapidement ses affaires. C'était le froid qui l'inquiétait le plus ; ils auraient besoin de couvertures, de chaussettes de rechange, de tout ce qui pouvait leur tenir chaud et les garder au sec. Des duvets, des ponchos, une bâche, plus une bonne corde bien solide. La nuit précédente, en revenant des chambrées, il avait fait un saut sous la tente de matériel et fauché une bêche, une hache et deux grosses parkas. Hollis ronflotait doucement sur son lit de camp, son visage barbu enfoncé dans les couvertures, indifférent à tout. Lorsqu'il se réveillerait, Peter serait parti.

Il souleva son paquetage sur son épaule et sortit dans un froid suffocant, si vif qu'il chassa l'air de ses poumons. Tout était silencieux dans la garnison ; seuls quelques hommes allaient et venaient. Les odeurs de feu de bois et de nourriture chaude qui montaient du mess lui tiraillèrent l'estomac. Mais ce n'était pas le moment de penser à ça. Dans la tente des femmes, il trouva Amy assise sur son lit de camp, son petit paquetage sur les genoux. Il ne lui avait rien dit. Elle était toute seule. Sara était encore avec Sancho et les autres à l'infirmerie.

— C'est l'heure ? lui demanda-t-elle.

Elle avait les yeux très brillants.

— Oui, c'est l'heure.

Ils allèrent ensemble au paddock. Le cheval de Greer, un grand hongre noir, qui avait déjà son poil d'hiver, paissait dos au vent avec les autres. Peter récupéra une bride dans ce qui tenait lieu d'écurie et le mena vers la palissade. Il regretta de ne pas pouvoir le seller, car ils n'auraient pas pu monter à deux. Il attacha leurs paque-tages ensemble et les plaça sur le garrot de l'animal. Il avait déjà les doigts raides de froid. Il souleva Amy et utilisa la palissade pour monter à son tour. Ils firent le tour du paddock et, à l'ombre de la palissade, se dirigèrent vers la porte. L'aube s'annonçait à peine, une grise atténuation des ténèbres. La nuit finissait moins qu'elle ne se dissolvait. Une neige pâle, presque invisible, avait commencé à tomber, des flocons qui semblaient non point tomber du ciel mais se matérialiser dans l'air, devant leur visage.

À la porte, ils ne trouvèrent qu'une sentinelle, le fusil en bandoulière : Eustace, le lieutenant qui avait le premier annoncé à Peter le retour du détachement parti pour le raid.

— Le capitaine a dit de vous laisser passer. Il m'a aussi demandé de vous donner ça...

Eustace prit un sac polochon dans la guérite et le posa devant le cheval.

— Et de vous dire de prendre ce que vous voulez.

Peter mit pied à terre et s'agenouilla pour ouvrir le sac. Des fusils, des chargeurs, deux pistolets, une ceinture de grenades. Peter regarda le tout en se demandant quoi faire.

— Merci quand même, dit-il en se relevant.

Il prit son couteau à sa ceinture et le tendit à Eustace.

— Tenez. Un cadeau pour le capitaine.

Eustace fronça les sourcils.

— Je ne comprends pas. Vous voulez me donner votre couteau ?

Peter le tendit de nouveau d'un geste insistant.

— Prenez-le, dit-il.

Avec répugnance, Eustace accepta le couteau. L'espace d'un instant, il se contenta de le regarder comme si c'était un étrange artefact qu'il aurait trouvé dans la forêt.

— Donnez-le au capitaine Greer, dit Peter. Je crois qu'il comprendra.

Il se tourna vers Amy, assise au-dessus de lui. Elle avait le visage levé vers la neige qui tombait.

— Prête ?

La fillette hocha la tête. Un petit sourire éclairait son visage ; les flocons se déposaient sur ses cils, dans ses cheveux, comme une poussière de diamant. Eustace fit la courte échelle à Peter. Il remonta sur le dos du cheval, prit les rênes dans sa main. La porte s'ouvrit devant eux. Il s'accorda un dernier regard vers les chambrées. Tout était tranquille, inchangé. *Au revoir*, pensa-t-il. *Au revoir*. Puis il talonna sa monture et ils s'éloignèrent, dans le jour naissant.

Dixième partie

L'Ange de la montagne

« Pareil à un pauvre ermite en un noir passage,
J'entends finir mes jours voués à toujours douter,
À pleurer ces chagrins que le temps ne soulage,
Là où nul, hors l'Amour, ne me viendra quêter. »

Sir WALTER RALEIGH,
The Phoenix Nest

62

À la mi-journée, ils avaient retrouvé la rivière. Ils chevauchaient en silence dans les bois, sous la neige qui tombait maintenant à gros flocons, filtrant la lumière, étouffant les sons. La rivière avait commencé à geler le long des berges, et l'eau coulait, sombre, indifférente, dans le chenal étréci. Amy s'était endormie, appuyée sur le dos de Peter, ses poignets pâles alanguis sur les cuisses. Il sentait la chaleur de son corps, sa poitrine qui se soulevait et retombait doucement contre lui. Des naseaux du cheval flottaient vers lui des volutes de vapeur chaude chargée d'odeurs d'herbe et de terre. Il y avait des oiseaux dans les arbres, de noirs volatiles qui s'appelaient de branche en branche, leurs cris étouffés par la neige.

Tout en chevauchant, des souvenirs lui revenaient, un assemblage hétéroclite d'images dérivaient dans sa conscience comme de la fumée. Sa mère, un jour, peu avant sa fin ; il la regardait dormir, debout sur le seuil de sa chambre ; son regard était tombé sur ses lunettes, posées sur la table, et il avait su qu'elle allait mourir. Theo à la Centrale, quand il s'était assis sur la couchette de Peter pour examiner son pied, et plus tard, debout sous le porche de la ferme, Mausami à côté de lui, quand ils étaient partis. Tantine, dans sa cuisine surchauffée, et le goût de son horrible tisane. La dernière nuit au bunker, le grand inconnu déployé devant eux et tout le monde buvant du whisky et riant d'un truc drôle que Caleb avait dit ou fait. Sara, le matin, après la première chute de neige, assise par terre, le dos appuyé au tronc d'arbre, son journal sur les genoux, son visage baigné de lumière et sa voix qui disait : « Comme c'est beau, ici. » Alicia.

Alicia.

Ils prirent vers l'est. Le paysage changea radicalement, devint plus rude et commença à monter autour d'eux. Les montagnes couvertes de forêts drapées de blancheur les prenaient dans leur étreinte. La neige tomba moins fort, puis cessa, et se remit à tomber. Ils avaient entamé l'ascension. L'attention de Peter se concentrait sur les plus petites choses : la lente avancée rythmique du cheval, le contact dans sa main du cuir usé des rênes, le souffle d'Amy dans son cou. Tout cela comme inévitable, comme les détails d'un rêve qu'il aurait fait jadis, des années auparavant.

Vers la fin du jour, Peter dégagea un coin de sol avec la pelle et accrocha leur bâche au bord de la rivière. Le bois tombé à terre était généralement trop humide pour brûler, mais sous les lourdes frondaisons des arbres, ils trouvèrent assez de petit bois sec pour faire un feu. Peter n'avait plus son couteau, mais dans son paquetage il y avait un petit canif avec lequel il ouvrit des boîtes de conserve. Ils mangèrent leur dîner et s'endormirent, blottis l'un contre l'autre pour se tenir chaud.

Ils se réveillèrent dans un froid pétrifiant. La tempête de neige avait laissé dans son sillage un ciel d'un bleu glacé, intense. Pendant qu'Amy faisait du feu, Peter alla s'occuper du cheval. Il s'était détaché et éloigné durant la nuit, ce qui, en d'autres circonstances, aurait plongé

Peter dans une franche panique, mais réussit ce matin-là à ne pas l'inquiéter. Il suivit les traces de l'animal et le trouva une centaine de mètres en aval, en train de grignoter des brins d'herbe au bord de la rivière, son gros museau noir ouaté de neige. Ça paraissait être le genre de chose qu'il ne fallait pas troubler, alors Peter resta un moment debout à le regarder prendre son petit déjeuner avant de le ramener au campement, où les efforts d'Amy avaient abouti à faire jaillir un petit feu fumant d'aiguilles humides et de brindilles crépitantes. Ils mangèrent encore des boîtes, burent l'eau froide de la rivière et se réchauffèrent ensemble auprès du feu, en prenant leur temps. Il savait que ce serait leur dernier matin. Derrière eux, à l'ouest, la garnison devait être vide et silencieuse, maintenant, tous les soldats faisant mouvement vers le sud.

— Je crois que ça y est, dit-il à Amy alors qu'il rattachait les sacs sur le cheval. Nous ne devrions pas en être à plus de dix kilomètres.

La fille ne répondit pas, se contentant de hocher la tête. Peter mena le cheval vers un tronc d'arbre abattu, une grosse masse détrempée d'un bon mètre de haut, qu'il utilisa pour se hisser sur le dos du cheval. Il s'installa, resserra les paquetages contre lui et tendit les bras pour faire monter Amy.

— Ils ne te manquent pas ? demanda Amy. Tes amis ?

Il leva le visage vers les arbres enneigés. L'air matinal était calme et ensoleillé.

— Si. Mais ça va.

Ils arrivèrent un moment plus tard à un embranchement. Depuis quelques heures, ils suivaient une route, ou ce qui avait jadis été une route. Sous la neige, le sol était ferme et régulier, la route signalée çà et là par un panneau rouillé ou une rambarde rongée par les intempéries. Ils s'enfonçaient dans une vallée qui allait en s'étrécissant. Les falaises montaient de chaque côté comme des murailles, exhibant leurs parois de roche nue. C'est alors qu'ils rejoignirent la bifurcation : une branche de la route allait tout droit, le long de la rivière, l'autre franchissait le cours d'eau sur un pont, une travée arquée aux poutres visibles, habillées de neige. De l'autre côté, la route continuait à monter et se perdait dans les arbres, au loin.

— Quelle direction ? lui demanda-t-il.

Un moment de silence, et puis elle répondit :

— On traverse.

Ils mirent pied à terre. La neige était profonde, une poudre légère qui arrivait presque en haut des bottes de Peter. En s'approchant du bord de l'eau, il vit que la route qui reliait les berges avait disparu : le revêtement du pont, sans doute jadis en planches, avait complètement pourri. Cinquante mètres. Ils réussiraient probablement à traverser, en passant de poutre en poutre, mais le cheval n'y parviendrait jamais.

— Tu es sûre ?

Elle était debout à côté de lui et plissait intensément les yeux dans la lumière. Comme lui, elle avait remonté ses mains dans les manches de sa parka pour les protéger du froid.

Elle hocha la tête.

Il retourna auprès du cheval et détacha leurs paquetages. Il n'était pas question de le laisser attaché en attendant leur retour. Il les avait amenés jusque-là ; Peter ne pouvait l'abandonner sans défense. Il finit de décharger leur matériel, enleva la bride de l'animal et passa derrière lui.

— Ha ! cria-t-il en lui flanquant une bonne tape sur la croupe.

Rien. Il essaya à nouveau, plus fort.

— *Ha !*

Il eut beau lui taper dessus et agiter les bras en criant :
« Va-t'en ! Allez ! », l'animal refusa de bouger. Il les
regardait, impavide, de ses grands yeux brillants.

— C'est un fils de pute borné. On dirait qu'il ne veut
pas s'en aller.

— Et si tu lui disais ce que tu veux qu'il fasse ?

— C'est un cheval, Amy.

Ce qui survint ensuite, si bizarre que ça puisse
paraître, n'était pas complètement inattendu. Amy prit
la tête du cheval entre ses mains, plaçant les paumes de
chaque côté de sa longue tête. Le cheval commença par
s'agiter, puis se calma à son contact ; ses larges naseaux
s'élargirent, il poussa un gros soupir. Le cheval et la
fille restèrent un long moment plantés là, face à face,
silencieux, enfermés dans un regard profond. Puis
l'animal s'éloigna, effectua un large demi-tour et
repartit par où ils étaient arrivés. Il pressa l'allure et
disparut au trot entre les arbres.

Amy récupéra son paquetage dans la neige et le mit
sur ses épaules.

— Maintenant, on peut y aller.

Peter ne savait pas quoi dire. D'ailleurs, il n'y avait
aucune raison de dire quoi que ce soit.

Ils descendirent vers le bord de la rivière. Les reflets
du soleil qui dansaient sur l'eau avaient un éclat presque
explosif, comme si le pouvoir réfléchissant de la surface
avait été magnifié alors qu'elle était sur le point d'être
figée par le gel. Peter envoya Amy en premier, en lui
offrant son genou pour grimper par une sorte de trappe
sur les poutres à nu. Lorsqu'elle eut pris pied dessus, il
lui tendit leurs paquets et se hissa derrière elle.

Le plus sûr consistait à rester le long du bord du pont
et de se cramponner à la rambarde afin d'avancer de

poutre en poutre, au-dessus de la rivière tumultueuse. Le métal glacé lui brûlait les mains avec une férocité exquise. Mais il n'y avait pas de temps à perdre. Amy ouvrait la voie, glissant avec une grâce confiante au-dessus du vide. Dès qu'il commença à la suivre, il devint instantanément évident que le problème ne venait pas des poutres proprement dites, qui paraissaient solides, mais de la peau de glace invisible qui les gainait, sous la neige. Par deux fois Peter dérapa. Il sentit ses pieds se dérober sous son poids et se raccrocha à la rambarde gelée, d'un froid mordant. Mais aller aussi loin pour se noyer dans une rivière glacée – il ne pouvait l'imaginer. Lentement, poutre après poutre, il réussit à traverser. Lorsqu'il arriva de l'autre côté, il avait les mains complètement engourdies et il grelottait. Si seulement ils avaient pu s'arrêter pour faire du feu... Non, pas question de retarder leur progression à ce stade. Les ombres s'allongeaient ; la brève journée d'hiver tirait à sa fin.

Ils prirent pied sur la berge de la rivière et reprirent l'ascension. Où qu'ils aillent, il faisait des vœux pour qu'ils trouvent un abri. Sans cela, il ne voyait pas comment ils survivraient à la nuit. Le danger ne venait pas des virus ; le froid les tuerait tout aussi sûrement. Une seule chose comptait : continuer à avancer. Amy marchait désormais en tête, ses pas l'emmenant toujours plus haut dans la montagne. Peter avait toutes les peines du monde à ne pas se laisser distancer. L'air procurait à ses poumons une étrange impression de légèreté. Autour de lui, les arbres gémissaient dans le vent. Au bout d'un certain temps, il se retourna et contempla la vallée, très loin en dessous d'eux, et la rivière qui décrivait ses méandres au fond. Ils étaient maintenant à l'ombre, dans une zone crépusculaire, mais de l'autre côté de la vallée, les montagnes qui reculaient au nord et à l'est palpitaient d'une lumière dorée. *Le sommet du monde*, songea Peter, *voilà où Amy me conduit. Au sommet du monde même.*

Et la journée s'écoula. Dans la pénombre commençante, le paysage se réduisait à un chaos confus ; ce que Peter pensait devoir être le point le plus élevé de leur escalade n'était qu'une crête parmi d'autres, la suivante chaque fois plus exposée et battue par les vents que la précédente. À l'ouest, la montagne redescendait très vite, presque à pic. Le froid semblait avoir atteint une profondeur nouvelle en lui, émoussant tous ses sens. C'était une erreur, il s'en rendait compte, de renvoyer leur monture. En dernière extrémité, ils auraient au moins pu redescendre et profiter de la chaleur et de l'abri de son corps. C'était très grave de tuer un cheval ; il n'aurait jamais pensé pouvoir faire une chose pareille auparavant. Mais à présent que l'obscurité tombait sur la montagne, il savait qu'il en aurait été capable.

Il se rendit compte qu'Amy s'était immobilisée à quelques mètres devant lui. Il la rejoignit péniblement et s'arrêta près d'elle en avalant de grandes goulées d'air. À cet endroit, le vent chassait la neige, qui était moins épaisse. Amy observait le ciel, les paupières étrécies, comme si elle écoutait un bruit dans le lointain. Des perles de glace constellaient son paquetage, ses cheveux.

— Qu'y a-t-il ?

Le regard de la fille était rivé sur l'orée d'un bois, sur leur gauche, du côté opposé à la vallée offerte au ciel.

— Là, dit-elle.

Sauf qu'il n'y avait rien, que le rideau d'arbres. Les arbres, la neige et le vent indifférent.

Et puis il vit une trouée dans le sous-bois. Amy était déjà repartie dans cette direction. Comme ils s'en approchaient, il comprit ce qu'il voyait : la porte d'une palissade à demi effondrée. La barrière longeait les bois, à gauche et à droite, camouflée sous une masse dense de végétation rampante, maintenant dépourvue de feuilles mais couverte de neige au point d'être quasiment invisible. Elle faisait partie du paysage. Qui sait depuis combien de temps ils la longeaient sans la voir. Quelques mètres derrière l'ouverture, il y avait un semblant de petite cabane, plutôt qu'une véritable construction. La cahute, qui ne devait pas faire plus de cinq mètres carrés, paraissait penchée, comme si ses fondations s'étaient en partie effondrées. La porte, entrouverte, pendait sur ses gonds. Peter jeta un coup d'œil à l'intérieur. Rien, que de la neige, des feuilles et des filets de pourriture ruisselante sur les murs.

Il se retourna.

— Amy, où est-ce que... ?

Il la vit filer, s'enfoncer entre les arbres, et s'élança pesamment derrière elle. Amy pressa le pas, de plus en plus vite. Il avait conscience, à travers le brouillard de son épuisement et malgré le poids de ses pieds gelés, d'être arrivé au bout de leur voyage, ou presque. Il se sentait vidé ; le froid le dépouillait de ses forces, qui finissaient par l'abandonner.

— Amy ! appela-t-il. Attends !

Elle n'avait pas l'air de l'entendre.

— Amy, s'il te plaît !

Elle se retourna vers lui.

— Qu'y a-t-il ici ? fit-il d'un ton implorant. Il n'y a rien.

— Mais si, Peter, répondit-elle, le visage illuminé de joie. Mais si, il y a quelque chose !

— Alors, où ? demanda-t-il, et il reconnut la colère dans sa voix.

Il se pencha, les mains sur les genoux, essayant de reprendre son souffle.

— Dis-moi où !

Elle leva le visage vers le ciel qui s'assombrissait et ferma les yeux.

— C'est... partout, répliqua-t-elle. Écoute !

Il rassembla ses dernières forces et s'efforça de projeter son esprit vers l'extérieur. Mais il ne perçut que le vent.

— Il n'y a rien, répéta-t-il, sentant s'évanouir tous ses espoirs. Amy, il n'y a rien, ici.

C'est alors qu'il l'entendit.

Une voix. Une voix humaine.

Quelqu'un, quelque part, chantait.

Ils virent d'abord la balise, dressée entre les arbres.

Ils étaient arrivés dans une clairière au milieu de la forêt.

Tout autour d'eux, Peter distinguait des indices de présence humaine, des formes qui évoquaient des bâtiments en ruine et des véhicules abandonnés sous la neige. L'antenne était érigée à la limite d'une large dépression dans le sol, pleine de débris – sans doute les fondations d'un bâtiment depuis longtemps disparu. C'était une tour de métal très haute, d'une centaine de mètres au moins, haubanée par des câbles d'acier noyés dans le béton. Tout en haut était fixé un disque gris hérissé de piques sous lequel un ensemble d'objets en forme de pagaie étaient disposés comme les pétales d'une fleur. Peut-être des panneaux solaires, il n'en savait rien. Il posa la main sur le métal glacé. L'un des montants était apparemment gravé. Il écarta la neige avec ses mains, révélant une inscription : « Corps des ingénieurs de l'armée des États-Unis ».

— Amy...

Mais il n'y avait personne à côté de lui. Il repéra un

mouvement au bord de la clairière et le suivit rapidement dans le sous-bois. Le chant était de plus en plus fort. Un chant sans parole, juste une succession de notes qui montaient et redescendaient selon un phrasé fluide. Cela semblait planer vers eux de toutes les directions à la fois, porté par le vent. Ils en étaient proches, maintenant, tout proches. Il sentait une présence vers l'avant, une ouverture. Les arbres s'écartaient, dégageant le ciel. Il arriva à l'endroit où se tenait Amy, et s'arrêta.

Une femme. Qui leur tournait le dos, debout sur le seuil d'une petite maison de rondins. Il y avait de la lumière aux fenêtres, et des volutes de fumée montaient de la cheminée. Elle secouait une couverture. D'autres pendaient sur une corde tendue entre deux arbres. L'incroyable pensée parvint au cerveau de Peter que cette femme, quelle qu'elle puisse être, rentrait du linge. Elle rentrait son linge en chantant. La femme portait une grosse cape de laine ; ses cheveux, épais et noirs, striés de mèches d'un blanc de neige, coulaient sur ses épaules en une masse nuageuse. Au bas de sa cape, ses jambes nues descendaient vers les maigres sandales de corde qu'elle portait aux pieds, et elle avait les orteils dans la neige.

Peter et Amy s'approchèrent d'elle, les paroles de sa chanson se précisant à mesure. Elle avait une belle voix grave, riche, qui traduisait une mystérieuse plénitude. Elle chantait en travaillant, disposant les couvertures dans un panier, à ses pieds, apparemment inconsciente de leur présence. Ils étaient maintenant debout à quelques mètres d'elle.

— *Dors mon enfant, que la paix soit avec toi*, chantait la femme.

Jusqu'au bout de la nuit.
Dieu t'enverra des anges gardiens,
Jusqu'au bout de la nuit.

Les heures de sommeil s'avancent doucement,
Collines et vallons somnolent,
Je veille et vous garde mes bien-aimés,
Jusqu'au bout de la nuit.

Elle s'interrompit, les mains au-dessus de la corde à linge.

— Amy.

La femme se retourna. Elle avait un beau visage large, la peau foncée, comme Tantine. Mais ce n'était pas une vieille femme qu'il voyait. Elle avait les traits fermes, les yeux clairs, lumineux. Un sourire radieux s'épanouit sur son visage.

— Oh, que c'est bon de te revoir.

Sa voix faisait comme une musique, comme si elle chantait ses paroles. Elle s'avança vers eux dans la neige, avec ses sandales légères, et prit Amy par les mains avec une tendresse maternelle.

— Ma petite Amy. Tu as bien grandi.

Et puis ses yeux, glissant sur la fille, vinrent se fixer sur Peter, paraissant le remarquer pour la première fois.

— Et le voilà, ton Peter.

Elle eut un petit mouvement de tête, incrédule, émerveillé.

— Exactement comme je savais qu'il serait. Tu te souviens, Amy, quand je t'ai demandé : « Qui est Peter ? », quand je t'ai vue pour la première fois ? Tu étais toute petite.

Des larmes commençaient à rouler sur les joues d'Amy.

— Je l'ai abandonné.

— Chut, chut. Tout est comme il fallait que ce soit.

— Il m'a dit de courir ! s'écria-t-elle. Je l'ai abandonné ! Je l'ai abandonné !

La femme secoua les mains d'Amy.

— Mais tu vas le retrouver, Amy. C'est ce que tu es venue découvrir ici, n'est-ce pas ? Je n'étais pas seule à veiller sur toi, pendant tant et tant d'années. Cette tristesse que tu éprouves n'est pas la tienne. C'est sa tristesse à lui que tu sens dans ton cœur, Amy, parce que tu lui manques.

Le soleil s'était couché. Le froid de la nuit s'insinuait autour d'eux, tandis qu'ils restaient debout dans la neige devant la maison de la femme. Et pourtant, Peter ne réussissait ni à bouger ni à parler. Il ne doutait pas de faire partie de ce qui venait d'arriver, mais quelle partie, il l'ignorait.

Il retrouva enfin la voix.

— Dites-moi, fit-il. Je vous en prie, dites-moi qui vous êtes.

Les yeux de la femme se mirent à pétiller d'une soudaine malice.

— On lui dit, Amy ? On dit à ton Peter qui je suis ?

Amy hocha la tête. La femme leva le visage. Elle avait un sourire étincelant.

— Je suis celle qui vous attendait, dit-elle. Je suis sœur Lacey Antoinette Kudoto.

63.

Le soldat Sancho était mourant.

Sara suivait le convoi dans l'un des gros camions. Des couchettes avaient été fixées sur les côtés du compartiment arrière pour transporter les blessés, mais il était plein de caisses de marchandises entre lesquelles elle se faufilait tant bien que mal pour soulager leurs souffrances.

L'autre soldat, Withers, était moins gravement atteint. Il avait surtout été brûlé aux mains et aux bras. Si les plaies ne s'infectaient pas, il s'en sortirait probablement. Pour Sancho en revanche, c'était sans espoir.

Il y avait eu un truc quand ils avaient fait descendre la bombe avec le treuil. Un câble s'était emmêlé. La mèche n'avait pas voulu s'allumer. Un truc. Sara avait reconstitué l'histoire à partir d'une dizaine de versions, toutes légèrement différentes, des événements. Sancho s'était introduit dans le puits de mine, descendant le long du câble avec un harnais, pour remédier au problème. Soit il était encore dans le puits, soit il en sortait juste. En tout cas, Withers s'était précipité vers lui pour le détacher au moment où les fûts d'essence explosaient.

Il avait été complètement englouti par les flammes. Sara voyait le chemin que le feu avait suivi, remontant le long de son corps, faisant fondre son uniforme, le collant à sa peau. Le fait qu'il ait survécu était un miracle, mais pas une chance, pensait-elle. Elle entendait encore les hurlements qu'il avait poussés lorsque, aidée de deux soldats, elle avait épluché les restes calcinés, noircis, de son uniforme incrusté dans ses chairs, enlevant presque toute la peau de ses jambes et de sa poitrine avec. Et de nouveau, quand elle avait essayé de nettoyer les débris, révélant la chair à vif, sanguinolente, en dessous. Les brûlures de ses jambes et de ses pieds avaient déjà commencé à suppurer, ajoutant la puanteur de l'infection à l'odeur douceâtre, écœurante, de la peau calcinée. Sa poitrine, ses bras, ses mains, ses épaules, le feu avait tout dévoré. Son visage était un moignon rose, lisse comme la gomme au bout d'un crayon. Quand elle avait achevé l'abrasion – une torture atroce –, c'est à peine s'il avait émis un son. Il avait sombré dans un sommeil agité dont il émergeait spasmodiquement pour demander à boire. Elle n'en était pas revenue de constater, le lendemain matin, qu'il était toujours en vie. Il avait encore tenu le coup toute la journée. C'était la veille de leur départ. Ce soir-là, dans un moment de courage qui l'avait surprise elle-même, elle avait proposé de rester en arrière avec lui. Mais Greer n'avait pas voulu en entendre parler. « Nous avons déjà laissé assez d'hommes dans ces bois, avait-il dit. Faites ce que vous pourrez pour apaiser ses souffrances. »

Pendant plusieurs heures, le convoi avait fait route vers l'est, et maintenant ils redescendaient vers le sud, sur ce qui faisait à Sara l'impression d'être une route. Les pires cahots, les plus rudes embardées d'un bord sur l'autre, les geysers de boue et de neige aux passages des roues, tout cela avait cessé. Elle avait vaguement mal au cœur, elle était transie, gelée jusqu'à la moelle des os, et tout endolorie à force de rebondir à l'arrière du camion. Le convoi de véhicules, de chevaux et d'hommes avançait par saccades lorsque le détachement d'éclaireurs d'Alicia donnait le feu vert. Le but de leur premier jour de voyage était Durango, où un abri fortifié dans un ancien silo à grain, l'un des neuf refuges de ce genre le long de la route de ravitaillement qui menait à Roswell, devait leur offrir un asile pour la nuit.

Elle avait décidé de ne pas en vouloir à Peter d'être parti sans le lui dire. Au départ, quand Hollis était entré au mess et lui avait annoncé la nouvelle, ça l'avait mise en colère, mais avec Sancho et Withers sur les bras, elle n'avait guère eu le temps de ruminer. Et à vrai dire, elle l'avait senti venir – sinon le départ de Peter et d'Amy précisément, du moins quelque chose dans ce genre-là. Quelque chose de définitif. Quand elle avait parlé avec Hollis de leur départ avec le convoi, il y avait toujours à l'arrière-plan, non dit, le sentiment que Peter et Amy ne les accompagneraient pas.

Mais Michael, lui, n'avait pas apprécié. Il était plus que furieux – hors de lui. Hollis avait pratiquement dû l'empêcher de se lancer à leur poursuite dans la neige. C'était bizarre comme Michael était devenu courageux, presque intrépide, au fil des mois. Elle s'était toujours plus ou moins considérée comme une espèce de famille de substitution pour lui, responsable de lui à un niveau profond, incontournable. Et puis quelque part, en cours de route, elle avait abandonné ces sentiments. Alors peut-être que ce n'était pas Michael qui avait changé, mais elle.

Elle voulait voir Kerrville. Le nom lui trottait dans la tête avec une légèreté chatoyante. Rien que d'y penser – trente mille âmes ! –, elle reprenait espoir. Un espoir comme elle n'en avait pas éprouvé depuis le jour où Maîtresse l'avait fait sortir par la porte du Sanctuaire, dans le monde brisé. Finalement, il n'était pas brisé ; la petite fille que Sara avait été, qui avait dormi dans la grand-salle, joué avec ses amis et senti le soleil sur son visage quand elle se balançait sur le pneu, dans la cour, en croyant que le monde était un bel endroit dont elle pourrait faire partie, cette petite fille avait raison, depuis le début. C'était une chose si facile à vouloir. Vouloir être une personne, vivre une vie humaine. C'est ce qu'elle aurait à Kerville, avec Hollis. Hollis, qui l'aimait, le lui disait et le lui répétait. C'était comme s'il avait ouvert en elle une porte longtemps restée fermée. Parce que le sentiment l'avait emplie aussitôt, cette première nuit de garde, quelque part dans l'Utah, quand il avait posé son fusil et l'avait embrassée, appuyant son visage sur le sien. Et de nouveau, chaque fois qu'il prononçait ces mots de cette façon tranquille, presque embarrassée, leurs visages si proches qu'elle sentait les poils de sa barbe sur ses joues, comme s'il lui avouait la plus profonde, la plus permanente des vérités sur lui.

Il lui disait qu'il l'aimait, et elle l'avait aimé en retour, aussitôt, infiniment. Elle ne croyait pas au destin, le monde semblait beaucoup plus hasardeux que ça, une série de mésaventures et d'échappées belles dont on réussissait à se sortir on ne savait comment, jusqu'à ce qu'un jour on ne s'en sorte pas. Et pourtant c'était à ça que ressemblait le fait d'aimer Hollis : au destin. Comme si c'était déjà écrit quelque part, et qu'elle n'avait qu'une chose à faire : vivre l'histoire telle qu'elle était écrite. Elle se demandait si c'était ce que ses parents avaient éprouvé l'un pour l'autre. Elle n'aimait pas penser à eux, et elle évitait de le faire autant que possible, mais ainsi ballottée à l'arrière de ce camion glacial, elle regrettait qu'ils ne soient plus en vie, pour pouvoir leur poser la question.

Ce n'était pas juste, ce qu'ils avaient fait. C'était Michael, pauvre Michael, qui les avait trouvés tous les deux dans l'Entrepôt, ce terrible matin-là. Il avait onze ans ; Sara venait d'en avoir quinze. Elle avait toujours suspecté ses parents d'avoir attendu qu'elle soit assez grande pour s'occuper de son frère, suspecté que ses quinze ans n'étaient pas étrangers à leur geste. Les cris de Michael l'avaient tirée du lit. Elle avait dévalé l'escalier, traversé la cour et l'avait trouvé dans la remise, derrière chez eux. Il serrait leurs jambes dans ses bras et il essayait de les soulever. Elle était restée debout sur le seuil de la porte, immobile, incapable de dire un mot, pendant que Michael la suppliait en pleurant de venir à son aide. Elle avait compris qu'ils étaient morts. Ce qu'elle avait éprouvé à ce moment-là n'était ni de l'horreur ni du chagrin, plutôt de l'incrédulité – une stupéfaction muette devant la nature factuelle, déclarative de la scène, sa mécanique implacable. Ses parents avaient pris des cordes et deux tabourets en bois. Ils s'étaient passé le nœud coulant autour du cou, l'avaient resserré, et ils avaient envoyé promener le tabouret d'un coup de pied, usant du poids de leur corps pour s'étrangler. Elle s'était demandé s'ils l'avaient fait ensemble. Est-ce qu'ils avaient compté jusqu'à trois ? Est-ce que l'un des deux était parti avant, et puis l'autre après ? Michael l'implorait : « Je t'en prie, Sara, aide-moi, aide-moi à les sauver », mais tout ce qu'elle avait vu, c'était ça. La veille au soir, sa mère avait fait des galettes de maïs. La poêle était encore sur la table. Sara s'était creusé la tête à la recherche d'un indice révélant que sa mère n'avait pas agi comme d'habitude, sachant, comme elle devait le savoir, qu'elle préparait un petit déjeuner qu'elle ne mangerait pas, pour des enfants qu'elle ne reverrait plus jamais. Et pourtant Sara n'arrivait pas à se rappeler quoi que ce soit.

Comme obéissant à un dernier ordre muet, Michael et elle avaient tout mangé, jusqu'à la dernière bouchée. Et lorsqu'ils avaient eu fini, Sara avait su, tout comme Michael, sûrement, qu'elle s'occuperait de lui à partir de ce jour, et que cela comportait l'accord tacite qu'ils ne reparleraient plus jamais de leurs parents.

Le convoi avait ralenti. Sara entendit un cri, vers l'avant, réclamant la halte, puis le bruit d'un cheval qui passait au galop dans la neige. Elle se leva et vit que Withers avait les yeux ouverts et regardait autour de lui. Ses bras bandés reposaient sur sa poitrine, par-dessus les couvertures. Il avait le visage rouge, trempé de sueur.

— On est arrivés ?

Sara lui tâta le front avec son poignet. Il n'avait pas l'air d'avoir de la fièvre ; sa peau aurait même été plutôt froide. Elle récupéra une gourde par terre et lui versa quelques gouttes d'eau entre les lèvres. Pas de fièvre, et pourtant il avait l'air d'aller beaucoup plus mal. Il n'arrivait plus à soulever sa tête.

— Non, je ne crois pas.

— Ces démangeaisons me rendent dingue. J'ai l'impression d'avoir les bras grouillants de fourmis.

Sara reboucha la gourde et la reposa. Fièvre ou pas, la coloration de sa peau l'inquiétait.

— C'est bon signe. Ça veut dire que ça guérit, là-dessous.

— Ce n'est pas l'impression que ça me fait.

Withers prit une longue inspiration et laissa lentement l'air s'échapper de ses poumons.

— Et merde...

Sancho était dans la couchette du dessous, momifié dans des bandages. Seul le petit cercle rose de son visage était visible. Sara s'agenouilla, prit un stéthoscope dans sa trousse médicale et l'ausculta. Elle entendit un râle humide, un bruit d'eau agitée dans une boîte de conserve. Il mourait de déshydratation, entre autres choses, et pourtant, il se noyait dans ses propres poumons. Il avait les joues brûlantes. L'air autour de lui avait l'odeur prégnante de l'infection. Elle reborda la couverture autour de lui, humecta un linge et le présenta à ses lèvres.

— Comment va-t-il ? s'enquit Withers, d'en haut.

Sara se releva.

— Il n'en a plus pour longtemps, hein ? Je le vois à votre regard.

Elle hocha la tête.

— Ça ne devrait plus tarder, maintenant.

Withers referma les yeux.

Elle enfila sa parka et descendit de l'arrière du camion dans la neige et le soleil. Les colonnes de soldats bien rangées s'étaient dissoutes en amas de trois ou quatre hommes, le capuchon remonté sur la tête et la goutte au nez à cause du froid, et arborant une expression renfrognée, mélange d'impatience et d'ennui. Vers l'avant, elle vit l'origine de ce contretemps. Du capot ouvert de l'un des camions montait un panache de vapeur. Le véhicule était entouré par un groupe de soldats qui le contemplaient, l'air dépassés, comme s'ils étaient tombés sur une carcasse géante.

Michael était debout sur le pare-chocs, les bras enfoncés jusqu'aux coudes dans le moteur. Greer, du haut de son cheval, demanda :

— Vous pouvez le réparer ?

La tête de Michael émergea de sous le capot.

— Je pense que c'est juste une durite. Je pourrai la remplacer si l'embout n'est pas fissuré. Mais il nous faudra du liquide de refroidissement, aussi.

— Combien de temps ça va prendre ?

— Une demi-largeur de main, pas plus.

Greer leva la tête et gueula aux hommes :

— Sécurisez le périmètre ! Les bleus, devant, et attention à cette rangée d'arbres ! Donadio ! Bon sang, où est Donadio ? !

Alicia remonta de l'avant à cheval, son fusil en bandoulière. Des volutes de buée tournoyaient autour de son visage. Malgré le froid, elle avait ôté sa parka et ne portait qu'une veste de treillis sur son pull.

— On dirait qu'on va rester coincés ici un moment, dit Greer. Autant aller jeter un coup d'œil à ce qui nous attend sur la route. Il va falloir qu'on rattrape le temps perdu.

Alicia talonna son cheval et s'éloigna au galop, sans un coup d'œil pour Hollis qui remontait vers eux depuis l'avant de la colonne. Greer l'avait assigné à l'un des camions de ravitaillement, et il distribuait des vivres et de l'eau aux hommes.

— Que se passe-t-il ? demanda-t-il à Sara.

— Attends une minute. Capitaine Greer ! appela-t-elle.

Greer, qui repartait le long de la colonne, fit volter son cheval pour la regarder.

— C'est Sancho, chef. Je pense qu'il est mourant.

Greer hocha la tête.

— Je vois. Merci de me tenir au courant.

— Vous êtes son officier supérieur, monsieur. Je me suis dit qu'il apprécierait peut-être que vous alliez le voir.

— Infirmière Fisher, répondit-il, son visage ne trahissant aucune émotion, nous avons quatre heures de jour pour couvrir six heures de terrain en rase campagne. Voilà ce que j'ai en tête en ce moment précis. Faites de votre mieux. C'est tout ?

— Avait-il des proches, chef ? Quelqu'un qui pourrait être auprès de lui ?

— Désolé. Je ne peux me permettre de distraire un seul homme pour l'instant. Je suis sûr qu'il comprendrait. Maintenant, si vous voulez bien m'excuser...

Il s'éloigna.

Debout dans la neige, Sara se rendit compte qu'elle refoulait ses larmes.

— Allez, fit Hollis en la prenant par le bras. Je vais t'aider.

Ils retournèrent auprès du camion. Withers s'était rendormi. Ils tirèrent deux caisses à côté de la couchette de Sancho. Sa respiration était de plus en plus saccadée. Un peu d'écume s'était accumulée sur ses lèvres bleuies par l'hypoxie. Sara n'avait pas besoin de lui prendre le pouls pour savoir que son cœur battait la chamade.

— Qu'est-ce qu'on peut faire pour lui ? demanda Hollis.

— Juste être près de lui, j'imagine, répondit Sara.

Sancho allait mourir, elle le savait depuis le début. Mais maintenant que c'était en train d'arriver, tous ses efforts semblaient dérisoires.

— Ça ne devrait plus être long, à présent.

Ça ne le fut pas. Sous leurs yeux, sa respiration commença à ralentir. Ses paupières se mirent à papilloter. Sara avait entendu dire qu'au moment de la mort, on voyait sa vie repasser devant ses yeux. Si c'était vrai, que voyait Sancho ? Que verrait-elle à sa place ? Elle prit sa main bandée dans la sienne et essaya de trouver quelque chose à dire, chercha des paroles de réconfort à offrir. Mais rien ne lui vint à l'esprit. Elle ne savait rien de lui, que son nom.

Quand ce fut fini, Hollis releva la couverture sur le visage du soldat mort. Au-dessus d'eux, Withers s'agitait. Sara se releva. Il avait les yeux ouverts, les paupières tremblotantes. Son visage grisâtre était luisant de sueur.

— Est-ce qu'il est... ?

Sara hocha la tête.

— Je suis désolée. Je sais que vous étiez amis.

Mais il ne réagit pas. Il avait la tête ailleurs.

— Bon Dieu..., gémit-il. Quelle saloperie de rêve. Comme si j'y étais.

Hollis était debout à côté de Sara.

— Qu'est-ce qu'il a dit ?

— Sergent, questionna Sara d'un ton pressant, quel rêve ?

Il frémit, semblant s'efforcer de le chasser de sa mémoire.

— C'était horrible. Sa voix. Et cette puanteur.

— Quelle voix, sergent ?

— Celle d'une grosse femme, répliqua Withers. Une grosse femme hideuse qui soufflait de la fumée.

À la tête de la colonne, levant la tête du moteur du cinq tonnes en panne, Michael vit Alicia dévaler la pente au galop, dans la neige. Elle passa à côté de lui en remontant la colonne, appelant Greer.

Allons bon, que se passait-il ?

Planté à côté de lui, Wilco suivait des yeux, bouche bée, le cheval d'Alicia. Le reste de son détachement descendait de la crête et revenait vers eux.

— Finis ça, dit Michael.

Comme Wilco ne réagissait pas, il lui fourra la clé à molette dans la main.

— Et grouille-toi. Je crois qu'on ne va pas tarder à repartir.

Michael s'élança sur les traces qu'Alicia avait laissées dans la neige. À chaque pas, la certitude s'affirmait en lui : elle avait vu quelque chose, derrière la crête, et ce n'était pas bon. Hollis et Sara descendirent de l'arrière du camion et convergèrent vers Greer et Alicia, qui avaient mis pied à terre. Alicia indiquait, du doigt, la direction de la crête. Son bras décrivit une large courbe, puis elle s'agenouilla et se mit à dessiner frénétiquement dans la neige. En s'approchant d'eux, Michael entendit Greer demander :

— Combien ?

— Ils ont dû faire mouvement la nuit dernière. Les traces sont encore fraîches.

— Capitaine Greer...

C'était Sara.

Greer leva la main, coupant court.

— Combien, bon Dieu ! Une multitude ?

Alicia se releva.

— Pas une multitude, rectifia-t-elle. *La* Multitude. Et ils viennent droit vers cette montagne.

64

Theo se réveilla, non pas en sursaut mais avec l'impression de tomber dans le vide. Il tombait en roulant sur lui-même dans le monde vivant. Il avait les yeux grands ouverts. Et depuis un certain temps, apparemment. *Le bébé*, pensa-t-il. Il tendit la main vers Mausami, la trouva à côté de lui. Elle remua à son contact, remonta ses genoux sur sa poitrine. C'était ça. Il avait rêvé du bébé.

Il était glacé jusqu'à la moelle des os, et pourtant il était ruisselant de sueur. Il se demanda s'il n'avait pas de fièvre. Il fallait transpirer pour faire tomber la fièvre : c'était ce que Maîtresse disait toujours, et sa mère aussi, sa mère qui lui caressait le visage de ses doigts quand il était alité, brûlant de fièvre. Mais c'était il y a longtemps, le souvenir d'un souvenir. Il y avait tellement longtemps qu'il n'avait pas eu de la fièvre qu'il avait oublié comment ça faisait.

Il repoussa les couvertures et se leva en grelottant dans le froid, l'humidité de son corps absorbant ses dernières bribes de chaleur. Il avait gardé la chemise qu'il avait portée toute la journée pour empiler du bois dans la cour. Au moins, ils étaient parés pour l'hiver, tout était rangé, enfermé, calfeutré. Il enleva sa chemise trempée et en prit une autre dans la petite commode. Dans l'un des bâtiments annexes, il avait trouvé des coffres pleins de vêtements. Certains n'avaient jamais été déballés : des chemises, des pantalons, des chaussettes, des sous-vêtements thermiques et des pulls faits dans une matière qui ressemblait à du coton mais qui n'en était pas. Les souris et les mites s'étaient mises dans quelques-uns, mais pas tous. Quel que soit celui qui avait fait ces réserves, il avait prévu à long terme.

Il récupéra ses rangers et sa carabine à l'endroit où il les avait laissés, près de la porte, et descendit l'escalier. Le feu, dans la salle de séjour, s'était réduit à des braises rougeoyantes. Il ne savait pas quelle heure il était, mais il sentait que l'aube ne devait plus être loin ; au fil des semaines, Maus et lui avaient trouvé leur rythme, dormant la nuit, se réveillant quand les premiers rayons du soleil caressaient la fenêtre, et il commençait à avoir de l'heure une perception à la fois naturelle et complètement nouvelle. Comme s'il s'était raccordé à un profond réservoir instinctif, une mémoire ancestrale, depuis longtemps enfouie. Ce n'était pas seulement dû à l'absence des lumières, comme il en était venu à le croire, c'était l'endroit même. Maus l'avait senti, aussi, ce premier jour, quand ils étaient allés ensemble pêcher dans la rivière, et plus tard, dans la cuisine, quand elle lui avait dit qu'ils étaient en sécurité.

Il s'assit pour enfiler ses rangers, prit un gros pull à la patère, vérifia que la carabine était chargée et sortit sous le porche. À l'est, derrière la rangée de collines qui bordaient la vallée, une douce lueur montait dans le ciel. Toute la première semaine, pendant que Maus dormait, Theo avait passé les nuits assis là. Et chaque jour, à l'aube, il avait éprouvé un étonnant pincement de tristesse. Toute sa vie il avait eu peur de l'obscurité et de ce qu'elle pouvait apporter ; personne, même pas son père, ne lui avait jamais dit combien le ciel nocturne était beau, comme il vous faisait vous sentir à la fois grand et petit, et aussi que vous apparteniez à une espèce d'immensité, d'éternité. Il resta un moment debout dans le froid, à regarder les étoiles en laissant l'air de la nuit entrer dans ses poumons et en ressortir, éveillant son corps et son esprit. Puisqu'il était debout, il allait faire du feu, pour que Mausami ne se réveille pas dans une maison glaciale.

Il se rendit dans la cour. Depuis plusieurs jours, il ne faisait pas grand-chose à part transporter et fendre des bûches. Les bois, près de la rivière, étaient pleins de branches tombées, sèches et bonnes à brûler. La scie qu'il avait trouvée dans la grange était inutilisable, ses dents désespérément émoussées par la rouille, mais la hache était parfaitement efficace. Maintenant les fruits de son labeur étaient empilés en longues rangées dans la grange, et il y en avait encore d'autres sous les poutres, protégées sous une bâche en plastique.

Ces gens, pensa-t-il en se dirigeant vers la porte de la grange, qui était entrebâillée. Ceux des photos qu'il avait trouvées. Il se demanda s'ils avaient été heureux ici. Il n'avait pas découvert d'autres photos dans la maison, et il n'avait pensé que l'avant-veille à regarder dans la voiture. Il ne savait pas très bien ce qu'il cherchait, mais après être resté quelques minutes au volant, à pousser distraitement les boutons et à actionner des interrupteurs en attendant de voir ce qui se passerait, il avait repéré le bon. Une petite trappe s'était ouverte sur le tableau de bord, révélant une masse de cartes et, caché dessous, un portefeuille en cuir. Dans les poches, il y avait une carte avec l'inscription « Administration fiscale de l'Utah, département des Immatriculations », et dessous, un nom et une adresse : David Conroy, 1634 Mansard Place, Provo, Utah. « Voilà, avait-il dit à Mausami en le lui montrant. C'étaient les Conroy. »

La porte de la grange, réalisa Theo. Quelque chose le turlupinait : pourquoi la porte de la grange était-elle entrouverte comme ça ? Aurait-il oublié de la fermer ? Non, il se rappelait très bien l'avoir fait. Et cette pensée ne l'avait pas plus tôt effleuré qu'un son nouveau parvenait à ses oreilles : un léger frôlement venant de l'intérieur.

Il s'arrêta net, s'obligeant à une immobilité absolue.

Pendant un long moment, il n'entendit rien. Peut-être que c'était son imagination.

Et puis ça recommença.

Au moins, ce qui se trouvait à l'intérieur n'avait apparemment pas encore remarqué sa présence. Si c'était un virul, Theo n'aurait droit qu'à une cartouche. Il pouvait retourner à la maison et prévenir Mausami, mais quel intérêt ? Sa meilleure chance était de profiter de l'effet de surprise. Prudemment, en retenant son souffle, il arma la carabine, guettant le déclic qui signalerait l'entrée de la première cartouche dans la chambre. Dans les profondeurs de la grange se fit entendre un choc sourd, suivi par un soupir presque humain. Il braqua le canon vers l'avant jusqu'à ce qu'il touche le bois de la porte et le repousse doucement. Au même moment, un chuchotement se fit entendre dans la pénombre, dans son dos.

— Theo ? Qu'est-ce que tu fais ?

Mausami, dans le long tee-shirt qu'elle mettait pour dormir, les cheveux répandus sur les épaules ; elle semblait planer comme une apparition dans la pénombre qui précédait l'aube. Theo ouvrit la bouche pour répondre, pour lui dire de s'en aller, quand tout à coup la porte de la grange s'ouvrit à la volée, heurtant le canon de la carabine avec une force qui l'envoya valdinguer. Avant qu'il ait eu le temps de comprendre ce qui lui arrivait, le coup était parti, le projetant en arrière. Une ombre s'envola littéralement, le frôla, fonça dans le jardin.

— Ne tire pas ! cria Mausami.

C'était un chien.

L'animal s'était arrêté en dérapage à quelques mètres de Mausami, la queue entre les pattes. Il avait un pelage épais, gris argenté taché de noir. Il faisait face à Maus en une sorte de courbette, campé sur ses pattes osseuses, la tête penchée dans une attitude de soumission, les oreilles repliées sur le haut de son dos laineux. Il avait l'air de se demander par où regarder, s'il devait décamper ou attaquer. Un grognement sourd montait de son arrière-gorge.

— Attention, Maus ! l'avertit Theo.

— Je ne pense pas qu'il veuille me faire du mal. Hein, mon petit père ?

Elle s'accroupit et tendit la main pour que le chien la renifle.

— Tu as faim, c'est tout. Pas vrai, mon vieux ? Tu cherchais de quoi manger, dans la grange, hein, c'est ça ?

Le chien était juste entre Mausami et Theo. Si l'animal se montrait agressif, la carabine serait inutile. Theo la retourna entre ses mains pour l'utiliser comme une massue, et fit un pas prudent vers l'avant.

— Pose ce fusil, dit Mausami.

— Maus...

— Je t'assure, Theo.

Elle sourit au chien, la main toujours tendue.

— On va montrer à ce gentil monsieur quel bon chien tu es, hein ? Viens ici, mon pépère. Tu veux sentir la main de maman ?

L'animal s'avança d'un poil vers elle, recula et s'avança à nouveau, suivant le champignon noir de sa truffe vers la main tendue de Mausami. Theo regarda, confondu, le chien poser son museau sur sa main et commencer à la lécher. Maus se retrouva bientôt assise par terre, sur la terre battue, en train de roucouler, de parler à l'animal en bêtifiant, en lui caressant le museau et le derrière des oreilles.

— Tu vois ? fit-elle en riant, alors que le chien, secouant la tête de plaisir, lui gratifiait l'oreille d'un grand éternuement mouillé.

— C'est juste un gros vieux chou, voilà ce que c'est.

Comment tu t'appelles, mon pépère, hmm ? Tu as un nom ?

Theo se rendit compte qu'il tenait toujours la carabine levée au-dessus de sa tête, prêt à l'abattre. Il se détendit un peu, se sentant vaguement idiot.

Mausami lui dédia un froncement de sourcils indulgent.

— Je suis sûre qu'il ne t'en voudra pas. Pas vrai, mon bonhomme ? fit-elle en frottant vigoureusement l'encolure de l'animal. Alors, espèce de sac d'os, qu'est-ce que tu dirais d'un bon petit déjeuner ? Hmm, qu'est-ce que tu penses de ça ?

Le soleil s'était levé au-dessus de la colline. La nuit était terminée, se rendit compte Theo, et elle avait laissé un chien derrière elle.

— Conroy, dit-il.

Mausami le regarda. Le chien lui débarbouillait l'oreille, frottait son museau contre elle d'une façon qui frisait l'indécence.

— C'est comme ça qu'on va l'appeler, expliqua Theo. Conroy.

Mausami prit le museau du chien entre ses mains et lui frictionna les babines.

— C'est toi, ça ? Tu t'appelles Conroy ?

Elle le fit hocher la tête, et eut un rire heureux.

— Eh bien, voilà, c'est Conroy.

Theo n'avait pas envie de le laisser entrer dans la maison, mais Maus ne voulut pas en démordre. À l'instant où la porte s'ouvrit, il grimpa les marches et fit le tour de toutes les pièces comme s'il était chez lui, ses longues griffes cliquetant avec excitation sur le sol. Maus lui prépara un petit déjeuner de poisson et de pommes de terre frites dans le saindoux, qu'elle mit dans un bol, sous la table de la cuisine. Conroy avait déjà adopté le canapé, mais en entendant le bol heurter le sol, il bondit dans la cuisine, plongea la tête dans le récipient et lui fit traverser la pièce en le poussant avec son nez tout en dévorant. Maus remplit une deuxième écuelle d'eau et la posa par terre. Lorsque Conroy eut fini son petit déjeuner et se fut octroyé une longue et bruyante rasade d'eau, il quitta la pièce d'un pas alerte et réintégra le canapé où il se réinstalla avec un immense soupir de satisfaction.

Conroy le chien. D'où venait-il ? Il avait visiblement l'habitude du contact humain. Des gens avaient dû s'occuper de lui. Il était maigre, mais pas d'une maigreur que Theo aurait qualifiée de famélique. Son poil épais était emmêlé et plein de chardons, mais en dehors de cela, il paraissait en bonne santé.

— Remplis le baquet, ordonna Maus. S'il veut s'incruster sur le canapé comme ça, je veux le laver.

Dehors, Theo fit du feu pour faire bouillir de l'eau. Lorsque le bain fut prêt, le soleil matinal était monté au-dessus de la cour. L'hiver attendait sur le pas de la porte, mais le milieu de la journée pouvait être assez doux, assez chaud pour qu'ils sortent en bras de chemise. Assis sur un rondin, Theo regarda Maus laver le chien, frotter sa fourrure argentée avec des poignées de leur précieux savon, démêler ses poils feutrés comme elle pouvait avec ses ongles et en enlever le chiendent. Le museau du chien était un modèle d'humiliation abjecte. Il avait l'air de dire : *Quoi, moi, un bain ? Qui a bien pu avoir cette idée ?* Quand elle eut fini, Theo sortit du baquet ce qui était devenu une grande chose trempée, et Maus se remit à genoux – même ces simples mouvements lui étaient tous les jours un peu plus pénibles – pour l'enrouler dans une couverture.

— Ma parole, tu es jaloux !

— Qu'est-ce que tu racontes !?

Mais elle avait vu juste. C'était exactement ce qu'il ressentait. Conroy envoya promener la couverture en se secouant, projetant des gouttes d'eau un peu partout.

— Tu as intérêt à t'y faire, dit Maus.

C'était vrai. Le bébé n'allait plus tarder, dorénavant. Chaque partie de son corps paraissait gonflée, boursouflée par une invasion bénigne. Même ses cheveux, brillants et luxuriants quand ils retombaient sur ses épaules, avaient l'air plus gros. Il s'attendait à ce qu'elle s'en plaigne, mais non, jamais. En la regardant avec Conroy, qui avait fini par se soumettre à ses tentatives répétées, un peu superflues, de le sécher avec la couverture, il se trouva soudain profondément heureux, heureux de tout. Dans sa cellule, il ne voulait que mourir. Et même avant cela. Une partie de lui s'était toujours débattue avec cette idée. Ceux qui lâchaient tout : Theo connaissait cette tentation, une envie aussi pressante que la faim. S'abandonner, entrer dans les ténèbres sauvages. C'était devenu une sorte de jeu qu'il jouait, se regarder vaquer à ses occupations quotidiennes comme s'il n'était pas déjà à moitié mort, abusant tout le monde, même Peter. Et plus c'était dur, plus facile était la tromperie, jusqu'à ce que ce soit finalement la tromperie même qui le soutienne. Quand Michael lui avait parlé des batteries, cet après-midi-là, sous le porche, il n'avait pas pu s'en empêcher : dans un coin de sa tête il s'était dit : *Merci, mon Dieu, c'est fini.*

Et maintenant, regardez un peu ça. Sa vie lui avait été rendue. Plus encore : c'est comme si on lui en avait accordé une toute nouvelle.

Ils finirent la journée et se retirèrent avec le soleil. Conroy avait élu domicile au pied du lit. Comme toutes les nuits, Theo et Maus firent l'amour, sentant le bébé donner des coups de pied entre eux. Un tapotement insistant, qui exigeait leur attention, comme un code.

Au début, Theo avait trouvé ça inquiétant, mais plus maintenant. Tout allait ensemble, les coups de pied, les détentes du bébé dans sa poche de chair chaude et les doux petits cris de Mausami, le rythme de leurs mouvements, et même, désormais, les bruits de Conroy, sur le parquet, déplaçant sa carcasse. *Une bénédiction*, songeait Theo. C'est le mot qui lui vint à l'esprit alors que le sommeil s'emparait de lui. Cet endroit était une bénédiction.

Et puis il repensa à la porte de la grange.

Il *savait* qu'il avait mis le loquet. Le souvenir était clair, précis dans son esprit : il avait tiré la porte pour la refermer sur ses gonds rouillés, grinçants, il se revoyait laisser tomber la clenche sur le mentonnet avant de retourner à la maison.

Mais si c'était le cas, comment Conroy avait-il fait pour entrer ?

L'instant d'après, il était debout, il sautait dans un pantalon et enfilait ses rangers d'une main tout en passant un pull de l'autre. Toute la journée il était entré dans la maison et en était sorti, et pas une fois il ne l'avait fait. Pas une seule fois il n'avait regardé *dans* la grange.

— Qu'y a-t-il ? demanda Mausami. Theo, qu'est-ce qui ne va pas ?

Elle s'était assise dans le lit, la couverture remontée sur la poitrine. Conroy, sentant l'excitation, s'était redressé et faisait des bonds dans la chambre sur ses longues griffes cliquetantes.

Theo prit la carabine appuyée près de la porte.

— Reste ici.

Il aurait bien laissé Conroy avec elle, mais le chien ne voulut rien savoir. À l'instant où Theo ouvrit la porte d'entrée de la maison, Conroy bondit dans la cour. Pour la deuxième fois de la journée, Theo se dirigea prudemment vers la grange, la crosse de la carabine appuyée sur l'épaule. La porte était encore ouverte, exactement comme il l'avait laissée. Conroy fila devant lui et disparut dans l'obscurité.

Theo se glissa furtivement par la porte, le canon de la carabine braqué devant lui, prêt à tirer. Il entendait le chien farfouiller dans le noir, flairer le sol.

— Conroy ? murmura-t-il. Qu'y a-t-il ?

Et comme sa vue s'adaptait à l'obscurité, il vit que le chien tournait en rond juste derrière la Volvo garée là. Posée par terre, à côté du tas de bois, il y avait une lanterne que Theo avait laissée là plusieurs jours auparavant. La carabine calée contre la jambe, il s'agenouilla rapidement et alluma la mèche. Il entendit que Conroy avait trouvé quelque chose dans un coin.

C'était une boîte de conserve. Theo la prit par les bords hérissés de pointes aux endroits où elle avait été ouverte avec un couteau. Les parois intérieures n'avaient pas encore séché et sentaient la viande. Theo souleva la lanterne afin d'éclairer le sol avec le cône de lumière. Des empreintes de pieds. Des empreintes humaines, dans la poussière.

Quelqu'un était venu ici.

65.

C'était le Docteur qui avait fait ça. Qui l'avait sauvée. Et à la fin, Lacey espérait lui avoir apporté un peu de réconfort.

Bizarre ce que les années avaient fait aux souvenirs que Lacey avait des événements de cette nuit-là, tout au début, il y avait si longtemps. Les cris et la fumée. Les hurlements des mourants, et tous ces morts. Une grande marée noire de nuit sans fin balayant le monde. Parfois, tout cela lui revenait à l'esprit aussi clairement que si les événements s'étaient déroulés non des dizaines d'années auparavant mais il y avait quelques jours seulement. À d'autres moments, les images qu'elle revoyait, les sentiments qu'elle éprouvait semblaient minuscules, sujets à caution et lointains, comme des fétus de paille dérivant sur un vaste courant impétueux de temps, qui l'emportait aussi, depuis des années et des années.

Elle se souvenait de celui – Carter, il s'appelait – qui s'était jeté sur elle lorsqu'elle était descendue de la voiture de Wolgast, criant et agitant les bras ; Carter qui avait répondu à son appel et fondu sur elle, se posant devant elle comme un grand oiseau de souffrance. *Je... suis... Carter.* Il n'était pas comme les autres. Elle voyait, derrière la monstrueuse vision de ce qu'il était devenu, qu'il ne prenait pas de plaisir à ce qu'il faisait, que son cœur, à l'intérieur de lui, était brisé. Le chaos tout autour d'eux, les hurlements, les coups de feu et la fumée ; des hommes passaient près d'elle en courant, ils criaient, ils tiraient et ils mouraient, leur destin déjà scellé lorsque le monde avait été créé, mais Lacey n'était plus là. Parce que quand Carter avait posé sa bouche sur son cou, appelant le doux battement de son cœur vers le sien, elle l'avait senti. Toute sa souffrance, sa stupeur, la longue et triste histoire de celui qu'il était. Le lit de haillons et de ballots de chiffons sous la bretelle d'autoroute, la sueur et la crasse de sa peau et de son long voyage. La grande voiture lustrée qui s'était arrêtée près de lui avec sa calandre tout en dents d'argent, et la voix de la femme qui l'appelait fort à cause du sale rugissement du monde ; la douceur de l'herbe coupée et la fraîcheur perlée de buée d'un verre

1157

de thé. L'attraction de l'eau, et les bras de la femme, Rachel Wood, cramponnée à lui, l'entraînant tout au fond, dans les profondeurs. C'était toute la vie de Carter que Lacey avait sentie en elle, sa petite vie humaine, qu'il n'avait jamais aimée autant qu'il avait aimé la femme dont il portait à présent l'esprit en lui – parce que Lacey avait aussi senti cela –, et alors que ses dents s'enfonçaient dans la courbe tendre de son cou, sous son oreille, emplissant tous ses sens de la chaleur de son souffle, elle avait entendu les bulles de sa propre voix monter à la surface. *Dieu vous bénisse, monsieur Carter. Dieu vous bénisse et vous ait en Sa sainte garde.*

Et puis il était reparti.

Elle était restée là, par terre, perdant son sang, un certain temps, et la maladie avait commencé. Ce qui devait passer entre eux avait trouvé son chemin, elle le savait. Elle avait fermé les yeux et prié, imploré un signe, mais aucun signe n'était venu. Comme dans le champ où les hommes l'avaient laissée, après, quand elle n'était qu'une fillette. Il lui avait semblé, dans cette heure de ténèbres, que Dieu l'avait oubliée, mais lorsque l'aube avait ouvert le ciel au-dessus de son visage, de l'immobilité avait surgi la silhouette d'un homme. Elle avait entendu le bruit étouffé de ses pas sur la terre, elle avait senti la fumée sur sa peau, dans ses cheveux. Elle avait essayé de parler, sans y arriver. L'homme n'avait rien dit non plus, il ne lui avait même pas dit son nom. En silence, il l'avait soulevée de terre et prise dans ses bras, comme une enfant, et Lacey s'était dit que c'était Dieu en personne qui venait la chercher pour l'emmener dans Sa maison au ciel. Ses yeux disparaissaient dans l'ombre ; ses cheveux formaient une couronne sombre, sauvage et belle, comme sa barbe, une masse grise, dense, sur son visage. Il l'avait portée dans les ruines fumantes, et elle avait vu qu'il pleurait. *Ce sont les larmes de Dieu Lui-même*, avait pensé Lacey, impatiente de tendre la main pour les effleurer. Il ne lui était jamais venu à l'idée que Dieu pouvait pleurer, mais évidemment, elle se trompait. Dieu devait pleurer tout le temps. Il devait pleurer, pleurer sans jamais s'arrêter. Un épuisement paisible l'avait emportée ; elle avait dormi un moment. Elle ne se souvenait pas de ce qui était arrivé ensuite, mais quand ç'avait été fini, quand la maladie était passée, elle avait ouvert les yeux et elle l'avait su : il l'avait sauvée. Elle avait trouvé le chemin vers Amy, elle avait enfin trouvé le chemin.

Lacey, avait-elle entendu. *Écoute.*

Alors elle avait écouté. Les voix passaient sur elle comme une brise sur l'eau, comme le sang qui coulait dans ses veines. Partout, tout autour d'elle.

Entends-les, Lacey. Entends-les tous.

Et c'était ainsi que, pendant toutes ces années, elle avait attendu. Elle, sœur Lacey Antoinette Kudoto, et celui qui l'avait portée dans la forêt, qui n'était pas Dieu, finalement, mais un homme, un être humain. Le Bon Docteur, comme elle l'appelait, c'était le nom qu'elle lui donnait quand elle pensait à lui, mais son nom de baptême, son nom dans le Christ, était Jonas. Jonas Lear. L'homme le plus triste du monde entier. Ensemble, ils avaient construit la maison dans la clairière où Lacey vivait encore – pas beaucoup plus grande que les cabanes de sa jeunesse, le long des routes poussiéreuses et des champs d'argile rouge, mais plus solide, et faite pour durer. Le Docteur lui avait dit une fois qu'il avait construit une maison avant, une cabane auprès d'un lac, dans les bois du Maine. Il lui avait raconté qu'il avait bâti cette cabane avec sa femme, Elizabeth, qui était morte – cela, il ne l'avait pas dit à Lacey, mais ce n'était pas la peine. Le Complexe abandonné était une mine, un trésor qui attendait d'être récolté. Ils avaient récupéré le bois des restes brûlés du Chalet ; dans les entrepôts, ils avaient trouvé des marteaux, des scies, des planches et des sacs de clous, et aussi des sacs de ciment et une bétonnière, pour sceller les montants qui constitueraient les fondations de la cabane, et pour sceller les pierres qu'ils avaient mises en place à deux pour faire la cheminée. Ils avaient passé un été entier à retirer les tuiles bitumées du toit des anciennes chambrées, avant de se rendre compte qu'elles fuyaient ; l'asphalte était fendillé en de trop nombreux endroits. Ils avaient fini par entasser de la terre et de l'herbe pour faire un toit végétal. Il y avait des armes, aussi, des centaines d'armes, des fusils de tous les genres et de tous les modèles ; c'était à cela qu'ils s'étaient occupés pendant un certain temps, à démonter les fusils des soldats jusqu'à ce qu'il n'en reste plus qu'un énorme tas de boulons, d'écrous et de pièces de métal brillant qui ne valaient même pas la peine d'être enterrés.

Il ne l'avait laissée qu'une seule fois, le troisième été dans la montagne, pour aller chercher des graines. Il avait pris le seul fusil qu'il avait conservé, une carabine, et l'avait mise avec les vivres, le carburant et les autres choses dont il aurait besoin, dans le pick-up qu'il avait préparé en vue de ce voyage. « Trois jours », lui avait-il dit, mais deux semaines entières avaient passé avant que Lacey entende le bruit du moteur du pick-up qui remontait la montagne. Il était ressorti du véhicule avec une mine totalement désespérée, et elle avait su que seule la promesse qu'il lui avait faite de revenir l'avait ramené vers elle. Il lui avait avoué qu'il était allé jusqu'à Grand Junction avant de décider de faire demi-tour. Dans le pick-up, il y avait les sacs de graines promis. Cette nuit-là, il avait allumé la cheminée et il était resté assis devant à regarder les flammes dans un silence désolé, terrible. Elle n'avait jamais vu une telle souffrance dans les yeux d'un homme, et bien qu'elle ait su qu'elle ne pouvait le soulager de ce fardeau de chagrin, cette nuit-là, elle s'était approchée de lui et lui avait dit qu'elle croyait qu'ils devraient vivre ensemble, à partir de ce jour, comme un homme et sa femme, à tous les points de vue. Ça paraissait être une petite chose, de lui offrir cet amour, ce goût de pardon ; et lorsque cela s'était produit, comme cela avait fini par arriver en son temps, elle avait compris que l'amour qu'elle avait offert était aussi une quête d'amour. Une fin au voyage qu'elle avait commencé dans les champs de son enfance, toutes ces années auparavant.

Il n'était plus jamais reparti.

Au fil des ans, elle l'avait aimé avec son corps, qui ne vieillissait pas, contrairement à celui du Bon Docteur. Elle l'aimait et il l'aimait, chacun à sa façon, tous les deux ensemble, seuls dans leur montagne. La mort était venue lentement sur lui au fil des ans, d'abord une chose, et puis une autre, le grignotant sur les bords, puis s'installant plus profondément. Ses yeux et ses cheveux, ses dents et sa peau. Ses jambes, son cœur et ses poumons. Pendant bien des jours, Lacey avait regretté de ne pouvoir mourir elle aussi, pour qu'il n'ait pas à faire ce dernier voyage tout seul.

Un matin, elle travaillait dans le jardin quand elle avait senti son absence. Elle était allée dans la maison, puis dans les bois, en criant son nom. C'était le cœur de l'été, l'air frais et lumineux tombait sur les feuilles comme une bruine de soleil. Il avait choisi un endroit où les arbres étaient clairsemés, où il avait un grand ciel bleu au-dessus de lui. De là, il pouvait voir la vallée, et au-delà, la vaste houle apaisée des sommets qui montaient à l'assaut de l'horizon bleu. Il était appuyé sur le manche de sa bêche, et il cherchait son souffle. C'était un vieil homme, à présent, gris et frêle, et pourtant il était là, à creuser une fosse dans la terre. « Qu'est-ce que c'est que ce trou ? » avait-elle demandé, et il lui avait répondu : « C'est pour moi. Pour que, quand je serai parti, tu n'aies pas à le creuser toi-même. En été, ça n'irait pas de devoir attendre que le trou soit creusé. » Et toute cette journée-là et jusque dans la soirée, il avait creusé, déplaçant de petites pelletées de terre, s'arrêtant après chacune pour reprendre sa respiration. Elle l'avait regardé, depuis l'orée du bois, parce qu'il avait refusé qu'elle l'aide. Et quand il eut fini, quand le trou eut atteint une dimension satisfaisante, il était retourné à la maison où ils avaient vécu toutes ces années ensemble, vers le lit qu'il avait fabriqué de ses propres mains, avec de grosses poutres assemblées et des longueurs de corde fibreuse qui s'étaient affaissées sous la forme de leurs deux corps, et le lendemain matin il était mort.

Combien de temps cela faisait-il ? Lacey s'interrompit dans son récit, les yeux d'Amy et du jeune homme – de Peter – rivés sur elle à l'autre bout de la pièce. Comme c'était bizarre, après tout ce temps, de raconter ces histoires : de Jonas, et de cette terrible nuit, et de tout ce qui s'était passé à cet endroit. Elle avait tisonné le feu et mis un chaudron dans le foyer à réchauffer. L'air de la maison, deux pièces basses de plafond, séparées par un rideau, était chaud et sentait bon, éclairé par la lueur du feu.

— Cinquante-quatre ans, dit-elle, répondant à sa propre question.

Elle le redit encore une fois, pour elle-même. Cinquante-quatre ans depuis que Jonas l'avait laissée seule. Elle touilla le contenu du chaudron, un ragoût de peu, la viande d'un gros opossum qu'elle avait pris au collet et des légumes qui tenaient au corps, les tubercules qu'elle avait mis de côté pour l'hiver. Dans des bocaux, sur les étagères, se trouvaient les graines qu'elle utilisait tous les ans, les descendantes de celles que Jonas avait rapportées de son expédition. Des courgettes, des tomates, des pommes de terre et des courges, des oignons, des navets et de la laitue. Elle n'avait que peu de besoins, le froid était sans prise sur elle, et il lui arrivait de manger à peine pendant des jours ou des semaines d'affilée. Mais Peter aurait faim. Il était exactement tel qu'elle l'avait imaginé, jeune et fort, avec un visage déterminé, même si elle le voyait plus grand, elle n'aurait su dire pourquoi.

Elle s'aperçut qu'il la regardait en fronçant les sourcils.

— Vous vivez toute seule depuis... cinquante ans ?

— Ce n'était pas si long que ça, répondit-elle en haussant les épaules.

— Et c'est vous qui avez allumé la balise ?

La balise, elle l'avait presque oubliée. Mais il était normal qu'il lui en parle.

— Oh, c'est le Bon Docteur qui l'avait fait, répliqua-t-elle.

Rien que d'en parler comme ça, il lui manquait beaucoup. Lacey détourna le regard, cessa de touiller son chaudron, s'essuya les mains à un torchon et prit les écuelles sur la table.

— Il faisait ce genre de chose. Il était toujours en train de bricoler. Mais nous aurons tout le temps de parler. D'abord, mangeons.

Elle leur servit son ragoût. Elle était heureuse de regarder Peter manger de bon cœur, même si Amy, elle le voyait bien, se contentait de faire semblant. Lacey elle-même n'avait absolument aucun appétit. Quand il était temps de manger, elle ne ressentait pas la faim, juste une douce curiosité, son esprit lui faisant remarquer en passant, comme il aurait noté un détail sans plus d'importance que le temps qu'il faisait, ou si c'était le matin ou le soir : *Tiens, ce serait bien de manger maintenant.*

Elle le regarda manger avec un sentiment de gratitude. Dehors, la nuit noire s'appesantissait sur la montagne. Elle ne savait jamais si elle en verrait une autre ; elle serait bientôt libre.

Lorsqu'ils eurent fini, elle quitta la table et se dirigea vers la chambre. Le petit espace était modestement meublé, juste le lit que le Docteur avait fait et une commode où elle mettait les rares choses dont elle avait besoin. Les boîtes étaient sous le lit. Peter resta debout devant la porte fermée par un rideau et la regarda s'agenouiller pour les tirer sur le plancher. Deux conteneurs de l'Armée ; à une certaine époque, il y avait eu des armes dedans. Amy, arrivée derrière lui, ouvrait de grands yeux curieux.

— Aidez-moi à apporter ça dans la cuisine, dit Lacey.

Pendant combien d'années l'avait-elle imaginé, ce moment ! Ils posèrent les boîtes par terre, à côté de la table. Lacey s'agenouilla à nouveau à côté et ouvrit les loquets de la première, celle qu'elle avait gardée pour Amy. Elle contenait le sac à dos d'Amy, qu'elle avait lors de son arrivée au couvent. Son sac à dos Super Nanas.

— C'est à toi, dit-elle en le posant sur la table.

Pendant un instant, la fillette se contenta de le regarder. Et puis, à petits gestes délicats, mesurés, elle ouvrit la fermeture Éclair et en sortit tout ce qu'il contenait : une brosse à dents ; Un petit tee-shirt, usé par le temps, avec le mot « Coquine » écrit devant en paillettes étincelantes ; un jean usé jusqu'à la trame. Et, tout au fond, un lapin en peluche de tissu velouté jauni, qui portait une petite veste bleu clair. Le tissu s'émiettait ; l'une de ses oreilles avait disparu, révélant son armature de fil de fer.

— C'est sœur Claire qui t'avait acheté ce tee-shirt, dit Lacey. Je pense que sœur Arnette ne le voyait pas d'un très bon œil.

Amy sortit les autres objets, les posa sur la table, prit le lapin entre ses mains et le regarda longuement.

— Tes sœurs, dit Amy en relevant les yeux sur Lacey. Mais pas des... vraies sœurs.

Lacey se rassit en face d'elle.

— C'est vrai, Amy. C'est ce que je t'avais dit.

— Nous sommes sœurs aux yeux de Dieu.

Amy baissa à nouveau les yeux. Du pouce, elle caressait le tissu du lapin.

— Il me l'avait apporté. Dans la chambre, quand j'étais malade. Je me souviens de sa voix qui me disait de me réveiller. Mais je n'arrivais pas à lui répondre.

Lacey était consciente du regard intense de Peter.

— Qui ça, Amy ? demanda-t-elle.

— Wolgast, répondit-elle d'une voix distante, perdue dans le passé. Il m'a parlé d'Eva.

— Eva ?

— Elle était morte. Il aurait donné son cœur pour elle.

La fillette croisa à nouveau le regard de Lacey, les paupières plissées de concentration.

— Vous étiez là aussi. Je me souviens, maintenant.

— Oui. J'étais là.

— Et il y avait un autre homme.

Lacey hocha la tête.

— L'agent Doyle.

Amy fronça les sourcils avec intensité.

— Je ne l'aimais pas. Il croyait que si, mais ce n'était pas vrai.

Elle ferma les yeux, replongea dans ses souvenirs.

— On était dans la voiture. On était dans la voiture, et puis on s'est arrêtés. Vous saigniez, dit-elle en rouvrant les yeux. Pourquoi saigniez-vous ?

Lacey avait presque oublié. Après tout le reste, cette partie de l'histoire en était venue à paraître tellement dérisoire.

— Pour te dire la vérité, je ne l'ai jamais su, moi non plus. Mais je pense que l'un des soldats avait dû me tirer dessus.

— Vous êtes descendue de la voiture. Pourquoi avez-vous fait ça ?

— Pour être ici pour toi, Amy, répondit-elle. Pour qu'il y ait quelqu'un ici quand tu reviendrais.

Un autre silence s'éternisa. La fillette triturait le lapin entre ses doigts comme un talisman.

— Ils sont tellement tristes. Ils font des rêves tellement terribles. Je les entends tout le temps.

— Qu'entends-tu, Amy ?

— « Qui suis-je ? Qui suis-je ? Qui suis-je ? » Ils le demandent, ils le demandent, et je ne peux pas le leur dire.

Lacey prit le menton de la fillette dans sa main en coupe et lui fit lever le visage. Elle avait les yeux brillants de larmes.

— Tu y arriveras, Amy. Le moment venu.

— Ils meurent, Lacey. Ils sont en train de mourir et ils ne peuvent pas s'en empêcher. Pourquoi ne peuvent-ils pas s'en empêcher, Lacey ?

— Je crois qu'ils t'attendent, Amy, pour que tu leur montres le chemin.

Ils restèrent ainsi un long moment. À l'endroit où l'esprit de Lacey rencontrait celui d'Amy, elle sentait son chagrin et sa solitude, mais plus encore : elle sentait son courage.

Alors elle se tourna vers Peter. Il n'aimait pas Amy comme Wolgast l'avait aimée. Elle voyait qu'il y en avait une autre, qu'il avait laissée derrière lui. Mais c'était lui qui avait répondu à la balise. Celui, quel qu'il soit, qui l'entendrait, et la ramènerait, celui-là serait là pour elle, veillerait sur elle.

Elle se pencha vers le second coffre posé par terre. Dedans étaient empilés des dossiers en papier kraft contenant des feuilles jaunies – et après toutes ces années, il en émanait encore une odeur de fumée. C'est le Docteur qui les avait récupérés, avec le sac à dos d'Amy, quand l'incendie s'était propagé vers les sous-sols du Chalet. Il avait dit : « Il faudra que quelqu'un sache. »

Elle prit le premier dossier et le posa sur la table devant lui. L'étiquette collée dessus disait :

**EX ORD 13292 TS1 CONFIDENTIEL
VIA WOLGAST, BRADFORD J.
PROFIL D'ADMISSION CT3
SUJET 1 BABCOCK, GILES J**.

— Il est temps que vous sachiez comment ce monde a été créé, dit sœur Lacey.

Et elle ouvrit le dossier.

66.

Dans le jour finissant, ils chevauchaient, cinq cavaliers, Alicia en tête. Le sillage de la Multitude était une vaste tranchée de destruction – neige piétinée, branches brisées, sol jonché de débris. Elle s'élargissait et se densifiait de kilomètre en kilomètre, comme si un nombre sans cesse croissant de créatures rejoignaient l'essaim, sortaient de nulle part pour prendre leur place parmi leurs pareils. Çà et là, ils voyaient une traînée de sang dans la neige, à l'endroit où un animal sans défense, un cerf, un lapin ou un écureuil, avait trouvé une mort subite. Les traces avaient moins de douze heures. Quelque part vers l'avant, à l'ombre des arbres, sous les corniches rocheuses, peut-être même sous la neige, ils somnolaient en attendant la fin du jour, un gigantesque essaim de plusieurs milliers de viruls.

À la fin de l'après-midi, la nécessité s'était imposée de choisir entre deux options : soit suivre la piste des créatures, le chemin le plus court vers le haut de la montagne, mais qui conduisait droit vers le cœur de la horde, soit prendre par le nord, retrouver la rivière et revenir par l'ouest. Michael avait regardé, du haut de son cheval, Alicia et Greer discuter. Hollis et Sara étaient à côté de lui, leurs fusils posés sur leurs cuisses, la fermeture Éclair de leur parka remontée jusqu'au menton. L'air était d'un froid mordant. Dans l'immense silence, le moindre son semblait amplifié, le vent devenait une décharge d'électricité statique sur la terre gelée.

« On va vers le nord, avait annoncé Alicia. Vigilance, vigilance ! La question ne s'était même pas posée de savoir qui composerait le groupe d'éclaireurs, mais alors qu'ils mettaient le pied à l'étrier, prêts à partir, Greer les avait surpris en s'avançant à cheval et en se joignant à eux sans un mot d'explication. Il avait passé le commandement à Eustace. Michael s'était demandé si ça voulait dire que Greer prenait la direction des opérations, mais sitôt la crête franchie, le capitaine s'était tourné vers Alicia et, du haut de son cheval, avait simplement dit : « C'est vous le chef, lieutenant. C'est clair pour tout le monde ? » Ils avaient tous répondu que oui, et ç'avait été réglé.

Tandis qu'ils chevauchaient donc, dans la lumière déclinante, Michael entendait, vers l'avant, les notes claires de la rivière. Ils ressortirent des bois sur la rive sud et prirent vers l'est, le long de la rivière, se guidant dessus dans l'obscurité qui allait en s'épaississant. Ils s'étaient remis sur une seule file, Alicia en tête, Greer fermant la marche. De temps en temps, l'un des chevaux trébuchait, ou Alicia retenait sa monture, leur faisait signe de s'arrêter et tendait l'oreille, scrutant les formes sombres des arbres. Et puis ils repartaient. Personne n'avait dit un mot depuis des heures. La lune n'était pas encore levée.

Enfin, alors qu'un mince croissant de lumière montait au-dessus des collines, la vallée s'ouvrit autour d'eux. À l'est, la forme de la montagne se découpait sur un ciel étoilé, et devant eux, ils discernèrent une espèce de structure, une forme noire, austère. Ils virent, en s'approchant, que c'était un pont dressé sur ses piles de béton au-dessus de la rivière qui charriait des glaçons. Alicia descendit de cheval et s'agenouilla.

— Deux jeux d'empreintes. Sur le pont, venant de l'autre côté, dit-elle, accompagnant ses paroles d'un geste du bras qui tenait son fusil.

Ils commencèrent à monter.

Peu après, ils trouvèrent le cheval. D'un bref acquiescement, Greer confirma que c'était bien le sien, le hongre que Peter et Amy avaient pris. Ils mirent pied à terre et formèrent un cercle autour de l'animal mort. Sa carcasse raide, ratatinée, gisait sur le flanc, dans la neige, la gorge ouverte, fendue d'une tranchée éclatante. Il avait dû trouver le moyen de traverser la rivière, passant probablement à gué à un endroit peu profond.

Les empreintes de son dernier galop affolé venaient de l'ouest.

Sara s'accroupit et tâta le flanc du cheval.

— Il est encore chaud, dit-elle.

Personne ne répondit. L'aube n'allait plus tarder. À l'est, le ciel commençait à pâlir.

67.

Des criminels.

Le temps que Peter repose le dernier dossier, il avait les yeux rouges de fatigue et c'était presque le bout de la nuit. Amy s'était depuis longtemps endormie sur le lit, roulée en boule sous une couverture. Lacey avait pris une chaise dans la cuisine et s'était assise à côté d'elle. De temps en temps, alors qu'il tournait les pages, se levant pour remettre un dossier dans le conteneur et prendre le suivant, reconstituant l'histoire comme il pouvait, il entendait Amy murmurer doucement dans son sommeil, derrière le rideau.

Pendant un moment, après qu'Amy était allée se coucher, Lacey était restée assise avec lui à la table, lui expliquant les choses qu'il ne pouvait pas comprendre tout seul. Les dossiers étaient épais, pleins de détails, de références à un monde qu'il n'avait jamais vu, jamais connu, et dans lequel il n'avait pas vécu. Pourtant, au fil des heures, avec l'aide de Lacey, l'histoire avait pris forme dans son esprit. Il y avait des photos, aussi : des hommes au visage bouffi, marqué, aux yeux vitreux, regardant dans le vide. Certains tenaient devant leur poitrine une planche sur laquelle figuraient des inscriptions, d'autres la portaient autour du cou, comme un collier.

« Département de Justice criminelle du Texas », disait l'une des pancartes. « Services pénitentiaires de l'État de Louisiane », disait une autre. Le Kentucky et la Floride, le Wyoming et le Delaware. Sur certaines des pancartes, il n'y avait pas de mots, que des chiffres. Quelques-uns des hommes n'avaient pas de pancarte du tout. Il y avait des Noirs, des Blancs, des métis, des gros, des maigres. D'une certaine façon, ils se ressemblaient tous par leur air hébété, leur expression de renoncement. Il lut :

SUJET 12. Carter, Anthony L. Né le 12 septembre 1985, à Baytown, Texas. Condamné à mort en 2013 pour meurtre aggravé, comté de Harris, Texas.

SUJET 11. Reinhardt, William J. Né le 9 avril 1987, à Jefferson City, Missouri. Condamné à mort en 2012 pour trois meurtres avec préméditation et viol avec violence, comté de Miami-Dade, Floride.

SUJET 10. Martínez, Julio A. Né le 3 mai 1991, à El Paso, Texas. Condamné à mort en 2011 pour meurtre aggravé sur la personne d'un officier de police, comté de Laramie, Wyoming.

SUJET 9. Lambright, Horace D. Né le 19 octobre 1992, à Oglala, Dakota-du-Sud. Condamné à mort en 2014 pour deux assassinats avec violences sexuelles, comté de Maricopa, Arizona.

SUJET 8. Echols, Martin S. Né le 15 juin 1984, à Everett, État de Washington. Condamné à mort en 2012 pour meurtre et vol à main armée, paroisse de Cameron, Louisiane.

SUJET 7. Sosa, Rupert I. Né le 22 août 1989, à Tulsa, Oklahoma. Condamné à mort en 2009 pour homicide commis au volant d'un véhicule automobile aggravé de délit de fuite, comté du Lac, Indiana.

SUJET 6. Winston, David D. Né le 1er avril 1994, à Bloomington, Maryland. Condamné à mort en 2014 pour meurtre avec préméditation et trois viols avec violence, comté de New Castle, Delaware.

SUJET 5. Turrell, Thaddeus R. Né le 26 décembre 1990, à La Nouvelle-Orléans, Louisiane. Condamné à mort en 2014 pour l'assassinat d'un officier de la Sécurité du territoire, district fédéral de La Nouvelle-Orléans.

SUJET 4. Baffes, John T. Né le 12 février 1992 à Orlando, Floride. Condamné à mort en 2010 pour meurtre aggravé et meurtre au second degré avec circonstances aggravantes (non-assistance à personne en danger), comté de Pasco, Floride.

SUJET 3. Chávez, Victor Y. Né le 5 juillet 1995, à Niagara Falls, État de New York. Condamné à mort en 2012 pour assassinat et deux viols de mineurs avec circonstantes aggravantes, comté d'Elko, Nevada.

SUJET 2. Morrison, Joseph P. Né le 9 janvier 1992 à Black Creek, Kentucky. Condamné à mort pour meurtre en 2013 dans le comté de Lewis, Kentucky.

Et enfin :

SUJET 1. Babcock, Giles J. Né le 29 octobre 1994, à Desert Wells, Nevada. Condamné à mort pour meurtre en 2013 dans le comté de Nye, Nevada.

Babcock, pensa-t-il. *Desert Wells.*
Ils rentrent toujours chez eux.
Le dossier d'Amy était plus mince que les autres. « Sujet 13. Amy NFI, disait l'étiquette. Couvent des sœurs de la Merci, Memphis, Tennessee. » Taille, poids, couleur des cheveux, et une série de chiffres que Peter supposa être des renseignements médicaux du genre de ceux que Michael avait trouvés sur la puce, dans son cou. Agrafée à la page, il y avait une photo d'une petite

1172

fille qui ne devait pas avoir plus de six ans, exactement comme l'avait prévu Michael, aux coudes et aux genoux cagneux, assise sur une chaise de bois, le visage encadré de cheveux bruns, raides. Peter n'avait jamais vu une photo de quelqu'un qu'il avait réellement connu, et pendant un instant il dut faire un effort pour se persuader que l'enfant sur cette image était la même personne qui dormait dans la pièce voisine. Mais il n'y avait pas de doute : les yeux étaient bien les yeux d'Amy. *Tu vois ?* semblait-elle dire. *Qui croyais-tu que j'étais ?*

Il arriva au dossier de Wolgast, Bradford J. Il n'y avait pas de photo, juste une tache de rouille en haut de la page, à l'endroit où elle avait jadis été agrafée. Mais même sans ça, Peter se représentait assez bien l'homme qui, si Lacey avait dit vrai, avait amené chacun des Douze au Complexe, et Amy aussi, par-dessus le marché. Un grand type bien bâti, costaud, avec des yeux ombrés par des arcades sourcilières fortes, des cheveux grisonnants et de grandes mains dures au travail. Un visage doux, mais troublé, quelque chose qui bougeait sous la surface, à peine contenu. D'après le dossier, Wolgast avait été marié et ils avaient eu un enfant. La petite fille, appelée Eva, était décédée. Peter se demanda si c'était la raison qui l'avait poussé, en fin de compte, à aider Amy. Son instinct lui disait que c'était le cas.

Mais c'est le contenu du dernier dossier qui lui en apprit le plus. Un rapport d'un dénommé Cole à un certain colonel Sykes, de l'armée des États-Unis, division des Armes spéciales, concernant les travaux d'un Dr Jonas Lear et un certain « projet NOÉ », ainsi qu'un second document, daté de cinq ans après, ordonnant le transfert de douze cobayes humains de Telluride, dans le Colorado, à White Sands, Nouveau-Mexique, pour « expériences de combat opérationnel ».

Peter avait mis un moment à assembler les pièces du puzzle, ou à peu près. Mais il savait désormais de quel combat il s'agissait.

Pendant toutes ces années, pensa-t-il, attendre le retour de l'Armée, alors que c'était l'Armée qui avait provoqué tout ça.

Il reposait le dernier dossier lorsqu'il entendit que Lacey se levait. Elle écarta le rideau et resta dans l'encadrement de la porte.

— Alors, vous avez lu.

En entendant sa voix, un soudain épuisement l'envahit. Lacey tisonna le feu et s'assit en face de lui. Il fit un geste vers la pile de papiers, sur la table.

— C'est vraiment lui qui a fait ça ? Le Docteur ?

— Oui, acquiesça-t-elle. Avec d'autres, mais oui.

— Et il a dit *pourquoi* ?

Derrière elle, les bûches s'embrasèrent avec un *wouf* assourdi, baignant la pièce d'une soudaine lumière.

— Je crois que c'est parce qu'il en avait la possibilité. C'est la raison pour laquelle la plupart des gens font ce qu'ils font. Ce n'était pas un mauvais homme, Peter. Ce n'était pas complètement sa faute, bien qu'il en ait été persuadé. Je lui ai souvent demandé s'il croyait que le monde aurait pu être défait par les hommes seuls. Bien sûr que non. Mais il n'arrivait pas complètement à me croire.

Elle eut un mouvement de tête en direction des dossiers.

— C'est pour vous qu'il les avait laissés, vous savez ?

— Pour moi ? Mais comment aurait-il pu laisser ça pour moi ?

— Pour celui qui reviendrait. Pour qu'on sache ce qui s'était passé ici.

Il resta un moment silencieux, ne sachant que dire.

1174

Alicia avait raison à propos d'une chose : toute sa vie, depuis le jour où il était sorti du Sanctuaire, il s'était demandé pourquoi le monde était tel qu'il était. Apprendre la vérité n'avait rien réglé.

Le lapin en peluche d'Amy était toujours posé sur la table. Il le prit dans sa main.

— Vous croyez qu'elle s'en souvient ?

— De ce qu'ils lui ont fait ? Je ne sais pas. Peut-être, oui.

— Non, je veux dire, d'avant. D'avoir été une petite fille. D'avoir été... humaine, dit-il enfin.

— Mais je crois qu'elle est toujours humaine.

Il attendit qu'elle poursuive sa pensée, et comme elle ne le faisait pas, il reposa le lapin.

— Comment ça fait, de vivre pour toujours ?

Elle partit d'un petit rire soudain.

— Je ne pense pas que je vivrai toujours.

— Mais il vous a donné le virus. Vous êtes comme elle. Comme Amy.

— Il n'y a personne comme Amy, Peter. Maintenant, poursuivit-elle avec un haussement d'épaules, si vous me demandez à quoi ça a ressemblé pour moi pendant toutes ces années, depuis la mort de Jonas, je vous dirai que c'était très solitaire. À un point qui me surprend moi-même.

— Il vous manque, hein ?

Il regretta aussitôt cette réflexion. Une expression de profonde tristesse s'inscrivit sur le visage de Lacey, comme l'ombre d'un oiseau passant sur un champ.

— Pardon. Je ne voulais pas...

Elle secoua la tête.

— Non. C'est une question parfaitement normale. C'est difficile de parler de lui comme ça, après si longtemps. Mais la réponse est oui, il me manque. Je dirais que c'est merveilleux de manquer à quelqu'un comme il me manque.

Ils restèrent un moment assis en silence, caressés par la lumière des flammes. Peter se demanda si Alicia pensait à lui, où elle était maintenant. Il n'avait pas idée s'il la reverrait jamais, elle ou aucun d'eux, un jour.

— Je ne sais pas... ce que je fais, Lacey, dit-il enfin. Je ne sais pas quoi faire de tout ça.

— Vous avez trouvé le chemin pour arriver là. C'est déjà quelque chose. C'est un début.

— Et Amy ?

— Quoi, Amy, Peter ?

Il n'était pas très sûr de ce qu'il voulait demander. La question ne pouvait être formulée que telle qu'il l'avait posée : *Et Amy ?*

— Je me disais...

Il poussa un soupir et détourna le regard, vers la chambre où Amy dormait.

— Écoutez, je ne sais pas ce que je pensais.

— Que vous pourriez les vaincre ? Que vous trouveriez la réponse ici ?

— Oui, fit-il en la regardant à nouveau. Sauf que je ne savais même pas que c'était ce que je pensais, jusqu'à maintenant. Mais oui.

Lacey parut l'étudier ; ce qu'elle cherchait, Peter n'aurait su le dire. Il se demandait s'il était aussi dingue qu'il en avait l'air. Probablement.

— Dites-moi, Peter. Vous connaissez l'histoire de Noé ? Pas du projet NOÉ, de Noé, le personnage.

Le nom lui était inconnu.

— Je ne crois pas.

— C'est une vieille histoire. Une histoire vraie. Je pense qu'elle pourra vous aider.

Elle se redressa un peu sur sa chaise, le visage soudain animé.

— Ainsi donc, Dieu ordonna à un homme appelé Noé de construire un vaisseau, un grand vaisseau. C'était il y a très longtemps. « Pourquoi devrais-je construire un vaisseau ? demanda Noé. Il fait beau, il y a du soleil. J'ai autre chose à faire. – Parce que ce monde est devenu mauvais, lui répondit Dieu, et que j'ai l'intention d'envoyer un déluge pour le détruire, et noyer toutes les créatures vivantes. Mais toi, Noé, tu es un homme de bien, et je te sauverai avec toute ta famille si tu fais ce que je t'ordonne et que tu construises ce vaisseau pour vous transporter, vous et chaque espèce animale, deux de chaque espèce. » Eh bien, Peter, vous savez ce qu'a fait Noé ?

— Il a construit le vaisseau ?

Elle écarquilla les yeux.

— Bien sûr ! Mais pas tout de suite. Et c'est ça, voyez-vous, la partie intéressante de l'histoire. Si Noé avait simplement fait ce qu'on lui disait, l'histoire n'aurait aucune signification particulière. Non. Il avait peur qu'on se moque de lui. Il avait peur de construire le vaisseau, peur que le déluge ne vienne pas et d'avoir l'air d'un imbécile. Dieu le mettait à l'épreuve, vous comprenez, il voulait voir s'il y avait quelqu'un pour qui le monde méritait d'être sauvé. Il voulait voir si Noé était de taille à accomplir cette tâche. Et en fin de compte, il l'était. Il a construit le vaisseau, les cieux se sont ouverts et le monde a été englouti. Pendant longtemps, Noé et sa famille ont flotté sur les eaux. Il semblait qu'on les avait oubliés, qu'on leur avait joué une terrible blague. Mais après bien des jours, Dieu s'est souvenu de Noé, et lui a envoyé une colombe pour les conduire vers la terre ferme, et le monde fut reconstruit.

Elle eut un claquement de mains silencieux.

— Et voilà. Vous comprenez ?

Il ne comprenait pas, pas du tout. Cette histoire lui

rappelait les fables que Maîtresse leur lisait, assis en cercle, des histoires d'animaux parlant, qui finissaient toujours par une morale. Agréable à écouter, et peut-être pas fausse, mais en fin de compte trop facile, une histoire pour enfants.

— Vous ne me croyez pas ? Tant pis. Un jour, ça viendra.

— Ce n'est pas que je ne vous croie pas, réussit à dire Peter. Je suis désolé. C'est juste que... ce n'est qu'une histoire.

— Peut-être, convint-elle avec un haussement d'épaules. Et peut-être qu'un jour quelqu'un dira ces mêmes mots à votre sujet, Peter. Qu'avez-vous à répondre à ça ?

Il ne savait pas. Il était tard. Ou tôt. La nuit finissait, et malgré tout ce qu'il avait appris, il se sentait plus intrigué qu'avant.

— Alors, pour l'amour de la discussion, dit-il, si je suis censé être Noé, qui est Amy ?

Lacey parut à la fois incrédule et retenir une envie de rire.

— Peter, vous me surprenez. Peut-être que je ne vous ai pas bien raconté l'histoire.

— Si, si, vous l'avez très bien racontée, lui assura-t-il. C'est juste que je ne sais pas.

Elle se pencha un peu vers lui, eut un sourire, un de ses étranges sourires tristes, pleins de conviction.

— Le vaisseau, Peter, répliqua Lacey. Amy est le vaisseau.

Peter essayait encore de donner un sens à cette mystérieuse réponse quand Lacey eut une sorte de sursaut. Fronçant les sourcils, elle parcourut la pièce du regard.

— Lacey ? Qu'est-ce qui ne va pas ?

Elle n'eut pas l'air de l'entendre. Elle s'écarta vivement de la table.

— J'ai trop tardé, j'en ai peur. Il va bientôt faire jour. Allez la réveiller maintenant, et ramassez vos affaires.

Il fut pris au dépourvu, l'esprit dérivant toujours sur les étranges courants de la nuit.

— On s'en va ?

En se levant, il découvrit Amy debout sur le seuil de la chambre, ses cheveux noirs ébouriffés. Le rideau bougeait encore derrière elle. Elle avait perçu ce qui avait troublé Lacey, quoi que ça puisse être ; son visage, à la lueur du feu, était embrasé par une soudaine intensité.

— Lacey..., commença Amy.

— Je sais. Il va essayer d'arriver ici avant le lever du jour.

Resserrant sa cape sur elle, Lacey riva à nouveau sur Peter un regard insistant.

— Il faut faire vite.

La paix de la nuit avait soudain volé en éclats, remplacée par un sentiment d'urgence que l'esprit de Peter ne parvenait pas à saisir.

— Lacey, de qui parlez-vous ? Qui arrive ?

Et puis il regarda Amy, et il sut.

Babcock.

Babcock arrivait.

— Vite, Peter !

— Lacey, vous ne comprenez pas...

Il se sentait gourd, impuissant. Il n'avait rien pour se battre, même pas un couteau.

— Nous sommes complètement désarmés. J'ai vu de quoi il était capable.

Le visage de Lacey n'exprimait aucune crainte, juste une détermination farouche.

— Il y a des armes plus puissantes que les fusils et

1179

les poignards, expliqua-t-elle. Il est temps que vous le voyiez.

— Que je voie quoi ?

— Ce que vous êtes venu chercher, ajouta-t-elle. Le passage.

68.

Peter dans le noir. Lacey les conduisait hors de la maison, dans les bois. Un vent glacial poussait entre les arbres des gémissements funèbres. Un mince croissant de lune accroché dans le ciel baignait la scène d'une lumière vibrante, faisant bondir et tanguer les ombres alentour. Ils gravirent une crête, redescendirent de l'autre côté. La neige profonde à cet endroit avait été chassée par la bourrasque en congères caparaçonnées de glace. Ils étaient sur le versant sud de la montagne. Peter entendait, en dessous de lui, le bruissement de la rivière.

Il le sentit avant de le voir : la montagne s'effaçait et devant lui s'ouvrait une immensité. Il tendit la main, machinalement, vers Amy, mais elle n'était pas là. Le précipice pouvait être n'importe où ; un faux pas, et les ténèbres l'engloutiraient.

— Par ici ! appela Lacey, vers l'avant. Vite, vite !

Il suivit sa voix. Ce qu'il pensait être un à-pic était en réalité une pente rocailleuse, raide, mais franchissable. Amy s'était déjà engagée sur un sentier tortueux. Il inspira une bonne goulée d'air glacé, résolu à bannir la peur, et lui emboîta le pas.

Le sentier s'étrécissait et descendait en longeant la montagne, accroché à la paroi comme une passerelle. Sur sa gauche, la roche couverte de glace brillait à la lueur de la lune ; sur sa droite, un abîme de ténèbres, une plongée dans le néant. Le regarder, c'était se laisser emporter ; il s'obligea à garder les yeux rivés devant lui. Les femmes avançaient rapidement, présences crépusculaires qui bondissaient à la limite de son champ de vision. Où Lacey les emmenait-elle ? Quelle était l'arme dont elle avait parlé ? Il entendit à nouveau bruire la rivière, très loin, dans les profondeurs. Les étoiles brillaient d'un éclat pur et tranchant, pareilles à des échardes de glace.

Il franchit une courbe et s'arrêta ; Lacey et Amy étaient debout devant une large ouverture, l'entrée d'un souterrain dans la paroi de la montagne. Le passage était aussi grand que lui, l'intérieur, sans profondeur, une gueule de ténèbres.

— Par ici, dit Lacey.

Deux pas, trois pas, quatre. L'obscurité l'enveloppa. Lacey les emmenait à l'intérieur de la montagne. Il se souvint qu'il avait une boîte d'allumettes dans sa parka. Il s'immobilisa pour en frotter une de ses doigts maladroits rendus gourds par le froid, mais il ne l'eut pas plus tôt allumée que les courants d'air tourbillonnants soufflèrent la flamme.

La voix de Lacey, devant lui :

— Plus vite, Peter.

Il avança à tâtons, pouce par pouce, chaque pas comme un acte de foi. Et puis il sentit une main sur son bras, une pression ferme. Amy.

— On s'arrête.

Il n'y voyait absolument rien. Malgré le froid, il commençait à transpirer sous sa parka. Où était Lacey ? Il se retourna et cherchait du regard l'entrée du souterrain afin de s'orienter quand, dans son dos, se fit entendre un grincement métallique : le bruit d'une porte qui s'ouvrait.

La nuit s'emplit d'une lumière aveuglante.

Ils étaient dans un long couloir creusé dans la montagne. Des tuyaux et des canalisations métalliques couraient sur les parois. Lacey était debout devant une armoire électrique fixée au mur, à côté de l'entrée. L'endroit, très haut de plafond, était illuminé par une batterie de tubes fluorescents grésillants.

— Il y a du courant ?

— Des batteries. Le Docteur m'avait montré comment faire.

— Aucune batterie au monde n'aurait pu tenir aussi longtemps.

— Celles-ci sont... différentes.

Lacey referma la lourde porte derrière eux.

— C'est ce qu'il appelait le moins cinq. Je vais vous montrer. Venez, s'il vous plaît.

Le couloir menait à un espace plus vaste, non éclairé. Lacey longea le mur à la recherche d'un interrupteur. À travers la semelle de ses bottes trempées, Peter sentait une espèce de vibration, nettement mécanique.

Un bourdonnement, un clignotement, et les lumières s'allumèrent.

Ils étaient dans une espèce d'infirmerie abandonnée – un long et grand comptoir couvert de matériel poussiéreux, des becs Bunsen, des béchers, des cuvettes en métal chromé, terni par le temps ; un chariot et un plateau de seringues encore emballées, des scalpels et des sondes en métal rangés sur un linge taché de rouille. Au fond de la salle, dans un nid de canalisations, se trouvait quelque chose qui ressemblait à une batterie d'accumulateurs.

Si vous la trouvez, ramenez-la ici.

Ici, pensa Peter. *Pas seulement dans la montagne, non,* ici. *Dans cette pièce.*

Qu'y avait-il ici ?

Lacey s'approcha d'une armoire d'acier, une sorte de placard scellé au mur. Sur le devant se trouvait une poignée et à côté un clavier. Il la regarda pianoter une longue série de chiffres, puis tourner la poignée. Il y eut un choc sourd.

Il crut d'abord que l'armoire était vide. Et puis il vit, posée sur l'étagère du bas, une boîte métallique. Lacey la prit et la lui tendit.

La boîte, assez petite pour qu'il la tienne d'une main, était étonnamment légère. Elle semblait moulée d'une pièce, sans soudure, mais il y avait un loquet, et un petit bouton à côté qui semblait fait pour accueillir son pouce. Peter appuya dessus. La boîte s'ouvrit aussitôt en deux. À l'intérieur, nichées dans la mousse, se trouvaient deux rangées d'ampoules de verre qui contenaient un liquide vert chatoyant. Il en compta onze. Le douzième logement était vide.

— C'est le dernier virus, dit Lacey. Celui qu'il a donné à Amy. Il l'avait fait avec son sang – le sang d'Amy.

Il scruta son visage, la regarda pour voir la vérité s'y inscrire. Mais il la connaissait déjà, la vérité ; mieux, même, il la sentait.

— L'ampoule manquante, c'est vous, n'est-ce pas ? Lear vous l'a donnée.

— Je crois, oui, acquiesça Lacey.

Il referma le couvercle, qui se verrouilla avec un cliquetis. Il enleva son sac à dos, en tira une couverture dans laquelle il enroula la boîte, et remit le tout dans son sac. Sur le comptoir, il récupéra une poignée de seringues emballées et les fourra avec le reste. Leur meilleure chance était de tenir jusqu'à l'aube, puis de redescendre la montagne. Après cela, il ne savait pas. Il se tourna vers Amy.

— Nous avons combien de temps ?

Elle secoua la tête : pas longtemps.

— Il se rapproche.

— Lacey, est-ce qu'il pourrait enfoncer cette porte ? Elle ne répondit pas.

— Lacey ?

— J'espère bien qu'il y arrivera, répliqua-t-elle.

Ils étaient dans le champ, à présent, bien au-dessus de la rivière. La piste de Peter et d'Amy avait disparu, recouverte de neige chassée par le vent. Alicia était partie vers l'avant, à cheval. L'aube aurait dû se lever, maintenant, pensa Michael. Mais il ne voyait que la même grisaille vers laquelle ils chevauchaient depuis ce qui lui paraissait être des heures.

— Bon sang, mais où peuvent-ils bien être ? fit Hollis.

Michael ne savait pas s'il parlait de Peter et d'Amy ou des viruls. La pensée lui vint à l'esprit, avec une sorte de vague résignation, qu'ils allaient tous mourir là-haut, qu'aucun d'eux ne quitterait jamais cet endroit gelé, aride. Sara et Greer ne disaient rien – ils pensaient la même chose, se dit Michael, à moins qu'ils n'aient tout simplement trop froid pour parler. Il avait les mains tellement raides qu'il doutait de pouvoir utiliser son arme, et plus encore d'arriver à la recharger. Il essaya de boire un peu dans l'espoir d'apaiser sa nervosité, mais l'eau était prise en glace dans sa gourde.

Ils entendirent dans le noir que le cheval d'Alicia revenait au trot. Elle s'arrêta à côté d'eux.

— Des traces, dit-elle avec un bref mouvement de tête. Il y a une ouverture dans la clôture.

Elle fit volter sa monture et repartit comme elle était venue, à vive allure. Greer la suivit sans un mot, les autres fermant la marche. Ils avaient retrouvé le couvert des arbres. Alicia avait lancé sa monture au galop et chevauchait à bride abattue dans la neige. Michael talonna son cheval, l'encouragea de la voix. À côté de lui, Sara se pencha sur l'encolure du sien pour éviter une branche basse.

Dans les arbres, au-dessus d'eux, les frondaisons s'animèrent soudain.

Michael leva la tête. Au même instant, un coup de feu retentit derrière lui. Une masse énorme s'abattit violemment sur son dos, chassant l'air de ses poumons et le catapultant tête la première par-dessus l'encolure de son cheval. Son fusil lui échappa, comme arraché par un coup de fouet. L'espace d'un instant, il se sentit suspendu sans douleur au-dessus du sol – il prit le temps d'enregistrer ce fait surprenant –, mais la sensation ne dura pas. Il atterrit rudement sur le dos dans la neige, puis il eut un autre sujet de préoccupation : il s'était retrouvé juste sous les sabots de son propre cheval. Il roula sur le côté, se couvrant instinctivement la tête avec les mains. Il sentit un torrent d'air sauvage alors que l'animal paniqué bondissait au-dessus de lui, suivi par un tonnerre de sabots, dont l'un heurta le sol à quelques centimètres à peine de son oreille.

Et puis il disparut. Tout le monde avait disparu.

Michael vit le virul – celui, supposa-t-il qui l'avait fait tomber de cheval – en se remettant à genoux. Il était accroupi à quelques mètres de lui, dressé sur ses pattes repliées comme une grenouille bioluminescente. Sa lueur organique faisait luire la neige dans laquelle il avait les bras enfoncés jusqu'aux coudes, de sorte qu'il donnait l'impression d'être partiellement immergé dans un bassin d'eau bleu-vert. La neige poudreuse adhérant à sa poitrine et à ses bras étincelait. Des filets d'humidité suintaient sur sa face. Michael s'avisa que des coups de feu éveillaient des échos de l'autre côté de la crête, et par-dessus ce crépitement, comme les paroles d'une chanson, des voix criaient son nom. Mais il aurait aussi bien pu s'agir de signaux émanant d'une étoile lointaine. De la même façon que les immenses ténèbres environnantes – qui s'étaient, elles aussi, estompées de son esprit, dispersées comme les molécules d'un gaz en expansion –, ces appels auraient pu concerner un tout autre individu. Le virul s'était mis à cliqueter en faisant aller et venir les muscles de sa mâchoire. Il eut un hochement de tête, un claquement de dents presque paresseux, comme s'il n'était pas pressé, comme s'ils avaient tous les deux tout le temps du monde. Et dans ce moment, Michael se rendit compte que l'endroit où il rangeait sa peur était vide. Lui, Michael, le Circuit, n'avait pas peur. Ce qu'il ressentait ressemblait plutôt à de la colère – une gigantesque exaspération proche du ras-le-bol qu'il aurait pu ressentir si une mouche lui avait bourdonné trop longtemps autour de la figure. *Et merde*, pensa-t-il en portant la main à son couteau, à sa ceinture. *J'en ai vraiment jusque-là de ces saloperies. Peut-être que vous êtes quarante millions, mais peut-être pas. Et d'ici deux secondes, il y en aura un de moins.*

Alors qu'il se relevait, les bras et les jambes du virul se détendirent comme les doigts d'une main ouverte, le propulsant en avant. Michael eut à peine le temps de pointer son couteau devant lui, en fermant machinalement les yeux. Il sentit la morsure du métal au moment où le virul le heurta de plein fouet et se replia sur lui. Michael tomba à la renverse.

Il roula sur lui-même et constata que le virul gisait sur le dos, dans la neige, son couteau enfoncé dans la poitrine, les bras et les jambes ramant dans le vide, comme s'ils essayaient d'agripper l'air. Deux silhouettes étaient debout au-dessus du cadavre. Peter et, à côté de lui, Amy. D'où sortaient-ils ? Amy tenait un fusil – le fusil de Michael, couvert de neige. À leurs pieds, la créature faisait un bruit qui pouvait être un soupir, ou un gémissement. Amy épaula le fusil, abaissa le canon et l'enfonça dans la gueule ouverte du virul.

— Je suis désolée, dit-elle, et elle pressa la détente.

Michael se releva. Le virul avait cessé de bouger, ses spasmes d'agonie s'étaient interrompus. Une large éclaboussure de sang maculait la neige. Amy passa le fusil à Peter.

— Prends ça.

— Michael, ça va ? demanda Peter.

Michael se rendit compte alors seulement qu'il tremblait de tous ses membres. Il hocha la tête.

— Viens.

Des coups de feu retentissaient derrière la crête. Ils se mirent à courir.

Lacey savait que ce qu'elle avait fait n'était pas bien – laisser Peter et Amy croire qu'elle partirait avec eux. Régler la minuterie de la bombe et les conduire vers la porte du souterrain, puis les faire sortir, leur refermer la porte au nez et la verrouiller.

Elle les entendit taper sur la porte, de l'autre côté. Elle entendit la voix d'Amy retentir dans sa tête pour la dernière fois.

— Lacey, Lacey, ne t'en va pas !

— Courez, maintenant. Il sera là d'une minute à l'autre.

— Lacey, je t'en supplie !

— Il faut que tu les aides. Ils vont avoir peur. Ils ne vont pas comprendre ce qui se passe. Aide-les, Amy.

Tout ce qui était arrivé là, à cet endroit, devait être effacé. Comme Dieu avait nettoyé la terre du temps de Noé, pour que le grand vaisseau puisse voguer et le monde recommencer.

Elle serait Ses eaux.

C'était une chose tellement terrible, la bombe. Jonas lui avait expliqué qu'elle était petite, juste une demi-kilotonne – assez grosse pour détruire le Chalet et tous ses sous-sols, afin de dissimuler les preuves de ce qu'ils avaient fait, mais pas assez pour que les satellites la repèrent. Un dispositif de sécurité, pour le cas où les viruls se seraient échappés. Mais le courant avait lâché dans les niveaux supérieurs, et Sykes était parti, ou mort. Jonas aurait pu la faire sauter lui-même, mais il n'avait pas pu s'y résoudre, pas tant qu'Amy était là.

Sous les yeux de Peter et d'Amy, Lacey s'était agenouillée devant : une sorte de petite valise, avec la finition terne de tout ce qui était militaire. Jonas lui avait montré les différentes étapes. Elle avait appuyé dans un léger renfoncement, sur le côté, et une trappe s'était ouverte, révélant un clavier et un minuscule écran, tout juste suffisant pour une unique ligne de texte. Elle avait tapé :

ELIZABETH

L'écran s'était allumé.

ARMER ? O/N

Elle avait appuyé sur O.

HEURE ?

Elle avait hésité un instant. Et puis elle avait tapé 5.

5 : 00. CONFIRMER ? O/N.

Elle avait appuyé à nouveau sur O. Sur l'écran, un compte à rebours s'était amorcé.

4 : 59
4 : 58
4 : 57

Elle avait refermé la trappe et s'était relevée.

— Vite ! avait-elle dit aux deux autres, et elle les avait reconduits rapidement dans le couloir. Il faut sortir d'ici tout de suite.

Et puis elle les avait enfermés dehors.

— Lacey, je t'en prie ! Je ne sais pas quoi faire ! Dis-moi ce qu'il faut que je fasse !

— Tu le sauras, Amy, le moment venu. Tu sauras ce qu'il y a en toi, à ce moment-là. Tu sauras comment les libérer, leur faire effectuer leur dernier passage.

Et maintenant, elle était seule. Elle avait pratiquement achevé sa mission. Quand elle fut sûre que Peter et Amy étaient partis, elle libéra les pênes électriques et rouvrit la porte en grand.

Venez à moi, pensa-t-elle. Debout dans l'encadrement de la porte, elle inspira profondément, se ressaisit, projetant son esprit à distance. *Revenez à l'endroit où vous avez été faits.*

Lacey attendit. Cinq minutes : après toutes ces années, ça paraissait dérisoire. Et ça l'était vraiment.

L'aurore blanchissait au-dessus de la montagne.

Ils se précipitaient tous les trois vers les coups de feu. Ils arrivèrent en haut d'une crête ; en bas, Michael vit une maison ; les chevaux étaient devant. Sara et Alicia leur faisaient de grands signes depuis la porte.

Les créatures étaient derrière eux, maintenant, dans les arbres. Ils dévalèrent la berge et se précipitèrent à l'intérieur de la maison. Greer et Hollis émergèrent de derrière un rideau, portant une grosse commode.

— Ils sont sur nos talons, dit Michael.

Ils coincèrent la commode contre la porte. Un geste désespéré, pensa Michael, mais qui leur ferait peut-être gagner une seconde ou deux.

— Et les fenêtres ? demanda Alicia. On n'a rien d'utilisable ?

Ils essayèrent de déplacer le buffet, mais il était trop lourd.

— Laissons tomber, dit Alicia.

Elle dégaina un pistolet de sa ceinture et le colla dans les mains de Michael.

— Greer, Hollis et toi, vous prenez la fenêtre de la chambre. Tous les autres, restez ici. Deux à la porte, un à chaque fenêtre, devant et derrière. Circuit, tu surveilles la cheminée. Ils se jetteront sur les chevaux d'abord.

Tout le monde se mit en position.

De la chambre, Hollis annonça :

— Les voilà !

Ça n'allait pas, pensa Lacey. Ils auraient dû être là, maintenant. Elle les sentait, partout autour d'elle, emplissant son esprit de leur faim. De leur faim, et de la question.

Qui suis-je ?

Qui suis-je ?

Qui suis-je ?

Elle entra dans le tunnel.

Venez à moi, répliqua-t-elle. *Venez à moi. Venez à moi.*

Elle remonta rapidement le tunnel sur toute sa longueur. Elle discernait l'ouverture, un cercle de grisaille qui allait en s'éclaircissant, comme l'aube alanguie sur la montagne. Les premiers rayons du soleil levant se réfléchiraient sur le versant opposé de la vallée, avec ses champs de neige et de glace, et les frapperaient par l'ouest.

Elle arriva à l'entrée du tunnel et sortit. Elle voyait, en contrebas, les traces des viruls, les débris abandonnés par leur ascension le long de la pente glacée. Une horde de mille milliers, sinon davantage.

Ils étaient passés tout droit sans s'arrêter.

Le désespoir s'empara d'elle. *Où êtes-vous ?* pensa-t-elle. Puis elle le hurla, reconnaissant la fureur de sa voix qui se réverbérait dans la vallée.

— Où êtes-vous ?

C'est le silence des cieux qui lui répondit.

Et puis, dans l'air immobile, elle l'entendit.

Je suis là.

Les viruls se jetèrent tous en même temps sur les portes et les fenêtres, un vacarme furieux de verre pulvérisé et de bois fracassé. Peter, qui bloquait la commode avec son épaule, fut projeté en arrière, sur Amy. Il entendit Hollis et Greer tirer de la fenêtre de la chambre. Alicia, Michael, Sara, et même Amy, tout le monde faisait feu.

— Reculez ! hurla Alicia. La porte est en train de céder !

Peter attrapa Amy par le bras et l'entraîna dans la chambre. Hollis était à la fenêtre, Greer au sol, derrière le lit. Il saignait. Il avait à la tête une profonde entaille.

— C'est du verre ! cria-t-il pour se faire entendre malgré le tonnerre des armes. Ce n'est qu'un éclat de verre !

— Hollis ! s'exclama Alicia. Reste auprès de cette fenêtre !

Elle laissa tomber un chargeur vide, en mit un autre en place, arma en tirant la glissière à fond vers l'arrière. Parée à défendre la position.

— Prêts, tout le monde ?

Ils entendirent la porte de devant céder. Alicia, qui était à côté du rideau de la chambre, fit volte-face et commença à tirer.

Celui qui l'eut ne fut pas le premier, ni le deuxième non plus, ni même le troisième. Ce fut le quatrième. À ce moment-là, elle avait vidé son chargeur. Par la suite, Peter se rappellerait la scène comme une séquence de détails distincts. Le bruit de sa dernière douille tombant à terre et rebondissant. Le filet de fumée montant dans l'air, la chute du chargeur vide d'Alicia qui portait la main à son blouson pour un prendre un nouveau. Le virul qui se jetait sur elle à travers le rideau en lambeaux, sa face lisse, implacable, l'éclair de ses yeux, ses mâchoires ouvertes. Le canon du fusil désormais inutile levé vers lui, la main d'Alicia plongeant pour tirer son couteau, trop tard. Le moment de l'impact, Alicia tombant à la renverse, les dents du virul qui trouvaient la courbe de son cou.

C'est Hollis qui l'abattit. Il s'avança alors que le virul relevait la tête, lui enfonça le canon de son fusil dans la gueule et tira, faisant gicler l'arrière de son crâne sur le mur de la chambre. Peter se précipita, prit Alicia sous les bras et l'entraîna loin de la porte. Elle perdait du sang en abondance par la blessure de son cou. Un rouge intense trempait sa veste, se répandait par terre. Quelqu'un criait, répétait son nom : « Alicia ! Alicia ! », mais c'était peut-être lui. Arc-bouté contre le mur, il la serra contre sa poitrine, la maintint debout entre ses jambes, mit ses mains, par réflexe, sur la blessure pour essayer de contenir le flux de sang. Amy et Sara étaient par terre, blotties contre le mur. Une autre créature traversa le rideau. Peter leva son pistolet et tira ses deux dernières cartouches. La première loupa son but, mais pas la seconde. Dans ses bras, Alicia respirait bizarrement, maintenant, par hoquets et soubresauts. Et le sang, il y avait tellement de sang.

Il ferma les yeux et la serra très fort contre lui.

Lacey se retourna. Babcock était perché au-dessus d'elle, en haut de l'entrée du souterrain. La plus grande et la plus terrible chose que Dieu ait jamais faite. Lacey n'éprouvait aucune crainte, que de l'émerveillement devant les œuvres magnifiques de Dieu. Qu'Il ait dans Son dessein créé un être si parfait, conçu pour dévorer un monde. Et comme elle le contemplait, luisant de sa grande et terrible lueur – qui formait un halo, pareil à la lumière d'un ange –, son cœur s'enfla de la certitude qu'elle ne s'était pas trompée, que sa longue nuit de veille allait prendre fin comme elle l'avait prévu. Une veille commencée il y avait de si longues années, par un matin de printemps humide, quand elle avait ouvert la porte du couvent des sœurs de la Merci, à Memphis, dans le Tennessee, et vu une petite fille.

Jonas, pensa-t-elle, *tu vois que j'avais raison ? Tout est pardonné. Tout ce qui a été perdu peut être recouvré. Jonas, je viens te le dire. Je suis pratiquement auprès de toi, maintenant.*

Elle fila dans le souterrain.

Viens à moi. Viens à moi viens à moi viens à moi.

Elle se mit à courir. Elle était là, mais aussi ailleurs ; elle courait dans le souterrain, attirant Babcock à l'intérieur, mais elle était aussi redevenue une petite fille, dans le champ. Elle sentait la douceur de la terre, sentait la fraîcheur de la nuit sur ses joues. Elle entendait ses sœurs, et la voix de sa mère, qui leur criait depuis la porte : *Courez, les enfants, sauvez-vous, vite, vite !*

Elle arriva à la porte et continua à courir, dans le couloir aux lumières bourdonnantes, dans la pièce avec le chariot, les béchers et les batteries, toutes les petites choses de l'ancien monde et ses terribles rêves de sang.

Elle s'arrêta, se retourna vers la porte. Il était là.

Je suis Babcock. L'un des Douze.

Moi aussi, pensa sœur Lacey alors que, derrière elle, le décompte de la bombe arrivait à zéro zéro zéro, que les atomes de son cœur s'effondraient sur eux-mêmes et que son esprit s'emplissait pour toujours de la pure lumière blanche du ciel.

69

Elle était Amy et elle était pour toujours. Elle était l'une des Douze, et aussi l'autre, au-dessus et derrière, le Zéro. Elle était la Fille de nulle part, Celle qui était venue en marchant et qui avait vécu mille ans ; Amy des Multitudes, la Fille avec les âmes en elle.

Elle était Amy. Elle était Amy. Elle était Amy.

Elle fut la première à se relever. Après le tonnerre et les tremblements, les secousses et le rugissement, la petite maison de Lacey se cabrant comme un cheval, tanguant comme une coque de noix ballottée par les flots. Tout le monde criait et hurlait, blotti contre le mur et se cramponnant.

Et puis ce fut fini. La terre sous eux se calma. L'air était plein de poussière. Tout le monde toussait et hoquetait, stupéfait d'être encore en vie.

Ils étaient encore en vie.

Elle conduisit Peter et les autres dehors, passant devant les cadavres, dans la lumière de l'aube où la Multitude attendait. La Multitude de Babcock qui n'était plus.

Ils étaient partout et tout autour. Un océan de visages et d'yeux. Ils s'approchèrent d'elle dans l'immensité de leur nombre, dans le soleil naissant. Elle sentait le vide en eux, là où le rêve s'était trouvé, le rêve de Babcock, et à sa place, la question, farouche et brûlante :

Qui suis-je qui suis-je qui suis-je ?

Et elle le savait. Amy savait. Elle les connaissait tous, elle connaissait chacun d'eux, les connaissait tous enfin. Elle était le vaisseau, exactement comme le lui avait dit Lacey. Elle portait leurs âmes en elle. Elle les avait gardées tout ce temps, attendant ce jour, le jour où elle leur rendrait ce qui était à eux de droit – qui ils étaient, leur histoire. Le jour où ils effectueraient le passage.

Venez à moi, pensa-t-elle. *Venez à moi venez à moi venez à moi.*

Ils vinrent. De sous les arbres, à travers les champs enneigés, de toutes les cachettes. Elle passa parmi eux, les touchant, les caressant, et elle leur dit ce qu'ils attendaient de savoir.

Tu es... Smith.

Tu es... Tate.

Tu es... Duprey.

Tu es Erie tu es Ramos tu es Ward tu es Cho tu es Singh Atkinson Jonson Montefusco Cohen Murrey Nguyen Elberson Lazaro Torres Wright Winborne Pratt Scalamonti Mendoza Ford Chung Frost Vandyne Carlin Park Diego Murphy Parsons Richini O'Neil Myers Zapata Young Scheer Tanaka Lee White Gupta Solnik Jessup Rile Nichols Maharana Rayburn Kennedy Mueller Doerr Goldman Pooley Price Kahn Cordell Ivanov Simpson Wong Palumbo Kim Rao Montgomery Busse Mitchell Walsh McEvoy Bodine Olson Jaworksi Ferguson Zachos Spenser Ruscher...

Le soleil se levait au-dessus de la montagne, une clarté aveuglante. *Venez*, pensa Amy. *Venez dans la lumière et souvenez-vous.*

Tu es Cross tu es Flores tu es Haskell Vasquez Andrews McCall Barbash Sullivan Shapiro Jablonski Choi Zeidner Clark Huston Rossi Culhane Baxter Nunez Athanasian King Higbee Jensen Lombardo Anderson James Sasso Lindquist Masters Hakeemzedah Levander Tsujimoto Michie Osther Doody Bell Morales Lenzi Andriyakhova Watkins Bonilla Fitzgerald Tinti Asmundson Aiello Daley Harper Brewer Klein Weatherall Griffin Petrova Kates Hadad Riley MacLeod Wood Patterson...

Amy sentait leur chagrin, mais il était différent, maintenant. C'était un essor sacré. Un millier de vies remémorées passaient à travers elle, mille milliers d'histoires – d'amour et de travail, de parents et d'enfants, de devoir, de joie et de chagrin. Des lits où on avait dormi et des repas qu'on avait pris, et la jouissance et la souffrance du corps, et des feuilles d'été vues depuis une fenêtre par un matin de pluie ; les nuits de solitude et les nuits d'amour, l'âme à la garde de son corps se languissant toujours d'être connue. Elle se déplaçait parmi eux là où ils gisaient dans la neige, la Multitude qui n'était plus, chacun à l'endroit de son choix.

Les anges de neige.

Souvenez-vous, leur dit-elle. *Souvenez-vous.*

Je suis Flynn je suis Gonzalez je suis Young Wentzell Armstrong O'Brien Reeves Farajian Watanabe Mulroney Chernesky Logan Braverman Livingston Martin Campana Cox Torrey Swartz Tobin Hecht Stuart Lewis Redwine Pho Markovich Todd Mascucci Kostin Laseter Salib Hennesey Kasteley Merriweather Leone Barkley Kiernan Campbell Lamos Marion Quang Kagan Glazner Dubois Egan Chandler Sharpe Browning Ellenzweig Nakamura Giacomo Jones je suis je suis je suis...

Le soleil ferait son œuvre. Bientôt, ils seraient morts, et puis des cendres, et puis plus rien. Leurs restes seraient éparpillés aux quatre vents. Ils la quittaient enfin. Elle sentait leur esprit s'élever, disparaître au loin.

— Amy.

Peter était à côté d'elle. Elle n'avait pas de mots pour décrire l'expression de son visage. Elle le lui dirait bientôt, pensa-t-elle. Elle lui dirait tout ce qu'elle savait, tout ce qu'elle croyait. Ce qui les attendait, le long voyage qu'ils allaient faire ensemble. Mais ce n'était pas le moment de parler.

— Rentre, dit-elle.

Elle lui prit des mains son pistolet vide et le laissa tomber dans la neige.

— Rentre et sauve-la.

— Je peux la sauver ?

Amy hocha la tête.

— Il le faut, dit-elle.

Sara et Michael avaient porté Alicia sur le lit et lui avaient enlevé sa veste trempée de sang. Derrière ses paupières closes, ses globes oculaires tournaient en tous sens.

— Il me faut des pansements ! appela Sara.

Elle avait aussi du sang sur les mains et les cheveux.

— Trouvez-moi de quoi stopper l'hémorragie !

Avec son couteau, Hollis découpa une longueur de tissu dans les draps. Ils n'étaient pas propres, rien ne l'était, mais elle devrait s'en contenter.

— Il faut l'attacher, dit Peter.

— Peter, la plaie est trop profonde. Ça ne servira à rien, dit Sara en secouant la tête dans une attitude impuissante.

— Hollis, donne-moi ton couteau.

Il dit aux autres ce qu'il fallait faire – découper les draps du lit de Lacey en longues bandes et les tresser ensemble. Ils attachèrent les mains et les pieds d'Alicia aux montants du lit. Sara dit que l'hémorragie semblait ralentir, ce qui était mauvais signe. Son pouls était rapide et filant.

— Si elle survit, l'avertit Greer, depuis le pied du lit, ce ne sont pas ces draps qui la retiendront.

Mais Peter ne l'écoutait pas. Il retourna dans la pièce principale, où il avait laissé son paquetage. La boîte de métal s'y trouvait toujours, avec les seringues. Il retira l'une des ampoules et regagna la chambre, où il la passa à Sara.

— Donne-lui ça.

Elle la prit dans sa main, l'examina.

— Peter, je ne sais pas ce que c'est.

— C'est Amy, répliqua-t-il.

Elle donna à Alicia la moitié de l'ampoule. Pendant toute la journée et la nuit suivante, ils attendirent. Alicia avait sombré dans une espèce de crépuscule. Elle avait la peau brûlante et sèche. La blessure, à son cou, s'était refermée, prenant l'aspect d'une ecchymose violacée et enflammée. De temps en temps, elle paraissait se réveiller, émerger dans une espèce de brume, elle gémissait et puis elle refermait les yeux.

Ils avaient traîné les corps des viruls au-dehors, avec les autres. Leurs cadavres s'étaient rapidement changés en une cendre grise qui tourbillonnait encore dans l'air, recouvrant tout comme une couche de neige sale. Peter pensait que, le lendemain matin, tout aurait disparu. Michael et Hollis avaient condamné les fenêtres en y clouant des planches et remis la porte sur ses gonds. Lorsque la nuit tomba, ils brûlèrent dans la cheminée ce qui restait de la commode. Sara recousit la tête de Greer, qu'elle pansa avec d'autres bandes de tissu taillées dans les draps. Ils établirent des tours de garde pour veiller Alicia. Peter dit qu'il voulait rester toute la nuit auprès d'elle, mais l'épuisement eut raison de lui et il finit par s'endormir aussi, roulé en boule sur le sol froid, auprès de son lit.

Au matin, Alicia avait commencé à tirer sur ses liens. Toute couleur avait abandonné sa peau ; ses yeux, derrière ses paupières, étaient roses – les capillaires avaient éclaté.

— Donne-lui le reste.

— Peter, je ne sais pas ce que je fais, là, répondit Sara.

Elle était vidée, à bout de force. Ils l'étaient tous.

— Ça pourrait la tuer.

— Fais ce que je te dis.

Ils lui injectèrent le reste de l'ampoule. Dehors, il avait recommencé à neiger. Greer et Hollis sortirent pour une brève mission de reconnaissance dans les bois et revinrent une demi-heure plus tard, à moitié gelés. Ça tombait vraiment, dirent-ils.

Hollis prit Peter à part.

— On va avoir un problème de vivres, dit-il tout bas.

Ils avaient inventorié le placard de Lacey ; la plupart des bocaux avaient été cassés.

— Je sais.

— Et ce n'est pas tout. Je sais que la bombe a explosé sous terre, mais il pourrait y avoir des retombées. Michael dit qu'à tout le moins, la nappe phréatique sera contaminée. Il croit que nous n'avons pas intérêt à rester là plus longtemps. Il y a une sorte de bâtiment, de l'autre côté de la vallée. On dirait qu'il y a un col qu'on pourrait emprunter pour passer vers l'est.

— Et Liss ? Elle est intransportable.

Hollis s'interrompit.

— Tout ce que je veux dire, c'est qu'on pourrait se retrouver coincés ici. Et là, on aurait vraiment un problème. Je ne nous vois pas tenter notre chance à moitié morts de faim dans le blizzard.

Hollis avait raison, Peter le savait.

— Tu veux partir en éclaireur ?

— Quand la neige tombera moins fort.

Peter acquiesça sans grand enthousiasme.

— Emmène Michael avec toi.

— Je pensais plutôt à Greer.

— Il vaudrait mieux qu'il reste ici, dit Peter.

Hollis resta un instant silencieux. Il comprenait ce que Peter voulait dire.

— D'accord, dit-il enfin.

La tempête passa pendant la nuit. Le lendemain matin, le ciel était débarbouillé, éclatant. Hollis et Michael ramassèrent leurs affaires pour partir. Si tout allait bien, leur dit Hollis, ils seraient de retour avant la fin de la journée, mais peut-être pas beaucoup plus tôt. Dans la cour enneigée, Sara serra Hollis dans ses bras, puis Michael. Greer et Amy étaient à l'intérieur, avec Alicia. Au cours des vingt-quatre dernières heures, depuis qu'ils lui avaient administré l'autre moitié de dose de virus, son état semblait s'être stabilisé. Mais elle avait toujours beaucoup de fièvre, et l'état de ses yeux avait empiré.

— Ne laisse pas... durer les choses trop longtemps, c'est tout, dit tout bas Hollis à Peter avant de partir. Elle ne voudrait pas ça.

Ils attendirent. Amy restait tout près d'Alicia, ne quittant jamais son chevet. Ce qui se passait était clair pour tout le monde. La moindre lumière dans la pièce la faisait tiquer, et elle avait recommencé à essayer d'arracher ses sangles.

— Elle se bagarre, dit Amy. Mais j'ai bien peur qu'elle soit en train de perdre la partie.

La nuit tomba sans que Michael et Hollis aient reparu. Peter ne s'était jamais senti aussi désarmé. Pourquoi est-ce que ça ne marchait pas comme pour Lacey ? D'un autre côté, il n'était pas docteur, il essayait juste de deviner quoi faire. Le reste de la dose pouvait être en train de la tuer, comment savoir ? Il sentait peser sur lui le regard de Greer, qui attendait de le voir agir. Et Peter ne voyait pas quoi faire.

Peu après l'aube, Sara le secoua pour le réveiller.

Peter s'était endormi sur une chaise, la tête tombée en avant, le menton appuyé sur la poitrine.

— Je crois que c'est en train... d'arriver, dit-elle.

Alicia respirait très vite. Tout son corps était tendu, les muscles de sa mâchoire se crispaient, quelque chose papillotait sous sa peau. Un lent et pénible gémissement montait de son arrière-gorge. Pendant un instant, elle se détendit. Et puis ça recommença.

— Peter.

Il se retourna et vit Greer, sur le seuil. Il tenait un couteau.

— C'est le moment.

Peter se leva et s'interposa entre Greer et le lit où Alicia était allongée.

— Non.

— Je sais que c'est difficile. Mais c'est un soldat. Un soldat du corps expéditionnaire. Il est temps pour elle de faire le voyage.

— Je vous ai dit non. Ce n'est pas votre boulot. Donnez-moi le couteau, capitaine, fit-il en tendant la main.

Greer hésita et scruta le visage de Peter.

— Vous n'êtes pas obligé de faire ça.

— Si, il le faut.

Il n'éprouvait aucune peur, que de la résignation.

— Je lui ai donné ma parole, vous comprenez ? Je suis seul à pouvoir le faire.

Greer lui tendit le couteau à contrecœur. Un poids, un équilibre familiers : Peter reconnut sa propre arme, qu'il avait laissée à Eustace, à la porte de la garnison.

— Je voudrais être seul avec elle, si ça ne vous fait rien.

Ils lui firent leurs adieux. Peter entendit la porte de la maison s'ouvrir et se refermer. Il s'approcha de la fenêtre et arracha l'une des planches que Hollis avait clouées au montant, laissant entrer dans la pièce la douce lueur grise du matin. Alicia gémit et détourna la tête. Greer avait raison. Peter pensait n'avoir pas plus de deux minutes devant lui. Il se rappela ce que Muncey avait dit à la fin, à quelle vitesse ça se produisait. Et qu'il voulait le sentir sortir de lui.

Peter s'assit au bord du lit, le couteau à la main. Pour le moment, Alicia était calme. Il aurait voulu lui dire quelque chose, mais les paroles paraissaient trop insignifiantes pour ce qu'il ressentait. Il resta assis pendant un instant de calme, laissant son esprit s'emplir de souvenirs d'elle, des choses qu'ils avaient dites et faites, et de ce qui était resté non formulé entre eux. Il ne voyait pas quoi faire d'autre.

Il aurait aimé rester ainsi pendant une journée, un an, cent ans. Mais il ne pouvait plus attendre, il le savait. Il se leva et se positionna au-dessus d'elle sur le lit, à califourchon sur sa taille. Tenant la lame à deux mains, il posa la pointe à la base de son sternum. Le point vulnérable. Il sentit sa vie se diviser en deux : tout ce qui s'était passé avant et tout ce qui arriverait après. Il sentit qu'elle se cambrait sous lui, tout son corps tendait ses sangles. Il avait les mains tremblantes, sa vision était brouillée par les larmes.

— Pardon, Liss, dit-il, et il ferma les yeux.

Il releva la pointe de son couteau et banda toutes ses forces en lui avant de trouver la volonté de l'abattre.

70

C'était le printemps, et le bébé allait arriver.

Maus avait des contractions depuis plusieurs jours. Elle nettoyait quelque chose dans la cuisine, ou bien elle était au lit, ou encore elle regardait Theo travailler dans la cour quand, tout à coup, ça venait : un bref spasme au niveau du ventre qui lui bloquait la respiration.

— Ça y est ? lui demandait Theo. Il arrive ? C'est le bébé qui arrive, là ?

Alors, pendant un instant, elle regardait ailleurs, la tête inclinée sur le côté, comme si elle tendait l'oreille. Et puis elle le regardait et lui adressait un sourire rassurant.

— Là. Tu vois ? Ce n'était rien. Juste une contraction. Tout va bien, Theo. Retourne faire ce que tu faisais.

Mais cette fois, ce n'était pas rien. Au milieu de la nuit, Theo rêvait, un simple et heureux rêve de soleil tombant sur un champ doré, quand il entendit la voix de Maus l'appeler. Elle était aussi dans le rêve, mais il ne la voyait pas, elle se cachait, comme si elle jouait à cache-cache. Elle était devant lui, et puis derrière, il ne savait pas où. *Theo.* Conroy jappait et aboyait en faisant des bonds dans l'herbe, il filait en courant et revenait à toute vitesse vers lui en lui faisant signe de le suivre. *Où es-tu ?* appelait Theo. Où es-tu ? *Je suis toute mouillée,* disait la voix de Mausami. *Je suis complètement trempée. Réveille-toi, Theo. Je crois que j'ai perdu les eaux.*

Et puis il fut réveillé et debout, en train de farfouiller dans le noir, essayant de mettre ses rangers. Conroy était bien réveillé, lui aussi, il remuait la queue tant qu'il pouvait. Il lui fourra sa truffe mouillée dans la figure alors que Theo se penchait pour allumer la lanterne. *C'est le matin ? On sort ?*

Mausami étouffa un bref soupir entre ses dents.

— Oooh, fit-elle en cambrant le dos au-dessus du matelas affaissé. Oooh...

Elle lui avait dit quoi faire, ce dont elle aurait besoin. Des draps et des serviettes, pour mettre sous elle, pour le sang et tout le reste. Un couteau et du fil à pêche, pour le cordon. De l'eau, pour laver le bébé, et une couverture où l'emmitoufler.

— Ne bouge pas. Je reviens tout de suite.

— Jets, gémit-elle. Où voudrais-tu que j'aille ?

Une autre contraction la parcourut. Elle tendit la main vers celle de Theo et la serra très fort, lui enfonçant ses ongles dans la chair en grinçant des dents de douleur.

— Et merde !

Et puis elle se détourna et vomit par terre.

La pièce s'emplit d'une odeur aigre. Conroy pensa que c'était pour lui, un merveilleux cadeau. Theo l'envoya promener d'un coup de pied et aida Mausami à se caler sur les oreillers.

— Il y a quelque chose qui ne va pas, dit-elle, le visage blême de crainte. Ça ne devrait pas faire mal comme ça.

— Qu'est-ce que je dois faire, Maus ?

— Je ne sais pas !

Theo dévala l'escalier quatre à quatre, Conroy sur les talons. Le bébé, le bébé arrivait. Il avait bien eu l'intention de rassembler tout le nécessaire au même endroit, mais évidemment il ne l'avait jamais fait. La maison était glacée, le feu s'était éteint ; le bébé aurait besoin de chaleur. Il mit une brassée de bûches dans la cheminée, puis il s'agenouilla devant et souffla sur les braises pour faire repartir le feu. Il prit des chiffons et un seau dans la cuisine. Il savait qu'il aurait dû faire bouillir de l'eau, pour la stériliser, mais il n'avait apparemment plus le temps, maintenant.

— Theo ! Où es-tu ?

Il remplit le seau, prit un couteau bien aiguisé et remonta dans la chambre. Maus était assise, ses longs cheveux répandus sur son visage, l'air épouvantée.

— Je suis désolée pour le parquet, dit-elle.

— Tu as eu d'autres contractions ?

Elle secoua la tête.

Conroy était retourné auprès des saletés, par terre. Theo le flanqua dehors et se mit à quatre pattes pour nettoyer, en retenant sa respiration. Que c'était ridicule. Elle était sur le point d'avoir un bébé, et lui il était indisposé par une odeur de vomi.

— Oh, oh ! gémit Maus.

Lorsqu'il se redressa, elle était en pleine contraction. Instinctivement, elle avait relevé les genoux, les talons près des fesses. Des larmes perlaient au coin de ses yeux.

— J'ai mal ! Oh, que ça fait mal !

Tout à coup, elle roula sur le côté.

— Theo, appuie-moi sur le dos !

Elle ne lui avait jamais parlé de tout ça.

— Mais où ? Et comment tu veux que j'appuie ?

Elle hurlait dans l'oreiller.

— N'importe où !

Il lui appliqua une vague poussée.

— Plus bas ! Pour l'amour du ciel !

Il serra le poing et lui enfonça ses jointures dans le dos. Il sentit qu'elle repoussait sa main. Il compta les secondes : dix, vingt, trente.

— Le bébé se présente mal, fit-elle d'une voix entrecoupée. La tête du bébé appuie contre ma colonne vertébrale. Ça me donne envie de pousser. Mais il ne faut pas que je pousse, pas encore. Theo, ne me laisse pas pousser.

Elle se mit à quatre pattes. Elle ne portait qu'un tee-shirt. Les draps, sous son corps, étaient trempés d'un fluide d'où montait une odeur douce, chaude, de foin coupé. Il repensa à son rêve, au champ, aux vagues de soleil doré.

Une autre contraction : Mausami gémit et laissa tomber son visage sur le matelas.

— Ne reste pas planté là !

Theo monta sur le lit, à côté d'elle, positionna son poing sur les crêtes de sa colonne vertébrale et se pencha, appuyant de toutes ses forces.

Des heures et des heures. Les contractions continuèrent, dures, intenses, pendant toute la journée. Theo resta avec elle sur le lit, lui appuyant sur la colonne vertébrale au point d'en avoir les mains engourdies, les bras caoutchouteux de fatigue. Mais par rapport à ce que Mausami devait endurer, ce petit inconfort n'était rien. Il ne la quitta que deux fois, pour faire rentrer Conroy, et puis, alors que le jour finissait et qu'il l'entendait geindre à la porte, le laisser ressortir. Et chaque fois, avant qu'il arrive en haut de l'escalier, Mausami criait son nom.

Il se demandait si c'était toujours comme ça. Il ne le savait pas vraiment. C'était horrible, et ça n'en finissait pas. Il n'avait jamais rien connu de pareil. Il en venait à craindre que Mausami n'ait pas l'énergie, le moment venu, d'expulser le bébé. Entre les contractions, elle semblait flotter dans une espèce de torpeur ; il savait qu'elle se concentrait, qu'elle se préparait pour la prochaine vague de souffrance qui allait la traverser. Tout ce qu'il pouvait faire, c'était lui appuyer sur le dos, mais ça ne paraissait pas beaucoup l'aider. Ça n'avait même pas l'air de l'aider du tout.

Il allumait la lanterne – une deuxième nuit, pensa-t-il avec désespoir, comment est-ce que ça pourrait durer une deuxième nuit ? – quand Maus poussa un cri strident. Il se retourna et vit un liquide ensanglanté couler de son corps, courir en filets le long de ses cuisses.

— Maus, tu saignes !

Elle roula sur le dos et releva les genoux. Elle respirait très vite, le visage trempé de sueur.

— Tiens-moi... les jambes ! hoqueta-t-elle.

— Les tenir ? Comment ?

— Je vais... pousser... Theo.

Il se planta au pied du lit et posa ses mains sur ses genoux. Lorsque la contraction suivante arriva, elle se plia au niveau de la taille, poussant son poids vers lui.

— Oh, mon Dieu ! Je le vois !

Elle s'était ouverte comme une fleur, révélant un disque de peau rose, couverte de cheveux noirs, mouillés. Et puis, l'instant d'après, cette vision disparut, les pétales de la fleur s'étaient refermés dessus, ravalant le bébé en elle.

Trois, quatre, cinq fois encore elle se replia en deux ; chaque fois, le bébé apparut et, tout aussi vite, disparut. Pour la première fois il le pensa : *Ce bébé ne veut pas naître. Ce bébé veut rester là où il est.*

— Aide-moi, Theo, implora-t-elle, à bout de force. Tire-le, tire-le, je t'en supplie, tire dessus.

— Il faut que tu pousses encore une fois, Maus.

Elle semblait complètement impuissante, insensible, au bord de l'effondrement.

— Tu m'écoutes ? Il faut que tu pousses !

— Je ne peux pas, je ne peux pas !

La contraction suivante s'empara d'elle ; elle releva la tête et laissa échapper un cri de douleur animal.

— Pousse, Maus, pousse !

Et elle poussa. Le haut de la tête du bébé apparut, Theo se pencha et glissa son index à l'intérieur, dans sa chaleur humide. Il sentit la courbe d'une orbite, la délicate bosse d'un nez. Mais impossible de tirer le bébé, il n'avait rien par où l'attraper, le bébé devait venir à lui. Il recula et positionna une main sous ses reins, appuyant son épaule contre ses jambes pour encaisser la force de l'effort qu'elle fournissait.

— Ça y est presque ! N'arrête pas !

Et puis, comme si le contact de sa main lui avait donné la volonté de naître, le visage du bébé apparut, glissant hors de ce creux doux et chaud. Une vision d'une magnifique étrangeté, avec des oreilles, un nez, une bouche et des yeux de grenouille, globuleux. Theo mit sa main en creux sous la courbe lisse et humide de son petit crâne. Le cordon, un tube translucide, rempli de sang, était enroulé autour de son cou. Personne ne lui avait expliqué comment faire, mais Theo glissa un doigt dessous et le souleva doucement. Et puis il replongea la main dans Mausami, glissa un doigt sous le bras du bébé et tira.

Le petit corps se libéra en se tortillant, emplissant les mains de Theo de sa chaleur visqueuse, à la peau bleutée. Un garçon. Le bébé était un garçon. Il n'avait pas encore respiré, ni émis le moindre bruit. Son arrivée dans le monde était incomplète, mais Maus lui avait assez bien expliqué la suite. Theo retourna le bébé entre ses mains, plaça son petit corps osseux en longueur sur son avant-bras, et, supportant son visage tourné vers le bas avec la paume de sa main, il commença à lui frotter le dos, faisant décrire aux doigts de sa main libre un mouvement circulaire. Son cœur battait à se rompre dans sa poitrine, mais ce n'était pas de la panique qu'il éprouvait ; il avait l'esprit bien clair et concentré, tout son être consacré à cette seule et unique tâche. *Allez*, disait-il, *allez, respire. Après tout ce que tu viens de traverser, ça ne doit pas être si difficile ?* Le bébé venait juste de naître, mais Theo sentait déjà son emprise sur lui – comment, par sa seule existence, cette petite chose grisâtre dans ses bras avait oblitéré toutes les autres façons dont il aurait pu vivre. *Allez, viens, mon bébé. Fais-le. Ouvre tes poumons et respire.*

Et c'est ce qu'il fit. Theo sentit sa petite poitrine se gonfler, un déclic perceptible, puis une matière chaude et collante lui éclaboussa la main comme un éternuement. Le bébé inspira une seconde fois, emplissant ses poumons, et Theo sentit la force vitale couler en lui. Il le retourna, chercha un torchon. Le bébé avait commencé à pleurer, pas les robustes complaintes auxquelles Theo s'attendait, mais une espèce de miaulement. Il lui essuya le nez, les lèvres, les joues, cueillit les dernières bribes de mucus de sa bouche avec un doigt, et le posa, le cordon même pas encore coupé, sur la poitrine de Mausami.

Elle avait le visage défait, les paupières lourdes, l'air épuisé. Au coin de ses yeux, il vit un éventail de rides qui n'y étaient pas la veille encore. Elle réussit à esquisser un sourire faible mais reconnaissant. C'était fini. Le bébé était né. Le bébé était enfin là.

Il mit une couverture sur le nourrisson, sur eux deux, s'assit à côté d'eux sur le lit, et se laissa aller à pleurer.

Theo se réveilla au cœur de la nuit en se demandant : *Où est Conroy ?*

Maus et le bébé dormaient. Ils avaient décidé – ou plutôt Maus avait décidé, et Theo avait tout de suite accepté – de l'appeler Caleb. Ils l'avaient bien enroulé dans une couverture et posé sur le matelas, à côté d'elle. La chambre était encore pleine d'odeurs fortes, des odeurs d'humus, de sang, de sueur et de naissance. Elle avait donné la tétée au bébé – plus exactement, elle avait essayé, mais le lait ne monterait pas avant un jour ou deux –, et elle avait un peu mangé, une bouillie de pommes de terre à l'eau rapportées de la cave, et quelques bouchées d'une pomme farineuse prise dans les réserves pour l'hiver. Elle aurait bientôt besoin de protéines, mais Theo savait qu'il y avait beaucoup de petit gibier dans la région, maintenant que le temps s'était réchauffé ; dès qu'ils auraient trouvé leurs marques, il irait chasser.

Il paraissait tout à coup évident qu'ils ne quitteraient plus jamais cet endroit. Ils avaient tout ce qu'il leur fallait pour y faire leur vie. La maison avait résisté aux années, attendant que quelqu'un revienne en faire un foyer. Il s'était demandé pourquoi il avait mis tellement de temps à s'en apercevoir. Quand Peter reviendrait, c'est ce que Theo lui dirait. Peut-être qu'il y avait quelque chose dans cette montagne, ou peut-être pas. Ça n'avait pas d'importance. Chez eux, c'était là ; ils n'en repartiraient jamais.

Il était resté un instant assis, à ruminer tout ça, plein d'un émerveillement tranquille qui semblait bien installé tout au fond de lui. Et puis finalement l'épuisement l'avait emporté. Il était retourné se coucher auprès d'eux, et bientôt, il dormait à poings fermés.

C'est alors qu'ils se réveilla, et se rendit compte qu'il avait complètement oublié Conroy.

Il se creusa la tête pour retrouver quand il avait senti sa présence pour la dernière fois. Assez tard dans la journée, vers le coucher du soleil, le chien avait commencé à pleurnicher, demandant à sortir. Theo lui avait rapidement ouvert la porte, ne voulant pas quitter Maus, même pour un instant. Conroy ne s'aventurait jamais très loin ; dès qu'il aurait fait ce qu'il avait à faire, il reviendrait gratter. Mais Theo avait tellement de choses en tête qu'il avait simplement claqué la porte, il était remonté en courant à l'étage et ne s'était plus souvenu du chien.

Jusqu'à maintenant. C'était bizarre, se dit-il, qu'il ne l'ait même pas entendu se manifester. Pas un coup de griffe sur la porte, pas un aboiement au-dehors. Pendant plusieurs jours, après avoir trouvé les empreintes de pieds dans la grange, Theo avait ouvert l'œil, ne s'éloignant jamais de la maison, gardant toujours sa carabine à portée de la main. Il n'avait rien dit à Mausami ; il ne voulait pas lui faire peur. Et puis, les jours passant sans autre signe inquiétant, ses pensées s'étaient tournées vers la question plus pressante du bébé. Il en était arrivé à se demander s'il n'avait pas mal interprété ce qu'il avait vu. Les empreintes auraient pu être les siennes, après tout, et la boîte, Conroy aurait pu la récupérer dans les ordures.

Il se leva sans bruit, prit la lanterne, ses rangers, la carabine toujours à sa place, près de la porte, et descendit dans la salle de séjour. Il s'assit sur les marches pour enfiler ses rangers, sans prendre la peine de les lacer ; il présenta une brindille aux braises du feu, alluma la mèche de la lanterne et ouvrit la porte.

Il espérait trouver Conroy endormi sous le porche, mais il n'y était pas. Élevant la lanterne afin d'élargir le cercle de lumière, Theo descendit dans la cour. Il n'y avait pas de lune, ni même d'étoiles ; un vent de printemps, humide, soufflait, annonciateur de pluie. Il leva le visage dans le brouillard qui s'accumulait, un léger crachin sur son front et ses joues. Le chien, où qu'il ait pu traîner, serait heureux de le voir. Il aurait envie de rentrer, de s'abriter de la pluie.

— Conroy ! appela-t-il. Conroy, où es-tu ?

Il n'y avait pas un bruit dans les autres maisons. Conroy n'avait jamais manifesté beaucoup de curiosité à leur égard, comme si, par une espèce d'instinct animal, il savait qu'elles n'avaient aucun intérêt pour lui. Il y avait des choses dedans, dont l'homme et la femme se servaient, mais rien de passionnant pour lui.

Theo suivit lentement l'allée, la carabine coincée sous un bras pendant que, de l'autre, il promenait la lumière de sa lanterne sur les environs. S'il se mettait à pleuvoir un peu fort, il aurait du mal à la garder allumée. Ce satané chien, pensa-t-il. Il avait vraiment choisi son moment pour se sauver, celui-là !

— Conroy ! Bon sang ! Où t'es-tu fourré ?

Theo le trouva couché au pied de la dernière maison. Et sut tout de suite qu'il était mort. Son corps mince était immobile, sa fourrure argentée trempée de sang.

Et puis il entendit, venant de la maison – le bruit lui transperça l'esprit avec la vive assurance d'une flèche de terreur –, le cri de Mausami.

Trente pas, cinquante, une centaine. Plus de lanterne, lâchée par terre à côté du cadavre de Conroy. Il courait dans le noir avec ses rangers pas lacés, perdant le premier, puis le deuxième. Il arriva au porche, grimpa d'un bond, ouvrit la porte à la volée et monta les marches quatre à quatre.

La chambre était vide.

Il parcourut la maison comme un vent de tempête en criant son nom. Aucun signe de lutte : Maus et le bébé avaient tout simplement disparu. Il traversa la cuisine en courant et ressortit par-derrière juste à temps pour l'entendre hurler à nouveau, un cri étrangement étouffé comme s'il montait vers lui à travers un kilomètre d'eau.

Elle était dans la grange.

Il y entra en courant à perdre haleine, pivota sur lui-même pour balayer l'obscurité avec la carabine. Maus était sur la banquette arrière de la vieille Volvo et serrait le bébé sur sa poitrine. Elle s'agitait frénétiquement, ses paroles assourdies par l'épaisseur des vitres.

— Theo, derrière toi !

Il se retourna, et dans le mouvement, son fusil s'envola, arraché de ses mains comme une brindille. Ensuite, quelque chose l'empoigna, pas une seule partie de lui, mais tout son corps, lui tout entier. Il se sentit soulevé de terre. La voiture avec Mausami et le bébé dedans était quelque part en dessous de lui, et il volait dans le noir. Il retomba sur le capot de la voiture dans un grand bruit de métal enfoncé, roula, tomba. Il s'écrasa au sol, sur le dos, et s'immobilisa, mais quelque chose, le même quelque chose, le ramassa et l'envoya à nouveau valdinguer. Sur le mur, cette fois, avec ses étagères de provisions, d'outils et de réserves d'essence. Il s'écrasa le visage dessus dans une explosion d'éclats de verre et de bouts de bois fracassé, tout retombant dans une pluie crépitante. Et comme le sol montait à sa rencontre, lentement, puis très vite, et finalement tout d'un coup, il sentit un craquement d'os.

Une torture. Des étoiles remplirent son champ de vision, de vraies étoiles. La pensée lui parvint, comme un message émis de très, très loin, avec une certaine atonie périphérique, qu'il était sur le point de mourir. Il aurait déjà dû être mort. Le virul aurait dû le tuer. Mais ça surviendrait toujours assez tôt. Il sentait le sang dans sa bouche, il le sentait lui piquer les yeux. Il était étalé à plat ventre sur le sol de terre battue de la grange, une jambe, sa jambe cassée, tordue sous son corps ; la créature était au-dessus de lui, à présent, une ombre qui le dominait de toute sa hauteur, s'apprêtant à frapper. C'était mieux comme ça, se dit Theo. Mieux valait que le virul le tue en premier. Il ne voulait pas voir ce qui allait arriver à Mausami et au bébé. Dans la brume de son cerveau en bouillie, il l'entendit appeler son nom.

Ne regarde pas, Maus, pensa-t-il. *Je t'aime. Ne regarde pas.*

Onzième partie

La Nouvelle Chose

« Pour moi, doux ami, vous ne pourrez jamais vieillir,
Car tel vous étiez lorsque sur vous d'abord mon regard se posa,
Telle votre beauté m'apparaît encore. »

SHAKESPEARE, *Sonnet 104*

71.

Ils redescendaient de la montagne alors que la rivière dégelait. Ils redescendaient comme un seul homme, en survolant la neige, portant leurs paquetages, brandissant leurs couteaux. Ils redescendaient dans la vallée, Michael au volant de l'autoneige, Greer à côté de lui, les autres sur le toit, le vent et le soleil en plein visage. Ils redescendaient enfin dans le pays sauvage qu'ils avaient reconquis.

Ils rentraient chez eux.

Ils étaient restés cent douze jours dans la montagne.

Pendant tout ce temps, ils ne virent pas un seul virul. Après la traversée du pont, de très fortes chutes de neige les contraignirent à rester cloîtrés pendant des jours dans le pavillon de l'ancien Chalet, une grande bâtisse de pierre, aux portes et aux fenêtres barricadées par des plaques de contreplaqué, fixées sur l'encadrement avec de grosses vis. Ils s'attendaient à trouver des cadavres à l'intérieur, mais l'endroit était vide. Dans la pièce de devant, une véritable caverne, tous les meubles autour de la cheminée disparaissaient sous des draps blancs fantomatiques, le cellier de la vaste cuisine regorgeait de boîtes de conserve de toutes sortes, beaucoup encore étiquetées. En haut, un labyrinthe de chambres, au sous-sol, une immense chaudière silencieuse et, le long des murs, de longs râteliers sur lesquels étaient rangés des skis. L'endroit était aussi froid qu'une tombe. Impossible de savoir si la cheminée était bouchée ou non ; elle risquait fort d'être colmatée par les feuilles et les nids d'oiseaux. La seule chose à faire était d'allumer du feu en espérant que tout se passerait bien. Dans un placard du bureau, ils trouvèrent des boîtes de papier. Ils roulèrent les feuilles en guise d'allume-feu, et avec la hache de Peter ils réduisirent deux chaises de salle à manger en petit bois. Ils furent enfumés pendant quelques minutes, et puis la pièce éclata de chaleur et de lumière. Ils tirèrent des matelas du premier étage et dormirent auprès du feu pendant que la neige s'entassait dehors.

Ils trouvèrent les autoneiges le lendemain matin : trois, posées sur leurs chenilles dans un garage, derrière le pavillon. Peter demanda à Michael s'il pensait pouvoir faire démarrer un de ces engins.

Ça leur prit presque tout l'hiver. À la fin, tout le monde était impatient de bouger. Ils ne tenaient plus en place. Les jours rallongeaient et le soleil semblait receler une chaleur lointaine, comme un souvenir. Mais la neige encore profonde montait en grandes congères sur les parois du pavillon. Ils avaient brûlé presque tout le mobilier, et les rambardes du porche. Sur les trois autoneiges, Michael cannibalisa assez de pièces pour en faire marcher une ; c'est du moins ce qu'il pensait. C'était le carburant qui posait problème. La grande cuve, derrière le hangar, était vide, fissurée par la rouille. Il n'y avait que le contenu du réservoir des engins eux-mêmes : quelques dizaines de litres d'essence, très contaminée par la rouille. Michael la siphonna dans des seaux en plastique et la versa à travers un entonnoir tamisé par des chiffons. Il la laissa reposer toute une nuit, puis il répéta le processus, éliminant chaque fois davantage de particules, mais diminuant ses réserves. Il finit par obtenir un carburant satisfaisant, mais il ne lui en restait qu'une vingtaine de litres, qu'il versa dans le réservoir de l'autoneige.

— Je ne vous promets rien, dit-il à la cantonade.

Il avait fait de son mieux pour nettoyer le réservoir en y faisant couler des litres et des litres de neige fondue ; cela dit, il ne fallait pas grand-chose pour boucher une arrivée d'essence.

— Ce satané engin pourrait nous laisser en rade à cent mètres d'ici, ajouta-t-il, tout en sachant pertinemment qu'ils ne prendraient pas son avertissement au sérieux.

Ils firent sortir l'autoneige du hangar par un beau matin ensoleillé et y chargèrent toutes leurs affaires. Des stalactites de glace, pareils à de longues dents scintillantes comme des joyaux, pendaient sous l'avant-toit du pavillon. Greer, qui avait aidé Michael dans ses réparations – il avait jadis été mécanicien, et s'y connaissait en moteurs –, prit place dans la cabine à côté de lui. Les autres feraient le chemin sur le toit, sur une large plateforme d'acier entourée d'une rambarde. Ils avaient retiré le chasse-neige, à l'avant, pour diminuer le poids, espérant faire quelques kilomètres de plus avec le peu de carburant dont ils disposaient.

Michael baissa la vitre et appela vers l'arrière du véhicule :

— Tout le monde est à bord ?

Peter attachait les derniers paquets à l'arrière de l'autoneige. Amy s'était installée près de la rambarde. Debout dans la neige, Hollis et Sara passaient les skis à Peter.

— Attends une minute, dit-il.

Il se releva et mit ses mains en porte-voix :

— Liss, on y va !

Elle émergea du pavillon. Comme les autres, elle portait un blouson de nylon rouge arborant dans le dos l'inscription « Patrouille des pistes », de petites chaussures de cuir qui allaient bien sur les skis, et sur ses leggings des guêtres de toile qui lui montaient jusqu'aux genoux. Ses cheveux avaient repoussé, d'un roux encore plus vif qu'avant, maintenant presque dissimulés sous son chapeau à large bord. Elle portait des lunettes noires avec des caches en cuir sur les côtés pour protéger ses yeux de la lumière.

— On dirait qu'on n'arrête pas de quitter les endroits où on habite, répondit-elle. Je voulais juste dire au revoir à celui-ci.

Elle était debout au bord du porche, à dix mètres de là, à peu près au niveau de la plateforme de l'autoneige. Peter devina, au soudain sourire qui releva les commissures de ses lèvres, et à la façon dont elle inclina la tête, d'abord d'un côté, puis de l'autre, ce qu'elle était sur le point de tenter – elle estimait l'angle et la distance. Elle enleva son chapeau, livrant ses cheveux roux au soleil, et le fourra dans son blouson fermé par des velcros. Elle fit trois pas en arrière, fléchit les genoux. Ses mains, sur ses côtés, eurent un tremblement liquide, puis s'immobilisèrent. Elle se dressa sur la pointe des pieds.

— Liss...

Trop tard. Deux petits bonds, et elle s'éleva. Il n'y avait plus personne sous le porche où elle se trouvait l'instant d'avant. Alicia prenait son essor. C'était quelque chose de voir ça, pensa Peter. Alicia Coutelas, plus jeune capitaine depuis le Jour ; Alicia Donadio, la Dernière Expéditionnaire, en plein vol. Elle passa devant le soleil, les bras étendus, les pieds joints ; au sommet de sa trajectoire, elle plaqua son menton sur sa poitrine, fit un saut périlleux et visa le toit de l'autoneige avec les semelles de ses bottes, les bras levés, son corps fondant vers eux comme une flèche. Elle heurta la plate-forme avec un fracas retentissant, fléchissant les genoux pour amortir l'impact.

— Bon sang ! s'exclama Michael en se retournant, au volant. Qu'est-ce que c'était que ça ?

— Rien du tout, répondit Peter. (La vibration métallique de son atterrissage retentissait encore dans ses os.) C'est Liss, c'est tout.

Alicia se leva et tapota sur la vitre de la cabine.

— Détends-toi, Michael.

— Jets ! J'ai cru qu'on avait explosé le moteur.

Hollis et Sara montèrent à bord. Alicia prit place le long de la rambarde et se tourna vers Peter. Même à travers ses verres fumés, presque opaques, Peter détectait la lueur orange pulsatile de ses yeux.

— Désolée, dit-elle avec un sourire coupable. J'espérais me poser plus en douceur.

— Je sens que je vais avoir du mal à m'y faire, marmonna-t-il.

Le couteau n'était jamais retombé. Ou plutôt il était retombé, mais il s'était arrêté net.

Tout s'était arrêté.

C'est Alicia qui avait tout stoppé, en saisissant les poignets de Peter. Figeant la trajectoire de sa lame à quelques centimètres de sa poitrine. Elle avait arraché ses sangles comme du papier. Peter avait senti la puissance de ses bras, une force titanesque, plus qu'humaine. Il avait compris qu'il était trop tard.

Et puis elle avait ouvert les yeux, et c'était Alicia qu'il avait vue. « Sans te commander, Peter, avait-elle dit, ça ne t'ennuierait pas de fermer les volets ? Parce qu'il fait vraiment beaucoup trop clair, ici. »

La Nouvelle Chose. C'est comme ça qu'ils l'appelaient. Ni une chose ni une autre, mais d'une certaine façon un peu des deux. Elle ne pouvait pas détecter les viruls, comme Amy ; elle n'entendait pas la question, la grande tristesse du monde. À tout point de vue, elle semblait être restée elle-même, l'Alicia qu'elle avait toujours été, à un détail près : quand elle voulait, elle pouvait faire des choses absolument stupéfiantes.

Cela dit, pensait Peter, en avait-il jamais été autrement ?

L'autoneige rendit le dernier soupir non loin du fond de la vallée. Un soupir, un râle, un dernier éternuement de fumée au niveau du pot d'échappement. Ils firent encore quelques mètres sur leur lancée et s'immobilisèrent.

— Et voilà, annonça Michael, depuis la cabine. À partir de maintenant, on continue à pied.

Tout le monde descendit. Peter entendait, montant d'entre les arbres, en contrebas, le bruit de la rivière gonflée par la fonte des neiges. La garnison qui était leur destination se trouvait à deux bonnes journées de marche dans la neige. Ils déchargèrent le matériel et chaussèrent leurs skis. Ils en avaient appris les bases grâce à un livre qu'ils avaient trouvé au pavillon, un mince volume jauni intitulé *Principes du ski de fond nordique*. Cela dit, les mots et les images imprimés dedans donnaient une fausse impression de facilité. Greer, en particulier, avait bien du mal à rester debout, et même quand il y arrivait, il finissait immanquablement par foncer dans les arbres. Amy s'était efforcée de l'aider en lui donnant l'exemple. Elle avait immédiatement pigé le truc, glissant et poussant avec une grâce fluide. « Comme ça, disait-elle. Il faut juste voler sur la neige. C'est facile. »

Ça ne l'était pas tant que ça, vraiment pas, et les autres s'étaient plus d'une fois retrouvés les fesses dans la poudreuse collante de printemps, mais avec de la pratique, ils avaient plus ou moins réussi à s'en sortir.

— Tout le monde est prêt ? demanda Peter en bouclant ses fixations.

Le groupe acquiesça d'un murmure collectif. C'était presque la mi-journée, et le soleil était haut dans le ciel.

— Amy ?

La gamine hocha la tête.

— Je crois qu'on est parés.

— C'est bon, tout le monde. Vigilance, vigilance !

Ils traversèrent le fleuve sur le vieux pont de fer, prirent vers l'ouest, passèrent une nuit à la belle étoile et arrivèrent à la garnison à la fin de la seconde journée. Le printemps s'installait dans la vallée. À cette altitude moins élevée, la neige avait pratiquement fondu et le sol était détrempé, boueux. Ils troquèrent leurs skis contre le Humvee que le bataillon avait laissé derrière lui, firent le plein de carburant, d'armes et de vivres récupérés dans la cache souterraine, et reprirent la route.

Ils emportaient suffisamment de diesel pour aller jusqu'à la frontière de l'Utah. Après ça, à moins d'en trouver en cours de route, ils devraient continuer à pied. Ils coupèrent par le sud, contournant les collines dans une contrée désolée de roches rouge sang dressées autour d'eux selon des formations fantastiques. La nuit, ils s'abritaient où ils pouvaient – un élévateur à grain, l'arrière d'une semi-remorque vide, une station-service en forme de tente d'Indien.

Ils savaient qu'ils n'étaient pas en sécurité. Ceux de Babcock étaient morts, mais il y avait les autres. Ceux de Sosa. Ceux de Lambright. Ceux de Baffes, de Morrison, de Carter, et de tous les autres. C'est ce qu'ils avaient appris, ce que Lacey leur avait montré en faisant exploser la bombe, et ce qu'ils avaient vu quand Amy s'était dressée parmi la Multitude allongée dans la neige, attendant de mourir : ce qu'étaient les Douze, et plus encore, comment libérer les autres.

— Je pense que l'analogie la plus proche serait les abeilles, dit un jour Michael.

Pendant les longues journées dans la montagne, Peter avait fait lire les dossiers de Lacey à ses compagnons. Le groupe avait longuement débattu de toute l'affaire, et puis Michael avait fini par avancer une hypothèse qui faisait la synthèse des divers faits.

— Comme les reines des abeilles, les douze sujets originaux, poursuivit-il avec un geste vers les dossiers, portent chacun une variante légèrement différente du virus. Les porteurs de cette variante sont liés à l'hôte d'origine par un esprit de ruche.

— Qu'est-ce qui te permet d'avancer ça ? demanda Hollis.

D'eux tous, c'était le plus sceptique ; il ergotait sur tous les points.

— Leur façon de bouger, pour commencer. Ça ne t'a jamais intrigué ? Tout ce qu'ils font a l'air coordonné, parce que ça l'est, exactement comme l'a dit Olson. Plus j'y réfléchis, plus ça me paraît cohérent. Le fait qu'ils se déplacent toujours en groupe – les abeilles font pareil, elles forment des essaims. Je parie qu'ils font comme elles, ils envoient des éclaireurs pour fonder de nouvelles ruches, comme pour la mine. Et ça explique pourquoi ils prennent une personne sur dix. Disons que c'est leur mode de reproduction, une façon d'entretenir la lignée d'une souche particulière.

— Ce serait une sorte de famille ? avança Sara.

— C'est une façon bien flatteuse de voir les événements. C'est de *viruls* qu'on parle, là, je te rappelle. Enfin, je suppose qu'on peut considérer ça comme ça.

Peter repensa tout à coup à une chose que Vorhees lui avait dite, que les viruls avaient tendance à... quel était le terme qu'il avait employé ? S'agglomérer ; ils s'aggloméraient. Il le raconta au groupe.

— Ça colle, acquiesça Michael en hochant la tête. Il ne reste pas beaucoup de gros gibier, et presque plus de gens. Alors ils manquent de nourriture, et de nouveaux hôtes à contaminer. C'est une espèce comme toutes les autres, programmée pour survivre. Ce phénomène de regroupement pourrait être une sorte d'adaptation destinée à conserver leur énergie.

— Ce qui voudrait dire... qu'ils seraient affaiblis ? risqua Hollis.

Michael réfléchit et caressa sa barbe clairsemée.

— Affaiblis... tout est relatif, répondit-il prudemment. Mais on dirait bien. Et ça nous ramène à l'analogie avec les abeilles. Le rôle de la ruche est de protéger sa reine. Si Vorhees avait raison, alors on assisterait à un resserrement des rangs autour de chacun des Douze d'origine. Je pense que c'est ce que nous avons trouvé au Refuge. Ils ont besoin de nous, et de nous *vivants*. Je parie qu'il y a onze autres grosses ruches comme ça ailleurs.

— Et si on pouvait les trouver... ? risqua Peter.

Michael fronça les sourcils.

— Je dirais que j'ai été ravi de te connaître.

Peter se pencha en avant sur sa chaise.

— Mais... si on pouvait... ? Si on pouvait trouver le reste des Douze et les tuer ?

— Quand la reine meurt, la ruche meurt avec elle.

— Comme Babcock. Comme la Multitude.

Michael parcourut les autres d'un regard circonspect et revint sur Peter.

— Écoute, ce n'est qu'une théorie. On a vu ce qu'on a vu, mais je peux me tromper. Et ça ne règle pas le premier problème, qui est de les trouver. C'est un grand continent. Ils peuvent être n'importe où.

Peter se rendit soudain compte que tout le monde le regardait.

— Peter ? demanda Sara, assise à côté de lui. Qu'y a-t-il ?

Ils rentrent toujours chez eux, pensait-il.

— Je crois savoir où ils sont, dit-il.

Ils continuaient leur chemin. Pendant leur cinquième nuit – ils étaient en Arizona, près de la frontière de l'Utah –, Greer se tourna vers Peter et lui dit :

— Tu sais, c'est marrant, mais j'avais toujours cru que c'était une invention complète.

Ils étaient assis devant un feu de mesquite crépitant, une concession au froid. Alicia et Hollis, qui étaient de quart, patrouillaient le périmètre. Les autres dormaient. Ils se trouvaient dans une grande vallée déserte et s'étaient abrités pour la nuit sous un pont, au-dessus d'un arroyo à sec.

— Quoi donc ?

— Le film, *Dracula*.

Greer avait maigri, au fil des semaines. Ses cheveux avaient grisonné, sa tonsure était plus marquée, et il s'était laissé pousser la barbe. Il était difficile de se rappeler un moment où il n'avait pas été des leurs.

— Tu n'as pas vu la fin, hein ?

Cette nuit-là, dans le mess : pour Peter, ça paraissait très loin. Il réfléchit, essaya de se rappeler l'ordre des événements.

— Tu as raison, dit-il enfin. Ils s'apprêtaient à tuer

la fille quand l'escouade bleue est revenue. Harker et l'autre, Van Helsing. Je suis plutôt content de ne pas avoir été obligé de voir cette partie, conclut-il avec un haussement d'épaules.

— Tu vois, c'est ça, le truc. Ils ne tuent pas la fille. Ils tuent le *vampire*. Ce fils de pute. Ils lui enfoncent un pieu juste au point vulnérable. Et aussi sec, Mina se réveille, comme si de rien n'était.

Il haussa les épaules.

— Je n'avais jamais réussi à gober cette partie, mais si tu veux que je te dise, maintenant, je ne suis plus sûr de rien. Pas après tout ce que j'ai vu dans cette montagne.

Il marqua une pause.

— Tu crois vraiment qu'ils se sont rappelé qui ils étaient ? Qu'ils ne pouvaient pas mourir tant qu'ils ne s'en souvenaient pas ?

— C'est ce que dit Amy.

— Et tu la crois ?

— Oui.

Greer hocha la tête.

— C'est marrant, reprit-il au bout d'un moment. J'ai passé toute ma vie à essayer de les tuer. Je n'ai jamais vraiment réfléchi à ceux qu'ils étaient avant. Je ne sais pas pourquoi, ça ne me paraissait pas important. Et à présent, je me sens navré pour eux.

Peter comprenait ce qu'il voulait dire. Il s'était fait la même réflexion.

— Je ne suis qu'un soldat, Peter. Ou du moins c'est ce que j'étais. Théoriquement, je suis un déserteur, maintenant. Mais il doit bien y avoir une raison à tout ce qui est arrivé. Même le fait que je sois ici, avec vous. Ça ne peut pas être un hasard.

Peter se rappela l'histoire que Lacey lui avait racontée, sur Noé et le vaisseau, et il prit conscience d'un détail auquel il n'avait pas réfléchi : Noé n'était pas seul. Il y avait les animaux, bien sûr, mais ce n'était pas tout, il avait emmené sa famille avec lui.

— À ton avis, que devrions-nous faire ? demanda-t-il.

Greer secoua la tête.

— Je ne pense pas que ce soit à moi d'en décider. C'est toi qui as ces ampoules dans ton paquetage. C'est à toi que cette femme les a données, et à personne d'autre. En ce qui me concerne, mon ami, la décision t'appartient.

Il se leva, récupéra son fusil.

— Mais je vais te parler en soldat : si tu veux courir après les Douze, dix Donadio de plus, ça ferait une sacrée armée.

Ils ne parlèrent pas davantage, cette nuit-là. Moab était à deux jours de route.

Ils approchèrent de la ferme par le sud, Sara au volant du Humvee, Peter sur le toit, avec les jumelles.

— Tu vois quelque chose ? appela Sara.

C'était la fin de l'après-midi. Sara avait arrêté le véhicule dans la vaste plaine. Un vent fort, poussiéreux, s'était levé, et Peter n'y voyait plus rien. Après quatre journées de chaleur, la température avait subitement chuté, si bien qu'il faisait aussi froid qu'en hiver.

Peter redescendit en soufflant sur ses mains. Les autres étaient entassés à l'intérieur avec leur matériel.

— Je vois les bâtiments. Rien ne bouge. Il y a trop de poussière.

Ils restaient silencieux, redoutant ce qu'ils allaient trouver. Au moins, ils avaient de l'essence. Au sud de Blanding, ils étaient tombés sur un vaste dépôt de carburant – ils étaient même rentrés en plein dedans : deux douzaines de cuves couvertes de rouille qui dépassaient du sol comme des champignons géants. Ils s'étaient rendu compte qu'en programmant bien leur itinéraire, en cherchant les terrains d'aviation et les plus grandes villes, surtout les terminus de lignes de chemin de fer, ils devraient trouver assez de pétrole utilisable sur leur route pour rentrer chez eux, tant que le Humvee lui-même tiendrait le coup.

— Va doucement, dit Peter.

Elle s'engagea lentement sur la sente bordée de petites maisons. Peter pensa, avec un pincement de désespoir, que l'endroit était exactement tel qu'ils l'avaient trouvé, vide et abandonné. Theo et Mausami auraient dû entendre le bruit de leur moteur et sortir, à présent. Sara se rapprocha du porche de la maison principale et coupa le contact. Tout le monde descendit sans que rien ne bouge, sans qu'aucun bruit ne se fasse entendre à l'intérieur.

Alicia parla la première, posant sa main sur l'épaule de Peter.

— Laisse-moi y aller.

Il secoua la tête. C'était à lui de le faire.

— Non. J'y vais.

Il grimpa les marches et ouvrit la porte. Il vit aussitôt que tout avait changé. Les meubles avaient été déplacés, rendant l'endroit plus confortable et même chaleureux. De vieilles photos étaient disposées sur le manteau de la cheminée, au-dessus du foyer. Il s'avança et tendit la main vers l'âtre. Les cendres étaient froides. Le feu était éteint depuis longtemps.

— Theo ?

Pas de réponse. Il entra dans la cuisine. Tout était propre, nettoyé et rangé. Il repensa avec un frisson glacé à l'histoire que Vorhees lui avait racontée, de la ville disparue – comment s'appelait-elle, déjà ? Homer. Homer, dans l'Oklahoma. Le couvert mis sur les tables, tout absolument impeccable, les gens simplement évanouis, disparus.

L'escalier montait vers un étroit palier sur lequel donnaient deux portes – deux chambres. Peter ouvrit la première avec circonspection. La pièce était vide, parfaitement en ordre.

Abandonnant presque tout espoir, il ouvrit la deuxième porte.

Theo et Maus étaient allongés sur le grand lit et dormaient profondément. Maus lui tournait le dos, une couverture remontée sur les épaules, ses cheveux noirs répandus sur l'oreiller. Theo était couché sur le dos, raide comme une planche, la jambe gauche prise dans une attelle qui allait de sa cheville à sa hanche. Entre eux deux, emmailloté dans ses langes, un petit bébé le regardait.

— Ça alors ! Je veux bien être tondu ! fit Theo en ouvrant les yeux et en souriant, révélant une rangée de dents cassées. Voyez un peu ce que le vent nous a apporté !

72.

Maus commença par leur demander d'enterrer Conroy. Elle l'aurait bien fait elle-même, leur dit-elle, mais elle ne pouvait vraiment pas. Avec Theo et le bébé sur les bras, elle avait dû le laisser où il était. Trois jours avaient passé depuis l'attaque. Peter transporta ce qui restait de la pauvre bête vers le petit carré de tombes, où Hollis et Michael creusèrent une fosse à côté des autres et déplacèrent des pierres pour marquer l'emplacement de la même façon. À part la terre fraîchement retournée, la tombe de Conroy était exactement semblable à ses voisines.

Ni Theo ni Mausami n'arrivaient tout à fait à expliquer comment ils avaient survécu à l'attaque dans la grange. Blottie à l'arrière de la voiture avec Caleb, son petit bébé, le visage collé au sol, Mausami avait entendu le coup de feu. Quand elle s'était redressée et avait vu le virul étalé par terre, dans la grange, mort, elle avait supposé que c'était Theo qui l'avait abattu. Mais Theo affirmait ne se souvenir de rien, et la carabine se trouvait à plusieurs mètres de là, près de la porte – rigoureusement hors de portée. En réalité, au moment où il avait entendu le coup de feu, il avait les yeux fermés. Et tout ce qu'il avait vu, ensuite, c'était Mausami penchée sur lui, dans le noir, qui répétait son nom. Il avait supposé la seule chose sensée : c'était elle qui avait tué le virul ; elle avait réussi à s'emparer du fusil et à tirer le coup de feu qui leur avait sauvé la vie.

Ce qui ne laissait qu'une possibilité : une troisième personne, invisible – l'auteur des empreintes que Theo avait trouvées dans la grange. Mais comment quelqu'un aurait-il pu arriver juste au bon moment et s'enfuir sans se faire repérer ? C'était inexplicable. Ils n'avaient pas décelé d'autres empreintes dans la poussière, pas d'autre indice de présence de qui que ce soit. Comme s'ils avaient été sauvés par un fantôme.

Autre question : pourquoi le virul ne les avait-il pas tout simplement tués quand il en avait la possibilité ? Ni Theo ni Mausami n'étaient retournés dans la grange depuis l'attaque ; le cadavre, abrité du soleil, gisait encore à l'intérieur. Et lorsque Alicia et Peter allèrent le voir, le mystère fut résolu. Aucun d'eux n'avait jamais vu une carcasse de virul mort depuis plus de quelques heures, et les trois jours que celui-ci avait passés dans l'obscurité de la grange avaient eu un effet complètement inattendu : la peau s'était tendue plus étroitement sur les os de son visage, lui rendant un semblant d'humanité, et de familiarité. Le virul avait les yeux ouverts, embrumés comme des billes, une main sur la poitrine, les doigts écartés sur le cratère ouvert par le coup de feu. Une attitude de surprise, presque choquée. Peter eut l'impression qu'il lui disait quelque chose, comme s'il voyait de loin ou à travers une surface réfléchissante, incidente, quelqu'un qu'il avait connu. Et puis Alicia prononça son nom, chassant toute incertitude de son esprit. La courbe du front, l'expression stupéfaite, accentuée par la froideur atone du regard, la main tendue vers la plaie comme si au dernier moment il avait tenté de vérifier ce qui lui arrivait. Il n'y avait aucun doute : l'homme étendu sur le sol de la grange était Galen Strauss.

Comment avait-il fait pour parvenir ici ? S'était-il lancé à leur recherche et avait-il été emporté en cours de route, ou était-ce le contraire ? Était-ce Mausami ou le bébé qu'il voulait ? Était-il venu en quête de vengeance ? Pour leur dire au revoir ?

Et où était le « chez-lui » de Galen Strauss ?

Alicia et Peter firent rouler le cadavre sur une bâche et le traînèrent loin de la maison. Ils auraient voulu le brûler, mais Mausami s'y opposa. C'était peut-être un virul, leur dit-elle, mais il avait été son mari, jadis. Il ne méritait pas ce qui lui était arrivé. Il devait être enterré avec les autres. Au moins, qu'ils lui accordent cela.

Alors, c'est ce qu'ils firent. Leur deuxième jour à la ferme, en fin d'après-midi, ils conduisirent Galen vers son dernier séjour. Ils se réunirent dans la cour, tous sauf Theo, qui ne pouvait pas se lever et resterait, en fait, alité pendant plusieurs jours encore. Sara suggéra qu'ils racontent tous une anecdote, un souvenir à propos de Galen. Ils eurent un peu de mal, au début, parce que ce n'était pas quelqu'un qu'ils avaient bien connu, sauf Maus, ni même spécialement apprécié. Mais ils finirent par trouver à relater, sous le regard de Greer et d'Amy, témoins du rituel, un incident ou un autre au cours duquel Galen avait fait ou dit un truc drôle, loyal ou gentil. Après coup, Peter devait mesurer l'importance de ce qu'ils venaient de faire. C'était une reconnaissance qui, une fois effectuée, ne pourrait être défaite. Le corps qu'ils avaient enterré était peut-être celui d'un virul, mais c'était une personne, un homme qu'ils avaient inhumé.

La dernière à parler fut Mausami. Elle tenait dans ses bras le petit Caleb, qui s'était endormi. Elle se racla la gorge, et Peter vit qu'elle avait les yeux brillants de larmes.

— Je voulais juste dire qu'il était beaucoup plus courageux qu'on ne le pensait généralement. La vérité est qu'il n'y voyait presque plus. Il ne voulait pas que ça se sache, qu'on sache à quel point c'était grave, mais moi je vous le dis. Il était simplement trop fier pour l'admettre. Je suis désolée de l'avoir trahi comme je l'ai fait. Je sais qu'il voulait être père, et c'est peut-être pour ça qu'il est venu ici. Je me rends bien compte que c'est drôle à dire, mais je crois qu'il aurait fait un bon père. Je suis navrée qu'il n'ait pas eu cette chance.

Elle se tut, porta le poids du bébé sur son épaule et s'essuya les yeux avec sa main libre.

— C'est tout, dit-elle. Merci à vous tous pour ce que vous avez fait. Si ça ne vous ennuie pas, je voudrais rester seule une minute.

Le groupe se dispersa, la laissant toute seule. Peter monta à l'étage, vers la chambre où il trouva son frère réveillé, assis dans son lit, sa jambe éclissée tendue devant lui. En plus de sa fracture, Sara pensait qu'il avait au moins trois côtes cassées. Tout bien considéré, il avait de la chance d'être encore en vie.

Peter s'approcha de la fenêtre, qui donnait sur la cour. Maus était encore debout auprès de la tombe, tournant le dos à la maison. Le bébé, contre son épaule, s'était réveillé et commençait à se manifester. Avec l'espoir de le calmer, Maus faisait pivoter le haut de son corps dans un sens et dans l'autre, la main sous sa petite tête pour la soutenir.

— Elle est toujours là, dehors ? s'informa Theo.

Theo se tourna vers son frère, qui regardait le plafond, à présent.

— Ça ne fait rien, de toute façon. Je me demandais, c'est tout.

— Oui, elle y est toujours.

Theo ne répondit pas. Son expression était indéchiffrable.

— Ça va, ta jambe ? s'enquit Peter.

— Merdique.

Theo passa sa langue sur ses dents brisées.

— Mais ce qui m'ennuie le plus, ce sont les dents. Comme s'il n'y avait plus rien là où il devrait y avoir quelque chose. Je n'arrive pas à m'y faire.

Peter laissa à nouveau son regard dériver par la fenêtre. L'endroit où Maus se tenait était vide. En bas, il entendit la porte de la cuisine se fermer, puis se rouvrir, et Greer sortit, avec un fusil. Il resta un moment planté là, puis il traversa la cour en direction du tas de bois, près de la grange, posa le fusil en équilibre contre le mur, prit la hache et commença à fendre du bois.

— Écoute, fit Theo. Je sais que je t'ai laissé tomber en restant ici.

Peter se tourna à nouveau vers son frère. Ailleurs, dans la maison, il entendait maintenant les voix des autres. Ils se réunissaient dans la cuisine.

— Ça ne fait rien, dit-il.

Avec tout ce qui était arrivé, il était passé à autre chose depuis longtemps.

— Maus avait besoin de toi. J'aurais fait pareil.

Mais son frère secoua la tête.

— Laisse-moi parler une minute. Il fallait beaucoup de courage pour faire ce que tu as fait. Je le sais. Je ne voudrais pas que tu penses que je ne m'en rends pas compte. Mais ce n'est pas de ça que je te parle, pas vraiment. Le courage, c'est facile, quand l'autre option c'est de se faire tuer. C'est l'espoir qui est difficile. Tu as vu là-bas quelque chose que tu étais seul à pouvoir voir, et tu l'as suivi. Et ça, je n'aurais jamais pu le faire. J'ai essayé, crois-moi, ne serait-ce que parce que papa donnait l'impression d'avoir tellement envie que je le fasse. Mais je n'avais tout simplement pas ça en moi. Et tu sais, le plus marrant, c'est qu'en réalité, quand j'en ai pris conscience, ça m'a rendu heureux.

Il avait l'air presque en colère, se dit Peter. Et pourtant, à ces mots, une lumière avait éclairé son visage.

— Quand ça ? demanda Peter.

— Quand ça quoi ?

— Quand est-ce que tu as compris ça ?

Les yeux de Theo se tournèrent à nouveau vers le plafond.

— Vraiment ? Je crois que je l'ai toujours su, au moins à mon sujet. Mais c'est la première nuit, à la Centrale, que j'ai vu, vraiment vu, ce que tu avais en toi. Pas seulement le fait de sortir comme tu l'as fait, parce que je suis sûr que c'était l'idée de Liss. C'était ton expression, comme si tu avais vu toute ta vie, là, dehors. Je t'ai engueulé, c'est vrai. C'était stupide, et ça aurait pu tous nous faire tuer. Mais surtout, je me sentais soulagé. Je savais que je n'avais plus besoin de faire semblant.

Il poussa un soupir, secoua la tête.

— Tu sais, Peter, je n'ai jamais eu envie d'être notre père. J'avais toujours pensé que les Longues Chevauchées étaient une dinguerie, avant même qu'il parte pour ne plus jamais revenir. Je trouvais que ça n'avait pas de sens. Mais maintenant, je te regarde, je regarde Amy, et je sais que ce n'est pas la question. Rien, dans tout ça, n'a de sens. Ce que tu as fait, tu l'as fait par foi. Je ne t'envie pas, et je sais que je vais m'en faire pour toi chaque jour de ma vie. Mais je suis fier de toi. Et tu veux savoir autre chose ? ajouta-t-il après une pause.

Peter était trop sidéré pour répondre. Il réussit à hocher la tête.

— Je pense que c'est vraiment un fantôme qui nous a sauvés. Demande à Maus, elle te le dira. Je ne sais pas ce que c'est, mais il y a quelque chose de différent, ici. J'ai cru que j'étais mort. J'ai cru que nous étions tous morts. Non, je ne le croyais pas, je le savais. Exactement comme je sais ça : on dirait que cet endroit lui-même veille sur nous, prend soin de nous. Nous dit que, tant que nous serons ici, nous serons en sûreté. Tu n'as pas besoin de me croire, fit-il en braquant sur Peter un regard hanté.

— Je n'ai pas dit que je ne te croyais pas.

Theo rit, et fit la grimace. Ses côtes bandées s'étaient douloureusement rappelées à son souvenir.

— C'est bien, fit-il, en laissant retomber sa tête sur son oreiller. Parce que moi, je crois en toi, frangin.

Pour le moment, ils n'allaient nulle part. Sara dit qu'avec sa jambe, Theo devrait attendre une soixantaine de jours au moins avant de penser seulement à remarcher, et Mausami était encore très faible, épuisée par son long et pénible accouchement. D'eux tous, bébé Caleb était le seul à paraître complètement en forme. Il n'avait que quelques jours, et pourtant, il avait les yeux brillants, bien ouverts, et il regardait autour de lui. Il souriait gentiment à tout le monde, mais surtout à Amy. Chaque fois qu'il entendait sa voix, ou même qu'il sentait sa présence, quand elle entrait dans une pièce, il poussait un petit cri de joie aigu et se mettait à gigoter.

— Je crois que tu lui plais, fit Maus, un jour, dans la cuisine, alors qu'elle essayait de lui donner le sein. Tu peux le tenir, si tu veux.

Peter et Sara regardèrent Amy s'asseoir à la table et Mausami lui mettre doucement Caleb dans les bras. Une de ses mains était sortie de ses langes. Comme Amy penchait le visage sur lui, il lui prit le nez avec ses petits doigts. Elle se laissa faire et dit, souriante :

— Un bébé.

Maus eut un petit rire.

— Ça, tu peux le dire.

Elle posa la main sur sa poitrine, ses seins douloureux, et gémit.

— Pour ça oui, c'est bien un garçon.

— Je n'en avais jamais vu.

Amy le regardait dans les yeux. Tout en lui était tellement nouveau qu'il aurait aussi bien pu ruisseler d'un liquide miraculeux, qui donnait la vie.

— Bonjour, bébé.

La maison étant trop petite pour héberger tout le monde, et Caleb ayant besoin de calme, ils traînèrent les matelas supplémentaires dehors et s'installèrent dans les maisons vides de l'autre côté de la sente. Depuis combien de temps cet endroit n'avait-il vu une telle activité ? Et ces bicoques, depuis combien de temps étaient-elles inoccupées ? Le long de la rivière, sur de grands ronciers apparurent des framboises amères qui s'adoucirent au soleil ; l'eau regorgeait de poissons bondissants. Tous les jours, Alicia revenait de la chasse, couverte de poussière et souriante, du gibier suspendu à une courroie passée dans son dos : des lièvres à longues oreilles, de grosses perdrix, des animaux qui tenaient de l'écureuil et du chien de prairie et dont la viande rappelait le gibier. Elle n'avait ni fusil ni arbalète ; elle n'utilisait que son couteau.

— Tant que je serai dans le coin, personne n'aura faim, disait-elle.

C'était, d'une certaine façon, une période heureuse, facile – de la nourriture en abondance, des journées douces et qui allaient en s'allongeant, des nuits calmes et apparemment sûres, sous un manteau d'étoiles. Et pourtant, pour Peter, un nuage d'angoisse planait sur tout cela. Certes, il était bien conscient que tout était temporaire, et conscient aussi des problèmes logistiques posés par leur départ imminent – les vivres, le carburant, les armes et la place pour les transporter. Ils n'avaient qu'un Humvee, qui ne serait jamais assez grand pour les emmener tous, surtout une femme avec un bébé. Et puis il y avait la question de savoir ce qu'ils trouveraient dans la Colonie quand ils y retourneraient : les lumières seraient-elles encore allumées ? Sanjay les ferait-il tous arrêter ? Ces préoccupations pouvaient paraître lointaines, pas de quoi s'en faire, il y avait encore quelques semaines ; ce n'était plus le cas à présent.

Mais en réalité, ce n'étaient pas ces problèmes qui l'oppressaient. C'était le virus. Il y en avait encore dix ampoules dans la boîte de métal brillant, bien rangée dans son paquetage, qu'il avait fourré dans le placard de la maison où il dormait avec Greer et Michael. Le capitaine avait raison ; c'est pour ça que Lacey les lui avait données. Le virus avait déjà sauvé Alicia – et bien plus. C'était l'arme dont Lacey avait parlé, plus puissante que des fusils, des couteaux ou des arbalètes, plus puissante même que la bombe avec laquelle elle avait tué Babcock. Mais dans sa boîte de métal, son utilité était nulle.

Cela dit, Greer avait tort sur un point. Il n'appartenait pas à Peter tout seul d'en décider ; il fallait que les autres soient d'accord. La ferme était un endroit aussi bon qu'un autre pour ce qu'il avait l'intention de faire. Il faudrait qu'ils l'attachent, évidemment ; ils pourraient utiliser une pièce d'une des maisons vides. Greer pourrait s'occuper de lui, si ça tournait mal. Peter avait assez bien fait le tour de la question.

Il les réunit, un soir. Ils se rassemblèrent autour d'un feu dans la cour, sauf Mausami qui se reposait à l'étage et Amy qui s'occupait du petit Caleb. Peter avait fait en sorte que les choses se passent ainsi ; il ne voulait pas qu'Amy soit au courant. Non parce qu'il craignait ses objections – il doutait qu'elle ne soit pas d'accord –, mais il voulait la protéger de sa décision, et de ce qu'elle pouvait impliquer. Theo avait réussi à sortir en clopinant, grâce à des béquilles que Hollis lui avait fabriquées avec des bouts de bois ; plus que quelques jours, et on lui enlèverait son attelle. Peter avait récupéré son paquetage et la boîte d'ampoules qu'il contenait. Si tout le monde était d'accord, il ne voyait pas de raison de temporiser. Ils s'assirent sur le cercle de pierres, autour de la fosse à feu, et Peter leur expliqua ce qu'il voulait faire.

Michael fut le premier à prendre la parole.

— Je suis d'accord, dit-il. Je pense qu'il faut essayer.

— Eh bien, moi, intervint Sara, je pense que c'est dingue.

Elle prit les autres à témoins.

— Vous ne voyez pas ce que c'est ? Personne ne veut

le dire, eh bien, je vais le faire : c'est le mal. Combien de millions de gens sont morts à cause de ce qu'il y a dans cette boîte ? Je n'arrive même pas à croire qu'on soit en train d'en parler. Franchement, fichons ça au feu.

— Tu as peut-être raison, Sara, répondit Peter, mais je ne crois pas que nous puissions nous permettre de ne rien faire. Babcock et sa Multitude sont peut-être morts, mais le reste des Douze est encore en vadrouille, là, dehors. Nous avons vu de quoi Liss est capable, de quoi Amy est capable. Le virus est venu à nous pour une raison, de la même façon qu'Amy est venue à nous. Nous ne pouvons pas tourner le dos à ça maintenant.

— Ça pourrait te tuer, Peter. Ou pire.

— Je suis prêt à prendre le risque. Et ça n'a pas tué Liss.

Sara se tourna vers Hollis.

— Dis-le-lui, je t'en supplie. Dis-lui à quel point c'est complètement fou.

Mais Hollis secoua la tête.

— Désolé. Je crois que, sur ce coup-là, je suis du côté de Peter.

— Tu ne peux pas dire ça.

— C'est vrai, ce qu'il dit. Il doit y avoir une raison.

— Et pourquoi le fait que nous soyons tous vivants ne serait-il pas *la* raison ?

Il lui prit la main.

— Ça ne suffit pas, Sara. Bon, on est vivants, et alors ? Je veux vivre ma vie avec toi. Une vraie vie. Pas de lumières, de palissades et de garde. Peut-être que tout ça sera pour quelqu'un d'autre, un jour. Ça le sera probablement. Mais je ne peux pas dire non à ce que Peter propose, pas tant qu'il y a une chance. Et tout au fond, je pense que toi non plus, tu ne le peux pas.

— De toute façon, on va les combattre. On va traquer

ce qui reste des Douze et les combattre, en tant que nous-mêmes, en tant qu'êtres humains.

— C'est ce qu'on va faire. Je te le promets. Ça ne changera jamais.

Sara ne répondit pas. Peter sentit une entente passer entre eux. Hollis détourna le regard, et Peter sut ce que son ami allait dire.

— Si ça marche, je veux être le suivant.

Peter jeta un coup d'œil à Sara et ne vit plus chez elle d'opposition de ce côté-là ; elle avait accepté.

— Tu n'es pas obligé de faire ça, Hollis.

Le grand gaillard secoua la tête.

— Oh, je ne fais pas ça pour toi. Mais si tu veux que je sois d'accord, ce sera comme ça. À prendre ou à laisser.

Peter se tourna ensuite vers Greer, qui acquiesça. Puis il regarda son frère. Theo était assis sur un rondin, de l'autre côté du cercle, sa jambe éclissée tendue toute raide devant lui.

— Jets ! Qu'est-ce que j'y connais, Peter ? Je te l'ai dit, c'est ton grand moment.

— Non, ce n'est pas vrai. C'est celui de tout le monde.

Theo marqua une pause.

— Juste pour que je comprenne bien : tu veux te contaminer délibérément avec le virus et tu veux que je te dise : « Mais oui, bien sûr, vas-y. » Et voilà que, si tu ne meurs pas, ou si tu ne nous massacres pas tous en cours de route, Hollis veut faire pareil.

Peter encaissa la dureté des termes ; pour la première fois, il s'interrogea : aurait-il assez de cran ? La question de Theo était une épreuve, il s'en rendait bien compte.

— Oui, c'est exactement ce que je te demande.

Theo hocha la tête.

— Eh bien, c'est d'accord.

— C'est tout ? Juste d'accord ?

— Je t'aime, frangin. Si je pensais pouvoir t'en dissuader, j'essaierais. Mais je sais que c'est peine perdue. Je t'ai dit que j'allais passer ma vie à m'en faire pour toi. Autant commencer tout de suite.

Peter se tourna enfin vers Alicia. Elle avait enlevé ses lunettes, révélant la lueur orange, pulsatile, de ses yeux, qui prenait une intensité frappante à la lueur du feu. C'était surtout de son consentement qu'il avait besoin ; sans ça, il le savait, il n'avait rien.

— Oui, dit-elle en hochant la tête. Désolée, mais c'est oui.

Il n'y avait aucune raison d'attendre. Peter savait que, s'il réfléchissait trop aux implications, le courage risquait de lui manquer. Il les conduisit vers la maison vide qu'il avait préparée – la dernière, au bout de la sente. C'était à peine plus qu'une coquille vide. Les cloisons intérieures avaient quasiment toutes disparu, révélant la charpente. Les fenêtres étaient déjà condamnées par des planches – autre raison pour laquelle Peter l'avait sélectionnée, en dehors du fait que c'était la plus éloignée. Hollis prit les cordes que Peter avait récupérées dans la grange. Michael et Greer allèrent chercher un matelas dans une des maisons voisines. Quelqu'un avait apporté la lanterne. Pendant que Hollis attachait les cordes à la charpente, Peter se mit torse nu et s'allongea sur le dos. Il était très nerveux, tout à coup ; tout ce qui l'entourait prenait à ses yeux une vivacité presque pénible, et son cœur battait la chamade dans sa poitrine. Il croisa le regard de Greer. Un marché silencieux passa entre eux : *S'il faut en arriver là, n'hésite pas.*

Quand Hollis eut fini d'attacher les cordes à ses bras et à ses jambes, Peter se retrouva écartelé par terre. Le matelas sentait la souris. Il inspira profondément, essayant de recouvrer son calme.

— Allez, Sara, fais-le, maintenant.

Elle tenait la boîte de virus d'une main et de l'autre l'une des seringues encore emballées. Peter vit que ses mains tremblaient.

— Tu peux y arriver.

Elle passa la boîte à Michael.

— Je t'en prie, implora-t-elle.

— Et qu'est-ce que tu veux que je fasse de ça ? C'est toi, l'infirmière !

Il tendit la boîte à bout de bras, espérant la lui faire reprendre.

Peter éprouva un sursaut d'exaspération. Encore un peu, et sa résolution allait faiblir.

— Est-ce que quelqu'un pourrait le faire, s'il vous plaît ?

— Je m'en occupe, dit Alicia.

Elle prit la boîte des mains de Michael et l'ouvrit.

— Peter...

— Jets ! Quoi encore, Liss ?

Elle retourna la boîte pour leur montrer.

— Il n'y a rien dedans.

Amy, pensa-t-il. *Amy, qu'est-ce que tu as fait ?*

Ils la trouvèrent agenouillée devant la fosse à feu, alors qu'elle laissait tomber la dernière ampoule dans les flammes. Le petit Caleb était appuyé contre son épaule, enroulé dans une couverture. Un crépitement sifflant se fit entendre ; le liquide de la dernière ampoule se mettait à bouillir, se dilatait et brisait le verre.

Peter s'accroupit à côté d'elle. Il était trop stupéfait pour éprouver ne serait-ce que de la colère. Il ne savait même pas ce qu'il ressentait.

— Amy, pourquoi ?

Elle ne le regarda pas, elle resta les yeux rivés sur les flammes, comme pour vérifier que le virus avait vraiment disparu. Avec les doigts de sa main libre, elle

1243

caressait doucement la couronne de cheveux noirs du bébé.

— Sara avait raison, dit-elle enfin. C'était la seule façon d'être sûr.

Elle détacha son regard des flammes. Et quand Peter vit ce qu'il y avait dans ses yeux, il comprit ce qu'elle avait fait : elle avait décidé de lui ôter ce fardeau, de le leur ôter à tous, et c'était une grâce.

— Pardon, Peter, dit Amy. Mais ça vous aurait rendus comme moi. Et je ne pouvais pas laisser faire ça.

Ils ne reparlèrent plus de cette nuit-là, ni du virus, ni des flammes, ni de ce qu'Amy avait fait. Parfois, aux moments les plus inattendus, quand il repensait à ces événements, Peter avait l'impression étrange que tout cela n'avait été qu'un rêve, ou, sinon un rêve, du moins quelque chose qui y ressemblait, avec la texture d'inéluctabilité des songes. Et il en arrivait à croire que, finalement, la destruction du virus n'était pas la catastrophe qu'il avait redoutée, mais plutôt une étape de plus sur la route qu'ils prendraient ensemble. Il ne pouvait pas savoir ce qui l'attendait, et il n'avait pas besoin de le savoir. Comme à Amy elle-même, il décidait d'y accorder foi, point final.

Le matin de leur départ, Peter regarda le soleil se lever, debout sous le porche, avec Michael et Theo. Son frère avait enfin enlevé son attelle ; il pouvait marcher, mais il boitait bas et se fatiguait vite. Non loin d'eux, Hollis et Sara finissaient de charger le Humvee. Amy était à l'intérieur de la maison, avec Maus, qui donnait une dernière tétée à Caleb avant de partir.

— Tu sais, dit Theo, j'ai l'impression que si nous revenons jamais ici, rien n'aura bougé. Comme si cet endroit était à part de tout le reste. Comme si le temps ne passait jamais vraiment, ici.

— Vous reviendrez peut-être, répondit Peter.

Theo resta un instant silencieux, promena une dernière fois son regard sur la sente poussiéreuse.

— Bon sang, frangin, conclut-il en secouant la tête. Je ne sais pas. Enfin, ça fait du bien d'y penser.

Amy et Mausami sortirent de la maison. Tout le monde se réunit autour du Humvee. Un autre départ, d'autres adieux. Il y eut des embrassades, des vœux de bon voyage, des larmes. Sara prit le volant, Hollis à côté d'elle. Theo et Mausami s'installèrent à l'arrière, avec leurs affaires. Dans le compartiment marchandises du Humvee se trouvaient les documents que Lacey avait donnés à Peter. « Remettez-les, avait-il dit, aux responsables, quels qu'ils soient. »

Amy se pencha à l'intérieur pour embrasser une dernière fois le petit Caleb. Alors que Sara mettait le contact, Greer s'approcha de la portière, côté conducteur, et dit par la vitre ouverte :

— Tu te souviens, hein ? Après le dépôt de carburant, tout droit vers le sud sur l'autoroute 191. Vous devriez retrouver la route 60 à Eagar. C'est la route de Roswell, qui va tout droit vers la garnison. Il y a des bunkers fortifiés tous les cent kilomètres à peu près ; je les ai indiqués sur la carte de Hollis. Guette les croix rouges ; tu ne peux pas les rater. Rien de sophistiqué, mais ça devrait vous permettre de tenir le coup. De l'essence, des munitions, tout ce qu'il vous faudra.

— Pigé, opina Sara.

— Et surtout, quoi que vous fassiez, évitez Albuquerque, ça grouille, là-bas. Hé, Hollis ? Vigilance, vigilance !

Sur le siège passager, le grand gaillard hocha la tête.

— Vigilance, vigilance, mon capitaine.

Greer recula, laissant la place à Peter.

— Bon, fit Sara. Ce coup-ci, je crois que ça y est.

— Je crois, oui.

— Tu t'occuperas de Michael, hein ?

Elle renifla et s'essuya les yeux.

— Il a... besoin qu'on s'occupe de lui.

— Compte sur moi.

Il tendit le bras à l'intérieur pour serrer la main de Hollis, lui souhaita bonne chance et s'adressa à l'arrière du Humvee.

— Theo ? Maus ? Tout est en place, là, derrière ?

— On ne sera jamais plus prêts, frangin. Rendez-vous à Kerrville.

Peter recula. Sara enclencha une vitesse, fit décrire un large virage au Humvee et s'engagea lentement sur le sentier. Peter, Alicia, Michael, Greer et Amy restèrent tous les cinq plantés là, en silence, à les regarder partir. Un nuage bouillonnant de poussière, le bruit du moteur qui s'estompait, et ils disparurent.

— Eh bien, fit enfin Peter, la journée ne va pas durer éternellement.

— C'était censé être drôle ? demanda Michael.

Peter haussa les épaules.

— Je trouvais que ça l'était.

Ils récupérèrent leur paquetage et se le mirent sur le dos. En ramassant son fusil par terre, Peter remarqua qu'Amy était toujours debout au bord du porche, regardant dans la direction du nuage qui suivait le Humvee.

— Amy ? Qu'y a-t-il ?

Elle se tourna vers lui.

— Oh, rien. Je pense que ça devrait aller pour eux. Sara conduit bien, ajouta-t-elle avec un sourire.

Il n'y avait plus rien à dire. Le moment du départ avait sonné. Le soleil matinal s'était levé au-dessus de la vallée. Si tout se passait bien, ils arriveraient en Californie vers le milieu de l'été.

Ils se mirent en marche.

73.

Sur l'horizon vacillant, ils les virent : un vaste champ de pales qui tournaient, tournaient dans le vent.

Les éoliennes.

Ils étaient restés dans le désert, dans les endroits secs et chauds, s'abritant où ils pouvaient, et quand ils ne pouvaient pas, faisant du feu et patientant jusqu'à la fin de la nuit. Une fois, une seule, ils avaient vu des viruls vivants. Un triplet. C'était en Arizona, dans un endroit appelé, sur la carte, le Désert peint. Ils somnolaient à l'ombre, sous un pont, suspendus aux poutres. Amy les avait sentis en approchant. « Laissez-moi faire », avait dit Alicia.

Elle les avait eus tous les trois au couteau. Ils l'avaient retrouvée dans le fossé, dégageant sa lame de la poitrine du dernier ; les cadavres avaient déjà commencé à fumer. Facile, avait-elle dit. Ils semblaient ne même pas s'être rendu compte de ce qu'elle était. Peut-être qu'ils l'avaient simplement prise pour une virule comme eux.

Il y en avait d'autres. Des cadavres, des restes décharnés. La forme d'une cage thoracique noircie, les os friables, cendreux, d'un crâne ou d'une main. Sur un carré d'asphalte, un haut-relief évocateur rappelait une chose qu'on aurait laissée brûler dans une poêle. C'était généralement dans les villes, les rares villes par où ils passaient, qu'ils tombaient sur ces restes. La plupart gisaient non loin des bâtiments où ils avaient dormi, et d'où ils étaient sortis pour s'étendre au soleil et y mourir.

Peter et ses compagnons avaient contourné Las Vegas, préférant emprunter une route plus au sud ; ils pensaient que la ville devait être vide, mais mieux valait éviter de prendre des risques. C'était le cœur de l'été, et les journées étaient sans ombre, longues et implacables. Ils avaient décidé de court-circuiter le bunker, de couper au plus court et d'aller tout droit chez eux.

Et ils y étaient arrivés.

Ils se déployèrent en approchant de la Centrale et virent que la clôture était ouverte. Michael s'affaira sur la porte blindée, dévissa le capot qui protégeait le système et actionna manuellement les pênes électriques avec le bout de son couteau.

Peter entra le premier. Des cliquetis métalliques, sonores, sous ses pieds : il se pencha pour regarder. Des douilles de fusil.

Les murs de la cage d'escalier étaient dévastés. Les marches étaient jonchées de fragments de béton. On avait tiré dans les boîtiers lumineux. Alicia, qui y voyait parfaitement dans le noir, enleva ses lunettes et s'avança dans l'obscurité et la fraîcheur. Peter et les autres attendirent pendant qu'elle descendait vers la salle de commande, son arme braquée devant elle. Ils entendirent son sifflement : la voie était libre.

Quand ils arrivèrent en bas, Liss avait trouvé une lanterne et allumé la mèche. La pièce avait été complètement ravagée. La longue table centrale avait été retournée, dans un réflexe évident de défense. Le sol était jonché de douilles et de chargeurs vides. Mais la console de commande proprement dite avait l'air intacte. Les voyants étaient allumés. Ils allèrent vers les salles d'entreposage et les chambrées, au fond.

Personne. Pas un cadavre.

— Amy, fit Peter, tu sais ce qui s'est passé ici ?

Comme eux tous, elle regardait, muette de surprise, l'étendue des dégâts.

— Rien du tout ? Tu ne sens rien ?

Elle secoua la tête.

— Je pense que... que ce sont des gens qui ont fait ça.

L'étagère derrière laquelle étaient cachées les armes avait été déplacée. Les fusils, sur le toit, avaient également disparu. Comment savoir quand tout ça s'était passé ? Ça pouvait faire des mois, peut-être davantage. Que contemplaient-ils ? Un combat, mais qui avait tiré sur qui ? Des centaines de cartouches avaient été tirées dans le couloir et la salle de contrôle, et d'autres encore dans les chambrées. Un vrai gâchis. Tout était sens dessus dessous. Mais où étaient les cadavres ? Et le sang ?

— En tout cas, il y a du courant, déclara Michael en s'asseyant à la console.

Ses cheveux lui arrivaient maintenant aux épaules. Il avait la peau brunie par le soleil, mordue par le vent, et les pommettes qui pelaient. Il tapota sur un clavier, déchiffra les nombres qui défilaient sur l'écran.

— Les données sont bonnes. Le courant devrait remonter vers la montagne en quantité suffisante. À moins que...

Il s'interrompit et se posa un doigt sur les lèvres. Il se remit à pianoter furieusement sur son clavier, se leva vivement pour vérifier les cadrans au-dessus de sa tête et se rassit. Il tapota sur l'écran avec le dos d'un de ses longs ongles.

— Là.

— Quoi, Michael ? Dis-nous ! fit Peter.

— C'est la sauvegarde du journal du système. Toutes les nuits, quand les batteries descendent en dessous de quarante pour cent, elles envoient un signal à la Centrale pour demander un peu plus de courant. C'est complètement automatique, on ne voit rien du tout. C'est arrivé pour la première fois il y a six ans, et depuis, ça s'est reproduit à peu près toutes les nuits. Jusqu'à maintenant. Jusqu'à... voyons... il y a trois cent vingt-trois cycles.

— Cycles ?

— Jours, Peter.

— Michael, je ne comprends pas ce que tu racontes.

— Ça veut dire soit que quelqu'un a trouvé le moyen de réparer ces batteries, ce dont je doute sérieusement, soit qu'elles ne tirent plus de courant.

Alicia fronça les sourcils.

— Ça n'a aucun sens. Et pourquoi est-ce qu'elles ne tireraient plus de courant ?

Michael hésita. Peter lut la réponse sur son visage.

— Parce que quelqu'un a coupé les lumières, répondit-il.

Ils passèrent une nuit sans sommeil à la Centrale et repartirent le lendemain matin. À la mi-journée, ils avaient traversé Banning et commencé à monter. Lors d'une halte à l'ombre d'un grand pin, Alicia se tourna vers Peter.

— Juste au cas où Michael se tromperait et où on nous arrêterait, je veux que tu le saches, je dirai que c'est moi qui ai tué ces types. J'accepterai ce qui me tombera dessus, mais je ne veux pas qu'ils aient ta peau. Et ils ne toucheront ni à Amy ni au Circuit.

C'était plus ou moins ce à quoi il s'attendait.

— Écoute, Liss, tu n'as pas besoin de faire ça. Et je doute que Sanjay décide quoi que ce soit à ce stade.

— Peut-être pas. Mais je tiens à ce que ce soit bien clair. Et ce n'est pas une question. À bon entendeur, salut. Greer ? Compris ?

Le capitaine hocha la tête.

Mais cet avertissement ne devait servir à rien. Ils le surent en arrivant au dernier lacet, sur la route, au-dessus du champ d'En Haut. Ils voyaient le Mur, au-dessus des arbres. Il n'y avait personne sur les palissades, aucun signe de la Garde. Un calme surnaturel pesait sur toute chose. Les portes étaient ouvertes, et il n'y avait personne pour les garder.

La Colonie était déserte.

Ils trouvèrent deux corps.

D'abord, celui de Gloria Patal. Elle s'était pendue dans la grand-salle du Sanctuaire, parmi les berceaux et les petits lits vides. Elle avait pris un grand escabeau pour attacher la corde à l'une des poutres, près de la porte. Il était tombé par terre, à côté de ses pieds pointés vers le bas, figés dans le moment où elle s'était passé le nœud coulant autour du cou et avait appliqué une poussée sur l'escabeau, l'envoyant valdinguer.

L'autre corps était celui de Tantine. Peter la trouva assise sur une chaise de cuisine, dans la petite clairière devant chez elle. Il savait qu'elle devait être morte depuis des mois, et pourtant son aspect physique s'était très peu modifié. Mais quand il toucha sa main posée sur ses cuisses, il ne sentit que la raideur glacée de la mort. Sa tête était renversée en arrière ; son visage arborait une expression paisible, comme si elle s'était simplement endormie. Elle avait dû sortir quand, à la tombée de la nuit, les lumières ne s'étaient pas allumées. Elle avait tiré une chaise dans son jardin et elle s'était assise pour regarder les étoiles.

— Peter...

Alicia lui toucha doucement le bras. Il était toujours accroupi auprès du cadavre.

— Peter, qu'est-ce que tu as décidé ?

Il détourna le regard, se rendit compte alors seulement qu'il avait les yeux pleins de larmes. Les autres étaient debout derrière elle, en un chœur silencieux de témoins.

— On devrait l'enterrer ici. Près de sa maison, son jardin.

— On va le faire, dit gentiment Alicia. Mais je voulais parler des lumières. Il va bientôt faire nuit. Michael dit qu'on peut avoir la pleine charge, si on veut.

Il jeta un coup d'œil derrière elle à Michael, qui acquiesça.

— D'accord, dit-il.

Ils refermèrent la porte et se réunirent au Solarium – tous, sauf Michael qui était retourné au Transfo. C'était juste le crépuscule, le ciel s'empourprait au-dessus d'eux. Tout semblait comme en suspens ; même les oiseaux se taisaient. Et puis, avec un *pop* audible, les lumières s'allumèrent, les plongeant tous sous leur éclat farouche, impérieux.

Michael vint se planter à côté d'eux.

— Ça devrait aller pour cette nuit.

Peter hocha la tête. Ils restèrent un instant silencieux face à cette vérité non dite : une dernière nuit, et les lumières de la Première Colonie s'éteindraient pour toujours.

— Et maintenant ? demanda Alicia.

Dans le silence, Peter sentait la présence de ses amis autour de lui. Alicia, dont le courage faisait partie de lui. Michael, qui avait grandi, minci et s'était endurci ; un homme, à présent. Greer, avec sa sagesse et sa droiture militaire. Et Amy. Il pensa à tout ce qu'il avait vu, et à ceux qui avaient disparu – pas seulement ceux qu'il connaissait, ceux qu'il ne connaissait pas, aussi – et il connut sa réponse.

— Maintenant, dit-il, on part en guerre.

74

La dernière heure avant l'aube. Amy se glissa hors de la maison, seule. La maison de la femme appelée Tantine, qui était morte. Ils l'avaient enterrée à l'endroit où elle était assise, enroulée dans la courtepointe de son lit. Sur sa poitrine, Peter avait posé une photo qu'il était allé chercher dans sa chambre. Le sol était dur, alors ils avaient mis des heures à creuser, après quoi ils avaient décidé de passer la nuit sur place. Peter leur avait dit que sa maison serait un refuge aussi bon qu'un autre. Il avait une maison à lui, Amy le savait. Mais il n'avait pas l'air de vouloir y retourner.

Peter avait veillé presque toute la nuit, assis dans la cuisine de la vieille femme, à lire un de ses livres. Il plissait les paupières à la lumière de la lanterne, tout en tournant les pages couvertes de sa petite écriture bien nette. Il s'était fait une tasse de tisane, mais ne l'avait pas bue ; elle était restée posée à côté de lui sur la table, intacte, oubliée alors qu'il lisait. Et puis il avait fini par s'endormir, comme Michael, et Greer, qui avait changé de quart avec Alicia, après la mi-nuit ; elle était debout sur la passerelle, à présent.

Amy sortit sous le porche en retenant la porte pour qu'elle ne claque pas ; elle avait enlevé ses chaussures. La terre était humide et fraîche de rosée sous ses pieds nus, son contact adouci par une couverture d'aiguilles. Elle retrouva facilement le boyau sous le câble d'alimentation, se faufila par la trappe et se tortilla pour se glisser dedans.

Elle le sentait depuis des jours, des semaines, des mois. Elle le savait, maintenant. Il y avait des années qu'elle le sentait, depuis le début. Depuis Milagro, depuis le jour du non-parler et le grand bateau, et bien avant, depuis tout le temps, toutes les années qui s'étiraient en elle. Celui qui la suivait, qui était toujours tout près, dont la tristesse était la tristesse qu'elle sentait dans son propre cœur, elle lui manquait.

Ils rentraient toujours chez eux, et chez lui, c'était là où elle était, elle, Amy.

Elle ressortit du boyau. L'aube était toute proche ; le ciel avait commencé à s'éclaircir, les ténèbres se dissolvaient autour d'elle comme une vapeur. Elle s'éloigna des murs, sous le couvert des arbres, et projeta son esprit au loin, fermant les yeux.

— Viens à moi. Viens à moi.

Silence.

— Viens à moi, viens à moi, viens à moi.

C'est alors qu'elle l'avait senti. Un friselis. Pas entendu, senti glisser sur toutes les surfaces, toutes les parties d'elle, l'embrassant comme une brise. La peau de ses mains, de son cou, de son visage, son cuir chevelu sous ses cheveux, la pointe de ses cils. Un doux vent de nostalgie, qui soufflait son nom.

Amy.

— Je savais que tu étais là, dit-elle, et elle pleura, comme il pleurait dans son cœur, parce que ses yeux à lui ne pouvaient verser de larmes. Je savais que tu étais là.

Amy, Amy, Amy.

Elle rouvrit les yeux et le vit accroupi devant elle. Elle fit un pas vers lui, effleura son visage à l'endroit où les larmes auraient dû se trouver, et passa ses bras autour de lui. Et comme elle le tenait, elle sentit la présence de son esprit en elle, différent de tous les autres qu'elle portait en elle, parce qu'il était aussi le sien. Les souvenirs se déversèrent en elle comme de l'eau. Les souvenirs d'une maison dans la neige, d'un lac, d'un manège avec des lumières, et du contact de sa grande main enroulée autour de la sienne, cette soirée d'exaltation sous la voûte céleste.

— Je le savais, je le savais. Je l'ai toujours su. Tu étais celui qui m'aimait.

L'aube se levait au-dessus de la montagne. Le soleil coulait vers eux comme une lame de lumière sur la terre. Et pourtant elle le retint aussi longtemps qu'elle put ; elle le retint dans son cœur. Au-dessus d'elle, sur la passerelle, Alicia la regardait, Amy le savait. Mais ça n'avait pas d'importance. Ce à quoi elle assistait serait un secret entre elles, une chose à savoir et dont on ne parlerait jamais. Comme Peter, ce qu'il était. Parce qu'Amy croyait qu'Alicia savait ça aussi.

— Souviens-toi, lui dit-elle. Souviens-toi.

Mais il était parti. Ses bras n'enlaçaient plus que le vide. Wolgast s'élevait, il prenait son essor.

Un frisson de lumière dans les arbres.

Postface

La Route de Roswell

Extrait du journal de Sara Fisher
(Le Livre de Sara)
Présenté à la 3e conférence globale
sur la période de Quarantaine nord-américaine
Institut d'études des cultures et des conflits humains
Université de Nouvelle-Galles du Sud,
République indo-australienne
16-21 avril 1003 ap. V.

268e jour
*Troisième jour depuis la ferme. On est entrés au
Nouveau-Mexique ce matin, juste après le lever du
soleil. La chaussée est en très mauvais état, mais Hollis
est sûr que c'est la route 60. C'est une région plate,
complètement déserte, mais on voit des montagnes au
nord. De temps en temps, un gigantesque panneau vide
sur le bas-côté, des voitures abandonnées partout, qui
bloquent parfois le chemin, ce qui ralentit notre avance.
Le bébé ne tient pas en place, il pleure. Je regrette
qu'Amy ne soit pas là pour le calmer. On a dû passer
la nuit dernière à ciel ouvert, et tout le monde est épuisé
et se dispute, même Hollis. On va de nouveau avoir des
problèmes de carburant. On n'a plus que ce qu'il y a*

dans le réservoir, plus un jerrycan de réserve. Hollis dit qu'on ne devrait pas arriver à Roswell avant cinq jours, peut-être six.

269e *jour*

Le moral est un peu meilleur. On a vu notre première croix, aujourd'hui – une grande éclaboussure rouge sur le côté d'un silo à grain d'une cinquantaine de mètres de hauteur. Maus, qui était sur le toit, l'a vue la première. Tout le monde a commencé à pousser de grands cris de joie. On va passer la nuit dans un bunker de béton, juste derrière. Hollis pense que ça devait être une espèce de station-service. Sombre, puante, et pleine de tuyaux. Il y a des bidons d'essence, comme nous avait dit Greer, et on l'a siphonnée dans le Humvee avant de repartir se terrer pour la nuit. Il n'y a pas grand-chose sur quoi dormir, juste le sol de ciment, très dur, mais on est assez près d'Albuquerque, maintenant, pour que personne n'ait l'idée de dormir à la belle étoile.

Ça fait drôle et c'est agréable de dormir dans la même pièce qu'un bébé. Écouter les petits bruits qu'il fait, même quand il dort. Je n'ai pas encore annoncé la nouvelle à Hollis. J'attends d'être sûre. Quelque chose me dit qu'il est déjà au courant. Comment pourrait-il ne pas le savoir ? Je suis sûre que c'est écrit sur ma figure. Chaque fois que j'y pense, je ne peux m'empêcher de sourire. J'ai surpris Maus en train de me regarder, ce soir, quand on déplaçait les bidons d'essence, et j'ai dit : « Quoi ? Qu'est-ce que tu regardes comme ça ? », et elle a répondu : « Rien. Juste, tu sais que si tu veux me parler, hein, Sara ? » J'ai essayé de prendre l'air innocent, ce qui n'était pas facile, et je lui ai répondu : « Non, je ne vois pas ce que tu veux dire », et elle a dit, en riant : « Bon, comme tu voudras. Moi, ça m'est égal. »

Je ne sais pas pourquoi je pense ça, mais si c'est un garçon, je veux l'appeler Joe, et si c'est une fille, Kate. Comme mes parents. C'est bizarre que le fait d'être heureux d'une chose puisse vous rendre aussi triste d'une autre.

On se demande ce que sont devenus les autres. On espère que tout va bien pour eux.

270e jour
Des traces tout autour du Humvee, ce matin. On dirait qu'ils étaient trois. Pourquoi ils n'ont pas essayé d'entrer dans le bunker, mystère – je suis sûre qu'ils nous ont sentis. On espère arriver à Socorro avec assez d'avance pour s'enfermer avant la nuit.

270e jour (encore)
Socorro. Hollis est à peu près sûr que les bunkers font partie d'un ancien système de pipelines pétroliers. On s'est enfermés pour la nuit. Maintenant on attend [Illisible.]

271e jour
Ils sont revenus. Plus de trois, beaucoup plus. On les a entendus gratter les parois du bunker toute la nuit. Des traces partout, ce matin, tellement nombreuses qu'on ne pouvait pas les compter. Le pare-brise et la plupart des vitres du Humvee ont été brisés. Tout ce qu'on avait laissé à l'intérieur était étalé par terre, écrasé, réduit en lambeaux. J'ai peur que ce ne soit qu'une question de temps avant qu'ils essaient de s'introduire dans l'un des bunkers. Les portes tiendront-elles ? Maus a beau faire, Caleb pleure la moitié de la

nuit, alors ils savent où on est. Qu'est-ce qui leur arrive ?

Maintenant, c'est la course. On le sait tous. Aujourd'hui, on traverse la zone de missiles de White Sands vers le bunker de Carrizozo. J'ai envie de le dire à Hollis, mais je me retiens. Je ne peux pas. Pas comme ça. J'attendrai jusqu'à la garnison, avec un peu de chance.

Je me demande si le bébé sait à quel point j'ai peur.

272e jour

Aucun visu, cette nuit. Tout le monde est soulagé. Pourvu qu'on les ait semés...

273e jour

Dernier bunker avant Roswell. Un endroit appelé Hondo. J'ai peur que ce soit la dernière fois que j'écris dans ce journal. Toute la journée, on a été suivis. Ils nous suivent dans les arbres. On les entend bouger dehors, et c'est à peine le crépuscule. Caleb ne veut pas se taire. Maus le serre contre sa poitrine, et il pleure, et il pleure. Elle n'arrête pas de dire que c'est lui qu'ils veulent. Ils veulent Caleb.

Oh, Hollis, je regrette tellement qu'on ait quitté la ferme. J'aurais vraiment voulu qu'on l'ait, cette vie. Je t'aime je t'aime je t'aime.

275e jour

Quand je regarde les derniers mots que j'ai écrits, je n'arrive pas à croire qu'on soit encore en vie, qu'on ait réussi à survivre à cette terrible nuit.

Les viruls n'ont jamais attaqué. Quand on a rouvert la porte, le lendemain matin, le Humvee était couché sur le côté, dans une mare de liquide. On aurait dit un grand oiseau aux ailes brisées écrasé à terre, le moteur *fracassé, irréparable. Le capot était à cent mètres de là. Les pneus étaient déchiquetés, réduits en lambeaux. On s'est dit qu'on avait eu de la chance d'avoir survécu à la nuit, mais maintenant on n'a plus de véhicule. D'après la carte, la garnison est encore à une cinquantaine de kilomètres. Possible, mais Theo n'arrivera jamais jusque-là. Maus voulait rester avec lui, mais évidemment il a dit non, et aucun de nous ne l'aurait permis, de toute façon. « S'ils ne nous ont pas tués la nuit dernière, disait Theo, je suis sûr de pouvoir résister à une autre nuit s'il le faut. Allez-y, profitez du jour tant que vous pourrez et renvoyez-moi un véhicule quand vous arriverez là-bas. » Hollis a fabriqué un porte-bébé avec de la corde et un bout des sièges pour que Maus puisse porter Caleb, Theo les a embrassés tous les deux pour leur dire au revoir, et il a refermé la porte, il a actionné les pênes électriques et on est partis sans rien d'autre que de l'eau et nos fusils.*

On a découvert que c'était à plus de cinquante kilomètres, beaucoup plus. La garnison était du côté opposé de la ville. Mais ça n'avait pas d'importance, parce qu'un peu après la mi-journée, on a été ramassés par une patrouille. Et par qui, je vous le donne en mille : le lieutenant Eustace. Il avait l'air plus intrigué qu'autre chose de nous voir, mais en tout cas, ils ont renvoyé un Humvee au bunker, et maintenant on est tous sains et saufs, derrière les murs de la garnison.

J'écris ça sous la tente du mess civil (il y en a trois, un pour les volontaires, un pour les officiers et un pour les travailleurs civils). Les autres sont déjà allés se coucher. L'officier de commandement, ici, est un dénommé Crukshank. Un général, comme Vorhees, mais la ressemblance s'arrête là. Avec Vorhees, on voyait qu'il y avait un véritable être humain derrière la façade, derrière tout le formalisme militaire, alors que Crukshank a l'air du genre à n'avoir jamais souri de sa vie. J'ai aussi l'impression que Greer a pas mal d'ennuis, et ça paraît s'étendre au reste du groupe. Enfin, aujourd'hui, à zéro six zéro zéro comme ils disent, on doit aller à un débriefing, et on pourra raconter toute l'histoire à ce moment-là. La garnison de Roswell fait passer celle du Colorado pour de la rigolade, par comparaison. Je pense qu'elle est presque aussi grande que la Colonie, avec de gigantesques murs de béton supportés par des piliers de métal qui s'étendent jusque sur le terrain d'exercice. On dirait une araignée retournée comme un gant, je ne vois pas de meilleure façon de la décrire. Une mer de tentes et d'autres structures fixes. Des véhicules sont arrivés toute la soirée, d'énormes camions-citernes, des cinq tonnes pleins d'hommes, d'armes et de caisses de matériel, et les cabines sont hérissées de phares. L'air est plein du rugissement des moteurs, de l'odeur des gaz d'échappement, du crépitement des torches. Demain, je vais trouver l'infirmerie et je vais voir si je peux faire quelque chose pour me rendre utile. Il y a quelques autres femmes, ici, pas beaucoup mais quand même, surtout dans le personnel médical, et tant qu'on reste dans les zones civiles, on est libres de se déplacer comme on veut.

Pauvre Hollis. Il était tellement épuisé que je n'ai pas eu l'occasion de lui annoncer la nouvelle. Alors, ce soir, ce sera la dernière nuit où je serai seule avec mon secret avant que quelqu'un d'autre soit au courant. Je me demande s'il y aurait quelqu'un ici pour nous marier. Peut-être que le commandant pourrait le faire. Mais ça n'a pas l'air d'être le genre de Crukshank, et ce serait mieux d'attendre qu'on ait retrouvé Michael à Kerrville. Ce serait à lui de m'accompagner à l'autel. Ce ne serait pas bien de faire ça sans lui.

Je devrais être fatiguée, mais non. Je suis beaucoup

trop tendue pour dormir. Ça doit être mon imagination, mais quand je ferme les yeux et que je reste immobile, je vous jure que je peux sentir le bébé en moi. Il ne bouge pas, rien de tel, c'est beaucoup trop tôt. Juste une espèce de chaleur et de présence pleine d'espérance, cette nouvelle âme que mon corps transporte, qui attend de naître au monde. Je me sens... quel est le mot ? Heureuse. Je me sens heureuse.

Des coups de feu, dehors. Je vais voir de quoi il s'agit.

***** FIN DU DOCUMENT *****

Retrouvé sur le site de Roswell (« Massacre de Roswell »)
Zone 16, cote 267
33.39 N, 104.53 O
2e strate, Profondeur : 2,10 m
Numéro d'acquisition : BL1894.02

Remerciements

Pour m'avoir soutenu, encouragé, conseillé, inspiré, hébergé, entretenu, pour m'avoir offert leur compétence, leur amitié, leur camaraderie, leur patience, et généralement lancé des vivres entre les barreaux, merci à : Ellen Levine et Claire Roberts du Trident Media Group ; Mark Tavani et Libby McGuire de Ballantine Books ; Gina Centrello, président du Random House Publishing Group ; Bill Massey d'Orion ; les formidables équipes marketing, publicité et ventes de Ballantine et Orion ; Rich Green de la Creative Artists Agency ; Michael Ellenberg et Ridley Scott de Scott Free Productions ; Rodney Ferrell et Elizabeth Gabler de Fox 2000 ; mes brillants et intrépides lecteurs, Jenny Smith, Tom Barbash, Jennifer Vanderbes et Ivan Strausz ; mes nombreux et merveilleux collègues et étudiants de Rice University ; Bonnie Thompson ; John Logan ; Alex Parsons ; Andrea White et The House of Fiction ; ACC, le meilleur de tous les garçons ; IAC, la fille qui sauve le monde ; Leslie, Leslie, Leslie. Je vous serre très fort dans mes bras.

Table des matières

Cet ouvrage a été composé et mis en pages
par ÉTIANNE COMPOSITION
à Montrouge.

Achevé d'imprimer
en février 2013
sur les presses de
Liberduplex (Barcelone)

POCKET – 12, avenue d'Italie – 75627 Paris Cedex 13

Dépôt légal : mars 2013

S21857/01